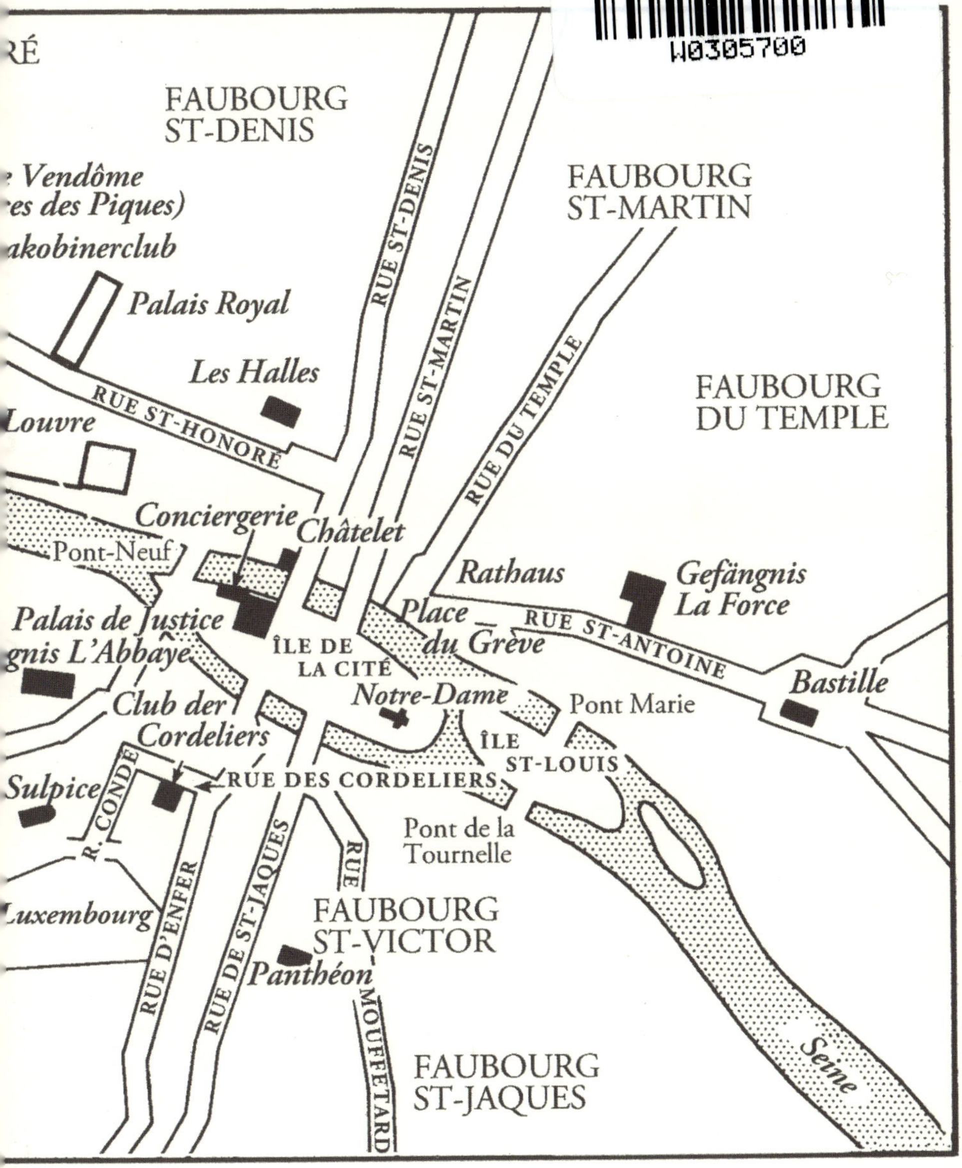
FAUBOURG
ST-DENIS
Vendôme
es des Piques)
akobinerclub
Palais Royal
Les Halles
Louvre
RUE ST-HONORÉ
RUE ST-DENIS
RUE ST-MARTIN
FAUBOURG
ST-MARTIN
RUE DU TEMPLE
FAUBOURG
DU TEMPLE
Conciergerie
Châtelet
Pont-Neuf
Palais de Justice
gnis L'Abbaye
Club der
Cordeliers
ÎLE DE
LA CITÉ
Rathaus
Gefängnis
La Force
Place
du Grève
RUE ST-ANTOINE
Bastille
Notre-Dame
Pont Marie
ÎLE
ST-LOUIS
RUE DES CORDELIERS
Sulpice
R. CONDÉ
Pont de la
Tournelle
RUE
Luxembourg
RUE D'ENFER
RUE DE ST-JAQUES
FAUBOURG
ST-VICTOR
Panthéon
RUE MOUFFETARD
FAUBOURG
ST-JAQUES
Seine

Hilary Mantel

Brüder

Hilary Mantel

Brüder

Roman

Aus dem Englischen
von Kathrin Razum
und Sabine Roth

DUMONT

FSC
www.fsc.org
MIX
Papier aus verantwortungsvollen Quellen
FSC® C083411

Die englische Originalausgabe erschien 1992 unter dem Titel
A Place of Greater Safety bei Viking Press, an imprint of Penguin Books, London

Erste Auflage 2012

Übersetzung: Kathrin Razum u. Sabine Roth
Umschlag: Zero, München
Satz: Angelika Kudella, Köln
Gesetzt aus der Adobe Garamond und der Poetica Chancery
Gedruckt auf säurefreiem und chlorfrei gebleichtem Papier
Druck & Verarbeitung: CPI – Clausen & Bosse, Leck
Printed in Germany
ISBN 978-3-8321-9661-5

www.dumont-buchverlag.de

Für Clare Boylan

Anmerkung der Autorin

Dies ist ein Roman über die Französische Revolution. Fast alle Figuren, die darin vorkommen, haben wirklich existiert, und die Erzählung lehnt sich eng an die historischen Tatsachen an – sofern diese Tatsachen feststehen, was nur bedingt der Fall ist. Es handelt sich weder um einen Überblick noch um eine Gesamtdarstellung der Revolution. Im Mittelpunkt des Romans stehen die Vorgänge in Paris; was in den Provinzen geschah, wird nicht berücksichtigt, Militärisches nur in geringem Maße.

Meine Hauptfiguren wurden erst durch die Revolution berühmt, über ihr früheres Leben weiß man nicht viel. Ich habe das vorhandene Wissen verwertet und ansonsten wohlbegründete Vermutungen angestellt.

Diese Darstellung erhebt keinen Anspruch auf Objektivität. Ich habe versucht, die Welt durch die Augen meiner Protagonisten zu sehen, die ihre eigenen Meinungen und Vorurteile hatten. Wo möglich, habe ich ihre eigenen Worte – aus dokumentierten Reden und erhaltenen Schriftstücken – in meine Dialoge eingeflochten. Dabei habe ich mich von der Überzeugung leiten lassen, dass vieles, was schriftlich dokumentiert wird, vorher mündlich erprobt worden ist.

Es gibt eine Figur in diesem Roman, die etwas rätselhaft erscheinen mag, weil sie eine zwar untergeordnete, aber recht eigene Rolle spielt. Über Jean-Paul Marat ist allseits bekannt, dass er von einem hübschen Mädchen im Bad erstochen wurde. Seines Todes können wir uns sicher sein, doch fast sein gesamtes restliches Leben lässt unterschiedliche Auslegungen zu. Dr. Marat war rund zwanzig Jahre älter als meine Hauptfiguren und hatte zu Beginn der Revolution bereits eine lange, interessante Laufbahn hinter sich. Sie ausführlicher zu behandeln hätte ein Ungleichgewicht in die Erzählung gebracht, weshalb ich ihm einige wenige, aber markante Gastauftritte eingeräumt habe. Ich habe vor, zu einem späteren Zeitpunkt über Dr. Marat zu schreiben. Ein solcher Roman würde die Auffassung von Geschichte, die ich hier vertrete, untergraben. Während meiner Arbeit an diesem Buch habe ich immer wieder darüber nachgedacht, was Geschichte eigentlich ist. Und man muss seinen Fall darlegen, bevor man dagegen argumentieren kann.

Da die hier geschilderten Ereignisse ziemlich kompliziert sind, steht der Notwendigkeit der Veranschaulichung jene der Erklärung gegenüber. Wer einen Roman dieser Art schreibt, setzt sich den Kritteleien von Pedanten aus. Ich möchte an zwei Beispielen zeigen, wie ich versucht habe, die Dinge zu vereinfachen, ohne sie zu verfälschen.

In meiner Darstellung des prärevolutionären Paris spreche ich von »der Polizei« bzw. »Polizeibeamten«. Das ist eine Vergröberung: Tatsächlich gab es mehrere verschiedene Ordnungsmächte. Doch es wäre lästig, wenn der Fluss der Erzählung immer wieder dadurch aufgehalten würde, dass bei jedem Aufstand erläutert wird, welche Ordnungsmacht gerade im Einsatz ist.

Ein anderes, kleineres Detail: die Mahlzeiten. Der moderne Pariser nahm seine Hauptmahlzeit zwischen drei und fünf Uhr nachmittags ein und aß gegen zehn oder elf zu Abend. Wenn letztere Mahlzeit mit einer gewissen Förmlichkeit oder Feierlichkeit einherging, habe ich sie als Souper oder Diner bezeichnet. Im Allgemeinen bleiben die Personen in diesem Buch lange auf.

Ich bin mir der Tatsache sehr bewusst, dass ein Roman eine Gemeinschaftsleistung ist, ein Ergebnis der Zusammenarbeit zwischen Autor oder Autorin und Leserschaft. Ich präsentiere hier meine eigene Version der Geschichte, doch die Fakten verändern sich je nach Betrachtung. Natürlich hatten meine Figuren nicht das Privileg, ihre Lage im Rückblick beurteilen zu können, sie lebten von einem Tag zum anderen, so gut sie eben konnten. Ich möchte niemanden dazu bringen, eine bestimmte Sichtweise zu übernehmen oder irgendwelche Lehren aus den geschilderten Ereignissen zu ziehen. Ich habe versucht, einen Roman zu schreiben, der den Lesern die Möglichkeit lässt, ihre Meinung zu ändern und ihre Sympathien zu verlagern: ein Buch, in dem man leben und denken kann. Man mag sich beim Lesen fragen, wie Fakt und Fiktion auseinanderzuhalten sind. Als grober Anhaltspunkt mag dienen: Was besonders unwahrscheinlich klingt, ist vermutlich wahr.

Personenverzeichnis

Teil I

IN GUISE:

Jean-Nicolas Desmoulins, ein Anwalt
Madeleine, seine Frau
Camille, sein ältester Sohn (* 1760)
Elisabeth, seine Tochter
Henriette, seine Tochter († im Alter von neun Jahren)
Armand, sein Sohn
Anne-Clothilde, seine Tochter
Clément, sein jüngster Sohn

Adrien de Viefville; Jean-Louis de Viefville, ihre hochnäsigen Verwandten

Der Prinz von Condé, vornehmster Adeliger des Arrondissements und Klient von Jean-Nicolas Desmoulins

IN ARCIS-SUR-AUBE:

Marie-Madeleine Danton, eine Witwe, die wieder heiratet
Jean Recordain, ein Erfinder
Georges-Jacques, ihr Sohn (* 1759)
Anne Madeleine, ihre Tochter
Pierette, ihre Tochter
Marie-Cécile, ihre Tochter, die Nonne wird

IN ARRAS:

François de Robespierre, ein Anwalt
Maximilien, sein Sohn (* 1758)
Charlotte, seine Tochter
Henriette, seine Tochter († im Alter von neunzehn Jahren)
Augustin, sein jüngerer Sohn
Jacqueline, geb. Carraut, seine Frau, die bei der Geburt ihres fünften Kindes stirbt
Großvater Carraut, ein Brauer

Tante Eulalie; Tante Henriette, François de Robespierres Schwestern

IN PARIS, AM COLLÈGE LOUIS-LE-GRAND:

Pater Poignard, der Direktor – ein liberal gesinnter Mann
Pater Proyart, der stellvertretende Direktor – ein alles andere als liberal gesinnter Mann
Pater Herivaux, Altphilologe
Louis Suleau, ein Schüler
Stanislas Fréron, ein Schüler mit sehr guten Verbindungen, Spitzname »Karnickel«

IN TROYES:

Fabre d'Églantine, ein arbeitsloses Genie

Teil II

IN PARIS:

Maître Vinot, ein Anwalt, in dessen Kanzlei Georges-Jacques Danton seine Ausbildung erhält
Maître Perrin, ein Anwalt, in dessen Kanzlei Camille Desmoulins seine Ausbildung erhält

Marie-Jean Hérault de Séchelles, ein junger Adliger und ranghoher Jurist

François-Jérôme Charpentier, ein Cafébesitzer und Steuerprüfer
Angélique (Angelica), seine italienische Frau
Gabrielle, seine Tochter

Françoise-Julie Duhauttoir, Georges-Jacques' Mätresse

IN DER RUE CONDÉ:

Claude Duplessis, ein höherer Beamter
Annette, seine Frau
Adèle; Lucile, seine Töchter

Abbé Laudréville, Annettes Beichtvater, ein Mittler

IN GUISE:

Rose-Fleur Godard, Camille Desmoulins' Verlobte

IN ARRAS:

Joseph Fouché, ein Lehrer, Charlotte de Robespierres Verehrer
Lazare Carnot, ein Pionier, Freund von Maximilien de Robespierre
Anaïs Deshorties, ein *nettes* Mädchen, dessen Familie möchte, dass sie Maximilien de Robespierre heiratet
Louise de Kéralio, eine Schriftstellerin, die nach Paris geht, François Robert heiratet und eine Zeitung herausgibt
Hermann, ein Anwalt, Freund von Maximilien de Robespierre

DIE ORLEANISTEN:

Philippe, Herzog von Orléans, Vetter von König Louis XVI
Félicité de Genlis, eine Schriftstellerin – Philippes ehemalige Mätresse, jetzt Gouvernante seiner Kinder
Charles-Alexis Brulard de Sillery, Graf von Genlis – Félicités Mann, ein ehemaliger Marineoffizier und Spieler
Pierre Choderlos de Laclos, ein Schriftsteller, Sekretär des Herzogs
Agnès de Buffon, Mätresse des Herzogs
Grace Elliot, ehemalige Mätresse des Herzogs, Spionin des britischen Außenministeriums
Axel von Fersen, der Geliebte der Königin

IN DANTONS KANZLEI:

Jules Paré, sein Kanzlist
François Deforgues, sein Kanzlist
Billaud-Varennes, Aushilfskanzlist, ein sauertöpfischer Mensch

IN DER COUR DU COMMERCE:

MmeGély, die im Stockwerk über Georges-Jacques und Gabrielle Danton wohnt
Antoine, ihr Mann
Louise, ihre Tochter

Catherine, Marie, die Dienstmädchen der Dantons

Legendre, ein Metzgermeister, Nachbar der Dantons
François Robert, Rechtsgelehrter
René Hébert, Kartenverkäufer im Theater
Anne Théroigne, eine Sängerin

IN DER NATIONALVERSAMMLUNG:

Antoine Barnave, ein Abgeordneter – zunächst Radikaler, dann Royalist
Jérôme Pétion, ein radikaler Abgeordneter, später als »Brissotist« bezeichnet
Dr. Guillotin, ein Fachmann für das Gesundheitswesen
Jean-Sylvain Bailly, ein Astronom, später Bürgermeister von Paris
Honoré-Gabriel Riquetti, Comte de Mirabeau, ein abtrünniger Aristokrat, der für den Dritten Stand in der Versammlung der Generalstände sitzt
Teutch, Mirabeaus Kammerdiener
Clavière; Dumont; Duroveray, seine »Sklaven«, Genfer Politiker im Exil

Jean-Pierre Brissot, ein Journalist
Momoro, ein Drucker
Réveillon, Besitzer einer Tapetenfabrik
Hanriot, Besitzer eines Salpeterwerks
De Launay, Kommandant der Bastille

TEIL III

M. Soulès, zeitweiliger Kommandant der Bastille
Der Marquis de Lafayette, Kommandant der Nationalgarde
Jean-Paul Marat, ein Journalist und Herausgeber von *L'ami du peuple*
Arthur Dillon, Gouverneur von Tobago und General in der französischen Armee, ein Freund von Camille Desmoulins

Louis-Sébastien Mercier, ein bekannter Schriftsteller
Collot d'Herbois, ein Dramatiker

Pater Pancemont, ein streitbarer Priester
Pater Bérardier, ein gutgläubiger Priester

Caroline Rémy, eine Schauspielerin
Père Duchesne, ein Ofensetzer – fiktives Alter Ego von René Hébert, ehemaliger Kartenverkäufer, jetzt Journalist
Antoine Saint-Just, ein unzufriedener Dichter, mit Camille Desmoulins bekannt oder verwandt
Jean-Marie Roland, ein älterer ehemaliger Beamter
Manon Roland, seine junge Frau, eine Schriftstellerin
François-Léonard Buzot, ein Abgeordneter, Mitglied des Jakobinerklubs und Freund der Rolands
Jean-Baptiste Louvet, ein Romanautor, Jakobiner und Freund der Rolands

Teil IV

IN DER RUE SAINT-HONORÉ:

Maurice Duplay, ein Schreinermeister
Françoise Duplay, seine Frau
Eléonore, seine älteste Tochter, eine Zeichenschülerin
Victoire, seine Tochter
Elisabeth (Babette), seine jüngste Tochter

Charles Dumouriez, ein General und zeitweiliger Außenminister

Antoine Fouquier-Tinville, ein Anwalt; Camille Desmoulins' Vetter

Jeanette, die Dienerin der Desmoulins

Teil V

ALS GIRONDISTEN ODER BRISSOTISTEN GELTENDE POLITIKER:

Jean-Pierre Brissot, ein Journalist
Jean-Marie und *Manon Roland*
Pierre Vergniaud, Mitglied des Nationalkonvents, berühmter Redner
Jérôme Pétion
François-Léonard Buzot
Jean-Baptiste Louvet
Charles Barbaroux, ein Anwalt aus Marseille

Albertine Marat, Marats Schwester
Simone Evrard, Marats Lebensgefährtin
Defermon, ein Abgeordneter, zwischenzeitlich Präsident des Nationalkonvents
Jean-François Lacroix, ein gemäßigter Abgeordneter: 1792 und 1793 mit Danton auf kommissarischer Mission in Belgien
David, ein Maler
Charlotte Corday, eine Attentäterin
Claude Dupin, ein junger Bürokrat, der Dantons Nachbarin Louise Gély einen Heiratsantrag macht
Souberbielle, Robespierres Arzt
Renaudin, ein zur Gewalttätigkeit neigender Geigenbauer
Pater Kéravenen, ein widersetzlicher Priester
Chauveau-Lagarde, ein Anwalt, Verteidiger von Marie-Antoinette
Philippe Lebas, ein linker Abgeordneter, später Mitglied des Sicherheitsausschusses, heiratet Babette Duplay
Vadier, ein Mitglied des Sicherheitsausschusses, als »der Inquisitor« bekannt

IN DIE AFFÄRE UM DIE OSTINDIEN-KOMPANIE VERWICKELT:

Chabot, ein Abgeordneter, ehemaliger Kapuzinermönch
Julien, ein Abgeordneter, ehemaliger protestantischer Pastor
Proli, Sekretär von Hérault de Séchelles, angeblich ein österreichischer Spion
Emmanuel Dobruska und *Siegmund Gotleb*, als Emmanuel und Junius Frei bekannt; Spekulanten
Guzman, ein spanischstämmiger unbedeutender Politiker
Diedrichsen, ein dänischer »Geschäftsmann«
Abbé d'Espanac, ein betrügerischer Heereslieferant

Basire; Delaunay, Abgeordnete

Bürger de Sade, ein Schriftsteller und ehemaliger Marquis
Pierre Philippeaux, ein Abgeordneter, verfasst während der Schreckensherrschaft ein Pamphlet gegen die Regierung

EINIGE MITGLIEDER DES SICHERHEITSAUSSCHUSSES:

Saint-André
Barère
Couthon, ein Querschnittsgelähmter, Freund von Robespierre
Robert Lindet, ein Anwalt aus der Normandie, Freund von Danton

BEIM PROZESS GEGEN DIE DANTONISTEN:

Hermann (aus Arras), Präsident des Revolutionstribunals
Dumas, sein Vertreter
Fouquier-Tinville, jetzt öffentlicher Ankläger

Fleuriot; Liendon, Ankläger

Fabricius Pâris, Gerichtsschreiber
Laflotte, ein Gefängnisspitzel
Henri Sanson, Henker

ERSTER TEIL

Louis XV wird der Vielgeliebte genannt. Zehn Jahre vergehen. Dieselben Menschen denken, der Vielgeliebte bade in Menschenblut … Er meidet Paris, lebt zurückgezogen in Versailles, findet, dass es selbst dort noch zu viele Menschen gibt, zu viel Licht. Er wünscht sich einen dunklen Rückzugsort …
In einem Jahr der Not (solche gab es damals nicht selten) war er wie üblich im Wald von Sénart auf der Jagd. Er traf einen Bauern mit einer Totenbahre und fragte ihn, wohin er die Bahre bringe. An den und den Ort. »Für einen Mann oder eine Frau?« »Einen Mann.« »Woran ist er gestorben?« »Am Hunger.«

Jules Michelet

1. Das Leben als Schlachtfeld

1763–1774

Nun, da sich der Staub gelegt hat, können wir unsere Lage in Augenschein nehmen. Nun, da auch der letzte rote Ziegel auf dem Dach des Neuen Hauses liegt, nun, da der Ehevertrag vier Jahre alt ist. Die Stadt riecht nach Sommer, nicht angenehm also, aber nicht anders als letztes Jahr und nicht anders als in den kommenden Jahren. Das Neue Haus riecht nach Harz und Wachspolitur, der schweflige Geruch dräuender Familienzwistigkeiten liegt in der Luft.

Maître Desmoulins' Arbeitszimmer befindet sich auf der anderen Seite des Hofes, im Alten Haus, das direkt an der Straße steht. Wenn man sich auf die Place des Armes stellt und die schmale weiße Fassade hinaufblickt, kann man oft seine schemenhafte Gestalt hinter den Jalousien im ersten Stock erkennen. Er scheint auf die Straße hinunterzuschauen, doch im Geiste, behaupten manche, ist er ganz woanders. Sie haben recht, und der Ort, an dem er weilt, lässt sich exakt benennen. Es ist Paris.

Leibhaftig ist er im Moment gerade auf dem Weg nach oben. Sein dreijähriger Sohn folgt ihm. Da er davon ausgeht, dass er das Kind noch die nächsten zwanzig Jahre am Bein haben wird, bringt es nichts, sich zu beklagen. Die Nachmittagshitze hängt in den Straßen. Die Kleinen, Henriette und Elisabeth, schlafen in ihren Bettchen. Madeleine beschimpft die Wäschemagd mit einer Redegewandtheit und Gehässigkeit, die nicht recht zu ihrer vornehmen Erziehung und ihrer Schwangerschaft passen wollen. Er schließt die Tür.

Kaum sitzt er an seinem Schreibtisch, wandern seine Gedanken wieder einmal in Richtung Paris. Das kommt häufig vor. Er lässt sich darauf ein, sieht sich mit einem mühsam errungenen Freispruch auf der

Treppe des königlichen Gerichtshofs stehen, inmitten einer Traube gratulierender Kollegen. Er gibt den Kollegen Namen und Gesichter. Wo ist Perrin an diesem Nachmittag? Wo Vinot? Er fährt jetzt zweimal im Jahr hin, und Vinot – der früher, als sie noch studierten, seinen Lebensplan mit ihm zu besprechen pflegte – ist vor einer Weile auf der Place Dauphine geradewegs an ihm vorbeimarschiert, hat ihn wie Luft behandelt.

Das war letztes Jahr, und jetzt haben wir August, im Jahr des Heils 1763. Wir befinden uns in Guise in der Picardie; er ist dreiunddreißig Jahre alt, Ehemann, Vater, Advokat, Amtmann, Ratsherr, ein Mann, der eine hohe Rechnung für ein neues Dach zu begleichen hat.

Er nimmt seine Geschäftsbücher heraus. Vor zwei Monaten hat Madeleines Familie endlich die letzte Rate der Mitgift gezahlt. Sie stellten es als eine Art schmeichelhaftes Versäumnis dar, wohlwissend, dass er ihnen schlecht das Gegenteil beweisen konnte: Bei einem Mann in seiner Position, dem die Aufträge nur so zuflössen, fielen die letzten paar Hundert doch sicherlich nicht ins Gewicht.

Das war ein typischer de-Viefville-Trick, gegen den er machtlos war. Sie nagelten ihn an den Mast, und er, zitternd vor Scham, reichte ihnen auch noch selbst die Nägel. Er war auf ihr Geheiß von Paris nach Hause zurückgekehrt, um alles für Madeleine auf den Weg zu bringen. Er hatte nicht geahnt, dass ihr dreißigster Geburtstag verstreichen würde, ehe ihre Familie seine Lebensumstände auch nur halbwegs akzeptabel fand.

Sie lenken und leiten, die de Viefvilles: kleine Städte, große Anwaltskanzleien. Die Familie ist weit verzweigt, über das ganze Arrondissement Laon, die ganze Picardie – ein Haufen eiskalter Gauner, ständig am Reden. Ein de Viefville ist Bürgermeister von Guise, ein anderer Mitglied jenes erlauchten Gerichtshofs, des Parlaments von Paris. De Viefvilles heiraten für gewöhnlich Godards; Madeleine ist väterlicherseits eine Godard. Dem Namen der Godards fehlt das begehrte Adelsprädikat; dessen ungeachtet bringen sie es im Leben gemeinhin zu etwas, und wenn man in Guise und Umgebung eine musikalische Soirée, ein Begräbnis oder ein Diner der Anwaltskammer besucht, ist immer irgendeiner von ihnen da, vor dem man das Knie beugen kann.

Die Damen der Familie glauben an jährliche Vermehrung, und Madeleine ist da keine Ausnahme, auch wenn sie erst so spät begonnen hat. Daher das Neue Haus.

Dieses Kind, das jetzt quer durchs Zimmer läuft und auf die Fensterbank krabbelt, ist sein ältestes. Seine erste Reaktion beim Anblick des Neugeborenen: Das ist nicht meins. Die Erklärung kam bei der Taufe, von den grinsenden Onkeln und gehässigen Tanten: Na, wenn du mal kein kleiner Godard bist! Ist er nicht bis in die Fingerspitzen ein Godard? Drei Wünsche, dachte Jean-Nicolas missmutig: Ratsherr werden, die Cousine heiraten, gedeihen wie die Made im Speck.

Das Kind bekam eine ganze Reihe Namen, weil sich die Paten nicht hatten einigen können. Als Jean-Nicolas einen eigenen Namenswunsch äußerte, schloss sich die Familie zusammen: Du kannst gern Lucien zu ihm sagen, aber wir werden ihn Camille nennen.

Es kam Desmoulins vor, als wäre er mit der Geburt seines ersten Kindes zu einem Mann geworden, der sich durch einen zähen Sumpf kämpfte, ohne dass irgendwo Rettung in Sicht wäre. Er war durchaus willens, Verantwortung zu übernehmen, doch war er von den Wirrungen des Lebens schlicht überwältigt, gelähmt durch die Gewissheit, dass er in keiner denkbaren Situation etwas Konstruktives tun konnte. Insbesondere das Kind stellte ein unlösbares Problem dar. Es schien sich den Regeln der Vernunft völlig zu entziehen. Er lächelte es an, und es lernte das zu erwidern, doch nicht mit dem freundlichen, zahnlosen Lächeln der meisten Säuglinge, sondern, so schien ihm, mit einer Art verhaltenem Amüsement. Auch hatte er zu wissen geglaubt, dass Säuglinge Objekte noch nicht richtig mit den Augen fixieren konnten, doch dieser – sicher bildete er sich das nur ein – schien ihn kühl zu mustern. Das bereitete ihm Unbehagen. Insgeheim befürchtete er, dass sich das Kind eines Tages in Gesellschaft aufsetzen und sprechen würde; dass es seinen Blick suchen, ihn abschätzend betrachten und dann sagen würde: »Du Arschloch.«

Sein Sohn steht jetzt auf der Fensterbank, beugt sich hinaus und kommentiert das Kommen und Gehen draußen auf dem Platz. Da ist der Curé, und da ist M. Saulce. Jetzt kommt eine Ratte. Und jetzt kommt der Hund von M. Saulce – o je, die arme Ratte.

»Camille«, sagt er. »Geh da runter. Wenn du aufs Pflaster fällst und dir einen Hirnschaden zuziehst, wirst du nie Ratsherr. Das heißt – wer weiß. Es würde ja ohnehin keiner merken.«

Während er die Beträge der Handwerkerrechnungen addiert, lehnt sich sein Sohn in der Hoffnung auf weitere Gemetzel so weit wie möglich aus dem Fenster. Der Curé geht abermals über den Platz, der Hund schläft in der Sonne ein. Ein Junge kommt mit Halsband und Kette, legt sie dem Hund an und führt ihn davon. Schließlich blickt Jean-Nicolas auf. »Wenn ich das Dach bezahlt habe«, sagt er, »werde ich pleite sein. Hörst du mir zu? Da deine Onkel weiterhin dafür sorgen, dass nur der Bodensatz der hiesigen Rechtsfälle zu mir gelangt, muss ich für unsere monatlichen Ausgaben die Mitgift deiner Mutter angreifen, die eigentlich die Kosten deiner Ausbildung decken sollte. Um die Mädchen mache ich mir keine Sorgen, die können Handarbeiten verrichten, und vielleicht wird man sie einfach ihres Charmes wegen heiraten. Aber du wirst kaum auf diese Weise deinen Weg machen können.«

»Jetzt kommt wieder der Hund«, sagt sein Sohn.

»Tu, was ich dir sage, und geh vom Fenster weg. Und sei nicht kindisch.«

»Warum denn nicht?«, fragt Camille. »Ich bin doch ein Kind.«

Der Vater geht zu Camille, löst dessen Finger vom Fensterrahmen und schwingt ihn in die Luft. Die Augen des Jungen weiten sich vor Staunen, als er von dieser größeren Kraft davongetragen wird. Alles erstaunt ihn: die Tiraden seines Vaters, die Pünktchen auf einer Eierschale, Damenhüte, Enten auf dem Teich.

Jean-Nicolas trägt ihn durchs Zimmer. Mit dreißig, denkt er, wirst du an diesem Schreibpult sitzen, dich von deinen Geschäftsbüchern abwenden, um dich dem läppischen Auftrag zu widmen, mit dem du gerade befasst bist, und vielleicht zum zehnten Mal in deiner Laufbahn einen Hypothekenbrief für das Herrenhaus in Wiège aufsetzen, und dann wird dir dein erstaunter Gesichtsausdruck vergehen. Wenn du vierzig bist, allmählich ergraust und fast krank vor Sorge um deinen Ältesten bist, werde ich siebzig sein. Ich werde in der Sonne sitzen und zusehen, wie die Birnen an der Wand reifen, und M. Saulce und der Curé werden vorbeikommen und zum Gruß an ihren Hut tippen.

Was denken wir über Väter? Wichtig oder nicht? Rousseau sieht es folgendermaßen:

Die älteste und einzig natürliche Form aller Gesellschaften ist die Familie; obgleich die Kinder nur so lange mit dem Vater verbunden bleiben, wie sie seiner zu ihrer Erhaltung bedürfen … Demnach ist die Familie, wenn man will, das erste Muster der politischen Gesellschaften. Der Herrscher ist das Abbild des Vaters, das Volk ist das Abbild der Kinder.

Hier also noch einige Familiengeschichten.

M. Danton hatte vier Töchter sowie, jünger als diese, einen Sohn. Zu Letzterem hatte er keine spezielle Haltung; allenfalls verspürte er etwas wie Erleichterung angesichts seines Geschlechts. Im Alter von vierzig Jahren starb M. Danton. Seine Witwe war schwanger, verlor das Kind jedoch. Später im Leben meinte Georges-Jacques, sich an seinen Vater zu erinnern. Über die Toten wurde in seiner Familie oft gesprochen. Er hatte diese Unterhaltungen aufgesogen und sie in etwas umgewandelt, das als Erinnerung durchging. Das war durchaus in Ordnung. Die Toten kommen nicht zurück, um zu mäkeln oder zu berichtigen.

M. Danton war Schreiber an einem der örtlichen Gerichte gewesen. Es war etwas Geld vorhanden, etwas Grundbesitz, ein paar Häuser. Madame kam zurecht. Sie war eine herrische kleine Frau, die das Leben mit ausgefahrenen Ellenbogen anging. Ihre Schwäger kamen jeden Sonntag vorbei und erteilten ihr Rat.

Die Kinder verwilderten. Sie machten die Zäune anderer Leute kaputt, jagten Schafe und trieben auch sonst so manchen Unfug, den man auf dem Land eben treiben kann. Zur Rede gestellt, gaben sie freche Antworten. Und die Kinder anderer Familien warfen sie in den Fluss.

»Dass Mädchen sich so aufführen!«, sagte M. Camus, Madames Bruder.

»Das sind nicht die Mädchen«, sagte Madame. »Es ist Georges-Jacques. Aber sie müssen sich nun mal irgendwie durchschlagen.«

»Bloß sind wir hier nicht im Dschungel«, sagte M. Camus. »Oder in Patagonien. Wir sind in Arcis-sur-Aube.«

Arcis ist grün, das umliegende Land ist flach und gelb. Das Leben schreitet gemächlich voran. M. Camus betrachtet das Kind, das draußen vor dem Fenster Steine gegen die Scheune wirft.

»Der Junge ist wild und viel zu dick«, sagt M. Camus. »Wieso hat er einen Verband um den Kopf?«

»Warum sollte ich dir das verraten? Du wirst ihn nur schlechtmachen.«

Zwei Tage zuvor hatte eines der Mädchen ihn in der Wärme des frühen Abends nach Hause gebracht. Sie seien auf der Bullenweide gewesen, erzählte sie, und hätten Urchristen gespielt. So gab Anne Madeleine dem Ganzen einen frommen Anstrich; natürlich war es vorstellbar, dass nicht alle der frühkirchlichen Märtyrer bereit gewesen waren, sich aufspießen zu lassen, und dass einige sich wie Georges-Jacques mit einem spitzen Stock bewaffnet hatten. Das Horn des Bullen hatte sein halbes Gesicht aufgerissen. Voller Panik hatte seine Mutter seinen Kopf in die Hände genommen, das Fleisch zusammengeschoben und wider alle Vernunft gehofft, dass es halten würde. Sie legte ihm einen straffen

Verband am Gesicht an und bandagierte zusätzlich seinen Kopf, um die Beulen und Risse auf der Stirn abzudecken. Zwei Tage blieb er derart behelmt im Haus und brütete in aggressiver Stimmung vor sich hin. Er klagte über Kopfschmerzen. Heute war der dritte Tag.

Vierundzwanzig Stunden nachdem M. Camus gegangen war, stand Mme Danton wieder am Fenster und sah – benommen, wie in einem grässlichen, sich wiederholenden Traum – zu, wie die sterblichen Überreste ihres Sohnes von den Feldern herangeschafft wurden. Ein Landarbeiter trug den schweren Körper in seinen Armen; sie sah, wie seine Knie unter dem Gewicht einknickten. Zwei Hunde liefen mit eingeklemmtem Schwanz hinterher, und das Schlusslicht bildete die vor Wut und Verzweiflung laut heulende Anne Madeleine.

Von nahem sah Mme Danton, dass der Mann Tränen in den Augen hatte. »Wir werden diesen verdammten Bullen schlachten müssen«, sagte er. Sie gingen in die Küche. Alles war voll Blut. Auf dem Hemd des Mannes war Blut, auf dem Fell des Hundes, auf Anne Madeleines Schürze, ja selbst auf ihrem Haar. Es lief auf den Boden. Sie suchte nach etwas – einer Decke, einem sauberen Tuch –, worauf sie den Leichnam ihres einzigen Sohnes betten konnte. Der Arbeiter taumelte erschöpft gegen die Wand und hinterließ einen langen rostfarbenen Streifen auf dem Putz.

»Legen Sie ihn auf den Boden«, sagte sie.

Als die kalten Fliesen seine Wange berührten, stöhnte der Junge leise, und da erst erkannte sie, dass er gar nicht tot war. Anne Madeleine sagte mit monotoner Stimme *De profundis* auf: »Von einer Morgenwache bis zur andern/Israel hoffe auf den HERRN.« Ihre Mutter gab ihr eine Ohrfeige, damit sie aufhörte. Dann flog ein Huhn durch die Tür herein und setzte sich auf ihren Fuß.

»Schlagen Sie das Mädchen nicht«, sagte der Mann. »Sie hat ihn unter den Beinen des Bullen hervorgezerrt.«

Georges-Jacques öffnete die Augen und erbrach sich. Sie hießen ihn stillhalten und untersuchten seine Gliedmaßen auf Brüche. Seine

Nase war gebrochen. Er atmete Blutblasen. »Schneuz dich nicht«, sagte der Mann. »Sonst fliegt dein Gehirn raus.«

»Bleib ganz still liegen, Georges-Jacques«, sagte Anne Madeleine. »Du hast dem Bullen einen ordentlichen Denkzettel verpasst. Wenn er dich das nächste Mal sieht, rennt er davon.«

Seine Mutter sagte: »Ich wünschte, ich hätte einen Mann.«

Niemand hatte vor dem Unfall groß auf seine Nase geachtet, sodass keiner sagen konnte, ob ein vornehmes körperliches Merkmal Schaden genommen hatte. Aber von der Wunde, die ihm der Bulle ins Gesicht gerissen hatte, blieb eine hässliche Narbe zurück. Sie verlief seitlich über seine Wange und mündete als bräunlich-roter Sporn in seiner Oberlippe.

Im folgenden Jahr bekam er die Pocken. Die Mädchen ebenso; wie es sich fügte, überlebten sie alle. Seine Mutter empfand seine Pockennarben nicht als Beeinträchtigung. Wenn schon hässlich, dann am besten gleich richtig, gleichsam aus vollem Herzen. Nach Georges drehten sich die Leute um.

Als er zehn war, heiratete seine Mutter wieder. Einen Kaufmann aus dem Ort namens Jean Recordain; er war Witwer und hatte einen (ruhigen) Jungen großzuziehen. Er hätte ein paar kleine Eigenheiten, aber sie war der Ansicht, dass sie sehr gut zusammenpassten. Georges ging zur Schule, einer kleinen in der Nachbarschaft. Er merkte schnell, dass er völlig mühelos lernte, und ließ sich in seinem Leben folglich durch die Schule nicht weiter beirren. Eines Tages rannte ihn eine Herde Schweine um. Er trug Wunden und Prellungen davon, ein, zwei weitere Narben, die unter seinem drahtigen Haar verschwanden.

»Das ist mit Sicherheit das letzte Mal, dass ich auf mir herumtrampeln lasse«, sagte er. »Ob von Vierbeinern oder von Zweibeinern.«

»Gebe Gott, dass es so sei«, sagte sein Stiefvater andächtig.

Ein Jahr verstrich. Eines Tages brach er plötzlich zusammen, mit hohem Fieber und klappernden Zähnen. Er hustete, hatte blutigen Auswurf und ein Schaben und Rasseln in der Brust, das im ganzen Zimmer zu hören war. »Es steht vermutlich nicht gut um seine Lunge«, sagte der Arzt. »Nachdem immer wieder Rippen in sie hineingedrückt worden sind. Tut mir leid, meine Liebe. Sie holen wohl besser den Priester.«

Der Priester kam und gab ihm die letzte Ölung. Doch in der folgenden Nacht starb der Junge nicht. Und auch drei Tage später klammerte er sich noch an ein komatöses Halbleben. Seine Schwester Marie-Cécile organisierte eine Gebetskette und übernahm selbst die anstrengendste Schicht, von zwei Uhr morgens bis zum Tagesanbruch. Der Salon füllte sich mit Verwandten, die herumsaßen und versuchten, das Richtige zu sagen. Beklommenes Schweigen wechselte sich mit dem verzweifelten Durcheinanderreden aller Anwesenden ab. Von jedem Atemzug wurde Kunde gegeben.

Am vierten Tag setzte er sich auf, erkannte seine Familie. Am fünften Tag machte er Witze und verlangte nach größeren Mengen Essen.

Der Arzt erklärte, er sei außer Gefahr.

Man hatte vorgehabt, das Grab zu öffnen und ihn neben seinem Vater zu bestatten. Der Sarg, der bereits in einem Nebengebäude wartete, musste zurückgeschickt werden. Glücklicherweise hatte man nur eine Anzahlung geleistet.

Während Georges-Jacques genas, unternahm sein Stiefvater eine Fahrt nach Troyes. Als er wiederkam, verkündete er, er habe einen Platz am Konvikt für den Jungen organisiert.

»Du Trottel«, sagte seine Frau. »Gib's zu, du willst ihn doch nur aus dem Haus haben.«

»Wie soll ich mich meinen Erfindungen widmen?«, fragte Recordain sachlich. »Ich lebe auf einem Schlachtfeld. Wenn es keine trampelnden Schweine sind, ist es eine rasselnde Lunge. Wer sonst steigt im November in den Fluss? Wer steigt überhaupt in den Fluss? In Arcis muss man nicht schwimmen können. Der Junge kennt keine Grenzen.«

»Vielleicht kann ja wirklich ein Priester aus ihm werden«, sagte Madame versöhnlich.

»O ja«, sagte Onkel Camus. »Ich sehe es richtig vor mir, wie er sich um seine Schäfchen kümmert. Vielleicht schicken sie ihn ja auf einen Kreuzzug.«

»Ich frage mich, woher er seine Intelligenz hat«, sagte Madame. »In der Familie liegt sie jedenfalls nicht.«

»Danke«, sagte ihr Bruder.

»Wobei er natürlich nicht Priester werden muss, wenn er aufs Konvikt geht. Er kann auch Jurist werden. Es gibt schon ein paar Juristen in der Familie.«

»Und wenn ihm die Entscheidung nicht behagt? Man mag es sich gar nicht vorstellen.«

»Wie dem auch sei«, sagte Madame, »lass ihn mir noch ein, zwei Jahre, Jean. Er ist mein einziger Sohn. Er ist mir ein Trost.«

»Ganz wie du möchtest«, sagte Jean Recordain. Er war ein milder, umgänglicher Mann, der den Wünschen seiner Frau stets entgegenkam; einen Großteil seiner Zeit verbrachte er in einem abgelegenen Wirtschaftsgebäude, wo er mit der Entwicklung einer Maschine zum Spinnen von Baumwolle beschäftigt war. Sie werde die Welt verändern, behauptete er.

Sein Stiefsohn war vierzehn Jahre alt, als er, ein lauter und massiger Junge, in die alte Domstadt Troyes umsiedelte. In Troyes herrschten Sitte und Ordnung. Das Vieh hatte einen Sinn für seine untergeordnete Stellung im Universum, und Schwimmen hatten die Patres verboten. Es bestand eine gewisse Chance, dass er überleben würde.

Im Rückblick sollte er seine Kindheit immer als außerordentlich glücklich beschreiben.

In einem spärlicheren, graueren, nördlicheren Licht wird eine Hochzeit gefeiert. Es ist der 2. Januar; die wenigen frierenden Gäste können einander auch gleich ein gutes neues Jahr wünschen.

Jacqueline Carraults Liebesaffäre hatte sich über den Frühling und Sommer 1757 erstreckt, und am Michaelistag wusste sie, dass sie schwanger war. Sie irrte sich nie. Oder wenn, dachte sie, dann gleich sehr grundsätzlich.

Da ihr Liebhaber ihr inzwischen die kalte Schulter zeigte und ihr Vater ein Choleriker war, ließ sie die Mieder ihrer Kleider aus und verhielt sich unauffällig. Wenn sie am Tisch ihres Vaters saß und keinen Bissen herunterbrachte, steckte sie das Essen dem Terrier zu, der neben ihrem Rock saß.

»Hättest du mich früher informiert«, sagte ihr Liebhaber, »dann hätte es bloß das Drama gegeben, dass die Tochter eines Brauers in die Familie de Robespierre einheiratet. Aber so wie du zurzeit auseinandergehst, kriegen wir auch noch einen handfesten Skandal dazu.«

»Ein Kind der Liebe«, sagte Jacqueline. Sie war eigentlich keine Romantikerin, fühlte sich jetzt jedoch zu dieser Rolle genötigt. Sie stand erhobenen Hauptes vor dem Altar und blickte der Verwandtschaft fest in die Augen. Ihrer eigenen Verwandtschaft – die de Robespierres waren nicht erschienen.

François war sechsundzwanzig Jahre alt. Er war der aufgehende Stern der örtlichen Anwaltskammer und einer der begehrtesten Junggesellen im Arrondissement. Die de Robespierres waren seit dreihundert Jahren im Arrondissement Arras ansässig. Sie hatten kein Geld und waren sehr stolz. Jacqueline war überrascht von dem Haushalt, in den sie da aufgenommen wurde. Ihr Vater, der Brauer, schimpfte den ganzen Tag herum und brüllte seine Arbeiter an, doch zu Hause kam fetter Braten auf den Tisch. Die de Robespierres gingen höflich miteinander um und aßen dünne Suppe.

Da sie Jacqueline für ein robustes, gewöhnliches Mädchen hielten, setzten sie ihr riesige Portionen von dem wässerigen Zeug vor. Sogar das Bier ihres Vaters boten sie ihr an. Aber Jacqueline war nicht robust. Sie war kränklich und schwach. Gut, dass sie in eine vornehme Familie eingeheiratet hat, lästerten die Leute. Zum Arbeiten wäre sie eh nicht geeignet. Ein reines Zierstück sei sie, ein Porzellanpüppchen, dessen schmale Figur durch das werdende Kind entstellt wurde.

François hatte sich vor den Priester gestellt und seine Pflicht getan, doch sobald sich ihre Körper zwischen den Laken trafen, spürte er wieder die ursprüngliche Leidenschaft. Er fühlte sich zu dem neuen Herz, das in ihrem Leib schlug, zur archaischen Rundung ihres Brustkorbs hingezogen. Ehrfürchtig betrachtete er ihre durchscheinende Haut, die am Puls wie Marmor grünliche Adern sehen ließ. Ihre kurzsichtigen grünen Augen zogen ihn an, große Augen, die wie die einer Katze mal sanft, mal hart dreinblicken konnten. Wenn sie redete, kamen die Sätze oft wie kleine Tatzenhiebe.

»Diese salzige Suppe fließt denen durch die Adern«, sagte sie. »Und wenn man ihnen eine Schnittwunde zufügen würde, kämen gute Manieren herausgeflossen. Gott sei Dank sind wir ab morgen in unserem eigenen Haus.«

Es war ein Winter der Peinlichkeit und Bedrängnis. François' zwei Schwestern wanderten hin und her, überbrachten Botschaften und hatten Angst, zu viel zu sagen. Jacquelines Kind, ein Junge, kam am 6. Mai um zwei Uhr morgens zur Welt. Später am Tag traf sich die Familie am Taufstein. François' Vater war Pate, also wurde das Kind nach ihm benannt. Das sei ein guter, alter Familienname, erklärte er Jacquelines Mutter, und ihre Tochter gehöre jetzt zu einer guten, alten Familie.

Innerhalb der nächsten fünf Jahre gingen drei weitere Kinder aus der Ehe hervor. Erst Übelkeit, dann Angst, dann Schmerz, das war bald der Normalzustand für Jacqueline. Sie erinnerte sich an kein anderes Leben mehr.

An jenem Tag las ihnen Tante Eulalie eine Geschichte vor. Sie hieß »Der Fuchs und die Katze«. Tante Eulalie las sehr schnell, blätterte hastig um. Das nennt man »nicht bei der Sache sein«, dachte er. Als Kind bekäme man dafür eine Ohrfeige. Dabei war es sein Lieblingsbuch.

Wie sie so das Kinn vorstreckte, wenn sie jemandem zuhörte, und ihre sandfarbenen Augenbrauen zusammenzog, ähnelte sie selbst dem Fuchs. Da ihn keiner beachtete, ließ er sich auf den Boden gleiten und spielte mit der Spitze an ihrer Manschette. Seine Mutter konnte Spitze klöppeln.

Eine böse Vorahnung beschlich ihn – er durfte sonst nie auf dem Boden sitzen (die guten Kleider abnutzen).

Seine Tante unterbrach sich mitten im Satz, um zu horchen. Oben lag Jacqueline im Sterben. Ihre Kinder wussten es noch nicht.

Die Hebamme hatte man hinausgeschickt, denn sie war keine Hilfe gewesen. Sie saß jetzt in der Küche und aß Käse, schälte ihn mit Hingabe von der Rinde herunter und ängstigte das Dienstmädchen mit Geschichten von ähnlichen Fällen. Man hatte nach dem Wundarzt geschickt; François stand oben auf der Treppe und diskutierte mit ihm. Tante Eulalie sprang auf und schloss die Tür, aber sie waren immer noch zu hören. Sie las mit einem eigenartigen Unterton und stieß dabei mit ihrer schmalen weißen Damenhand sanft Augustins Wiege an, wieder und wieder.

»Ich sehe keine andere Möglichkeit, sie zu entbinden«, sagte der Mann, »als durch einen Schnitt.« Er sprach das Wort sichtlich ungern aus, aber er musste es benutzen. »Das Kind können wir dadurch vielleicht retten.«

»Retten Sie *sie*«, sagte François.

»Wenn ich nichts tue, werden beide sterben.«

»Lassen Sie das Kind sterben, aber retten Sie *sie*.«

Eulalie umklammerte jäh den Rand der Wiege, und bei dem plötzlichen Ruck begann Augustin zu weinen. Der glückliche Augustin – er war bereits geboren.

Sie stritten jetzt lautstark; der Wundarzt war ungehalten, weil der Laie so begriffsstutzig war. »Dann kann ich auch gleich den Metzger holen!«, schrie François.

Tante Eulalie erhob sich, und das Buch rutschte ihr aus der Hand, glitt an ihrem Rock hinunter und landete aufgeklappt auf dem Boden. Sie rannte die Treppe hinauf. »Nicht so laut, Herrgott noch mal! Die Kinder!«

Die Seiten fächerten sich auf – der Fuchs und die Katze, die Schildkröte und der Hase, die kluge Krähe mit dem glitzernden Auge, der Honigbär unter dem Baum. Maximilien hob das Buch auf und strich die Eselsohren glatt. Er legte das pummelige Händchen seiner Schwester auf die Wiege. »So«, sagte er und stieß die Wiege an.

Sie hob ihr Gesicht mit dem schlaffen Kindermund. »Warum?«

Tante Eulalie ging an ihm vorüber, ohne ihn wahrzunehmen, Schweißtröpfchen an der Oberlippe. Er tapste die Treppe hinauf. Sein Vater saß in sich zusammengesunken in einem Sessel und weinte, den Arm vor den Augen. Der Wundarzt wühlte in seiner Tasche. »Meine Zange«, sagte er. »Ich will es zumindest versuchen. Manchmal ist diese Technik erfolgreich.«

Das Kind stieß die Tür einen Spaltbreit auf, gerade so weit, dass es hindurchschlüpfen konnte. Die Fenster waren geschlossen, um den Frühsommer auszusperren, das Gesumme und den Duft aus Garten und Feldern. Ein kräftiges Feuer brannte, und in einem Korb lagen weitere Scheite bereit. Eine drückende, sichtbare Hitze erfüllte den Raum. Seine Mutter lehnte in den Kissen, ihr Körper in Weiß gehüllt, das Haar aus der Stirn gekämmt und von einem Band gehalten. Sie wandte ihm den Blick zu, nur die Augen, nicht den Kopf, mit einem angedeuteten, leblosen Lächeln. Die Haut um ihren Mund war grau. Bald, schien sie zu sagen, werden wir beide voneinander scheiden.

Als er das sah, wandte er sich ab. An der Tür hob er die Hand in ihre Richtung, eine zaghafte Erwachsenengeste, die Solidarität ausdrückte. Draußen vor der Tür hatte der Wundarzt mittlerweile abgelegt und wartete darauf, dass ihm jemand den Mantel, den er überm Arm hielt, abnahm. »Wenn man mich ein paar Stunden früher geholt hätte …«, sagte er, an niemand Bestimmten gerichtet. François' Sessel war leer. Er schien das Haus verlassen zu haben.

Der Priester traf ein. »Falls der Kopf herauskommt«, sagte er, »würde ich ihn taufen.«

»Wenn der Kopf herauskommt, sind unsere Sorgen vorbei«, sagte der Wundarzt.

»Oder irgendein Körperteil«, sagte der Priester hoffnungsvoll. »Die Kirche befürwortet das.«

Eulalie kam wieder ins Zimmer. Als sie die Tür öffnete, quoll die heiße Luft heraus. »Hier ist es ja furchtbar stickig. Ob ihr das gut tut?«

»Unterkühlung kann verheerende Folgen haben«, sagte der Wundarzt. »Wobei …«

»Dann die letzte Ölung«, schlug der Priester vor. »Ich hoffe, es gibt hier irgendwo einen geeigneten Tisch.«

Er zog eine weiße Altardecke aus seiner Tasche, dann holte er seine Kerzen heraus. Die Gnade Gottes, handlich und transportabel, zum Gebrauch an Heim und Herd.

Der Blick des Wundarztes schweifte über den Treppenabsatz. »Bringen Sie das Kind weg«, sagte er.

Eulalie nahm ihn in die Arme: das Kind der Liebe. Als sie ihn hinuntertrug, schabte der Stoff ihres Kleides leise raschelnd über seine Wange.

Eulalie wies die Kinder an, sich an der Eingangstür in einer Reihe aufzustellen. »Eure Handschuhe«, sagte sie. »Eure Mützen.«

»Es ist doch warm«, sagte er. »Wir brauchen keine Handschuhe.«

»Trotzdem«, sagte sie. Ihr Gesicht schien zu beben.

Die Amme schob sich an ihnen vorbei, Augustin, den Säugling, mit einer Hand an die Schulter gepresst wie einen Sack. »Fünf in sechs Jahren«, sagte sie zu Eulalie. »Was kann man da erwarten? Diesmal hat sie eben Pech gehabt.«

Sie gingen zu Großvater Carraut. Später am Tag kam Tante Eulalie und sagte, sie sollten für ihr Brüderchen beten. Großmutter Carraut formte mit den Lippen die lautlose Frage: »Getauft?« Tante Eulalie schüttelte den Kopf. Sie warf einen Blick auf die Kinder, der besagte:

Kann jetzt nicht reden. Ebenfalls lautlos gab sie Großmutter zu verstehen: »Totgeburt.«

Er schauderte. Tante Eulalie beugte sich zu ihm hinunter und gab ihm einen Kuss. »Wann kann ich nach Hause?«, fragte er.

»Für ein paar Tage seid ihr bei Großmutter ganz gut aufgehoben, so lange, bis es eurer Mutter besser geht.«

Doch er erinnerte sich an die graue Haut um ihren Mund. Er begriff, was dieser Mund zu ihm gesagt hatte: Bald liege ich im Sarg, bald werde ich begraben.

Er fragte sich, warum man sie belog.

Er zählte die Tage. Tante Eulalie und Tante Henriette waren mal hier, mal dort. Sie fragten: Wollt ihr denn nicht wissen, wie es eurer Mutter heute geht? Tante Henriette sagte zu Großmutter: »Maximilien fragt gar nicht, wie es seiner Mutter geht.«

Großmutter erwiderte: »Er ist ein kalter Bursche.«

Er zählte die Tage, bis sie sich entschließen würden, die Wahrheit zu sagen. Neun Tage verstrichen. Sie saßen beim Frühstück, bei Brot und Milch, als Großmutter hereinkam.

»Ihr müsst jetzt sehr tapfer sein«, sagte sie. »Eure Mutter ist zu Jesus gegangen.«

Zum Jesuskind, dachte er. Und sagte: »Ich weiß.«

Er war sechs, als das geschah. Ein weißer Vorhang flatterte in dem leichten Wind, der durch das offene Fenster hereinkam, ein paar Spatzen hüpften auf dem Fensterbrett herum; Gottvater, himmlische Wolken im Gefolge, blickte von einem Bild an der Wand herab.

Einen oder zwei Tage später deutete seine Schwester Charlotte auf den Sarg, und die kleinere Schwester Henriette saß unbeachtet in einer Ecke und quengelte.

»Ich lese dir was vor«, sagte er zu Charlotte. »Aber nicht aus dem Tierbuch. Das ist mir zu kindisch.«

Später hob ihn die erwachsene Henriette, seine Tante, hoch, damit er in den Sarg schauen konnte, bevor der Deckel geschlossen wurde. Sie zitterte und sagte über seinen Kopf hinweg: »Ich wollte nicht, dass er sie sieht, aber Großvater Carraut hat gesagt, es muss sein.« Er begriff sehr gut, dass das seine Mutter war, diese Leiche mit der schmalen Hakennase und den schrecklichen papiernen Händen.

Tante Eulalie rannte auf die Straße hinaus. Sie sagte: »François, bitte!« Maximilien lief ihr hinterher, griff nach ihrem Rock; er sah, dass sich sein Vater kein einziges Mal umdrehte. François schritt zügig in Richtung Stadt aus. Tante Eulalie zog das Kind wieder mit sich ins Haus. »Er muss die Todesurkunde unterzeichnen«, sagte sie. »Aber er sagt, dass er seinen Namen nicht daruntersetzen wird. Was machen wir jetzt?«

Am nächsten Tag kam François wieder. Er roch nach Weinbrand, und Großmutter sagte, es sei offensichtlich, dass er bei einer Frau gewesen sei.

In den folgenden Monaten begann François stark zu trinken. Er vernachlässigte seine Klienten, die bald woandershin gingen. Er verschwand manchmal tagelang, und eines Tages packte er eine Tasche und erklärte, er gehe für immer.

Sie sagten – Großmutter und Großvater Carraut –, sie hätten ihn eh nie gemocht. Wir haben keinen Streit mit den de Robespierres, sagten sie, das sind anständige Menschen, aber er ist kein anständiger Mensch. Zunächst erhielt man die Fiktion aufrecht, dass er in einer anderen Stadt an einem aufwendigen, prestigeträchtigen Fall arbeite. Von Zeit zu Zeit schneite er tatsächlich wieder herein, meistens um sich Geld zu leihen. Die älteren de Robespierres sahen sich – »in unserem Lebensalter« – außerstande, seinen Kindern ein Heim zu bieten. Großvater Carraut nahm die beiden Jungen zu sich, Maximilien und Augustin. Tante Eulalie und Tante Henriette erklärten sich bereit, die beiden kleinen Mädchen aufzunehmen.

Irgendwann in seiner Kindheit fand Maximilien heraus – oder bekam es erzählt –, dass er außerehelich gezeugt worden war. Wahrscheinlich interpretierte er das auf die schlimmstmögliche Weise, denn von diesem Moment an sprach er nie wieder von seinen Eltern.

1768 tauchte François de Robespierre nach zweijähriger Abwesenheit wieder in Arras auf. Er sagte, er sei im Ausland gewesen, erzählte jedoch nicht, wo oder wovon er gelebt hatte. Er ging zu Großvater Carraut und wollte seinen Sohn sehen. Maximilien stand in einem Korridor und hörte die beiden hinter verschlossener Tür laut reden.

»Du sagst, du bist bis heute nicht darüber hinweggekommen«, sagte Großvater Carraut. »Aber hast du dich je gefragt, ob dein Sohn darüber hinweggekommen ist? Das Kind gerät nach ihr, es ist nicht kräftig; sie war auch nicht kräftig, und das wusstest du, als du dich ihr nach jeder Geburt gleich wieder aufgedrängt hast. Es ist nur mir zu verdanken, dass sie Kleider am Leibe haben und als Christen aufwachsen.«

Sein Vater kam heraus, entdeckte ihn und sagte: Er ist dünn, er ist klein für sein Alter. Ein paar Minuten lang sprach er mit ihm, bemüht, verlegen. Bevor er ging, beugte er sich herunter und gab ihm einen Kuss auf die Stirn. Sein Atem roch schlecht. Mit einer erwachsenen, angewiderten Miene zog das Kind der Liebe den Kopf weg. François schien enttäuscht. Hatte er vielleicht eine Umarmung erwartet, einen Kuss, hatte er seinen Sohn durch die Luft schwingen wollen?

Später fragte sich der Junge, der seine starken Gefühle sparsam zu dosieren gelernt hatte, ob er Bedauern empfinden sollte. Er fragte seinen Großvater: »Ist mein Vater wegen mir gekommen?«

»Er ist gekommen, weil er wieder Geld gebraucht hat. Werd endlich erwachsen«, knurrte der alte Mann und ging weg.

Maximilien machte seinen Großeltern keinerlei Ärger. Man merke kaum, dass er im Haus sei, sagten sie. Er las gern und hielt Tauben in einem Verschlag im Garten. Sonntags wurden die beiden kleinen Mädchen herübergebracht, und sie spielten zusammen. Er ließ sie – ganz sacht, mit einem Finger – den Rücken der zitternden Taube streicheln.

Sie bettelten um eine Taube, die sie selbst zu Hause halten wollten. Ich kenne euch doch, sagte er, in ein, zwei Tagen werdet ihr genug von ihr haben, aber man muss sich um sie kümmern, das sind keine Puppen, versteht ihr? Sie ließen nicht locker: Sonntag um Sonntag plärrten und jammerten sie. Schließlich ließ er sich erweichen. Tante Eulalie kaufte einen schönen vergoldeten Käfig.

Nach wenigen Wochen war die Taube tot. Sie hatten den Käfig draußen stehen lassen, und es hatte ein Gewitter gegeben. Er stellte sich vor, wie der Vogel sich in Panik gegen die Gitterstäbe geworfen und die Flügel gebrochen hatte, während über ihm der Donner grollte. Charlotte erzählte es ihm unter reuevollem Schluchzen und Hicksen, doch er wusste, dass sie fünf Minuten später in die Sonne hinausstürmen und nicht mehr daran denken würde. »Wir haben den Käfig rausgestellt, damit sie sich frei fühlt«, sagte sie schniefend.

»Das war kein freier Vogel. Um diese Vögel muss man sich kümmern. Ich habe es euch gesagt. Und ich hatte recht.«

Aber es bereitete ihm keine Freude, recht zu haben. Es hinterließ einen bitteren Nachgeschmack.

Sein Großvater sagte, wenn Maximilien alt genug sei, werde er ihn in sein Geschäft aufnehmen. Er führte das Kind durch die Brauerei, erklärte ihm die verschiedenen Produktionsschritte und ließ ihn mit den Männern sprechen. Der Junge zeigte nicht mehr als höfliches Interesse. Sein Großvater sagte, er könne auch Priester werden, da er ja eher dem Theoretischen als dem Praktischen zuneige. »Den Betrieb kann auch Augustin übernehmen«, sagte er. »Oder wir verkaufen ihn. Ich bin nicht sentimental. Es gibt noch andere Berufe als den des Brauers.«

Als Maximilien zehn Jahre alt war, machte man den Abt von Saint-Waast auf die Familie aufmerksam. Er befragte Maximilien persönlich und war nicht sonderlich von ihm angetan. Trotz seiner zurückhaltenden Art schien er für die Ansichten des Abtes Verachtung zu empfinden, so als hätte er Höheres im Sinn und als erwarteten ihn anderswo vielfältige Aufgaben. Andererseits lag auf der Hand, dass hier eine ausgeprägte Intelligenz zu verkümmern drohte. Dem Abt war immerhin bewusst, dass der Junge an den Missgeschicken in seinem Leben keine Schuld trug. Man konnte etwas für ihn tun; er besuchte seit drei Jahren die Schule in Arras, und seine Lehrer waren voll des Lobes über sein Fortkommen und seinen Fleiß.

Der Abt verschaffte ihm ein Stipendium. Er hatte nicht in kleinen Kategorien gedacht, als er sagte: »Ich werde etwas für dich tun.« Louis-le-Grand sollte es sein, die beste Schule des Landes, an der die Söhne des Adels ihre Ausbildung erhielten – eine Schule, die an Begabten interessiert war und an der es auch ein Junge aus bescheidenen Verhältnissen zu etwas bringen konnte. So der Abt, der seinerseits an harter Arbeit, blindem Gehorsam und ewiger Dankbarkeit Gefallen fand.

Maximilien sagte zu seiner Tante Henriette: »Wenn ich weggehe, musst du mir schreiben.«

»Natürlich.«

»Und Charlotte und Henriette sollen mir bitte auch schreiben.«

»Dafür werde ich sorgen.«

»In Paris werde ich sicher viele neue Freunde finden.«

»Bestimmt.«

»Und wenn ich erwachsen bin, werde ich für meine Schwestern und meinen Bruder sorgen. Dann muss das niemand anders mehr machen.«

»Und was ist mit deinen alten Tanten?«

»Für euch auch. Wir werden in einem großen Haus zusammen wohnen. Und uns nie mehr streiten.«

Sehr wahrscheinlich, dachte sie. Sie fragte sich: Ist es richtig, dass er geht? Er war noch so klein mit seinen zwölf Jahren, so leise und zurückhaltend; sie hatte Angst, dass man ihn außerhalb des Hauses seines Großvaters überhaupt nicht wahrnehmen würde.

Aber nein – natürlich musste er gehen. Solche Gelegenheiten boten sich wahrlich nicht oft; man musste vorwärtskommen im Leben, da half es nichts, sich am Schürzenband einer Frau festzuklammern. Manchmal erinnerte er sie an seine Mutter: Er hatte die gleichen meerfarbenen Augen, die das Licht einzufangen schienen. Ich habe nie etwas gegen das Mädchen gehabt, dachte sie. Jacqueline hatte ein weiches Herz.

Im Sommer 1769 arbeitete er an seinem Latein und Griechisch. Er gab die Versorgung der Tauben in die Hände eines Nachbarmädchens, das wenig älter war als er. Im Oktober fuhr er.

In Guise war es unter den Augen der de Viefvilles mit Maître Desmoulins' Karriere vorangegangen. Er war Richter geworden. Abends nach dem Essen saßen er und Madeleine da und schauten einander an. Das Geld war immer knapp.

1767 – Armand hatte gerade laufen gelernt, und Anne-Clothilde war das jüngste Kind der Familie – sagte Jean-Nicolas zu seiner Frau: »Camille sollte woanders zur Schule gehen.«

Camille war mittlerweile sieben. Er folgte seinem Vater weiterhin durchs Haus, redete nach de Viefvillescher Manier unablässig und ließ kein gutes Haar an Jean-Nicolas' Ansichten.

»Er sollte nach Cateau-Cambrésis gehen«, sagte Jean-Nicolas. »Zu seinen kleinen Vettern. Es ist ja nicht weit von hier.«

Madeleine hatte sehr viel zu tun. Das älteste Mädchen war dauernd krank, die Bediensteten nutzten sie aus, und das Haushaltsbudget war so schmal, dass zeitaufwendige Sparmaßnahmen erforderlich waren. Jean-Nicolas erwartete von ihr, dass sie das alles bewältigte, und außerdem sollte sie sich auch noch um seine Gefühle kümmern.

»Ist er nicht ein bisschen jung, um die Bürde deiner unerfüllten Ambitionen zu tragen?«, fragte sie.

Denn bei Jean-Nicolas hatte die Verbitterung eingesetzt. Er hatte sich seine Tagträumerei selbst ausgetrieben. Wenige Jahre später sollten ihn am Gericht von Guise vielversprechende junge Anwälte fragen: Warum haben Sie sich bei Ihrer unbezweifelbaren Begabung eigentlich mit diesem eingeschränkten Wirkungskreis zufriedengegeben, Monsieur? Worauf er sie anfuhr, ihm genüge seine eigene Provinz, und auch ihnen solle sie genügen.

Im Oktober schickten sie Camille nach Cateau-Cambrésis. Kurz vor Weihnachten kam ein überschwänglicher Brief des Schuldirektors, der Camilles erstaunliche Fortschritte pries. Jean-Nicolas wedelte den Brief durch die Luft und sagte zu seiner Frau: »Hab ich's dir nicht gesagt? Ich wusste doch, dass es das Richtige sein würde.«

Aber Madeleine beunruhigte der Brief. »Es klingt, als wollten sie eigentlich sagen: ›Wie intelligent und attraktiv Ihr Kind doch ist, obwohl es nur ein Bein hat!‹«

Jean-Nicolas fasste das als witzige Bemerkung auf. Erst am Tag zuvor hatte ihm Madeleine erklärt, er habe weder Humor noch Fantasie.

Etwas später kam das Kind nach Hause. Es hatte einen schrecklichen Sprachfehler entwickelt und ließ sich kaum dazu bewegen, überhaupt etwas zu sagen. Madeleine schloss sich in ihrem Zimmer ein und ließ sich das Essen nach oben bringen. Camille sagte, die Patres seien sehr nett zu ihm gewesen, es sei seine eigene Schuld. Um ihn aufzumuntern, sagte sein Vater, von Schuld könne ja wohl keine Rede sein, es sei halt eine kleine Unannehmlichkeit. Camille beharrte auf einer dubiosen eigenen Verfehlung und fragte kalt, wann er wieder in die Schule zurückfahren dürfe, denn dort schere sich keiner darum und es werde nicht ständig darüber geredet. Jean-Nicolas setzte sich in kämpferischer Stimmung mit der Schule in Verbindung und fragte, warum sein Sohn neuerdings stottere. Die Priester behaupteten, er habe schon bei seiner Ankunft gestottert, worauf Jean-Nicolas erwiderte, dass er bei seiner Abreise von zu Hause nun ganz gewiss nicht gestottert habe, sodass man zu dem Schluss kam, seine flüssige Rede müsse irgendwo unterwegs auf der Kutschfahrt abhandengekommen sein wie ein Koffer oder ein Paar Handschuhe. Niemand war schuld, es war eines dieser Dinge, die einfach passieren.

Im Jahr 1770, Camille war zehn Jahre alt, rieten die Priester seinem Vater, ihn von der Schule zu nehmen, da sie ihm nicht die Aufmerksamkeit widmen könnten, die er angesichts seiner Fortschritte verdiene. Madeleine meinte: »Wir könnten einen Privatlehrer für ihn suchen. Einen wirklich guten.«

»Bist du verrückt?«, schrie ihr Mann sie an. »Hältst du mich für einen Herzog? Oder für einen englischen Baumwollbaron? Denkst du, ich besitze eine Kohlengrube? Oder Leibeigene?«

»Nein«, sagte seine Frau. »Ich weiß genau, was du bist und was nicht. Ich habe keinerlei Illusionen mehr.«

Letztlich war es ein de Viefville, der das Problem löste. »Eines ist gewiss«, sagte er, »es wäre ein Jammer, wenn aus Ihrem klugen Söhnchen nichts werden würde, nur weil es am Geld fehlt. Denn Sie«, fügte er rüde hinzu, »werden in diesem Leben ja ganz offensichtlich keine Berge mehr versetzen.« Er grübelte. »Er ist ein reizender Junge. Wir gehen davon aus, dass sich das Stottern verlieren wird. Lassen Sie uns mal über Stipendien nachdenken. Wenn wir ihn am Louis-le-Grand unterbringen könnten, wären die Ausgaben für die Familie vernachlässigbar.«

»Würde man ihn dort denn nehmen?«

»Nach allem, was ich höre, ist er außerordentlich intelligent. Als Anwalt wird er eine Zierde für die Familie sein. Ich werde dafür sorgen, dass sich mein Bruder, wenn er das nächste Mal in Paris ist, für ihn verwendet. Muss ich mehr sagen?«

Die durchschnittliche Lebenserwartung in Frankreich ist mittlerweile auf fast neunundzwanzig Jahre gestiegen.

Das Collège Louis-le-Grand war ein altes Institut. Es hatte ursprünglich unter der Leitung von Jesuiten gestanden; als diese des Landes verwiesen wurden, übernahmen es die Oratorianer, ein aufgeklärterer Orden. Die Alumni des Collège waren berühmt, aber sehr verschieden: Voltaire, nunmehr im ehrenvollen Exil, war einer von ihnen, ein anderer der Marquis de Sade, der sich jetzt in einem seiner *châteaux* verkrochen hatte, während seine Frau sich um die Milderung eines jüngst gegen ihn ergangenen Urteils wegen Vergiftung und Analverkehr bemühte.

Das Collège befand sich in der Rue Saint-Jacques und war durch wuchtige hohe Mauern und Eisentore von der Stadt getrennt. Geheizt wurde dort nur, wenn sich auf dem Weihwasser im Taufbecken der Kapelle eine Eisschicht bildete, weshalb es im Winter häufig vorkam, dass jemand frühmorgens Eiszapfen erntete und in das Becken warf, in der Hoffnung, dass der Direktor es nicht so eng sehen würde.

Ein eiskalter Luftzug fegte durch die Räume, trug gedämpftes Gemurmel in toten Sprachen weiter.

Maximilien de Robespierre war seit einem Jahr dort.

Bei seiner Ankunft hatte man ihm gesagt, er solle hart arbeiten – dem Abt zuliebe, denn dem Abt habe er diese großartige Gelegenheit schließlich zu verdanken. Und wenn er Heimweh bekomme, hatte man ihm gesagt, so werde es vergehen. Er setzte sich als Erstes hin und schrieb alles auf, was er auf der Reise gesehen hatte, damit er sich dieser Schuldigkeit entledigt und den Kopf für anderes frei haben würde. Die Verben konjugierten sich in Paris nicht anders als in Artois. Und wenn man sich auf die Verben konzentrierte, fügte sich der Rest von allein. Er folgte dem Unterricht mit größter Aufmerksamkeit. Seine Lehrer behandelten ihn freundlich. Er schloss keine Freundschaften.

Eines Tages näherte sich ihm ein älterer Schüler, der ein kleines Kind vor sich her trieb. »He, Dingsda«, sagte der Junge. (Die anderen taten immer so, als könnten sie sich nicht an seinen Namen erinnern.)

Maximilien blieb wie angewurzelt stehen, drehte sich jedoch nicht gleich um. »Meinen Sie mich?«, fragte er. Freundlich-herausfordernd, das konnte er gut.

»Ich möchte, dass du ein Auge auf dieses Wickelkind hast, das aus unerfindlichen Gründen hier gelandet ist. Er ist aus deiner Gegend – Guise, glaube ich.«

Maximilien dachte: Diese ignoranten Pariser meinen, das sei alles ein und dasselbe. Ruhig sagte er: »Guise liegt in der *Picardie*. Ich komme aus *Arras*. Arras liegt im *Artois*.«

»Was spielt das schon für eine Rolle? Ich hoffe, du kannst etwas Zeit von deinen angeblich so fortgeschrittenen Studien abzwacken und ihm helfen, sich hier zurechtzufinden.«

»Na schön«, sagte Maximilien. Er drehte sich auf dem Absatz um und betrachtete das sogenannte Wickelkind. Es war ein sehr hübscher, sehr dunkler Junge.

»Wohin möchtest du denn?«, fragte er.

In diesem Moment kam Pater Herivaux fröstelnd durch den Korridor gelaufen. Er blieb stehen. »Ah, Camille Desmoulins, du bist also da.« Pater Herivaux war ein angesehener Altphilologe. Er betrachtete es als seine Aufgabe, alles zu wissen. Doch Gelehrsamkeit hielt die herbstliche Kälte nicht fern, und es würde noch frostiger werden.

»Wie ich höre, bist du erst zehn Jahre alt.«

Das Kind blickte zu ihm auf und nickte.

»Und sehr weit für dein Alter?«

»Ja«, sagte das Kind. »So ist es.« Pater Herivaux biss sich auf die Lippe. Er eilte weiter. Maximilien setzte seine Brille ab und rieb sich die Augenwinkel. »Versuch es mal mit ›Ja, Pater‹«, schlug er vor. »Das wird hier erwartet. Nick nicht mit dem Kopf, das gefällt ihnen nicht. Und als er dich auf deine Begabung angesprochen hat, hättest du bescheidener sein sollen: ›Ich versuche mein Bestes, Pater‹, etwas in der Art.«

»Bist wohl ein Speichellecker, Dingsda?«, sagte der kleine Junge.

»Hör zu, das war eine Anregung. Ich lasse dich einfach an meiner Erfahrung teilhaben.« Er setzte die Brille wieder auf. Die großen dunklen Augen des Kindes gewannen Kontur. Er musste an die Taube denken, der ihr Käfig zur Falle geworden war, spürte einen Moment lang die Federn, weich und tot, das kleine Knochengerüst ohne Puls. Er strich mit der Hand über seinen Mantel.

Das Kind stotterte. Ihm war das unangenehm. Überhaupt hatte die ganze Situation etwas Verstörendes. Er hatte das Gefühl, dass der Modus vivendi, den er gefunden hatte, gefährdet war, dass das Leben komplizierter werden würde und die Dinge sich für ihn zum Schlechteren gewendet hatten.

Als er über die Sommerferien nach Hause fuhr, sagte Charlotte: »Gewachsen bist du ja kaum.«

Das sagte sie Jahr für Jahr.

Seine Lehrer schätzten ihn. Er hatte kein Flair, fanden sie. Aber er sagte immer die Wahrheit.

Er war sich nicht ganz sicher, was seine Mitschüler von ihm hielten. Hätte man ihn selbst nach sich gefragt, hätte er sich als fähigen, sensiblen, geduldigen Menschen ohne Charme beschrieben. Doch inwiefern diese Selbsteinschätzung mit dem übereinstimmte, was andere über ihn dachten – nun ja, woher soll man wissen, ob die Gedanken, die man selbst im Kopf hat, jemals von jemand anderem gedacht worden sind?

Er bekam nicht viel Post von zu Hause. Charlotte schickte relativ häufig kindliche Berichte über triviale Belange. Er hob ihre Briefe ein, zwei Tage auf, las sie zweimal und warf sie dann weg, da er nicht wusste, was er sonst damit anfangen sollte.

Camille Desmoulins bekam zweimal in der Woche Post, seitenlange Briefe, die bald zu einer Art Volksbelustigung wurden. Er erklärte, er sei schon als Siebenjähriger auf ein Internat geschickt worden und kenne seine Familie daher schriftlich besser als im wirklichen Leben. Die einzelnen Briefe, die er zur allseitigen Unterhaltung vorlas, glichen Kapiteln eines Buches, sodass seine Freunde die Verwandten bald als Romanfiguren zu sehen begannen. Manchmal wurde die ganze Gruppe angesichts von Sätzen wie: »Deine Mutter hofft, dass du bei der Beichte warst« von einer absurden Heiterkeit erfasst, und dann wiederholten sie einander den Satz noch tagelang mit Lachtränen in den Augen.

Camille erzählte, sein Vater schreibe an einer *Enzyklopädie des Rechts*. Seiner Ansicht nach diente das ganze Projekt nur als Vorwand, damit sein Vater sich abends nicht mit seiner Mutter unterhalten müsse. Er habe den Verdacht, dass sein Vater sich mit der *Enzyklopädie* einschloss, um dann das zu lesen, was Pater Proyart, der Direktor des Collège, »liederliche Literatur« nannte.

Camille beantwortete diese Briefe, indem er seinerseits Blatt um Blatt mit seiner formlosen Handschrift bedeckte. Er bewahrte die gesamte Korrespondenz auf, um sie später zu veröffentlichen.

»Versuche, folgende Tatsache zu verinnerlichen, Maximilien«, sagte Pater Herivaux. »Die meisten Menschen sind bequem und übernehmen einfach die Meinung, die man selbst von sich hat. Du solltest also eine möglichst hohe Meinung von dir haben.«

Für Camille war das nie ein Problem gewesen. Er hatte ein besonderes Geschick dafür, sich mit älteren, aus einflussreichen Familien stammenden Schülern zusammenzutun, dafür zu sorgen, dass man sich gern mit ihm schmückte. So nahm sich der fünf Jahre ältere Stanislas Fréron seiner an, der nach seinem Paten, dem König von Polen, benannt war. Frérons Familie war reich und gebildet, sein Onkel ein bekannter Gegner Voltaires. Als Sechsjährigen hatte man ihn nach Versailles mitgenommen, wo er für Mesdames Adelaide, Sophie und Victoire, die Töchter des alten Königs, ein Gedicht aufgesagt hatte; sie hatten viel Aufhebens um ihn gemacht und ihm Süßigkeiten geschenkt. Fréron sagte zu Camille: »Wenn du größer bist, werde ich dich in die Gesellschaft einführen und deine Karriere sichern.«

War Camille dankbar? Das konnte man nicht gerade behaupten. Er quittierte Frérons Ideen mit Hohn und Spott. Fing an, ihn »Karnickel« zu nennen. In Fréron keimte eine gewisse Verunsicherung auf. Ab und zu stellte er sich vor den Spiegel und überprüfte, ob er schüchtern aussah oder vorstehende Zähne hatte.

Dann gab es da Louis Suleau, einen zur Ironie neigenden Jungen, der lächelte, wenn die jungen Adligen den Status quo verunglimpften.

Es ist sehr lehrreich, erklärte er, mitanzusehen, wie sich Menschen selbst das Wasser abgraben. Noch zu unseren Lebzeiten wird es einen Krieg geben, sagte er zu Camille, und wir werden auf entgegengesetzten Seiten stehen. Lass uns also nett zueinander sein, solange wir können.

Camille sagte zu Pater Herivaux: »Ich werde ab jetzt nicht mehr zur Beichte gehen. Wenn Sie mich dazu zwingen, werde ich so tun, als wäre ich jemand anders. Ich werde die Sünden eines anderen Menschen erfinden und sie beichten.«

»Sei vernünftig«, sagte Pater Herivaux. »Deinen Glauben kannst du aufgeben, wenn du sechzehn bist. Das ist das richtige Alter.«

Doch mit sechzehn beging Camille andere Regelverletzungen. Maximilien de Robespierre wurde täglich von Ängsten gepeinigt. »Wie schaffst du es bloß immer, rauszukommen?«, fragte er.

»Wir sind hier nicht in der Bastille, weißt du. Manchmal reicht schlichte Überredung. Oder ich klettere über die Mauer. Soll ich dir zeigen, wo? Nein, lieber nicht.«

Innerhalb der Mauern lebt eine rationale intellektuelle Gemeinschaft. Draußen vor den Eisentoren streichen Bestien umher. Es ist, als säßen die Menschen im Käfig, während draußen die wilden Tiere unterwegs sind und menschlichen Betätigungen nachgehen. Die Stadt stinkt nach Reichtum und Korruption; Bettler sitzen am Straßenrand im Dreck, der Henker führt öffentliche Folterungen durch, Menschen werden am helllichten Tag überfallen und ermordet. Was Camille außerhalb der Mauern vorfindet, fasziniert und ekelt ihn zugleich. Es ist eine verworfene, gottvergessene Stadt, ein Ort des schleichenden moralischen Verfalls mit einer alttestamentarischen Zukunft. Die Gesellschaft, in die Fréron ihn einführen will, ist ein riesiger, verkommener Organismus, der seinem Ende entgegenhinkt; nur Menschen wie du, sagte er zu Maximilien, sind dazu geeignet, ein Land zu regieren.

Und Camille sagte auch: »Warte, bis Pater Proyart Direktor wird. Dann werden wir alle in den Boden gestampft.« Seine Augen leuchteten bei dieser Vorstellung.

Diese Haltung war typisch für Camille, dachte Maximilien: Je schlimmer alles wird, desto besser. Niemand anders sah das so.

Doch wie es sich fügte, wurde Pater Proyart übergangen. Der neue Schulleiter war Pater Poignard d'Enthienloye, ein entspannter, liberaler, begabter Mann. Ihn beunruhigte die Gesinnung, die sich unter seinen Zöglingen breitgemacht hatte.

»Pater Proyart behauptet, in der Schülerschaft gebe es eine bestimmte Tendenz«, sagte er zu Maximilien. »Er meint, ihr wärt alle Anarchisten und Puritaner.«

»Pater Proyart mag mich nicht«, sagte Maximilien. »Außerdem übertreibt er meiner Ansicht nach.«

»Natürlich übertreibt er. Müssen wir eigentlich so trödeln? Ich muss in einer halben Stunde meine Andacht halten.«

»Puritaner sind wir? Das sollte ihn doch freuen.«

»Wenn ihr ständig über Frauen reden würdet, wüsste er, was er zu tun hat, aber er behauptet, ihr redet nur über Politik.«

»Ja«, sagte Maximilien. Er war durchaus bereit, sich den Problemen der Älteren zu widmen. »Er befürchtet, dass die hohen Mauern die amerikanischen Ideen nicht fernhalten können. Und natürlich hat er damit recht.«

»Jede Generation hat ihre eigenen Leidenschaften. Als Lehrer sieht man das. Manchmal denke ich, dass unser ganzes System schlecht durchdacht ist. Wir nehmen euch die Kindheit weg, züchten in dieser Treibhausluft euer Denken hoch, und dann überwintern wir euch in einem Klima der Despotie.« Nachdem er das losgeworden war, seufzte der Priester. Seine eigenen Metaphern deprimierten ihn.

Maximilien überlegte einen Moment lang, wie es wäre, die Brauerei zu übernehmen. Klassischer Bildung würde es dazu kaum bedürfen. »Meinen Sie, man sollte erst gar keine Hoffnungen wecken?«, fragte er.

»Ich meine, dass es ein Jammer ist, erst eure Begabung zu fördern und dann zu sagen:« – der Priester hielt die offene Hand hoch – »Bis hierhin und nicht weiter. Wir können einem Jungen wie dir nicht die Privilegien von Geburt und Reichtum verschaffen.«

»Nun ja.« Der Junge lächelte – ein schwaches, aber aufrichtiges Lächeln. »Das ist meiner Aufmerksamkeit nicht entgangen.«

Der Schulleiter konnte Pater Proyarts Voruteile gegen diesen Jungen nicht verstehen. Er war weder aggressiv, noch schien er auftrumpfen zu wollen. »Was wirst du also tun, Maximilien? Ich meine, was hast du vor?« Er wusste, dass der Junge gemäß den Bestimmungen des Stipendiums einen akademischen Grad in Medizin, Theologie oder Jurisprudenz erwerben musste. »Wie ich höre, war die Idee, dass du eine kirchliche Laufbahn einschlagen würdest.«

»Das war die Idee anderer Leute.« Maximiliens Ton, dachte der Priester, war sehr respektvoll; er zollte der Meinung anderer die geziemende Achtung und ignorierte sie dann vollkommen. »Mein Vater hatte früher eine Anwaltskanzlei. Die möchte ich gern fortführen. Ich muss wieder nach Hause zurück. Ich bin der Älteste, wissen Sie?«

Natürlich wusste der Priester das; und er wusste auch, dass Maximiliens Stipendium von widerwilligen Verwandten um einen so kärglichen Betrag ergänzt wurde, dass sich der Junge seiner gesellschaftlichen Stellung immer schmerzlich bewusst sein musste. Im vergangenen Jahr hatte der Quästor einige Hebel in Bewegung setzen müssen, damit der Junge einen neuen Mantel bekommen konnte. »Eine Laufbahn in deiner Heimatprovinz«, sagte er. »Wird dir das genügen?«

»Nun, ich werde mich dort in meiner eigenen Sphäre bewegen.« Sarkastisch? Vielleicht. »Aber Sie haben sich wegen unserer moralischen Gesinnung gesorgt, Pater. Wollen Sie darüber nicht lieber mit Camille reden? Er kann sich viel unterhaltsamer zu diesem Thema äußern.«

»Ich missbillige diese Gepflogenheit, nur den Vornamen zu gebrauchen«, sagte der Priester. »Als wäre er berühmt. Gedenkt er denn mit nur einem Namen durchs Leben zu gehen? Ich habe keine gute Meinung von deinem Freund. Und erzähl mir nicht, du seist nicht sein Hüter.«

»O doch, ich fürchte, das bin ich.« Er dachte nach. »Aber in Wirklichkeit haben Sie doch sicher eine gute Meinung von ihm, Pater?«

Der Priester lachte. »Pater Proyart behauptet, ihr wärt nicht nur Puritaner und Anarchisten, sondern auch Poseure. Affektiert, unsicher … Das bezieht sich auch auf den jungen Suleau. Aber ich sehe, dass du nicht so bist.«

»Meinen Sie, ich sollte einfach ich selbst sein?«

»Warum nicht?«

»Ich habe im Allgemeinen den Eindruck, dass etwas mehr Anstrengung erwartet wird.« Als der Priester später sein Brevier wieder weglegte, sann er noch etwas über das Gespräch nach. Er dachte: Dieser Junge wird unglücklich werden. Er wird in seine Provinz zurückkehren und es nie zu etwas bringen.

Wir schreiben das Jahr 1774. Ob Poseure oder nicht, es ist an der Zeit, erwachsen zu werden. An der Zeit, ins öffentliche Leben einzutreten, in die Welt der öffentlichen Handlungen und öffentlichen Haltungen. Alles, was von jetzt an geschieht, wird einmal im Licht der Geschichte betrachtet werden. Doch ist es kein helles Mittagslicht, sondern eine Totenkerze für den Intellekt; bestenfalls der Abklatsch von Mondlicht, unzuverlässig, bleich, halbblind.

Camille Desmoulins, 1793: »Es heißt, die Freiheit zu erlangen, sei, wie erwachsen zu werden: Man muss leiden.«

Maximilien de Robespierre, 1793: »Geschichte ist Fiktion.«

2. Leichenkerze

1774–1780

Kurz nach Ostern erkrankte König Louis XV an den Pocken. Von Kindesbeinen an hatten ihn stets Scharen von Höflingen umgeben; sein morgendliches Aufstehen war eine Zeremonie, die einer komplexen und starren Etikette folgte, und wenn er dinierte, tat er es öffentlich, bei jedem Bissen von Hunderten von Menschen begafft, die in einer langen Reihe an ihm vorbeizogen. Jede Stuhlentleerung, jeder Liebesakt, jeder Atemzug war Gegenstand öffentlicher Diskussion – und ebenso sein Tod.

Er musste die Jagd abbrechen, wurde schwach und fiebernd in den Palast zurückgebracht. Er war vierundsechzig, und man ging von Anfang an davon aus, dass er sterben würde. Als der Ausschlag kam, lag er zitternd vor Angst da, denn er wusste selbst, dass er sterben und zur Hölle fahren würde.

Der Dauphin und seine Gattin blieben in ihren Gemächern, da sie befürchteten, sich anzustecken. Als die Pusteln zu eitern begannen, riss man Türen und Fenster auf, doch der Gestank war unerträglich. Für die letzten Stunden übergab man den faulenden Körper den Ärzten und Priestern. Die Kutsche von Mme du Barry, der letzten seiner Mätressen, rollte für immer aus Versailles hinaus; erst wenn sie fort war und er sich ganz allein fühlte, wollten ihm die Priester die Absolution erteilen. Er schickte nach ihr, doch man teilte ihm mit, dass sie bereits gefahren sei. »Jetzt schon«, sagte er.

Der ganze Hof hatte sich in dem riesigen Vorzimmer, dem Œil du Bœuf, versammelt, um der Ereignisse zu harren. Am 10. Mai nachmittags um viertel nach drei wurde die dünne Wachskerze, die im Fenster des Krankenzimmers brannte, ausgelöscht.

Und dann brach plötzlich ein Tosen los wie Donner aus heiterem Himmel – das Trappeln und Trampeln Hunderter Füße. Einmütig und zielstrebig stürmte der Hofstaat aus dem Œil du Bœuf und durch die Grande Galerie, um den neuen König zu suchen.

Der neue König ist neunzehn Jahre alt, seine Gemahlin, die österreichische Prinzessin Marie-Antoinette, ein Jahr jünger. Der König ist ein fülliger, frommer Junge, gewissenhaft und phlegmatisch, den Freuden der Jagd und der Tafel zugetan; man sagt, es sei ihm aufgrund einer schmerzhaft engen Vorhaut nicht möglich, sich der Fleischeslust hinzugeben. Die Königin ist ein egoistisches Mädchen, willensstark und ungebildet. Sie ist blond, von frischem Teint und hübsch, denn mit achtzehn sind fast alle Mädchen hübsch; doch schon jetzt beginnen die habsburgische Unterlippe und der habsburgische Hochmut den positiven Effekt von Seide, Diamanten und Unwissenheit zu konterkarieren.

Man setzt große Hoffungen auf die neue Regentschaft. Ein anonymer Optimist schreibt auf die Statue des großen Henri IV: »Resurrexit«.

Wenn sich der Polizeidirektor an seinen Schreibtisch setzt – heute, letztes Jahr, jedes Jahr –, ist die erste Information, die er einholt, was in den Bäckereien von Paris ein Brot kostet. Ist Les Halles mit ausreichend Mehl versorgt, dann können die Bäcker in Paris und den Vororten ihre Kunden zufriedenstellen, und die tausend Wanderbäcker bringen ihr Brot auf die Märkte im Marais, in St. Paul, im Palais Royal und in Les Halles selbst.

In guten Zeiten kostet ein Brot acht oder neun Sous. Ein ungelernter Arbeiter, der im Tagelohn steht, kann mit zwanzig Sous am Tag rechnen, ein Maurer bekommt vielleicht vierzig, ein guter Schlosser oder Tischler fünfzig. Das muss reichen für: die Miete, Kerzen, Kochfett, Gemüse, Wein. Fleisch gibt es nur zu besonderen Anlässen. Am wichtigsten ist das Brot.

Die Versorgung ist straff durchorganisiert, reguliert. Was die Bäcker abends noch übrig haben, muss billiger verkauft werden; die Mittellosen essen erst, wenn sich die Nacht über die Märkte senkt.

Alles geht seinen geregelten Gang, doch nach jeder Missernte – 1770 zum Beispiel oder 1772 oder 1774 – steigen die Preise unerbittlich: Im Herbst 1774 kostet ein Vierpfünder elf Sous, im folgenden Frühjahr bereits vierzehn. Die Löhne steigen nicht. Die Bauarbeiter sind immer rebellisch, die Weber ebenso, auch die Buchbinder und die (bedauernswerten) Hutmacher, doch Streiks zielen selten auf eine Lohnerhöhung ab, sondern wenden sich meist gegen eine Kürzung. Die übliche Widerstandsform des städtischen Arbeiters ist nicht der Streik, sondern der Brotaufstand, daher korrespondieren die Temperaturen und der Niederschlag über einem fernen Getreidefeld direkt mit dem Spannungskopfschmerz des Polizeidirektors. Wenn das Getreide knapp wird, geht jedes Mal derselbe Aufschrei durchs Volk: ein Hungerpakt! Spekulanten und Hamsterer werden verantwortlich gemacht. Die Müller, so heißt es, haben sich verschworen, um die Schlosser, Hutmacher, Buchbinder und ihre Kinder verhungern zu lassen. In den Siebzigern führen die Verfechter wirtschaftlicher Reformen den Freihandel für Getreide ein, sodass sich auch die benachteiligten Regionen des Landes auf dem offenen Markt behaupten müssen. Doch es braucht nur einen kleinen Aufstand oder zwei, und schon wird der Markt wieder reguliert. 1770 hatte der Generalkontrolleur der Finanzen, Abbé Terray, gleichsam im Handstreich wieder Preiskontrollen, Steuern und Beschränkungen im Getreidehandel in Kraft gesetzt. Er holte keine anderen Meinungen ein, sondern handelte auf königlichen Erlass. »Despotie!«, riefen die, die an jenem Tag gegessen hatten.

Das Brot ist der Dreh- und Angelpunkt: Spekulationsobjekt, Grundlage sämtlicher Theorien darüber, was als Nächstes geschehen wird. Fünfzehn Jahre später, am Tag des Sturms auf die Bastille, wird der Brotpreis in Paris so hoch sein wie seit sechzig Jahren nicht mehr. Zwanzig Jahre später, als alles vorbei ist, wird eine Frau aus der Hauptstadt sagen: »Unter Robespierre ist Blut geflossen, aber die Leute hatten Brot zu essen. Vielleicht muss etwas Blut vergossen werden, wenn man Brot haben will.«

Der König berief einen Mann namens Turgot ins Ministerium und ernannte ihn zum Generalkontrolleur der Finanzen. Turgot war achtundvierzig Jahre alt, ein neuer Mann, ein Rationalist, der nach den Grundsätzen des *laissez-faire* handelte. Er war energiegeladen, sprudelte über vor Ideen, vor Reformen, von denen seiner Ansicht nach das Überleben des Landes abhing. Eine seiner ersten Amtshandlungen bestand darin, eine Kürzung der Ausgaben in Versailles zu fordern. Der Hof war schockiert. Malesherbes, ein Mitglied des Hofstaats, riet Turgot, vorsichtiger vorzugehen, er mache sich zu viele Feinde. »Die Menschen leiden enormen Mangel«, erwiderte Turgot schroff. »Und in meiner Familie sterben wir mit fünfzig.«

Im Frühjahr 1775 kam es in vielen Marktflecken zu Aufständen, insbesondere in der Picardie. In Versailles versammelten sich achttausend Städter vor dem Palast und blickten hoffnungsvoll zu den königlichen Fenstern hoch. Wie immer glaubten sie, das persönliche Eingreifen des Königs könne all ihre Probleme lösen. Der Gouverneur von Versailles versprach, dass man den Getreidepreis in der Stadt stützen werde. Man ließ den neuen König von einem Balkon aus zum Volk sprechen. Dann zerstreute sich die Menge friedlich.

In Paris plünderten Mobs die Bäckereien am linken Ufer der Seine. Die Polizei nahm einige Leute fest, hielt sich zurück, vermied direkte Zusammenstöße. 162 Leute kamen vor Gericht. Zwei Plünderer, der eine ein Sechzehnjähriger, wurden am 11. Mai um drei Uhr nachmittags auf der Place de Grève erhängt, um ein Exempel zu statuieren.

Im Juli 1775 wurde ein Besuch des jungen Königs und seiner hübschen Gemahlin im Collège Louis-le-Grand arrangiert. Nach einer Krönung diese Art von Besuch abzustatten war Tradition; allerdings würden die beiden nicht länger verweilen, da sie Unterhaltsameres zu tun hatten. Geplant war, sie mit ihrem Gefolge am Haupttor zu empfangen, wo sie, der Kutsche entstiegen, der Ergebenheitsadresse lauschen würden, die der fleißigste und verdienstvollste Schüler des Collège verlesen sollte. Als der große Tag kam, war das Wetter schlecht.

Anderthalb Stunden bevor mit der Ankunft der Gäste gerechnet werden konnte, versammelten sich Schüler und Lehrerschaft am Tor zur Rue Saint-Jacques. Ein Trupp berittener Polizisten erschien, drängte sie zurück und ordnete die Schar ziemlich unsanft neu. Aus vereinzelten Regentropfen wurde ein steter Nieselregen. Dann kamen die Diener, Leibwächter und Hofleute; als sie schließlich Aufstellung genommen hatten, waren alle nass und durchgefroren, und keiner versuchte mehr, sich auf einen besseren Platz zu drängeln. Niemand erinnerte sich mehr an die letzte Krönung, daher hatte auch niemand geahnt, dass das Ganze so lange dauern würde. Die Schüler standen in kläglichen Grüppchen zusammen, traten von einem Fuß auf den anderen und warteten. Wenn jemand auch nur einen Moment lang ausscherte, wurde er von den Polizisten mit gezogener Waffe zurückgetrieben.

Schließlich näherte sich die königliche Kutsche. Alle stellten sich auf die Zehenspitzen, den Hals gereckt; die Jüngeren klagten, sie sähen nichts, und das sei ungerecht, nachdem sie doch so lange gewartet hätten. Pater Poignard, der Schulleiter, trat vor und verbeugte sich. Zur königlichen Karosse gewandt, sprach er ein paar Begrüßungsworte, die er sich vorher zurechtgelegt hatte.

Der junge Stipendiat hatte einen trockenen Mund. Seine Hand zitterte ein wenig. Aber im Lateinischen würde niemand seinen ländlichen Akzent bemerken.

Die Königin steckte kurz ihren hübschen Kopf hinaus und zog ihn wieder zurück. Der König winkte und murmelte einem livrierten Mann etwas zu, der es mit einem Grinsen an die Reihe von Polizisten weitergab, die es wiederum der wartenden Allgemeinheit pantomimisch vermittelte. Jetzt war allen klar: Sie würden nicht aussteigen. Die Adresse an Ihre Majestäten musste verlesen werden, während sie gemütlich in ihrer Kutsche saßen.

Pater Poignard schwirrte der Kopf. Er hätte Teppiche auslegen, Baldachine aufstellen, eine Art provisorischen Pavillon errichten lassen sollen, vielleicht im derzeit modernen ländlich-rustikalen Stil mit grünen Zweigen geschmückt, vielleicht mit dem königlichen Wappen oder den aus Blumen geformten verschlungenen Initialen der Monarchen. Er wirkte verstört, reuig, abwesend. Glücklicherweise dachte Pater Herivaux daran, dem jungen Stipendiaten zuzunicken.

Der Junge begann, und nach den ersten nervösen Sätzen wurde seine Stimme fester. Pater Herivaux entspannte sich; er hatte die Adresse verfasst und sie mit dem Jungen einstudiert. Und sie klang gut, er war zufrieden.

Man sah die Königin frösteln. »Ah!«, machte die Welt. »Sie hat gefröstelt!« Eine halbe Sekunde später unterdrückte sie ein Gähnen. Der König wandte sich ihr aufmerksam zu. Doch was war das? Der Kutscher griff nach den Zügeln! Die ganze behäbige Entourage setzte sich quietschend und knarrend in Bewegung. Sie fuhren weg – der Willkommensgruß nicht zur Kenntnis genommen, die Ergebenheitsadresse nicht einmal zur Hälfte verlesen.

Der junge Stipendiat schien nicht zu bemerken, was geschah. Er hielt einfach weiter seine Rede. Sein Gesicht war blass und reglos, er blickte stur geradeaus. Er musste doch gemerkt haben, dass sie bereits die Straße entlangfuhren?

Die Luft schwang von unausgesprochenen Gefühlen: Ein Trimester lang haben wir uns auf diesen Moment vorbereitet … Die dicht gedrängte Schar trat unentschlossen auf der Stelle. Der Regen war stärker geworden. Es schien unhöflich, sich aus der Menge zu lösen, um Schutz zu suchen, doch andererseits auch wieder nicht unhöflicher als das Verhalten von König und Königin, die einfach so weggefahren waren und Dingsda mitten in seiner Rede auf der Straße hatten stehen lassen …

Pater Poignard sagte: »Das ist nicht persönlich gemeint. Das hat ja wohl nichts mit uns zu tun? Ihre Majestät war müde …«

»Man hätte genauso gut Japanisch mit ihr reden können, würde ich mal sagen«, ließ sich der Schüler direkt neben ihm vernehmen.

Pater Poignard sagte: »Da hast du ausnahmsweise einmal recht, Camille.«

Der junge Stipendiat war am Ende seiner Rede angelangt. Ohne den Anflug eines Lächelns entbot er den längst entschwundenen Monarchen einen innigen, treu ergebenen Abschiedsgruß und äußerte die Hoffnung, dass die Schule irgendwann einmal die Ehre haben werde …

Eine Hand senkte sich tröstend auf seine Schulter. »Mach dir nichts daraus, Robespierre, das hätte jedem passieren können.«

Und da schließlich lächelte der junge Stipendiat.

Das war in Paris, im Juli 1775. In Troyes hatte Georges-Jacques Danton derweil etwa die Hälfte seines Lebens hinter sich gebracht. Seine Familie wusste das natürlich nicht. Er war ein guter Schüler, hatte allerdings noch keine Vorstellung davon, wo einmal sein Platz im Leben sein würde. Seine Zukunft war häufig Gesprächsthema in der Familie.

In Troyes also saß eines Tages ein Mann neben der Kathedrale und zeichnete Porträts. Er versuchte die Passanten zu skizzieren, blickte ab und zu in den Himmel und summte vor sich hin. Ein populärer Ohrwurm.

Niemand wollte sich skizzieren lassen, alle eilten an ihm vorbei. Es schien ihn nicht zu stören – er war offenbar ganz in seinem Element an diesem schönen, heiteren Nachmittag. Er war ein Fremder, ein bisschen dandyhaft, mit Pariser Flair. Georges-Jacques Danton blieb vor ihm stehen, ja er gebärdete sich recht auffällig. Er wollte die Arbeiten des Mannes sehen und mit ihm ins Gespräch kommen. Er sprach oft Leute an, vor allem Fremde. Er wollte etwas über ihr Leben erfahren.

»Hast du Lust und Zeit, dich porträtieren zu lassen?« Der Mann blickte bei seiner Frage nicht auf, er befestigte gerade einen frischen Bogen auf seinem Brett.

Der Junge zögerte.

Der Künstler sagte: »Du bist Schüler und hast kein Geld, das ist mir klar. Aber ein Gesicht hast du – großer Gott, du musst ganz schön was hinter dir haben! So ein Narbengesicht habe ich noch nie gesehen. Bleib einfach ganz ruhig stehen, damit ich ein paar Kohlezeichnungen von dir machen kann. Du kriegst auch eine davon.«

Georges-Jacques stand da und ließ sich zeichnen. Er beobachtete den Mann aus den Augenwinkeln. »Nicht reden«, sagte der Künstler. »Mach einfach dieses finstere, furchterregende Gesicht – ja, genau so –, und ich rede so lange mit dir. Ich heiße Fabre, Fabre d'Églantine. Ein komischer Name, findest du. Warum d'Églantine, willst du wissen? Tja, da du mich fragst: Im Literaturwettstreit 1771 wurde ich durch die Akademie von Toulouse mit einem Heckenrosenkranz geehrt. Eine außergewöhnliche, begehrte, denkwürdige Ehrung, meinst du nicht? Gut, ein kleiner Goldbarren wäre mir natürlich lieber gewesen, aber was soll's? Meine Freunde haben mich bestürmt, ich solle zum Gedenken an dieses Ereignis meinen eigenen schlichten Namen um den Zusatz d'Églantine ergänzen. Dreh den Kopf ein bisschen. Nein, zur anderen Seite. Hm, denkst du jetzt – wenn dieser Bursche für seine literarischen Leistungen gefeiert wird, warum steht er dann auf der Straße und zeichnet?«

»Sie sind wahrscheinlich sehr vielseitig«, sagte Georges-Jacques.

»Einige der hiesigen Würdenträger haben mich eingeladen, aus meinem Werk zu lesen«, sagte Fabre. »Nur wurde leider nichts daraus. Ich habe mich mit meinen Gönnern zerstritten. Du hast sicher schon gehört, dass so etwas bei Künstlern vorkommt.«

Georges-Jacques beobachtete ihn, so gut es ging, ohne den Kopf zu drehen. Fabre war Mitte zwanzig, nicht groß, mit ungepudertem, kurzgeschnittenem dunklen Haar. Sein Mantel war ordentlich gebürstet, doch an den Ärmelaufschlägen abgewetzt, die Kleidung darunter abgetragen. Alles, was er sagte, war ernst gemeint und zugleich auch wieder nicht. Er schien mit Gesichtsausdrücken zu experimentieren.

Fabre wechselte den Bleistift. »Ein bisschen nach links«, sagte er. »Vielseitig, sagst du – in der Tat bin ich Dramatiker, Regisseur, Porträtist – wie du merkst – und Landschaftsmaler; zudem Komponist und Musiker, Dichter und Choreograph. Ich schreibe Essays zu sämtlichen Themen, die von allgemeinem Interesse sind, und spreche mehrere Sprachen. Ich würde mich auch gern als Landschaftsgärtner versuchen, aber niemand will mich beauftragen. Die Welt ist offenbar noch nicht bereit für mich – ich kann es nicht anders sagen. Bis letzte Woche war ich außerdem Wanderschauspieler, aber mir ist meine Truppe abhandengekommen. »

Er war fertig. Er ließ den Bleistift fallen, kniff die Augen zusammen, hielt die beiden Zeichnungen mit ausgestrecktem Arm vor sich und betrachtete sie. »Voilà«, entschied er dann. »Nimm diese, das ist die bessere.«

Sein eigenes unschönes Gesicht blickte Danton entgegen: die lange Narbe, die eingedrückte Nase, das dichte Haar, das von der Stirn nach hinten wuchs.

»Wenn Sie einmal berühmt geworden sind«, sagte er, »wird das vielleicht viel wert sein.« Er blickte auf. »Was ist denn mit den anderen Schauspielern passiert? Wollten Sie ein Stück aufführen?«

Er hätte sich darauf gefreut. Das Leben war so ereignislos, so langweilig.

Fabre erhob sich ziemlich unvermittelt von seinem Hocker und machte eine obszöne Geste in Richtung Bar-sur-Seine. »Zwei unserer höchstgelobten Schauspieler modern wegen Trunkenheit und unziemlichem Verhalten in einem Dorfkerker vor sich hin. Unsere Hauptdarstellerin ist schon vor Monaten von einem drögen Hinterwäldler geschwängert worden und jetzt nur noch in den allervulgärsten Komödien einsetzbar. Wir haben uns aufgelöst. Vorübergehend.« Er setzte sich wieder. »Aber du« – seine Augen leuchteten interessiert auf – »du würdest nicht zufällig gern von zu Hause weglaufen und Schauspieler werden?«

»Eher nicht. Meine Familie erwartet, dass ich Priester werde.«

»Oh, das lässt du mal besser bleiben«, sagte Fabre. »Weißt du, wie die Bischöfe ausgesucht werden? Nach ihrer Ahnenreihe. Hast du eine Ahnenreihe vorzuweisen? Du bist doch ein Junge vom Land. Warum einen Beruf wählen, in dem man nicht ganz nach oben gelangen kann?«

»Könnte ich das denn als Wanderschauspieler?«

Er fragte es ganz höflich, als wäre er bereit, jede Möglichkeit in Betracht zu ziehen.

Fabre lachte. »Du könntest die Schurken spielen. Du würdest gut ankommen. Deine Stimme« – er klopfte sich auf die Brust – »hat Potenzial. Lass sie von hier unten kommen.« Er schlug sich mit der Faust unterhalb des Zwerchfells auf den Bauch. »Atme von hier unten. Stell dir deinen Atem wie einen Fluss vor. Lass ihn einfach fließen, fließen. Alles steht und fällt mit dem Atmen. Entspann dich, so, schau, lass die Schultern hängen. Wenn du von hier unten atmest« – er stieß sich den Finger in den Bauch – »kannst du stundenlang sprechen.«

»Ich wüsste nicht, wozu ich das können sollte«, sagte Danton.

»Oh, ich weiß, was du denkst. Du denkst, Schauspieler sind das Letzte, stimmt's? Du denkst, Schauspieler sind wandelnder Dreck. Wie die Protestanten. Wie die Juden. Dann sag mir mal, mein Junge, was an deiner Position so großartig ist? Wir sind alle Würmer, wir sind alle Dreck. Ist dir klar, dass du morgen für den Rest deines Lebens eingesperrt werden könntest, wenn der König seinen Namen unter ein par Zeilen setzen würde, die er *nicht einmal gelesen hat*?«

»Warum sollte er das tun?«, sagte Danton. »Ich habe ihm dazu keinen Anlass gegeben. Ich gehe einfach nur zur Schule.«

»Ja«, sagte Fabre. »Genau. Sieh einfach zu, dass du in den nächsten vierzig Jahren keinerlei Aufmerksamkeit erregst. Er braucht dich gar nicht zu kennen, herrje, das ist es doch gerade – verstehst du das denn nicht? Was bringt man euch denn heutzutage bei in der Schule? Jeder – jeder auch nur halbwegs bedeutende Mann, der dich nicht mag und dich aus dem Weg schaffen will, kann mit einem Dokument zum König gehen – bitte hier unterschreiben, Euer Blödheit –, und schon sitzt du in der Bastille, fünfzehn Meter unter der Rue Saint-Antoine in Gesellschaft von ein paar verblichenen Knochen an die Wand gekettet. Nein, du kriegst keine Zelle für dich allein, denn da macht sich keiner die Mühe, die alten Skelette wegzuräumen. Wusstest du, dass es da unten eine besondere Sorte Ratten gibt, die die Gefangenen bei lebendigem Leibe frisst?«

»Was, so richtig Stück für Stück?«

»Aber ja«, sagte Fabre. »Erst den kleinen Finger. Dann den kleinen Zeh.«

Ihre Blicke trafen sich, und Fabre lachte schallend, zerknüllte eine misslungene Zeichnung und warf sie über die Schulter. »Verflucht noch mal«, sagte er, »das ist wirklich harte Arbeit, euch Provinzler zu bilden. Ich weiß nicht, warum ich nicht einfach nach Paris gehe und dort mein Glück mache.«

Georges-Jacques sagte: »Ich habe auch vor, so bald wie möglich nach Paris zu gehen.« Die Stimme mit dem großen Potenzial erstarb in seiner Kehle; bis eben, da er es ausgesprochen hatte, war ihm sein Vorhaben nicht bewusst gewesen. »Vielleicht begegnen wir uns dort ja wieder.«

»Aber ganz gewiss«, sagte Fabre. Er hielt die weniger gut gelungene Porträtzeichnung hoch. »Ich habe dein Gesicht ja jetzt in meinen Akten. Ich werde nach dir Ausschau halten.«

Der Junge streckte ihm seine riesige Hand entgegen. »Ich heiße Georges-Jacques Danton.«

Fabre blickte auf, und seine bewegliche Miene war einen Moment lang ruhig. »Auf Wiedersehen«, sagte er. »Studiere die Rechte, Georges-Jacques. Die Rechte sind eine Waffe.«

Die ganze Woche dachte er an Paris. Der Preisträger ging ihm nicht aus dem Kopf. Vielleicht war er nur wandelnder Dreck – aber zumindest war er herumgekommen, und wer konnte sagen, wohin es ihn noch verschlagen würde. Atme von hier unten, sagte er sich immer wieder. Er probierte es aus. Ja, es stimmte wirklich. Er hatte das Gefühl, tagelang sprechen zu können.

Wenn M. de Viefville des Essarts nach Paris fuhr, besuchte er immer seinen Neffen im Collège Louis-le-Grand, um zu schauen, wie er vorankam. Inzwischen hatte er Vorbehalte – große Vorbehalte –, was die Zukunft des Jungen betraf. Sein Sprachfehler bestand weiter, war eher stärker geworden. Wenn Monsieur sich mit dem Jungen unterhielt, umspielte ein angespanntes Lächeln seine Lippen. Es war peinlich, manchmal richtig deprimierend, wenn der Junge mitten im Satz stecken blieb. Man konnte einspringen, den Satz für ihn fortsetzen. Bloß wusste man bei Camille nie so genau, wo er eigentlich hinsteuerte. Seine Sätze begannen ganz normal, doch sie konnten wer weiß wohin führen.

Und er schien auf eine noch tiefgreifendere Weise für das Leben, das sie für ihn vorgesehen hatten, ungeeignet zu sein. Er war so nervös, dass man beinahe seinen Herzschlag hören konnte. Feingliedrig, blass und schmal, mit dunklem Haarschopf und langen Wimpern, schaute er seinen Verwandten an und zappelte dabei herum, als hätte er nur eines im Sinn, nämlich möglichst schnell aus dem Zimmer zu kommen. Der arme Kleine, dachte sein Verwandter jedes Mal.

Doch kaum stand er auf der Straße, verpuffte sein Mitleid, und er hatte das Gefühl, verbal zerfetzt worden zu sein. Es war ungerecht. Als würde man von einem Krüppel in die Gosse gestoßen. Man hätte sich gern beschwert, doch angesichts der Umstände gestand man es sich nicht zu.

Der eigentliche Grund für Monsieurs Besuch in der Hauptstadt war, am Parlament von Paris teilzunehmen. Die Parlamente des Königreichs waren keine gewählten Körperschaften. Die de Viefvilles hatten ihre Mitgliedschaft gekauft und würden sie an ihre Erben weitergeben – vielleicht an Camille, wenn er sich besser benahm. Die Parlamente verhandelten Gerichtsfälle, und sie sanktionierten die Edikte des Königs. Soll heißen, sie prüften sie und registrierten sie als Gesetze.

Gelegentlich machte sich bei den Parlamenten Unbehagen breit. Dann verfassten sie Protestnoten über den Zustand der Nation – allerdings nur, wenn sie ihre eigenen Interessen gefährdet sahen oder meinten, sich Vorteile verschaffen zu können. M. de Viefville gehörte zu jenem Teil der Mittelklasse, der den Adel nicht beseitigen, sondern sich vielmehr mit ihm zusammentun wollte. Ämter, Positionen, Monopole – sie alle haben ihren Preis, und viele sind mit einem Titel verbunden.

Die Parlamente gerieten sehr in Sorge, als die Krone sich Geltung zu verschaffen begann, Verordnungen in bis dahin nicht beachteten Bereichen erließ, kluge neue Ideen entwickelte, wie das Land regiert werden sollte. Gelegentlich gerieten die Parlamente mit dem Monarchen aneinander, und da Widerstand gegen die Autorität in jeglicher Form neu und riskant war, vollbrachten die Parlamentsmitglieder das Kunststück, zugleich Erzkonservative und Volkshelden zu sein.

Im Januar 1776 schlug Minister Turgot die Abschaffung der Corvée vor, einer von den Bauern zu leistenden Wegefron, mittels deren Straßen und Brücken instand gehalten wurden. Turgot war der Ansicht, dass die Straßen besser wären, wenn sie von Privatunternehmern gebaut und unterhalten würden anstatt von Bauern, die man von ihren Feldern geholt hatte. Aber das würde natürlich Geld kosten. Wie wäre es also mit einer Eigentumssteuer? Von jedem Mann mit Vermögen zu zahlen, nicht nur vom Dritten Stand, sondern auch vom Adel?

Das Parlament lehnte diesen Plan rundweg ab. Nach einer weiteren bitteren Auseinandersetzung zwang der König das Parlament, die Abschaffung der Corvée zu registrieren. Turgot machte sich überall

Feinde. Die Königin und ihr Kreis verstärkten ihre Kampagne gegen ihn. Der König fand keinen Gefallen daran, sich zu behaupten, und er hielt dem Druck von außen nicht stand. Im Mai entließ er Turgot, und die Zwangsarbeit wurde wieder eingeführt.

So war also ein Minister zu Fall gebracht worden – der Trick würde sich wiederholen lassen. Der Comte d'Artois schickte dem scheidenden Ökonom die Worte hinterher: »Jetzt haben wir wenigstens wieder etwas Geld, das wir ausgeben können.«

Wenn der König nicht auf der Jagd war, schloss er sich gern in seiner Werkstatt ein und beschäftigte sich mit Metallarbeiten oder bastelte an Schlössern herum. Durch seine Weigerung, Entscheidungen zu treffen, hoffte er, Fehler zu vermeiden; er dachte, wenn er sich nicht einmischte, werde alles weiterlaufen wie immer.

Nach Turgots Entlassung reichte Malesherbes seinen Rücktritt ein. »Sie haben es gut«, sagte Louis trübe. »Ich wünschte, ich könnte auch zurücktreten.«

1776: Beschwerdeschrift des Parlaments von Paris:

Der oberste Grundsatz der Gerechtigkeit besteht darin, dem Einzelnen zu erhalten, was sein ist. Es handelt sich hierbei um ein Grundprinzip des Naturrechts, der Menschenrechte und des Staatssystems; ein Prinzip, demzufolge nicht nur die Eigentumsrechte, sondern auch jene Rechte aufrechtzuerhalten sind, die dem Einzelnen verliehen werden und die sich aus Privilegien der Geburt und der gesellschaftlichen Stellung herleiten.

Wenn M. de Viefville aus Paris zurückkehrte, ging er jedes Mal durch das Gewirr enger Kleinstadtstraßen und das Gewirr enger Provinzherzen, und jedes Mal rang er sich schließlich durch, Jean-Nicolas in seinem hohen, weißen, mit Büchern angefüllten Haus an der Place des Armes zu besuchen. Maître Desmoulins kannte in letzter Zeit nur noch ein einziges Thema, und de Viefville fürchtete sich davor, ihm zu begegnen, seinen verwirrten Blick zu sehen und die immergleiche Frage zu hören, die niemand beantworten konnte: Was war mit dem braven, hübschen Kind geschehen, das er vor neun Jahren nach Cateau-Cambrésis geschickt hatte?

An Camilles sechzehntem Geburtstag stampfte sein Vater durchs Haus. »Manchmal denke ich«, sagte er, »dass ich ein verkommenes kleines Scheusal ohne Gefühl und Verstand am Hals habe.« Er hatte den Priestern in Paris geschrieben und sie gefragt, was sie seinen Sohn eigentlich lehrten, gefragt, warum er so ungepflegt aussehe und warum er bei seinem letzten Besuch zu Hause die Tochter eines Ratsherrn verführt habe, »eines Mannes«, wie er schrieb, »dem ich jeden Tag bei der Arbeit begegne.«

Jean-Nicolas erwartete nicht ernsthaft, Antwort auf diese Fragen zu bekommen. Und in Wirklichkeit störten ihn ganz andere Dinge an seinem Sohn. Warum, hätte er beispielsweise gern gewusst, war sein Sohn so emotional? Woher hatte er diese Fähigkeit, die Emotionen anderer aufzurühren, Menschen so zu erregen, zu verunsichern, aus der Ruhe zu bringen? In Camilles Gegenwart nahmen normale Unterhaltungen seltsame Wendungen oder arteten in heftigen Streit aus. Verlässliche gesellschaftliche Konventionen waren plötzlich mit Risiko behaftet. Man konnte ihn, dachte Desmoulins, mit niemandem allein lassen.

Niemand bezeichnete seinen Sohn mehr als einen kleinen Godard. Doch auch die de Viefvilles reklamierten ihn nicht für sich. Seine Brüder gediehen, seine Schwestern erblühten, doch wenn Camille durch die Eingangstür des Alten Hauses hereinschlüpfte, sah er aus, als wäre er aus dem Findelhaus hergeschickt worden.

Vielleicht würde er als Erwachsener einmal einer jener Söhne sein, die man dafür bezahlte, dass sie nicht nach Hause kamen.

Es gibt Adlige in Frankreich, die erkannt haben, dass ihre besten Freunde die Anwälte sind. Nun da die Einnahmen aus Grundbesitz immer geringer werden und die Preise immer höher, werden die Armen ärmer, doch die Reichen ebenso. Es ist erforderlich geworden, gewisse Rechte geltend zu machen, deren Wahrnehmung man über Jahre hinweg hat schleifen lassen. Oft sind Abgaben, auf die man ein Anrecht hat, eine Generation lang nicht gezahlt worden; diese laxe, mildtätige Herrschaftsausübung muss ein Ende haben. Oder die eigenen Vorfahren haben zugelassen, dass ein Teil ihres Grundbesitzes zu Allmende wurde – wofür es meistens keine rechtliche Grundlage gibt.

Es waren goldene Zeiten für Jean-Nicolas; mochte er privat auch Sorgen haben, die Geschäfte liefen prächtig. Maître Desmoulins war kein Stiefellecker – er hatte ein ausgeprägtes Bewusstsein für seine eigene Würde und war zudem ein liberal gesinnter Mann, ein Befürworter von Reformen in fast allen Bereichen des nationalen Lebens. Nach dem Abendessen las er Diderot, und er ließ sich den Genfer Nachdruck der *Encyclopédie* in Teillieferungen schicken. Nichtsdestoweniger widmete er nun einen Großteil seiner Zeit Rechteregistern und der Ermittlung von Rechtsansprüchen. Man brachte ihm mehrere alte Geldtruhen, die er in sein Arbeitszimmer heraufschaffen ließ; als er sie öffnete, drang ein leicht modriger Geruch hervor. Camille sagte: »So riecht also die Tyrannei.« Sein Vater schob seine eigene Arbeit beiseite und stöberte in den Truhen; behutsam hielt er die vergilbten alten Papiere gegen das Licht. Clément, der Jüngste, glaubte, er suche nach einem verborgenen Schatz.

Der Prinz von Condé, der vornehmste Adlige des Arrondissements, suchte Maître Desmoulins in dessen äußerst bescheidenem, mit Büchern angefülltem, hohem weißen Haus an der Place des Armes persönlich auf. Normalerweise hätte er seinen Liegenschaftsverwalter geschickt, doch er war neugierig auf den Mann, der so gute Arbeit für ihn leistete. Außerdem würde es der gute Mann nicht mehr wagen, eine Rechnung zu stellen, wenn er ihm die Ehre eines persönlichen Besuchs erwiesen hatte.

Es war ein Spätnachmittag im Herbst. Ein Glas dunklen Rotwein in der Hand anwärmend, räkelte sich der Prinz leicht angeheitert im sanften Kerzenlicht und war sich dabei seiner Herablassung wohl bewusst; der Abend kroch ins Haus und malte Schatten in die Zimmerecken.

»Was wollen Sie und Ihresgleichen eigentlich?«, fragte er.

»Nun …« Maître Desmoulins bedachte diese grundlegende Frage. »Leute wie ich, Vertreter der höheren Berufsstände, hätten wohl gern ein größeres Mitspracherecht – oder lassen Sie es mich so ausdrücken: Wir würden es begrüßen, dienen zu dürfen.« Ein berechtigter Wunsch, dachte er; unter dem alten König waren Adlige nie Minister gewesen, aber inzwischen war fast jeder Minister ein Adliger. Staatsbürgerliche Gleichstellung, sagte er. Fiskalische Gleichstellung. Condé zog die Augenbrauen hoch. »Sie wollen, dass wir Ihre Steuern für Sie bezahlen?«

»Nein, Monseigneur, wir wollen, dass Sie Ihre eigenen Steuern bezahlen.«

»Das tue ich«, sagte Condé. »Ich zahle schließlich die Kopfsteuer. Diese Geschichte mit der Eigentumssteuer ist purer Unfug. Also, was sonst noch?«

Desmoulins machte eine, so hoffte er, aussagekräftige Geste. »Gleiche Möglichkeiten. Mehr nicht. Die gleichen Möglichkeiten, in der Armee oder in der Kirche aufzusteigen …« Ich erkläre es so einfach wie möglich, dachte er. Das ABC der Aspirationen.

»Gleiche Möglichkeiten? Das ist doch wider die Natur.«

»Andere Nationen handhaben das anders. Schauen Sie nach England. Man kann wohl kaum sagen, dass es ein Wesenszug des Menschen ist, sich unterdrücken zu lassen.«

»Sich unterdrücken zu lassen? Halten Sie sich für unterdrückt?«

»Ich *fühle* mich unterdrückt, und wenn *ich* mich so fühle, wie muss es dann erst den Armen gehen?«

»Die Armen fühlen gar nichts«, sagte der Prinz. »Jetzt werden Sie mal nicht sentimental. Die interessieren sich nicht für die Staatskunst. Denen geht es nur um eines, nämlich darum, einen vollen Bauch zu haben.«

»Selbst wenn es ihnen nur um einen vollen Bauch ginge –«

»Und Ihr Anwälte«, sagte Condé, »interessiert euch doch gar nicht für die Armen – oder nur insoweit, als sie euch Argumente liefern. Ihr wollt doch nur, dass man euch Konzessionen macht.«

»Es geht hier nicht um Konzessionen, sondern um die natürlichen Rechte des Menschen.«

»Schöne Phrasen. Mit denen gehen Sie ja sehr generös um.«

»Gedankenfreiheit, Redefreiheit – ist das denn zu viel verlangt?«

»Es ist verdammt viel verlangt, und das wissen Sie genau«, sagte Condé missgelaunt. »Das Bedauerliche ist, dass ich solche Sachen auch von meinesgleichen höre. Gepflegte Ideen für eine gesellschaftliche Neuordnung. Gefällige Pläne für eine ›Gemeinschaft der Vernunft‹. Und Louis ist schwach. Wenn er den kleinen Finger gibt, wird irgendein Cromwell die ganze Hand nehmen. Am Ende steht die Revolution. Und das wird kein Vergnügen.«

»So weit wird es doch sicher nicht kommen?«, sagte Jean-Nicolas. Aus dem Augenwinkel sah er, dass sich im Halbdunkel etwas bewegte. »Gütiger Himmel«, sagte er. »Was machst du denn da?«

»Ich lausche«, sagte Camille. »Tja – hättest du geguckt, dann hättest du mich gesehen.«

Maître Desmoulins errötete. »Mein Sohn«, sagte er. Der Prinz nickte. Camille trat ins Kerzenlicht. »Und«, sagte der Prinz, »hast du etwas dazugelernt?« Er hielt Camille offenkundig für jünger, als er es war. »Wie hast du es denn hinbekommen, so lange stillzuhalten?«

»Vielleicht haben Sie mir das Blut in den Adern gefrieren lassen«, sagte Camille. Er musterte den Prinzen von Kopf bis Fuß wie ein Henker, der Maß nimmt. »Natürlich wird es eine Revolution geben«, sagte er. »Sie schaffen gerade eine ganze Nation von Cromwells. Aber ich hoffe doch, dass wir weiter kommen werden als er. In fünfzehn Jahren werden Tyrannen und Parasiten wie Sie verschwunden sein. Und wir werden eine Republik nach römischem Vorbild errichtet haben.«

»Er geht in Paris zur Schule«, sagte Jean-Nicolas kläglich. »Hat lauter solche Ideen im Kopf.«

»Und glaubt vermutlich, er sei zu jung, um dafür büßen zu müssen«, sagte Condé. Er wandte sich wieder dem Jungen zu. »Was in aller Welt soll das werden?«

»Der Höhepunkt Ihres Besuchs, Monseigneur. Sie wollten einen kleinen Ausflug machen, um zu sehen, wie Ihre gebildeten Leibeigenen leben, und um zu Ihrer Unterhaltung einige Platitüden mit ihnen auszutauschen«, sagte Camille. Er begann – unübersehbar, besorgniserregend – zu zittern. »Ich verabscheue Sie.«

»Ich kann nicht hier bleiben und mich beschimpfen lassen«, murmelte Condé. »Desmoulins, halten Sie diesen Ihren Sohn in Zukunft von mir fern.« Er hielt nach einem Platz Ausschau, wo er sein Glas abstellen konnte, und drückte es schließlich seinem Gastgeber in die Hand. Maître Desmoulins folgte ihm zur Treppe.

»Monseigneur –«

»Es war ein Fehler, mich herabzulassen. Ich hätte meinen Verwalter schicken sollen.«

»Es tut mir sehr leid.«

»Nicht der Rede wert. Es ist mir gar nicht möglich, beleidigt zu sein. Das liegt nicht in meiner Natur.«

»Darf ich meine Arbeit für Sie fortführen?«

»Sie dürfen.«

»Und Sie sind wirklich nicht beleidigt?«

»Es wäre unter meiner Würde, wegen etwas beleidigt zu sein, was von keinerlei Belang ist.«

Sein kleines Gefolge hatte sich rasch an der Haustür versammelt. Er blickte zu Jean-Nicolas zurück. »Wenn ich sage, halten Sie ihn von mir fern, dann meine ich wirklich fern.«

Als der Prinz abgefahren war, ging Jean-Nicolas wieder hinauf in sein Arbeitszimmer. »Nun, Camille?«, sagte er. Eine seltsame Ruhe erfüllte seine Stimme, und er atmete tief durch. Das letzte Tageslicht war verblasst; über dem Platz hing wie ein fahles Fragezeichen ein Sichelmond. Camille hatte sich wieder ins Halbdunkel zurückgezogen, als fühlte er sich dort sicherer.

»Was für eine dumme, alberne Unterhaltung habt ihr da geführt«, sagte Camille schließlich. »Das ist doch alles sattsam bekannt. Er ist schließlich nicht debil. Die sind nicht debil, jedenfalls nicht alle.«

»Ach so? Ich bin ja völlig von der Gesellschaft abgeschnitten, weißt du.«

»Wie er das gesagt hat, ›diesen Ihren Sohn‹, das hat mir gefallen. Als wäre es irgendwie exzentrisch, mich zum Sohn zu haben.«

»Vielleicht ist es das ja auch«, sagte Jean-Nicolas. »Wäre ich ein Bürger der Antike, hätte ich einen Blick auf dich geworfen und dich dann auf irgendeinem Hügel ausgesetzt und deinem Geschick überlassen.«

»Vielleicht wäre ja eine Wölfin vorbeigekommen und hätte Gefallen an mir gefunden.«

»Camille – als du mit dem Prinzen geredet hast, war dein Stottern plötzlich weg.«

»Mhm. Keine Sorge. Es ist wieder da.«

»Ich dachte, er schlägt dich gleich.«

»Ja, ich auch.«

»Ich wünschte, er hätte es getan«, sagte Jean-Nicolas. »Wenn du so weitermachst, bleibt eines Tages mein Herz« – er schnipste mit den Fingern – »einfach so stehen.«

»Ach, nein.« Camille lächelte. »Du bist in Wirklichkeit sehr robust. Dein einziges Problem sind deine Nierensteine, hat der Arzt gesagt.«

Jean-Nicolas verspürte plötzlich den Drang, sein Kind in die Arme zu schließen. Es war ein unvernünftiger Impuls, den er rasch unterdrückte.

»Du hast Anstoß erregt«, sagte er, »und unsere Zukunft gefährdet. Das Schlimmste war die Art und Weise, wie du ihn von Kopf bis Fuß gemustert hast. Wortlos.«

»Ja«, sagte Camille distanziert. »In stummer Unverschämtheit bin ich gut. Ich übe mich darin, aus offensichtlichen Gründen.« Er setzte sich auf den Stuhl seines Vaters, sammelte sich für die Fortführung des Gesprächs, strich sich das Haar aus den Augen.

Jean-Nicolas kannte sich selbst als einen Mann von eisiger Würde, von unnahbarer Steifheit und Korrektheit. Doch jetzt hätte er am liebsten geschrien, die Fensterscheiben eingeschlagen, wäre hinausgesprungen und unten auf der Straße einen schnellen Tod gestorben.

Der Prinz wird die Episode in seiner Eile, nach Versailles zurückzukehren, bald vergessen.

Dort ist Pharo gerade die neue Leidenschaft. Der König hat das Glücksspiel verboten, weil die Verluste so hoch sind. Doch der König ist ein Mann mit festen Gewohnheiten, der früh zu Bett geht, und wenn er sich zurückzieht, werden die Einsätze auf den Tisch der Königin gezählt.

»Der Arme«, nennt sie ihn.

Die Königin gibt in der Mode den Ton an. Ihre Kleider – ungefähr hundertfünfzig pro Jahr – werden von Rose Bertin gefertigt, einer teuren, aber unverzichtbaren Modistin, die ihr Atelier in der Rue Saint-Honoré hat. Die höfische Damenkleidung mit ihren Korsettstangen, Schleppen und riesigen Reifröcken, dem steifen Brokat und den panzerartigen Besätzen ist eine Art tragbares Gefängnis. Frisuren und Hüte verbinden sich auf kuriose Weise und sind Gegenstand der *caprice du moment*; George Washingtons Truppen, in Schlachtordnung aufgestellt, schwanken unter pomadisierten Türmen, und in verfilzten Locken werden englische Parklandschaften nachempfunden. Die Königin würde sich eigentlich gern von alldem lossagen und ein Zeitalter der Freiheit ausrufen: feinste Gaze, weichstes Musselin, schlichte Bänder, lose Hemdchen. Es ist erstaunlich, festzustellen, dass Schlichtheit von erlesenem Geschmack ebenso viel kostet wie Samt und Seide. Die Königin liebt *Natürlichkeit*, so sagt sie – bei der Kleidung, bei der Etikette. Was sie noch mehr liebt, sind Diamanten; ihre Beziehungen zu dem Pariser Juweliergeschäft Böhmer und Bassenge erregen weithin Anstoß und schädigen ihren Ruf. In ihren Gemächern wirft sie Möbel hinaus, reißt Wandbehänge herunter, bestellt Neues – und zieht dann woandershin.

»Mir graut es davor, mich zu langweilen«, sagt sie.

Sie hat kein Kind. In Pamphleten, die in der ganzen Stadt kursieren, wird sie wechselnder Verhältnisse mit ihren Höflingen und lesbischer Handlungen mit ihren weiblichen Günstlingen bezichtigt. Als sie im Jahr 1776 in ihrer Loge in der Opéra erscheint, wird sie mit eisigem Schweigen empfangen. Sie versteht das nicht. Hinter verschlossener Tür in ihrem Schlafgemach, so wird später erzählt, ruft sie aus: »Was habe ich ihnen denn getan? Was habe ich getan?« Es ist einfach ungerecht, findet sie, auf einer einzelnen Frau und ihren belanglosen Vergnügungen herumzuhacken, wenn so viel Grundsätzliches im Argen liegt.

Ihr Bruder, Kaiser Joseph II., schreibt ihr warnend aus Wien: »So kann es auf die Länge nicht weitergehen … und die Revolution wird grausam sein, wenn Ihr derselben nicht vorbaut.«

1778 kehrt Voltaire im Alter von vierundachtzig Jahren nach Paris zurück, er spuckt Blut und ist vom nahen Tod gezeichnet. In einer blauen Kutsche mit goldenen Sternen durchquert er die Stadt. Die Straßen sind von einer hysterischen Menschenmenge gesäumt, die »vive Voltaire« ruft. Der alte Mann bemerkt: »Genauso viele Menschen sähen mich gern hingerichtet.« Die Académie erscheint zu seiner Begrüßung; Diderot kommt, Franklin kommt. Während der Aufführung seiner Tragödie *Irène* bekränzen die Schauspieler seine Statue mit Lorbeer, und auf der vollbesetzten Galerie springen die Leute auf und jubeln vor Freude und Bewunderung.

Im Mai stirbt er. Die Stadt Paris verweigert ihm ein christliches Begräbnis, und da man befürchtet, seine Feinde könnten seine sterblichen Überreste schänden, wird sein Leichnam nachts bei Vollmond aus der Stadt geschafft – aufrecht in der Kutsche sitzend, als wäre er noch am Leben.

Ein gewisser Necker, Protestant und steinreicher Bankier aus der Schweiz, wurde zum Generalfinanzdirektor und zum Wundertäter der königlichen Regierung ernannt. Nur Necker würde das Staatsschiff vor dem Stranden bewahren können. Das Geheimnis, sagte er, bestehe darin, Kredite aufzunehmen. Steuererhöhungen und Ausgabenkürzungen würden Europa signalisieren, dass einem das Wasser bis zum Hals stehe. Doch wenn man Kredite aufnehme, zeige man, dass man nach vorn schaue, tatkräftig und energisch sei; indem man Zuversicht an den Tag legte, erzeuge man Zuversicht. M. Necker war ein Optimist.

Und die Rechnung schien aufzugehen. Als der Minister im Mai 1781 durch die übliche reaktionäre, anti-protestantische Kabale zu Fall gebracht wurde, sehnte sich das Volk nach einer verlorenen Zeit zurück, einer Zeit des Wohlstands. Der König allerdings war erleichtert und kaufte Antoinette aus gegebenem Anlass ein paar neue Diamanten.

Georges-Jacques Danton hatte mittlerweile beschlossen, nach Paris zu gehen.

Es war sehr schwierig gewesen, sich loszueisen: als wolltest du, sagte Anne-Madeleine, nach Amerika oder auf den Mond. Zunächst hatte es diverse Familienzusammenkünfte gegeben, alle Onkel hatten förmliche Besuche abgestattet und ihre Meinung zum Ausdruck gebracht. Von der Priesteridee hatte man Abstand genommen. In den vergangenen ein, zwei Jahren hatte Georges-Jacques sich in den kleinen Anwaltspraxen seiner Onkel und ihrer Freunde umgetan. Es war eine bescheidene Familientradition. Wie auch immer. Wenn er sich sicher sei, dass er diese Richtung einschlagen wolle …

Seine Mutter würde ihn vermissen, aber sie hatten sich auseinandergelebt. Sie war eine ungebildete Frau, die ihren Horizont bewusst verengt hatte. Die einzige Industrie, die es in Arcis-sur-Aube gab, war die Fabrikation von Nachthauben – wie konnte er ihr begreiflich machen, dass er diese Tatsache inzwischen als persönlichen Affront empfand?

In Paris würde ihm der Rechtsanwalt, in dessen Kanzlei er seinen Beruf erlernen würde, ein bescheidenes Kanzlistengehalt zahlen; später würde er Geld brauchen, um sich als Anwalt niederzulassen. Die Erfindungen seines Stiefvaters hatten das Familienvermögen angegriffen; der neue Webstuhl war besonders pannenanfällig. Vom Klappern und Quietschen der hin- und hertanzenden Schiffchen verwirrt, standen sie in der Scheune, starrten auf die kleine Maschine und warteten darauf, dass der Faden wieder riss. Von dem Geld, das der vor nunmehr achtzehn Jahren verstorbene M. Danton hinterlassen hatte, war ein Teil für dessen Sohn zur Seite gelegt worden. »Das wirst du für deine Erfindungen brauchen«, sagte Georges-Jacques. »Und mir wird es besser gehen, wenn ich das Gefühl habe, ganz neu anzufangen.«

Den ganzen Sommer über machte er Besuche bei der Verwandtschaft. Wenn ein tatkräftiger, energischer Junge nach Paris ging, kam er nicht mehr zurück – allenfalls noch zu Besuch, als distanzierter, erfolgreicher Mann. Daher war es angebracht, diese Aufwartungen zu machen und niemanden dabei zu übergehen, keinen entfernten Vetter, keine verwitwete Großtante. Er musste es sich in ihren kühlen, einander sehr ähnlichen Bauernhäusern bequem machen und seine Ziele und Ambitionen erläutern, seine Pläne ihrem Wohlwollen anheimgeben. Lange Nachmittage verbrachte er in den Wohnzimmern all der Witwen und unverheirateten Tanten, bei alten Damen, die nickend im gedämpften Sonnenlicht saßen, während der in der Luft schwebende, violett schimmernde Staub sich glorienartig um ihre Köpfe legte. Um Worte war er nie verlegen, das Problem kannte er nicht. Doch er hatte das Gefühl, sich mit jedem Besuch ein Stückchen weiter wegzubewegen.

Schließlich stand nur noch ein Besuch aus: bei Marie-Cécile im Kloster. Er folgte dem geraden Rücken der Novizenmeisterin durch einen totenstillen Korridor, fühlte sich auf groteske Weise zu groß, zu sehr als Mann, gezwungen, sich für sich selbst zu entschuldigen. Nonnen rauschten in ihren dunklen Gewändern vorbei, die Augen gesenkt, die Hände in die Ärmel geschoben. Er hatte nicht gewollt, dass seine Schwester hierherkam. Lieber wäre ich tot, dachte er, als eine Frau zu sein.

Die Nonne blieb stehen, wies ihn durch eine Tür. »Es ist sehr ungeschickt«, sagte sie, »dass unser Empfangszimmer so weit hinten im Gebäude liegt. Sobald wir die nötigen Mittel haben, werden wir eines nah am Tor bauen lassen.«

»Ich dachte, Ihr Haus sei reich, Schwester.«

»Dann sind Sie falsch informiert.« Sie rümpfte die Nase. »Einige unserer Postulantinnen kommen mit einer Mitgift, die kaum ausreicht, um den Stoff für ihre Tracht zu bezahlen.«

Marie-Cécile saß hinter einem Gitter. Er konnte sie nicht berühren, nicht küssen. Sie war bleich, oder vielleicht stand ihr auch nur das harte Weiß des Novizinnenschleiers nicht. Ihre blauen Augen waren klein und ruhig, genau wie seine.

Sie unterhielten sich, waren beide scheu und angespannt. Er erzählte ihr, was es an Neuigkeiten aus der Familie gab, schilderte seine Pläne. »Kommst du zu meiner Einkleidung?«, fragte sie. »Wenn ich mein Gelübde ablege?«

»Ja«, log er. »Wenn es geht.«

»Paris ist riesig. Wirst du dort nicht einsam sein?«

»Glaube ich nicht.«

Sie sah ihn ernst an. »Was erwartest du vom Leben?«

»Ich will vorwärtskommen.«

»Und was bedeutet das?«

»Na ja, es bedeutet wohl, dass ich eine gute Stellung will, dass ich Geld verdienen und respektiert werden will. Tut mir leid, aber es wäre

Unsinn, dir da etwas vorzumachen. Ich möchte einfach etwas gelten.«

»In Gottes Augen gilt jeder Mensch etwas.«

»Du bist durch dieses Leben ja richtig fromm geworden.«

Sie lachten. Dann: »Hast du bei all deinen Plänen auch an die Rettung deiner Seele gedacht?«

»Warum sollte ich mir um meine Seele Gedanken machen, wo ich doch eine faule große Schwester habe, die Nonne ist und den ganzen Tag nichts anderes zu tun hat, als für mich zu beten?« Er blickte auf. »Und du? Bist du – na ja – glücklich?«

Sie seufzte. »Sieh es von der ökonomischen Seite, Georges-Jacques. Heiraten kostet Geld. Wir sind zu viele Mädchen in der Familie. In gewisser Weise haben mich die anderen zur Freiwilligen auserkoren. Aber jetzt, wo ich hier bin – ja, ich habe mich in diesem Leben eingerichtet. Es hat seine Tröstungen, die du allerdings wohl nicht würdigen könntest. Ich glaube nicht, dass du für ruhige Gewässer geschaffen bist, Georges-Jacques.«

Er wusste, dass es Bauern im Arrondissement gab, die sie auch mit der mageren Mitgift, die nun ans Kloster gegangen war, genommen hätten und die froh über eine Frau mit robuster Gesundheit und sonnigem Gemüt gewesen wären. Es wäre keineswegs unmöglich gewesen, einen Mann zu finden, der hart arbeitete, sie anständig behandelte und ihr ein paar Kinder schenkte. Georges-Jacques fand, dass alle Frauen Kinder haben sollten.

»Könntest du hier denn noch weg?«, fragte er. »Wenn ich mal Geld verdiene, kann ich mich um dich kümmern, wir könnten einen Mann für dich suchen oder auch nicht, ich würde für dich sorgen.«

Sie hob die Hand. »Ich habe dir doch gesagt – ich bin zufrieden. Es ist gut.«

»Es macht mich traurig«, sagte er sanft, »zu sehen, dass du so blass geworden bist.«

Sie schaute weg. »Geh lieber, bevor ich traurig werde. Weißt du, ich denke oft an die Zeit zurück, als wir so viel draußen auf den Feldern waren. Nun ja, das ist vorbei. Gott schütze dich.«

»Dich auch.«

Und du verlass dich ruhig darauf, dachte er; ich tue es nicht.

3. *Bei Maître Vinot*

1780

Der britische Botschafter Sir Francis Burdett über Paris: »Es ist die schlechtestgeplante, schlechtestgebaute Stadt, die man sich nur irgend vorstellen kann, schmutzig und stinkend; und was die Einwohner betrifft, so sind sie zehnmal garstiger als die Einwohner von Edinburgh.«

Georges-Jacques stieg an der Cour des Messageries aus der Kutsche. Die Reise war unerwartet kurzweilig gewesen. Ein Mädchen war mitgefahren, Françoise-Julie – Françoise-Julie Duhauttoir aus Troyes. Sie waren sich noch nie begegnet – daran hätte er sich erinnert –, aber sie war ihm nicht ganz fremd; sie war die Sorte Mädchen, angesichts derer seine Schwestern missbilligend die Lippen kräuselten. Kein Wunder: Sie sah gut aus, war lebhaft, hatte Geld, aber keine Eltern mehr und verbrachte die Hälfte des Jahres in Paris. Während der Fahrt belustigte sie ihn mit Imitationen ihrer Tanten: »Jugend-währt-nicht-ewig, Ein-guter-Ruf-ist-ein-Vermögen-wert, Findest-du-nicht-es-wäre-an-der-Zeit-dich-in-Troyes-niederzulassen-wo-deine-ganze-Verwandtschaft-lebt-und-dir-einen-Mann-zu-suchen-bevor-es-zu-spät-ist?« Als stünde zu befürchten, so Françoise-Julie, dass eines Tages urplötzlich Männermangel herrsche.

Er konnte sich nicht vorstellen, dass das bei einem Mädchen wie ihr je der Fall sein würde. Sie schäkerte mit ihm herum, als wäre er wie alle anderen, schien sich nicht an seiner großen Narbe zu stören. Sie glich einem Menschen, der monatelang geknebelt gewesen oder gerade aus dem Gefängnis entlassen worden war. Ihre Worte überstürzten sich, als sie versuchte, ihm die Stadt zu erklären, ihm von ihrem Leben, ihren Freunden zu erzählen. Als die Kutsche anhielt, wartete sie nicht darauf, dass er ihr heraushalf, sondern sprang einfach hinunter.

Sofort schlug ihm der Lärm entgegen. Zwei der Männer, die gekommen waren, um sich der Pferde anzunehmen, fingen an, sich zu streiten. Das war das Erste, was er hörte: ein Schwall von Unflätigkeiten in der harten Aussprache der Hauptstadt.

Françoise-Julie stand inmitten ihrer Gepäckstücke und hielt sich an seinem Arm fest. Sie lachte vor lauter Freude, wieder zurück zu sein. »Was mir hier so gut gefällt«, sagte sie, »ist die ständige Veränderung. Dauernd wird irgendetwas abgerissen und etwas anderes neu gebaut.«

Sie hatte ihre Adresse auf einen Zettel geschrieben, den sie ihm in die Tasche steckte. »Kann ich Ihnen nicht irgendwie helfen?«, fragte er. »Sie zu Ihrer Wohnung bringen?«

»Kümmern Sie sich lieber um sich selbst«, sagte sie. »Ich komme schon zurecht, schließlich lebe ich hier.« Sie drehte sich auf dem Absatz um, erteilte einige Anweisungen bezüglich ihres Gepäcks, verteilte ein paar Münzen. »So. Sie wissen, wo Sie hinmüssen, oder? Ich erwarte Sie im Laufe dieser Woche. Wenn Sie nicht kommen, werde ich mich auf die Suche nach Ihnen machen.« Sie griff nach der kleinsten ihrer Taschen, und dann reckte sie sich plötzlich zu ihm hoch und gab ihm einen Kuss aufs Kinn. Woraufhin sie davonwirbelte und in der Menge verschwand.

Er hatte nur eine Reisetasche dabei, schwer von Büchern. Er hievte sie hoch, setzte sie jedoch gleich wieder ab und fischte in seiner Rocktasche nach dem Zettel, auf dem in der Schrift seines Stiefvaters stand:

Le cheval noir
Rue Geoffroy l'Asnier
Pfarrbezirk Saint-Gervais

Ringsum hatten die Kirchenglocken zu läuten begonnen. Er fluchte leise. Wie viele Glocken gab es in dieser Stadt, und wie in aller Welt sollte er aus diesem Geläute die Glocken von Saint-Gervais und dem zugehörigen Pfarrbezirk heraushören? Er zerknüllte den Zettel und ließ ihn fallen.

Die Hälfte der Passanten wussten nicht, wo sie waren. Man konnte endlos durch die Gassen und Hinterhöfe wandern; es gab Straßen ohne Namen, Baustellen voller Schutt, Kochstellen draußen auf der Straße. Alte Männer husteten und spuckten, Frauen lupften ihre Röcke, an denen gelber Schlamm klebte, Kinder rannten nackt durch den Schlamm wie auf dem Land. Es war wie in Troyes und doch ganz anders. Georges-Jacques hatte ein Empfehlungsschreiben an einen Anwalt auf der Île Saint-Louis dabei, einen gewissen Vinot. Er würde sich irgendwo eine Unterkunft für die Nacht suchen. Und morgen würde er sich vorstellen.

Ein Straßenhändler, der Medizin gegen Zahnschmerzen verkaufte, war von einer zeternden Menge umringt. »Lügner!«, schrie eine Frau. »Es gibt nur eins, was da hilft: die Zähne ziehen!« Er sah noch ihren wilden, irren, städtischen Blick, ehe er weiterging.

Maître Vinot war ein rundlicher, streitlustiger Mann mit plumpen Händen. Er gab sich poltrig wie ein ältlicher Schuljunge.

»Tja«, sagte er, »wir können es mit Ihnen versuchen, mehr nicht. Wir … können … es … nur … mit … Ihnen … versuchen.«

Ich kann es mit *Ihnen* versuchen, dachte Georges-Jacques.

»Eins steht jedenfalls fest: Sie haben eine fürchterliche Klaue. Was lehrt man euch denn heutzutage? Ich hoffe, Ihr Latein entspricht den Anforderungen.«

»Maître Vinot«, sagte Danton, »ich habe zwei Jahre als Kanzlist gearbeitet; glauben Sie etwa, ich bin hier, um Briefe zu kopieren?«

Maître Vinot starrte ihn an.

»Mein Latein ist ausgezeichnet«, sagte Danton. »Mein Griechisch ebenfalls. Ich spreche fließend Englisch und ganz passabel Italienisch. Falls es Sie interessiert.«

»Wo haben Sie das denn gelernt?«

»Ich habe es mir selbst beigebracht.«

»Rührig, rührig. Aber wissen Sie, wenn wir Probleme mit Ausländern haben, besorgen wir uns einen Dolmetscher.« Er musterte Danton. »Sie würden gern reisen?«

»Ja, wenn sich die Möglichkeit böte, würde ich gern mal nach England fahren.«

»Sie bewundern die Engländer? Ihre Institutionen?«

»Ein Parlament könnten wir auch gebrauchen, finden Sie nicht? Ein wirklich repräsentatives, meine ich, nicht eines, das von Korruption zerfressen ist wie das englische. Ach ja, und die Trennung von Exekutive und Legislative. In dieser Hinsicht enttäuschen die Engländer.«

»Hören Sie zu«, sagte Maître Vinot. »Ich werde Ihnen jetzt zu alldem etwas sagen, und ich hoffe, ich muss das nicht wiederholen. Was Ihre Meinungen betrifft, werde ich mich nicht einmischen – auch wenn Sie sie wahrscheinlich für einzigartig halten. Aber wissen Sie«, er hatte eine etwas feuchte Aussprache, »das sind Allerweltsmeinungen, die selbst mein Kutscher teilt. Ich laufe meinen Kanzlisten nicht nach, um mich ihrer Moral zu versichern und sie in die Kirche zu scheuchen. Aber diese Stadt ist kein sicherer Ort. Alle möglichen Bücher zirkulieren ohne den Stempel des Zensors, und was in einigen der Cafés geredet wird – durchaus auch in den schicken –, grenzt an Landesverrat. Ich erwarte nicht das Unmögliche, ich erwarte nicht, dass Sie sich mit alldem gedanklich nicht beschäftigen – sehr wohl aber erwarte ich, dass Sie darauf achten, mit wem Sie sich umgeben. Ich dulde keine Aufwiegelei – nicht in meinen Geschäftsräumen. Und denken Sie niemals, Sie würden im Vertrauen oder unter vier Augen mit jemandem sprechen, denn es kann immer sein, dass jemand Sie bewusst zum Reden bringt und Sie dann der Obrigkeit meldet. O ja«, sagte er mit einem Nicken, das zeigte, dass er einen beherzten Gegner zu nehmen wusste, »o ja, man lernt das eine oder andere in unserem

Beruf. Und als junger Mann muss man lernen, seine Zunge zu zügeln.«

»Sehr wohl, Maître Vinot«, sagte Georges-Jacques demütig.

Ein Mann steckte den Kopf durch die Tür. »Maître Perrin lässt fragen«, sagte er, »ob Sie Jean-Nicolas' Sohn einstellen wollen?«

»Oh Gott«, ächzte Maître Vinot, »haben Sie Jean-Nicolas' Sohn mal gesehen? Ich meine, hatten Sie mal das Vergnügen, sich mit ihm zu unterhalten?«

»Nein«, sagte der Mann. »Ich dachte einfach, der Sohn eines alten Freundes, Sie wissen schon. Außerdem ist er sehr intelligent, wie man hört.«

»Ach ja? Man hört auch noch ganz anderes. Nein, ich stelle diesen dreisten Burschen hier ein, diesen jungen Mann aus Troyes, der sich bereits als großmäuliger Aufwiegler entlarvt hat, aber was ist das schon, gemessen an den Gefahren eines einzigen Arbeitstags mit dem jungen Desmoulins?«

»Keine Sorge. Perrin will ihn ohnehin selbst übernehmen.«

»Das kann ich mir lebhaft vorstellen. Hat Jean-Nicolas denn nie den Tratsch gehört? Nein, er war schon immer etwas begriffsstutzig. Aber das ist nicht mein Problem – soll Perrin nur machen. Leben und leben lassen, sage ich immer«, erklärte Maître Vinot Danton. »Maître Perrin ist ein alter Kollege von mir, sehr beschlagen im Steuerrecht – es heißt, er sei Sodomit, aber geht mich das etwas an?«

»Ein privates Laster«, sagte Danton.

»Genau.« Er blickte zu Danton auf. »Ich habe mich verständlich gemacht, hoffe ich?«

»Ja, Maître Vinot. Ich würde sagen, mehr als das.«

»Gut. Hören Sie, da sowieso niemand Ihre Handschrift lesen kann, ist es wenig sinnvoll, Sie im Büro zu beschäftigen, deshalb fangen Sie besser am anderen Ende unserer Tätigkeit an – Fallbeobachtung nennen wir das. Sie werden einen täglichen Kontrollgang zu all den Prozessen machen, an denen unsere Kanzlei beteiligt ist. So werden Sie herumkommen: Zivilsachen, Billigkeitssachen, Strafsachen. Sind Sie am Kirchenrecht interessiert? Machen wir selbst nicht, aber wir werden Sie an einen Kollegen weiterreichen. Mein Rat an Sie lautet« – er hielt kurz inne – »haben Sie es nicht zu eilig. Bauen Sie langsam an Ihrer Karriere; jeder, der stetig arbeitet, kann bescheidene Erfolge erzielen, mehr als Stetigkeit ist dazu nicht erforderlich. Natürlich braucht man auch die richtigen Verbindungen, die werden Sie durch meine Kanzlei bekommen. Versuchen Sie, einen Lebensplan für sich zu entwerfen. In Ihrer Region gibt es jede Menge Arbeit. In fünf Jahren werden Sie sich etabliert haben.«

»Ich möchte gern in Paris Karriere machen.«

Maître Vinot lächelte. »Das sagen alle jungen Männer. Na ja, ziehen Sie morgen erst einmal los und schauen sich das Ganze an.«

Sie gaben sich förmlich die Hand, nun doch wie Engländer. Georges-Jacques polterte die Treppe hinunter und trat auf die Straße hinaus. Er musste immer wieder an Françoise-Julie denken. Alle paar Minuten kam sie ihm in den Sinn. Er hatte ihre Adresse, Rue de la Tixanderie, wo immer das auch sein mochte. Dritter Stock, hatte sie gesagt, nichts Besonderes, aber mein eigenes Reich. Er fragte sich, ob sie wohl mit ihm ins Bett gehen würde. Es war denkbar. Dinge, die in Troyes niemals möglich gewesen wären, schienen es hier sehr wohl zu sein.

Den ganzen Tag und die halbe Nacht lang rumpelten Fuhrwerke durch die engen, mangelhaften Straßen. Kutschen drängten ihn gegen Hauswände. Auf den Gefährten prangten in kräftigen heraldischen Farben die Wappen und Totenschilde ihrer Besitzer; samtmäulige Pferde setzten ihre Füße graziös in den städtischen Dreck. Im Wageninnern lehnten sich die Besitzer mit abwesendem Blick zurück. Auf Brücken und Kreuzungen drängten sich Kutschen, Tafelwagen und Gemüsekarren und verkeilten sich ineinander. Lakaien hingen an der Rückwand von Equipagen und tauschten Beleidigungen mit Kohlehändlern und auswärtigen Bäckern. Die durch Unfälle entstandenen Probleme wurden unter den gleichgültigen Blicken der Polizei gemäß den anerkannten Tarifen für Arme, Beine und Todesfälle durch Barzahlung umgehend gelöst.

Auf dem Pont-Neuf standen die Buden der öffentlichen Briefschreiber, und Händler boten auf wackeligen Ständen oder auf dem Boden ihre Waren feil. Er sah ein paar Körbe mit gebrauchten Büchern durch: eine sentimentale Romanze, mehrere Werke von Ariost, ein ungelesenes, noch ganz neues Buch, das in Edinburgh publiziert worden war: *Chains of Slavery* von Jean-Paul Marat. Er kaufte ein halbes Dutzend Bücher zu je zwei Sous. Hunde liefen in Rudeln herum, suchten den Markt nach Essbarem ab.

Ihm kam es vor, als wäre jeder zweite Mann, dem er begegnete, ein von Kalkstaub bedeckter Bauarbeiter. In dieser Stadt blieb kein Stein auf dem anderen. In manchen Vierteln wurden komplette Straßenzüge dem Erdboden gleichgemacht und dann neu hochgezogen. Die schwierigeren, spektakuläreren Aktionen zogen kleine Scharen von Schaulustigen an. Die Arbeiter waren arm, Saisonarbeiter. Wenn sie vor der Zeit fertig wurden, erhielten sie eine Zulage, weshalb sie in gefährlichem Tempo arbeiteten; Flüche hallten durch die Luft, Schweiß rann knochige Rücken hinunter. Was würde Maître Vinot sagen? Bauen Sie langsam …

Er traf auf einen Straßenmusiker, einen Mann mit angestrengtem, einst wohl kraftvollem Bariton. Sein Gesicht war fürchterlich zugerichtet, die eine, leere Augenhöhle war von bläulichem Narbengewebe überwachsen. Auf einem Plakat stand: HELD DES AMERIKANISCHEN BEFREIUNGSKRIEGES. Er sang Lieder über den Hof, in denen sich die Königin Lastern hingab, von denen in Arcis-sur-Aube noch nie jemand gehört hatte. Im Jardin du Luxembourg musterte eine Blondine Georges-Jacques von Kopf und Fuß und verwarf ihn dann offenkundig.

Er ging nach Saint-Antoine. Stellte sich vor die Bastille, schaute zu den acht Türmen hinauf. Er hatte Mauern wie Kliffs erwartet. Der höchste Turm war vielleicht – na ja, dreiundzwanzig, vierundzwanzig Meter hoch?

»Die Mauern sind zweieinhalb Meter dick«, teilte ihm ein Passant mit.

»Ich habe mir das alles größer vorgestellt.«

»Es reicht«, sagte der Mann säuerlich. »Oder wären Sie gern da drin? Es gibt Männer, die nie wieder herausgekommen sind.«

»Sind Sie von hier?«

»O ja«, sagte der Mann. »Und wir wissen alle Bescheid. Es gibt dort drinnen unterirdische Zellen, in denen es von Ratten nur so wimmelt und Wasser die Wände hinunterläuft.«

»Ja, von den Ratten habe ich auch schon gehört.«

»Und dann die Zellen unter dem Dach – auch kein Vergnügen. Im Sommer glühend heiß, im Winter eiskalt. Aber dort landen nur die, die Pech haben. Manche Leute werden auch anständig behandelt, es kommt sehr darauf an, wer man ist. Die haben dann Betten mit richtigen Vorhängen und dürfen ihre Katze mitbringen, um das Ungeziefer in Grenzen zu halten.«

»Und was kriegt man zu essen?«

»Das dürfte ziemlich unterschiedlich sein. Hängt wiederum davon ab, wer man ist. Man sieht durchaus auch mal, wie eine Rinderhälfte reingetragen wird. Einer meiner Nachbarn schwört, dass er vor ein paar Jahren gesehen hat, wie ein Billardtisch reingeschafft wurde. Ich würde sagen, es ist wie auch sonst im Leben«, sagte der Mann. »Es gibt Gewinner und Verlierer.«

Georges-Jacques schaut noch einmal hoch, und was er sieht, beleidigt sein Auge. Unbezwingbar, keine Frage. Die Menschen hier gehen ihrem Leben, ihrer Arbeit nach – anscheinend sind es Brauer und Polsterer –, sie leben direkt neben diesen Mauern, sehen sie jeden Tag, und irgendwann nehmen sie sie nicht mehr wahr, sie sind da und doch wieder nicht. Das Entscheidende ist nicht die Höhe der Mauern, es sind die Bilder, die man im Kopf hat: die Gefangenen, die vor Einsamkeit verrückt geworden sind, die vom Blut glitschigen Steinplatten, die Kinder, die im Stroh geboren werden. Es geht nicht an, dass ein Mann, den man zufällig auf der Straße trifft, die Welt, die man im Kopf hat, einfach über den Haufen wirft. Ist denn gar nichts mehr heilig? Gelb und blau fließt der Fluss vorbei, von den Färbereien verschmutzt.

Und als sich der Abend herabsenkt, eilen die Beamten nach Hause, und die Juweliere an der Place Dauphine kommen mit ihren klirrenden Schlüsselbunden heraus, um ihre Diamanten über Nacht wegzuschließen. Kein heimkehrendes Vieh, keine Dämmerung über den Feldern, ein Moment der Sentimentalität, geh darüber hinweg. In der Rue de Saint-Jacques rüstet sich die Schuhmachergenossenschaft zu einem Zechgelage. In einer Wohnung im dritten Stock in der Rue de la Tixanderie öffnet eine junge Frau ihrem neuen Liebsten die Tür und zieht sich aus. Auf der Île Saint-Louis sieht sich Maître Desmoulins' Sohn mit trockenem Mund dem schwerfälligen Charme seines neuen Arbeitgebers ausgesetzt. Hutmacher, die fünfzehn Stunden am Tag bei schlechtem Licht arbeiten, reiben sich die rot geränderten Augen und beten für ihre Familie auf dem Land. Riegel werden vorgeschoben, Lampen entzündet. Schauspieler schminken sich für ihren Auftritt.

ZWEITER TEIL

Große Fortschritte machen wir nur in einer Zeit,
da wir melancholisch gestimmt sind,
nur in der Stunde, da wir uns,
mit der wirklichen Welt unzufrieden,
eine erträglichere erschaffen müssen.

Jean Marie Hérault de Séchelles, *Theorie des Ehrgeizes*

1. Theorie des Ehrgeizes

1784–1787

Das Café du Parnasse war bei seinen Gästen als Café de l'École bekannt, da es auf den gleichnamigen Kai hinausging. Durch seine Fenster sah man den Fluss und den Pont-Neuf und weiter in der Ferne die Türme des Gerichtshofs. Das Café gehörte M. Charpentier, einem Steuerprüfer; es war eine Liebhaberei und zugleich sein zweites Standbein. Wenn sich am Abend die Gerichte vertagt hatten und viel Betrieb im Café war, legte er sich eine Serviette über den Arm und bediente selbst, war weniger Betrieb, schenkte er sich ein Glas Wein ein, setzte sich zu seinen Stammgästen und ließ sich den neusten Juristentratsch erzählen. Das Geplauder im Café de l'École war eher trockener und legalistischer Natur; dennoch war das Ambiente nicht rein männlich geprägt. Es gab durchaus gelegentlich weibliche Gäste, denen über die Marmortische hinweg Komplimente zugesandt wurden, mit diskretem Witz verfeinert.

Monsieurs Gattin Angélique war vor ihrer Heirat Angelica Soldini gewesen. Es wäre hübsch, sagen zu können, dass unter dem pariserisch kühlen Äußeren der Matrone die italienische Braut noch ein verborgenes Leben führte. Tatsächlich jedoch hatte sich Angélique ihre schnelle, überschäumende Sprache, ihre auf undefinierbare Weise ausländisch wirkenden dunklen Kleider, ihre periodischen Anwandlungen von Frömmigkeit respektive Fleischeslust bewahrt; unter dieser äußeren Schicht attraktiver Eigenschaften aber blühte und gedieh ihr wahres Ich: eine vernünftige, sparsame Frau, robust wie Granit. Sie war jeden Tag im Café – mollig, samtäugig, demonstrativ verheiratet; manchmal verfasste jemand ein Sonett für sie und überreichte es ihr mit einer höflichen Verbeugung. »Das lese ich später«, sagte sie dann, faltete das Blatt sorgfältig zusammen und ließ ihre Augen funkeln.

Ihre Tochter, Antoinette Gabrielle, war siebzehn, als sie zum ersten Mal im Café erschien. Sie war größer als ihre Mutter, hatte eine wohlgeformte Stirn und braune Augen von großem Ernst. Ihr Lächeln kam als plötzliche Entscheidung, ein Aufblitzen weißer Zähne, ehe sie den Kopf oder den ganzen Körper abwandte, als gälte ihre Heiterkeit geheimen Empfängern. Ihr braunes, vom ausgiebigen Bürsten glänzendes Haar fiel ihr wie ein Pelzcape über den Rücken, exotisch und scheinbar lebendig: eine private Wärmequelle an kalten Tagen.

Gabrielle war nicht ordentlich wie ihre Mutter. Wenn sie sich das Haar aufsteckte, lösten sich durch sein Gewicht die Haarnadeln bald wieder. In Räumen bewegte sie sich genauso wie auf der Straße. Sie nahm tiefe Atemzüge, errötete leicht, sprang von einem Thema zum anderen, und ihre Bildung war lückenhaft, katholisch, romantisch. Sie hatte die rohe Kraft einer Wäscherin und eine Haut – so sagten alle – wie Seide.

Mme Charpentier hatte Gabrielle ins Café geholt, damit die Männer, die eventuell um ihre Hand anhalten würden, sie erleben konnten. Von ihren beiden Söhnen studierte der eine, Antoine, die Rechte, der andere, Victor, war verheiratet und als Notar gut situiert; nur das Mädchen musste unter die Haube gebracht werden. Es lag auf der Hand, dass Gabrielle einen der Anwälte, die das Café frequentierten, heiraten würde. Sie fügte sich anstandslos in ihr Schicksal, verspürte nur geringfügiges Bedauern angesichts der Jahre von Besitzstörungsklagen, Testamentsbestätigungen und Hypotheken, die vor ihr lagen. Ihr Mann würde wahrscheinlich einige Jahre älter sein als sie. Sie hoffte, dass er attraktiv sein würde, beruflich etabliert, großzügig und aufmerksam, mit einem Wort: distinguiert. Weshalb sie, als eines Tages Maître d'Anton, ein weiterer unbedeutender Anwalt aus der Provinz, in der Tür stand, nicht ihren künftigen Mann in ihm erkannte – nicht im Traum.

Georges-Jacques war noch nicht lange in Paris, als sich Frankreich wieder einmal eines neuen Generalkontrolleurs der Finanzen erfreute, eines gewissen M. Joly de Fleury, der dafür gefeiert wurde, dass er die Steuer auf Nahrungsmittel um zehn Prozent erhöhte. Georges-Jacques' Lebensumstände waren nicht einfach, aber er wäre enttäuscht gewesen, wenn er keine finanziellen Schwierigkeiten gehabt hätte – worauf sollte er sonst in den anvisierten Jahren seines Wohlstands zurückblicken?

Maître Vinot hatte ihm harte Arbeit abverlangt, doch er hielt auch seine Versprechen. »Nennen Sie sich d'Anton«, riet er ihm, »das macht einen besseren Eindruck.« Auf wen? Nun, nicht auf den Adel, aber sehr viele zivilrechtliche Klagen kämen aus den unermesslichen Reihen derer, die sich von Rang und Würden blenden ließen. »Was macht es schon, wenn alle wissen, dass der Titel nicht echt ist?«, meinte Maître Vinot. »Sie zeigen damit, dass Sie die richtigen Bestrebungen haben. Haben Sie nachvollziehbare Ambitionen, mein Lieber. Damit wir uns beruhigt zurücklehnen können.«

Als der Zeitpunkt gekommen war, sein Examen abzulegen, empfahl ihm Maître Vinot die Universität von Reims. Ein siebentägiger Aufenthalt und eine leicht zu bewältigende Lektüreliste, die Prüfer galten als entgegenkommend. Maître Vinot kramte in seinem Gedächtnis, um ihm jemanden zu nennen, der in Reims durchgefallen war, doch ihm fiel niemand ein. »Wobei«, fügte er hinzu, »Sie mit Ihren Fähigkeiten Ihr Examen natürlich auch hier in Paris machen könnten, aber ...« Er beendete seinen Satz nicht. Machte eine wegwerfende Handbewegung, als hielte er das für ein weibisches intellektuelles Unterfangen, das man vielleicht in Perrins Kanzlei gutheißen mochte. D'Anton ging nach Reims, bestand, wurde als Advokat ins Parlament von Paris aufgenommen. Er trat in die Reihen der niedrigsten Anwälte ein, so fing man an. Von dort aufzusteigen war weniger eine Frage des Verdienstes als des Geldes.

Er verließ die Île Saint-Louis, ließ Unterkünfte und Kanzleien unterschiedlicher Qualität aufeinander folgen, nahm Mandate unterschiedlicher Art und Zahl wahr. Er hielt sich an eine bestimmte Sorte Gerichtsfall – niederer Adel, Titelnachweis, Besitzrechte. Ein sozialer Aufsteiger, in dessen Patente er Ordnung gebracht hatte, würde ihn seinen Freunden weiterempfehlen. Unmengen von Details, komplex, aber nicht schwierig, die ihn nur in Maßen forderten. Nachdem er erst einmal das Erfolgsrezept gefunden hatte, lag der größere Teil seines Verstandes brach. Widmete er sich diesen Fällen, damit er Zeit hatte, über anderes nachzudenken? Selbstbetrachtung betrieb er damals nicht. Mit gelinder Überraschung, dann Verärgerung stellte er fest, dass er von Leuten umgeben war, die weit weniger intelligent waren als er. Stümper wie Vinot gelangten in hohe Positionen und zu beträchtlichem Wohlstand. »Wiedersehen«, sagten sie. »War keine schlechte Woche. Wir sehen uns nächsten Dienstag.« Dann fuhren sie übers Wochenende aufs Land – das, was die Pariser unter Land verstanden. Irgendwann würde er sich selbst ein Häuschen kaufen – nichts Großes, ein paar Hektar genügten. Vielleicht würde das seiner Ruhelosigkeit entgegenwirken.

Er wusste, was er brauchte. Er brauchte Geld und eine gute Ehe, und er musste Ordnung in sein Leben bringen. Er brauchte Kapital, um eine eigene Anwaltspraxis aufbauen zu können. Mit seinen achtundzwanzig Jahren hatte er die Statur eines vielbeschäftigten Kohlenträgers. Es war schwierig, ihn sich ohne die Narben vorzustellen, aber womöglich hätte er ohne sie auf eine grobschlächtige Weise gut ausgesehen. Er sprach mittlerweile fließend Italienisch, übte sich mit Angelica darin, kam jeden Tag ins Café, nachdem die Gerichte sich vertagt hatten. Gott hatte ihm zum Ausgleich für sein übel zugerichtetes Gesicht eine kraftvolle, sonore, kultiviert klingende Stimme geschenkt, die den Damen einen Schauder über den Rücken jagte. Er erinnerte sich an den Preisträger, beherzigte dessen Rat, ließ seine Stimme aus den Tiefen seines Brustkorbs aufsteigen. Sie harrte noch der Vervollkommnung – etwas mehr Vibrato, eine ausgeprägtere Klangfarbe. Aber keine Frage: Sie war ein Trumpf, den er jederzeit ausspielen konnte.

Gabrielle dachte: Aussehen ist nicht alles. Und sie dachte: Geld ist nicht alles. Sie musste einige solche Gedanken denken. Doch verglichen mit ihm erschienen ihr alle anderen Männer, die ins Café kamen, klein, zahm und schwach. Im Winter 1786 warf sie ihm lange vertrauliche Blicke zu, im Frühjahr hauchte sie einen züchtigen Kuss auf seine geschlossenen Lippen. Und M. Charpentier dachte: Er hat eine Zukunft.

Sein Problem ist, dass man, um als junger Anwalt Karriere zu machen, eine Unterwürfigkeit an den Tag legen muss, die ihn zermürbt. Manchmal zeichnet sich die Anspannung auf seinem derben, roten Gesicht ab.

Maître Desmoulins praktizierte mittlerweile seit einem halben Jahr als Anwalt. Sein Erscheinen vor Gericht war eine Rarität, und wie so manche Rarität zog es eine Schar von Connaisseuren an, die im Laufe der Wochen fordernder wurden und weniger leicht zu beeindrucken waren. Eine Horde Studenten hängte sich an seine Fersen, als wäre er ein großer Jurist; sie verfolgten die Entwicklung seines Stotterns und seine Versuche, es loszuwerden, indem er sich erregte. Auch sein nachlässiger Umgang mit Fakten entging ihnen nicht, ebenso wenig wie seine Fähigkeit, noch das banalste richterliche Diktum zum Dekret eines bewehrten Tyrannen umzudeuten, dessen Festung er und nur er allein stürmen musste. Es war eine sehr eigene Art, die Welt zu sehen, die unvermeidliche Sichtweise des Wurms, der sich krümmt, wenn er getreten wird.

Bei der heutigen Verhandlung war es um Weiderechte gegangen, obskure Präzedenzfälle, die keine Rechtsgeschichte schreiben würden. Maître Desmoulins raffte seine Unterlagen zusammen, strahlte den Richter an und verließ den Gerichtssaal mit fliegendem Haar, munter wie ein frisch entlassener Häftling.

»Halt!«, hörte er d'Anton rufen. Er blieb stehen und drehte sich um. D'Anton schloss zu ihm auf. »Ich sehe schon, dass Sie es nicht gewohnt sind, zu gewinnen. Sie müssen Ihrem Opponenten Ihr Mitgefühl ausdrücken.«

»Wozu wollen Sie denn mein Mitgefühl? Sie haben doch Ihr Honorar. Kommen Sie, gehen wir ein paar Schritte – ich bin nicht gern hier.«

D'Anton ließ nicht locker. »Es ist ein geziemender Akt der Heuchelei. Das gehört sich einfach so.«

Camille Desmoulins wandte im Gehen den Kopf und schaute ihn zweifelnd an. »Sie meinen, ich darf Schadenfreude zeigen?«

»Wenn Sie wollen.«

»Ich darf sagen: ›Das lernt man also bei Maître Vinot?‹«

»Wenn es Ihnen ein Bedürfnis ist. Mein erster Fall war ganz ähnlich wie dieser. Ich habe einen Hirten vertreten, gegen seinen Lehnsherrn.«

»Aber Sie haben sich weiterentwickelt.«

»Moralisch nicht, nein. Haben Sie auf Ihr Honorar verzichtet? Das dachte ich mir. Dafür hasse ich Sie.«

Desmoulins blieb wie angewurzelt stehen. »Wirklich, Maître d'Anton?«

»Herrje, kommen Sie – ich dachte, Sie wüssten starke Gefühle zu würdigen. Im Gerichtssaal hat es daran jedenfalls nicht gemangelt. Wobei Sie dem Richter gegenüber sehr zurückhaltend waren, finde ich – es ist ja nicht einmal zu üblen persönlichen Beleidigungen gekommen.«

»Stimmt, aber das ist nicht immer so. Ich habe nicht viel Übung im Gewinnen, wie Sie ganz richtig bemerkt haben. Was würden Sie sagen, d'Anton: Bin ich ein schlechter Anwalt, oder habe ich bloß lauter hoffnungslose Fälle?«

»Wie meinen Sie das, was würde ich sagen?«

»Wenn Sie ein unparteiischer Beobachter wären.«

»Wie kann ich das sein?« Jeder kennt dich, dachte er. »Meiner Meinung nach«, sagte er, »wäre es besser, wenn Sie mehr Fälle übernähmen, jedes Mal erschienen, wenn man Sie erwartet, und gegen Honorar arbeiten würden, so wie jeder normale Anwalt.«

»Wie schön«, sagte Camille. »Eine echte Standpauke. M. Vinot hätte sie nicht besser halten können. Bald werden Sie Ihren Bauchansatz tätscheln und mir einen Lebensplan empfehlen. Aber wir haben geahnt, was in Ihrer Kanzlei vor sich geht. Wir hatten unsere Spione.«

»Trotzdem habe ich recht.«

»Es gibt eine Menge Leute, die einen Anwalt brauchen und sich keinen leisten können.«

»Stimmt, aber das ist ein gesellschaftliches Problem, und dafür sind Sie nicht verantwortlich.«

»Man muss den Leuten helfen.«

»Muss man das?«

»Ja. Gut, ich sehe das Gegenargument, rein philosophisch betrachtet sollte man sie vielleicht verrotten lassen, aber wenn man direkt miterlebt, wie bei ihnen etwas schiefläuft: ja.«

»Auf eigene Kosten?«

»Auf jemand anderes Kosten darf man es ja nicht.«

D'Anton betrachtete ihn genau. Niemand, dachte er, kann sich wünschen, so zu sein. »Sie finden es sicher tadelnswert, dass ich versuche, mir meinen Lebensunterhalt zu verdienen.«

»Sich Ihren Lebensunterhalt zu verdienen? Das ist Plünderung, was Sie da betreiben, Raub, und das wissen Sie genau. Wirklich, Maître d'Anton, Sie machen sich lächerlich mit dieser korrupten Attitüde. Sie müssen doch wissen, dass eine Revolution vor der Tür steht und dass Sie sich irgendwann entscheiden müssen, auf welcher Seite Sie stehen.«

»Und diese Revolution wird uns den Lebensunterhalt sichern?«

»Darauf müssen wir hoffen. Hören Sie, ich muss gehen, einen Klienten besuchen. Er wird morgen gehängt.«

»Ist das üblich?«

»Oh, meine Klienten werden immer gehängt. Selbst bei den Eigentums- und Ehesachen.«

»Ihn zu besuchen, meine ich. Wird er sich denn freuen, Sie zu sehen? Wird er nicht denken, dass Sie ihm einen schlechten Dienst erwiesen haben?«

»Mag sein. Aber es ist ein Leibliches Werk der Barmherzigkeit, Gefangene zu besuchen. Das wissen Sie doch sicher, d'Anton? Sie sind doch kirchlich erzogen worden? Ich sammle Ablässe und Ähnliches«, sagte er, »weil ich davon ausgehe, dass ich jederzeit sterben kann.«

»Wo sitzt Ihr Klient?«

»Im Châtelet.«

»Sie wissen, dass Sie in die falsche Richtung gehen?«

Maître Desmoulins sah ihn an, als hätte er etwas Dummes gesagt. »Ich hatte keine bestimmte Route im Sinn.« Er zögerte. »D'Anton, warum verschwenden Sie Ihre Zeit mit dieser läppischen Unterhaltung? Warum sind Sie nicht damit beschäftigt, sich einen Namen zu machen?«

»Vielleicht brauche ich mal eine Pause vom System«, sagte d'Anton. In den schwarzen, glänzenden Augen seines Kollegen sah er die Ängstlichkeit des geborenen Opfers, die tödliche Erschöpfung leichter Beute. Er beugte sich vor. »Camille, wie sind Sie nur in diesen fürchterlichen Zustand geraten?«

Camille Desmoulins' Augen standen weiter auseinander als üblich, und was d'Anton für einen Ausdruck seines Charakters hielt, war tatsächlich nur eine anatomische Eigenheit. Doch es sollte viele Jahre dauern, ehe er das erkannte.

Und es ging weiter: eines jener nächtlichen Gespräche, von langen Pausen unterbrochen.

»Das kann doch nicht alles sein?«, sagte d'Anton. Nach Einbruch der Dunkelheit und etlichen Gläsern ist er oft noch unzufriedener als sonst. »Tagein, tagaus um einen kapriziösen, launischen Trottel wie Vinot herumzuscharwenzeln?«

»Dein Lebensplan umfasst also mehr?«

»Man muss weiterkommen – egal, was man macht, man muss ganz nach oben.«

»Ich habe durchaus auch gewisse Ambitionen«, sagte Camille. »Weißt du, ich war auf einer Schule, wo es immer eiskalt war und das Essen furchtbar geschmeckt hat. Das ist mir irgendwie in Fleisch und Blut übergangen – wenn es kalt ist, akzeptiere ich das, Kälte ist normal, und ans Essen denke ich von einem Tag zum anderen kaum. Aber wenn mir dann tatsächlich mal warm ist oder jemand mir etwas Gutes zu essen gibt, bin ich unendlich dankbar und denke mir, na ja, das wäre schon schön – so etwas im großen Rahmen: riesige, lodernde Kaminfeuer und jeden Abend essen gehen … Natürlich denke ich so etwas nur in meinen schwachen Momenten. Ach ja, und dann: jeden Morgen neben jemandem aufwachen, den man wirklich mag. Statt sich alle naslang an den Kopf zu fassen und zu jammern, oje, was ist gestern Abend nur passiert, wie bin ich denn hierhergeraten?«

»Das scheint mir nicht sehr viel verlangt«, sagte Georges-Jacques.

»Aber wenn man erreicht hat, was man will, entwickelt man schnell eine Abneigung dagegen – zumindest ist das die gängige Meinung. Da ich in meinem Leben noch nichts erreicht habe, kann ich das nicht beurteilen.«

»Du musst dir darüber klar werden, was du wirklich willst, Camille.«

»Mein Vater wollte eigentlich, dass ich nach Abschluss meiner Ausbildung zurückkomme und in seine Kanzlei eintrete. Aber dann auch wieder nicht … Ich soll eine meiner Cousinen heiraten, das wurde schon vor Jahren arrangiert. Bei uns heiraten alle einen Vetter oder eine Cousine, damit das Geld in der Familie bleibt.«

»Und du willst das nicht?«

»Ach, es ist schon in Ordnung. Letztlich ist es ja egal, wen man heiratet.«

»Ach ja?« Georges-Jacques hatte das bisher anders gesehen.

»Allerdings wird Rose-Fleur nach Paris kommen müssen, denn ich gehe nicht mehr zurück.«

»Wie ist sie denn so?«

»Ich weiß es selbst nicht recht, wir sehen uns nur sehr selten. Ach so, du meinst, wie sie aussieht? Sie ist sehr hübsch.«

»Du sagst, dass es egal ist, wen man heiratet – glaubst du denn nicht, dass du mal jemanden lieben wirst?«

»Doch, natürlich. Aber es wäre ein großer Zufall, wenn das die Frau wäre, mit der ich auch verheiratet bin. »

»Und was ist mit deinen Eltern? Wie sind die?«

»Die wechseln offenbar kein Wort mehr miteinander. Noch so eine Familientradition: jemanden zu heiraten und dann festzustellen, dass man ihn nicht leiden kann. Mein Vetter Antoine, einer von den Fouquier-Tinvilles, hat seine Frau angeblich ermordet.«

»Was? Und ist er verurteilt worden?«

»Nur von den Klatschmäulern, die über ihn Gericht gehalten haben. Es gab nicht genügend Beweismaterial, um einen Prozess anzustrengen. Was wenig überraschend ist, denn Antoine ist selbst Rechtsanwalt. Er ist vermutlich gut darin, Beweismaterial zu manipulieren. Diese Geschichte hat die Familie in den Grundfesten erschüttert, deshalb war er für mich« – er hielt wehmütig inne – »immer eine Art Held. Für mich ist jeder ein Held, der bei den de Viefvilles Anstoß erregt. Antoine Saint-Just ist auch so jemand. Wir sind verwandt, allerdings weiß ich nicht genau, wie; die Familie lebt in Noyon. Er ist kürzlich mit dem Familiensilber durchgebrannt, und seine Mutter, eine Witwe, hat sich doch tatsächlich einen *lettre de cachet* ausstellen und ihn einsperren lassen. Wenn er wieder rauskommt – irgendwann werden sie ihn wohl freilassen müssen –, wird er eine Mordswut haben; er wird ihnen das nie verzeihen. Er ist ein großer, kräftiger Bursche, arrogant und unglaublich eingebildet – wahrscheinlich schmiedet er im Moment gerade wutschäumend Rachepläne. Er ist erst neunzehn, vielleicht schlägt er ja eine Verbrecherlaufbahn ein, dann werden nicht mehr alle auf mich schauen.«

»Du solltest ihm schreiben und ihn ein bisschen ermuntern.«

»Ja, vielleicht mache ich das. Weißt du, ich finde ja selbst auch, dass ich nicht so weitermachen kann. Ich habe ein paar Gedichte veröffentlicht, nichts Besonderes, aber es ist ein bescheidener Anfang. Schreiben würde ich am allerliebsten – wie du dir denken kannst, ist es mit meiner Einschränkung eine Wohltat, nicht reden zu müssen. Ich möchte einfach irgendwo ruhig und ungestört leben – am liebsten irgendwo, wo es warm ist –, und zusehen, dass ich etwas Ordentliches zu Papier bringe.«

Aber das nahm ihm d'Anton schon jetzt nicht mehr ab. Er erkannte es als eine Art Dementi, das Camille von Zeit zu Zeit abgab, um darüber hinwegzutäuschen, dass er ein eingefleischter Unruhestifter war. »Gibt es denn nicht auch irgendjemand Ehrbaren, den du magst?«

»O doch – ich mag meinen Freund Robespierre, aber der lebt in Arras, deswegen sehe ich ihn nie. Und Maître Perrin ist auch sehr nett zu mir.«

D'Anton starrte ihn an. Es war ihm unbegreiflich, wie Camille dasitzen und sagen konnte: Maître Perrin ist sehr nett zu mir.

»Macht dir das denn nichts aus?«, fragte er.

»Was die Leute sagen? Nun«, sagte Camille sanft, »ich würde mir natürlich wünschen, nicht Gegenstand allseitiger Abscheu zu sein, aber ich würde nicht so weit gehen, diesen Wunsch mein Verhalten beeinflussen zu lassen.«

»Ich wüsste einfach gern«, sagte d'Anton, »also, von meiner Warte aus, ob an den Gerüchten was dran ist.«

»Ach so, du meinst, weil in einer Stunde die Sonne aufgeht und du befürchtest, ich könnte ins Gericht laufen und überall herumerzählen, dass ich die Nacht mit dir verbracht habe?«

»Jemand hat mir erzählt … also, neben einigen anderen Dingen … dass du ein Verhältnis mit einer verheirateten Frau hast.«

»Ja, in gewisser Weise schon.«

»Du hast wirklich eine interessante Bandbreite an Problemen.«

Es war vier Uhr morgens, und er hatte das Gefühl, bereits zu viel über Camille zu wissen – mehr, als ihm lieb war. Er betrachtete ihn durch einen Nebel aus Alkohol und Müdigkeit – der Blick der kommenden Jahre.

»Ich würde dir ja mehr über Annette Duplessis erzählen«, sagte Camille, »aber das Leben ist einfach zu kurz.«

»Ist es das?« Darüber hatte d'Anton noch nie nachgedacht. Ihm kam es manchmal lang vor, während er seiner Zukunft entgegenkroch, lang genug.

Im Juli 1786 gebar die Königin ein Kind. »Alles schön und gut«, sagte Angélique Charpentier, »aber ich vermute mal stark, dass sie zur Entschädigung für ihre ruinierte Figur ein paar neue Diamanten brauchen wird.«

Ihr Mann sagte: »Woran würden wir denn merken, dass ihre Figur ruiniert ist? Wir sehen sie doch nie, hierher kommt sie ja nicht. Sie hat etwas gegen Paris.« Er fand das bedauerlich. »Ich glaube, sie traut uns nicht. Allerdings ist sie natürlich auch keine Französin. Ihre Heimat ist fern.«

»Meine Heimat ist auch fern«, sagte Angélique mitleidlos. »Aber deshalb stürze ich nicht die ganze Nation in Schulden.«

Schulden, Haushaltsdefizit – diese Worte hingen im Raum, während sich die Cafégäste darin versuchten, eine Zahl zu benennen. Nur wenige Leute, so die im Café vorherrschende Meinung, waren imstande, sich Geldbeträge in solchen Dimensionen vorzustellen; es sei dies eine besondere Fähigkeit, die M. Calonne, der derzeitige Generalkontrolleur der Finanzen, nicht besitze. Mit seinen Spitzenmanschetten und seinem Lavendelwasser, seinem Spazierstock mit Goldknauf und seiner nachweislichen Leidenschaft für Périgord-Trüffeln war M. Calonne der vollendete Höfling. Wie M. Necker nahm er Kredite auf; im Café war man allerdings der Ansicht, dass das bei M. Necker eine wohlüberlegte Politik gewesen sei, während M. Calonne nur aus mangelnder Vorstellungskraft und zur Wahrung des Scheins so agiere.

Im August schlug der Generalkontrolleur der Finanzen dem König ein Reformprogramm vor. Es gab einen gewichtigen, dringenden Grund, rasch zu handeln: Man hatte bereits die Hälfte der Staatseinnahmen des kommenden Jahres ausgegeben. Frankreich sei ein reiches Land, erklärte M. Calonne dem Monarchen, es könne ein Vielfaches der derzeitigen Einnahmen erwirtschaften. Was eindeutig Ruhm und Ehre der Monarchie mehren würde. Louis schien sich da nicht so sicher. Ruhm und Ehre seien ja schön und gut, sehr angenehm, aber er wolle nur tun, was richtig sei, und um diese vermehrten Staatseinnahmen zu erzielen, würden grundlegende Veränderungen vonnöten sein, oder nicht?

Tatsächlich, erklärte sein Minister, müsse von jetzt an jeder – Adlige, Klerus, Dritter Stand – eine Grundsteuer entrichten. Das unheilvolle System der Steuerprivilegien müsse ein Ende haben. Die Binnenzölle müssten zugunsten des Freihandels abgeschafft werden. Und den Liberalen müssten gewisse Zugeständnisse gemacht werden – die Corvée gehöre endgültig abgeschafft. Der König runzelte die Stirn. Irgendwie kam ihm das alles bekannt vor. Er fühle sich an M. Necker erinnert, sagte er. Hätte er etwas nachgedacht, hätte er sich an M. Turgot erinnert gefühlt, aber er verlor langsam den Überblick.

Die Sache sei die, erklärte er dem Minister: Selbst wenn er persönlich derartige Maßnahmen begrüße, würden die Parlamente niemals zustimmen.

Das, so M. Calonne, sei ein schlagendes Argument. Seine Majestät hätten mit der ihr eigenen unfehlbaren Treffsicherheit das Problem auf den Punkt gebracht.

Doch wenn Seine Majestät die Maßnahmen für notwendig hielten, sei es denn dann richtig, sich von den Parlamenten blockieren zu lassen? Warum nicht die Initiative ergreifen?

Hm, machte der König. Er rutschte auf seinem Sessel herum und schaute aus dem Fenster, sah nach dem Wetter.

Er rate seiner Majestät, so M. Calonne, eine Versammlung von Notabeln einzuberufen. Eine was?, fragte der König nach. Calonne fuhr fort. Die Notabeln würden mit einem Schlag das wahre Ausmaß der finanziellen Not ihres Landes erkennen und ihren Einfluss geltend machen, um jegliche vom König für notwendig erachteten Maßnahmen zu unterstützen. Es wäre ein kühner Streich, versicherte er dem König, ein Organ zu schaffen, das den Parlamenten dem Wesen nach übergeordnet sei, ein Organ, dem sie Folge leisten müssten. Es sei die Sorte Maßnahme, die Henri IV ergriffen hätte.

Der König sann nach. Henri IV war der klügste und beliebteste aller französischen Monarchen gewesen; derjenige, dem er, Louis, am ehesten nacheiferte.

Der König bettete den Kopf in seine Hände. Es klang nach einer guten Idee, so wie Calonne es ihm darlegte, doch seine Minister waren alle äußerst redegewandt, und die Dinge waren nie so einfach, wie sie sie darstellten. Und dann waren da noch die Königin und ihr Kreis … Er blickte auf. Die Königin sei der Ansicht, sagte er, dass er die Parlamente, wenn sie sich ihm das nächste Mal in den Weg stellten, einfach auflösen sollte. Die Parlamente von Paris, die Provinzparlamente – zack, zack, zack. Alle weg.

M. Calonne erbebte, als er das hörte. Was konnte aus dieser Denkweise anderes folgen als ein Jahrzehnt der erbitterten Kämpfe, der Debatten, der Fehden und Aufstände? Wir müssen aus diesem Kreislauf ausbrechen, Euer Majestät, sagte er. Glauben Sie mir – bitte, Sie müssen mir glauben –, so ernst war die Lage noch nie.

Georges-Jacques ging zu M. Charpentier und legte die Karten auf den Tisch. »Ich habe ein uneheliches Kind«, sagte er. »Einen Sohn, er ist vier. Ich hätte es Ihnen wohl schon früher sagen sollen.«

»Warum denn?« M. Charpentier fasste sich wieder. »Die freudigen Überraschungen sollte man sich stets bis zum Schluss aufsparen.«

»Ich komme mir vor wie ein Heuchler«, sagte d'Anton. »Dabei habe ich gerade erst dem kleinen Camille ins Gewissen geredet.«

»Bitte sprechen Sie weiter, Georges-Jacques. Ich bin ganz Ohr.«

Sie hätten sich in der Kutsche kennengelernt, erzählte er, auf seiner ersten Fahrt nach Paris. Sie habe ihm ihre Adresse gegeben, er habe sie ein paar Tage später besucht, und dann – nun ja, M. Charpentier könne sich wahrscheinlich vorstellen, wie es weitergegangen sei. Nein, er sei nicht mehr mit ihr liiert, es sei vorbei. Das Kind sei auf dem Land bei einer Amme.

»Sie haben ihr natürlich angeboten, sie zu heiraten?«

D'Anton nickte.

»Und warum wollte sie nicht?«

»Wahrscheinlich hat ihr mein Gesicht nicht mehr gefallen.«

Vor seinem inneren Auge sah er, wie Françoise in ihrem Schlafzimmer getobt hatte, entgeistert, dass sie den gleichen Gesetzen unterworfen war wie andere Frauen: Wenn ich heirate, soll es sich lohnen, ich will nicht irgendeinen kleinen Kanzlisten, einen Niemand, und du mit deinen Gefühlsausbrüchen und deinem Eigendünkel, du läufst doch dem nächstbesten Rock hinterher, ehe ein Monat vergangen ist. Selbst als das Kind in ihrem Bauch schon strampelte, war ihm das Ganze wie eine vage Eventualität vorgekommen, etwas, das passieren konnte oder eben auch nicht. Es gab Totgeburten, es kam vor, dass ein Säugling nach ein paar Tagen starb; er hoffte natürlich nicht, dass das geschehen würde, aber er wusste, dass es möglich war.

Doch das Kind wuchs und kam zur Welt. »Vater unbekannt«, ließ sie auf der Geburtsurkunde vermerken. Jetzt hatte Françoise den Mann gefunden, den sie heiraten wollte – einen gewissen Maître Huet de Paisy, einen königlichen Rat. Maître Huet erwog, sein Amt zu verkaufen – er hatte etwas anderes vor, d'Anton hatte nicht nachgefragt, was. Und er hatte d'Anton sein Amt zum Kauf angeboten.

»Was will er denn dafür?«

D'Anton sagte es ihm. Nachdem er den zweiten Schock des Abends verwunden hatte, sagte Charpentier: »Das ist doch ganz und gar ausgeschlossen.«

»Ja, ich weiß, der Preis ist völlig überhöht, aber er ist zugleich die Vergleichssumme für das Kind. Maître Huet wird die Vaterschaft anerkennen, es wird alles in der korrekten rechtlichen Form vollzogen, und dann liegt das Ganze hinter mir.«

»Ihre Familie hätte sie zwingen sollen, Sie zu heiraten. Was sind das nur für Leute?« Er hielt inne. »In gewisser Hinsicht liegt das Ganze dann hinter Ihnen, aber was ist mit Ihren Schulden? Ich wüsste gar nicht, wie Sie diesen Betrag überhaupt auftreiben könnten.« Er zog ein Blatt Papier heran. »Das kann ich Ihnen geben – nennen wir es vorerst ein Darlehen; wenn der Heiratsvertrag unterschrieben ist, erlasse ich Ihnen die Schuld.« D'Anton neigte den Kopf. »Ich möchte, dass Gabrielle gut versorgt ist, sie ist meine einzige Tochter, und ich möchte sie anständig behandeln. Und Ihre Familie kann wie viel beisteuern? Gut, aber sehr weit reicht das nicht.« Er notierte die Beträge. »Wie können wir den Fehlbetrag decken?«

»Über einen Kredit. Das würde Calonne sagen.«

»Ich sehe keine andere Lösung.«

»Also, es gibt noch einen weiteren Aspekt bei dieser ganzen Sache, und ich fürchte, er wird Ihnen nicht gefallen. Françoise hat mir nämlich angeboten, mir das Geld selbst zu leihen. Sie ist wohlhabend. Wir haben die Einzelheiten noch nicht besprochen, aber ich nehme an, der Zinssatz wird nicht zu meinen Gunsten ausfallen.«

»Das ist ja perfide. Meine Güte, was für ein Miststück! Würden Sie sie nicht am liebsten erwürgen?«

D'Anton lächelte. »O doch.«

»Ich nehme an, Sie sind sich sicher, dass das Kind von Ihnen ist?«

»Sie hat mich bestimmt nicht angelogen. Das hätte sie nicht gewagt.«

»Das denken Männer immer gern …« Ein Blick auf d'Antons Gesicht zeigte ihm, dass er so nicht weiterkam. Also gut – das Kind war seins. »Es ist eine gewaltige Summe«, sagte er. »Und für das Werk einer einzigen Nacht vor fünf Jahren scheint sie unverhältnismäßig. Das könnte Sie auf Jahre blockieren.«

»Sie will mir abringen, soviel sie nur irgend kann. Was ja verständlich ist.« Schließlich hat sie den ganzen Schmerz ertragen müssen, dachte er. Und die Schande. »Ich möchte das innerhalb der kommenden paar Monate regeln. Ich will einen Schlussstrich ziehen und mit Gabrielle ganz neu beginnen.«

»Na ja, einen Schlussstrich würde ich das nicht nennen«, sagte Charpentier sanft. »Es ist eher das Gegenteil. Sie nehmen eine Hypothek auf Ihre Zukunft auf. Können Sie denn nicht –«

»Nein, ich kann mich nicht mit ihr anlegen. Ich habe sie mal sehr gern gehabt. Außerdem denke ich an den Jungen. Und sagen Sie selbst – wäre ich die Sorte Mann, den Sie sich als Schwiegersohn wünschten, wenn ich eine andere Haltung einnähme?«

»Nein, das sehe ich durchaus, verstehen Sie mich nicht falsch. Ich bin einfach alt und abgebrüht und sorge mich um Sie. Wann will diese Frau die letzte Zahlung haben?«

»Am ersten Quartalstag '91. Finden Sie, ich sollte Gabrielle von alldem erzählen?«

»Das müssen Sie selbst entscheiden. Vielleicht könnten Sie zwischen jetzt und der Hochzeit Vorsicht walten lassen?«

»Hören Sie, ich habe vier Jahre Zeit, um die Summe abzubezahlen. Ich werde das Beste aus der Sache machen.«

»Nun, man kann als königlicher Rat zweifellos gut verdienen. Das will ich nicht bestreiten.« M. Charpentier dachte: Er ist jung, er ist unerfahren, er ist in jeder Hinsicht gefordert, und er kann unmöglich so selbstsicher sein, wie er sich gibt. Er wollte d'Anton Mut zusprechen. »Sie wissen ja, was Maître Vinot sagt – er meint, dass unruhige Zeiten vor uns liegen, und in unruhigen Zeiten nehmen die Rechtsstreitigkeiten zu.« Er rollte die Blätter zusammen, um sie zu den Akten zu legen. »Ich könnte mir denken, dass zwischen jetzt und '91 irgendetwas geschehen wird, was Ihre Geschicke begünstigt.«

2. MÄRZ 1787: Es war Camilles siebenundzwanzigster Geburtstag, und seit einer Woche hatte ihn niemand mehr gesehen. Er schien wieder einmal die Wohnung gewechselt zu haben.

Die Notabelnversammlung war an einem toten Punkt angelangt. Im voll besetzten Café ging es laut und rechthaberisch zu.

»Was war das, was der Marquis de Lafayette gesagt hat?«

»Er hat gesagt, die Generalstände sollten einberufen werden.«

»Die sind doch ein Relikt aus alten Zeiten. Das letzte Mal sind sie –«

»1614.«

»Danke, d'Anton«, sagte Perrin, »– 1614 zusammengekommen. Wie sollen die unsere Erwartungen erfüllen? Der Klerus wird in einem Saal debattieren, der Adel in einem anderen und der Dritte Stand in einem dritten, und was immer wir Gemeinen beschließen, wird von den anderen beiden Ständen überstimmt werden. Welcher Fortschritt –«

»Hören Sie«, unterbrach ihn d'Anton, »auch alte Institutionen können eine neue Form annehmen. Es muss nicht zwangsläufig das Gleiche passieren wie beim letzten Mal.«

Die ganze Gruppe schaute ihn ernst an. »Lafayette ist ein *junger* Mann«, sagte Perrin.

»Ungefähr so alt wie Sie, Georges.«

Ja, dachte d'Anton, und während ich über den dicken Wälzern in Maître Vinots Kanzlei gebrütet habe, hat er Armeen angeführt. Jetzt bin ich ein mittelloser Anwalt, und er ist der Held von Frankreich und Amerika. Lafayette kann danach streben, ein Führer der Nation zu werden, und ich kann danach streben, mich über Wasser zu halten. Und jetzt hatte dieser *junge* Mann von unauffälligem Äußeren, mager, rötlichblond, sein Publikum in den Bann geschlagen, eine Idee in den

Raum gestellt; und d'Anton, der eine irrationale Abneigung gegen diesen Burschen hegte, sah sich genötigt, ihn auch noch zu verteidigen. »Die Generalstände sind unsere einzige Hoffnung«, sagte er. »Man müsste uns, dem Dritten Stand, eine angemessene Vertretung zugestehen. Es ist offenkundig, dass dem Adel das Wohlergehen des Königs nicht am Herzen liegt, es wäre also dumm, wenn der König weiterhin die Interessen des Adels verteidigt. Er muss die Generalstände einberufen und dem Dritten Stand wirkliche Macht einräumen – nicht nur Diskussion, nicht nur Beratung, sondern die Macht, etwas zu bewirken.«

»Das glaube ich erst, wenn ich es sehe«, sagte Charpentier.

»Dazu wird es niemals kommen«, sagte Perrin. »Was mich viel mehr interessiert, ist Lafayettes Vorschlag, Ermittlungen wegen Steuerbetrugs anzustellen.«

»Und wegen anrüchiger Spekulation«, sagte d'Anton. »Die üblen Machenschaften auf dem Markt schlechthin.«

»Immer diese Vehemenz«, sagte Perrin, »bei Leuten, die selbst keine Wertpapiere besitzen, es aber gern täten.«

M. Charpentier war durch etwas abgelenkt. Er blickte über d'Antons Schulter und lächelte. »Da kommt jemand, der uns Klarheit verschaffen kann«, sagte er. Mit ausgestreckten Händen ging er nach vorn. »M. Duplessis, Sie haben wir hier ja ewig nicht mehr gesehen. Sie kennen den Verlobten meiner Tochter noch gar nicht. M. Duplessis ist ein alter Freund, er arbeitet im Finanzministerium.«

»Zur Buße für meine Sünden«, sagte M. Duplessis mit Leichenbittermiene. Er bedachte d'Anton mit einem Nicken, als wäre ihm der Name schon untergekommen. Er war großgewachsen, um die fünfzig, einst gutaussehend; schlicht, aber sorgfältig gekleidet. Sein Blick schien immer ein wenig über den betrachteten Gegenstand hinauszureichen, als ob marmorne Tischplatten, vergoldete Stühle und die schwarz gewandeten Gliedmaßen der städtischen Anwälte seine Sicht nicht behinderten.

»Gabrielle heiratet also. Wann ist denn der große Tag?«

»Wir haben das Datum noch nicht festgelegt. Im Mai oder Juni.«

»Wie die Zeit vergeht.«

Er setzte eine Platitüde neben die andere wie ein Kind seine aus Sand geformten Kuchen, und wenn er lächelte, musste man unwillkürlich an den Muskeleinsatz denken, der dazu erforderlich war.

M. Charpentier reichte ihm eine Tasse Kaffee.

»Mein Beileid wegen Ihres Schwiegersohns.«

»Ja, eine schlimme Geschichte, unglückselig und erschütternd. Meine Tochter Adèle«, sagte er. »Verheiratet und verwitwet, und dabei selbst noch ein Kind.« Er sprach zu M. Charpentier, den Blick über die linke Schulter seines Gastgebers gerichtet. »Wir werden Lucile noch etwas länger bei uns behalten. Obwohl sie schon fünfzehn ist, sechzehn. Eine junge Dame. Töchter sind eine Belastung. Söhne auch, wobei ich keine habe. Und Schwiegersöhne sind eine Belastung, wenn sie einfach so sterben. Für Sie gilt das natürlich nicht, Maître d'Anton. Das war nicht persönlich gemeint. Sie sind bestimmt keine Belastung. Sie sehen ziemlich gesund aus. Sie strotzen regelrecht vor Gesundheit.«

Wie kann er so würdevoll sein, fragte sich d'Anton, und dabei so wild und wirr daherreden? War er schon immer so gewesen oder erst durch die äußeren Umstände so geworden, und falls Letzteres, war es das Defizit oder seine häusliche Lage, was ihn aus der Bahn geworfen hatte?

»Und Ihre liebe Frau?«, erkundigte sich M. Charpentier. »Wie geht es der?«

M. Duplessis grübelte über diese Frage nach; er sah aus, als könnte er sich nicht einmal recht an ihr Gesicht erinnern. Schließlich sagte er: »Wie immer.«

»Wollen Sie nicht mal zum Abendessen vorbeikommen? Mit Ihren Töchtern natürlich, wenn Sie möchten?«

»Ich würde gern … aber die Arbeit … Ich bin jetzt unter der Woche oft in Versailles, nur heute hatte ich etwas Geschäftliches zu erledigen … manchmal arbeite ich auch am Wochenende.« Er wandte sich d'Anton zu. »Ich bin schon mein Leben lang beim Finanzministerium. Es ist eine lohnende Arbeit, aber mit jedem Tag wird es schwieriger. Wäre nur der Abbé Terray …«

Charpentier unterdrückte ein Gähnen. Er hörte das nicht zum ersten Mal, keiner hier hörte es zum ersten Mal. Der Abbé Terray war für Duplessis der Größte unter den bisherigen Generalkontrolleuren der Finanzen, er war sein fiskalischer Held. »Wäre Terray geblieben, hätte er uns retten können; all die Pläne, all die Lösungen, die in den letzten Jahren vorgeschlagen wurden, hatte Terray schon vor vielen Jahren ausgearbeitet.« Damals war er noch ein junger Mann gewesen, die Mädchen Wickelkinder, und er war noch gern zur Arbeit gegangen, hatte sie jeden Tag als ein neues Unterfangen erlebt, als ständige Fortentwicklung. Doch die Parlamente waren gegen den Abbé vorgegangen, sie hatten ihn der Getreidespekulation beschuldigt und das dumme Volk dazu verleitet, ihn *in effigie* zu verbrennen. »Damals war die Lage noch nicht so dramatisch, die Probleme waren noch zu bewältigen. Aber seither kommen sie immer wieder mit den gleichen klugen Ideen an –« Er machte eine Geste der Verzweiflung. M. Duplessis lag die königliche Staatskasse sehr am Herzen, und seit der Abbé Terray nicht mehr da war, hatte sich seine Arbeit zu einer Art täglichem offiziellem Kummer entwickelt.

M. Charpentier beugte sich vor, um ihm nachzuschenken. »Nein, ich muss gehen«, sagte Duplessis. »Ich habe Akten mitgenommen. Aber wir kommen gern auf Ihre Einladung zurück – sobald die derzeitige Krise überstanden ist.«

M. Duplessis griff nach seinem Hut, verbeugte sich und ging unter mehrfachem Nicken zur Tür. »Wird sie je überstanden sein?«, fragte Charpentier. »Es ist kaum vorstellbar.«

Angélique rauschte heran. »Ich habe dich gesehen«, sagte sie. »Du hast unübersehbar gegrinst, als du ihn nach seiner Frau gefragt hast. Und Sie«, sie gab d'Anton einen Klaps auf die Schulter, »sind bei dem

Versuch, Ihr Lachen zu unterdrücken, fast blau angelaufen. Was entgeht mir hier?«

»Nur Klatsch, mein Schatz.«

»*Nur* Klatsch? Was hat das Leben denn sonst zu bieten?«

»Er betrifft Georges' Zigeunerfreund, Monsieur Wie-man-gesellschaftlich-aufsteigt.«

»Was? Camille? Du nimmst mich auf den Arm. Das sagst du bloß, um meine Gutgläubigkeit auf die Probe zu stellen.« Sie sah zu ihren grinsenden Cafégästen hinüber. »Annette Duplessis?«, sagte sie. »Annette Duplessis?«

»Also, dann hör mal genau zu«, sagte ihr Mann. »Die Geschichte ist kompliziert, reich an Details, und keiner weiß, wo sie hinführen wird. Manche Leute kaufen sich ein Abonnement für die Oper, andere erfreuen sich an den Romanen von Mr Fielding. Ich persönlich habe Freude an hausgemachter Unterhaltung, und ich kann dir sagen, es gibt derzeit nichts Unterhaltsameres als das Leben in der Rue Condé. Für den Liebhaber menschlicher Torheit …«

»Jesus Maria! Komm zur Sache«, sagte Angélique.

2. Rue Condé: Donnerstagnachmittag

1787

Annette Duplessis war eine Frau, die sich zu helfen wusste. Vier Jahre lang hatte sie das Problem, das ihr jetzt so zusetzte, elegant gehandhabt. Heute Nachmittag würde sie es lösen. Seit mittags ging draußen ein kühler Wind, Zugluft pfiff durch die Wohnung, fand Schlüssellöcher und Türritzen, ließ die schemenhaften Banner der nahenden Krise wehen. Ihre Figur im Sinn, trank Annette ein Glas Apfelessig.

Claude Duplessis, den sie vor langer Zeit geheiratet hatte, war deutlich älter als sie; mittlerweile kam er ihr vor wie ihr eigener Vater. Warum hatte sie ihn überhaupt geheiratet? Das fragte sie sich oft. Sie konnte es sich nur so erklären, dass sie ein ernsthaftes junges Mädchen gewesen war, mit fortschreitendem Alter jedoch immer frivoler wurde.

Als sie sich kennenlernten, war Claude dabei, sich mühsam im Staatsdienst hochzuarbeiten: durch die verschiedenen Ebenen und Ausformungen des Beamtentums, vom Subalternbeamten über den Unterbeamten und mittleren Beamten zum leitenden Beamten, Sonderbeamten, Beamten *in excelsis*, ja zum Inbegriff des Beamten jetzt und immerdar. Was ihr an ihm auffiel, waren vor allem seine Intelligenz und sein stetiger, engagierter Einsatz für die Belange der Nation. Sein Vater war Hufschmied gewesen, und obgleich er es als solcher zu einigem Wohlstand gebracht hatte – das letzte Mal hatte er vor Claudes Geburt am Amboss gestanden –, war Claudes beruflicher Aufstieg bewundernswert.

Als seine ersten Anstrengungen hinter ihm lagen und Claude bereit war zu heiraten, sah er sich von einer Welle bestürzender Leichtfertigkeit fortgerissen. Sie war ein gut betuchtes, begehrtes Mädchen, das er aus Gründen erwählte, die nur ihm bekannt waren, und dem er schließlich seine Zuneigung schenkte. Gerade ihre grundlegende Verschiedenheit schien ein Beleg dafür, dass hier ein besonders tiefgreifender Prozess im Gang war; Freunde sagten ihnen eine Ehe jenseits der ausgetretenen Pfade voraus.

Claude sagte nicht viel, als er um ihre Hand anhielt. Sein Medium waren die Zahlen. Und sie glaubte ohnehin nicht, dass sich tiefe Gefühle in Worte fassen ließen. Sein Gesicht wie seine Hoffnungen waren in die eisernen Schraubzwingen der Selbstbeherrschung eingespannt. Sie stellte sich vor, dass seine Unsicherheiten in seinem Kopf gegeneinanderklackerten wie die Kugeln eines Abakus.

Ein halbes Jahr später waren ihre guten Absichten allesamt erstickt. Eines Nachts war sie im Hemdchen in den Garten hinausgerannt und hatte zu den Apfelbäumen und den Sternen gerufen: »Du bist so dröge, Claude!« Sie erinnerte sich noch an das feuchte Gras unter ihren Füßen, an ihr Frösteln, als sie zu den Lichtern des Hauses zurückgeblickt hatte. Sie hatte sich in die Ehe geflüchtet, um den Restriktionen ihres Elternhauses zu entkommen, damit jedoch ihre Freiheit in Claudes Hände gegeben. Du darfst nie wieder aus dem Gefängnis ausbrechen, sagte sie sich; das endet schrecklich, mit Leichen auf schlammigen Feldern. Sie schlich wieder hinein, wusch sich die Füße und trank einen heißen Kräutertee, um sich von jeglichen verbliebenen Hoffnungen zu kurieren.

Danach war Claude ihr einige Monate lang mit Misstrauen und Zurückhaltung begegnet. Noch jetzt, wenn sie sich nicht gut fühlte oder launisch war, nahm er auf den Vorfall Bezug und erklärte, mittlerweile habe er ja gelernt, mit ihrem labilen Naturell zu leben, doch als jungen Mann habe ihn das sehr überrascht.

Nach der Geburt ihrer Töchter hatte sie eine kurze Affäre gehabt. Ein Freund ihres Mannes, Anwalt, blond und stämmig; als sie das letzte Mal von ihm hörte, lebte er in Toulouse, mit einer rotgesichtigen wassersüchtigen Frau und fünf Töchtern, die eine Klosterschule besuchten. Sie hatte das Experiment nicht wiederholt. Claude hatte nichts davon erfahren. Andernfalls hätte sich vielleicht etwas ändern müssen, aber da er es nicht herausgefunden hatte – es eisern, mannhaft, vorsätzlich nicht herausgefunden hatte –, war es sinnlos, so etwas noch einmal zu tun.

Und so seien die folgenden Jahre übersprungen, bis zu dem Zeitpunkt, an dem etwas begann, was nicht in die Kategorie »Affäre« passt: Im Alter von zweiundzwanzig Jahren trat Camille in ihr Leben. Stanislas Fréron, dessen Familie mit der ihren bekannt war, hatte ihn eines Tages mitgebracht. Camille sah aus wie siebzehn. Es sollte noch vier Jahre dauern, bis er alt genug war, um als Anwalt zugelassen zu werden. Man konnte sich das nicht recht vorstellen. Er sprach stockend und seufzend, zögernd und zaudernd. Manchmal zitterten seine Hände. Es fiel ihm schwer, Leuten ins Gesicht zu sehen.

Er ist brillant, sagte Stanislas Fréron. Der wird mal berühmt. Ihre Gegenwart, ihr Haushalt schienen ihm Angst und Schrecken einzujagen. Aber er kam immer wieder.

Ganz am Anfang hatte Claude ihn einmal zum Souper eingeladen. Die Gästeliste war mit Bedacht so zusammengestellt, dass ihr Mann Gelegenheit haben würde, seine wirtschaftliche Prognose für die nächsten fünf Jahre kundzutun – sie war düster – und Geschichten vom Abbé Terray zu erzählen. Camille saß angespannt und fast wortlos da und bat M. Duplessis nur manchmal mit seiner leisen Stimme, etwas präziser zu sein, ihm darzulegen, wie er auf eine bestimmte Zahl kam. Claude ließ sich Feder, Papier und Tinte bringen. Er schob einige Teller zur Seite und neigte den Kopf; an seinem Ende des Tisches hörte man auf zu essen. Die übrigen Gäste schauten verdutzt herüber und setzten dann ihre höfliche Konversation fort. Während Claude vor sich hin murmelte und schrieb, schaute Camille ihm über die Schulter, focht seine Vereinfachungen an und stellte ihm noch ausführlichere, triftigere Fragen. Claude schloss einen Moment lang die Augen. Zahlen purzelten aus seiner Feder, landeten auf dem Blatt wie Stare im Schnee.

Sie hatte sich über den Tisch gebeugt: »Liebster, könntest du das …«

»Einen Augenblick –«

»… wenn es so kompliziert ist …«

»Hier, sehen Sie – und hier –«

»… wohl hinterher erläutern?«

Claude wedelte mit einer Bilanz. »Ungefähr«, sagte er. »Nur ungefähr. Aber auch die staatlichen Rechnungsprüfer bleiben im Ungefähren – es gibt Ihnen zumindest eine Vorstellung.«

Camille nahm ihm das Blatt ab und überflog es, dann schaute er auf, und sein Blick traf den ihren. Sie war verblüfft, ja schockiert von der – Emotionalität, anders konnte sie es nicht nennen. Sie wandte die Augen von ihm ab, richtete sie auf andere Gäste, suchte Beruhigung bei ihnen. Was er letztlich nicht verstehe, sagte Camille – wahrscheinlich stelle er sich einfach nur dumm an –, sei das Verhältnis der verschiedenen Ministerien untereinander und wie sie zu ihrem jeweiligen Etat kämen. Nein, sagte Claude, das sei keineswegs dumm, ob er es ihm erläutern dürfe?

Claude schob seinen Stuhl nach hinten und erhob sich von seinem Platz am Kopfende der Tafel. Ihre Gäste blickten auf. »Wir können da sicher alle viel lernen«, sagte ein Ministerialrat. Doch er blickte zweifelnd drein, während Claude nun durchs Zimmer ging, sehr zweifelnd sogar. Als er an Annette vorbeikam, streckte sie die Hand aus, wie um ein Kind zurückzuhalten. »Ich will nur die Obstschale holen«, sagte Claude: als wäre das völlig plausibel.

Wieder an seinem Platz, stellte er die Schale mitten auf den Tisch. Eine Orange fiel heraus und rollte langsam um die Schale herum wie ein lebendiges Wesen auf dem Weg zurück in die Tropen. Die Gäste beobachteten sie alle. Die Augen auf Claude gerichtet, streckte Camille die Hand aus und hielt die Orange an. Er gab ihr einen kleinen Schubs, und sie rollte quer über den Tisch zu Annette, die gebannt danach griff.

Alle Gäste beobachteten sie; sie errötete leicht, als wäre sie fünfzehn. Ihr Mann griff nach der Suppenterrine, die auf einem Beistelltisch stand, und nahm dann einem Diener, der abräumen wollte, eine Schüssel mit Gemüse ab. »Also, die Obstschale ist der Fiskus«, sagte er.

Claude stand jetzt im Mittelpunkt der Aufmerksamkeit, das Geplauder verstummte. »Und die Suppenterrine ist der Justizminister, der natürlich zugleich auch Siegelbewahrer ist.«

»Claude –«, sagte sie.

Er hieß sie schweigen. Fasziniert, wie gelähmt, folgten die Gäste der Bewegung der Speisen auf dem Tisch. Geschickt entwand Claude den Fingern des Ministerialrats das Weinglas. Mit seiner ausgestreckten Hand sah der hohe Beamte jetzt aus wie jemand, der bei einer Scharade einen Harfenspieler mimt; seine Miene verfinsterte sich, doch Claude bemerkte es nicht.

»Sagen wir, dieses Salzfässchen ist der Staatssekretär.«

»So viel kleiner«, staunte Camille. »Ich wusste gar nicht, dass die so unbedeutend sind.«

»Und diese Teelöffel sind Schatzanweisungen. Also …«

Ja, sagte Camille, aber ob er vielleicht verdeutlichen, erklären, noch einmal auf das zurückkommen könne, was er gerade gesagt – ja, sagte Claude, völlig richtig, man müsse sich ein korrektes Bild machen. Er griff nach einer Wasserkaraffe, um die Proportionen zu korrigieren; seine Augen leuchteten.

»Das ist besser als jedes Kaspertheater«, flüsterte jemand.

»Vielleicht fängt die Terrine gleich an, mit quäkiger Stimme zu sprechen.«

Lass ihn Erbarmen haben, flehte Annette, bitte, lass ihn mit diesen Fragen aufhören. Sie sah, wie er Claude mit ein paar wohlgesetzten kleinen Kunstgriffen in Szene setzte, während ihre Gäste mit offenem Mund an der in Unordnung gebrachten Tafel saßen, ihres Bestecks entledigt, ohne Dessert, die Gläser leer oder entwendet, sah, wie sie Blicke austauschten und ihre Belustigung unterdrückten; die ganze Stadt wird davon reden, von Ministerium zu Ministerium wird es weitererzählt werden, von Gericht zu Gericht, und die Leute werden sich an der Geschichte von meinem Souper delektieren. Bitte lass ihn aufhören, dachte sie, bitte lass irgendetwas passieren, damit er aufhört – nur was? Vielleicht, dachte sie, ein kleines Feuer?

Und die ganze Zeit über, während sie zusehends nervös wurde, sich umschaute, ein Glas Wein kippte und sich mit einem Taschentuch den Mund abtupfte, brannten sich Camilles glutvolle Augen über das Blumenarrangement hinweg in ihre. Mit einem entschuldigenden Nicken und einem beschwichtigenden Lächeln, das auch die Gaffer einbezog, erhob sie sich schließlich und rauschte aus dem Zimmer. Zehn Minuten lang saß sie vor ihrer Frisierkommode, erschüttert von der Richtung, die ihre Gedanken nahmen. Sie hatte sich nachschminken, nicht aber diese Leere und Verlorenheit in ihren Augen sehen wollen. Es war schon einige Jahre her, dass Claude und sie das letzte Mal miteinander geschlafen hatten – was spielt das für eine Rolle, warum stellt sie diese Rechnung an, soll sie sich vielleicht auch Feder und Papier bringen lassen und das Defizit ihres Lebens errechnen? Claude meint, wenn es so weitergeht, wird das Land spätestens '89 vor die Hunde gegangen sein und wir alle mit ihm. Sie sieht sich im Spiegel, in ihren großen blauen Augen stehen jetzt unerklärlicherweise Tränen, die sie sofort wegtupft, so wie sie vorher den Rotwein von ihren Lippen getupft hat. Vielleicht habe ich zu viel getrunken, vielleicht haben wir alle zu viel getrunken, alle außer diesem bösartigen Jungen, und was immer ich ihm auch sonst im Laufe der Zeit noch werde verzeihen müssen und können: Dass er mein Souper ruiniert und Claude lächerlich gemacht hat, werde ich ihm niemals verzeihen. Warum umklammere ich diese Orange, fragte sie sich. Sie starrte auf ihre Hand hinunter wie Lady Macbeth: Wehe! In unserm Haus?

Als sie zu ihren Gästen zurückkehrte – das parfümierte Blut unter den Nägeln –, war die Vorführung vorbei. Die Gäste verlustierten sich mit Petits Fours. Claude blickte zu ihr auf, wie um zu fragen, wo sie gewesen sei. Er sah fröhlich aus. Camille beteiligte sich nicht mehr am Tischgespräch. Er hatte den Blick gesenkt und trug eine Miene zur Schau, die sie bei ihren Töchtern sittsam genannt hätte. Alle anderen Gäste hatten angespannte, verstörte Mienen. Kaffee wurde serviert: schwarz und bitter wie verpasste Gelegenheiten.

Am nächsten Tag kam Claude noch einmal auf das Souper zu sprechen. Das Tischgespräch sei sehr anregend gewesen, viel interessanter als die üblichen, so banalen Unterhaltungen bei derartigen Anlässen. Wenn ihre Geselligkeiten immer so verliefen, wären sie ihm nicht so lästig – ob sie wohl diesen jungen Mann, dessen Name ihm leider entfallen sei, wieder einmal einladen könne? Er sei so charmant, so interessiert – ein Jammer, dass er stottere, und ob er womöglich auch ein bisschen begriffsstutzig sei? Er hoffe, der junge Mann habe keinen falschen Eindruck von den Vorgängen im Finanzministerium gewonnen.

Wie quälend, dachte sie, ist die Lage des Narren, der weiß, dass er ein Narr ist, und wie angenehm ist im Vergleich dazu Claudes Verfassung.

Als Camille das nächste Mal kam, waren seine Blicke diskreter. Es war, als bestünde ein stillschweigendes Einvernehmen zwischen ihnen, nichts zu überstürzen. Interessant, dachte sie. Interessant.

Er erzählte ihr, dass er nicht die juristische Laufbahn einschlagen wolle – doch was sonst? Er sei durch die Bedingungen seines Stipendiums festgelegt. Eigentlich wolle er – wie Voltaire – nur einen Beruf ausüben, nämlich den des Homme de Lettres. »Ach, Voltaire«, sagte sie. »Ich kann den Namen nicht mehr hören. Glauben Sie mir, Hommes de Lettres werden in den kommenden Jahren der reine Luxus sein. Wir werden alle hart arbeiten und auf Zerstreuungen verzichten müssen. Wir werden alle Claude nacheifern müssen.« Er fuhr sich übers Haar. Ihr gefiel diese Geste, sie war charakteristisch für ihn: nutzlos, aber einnehmend. »Das sagen Sie doch nur. Aber im Grunde Ihres Herzens glauben Sie es nicht. Im Grunde Ihres Herzens glauben Sie, dass alles weitergehen wird wie bisher.«

»Erlauben Sie mir«, sagte sie, »über mein Herz besser Bescheid zu wissen als Sie.«

Im Laufe der Nachmittage wurde ihr immer deutlicher, wie unpassend ihre Freundschaft war. Nicht nur seines Alters, sondern seiner ganzen Lebensgestaltung wegen. Seine Freunde waren arbeitslose Schauspieler, oder sie schlüpften tintenverschmiert aus irgendwelchen Hinterhofdruckereien. Sie hatten uneheliche Kinder und subversive Ansichten; gingen ins Ausland, wenn ihnen die Polizei auf die Spur kam. Es gab das Salonleben, und dann gab es noch dieses andere Leben. Sie hielt es für das Beste, dazu keine Fragen zu stellen.

Er kam weiterhin zum Souper. Zwischenfälle gab es keine mehr. Manchmal lud ihn Claude übers Wochenende mit einer kleinen Gesellschaft nach Bourg-la-Reine ein, wo er etwas Land und ein komfortables Bauernhaus besaß. Die Mädchen, dachte sie, hatten ihn richtig ins Herz geschlossen.

Seit rund zwei Jahren sahen sie einander sehr häufig. Einer ihrer Freunde, der sich mit so etwas angeblich auskannte, hatte ihr gesagt, Camille sei homosexuell. Sie glaubte das nicht, hielt es aber in der Hinterhand für den Fall, dass ihr Mann sich beschwerte. Doch warum hätte er sich beschweren sollen? Da war nur ein junger Mann, der zu Besuch kam. Es war nichts zwischen ihnen.

Eines Tages fragte sie ihn: »Kennen Sie sich mit Wildblumen aus?«

»Nicht sonderlich.«

»Lucile hat nämlich in Bourg-la-Reine eine Blume gepflückt und mich gefragt, was das sei. Ich hatte keine Ahnung, habe ihr aber vertrauensvoll versichert, Sie wüssten alles, und deshalb habe ich die Blume in meinem Buch« – sie griff danach – »gepresst und ihr gesagt, dass ich Sie danach fragen würde.«

Sie setzte sich neben ihn, das dicke Wörterbuch in der Hand, in das sie Briefe, Einkaufslisten und alles mögliche andere steckte, was sie sicher aufbewahren wollte. Sie öffnete das Buch – vorsichtig, sonst wäre der ganze Inhalt herausgerutscht. Er untersuchte die Blume. Mit dem Fingernagel hob er sacht das eine, papierartige Blättchen an und betrachtete dessen Unterseite mit gerunzelter Stirn. »Wahrscheinlich ein weit verbreitetes giftiges Unkraut«, sagte er.

Er legte den Arm um sie und versuchte sie zu küssen. Sie machte einen Satz zur Seite, eher aus Überraschung als willentlich, ließ das Wörterbuch fallen, und alles flog heraus. Es wäre durchaus korrekt gewesen, ihm eine Ohrfeige zu geben, aber was für ein Klischee, dachte sie, außerdem war sie durch ihr Ausweichen aus dem Gleichgewicht geraten. Sie hatte das eigentlich schon immer mal tun wollen, aber eher mit jemand Robusterem, und so kam eins zum andern, und der Moment verstrich. Sie umklammerte die Sofalehne und stand wankend auf.

»Verzeihung«, sagte er. »Das war etwas plump.«

Er zitterte ein wenig.

»Was fällt Ihnen ein!«

Er hob die offene Hand. »Ich begehre Sie, Annette.«

»Das ist absolut indiskutabel.« Sie stand inmitten der verstreuten Zettel und Papiere und trat nun vorsichtig zur Seite. Auf dem Boden lag auch ein Gedicht von ihm, in eine Hutmacherrechnung gefaltet, die sie vor Claude hatte verbergen müssen. Camille, dachte sie, würde eine Frau nie im Leben nach dem Preis ihrer Hüte fragen. Dazu ließe er sich nicht herab – nein, es käme ihm gar nicht erst in den Sinn. Sie fand es plötzlich notwendig, aus dem Fenster zu schauen (obwohl es ein trüber, nicht eben vielversprechender Wintertag war), und sich auf die Lippen zu beißen, damit sie nicht mehr bebten.

Seit einem Jahr ging das nun so.

Sie unterhielten sich übers Theater, über Bücher und gemeinsame Bekannte, aber in Wirklichkeit unterhielten sie sich doch nur über eines, nämlich ob sie mit ihm ins Bett gehen würde. Sie sagte, was man in solchen Situationen sagt. Er sagte, ihre Argumente seien abgedroschen, das übliche Gerede von Leuten, die Angst vor sich selbst hätten, Angst davor, nach ihrem Glück zu streben, weil Gott sie dafür strafen könnte, und die an ihrer Sittenstrenge und ihren Schuldgefühlen zu ersticken drohten.

Sie dachte (insgeheim), dass sie niemanden kannte, der so viel Angst vor sich selbst hatte wie er, und das mit gutem Grund.

Sie sagte, sie werde ihre Haltung nicht ändern, aber natürlich könnten sie die Diskussion noch endlos fortführen. Nicht endlos, wandte er ein, jedenfalls nicht im wörtlichen Sinn, sehr wohl allerdings, bis sie beide so alt geworden seien, dass ihr Interesse aneinander erloschen sei. Die Engländer machen das so, sagte er, im Unterhaus. Sie sah ihn schockiert an. Nein, nicht das, woran sie offenkundig denke – wenn jemand eine Maßnahme vorschlage, die einem nicht passe, könne man einfach aufstehen und anfangen, das Für und Wider auszuspinnen, bis alle nach Hause gingen oder die Sitzung ende und keine Zeit mehr bleibe. Filibustern nenne man das. Es könne sich über Jahre hinziehen. »Da ich mich«, sagte er, »so gern mit Ihnen unterhalte, wäre das nicht die unangenehmste Weise, mein Leben zu verbringen. Aber ich will Sie *jetzt*.«

Nach dem einmaligen Zwischenfall war sie stets beherrscht gewesen und hatte ihn durchaus gekonnt abgewehrt. Nicht dass er sie je wieder angerührt hätte. Und er hatte es seinerseits nur selten zugelassen, dass sie ihn berührte. Wenn er sie versehentlich auch nur streifte, entschuldigte er sich. Es war besser so, fand er. Die menschliche Natur, die langen Nachmittage; die Mädchen zu Besuch bei Freundinnen, die Straßen menschenleer, das einzige Geräusch im Zimmer das Ticken der Uhren, das Pochen der Herzen.

Sie hatte eigentlich vorgehabt, diese Nicht-Affäre nach eigenem Ermessen glatt und reibungslos zu beenden; als Nicht-Affäre hatte sie durchaus ihre Momente gehabt. Doch dann hatte Camille offensichtlich angefangen, mit jemandem darüber zu reden, oder einer der Freunde ihres Mannes hatte etwas bemerkt, jedenfalls wussten jetzt alle Bescheid. Claude hatte eine ganze Reihe interessierter Bekannter. Man disputierte in Ankleideräumen über die Angelegenheit (im königlichen Gerichtshof wurde sie aufmerksam beobachtet, in den Zivilgerichten hingegen – Kammer für Bürgertumsskandale – zum Skandal des Jahres erklärt); sie machte in den exklusiveren Cafés die Runde, und auch im Ministerium machte man sich seine Gedanken. In der Vorstellung der Klatschmäuler gab es keine Diskussionen, keine fein ausbalancierten Versuchungen und Gegenversuchungen, keine Gewissensqualen, keine Skrupel. Sie war attraktiv, gelangweilt, nicht mehr die Jüngste. Er war jung und hartnäckig. Natürlich waren sie … ja, was meinen Sie denn? Die Frage ist: seit wann? Und wann wird sich Duplessis entscheiden, hinzusehen?

Claude mag taub und blind und stumm sein, dachte Annette, aber er ist kein Heiliger und kein Märtyrer. Ehebruch ist ein hässliches Wort. Es ist an der Zeit, das Ganze zu beenden – zu beenden, was nie begonnen hat.

Aus irgendeinem Grunde erinnerte sie sich an die paar Gelegenheiten, da sie gedacht hatte, sie könnte wieder schwanger sein, damals, als Claude und sie noch keine getrennten Schlafzimmer gehabt hatten. Man denkt, es könnte sein, hat diese seltsamen Gefühle, und dann blutet man und weiß, es ist nicht so. Eine Woche, vierzehn Tage der eigenen Lebenszeit sind verstrichen, ein neues Leben ist in Betracht gezogen worden, ein steter Strom von Liebe hat zu fließen begonnen, vom Kopf in den Körper und hinaus in die Welt und die kommenden Jahre. In Gedanken existiert das Kind weiter. Hätte es blaue Augen gehabt? Wie wäre sein Charakter gewesen?

Der Tag war gekommen. Annette saß vor ihrer Frisierkommode. Ihre Zofe machte sich an ihr zu schaffen, zupfte und zog ihr Haar zurecht. »Nicht so«, sagte Annette. »So mag ich es nicht. Da sehe ich älter aus, als ich bin.«

»Aber nein!«, widersprach die Zofe mit gespieltem Entsetzen. »Keinen Tag älter als achtunddreißig.«

»Achtunddreißig gefällt mir nicht«, sagte Annette. »Ich ziehe eine schöne runde Zahl vor. Sagen wir, fünfunddreißig.«

»Vierzig ist auch eine schöne runde Zahl.«

Annette trank einen Schluck von ihrem Apfelessig. Sie zog eine Grimasse. »Ihr Besuch ist da«, sagte die Zofe.

Der Regen peitschte in Böen gegen das Fenster.

In einem anderen Zimmer schlug Annettes Tochter Lucile ihr neues Tagebuch auf. Wieder ein neuer Anfang. Roter Einband. Weißes Papier mit einem seidenen Schimmer. Ein Bändchen, um die Stelle zu markieren, an der sie gerade war.

»Anne Lucile Philippa Duplessis«, schrieb sie. Sie war gerade dabei, sich wieder einmal eine neue Handschrift anzugewöhnen. »Dies ist das Tagebuch von Lucile Duplessis, geboren 1770, gestorben ??. Band 3, 1786.«

»Derzeit«, schrieb sie, »denke ich oft darüber nach, wie es wohl wäre, eine Königin zu sein. Nicht unsere Königin, sondern eine tragischere Figur. Ich denke da an Maria I. Tudor – ›wenn ich einmal tot bin und man meinen Leichnam eröffnet, wird man *Calais* in mein Herz geschrieben finden.‹ Wenn ich, Lucile, tot wäre und man meinen Leichnam eröffnete, fände man *Ennui* in mein Herz geschrieben.

Aber eigentlich ist mir Maria Stuart lieber. Sie ist eindeutig meine Lieblingskönigin. Ich denke an ihre blendende Schönheit dort bei den schottischen Barbaren. Ich denke an die Mauern von Fotheringay, die sie wie die Wände eines Grabes umschlossen. Es ist ein Jammer, dass sie nicht jung gestorben ist. Es ist immer besser, wenn Leute jung sterben, dann bleibt ihre Aura erhalten, und man muss nicht daran denken, dass sie Rheuma oder einen Bauch bekommen haben könnten.«

Lucile ließ eine Zeile frei. Sie holte tief Luft, dann schrieb sie weiter.

»Ihren letzten Abend verbrachte sie damit, Briefe zu schreiben. Sie sandte einen Diamanten an Mendoza und einen an den spanischen König. Als die Siegel aufgebracht waren, saß sie mit offenen Augen da, während ihre Zofen beteten.

Um acht kam der Provost Marshal, um sie abzuholen. An ihrem Betpult las sie mit ruhiger Stimme die Sterbegebete. Angehörige ihres Hofstaates knieten nieder, als sie, ganz in Schwarz und mit einem beinernen Kruzifix in der beinfarbenen Hand, durch den Rittersaal schritt.

Dreihundert Menschen hatten sich versammelt, um sie sterben zu sehen. Zur allgemeinen Überraschung trat sie durch eine kleine Seitentür ein, ihre Miene war gefasst. Das Schafott war mit schwarzem Stoff behängt. Ein schwarzes Kissen lag bereit, auf dem sie niederknien sollte. Doch als ihre Dienerinnen vortraten und ihr den schwarzen Umhang von den Schultern nahmen, sahen alle, dass sie in Scharlachrot gekleidet war. Sie hatte sich in der Farbe des Blutes gewandet.«

An dieser Stelle legte Lucile den Federhalter ab. Sie begann über Synonyme nachzudenken. Zinnoberrot. Feuerrot. Blutrot. Redewendungen fielen ihr ein: den roten Teppich ausrollen. Keinen roten Heller mehr haben. Heute rot, morgen tot.

Sie griff wieder nach dem Federhalter.

»Was dachte sie, als sie den Kopf auf den Block legte? Während sie wartete, bis der Henker in Stellung gegangen war? Sekunden verstrichen, und diese Sekunden waren wie Jahre.

Der erste Beilhieb ging auf Marias Hinterkopf nieder. Auch der zweite trennte den Kopf nicht vom Hals, bedeckte die Richtbühne aber mit königlichem Blut. Erst beim dritten Schlag rollte der Kopf. Der Henker hob ihn auf und hielt ihn für die Zuschauer hoch. Alle sahen, dass sich die Lippen noch bewegten, und das taten sie noch eine Viertelstunde lang.

Wer da allerdings mit einer Taschenuhr neben dem triefenden Überrest stand, ist mir nicht ganz klar.«

Ihre Schwester Adèle kam herein. »Schreibst du Tagebuch? Darf ich es lesen?«

»Ja. Und: nein.«

»Ach Lucile«, sagte ihre Schwester und lachte.

Adèle ließ sich auf einen Stuhl plumpsen. Mit etwas Mühe wandte Lucile ihre Gedanken wieder der Gegenwart zu und richtete den Blick auf das Gesicht ihrer Schwester. Sie entwickelt sich zurück, dachte Lucile. Wenn ich eine verheiratete Frau gewesen wäre, und sei es noch so kurz, würde ich meine Nachmittage nicht in meinem Elternhaus verbringen.

»Ich fühle mich einsam«, sagte Adèle. »Und ich langweile mich. Ich kann nicht ausgehen, weil es dafür noch zu früh ist, und ich muss diese grässliche Trauerkleidung tragen.«

»Hier ist es auch langweilig«, sagte Lucile.

»Hier ist es wie immer. Oder nicht?«

»Bis auf die Tatsache, dass Claude noch seltener zu Hause ist als sonst. Was Annette die Gelegenheit gibt, noch mehr Zeit mit ihrem Freund zu verbringen.«

Wenn sie allein waren, nannten sie ihre Eltern ganz frech beim Vornamen.

»Und wie geht es dem Freund?«, fragte Adèle. »Macht er immer noch deine Lateinaufgaben?«

»Ich habe kein Latein mehr.«

»Wie bedauerlich. Kein Vorwand mehr, die Köpfe zusammenzustecken.«

»Ich hasse dich, Adèle.«

»Natürlich tust du das«, sagte ihre Schwester gutmütig. »Denk nur daran, wie erwachsen ich bin. Denk an all das wunderbare Geld, das mir mein armer Mann hinterlassen hat. Denk daran, was ich alles weiß, was du nicht weißt. Denk daran, wie viel Spaß ich haben werde, wenn die Trauerzeit vorbei ist. Denk an all die Männer, die es auf dieser Welt gibt! Aber nein. Du denkst nur an einen.«

»Ich denke nicht an ihn«, sagte Lucile.

»Hat Claude eigentlich irgendeine Ahnung, was sich da anbahnt, mit ihm und Annette und mit ihm und dir?«

»Da bahnt sich überhaupt nichts an. Begreifst du das nicht? Das ist es doch gerade: Da ist nichts.«

»Na ja, vielleicht nicht im technischen Sinn«, sagte Adèle. »Aber ich glaube nicht, dass Annette noch lange standhält – und sei es nur aus purer Erschöpfung. Und du – du warst zwölf, als du ihn das erste Mal gesehen hast. Ich erinnere mich noch daran. Deine kleinen Schweinsäuglein haben richtig aufgeleuchtet.«

»Ich habe keine Schweinsäuglein. Und sie haben nicht aufgeleuchtet.«

»Aber er ist genau das, was du suchst«, sagte Adèle. »Mit dem Leben von Maria Stuart hat er zugegebenermaßen nicht viel zu tun. Aber mit ihm kannst du die Leute brüskieren.«

»Er würdigt mich doch keines Blickes«, sagte Lucile. »Er denkt, ich sei noch ein Kind. Er bemerkt mich gar nicht.«

»Natürlich tut er das«, sagte Adèle. »Probier's doch aus.« Sie deutete in Richtung des Salons, auf dessen geschlossene Tür. »Und dann berichte. Aber das traust du dich wohl nicht.«

»Ich kann doch nicht einfach da reinspazieren.«

»Warum denn nicht? Wenn sie nur dasitzen und sich unterhalten, können Sie ja wohl kaum etwas dagegenhaben. Und wenn nicht – na ja, genau das wollen wir ja herausfinden!«

»Warum gehst du nicht selbst rein?«

Adèle schaute sie an, als wäre sie völlig unbedarft. »Weil man dir eher unschuldige Motive unterstellen würde als mir.«

Das sah Lucile ein, und Mutproben konnte sie einfach nicht widerstehen. Adèle sah ihr nach, als sie in ihren seidenen Pantoffeln lautlos über den Teppich ging. Camilles seltsames kleines Gesicht kam ihr in den Sinn. Der bringt uns noch ins Grab, dachte sie – wenn nicht, schlage ich meine Kristallkugel in Stücke und fange an zu stricken.

Camille war pünktlich; kommen Sie um zwei, hatte sie gesagt. In Angriffsstimmung, fragte sie ihn gleich, ob er an seinen Nachmittagen eigentlich nichts Besseres vorhabe. Er würdigte das keiner Antwort, spürte aber, dass etwas im Busch war.

Annette hatte beschlossen, den Teil ihrer Persönlichkeit auszuspielen, den ihre Freunde »grande dame« nannten. Dazu gehörte es, durchs Zimmer zu rauschen und schalkhaft zu lächeln.

»Also«, sagte sie. »Es gibt Regeln, und Sie haben sich entschieden, sie zu missachten. Sie haben jemandem von uns erzählt.«

»Ach«, sagte Camille und spielte an seinem Haar herum. »Wenn es doch nur etwas zu erzählen gäbe.«

»Claude wird es herausfinden.«

»Ach – gäbe es doch nur etwas herauszufinden.« Er blickte gedankenverloren an die Decke. »Wie geht es ihm denn?«, fragte er schließlich.

»Er ist verärgert«, sagte Annette geistesabwesend. »Sehr verärgert. Er hat viel Geld in das Wasserpumpenprojekt der Gebrüder Périer investiert, und jetzt hat der Comte de Mirabeau ein Pamphlet dagegen verfasst, und die Aktien sind in den Keller gegangen.«

»Das kann nur im Sinn des öffentlichen Wohls sein. Ich bewundere Mirabeau.«

»Natürlich. Da muss einer nur sittenlos sein, ein moralischer Bankrotteur – nein, Camille, lenken Sie mich nicht ab.«

»Ich dachte, Sie wollten Ablenkung«, sagte er düster.

Sie achtete darauf, immer einen gewissen Abstand zu ihm zu halten, nutzte die Möbel, um ihre Entschlossenheit zusätzlich zu bewehren. »Das muss aufhören«, sagte sie. »Sie dürfen nicht mehr herkommen. Die Leute reden, denken sich ihren Teil. Und ich habe weiß Gott genug davon. Wie in aller Welt sind Sie überhaupt auf die Idee gekommen, dass ich die Sicherheit meiner glücklichen Ehe für eine heimliche Affäre mit Ihnen aufgeben würde?«

»Ich glaube es einfach.«

»Sie denken, ich sei in Sie verliebt, nicht wahr? Sie sind in einem Maße von sich eingenommen –«

»Annette, lassen Sie uns durchbrennen. Heute Nacht. Ja?«

In diesem Moment hätte sie fast Ja gesagt.

Camille stand auf, als wollte er vorschlagen, gemeinsam Annettes Sachen zu packen. Sie war im Zimmer auf und ab gegangen und blieb nun vor ihm stehen. Ließ den Blick auf seinem Gesicht ruhen, strich mit der einen Hand unnötigerweise ihren Rock glatt. Dann hob sie die andere und legte sie auf seine Schulter.

Er trat auf sie zu, umfasste ihre Taille. Ihre Körper berührten sich der Länge nach. Sein Herz klopfte heftig. Mit so einem Herz, dachte sie, lebt er nicht mehr lange. Sie schaute ihm kurz in die Augen. Zögernd fanden sich ihre Lippen. Einige Sekunden verstrichen. Annette fuhr mit den Fingernägeln über den Nacken ihres Geliebten, schob die Finger in sein Haar, zog seinen Kopf erneut zu sich.

Hinter ihnen ertönte ein spitzer Aufschrei. »So«, sagte dann eine belegte Stimme. »Es stimmt also. Und zwar im technischen Sinn, wie Adèle es genannt hat.«

Annette entzog sich ihm und wirbelte herum, alles Blut wich aus ihrem Gesicht. Camille betrachtete ihre Tochter eher interessiert als überrascht, doch er errötete, ganz zart. Und Lucile war entsetzt, keine Frage, deshalb hatte ihre Stimme auch so schrill und ängstlich geklungen, deshalb stand sie jetzt da wie angewurzelt.

»Das hatte überhaupt nichts Technisches«, sagte Camille. »Denkst du das wirklich, Lucile? Das finde ich traurig.«

Lucile wandte sich um und floh. Annette atmete hörbar aus. Noch ein paar Minuten länger, dachte sie, und der Himmel weiß, was dann … Was bin ich doch für eine lächerliche, wilde, dumme Frau. »Also«, sagte sie. »Verschwinden Sie, Camille. Und kommen Sie mir ja nicht wieder unter die Augen, sonst lasse ich Sie verhaften.«

Camille wirkte eingeschüchtert. Er entfernte sich langsam rückwärts, als verließe er eine königliche Audienz. Sie hätte ihn am liebsten angeschrien: »Was denkst du jetzt?« Doch auch sie war verschreckt angesichts der drohenden Katastrophe.

»Ist das der Gipfel deines Irrsinns?«, fragte d'Anton Camille. »Oder kommt noch mehr?«

Irgendwie – er hätte nicht sagen können, wie – war er zu Camilles Vertrautem geworden. Was dieser ihm gerade erzählte, war unwirklich und gefährlich und vielleicht auch ein wenig – er ließ sich das Wort auf der Zunge zergehen – verworfen.

»Du hast selbst erzählt«, protestierte Camille, »dass du dich um Gabrielles Mutter bemüht hast, als du Gabrielle gewinnen wolltest. Und das stimmt auch, alle haben es miterlebt, wie du auf Italienisch geprahlt und mit den Augen gerollt und den ungestümen Südländer gegeben hast.«

»Ja, gut, aber das ist ja normal. Es ist eine harmlose, notwendige und gesellschaftlich akzeptierte Konvention. Es ist anders – ach, was sage ich, es ist Welten entfernt von dem, was du vorhast, nämlich, wenn ich es recht verstehe, etwas mit der Tochter anzufangen, um an die Mutter heranzukommen.«

»Ich weiß nicht, ob ›etwas anfangen‹ es trifft«, sagte Camille. »Ich glaube, es wäre besser, sie zu heiraten. Dauerhafter, weißt du? Wenn ich mich zum Familienmitglied mache. Dann kann Annette mich nämlich nicht verhaften lassen – nicht, wenn ich ihr Schwiegersohn bin.«

»Dabei solltest du verhaftet werden«, sagte d'Anton andächtig. »Man sollte dich wegsperren.« Er schüttelte den Kopf …

Am nächsten Tag erhielt Lucile einen Brief. Sie erfuhr nie, wie er hergelangt war, man brachte ihn ihr aus der Küche herauf. Er war wohl bei jemandem aus der Dienerschaft abgegeben worden. Normalerweise wäre er direkt an Madame gegangen, doch es gab eine neue Dienstmagd, ein Mädchen noch, und die wusste es wohl nicht besser.

Nachdem Lucile den Brief gelesen hatte, wendete sie ihn in der Hand und strich die Seiten glatt. Ganz systematisch ging sie ihn noch einmal durch. Dann faltete sie ihn zusammen und schob ihn in einen Band mit Schäferdichtung. Doch sofort hatte sie das Gefühl, ihm damit nicht gerecht zu werden, also steckte sie ihn stattdessen in Montesquieus *Persische Briefe*. Er war so eigenartig, dass er gut aus Persien hätte stammen können.

Aber kaum hatte sie das Buch wieder ins Regal gestellt, wollte sie den Brief wieder in der Hand halten. Sie wollte das Papier spüren, die geschwungene schwarze Handschrift wieder sehen, den Blick über die Zeilen schweifen lassen – Camille schreibt *schön*, dachte sie, so *schön*. Bei manchen Wendungen stockte ihr der Atem. Sätze flogen ihr vom Blatt entgegen. Ganze Abschnitte schienen das Licht einzufangen und wieder abzustrahlen: Worte wie Perlen, die auf eine Schnur aufgezogen waren, Worte, blitzend wie Diamanten.

Großer Gott, dachte sie. Voller Scham rief sie sich ihre Tagebücher ins Gedächtnis. Und ich habe geglaubt, *ich* schreibe Prosa …

Dabei versuchte sie die ganze Zeit, nicht an den Inhalt des Briefes zu denken. Sie konnte nicht recht glauben, dass sich das alles wirklich auf sie beziehen sollte, obwohl es ihr, logisch betrachtet, zweifellos zustand.

Doch: Es war sie – ihre Seele, ihr Gesicht, ihr Körper –, die diese Prosa ins Leben gerufen hatte. Man konnte die eigene Seele nicht untersuchen, um herauszufinden, was daran so besonders war, selbst bei Gesicht und Körper war es nicht so einfach. Die Spiegel in der Wohnung hingen alle zu hoch; vermutlich hatte ihr Vater sie so aufhängen lassen. Sie konnte nur ihren Kopf darin sehen, was einen eigenartigen, körperlosen Eindruck entstehen ließ. Um wenigstens noch ein bisschen Hals zu sehen, musste sie sich auf die Zehenspitzen stellen. Sie war ein hübsches kleines Mädchen gewesen, das wusste sie. Sie und Adèle waren beide die Sorte hübsche kleine Mädchen gewesen, in die Väter vernarrt sind. Letztes Jahr war dann diese Veränderung eingetreten.

Sie wusste, dass Schönheit für viele Frauen eine Frage der Anstrengung war, eine Übung in Geduld, Geschick und Findigkeit. Sie erforderte eine eigentümliche Art von Ehrlichkeit, verbot jede Eitelkeit. War sie auch nicht direkt eine Tugend, so konnte sie doch als Verdienst bezeichnet werden.

Doch sie konnte dieses Verdienst nicht für sich in Anspruch nehmen.

Manchmal irritierte sie diese neue Errungenschaft – so wie andere Menschen ihre eigene Faulheit irritiert oder die Tatsache, dass sie Nägel kauen. Sie hätte gern an ihrem Aussehen gearbeitet, aber es war nun einmal so: Die Notwendigkeit bestand nicht. Sie hatte das Gefühl, von anderen Menschen weggetrieben zu werden – in einen Bereich, in dem sie nach etwas beurteilt wurde, für das sie nichts konnte. Eine Freundin ihrer Mutter hatte einmal gesagt (sie hatte gelauscht): »Mädchen, die schon in diesem Alter so aussehen, sind mit fünfundzwanzig dahin.« Tatsächlich kann sie sich fünfundzwanzig schlicht nicht vorstellen. Sie ist jetzt sechzehn, da ist Schönheit so endgültig wie ein Muttermal.

Da ihre Haut von einer zarten Blässe war, wie die einer Frau, die im Elfenbeinturm lebt, hatte Annette sie überredet, ihr dunkles Haar zu pudern und es mit Bändern und Blumen aufzustecken, um die makellose Form ihres Gesichts zur Geltung zu bringen. Es war nur gut, dass man nicht ihre dunklen Augen herausnehmen und stattdessen porzellanblaue einsetzen konnte. Sonst hätte Annette es womöglich getan – sie wollte von ihrem eigenen Puppengesicht angesehen werden. Mehr als einmal hatte Lucile sich im Geiste selbst als Porzellanpuppe gesehen, die, aus der Kindheit ihrer Mutter übrig geblieben, in Seide gehüllt hoch oben auf einem Regal lag, eine Puppe, die zu kostbar und zerbrechlich war, um den wilden, raubeinigen Kindern von heute in die Hand gegeben zu werden.

Das Leben war größtenteils dröge. Sie konnte sich noch an eine Zeit erinnern, als ein Picknick, eine Landpartie, eine Bootsfahrt auf dem Fluss an einem heißen Nachmittag ihre größte Freude gewesen waren. Ein Tag ohne Lernen, an dem die üblichen Abläufe durchbrochen wurden und man vergessen konnte, welcher Wochentag es war. Sie hatte solchen Tagen mit einer Aufregung entgegengesehen, die an Furcht grenzte, war früh aufgestanden, um den Himmel zu betrachten und das Wetter vorherzusagen. Es gab ein paar Stunden, in denen man das Gefühl hatte: »So ist das Leben wirklich«, man hielt es für Glück, und das war es auch. Man dachte darüber nach, während es stattfand. Abends kam man müde nach Hause, und danach ging alles weiter wie zuvor. Man sagte: »Letzte Woche, als wir aufs Land gefahren sind, war ich glücklich.«

Jetzt war sie über diese Sonntagsvergnügungen hinausgewachsen, der Fluss sah immer gleich aus, und wenn man drinnen blieb, war das auch kein Drama. Nach ihrer Kindheit – nachdem sie sich gesagt hatte: »Meine Kindheit ist vorbei« – wurden Ereignisse, die sich in ihrer Vorstellung zutrugen, wichtiger als alles, was im Haushalt der Duplessis geschah. Wenn ihre Vorstellungskraft sie im Stich ließ, wanderte sie lustlos und elend durchs Haus, den Kopf voll destruktiver Gedanken. Sie war froh, wenn es Zeit wurde, schlafen zu gehen, und stand morgens nur ungern auf. So war das Leben. Sie legte ihre Tagebücher beiseite, voller Entsetzen über ihre formlosen Tage und die noch vor ihr liegende vergeudete Zeit.

Oder sie griff nach der Feder: Anne Lucile Philippa, Anne Lucile. Wie bedrückend, zu sehen, wie und was du schreibst, wie bedrückend, dass ein so gebildetes und kultiviertes Mädchen wie du nichts Besseres zu tun hat – keine Musikstunden, keine Handarbeiten, keine gesundheitsfördernden Nachmittagsspaziergänge, nur diese Todessehnsucht, diese Fantasien vom Morbiden und Grandiosen, diese Blutsehnsucht, diese *Bilder*, gütiger Gott, Stricke, Klingen, und der Geliebte ihrer Mutter mit dieser Ausstrahlung des Schon-halb-Toten und seinem sinnlichen, zerdrückt aussehenden Mund. Anne Lucile Duplessis. Die Initialen würden sich nicht verändern. Doch mit der gepflegten Langeweile wäre es vorbei. Sie schaute sich in die Augen, lächelte, warf den Kopf in den Nacken und brachte sehr vorteilhaft ihren langen weißen Hals zur Geltung, der einmal, so glaubte ihre Mutter, die Herzen ihrer Bewunderer brechen würde.

Gestern hatte Adèle diese folgenschwere Unterhaltung begonnen. Dann war sie selbst in den Salon gegangen und hatte gesehen, wie ihre Mutter die Zunge zwischen die Zähne ihres Geliebten schob, ihre Finger in sein Haar flocht und sich zitternd in seine eleganten schmalen Hände gab. Sie sah diese Hände vor sich, sah seinen Zeigefinger auf dem Papier, auf ihrer Handschrift, hörte ihn sagen: Lucile, mein Schatz, hier sollte der Ablativ stehen, und ich fürchte, das, was deine Übersetzung nahelegt, hat sich Julius Cäsar in seinen kühnsten Träumen nicht vorgestellt.

Und heute hielt der Geliebte ihrer Mutter um ihre Hand an. Wenn uns etwas – willkommenes Ereignis, und sei es noch so seltsam – aus der Monotonie reißt, dann möge doch bitte nicht gleich alles auf einmal geschehen!

CLAUDE: Natürlich war das mein letztes Wort in dieser Sache. Ich hoffe, er ist so klug, das zu akzeptieren. Ich habe keine Ahnung, wie er überhaupt auf diese Idee gekommen ist. Du, Annette? Früher wäre das vielleicht noch anders gewesen. Als ich ihn kennenlernte, war ich zugegebenermaßen von ihm angetan. Sehr intelligent. Aber was nützt alle Intelligenz, wenn jemand kein moralischer Mensch ist? Nicht vertrauenswürdig? Er hat einen Ruf, der einen schwindeln macht … Nein, nein, nein. Davon will ich nichts hören.«

»Nein, das willst du wohl nicht«, sagte Annette.

»Ehrlich gesagt überrascht es mich, dass er das überhaupt wagt.«

»Mich auch.«

Er erwog, Lucile zu Verwandten zu schicken. Doch das könnte negativ ausgelegt werden – es könnte den Anschein erwecken, als hätte sie etwas getan, was sie nicht hätte tun sollen.

»Wie wäre es, wenn …«

»Was?«, fragte Annette ungeduldig.

»Wenn ich sie ein, zwei jungen Männern vorstellen würde, die für sie in Frage kämen?«

»Sechzehn ist zu jung zum Heiraten. Und sie ist schon eitel genug. Aber Claude – du musst tun, was du für richtig hältst. Du bist das Familienoberhaupt. Du bist der Vater des Mädchens.«

Nachdem Annette sich mit einem großen Glas Cognac gestärkt hatte, schickte sie nach ihrer Tochter.

»Den Brief.« Sie schnipste mit den Fingern.

»Ich habe ihn nicht bei mir.«

»Wo ist er?«

»Er steckt in den *Persischen Briefen*.«

Eine unangemessene Heiterkeit erfasste Annette. »Vielleicht möchtest du ihn lieber in meinem Exemplar von *Gefährliche Liebschaften* aufbewahren?«

»Ich wusste nicht, dass du eins hast. Darf ich es lesen?«

»Ganz gewiss nicht. Vielleicht folge ich dem Rat im Vorwort und schenke dir ein Exemplar zur Hochzeit. Wenn dein Vater und ich irgendwann mal einen Mann für dich gefunden haben.«

Lucile kommentierte das nicht. Wie gut, dachte sie, verbirgt sie doch – nur mit Hilfe eines Glases Cognac –, was dieser äußerst empfindliche Schlag für ihren Stolz in ihr angerichtet haben muss. Ihr war geradezu danach, ihrer Mutter zu gratulieren.

»Er war da, um mit deinem Vater zu sprechen«, sagte Annette. »Er hat erzählt, dass er dir geschrieben hat. Du wirst ihn nicht wiedersehen. Wenn du weitere Briefe bekommst, bring sie sofort zu mir.«

»Akzeptiert er die Lage?«

»Das spielt keine Rolle.«

»Hält mein Vater es nicht für angebracht, mich nach meiner Meinung zu fragen?«

»Warum sollte man dich nach deiner Meinung fragen? Du bist ein Kind.«

»Vielleicht sollte ich mal ein bisschen mit meinem Vater plaudern. Über gewisse Dinge, die ich gesehen habe.«

Annette lächelte matt. »Skrupellos, wie, meine Liebe?«

»Mir scheint es ein fairer Handel.« Lucile hatte das Gefühl, ihr werde der Hals zugeschnürt. Sie hatte sich so weit vorgewagt mit dieser neuen Art von Verhandlung, dass sie vor Angst kaum einen Ton herausbrachte. »Gib mir Zeit zum Nachdenken. Mehr verlange ich nicht.«

»Und als Gegenleistung versicherst du mich deiner kleinkindlichen Diskretion? Was meinst du eigentlich zu wissen, Lucile?«

»Na ja, immerhin habe ich dich meinen Vater noch nie so küssen sehen. Ich habe überhaupt noch nie gesehen, wie sich zwei Menschen auf diese Weise küssen. Es muss dir die ganze Woche verschönt haben.«

»Zumindest hat es offenbar deine Woche verschönt.« Annette stand auf. Sie ging langsam durchs Zimmer, zu einer Vase mit Treibhausblumen. Schwungvoll zog sie den ganzen Strauß heraus und stellte die Blumen dann eine nach der anderen wieder hinein. »Du hättest auf eine Klosterschule gehen sollen«, sagte sie. »Es ist noch nicht zu spät, um deine Bildung abzurunden.«

»Irgendwann müsstet ihr mich ja doch wieder herauslassen.«

»O ja, aber solange du mit dem Absingen deines Cantus planus beschäftigt wärst, könntest du nicht anderen Leuten nachspionieren und dich in der Kunst der Manipulation üben.« Sie lachte, diesmal ohne jede Heiterkeit. »Bevor du in den Salon gekommen bist, hast du wahrscheinlich immer gedacht, was für eine lebenskluge, kultivierte Frau ich doch bin, oder? Dass ich nie etwas Falsches tue?«

»O nein. Bis dahin habe ich immer gedacht, dass dein Leben ausgesprochen langweilig sein muss.«

»Ich würde dich gern bitten, zu vergessen, was in den letzten paar Tagen geschehen ist.« Annette schwieg einen Augenblick lang, eine

Rose in der Hand. »Aber das wirst du nicht tun, nicht wahr, denn du bist stur und eitel und entschlossen, das, was du fälschlich für deinen Vorteil hältst, auszunutzen.«

»Ich habe dir nicht nachspioniert.« Das wollte sie unbedingt richtigstellen. »Adèle hat mich herausgefordert. Was wäre, wenn ich sagen würde: Ja, ich will ihn heiraten?«

»Das ist undenkbar«, sagte ihre Mutter. Eine Blume, eisigweiß, glitt auf den Teppich.

»Nicht unbedingt. Das menschliche Gehirn kann Wunder vollbringen.«

Lucile hob die langstielige Rose auf und reichte sie ihrer Mutter. Sie saugte einen Tropfen Blut von ihrem Finger. Vielleicht mache ich es, dachte sie, und vielleicht auch nicht. Auf jeden Fall werden weitere Briefe kommen. Sie wird nicht wieder den Montesquieu verwenden, sondern sie in Mablys Abhandlung aus dem Jahr 1768 stecken: *Zweifel hinsichtlich der natürlichen Ordnung der Gesellschaft*. Diese, so findet sie, sind plötzlich beträchtlich angewachsen.

3. Maximilien

1787

Mercure de France, Juni 1783: »M. de Robespierre, ein junger Advokat von seltenem Verdienst, hat in dieser Angelegenheit, in der es galt, die Sache von Kunst und Wissenschaft zu verteidigen, eine Beredsamkeit und einen Scharfsinn bewiesen, die von seinem Wissen das höchste Zeugnis ablegen.«

Ich seh die Dornen an der Rose
In diesem Strauß, den du mir reichst …

Maximilien de Robespierre, *Gedichte*

Der Zeitungsausschnitt war abgegriffen und vergilbte allmählich. Er hatte überlegt, wie er ihn konservieren und sauber halten könnte, doch das Blatt rollte sich an den Kanten bereits ein. Er kannte den Artikel bestimmt längst auswendig, doch hätte er ihn aufgesagt, hätte es auch ein selbst ersonnener Text sein können. Las man ihn hingegen von einem Blatt ab, das man in der Hand hielt, konnte man sicher sein, dass der Text die Meinung eines anderen Menschen wiedergab – formuliert von einem Pariser Journalisten, von Druckern gesetzt. Man konnte nicht behaupten, es sei nicht geschehen.

Der Bericht über den Prozess war ziemlich lang. Die Sache war natürlich von öffentlichem Interesse. Begonnen hatte das Ganze damit, dass ein gewisser M. de Vissery aus Saint-Omer sich einen Blitzableiter besorgte und ihn auf seinem Dach installierte, von einer Schar verdrießlicher Einfaltspinsel beobachtet, die, als er fertig war, zur Stadtverwaltung stapften und behaupteten, dieses Ding ziehe in Wirklichkeit

Blitze an und müsse wieder abmontiert werden. Warum sollte M. de Vissery den Blitz anziehen wollen? Nun, er stand wohl mit dem Teufel im Bunde.

Also ging es vor Gericht, wo um das Recht des Staatsbürgers gestritten wurde, einen Blitzableiter zu besitzen. Der geschädigte Hauseigentümer konsultierte Maître de Buissart, der eine führende Gestalt der Arrasschen Anwaltschaft war und zudem eine starke naturwissenschaftliche Neigung besaß. Maximilien stand damals auf gutem Fuß mit de Buissart. Sein Kollege ereiferte sich: »Es geht hier ums Prinzip, verstehen Sie: Da versuchen Leute, den Fortschritt aufzuhalten, zu verhindern, dass der Nutzen der Wissenschaft verbreitet wird, und das dürfen wir, wenn wir uns denn als aufgeklärte Geister betrachten, nicht einfach so geschehen lassen – würden Sie sich uns vielleicht anschließen wollen, ein paar Briefe für uns aufsetzen? Meinen Sie, wir sollten Benjamin Franklin schreiben?«

Eine Flut von Vorschlägen, Empfehlungen, wissenschaftlichen Stellungnahmen ging ein. Unterlagen wurden übers ganze Haus verteilt. »Also, dieser Marat …«, sagte de Buissart. »Es ist ja gut, dass er sich so engagiert, aber wir werden seine Hypothesen eher zurückhaltend handhaben. Wie ich höre, ist er bei den Wissenschaftlern der Académie nicht gut angeschrieben.« Als der Fall schließlich im Conseil verhandelt wurde, trat de Buissart beiseite und ließ de Robespierre die Plädoyers halten. De Buissart war zu Beginn des Rechtsstreits nicht klar gewesen, wie sehr dieser sein Gedächtnis und seine organisatorischen Fähigkeiten fordern würde. Sein Kollege schien den Anforderungen besser gewachsen zu sein, was de Buissart auf dessen Jugend zurückführte.

Danach feierten die Gewinner ein Fest. Glückwunschbriefe gingen ein – vielleicht nicht körbeweise, aber es konnte kein Zweifel bestehen, dass der Fall Aufsehen erregt hatte. Er hatte noch sämtliche Unterlagen, Dr. Marats umfangreiches Beweismaterial, sein eigenes Abschlussplädoyer mit den in letzter Minute vorgenommenen Korrekturen am

Rand. Und noch monatelang zückten seine Tanten, wenn Besuch kam, die entsprechende Ausgabe der Zeitung und fragten: »Haben Sie den Artikel über den Blitzableiter gelesen, in dem steht, wie gut Maximilien das gemacht hat?«

Max ist ruhig, gelassen, ein unkomplizierter Mitbewohner; er ist gut gebaut und hat große Augen, ein changierendes Blaugrün. Sein Mund verrät Humor, sein Gesicht ist blass; er achtet auf seine Kleidung, die immer gut sitzt. Sein braunes Haar ist stets frisiert und gepudert; früher konnte er es sich nicht leisten, auf sein Äußeres zu achten; jetzt ist sein gepflegtes Äußeres sein einziger Luxus.

Er lebt in einem gut geführten Haushalt. Um sechs Uhr steht er auf, arbeitet bis um acht am Schreibtisch. Um acht Uhr kommt der Barbier. Dann ein leichtes Frühstück: frisches Brot, eine Tasse Milch. Ab zehn ist er normalerweise im Gericht. Nach der Sitzung geht er seinen Kollegen tunlichst aus dem Weg und begibt sich so schnell wie möglich nach Hause. Da sein Magen von den Konflikten des Vormittags noch durcheinander ist, isst er nur etwas Obst und trinkt dazu Kaffee und ein wenig verdünnten Rotwein. Wie können die anderen schulterklopfend und lauthals lachend aus dem Gericht poltern, nachdem sie einander einen Vormittag lang niedergebrüllt haben? Und dann heimgehen, um üppig zu tafeln, große Stücke Fleisch zu verzehren? Er begreift das immer noch nicht.

Nach dem Essen macht er einen Spaziergang, und zwar bei jedem Wetter, denn Brount, dem Hund, ist das Wetter egal, und wenn er drinnen bleiben muss, springt er bloß herum und bringt Unruhe ins Haus. Brount zieht ihn hinter sich her durch Straßen, Wald und Felder; wenn sie zurückkommen, sehen sie nicht mehr halb so präsentabel aus wie vorher. Seine Schwester Charlotte sagt: »Bring mir bloß diesen dreckigen Hund nicht hier herein.«

Brount fläzt sich vor die Tür seines Studierzimmers. Er schließt die Tür und arbeitet bis sieben oder acht; wenn am nächsten Tag eine wichtige Verhandlung bevorsteht, natürlich länger. Hat er seine Papiere schließlich beiseite gelegt, kaut er womöglich noch etwas an seinem Federhalter und versucht sich an ein paar Versen für das nächste Treffen der literarischen Gesellschaft. Es ist keine Dichtung, das gibt er gern zu, einfach gutes Handwerk, nichts Ernsthaftes. Manches ist noch weniger ernsthaft als anderes, man denke etwa an seine »Ode an die Marmeladentarte«. Er liest viel, und einmal in der Woche kommt die Akademie von Arras zusammen. Der offizielle Zweck dieser Zusammenkünfte ist es, über Geschichte, Literatur, wissenschaftliche Themen, Aktuelles zu diskutieren. Was so alles geschieht; und außerdem werden Klatsch und Tratsch verbreitet, Ehen arrangiert und Kleinstadtfehden vom Zaun gebrochen.

An anderen Abenden schreibt er Briefe. Oft will Charlotte, dass sie zusammen die Haushaltsbücher durchgehen. Und die Tanten sind beleidigt, wenn sie nicht mindestens einmal die Woche besucht werden. Da sie jetzt in getrennten Häusern leben, sind damit zwei Abende in der Woche belegt.

Als er mit seinem neuen akademischen Grad und sorgsam modulierten Hoffnungen nach Arras zurückgekommen ist, war vieles anders. Tante Eulalie hatte 1776, im Jahr des amerikanischen Revolutionskrieges, zur allseitigen Überraschung verkündet, dass sie heiraten werde. Es gibt also noch Hoffnung für uns, sagten die alten Jungfern der Gemeinde. Tante Henriette meinte, Eulalie habe den Verstand verloren: Robert Deshorties war Witwer und hatte mehrere Kinder, darunter Anaïs, ein Mädchen in fast heiratsfähigem Alter. Doch binnen eines halben Jahres waren heimliche Momente zarten Errötens und ein beträchtliches Maß an unziemlichen Wallungen und Andeutungen an Stelle von Tante Henriettes Missgunst getreten. Im darauffolgenden Jahr heiratete sie Gabriel du Rut, einen lauten Mann von dreiundfünfzig Jahren. Maximilien war froh, dass er in Paris war und sich nicht loseisen konnte.

Für Tante Henriettes Patenkind gab es keine Heirat, keine Feier. Seine Schwester Henriette war nie sehr robust gewesen. Sie hatte Atembeschwerden, aß nicht richtig, hatte ständig die Nase in einem Buch; eines dieser schwierigen Mädchen, die man stets anzuschreien geneigt war. Eines Morgens – er erhielt die Nachricht erst eine Woche später per Brief – fand man sie tot im Bett, ihr Kissen war blutgetränkt. Sie hatte einen Blutsturz erlitten, während unten die Tanten mit Charlotte Karten spielten – während die drei eine leichte Mahlzeit zu sich nahmen, war Henriettes Herz stehen geblieben. Sie war neunzehn. Er hatte sie geliebt. Er hatte gehofft, sie könnten Freunde werden.

Zwei Jahre nach den verblüffenden Eheschließungen starb Großvater Carraut. Die Brauerei ging an Maximiliens Onkel Augustin Carraut, den Enkeln – Maximilien, Charlotte und Augustin – hinterließ er Geld.

Der Abt hatte freundlicherweise den jungen Augustin das Stipendium seines Bruders am Collège Louis-le-Grand übernehmen lassen. Augustin war zu einem netten, unauffälligen Jungen herangewachsen, der einigermaßen gewissenhaft, aber nicht sonderlich gescheit war. Maximilien machte sich Sorgen, als sein Bruder nach Paris ging – er befürchtete, die Anforderungen könnten zu hoch für ihn sein. Mit einer Herkunft wie der ihren, so seine Erfahrung, hatte man nur ein einziges Pfund, mit dem man wuchern konnte, nämlich Intelligenz. Er nahm an, dass Augustin zu derselben Erkenntnis kommen würde.

Bei seiner Rückkehr nach Arras war er zunächst zu Tante Henriette und ihrem lauten Mann gezogen – der ihn, noch ehe die erste Woche verstrichen war, daran erinnerte, dass er ihnen Geld schuldete. Um genau zu sein, war es François, sein Vater, der ihnen Geld schuldete – seiner Tante Henriette, seiner Tante Eulalie, Großvater Carrauts Erben – er wagte es nicht, genauer nachzufragen. Die Begleichung dieser Schulden zehrte seine eigene Erbschaft von seinem Großvater auf. Warum taten sie ihm das an? Es war taktlos, es war habgierig. Sie hätten ihm ein Jahr Aufschub gewähren können, bis er etwas Geld verdient hatte. Er machte kein Aufhebens, zahlte und zog dann aus, um Tante Henriette nicht in Verlegenheit zu bringen.

Wäre es andersherum gewesen, er hätte das Geld nicht eingefordert, weder in einem Jahr noch sonst irgendwann. Zudem redeten sie jetzt dauernd von François – dein Vater war dies, dein Vater war das, in deinem Alter hat dein Vater immer dies und jenes getan. Herrgott noch mal, dachte er, ich bin nicht mein Vater. Dann kam Augustin vom Louis-le-Grand zurück, plötzlich und unübersehbar erwachsen geworden. Er hatte ein loses Mundwerk, verschwendete seine Zeit und war ein eifriger, wenn auch nicht sehr erfolgreicher Schürzenjäger. Die Tanten sagten – nicht ohne Bewunderung –: »Wie der Vater, so der Sohn.«

Dann kam Charlotte von der Klosterschule zurück. Sie zogen zusammen in ein Haus in der Rue des Rapporteurs. Maximilien verdiente das Geld, Augustin lungerte herum, Charlotte machte den Haushalt und bedachte sie beide mit immer neuen scharfen Bemerkungen.

In seinen Ferien vom Collège Louis-le-Grand hatte Maximilien es nie versäumt, bestimmte Pflichtbesuche zu absolvieren. Ein Besuch beim Bischof, ein Besuch beim Abt, ein Besuch bei den Lehrern seiner ersten Schule, um zu berichten, wie er vorankam. Nicht dass er ihrer aller Gesellschaft so ungemein genossen hätte; er wusste einfach, dass er später einmal ihr Wohlwollen würde gebrauchen können. Und als er dann nach Hause zurückkehrte, zahlte sich diese Gewissenhaftigkeit aus. Die Familie hatte eine Meinung über ihn, aber die Stadt hatte eine andere. Er wurde in die Anwaltschaft von Arras aufgenommen und mit offenen Armen empfangen. Denn natürlich war er nicht sein Vater, und die Erde hatte sich weitergedreht; er war nüchtern, äußert korrekt; er machte der Stadt Ehre, machte dem Abt Ehre, machte den angesehenen Verwandten Ehre, die ihn aufgezogen hatten.

Wenn doch dieser unsägliche du Rut nur aufhören würde, sich in Erinnerungen zu ergehen … Wenn man sein eigenes Denken doch nur so steuern könnte, dass einem von bestimmten Unterhaltungen, bestimmten Anspielungen, ja selbst bestimmten Gedanken nicht übel würde. Als hätte er sich eines Verbrechens schuldig gemacht. Schließlich war er kein Verbrecher, sondern Richter.

Im ersten Jahr hatte er fünfzehn Fälle, was als überdurchschnittlich galt. Für gewöhnlich hatte er eine gute Woche vor der Verhandlung alles vorbereitet, und am Abend vor dem ersten Verhandlungstag arbeitete er noch einmal bis Mitternacht, wenn nötig auch bis zur Morgendämmerung. Er ignorierte alles, was er bis dahin getan hatte, legte alle anderen Unterlagen beiseite, studierte erneut sorgfältig die Fakten und rollte den Fall noch einmal ganz von vorn auf. Sein Gehirn glich der Geldkassette eines Geizkragens – was einmal hineingelangt war, blieb drinnen. Er wusste, dass er seine Kollegen damit einschüchterte, aber was konnte er tun? Ihnen musste doch klar sein, dass er entschlossen war, ein erstklassiger Anwalt zu werden?

Er begann seinen Klienten zu raten, sich, wann immer es möglich war, außergerichtlich zu einigen. Das brachte zwar weder ihm noch seinem Gegner viel ein, doch die Klienten sparten einiges an Zeit und Geld. »Andere Leute haben solche Skrupel nicht«, sagte Augustin.

Nachdem er vier Monate als Anwalt praktiziert hatte, wurde ihm das Amt eines Richters am bischöflichen Gerichtshof verliehen. Nach so kurzer Zeit war das eine Ehre, doch er überlegte sofort, ob es nicht ein zweischneidiges Schwert war. In den ersten paar Wochen hatte er einiges gesehen, was falsch lief, und natürlich auch darauf hingewiesen, und M. Liborel, der ihn bei seiner Zulassung als Anwalt protegiert hatte, war offenbar der Ansicht, er habe eine Reihe taktloser Bemerkungen gemacht. Liborel hatte gesagt (sie alle hatten es gesagt): »Auch wir sehen natürlich, dass gewisse Reformen nötig sind, aber hier in Artois überstürzen wir die Dinge nicht gern.« So begannen die Missverständnisse. Er hatte nun wirklich niemanden verstimmen wollen, aber offenbar war ihm genau das gelungen. Hatte man ihm das Richteramt übertragen, weil man der Ansicht war, er habe es verdient, oder wollte man ihn damit beschwichtigen, bestechen, zur Mäßigung seines Urteils bewegen, war es eine Belohnung, eine Gunst oder gar eine Entschädigung … eine Entschädigung für eine noch nicht zugefügte Kränkung?

Der Tag nahte: der Tag, an dem er sein Urteil sprechen sollte. Er blieb die ganze Nacht auf, bei offenen Fensterläden, sah zu, wie der Nachthimmel sich wandelte. Jemand hatte ihm ein Tablett mit Essen zwischen seine Unterlagen gestellt. Er erhob sich, schloss die Tür ab. Das Essen rührte er nicht an. Er hätte sich nicht gewundert, wenn es vor seinen Augen verdorben wäre, betrachtete die grüne Schale des Apfels, als wäre sie bereits am Faulen.

Wenn man starb, konnte das wie bei seiner Mutter in einer Weise passieren, über die nicht gesprochen wurde; doch er erinnerte sich an ihr Gesicht, als sie, an die Kissen gelehnt, darauf wartete, gemetzelt zu werden, und er erinnerte sich daran, dass jemand aus der Dienerschaft hinterher gesagt hatte, man werde die Bettwäsche verbrennen. Man konnte sterben wie Henriette: Allein, während das eigene Blut auf das weiße Laken strömte, außerstande, sich zu rühren, außerstande zu rufen, paralysiert und zu Tode erschrocken – während im Stockwerk darunter Leute plauderten und Kuchen herumreichten. Man konnte sterben wie Großvater Carraut – gelähmt, altersschwach, abstoßend, in ständiger Sorge wegen seines Testaments, sein Gedächtnis geschwunden, so hatte er mit seinem stellvertretenden Brauereidirektor über das Alter des Holzes für die Fässer geplappert, sich zwischendurch unterbrochen, um seine Familie wegen Fehltritten, die dreißig Jahre zurücklagen, zu schelten und seine hübsche verstorbene Tochter wegen ihres schändlichen dicken Bauchs zu verfluchen. Es war nicht Großvaters Schuld gewesen. Es war das Alter. Doch er konnte sich das Alter nicht vorstellen. Konnte sich nicht vorstellen, selbst jemals dorthin zu gelangen.

Und wenn man gehängt wurde? Daran wollte er gar nicht denken. Der Tod eines normalen Verbrechers konnte bis zu einer halben Stunde dauern.

Er versuchte es mit Beten, griff nach dem Rosenkranz, um seine Gedanken zu beruhigen. Doch die Gebetsschnur erinnerte ihn an einen Strick, und er ließ sie zu Boden gleiten. Er zählte mit: *Pater noster, qui es in caelis; Ave Maria, Ave Maria* und jener fromme Zusatz: *Gloria Patri et Filio et Spiritui Sancto, Amen.* Die heiligen Silben liefen ineinander, wurden zu Nonsenswörtern. Stülpten sich um, changierten zwischen Sinn und Unsinn. Und überhaupt, was ist schon Sinn? Gott wird ihm nicht sagen, was er tun soll. Gott wird ihm nicht helfen. An diese Sorte Gott glaubt er nicht. Er ist kein Atheist, sagt er sich. Nur ein Erwachsener.

Morgendämmerung: Er hört das Rumpeln der Wagenräder unter seinem Fenster, das lederne Knarren des Geschirrs, das Schnauben und Wiehern des Pferdes, das einen Karren mit Gemüse für diejenigen zieht, die zur Abendessenszeit noch am Leben sein werden. Die Priester polieren ihre Gefäße für die Morgenmesse, und in der Wohnung unter ihnen steht man aus dem Bett auf, wäscht sich, erhitzt Wasser, entzündet die Feuer. Am Louis-le-Grand hätte er um diese Zeit bereits in seiner ersten Unterrichtsstunde gesessen. Wo waren sie, die Kinder von damals? Wo war Louis Suleau? Ging seinen sarkastischen Weg. Wo war Fréron? Schlug sich eine Bresche durch die Gesellschaft. Und Camille schlief an diesem Morgen bestimmt noch, ans dunkle Herz der Stadt geschmiegt, schlief, ohne sich seiner in Muskeln und Knochen gebetteten, vermutlich verdammten Seele bewusst zu sein.

Brount winselte vor der Tür. Charlotte kam und beorderte ihn barsch dort weg. Die Pfoten des unwilligen Hundes tapsten die Treppe hinunter.

Er schloss auf, um den Barbier einzulassen. Der Mann schaute seinem freundlichen Stammkunden ins Gesicht – und war so klug, sich sein morgendliches Geplauder zu verkneifen. Die Uhr tickte ohne Bedenken der Zehn entgegen.

Im letzten Moment ging ihm der Gedanke durch den Kopf, dass er nicht hingehen musste, er konnte einfach sitzen bleiben und sagen:

Ich gehe heute nicht ins Gericht. Man würde zehn Minuten auf ihn warten, einen Schreiber vor dem Gericht postieren, der nach ihm Ausschau halten sollte, ihm schließlich eine Nachricht senden; und er würde antworten, dass er heute nicht ins Gericht kommen würde. Sie konnten ihn ja wohl kaum dort hinschleifen, oder? Ihm das Urteil aus der Kehle pressen?

Aber es ging um Recht und Gesetz, dachte er müde, und wenn er nicht imstande war, ihnen Geltung zu verschaffen, hätte er von seinem Amt zurücktreten sollen, hätte am Tag zuvor zurücktreten sollen.

Drei Uhr nachmittags: Es ist vorbei. Er muss sich übergeben. Gleich hier am Straßenrand. Er krümmt sich. Schweiß rinnt ihm den Rücken hinab. Er geht in die Knie, würgt. Sein Blick verschleiert sich, seine Kehle schmerzt. Doch sein Magen ist leer, er hat seit vierundzwanzig Stunden nichts mehr gegessen. Er streckt die Hand aus, stützt sich ab, steht auf. Er wünschte, jemand nähme ihn bei der Hand, damit dieses Zittern aufhört; aber wenn man krank ist, kommt einem niemand zu Hilfe.

Wenn ihn jemand auf seinem Weg beobachtete, sähe er ihn straucheln, vorwärtstaumeln. Er versucht bewusst, aufrecht zu gehen, ganz systematisch einen Fuß vor den anderen zu setzen, doch seine Beine erscheinen ihm zu fern. Sein ganzer jämmerlicher Körper erteilt ihm wieder einmal eine Lektion: Bleib dir selbst treu.

Dies ist Maximilien de Robespierre, Rechtsanwalt: ledig, sympathisch, ein junger Mann, dessen ganzes Leben noch vor ihm liegt. Heute hat er, dem Gesetz entsprechend, aber gegen seine tiefste Überzeugung, einen Verbrecher zum Tode verurteilt. Und jetzt wird er dafür bezahlen.

Er übersteht es, kommt durch. Selbst hier in Arras war es möglich, Verbündete zu finden, wenn auch keine Freunde. Joseph Fouché unterrichtete am oratorianischen Kolleg. Er hatte erwogen, selbst Priester zu werden, dann aber doch Abstand davon genommen. Er unterrichtete Physik und war an allem Neuen interessiert. Fouché kam recht häufig zum Abendessen, Charlotte lud ihn ein. Er schien um ihre Hand angehalten zu haben – oder zumindest waren sie zu irgendeinem Einverständnis gekommen. Max fand es erstaunlich, dass Fouché mit seinen schwächlichen, spillerigen Gliedmaßen und fast wimpernlosen Augen überhaupt eine Frau interessieren konnte. Aber wer konnte das schon beurteilen? Eigentlich mochte er Fouché überhaupt nicht, aber Charlotte musste ihr eigenes Leben leben.

Dann gab es Lazare Carnot, Hauptmann bei den Pionieren der Garnison; ein Mann, der älter war als er, reserviert und verbittert, weil er als Bürgerlicher in der Armee Seiner Majestät nur sehr beschränkte Möglichkeiten hatte. Carnot begleitete ihn zu den Treffen der Akademie und wälzte Formeln, während alle anderen über das Sonett diskutierten. Manchmal kamen sie in den Genuss einer Tirade über den beklagenswerten Zustand der Armee. Dann tauschten sie amüsierte Blicke aus.

Nur Maximilien hörte aufmerksam zu – er kannte sich in militärischen Dingen kaum aus und erstarrte daher fast vor Ehrfurcht.

Als Mlle de Kéralio in die Académie gewählt wurde – das erste weibliche Mitglied –, hielt er ihr zu Ehren eine Rede über das besondere Wesen der Frau, ihre Rolle in der Literatur und den Künsten. Danach hatte sie gesagt: »Nennen Sie mich doch Louise.« Sie schrieb Romane – mehrere Tausend Wörter pro Woche. Er beneidete sie um ihren flüssigen Stil. »Hören Sie sich das mal an«, sagte sie, »und dann sagen Sie mir, was Sie davon halten.«

Das verkniff er sich – Schriftsteller sind empfindlich. Louise war hübsch, und sie bekam die Tinte nie ganz von ihren kleinen Fingern herunter. »Ich gehe nach Paris«, erklärte sie. »Man kann in diesem kulturellen Notstandsgebiet hier – Anwesende ausgenommen – nicht ewig vor sich hin stagnieren.« Sie klopfte mit einem zusammengerollten Manuskript gegen eine Stuhllehne. »O wundersamer, ehrwürdiger Maximilien de Robespierre, wollen Sie nicht nach Paris mitkommen? Nein? Na, dann lassen Sie uns wenigstens heute Nachmittag wegfahren und ein Picknick machen. Wir könnten den Tratschmäulern ein bisschen Futter geben, was meinen Sie?«

Louise war eine echte Adlige. »Da sind alle Spekulationen müßig«, sagten die Tanten. »Armer Maximilien.«

»Adlig oder nicht«, sagte Charlotte, »diese Frau ist ein Flittchen. Sie wollte, dass mein Bruder einfach so mit ihr nach Paris geht, das muss man sich mal vorstellen.« Fürwahr, das musste man sich mal vorstellen. Louise packte ihre Sachen und brauste in die Zukunft davon. Er hatte das vage Gefühl, eine Abzweigung verpasst zu haben; eine dieser Weggabelungen, an die man sich später erinnert, wenn man sich hoffnungslos verirrt hat.

Aber es gab ja noch Tante Eulalies Stieftochter Anaïs. Seine beiden Tanten zogen sie allen anderen Kandidatinnen vor. Sie habe gute Manieren, meinten sie.

Es dauerte nicht lange, bis eines Tages die Mutter eines armen Seilmachers bei ihm vor der Tür stand und ihm erzählte, ihr Sohn sitze im Gefängnis, weil ihn die Benediktiner von Anchin des Diebstahls bezichtigt hätten. Es sei eine falsche und böswillige Anschuldigung; der Cellerar der Abtei, Dom Brognard, sei als Langfinger berüchtigt, außerdem habe er versucht, die Schwester des Seilmachers herumzukriegen – und sie wäre beileibe nicht die Erste gewesen …

Ja, sagte er. Beruhigen Sie sich. Nehmen Sie Platz. Und jetzt noch mal ganz von vorne.

Diese Sorte Klienten hatte er jetzt öfter. Ein gewöhnlicher Mann – oft auch eine Frau –, der oder die mit den maßgeblichen Kreisen in Konflikt geraten war. An ein Honorar war natürlich nicht zu denken.

Die Geschichte des Seilmachers klang zu schlimm, um wahr zu sein. Gleichviel, sagte er, wir werden sie an die Öffentlichkeit bringen.

Binnen eines Monats wurde gegen Dom Brognard ermittelt, und der Seilmacher hatte die Abtei auf Entschädigung verklagt. Und als sich die Abtei einen Anwalt nahm, auf wen fiel da die Wahl? Auf M. Liborel, seinen einstigen Förderer. Die Dankbarkeit verpflichtet mich in diesem Fall zu gar nichts, sagte er, hier geht es um die Wahrheit.

Tönende Worte, die durch die ganze Stadt hallen. Alle ergreifen Partei, und die örtliche Justiz schlägt sich größtenteils auf Liborels Seite. Es kommt zur Schlammschlacht, und natürlich passiert zum Schluss genau das, womit er gerechnet hat: Man bietet dem Seilmacher mehr Geld, als er über Jahre hinweg verdienen würde, damit er einem außergerichtlichen Vergleich zustimmt, den Mund hält und verschwindet.

Danach kann es natürlich nicht weitergehen wie zuvor. Er kann nicht vergessen, wie sie sich zusammengetan, gegen ihn konspiriert, ihn in der Lokalpresse als antiklerikalen Unruhestifter verteufelt haben. *Ihn?* Den Schützling des Abtes? Die große Hoffnung des Bischofs? Nun gut. Wenn sie ihn so sehen wollen, wird er sich fortan nicht mehr die Mühe machen, seinen Kollegen das Leben zu erleichtern, immer hilfreich und höflich zu sein. Es ist eine Schwäche, dieser tief verwurzelte Wunsch, die Leute möchten gut von ihm denken.

Die Akademie von Arras hat ihn zum Präsidenten gewählt, doch er langweilt die anderen mit seinen endlosen Suaden über die Rechte unehelicher Kinder. Man sollte meinen, klagt eines der Mitglieder, es gebe keine anderen Themen auf dieser Welt.

Wenn deine Mutter und dein Vater sich anständig benommen hätten, hat Großvater Carraut gesagt, *dann wärst du nie geboren worden.*

Charlotte zog häufig das Rechnungsbuch hervor und merkte an, dass sein Gewissen mit jedem Monat stärker zu Buche schlage. »Natürlich«, sagte er. »Was hast du denn erwartet?«

Alle paar Wochen machte sie ihn herunter, verletzende Attacken, die ihm zeigten, dass er nicht einmal bei sich zu Hause verstanden wurde.

»Dieses Haus«, sagte sie, »ist für mich kein Heim. Wir haben nie ein Heim gehabt. An manchen Tagen bist du so in Gedanken, dass du kaum ein Wort sagst. Ich könnte ebenso gut gar nicht da sein. Ich bin eine gute Hausfrau, aber du zeigst keinerlei Interesse an meinem Wirken. Ich bin eine gute Köchin, aber Essen interessiert dich nicht. Ich lade Gäste ein, und wenn wir die Spielkarten herausholen oder uns unterhalten wollen, setzt du dich von uns weg und markierst Passagen in einem Buch.«

Er wartete, bis ihre Wut sich legte. Wut war dieser Tage ihr vorherrschender Gefühlszustand, und es war durchaus verständlich. Fouché hatte ihr einen Heiratsantrag gemacht – oder irgend so etwas – und sie dann auf dem Trockenen sitzen lassen, was sie in eine blamable Lage gebracht hatte. Er überlegte vage, ob man etwas unternehmen müsse, doch er war davon überzeugt, dass sie langfristig ohne diesen Mann besser dran war.

»Es tut mir leid«, sagte er. »Ich werde versuchen, etwas geselliger zu sein. Ich habe einfach so viel Arbeit.«

»Ja, aber wirst du für diese Arbeit auch bezahlt?« Charlotte sagte, er stehe in Arras mittlerweile in dem Ruf, an Geld nicht interessiert zu sein und ein weiches Herz zu haben, was ihn überraschte, denn er selbst sah sich als einen Mann von Prinzipien, der sich nichts vormachen ließ. Sie warf ihm vor, immer wieder Leute vor den Kopf zu stoßen, die ihm für seine Karriere hätten nützlich sein können, und er versuchte ihr zu erklären, warum er die Hilfe dieser Leute ablehnen musste, wo seine Pflichten lagen, was er glaubte, tun zu müssen. Er fand, dass sie zu viel Aufhebens ums Geld machte. Schließlich konnten sie ihre Rechnungen bezahlen. Und es stand immer Essen auf dem Tisch.

Doch Charlotte ritt endlos darauf herum. Bis sie irgendwann einen Weinkrampf bekam und zutage trat, was sie tatsächlich bedrückte. »Irgendwann heiratest du ja doch Anaïs. Du heiratest Anaïs und lässt mich hier allein.«

Vor Gericht hielt er jetzt, so nannten es die Leute, »politische Plädoyers«. Ja, wie denn auch nicht? Alles ist politisch. Das System ist korrupt. Die Gerechtigkeit steht zum Verkauf.

30. Juni 1787

Es wird verfügt, dass alle Ausdrücke in dem gedruckten, von dem Advokaten Robespierre unterzeichneten Gutachten, die der Autorität des Gesetzes oder der Rechtsprechung abträglich sind und eine Beleidigung der Richter darstellen, gestrichen werden. Dieser Erlass ist in der Stadt Arras öffentlich zu machen.

Der Conseil d'Artois

Ab und zu ein winziger Lichtpunkt in der allumfassenden Finsternis: Eines Tages trat, als er gerade das Gerichtsgebäude verließ, ein junger Advokat namens Hermann zu ihm und sagte: »Wissen Sie, de Robespierre, ich glaube langsam, dass Sie recht haben.«

»Womit?«

Der junge Mann schaute überrascht drein. »Oh, mit allem.«

Er schrieb einen Essay für die Akademie von Metz:

Der wichtigste Kraftquell einer Republik ist vertu, *die Liebe zum Gesetz und zum Vaterland, und deren innerstes Wesen gebietet, dass alle Privatinteressen und alle persönlichen Beziehungen hinter dem Allgemeinwohl zurückstehen müssen … Jeder Staatsbürger hat Teil an der Hoheitsgewalt … und darf daher auch seinen liebsten Freund nicht freisprechen, wenn die Sicherheit des Staates dessen Bestrafung erfordert.*

Als er das geschrieben hatte, legte er die Feder weg, starrte auf die Textpassage und dachte: Das ist ja alles schön und gut, ich habe leicht reden, schließlich habe ich keinen liebsten Freund. Aber dann dachte er, natürlich habe ich einen: Camille.

Er kramte nach dessen letztem Brief. Ziemlich wirr war er gewesen, irgendetwas mit einer verheirateten Frau, und das Ganze auf Griechisch. Indem er sich der toten Sprache bediente, verbarg Camille sein Elend, seine Verwirrung, seinen Schmerz vor sich selbst; indem er den Empfänger zum Übersetzen zwang, sagte er, glaub mir, für mich ist mein Leben eine elitäre Zerstreuung, etwas, das erst dann existiert, wenn es niedergeschrieben und per Post verschickt wird. Max legte die flache Hand auf den Brief. Käme dein Leben doch nur in geregelte Bahnen, Camille. Hättest du doch nur einen kühleren Kopf, ein dickeres Fell … könnte ich dich doch nur mal wiedersehen. Ach, würde doch nur alles zum Besten zusammenwirken.

Es ist jetzt sein tägliches Werk, die eklatanten Ungerechtigkeiten des Systems genauso wie die kleinen Manifestierungen der Tyrannei hier in Arras eine um die andere aufzuzeigen. Er hat, weiß Gott, versucht, versöhnlich zu sein, sich einzufügen. Er ist nüchtern und konformistisch gewesen, ehrerbietig gegenüber erfahreneren Kollegen. Wenn er leidenschaftlich und unbarmherzig gesprochen hat, dann nur, um sie aufzurütteln und zu den richtigen Schritten zu bewegen; er ist kein unbarmherziger Mann. Aber er will das Unmögliche – sie sollen zugeben, dass das System, innerhalb dessen sie ihr Leben lang gewirkt haben, schlecht und verkehrt ist, dass es jeder vernünftigen Grundlage entbehrt.

So manches Mal, wenn er mit einem verlogenen Gegner oder einem wichtigtuerischen Richter konfrontiert ist, kämpft er gegen den Impuls an, dem Mann die Faust ins Gesicht zu rammen, kämpft mit solcher Macht dagegen an, dass ihm Nacken und Schultern schmerzen. Jeden Morgen öffnet er die Augen und sagt: »Lieber Gott, hilf mir, diesen Tag zu ertragen.« Und er betet, dass irgendetwas geschehen möge, das ihn von diesen endlosen, höflichen gegenseitigen Beschuldigungen erlöst und ihn vor der Vergeudung seiner Jugend, seines Witzes und seines Mutes bewahrt. Max, du kannst es dir nicht leisten, diesem Mann dein Honorar zurückzuerstatten. Er ist arm, ich muss es tun. Max, was würdest du gern zu Abend essen? Keine Ahnung. Max, wann ist denn nun der glückliche Tag? Er träumt davon zu ertrinken, in den tiefsten Tiefen des spiegelglatten Meeres.

Er versucht, nirgendwo anzuecken. Er hält sich für einen vernünftigen, vermittelnden Menschen. Er weiß sich zu entziehen, auszuweichen, sich herauszuhalten. Er kann geheimnisvoll lächeln und jede Festlegung verweigern. Er kann spitzfindig sein, um Worte streiten. So kann man leben, denkt er; doch er irrt. Denn bald wird sich eine Frage stellen, die nur ein Ja oder Nein zulässt: Wollen Sie eine Revolution, M. de Robespierre? Ja, verdammt noch mal, ja, ihr alle, ich will eine, wir brauchen eine, es wird zu einer kommen.

4. Eine Hochzeit, ein Aufstand, ein Prinz von Geblüt

1787–1788

Lucile hat nicht Ja gesagt. Sie hat nicht Nein gesagt. Sie hat nur gesagt, dass sie darüber nachdenken will.

ANNETTE: Ihre erste Reaktion war Panik, ihre zweite Wut; als die akute Krise vorbei war und sie Camille einen Monat lang nicht mehr gesehen hatte, begann sie ihre gesellschaftlichen Verpflichtungen zu reduzieren und die Abende allein zu verbringen, ihre Lage hin und her zu wenden wie ein Hund seinen Knochen.

Schlimm genug, als verführt zu gelten. Schlimmer noch, als verlassen zu gelten. Und wegen der eigenen jugendlichen Tochter verlassen zu werden? Zutiefst entwürdigend.

Seit der König seinen Minister Calonne entlassen hatte, war Claude abends immer im Büro und setzte Memoranden auf.

In der ersten Nacht hatte Annette nicht geschlafen. Sie hatte sich bis in die frühen Morgenstunden hin und her gewälzt und Rachepläne geschmiedet. Sie dachte daran, ihn irgendwie zu zwingen, Paris zu verlassen. Um vier Uhr früh hielt es sie schließlich nicht mehr im Bett. Sie stand auf, legte sich ein Tuch um die Schultern und ging im Dunkeln durch die Wohnung, barfuß wie eine Büßerin, um nur ja niemanden zu wecken, das Dienstmädchen etwa oder ihre Tochter – die zweifellos den keuschen und friedlichen Schlaf der emotionalen Despotin schlief. Als der Tag anbrach, stand sie fröstelnd an einem offenen Fenster. Ihre Entschlossenheit kam ihr jetzt vor wie eine Fiktion oder ein Alptraum, eine monströse, groteske Fantasie, die jemand anders ersonnen hatte. Komm, sagte sie sich, es war ein Zwischenfall, mehr nicht. Doch ihre Trauer, das Gefühl des Verlusts waren unverändert.

Lucile begegnete ihr in diesen Tagen misstrauisch, sie wusste nicht, was im Kopf ihrer Mutter vorging. Sie hatten aufgehört, in irgendeinem relevanten Sinn miteinander zu reden. Wenn andere Leute dabei waren, gelang es ihnen, ein paar nichtssagende Sätze auszutauschen; allein miteinander, waren sie beide verlegen.

LUCILE: Sie verbrachte so viel Zeit wie möglich allein. Las zum zweiten Mal *La Nouvelle Heloïse*. Beim ersten Mal, ein Jahr war das her, hatte Camille ihr erzählt, er habe einen Freund – ein seltsamer Name, irgendetwas mit R am Anfang –, der das Buch für das Meisterwerk ihrer Epoche hielt. Sein Freund sei ein ausgesprochener Gefühlsmensch; sie würden sicher gut miteinander auskommen, wenn sie sich einmal begegneten. Sie begriff, dass er selbst nicht viel von dem Buch hielt und ihr Urteil ein wenig beeinflussen wollte. Sie erinnerte sich daran, wie er sich mit ihrer Mutter über Rousseaus *Bekenntnisse* unterhalten hatte, noch so ein Buch, das ihr Vater ihr nicht zu lesen erlaubte. Camille sagte, dem Autor fehle jedes Feingefühl, manche Dinge bringe man besser nicht zu Papier; seit damals achtete sie mehr darauf, was sie in ihr rotes Tagebuch schrieb. Sie wusste noch, dass ihre Mutter gelacht und gesagt hatte, man kann also tun, was man will, solange man ein gewisses Feingefühl an den Tag legt? Camille hatte daraufhin eine fast unhörbare Bemerkung gemacht, irgendetwas über die Ästhetik der Sünde, woraufhin ihre Mutter abermals gelacht, sich vorgebeugt und sein Haar berührt hatte. Schon damals hätte sie es wissen müssen.

An solche Vorkommnisse erinnerte sie sich dieser Tage öfter, wendete sie hin und her, nahm sie auseinander. Ihre Mutter schien abzustreiten – sofern man überhaupt verstehen konnte, was sie sagte –, dass sie jemals mit Camille im Bett gewesen war. Sie vermutete, dass ihre Mutter log.

Annette war recht freundlich zu ihr gewesen, wenn man die Umstände bedachte. Sie hatte ihr irgendwann einmal gesagt, dass die Zeit fast jedes Problem löse, ohne dass man etwas dafür tun müsse. Lucile fand diese Einstellung rückgratlos. Irgendjemandem wird wehgetan werden, dachte sie, aber ich gewinne in jedem Fall. Ich bin jetzt wichtig, meine Handlungen ziehen Folgen nach sich.

Sie spielte die entscheidende Szene noch einmal durch. Ein paar späte, zaghafte Sonnenstrahlen nach dem Sturm hatten ein loses, ungepudertes Haar im Nacken ihrer Mutter mit Glanz überzogen. Seine Hände hatten zutraulich ihre Taille umfasst. Als Annette herumwirbelte, schien ihr ganzes Gesicht in sich zusammenzufallen, als hätte jemand sie hart geschlagen. Camille hatte andeutungsweise gelächelt; das fand sie seltsam. Einen Augenblick lang hatte er das Handgelenk ihrer Mutter festgehalten, wie um sie für einen anderen Tag zu reservieren.

Und dieser Schock, dieser furchtbare Schock – wobei sie sich fragte, warum es ein Schock gewesen war, wo sie doch, Details einmal beiseitegelassen, genau das gesehen hatte, was Adèle und sie zu sehen gehofft hatten.

Ihre Mutter verließ nur selten das Haus, und wenn, dann fuhr sie immer mit der Kutsche. Vielleicht hatte sie Angst, sie könnte zufällig Camille begegnen. Ihr Gesicht war angespannt, wirkte gealtert.

Es wurde Mai; lange, helle Abende und kurze Nächte. Mehr als einmal arbeitete Claude die Nacht durch, versuchte den Vorschlägen des neuen Generalkontrolleurs der Finanzen einen Anschein von Neuheit zu verleihen. Aber das Parlament ließ sich nicht irremachen; es ging wieder einmal um die Grundsteuer. Wenn sich das Parlament von Paris halsstarrig zeigte, behalf sich der König üblicherweise damit, es in die Provinz zu verbannen. Dieses Jahr schickte er es nach Troyes; jedes Mitglied wurde mit einem eigenen *lettre de cachet* dort hinbeordert. Spannend für Troyes, sagte Georges-Jacques d'Anton.

Am 14. Juni heiratete er Gabrielle in der Kirche von Saint-Germain l'Auxerrois. Sie war vierundzwanzig Jahre alt; während sie geduldig darauf gewartet hatte, dass ihr Vater und ihr Verlobter sich einigten, hatte sie ihre Nachmittage in der Küche verbracht, experimentiert und ihre Kreationen dann selbst verspeist; sie hatte Schokolade und Sahne für sich entdeckt und gab oft gedankenverloren löffelweise Zucker in den guten Kaffee ihres Vaters. Sie kicherte, als ihre Mutter sie in ihr Hochzeitskleid zwängte, und stellte sich vor, wie es sein würde, wenn ihr Frischangetrauter es ihr wieder abstreifte. Eine neue Lebensphase begann. Während sie in die Sonne hinaustrat, enger bei Georges eingehängt, als die Konvention es verlangte, dachte sie, jetzt bin ich sicher aufgehoben, mein Leben liegt vor mir, ich weiß genau, wie es aussehen wird, und ich würde es nicht anders haben wollen, selbst wenn ich Königin werden könnte. Sie errötete zart angesichts dieser frohen, etwas rührseligen Gedanken; die vielen Süßigkeiten haben mein Gehirn aufgeweicht, dachte sie und lächelte zugleich ihre Hochzeitsgäste in der Sonne an, spürte die Wärme ihres eigenen Körpers in dem engen Kleid. Nein, die Königin wäre sie wirklich nicht gern, sie hatte sie bei einem Umzug auf der Straße gesehen, ihre Miene starr vor Dummheit und hilfloser Verachtung, die hartkantigen Diamanten blitzend wie blanke Klingen.

Wie sich herausstellte, lag die Wohnung, die sie gemietet hatten, zu nah an Les Halles. »Ach, mir gefällt sie«, sagte sie. »Das Einzige, was mich stört, sind die Schweine, die auf den Straßen herumrennen und so wild aussehen.« Sie grinste ihn an. »Dir machen sie vermutlich nichts aus.«

»Schweinchen«, sagte er. »Nicht der Rede wert. Aber du hast recht, wir hätten die Nachteile sehen müssen.«

»Ach, die Wohnung ist schön. Ich bin glücklich hier, mal abgesehen von den Schweinen und dem Schlamm und der derben Sprache der Marktfrauen. Und wenn wir erst mal mehr Geld haben, können wir ja umziehen – da du jetzt königlicher Rat bist, wird das wohl nicht allzu lange dauern.«

Sie hatte natürlich keine Ahnung von den Schulden. Er hatte es ihr eigentlich sagen wollen, sobald sie etwas zur Ruhe gekommen waren.

Doch sie kamen nicht zur Ruhe, denn sie war schwanger – offenbar von der Hochzeitsnacht – und flitzte euphorisch, unbekümmert, herumalbernd zwischen dem Café und ihrer Wohnung hin und her, den Kopf voller Pläne und schöner Aussichten. Nun da er sie besser kannte, wusste er, dass sie genauso war, wie er geglaubt und gehofft hatte: naiv, konventionell, mit einer frommen Ader. Es wäre grausam gewesen, geradezu kriminell, ihr Glück zu überschatten. Der Moment, da er es ihr hätte sagen können, kam, verstrich, verschwand in der Ferne. Die Schwangerschaft stand ihr gut: Ihre Haut schimmerte, ihr Haar wurde kräftiger, sie war üppig, opulent, fast exotisch und oft außer Atem. Eine Welle des Optimismus riss sie beide mit und trug sie in den Sommer.

»Maître d'Anton, dürfte ich Sie einen Augenblick aufhalten?« Sie standen vor dem Gerichtsgebäude. D'Anton wandte sich um. Hérault de Séchelles, Richter, ein Mann seines Alters; außerordentlich aristokratisch, außerordentlich reich. Schau an, dachte Georges-Jacques – wir steigen auf in dieser Welt.

»Ich wollte Ihnen meine Glückwünsche zu Ihrem neuen Amt als königlicher Rat aussprechen. Sie haben sehr gut gesprochen.« D'Anton neigte den Kopf. »Waren Sie heute Vormittag bei Gericht?«

D'Anton hielt eine Aktenmappe hoch. »Der Marquis de Chayla. Ich weise nach, dass er das Recht hat, den Titel Marquis zu führen.«

»Im Geiste hast du es offenbar bereits nachgewiesen«, murmelte Camille.

»Ach, hallo«, sagte Hérault. »Sie hatte ich gar nicht gesehen, Maître Desmoulins.«

»Natürlich haben Sie das. Sie hätten mich nur lieber nicht gesehen.«

»Na, na«, sagte Hérault lachend. Er hatte absolut gleichmäßige weiße Zähne. Was zum Teufel willst du?, dachte d'Anton. Aber Hérault wirkte friedlich und gelassen, zu einer kleinen politischen Diskussion aufgelegt. »Was glauben Sie, was jetzt passieren wird, nachdem das Parlament in die Provinz verbannt worden ist?«

Warum fragst du mich das?, dachte d'Anton. Er überlegte kurz und antwortete dann: »Der König braucht Geld. Das Parlament hat entschieden, dass ihm nur die Generalstände eine Zuwendung gewähren können, und ich gehe davon aus, dass es dabei bleiben wird, nachdem das einmal so gesagt wurde. Wenn er das Parlament im Herbst also wieder zurückruft, wird es das Gleiche sagen – und dann, mit dem Rücken zur Wand, wird er die Generalstände einberufen.«

»Sie begrüßen den Sieg des Parlaments?«

»Ich begrüße gar nichts«, sagte d'Anton scharf. »Ich kommentiere bloß. Ich persönlich bin der Ansicht, dass der König recht daran täte, die Generalstände einzuberufen, aber ich befürchte, dass einige der Adligen, die sich dafür einsetzen, die Generalstände nur nutzen wollen, um die Macht des Königs einzuschränken und ihre eigene zu vergrößern.«

»Das sehe ich auch so«, sagte Hérault.

»Und Sie sollten ja nun Bescheid wissen.«

»Wieso das?«

»Angeblich gehören Sie dem engeren Kreis der Königin an.«

Hérault lachte erneut. »Sie müssen mir gegenüber nicht den bärbeißigen Demokraten geben, d'Anton. Ich vermute, dass wir stärker übereinstimmen, als Sie glauben. Es stimmt, dass mir Ihre Majestät das Privileg gewährt, ihr an ihrem gepflegten Kartentisch Geld abzunehmen. Aber es gibt am Hof zahlreiche Männer, die guten Willens sind. Mehr als Sie im Parlament finden werden.«

Schüttelt sein Plädoyer einfach so aus dem Ärmel, dachte d'Anton. Na ja, wer täte das nicht? Aber nicht mit diesem professionellen Charme. Dieser professionellen Geschliffenheit.

»Guten Willens gegenüber ihrer eigenen Familie«, mischte Camille sich ein. »Die sehen es gern, wenn ihrer Familie eine üppige Pension zugesprochen wird. Waren es letztes Jahr nicht 700 000 Livres für die

Familie Polignac? Und sind Sie nicht auch ein Polignac? Warum geben Sie sich eigentlich mit einem schlichten Richteramt zufrieden? Kaufen Sie doch einfach die ganze Justiz, dann ist das Thema vom Tisch.«

Hérault de Séchelles war ein Connaisseur, ein Sammler. Für eine Schnitzerei, eine Uhr, eine Erstausgabe reiste er durch ganz Europa. Er betrachtete Camille, als wäre er von weit her gekommen, um ihn zu begutachten, und fände eine minderwertige Fälschung vor. Er wandte sich wieder d'Anton zu. »Was mich erstaunt, ist diese seltsame, unter schlichten Gemütern verbreitete Vorstellung, dass das Parlament, nur weil es sich dem König widersetzt, die Interessen des Volkes vertritt. Tatsächlich ist es der König, der versucht, ein gerechtes Steuersystem einzuführen –«

»Das ist mir egal«, sagte Camille. »Ich sehe es einfach gern, wenn sich diese Leute untereinander zerstreiten, denn je mehr sie das tun, desto schneller wird alles zusammenbrechen und desto schneller wird die Republik kommen. Wenn ich zwischenzeitlich Partei ergreife, dann nur, um den Konflikt voranzutreiben.«

»Ihr Standpunkt ist wirklich ausgefallen«, sagte Hérault. »Um nicht zu sagen, gefährlich.« Einen Moment lang sah er verwirrt aus, müde, geistesabwesend. »Nun, es wird nicht so weitergehen wie bisher«, sagte er. »Und ich werde froh darüber sein.«

»Ist Ihnen langweilig?«, fragte d'Anton. Eine sehr direkte Frage, die ihm genauso schnell in den Kopf wie über die Lippen gekommen war – ganz untypisch für ihn.

»Kann sein, dass das der Grund ist«, sagte Hérault melancholisch. »Wobei man ja doch irgendwie lieber – na ja, erhaben wäre. Man möchte doch gern der Ansicht sein, dass es im Interesse Frankreichs Veränderungen geben sollte und nicht nur deshalb, weil man selbst gerade nichts zu tun hat.«

Seltsam – innerhalb weniger Minuten hatte sich der Charakter der Unterhaltung völlig verändert. Hérault war vertraulich geworden, hatte die Stimme gesenkt, seinen Rednergestus abgelegt; er sprach mit ihnen, als wären sie gut miteinander bekannt. Sogar Camille betrachtete ihn mit einem Anflug von Sympathie.

»Ach ja, die Bürde von Reichtum und Adelsrang«, sagte Camille. »Maître d'Anton und mir kommen gleich die Tränen.«

»Ich wusste schon immer, dass Sie empfindsame Seelen sind.« Hérault sammelte sich. »Muss nach Versailles, zum Souper. Auf Wiedersehen, d'Anton. Sie haben kürzlich geheiratet, nicht wahr? Grüßen Sie bitte Ihre Frau.«

D'Anton stand da und blickte ihm nach. Ein abwägender Ausdruck huschte über sein Gesicht.

Sie gingen jetzt öfter ins Café du Foy, im Palais Royal. Hier herrschte eine andere, etwas frivolere Atmosphäre als in M. Charpentiers Café; es war eine andere Klientel. Außerdem – ein entscheidender Vorteil – bestand hier keine Gefahr, Claude über den Weg zu laufen.

Als sie kamen, stand ein Mann auf einem Stuhl und deklamierte Gedichte. Mit einem Blatt in der Hand machte er ein paar ausladende Gebärden, dann griff er sich in bester Bühnendramatik ans Herz. D'Anton warf ihm einen kurzen, gleichgültigen Blick zu und wandte sich ab.

»Man zieht Erkundigungen über dich ein«, flüsterte Camille. »Der Hof. Die überprüfen, ob du ihnen nützlich sein könntest. Sie werden dir einen kleinen Posten anbieten, Georges-Jacques. Dich zum Funktionär machen. Wenn du ihr Geld nimmst, wirst du so enden wie Claude.«

»Claude ging es nicht schlecht », sagte d'Anton. »Bis du in sein Leben getreten bist.«

»Dass es einem nicht schlecht geht, ist aber nicht genug, oder?«

»Nein? Ich weiß es nicht.« Er sah zu dem Schauspieler hinüber, um Camilles Blick auszuweichen. »Ah, er ist fertig. Verrückt, ich könnte schwören –«

Anstatt von seinem Stuhl herabzusteigen, schaute der Mann sie unverwandt an. »Das gibt's doch nicht«, sagte er dann. Er sprang hinunter, schlängelte sich durch den Raum, zog ein paar Karten aus der Tasche und streckte sie d'Anton entgegen. »Hier, Freikarten«, sagte er. »Wie geht es dir, Georges-Jacques?« Er lachte vergnügt. »Du weißt nicht, woher du mich kennst, stimmt's? Himmel noch mal, was bist du gewachsen!«

»Der Preisträger?«, fragte d'Anton.

»Ebendieser. Fabre d'Églantine, Ihr ergebenster Diener.« Er klopfte d'Anton mit bühnengerecht geballter Faust auf die Schulter. »So so! Du hast meinen Rat also beherzigt. Bist Anwalt geworden. Entweder du bist erfolgreich oder du lebst über deine Verhältnisse oder du erpresst deinen Schneider. Außerdem siehst du verheiratet aus.«

D'Anton war amüsiert. »Noch etwas?«

Fabre stieß ihm in den Bauch. »Du wirst fett.«

»Wo waren Sie denn in der Zwischenzeit? Was haben Sie so getrieben?«

»Ach, hier und da, dies und das. Neue Truppe – wir hatten eine sehr erfolgreiche Saison letztes Jahr.«

»Aber nicht hier, oder? Das wäre mir doch aufgefallen, ich gehe oft ins Theater.«

»Nein, nicht hier. In Nîmes. Na gut, sagen wir, einigermaßen erfolgreich. Die Landschaftsgärtnerei habe ich aufgegeben. Ich war in erster Linie auf Tournee und habe Stücke geschrieben. Und Lieder.« Er brach ab und begann zu pfeifen. Ringsum drehten sich Leute nach ihm um und guckten. »Alle singen dieses Lied«, sagte er. »Es ist von mir. Ja, tut mir leid, ich bin manchmal peinlich, ich weiß. Ich habe eine Menge solcher Ohrwürmer geschrieben, und was hat es mir gebracht? Immerhin bin ich nach Paris gelangt. Ich komme gern hierher, in dieses Café, meine ich, um meine ersten Fassungen auszuprobieren. Die Leute sind so höflich, zuzuhören, und sie sagen einem auch ehrlich ihre Meinung – nicht dass man sie darum bitten würde, aber lassen wir das mal beiseite. Die Freikarten sind für *Aurora*. Im Theâtre des Italiens. Es ist eine Tragödie, in vielfacher Hinsicht. Wahrscheinlich wird es Ende dieser Woche abgesetzt. Die Kritiker haben es auf mich abgesehen.«

»Ich habe *Les Gens de lettre* gesehen«, sagte Camille. »Das ist von Ihnen, Fabre, oder?«

Fabre drehte sich um. Er zog eine Lorgnette hervor und beäugte Camille. »Je weniger über *Les Gens de lettre* gesagt wird, desto besser. Dieses eisige Schweigen. Und dann die Pfiffe …«

»Das ist vermutlich nicht anders zu erwarten, wenn man ein Stück über Kritiker schreibt. Aber auch Voltaires Stücke wurden oft ausgepfiffen. Seine Premieren endeten oft in einem Tumult.«

»Stimmt«, sagte Fabre. »Nur musste sich Voltaire keine Gedanken darüber machen, wo er seine nächste Mahlzeit herbekam.«

»Ich kenne Ihre Arbeiten«, beharrte Camille. »Sie sind ein Satiriker. Wenn Sie weiterkommen wollen, probieren Sie es mal mit etwas mehr Speichelleckerei gegenüber dem Hof.«

Fabre senkte seine Lorgnette. Er war sichtlich geschmeichelt, hocherfreut – wegen dieses einen kleinen Satzes: »Ich kenne Ihre Arbeiten.« Er fuhr sich mit der Hand durchs Haar. »Mich verkaufen? Nein, danke. Ich lebe gern gut, das gebe ich zu. Und ich habe auch nichts dagegen, schnelles Geld zu verdienen. Aber es gibt Grenzen.«

D'Anton hatte einen Tisch für sie gefunden. »Wie lange ist das jetzt her?«, fragte Fabre. »Zehn Jahre? Oder noch länger? Man sagt das so dahin, ›wir werden uns wieder begegnen‹, ohne recht daran zu glauben.«

»Zurzeit finden überall die richtigen Leute zusammen«, sagte Camille. »Man erkennt sie, als hätten sie ein Kreuz auf der Stirn. Letzte Woche habe ich zum Beispiel Brissot getroffen.« D'Anton fragte nicht, wer Brissot war. Camille hatte eine Vielzahl zwielichtiger Bekannter. »Oder gerade eben Hérault – ausgerechnet der. Ich konnte Hérault nie leiden, aber jetzt habe ich so ein Gefühl, ein ganz anderes Gefühl. Wider besseres Wissen, aber es ist nun mal so.«

»Hérault ist Richter am Parlament«, erklärte d'Anton Fabre. »Er kommt aus einer unglaublich reichen, alten Familie. Er ist höchstens dreißig, makellose Erscheinung, weitgereist, die Damen bei Hof laufen ihm alle nach –«

»Grausig«, murmelte Fabre.

»Und wir sind beide verblüfft, weil er gerade zehn Minuten mit uns geredet hat. Angeblich«, d'Anton grinste, »hält er sich für einen großen Redner, steht stundenlang allein vor dem Spiegel und spricht zu sich. Wobei ich mich frage, wie das irgendwer wissen kann, wenn er dabei allein ist.«

»Allein bis auf die Dienerschaft«, sagte Camille. »Die Adligen halten ihre Diener nicht für echte Menschen, deshalb leben sie ihre kleinen Schwächen bedenkenlos vor ihnen aus.«

»Wofür übt er denn?« fragte Fabre. »Für die Generalstände?«

»Das vermuten wir«, sagte d'Anton. »Vielleicht sieht er sich als Führer der Reformer. Er hat fortschrittliche Ideen. Zumindest deutet er das an.«

»Na ja«, sagte Camille. »›Ihr Silber und Gold wird sie nicht erretten am Tage des Zorns des HERRN.‹ Es steht alles bei Hesekiel, wisst ihr – wenn man es sich im Hebräischen anschaut, ist es ganz unmissverständlich. ›… auch wird weder Gesetz bei den Priestern noch Rat bei den Alten mehr sein. Der König wird betrübt sein, und die Fürsten werden in Entsetzen gekleidet sein‹ – das werden sie ganz bestimmt, und zwar ziemlich bald, wenn sie so weitermachen wie bisher.«

Am Nachbartisch sagte jemand: »Sie sollten etwas leiser reden, sonst haben Sie bald die Polizei als Publikum.«

Fabre schlug auf den Tisch und sprang auf. Sein Gesicht war hochrot angelaufen. »Es ist kein Vergehen, die Heilige Schrift zu zitieren«, rief er, »ganz egal in welchem Zusammenhang.« Irgendjemand kicherte. »Ich weiß nicht, wer Sie sind«, sagte Fabre erregt zu Camille, »aber Sie können auf mich zählen.«

»Oje«, murmelte d'Anton. »Ermutige ihn nicht auch noch.« Unbemerkt das Café zu verlassen war ihm bei seiner kräftigen Statur nicht möglich, deshalb tat er so, als gehörte er nicht zu den beiden. Ermutigung ist wirklich das Letzte, was du brauchst, dachte er, du stiftest Unruhe, weil du gar nicht anders kannst, du denkst an die Zerstörung der Außenwelt wegen der Zerstörung in deinem Innern. Er wandte den Kopf zur Tür, hinter der die Stadt lag. Da draußen gibt es Millionen Menschen, dachte er, deren Ansichten ich nicht kenne. Überstürzt handelnde, unbesonnene Menschen, in Routine erstarrte Menschen, prinzipienlose, berechnende, nette Menschen. Es gab Menschen, die aus dem Hebräischen übersetzten, und andere, die nicht einmal zählen konnten, ungeborene Kinder, die sich in der Wärme des Leibes wanden wie Fische, und der Zeit trotzende alte Frauen, deren Schminke nach Mitternacht zu zerrinnen begann, die sterbende runzlige Haut zum Vorschein brachte und das glänzende gelbe Gebein erahnen ließ. In Serge gewandete Nonnen. Annette Duplessis, die Claude ertrug. Gefangene in der Bastille, die nach Freiheit schrien. Missgebildete Menschen und entstellte Menschen, ausgesetzte Kinder, die von der dünnen Milch der Pflicht tranken: die danach schrien, aufgenommen zu werden. Es gab Höflinge; es gab Hérault, der Antoinette ein schlechtes Blatt austeilte. Es gab Prostituierte. Es gab Perückenmacher und Kanzlisten, befreite Sklaven, die auf den Plätzen der Stadt fröstelten, Männer, die an den Zollposten der Pariser Stadtmauer die Abgaben kassierten. Es gab Männer, die ihr ganzes Arbeitsleben lang Totengräber gewesen waren, von Kindesbeinen an. Deren Gedanken in fremden Bahnen verliefen. Von denen man nichts wusste und nichts wissen konnte. Er schaute zu Fabre hinüber. »Mein bedeutendstes Werk liegt noch vor mir«, sagte Fabre. Mit einer Geste deutete er die Dimension dieses Werkes an. Schaumschlägerei, dachte d'Anton. Fabre war ein Mann in Bereitschaft, ein Mann wie ein aufgezogenes mechanisches Spielzeug, und Camille betrachtete ihn mit der Miene eines Kindes, das überraschend etwas geschenkt bekommen hat. Das Gewicht der alten Welt ist erdrückend, und schon allein der Gedanke daran, sich von dieser Last zu befreien, ermüdet. Der nie enden wollende Meinungsaustausch ermüdet, das Hantieren mit Papieren, die Haarspaltereien, das ständige Feilen an der eigenen Haltung. Irgendwo musste es eine einfachere, gewalttätigere Welt geben.

LUCILE: Nicht zu handeln hat seine eigenen, subtilen Vorzüge, doch jetzt, denkt sie, ist es an der Zeit, ein wenig nachzuhelfen. Ihre Kindertage lagen hinter ihr, jene Zeit der Porzellanpuppe mit dem Strohherz. Die hatten die beiden, Maître Desmoulins und ihre Mutter, so wirksam abserviert, als hätten sie ihr den Porzellanschädel zertrümmert. Seit jenem Tag waren Körper realer – zumindest die Körper der beiden, wenn schon nicht ihr eigener. Sie waren konkret, greifbar. Dieser Überlegenheit war Lucile sich schmerzlich bewusst, und wenn sie Schmerz empfinden konnte, dann wurde wohl auch ihr Körper leiblicher.

Hochsommer: Brienne, der Generalkontrolleur der Finanzen, nahm bei der Stadt Paris einen Kredit in Höhe von zwölf Millionen Livres auf. »Ein Tropfen auf den heißen Stein«, sagte M. Charpentier. Das Café stand zum Verkauf, er und Angélique wollten aufs Land ziehen. Annette tat ihre Pflicht gegenüber dem schönen Wetter und machte Ausflüge in die Jardins de Luxembourg. Sie war oft mit den Mädchen und Camille dort spazieren gegangen; im vergangenen Frühling hatten die Blüten ein wenig säuerlich gerochen, als wären sie schon einmal in Gebrauch gewesen.

Lucile hatte viel Zeit damit verbracht, Tagebuch zu schreiben: Sie hatte die Handlung ausgearbeitet. Jener Freitag, zunächst ein Freitag wie jeder andere, an dem mein Schicksal aus der Küche heraufgebracht und in meine unwissenden Hände gegeben wurde. Wie ich in jener Nacht – von Freitag auf Samstag – den Brief aus seinem Versteck nahm und ihn an das kalte, zerknitterte Leinen meines Nachthemdes drückte, ungefähr auf Höhe meines bebenden Herzens: das knisternde Papier, das flackernde Kerzenlicht und ach, meine armen kleinen Gefühle. Da schon wusste ich, dass mein Leben im September völlig anders aussehen würde.

»Ich habe mich entschieden«, sagte sie. »Ich werde Maître Desmoulins doch heiraten.« Ganz sachlich registrierte sie, wie hässlich ihre Mutter wurde, wenn Angst und Ärger ihren klaren Teint mit roten Flecken überzogen.

Sie muss für die bevorstehenden Konflikte üben. Nach dem ersten Zusammenstoß mit ihrem Vater läuft sie unter Tränen in ihr Zimmer hinauf. Die Wochen verstreichen, und in ihrem Innern herrscht wachsender Aufruhr, genau wie draußen auf der Straße.

Die Demonstration hatte vor dem Gerichtsgebäude begonnen. Die Anwälte sammelten ihre Unterlagen ein und diskutierten darüber, ob es besser wäre, zu bleiben, wo sie waren, oder zu versuchen, sich durch die Menge zu drängen. Es hatte einen Toten gegeben, vielleicht sogar zwei. Daher erschien es ihnen letztlich sicherer, zu bleiben, wo sie waren, bis der Platz komplett geräumt war. D'Anton fluchte auf seine Kollegen und machte sich auf den Weg über das Schlachtfeld.

Es gab unglaublich viele Verletzte. Größtenteils hatten sie Quetschungen erlitten, mit Ausnahme derer, die in Handgemenge mit den Wachtposten verwickelt gewesen waren. Ein respektabel gekleideter Mann ging umher und zeigte den Leuten ein Einschussloch in seinem Mantel. Auf dem Pflaster saß eine Frau, die mit schriller, hysterischer Stimme immer wieder fragte: »Wer hat das Feuer eröffnet, wer hat die Order erteilt, wer hat ihnen das befohlen?«, und eine Erklärung verlangte. Auch zu mehreren Messerstechereien war es gekommen, wobei unklar war, warum.

Er entdeckte Camille, der vor einer Mauer auf die Knie gesackt war und eine Art Zeugenaussage mitschrieb. Der Mann, der zu ihm sprach, lag auf dem Boden, Kopf und Schultern aufgestützt. Die Kleider des Mannes hingen in Fetzen, und sein Gesicht war schwarz. D'Anton konnte nicht sehen, wo er verletzt war, doch sein Gesicht sah unter dem Schwarz wie betäubt aus, und seine Augen waren glasig vor Schmerz oder Schock.

D'Anton sagte: »Camille.«

Camille schaute seitlich auf seine Schuhe, dann wanderte sein Blick nach oben. Er war kreidebleich. Er legte das Blatt weg, gab den Versuch auf, den Auslassungen des Verletzten zu folgen. Er deutete auf einen anderen Mann, der ein paar Meter entfernt mit verschränkten Armen und gesenktem Blick dastand, die kurzen Beine leicht gespreizt auf den Boden gepflanzt. Tonlos, ausdruckslos sagte Camille: »Siehst du den? Das ist Marat.«

D'Anton blickte nicht auf. Jemand deutete auf Camille und sagte: »Die Französischen Garden haben ihn zu Boden geworfen und ihm in die Rippen getreten.«

Camille lächelte kläglich. »Muss ihnen wohl im Weg gewesen sein.«

D'Anton versuchte, ihn auf die Beine zu bringen. Camille sagte: »Nein, ich kann nicht, lass mich.«

D'Anton nahm ihn mit nach Hause zu Gabrielle. Er schlief auf ihrem Bett ein; richtig krank sah er aus.

»Immerhin«, bemerkte Gabrielle später am Abend. »Wenn sie *dir* in die Rippen getreten hätten, wären ihre Stiefel einfach abgeprallt.«

»Ich habe dir doch gesagt, ich war drinnen, in einem der Büros. Camille war draußen im Tumult. Ich mache diese albernen Spielchen nicht mit.«

»Trotzdem beunruhigt mich das alles.«

»Es war nur ein Geplänkel. Ein paar Soldaten sind in Panik geraten. Niemand weiß, worum es überhaupt ging.«

Gabrielle war nur schwer zu trösten. Sie hatte Pläne gemacht, Beschlüsse gefasst, für ihren Haushalt, ihre Kinder, die große Karriere ihres Mannes. Sie fürchtete jeglichen Aufruhr, ob gesellschaftlich oder emotional – fürchtete, er könnte sich heimlich von der Straße in ihr Haus in ihr Herz schleichen.

Wenn sie Freunde zum Essen eingeladen hatten, sprach ihr Mann in vertrautem Ton von Mitgliedern der Regierung, als wäre er persönlich mit ihnen bekannt. Wenn er von der Zukunft sprach, fügte er immer hinzu: »Sofern die derzeitigen Verhältnisse bestehen bleiben.«

»Weißt du«, sagte er, »ich habe in letzter Zeit – das habe ich dir, glaube ich, schon erzählt – viel Arbeit von M. Barentin bekommen, dem Präsidenten der Cour des Aides. Dadurch habe ich natürlich auch immer wieder mit Regierungsbeamten zu tun. Und wenn man den Leuten begegnet, die das Land regieren« – er schüttelte den Kopf – »bildet man sich unweigerlich ein Urteil über ihre Fähigkeiten. Das lässt sich gar nicht vermeiden.«

»Aber das sind doch alles Einzelpersonen.« (Entschuldige, dass ich dich unterbreche, wenn ich etwas nicht verstehe, hätte sie am liebsten hinzugefügt.) »Muss man da denn gleich das ganze System in Frage stellen? Ist das zwingend?«

»Letztlich stellt sich nur eine Frage«, sagte er. »Kann es so weitergehen? Die Antwort lautet: Nein. Ich nehme mal stark an, dass unser Leben in einem Jahr sehr anders aussehen wird.«

Und dann presste er entschlossen die Lippen aufeinander, denn ihm war plötzlich aufgefallen, dass er mit ihr über Dinge sprach, die Frauen nicht interessierten. Und er wollte sie weder langweilen noch aufregen.

Philippe, der Herzog von Orléans, wird kahl. Seine Freunde – oder jene, die seine Freunde sein wollen – haben sich ihm zu Gefallen die Stirn ausrasiert, sodass sein Haarausfall wie eine Marotte wirkt. Aber auch Kriecherei kann die nackten Tatsachen nicht verstecken.

Herzog Philippe ist jetzt vierzig Jahre alt. Angeblich ist er einer der reichsten Männer Europas. Das Geschlecht der Orléans ist der jüngere Zweig der königlichen Familie, und seine Prinzen sind nur selten einer Meinung mit ihren älteren Vettern. Herzog Philippe stimmt mit König Louis in nichts, aber auch gar nichts überein.

Philippes Leben hat bis zu diesem Moment unter keinem guten Stern gestanden. Er hat eine so schlechte Erziehung genossen und ist so schlecht geraten, dass man geradezu meinen könnte, es sei mit Absicht geschehen, man habe ihn verderben, untauglich machen wollen, unbrauchbar für jegliche Art von politischer Aktivität. Als er heiratete und mit der frischgebackenen Herzogin in der Oper erschien, war die Galerie brechend voll von Prostituierten, die Trauer trugen.

Philippe ist nicht dumm, aber er ist leicht zu beeindrucken, anfällig für Moden und Grillen. Im Moment hat er allen Grund zur Klage. Der König mischt sich ständig in sein Privatleben ein. Seine Briefe werden geöffnet, und er wird von Polizisten und von den Spionen des Monarchen verfolgt. Sie versuchen, seine Freundschaft mit dem teuren Prinzen von Wales zu zerstören und ihm seine Fahrten nach England zu verwehren, von wo er doch so viele exquisite Frauen und Rennpferde mitgebracht hat. Von der Clique der Königin wird er permanent verleumdet und diffamiert; man will ihn lächerlich machen. Sein Vergehen besteht schlicht und einfach darin, dass er dem Thron zu nahe steht. Er findet es schwierig, sich über einen längeren Zeitraum zu konzentrieren, und wäre außerstande, aus einer Bilanz das Schicksal der Nation abzulesen, aber dass in Frankreich keine Freiheit herrscht, muss man Philippe d'Orléans nicht erst erklären.

Unter den Frauen in seinem Leben ragt eine heraus, und es ist nicht die Herzogin. Félicité de Genlis war 1772 seine Mätresse geworden, und um zu beweisen, welcher Art seine Gefühle für sie waren, hatte sich der Herzog ein Motto auf den Arm tätowieren lassen. Félicité ist eine Frau von liebenswürdigem, unbeugsamem Eigensinn, und sie schreibt Bücher. Es gibt nur wenige Felder menschlichen Wissens, die sie nicht mit ihrer peinigenden Pedanterie beackert hätte. Beeindruckt, staunend, in ihren Bann geschlagen, hat der Herzog ihr die Erziehung seiner Kinder anvertraut. Sie haben eine gemeinsame Tochter, Pamela, ein schönes, talentiertes Kind, das sie als Waise ausgeben.

Dem Herzog und seinen Kindern nötigt Félicité Respekt, Gehorsam und Bewunderung ab, der Herzogin die zaghafte Anerkennung ihrer Position und Kompetenzen. Félicité hat natürlich einen Gatten – Charles-Alexis Brulard de Sillery, Graf von Genlis, ein gutaussehender ehemaliger Marineoffizier, der sich militärisch sehr hervorgetan hat. Er steht Philippe nahe, gehört dessen gut gedrillter kleiner Armee von Strippenziehern, Hintermännern und Trabanten an. Die eheliche Verbindung hatte als Liebesheirat gegolten; fünfundzwanzig Jahre später hat sich Charles-Alexis seine Attraktivität und seinen Schliff bewahrt und gibt sich Tag und Nacht seiner großen Leidenschaft hin: dem Glücksspiel.

Félicité hat den Herzog sogar gebessert – sie hat ihn in seinen Exzessen ein wenig gemäßigt, sein Geld und seine Energie in gute Bahnen gelenkt. Mit Anfang vierzig ist sie noch gut erhalten, eine große, schlanke Frau mit dunkelblondem Haar, bestechenden braunen Augen und Gesichtszügen, die Entschlossenheit ausdrücken. Intim ist sie mit dem Herzog nicht mehr, doch sie wählt seine Mätressen für ihn aus und weist sie ein. Sie ist es gewohnt, im Mittelpunkt zu stehen, um Rat gefragt zu werden, Empfehlungen auszusprechen. Für Antoinette, die Gattin des Königs, hat sie nichts übrig.

Die hemmungslose Frivolität des Hofes hat eine Art Leerstelle entstehen lassen – der Nation fehlt ein kultureller Mittelpunkt. Félicité wirkt daraufhin, dass Philippe und *sein* Hof diese Lücke füllen. Nicht dass sie politische Ambitionen für ihn hegte, aber es ist nun einmal so, dass viele Intellektuelle, viele Künstler und Gelehrte, viele der Männer, die man schätzt und an sich binden möchte, liberal gesinnte, aufgeklärte Geister sind, Männer, die eine neue Ordnung begrüßen würden – und da haben sie ja nun des Herzogs volle Sympathie. In diesem Jahr, 1787, hat er diverse junge Männer um sich geschart, größtenteils Adlige, alle ehrgeizig, alle mit dem vagen Gefühl, dass sie ihren Ehrgeiz nicht ausleben können, dass ihr Leben irgendwie unbefriedigend geworden ist. Der Herzog, bei dem dieses Gefühl ganz besonders ausgeprägt ist, wird zu ihrem Führer auserkoren.

Der Herzog möchte ein Mann des Volkes sein, insbesondere des Volkes von Paris; er möchte an den Stimmungen und Sorgen der Bevölkerung teilhaben. Er hält im Herzen der Stadt Hof, im Palais Royal. Den Palastgarten hat er der Öffentlichkeit übergeben, die Gebäude als Läden, Bordelle, Kaffeehäuser und Casinos verpachtet, und so sitzt Philippe im Epizentrum der Unzucht, des Klatsches, des Taschendiebstahls und der Straßenkämpfe: der Gute Herzog Philippe, der Vater Seines Volkes. Nur dass das bisher keiner ruft, so weit sind wir noch nicht.

Im Sommer '87 wird Philippe für erste Probeläufe gewappnet und ins Rennen geschickt. Im November beschließt der König, das opponierende Parlament zu einer königlichen Sitzung einzuberufen, um einige Edikte registrieren zu lassen, die es ihm erlauben sollen, einen Kredit für den Staat aufzunehmen. Wenn er sich nicht durchsetzen kann, wird er gezwungen sein, die Generalstände einzuberufen. Philippe macht sich bereit, eine – wie de Sillery sagen würde – Breitseite gegen die königliche Autorität abzufeuern.

Camille traf Lucile vor Saint-Sulpice, wo sie gerade den Segen empfangen hatte. »Unsere Kutsche steht da drüben«, sagte sie. »Unser Mann, Théodore, ist im Prinzip auf meiner Seite, aber er wird demnächst herüberkommen müssen. Beeilen wir uns also.«

»Aber Ihre Mutter sitzt da nicht drin?« Er wirkte alarmiert.

»Nein, die ist zu Hause und schmollt. Übrigens habe ich gehört, dass Sie an einem Tumult beteiligt waren.«

»Woher wissen Sie denn das?«

»Die Gerüchteküche brodelt. Claude kennt da so einen Mann namens Charpentier. Na ja, wie Sie sich vorstellen können, ist Claude begeistert.«

»Sie sollten hier nicht stehen«, sagte er. »Ein scheußlicher Tag. Sie werden nass.«

Sie hatte den deutlichen Eindruck, dass er sie am liebsten in die Kutsche gepackt hätte, um sie loszuwerden.

»Manchmal«, sagte sie, »träume ich davon, an einem warmen Ort zu leben. Wo jeden Tag die Sonne scheint. Italien wäre schön. Dann wieder denke ich, nein, bleib zu Hause und fröstele ein bisschen vor dich hin. Das viele Geld, das mein Vater für meine Mitgift beiseitegelegt hat, sollte ich mir nicht durch die Finger rutschen lassen. Es wäre geradezu undankbar. Wir sollten hier heiraten«, sie hob die Hand, »an einem Termin unserer Wahl. Danach könnten wir nach Italien in den Urlaub fahren. Nachdem wir uns gegen diesen Widerstand durchgesetzt haben, werden wir einen Urlaub brauchen. Wir könnten mit ein paar Elefanten die Alpen überqueren.«

»Sie wollen mich also heiraten?«

»Aber ja.« Sie sah ihn erstaunt an. Wie war es möglich, dass sie vergessen hatte, ihm das zu sagen? Wo sie doch seit Wochen an nichts anderes mehr dachte? Vielleicht hatte sie auch auf die Gerüchteküche vertraut. Aber dass die ihre Wirkung nicht getan hatte … Konnte es sein, dass er gar nicht mehr daran gedacht hatte? »Camille …«, sagte sie.

»Sehr gut«, sagte er. »Aber wenn ich Elefanten organisieren soll, reicht mir ein einfaches Versprechen nicht. Dann müssen Sie einen feierlichen Schwur ablegen. Sagen Sie: ›Bei den Gebeinen des Abbé Terray‹.«

Sie kicherte. »Bei uns wird der Abbé Terray sehr ernst genommen.«

»Genau das meine ich: einen ernsten Schwur.«

»Wie Sie wollen. Ich schwöre bei den Gebeinen des Abbé Terray, dass ich Sie heiraten werde, egal was irgendwer sagt, und selbst wenn der Himmel einstürzt. Eigentlich sollten wir uns jetzt wohl küssen, aber mehr als dies« – sie streckte die Hand aus – »geht im Moment nicht. Sonst gerät Théodore in einen Gewissenskonflikt und kommt sofort herüber.«

»Sie könnten Ihren Handschuh ausziehen«, sagte er. »Das wäre ein Anfang.«

Sie zog den Handschuh aus und reichte ihm die Hand. Sie hatte gedacht, dass er vielleicht ihre Fingerspitzen küssen würde, doch stattdessen griff er nach ihnen, drehte ihre Hand fast grob um und drückte sie mit der Innenseite einen Moment lang an den Mund. Genau das, er küsste sie nicht, hielt sie nur reglos an den Mund. Sie erschauerte. »Sie kennen sich aus, wie?«, sagte sie dann.

Die Kutsche war jetzt vorgefahren. Die Pferde schnauften geduldig, traten auf der Stelle; Théodore hatte sich mit dem Rücken zu ihnen hingesetzt und betrachtete mit größtem Interesse das Geschehen auf der Straße. »Hören Sie zu«, sagte sie. »Wir kommen hierher, weil meine Mutter eine Schwäche für einen der Geistlichen hier hat. Sie hält ihn für einen religiös hochstehenden, erhabenen Mann.«

Théodore wandte sich ihnen jetzt zu. Er öffnete ihr die Tür. Sie drehte sich um. »Er heißt Abbé Laudréville. Er kommt so oft zu uns, wie meine Mutter meint, über ihre Seele sprechen zu müssen, und das ist dieser Tage mindestens dreimal die Woche. Und er hält meinen Vater für einen empfindungslosen Menschen. Schreiben Sie mir also.« Die Tür knallte zu, und sie sprach durchs Fenster weiter zu ihm. »Ich nehme an, mit älteren Priestern können Sie gut umgehen. Wenn Sie mir schreiben, wird er mir die Briefe bringen. Kommen Sie zur Abendmesse, dann werden Sie Antworten erhalten.« Théodore griff nach den Zügeln. Sie zog den Kopf zurück. »So erfüllt die Frömmigkeit wenigstens einen Zweck«, murmelte sie.

NOVEMBER: Camille bekommt im Café du Foy die Worte gar nicht schnell genug über die Lippen. »Mein Vetter de Viefville hat doch tatsächlich *in aller Öffentlichkeit* mit mir gesprochen, er musste unbedingt jemandem erzählen, was passiert ist. Also: Der König ist reingekommen und hat dann wie üblich mehr oder weniger im Halbschlaf dagehangen. Der Siegelbewahrer hat das Wort ergriffen und gesagt, dass die Generalstände einberufen werden, aber erst 1792, was ja noch eine halbe Ewigkeit ist –«

»Das haben wir der Königin zu verdanken.«

»Schsch.«

»Daraufhin gab es Proteste, und dann wurde über die Edikte diskutiert, die der König registrieren lassen wollte. Kurz vor der Abstimmung ist der Siegelbewahrer zum König gegangen und hat ein paar vertrauliche Worte mit ihm gewechselt, woraufhin der König die Diskussion einfach abgeschnitten und erklärt hat, die Edikte müssten registriert werden. Er hat es einfach angeordnet.«

»Aber wie kann er –«

»Schsch.«

Camille ließ den Blick über seine Zuhörer schweifen. Ihm war bewusst, dass sich gerade ein bislang einmaliges Ereignis wiederholte: Sein Stottern war verschwunden. »Dann ist Orléans aufgestanden, alle haben sich nach ihm umgedreht und gegafft, er war kreidebleich, erzählt de Viefville. Und der Herzog sagte: ›Das können Sie nicht tun. Das ist rechtswidrig.‹ Worauf der König ganz nervös wurde und rief: ›Das *ist* rechtmäßig – weil ich es will!‹«

Camille verstummte. Sogleich erhob sich ein Stimmengewirr – Protest, gespieltes Entsetzen, Spekulation. Er verspürte umgehend den furchtbaren Drang, seine eigene Argumentation zu widerlegen; vielleicht war er doch zu sehr Rechtsanwalt – oder vielleicht, überlegte er, bin ich einfach zu ehrlich? »Hören Sie mir zu, bitte! De Viefville hat *behauptet*, dass der König das alles gesagt hat. Aber ich weiß nicht, ob wir das wirklich glauben dürfen – kommt es nicht ein bisschen zu gelegen? Ich meine, wenn jemand eine Verfassungskrise anzetteln wollte, würde er dann nicht hoffen, dass der König genau so etwas sagt? Und eigentlich … Er ist ja kein schlechter Kerl, der König … Wahrscheinlich hat er das alles gar nicht gesagt, sondern nur einen kläglichen Witz gerissen.«

Auch d'Anton nahm es bewusst wahr: Camille stotterte nicht, und er sprach in einer Weise zu seinem dicht gedrängten Publikum, die jedem das Gefühl gab, er spreche nur mit ihm. Jemand sagte: »Nun reden Sie schon weiter!«

»Die Edikte wurden registriert. Der König ging. Sobald er draußen war, wurden die Edikte annulliert und gestrichen. Zwei Mitglieder des Parlaments wurden kraft eines *lettre de cachet* festgenommen. Der Herzog von Orléans wurde auf sein Anwesen in Villers-Cotterêts verbannt. Ach ja – und mich hat mein geschätzter Vetter de Viefville zum Diner eingeladen.«

Der Herbst verstrich. Wenn das Dach einstürzt, sagte Annette, setzt man sich ja auch nicht darunter, während die Bruchstücke herabfallen, und jammert, warum nur, warum?, sondern man sucht im Schutt nach den verbliebenen Wertsachen. Die Aussicht auf Camille, auf das, was er ihr und ihrer Tochter antun würde, war zu grausig, als dass sie sich dagegen hätte wehren können. Annette nahm sie hin, so wie Menschen sich mit dem langen Verlauf einer unheilbaren Krankheit abfinden; manchmal wünschte sie sich den Tod herbei.

5. Karrierewechsel

(1788)

Keine Veränderung. Nichts Neues. Die dumpfe Krisenstimmung hält an. Viel schlimmer, denkt man, kann es nicht werden, ohne dass irgendein Damm bricht. Aber es bricht keiner. Nur der Zahn der Zeit nagt, das Staatsschiff sinkt, das Rad der Geschichte dreht sich, die Uhr tickt, und der Punkt, ab dem es kein Zurück mehr gibt, rückt immer näher. Konjunktur hat lediglich der Gemeinplatz.

In Arras geht Maximilien de Robespierre mutlos und verbissen ins neue Jahr. Er liegt mit der örtlichen Justiz über Kreuz. Er hat kein Geld. Er hat den Literaturzirkel aufgegeben, weil er die Poesie zunehmend als nebensächlich empfindet. Geselligkeit meidet er soweit möglich, weil er genug hat von den Selbstgefälligen, den Postenjägern und Schönrednern – womit das Gros der guten Gesellschaft von Arras beschrieben wäre. Immer öfter wendet sich die Konversation dem Tagesgeschehen zu, und er bekämpft seinen Drang, gute Miene dazu zu machen, unterdrückt seine konziliante Ader mit aller Macht. Jede Meinungsverschiedenheit im Alltag wird dadurch zum Affront, jedes Zugeständnis vor Gericht zur Niederlage. Duelle sind gesetzlich verboten, doch bei Duellen im Kopf greift kein Gesetz. Politische Ansichten, erklärt er seinem Bruder Augustin, kann man nicht abspalten von den Menschen, die sie vertreten; wer das tut, dem ist es nicht ernst mit der Politik.

Eigentlich müssten ihm diese Gedanken ins Gesicht geschrieben stehen – dennoch wollen sie ihn alle bei ihren Einladungen, ihren Landpartien oder Theaterabenden dabeihaben. Sie weigern sich einzusehen, dass er nicht mehr genug Verbindlichkeit für einen reibungslosen gesellschaftlichen Umgang aufbringt. Und so presst ihm der Druck ihrer Erwartungen immer wieder aufs neue das nötige Quäntchen Takt oder Entgegenkommen ab; es ist so viel leichter, sich zu benehmen, der freundliche Max zu sein, den sie alle kennen.

Tante Henriette, Tante Eulalie umflattern ihn mit ihrer eigenen erdrückenden Art von Takt; sein Bestes, nur das wollen sie. Tante Eulalies Stieftochter Anaïs: so hübsch, und sie mag dich so, was spricht also dagegen? Und warum es noch aufschieben? Weil es sein kann, sagt er verzweifelt, dass nächstes Jahr die Stände einberufen werden, und wer weiß, wer weiß, vielleicht gehe ich weg.

An Weihnachten haben sich die Charpentiers schon bestens in ihrem neuen Haus in Fontenay-sous-Bois eingelebt. Sie vermissen das Café, aber nicht den Schlamm der Pariser Straßen, den Lärm, den ruppigen Ton in den Läden. In der guten Landluft, sagen sie, fühlen sie sich gleich zehn Jahre jünger. Gabrielle und Georges-Jacques kommen sonntags zu Besuch; man sieht ihnen ihr Glück an. Das Kind wird ausreichend Wickeltücher für sieben Säuglinge haben und mehr umhätschelt werden als ein Dauphin. Georges-Jacques wirkt abgekämpft, blass von dem langen Winter. Ihm täte ein Monat daheim in Arcis gut, aber er kann sich nicht freinehmen. Er vertritt jetzt sämtliche Rechtsfälle der Steuerbehörde, trotzdem fehlt ihm noch eine Einkommensquelle, sagt er. Er würde gern ein Stück Land kaufen, aber er hat nicht das Geld dazu. Er sagt, zerreißen kann er sich auch nicht, aber er sorgt sich ganz sicher grundlos. Wir sind alle sehr stolz auf Georges.

Im Finanzministerium gibt sich Claude Duplessis so optimistisch, wie ihm das in Anbetracht der Umstände möglich ist. Letztes Jahr hatte Frankreich drei verschiedene Generalkontrolleure der Finanzen in nur fünf Monaten, und jedem mussten sie wieder die gleichen dummen Fragen beantworten, die gleichen unnützen Dossiers zusammenstellen. Wenn er morgens aufwacht, muss er immer erst überlegen, für wen er derzeit arbeitet. Bald wird zweifellos M. Necker ins Amt zurückkehren und uns alle mit neuen Binsenweisheiten über das Vertrauen der Öffentlichkeit beglücken. Wenn die Bevölkerung in Necker partout ihren Messias sehen will – was zählen dann wir, bloße Buchhalter, bloße Beamten? Niemand im Ministerium glaubt, dass die Situation zu retten ist.

Claude vertraut einem Kollegen an, dass seine bildhübsche Tochter einen kleinen Provinzanwalt heiraten will, der stottert, sich kaum je bei Gericht blicken lässt und allem Vernehmen nach einen unsittlichen Lebenswandel führt. Er fragt sich, warum sein Kollege schmunzelt.

Das Defizit beträgt einhundertsechzig Millionen Livres.

Camille Desmoulins wohnt in der Rue Sainte-Anne, bei einem Mädchen, dessen Mutter Porträtmalerin ist. »Fahr deine Familie besuchen«, mahnt sie ihn. »Wenigstens über Neujahr.« Sie taxiert ihn; sie spielt mit dem Gedanken, in die Fußstapfen ihrer Mutter zu treten. Camille lässt sich nicht leicht aufs Papier bannen, viel weniger leicht als die Männer, die dem Zeitgeschmack entsprechen: blühende, fleischige Männer mit steifem Rückgrat und frisch barbierten Köpfen. Camille bewegt sich selbst für die flüchtigste Skizze zu rasch; sie weiß, dass er im Aufbruch ist, fort aus ihrem Leben, und sie würde ihm gern etwas Gutes tun, bevor er geht.

Und so rumpelte nun also die *Diligence*, die ihren Namen wahrlich nicht verdiente, über zerfurchte, vom Januarregen überschwemmte Straßen nach Guise. Während seine Heimatstadt immer näher kam, dachte Camille an seine Schwester Henriette, an die lange Zeit ihres Sterbens. Ganze Tage, ja Wochen hatten sie Henriette während dieser Zeit nicht gesehen, nur das fahle Gesicht seiner Mutter und den Arzt, wenn er kam und ging. Ihn hatte man ins Internat nach Cateau-Cambrésis geschickt, und manchmal war er nachts aufgewacht und hatte gedacht, warum hustet sie nicht? Bei seiner Rückkehr nach Hause wurde er zu ihr gelassen und durfte fünf Minuten an ihrem Bett sitzen. Die Haut unter ihren Augen war durchsichtig und schimmerte bläulich; die Kissen bogen ihr die knochigen Schultern nach vorn. Sie war in dem Jahr gestorben, in dem er nach Paris auf die Schule kommen sollte, an einem Tag, an dem der Regen stetig herabrauschte und in braunen Bächen durch die Straßen der Stadt floss.

Sein Vater hatte dem Priester und dem Arzt ein Glas Weinbrand in die Hand gedrückt – als wären sie den Tod nicht gewohnt und müssten dafür gestärkt werden. Er selbst, Camille, saß unauffällig in einer Ecke, und steif, äußerst steif wandte sich das Gespräch der Männer ihm zu: Und, Camille, freust du dich auf Louis-le-Grand? Ich habe es vor, sagte er. Werden dir denn deine Eltern nicht fehlen? Sie dürfen nicht vergessen, sagte er, dass sie mich schon vor drei Jahren aufs Internat geschickt haben, als ich sieben war, deshalb werden sie mir nicht im Mindesten fehlen und ich ihnen auch nicht. Er ist ein bisschen durcheinander, sagte der Priester eilig; weißt du, Camille, deine kleine Schwester ist im Himmel. Nein, Pater, sagte er, wir müssen davon ausgehen, dass Henriette im Fegefeuer ist und Qualen durchleidet. Das ist der Trost, den unsere Religion für unseren Verlust vorsieht.

Auch auf ihn würde ein Glas Weinbrand warten, wenn er nun heimkam, und sein Vater würde ihn wie jedes Jahr fragen, wie die Fahrt gewesen sei. Aber er kannte die Fahrt in- und auswendig. Die Pferde konnten stürzen, man konnte unterwegs vergiftet oder von einem Mitreisenden zu Tode gelangweilt werden, das war die Summe der Möglichkeiten. Einmal hatte er geantwortet: Ich habe nichts gesehen, mit niemandem gesprochen und nur den ganzen Weg böse Gedanken gedacht. Den ganzen Weg? Und das waren die Tage vor der *Diligence*. Was für ein Durchhaltevermögen er mit sechzehn gehabt haben musste!

Vor seiner Abreise aus Paris hatte er die letzten Briefe seines Vaters wiedergelesen. Sie waren scharf, unsouverän, verletzend. Zwischen den Zeilen klang das Unaussprechliche durch: Die Godards wollten sein Verlöbnis mit seiner Cousine Rose-Fleur aufheben! Es war geschlossen worden, als sie noch in der Wiege gelegen hatte; wie hätten sie ahnen sollen, dass die Dinge sich so entwickeln würden?

Er kam an einem Freitagabend zu Hause an. Am nächsten Tag wollten Aufwartungen gemacht, Besuche abgestattet sein, denen er sich nicht entziehen konnte. Rose-Fleur tat so, als wäre sie zu schüchtern, um mit ihm zu sprechen, aber die Verstellung machte sie rastlos und unruhig. Sie hatte einen huschenden Blick und das schwere dunkle Haar der Godards; ab und zu glitten ihre Augen über ihn hinweg, und dann fühlte er sich wie in schwarzen Sirup getaucht.

Am Sonntag ging er mit der Familie zur Messe. In den engen, graupeldurchwehten Gassen drehten die Leute sich nach ihm um. In der Kirche gafften sie, als käme er von einem sehr viel wärmeren Ort als Paris.

»Sie sagen, du wärst Atheist«, flüsterte seine Mutter.

»So, sagen sie das?«

Clément sagte: »Vielleicht machst du es wie dieser diabolische Angeviner und gehst beim Segen in einer Rauchwolke auf.«

»Das wäre zumindest eine Abwechslung«, meinte Anne-Clothilde. »Wir hatten es recht öde in letzter Zeit.«

Camille musterte seine Umgebung nicht, aber er war sich bewusst, dass seine Umgebung ihn musterte. Da waren M. Saulce und seine Frau; da war der Arzt, mit Bäuchlein und Perücke, der damals Henriette zu ihrem Tod geleitet hatte.

»Da drüben sitzt deine alte Geliebte«, sagte Clément. »Auch wenn wir das eigentlich nicht wissen dürfen.«

Sophie war jetzt eine Matrone mit Doppelkinn. Sie schaute durch ihn hindurch, als wären seine Knochen aus Glas. Fast hätte er es selbst geglaubt: Selbst Stein schien in dem weihrauchgeschwängerten Dämmer zu bröckeln, sich aufzulösen. Sechs Flämmchen am Altar züngelten und flackerten, ihre Schatten kreuzten Fleisch und Stein miteinander, Wein und Brot. Die wenigen Kommunionsteilnehmer verschmolzen mit der Dunkelheit. Es war Epiphanias; als sie ins Freie traten, meißelte das blaue Tageslicht die Schädel der Stadtbewohner wieder in Form, härtete die Knochen aus.

Er ging hinauf in das Arbeitszimmer seines Vaters und blätterte sich durch die abgelegte Korrespondenz, bis er den Brief fand, den er suchte, das Schreiben seines Onkels Godard. Während er es noch las, kam sein Vater herein. »Was tust du da?« Er machte keine Anstalten, den Brief zu verstecken. »Du erlaubst dir sehr viel«, sagte Jean-Nicolas.

»Ja.« Camille lächelte und drehte die Seite um. »Aber ich bin ja bekanntlich rücksichtslos und der übelsten Verbrechen fähig.« Er hielt das Blatt näher an die Lampe. »Camilles erwiesene Labilität«, las er, »und die Gefahren, die dies für das Glück und die Dauerhaftigkeit der Verbindung befürchten lässt …« Er ließ den Brief sinken. Seine Hand zitterte. »Halten die mich für verrückt?«, fragte er seinen Vater.

»Sie denken –«

»Was soll das sonst heißen, Labilität?«

»Ist es nur ihre Wortwahl, an der du dich stößt?« Jean-Nicolas stellte sich vor den Kamin und rieb die Hände gegeneinander. »Kalt ist es immer in dieser vermaledeiten Kirche«, sagte er. »Sie hätten sicher auch andere Formulierungen parat gehabt, aber die wollten sie im Zweifel nicht zu Papier bringen. Es ist etwas über eine – Beziehung – bekannt geworden, die du zu einem Kollegen gehabt haben sollst, auf den ich immer große Stücke –«

Camille starrte ihn an. »Das ist Jahre her.«

»Ich fühle mich bei diesem Thema nicht sonderlich wohl«, sagte Jean-Nicolas. »Könntest du es vielleicht einfach leugnen, sodass ich die Sache klarstellen kann?«

Der Wind trieb Schneeregen gegen die Scheiben und heulte in den Schornsteinen und Dachtraufen. Jean-Nicolas sah besorgt nach oben. »Im November hat es ein paar Schiefer vom Dach gerissen. Was ist nur mit dem Wetter los? Früher hat es doch nie so verrückt gespielt.«

Camille sagte: »Was immer passiert ist, es war – ja, in der guten alten Zeit, als noch immerzu die Sonne schien. Vor sechs Jahren. Mindestens sechs. Und meine Schuld war es sowieso nicht.«

»Was redest du da? Willst du mir weismachen, mein Freund Perrin, ein Familienvater, mit dem ich seit fünfunddreißig Jahren bekannt bin, ein Mann von höchstem Ansehen beim Registergericht und ein führender Freimaurer – behauptest du, dieser Mann hätte eines Tages urplötzlich vor dir gestanden, dich bewusstlos geschlagen und zu sich ins Bett gezerrt? Blödsinn! Warte«, unterbrach er sich, »hörst du dieses seltsame Klopfgeräusch? Meinst du, das sind die Dachrinnen?«

»Frag, wen du willst«, sagte Camille.

»Was?«

»Wegen Perrin. Er war berüchtigt dafür. Ich war noch ein Kind, ich – gut, du kennst mich, ich weiß nie, wie ich in diese Sachen hineinschlittere.«

»Das reicht nicht als Entschuldigung. Das kannst du nicht erwarten – nicht bei den Godards.« Wieder brach er ab, sah nach oben. »Doch, es müssen die Dachrinnen sein.« Er wandte sich wieder seinem Sohn zu. »Und ich erwähne das nur als *ein* Beispiel für die Art von Geschichten, die uns zu Ohren kommen.«

Inzwischen schneite es richtig, dichtes Gestöber aus einem kompakten grauen Himmel. Der Wind flaute jäh ab. Camille lehnte die Stirn an das kalte Glas und sah dem Schnee zu, der unten auf dem Platz liegen zu bleiben begann. Er fühlte sich seltsam schwach. Die Scheibe beschlug von seinem Atem, hinter ihm prasselte das Feuer, hoch in der Luft kreischten die Möwen. Clément kam herein. »Was ist das für ein komisches Geräusch, so eine Art Klopfen?«, fragte er. »Das müssen die Dachrinnen sein, was meinst du? Komisch, jetzt hat es aufgehört.« Er sah durch das Zimmer. »Camille, fehlt dir etwas?«

»Eher nicht. Aber du kannst dem gemästeten Kalb ausrichten, dass es noch mal davongekommen ist.«

Zwei Tage später war er wieder in Paris, in der Rue Sainte-Anne. »Ich ziehe aus«, eröffnete er seiner Geliebten.

»Wie du willst«, sagte sie. »Und wo wir schon dabei sind: Mir passt es nicht, dass du es hinter meinem Rücken mit meiner Mutter treibst, also ist es vielleicht für alle das Beste.«

Jetzt wachte Camille also allein auf, was er hasste. Er fuhr sich über die geschlossenen Lider. Seine Träume spotteten jeder Beschreibung. Mein Leben ist längst nicht, was die Leute glauben, dachte er. Dieser zermürbende Kampf um Annette. Wenn er nur bei ihr sein und ein ruhiges Leben mit ihr führen dürfte. Er wünschte Claude nichts Schlechtes, aber wäre es nicht schön, wenn er einfach zu existieren aufhörte? Er sollte nicht leiden; Camille versuchte einen Präzedenzfall zu finden, aus der Bibel vielleicht. Nichts war ausgeschlossen, das war seine Erfahrung.

Dann fiel ihm wieder ein – er musste es sich jeden Morgen aufs neue bewusst machen –, dass er ja Annettes Tochter heiraten würde, dass er ihr einen Eid abgenommen hatte. Wie verzwickt doch alles war. Sein Vater schien der Meinung zu sein, dass Camille das Leben seiner Mitmenschen zerstörte. Camille begriff nicht, wie jemand das finden konnte. Er hatte niemanden vergewaltigt, er hatte keinen Mord begangen – und alles andere sollten die Leute gefälligst wegstecken und weitermachen, so wie er das auch ständig tat.

Ein Brief kam, von zu Hause. Er mochte ihn nicht öffnen. Dann sagte er sich, sei nicht albern, jemand könnte gestorben sein. In dem Kuvert lag ein Bankwechsel, dazu ein paar Zeilen von seinem Vater, weniger Abbitte als vielmehr Resignation. Es war nicht das erste Mal, sie hatten diesen ganzen Zyklus schon mehrmals durchlaufen: die Beschimpfungen, das Grauen, die Flucht, die versöhnliche Geste. Ab einem bestimmten Punkt packte seinen Vater die Angst, zu weit gegangen zu sein. Er wollte, er musste die Kontrolle über alles haben, und wenn sein Sohn nicht mehr schrieb, nie mehr nach Hause zurückkehrte, dann hätte er die Kontrolle verloren. Ich sollte den Wechsel retournieren, dachte Camille. Aber wie üblich brauche ich das Geld, und das weiß er. Vater, dachte er, warum quälst du nicht zur Abwechslung einmal deine anderen Kinder?

Ich gehe auf einen Sprung bei d'Anton vorbei, sagte er sich. Georges-Jacques wird mit mir reden, er hält mir meine Laster nicht vor, er hat vielleicht sogar seine Freude daran. Der Tag schien ihm gleich weniger trüb.

In d'Antons Kanzlei herrschte Hochbetrieb. Der königliche Rat beschäftigte dieser Tage zwei Kanzlisten. Der eine war ein Mann namens Jules Paré, den er noch aus Schulzeiten kannte, wobei d'Anton einige Jahre jünger war; es schien nichts Seltsames mehr daran, dass er Angestellte hatte, die älter waren als er. Der andere hieß Deforgues, und auch ihn kannte d'Anton schon seit Ewigkeiten. Dann gab es noch einen dritten Mann, Billaud-Varennes, der bei Bedarf aushalf, Formschreiben abfasste und sonstige Routinearbeit verrichtete, zu der die anderen nicht kamen. Auch er war heute Morgen da, ein dürrer, unansehnlicher Geselle, der für niemanden ein freundliches Wort übrig hatte. Als Camille hereinkam, schichtete Billaud an Parés Schreibtisch Papierbögen aufeinander und beschwerte sich dabei über die Gewichtsprobleme seiner Frau. Er schien in besonders gehässiger Stimmung; kein Wunder, dachte Camille, so heruntergekommen und schäbig, wie er aussah – und dann Georges-Jacques vor der Nase zu haben, mit seinen feinen, schön gebürsteten Wollstoffen und den schlichten, blendend weißen Halsbinden, seiner generellen Aura von Betuchtheit und dieser lauten, kultivierten Stimme ... »Warum beschweren Sie sich über Anna«, fragte Camille, »wenn Ihnen in Wahrheit Maître d'Anton aufstößt?«

Billaud blickte hoch. »Mir stößt gar nichts auf.«

»Wie schön für Sie. Sie müssen der einzige Mann in ganz Frankreich sein, dem nichts aufstößt. Warum lügt er?«

»Verzieh dich, Camille.« D'Anton nahm die Papiere von Billaud entgegen. »Ich hab zu tun.«

»Vor deiner Aufnahme ins Advokatenkolleg, musstest du da nicht zu deinem Gemeindepriester gehen und dir eine Bestätigung ausstellen lassen, dass du ein guter Katholik bist?« D'Anton grunzte, ganz vertieft in seine Gegenforderungen. »Ist dir *das* nicht aufgestoßen?«

»Paris ist eine Messe wert«, sagte d'Anton.

»Nur deshalb zeigt unser Maître Billaud-Varennes ja so wenig Ehrgeiz über seine derzeitige Position hinaus. Er wäre auch gern königlicher Rat, aber zu so etwas kann er sich denn doch nicht überwinden. Er hasst Priester, stimmt's?«

»Stimmt«, sagte Billaud. »Und wenn wir schon zitieren, wie wär's mit folgendem Zitat: ›Ich wünsche mir, und das soll der letzte und glühendste meiner Wünsche sein, ich wünsche mir, den letzten König an den Gedärmen des letzten Priesters aufgeknüpft zu sehen.‹«

Ein kurzes Schweigen. Camille maß Billaud mit den Blicken. Er hatte den Mann noch nie ausstehen können, mochte kaum im selben Raum mit ihm sein, die Haare stellten sich ihm auf vor Abneigung und einer Beklemmung, die er nicht einordnen konnte. Aber das war der springende Punkt – er musste im selben Raum mit ihm sein. Er musste die Gesellschaft von Menschen suchen, gegen die sich alles in ihm sträubte, es war zu einem Zwang geworden. Er schaute gewisse Leute an, und es war, als würde er sie schon immer kennen, als gehörten sie irgendwie zu ihm, als wären sie mit ihm verwandt.

»Was macht Ihr subversives Pamphlet?«, fragte er Billaud. »Haben Sie inzwischen einen Drucker dafür?«

D'Anton sah von seinen Akten auf. »Ja, Billaud, warum verschwenden Sie Ihre Zeit damit, Sachen zu schreiben, die niemals veröffentlicht werden können? Ich frage das nicht, um Sie zu ärgern – es interessiert mich einfach.«

Auf Billauds Gesicht erschienen rote Flecken. »Weil ich keine Kompromisse eingehe.«

»Herrgott noch mal«, sagte d'Anton. »Wäre es nicht schlauer – nein, das hatten wir schon zu oft. Vielleicht solltest du dich auch mal als Pamphletist versuchen, Camille. Prosa statt Lyrik.«

»Seine Schrift nennt sich ›Ein letzter Schlag gegen Vorurteil und Aberglauben‹«, sagte Camille. »Fragt sich, ob es wirklich der letzte ist. Da es ja ungefähr so ein Erfolg werden dürfte wie diese ganzen grässlichen Stücke, die er schreibt.«

»An dem Tag, an dem Sie –«, begann Billaud.

D'Anton schnitt ihm das Wort ab. »Ruhe, ja?« Er streckte ihm die Schriftsätze hin. »Was ist das für ein Unsinn?«

»Wollen Sie mir mein Handwerk erklären, Maître d'Anton?«

»Da *Sie* es ja offensichtlich nicht beherrschen …« Er warf die Papiere auf den Tisch. »Wie geht's deiner Cousine Rose-Fleur, Camille? Nein, sag's mir nicht jetzt, ich stecke bis hierhin in Arbeit.« Er zeigte Kinnhöhe an.

»Ist es eigentlich schwierig, seriös zu sein?«, wollte Camille von ihm wissen. »Ich meine, ist es sehr aufreibend?«

»Oh, dieses Gehabe von Ihnen, Maître Desmoulins«, sagte Billaud. »Es macht mich ganz krank, Jahr um Jahr um Jahr.«

»Sie machen mich auch krank, Sie … lebender Leichnam. Irgendein Ventil für Ihre Talente muss es doch geben, wenn die Juristerei nicht ausreicht. In Grüften stöhnen, das könnte zu Ihnen passen. Und Leute, die Freudentänze auf Gräbern aufführen, braucht man immer.«

Damit ging Camille. »Was könnte ein Ventil für seine Talente sein?«, fragte Jules Paré. »Man ist zu höflich, um darüber zu spekulieren.«

Im Théâtre des Variétés sagte der Portier zu Camille: »Sie kommen zu spät, mein Guter.« Camille verstand nicht, warum. Im Vorraum stritten zwei Männer über Politik, der eine wünschte alle Adligen zur Hölle. Er war ein kleiner Dicker ohne einen sichtbaren Knochen im Körper, der Typ Mensch, der – zu gewöhnlichen Zeiten – mit Zähnen und Klauen den Status quo verteidigt. »Hébert, Hébert«, sagte sein Gegner friedfertig, »du wirst noch gehängt, Hébert.« Sieh an, dachte Camille, Aufruhr in der Luft. »Beeilen Sie sich«, sagte der Portier. »Er ist in Mörderlaune. Er wird Sie in Stücke reißen.«

Im Inneren des Theaters herrschte ein feindseliges, verhangenes Dunkel. Ein paar trübsinnige Tänzerinnen hüpften herum und versuchten sich warmzuhalten. Philippe Fabre d'Églantine stand vor der Bühne und der Sängerin, die gerade probegesungen hatte. »Ich glaube, du brauchst einen Urlaub, Anne«, sagte er. »Tut mir leid, Herzchen, nichts zu machen. Womit hast du deine Kehle malträtiert? Rauchst du seit neuestem Pfeife?«

Das Mädchen verschränkte die Arme vor der Brust. Sie schien den Tränen nah zu sein.

»Dann steck mich in den Chor, Fabre«, sagte sie. »Bitte.«

»Tut mir leid. Geht nicht. Du krächzt, als hättest du Rauchvergiftung.«

»Kein bisschen leid tut es dir«, sagte das Mädchen. »Mistkerl.«

Camille ging zu Fabre und raunte ihm ins Ohr: »Haben Sie eine Frau?«

Fabre zuckte zusammen, fuhr herum. »Was, ich?«, sagte er. »Im Leben nicht.«

»Im Leben nicht«, wiederholte Camille beeindruckt.

»Gut, wie man's nimmt«, sagte Fabre.

»Nicht dass ich Sie erpressen wollte.«

»Na gut, na gut, dann habe ich eben eine. Sie ist ... auf Tournee. Hör zu, noch eine halbe Stunde, ja? Ich mache, so schnell ich kann. Wie ich diese Auftragsstücke hasse, Camille. Sie zerstören mein Genie. Sie vergeuden meine kostbare Zeit.« Er schwenkte den Arm in Richtung der Bühne, der Tänzerinnen, des Inspizienten, der streng aus seiner Loge schaute. »Womit habe ich das verdient?«

»Alle sind heute Morgen schlechter Laune. Vorn an der Kasse zanken sie sich um die Zusammensetzung der Generalstände.«

»Ja, René Hébert, was für ein Streithahn. Dabei ärgert ihn in Wahrheit nur, dass seine triumphale Bestimmung sich darin erschöpft, bei uns am Rücknahmeschalter zu sitzen.«

»Ich habe vorhin Billaud getroffen. Der mault auch herum.«

»Hör mir bloß mit diesem Schwachkopf auf«, sagte Fabre. »Versucht den Schriftstellern die Butter vom Brot zu stehlen. Er hat einen Beruf, warum bleibt er nicht einfach dabei? Bei dir ist das anders«, setzte er gütig hinzu. »Bei dir hätte ich nichts dagegen, wenn du dich als Stückeschreiber versuchen würdest, weil du als Anwalt so kläglich versagst. Ich finde, mein lieber Camille, du und ich sollten uns für ein Projekt zusammentun.«

»Ich würde gern bei einer gewaltsamen, blutigen Revolution mitmachen, glaube ich. Irgendetwas, womit ich meinen Vater blamieren könnte.«

»Ich dachte eher an etwas Kurzfristigeres. Etwas, das vielleicht sogar Geld bringt«, sagte Fabre tadelnd.

Camille verzog sich in den Schatten und sah Fabre zu, wie er sich echauffierte. Die Sängerin kam zu ihm herüber und ließ sich in einen Sitz fallen. Sie kippte den Kopf nach vorn, bog das Kinn hin und her, um ihre Nackenmuskeln zu lockern, und umwickelte dann ihre Oberarme mit einem fransenbesetzten Seidenschal, der schon bessere Tage gesehen hatte. Bei ihr war es das Gleiche; ihr Ausdruck war mürrisch, schmallippig. Sie musterte Camille. »Kennen wir uns?«

Er musterte sie seinerseits. Sie mochte etwa siebenundzwanzig sein, feinknochig, mit dunkelbraunem Haar und Stupsnäschen. Nicht unhübsch, aber es war etwas Verquollenes in ihren Zügen – als hätte jemand sie verprügelt, ins Gesicht geschlagen, und nun wäre sie halbwegs wiederhergestellt, aber noch lange nicht ganz. Sie wiederholte ihre Frage. »Ein bewundernswert direkter Ansatz«, sagte Camille.

Die junge Frau lächelte. Zarter, zerschundener Mund. Sie hob eine Hand und massierte sich die Kehle. »Ich dachte wirklich, ich würde Sie kennen.«

»Das Problem habe ich auch. Gerade kommt es mir vor, als würde ich ganz Paris kennen. Es ist wie ein Kreuzfeuer von Halluzinationen.«

»Aber Fabre kennen Sie wirklich. Können Sie vielleicht ein gutes Wort für mich einlegen? Mit ihm reden, ihn in bessere Laune versetzen?« Dann schüttelte sie den Kopf. »Nein, vergessen Sie's. Er hat recht, meine Stimme ist hin. Ich habe meine Ausbildung in England gemacht, können Sie sich das vorstellen? Ich hatte alle möglichen Pläne. Jetzt weiß ich nicht, was ich noch tun soll.«

»Was haben Sie denn sonst so gemacht zwischen den Engagements?«

»Meistens mit einem Marquis geschlafen.«

»Da sehen Sie's.«

»Ich weiß nicht«, sagte sie. »Mir scheint, die Marquis sind auch nicht mehr so freizügig mit ihrem Geld, wie sie es einmal waren. Und ich, ich bin nicht mehr so freizügig mit meiner Gunst. Trotzdem – weiterziehen, das ist wohl das Beste. Ich glaube, ich probiere als Nächstes Genua, da habe ich Kontakte.«

Ihm gefiel ihre Stimme, irgendein ausländischer Zungenschlag, er wollte, dass sie weiterredete. »Wo sind Sie her?«

»Aus der Nähe von Lüttich. Ich – ich bin recht viel herumgekommen.« Sie stützte die Wange in die Hand. »Anne Théroigne heiße ich.« Sie schloss die Augen. »Gott, bin ich müde«, sagte sie. Ihre mageren Schultern unter dem Tuch schoben sich hin und her, als versuchten sie eine Last abzustreifen.

Als er in der Rue Condé ankam, war Claude schon zu Hause. »Ich staune, Sie hier zu sehen«, sagte er. Er sah nicht danach aus. »Sie kennen die Antwort«, sagte er. »Sie lautet Nein. Niemals.«

»Sind wir neuerdings unsterblich?«, sagte Camille. Er war genau in der Stimmung für einen Streit.

»Ich könnte fast glauben, Sie drohen mir«, sagte Claude.

»Hören Sie zu«, sagte Camille. »In fünf Jahren ist von diesem ganzen Spuk nichts mehr übrig. Es wird keine Finanzbeamten mehr geben, keine Adligen, die Leute werden heiraten dürfen, wen sie wollen, es wird keine Monarchie geben, keine Parlamente, und Sie können mir nicht mehr vorschreiben, was ich darf und was nicht.«

In seinem ganzen Leben hatte er mit niemandem so gesprochen. Es war sehr befreiend, fand er. Vielleicht sollte er eine Laufbahn als Raubmörder einschlagen.

Annette ein Zimmer weiter saß wie erstarrt in ihrem Sessel. Claude kam nur einmal alle halbe Jahre so früh heim. Camille konnte unmöglich mit ihm gerechnet haben; er schüttelte sich das alles aus dem Ärmel. Er will meine Tochter nur deshalb heiraten, dachte sie, weil jemand es ihm zu verbieten versucht. Und dieses größenwahnsinnige Ego hatte sie jahrelang in ihrem Salon gepäppelt, es wie eine seltene Zimmerpflanze mit Mokka und kleinen Vertraulichkeiten gefüttert.

»Lucile«, sagte sie, »bleib hier sitzen, wag es nicht, durch diese Tür zu gehen. Ich lasse nicht zu, dass du dich gegen die Autorität deines Vaters auflehnst.«

»Du hältst das für Autorität?«, fragte Lucile. Angstvoll lief sie auf den Flur. Camille war bleich vor Wut, seine Augen zwei schwarze Tintenkleckse in seinem Gesicht. Sie stellte sich ihm in den Weg. »Nur dass ihr es wisst«, informierte sie alle, die es anging, »ich will ein anderes Leben als das, das ihr euch für mich ausgedacht habt. Camille, ich habe Todesangst vor der Normalität. Ich habe Todesangst davor, mich zu langweilen.«

Seine Fingerspitzen streiften ihren Handrücken. Sie waren eisig. Dann drehte er sich auf dem Absatz um. Eine Tür krachte ins Schloss. Ihr blieb nichts von ihm als die kleinen Eistupfer auf ihrer Haut. Nebenan hörte sie ihre Mutter weinen, lautstarke, würgende Schluchzer. »Noch nie«, sagte ihr Vater, »in zwanzig Jahren nicht, ist in diesem Haus ein unschickliches Wort gefallen, nie haben meine Töchter Szenen wie diese erlebt, nie im Zorn erhobene Stimmen gehört.«

Adèle kam aus ihrem Zimmer. »Dann willkommen in der Wirklichkeit«, sagte sie.

Claude rang die Hände. Sie hatten noch nie jemanden die Hände ringen sehen.

Der Sohn der d'Antons war ein kräftiges Kind mit bräunlicher Haut, einem dichten dunklen Haarschopf und den Augen seines Vaters, ein erstaunlich helles Blau. Die Charpentiers beugten sich über sein Bettchen, suchten nach Ähnlichkeiten und prophezeiten, wem er nachschlagen würde. Gabrielle war zufrieden mit sich. Sie wollte den Kleinen selbst stillen, anstatt ihn zu einer Amme zu geben. »Vor zehn Jahren«, sagte ihre Mutter, »wäre das undenkbar gewesen bei einer Frau in deiner Stellung. Einer Anwaltsgattin.« Sie schüttelte den Kopf; sie konnte die modernen Sitten nicht gutheißen. Vielleicht ändern sich manche Dinge ja auch zum Besseren?, meinte Gabrielle. Aber außer dieser einen Sache fiel ihr nichts ein.

Wir schreiben jetzt Mai 1788. Der König hat die Abschaffung der Parlamente verkündet. Einige ihrer Mitglieder stehen unter Arrest. Die Staatseinnahmen betragen 503 Millionen, die Ausgaben 629 Millionen. Draußen auf der Straße, gleich unter Gabrielles Fenster, wird ein kleines Kind von einem Schwein gejagt und niedergetrampelt. Ihr wird flau bei dem Anblick. Seit sie selbst Mutter ist, würde sie das Leben lieber nicht als Existenzkampf betrachten müssen.

Also zogen sie am Quartalstag um, in eine Wohnung im ersten Stock, Ecke Rue des Cordeliers / Cour de Commerce. Gabrielles erster Gedanke war: Das können wir uns nicht leisten. Sie brauchten neue Möbel, um die Wohnung zu füllen – das Heim eines arrivierten Mannes. »Einen kostspieligen Geschmack hat Georges-Jacques«, bemerkte ihre Mutter.

»Ja, die Kanzlei läuft wohl recht gut.«

»*So* gut? Mein Herz, ich habe dich immer zum Gehorsam erzogen, aber nicht zur Schwachsinnigkeit.«

Gabrielle fragte ihren Mann: »Sind wir verschuldet?«

Er sagte: »Lass das meine Sorge sein, ja?«

Als d'Anton am nächsten Tag nach Hause zurückkam, ließ er an der Tür einer Frau den Vortritt, die ein neun- oder zehnjähriges Mädchen an der Hand führte. Man machte sich miteinander bekannt. Sie hieß Mme Gély, ihr Mann Antoine war Justizbeamter am Châtelet – vielleicht kannte M. d'Anton ihn ja? Ja, M. d'Anton kannte ihn. Und das Kind, Ihr erstes? Das ist Louise – ja, ich habe nur das eine – nein, Louise, keinen Flunsch ziehen, oder willst du, dass dein Gesicht so bleibt? »Bitte sagen Sie Mme d'Anton doch, wenn sie irgendwelche Hilfe braucht, soll sie unbedingt Bescheid sagen. Und nächste Woche, wenn Sie sich etwas mehr eingelebt haben, kommen Sie zu uns zum Abendessen.«

Die kleine Louise blieb ein Stückchen hinter ihr zurück, als sie die Treppe hinaufstieg, und sah skeptisch über die Schulter.

Er fand Gabrielle über eine Umzugskiste gebeugt, in den Händen einen zerbrochenen Teller, dessen Scherben sie aneinanderhielt. »Mehr ist uns nicht entzweigegangen«, sagte sie. Sie sprang auf und küsste ihn. »Unsere neue Köchin kocht schon. Und ein Hausmädchen habe ich heute Morgen auch eingestellt, Catherine Motin heißt sie, sie ist jung und ganz billig.«

»Und ich habe gerade die Nachbarin aus dem zweiten Stock kennengelernt. Sehr beflissen, sehr vornehmtuerisch. Mit einem kleinen Mädchen, vielleicht so hoch. Hat mich äußerst misstrauisch beäugt.«

Gabrielle verschränkte die Hände hinter seinem Nacken. »Du bist ja auch abenteuerlich anzusehen! Und, ist der Fall abgeschlossen?«

»Ja. Und ich habe gewonnen.«

»Du gewinnst immer.«

»Das nun auch wieder nicht.«

»Aber ich kann so tun, als ob.«

»Wenn du willst.«

»Dann hast du nichts dagegen, dass deine Frau dich anbetet?«

»Das hängt davon ab, habe ich mir sagen lassen, ob man das Gewicht ihrer Erwartungen schultern kann oder nicht. Man sollte sich bei einer Frau nie in eine Situation bringen, in der man immerzu recht haben muss – habe ich mir sagen lassen.«

»Wer sagt dir so etwas?«

»Camille natürlich.«

Das Kind schrie. Sie machte sich los. Dieser Tag, dieses kleine Gespräch sollte ihm noch auf Jahre hinaus immer wieder in den Sinn kommen: das Weinen des Säuglings, ihre milchtriefenden Brüste, die süße Harmlosigkeit, die dem Ganzen anhaftete. Und der Duft nach Möbelpolitur und Farbe und neuen Teppichen, ein Stapel Rechnungen auf der Kommode, Sommer in den frisch belaubten Bäumen vor dem Fenster.

Preisinflation 1785–1789	
Weizen	66 %
Roggen	71 %
Fleisch	67 %
Feuerholz	91 %

Stanislas Fréron war Journalist und ein alter Schulfreund von Camille. Er wohnte um die Ecke und gab eine Literaturzeitschrift heraus. Er machte spitzzüngige Scherze und legte zu viel Wert auf seine Kleidung, aber Gabrielle ertrug ihn tapfer, weil er der Patensohn einer Hoheit war.

»Und das ist dann wohl Ihr Salon, Mme d'Anton?« Er ließ sich in einen ihrer neuen tiefroten Armsessel fallen. »Nein, machen Sie nicht so ein Gesicht. Warum sollte die Frau eines königlichen Rates keinen Salon haben?«

»Es passt nicht zu mir.«

»Ah, ich verstehe, das Problem sind Sie, ja? Ich dachte, vielleicht wären *wir* das Problem. Vielleicht betrachten Sie uns als zweite Wahl.« Sie lächelte höflich. »Gut, einige von uns *sind* natürlich zweite Wahl. Und Fabre beispielsweise ist dritte Wahl.« Fréron beugte sich vor und legte die Finger zu einem Spitzdach aneinander. »All diese Männer«, sagte er, »die wir in unserer Jugend bewundert haben, sind inzwischen tot oder vergreist oder haben sich ins Privatleben zurückgezogen, mit einer Rente, die ihnen der Hof zuerkannt hat, um die Glut ihres Zorns niederzuhalten – wobei ich befürchte, dass der Zorn ohnehin nur ein geheuchelter war. Erinnern Sie sich doch an die Aufregung, als M. Beauharnais seine Stücke aufführen wollte und unser fetter, des Lesens kaum mächtiger König sie höchstpersönlich verbot, weil sie nach seiner Ansicht die staatliche Ordnung gefährdeten – der beste Beweis, dass es M. Beauharnais' eigentlicher Ehrgeiz war, die opulenteste Stadtvilla in ganz Paris zu besitzen, und jetzt baut er sie sich, in Sichtweite der Bastille und in Riechweite einiger der verlottertsten Armensiedlungen der Stadt. Andererseits – aber nein, ich könnte unbegrenzt fortfahren. Die Ideen, die vor zwanzig Jahren als umstürzlerisch galten, sind heute ganz selbstverständlich in aller Munde – aber im Winter erfrieren die Leute immer noch auf den Straßen, sie verhungern immer noch. Während wir für unseren Teil uns nur dann gegen die herrschende Ordnung auflehnen, wenn wir es nicht schaffen, ihre schmutzige Erfolgsleiter zu erklimmen. Wenn etwa Fabre morgen in die Akademie gewählt würde, schlüge sein Revoluzzertum über Nacht in lammfromme, wohlgemute Angepasstheit um.«

»Hübsche kleine Rede, Karnickel«, sagte d'Anton.

»Ich wünschte, Camille würde mich nicht so nennen«, sagte Fréron in würdevoller Verzweiflung. »Jetzt heiße ich bei allen so.«

D'Anton lächelte. »Erzähl weiter«, sagte er. »Über diese Leute.«

»Von mir aus … Kennt ihr Brissot? Er ist jetzt in Amerika, ich glaube, Camille hat einen Brief von ihm bekommen. Er berät alle bei ihren Problemen. Er ist ein großer Theoretiker vor dem Herrn, ein großer Politphilosoph, auch wenn er kaum ein Hemd auf dem Leib hat. Und alle diese professionellen Amerikaner, professionellen Iren, professionellen Genfer – all die Exilregierungen, all die Schreiberlinge und gescheiterten Anwälte – alle diese Leute, die in geheucheltem Hass gegen das schwelgen, was sie am meisten begehren …«

»Du kannst es dir leisten, so zu reden. Deine Familie ist privilegiert, deine Zeitschrift würde nie zensiert werden. Du darfst dir den Luxus einer radikalen Einstellung gönnen.«

»Du verunglimpfst mich, d'Anton.«

»Du verunglimpfst deine Freunde.«

Fréron streckte seine Beine aus. »Ende der Debatte«, sagte er. Er runzelte die Stirn. »Wie kommt er nur auf Karnickel?«

»Ich habe nicht den Hauch einer Ahnung.«

Fréron wandte sich wieder an Gabrielle. »Trotzdem, Mme d'Anton, meines Erachtens haben Sie alles, was es zu einem Salon braucht. Sie haben mich und François Robert und seine Frau – Louise Robert sagt übrigens, sie hätte nicht übel Lust, einen Roman über Annette Duplessis und das Debakel in der Rue Condé zu schreiben, nur fürchtet sie, die Leser würden ihr Camille als Romanfigur niemals abnehmen.«

Die Roberts waren jungverheiratet, fürchterlich verliebt ineinander und fürchterlich arm. Er war achtundzwanzig, ein Rechtsgelehrter, stämmig, umgänglich und für alles aufgeschlossen. Louise war eine geborene Mlle de Kéralio, aufgewachsen in Artois und Tochter eines königlichen Zensors; ihr Vater hatte die Heirat verboten, und sie hatte sich über das Verbot hinweggesetzt. Das väterliche Missfallen bedeutete für das Paar nicht nur Mittellosigkeit, sondern auch das Ende von François' Juristenkarriere, und so hatten sie einen Laden in der Rue Condé gemietet und dort eine Kolonialwarenhandlung aufgemacht. Sodass Louise Robert nun hinter ihrer Kasse saß und mit ihrem Rocksaum spielte, den Blick in ihren Rousseau gesenkt und die Ohren gespitzt, falls ein Kunde sie ansprach oder jemand von steigenden Molassepreisen munkelte. Abends kochte sie ihrem Mann ein Essen und überprüfte penibel die Kasse, ihre aristokratischen Schultern durchgedrückt, während sie ihre Bons addierte. Wenn sie fertig war, setzte sie sich zu François und plauderte mit ihm über den Jansenismus, die Justizverwaltung und den Aufbau des modernen Romans; danach lag sie wach im Dunkeln, ihre Nase kalt über der Decke, und betete um Unfruchtbarkeit.

Georges-Jacques sagte: »Ich fühle mich hier zu Hause.« Er gewöhnte es sich an, abends durchs Viertel zu spazieren, vor den Frauen den

Hut zu ziehen und einen Schwatz mit ihren Männern zu halten, und jedes Mal wusste er beim Heimkommen etwas Neues zu berichten. Legendre, der Metzgermeister, war ein feiner Kerl und verdiente gut mit seinem Handwerk. Der wüst aussehende Mann von gegenüber war in Wirklichkeit ein Marquis: der Marquis de Saint-Huruge, der mit dem Regime ein Hühnchen zu rupfen hat – Fabre kennt die ganze schaurige Geschichte, einschließlich Mesalliance und Lettre de Cachet.

Hier würden sie es ruhiger haben, hatte Georges-Jacques gesagt, aber die Wohnung war ständig voll mit Leuten, die sie kaum kannten; sie aßen nie allein zu Abend. Die Kanzlei war jetzt ebenfalls im Haus untergebracht, in einer kleinen Studierstube und dem Raum, der eigentlich als Esszimmer gedacht war. Tagsüber kamen immer wieder die Kanzlisten, Paré und Deforgues, herüber, um mit ihr zu plaudern. Und junge Männer, die sie noch nie gesehen hatte, schneiten herein und wollten von ihr wissen, wo Camille jetzt wohnte. Einmal verlor sie die Geduld und sagte: »Hier jedenfalls nicht.«

Ihre Mutter besuchte sie ein-, zweimal die Woche, um mit dem Kleinen zu schäkern, an den Dienstboten herumzukritteln und zu sagen: »Du kennst mich, Gabrielle, ich würde dir nie dreinreden.« Das Einkaufen besorgte sie selber, weil sie das Gemüse lieber persönlich aussuchte und es mit dem Wechselgeld genau nahm. Die kleine Louise Gély begleitete sie und tat so, als würde sie ihr mit ihren schweren Körben helfen, und Mme Gély kam mit, um Kommentare über die jeweiligen Ladenbesitzer abzugeben und sich über die Leute auszulassen, die ihnen auf der Straße begegneten. Sie mochte die kleine Louise: offen, aufgeweckt, zuweilen grüblerisch, mit der Frühreife des Einzelkindes.

»Bei Ihnen ist es immer so laut«, sagte das kleine Mädchen. »So viele Damen und Herren, die kommen und gehen. Es ist doch in Ordnung, wenn ich auch manchmal herunterkomme, oder?«

»Solange du brav bist und dich hübsch ruhig hältst. Und solange ich auch da bin.«

»Oh, sonst würde ich niemals kommen. Ich fürchte mich vor Maître d'Anton. Er schaut so unheimlich.«

»Er ist aber eigentlich sehr lieb.«

Die Kleine machte ein zweifelndes Gesicht. Dann hellte ihr Ausdruck sich auf. »Ich für meinen Teil«, sagte sie, »habe ja vor zu heiraten, sobald jemand um mich anhält. Dann werde ich einen Haufen Kinder haben und jeden Abend Einladungen geben.«

Gabrielle lachte. »Wozu die Eile? Du bist doch erst zehn.«

Louise Gély sah sie von der Seite an. »Ich habe nicht vor zu warten, bis ich alt bin.«

Am 13. Juli hagelte es – was noch nichts darüber aussagt, *wie* es hagelte: als wäre Gottes Verachtung zu Eis gefroren. Auf den Straßen kam es zu unerklärlichen und gewaltsamen Zwischenfällen aller Art. Die Obstgärten boten ein Bild der Verwüstung, das Getreide lag plattgewalzt auf den Feldern. Den ganzen Tag trommelte es gegen Fenster und Türen, wie noch keiner es je erlebt hatte; in der Nacht vom 13. auf den 14. schlief eine verschreckte Bevölkerung in tausend Ängsten. Am Morgen Stille; es schien eine Ewigkeit zu dauern, bis die Stadt wieder zum Leben erwachte. Es war heiß, die Menschen blinzelten benommen in ein splittriges Licht, als stünde ganz Frankreich unter Wasser.

Ein Jahr bis zum Umbruch: Gabrielle stand vor dem Spiegel und zupfte an ihrem Hut. Sie wollten Tuch kaufen gehen, ein paar Ellen guten Wollstoff für Louises Winterkleider. Mme Gély hatte mit derlei Sperenzien nichts im Sinn, aber Louise hatte ihre Wintergarderobe gern bis Ende August vollständig im Schrank hängen; wer konnte wissen, was sich das Wetter als Nächstes einfallen ließ, sagte sie, und wenn es plötzlich kalt würde, stünde sie dumm da, weil sie seit letztem Jahr so gewachsen war. Nicht dass ich im Winter irgendwo hingehen würde, sagte sie, aber vielleicht nehmen Sie mich ja mit zu Ihrer Mutter nach Fontenay. Fontenay, sagte sie, ist auf dem Land.

Jemand war an der Tür. »Komm nur rein, Louise«, rief sie, aber es kam niemand. Catherine, das Hausmädchen, wiegte den schreienden Säugling. Sie lief selbst zur Tür, den Hut in der Hand. Vor ihr stand eine junge Frau, die sie nicht kannte. Sie sah Gabrielle an, sah den Hut und machte einen Rückwärtsschritt. »Sie wollen ausgehen.«

»Was kann ich für Sie tun?«

Das Mädchen blickte rasch über die Schulter. »Darf ich für fünf Minuten hereinkommen? Ich weiß, das klingt komisch, aber es kann gut sein, dass die Dienstboten Anweisung haben, mir zu folgen.«

Gabrielle gab die Tür frei. Die junge Frau trat ein. Sie nahm ihren breitkrempigen Hut ab, schüttelte das dunkle Haar. Ihre eng anliegende blaue Leinenjacke hob die Wespentaille und die biegsame Figur hervor. Sie fuhr sich mit der Hand durchs Haar und reckte das Kinn, recht selbstbewusst eigentlich, warf einen Blick auf ihr Bild im Spiegel. Gabrielle fühlte sich plötzlich plump und schlecht angezogen, eine Frau, der man noch die Schwangerschaft ansah. »Ich könnte mir vorstellen«, sagte sie, »dass Sie Lucile sind.«

»Ich bin gekommen«, sagte Lucile, »weil alles so furchtbar ist und ich unbedingt mit jemandem reden muss, und Camille hat mir so viel von Ihnen erzählt, und er hat mir gesagt, wie nett und mitfühlend Sie sind und dass ich Sie auch leiden mögen werde.«

Gabrielle ging innerlich auf Abwehr. Was für ein niedriger, gemeiner, verabscheuungswürdiger Trick, dachte sie: Wenn er zu ihr so von mir geredet hat, wie kann ich ihr dann meine Meinung über ihn sagen? Sie legte ihren Hut auf einen Stuhl. »Catherine, lauf hoch und sag Bescheid, dass es etwas später wird. Und dann bring uns eine Limonade, ja? Warm heute, nicht wahr?« Lucile erwiderte ihren Blick: Augen wie Mitternachtsblumen. »Also, Mlle Duplessis – haben Sie sich mit Ihren Eltern überworfen?«

Lucile setzte sich auf die Kante eines Sessels. »Mein Vater geht durchs Haus und sagt: ›Gilt das Machtwort eines Vaters denn gar nichts mehr?‹

In einem Singsang wie ein Klagelied. Meine Schwester macht ihn schon nach und bringt mich damit zum Lachen.«

»Und – gilt es nichts?«

»Ich glaube an das Recht, gegen Machtworte aufzubegehren, wenn sie irregeleitet sind.«

»Was sagt Ihre Mutter dazu?«

»Nicht viel. Sie ist jetzt meistens ziemlich stumm. Sie weiß, dass ich Briefe bekomme. Sie tut so, als würde sie es nicht merken.«

»Das scheint mir nicht klug von ihr.«

»Ich lasse sie herumliegen, damit sie sie liest.«

»Das spricht für keine von Ihnen.«

»Nein. Gegen uns.«

Gabrielle schüttelte den Kopf. »Ich kann das nicht billigen. Ich hätte mich nie gegen meine Eltern aufgelehnt. Oder sie hintergangen.«

»Dann finden Sie nicht, dass eine Frau selbst darüber bestimmen sollte, wen sie heiratet?« Lucile fragte es hitzig.

»Doch. In vernünftigem Rahmen. Und Maître Desmoulins zu heiraten ist nicht vernünftig.«

»Ach. Das heißt, Sie täten es nicht?« Luciles Blick war der einer Frau, die sich nicht recht zwischen zwei Musselins entscheiden kann. Sie hob einen Zipfel ihres Rocks auf, ließ den Stoff langsam durch die Finger gleiten. »Die Sache ist nur die, Mme d'Anton – ich liebe ihn.«

»Da wäre ich nicht so sicher. Sie sind gerade in dieser Phase, in der Sie in irgendwen verliebt sein müssen.«

Lucile betrachtete sie neugierig. »Bevor Sie Ihren Mann kennengelernt haben, waren Sie da ständig in irgendwen verliebt?«

»Ehrlich gesagt, nein – das war nicht meine Art.«

»Wie kommen Sie dann darauf, dass es meine Art ist? Diese Phasen, die man angeblich durchläuft, das ist doch nur Gerede von älteren Leuten, die von ihrem morschen Sockel auf andere herabschauen und sich Urteile über ihr Leben anmaßen.«

»Meine Mutter, die eine sehr erfahrene Frau ist, würde von Vernarrtheit sprechen.«

»Wie schön. Eine Mutter mit so viel Erfahrung. Ganz wie meine.«

Gabrielle wurde immer unbehaglicher zumute. Scherereien, unter ihrem eigenen Dach. Wie kann ich dieses kleine Mädchen zur Raison bringen? Begreift sie überhaupt noch irgendetwas oder hat sie allen Verstand über Bord geworfen – falls sie je welchen hatte? »Meine Mutter hat mir beigebracht, nie die Freunde meines Mannes zu kritisieren. Aber wenn ich Ihnen in diesem speziellen Fall sage, dass ich gewisse Vorbehalte gegen ihn …«

»Das ist mehr als offensichtlich.«

Im Geist sah sich Gabrielle wieder durchs Haus watscheln, in den Monaten vor der Niederkunft. Ihre Schwangerschaft, so beglückend von ihrem Ergebnis her, war in dieser Hinsicht eine quälende und peinliche Zeit gewesen. Sie hatte bereits zum Ende des dritten Monats einen Bauch gehabt, und die Leute hatten sie schon da ungeniert taxiert – nach der Geburt, das war ihr klar, würden sie sie mit Argusaugen beobachten. Georges hatte im Laufe der Wochen begonnen, sie als ein interessantes, aber fremdartiges Wesen zu behandeln; Dinge, die nicht strikt das Häusliche betrafen, besprach er mit ihr nun fast gar nicht mehr. Sie vermisste das Café, vermisste es stärker, als er ahnte – das harmlose Geplänkel mit den Männern dort, das beiläufige Geplauder über Themen aus der Welt.

Was schadete es also, wenn Georges so oft Freunde mit nach Hause brachte? Aber Camille war immer am Kommen oder schon wieder am Gehen. Wenn er sich setzte, dann allenfalls auf die äußerste Stuhlkante, und länger als dreißig Sekunden litt es ihn auch dort nur im Zustand tiefster Erschöpfung. Eine panische Note in seinem verschleierten Blick weckte ein Echo irgendwo in ihrem schweren Leib. Das Kind kam zur Welt, die Schwere verlor sich; eine wurzellose Unruhe blieb. »Camille ist eine Wolke an meinem Himmel«, sagte sie. »Er ist ein Stachel in meinem Fleisch.«

»Du liebe Güte, Mme d'Anton«, sagte Lucile, »wenn Sie zu solchen Metaphern greifen zu müssen glauben.«

»Zunächst einmal … Sie wissen, dass er kein Geld hat?«

»Geld habe ich selber.«

»Aber er kann doch nicht einfach von Ihrem Geld leben.«

»Viele Männer leben vom Geld einer Frau. Das ist völlig passabel, in manchen Kreisen ist es gang und gäbe.«

»Und diese Sache mit Ihrer Mutter, dass sie und er möglicherweise … Ich weiß nicht, wie ich es sagen soll.«

»Ich auch nicht«, sagte Lucile. »Es gibt Ausdrücke dafür, aber ich fühle mich heute Morgen nicht sonderlich robust.«

»Sie müssen die Wahrheit darüber herausfinden.«

»Meine Mutter spricht nicht mit mir. Ich könnte Camille fragen. Aber warum soll ich es darauf anlegen, belogen zu werden? Also verdränge ich es. Ich betrachte die Sache als erledigt. Verstehen Sie – ich denke den ganzen Tag an ihn. Ich träume von ihm; das kann mir keiner vorwerfen. Ich schreibe Briefe an ihn und zerreiße sie wieder. Ich male mir aus, wie ich ihm zufällig auf der Straße begegne …« Lucile brach ab, hob die Hand und strich sich eine nichtexistente Haarsträhne aus der Stirn. Gabrielle beobachtete es entsetzt. Das ist Besessenheit, dachte sie, diese Parodie einer Geste. Lucile fühlte ihre Hand emporwandern, sah die Gebärde im Spiegel: Sehr evokativ, dachte sie.

Catherine steckte den Kopf zur Tür herein: »Monsieur ist schon da.«

Gabrielle sprang auf. Lucile lehnte sich in ihren Sessel zurück. Sie legte die Unterarme auf die Armlehnen und bog die Finger wie eine Katze, die ihre Krallen testet. D'Anton kam herein. Er zog sich den Mantel aus und sagte dabei: »Vor dem Gericht hat sich ein Mob versammelt, also komme ich heim – da du mir aufgetragen hast, mich von Unruhen fernzuhalten. Die Leute schießen Böller ab und rufen nach Orléans. Die Garde hat offenbar wenig Lust, sie auseinanderzutreiben …« Er bemerkte Lucile. »Ah«, sagte er, »die Unruhen sind schon hier angekommen, wie ich sehe. Camille spricht noch mit Legendre, er wird gleich hier sein. Legendre«, fügte er unnötigerweise hinzu, »ist unser Metzger.«

Als Camille erschien, stand Lucile geschmeidig von ihrem Stuhl auf, ging ihm entgegen und küsste ihn auf den Mund. Sie beobachtete sich dabei im Spiegel, sich und auch ihn. Er löste ihre Hände von seinen Schultern und bog sie behutsam zu ihr zurück, zusammengelegt wie zum Gebet. Wie verändert sie mit ungepudertem Haar wirkte, wie dramatisch mit ihren markanten Zügen, der schneeweißen Haut! Gabrielles Feindseligkeit gegen ihn schien ihm eine Spur abzuflauen. Sie sah von ihrem Mann zu Lucile. Er las d'Antons Gedanken: Dieses eine Mal hat er nicht gelogen, nicht übertrieben, er hat gesagt, dass Lucile schön ist, und es stimmt. All dies dauerte nur eine Sekunde: Camille lächelte. Er wusste, seine sämtlichen Verfehlungen würden ihm vergeben, wenn er nur ernsthaft verliebt in Lucile war; sentimentale Menschen würden es ihm nachsehen, und er verstand sich darauf, Sentiment zu erzeugen. Vielleicht war er ja wirklich ernsthaft verliebt, dachte er – denn welchen anderen Namen gab es für das hingerissene Unglück auf Luciles Gesicht, das sein eigenes Gesicht doch gewisslich widerspiegelte?

Was hat sie in diesen Zustand versetzt? Es müssen seine Briefe sein. Im Geist hört er wieder Georges' Stimme: »Versuch es mit Prosa.« Vielleicht doch kein so unnützer Ratschlag. Er hat so einiges zu sagen, und wenn er es schafft, seine komplexen und schmerzhaften Gefühle gegenüber den Duplessis' auf ein paar kraftvolle, ausdrucksstarke Seiten zu reduzieren, wird es ihm ja wohl gerade noch gelingen, die Lage der Nation abzuhandeln. Mag sein Leben auch lächerlich und stümperhaft sein, Anlass zum Schmunzeln und sonst nichts – solange nur seine Prosa elegant und herzlos ist und Heulen und Zähneklappern auslöst!

Ganze dreißig Sekunden lang hatte Lucile den Spiegel aus dem Blick verloren. Zum ersten Mal meinte sie, wirklich im Leben zu stehen, als Handelnde, nicht mehr als Zuschauerin. Aber wie lange konnte solch eine Empfindung andauern? Seine körperliche Anwesenheit, die sie so herbeigesehnt hatte, schien ihr nun kaum zu ertragen; sie wünschte, er würde verschwinden, damit sie ihn sich wieder herbeiträumen konnte, aber wie sollte sie solch einen Wunsch äußern, ohne für wahnsinnig gehalten zu werden? Camille derweil entwarf im Geiste den Anfangs- und Schlusssatz eines politischen Pamphlets, aber seine Augen ließen ihr Gesicht nicht los; da er extrem kurzsichtig war, gab dies seinem Blick eine Intensität, von der ihr die Knie weich wurden. Versunken in derlei konträre Gedanken standen sie starr, wie hypnotisiert, bis der Moment – wie das Momente an sich haben – vorbeiging.

»Das ist also die junge Dame, die ihr Elternhaus auf den Kopf stellt und Diener und Geistliche zum Meineid verleitet«, bemerkte d'Anton. »Sagen Sie, meine Liebe, kennen Sie zufällig die Komödien des englischen Dramatikers Sheridan?«

»Nein.«

»Ich dachte nur – falls Sie der Meinung sind, dass das Leben die Kunst imitieren sollte.«

»Wenn es das Leben imitiert«, erwiderte Lucile, »ist mir das schon aufregend genug.« Ihr Blick fiel auf die Uhr an der Wand. »Daheim werden sie mich umbringen!«

Sie warf eine Kusshand in die Runde, griff sich ihren Federhut und lief hinaus ins Treppenhaus. In ihrer Hast hätte sie um ein Haar ein kleines Mädchen umgerannt, das offenbar an der Tür gelauscht hatte und ihr zu ihrer Verblüffung nachrief: »Eine hübsche Jacke haben Sie!«

Abends in ihrem Bett dachte sie, dieser große, hässliche Mann, hmm, da habe ich anscheinend eine Eroberung gemacht.

Am 8. August beraumte der König die Versammlung der Generalstände an – für den 1. Mai 1789. Eine Woche später machte der Präsident des Finanzrats, Brienne, die »Entdeckung«, dass sich in der Staatskasse noch Mittel für genau einen Vierteltag befanden. Er setzte sämtliche Zahlungen von Regierungsseite aus. Frankreich war bankrott. Seine Majestät ging weiterhin auf die Jagd, und wenn er nichts schoss, hielt er diese Tatsache in seinem Tagebuch fest: *Rien, rien, rien.* Brienne wurde des Amtes enthoben.

So aus den Fugen war alles, dass Claude, obwohl er in Versailles hätte sein müssen, in Paris war. Am Vormittag schlenderte er hinaus in die Augusthitze und ging ins Café du Foy. Sonst saß er um diese Jahreszeit am offenen Fenster in seinem Landhaus in Bourg-la-Reine.

»Guten Morgen, Maître d'Anton«, sagte er. »Maître Desmoulins. Ich wusste gar nicht, dass Sie sich kennen.« Die Vorstellung schien ihn zu schmerzen. »Und, was sagen Sie zu der Entwicklung? So kann es nicht weitergehen.«

»Sie müssen es ja wissen, M. Duplessis«, sagte Camille. »Und, freuen Sie sich darauf, M. Necker zurückzubekommen?«

»Was für einen Unterschied macht das?«, sagte Claude. »Ich glaube, mit dieser Situation würde nicht einmal der Abbé Terray fertig.«

»Irgendwelche Neuigkeiten aus Versailles?«, fragte d'Anton.

»Mir hat jemand erzählt«, sagte Camille, »dass sich der König, wenn er nicht jagen kann, auf den Schlossdächern herumtreibt und die Katzen der Hofdamen abschießt. Glauben Sie, da ist was dran?«

»Es sollte mich nicht wundern«, sagte Claude.

»Die Leute können einfach nicht verstehen, wie die Verhältnisse sich derart verschlechtern konnten seit Neckers Amtszeit. Wenn Sie an das Jahr '81 zurückdenken, an seinen Finanzbericht damals – da waren die Bücher noch im Plus.«

»Getürkt«, sagte Camille dunkel.

»Tatsächlich?«

»Von der ersten bis zur letzten Zeile.«

»So viel zu Necker«, sagte d'Anton.

»Man kann es ihm schlecht zum Vorwurf machen«, meinte Camille. »Wo er doch dachte, das Wichtigste ist das Vertrauen der Öffentlichkeit.«

»Jesuit!«, sagte d'Anton trocken.

Claude richtete das Wort an ihn. »Mir kommen Dinge zu Ohren, d'Anton – es gibt gewisse Anzeichen, dass etwas im Busch ist … Ihr Förderer Barentin wird die Steuerbehörde verlassen – er übernimmt unter der neuen Regierung das Justizministerium.« Er lächelte. Er sah todmüde aus. »Heute ist ein trauriger Tag für mich. Ich hätte alles darum gegeben, dass es nicht dazu kommt. Und es wird den ungebärdigeren Elementen Aufwind verschaffen …« Sein Blick wanderte zu Camille. Er benahm sich sehr zivil heute Morgen, sehr gesittet, aber dass er den ungebärdigeren Elementen zuzurechnen war, daran bestand für Claude kein Zweifel. »Maître Desmoulins«, sagte er, »ich hoffe, Sie haben nicht immer noch vor, meine Tochter zu heiraten.«

»Und ob ich das vorhabe.«

»Wenn Sie es doch einmal mit meinen Augen sehen könnten.«

»Tut mir leid, ich kann es nur mit meinen sehen.«

M. Duplessis wandte sich ab. D'Anton legte ihm die Hand auf den Arm. »Wegen Barentin – haben Sie da noch mehr Informationen für mich?«

Claude hob den Zeigefinger. »Je weniger Worte gemacht werden, desto besser. Ich hoffe, ich habe meine Kompetenzen nicht überschritten. Wir sehen uns, denke ich doch.« Resigniert sah er zu Camille hin. »Und wir wohl auch.«

Camille starrte ihm nach. »Gewisse Anzeichen?«, wiederholte er erbost. »Es ist etwas im Busch? Hast du je solches Gewäsch gehört? Will er es an Klischees mit Maître Vinot aufnehmen? – Ach«, sagte er plötzlich, »jetzt verstehe ich! Man wird dir einen Posten antragen!«

Neckers erste Amtstat bestand darin, über ein Darlehen aus dem Ausland zu verhandeln. Die Parlamente wurden wieder eingesetzt. Der Brotpreis stieg um zwei Sous. Am 29. August brannte eine aufgebrachte Volksmenge die Schilderhäuschen auf dem Pont-Neuf nieder. Der König brachte das Geld auf, um Truppen in die Stadt zu verlegen. Die

Soldaten eröffneten das Feuer auf eine sechshundertköpfige Menge; sieben oder acht Menschen wurden getötet, eine unbekannte Anzahl verletzt.

M. Barentin wurde Justizminister und Großsiegelbewahrer. Das Volk verbrannte auf der Place de Grève eine Strohpuppe nach dem Bild seines Vorgängers, unter der Begleitung von Gejohle und Geschrei, dem Zischen und Krachen von Feuerwerkskörpern und dem betrunkenen Grölen untätiger Gardisten, die nun dauerhaft in der Hauptstadt stationiert waren und an solchen Spektakeln großen Spaß hatten.

D'Anton hatte seine Beweggründe ausführlich erläutert, ohne Affekt, aber in aller Härte; er hatte sich die genauen Worte vorher zurechtgelegt, um jegliches Missverständnis auszuschließen. Barentins Angebot an ihn, einen Posten als Staatssekretär zu übernehmen, würde sich bald genug im Rathaus, den Ministerien und darüber hinaus herumsprechen. Fabre empfahl ihm, Gabrielle einen Blumenstrauß zu kaufen und es ihr schonend beizubringen.

Als er nach Hause kam, waren dort Mme Charpentier und Camille. Sie verstummten, als sie ihn sahen. Die Stimmung wirkte gereizt, aber Angélique kam strahlend auf ihn zu und küsste ihn auf beide Wangen. »Georges, mein lieber Sohn«, sagte sie, »unsere allerherzlichsten Glückwünsche.«

»Wozu?«, fragte er. »Mein Fall war noch nicht an der Reihe. Die Mühlen der Justiz mahlen derzeit im Schneckentempo.«

»Wir haben gehört«, sagte Gabrielle, »dass du in die Regierung sollst.«

»Ja, aber denkt euch nichts, ich habe abgelehnt.«

»Ich wusste es!«, rief Camille.

Angélique sah Gabrielle an. »Ich muss gehen.«

»Ich bringe dich zur Tür«, sagte Gabrielle sehr förmlich. Ihre Wangen brannten. Sie stand auf, beide gingen hinaus und tuschelten im Flur.

»Angélique wird ihr schon den Kopf zurechtsetzen«, sagte d'Anton. Camille saß breit lächelnd da. »Du bist leicht zufriedenzustellen«, sagte er; dann, zu seiner Frau gewandt: »Komm wieder her, beruhige dich, schließ die Tür. Bitte versuch zu verstehen, dass ich nicht unbedacht handle.«

»Als er«, sie zeigte auf Camille, »gesagt hat, du hättest abgelehnt, hab ich ihn gefragt, ob er mich für dumm verkaufen will.«

»Diese Regierung hält kein Jahr durch. Sie taugt mir nicht, Gabrielle.«

Sie starrte ihn an. »Was hast du also vor? Deine Kanzlei an den Nagel hängen, weil dir die Rechtsprechung nicht taugt? Früher hattest du Ehrgeiz, du hast immer gesagt –«

»Ja, und jetzt hat er noch größeren Ehrgeiz«, fiel Camille ihr ins Wort. »Er ist viel zu schade für einen unbedeutenden Posten unter Barentin. Wahrscheinlich – oh, wahrscheinlich wird er eines Tages das Siegel mit eigener Hand vergeben.«

D'Anton lachte. »Sollte es dazu je kommen«, sagte er, »dann gebe ich es dir, versprochen.«

»So was ist doch Verrat«, sagte Gabrielle. Ihre Frisur zeigte erste Auflösungserscheinungen, wie immer, wenn sie sich aufregte.

»Das tut nichts zur Sache«, sagte Camille. »Georges-Jacques ist zu Großem bestimmt, egal, welche Hindernisse ihm in den Weg gelegt werden.«

»Ihr seid verrückt«, sagte Gabrielle. Sie schüttelte den Kopf. Ein Schauer von Haarnadeln prickelte auf den Boden. »Ich kann es nicht sehen, Georges, wenn du die Meinung anderer Leute nachbetest.«

»Ich? Findest du, dass ich das tue?«

»Nein«, versicherte Camille eilig, »das tut er nie.«

»Er hört auf Sie, und auf mich hört er in keiner Weise.«

»Das kommt daher …« Camille brach ab. Ihm fiel keine taktvolle Begründung ein. Er wandte sich an d'Anton. »Kann ich dich heute Abend ins Café du Foy entführen? Man erwartet vielleicht eine kurze Ansprache von dir, da hast du doch nichts dagegen – nein, natürlich nicht.«

Gabrielle sah vom Boden auf, Haarnadeln in den Händen. »Diese Sache macht eine Art Held aus dir, verstehe ich das richtig?«

»Held ist vielleicht etwas hochgegriffen.« Camille blickte bescheiden. »Aber es ist ein Anfang.«

»Würde dir das etwas ausmachen?«, fragte d'Anton sie. »Ich bleibe auch nicht lange. Wenn ich heimkomme, erkläre ich dir alles noch einmal in Ruhe. Gabrielle, lass die doch liegen, Catherine kann sie aufheben.«

Gabrielle schüttelte wieder den Kopf. Gar nichts würde er ihr erklären, und wenn sie Catherine auf dem Boden herumkriechen und Haarnadeln auflesen ließ, kündigte das Mädchen vermutlich – warum war ihm das nicht selber klar?

Die beiden Männer stiegen die Treppe hinunter. Camille sagte: »Ich fürchte, meine bloße Existenz stört Gabrielle. Selbst wenn meine verzweifelte Verlobte bei ihr vor der Tür steht, glaubt sie noch, dass ich dich zu mir ins Bett zu locken versuche.«

»Versuchst du das denn nicht?«

»Zeit, an Höheres zu denken«, sagte Camille. »Oh, ich bin so froh. Alle sagen, es gärt, alle sagen, der Umsturz steht vor der Tür. Sie reden davon, aber du, du glaubst auch daran. Du handelst danach. Und zwar so, dass jeder es sehen kann.«

»Es gab einmal einen Papst – ich weiß nicht mehr, welcher es war –, der überall erzählte, das Ende der Welt stünde bevor. Alle versuchten ihre Güter loszuschlagen, und der Papst kaufte sie und wurde steinreich.«

»Hübsche Geschichte«, sagte Camille. »Du bist zwar kein Papst, aber egal, ich bin sicher, du bringst es auch noch zu was.«

Sobald in Arras bekannt wurde, dass es Wahlen geben sollte, begann Maximilien seine Angelegenheiten zu ordnen. »Woher weißt du, dass du gewählt wirst?«, fragte sein Bruder Augustin. »Sie könnten eine Intrige gegen dich anzetteln. Das ist sogar sehr wahrscheinlich.«

»Dann muss ich mich bis zu den Wahlen eben bedeckt halten«, sagte er grimmig. »Hier in der Provinz hat jeder eine Stimme, nicht nur die Reichen.« Weshalb es ihnen auch nicht gelingen würde, ihn auszuschließen.

Seine Schwester Charlotte sagte: »Sie wären undankbares Gesindel, wenn sie dich nicht wählen. Nach allem, was du für die Armen getan hast. Du verdienst es.«

»Es ist kein Preis, den man verliehen bekommt.«

»Du hast so hart gearbeitet, alles unbezahlt, ohne Geld, ohne Schuldschrift. Und sag jetzt nicht, dass dir das nichts ausmacht. Niemand ist dazu verpflichtet, ein Heiliger zu sein.«

Er seufzte. Charlotte hatte ihre ganz eigene Art, ihn zurechtzustutzen. Mit dem Familienmesser, hübsche, saubere Schnitte.

»Ich weiß, was du denkst, Max«, sagte sie. »Du glaubst nicht, dass du nach einem halben Jahr oder einem ganzen aus Versailles zurückkommen wirst. Du glaubst, es wird dein Leben verändern. Soll es eine Revolution geben, nur damit du dich freust?«

»Die Generalstände können von mir aus tun, was sie wollen«, erklärte Philippe d'Orléans. »Hauptsache, ich bin dabei, wenn sie sich mit der Freiheit des Individuums befassen, und kann für ein Gesetz stimmen, das sicherstellt, dass ich nicht nach Villers-Cotterêts geschickt werden kann, wenn ich lieber in Raincy schlafen möchte.«

Gegen Ende des Jahres 1788 berief der Herzog einen neuen Privatsekretär. Er stellte andere gern bloß, auch das war ein Grund für seine Wahl. Bei dem Neuzugang in seiner Entourage handelte es sich um einen Armeeoffizier namens Laclos. Er ging auf die fünfzig zu, ein großer knochiger Mann mit gut geschnittenem Gesicht und kalten blauen Augen. Er war mit achtzehn in die Armee eingetreten, aber nie im Feld gewesen. Früher einmal hatte ihn das gegrämt, aber zwanzig Jahre in Garnisonsstädten in der Provinz hatten ihn mit profundem philosophischem Gleichmut ausgestattet. Zum Zeitvertreib hatte er ein paar

Gedichtchen sowie das Libretto zu einer Oper geschrieben, die nach einer einzigen Vorstellung abgesetzt wurde. Und er hatte Menschen beobachtet, hatte ihre Winkelzüge studiert, ihre Machtspiele. Zwanzig Jahre lang hatte er sich mit nichts anderem befasst. Er war bestens vertraut mit dem menschlichen Hang dazu, das schlechtzumachen, was man bewundert und beneidet – dazu, nur das zu wollen, was man selbst nicht haben kann.

Sein erster Roman, *Gefährliche Liebschaften*, erschien 1782 in Paris. Die erste Auflage war innerhalb von Tagen vergriffen. Der Verleger rieb sich die Hände: Wenn dieses schockierende, zynische Buch das war, was die Öffentlichkeit wollte, wozu sich dann als Zensor aufspielen? Die zweite Auflage fand ebenso reißenden Absatz. Würdige Damen und Bischöfe brachten ihre Empörung zum Ausdruck. Ein schwarz gebundenes Exemplar wurde für die Privatbibliothek der Königin geordert. Türen wurden dem Autor vor der Nase zugeschlagen. Er war etabliert.

Seine militärische Laufbahn schien beendet zu sein. Ohnehin hatte seine Kritik an den Armeetraditionen seine Stellung unhaltbar gemacht. »Genauso jemanden kann ich gebrauchen«, sagte der Herzog. »Jedes Täuschungsmanöver ist wie ein offenes Buch für ihn.« Als Félicité de Genlis von Laclos' Berufung erfuhr, drohte sie, ihr Amt als Erzieherin der herzoglichen Kinder niederzulegen. Laclos konnte sich schlimmere Katastrophen denken.

Für den Herzog stand einiges auf dem Spiel. Wenn er sich die unruhigen Zeiten zunutze machen wollte, brauchte er einen Apparat, eine Machtbasis. Seine oberflächliche Beliebtheit bei den Parisern wollte gewinnbringend eingesetzt sein. Männer mussten in seinen Dienst verpflichtet, ihre Vergangenheit durchleuchtet und ihre Zukunft vorausgeplant werden. Loyalitäten wollten getestet sein. Geld musste den Besitzer wechseln.

Laclos prüfte die Situation und brachte seine kalte Intelligenz zum Tragen. Er knüpfte Kontakte zu Literaten, die bei der Polizei aktenkundig waren. Er zog diskrete Erkundigungen unter emigrierten Franzosen ein, um die Gründe ihres Exils zu erfahren. Er beschaffte sich einen großen Stadtplan von Paris und kringelte Punkte, die befestigt werden konnten, blau ein. Er durchforstete bis tief in die Nacht die Seiten der Flugschriften, die ihn mit der Pariser Tagespresse erreichten; die Zensur griff nicht mehr. Er suchte nach Autoren, die sich kühner und freimütiger äußerten als der Rest; auf diese ging er zu. Die wenigsten von ihnen konnten mit einem Bucherfolg wie dem seinen aufwarten.

Laclos war jetzt der Mann des Herzogs. Seine Sprechweise war lakonisch, sein Gebaren lud nicht zur Vertraulichkeit ein, die wenigsten kannten auch nur seinen Vornamen. Mit verstohlenem professionellem Interesse beobachtete er Männer und Frauen und hielt die Gedanken, die ihm dazu kamen, auf herumliegenden Papierschnipseln fest.

Im Dezember 1788 verkaufte der Herzog die Bestände seiner prachtvollen Kunstgalerie im Palais Royal; der Erlös kam den Armen zugute. Wie die Zeitungen verkündeten, sollten täglich tausend Pfund Brot verteilt werden, der Herzog übernahm die Entbindungskosten mittelloser Frauen (selbst wenn die Kinder nicht von ihm waren, setzten Spötter hinzu), verzichtete auf seinen Zehnt beim Getreide und hob die Jagdgesetze auf.

Das war Félicités Wirken. Es geschah zum Besten des Landes. Es tat auch Philippe nicht schlecht.

RUE CONDÉ: »Auch wenn die Zensur abgeschafft ist«, sagt Lucile, »gibt es doch noch empörende Sanktionen.«

»Gottlob!«, sagt ihr Vater.

Auf dem Tisch liegt Camilles erstes Pamphlet, säuberlich in Papier gebunden. Sein zweites liegt in Manuskriptform daneben. Die Druckereien rühren es nicht an, noch nicht; sie müssen erst warten, bis sich die Lage verschlechtert.

Luciles Finger liebkosen es, das Papier, die Tinte, die Heftung:

Unseren Tagen sollte es vorbehalten sein, die Rückkehr der Freiheit nach Frankreich zu erleben … Seit vier Jahrzehnten unterhöhlt nun die Philosophie die Grundfesten des Despotismus, und so wie Rom schon vor Cäsar unfrei war, versklavt durch seine Laster, war Frankreich schon vor Necker mündig, befreit durch seinen Intellekt … Mit jedem Tag, der vergeht, greift der Patriotismus weiter um sich, mit der verzehrenden Geschwindigkeit eines gewaltigen Brandes. Die Jungen fangen Feuer, die Alten trauern erstmals nicht mehr der Vergangenheit nach. Jetzt schämen sie sich ihrer.

6. *Die letzten Tage von Titonville*

(1789)

Eine Eingabe bei den Generalständen:

> *Die Gemeinde Chaillevois umfasst rund zweihundert Seelen. Die meisten von ihnen besitzen gar nichts; wer doch etwas hat, hat so wenig, dass es der Rede nicht wert ist. Zumeist gibt es Brot zu essen, in Salzlake getunkt. Fleisch kommt nie auf den Tisch, außer am Ostersonntag, am Fastnachtsdienstag und am Namenstag … Manch einer isst auch Gartenbohnen, wenn es der Pachtherr ihm nicht verbietet, sie zwischen den Weinranken zu ziehen … So lebt das gemeine Volk unter dem besten aller Könige.*

Honoré-Gabriel Riquetti, Graf von Mirabeau:

> Meine Devise soll sein: in die Stände um jeden Preis.

NEUJAHR: Man tritt hinaus auf die Straße und denkt, endlich ist es so weit, der Zusammenbruch ist da, der große Krach, das Ende der Welt. So kalt wie jetzt war es seit Menschengedenken nicht. Der Fluss ist bis zum Grund gefroren. Am ersten Morgen war das etwas Spannendes. Die Kinder rannten ganz aufgeregt hin und zerrten ihre jammernden Mütter nach draußen, damit sie es auch sahen. »Man könnte eislaufen«, sagten die Leute. Nach einer Woche mochten sie dann nicht mehr hinsehen. Jetzt behalten sie ihre Kinder im Haus. Unter den Brücken warten die Notleidenden an kleinen, qualmenden Feuern auf den Tod. Ein Laib Brot für Neujahr kostet 14 Sous.

Diese Menschen haben ihre armseligen Unterkünfte, ihre Hütten und Höhlen verlassen, haben den steinharten, schneeverkrusteten Äckern, auf denen nie wieder etwas wachsen zu können scheint, den Rücken gekehrt. Sie haben ein paar Kanten Brot und vielleicht ein paar Maroni in ein Tuch geknotet, ein kleines Bündel Reisig geschnürt und sich ohne Abschied auf den Weg gemacht. Sie ziehen in Grüppchen, der Sicherheit wegen, manchmal nur Männer, manchmal Familien, halten sich an Leute aus ihrer eigenen Gegend, deren Sprache sie verstehen. Erst singen sie und erzählen Geschichten. Nach zwei Tagen etwa gehen sie schweigend. Aus dem Marsch ist ein Sich-vorwärts-Schleppen geworden. Mit viel Glück findet sich ein Schuppen oder Kuhstall für die Nacht. Alte Frauen können morgens nur mühsam geweckt werden, nicht selten haben sie über Nacht den Verstand verloren. Kleine Kinder werden vor Hoftüren ausgesetzt. Manche sterben, manche werden von gütigen Seelen aufgenommen und wachsen unter anderem Namen auf.

Diejenigen, die Paris halbwegs bei Kräften erreichen, tun sich nach Arbeit um. Für Auswärtige gibt es hier nichts, sagt man ihnen, es werden ja schon unsere eigenen Männer entlassen. Weil der Fluss zugefroren ist, gelangen keine Waren in die Stadt: keine Stoffe zum Färben, keine Häute zum Gerben, kein Korn. Schiffe stecken im Eis fest, in ihren Laderäumen verfault das Getreide.

Die Obdachlosen finden sich an geschützten Plätzen zusammen. Sie reden nicht über ihre Lage, weil es nichts zu bereden gibt. Erst lungern sie nachmittags auf den Märkten herum, weil dort übrig gebliebenes Brot gegen Abend billig verkauft oder verschenkt wird, aber die ruppigen, kämpferischen Pariser Hausfrauen sind schneller als sie. Später gibt es ab Mittag überhaupt kein Brot mehr. Sie hören, dass der gute Herzog von Orléans Tausende von Laiben an Menschen verteilt, die nichts haben, wie sie. Aber die Pariser Bettler mit ihren spitzen Ellbogen kommen ihnen auch hier zuvor – skrupellos schicken sie sie in die Irre, stoßen sie um, trampeln über sie hinweg. Sie drängen sich in

Hinterhöfen zusammen, unter Kirchenportalen, überall, wo der schneidende Wind nicht hinkommt. Die ganz Jungen und die ganz Alten werden von den Spitälern aufgenommen. Geplagte Mönche und Nonnen versuchen Bettzeug und frisches Brot für sie aufzutreiben, aber es gibt nur schmutzige Laken und tagealtes Brot. Die Wege des Herrn sind wundersam, sagen sie, denn würde es wärmer, brächen sofort Seuchen aus. Frauen schluchzen vor Angst, wenn sie gebären.

Selbst die Reichen kommen ein wenig aus dem Tritt. Almosen genügen nicht mehr; auf vornehmen Straßen liegen Erfrorene herum. Wer aus seiner Kutsche steigt, rafft den Umhang vors Gesicht, um seine Wangen gegen die brennende Kälte abzuschirmen und die Augen gegen den bedrückenden Anblick.

»Du willst zu den Wahlen *nach Hause*, Camille?«, fragte Fabre. »Wie kannst du mir das antun? Was wird aus unserem großen Roman?«

»Stell dich nicht so an«, befahl ihm Camille. »Wenn ich zurückkomme, müssen wir unser Dasein vielleicht nicht mehr mit Pornographie fristen. Dann haben wir andere Einkommensquellen.«

Fabre grinste. »Camille verwechselt die Wahlen mit einer Goldgrube. Du gefällst mir sehr dieser Tage, Camille, du bist so klapprig und wild, du redest wie jemand aus einem Buch. Hast du zufällig schon Schwindsucht? Brütest du ein Fieber aus?« Er legte Camille die Hand auf die Stirn. »Hältst du überhaupt durch bis zum Mai?«

Wenn Camille morgens aufwachte, wollte er sich nur noch unter der Decke verkriechen. Er hatte immerzu Kopfschmerzen und verstand nur die Hälfte von dem, was die Leute zu ihm sagten.

Zwei Dinge – die Revolution und Lucile – schienen ferner denn je zu sein. Er wusste, dass eins das andere bedingen würde. Er hatte sie vor einer Woche das letzte Mal gesehen, ganz kurz nur, und da hatte sie kühl gewirkt: »Ich will nicht kühl wirken«, hatte sie mit einem schmerzlichen Lächeln gesagt, »aber ich darf mir meinen Schmerz nicht anmerken lassen.«

In seinen ruhigeren Momenten sprach er von friedlichen Reformen – bekannte sich zu einer republikanischen Gesinnung, schob aber nach, dass er nichts gegen Louis habe, dass er ihn für einen anständigen Menschen halte. Er redete genauso wie alle anderen. Aber d'Anton sagte: »Ich kenne dich, du willst Gewalt, du findest Geschmack daran.«

Er ging zu Claude Duplessis und eröffnete ihm, dass sein Auskommen gesichert sei: Selbst wenn ihn die Picardie nicht als Abgeordneten entsandte (er tat so, als rechnete er fest damit), würden sie ganz gewiss seinen Vater entsenden. Claude sagte: »Ich weiß nicht, was Ihr Vater für ein Mensch ist, aber wenn er einen Funken Verstand hat, verleugnet er Sie, solange er in Versailles ist, um nicht durch Sie kompromittiert zu werden.« Sein Blick, der einen Punkt irgendwo oben an der Wand fixiert hatte, senkte sich hinab zu Camilles Gesicht – ein Abstieg, den er sichtlich als solchen empfand. »Ein Schreiberling jetzt also«, sagte er. »Meine Tochter ist ein versponnenes Mädchen, idealistisch und voller Unschuld. Sie kennt keine Mühsal, keine Sorgen. Sie glaubt vielleicht, sie wüsste, was sie will, aber sie weiß es nicht; ich weiß es.«

Er ließ Claude stehen. Sie sollten sich mehrere Monate nicht mehr begegnen. Er stand in der Rue Condé und sah hinauf zu den Fenstern dort, um vielleicht einen Blick auf Annette zu erhaschen. Aber er sah niemanden. Erneut klapperte er die Verleger ab, von denen er sich etwas erhoffte, als könnten sie – seit letzter Woche – all ihre Bedenken über Bord geworfen haben. Die Druckerpressen liefen Tag und Nacht, und ihre Besitzer wägten das Risiko ab; aufrührerische Literatur war gefragt, aber niemand konnte es sich leisten, seine Pressen beschlagnahmt und seine Arbeiter abgeführt zu sehen. »Ganz einfach – wenn ich das hier drucke, wandere ich ins Gefängnis«, hatte der Drucker Momoro gesagt. »Können Sie es nicht abschwächen?«

»Nein«, sagte Camille. Nein, ich mache keine Kompromisse: genau die Worte von Billaud-Varennes. Er schüttelte den Kopf. Er hatte sich das Haar wachsen lassen; bei jedem Kopfschütteln flogen die dunklen Wellen theatralisch hin und her, ein Effekt, der ihm zusagte. Kein Wunder, dass er Kopfschmerzen hatte.

Der Drucker fragte: »Was macht Ihr schlüpfriger Roman mit M. Fabre? Kann es sein, dass Sie nicht mit dem Herzen dabei sind?«

»Wenn er erst weg ist«, meinte Fabre hämisch zu d'Anton, »arbeite ich das Manuskript um und lasse unsere Heldin so aussehen wie Lucile Duplessis.«

Wenn die Versammlung der Generalstände tatsächlich, wie vom König versprochen, stattfinden kann … wird sie fast gewisslich Neuerungen in der Regierung zur Folge haben. Eine Verfassung, im Zweifel nicht ganz unähnlich der englischen, wird gebilligt werden, und die Macht der Krone wird eingeschränkt.

J. C. Villiers, Parlamentsabgeordneter für Old Sarum

Gabriel Riquetti, Comte de Mirabeau, wird vierzig: alles Gute! Aus Anlass des Jahrestags musterte er sich in einem hohen Spiegel. Die Gestalt in dem Glas schien fast zu massig und vital für den filigranen Rahmen.

Familienanekdote: Am Tag der Geburt kam der Geburtshelfer zu seinem Vater, das in ein Tuch gehüllte Kind auf dem Arm. »Erschrecken Sie nicht…«, begann er.

Eine Schönheit kann man ihn nicht nennen. Vierzig? Er sieht eher wie fünfzig aus. Eine Runzel für seinen unbeglichenen Bankrott: nur die eine, Geld hat ihn noch nie gekümmert. Eine Runzel für jeden qualvollen Monat im Staatsgefängnis in Vincennes. Eine Runzel für jeden von ihm gezeugten Bastard. Du hast gelebt, sagte er sich. Glaubst du, das geht spurlos an einem Menschen vorüber?

Vierzig ist ein Wendepunkt, sagte er sich. *Nicht zurückschauen.* Die Hölle seiner Kindheit; das Gebrüll, fliegende Fetzen, dazwischen tagelang ein verbissenes, mörderisches Schweigen. Einmal hatte er sich zwischen seine Eltern geworfen, worauf seine Mutter eine Pistole auf ihn abfeuerte. Kaum vierzehn war er damals, und was sagte sein Vater? *Jetzt kenne ich deine wahre Natur!* Dann die Armee, zwei, drei obligatorische Duelle, Anfälle von Unzucht und blindwütigem Aufbegehren. Flucht, Untertauchen. Gefängnis. Bruder Bonifatius, der sich an jedem einzelnen Tag seines Lebens gnadenlos zusoff, bis sein aufgedunsener Körper die Proportionen eines Jahrmarktsmonstrums hatte. *Nicht zurückschauen.* Und fast nebenbei, fast unbemerkt ein Bankrott und eine Heirat: *petite* Émilie, die Erbin, dieses winzige Bündel Gift, dem er Treue geschworen hatte. Wo mochte Émilie heute sein, fragte er sich.

Alles Gute, Mirabeau. Zeit zur Bestandsaufnahme. Er straffte die Schultern. Er war hochgewachsen, ein kraftstrotzender Mann mit breiter Brust: lungenstark. Das Gesicht war zum Fürchten, übelste Pockennarben; nicht dass dies die Frauen abzuschrecken schien. Er drehte den Kopf leicht, um seine Adlernase zu bewundern. Sein Mund war schmal, einschüchternd; man konnte es einen grausamen Mund nennen, dachte er. Alles in allem betrachtet, war es ein sehr maskulines Gesicht, lebhaft und vornehm. Mittels einer oder zwei kleiner Verschönerungsmaßnahmen hatte er seine Familie zu einer der ältesten und edelsten von ganz Frankreich befördert. Wen scherte die Wahrheit? Nur Pedanten, Ahnenforscher. Die Menschen nehmen einen als das, was man aus sich macht, sagte er sich.

Aber jetzt hatte der Adel, der zweite Stand im Reich, ihn ausgeschlossen. Er würde keinen Sitz haben. Er würde keine Stimme haben. *Dachten sie.*

Erschwert wurde das Ganze dadurch, dass letzten Sommer ein skandalumwittertes Buch mit dem Titel *Geheime Geschichte des Berliner Hofes* erschienen war. Es befasste sich recht detailliert mit der schmuddeligeren Seite der preußischen Hautevolee und den sexuellen Vorlieben einiger ihrer prominenteren Mitglieder. So heftig er seine Autorschaft auch abstritt, war doch allen klar, dass das Buch auf seinen

Beobachtungen während seiner Diplomatenzeit beruhte (er ein Diplomat? Was für ein Witz!). Streng genommen traf ihn keine Schuld: Hatte er das Manuskript nicht seinem Sekretär zur Verwahrung gegeben, mit der strikten Auflage, es niemandem zu überlassen, am allerwenigsten ihm selbst? Wie hätte er ahnen sollen, dass seine derzeitige Geliebte, eine Verlegersgattin, regelmäßig mit einem Dietrich die Schlösser öffnete und den Schreibtisch seines Sekretärs durchsuchte? Aber das war nicht ganz die Art von Entschuldigung, die bei der Regierung Anklang fand. Einmal abgesehen von der Tatsache, dass er im August extrem knapp bei Kasse gewesen war.

Die Regierung hätte mehr Verständnis zeigen sollen. Wenn sie ihm letztes Jahr einen Posten gegeben hätten, statt ihn zu übersehen – etwas seinen Talenten Angemessenes, die Botschaft in Konstantinopel etwa, oder in Petersburg –, dann hätte er seine *Geheime Geschichte* verbrannt oder im Teich versenkt. Wenn sie auf seinen Rat gehört hätten, dann müsste er ihnen jetzt keine bitteren Pillen zu schlucken geben.

Der Adel hatte ihn also ausgeschlossen. Sollte er doch. Vor drei Tagen hatte er sich in Aix-en-Provence als Kandidat für den dritten Stand zur Wahl gestellt. Das Ergebnis? Ein Sturm der Begeisterung. Ihren »Landesvater« hatten sie ihn genannt; er war beliebt in der Provinz. Wenn er nach Paris kam, würden die Glocken von Aix noch immer die Freudenbotschaft hinausläuten, über den südlichen Nachthimmel würden noch immer die goldenen Lichtblitze der Feuerwerkskörper zucken. *Lebendes Feuer*. Er würde nach Marseilles fahren (sicher ist sicher!), und der Empfang würde um kein Haar weniger lautstark und glanzvoll sein. Der Ordnung halber würde er vorab ein anonymes Pamphlet zum Lobe seiner Person und seiner Tugenden veröffentlichen.

Wie also jetzt diesem Gewürm in Versailles begegnen? Konziliant? Intrigant? Hätten sie die Stirn, ihn während der allgemeinen Wahlen zu verhaften?

Eine Flugschrift des Abbé Sieyès, 1789:

Was ist der Dritte Stand?
Alles.
Was war er bisher in der politischen Ordnung?
Nichts.
Was fordert er?
Etwas zu werden.

Erste Wahlversammlung des Dritten Standes in Guise im Arrondissement Laon, 5. März 1789. Den Vorsitz hat Maître Jean-Nicolas Desmoulins als Generalleutnant des Amtsbezirks Vermandois, assistiert von seinem Stellvertreter M. Saulce. Schriftführer: M. Marriage. Anwesend: 292 Personen.

Aus Respekt vor dem illustren Anlass hatte M. Desmoulins' Sohn sein Haar mit einem breiten grünen Band nach hinten gebunden. Ursprünglich war es ein schwarzes Band gewesen, aber Camille war gerade noch rechtzeitig eingefallen, dass Schwarz die Farbe der Habsburger und Marie Antoinettes war, als deren Parteigänger er um keinen Preis dastehen wollte. Grün dagegen war die Farbe der Freiheit und der Hoffnung. Sein Vater wartete an der Haustür auf ihn, zornbebend ob der Verspätung, einen neuen Hut auf dem Kopf. »Ich werde nie verstehen, warum Hoffnung zu den Tugenden gerechnet wird«, bemerkte Camille. »Sie hat so etwas Eigennütziges.«

Der Tag war windig und kalt. An der Rue Grand-Pont blieb Camille stehen und berührte seinen Vater am Arm. »Komm mit mir zur Wahlversammlung in Laon. Sprich für mich. Bitte.«

»Du meinst, ich soll zu deinen Gunsten verzichten?«, sagte Jean-Nicolas. »Die Eigenschaften, die die Wähler an mir schätzen werden, sind nicht die, die du von mir geerbt hast. Ich weiß, dass sich gewisse Leute in Laon für dich stark machen, weil du dich angeblich auskennst et cetera. Ich sage nur: Sollen sie dich kennenlernen. Sollen sie versuchen, sich fünf Minuten normal mit dir zu unterhalten. Sollen sie dich einfach *zu Gesicht bekommen.* Nein, Camille, erwarte nicht von mir, dass ich mithelfen werde, dich den Wählern aufs Auge zu drücken.«

Camille setzte zu einer Erwiderung an. Sein Vater sagte: »Hältst du es für klug, auf der Straße herumzudebattieren?«

»Ja, wieso nicht?«

Jean-Nicolas packte seinen Sohn am Arm. Nicht das Würdevollste, ihn in die Versammlung zu schleifen, aber zur Not war er auch dazu bereit. Der feuchte Wind fuhr ihm durch die Kleider, überallhin, wo es zwickte und stach. »Komm jetzt«, zischte er, »bevor sie ohne uns anfangen.«

»Ah, endlich«, sagten die Vettern de Viefville. Rose-Fleurs Vater betrachtete Camille säuerlich. »Ich hatte eigentlich gehofft, dich nicht zu sehen, aber du gehörst nun einmal zur hiesigen Anwaltschaft, und wie dein Vater sehr richtig sagt, können wir dir ja schlecht dein Stimmrecht nehmen. Schließlich ist das hier vielleicht deine einzige Chance, in den Angelegenheiten der Nation mitzumischen. Du schreibst neuerdings, wie ich höre«, fuhr er fort. »Flugschriften. Nicht die vornehmste Art der Überzeugungsarbeit, wenn ich das so sagen darf.«

Camille lächelte ihn holdselig an. »Ich soll Sie von Maître Perrin grüßen«, sagte er.

Nach der Abstimmung blieb Jean-Nicolas nichts zu tun übrig, als sich in Laon die offizielle Bestätigung abzuholen. Adrien de Viefville, der Bürgermeister von Guise, begleitete sie nach Hause. Jean-Nicolas schien noch ganz benommen von seinem mühelosen Sieg; jetzt hieß es für Versailles packen. Als sie die Place des Armes überquerten, blieb er stehen und sah an seinem Haus hinauf. »Was machen Sie?«, fragte sein Verwandter.

»Die Dachrinnen inspizieren«, erklärte Jean-Nicolas.

Schon am nächsten Morgen war der Traum ausgeträumt. Maître Desmoulins erschien nicht zum Frühstück. Madeleine hatte sich auf festliches Tassengeklimper eingestellt, Glückwünsche von allen Seiten, vielleicht sogar ein Lachen hier und da. Aber die Kinder, die zu Hause waren, hockten alle mit Schnupfen auf ihren Zimmern, und sie durfte mit einem Sohn bei Tisch sitzen, den sie nicht gut genug kannte, um mit ihm zu reden, und der ohnehin kein Frühstück aß.

»Kann es sein, dass er schlechter Laune ist?«, fragte sie. »Ausgerechnet heute? Das kommt davon, wenn man königliche Sitten nachahmt und getrennt schläft – nie weiß ich, was der Kerl denkt.«

»Soll ich nach ihm schauen?«, erbot sich Camille.

»Nein, lass nur. Nimm dir noch Kaffee. Im Zweifel schickt er mir ein Billett.«

Madeleine betrachtete ihr ältestes Kind. Sie steckte sich ein Stück Brioche in den Mund. Zu ihrer Verblüffung klebte es dort wie ein Klumpen Asche. »Was ist mit uns passiert?«, sagte sie. Tränen schossen ihr in die Augen. »Was ist mit dir passiert?« Am liebsten hätte sie den Kopf auf den Tisch gelegt und laut losgeschluchzt.

Wenig später ließ Jean-Nicolas sie wissen, dass er unpässlich sei. Er habe Schmerzen, sagte er. Der Arzt kam und verordnete Bettruhe. Botschaften wurden zum Haus des Bürgermeisters geschickt.

»Ist es das Herz?«, erkundigte Desmoulins sich mit matter Stimme. Wenn ja, wollte er hinzufügen, dann ist Camille schuld.

Der Arzt sagte: »Ich habe Ihnen oft genug erklärt, wo Ihr Herz sitzt und wo Ihre Nieren sitzen und wie es um beides bestellt ist; und während Ihrem Herzen nicht das Geringste fehlt, wäre es schierer Wahnsinn, mit zwei solchen Nieren nach Versailles reisen zu wollen. Sie werden in zwei Jahren sechzig – wenn, aber wirklich nur *wenn*, Sie sich extrem schonen. Abgesehen davon …«

»Ja? Was wollten Sie sagen?«

»Was in Versailles passiert, wird bei Ihnen viel eher zum Herzinfarkt führen als alles, was Ihr Sohn je angestellt hat.«

Jean-Nicolas ließ den Kopf zurück in die Kissen sinken. Sein Gesicht war gelb vor Schmerz und Enttäuschung. Unten im Salon warteten die de Viefvilles, die Godards und sämtliche Wahlbeauftragten. Camille ging mit dem Arzt zu ihnen. »Sagt ihm, es ist seine Pflicht, nach Versailles zu gehen«, forderte er sie auf. »Und wenn es ihn umbringt.«

»Du warst schon immer ein herzloser Bursche«, sagte M. Saulce.

Camille drängte sich in einen Kreis von de Viefvilles. »Schickt mich«, schlug er vor.

Jean-Louis de Viefville des Essarts, Advokat, Parlamentsabgeordneter, fasste ihn durch sein Pincenez ins Auge. »Camille«, sagte er, »dich würde ich nicht einmal zum Markt schicken, um einen Salatkopf zu holen.«

ARTOIS: Die drei Stände kamen getrennt zusammen, und Klerus und Adel signalisierten beide, dass sie in dieser Zeit nationaler Bedrängnis bereit wären, einige ihrer überkommenen Privilegien zu opfern. Der Dritte Stand schickte sich an, ein überschwängliches Dankesvotum zu formulieren.

Ein junger Mann aus Arras ergriff das Wort. Er war klein und schmächtig, sein Rock war auffällig gut geschnitten, seine Hemdbrust makellos sauber. Er hatte ein intelligentes, ernstes Gesicht mit schmalem Kinn und großen blauen, durch Brillengläser abgeschirmten Augen. Seine Stimme trug nicht recht; in der Mitte der Rede versagte sie sekundenlang völlig; die Zuhörer mussten sich vorbeugen und ihre Nachbarn anstupsen, um zu verstehen, was er sagte. Aber nicht seine Art des Vortrags war es, die für Aufsehen sorgte. Er sagte, Klerus und Adel hätten nichts weiter Preiswürdiges getan, sondern lediglich versprochen, Versäumtes nachzuholen. Darum gebe es keinerlei Anlass zur Dankbarkeit.

Unter den Leuten, die nicht aus Arras kamen und ihn nicht kannten, regte sich Erstaunen, als er unter die acht Abgeordneten des Dritten Standes für Artois gewählt wurde. Er schien so verschlossen und unzugänglich, verfügte über keine rhetorischen Kniffe, keinen Stil – er machte so gar nichts her.

»Schau an, du hast deine Schneiderrechnung beglichen«, sagte seine Schwester Charlotte. »Und die bei deinem Handschuhmacher auch. Wo du doch immer sagst, er sei so ein vorzüglicher Handschuhmacher. Ich wünschte, du würdest nicht in der Stadt herumlaufen, als wolltest du für immer von hier fortgehen.«

»Soll ich lieber mitten in der Nacht zum Fenster hinausklettern, mit einem gepunkteten Taschentuch mit all meiner Habe darin? Dann könntest du allen erzählen, ich hätte heimlich auf einem Schiff angeheuert.«

Aber Charlotte ließ sich nicht beschwichtigen, Schnitt um Schnitt machte das Familienmesser: »Sie erwarten, dass du vorher deine Angelegenheiten regelst.«

»Du meinst Anaïs?« Er sah von dem Brief auf, den er an einen alten Schulfreund schrieb. »Sie sagte, es macht ihr nichts aus zu warten.«

»Sie wird nicht warten. Ich weiß, wie die Mädchen sind. Mein Rat an dich lautet: Vergiss sie.«

»Ich bin immer dankbar für deinen Rat.«

Sie warf den Kopf in den Nacken und funkelte ihn an, weil sie Sarkasmus witterte. Aber sein Gesicht verriet nur Besorgnis um sie. Er wandte sich wieder seinem Brief zu:

Mein lieber Camille!
Ich hoffe, es überrascht Dich nicht allzu sehr, zu hören, dass ich auf dem Weg nach Versailles bin. Ich kann Dir gar nicht sagen, wie sehr ich mich freue …

Maximilien de Robespierre 1789, im Fall Dupond:

Der Lohn des Rechtschaffenen ist die Gewissheit, nach dem Besten für seine Mitmenschen gestrebt zu haben; dem folgt die Hochachtung der Nationen, die sein Gedenken umgibt, und die Ehrung durch seine Zeitgenossen … Ich wünsche mir, diesen Lohn verdienen zu können, auch um den Preis lebenslanger Mühen, ja selbst um den Preis eines frühzeitigen Todes.

PARIS: Am 1. April ging d'Anton zur Wahl in die Cordeliers-Kirche – Cordeliers hießen bei den Parisern die Franziskanermönche. Mit ihm ging der Metzgermeister Legendre, ein großer, ungeschlachter Mann ohne jede Schulbildung, der sich immer d'Antons Meinung anschloss.

»Also, jemand wie du …«, hatte Fréron in wohlbedachtem Schmeichelton begonnen.

»Jemand wie ich kann es sich nicht leisten zu kandidieren«, sagte d'Anton. »Sie zahlen den Abgeordneten eine Aufwandsvergütung von wie viel – achtzehn Francs pro Sitzungsperiode? Und ich müsste in Versailles leben. Ich habe eine Familie zu versorgen, ich kann meine Kanzlei nicht brachliegen lassen.«

»Aber enttäuscht bist du doch«, insistierte Fréron.

»Möglich.«

Die Wähler gingen nicht wieder heim; sie standen in Grüppchen vor der Kirche, schwatzten, gaben Prognosen ab. Fabre besaß keine Stimme, weil er nicht genug Steuern bezahlte, und das machte ihn gehässig. »Warum können wir nicht das gleiche Wahlrecht haben wie die Provinzen?«, wollte er wissen. »Ich sage euch, was der Grund ist, sie sehen Paris als einen Hort der Gefahren, sie haben Angst vor dem, was passieren würde, wenn wir alle wählen dürften.« Er stürzte sich in eine aufwieglerische Unterhaltung mit dem trutzigen Marquis de Saint-

Huruge. Louise Robert hatte den Laden geschlossen und stand Arm in Arm mit François; sie war geschminkt, und das Kleid, das sie trug, stammte noch aus besseren Tagen.

»Und was erst passieren würde, wenn Frauen wählen dürften!«, sagte sie. Sie sah zu d'Anton empor. »Maître d'Anton findet, Frauen haben eine Menge zur Politik beizutragen, nicht wahr?«

»Stimmt nicht«, sagte er milde.

»Das ganze Viertel ist auf den Beinen«, sagte Legendre. Er war vergnügt. Er war in seiner Jugend zur See gefahren; umso heimatverbundener fühlte er sich jetzt.

Am Nachmittag ein Überraschungsgast: Hérault de Séchelles.

»Wollte doch mal sehen, wie die wilden Männer bei den Cordeliers wählen«, sagte er, aber d'Anton hatte den Eindruck, dass er eigentlich ihn suchte. Hérault nahm eine Prise Schnupftabak aus einem Döschen mit einem Bild von Voltaire auf dem Deckel. Er drehte das Döschen genießerisch zwischen den Fingern, bot Legendre davon an.

»Das ist unser Metzger«, sagte d'Anton mit einem Hauch Schadenfreude.

»Sehr erfreut.« Héraults liebenswürdige Züge verrieten keinerlei Befremden, aber hinterher beobachtete d'Anton, wie er seine Manschetten verstohlen auf Spuren von Ochsenblut oder Gedärmen untersuchte. Er wandte sich an d'Anton: »Waren Sie heute im Palais Royal?«

»Nein, ich höre, dort gab es Unruhen …«

»So ist's recht, halt dich schön aus allem raus«, murrte Louise Robert.

»Dann haben Sie auch Camille nicht gesehen?«

»Camille ist in Guise.«

»Nein, er ist wieder hier. Ich habe ihn gestern in Gesellschaft dieses wandelnden Ungezieferherds Jean-Paul Marat getroffen – wie, Sie kennen den Doktor nicht? Nicht schade drum, der Mann hat ein Vorstrafenregister in halb Europa.«

»Das spricht noch nicht gegen ihn«, sagte d'Anton.

»Aber er hat eine lange Geschichte als, ja, als Betrüger. Er war der Arzt der Leibgarde des Grafen von Artois, und angeblich hatte er eine Marquise zur Geliebten.«

»Was *Sie* ihm natürlich nicht glauben können.«

»Hören Sie, für meine Geburt kann ich nichts«, sagte Hérault aufbrausend. »Ich versuche ja schon, Abbitte zu leisten – soll ich es vielleicht machen wie Mlle de Kéralio und einen Laden eröffnen? Oder bei Ihrem Metzger den Boden schrubben?« Er brach ab. »Nein, so sollte man nicht reden, so unbeherrscht. Das muss die Luft in diesem Distrikt sein. Passen Sie auf, Marat wird herziehen wollen.«

»Aber wieso ist dieser Herr ein Ungezieferherd? Haben Sie das bildlich gemeint?«

»Nein, buchstäblich. Dieser Mann hat sein Leben weggeworfen, einfach alles hingeworfen, und zieht stattdessen als eine Art Landstreicher durch die Gegend.« Hérault schauderte; die Geschichte beschäftigte ihn anscheinend furchtbar.

»Was macht er?«

»Wie es aussieht, hat er sich dem Umsturz aller Dinge verschrieben.«

»Dem Umsturz aller Dinge, so, so. Einträgliches Geschäft. Genau die Laufbahn, zu der man seinem Sohn raten würde.«

»Jedes Wort daran ist wahr – aber lassen wir das, ich komme vom Thema ab. Sie müssen etwas wegen Camille unternehmen, und zwar schnell –«

»Dieser Camille«, sagte Legendre. Und er ließ einen Ausdruck folgen, den er seit seinen Tagen bei der Handelsmarine höchst selten gebrauchte.

»Sie sagen es«, bemerkte Hérault. »Aber von der Polizei aufgreifen lassen wollen wir ihn doch auch nicht. Überall im Palais Royal stehen die Leute auf Stühlen und halten Brandreden. Ich weiß nicht, ob er jetzt dort ist, aber er war gestern da, und vorgestern auch –«

»Camille hält *Reden*?«

Das klang kaum glaublich – und doch denkbar. Ein Bild kam d'Anton in den Kopf: spätnachts, vor ein paar Wochen. Fabre hatte getrunken. Sie alle hatten getrunken. Wir werden in der Öffentlichkeit stehen, sagte Fabre. Weißt du noch, d'Anton, sagte er, was ich dir bei unserer ersten Begegnung über deine Stimme gesagt habe, damals, als du noch ein Junge warst? Ich habe dir gesagt, du musst in der Lage sein, über Stunden zu sprechen, du musst deine Stimme von hier holen, von hier – ja, du bist gut, aber so gut auch wieder nicht. Gerichtssäle sind eine Sache, aber wir sind dabei, den Gerichtssälen zu entwachsen.

Fabre stand auf. Er legte d'Anton die Fingerspitzen an die Schläfen. »Leg deine Finger hierher«, sagte er. »Spür die Schwingung. Leg sie hierhin – und hierhin.« Er stocherte d'Anton im Gesicht herum: unter den Backenknochen, am Kinnansatz. »Ich werde dir Unterricht geben wie einem Schauspieler«, verkündete er. »Diese Stadt ist unsere Bühne.«

Camille sagte: »Hesekiel. ›Die Stadt ist der Topf, wir sind das Fleisch.‹«

Fabre drehte sich zu ihm um. »Dieses Stottern«, sagte er. *»Das müsste nicht sein.«*

Camille deckte sich die Hand übers Gesicht. »Lasst mich in Ruhe.«

»Selbst aus dir.« In Fabres Augen glitzerte es. »Selbst aus dir werde ich etwas machen.«

Mit einem Satz war er bei Camille und zerrte ihn halb aus seinem Stuhl hoch. Er packte ihn bei den Schultern, schüttelte ihn. »Du wirst wie ein normaler Mensch reden«, sagte er. »Und wenn wir alle dabei draufgehen.«

Camille versuchte den Kopf mit den Armen abzuschirmen. Fabre malträtierte ihn weiter; d'Anton war zu müde, um einzuschreiten.

Jetzt, im hellen Sonnenlicht dieses Aprilnachmittags, fragte er sich, ob die Szene sich wirklich so abgespielt hatte. Nichtsdestoweniger setzte er sich in Bewegung.

Die Gärten des Palais Royal waren brechend voll. Hier schien es noch heißer als überall sonst, fast hochsommerlich. Sämtliche Läden in den Arkaden hatten geöffnet und trieben flotten Handel, die Leute diskutierten, lachten, schlenderten. Die Makler von der Börse hatten sich ihrer Krawatten entledigt und schlürften Limonade, die Cafébesucher bevölkerten die Gärten und fächelten sich mit ihren Hüten Kühlung zu. Junge Mädchen führten ihre Sommerkleider spazieren und verglichen sie mit denen der Nutten, die aufs Mittagsgeschäft setzten und in Scharen unterwegs waren. Streunende Hunde jagten hechelnd herum, Zeitungsverkäufer plärrten. Feierstimmung lag in der Luft: tollkühnes Feiern, ein Tanz auf dem Vulkan.

Camille stand auf einem Stuhl, sein Haar flog im leichten Windzug. Er hielt ein Blatt Papier in der Hand, von dem er ablas, anscheinend eine Polizeiakte. Als er fertig war, streckte er das Blatt mit spitzen Fingern von sich und ließ es zu Boden flattern. Die Zuhörer brüllten vor Lachen. Zwei Männer wechselten einen Blick und verdrückten sich an den Rand der Menge. »Informanten«, sagte Fréron. Dann sprach Camille mit herzlicher Verachtung über die Königin, und die Menge zischte und stöhnte; er sprach von der Notwendigkeit, den König von seinen übelwollenden Beratern zu erlösen, und pries M. Necker, und die Menge applaudierte. Er sprach von dem guten Herzog Philippe, dem Wohltäter des Volkes, und die Menge warf ihre Hüte in die Luft und jubelte.

»Sie nehmen ihn fest«, sagte Hérault.

»Was, vor diesen ganzen Leuten?«, fragte Fabre.

»Sie holen ihn sich nachher.«

D'Anton blickte sorgenvoll. Die Menge wuchs. Camilles Stimme erreichte jedes Ohr ohne jegliches Hemmnis. Ob zufällig oder mit Absicht hatte er einen prononcierten Pariser Akzent entwickelt. Aus den anderen Gärten fanden sich noch mehr Zuhörer ein. Vom Fenster über einem Juwelierladen blickte Laclos, der Mann des Herzogs, gelassen auf das Treiben hinab. Von Zeit zu Zeit nippte er an einem Glas Wasser oder machte sich eine Notiz für seine Akten. Heiß wurde es, immer heißer: Laclos allein blieb kühl. Camille fuhr sich über die Stirn, wischte den Schweiß ab. Jetzt griff er die Kornspekulanten an. Laclos schrieb: »Der beste bisher.«

»Gut, dass Sie uns Bescheid gesagt haben, Hérault«, sagte d'Anton. »Aber ich sehe keine Chance, ihn jetzt noch zum Schweigen zu bringen.«

»Und all das verdankt er mir«, sagte Fabre. Sein Gesicht leuchtete vor Triumph. »Ich hab dir gesagt, Camille muss man hart anfassen. Man muss ihn in den Hintern treten.«

Als Camille an diesem Abend von Fréron wegging, fingen zwei Herren ihn ab und ersuchten ihn höflich, sie zum Herzog von Biron zu begleiten. Ein Wagen wartete bereits. Unterwegs sprach niemand ein Wort.

Camille war heilfroh darüber. Die Kehle tat ihm weh. Sein Stottern war zurückgekehrt. Auch vor Gericht gelang es ihm manchmal, es loszuwerden, immer dann, wenn ein Fall ihn mitriss. Wut vertrieb es, Entrüstung, Besessenheit; aber nie für lange. Und jetzt war es wieder da, und er musste bei seinen alten Taktiken Zuflucht suchen. Keinen Satz konnte er zu Ende sprechen, ohne im Geist schon vier oder fünf Sätze vorzugreifen und nach Wörtern zu fahnden, die er nicht heil herausbekommen würde. Dann musste er Synonyme finden – völlig bizarre zuweilen – oder einfach etwas anderes sagen als geplant … Er spürte wieder Fabres Hand, die ihm den Kopf brutal gegen die Armlehne des Sessels rammte.

Den Herzog von Biron bekam er nur einen Moment lang zu Gesicht; ein knappes Nicken, und dann wurde Camille im Eiltempo eine Galerie entlanggeführt, tiefer hinein ins Innere des Gebäudes. Die Luft war stickig, Wandleuchter streuten das Licht. An gobelinverhängten Wänden waren die Gestalten von Göttinnen, Rössern, Menschen zu ahnen: wollene Arme, wollene Hufe, Tapisserien, die den Geruch von

Kampfer und Feuchtigkeit ausströmten. Jagdfieber, das war das Motto; er sah geifernde Bluthunde, geifernde Spaniels, graugesichtige Jäger im antiken Gewand, einen angeschossenen Hirsch, der in einem Fluss ertrank. Er hielt abrupt inne, von Panik gepackt, einem jähen Drang wegzulaufen. Einer seiner Begleiter nahm ihn behutsam beim Arm und zog ihn weiter.

Laclos erwartete ihn in einem kleinen, mit grüner Seide ausgeschlagenen Raum. »Nehmen Sie Platz«, sagte er. »Erzählen Sie mir etwas über sich. Erzählen Sie mir, was Ihnen durch den Kopf gegangen ist, als Sie heute dort hinaufgestiegen sind.« Steif und beherrscht, wie er war, konnte er nur staunen, wie jemand aus seinen blankliegenden Nerven so viel Kapital schlug.

De Sillery, ein Freund des Herzogs, kam hereingeschlendert und schenkte Camille Champagner ein. Heute Abend wurde nicht gespielt, er langweilte sich; warum nicht ein wenig mit diesem sonderbaren kleinen Aufrührer plaudern? »Sie haben Geldsorgen, nehme ich an«, sagte Laclos. »Davon könnten wir Sie befreien.«

Als er mit seinen Fragen durch war, kehrten auf ein verstecktes Signal von ihm die beiden schweigsamen Herren zurück, und der Ablauf wiederholte sich in umgekehrter Reihenfolge: die Marmorkühle unter den Sohlen, das Stimmgemurmel hinter verschlossenen Türen, das plötzliche Anschwellen von Gelächter und Musik in unsichtbaren Gemächern. Die Gobelins, sah er nun, waren von Lilien, Rosen und blauen Birnen gesäumt. Draußen war die Luft um nichts kühler. Ein Lakai leuchtete ihnen mit einer Fackel. Der Wagen stand schon vor der Tür.

Camille lehnte den Kopf in die Polster zurück. Einer seiner Begleiter zog einen Samtvorhang vor, sodass ihre Gesichter vor Blicken geschützt waren. Laclos ließ das Abendessen ausfallen und begab sich wieder an seinen Schreibtisch. Dem Herzog ist gut gedient mit Publikumslieblingen, schrieb er, mit exaltierten Flegeln wie diesem hier.

Am Abend des 22. April, einem Mittwoch, mochte Gabrielles einjähriger Sohn nicht essen, stieß den Löffel weg, lag matt und wimmernd in seinem Bettchen. Sie holte ihn hinüber ins Elternbett, und dort schlief er, aber als es hell wurde, spürte sie seine Stirn an ihrer Wange, trocken und brennend heiß.

Catherine lief zu Doktor Souberbielle. »Husten?«, sagte der Doktor. »Immer noch appetitlos? Halb so schlimm. Nein, eine gesunde Jahreszeit ist das nicht.« Er tätschelte ihre Hand. »Schauen Sie zu, dass Sie sich etwas ausruhen, meine Liebe.«

Am Abend war noch keine Besserung eingetreten. Gabrielle schlief ein, zwei Stunden, dann löste sie Catherine ab. Sie setzte sich auf einen harten Holzstuhl und lauschte den Atemzügen des Kleinen. Sie konnte nicht anders, sie musste ihn alle paar Minuten berühren, und wenn sie ihm nur eine Fingerspitze an die Wange oder die Hand auf die rasselnde Brust legte.

Um vier schien es ihm besser zu gehen. Das Fieber war gesunken, die Fäustchen ballten sich nicht mehr so fest, die Lider schlossen sich zu einem leichten Schlummer. Sie lehnte sich zurück, erleichtert, ihre Gliedmaßen kraftlos vor lauter Erschöpfung.

Der Fünf-Uhr-Schlag riss sie aus wirren Träumen. Sie fuhr in ihrem Stuhl hoch, fast wäre sie gefallen. Sie stand auf, elend und kalt, griff haltsuchend nach dem Gitter des Bettchens. Der Kleine lag auf dem Bauch, reglos. Sie musste nicht hinfassen, um zu wissen, dass er tot war.

An der Kreuzung Rue Montreuil/Faubourg Saint-Antoine stand ein riesiges Bauwerk, das bei den Anwohnern Titonville hieß. Im Obergeschoss lagen die (angeblich kostspieligst ausgestatteten) Privaträume eines gewissen M. Réveillon. Unter der Erde erstreckten sich gewaltige Keller, in deren Dunkel erlesene Jahrgangsweine reiften. Zu ebener Erde befand sich die Quelle von M. Réveillons Wohlstand – eine Tapetenfabrik mit dreihundertfünfzig Angestellten.

M. Réveillon hatte Titonville erworben, nachdem der ursprüngliche

Besitzer bankrottgegangen war, und einen florierenden Exporthandel begründet. Er war ein reicher Mann, einer der größten Arbeitgeber in ganz Paris, und so war es nur natürlich, dass er für die Generalstände kandidierte. Am 24. April ging er voll schönster Hoffnung zur Wahlversammlung in Sainte-Marguerite, wo seine Nachbarn ihm ehrfürchtig lauschten. Guter Mann, Réveillon. Versteht sein Geschäft.

M. Réveillon verkündete, dass der Brotpreis zu hoch sei. Beifallsgemurmel und ein wenig liebedienerischer Applaus, als sei die Erkenntnis neu. Wenn der Brotpreis fiele, sagte M. Réveillon, dann könnten die Löhne gesenkt werden, was wiederum die Fabrikwaren billiger machen würde. Denn wo, so fragte M. Réveillon, sollte es andernfalls hinführen? Preise hoch, Löhne hoch, Preise hoch, Löhne hoch …

M. Hanriot, dem das Salpeterwerk gehörte, stimmte diesen Ausführungen aufs wärmste bei. Die Leute in Türnähe gaben das Gesagte fetzenweise an die Nicht-Wahlberechtigten weiter, die sich draußen in der Gasse drängten.

Nur ein Punkt in M. Réveillons Programm stieß auf öffentliches Interesse: der Vorschlag, die Löhne zu senken. Er trieb das ganze Viertel auf die Straßen.

De Crosne, der Polizeidirektor, hatte bereits vor Unruhen in Saint-Antoine gewarnt. Der Distrikt wimmelte von Wanderarbeitern, es herrschte hohe Arbeitslosigkeit, die Verhältnisse waren beengt, die Zungen lose, die Stimmung explosiv. Die Nachricht brauchte lange, um sich in der Stadt auszubreiten; aber sie gelangte bis Saint-Marcel, und ein Zug von Protestlern setzte sich in Richtung Fluss in Marsch. Ein Trommler an ihrer Spitze schlug den Takt, und sie schrien nach Blut:

Tod den Reichen
Tod dem Adel
Tod den Hamsterern
Tod den Priestern

Sie trugen einen Galgen, den ihnen ein beflissener Schreinerlehrling in Windeseile zusammengezimmert hatte; an ihm baumelten zwei augenlose Strohpuppen, denen man ein paar alte Kleider übergezogen und ihre Namen, Réveillon und Hanriot, mit Kreide auf die Brust gemalt hatte. Die Ladenbesitzer verrammelten ihre Geschäfte, als sie sie kommen hörten. Die Puppen wurden mit großem Pomp auf der Place de Grève hingerichtet.

All dies war nicht weiter ungewöhnlich. Bislang hatte die Menge nicht einmal eine Katze getötet. Die Scheinhinrichtungen waren ein Ritual, sie bauten den Volkszorn ab. Der Oberst der französischen Garden entsandte fünfzig Mann zur Bewachung von Titonville, falls der Zorn noch nicht hinreichend abgebaut war. Aber Hanriots Haus vergaß er, und ein Teil des Zuges marschierte einfach die Rue Cotte hinauf, trat die Türen ein und legte Feuer. M. Hanriot schaffte es unversehrt ins Freie. Es gab keine Verletzten. M. Réveillon wurde zum Abgeordneten gewählt.

Am Montag dagegen sah die Lage schon ernster aus. Auf der Rue Saint-Antoine schwoll die Menge an, und auch von Saint-Marcel kam wieder Verstärkung. Als der Zug das Seine-Ufer entlangmarschierte, schlossen sich ihm die Stauer an, die Arbeiter auf den Holzstößen, die Obdachlosen, die unter den Brücken schliefen; die Arbeiter der Königlichen Glasfabrik ließen ihr Werkzeug fallen und strömten auf die Straße hinaus. Weitere zweihundert Gardisten wurden abgestellt; auf der Höhe von Titonville sammelten sie sich, beschlagnahmten Karren und verbarrikadierten sich dahinter. An diesem Punkt regte sich bei den Offizieren erste Panik. Vor den Barrikaden konnten fünftausend Leute sein oder zehntausend – unmöglich, es sicher zu sagen. Zusammenstöße waren nichts Seltenes gewesen in den letzten Monaten, aber das hier war anders.

Wie der Zufall es wollte, war an diesem Tag Renntag in Vincennes. Als die eleganten Kutschen durch den Faubourg Saint-Antoine fuhren, wurden verängstigte Damen und Herren, alle *à l'Anglais* gekleidet, in den Rinnstein und auf das Kopfsteinpflaster gezerrt. Man zwang sie, »Nieder mit den Profiteuren« zu rufen, und setzte sie dann grob wieder in ihre Gefährte. Viele der Herren ließen größere Geldsummen springen, um sich eine wohlwollende Behandlung zu sichern, und einige Damen mussten zum Zeichen der Solidarität verlauste Lehrburschen und stinkende Rollkutscher küssen. Als die Kutsche des Herzogs von Orléans vorfuhr, erklangen Hochrufe. Der Herzog stieg aus, sprach ein paar beschwichtigende Worte und leerte sein Portemonnaie in die Menge. Die nachfolgenden Kutschen stauten sich hinter ihm. »Der Herzog inspiziert seine Truppen«, näselte eine hohe, durchdringende Aristokratenstimme.

Die Gardisten luden ihre Gewehre und warteten. Die Menge schob sich hin und her; manche näherten sich den Karren, um die Soldaten anzusprechen, machten aber keine Anstalten, die Barrikaden anzugreifen. Draußen in Vincennes feuerten Frankreichs Anglophile ihre Favoriten an. So verging der Nachmittag.

Man versuchte die zurückkehrenden Rennbesucher umzuleiten, aber als die Kutsche der Herzogin von Orléans kam, spitzte die Situation sich zu. Da vorn wolle sie hin, sagte der Kutscher der Herzogin: durch diese Barrikaden. Das Problem wurde dargelegt. Die Herzogin blieb bei ihrem Befehl. Die Etikette verlangte zügigen Gehorsam. Die Etikette setzte sich durch. Soldaten und Umstehende begannen die Barrikaden abzubauen. Die Stimmung veränderte sich, schlug um. Die Nachmittagsträgheit verflog, Schlachtrufe ertönten, Waffen wurden wieder hervorgeholt. Im Kielwasser der herzoglichen Kutsche flutete die Menge durch die Öffnung. Innerhalb von Minuten war von Titonville nichts mehr übrig, was noch hätte verbrannt, zertrümmert oder weggetragen werden können.

Als die Reiterei eintraf, plünderte der Mob schon die Läden der Rue Montreuil. Die Kavalleristen wurden von ihren Pferden gezerrt. Die Infanterie erschien, grimmigen Gesichts; Befehle knatterten durch die Luft, dann das jähe, bestürzende Krachen einer Gewehrsalve. Platzpatronen – aber ehe irgendjemand das begriff, wurde schon ein Infanterist von einem Dachziegel gestreift, der von oben herabflog, und als er hochsah, um festzustellen, wo der Ziegel herkam, schleuderte der Krawallmacher, der ihn zum Ziel auserkoren hatte, den nächsten Ziegel auf ihn, der ihm das Auge ausschlug.

Im Nu hatten die Randalierer Türen eingedrückt, Schlösser zerschmettert und die Dächer der Rue Montreuil gestürmt, wo sie die Schieferplatten unter ihren Füßen herausrissen. Die Soldaten wichen vor dem Geschosshagel zurück, über die Leiber der zu Boden Gegangenen stolpernd, die Hände schützend vor Gesichter und Köpfe erhoben, von denen das Blut lief. Sie eröffneten das Feuer. Es war halb sieben Uhr abends.

Bis um acht waren frische Truppen eingetroffen. Der Mob wurde zurückgedrängt. Die Leichtverwundeten wurden weggebracht. Verhüllte Frauen schleppten Eimer mit Wasser herbei, um Wunden auszuwaschen und den Menschen, die Blut verloren hatten, zu trinken zu bringen. Die Ladenfronten klafften, Türen hingen schief in ihren Angeln, bei vielen Häusern stand nur noch das nackte Mauerwerk. Der Boden knirschte von Glasscherben und zersplittertem Schiefer, Fliesen klebten von Blut, an verkohltem Holz leckten kleine Feuerzungen. Die Keller von Titonville waren geplündert worden, und die Männer und Frauen, die die Fässer eingetreten und die Flaschenhälse abgeschlagen hatten, lagen halb bewusstlos in ihrem Erbrochenen. Rachsüchtige Gardisten knüppelten auf ihre wehrlosen Leiber ein. Ein Rotweinbächlein sprudelte über die Pflastersteine. Um neun rückte die Kavallerie in voller Stärke an. Die Schweizergarde kam mit acht Kanonen. Der Tag war zu Ende. Dreihundert Leichen verstopften die Straßen.

Bis zum Tag des Begräbnisses setzte Gabrielle keinen Fuß vor die Tür. In ihrem Schlafzimmer eingeschlossen, betete sie für die kleine Seele, die in diesem einen Jahr in einem Körper schon gesündigt hatte, durch

Unmäßigkeit, durch Ungeduld, Gier nach Milch. Später würde sie in die Kirche gehen und dort Kerzen für die unschuldigen Kinder anzünden. Vorerst rollten ihr nur riesige Tränen die Wangen hinab.

Louise Gély kam zu ihr herunter. Sie holte nach, was die Dienstboten versäumt hatten – raffte die Kleider und Decken des Kleinen zusammen, hob seinen Ball und seine Stoffpuppe auf und trug sie in einem Bündel nach oben. Ihr schmales Gesicht blickte entschlossen, als wäre sie es gewohnt, sich um Trauernde zu kümmern, und wüsste, dass man ihnen gegenüber hart bleiben muss. Dann setzte sie sich neben Gabrielle und umfasste die rundliche Hand der Älteren mit ihren knochigen Kinderfingern.

»Tja«, sagte Maître d'Anton, »da nimmt gerade alles Formen an, und der große Ratschluss des allmächtigen Stümpers oben im Himmel –« Die Frau und das Mädchen sahen entsetzt auf. Er schaute finster. »Diese Religion hat keinen Trost mehr für mich.«

Nach dem Begräbnis kamen Gabrielles Eltern mit zu ihnen nach Hause. »Du musst nach vorn blicken«, mahnte Angélique sie. »Du kannst leicht noch zehn Kinder bekommen.« Ihr Schwiegersohn starrte bedrückt vor sich hin. M. Charpentier ging seufzend auf und ab. Er fühlte sich überflüssig. Er stellte sich ans Fenster und sah auf die Straße hinaus. Gabrielle ließ sich zu ein paar Bissen überreden.

Im Lauf des Nachmittags schwang die Stimmung im Zimmer um. Das Leben musste schließlich weitergehen. »Das ist doch kein Zustand für einen Mann, der früher alles aus erster Hand zu erfahren pflegte«, sagte M. Charpentier. Er versuchte seinem Schwiegersohn zu bedeuten, dass die Frauen allein sein wollten.

Georges-Jacques stand widerwillig auf. Sie setzten ihre Hüte auf und gingen durch die lärmenden, überfüllten Straßen zum Palais Royal und ins Café du Foy. M. Charpentiers Bemühungen, den Jüngeren ins Gespräch zu ziehen, verliefen im Sande. Sein Schwiegersohn stierte einfach geradeaus. Das Gemetzel in der Stadt interessierte ihn nicht, ihn beschäftigte sein eigener Verlust.

Als sie sich ins Café hineindrängten, sagte Charpentier: »Ich kenne hier gar niemanden mehr.«

D'Anton sah sich um. Er erkannte deutlich mehr Gesichter, als er gedacht hätte. »Die Patriotische Gesellschaft des Palais Royal trifft sich hier.«

»Was sind das für Leute?«

»Die üblichen Tagediebe.«

Billaud-Varennes schlängelte sich zu ihnen durch. D'Anton hatte ihm seit Wochen nichts mehr zugeschanzt; sein gelbes Gesicht war ein zu unerfreulicher Anblick, und wie sein Kanzlist Paré sagte, man konnte nicht sämtliche arbeitsscheuen Sauertöpfe im Viertel in Lohn und Brot halten.

»Was sagen Sie dazu?« Billauds Augen, sonst immer wie kleine unreife Beeren, glänzten heute regelrecht. »Desmoulins bekennt endlich Farbe. War bei Philippes Leuten. Hat sich von ihnen kaufen lassen.« Er warf einen Blick über die Schulter. »Ah, wenn man vom Teufel spricht …«

Camille kam allein herein. Er sah sich misstrauisch um. »Georges-Jacques, wo hast du gesteckt?«, fragte er. »Ich hab dich die ganze Woche nicht gesehen. Was sagst du zu Réveillon?«

»Ich sag Ihnen, was ich dazu sage«, antwortete Charpentier an d'Antons Stelle. »Lüge und Verzerrung. Réveillon ist der beste Dienstherr in der Stadt. Er hat seine Leute den ganzen letzten Winter durchbezahlt.«

»Ach, und deshalb halten Sie ihn für einen Menschenfreund?«, sagte Camille. »Entschuldigt mich, ich muss mit Brissot sprechen.«

D'Anton bemerkte Brissot jetzt erst – falls er ihn zuvor nicht mutwillig übersehen hatte, was leicht genug gewesen wäre. Brissot sah Camille, nickte, wandte sich zurück zu seiner Gruppe und sagte: »Nein, nein, nein, rein legislativ.« Er drehte sich wieder um, streckte Camille die Hand hin. Er war ein dünnes Männchen, mager und verhuscht, seine schmalen Schultern fast bis zur Buckligkeit gebeugt. Kränklichkeit und Armut ließen ihn älter aussehen als seine fünfunddreißig, aber heute strahlten sein fahles Gesicht und die trüben Augen so hoffnungsfroh wie ein Kind am ersten Schultag. »Camille«, sagte er, »ich gründe eine Zeitung.«

»Seien Sie vorsichtig«, warnte d'Anton. »Die Polizei hat das Heft noch nicht ganz aus der Hand gegeben. Nicht, dass Sie auf dem Zeug sitzenbleiben.«

Brissots Blick wanderte an d'Antons Gestalt empor bis zu seinem vernarbten Gesicht. Er bat nicht darum, ihm vorgestellt zu werden.

»Erst dachte ich, ich fange am 1. April an und bringe sie zweimal die Woche heraus, dann dachte ich, nein, lieber erst am 20. und dafür viermal die Woche, dann dachte ich, nein, warte bis nächste Woche, wenn sich die Stände versammeln – das ist der richtige Zeitpunkt für einen Paukenschlag. Ich will sämtliche Versailler Neuigkeiten nach Paris und unters Volk bringen – gut möglich, dass ich verhaftet werde, aber was macht das? Ich habe schon früher in der Bastille gesessen, warum also nicht wieder? Jeder Augenblick zählt, ich habe bei den Wahlen im Filles-Saint-Thomas-Bezirk geholfen, man war dort heilfroh um meinen Rat …«

»Das sind die Leute immer«, sagte Camille. »Wenn man Ihrer Aussage glaubt.«

»Nicht spotten«, sagte Brissot sanft. Aber die Fältchen um seine Augen verrieten eine leise Ungeduld. »Ich weiß schon, Sie räumen mir nicht den Hauch einer Chance ein, eine Zeitung am Laufen zu halten, aber wir können uns jetzt nicht ausruhen. Wer hätte vor einem Monat einen solchen Fortschritt auch nur annähernd für möglich gehalten?«

»Er nennt dreihundert Tote einen Fortschritt«, sagte Charpentier.

»Ich glaube –« Brissot brach ab. »Ich sage Ihnen lieber im Privaten, was ich glaube. Es könnten Polizeispitzel hier sein.«

»Du zum Beispiel«, ertönte eine Stimme in seinem Rücken.

Brissot zuckte zusammen. Er drehte sich nicht um. Er spähte zu Camille hinüber, ob der es auch gehört hatte. »Dahinter steckt Marat«, murmelte er. »Was habe ich nicht alles getan, um seine Karriere zu fördern und seinen Ruf zu stärken, und womit dankt er es mir? Mit Verunglimpfung und Unterstellungen! Die, die ich Kameraden zu nennen pflegte, behandeln mich schlechter als je die Polizei.«

Camille sagte: »Ihr Problem ist, Sie sind ein Umfaller. Ich habe Sie verkünden hören, die Stände würden das Land retten. Vor zwei Jahren sagten Sie, bevor irgendetwas vorwärtsgeht, müssten wir erst die Monarchie loswerden. Was also? Was wollen Sie wirklich? Nein, antworten Sie nicht. Aber wird nach der Ursache der Krawalle geforscht werden? Nein. Man wird ein paar Leute aufknüpfen, das ist alles. Und warum? Weil niemand zu hinterfragen wagt, was passiert ist – nicht Louis, nicht Necker, auch nicht der Herzog selbst. Dabei wissen wir doch alle, dass Réveillons wahres Verbrechen darin besteht, gegen einen Kandidaten angetreten zu sein, den der Herzog von Orléans im Amt sehen wollte.«

Schweigen. »Man hätte es wissen müssen«, sagte Charpentier.

»Man hat nicht mit solchen Dimensionen gerechnet«, flüsterte Brissot. »Es war geplant, ja, es sind Leute gekauft worden – aber doch nicht zehntausend. Nicht einmal der Herzog könnte zehntausend Mann kaufen. Das Volk hat aus eigenem Antrieb gehandelt.«

»Und das wirft Ihre Pläne über den Haufen?«

»Das Volk braucht Anleitung.« Brissot schüttelte den Kopf. »Wir wollen keine Anarchie. Mich schaudert in der Gegenwart einiger der Subjekte, derer wir uns bedienen müssen …« Er zeigte hinter d'Anton her, der mit M. Charpentier wegging. »Sehen Sie sich diesen Kerl an. Gekleidet ist er wie ein ehrbarer Bürger. Aber man merkt sofort, am glücklichsten wäre er mit einer Pike in der Hand!«

Camille machte große Augen. »Aber das ist Maître d'Anton, er ist königlicher Rat. Sie sollten keine voreiligen Schlüsse ziehen. Lassen Sie sich gesagt sein, Maître d'Anton hätte zum Kabinett gehören können.

Nur weiß er, wo seine Zukunft liegt. Aber was stört Sie an ihm so, Brissot? Haben Sie Angst vor einem Mann des Volkes?«

»Ich bin eins mit dem Volk«, sagte Brissot inbrünstig. »Mit seiner reinen, erhabenen Seele.«

»Papperlapapp. Sie schauen herab auf das Volk, weil es aus dem Maul stinkt und kein Griechisch kann.« Er drängelte sich zu d'Anton durch. »Er hält dich für einen Gauner und Halsabschneider«, verkündete er frohgemut. »Brissot«, erklärte er M. Charpentier, »hat eine gewisse Mlle Dupont geehelicht, die in untergeordneter Stellung für Félicité de Genlis tätig war. Dadurch ist er an Orléans geraten. Ich halte eigentlich recht viel von ihm. Er war Jahre im Ausland, wisst ihr – hat geschrieben und übers Schreiben geredet. Er hat eine Revolution verdient. Er ist nur der Sohn eines Konditors, aber er ist sehr gebildet, und er tut so vornehm, weil er so viel gelitten hat.«

M. Charpentier war verwirrt, zornig. »Sie, Camille – Sie, der Sie sich vom Herzog Geld zahlen lassen – Sie geben vor uns offen zu, dass Réveillon benutzt worden ist?«

»Ach, wer fragt noch nach Réveillon? Wenn er diese Dinge nicht gesagt hat, dann hätte er sie doch sagen *können*. Er hätte sie denken können. Es geht nicht mehr um die Wahrheit. Es geht einzig und allein darum, was das Volk auf der Straße denkt.«

»Ich bin weiß Gott kein Freund des jetzigen Systems«, sagte Charpentier, »aber mir graut bei der Vorstellung, was passieren wird, wenn die Durchführung von Reformen in die Hände von Ihresgleichen fällt.«

»Reformen?«, wiederholte Camille. »Wer redet hier von Reformen? Die Stadt wird diesen Sommer in die Luft fliegen.«

D'Anton war elend zumute, Trauer krampfte ihm das Herz zusammen. Er wollte Camille beiseitenehmen und ihm von dem Kind erzählen. Das würde ihm den Mund stopfen. Aber er wirkte so glücklich bei der Planung des bevorstehenden Blutbads. Wer bin ich, dachte d'Anton, dass ich ihm den Spaß verderbe?

VERSAILLES: In diesen Zug ist viel reifliche Überlegung geflossen. Hier steht man nicht einfach auf und läuft mit, weit gefehlt.

Die Nation ist gespannt und voll Hoffnung. Der lang ersehnte Tag ist gekommen. Zwölfhundert Abgeordnete der Stände ziehen in feierlicher Prozession zur Kathedrale Saint-Louis, wo Monseigneur de la Fare, der Bischof von Nancy, in einer Predigt das Wort an sie richten und Gottes Segen auf ihr Tun herabwünschen wird.

Der erste Stand, die Geistlichkeit: Mailicht glänzt erwartungsfroh auf den versammelten Mitren, bringt die Edelsteinfarben der Soutanen zum Leuchten. Ihnen folgt der Adel: Dasselbe Licht blitzt von dreihundert Schwertknäufen, rieselt heiter dreihundert seidengewandete Rücken hinab. Dreihundert weiße Hutfedern wippen fröhlich im leichten Wind.

Aber vor ihnen kommt der Dritte Stand, in den schmucklosen schwarzen Umhängen, die der Zeremonienmeister ihnen verordnet hat, sechshundert Mann stark, wie ein monströser schwarzer Wurm. Warum steckt man sie nicht gleich in Kittel und schiebt ihnen Strohhalme in die Mundwinkel? Doch wie sie so dahinmarschieren, erhält der demütigende Gang ein neues Gesicht. Diese Trauerkleider sind Symbol der Solidarität. Schließlich sind sie nicht zu einem Kostümball hier, sie sind hier, um die alte Ordnung zu Grabe zu tragen. Auf den starren Gesichtern über den schlichten Halsbinden zeichnet sich ein gut Teil Stolz ab. Wir sind Männer der Tat. Firlefanz kennen wir nicht.

Maximilien de Robespierre ging in einer Gruppe aus seiner Heimatgegend, zwischen zwei Bauern; wenn er den Kopf wandte, konnte er die kampfbereiten Unterkiefer der bretonischen Deputierten sehen. Schultern zwängten ihn ein, bedrängten ihn. Er sah strikt geradeaus, unterdrückte seinen Drang, Ausschau zu halten unter dem jubelnden Volk, das die Straßen säumte. Es war niemand hier, der ihn kannte, niemand, der ihm persönlich zugejubelt hätte.

Camille war in der Menge dem Abbé de Bourville in die Arme

gelaufen. »Erkennst du mich nicht?«, beschwerte sich der Abbé, während er ihnen den Weg bahnte. »Wir waren zusammen auf der Schule.«

»Ja, aber damals warst du immer ganz blau vor Kälte.«

»Ich habe dich sofort erkannt. Du hast dich kein bisschen verändert, du siehst aus wie neunzehn.«

»Bist du fromm geworden, de Bourville?«

»Nicht allzu sehr. Siehst du manchmal Louis Suleau?«

»Nie. Aber er wird schon wieder auftauchen.«

Sie wandten den Blick wieder der Prozession zu. Einen Moment lang packte ihn die irrationale Gewissheit, dass er, Camille Desmoulins, all dies herbeigeführt hatte, dass sich die Stände auf sein Geheiß in Marsch gesetzt hatten, dass ganz Paris, ganz Versailles allein auf ihn sah.

»Da ist Orleáns.« De Bourville zog ihn am Arm. »Schau, er reiht sich in den Dritten Stand ein. Schau, wie der Zeremonienmeister auf ihn einredet. Er ist völlig schweißgebadet. Schau, da ist der Herzog von Biron.«

»Ja, ja, ich kenne ihn. Ich war schon bei ihm zu Hause.«

»Das ist Lafayette.« Der Held von Amerika schritt flott aus in seinem silbernen Wams, sein bleiches junges Gesicht ernst und eine Spur abwesend, sein seltsam spitzer Kopf verborgen unter einem Dreispitz im Stil Henri IV. »Kennst du den auch?«

»Nur vom Hörensagen«, murmelte Camille. »Potaufeu à la Washington.«

Bourville lachte. »Das solltest du aufschreiben.«

»Hab ich schon.«

In der Kathedrale hatte de Robespierre einen guten Platz gleich am Gang ergattert. Einen guten Platz, um während der Predigt hin und her zu rutschen, einen guten Platz, um der Prozession der Mächtigen nahe zu sein. So nah: Das wogende Bischofsmeer teilte sich einen Herzschlag lang, und zwischen violetten Soutanen und Batistärmeln sah ihm unversehens der König ins Gesicht – der König, feist in Goldbrokat –, und als die Königin den Kopf wandte (schon zum zweiten Mal aus dieser Nähe, Madame!), schienen die Reiherfedern in ihrem Haar ihm artig zuzunicken. Die Hostie in ihrer juwelenbesetzten Monstranz war eine kleine Sonne, die in den bischöflichen Händen funkelte. Der Samtbaldachin der Empore, auf der sie Platz nahmen, war mit goldenen Lilien bestickt. Dann der Chor:

O salutaris hostia
Wenn du die Kronjuwelen verkaufen dürftest, was könntest du Frankreich damit erkaufen?
Quae coeli pandis ostium,
Der König sieht aus, als schliefe er halb.
Bella premunt hostilia
Die Königin schaut sehr stolz drein.
Da robur, fer auxilium.
Sehr habsburgisch.

Uni trinoque Domino
Madame Defizit.
Sit sempiterna gloria,
Draußen haben die Weiber Orléans zugejubelt.
Qui vitam sine termino,
Hier ist niemand, den ich kenne.
Nobis donet in patria.
Camille könnte da sein. Irgendwo.
Amen.

»Da, da!« Camille stieß de Bourville an. »Maximilien!«

»Tatsächlich. Unser lieber Dingsda. Eigentlich keine Überraschung, wenn man's genau nimmt.«

»Ich sollte dort mitgehen. In dieser Prozession. De Robespierre ist mir intellektuell unterlegen.«

»Was?« Der Abbé drehte sich verblüfft zu ihm. Dann brach er in Lachen aus. »Louis XVI von Gottes Gnaden ist dir ebenfalls intellektuell unterlegen. Wie im Zweifel auch unser Heiliger Vater der Papst. Was außer einem Abgeordneten möchtest du denn noch alles sein?« Camille gab keine Antwort. »Ach herrje!« Der Abbé tat so, als müsste er sich die Augen wischen.

»Da ist Mirabeau«, sagte Camille. »Er gründet eine neue Zeitung. Ich werde für sie schreiben.«

»Wie hast du das denn gedeichselt?«

»Noch gar nicht. Das kommt morgen.«

De Bourville sah ihn von der Seite an. Camille ist ein Lügner, dachte er, er war immer schon einer. Nein, das ist zu hart, sagen wir, ein Träumer. »Na, dann viel Glück«, sagte er. »Hast du gesehen, was für einen Empfang sie der Königin bereitet haben? Unschön, hm? Aber Orléans haben sie zugejubelt. Und Lafayette. Und Mirabeau.«

Und d'Anton, ergänzte Camille – mit unterdrückter Stimme, einfach um den Klang auszuprobieren. D'Anton hatte einen wichtigen Fall in Arbeit, nicht einmal zum Zusehen kam er. Und Desmoulins, fügte er hinzu. Bei Desmoulins haben sie am allermeisten gejubelt. Er spürte ein kleines, melancholisches Ziehen dabei.

Es hatte die Nacht durchgeregnet. Zu Beginn der Prozession, gegen zehn Uhr, hatten die Straßen in der Morgensonne gedampft, aber schon mittags war der Boden wieder heiß und trocken.

Camille hatte sich ein Nachtquartier bei seinem Vetter, dem Abgeordneten, gesichert – ein Gefallen, um den er ihn wohlweislich im Beisein mehrerer anderer ersucht hatte, um nicht so leicht abgewiesen werden zu können. Mitternacht war längst vorbei, als er ankam.

»Wo in aller Welt hast du so lange gesteckt?«, fragte de Viefville.

»Beim Herzog von Biron. Und dem Grafen von Genlis«, nuschelte Camille.

»Ja *dann*«, sagte de Viefville. Er war verärgert, weil er nicht wusste, ob er ihm glauben sollte oder nicht. Und sie waren nicht allein, sodass ihnen nicht einmal ein ordentlicher Streit deswegen vergönnt war.

Ein junger Mann erhob sich von seinem Platz auf der Ofenbank. »Ich verlasse Sie, M. de Viefville. Aber denken Sie bitte über meinen Vorschlag nach.«

De Viefville machte keine Anstalten, die zwei einander vorzustellen. Der junge Mann sagte zu Camille: »Ich heiße Barnave, möglicherweise haben Sie ja von mir gehört.«

»Alle haben von Ihnen gehört!«

»Vielleicht halten Sie mich für einen bloßen Unruhestifter. Ich hoffe beweisen zu können, dass ich mehr bin als das. Gute Nacht, die Herren.«

Leise zog er die Tür hinter sich zu. Camille wäre ihm gern nachgelaufen, hätte ihm alle möglichen Fragen gestellt, ihre Bekanntschaft vertieft, aber für einen Tag hatte er schon mehr als genug Ehrfurcht aufbringen müssen. Dieser Barnave war der Mann, der in der Dauphiné Widerstand gegen die königlichen Erlasse aufgerührt hatte. Den Tiger, so nannte man ihn – in sanftem Spott, wie Camille nun erkannte, als er den unscheinbaren, freundlichen, stupsnäsigen jungen Anwalt vor sich sah.

»Was ist?«, fragte de Viefville. »Enttäuscht? Nicht, was du dir erwartet hast?«

»Was wollte er von dir?«

»Meine Unterstützung. Wobei er nur eine Viertelstunde für mich erübrigen konnte, und das nach Mitternacht.«

»Das heißt, du bist beleidigt?«

»Du wirst sie ja morgen alle erleben, wie sie sich gegenseitig auszustechen versuchen. Sie sind doch alle nur auf ihren Vorteil aus, wenn du mich fragst.«

»Sind deine engstirnigen Provinzleransichten denn durch gar nichts zu erschüttern?«, fragte Camille. »Du bist schlimmer als mein Vater.«

»Camille, wenn ich dein Vater wäre, hätte ich dir schon vor Jahren deinen blödsinnigen kleinen Hals gebrochen.«

Im Palast und überall in der Stadt begannen die Uhren in klagendem Gleichklang eins zu schlagen; de Viefville drehte sich um und ging aus dem Zimmer, zu Bett. Camille zog den Entwurf seines Pamphlets »La France Libre« hervor. Er las jede Seite durch, riss sie in zwei Teile, warf sie ins Feuer. Sie waren von der Wirklichkeit überholt worden. Nächste Woche, *deo volente* nächsten Monat, würde er sie neu schreiben. In den Kaminflammen sah er sich selbst beim Schreiben, sah die Feder, die übers Papier jagte, seine Hand, die das Haar aus seiner Stirn zurückstrich. Als das Rumpeln des Verkehrs unter dem Fenster verstummte, rollte er sich in einem Sessel zusammen und schlief neben dem verlöschenden Feuer ein. Um fünf zwängte sich das Licht zwischen den Ladenritzen hindurch, der erste Karren rollte mit seiner Fracht dunklen, sauren Brots zum Marktplatz von Versailles. Er erwachte, sah in dem fremden Zimmer umher, und Furcht kroch durch ihn wie eine langsame, kalte Flamme.

Der Kammerdiener – der weniger einem Kammerdiener glich als einem Leibwächter – fragte: »Haben Sie das geschrieben?«

In der Hand hielt er ein Exemplar von Camilles erstem Pamphlet, »Eine Philosophie für das französische Volk«. Er schwenkte es, als wäre es eine Vorladung.

Camille wich zurück. Bereits jetzt um acht war Mirabeaus Vorzimmer überfüllt. Ganz Versailles wollte eine Audienz bei ihm, ganz Paris. Er fühlte sich klein, unbedeutend, niedergewalzt von dem aggressiven Gebaren des Mannes. »Ja«, sagte er, »mein Name steht auf dem Deckblatt.«

»Gütiger Himmel, der Comte hat Sie schon gesucht.« Der Diener nahm ihn beim Arm. »Kommen Sie.«

Nichts war bisher leicht gewesen; er konnte nicht glauben, dass dies nun leicht sein würde. Der Comte de Mirabeau war in ein karmesinrotes Seidennegligee antiken Zuschnitts gehüllt – ein Faltenwurf wie von der Hand eines Bildhauers. Sein unrasiertes Gesicht glitzerte schweißig; es war pockenvernarbt und hatte die Farbe von Fensterkitt.

»Habe ich meinen Philosophen endlich!«, sagte er. »Teutch, bring mir einen Kaffee.« Er wandte sich um, demonstrativ. »Kommen Sie her.« Camille zögerte. Mit Netz und Dreizack wäre ihm wohler gewesen. »Sie sollen herkommen«, sagte der Comte scharf. »Ich tue Ihnen nichts.« Er gähnte. »Zumindest nicht um diese Uhrzeit.«

Der musternde Blick des Comte hatte etwas Gewalttätiges, bewusst Einschüchterndes. »Ich plane schon länger, Ihnen an einem öffentlichen Ort auflauern und Sie herbringen zu lassen«, sagte er. »Dummerweise vergeude ich meine Zeit im Moment damit, darauf zu warten, dass der König nach mir schickt.«

»Er sollte nach Ihnen schicken, Monsieur.«

»Ach, sind Sie ein Anhänger von mir?«

»Ich hatte die Ehre, auf Ihren Postulaten aufzubauen.«

»Hübsch formuliert«, sagte Mirabeau mokant. »Ich habe ein Herz für Speichellecker, Maître Desmoulins.«

Für Camille ist es immer noch seltsam, so angesehen zu werden, von Orléans' Leuten und nun auch von Mirabeau – als hätten sie etwas mit ihm vor. Niemand hatte je etwas mit ihm vor, seit die Priester ihn aufgegeben hatten.

»Sie müssen meinen Aufzug entschuldigen«, sagte der Comte glattzüngig. »Meine Affären halten mich nachts wach. Nicht immer, wie ich gestehen muss, meine Staatsaffären.«

Das war Unsinn, Camille sah es glasklar. Wenn es dem Comte gefiele, würde er seine Bewunderer rasiert und nüchtern empfangen. Aber er tat nichts ohne kalkulierten Effekt, und mit seiner Lässigkeit und Nonchalance, und den nonchalanten Entschuldigungen dafür, wollte er die vorsichtigen, besorgten Männer, die ihm ihre Aufwartung machten, erschrecken und aus dem Konzept bringen. Der Comte sah in das unbewegte Gesicht seines Dieners Teutch, lachte schallend los, als hätte der Mann einen Witz gemacht – brach dann ab und sagte: »Ich mag Ihren Schreibstil, Maître Desmoulins. So viel Passion, so viel Herzblut.«

»Ich habe früher Gedichte geschrieben. Ich sehe jetzt, dass ich dafür nicht geschaffen war.«

»Es bestehen auch ohne die Metrik genug Zwänge, hätte ich gedacht.«

»Aber mit Herzblut wollte ich gar nicht schreiben. Ich wollte staatsmännisch klingen.«

»Überlassen Sie das lieber den Älteren.« Der Comte hielt die Flugschrift hoch. »Schaffen Sie so was noch mal?«

»Das – ja, natürlich.« Er hatte für sein erstes Pamphlet eine Verachtung entwickelt, die in dieser Sekunde alle einzuschließen schien, die es bewunderten. »Das ist für mich … wie Atmen. Wie Sprechen sage ich lieber nicht – die Gründe dürften auf der Hand liegen.«

»Aber Sie sprechen doch, Maître Desmoulins. Sie sprechen im Palais Royal.«

»Ich überwinde mich dazu.«

»Mich hat die Natur zum Demagogen bestimmt.« Der Comte drehte den Kopf, um die bessere Seite seines Profils zu präsentieren. »Wie lange haben Sie dieses Stottern schon?«

Er ließ es wie ein Spielzeug klingen, wie eine geschmackvolle Neuerrungenschaft. »Sehr lange. Seit meinem achten Lebensjahr. Seit ich zum ersten Mal von zu Hause fort war.«

»Hat die Trennung von Ihren Lieben Sie so aus der Bahn geworfen?«

»Das weiß ich heute nicht mehr. Ich nehme es an. Es sei denn, ich wollte damit meine Erleichterung zum Ausdruck bringen.«

»Ah, so ein Zuhause also.« Mirabeau lächelte. »Ich bin vertraut mit jeder Spielart familiärer Probleme, von Wutanfällen am Frühstückstisch bis hin zu den Folgen des Inzests.« Er streckte die Hand aus, zog

Camille ins Zimmer. »Der König – der verstorbene König – pflegte zu sagen, dass es einen eigenen Minister dafür geben sollte, bei den Streitigkeiten meiner Familie zu schlichten. Meine Familie ist sehr alt, müssen Sie wissen. Sehr nobel.«

»Ja? Meine tut nur so.«

»Was ist Ihr Vater?«

»Richter.« Etwas trieb ihn, hinzuzufügen: »Ich bin eine große Enttäuschung für ihn, fürchte ich.«

»Wem sagen Sie das? Ich werde das Bürgertum nie verstehen. Setzen Sie sich doch endlich. Ich muss mehr über Ihren Hintergrund erfahren. Also, wo sind Sie zur Schule gegangen?«

»Louis-le-Grand. Dachten Sie, ich wäre vom Dorfpfarrer unterrichtet worden?«

Mirabeau stellte seine Kaffeetasse ab. »In Louis-le-Grand war de Sade doch auch.«

»Er ist nicht unbedingt typisch.«

»Ich hatte einmal das Pech, mit de Sade in einer Zelle zu sitzen. Ich sagte zu ihm: ›Monsieur, mit Ihnen will ich nichts zu tun haben, Sie zerhacken Frauen in kleine Stücke.‹ Aber ich schweife ab, vergeben Sie mir.« Er sank in einen Sessel, ein unmanierlicher Adliger, der niemandes Vergebung für irgendetwas brauchte. Camille beobachtete ihn, wie er den großen Mann spielte, unsäglich eitel, unsäglich eingebildet. Der Comte ging nicht, er pirschte, er sprach nicht, er donnerte. Im Ruhezustand erinnerte er an einen räudigen ausgestopften Löwen in einem Naturkundemuseum: tot, aber nicht so tot, wie man meinen sollte. »Fahren Sie fort«, befahl er.

»Warum?«

»Warum ich mich mit Ihnen abgebe? Meinen Sie, ich habe Lust, Ihr kleines Talent dem Schurkenpack des Herzogs zu überlassen? Ich will Ihnen einen guten Rat geben. Gibt Ihnen der Herzog auch manchmal gute Ratschläge?«

»Nein. Er hat noch nie mit mir gesprochen.«

»Wie jammervoll Sie das sagen. Natürlich nicht. Aber ich, ich nehme Anteil. Ich habe Genies in meinem Sold. Ich nenne sie meine Sklaven. Und ich möchte, dass alle glücklich und zufrieden sind auf meiner Plantage. Sie wissen selbstredend, woran Sie bei mir sind?«

Camille dachte daran, wie Annette von Mirabeau sprach: ein Bankrotteur, ein Immoralist. Der Gedanke an Annette wirkte abwegig in diesem stickigen, überladenen kleinen Zimmer voll alter Wandbehänge, in dem die Uhren tickten und der Comte sich am Kinn kratzte. Der Raum war übersät mit Anzeichen des Wohllebens – warum sagen wir Wohlleben, fragte er sich, wenn wir Ausschweifung meinen, Völlerei, Lethargie? Das laufende Konkursverfahren hielt den Comte sichtlich nicht vom Erwerb kostspieliger Objekte ab – zu denen nun offenbar auch er zählte. Was den unmoralischen Lebenswandel anging, so schien der Comte ganz wild darauf, sich zu ihm zu bekennen. Das Bestiarium seiner Ambitionen kauerte derweil in der Ecke, angekettet und stinkend, begierig auf seine Morgenmahlzeit.

»So, Besinnungspause zu Ende.« Mit einer fließenden Bewegung erhob sich der Comte; sein Negligee wallte. Er legte Camille den Arm um die Schulter und zog ihn an das Sonnenlicht, das zum Fenster hereinströmte. Die jähe Wärme schien von ihm selbst abzustrahlen. Sein Atem roch nach Alkohol. »Sie sollten wissen«, sagte er, »die liebste Gesellschaft sind mir Männer mit einer verwickelten, schmutzigen Vergangenheit. In ihrer Gegenwart kann ich mich entspannen. Und Sie, Camille, mit Ihren Impulsen und Emotionen, die Sie im Palais Royal feilbieten wie vergiftete Buketts …« Er berührte sein Haar. »Und mit diesem interessanten, nur ganz schwachen, aber doch wahrnehmbaren Hauch von sexueller Ambivalenz …«

»Sezieren Sie alle Leute so?«

»Was mir an Ihnen so gefällt«, sagte Mirabeau trocken, »ist, dass Sie nie etwas abstreiten.« Er löste sich von ihm. »Es ist ein handschriftlicher Text mit dem Titel ›La France Libre‹ im Umlauf. Stammt er von Ihnen?«

»Ja. Dachten Sie, dieser nichtssagende Traktat, den Sie da haben, sei schon alles?«

»Keineswegs, Maître Desmoulins, und ich sehe, auch Sie haben Ihre Sklaven und Ihre Kopisten. Verraten Sie mir Ihre politische Gesinnung – in einem Wort.«

»Republikanisch.«

Mirabeau fluchte. »Ich glaube an die Monarchie«, sagte er. »Ich brauche sie, ich habe vor, durch sie mein Glück zu machen. Denken denn viele Ihrer Bekannten im Untergrund wie Sie?«

»Nein, höchstens ein halbes Dutzend. Wobei Sie vermutlich in ganz Frankreich nicht mehr als ein halbes Dutzend Republikaner finden.«

»Und woran liegt das, meinen Sie?«

»Am ehesten daran, dass die Menschen mit der Realität auf Kriegsfuß stehen. Sie denken, der König pfeift sie aus der Gosse und ernennt sie zu Ministern. Aber diese ganze Welt ist zum Untergang verdammt.«

Mirabeau brüllte nach seinem Diener. »Teutch, such mir etwas zum Anziehen heraus. Irgendetwas Prunkvolles.«

»Schwarz«, sagte Teutch im Hereinkommen. »Wir sind jetzt Abgeordneter.«

»Verdammt, das vergesse ich immer.« Er nickte nach seinem Vorzimmer hin. »Klingt, als würden sie langsam unruhig da draußen. Lassen wir sie alle auf einmal hereinkommen, das ist lustiger. Ah, die Genfer Exilregierung. Guten Morgen, M. Duroveray, M. Dumont, M. Clavière. Alles Sklaven«, erklärte er Camille in durchdringendem Flüsterton. »Clavière will Finanzminister werden. In welchem Land, ist ihm egal. Ein seltsamer Ehrgeiz, wie ich finde.«

Brissot kam herbeigehuscht. »Ich darf nicht veröffentlichen«, verkündete er. Er sah bedrückt aus.

»Jammerschade«, sagte Mirabeau.

Sie füllten das ganze Zimmer: die Genfer in blasser Seide, die schwarz gekleideten Abgeordneten mit ihren Folianten unterm Arm und dazwischen Brissot in seinem schäbigen braunen Rock, sein dünnes ungepudertes Haar über der Stirn zu einem kurzen Cäsarenpony gestutzt.

»Pétion, Abgeordneter? Seien Sie gegrüßt«, sagte Mirabeau. »Woher? Aus Chartres? Sehr gut. Danke für Ihren Besuch.«

Er wandte sich ab, er redete mit drei Leuten gleichzeitig. Entweder man weckte sein Interesse, oder man weckte es nicht. Der Abgeordnete Pétion weckte es offensichtlich nicht. Er war ein großer und kräftiger Mann mit dem treuherzigen Ausdruck eines schnell wachsenden Welpen. Mit einem Lächeln sah er im Zimmer umher. Dann wurden die trägen blauen Augen fündig: »Ah, der berüchtigte Camille!«

Camille fuhr zusammen. Ohne das Adjektiv wäre es ihm lieber gewesen. Trotzdem, es war ein Anfang.

»Ich war zu einer Stippvisite in Paris«, erklärte Pétion, »und in allen Cafés habe ich Ihren Namen gehört. Dann habe ich Sie mir vom Abgeordneten de Robespierre beschreiben lassen – und Sie jetzt auf Anhieb erkannt!«

»Sie kennen de Robespierre?«

»Sehr gut sogar.«

Ach wirklich?, dachte Camille. »War es denn eine schmeichelhafte Beschreibung?«

»O ja, er hält große Stücke auf Sie.« Pétion strahlte ihn an. »Jeder tut das.« Er lachte. »Schauen Sie nicht so skeptisch.«

Mirabeaus Stimme dröhnte quer durch den Raum. »Brissot, was treibt man dieser Tage im Palais Royal?« Er wartete die Antwort nicht ab. »Schmutzige Ränke schmieden, wie üblich, nehme ich an – alle bis auf den guten Herzog Philippe, der zu simpel für Ränke ist. Schöße, Schöße, Schöße, an was anderes denkt er nicht.«

»Bitte«, sagte Duroveray. »Mein lieber Comte, bitte.«

»Bitte tausendmal um Vergebung«, sagte der Comte, »ich vergaß, dass Sie aus der Stadt Calvins stammen. Aber es stimmt. Sogar Teutch versteht mehr von Staatskunst. Zehnmal mehr.«

Brissot trat von einem Fuß auf den anderen. »Keine Anwürfe gegen den Herzog«, zischte er. »Laclos ist hier.«

»Ich schwöre, ich habe Sie nicht gesehen«, sagte der Graf. »Werden Sie tratschen?« Seine Stimme war seidenweich. »Was macht das Geschäft mit den unanständigen Büchern?«

»Wie kommen *Sie* denn hierher?«, fragte Brissot Camille im Schutz des Stimmengewirrs. »Wieso sind Sie auf solchem Fuß mit ihm?«

»Wenn ich das wüsste.«

»Meine Herren, ich bitte um Aufmerksamkeit.« Mirabeau bugsierte Camille vor sich und legte ihm seine großen ringegeschmückten Hände auf die Schultern. Jetzt war er ein neues Raubtier, auftrumpfend, gefährlich: ein Bär, der aus seiner Grube entkommen ist. »Das ist meine Neuerwerbung, M. Desmoulins.«

Der Abgeordnete Pétion lächelte ihm aufmunternd zu. Laclos fing seinen Blick auf und wandte sich ab.

»So, meine Herren, wenn Sie mich kurz allein lassen, damit ich mich ankleiden kann … Teutch, die Tür für die Herren, ich bin gleich bei Ihnen.« Einer nach dem anderen verließen sie den Raum. »Sie bleiben hier«, befahl er Camille.

Mit einem Mal herrschte Schweigen. Der Comte strich sich übers Gesicht. »Was für eine Farce«, sagte er.

»Ja, es scheint ziemlich sinnlos. Aber ich weiß nicht, wie diese Dinge gedacht sind.«

»Sie wissen überhaupt sehr wenig, mein Lieber, aber Ihre streberhaften kleinen Meinungen krähen Sie trotzdem heraus.« Mit federndem Schritt ging er durch das Zimmer, die Arme weit ausgebreitet. »Der Aufstieg und Aufstieg des Comte de Mirabeau. Jetzt müssen sie zu mir kommen, alle müssen sie in die Höhle des Löwen. Laclos kommt her, mit dieser spitzen Nase, die ständig zuckt. Brissot ditto. Er macht mich nervös, dieser Brissot, nie kann er stillstehen. Nicht dass er im Zimmer herumrennt wie Sie, er zappelt nur so. Übrigens, sehe ich das richtig, dass Sie sich von Orléans bezahlen lassen? Sehr gut. Man muss leben, und wenn es sich irgendwie einrichten lässt, auf Kosten anderer. Teutch«, sagte er, »du darfst mich rasieren, aber schmier mir keinen Schaum in den Mund, ich will reden.«

»Das ist ja ganz was Neues«, sagte der Mann. Sein Dienstherr beugte sich vor und puffte ihn in die Rippen. Teutch verschüttete etwas heißes Wasser, schien aber sonst unerschüttert.

»Ich bin sehr gefragt bei den Patrioten«, bemerkte Mirabeau. »Patrioten! Ist Ihnen aufgefallen, dass man keine drei Sätze mehr lesen kann, ohne über das Wort ›Patriot‹ zu stolpern? Ihr Pamphlet wird erscheinen, nächsten Monat, spätestens übernächsten.«

Camille saß da und betrachtete ihn versonnen. Er fühlte sich, als triebe er auf dem Meer.

»Verleger sind ein feiges Pack«, sagte der Comte. »Wenn ich im Inferno das Sagen hätte, würde ich ihnen ihren eigenen Höllenkreis einrichten, wo sie langsam auf weiß glühenden Druckerpressen geröstet würden.«

Camilles Augen glitten über Mirabeaus Gesicht. Die Launen und Spannungen, die sich dort abzeichneten, schienen ihm ein Indiz dafür, dass der Teufel nicht auf ihn ganz allein setzte. »Sind Sie verheiratet?«, fragte ihn der Comte unvermittelt.

»Nein, aber gewissermaßen verlobt.«

»Hat sie Geld?«

»Ziemlich viel.«

»Sie wachsen mir mit jedem Eingeständnis mehr ans Herz.« Er scheuchte Teutch weg. »Ich denke, Sie ziehen besser hier ein, zumindest wenn Sie in Versailles sind. Ich glaube nicht, dass man Sie frei herumlaufen lassen sollte.« Er zog an seiner Halsbinde. Seine Stimmung war umgeschlagen. »Wissen Sie, Camille«, sagte er leise, »Sie fragen sich vielleicht, was Sie hier machen, aber ich frage mich bei mir ganz das Gleiche … Hier zu sein, in Versailles, und täglich darauf zu warten, dass ich zum König bestellt werde, und das kraft meiner Schriften, meiner Reden, der Unterstützung, die ich im Volk genieße … dass ich endlich die mir bestimmte Rolle in diesem Königreich spielen darf … Denn der König muss ja nach mir schicken, nicht wahr? Nachdem all die alten Rezepte versagt haben.«

»Ich denke schon. Aber Sie müssen ihm ganz klar zeigen, was für ein gefährlicher Gegner Sie sein können.«

»Ja … und das wird gleich das nächste Vabanquespiel. Haben Sie je versucht, sich umzubringen?«

»Der Gedanke kommt mir zuweilen.«

»Es ist eine einzige Farce«, sagte der Comte bissig. »Ich hoffe, Sie haben einen flotten Spruch auf den Lippen, wenn Sie wegen Hochverrat angeklagt werden.« Er senkte die Stimme wieder. »Ja, ganz meine Erfahrung, es erscheint als eine Option. Die Leute sagen ja gern, sie bereuen nichts, sie prahlen damit, aber ich, ich bereue vieles – meine Schulden, die täglich anwachsen, die Frauen, die ich entehrt und dann fallengelassen habe, meine eigene Natur, die ich nicht zügeln kann, die zu zügeln ich nie gelernt habe, die es nie gelernt hat, den rechten Moment abzuwarten … Doch, der Tod ist mir durchaus schon als Atempause erschienen, als Erlösung von mir selbst. Aber ich war ein Tor. Jetzt will ich leben, damit …« Er brach ab. Er hatte sagen wollen, dass er gebüßt hatte, dass man ihm seine Irrtümer aufs grausamste zu fühlen gegeben hatte, dass er sturmreif geschossen, abgewürgt, erniedrigt worden war.

»Damit was?«

Mirabeau grinste. »Damit ich ihnen die Hölle heiß machen kann.«

La Grande Salle des Menus Plaisirs hieß der Raum, der Saal der unbedeutenden Vergnügungen. Bisher hatte er als Requisitenkammer für Theateraufführungen bei Hof gedient. Beide Tatsachen blieben nicht unkommentiert.

Nachdem der König den Saal zum geeigneten Versammlungsort für die Generalstände erklärt hatte, ließ er Schreiner und Maler anrücken. Sie hängten quastengeschmückte Samtportieren auf, errichteten Säulen aus Pappe und bepinselten sie mit Goldfarbe. Es sah leidlich prächtig aus und kostete wenig. Zur Rechten und zur Linken des Throns wurden Stühle für Klerus und Adel aufgestellt, der Dritte Stand hatte sich mit einer ungenügenden Anzahl nackter Holzbänke an der Rückwand zu begnügen.

Es fing schlecht an. Nach seinem feierlichen Einzug blickte der König mit dümmlichem Lächeln auf die Versammlung herab und lüftete seinen Hut. Dann bestieg er den Thron und setzte den Hut wieder auf. Die leuchtenden Soutanen und Seidengewänder rauschten und raschelten, als ihre Träger Platz nahmen. Dreihundert Federhüte wurden gelüpft und zurück auf dreihundert adlige Häupter gestülpt. Das einfache Volk, so schrieb die Etikette vor, hatte in Gegenwart des Monarchen hutlos und stehend auszuharren.

Nach ein paar Sekunden klatschte sich ein rotgesichtiger Mensch seinen Hut auf den Kopf und setzte sich unter lautem Gepolter hin. Wie ein Mann nahm der Dritte Stand seine Plätze ein. Der Comte de Mirabeau zwängte sich mit allen anderen auf die Bänke.

Unerschüttert erhob Seine Majestät sich zu seiner Ansprache. Ihm persönlich war es ohnehin eine Zumutung erschienen, die armen Leute den ganzen Nachmittag stehen zu lassen, nachdem sie schon drei Stunden vor dem Saal auf Einlass gewartet hatten. Jetzt hatten sie die Initiative ergriffen; er würde ihnen keinen Strick daraus drehen. Er begann zu sprechen. Schon nach den ersten Sätzen beugte sich jeder zu seinem Vordermann vor. Wie? Was hat er gesagt?

Im Nu war klar: Hier konnten nur Hünen mit ehernen Lungen bestehen. Mirabeau als ein solcher Hüne lächelte.

Der König sagte – letztlich sehr wenig. Er sprach von der Schuldenlast durch den Krieg in Amerika. Er sagte, das Steuersystem werde vielleicht reformiert. Wie, sagte er nicht. Als Nächster erhob sich M. Barentin, Justizminister, Großsiegelbewahrer. Er warnte vor überstürztem Handeln und gefährlichen Neuerungen, lud die Stände ein, am nächsten Tag getrennt zusammenzutreten, um Posten zu verteilen und ihr Vorgehen festzulegen. Er setzte sich wieder.

Es war der feste Wille des Dritten Standes, dass die Stände geschlossen zusammentraten und jede Stimme einzeln zählte. Andernfalls würden sich Klerus und Adel gegen das Volk verbünden, und das großmütige Zugeständnis doppelter Repräsentanz – ihre sechshundert gegen die zweimal dreihundert von Adel und Kirche – würde nichts wert sein. Sie konnten ebenso gut heimgehen.

Aber nicht vor Neckers Rede. Der Generalfinanzdirektor stand auf, gespannte Stille trat ein, und Maximilien de Robespierre rutschte kaum merklich auf seiner Bank vor. Necker begann. Man hörte ihn besser als Barentin. Er nannte Zahlen, Zahlen, Zahlen.

Nach zehn Minuten folgten Maximilien de Robespierres Blicke denen der anderen Männer im Saal. Die Hofdamen saßen nach Bänken gereiht wie Teller auf einem Tellerbord: steif, eingeschirrt in ihre unmöglichen Gewänder, Korsette und Schleppen. Kerzengerade saß eine jede da, doch dann, wenn sie müde wurde, lehnte sie sich an die Knie der Dame hinter ihr. Zehn Minuten später begannen diese Knie zu rucken und zu zucken, worauf die vordere Dame sich eilends aufrichtete. Bald erschlaffte sie jedoch wieder, wippte, gähnte, rutschte hin und her auf dem engen Raum, der ihr zugebilligt wurde, raschelte, seufzte stumm in sich hinein und betete, dass die Pein bald beendigt sein möge. Wie sie sich danach sehnten, sich vorzubeugen, den Kopf auf die Knie betten zu dürfen! Der Stolz hielt sie aufrecht – mehr oder weniger. Arme Dinger, dachte er. Arme kleine Geschöpfe. Ihr Rücken zerbricht.

Die erste halbe Stunde ging vorüber. Necker musste schon vorher im Saal gewesen sein und die Akustik getestet haben, denn seine Rede war halbwegs zu verstehen; ein Jammer nur, dass nichts daran einen Sinn ergab. Wir hatten auf ein Zeichen gehofft, dachte Max, auf ein paar – ja, gut klingende Worte. Inspiration, wie auch immer man dazu sagen will. Necker zeigte nun doch Ermüdungserscheinungen. Die Stimme versagte ihm. Auch dafür war vorgesorgt. Er hatte einen Stellvertreter dabei. Er schob ihm sein Skript hin. Der Stellvertreter stand auf und fing zu lesen an. Er hatte eine Stimme wie eine knarzende Zugbrücke.

Max' gesondertes Augenmerk galt nun der Königin. Während der Rede ihres Mannes hatte sie konzentriertes Stirnrunzeln gemimt. Als Barentin sich erhob, hatte sie den Blick gesenkt. Jetzt ließ sie ihn schweifen, ganz offen ließ sie ihn die Bänke der Volksvertreter entlangwandern. Sie beobachtete das Volk dabei, wie es sie beobachtete. Ab und zu sah sie flüchtig in ihren Schoß und bewegte die Finger ein wenig, um ihre Diamanten blitzen zu lassen. Dann hob sie den Kopf wieder, und erneut drehte sich das Gesicht mit der Habsburgerlippe hin und her, hin und her. Sie schien zu suchen, zu suchen. Wonach suchte sie? Nach einem bestimmten Gesicht über den schwarzen Mänteln … einem Feind? Einem Freund? Ihr Fächer zuckte in ihrer Hand wie ein gefangener Vogel.

Drei Stunden später stolperten die Deputierten benommen hinaus ins Sonnenlicht. Eine große Gruppe sammelte sich um Mirabeau, der zu ihrer Erbauung M. Neckers Rede zerpflückte. »Eine Rede, meine Herren, wie man sie von einem mäßig begabten Bankangestellten erwarten würde … Was das Defizit betrifft, das ist unser bester Freund. Wenn der König kein Geld auftreiben müsste, wären wir dann hier?«

»Wir können uns das Hiersein schenken«, bemerkte ein Abgeordneter, »wenn wir nicht nach Köpfen abstimmen dürfen.« Mirabeau schlug dem Mann auf den Rücken, dass er taumelte.

Max ging auf Abstand. Er wollte kein Schulterklopfen von Mirabeau riskieren, auch kein versehentliches; der Mann machte so großzügigen Gebrauch von seinen Fäusten. Gleich darauf spürte er, wie jemand ihm auf die Schulter tippte, gerade nur tippte. Er drehte sich um. Einer der bretonischen Abgeordneten. »Taktikbesprechung heute Abend um acht bei mir, einverstanden?«

Max nickte. Er meint nicht *Taktik*, dachte er, er meint *Strategie*: die Kunst, dem Feind Zeit, Ort und Bedingungen für die Schlacht zu diktieren.

Und hier kam der Abgeordnete Pétion. »Wozu diese bescheidene Zurückhaltung, de Robespierre? Sehen Sie – ich habe Ihren Freund gefunden.« Mutig stürzte er sich in das Getümmel um Mirabeau. Im nächsten Moment tauchte er wieder auf, im Schlepptau Camille Desmoulins. Pétion war ein gefühlsseliger Mann; gerührt trat er beiseite, um dem Wiedersehen beizuwohnen. Mirabeau stampfte davon, in angeregtem Gespräch mit Barnave. Camille griff nach de Robespierres Händen. Sie waren kühl, fest, trocken. Camille spürte, wie sein Herzschlag sich verlangsamte. Über die Schulter warf er einen Blick hinter dem weggehenden Mirabeau her. Sekundenlang sah er den Comte in einem veränderten Licht: als alternden Granden in einem lauten Melodram. Er sehnte sich aus dem Theater fort.

Am 6. Mai tagten Klerus und Adel getrennt in den Räumlichkeiten, die man ihnen zuwies. Aber für den Dritten Stand war nur die Grande Salle des Menus Plaisirs groß genug. Sie durften darum bleiben, wo sie waren. »Der König hat einen Fehler begangen«, sagte de Robespierre. »Er hat uns das Feld überlassen.« Er staunte über sich selbst: Vielleicht fruchteten die Gelegenheitsunterhaltungen mit Lazare Carnot, dem Militäringenieur, ja doch. Bald würde er seine Nervosität überwinden und vor die Menge der Versammelten treten müssen. Arras schien weit, weit weg.

Der Dritte Stand kann natürlich keine echten Beschlüsse fassen. Täte er das, hieße dies sich mit dem Status einer getrennten Versammlung zu bescheiden. Er bescheidet sich nicht. Er fordert die beiden anderen Stände zum Zurückkehren auf. Adel und Klerus weigern sich. Patt.

»Ab jetzt notieren Sie einfach alles mit, was ich sage.«

Die Genfer Sklaven hielten kleine Zettel auf den Knien, Zettel mit Büchern als Unterlage. Sämtliche Oberflächen, die zum Schreiben hätten dienen können, waren mit Mirabeaus Papieren bedeckt. Von Zeit zu Zeit wechselten sie Blicke, ausgebuffte Revolutionsveteranen, die sie waren. Der Comte tigerte auf und ab, mit einem Stapel Aufzeichnungen wedelnd. Er trug sein karmesinrotes Negligé, die Ringe an seinen dicht behaarten Pranken fingen das Kerzenlicht ein und schossen Feuerblitze durch das stickige Zimmer. Es war ein Uhr nachts. Teutch kam herein.

TEUTCH: Monsieur …

MIRABEAU: Raus.

[Teutch zieht die Tür hinter sich zu.]

MIRABEAU: Der Adel möchte also nicht mit uns tagen. Er hat gegen unseren Vorschlag votiert – mit einer klaren Mehrheit von einhundert Stimmen. Der Klerus will auch nicht mit uns tagen, aber er hat 133 zu 114 abgestimmt, sehe ich das richtig?

DIE GENFER: Das sehen Sie richtig.

MIRABEAU: Sehr knapp also. Das hat etwas zu sagen.

[Er geht auf und ab. Die Genfer kritzeln. Es ist 2:15. Teutch kommt herein.]

TEUTCH: Monsieur, da ist ein Mann mit einem sehr schweren Namen, der Sie schon seit elf sprechen will.

MIRABEAU: Was soll das sein, ein schwerer Name?

TEUTCH: Ich kann ihn nicht verstehen.

MIRABEAU: Na, dann lass ihn dir auf einem Zettel aufschreiben und bring mir den, du Schwachkopf!

[Teutch geht hinaus.]

MIRABEAU *[schweift ab]*: Necker. Was ist Necker, in drei Teufels Namen? Was qualifiziert ihn für sein Amt? Was in aller Welt lässt ihn so gut dastehen? Ich sage Ihnen, was es ist – der Mann hat keine Schulden und keine Mätressen. Ist es *das*, was die Öffentlichkeit heutzutage will – einen Schweizer Pfennigfuchser ohne Eier in der Hose? Nein, Dumont, schreiben Sie das nicht mit.

DUMONT: Sie klingen, als wären Sie neidisch auf Necker, Mirabeau. Auf sein Ministeramt.

[2:45. Teutch kommt mit einem Zettel. Mirabeau rupft ihn ihm aus der Hand und schiebt ihn in seine Tasche.]

MIRABEAU: Vergessen Sie Necker. Er wird ohnehin vergessen werden. Kommen wir wieder zur Sache. So wie es aussieht, ist unsere beste Hoffnung der Klerus. Wenn wir ihn auf unsere Seite ziehen können …

[Um 3:15 fischt er den Zettel aus seiner Tasche.]

MIRABEAU: De Robespierre. Kurioser Name … Gut, alles steht und fällt also mit diesen neunzehn Priestern. Das heißt, ich brauche eine Rede, die sie nicht nur *einlädt*, sondern die sie *beflügelt* – keine gute Rede, sondern eine phänomenale Rede. Eine Rede, die ihnen ihre Interessen und ihre Pflichten gestochen scharf vor Augen führt.

DUROVERAY: Und eine, die den Namen Mirabeau ganz nebenbei für alle Zeit und Ewigkeit in Glorienschein taucht.

MIRABEAU: Auch nicht ganz unwichtig.

[Teutch kommt herein.]

MIRABEAU: Himmelherrgott, willst du alle zwei Minuten hier hereinpoltern und mit der Tür knallen? Ist M. de Robbepierre noch da?

TEUTCH: Ja, Monsieur.

MIRABEAU: Was für eine geduldige Seele er sein muss. Ich wünschte, ich hätte diese Geduld. Mach dem braven Abgeordneten meinetwegen eine heiße Schokolade, Teutch, in deiner christlichen Nächstenliebe, und sag ihm, ich empfange ihn bald.

[4:30. Mirabeau spricht. Ab und zu bleibt er vor einem Spiegel stehen, um die Wirkung einer Geste zu überprüfen. M. Dumont ist eingeschlafen.]

MIRABEAU: M. de Robinpère immer noch da?

[5:00. Die gefurchte Stirn glättet sich.]

MIRABEAU: Mein Dank, mein Dank an Sie alle. Wie kann ich Ihnen jemals genug danken? Das Zusammenwirken Ihrer Gelehrsamkeit, mein lieber Duroveray, mit Ihrem … Schnarchen, mein lieber

Dumont – all Ihre einzigartigen Gaben, zusammengeschweißt durch mein rednerisches Genie …

[Teutch steckt den Kopf zur Tür herein.]

TEUTCH: Sind Sie fertig? Er wartet nämlich immer noch.

MIRABEAU: Unser großes Werk ist vollbracht. Bring ihn herein, bring ihn herein.

[Morgenlicht glänzt hinter dem Kopf des Abgeordneten aus Arras, als er das stickige kleine Zimmer betritt. Der Tabakqualm brennt ihm in den Augen. Er fühlt sich unterlegen, weil seine Kleider verknittert und seine Handschuhe schmutzig sind; er hätte sich vorher umziehen sollen. Mirabeau, in weit ärgerem Aufzug, mustert ihn: jung, blutarm, übermüdet. De Robespierre muss sich konzentrieren, um ein Lächeln zustande zu bringen. Er streckt eine schmale Hand mit abgekauten Nägeln aus. Mirabeau übersieht die Hand und berührt ihn leicht an der Schulter.]

MIRABEAU: Mein lieber M. Robispère, setzen Sie sich. Oh, kein Platz mehr frei?.

DE ROBESPIERRE: Schon in Ordnung. Ich habe ja eine Weile gesessen.

MIRABEAU: Ja, tut mir leid. Der Termindruck …

DE ROBESPIERRE: Schon in Ordnung.

MIRABEAU: Entschuldigen Sie. Ich versuche mir Zeit für jeden Abgeordneten zu nehmen, der mich sprechen möchte.

DE ROBESPIERRE: Ich will Sie auch nicht lange aufhalten.

[Hör auf, dich zu entschuldigen, befiehlt Mirabeau sich. Es macht ihm nichts, er hat es gerade selber gesagt.]

MIRABEAU: Haben Sie etwas Besonderes auf dem Herzen, M. de Robertspierre?

[Der Abgeordnete zieht ein paar zusammengefaltete Seiten aus seiner Tasche. Er reicht sie Mirabeau.]

DE ROBESPIERRE: Das ist der Text einer Rede, die ich morgen gern halten möchte. Ich dachte, vielleicht können Sie ihn durchlesen und mir Ihre Meinung sagen? Auch wenn er doch recht lang ist und Sie sicher ins Bett wollen …?

MIRABEAU: Natürlich lese ich ihn. Es ist mir ein Vergnügen. Das Thema Ihrer Rede, M. de Robespère?

DE ROBESPIERRE: Meine Rede lädt den Klerus ein, sich dem Dritten Stand anzuschließen.

[Mirabeau fährt herum. Seine Faust ballt sich um die Seiten. Duroveray stützt den Kopf in die Hände und stöhnt unhörbar. Aber als der Comte sich wieder zu de Robespierre umdreht, sind seine Züge glatt, die Stimme samtig.]

MIRABEAU: M. de Robinpère, ich muss Sie beglückwünschen. Sie greifen genau die Frage auf, die uns morgen beschäftigen sollte. Wir müssen mit allen Mitteln sicherstellen, dass der Vorschlag angenommen wird, nicht wahr?

DE ROBESPIERRE: Unbedingt.

MIRABEAU: Aber haben Sie daran gedacht, dass auch andere Mitglieder unserer Versammlung diese Frage aufgreifen könnten?

DE ROBESPIERRE: Sicher, es wäre seltsam, wenn niemand das täte. Deshalb komme ich ja zu Ihnen, ich dachte, Sie haben Einblick in die Pläne, schließlich wollen wir nicht, dass einer nach dem anderen aufsteht und dasselbe sagt.

MIRABEAU: Es mag Sie beruhigen zu hören, dass ich selbst eine kleine Rede vorbereitet habe, die sich mit dem Thema befasst. *[Mirabeau liest, während er spricht.]* Darf ich anregen, dass die Frage von jemandem angesprochen wird, der unseren Mit-Abgeordneten bekannt ist, von einem erfahrenen Redner? Der Klerus könnte weniger geneigt sein, sein Ohr einem Mann zu leihen, der – wie soll ich sagen? – sein überragendes Talent erst noch enthüllen muss.

DE ROBESPIERRE: Enthüllen? Wir sind keine Zauberer, Monsieur. Wir sind nicht hier, um Kaninchen aus unseren Hüten springen zu lassen.

MIRABEAU: Seien Sie sich da nicht zu gewiss.

DE ROBESPIERRE: Immer vorausgesetzt, jemand besäße überragende Talente – kann es einen besseren Zeitpunkt geben, um sie zu enthüllen?

MIRABEAU: Bei allem Verständnis für Ihren Standpunkt möchte ich doch vorschlagen, dass Sie in diesem Fall zurückstehen, dem Allgemeinwohl zuliebe. Verstehen Sie, ich kann mir sicher sein, dass ich die Zuhörer mitreiße. Und wenn ein berühmter Name eine Sache zu der seinen macht –

[Mirabeau bricht jäh ab. Auf dem zarten dreieckigen Gesicht des jungen Mannes malt sich leise Verachtung. Aber sein Ton ist nach wie vor ehrerbietig.]

DE ROBESPIERRE: Meine Rede ist eine sehr gute Rede, sie enthält alle nötigen Argumente.

MIRABEAU: Ja, aber es ist der Redner, der – lassen Sie mich ganz offen sein, M. de Robertpère, ich habe die ganze Nacht an meiner Rede gefeilt und gedenke sie auch zu halten, darum bitte ich Sie in aller angebrachten Herzlichkeit und Freundschaft, sich eine andere Gelegenheit für Ihr Debüt zu suchen oder aber sich auf ein paar wenige Worte zu meiner Unterstützung zu beschränken.

DE ROBESPIERRE: Nein, dazu bin ich nicht bereit.

MIRABEAU: Ach, dazu sind Sie nicht bereit? *[Befriedigt sieht er, wie der junge Mann beim Klang seiner erhobenen Stimme zusammenzuckt.]* Mein Wort ist es, das bei unseren Versammlungen Gewicht hat. Sie kennt keiner. Die Leute werden nicht einmal ihre Privatgespräche unterbrechen, um Ihnen zuzuhören. Schauen Sie sich Ihr Geschreibsel doch an, viel zu blumig, viel zu geschraubt, ausbuhen wird man Sie!

DE ROBESPIERRE: Sie können mir keine Angst machen. *[Kein bloßes Geprahle. Mirabeau fasst ihn ins Auge. Die Erfahrung hat ihn gelehrt, dass er fast allen Menschen Angst machen kann.]* Schauen Sie, ich will Sie ja gar nicht daran hindern, Ihre Rede zu halten. Halten Sie sie, wenn es sein muss, und danach halte ich meine.

MIRABEAU: Verdammt, aber Sie sagen doch genau dasselbe, Mann!

DE ROBESPIERRE: Ich weiß – ich denke mir nur, da Sie einen Namen als Demagoge haben, traut man Ihnen vielleicht weniger.

MIRABEAU: Demagoge?

DE ROBESPIERRE: Politiker.

MIRABEAU: Und was sind Sie dann?

DE ROBESPIERRE: Einfach ein normaler Bürger.

[Das Gesicht des Comte läuft dunkelrot an, er wühlt in seinen Haaren, dass sie wild in die Höhe stehen.]

MIRABEAU: Sie machen sich zum Gespött.

DE ROBESPIERRE: Lassen Sie das ruhig meine Sorge sein.

MIRABEAU: Sie kennen es wahrscheinlich nicht anders.

[Er wendet sich ab. In Duroveray kommt plötzlich Leben.]

DUROVERAY: Dürfte ich einen Kompromiss vorschlagen?

DE ROBESPIERRE: Nein. Ich habe ihm einen Kompromiss angeboten, und er hat abgelehnt.

[Schweigen tritt ein. Mittenhinein ein tiefer Seufzer des Comte. Reiß dich am Riemen, Mirabeau, befiehlt er sich. Jetzt. Gib dich konziliant.]

MIRABEAU: M. de Robinspère, das ist alles ein Missverständnis. Wir wollen doch nicht streiten.

[De Robespierre setzt seine Brille ab und reibt sich mit Daumen und Zeigefinger die juckenden Augenwinkel. Mirabeau sieht, dass sein linkes Augenlid nervös zuckt. Gewonnen, denkt er.]

DE ROBESPIERRE: Ich sollte jetzt gehen. Sie wollen sich bestimmt noch ein, zwei Stunden hinlegen.

[Mirabeau lächelt. De Robespierre sieht hinunter auf den Teppich, wo die Seiten seiner Rede liegen, zusammengeknüllt und in Fetzen.]

MIRABEAU: Ich muss mich entschuldigen. Ein kindischer Affekt. *[De Robespierre bückt sich und hebt die Seiten auf, mit einer Geschmeidigkeit, die nichts Müdes an sich hat.]* Soll ich sie ins Feuer werfen? *[De Robespierre übergibt sie ihm brav. Der Comte entspannt sich merklich.]* Sie müssen einmal zu mir zum Essen kommen, de Robertpère.

DE ROBESPIERRE: Danke, ich komme sehr gern. Und denken Sie sich nichts wegen der Seiten – ich habe noch ein Exemplar, von dem ich meine Rede nachher ablesen kann. Ich hebe meine Entwürfe immer auf.

[Aus den Augenwinkeln sieht Mirabeau, wie Duroveray scharrend seinen Stuhl zurückschiebt, aufsteht und sich diskret ans Herz fasst.]

MIRABEAU: Teutch.

DE ROBESPIERRE: Bemühen Sie Ihren Diener nicht, ich finde allein hinaus. Der Name ist übrigens Robespierre.

MIRABEAU: Ach. Ich dachte, de Robespierre.

ROBESPIERRE: Nein. Einfach nur Robespierre.

D'Anton ging zum Palais Royal, um Camille reden zu hören. Er blieb am Rand der Menge und suchte sich eine Säule zum Anlehnen, sodass er mit verschränkten Armen und überlegenem Lächeln dastehen und dem Treiben zusehen konnte. Camille sagte scharf zu ihm: »Du kannst nicht dein Leben lang Voyeur sein. Es wird Zeit, dass du eine Haltung einnimmst.«

Worauf d'Anton erwiderte: »Eine Pose, meinst du wohl eher.«

Camille steckte jetzt ständig mit Mirabeau zusammen. Sein Vetter de Viefville grüßte ihn kaum mehr. In Versailles debattierten die Abgeordneten – als hätte das Debattieren irgendeinen Sinn. Wenn der Comte das Wort ergriff, raschelte Missbilligung wie Herbstlaub. Der Hof hatte noch immer nicht nach ihm gesandt; an den Abenden brauchte er viel Gesellschaft, um sich bei Laune zu halten. Der Comte verhandelte mit Lafayette: Bekehren Sie die liberalen Adligen, bettelte er. Den Abbé Sieyès beschwor er: Bearbeiten Sie die armen Priester, ihr Herz schlägt für das Volk, nicht für ihre Bischöfe. Der Abbé legte die Fingerspitzen aneinander; er war ein gebrechlicher, stiller, blasser Mann, der seine Worte von den Lippen fallen ließ, als wären sie in

Stein gehauen – sich nie einen Scherz erlaubte, nie diskutierte. Die Politik, sagte er, ist eine Wissenschaft, die ich zur Vollendung geführt habe.

Als Nächstes schlug die Faust des Comte auf den Schreibtisch des Versammlungspräsidenten, M. Bailly, um dort seinen Anregungen Nachdruck zu verleihen. M. Bailly betrachtete ihn mit besorgter Miene; er war ein namhafter Astronom, dem, wie jemand einmal bemerkt hatte, an der Revolution der Planeten mehr lag als an der irdischen Revolution. Denn »Revolution« war nun das Wort der Stunde, nicht nur im Palais Royal, sondern auch hier inmitten von Quasten und Goldfarbe. Man hörte es von den Lippen des Abgeordneten Pétion, wenn er sein gepudertes Haupt zum Abgeordneten Buzot hinüberneigte, einem sympathischen jungen Anwalt aus Evreux. Zwanzig oder dreißig Männer saßen jetzt immer zusammen, verdrossenes Murmeln war von ihnen zu hören, und manchmal lachten sie. Die Jungfernrede des Abgeordneten Robespierre musste aus formalen Gründen ungehalten bleiben.

Die Leute fragten sich, wodurch er Mirabeau verärgert hatte – in diesem frühen Stadium! »Das rabiate Lamm«, so nannte ihn Mirabeau.

Der Erzbischof von Aix trat vor den Dritten Stand, einen Kanten steinharten schwärzlichen Brotes in den Händen und Krokodilstränen in den Augen. Er rief die Abgeordneten auf, nicht noch mehr Zeit mit fruchtlosem Debattieren zu vergeuden. Die Menschen hungerten, und das sei es, was sie zu essen bekämen. Er hielt das Brot mit spitzen Fingern in die Höhe; er zog ein Taschentüchlein hervor, das mit seinem Wappen bestickt war, und wischte sich den bläulich-weißen Schimmel von den Händen. Wie ekelhaft, sagten die Abgeordneten. Am besten, sagte er, sie vergaßen das verfahrensrechtliche Hickhack und taten sich mit den beiden anderen Ständen zusammen, um über Abhilfe zu beraten.

Robespierre steht auf. Er geht vor zum Podium. Er hat Angst, jemand könnte ihn abhalten wollen, er sieht sie schon von ihren Sitzen aufspringen, um ihm zuvorzukommen, darum senkt er seinen kleinen, adretten Kopf wie ein Stier und eilt vorwärts, um sie abzuschütteln. Er weiß: Wenn sie sich auch nur für eine Sitzung, für eine Abstimmung mit den anderen Ständen zusammentun, ist die Sache verloren. Es ist eine Falle, in die der Erzbischof sie da locken will. Die wenigen Schritte scheinen ihm endlos, als stapfte er durch tiefen Schlamm bergaufwärts, seinen Protest herausschreiend mit einer Stimme, die der Sturm ihm von den Lippen reißt. Sein Herz sitzt ihm hoch oben in der Kehle, ein Klumpen von exakt der gleichen Größe wie der Brotkanten in der Hand des Erzbischofs. Er dreht sich um, sieht unter sich Hunderte von weißen, leeren, emporgewandten Gesichtern und hört in der jähen Stille seine Stimme, klar und schneidend:

»Sollen sie ihre Equipagen verkaufen und das Geld den Armen geben …«

Ein Moment des Stutzens. Beifall wird keiner laut, aber ein Murmeln, scharf und gespannt. Die Leute stehen auf, um besser sehen zu können. Er errötet ein wenig bei so viel Beachtung. Damit beginnt alles: am 6. Juni 1789, nachmittags um drei.

6. JUNI, um sieben Uhr, Lucile Duplessis' Tagebuch:

Sollen wir auf ewig kriechen? Wann finden wir das Glück, nach dem wir doch alle streben? Der Mensch ist so leicht zu blenden – kaum vergisst er sich, hält er sich für glücklich. Nein, auf Erden gibt es kein Glück, es ist nur eine Chimäre. Erst wenn die Welt nicht mehr ist … Doch wie sie auslöschen? Sie so auslöschen, dass es nichts mehr gibt? Nichts! Dass sich die Sonne verfinstert, ihren Schein verliert? Was wird dann aus ihr? Wie wird sie zu einem Nichts?

Ihre Feder verharrt bei dem Wort *Nichts*, um es zu unterstreichen. Aber es kommt eigentlich ohne Unterstreichung aus, oder?

Ihr Vater sagt: »Du isst nichts, Lucile. Du schwindest dahin. Was ist mit meiner hübschen Tochter passiert?«

Sie nimmt Konturen an, Vater. Ihre Kanten treten hervor, Schultern und Handgelenke. Sie hat Schatten unter den Augen. Sie weigert sich, ihr Haar aufzustecken. Ihre Augen, früher lebhaft und flink, starren als dunkle Seen aus ihrem Gesicht.

Ihre Mutter sagt: »Lucile, ich wünschte, du würdest nicht ständig an deinem Haar herumspielen. Es erinnert mich an – ich meine, es macht mich nervös.«

Dann geh aus dem Zimmer, Mutter. Schau weg.

Ihr Herz muss aus Stein sein, es will einfach nicht brechen. Jeden Morgen erwacht sie quicklebendig, atmend, vollauf funktionsfähig, und beginnt ihren Tag in dem eisernen Rund der Gesichter. In den Augen ihres Vaters sieht sie die Spiegelung einer glücklichen jungen Frau Mitte zwanzig; eine rotbackige Kinderschar umringt sie, und hinter ihr steht ein handfester, ehrenwerter Mann in schön gebügeltem Rock mit einem Nebelflecken an der Stelle, wo sein Gesicht sein sollte. Den Gefallen wird sie ihnen nicht tun. Sie denkt über Selbstmordarten nach. Aber das hieße einen Schlussstrich ziehen – und ist nicht die wahre Leidenschaft ohnehin die auf ewig unerfüllte? Besser sie sucht sich ein Kloster, dreht sich unter einer gestärkten Haube auf dem Spieß metaphorischer Lust. Oder sie geht eines Tages zur Tür hinaus wie zu einer harmlosen Besorgung, fort zu Armut, Liebe, Risiko.

Miss Languish, so nennt d'Anton sie. Es hat etwas mit den englischen Stücken zu tun, die er liest.

Am 12. Juni schließen sich drei Landpfarrer dem Dritten Stand an. Bis zum 17. Juni sind sechzehn weitere hinzugekommen. Der Dritte Stand nennt sich jetzt »Nationalversammlung«. Am 20. Juni findet sich die

Nationalversammlung aus ihrem Saal ausgesperrt. Wegen Renovierung geschlossen, bescheidet man sie.

M. Bailly, ernst inmitten des grimmigen Gelächters, steht mit seinem Hut im Sommerregen. Dr. Guillotin, auch er Akademiemitglied, zupft ihn am Ellbogen. »Was ist mit dem Ballhaus dort vorne?«

Die in Hörweite Befindlichen starren ihn an. »Es ist nicht abgesperrt – viel Platz hätten wir darin nicht, ich weiß, aber ... Hat jemand einen besseren Vorschlag?«

Im Ballhaus heben sie Präsident Bailly auf einen Tisch. Sie schwören feierlich, nicht auseinanderzugehen, ehe sie Frankreich nicht eine Verfassung gegeben haben. Der Wissenschaftler, von Gefühl übermannt, reckt die Hand in klassischer Geste. Überhaupt ist es ein sehr römischer Moment. »Bleibt abzuwarten, wie sie zusammenhalten, wenn die Soldaten anrücken«, sagt der Comte de Mirabeau.

Drei Tage später – sie sind wieder in ihrem alten Quartier – kommt der König zu ihrer Sitzung. Mit zögernder, schwankender Stimme erklärt er ihre Beschlüsse für ungültig. Er wird ihnen ein Reformprogramm diktieren, er allein. Vor ihm ein stummes Meer schwarzer Röcke, gebleichter Krawatten, steinerner Gesichter: Männer, die für ihr eigenes Monument Modell sitzen. Er befiehlt ihnen, auseinanderzugehen, klaubt dann den Rest seiner Majestät zusammen und stolziert mit seinem Gefolge von dannen.

Im Nu ist Mirabeau auf den Füßen. Stets auf seine Legende bedacht, sieht er sich nach Stenographen und Presse um. Der Zeremonienmeister schaltet sich ein: Ob sie wohl so gut sein und die Versammlung auflösen wollen, wie der König es angeordnet hat?

MIRABEAU: Wenn Sie Befehl haben, uns aus diesem Saal zu vertreiben, brauchen Sie auch die Erlaubnis, Gewalt anzuwenden. Wir räumen unsere Sitze nur gezückten Bajonetten. Der König kann unseren Tod anordnen – sagen Sie ihm, wir sind alle bereit zu sterben –, aber er darf nicht hoffen, dass wir uns trennen, ehe nicht die Verfassung verabschiedet ist.

Und nur für seinen Nebenmann hörbar fügt er hinzu: »Wenn sie kommen, nehmen wir die Beine in die Hand.«

Einen Moment lang schweigen sie alle – die Zyniker, die Lästerer, die Aufrechner der Vergangenheit. Dann brandet der Beifall der Abgeordneten los. Später machen sie Platz, um ihn vorbeizulassen, und starren auf den unsichtbaren Lorbeerkranz in seinem ungebärdigen Haar.

»Die Antwort bleibt immer die gleiche, Camille«, sagte Momoro, der Drucker. »Wenn ich das herausbringe, landen wir beide in der Bastille. Und das Umarbeiten können Sie sich auch schenken, solange jede neue Version nur noch schlimmer als die alte wird.«

Camille seufzte und nahm sein Manuskript wieder an sich. »Ich komme wieder. Oder auch nicht.«

Auf dem Pont-Neuf hatte ihm eine Frau heute Morgen aus der Hand gelesen. Sie hatte ihm das Übliche gewahrsagt: Reichtum, Macht, Erfolg in Herzensdingen. Aber als er wissen wollte, ob er ein langes Leben haben würde, hatte sie seine Handfläche erneut studiert und ihm dann sein Geld zurückgegeben.

D'Anton saß in seiner Kanzlei, einen Berg Akten vor sich. »Komm doch heute Nachmittag mit in die Verhandlung«, forderte er Camille auf. »Dann kannst du zuschauen, wie ich deinen Freund Perrin zerlege.«

»Kannst du gegen niemanden Groll aufbringen außer gegen die Leute, gegen die du prozessierst?«

»Groll?« D'Anton klang verdutzt. »Das ist kein Groll. Ich komme sehr gut mit Perrin aus. Wenn auch nicht ganz so gut wie du.«

»Wie erträgst du es, dich immer nur mit solchen Petitessen zu befassen?«

»Die Sache ist die«, sagte d'Anton geduldig, »ich muss meinen Lebensunterhalt verdienen. Ich würde auch gern Ausflüge nach Versailles machen und da Zaungast spielen, aber nichtsdestoweniger erwarten mich um Punkt zwei Maître Perrin und eine geifernde Meute von Klägern.«

»Georges-Jacques, was willst du?«

D'Anton grinste. »Was werde ich wohl wollen?«

»Geld. Also gut, ich sorge dafür, dass du welches bekommst.«

Im Café du Foy tagt die Patriotische Gesellschaft des Palais Royal. Alle halbe Stunde treffen neue Nachrichten aus Versailles ein. Der Klerus läuft in Scharen über. Morgen, wird gemunkelt, kommen fünfzig Adlige dazu, angeführt von d'Orléans.

Die Patriotische Gesellschaft stellt einvernehmlich fest, dass ein Teuerungskomplott im Gange ist. Hamsterer in hohen Positionen hungern das Volk aus, um es gefügig zu machen. Es kann nicht anders sein, schließlich steigt der Brotpreis tagtäglich.

Der König zieht Truppen von der Grenze ab, sie sind bereits im Anmarsch, Tausende von deutschen Söldnern. Die unmittelbare Gefahr freilich geht von den Briganten aus, wie alle sie nennen. Sie kampieren vor den Toren von Paris, und trotz aller Sicherheitsvorkehrungen gelangen Nacht für Nacht ein paar mehr von ihnen in die Stadt. Es sind die Flüchtlinge aus den verarmten Provinzen, wo der Hagelsturm und der strenge Winter die Felder verwüstet haben – hungrig und gewalttätig streifen sie durch die Straßen wie Propheten, Knotenstöcke in den Händen; durch die Lumpen, die sie am Leib tragen, spießen ihre Rippen hervor. Nur wenige Frauen wagen sich noch ohne Begleitung auf die Straße. Meister bewaffnen ihre Lehrjungen mit Axtgriffen. Ladenbesitzer lassen sich stärkere Schlösser einbauen. Dienstmägde verstecken Küchenmesser unter ihren Schürzen, wenn sie um Brot anstehen. Dass die Briganten auch ihr Gutes haben, fällt nur den ganz Scharfsichtigen auf: der Patriotischen Gesellschaft des Palais Royal.

»Und sind deine Großtaten schon bis nach Guise gedrungen?«, fragte Fréron Camille.

»Ja, mein Vater schickt mir einen dicken Packen Ermahnungen. Und diesen Brief habe ich bekommen.« Er hielt ihn Fréron hin. Der Brief kam von seinem Vetter oder auch nicht Vetter Antoine Saint-Just, dem berüchtigten jugendlichen Straftäter aus Noyon. »Lies ihn«, sagte er. »Du kannst ihn auch gleich laut vorlesen.«

Fréron nahm den Brief. Eine winzige Krakelschrift. »Warum liest du ihn nicht selbst vor?«

Camille schüttelte den Kopf. In kleiner Runde zu sprechen, brachte er nicht über sich. (*»Wieso nicht?«* Er sah wieder Fabres Gesicht vor sich, Fabre in tiefster Nacht, außer sich vor Zorn: *»Wieso soll das schwerer sein, als vor einer großen Menge zu reden? Erklär mir das!«*)

»Wie du willst«, sagte Fréron. Ihm persönlich konnte es nur recht sein, wenn Camille in Alltagsfragen nicht zu tüchtig wurde.

Der Brief enthielt höchst interessante Neuigkeiten: Unruhen in der ganzen Picardie – aufgebrachte Volksmengen auf den Straßen – brennende Häuser – Müller und Gutsbesitzer, die um ihr Leben bangten. Aus den Schilderungen klang unterdrücktes Frohlocken.

»Tja«, sagte Fabre, »ich kann es kaum erwarten, deinen Vetter kennenzulernen! Scheint ja ein ausgemacht netter, friedliebender Zeitgenosse zu sein.«

»Mein Vater erwähnt das alles mit keinem Wort.« Camille nahm den Brief wieder an sich. »Meint ihr, Antoine übertreibt?« Stirnrunzelnd sah er auf die Seiten hinab. »Oje, seine Orthographie wird auch nicht besser … Er wünscht sich so dringend, dass etwas passiert, er hat sonst nicht viel vom Leben … Sonderbare Interpunktion, muss ich sagen, und dann diese Groß- und Kleinschreibung … Ich glaube, ich gehe nach Les Halles und schwatze ein bisschen mit den Marktleuten.«

»Noch eins von deinen heimlichen Lastern, Camille?«, erkundigte sich Fabre.

»Oh, das sind alles Picarden.« Fréron tastete nach der kleinen Pistole in seiner Rocktasche. »Sag ihnen, Paris braucht sie. Sag ihnen, sie sollen auf die Straße gehen.«

»Trotzdem verblüfft mich Antoine«, sagte Camille. »Während ihr dasitzt und nach guter alter Tradition die Ausschreitungen beklagt, ist ihm das Blut dieser Händler –«

»Genau das, was es dir auch ist, Camille«, unterbrach ihn Fabre. »Milch und Honig. Der Juli wird das Paradies für euch.«

7. Blutiger Ernst

(1789)

3. JULI 1789: De Launay, Kommandant der Bastille, an Monsieur de Villedeuil, Staatssekretär:

Ich habe die Ehre, Eurer Exzellenz mitzuteilen, dass wir das Privileg, sich auf den Türmen zu ergehen, welchselbiges Sie die Güte hatten, dem Marquis de Sade zuzugestehen, umständehalber bis auf Weiteres aussetzen mussten; woraufhin der Marquis am gestrigen Mittag an sein Fenster trat und aus voller Kehle, sodass die Vorübergehenden und alle im Umkreis es hören konnten, schrie, er werde ermordet, sämtliche Gefangenen in der Bastille würden dahingemetzelt, die Menschen sollten herbeikommen und ihnen helfen … Ihm Zutritt zu den Türmen zu gestatten, ist unmöglich, da die Kanonen geladen sind und es zu gefährlich wäre. Die gesamte Belegschaft wäre Ihnen hochverbunden, wenn Sie ihrer Bitte stattgeben und den Marquis de Sade umgehend verlegen lassen könnten.

(gezeichnet) *De Launay*

P. S. Er droht damit, wieder zu schreien.

In der ersten Juliwoche ging Laclos auf Beute aus. Auf seiner Gehaltsliste fehlten inzwischen nur noch einige wenige Namen.

Just an dem Tag, als er Camille Desmoulins im Palais Royal gehört hatte, war ein Exemplar seines unveröffentlichten, nur handschriftlich zirkulierenden Pamphlets in die Hände des Herzogs gelangt. Der Herzog erklärte, so ein Gekrakel könne kein Mensch lesen, sagte aber:

»Dieser Mann – der Kerl, der das geschrieben hat – den könnte man doch vielleicht brauchen, eh?«

»Ich kenne ihn«, sagte Laclos.

»Gut. Bestens. Besuchen Sie ihn doch mal wieder, ja?«

Laclos fragte sich, wie der Herzog dazu kam, Desmoulins für einen alten Freund von ihm zu halten.

Im Café du Foy saß Fabre d'Églantine und las aus seinem jüngsten Werk. Es klang nicht sehr vielversprechend. *Wird bald Geld brauchen,* vermerkte Laclos. Er hielt wenig von Fabre – aber gut, dachte er, für manche Aufgaben ist ein Idiot genau der Richtige.

Camille trat unauffällig zu ihm und ließ sich von ihm beiseitenehmen. »Und – wird es der 12.?«, fragte er.

Laclos war entsetzt über so viel Direktheit. Sah er denn nicht die unendliche Geduld, die unendliche Komplexität ihrer …? »Der 12. ist nicht machbar, wir planen jetzt für den 15.«

»Mirabeau sagt, bis zum 13. sind die deutschen und Schweizer Truppen hier.«

»Das Risiko müssen wir eingehen. Mir macht eher die Verständigung Sorgen. Die gesamte Bevölkerung eines Distrikts könnte abgeschlachtet werden, und eine halbe Meile weiter würde niemand etwas davon mitbekommen.« Er trank einen Schluck Kaffee. »Angeblich soll ja eine Bürgerwehr gebildet werden.«

»Mirabeau sagt, die Ladenbesitzer sorgen sich mehr wegen der Briganten als wegen der Truppen, deshalb wollen sie die Bürgerwehr.«

»Würden Sie wohl aufhören«, sagte Laclos verdrossen, »mir Mirabeaus Ansichten vorzubeten? Ich brauche sie nicht aus zweiter Hand, wenn er mir in der Versammlung tagtäglich die Ohren damit vollschreit. Sie sind immer gleich so fixiert auf die Leute, das ist das Problem bei Ihnen.«

Laclos kannte ihn jetzt erst seit ein paar Wochen, aber auch er redete schon von dem »Problem bei Ihnen«. Sollte das nie aufhören?

»Sie sind ja nur wütend«, sagte Camille, »weil Sie Mirabeau nicht für den Herzog kaufen konnten.«

»Oh, wir werden uns schon noch auf einen Preis einigen. Wie dem auch sei, es heißt, dass Lafayette – Potaufeu à la Washington, wie Sie ihn so treffend nennen – dieser Bürgerwehr vorstehen soll. Ihnen ist klar, dass wir das nicht zulassen dürfen.«

»Natürlich. Lafayette ist so reich, dass er den Herzog kaufen könnte.«

»Das braucht Sie nicht zu kümmern«, sagte Laclos kalt. »Erzählen Sie mir lieber etwas über Robespierre.«

»Vergessen Sie's«, sagte Camille.

»Oh, in der Versammlung ist er aber durchaus von Nutzen. Gut, noch fehlt ihm der rednerische Schliff. Die Leute lachen über ihn, aber er lernt dazu, er lernt dazu.«

»Ich sage nicht, dass er nicht von Nutzen ist. Aber Sie werden ihn nicht kaufen können. Und aus Liebe zum Herzog kommt er auch nicht zu Ihnen. Er ist nicht an Faktionen interessiert.«

»Woran dann? Sagen Sie es mir, ich kann alles arrangieren. Was für Schwächen hat er, nur das will ich von Ihnen wissen. Was für Laster?«

»Er hat keine Schwächen, soweit ich das beurteilen kann. Und Laster hat er mit Sicherheit keine.«

Laclos war perplex. »Aber jeder hat doch irgendwelche Laster.«

»In Ihrem Roman vielleicht.«

»Das schlägt alle Romane«, sagte Laclos. »Wollen Sie mir erzählen, dass der Mann kein Geld braucht? Keinen Posten? Keine Frau?«

»Über seine Finanzen weiß ich nichts. Wenn er eine Frau bräuchte, wüsste er sich im Zweifel selbst eine zu verschaffen.«

»Oder ist er – Sie kennen sich ja schon sehr lange, nicht wahr? – ist er möglicherweise *andersherum* veranlagt?«

»O nein, Gott bewahre.« Camille stellte seine Tasse hin. »Ganz sicher nicht.«

»Ja, ich gebe zu, es scheint schwer vorstellbar.« Laclos runzelte die Stirn. Er war gut darin, sich vorzustellen, was in anderer Leute Betten vor sich ging; das gehörte zu seinem Handwerkszeug. Aber den Abgeordneten aus Artois umgab eine merkwürdige Unschuld; Laclos konnte sich nur vorstellen, dass er sein Bett zum Schlafen benutzte. »Lassen wir das vorerst«, sagte er. »So viel der Mühen rechtfertigt M. Robespierre denn doch nicht. Wie steht es mit diesem Metzger, Legendre? Es gibt nichts, was er nicht zu sagen bereit wäre, höre ich, und er hat eine Mordslunge.«

»Ich hätte nicht gedacht, dass er das Format für den Herzog hat. Orléans muss ziemlich desperat sein.«

Laclos sah das leere, chronisch abgelenkte Gesicht des Herzogs vor sich. »Wir leben in desperaten Zeiten«, sagte er mit einem Lächeln.

»Wenn Sie jemanden aus dem Cordeliers-Distrikt suchen, wüsste ich einen viel besseren Mann als Legendre. Einen Mann, der Übung im Reden hat.«

»Sie meinen Georges d'Anton. Ja, ich habe ihn in meinen Akten. Er ist der königliche Rat, der letztes Jahr ein Amt unter Barentin abgelehnt hat. Seltsam, dass Sie mir jemanden empfehlen, der sich Barentin empfiehlt. Er hat etwas später noch ein weiteres Angebot abgelehnt – hat er Ihnen das gar nicht erzählt? Sie sollten allwissend sein, wie ich. Und – was gibt es über ihn zu sagen?«

»Er kennt in dem Distrikt jeden. Er ist extrem eloquent, er hat eine sehr durchsetzungsfähige Persönlichkeit. Seine Ansichten sind – gemäßigt. Sie könnten sich in die richtigen Bahnen lenken lassen.«

Laclos blickte auf. »Eine sehr hohe Meinung, die Sie da von ihm haben.«

Camille errötete, als hätte man ihn bei einem Betrugsversuch ertappt. Laclos betrachtete ihn aus wissenden blauen Augen, den Kopf schräggelegt. »Doch, ich erinnere mich an d'Anton. So ein Großer, Ungeschlachter. Eine Art Mirabeau für Arme, nicht wahr? Wirklich, Camille, warum haben Sie einen so eigentümlichen Geschmack?«

»Ich kann nicht alle Ihre Fragen gleichzeitig beantworten, Laclos. Maître d'Anton hat Schulden.«

Laclos lächelte, ein kurzes, befriedigtes Lächeln, als fiele eine Last von ihm ab. Es war einer seiner Erfahrungssätze, dass ein verschuldeter Mann sich durch relativ kleine Beträge verführen ließ, während ein Mensch ohne Geldsorgen mit Summen gelockt werden musste, die die Schleusen seiner Habgier öffneten. Die Kasse des Herzogs war gut gefüllt, erst kürzlich hatte er von dem preußischen Botschafter, dessen König immer dazu aufgelegt war, am Thron eines französischen Monarchen zu rütteln, einen Beweis seiner Gewogenheit erhalten. Dennoch, unerschöpflich waren auch seine Mittel nicht; Laclos fand Vergnügen daran, sparsam zu wirtschaften. Er ließ verhaltenes Interesse an d'Anton durchklingen. »Wie viel würde seine Gunst kosten?«

»Ich verhandle für Sie«, erbot sich Camille eifrig. »Die meisten Leute würden eine Provision wollen, aber zum Zeichen meiner Hochachtung vor dem Herzog wäre ich in diesem Fall bereit, darauf zu verzichten.«

»Sie sind sehr von sich überzeugt«, sagte Laclos verärgert. »Ich zahle keinen Sou, solange ich nicht weiß, dass der Mann kein Risiko darstellt.«

»Aber bestechlich sind wir doch alle, oder? Das haben Sie selbst gesagt. Hören Sie, Laclos, handeln Sie jetzt, bevor Ihnen das Heft aus der Hand genommen wird. Wenn der Hof zur Vernunft kommt und zahlt, werden Ihre Freunde scharenweise von Ihnen abfallen.«

»Man könnte fast den Eindruck gewinnen«, bemerkte Laclos, »dass auch Sie nicht restlos hinter dem Herzog stehen.«

»Manche von uns fragen sich ohnehin schon, was den Leuten blüht, die nicht restlos hinter ihm stehen.«

Camille wartete. Laclos dachte: Wie wär's mit einer Fahrkarte nach Pennsylvania? Ein Quäkerdasein täte dir sicher gut. Oder wir tunken dich kurz in die Seine. Laut sagte er: »Halten Sie sich an den Herzog, mein Junge. Ich verspreche Ihnen, Sie kommen auf Ihre Kosten.«

»Oh, ganz sicher tue ich das.« Camille lehnte sich in seinem Sessel zurück. »Haben Sie schon mal daran gedacht, Laclos, dass vielleicht

Sie mir zu meiner Revolution verhelfen, nicht umgekehrt? Dass es wie in einem dieser Romane sein könnte, wo die Figuren die Zügel in die Hand nehmen und der Autor auf der Strecke bleibt?«

Laclos schlug mit der Faust auf den Tisch. »Sie müssen es immer bis zum Äußersten ausreizen, wie? Sie müssen immer das letzte Wort behalten?«

»Laclos«, sagte Camille, »alle starren Sie an.« So war kein konspiratives Gespräch möglich. Laclos entschuldigte sich, als sie sich trennten. Er war zornig auf sich, dass er einen kleinen Flugblattschreiber angebrüllt hatte, und die Entschuldigung war seine Form der Buße. Im Hinausgehen musste er seinen gewohnten weltmännischen Ausdruck erst wiederherstellen. Camille sah ihm nach. So wird das nichts, dachte er. Wenn es so weitergeht, werde ich keine Seele mehr zu verkaufen haben, wenn jemand mir ein wirklich lohnendes Angebot macht. Er eilte davon, um d'Anton die frohe Botschaft zu überbringen, dass er bestochen werden sollte.

11. JULI: Camille erschien in Robespierres Unterkunft in Versailles. »Mirabeau hat dem König gesagt, er soll seine Truppen aus Paris abziehen«, verkündete er. »Der König weigert sich, aber auf die Truppen ist kein Verlass. Die Königin und ihr Klüngel versuchen M. Necker aus dem Amt zu bugsieren. Und jetzt sagt der König, er will die Nationalversammlung in die Provinz schicken.«

Robespierre schrieb einen Brief an Augustin und Charlotte. Er sah auf. »Die Generalstände nennt er sie noch.«

»Richtig. Und deshalb wollte ich schauen, ob du schon packst.«

»Ganz und gar nicht. Ich richte mich ja erst ein.«

Camille drehte eine Runde durchs Zimmer. »Du bist sehr ruhig.«

»Das leere Geschwätz in der Versammlung ist eine gute Übung in Geduld.«

»Ja, du hältst wenig von deinen Kollegen. Und Mirabeau hasst du.«

»Du trägst sehr stark auf.« Robespierre legte die Feder hin. »Camille, komm her, lass dich anschauen.«

»Nein, warum?«, sagte Camille nervös. »Max, sag mir, was ich tun soll. Meine Überzeugungen werden aufgeweicht. Die Republik – darüber lacht der Comte nur. Er treibt mich zum Schreiben, er sagt mir, was ich schreiben soll, er lässt mich kaum aus den Augen. Ich esse jeden Abend an seiner Seite. Das Essen ist gut, der Wein auch, die Unterhaltung erst recht.« Er warf die Hände in die Höhe. »Er verdirbt mich.«

»Sei kein solches Tugendschaf«, sagte Robespierre zu seiner Überraschung. »Er kann dir in der Welt weiterhelfen, und das ist es, was du im Augenblick brauchst. Du solltest dort sein, nicht hier. Ich kann dir nicht das geben, was er dir gibt.«

Robespierre weiß – wie fast immer – schon jetzt, was passieren wird. Camille ist klug und gewitzt, aber es fehlt ihm an Selbsterhaltungstrieb. Mirabeau zeigt sich mit ihm in der Öffentlichkeit, einen Arm um seine Schultern gelegt, als wäre Camille ein Flittchen, das er im Palais Royal aufgelesen hat. Es ist abstoßend, und die Beweggründe, die weiterreichenden Pläne des Comte treten so offen zutage, als läge er auf Dr. Guillotins Seziertisch. Für den Moment geht es Camille gut. Der Comte fördert seine Talente. Er genießt die Schmeicheleien, die Beachtung; dann kommt er und will die Absolution. Ihre Beziehung ist in die alten Muster zurückgefallen, als wäre das vergangene Jahrzehnt nicht mehr als ein Lidschlag gewesen. Robespierre weiß genauestens, welche Enttäuschung auf Camille wartet, aber es ist zwecklos, ihn warnen zu wollen; da muss er selbst durch. Es ist wie Liebeskummer – jeder muss ihn früher oder später erleben. Zumindest sagen sie das alle.

»Habe ich dir von Anaïs erzählt, meiner Verlobten, wie ich bisher dachte? Augustin schreibt mir, dass ich seit neuestem Konkurrenten habe.«

»Was, seit du fort bist?«

»Anscheinend. Sie will offenbar nichts verpassen.«

»Macht es dir etwas aus?«

Er überlegte. »Gut, du weißt ja, an Selbstachtung hat es mir noch nie gemangelt. Nein …« Er lächelte. »Sie ist ein nettes Mädchen, Anaïs, aber nicht übermäßig intelligent. Letztlich war es ohnehin alles von anderen eingefädelt.«

»Und warum hast du mitgespielt?«

»Um des lieben Friedens willen.«

Camille ging zum Fenster hinüber. Er öffnete es ein Stück weiter und lehnte sich hinaus. »Was wird passieren?«, fragte er. »Ohne Revolution geht es nicht.«

»Nein. Aber Gott wirkt durch die Menschen.«

»Und das heißt?«

»Jemand muss der Versammlung und dem König aus dieser Sackgasse helfen.«

»Nein, in der realen Welt, meine ich.«

»Und es wird Mirabeau sein müssen, nehme ich an. Gut, niemand traut ihm, aber wenn er das Signal gäbe …«

»Sackgasse! Signal!« Camille knallte das Fenster zu. Er stürmte zu Robespierre zurück. Der brachte das Tintenfass vor seinem Zorn in Sicherheit. »Ein Signal gibst du, indem du die Arme schwenkst!« Er ließ sich auf die Knie fallen. Robespierre fasste seine Oberarme und versuchte ihn hochzuziehen. »Ah, welche Labsal!«, rief Camille. »Ich knie auf dem Boden, du versuchst mich auf die Füße zu ziehen! Nicht metaphorisch, sondern wirklich und wahrhaftig! Schau her« – er riss sich von seinem Freund los –, »jetzt falle ich aufs Gesicht. Jetzt liege ich da. *Das* ist real«, sagte er in den Teppich. »Und, ist das dasselbe, wie wenn jemand sagt ›Das Land liegt am Boden‹?«

»Natürlich nicht. Steh bitte auf.«

Camille stand auf und klopfte sich ein bisschen ab.

»Du machst mir Angst«, sagte Robespierre. Er drehte sich weg und setzte sich wieder an den Tisch, an dem er seinen Brief geschrieben hatte. Er nahm die Brille ab, stützte die Ellbogen auf den Tisch und legte sich die Fingerspitzen über die geschlossenen Augenlider. »Metaphern sind etwas Gutes«, sagte er. »Ich mag Metaphern. Metaphern bringen keine Menschen um.«

»Mich schon. Wenn ich noch einmal etwas von einem Würfel höre, der gefallen ist, oder einem Schiff, das sinkt, springe ich aus dem Fenster. Ich ertrage diese Phrasen nicht mehr. Neulich habe ich Laclos getroffen, und hinterher war ich so angeekelt, dass ich dachte, ich muss es im Alleingang machen.«

Robespierre griff zur Feder und fügte seinem Brief noch einen Satz hinzu. »Ich habe Angst vor einem gesellschaftlichen Chaos.«

»Angst hast du davor? Ich sehne es herbei. Mirabeau – er verfolgt seine eigenen Ziele – aber wenn wir einen Anführer hätten, dessen Name über jeden Vorwurf erhaben ist …«

»Ich weiß nicht, ob es in der Versammlung so jemanden gibt.«

»Dich gäbe es«, meinte Camille.

»Ach ja?« Er begann den nächsten Satz. »Mirabeau nennen sie ›die Fackel der Provence‹. Und weißt du, wie sie mich nennen? ›Die Kerze von Arras‹.«

»Aber mit der Zeit, Max –«

»Mit der Zeit, ja. Sie finden, ich sollte um Vicomtes herumscharwenzeln und mir rhetorische Mätzchen ausdenken. Nein. *Mit der Zeit* werden sie mich vielleicht sogar respektieren. Solange sie mir nur nicht Beifall spenden, denn das wäre das Ende. Ich will keine Handgelder, keine Versprechungen, keine Cliquen und kein Blut an meinen Händen. Ich bin nicht der Heilsbringer, den sie sich vorstellen.«

»Aber in deiner eigenen Vorstellung – bist du es da?«

Robespierre blickte wieder auf seinen Brief. Er erwog ein Postskriptum. Er griff nach seiner Feder. »So wenig wie du.«

SONNTAG, 12. JULI, fünf Uhr morgens: »Camille, auf diese Fragen gibt es keine Antwort«, sagte d'Anton.

»Nein?«

»Nein. Aber schau, draußen wird es schon hell. Du hast die Nacht überlebt.«

Camilles Fragen: Angenommen, ich bekomme Lucile, wie überlebe ich dann ohne Annette? Warum habe ich nie irgendetwas erreicht, nicht einmal die läppischste Kleinigkeit? Warum veröffentlicht niemand mein Pamphlet? Warum hasst mich mein Vater?

»Also gut«, sagte d'Anton, »kurze Antworten sind die besten. Warum sollst du ohne Annette auskommen? Geh mit beiden ins Bett, du bringst das doch fertig – es wäre wohl kaum das erste Mal in der Geschichte.«

Camille sah ihn staunend an. »Dich schockiert überhaupt nichts mehr, kann das sein?«

»Darf ich fortfahren? Du hast deshalb nie etwas erreicht, weil du dich verdammt noch mal immer in der Horizontale befindest. Ich meine, du bist irgendwo verabredet, und du kommst nicht, und die Leute sagen, ach Gott, er ist ja so zerstreut – aber du weißt, wie es wirklich ist, du hast den Tag mit den besten Absichten begonnen, du warst vielleicht sogar schon auf dem Weg zu deiner Verabredung, und dann triffst du irgendwen, und was passiert? Ihr landet im Bett.«

»Und schon ist der Tag um«, sagte Camille. »Du hast ja recht, du hast ja recht.«

»Und was für eine Grundlage für eine Karriere gleich welcher Art soll das – ach, vergiss es. Wo war ich stehen geblieben? Dein Pamphlet wird erst erscheinen, wenn sich die Lage etwas entspannt hat. Und dein Vater – er hasst dich nicht, wahrscheinlich liegt ihm eher noch zu viel an dir, so wie auch mir und sehr vielen anderen Leuten. Und weißt du, Camille – du raubst mir den letzten Nerv.«

D'Anton hatte den ganzen Freitag bei Gericht verbracht und den Samstag durchgearbeitet. Sein Gesicht war zerknautscht vor Müdigkeit. »Tu mir einen Gefallen.« Er stand auf und ging mit steifen Schritten zum Fenster. »Wenn du glaubst, Selbstmord begehen zu müssen, kannst du damit noch bis Mittwoch warten? Bis dahin müsste mein Reederei-Prozess vorbei sein.«

»Ich bin sowieso auf dem Sprung nach Versailles«, sagte Camille. »Ich muss mit Mirabeau reden.«

»Arme Sau.« D'Anton schlief einen Moment lang im Stehen. »Ich glaub, heute wird's noch schwüler.« Er stieß den Laden auf. Hitze schwappte ins Zimmer.

Für Camille war die Herausforderung nicht, sich wachzuhalten, sondern an seine Sachen zu gelangen. Er war nun schon eine Weile ohne feste Bleibe. Ob sich d'Anton überhaupt einen Begriff von dieser Problematik machte? Wenn man bei jemandem hereinschneit, bei dem man einmal gewohnt hat, ist es schwer, einfach zu sagen: »Lass deine Finger bei dir, ich brauch nur ein frisches Hemd.« Die Leute glauben einem nicht. Sie halten es für einen Vorwand.

Und wieder ist er unterwegs. Von Paris nach Versailles dauert es auf diese Weise drei Stunden. Trotz aller Hindernisse erreicht er Mirabeaus Haus zu einer Zeit, zu der normale Menschen frühstücken. Er hat sich rasiert, umgekleidet, sein Haar gebürstet; ein bescheidener junger Advokat, der einem großen Mann seine Aufwartung macht.

Teutch verdrehte die Augen und schubste ihn durch die Tür. »Die Regierung ist umgebildet«, sagte er. »Und ER ist nicht mit drin.«

Mirabeau stromerte im Zimmer auf und ab, seine Schläfenadern waren dick geschwollen. Er bremste kurz ab. »Ah, da sind Sie. Kleines Tête-à-Tête mit Ihrem Drecks-Philippe gehabt?«

Der Raum war voller Menschen: wütende Gesichter, sorgenzerfurchte Gesichter. Der Abgeordnete Pétion ließ ihm seine verschwitzte Hand auf die Schulter fallen. »Frisch schauen Sie aus, Camille«, sagte er. »*Ich* war ja die ganze Nacht auf. Wussten Sie schon, dass Necker abgesetzt ist? Das neue Kabinett tritt heute Morgen zusammen, vorausgesetzt, sie finden einen Finanzminister. Die ersten drei haben schon abgelehnt. Necker ist beliebt – diesmal haben sie sich ihr eigenes Grab geschaufelt.«

»Steckt dahinter Marie Antoinette?«

»Angeblich ja. Es befinden sich Abgeordnete in diesem Raum, die heute Nacht mit der Verhaftung gerechnet haben.«

»Verhaftet werden können Sie immer noch.«

»Ich denke«, sagte Pétion vernünftig, »ein paar von uns sollten nach Paris gehen – finden Sie nicht auch, Mirabeau?«

Mirabeau funkelte ihn an. Er muss eine hohe Meinung von sich haben, dachte er, dass er mich unterbricht. »Niemand hindert Sie daran«, knurrte er. Er tat so, als hätte er Pétions Namen vergessen.

Wenn sie das im Palais Royal hören …, dachte Camille. Er schlängelte sich zum Comte durch. »Gabriel, ich muss gehen.«

Der Comte zog ihn neben sich, auf den Lippen ein Hohnlächeln unklarer Provenienz. Er hielt Camille fest, strich ihm mit seiner großen Hand das Haar aus dem Gesicht. Einer von seinen Ringen rupfte an Camilles Mundwinkel. »Maître Desmoulins hat Appetit auf einen kleinen Volksaufstand. Es ist Sonntagmorgen, Camille – warum sind Sie nicht in der Kirche?«

Er machte sich los. Er lief durch das Zimmer. Er rannte die Treppe hinunter. Er war schon auf der Straße, als Teutch ihm nachgerannt kam. Er blieb stehen. Teutch starrte ihn an, stumm.

»Hat der Comte noch einen Ratschlag für mich?«

»Ja, aber mir fällt nicht mehr ein, was es war.« Denkpause. »Ah ja.« Seine Miene hellte sich auf. »Sie sollen sich nicht totschießen lassen.«

Es ist Nachmittag, kurz vor drei, als die Nachricht von Neckers Entlassung das Palais Royal erreicht. Am Heiligenschein des sanften Schweizer Finanziers ist fleißig gearbeitet worden – und nie fleißiger als in dieser letzten Woche, während sein Sturz unaufhaltsam näherkam.

Die gesamte Bevölkerung scheint auf den Beinen zu sein – wälzt sich in brütender Hitze durch die Straßen und über die Plätze auf die öffentlichen Gärten mit ihren Kastanienalleen und ihrem Orleanistengeist zu. Der Brotpreis ist gerade wieder gestiegen. Vor der Stadt lagern ausländische Truppen. Ordnung ist eine bloße Erinnerung, das Gesetz greift nicht mehr. Die französischen Garden haben ihre Posten verlassen, ihre Soldaten gehen wieder ihrem Handwerk nach, dafür sind lichtscheue Gestalten jeder Couleur aus ihren Kellerlöchern gekrochen. Ihre blutleeren, verkniffenen Gesichter sind belebt von nächtlichen Visionen von Hinrichtungen und sonstigen öffentlichen Martern, und über alldem klafft die Sonne wie eine Wunde, ein schwärendes tropisches Auge.

Unter diesem Auge wird Schnaps verschüttet, Wut schwelt und flammt auf: Perückenmacher und Schreiber, Lehrburschen aller Art, Kulissenschieber, Ladeninhaber, Brauer, Tuchhändler, Gerber und Gepäckträger, Messerschleifer, Kutscher und Prostituierte – das Erbe von Titonville. Vor und zurück wogt die Menge, angetrieben von Gerüchten und gefährlicher Unrast; und mittenhinein fangen die Uhren zu schlagen an.

Bis jetzt war all dies ein Scherz, eine Kraftprobe. Es sind lauter Frauen und Kinder in der Menge. Die Straßen stinken. Warum sollte der Hof sich der politischen Entwicklung fügen? Durch diese Gassen könnten die Massen getrieben werden wie Schweine, um sich in den Höfen von berittenen Deutschen abschlachten zu lassen. Sollen wir warten, bis es so weit ist? Wird der König den Sonntag entweihen? Morgen ist Feiertag, da können die Menschen in aller Ruhe sterben. Die Uhren hören auf zu schlagen. Die Kreuzigungsstunde, wie wir alle wissen. Es ist besser, *ein* Mensch stürbe für das Volk, und 1757, noch vor unserer Zeit, versetzte ein gewisser Damiens dem alten König einen leichten Stich mit einem Taschenmesser. Seine Hinrichtung ist bis heute nicht vergessen, ein Tag schriller Volksbelustigung, eine Fiesta der Pein. Zweiunddreißig Jahre sind seither vergangen, und nun sind die Schüler des Henkers von damals bereit für ein blutiges Jubiläum.

Camilles überstürzter Eintritt in die Weltgeschichte kam so zustande: Er stand in der Tür des Café du Foy, erhitzt, erregt, eine Spur eingeschüchtert von so viel Gedränge und Geschiebe. Er solle doch zu der Menge sprechen, hatte jemand im Innern des Cafés gemeint, deshalb war ein Tisch in den Eingang gerückt worden. Einen Augenblick lang schwindelte ihm. Er lehnte sich gegen den Tisch, Leiber auf allen Seiten. Ob d'Anton seinen Kater wohl auch noch spürte? Was war nur in ihn gefahren, dass er die ganze Nacht durchgemacht hatte? Er wünschte, er wäre in einem dunklen, stillen Raum, allein, aber, um mit d'Anton zu sprechen, in der Horizontale. Sein Herz hämmerte. Hatte er heute denn schon irgendetwas gegessen? Eher nicht. Er fühlte sich dem Ersticken nahe in diesem säuerlichen Treibnebel aus Schweiß, Unruhe und Angst.

Drei junge Männer bahnten sich im Schulterschluss einen Weg durch die Menge. Ihre Mienen waren grimmig, sie gingen untergehakt, sie waren auf Krawall aus – inzwischen hatte er genug dieser Straßenszenen miterlebt, um ihre Stimmung einschätzen zu können und zu wissen, dass Opfer nicht ausbleiben würden. Zwei der Männer erkannte er, den dritten sah er zum ersten Mal. »Zu den Waffen!«, schrie dieser Dritte. Die anderen schrien mit.

»Was für Waffen?«, sagte Camille. Er strich sich eine feuchte Haarsträhne aus dem Gesicht und streckte mit fragender Gebärde die Hand aus. Jemand drückte eine Pistole hinein.

Er starrte darauf, als wäre sie vom Himmel gefallen. »Ist die geladen?«

»Was denkst du denn?« Irgendwer gab ihm noch eine zweite Pistole. Der Schreck war so groß, dass er sie hätte fallen lassen, wenn der Mann ihm nicht die Finger um den Griff gebogen hätte. Das hatte man nun von seiner Kompromisslosigkeit, seiner Weigerung, sich mit hohlen Sprüchen zu bescheiden. Der Mann sagte: »Halt die Hand ruhig, verdammt, willst du dir das Gesicht zerschießen?«

Heute wird es passieren, dachte er, die Truppen werden vom Marsfeld anrücken, es wird Verhaftungen geben, Massenfestnahmen, Exempel werden statuiert werden. Schlagartig begriff er, wie weit die Entwicklung seit letzter Woche gediehen war, seit gestern – ja seit der letzten halben Stunde. Ganz bestimmt passiert es heute noch, dachte er. Es gibt kein Zurück mehr.

Er hatte den Moment im Geist so oft durchgespielt, dass jetzt alles wie von allein geschah, so fließend und selbstverständlich wie in einem Traum. Er sprach nicht zum ersten Mal von der Tür des Cafés aus. Er musste nur die ersten Worte herausbringen, den ersten Satz, dann war es geschehen, dann konnte er es – und er wusste, er konnte es besser als jeder andere, denn dies war der Brosamen, den Gott eigens für ihn aufgespart hatte, wie den letzten Bissen auf einem Teller.

Er schob ein Knie auf den Tisch und kletterte hinauf. Er bückte sich nach den Pistolen. Sofort war er umringt von Zuhörern, wie von der Menge in einem Amphitheater. Jetzt verstand er, was das hieß, »ein Meer von Gesichtern«; um ihn wogte ein lebendiges Meer, in dem panikerfüllte Gesichter keuchend nach Luft schnappten, bevor der Sog sie in die Tiefe riss. Aber noch mehr Menschen hingen aus den oberen Fenstern des Cafés und der Gebäude ringsum, und die Menge schwoll immer noch an. Er stand zu niedrig, er war nicht Blickfang genug. Niemand schien zu sehen, was ihm fehlte, und ehe er nicht zu sprechen begann, richtig zu sprechen, würde ihn auch keiner hören. Er fasste beide Pistolen mit einer Hand, klemmte sie unter den Arm, sodass ein versehentlicher Schuss ihn völlig zerfetzen musste, aber um nichts in der Welt hätte er sie jetzt noch loslassen wollen. Mit dem linken Arm gab er jemandem im Café einen Wink. Ein Stuhl wurde herausgereicht und neben ihn auf den Tisch gestellt. »Hältst du ihn mir?«, sagte er. Er verlagerte die eine Pistole zurück in die Linke. Zwei Minuten nach drei.

Als er den Stuhl bestieg, fühlte er ihn kippeln. Welch ein Witz, dachte er, wenn ich herunterfiele – aber die Leute würden wahrscheinlich sagen, typisch Camille. Dann griff eine Hand nach der Lehne und hielt sie fest. Es war ein ganz gewöhnlicher Flechtstuhl. Wenn er nun Georges-Jacques wäre? Durchbrechen würde er!

Jetzt stand er schwindelnd hoch über der Menge. Ein fauliger Geruch zog durch die Gärten heran. Weitere fünfzehn Sekunden waren verstrichen. Er merkte, dass er einzelne Gesichter ausmachen konnte, und blinzelte verblüfft. EIN WORT, dachte er. Dort war die Polizei, dort standen ihre Spitzel und Informanten, Männer, die ihn nun schon seit Wochen beobachteten, die Kollegen und Komplizen jener Männer, die nur wenige Tage zuvor vom Mob in die Enge getrieben und fast in den Brunnen ertränkt worden waren. Aber dies nun war blutiger Ernst; hinter ihnen warteten Bewaffnete. Aus schierer Angst fing er an.

Er deutete auf die Gendarmen, zeigte sie dem Mob. Er bot ihnen die Stirn: Kommt nur näher, rief er, schießt mich herunter, versucht mich lebend zu erwischen. Wozu er die Menge aufruft, ja sie aufpeitscht, das ist bewaffneter Aufstand, aus der Stadt soll ein Schlachtfeld werden. Schon jetzt (vier nach drei) ist er einer langen Reihe von Kapitalverbrechen schuldig, und wenn die Menge seine Festnahme zulässt, ist er erledigt, reif für jegliche Strafen, die das Gesetz vorsieht. Darum wird er, wenn die Gefahr sich abzeichnet, auf jeden Fall einen Gendarmen erschießen, und auf jeden Fall wird er sich selbst erschießen und hoffen, dass es schnell geht, und dann wird sie da sein, die Revolution. Diesen Entschluss fasst er im Bruchteil einer Sekunde, zwischen zwei Halbsätzen. Es ist fünf nach drei. Exakte Formulierungen sind unwichtig geworden. Etwas geschieht zu seinen Füßen, die Erde bricht auf. Was will die Menge? Brüllen. Ihre weiterreichenden Ziele? Keine zusammenhängende Antwort. Frag sie: Gebrüll. Wer sind diese Menschen? Keine Namen. Die Menge will nur wachsen, anschwellen, vereinnahmen, verschmelzen, verschlingen und dazu wie aus einer Kehle brüllen. Stünde er nicht hier oben, dann müsste er erst recht sterben, sterben zwischen den Seiten seiner Briefe. Falls er das hier überlebt – der Tod als Erlösung –, wird er Worte dafür finden müssen, Worte, die das Leben künftiger Zeiten diktieren werden, und schon jetzt hat er Angst, dass er sie nicht finden wird: Worte für die Hitze, das Grün der Kastanien, den beißenden Staub und den Blutgeruch und die mordlustige Heiterkeit seiner Zuhörer; ein Dschungel der Hyperbeln erwartet ihn, eine Odyssee des schlechten Geschmacks. Geschrei und Gewimmer und blutige Versprechen kreisen um seinen Kopf, eine scharlachrote Wolke, ein neues, reines, verdünntes Element, in dem er schwebt. Einen Augenblick lang hebt er die Hand ans Gesicht und berührt seinen Mundwinkel, da, wo ihn am Morgen der Ring des Comte gestreift hat: der einzige Anhaltspunkt, dass sein Körper, sein Fleisch noch dasselbe sind wie zuvor.

Die Gendarmen sind zurückgetrieben worden. Erst vor ein paar Tagen hat er an diesem selben Ort gerufen: »Die Bestie ist gefangen, macht ihr den Garaus!« Damit hat er das alte Regime gemeint, das System, unter dem er sein Leben lang gelebt hat. Aber nun sieht er eine andere Bestie vor sich: den Mob. Ein Mob hat keine Seele, kein Gewissen, nur Pranken, Klauen, Zähne. Der Hund von M. Saulce fällt ihm ein, an diesem verschlafenen Nachmittag damals auf der Place des Armes, als er ihm als Dreijähriger vom Fenster aus zusah, wie er eine Ratte in die Luft schleuderte und ihr das Genick durchbiss. Von dem heutigen Anblick wird keiner ihn wegzerren, keiner wird dieses Untier an die Kette legen und es wieder ins Haus führen. Und so redet er denn mit ihm, beugt sich dem Mob entgegen, streckt ihm die Hand hin – schmeichelt und lockt und zieht. Eine seiner Pistolen ist weg, wohin, weiß er nicht, es spielt keine Rolle mehr. Das Blut in seinen Adern ist zu Marmor geworden. Er hat die Sterblichkeit abgestreift.

Die Menge, heiser nun, taumelt wie toll. Er stürzt sich in sie hinab. Hundert Hände greifen nach seinen Kleidern und Haaren, nach seiner Haut, seinem Fleisch. Um ihn wird geweint und geflucht, Schlachtrufe werden gebrüllt. Sie rufen seinen Namen, sie kennen ihn. Der Lärm scheint direkt der Apokalypse zu entstammen, alle Heerscharen der Hölle sind ausgebrochen und strömen durch die Straßen. Den Schlag der Viertelstunde hört keiner mehr. Viele Leute schluchzen. Sie heben ihn hoch und tragen ihn auf den Schultern durch die Gärten. Eine Stimme kreischt, dass irgendwo Äxte zu haben sind, zwischen den Bäumen treiben Rauchschwaden. Eine Trommel beginnt zu schlagen, nicht tief, nicht schwingend, ein harter, trockener, wilder Ton.

Camille Desmoulins an Jean-Nicolas Desmoulins in Guise:

> *Es war ein Fehler von Dir, nicht mit nach Laon zu kommen, um Dich für meine Nominierung zu verwenden. Aber das macht jetzt nichts mehr. Ich habe unserer Revolution meinen Namen eingeschrieben, in größeren Lettern als alle unsere picardischen Abgeordneten zusammen.*

Am frühen Abend brach M. Duplessis mit ein paar Freunden, die ihre Neugier zu stillen hofften, zu einem Erkundungsgang auf. Er nahm einen kräftigen Stock mit, um sich damit zudringlicher Vertreter der Arbeiterschaft zu erwehren. Mme Duplessis bat ihn, nicht zu gehen.

Annettes Gesicht war ganz verkniffen vor Sorge. Die Diener hatten abscheuliche Gerüchte mit nach Hause gebracht, und sie befürchtete, es könnte etwas daran sein. Lucile schien sich dessen recht sicher. Sie saß so überaus still und bescheiden da wie eine Gewinnerin im Lotto.

Adèle war bei ihnen. Das war sie in diesen Tagen meistens, wenn sie nicht gerade in Versailles Besuche machte und Tratsch mit heimbrachte. Sie kannte Abgeordnetengattinnen und Abgeordnete, sämtliche Reden, die in den Cafés geschwungen wurden, sämtliche Abstimmungsstrategien der Versammlung.

Lucile ging in ihr Zimmer. Sie nahm Feder und Tinte und ein Blatt Papier und schrieb darauf: »Adèle ist in Maximilien Robespierre verliebt.« Sie riss den Streifen ab und zerknüllte ihn.

Sie griff nach ihrer Stickerei. Sie stickte langsam, konzentriert; sie wollte später einmal in der Lage sein, die minutiöse Arbeit vorzuzeigen, die sie an diesem Nachmittag zwischen viertel nach fünf und viertel nach sechs verrichtet hatte. Sie spielte mit dem Gedanken, ein paar Tonleitern zu üben. Wenn ich erst verheiratet bin, dachte sie, werde ich ein Klavier haben, und ein paar andere Neuerungen wird es auch geben.

Als Claude zurückkam, ging er direkten Wegs in sein Arbeitszimmer, noch mit Mantel und Hut, und warf die Tür hinter sich zu. Annette sah ein, dass er einen Augenblick benötigen könnte, um sich zu fassen. »Ich fürchte, euer Vater hat eine schlimme Nachricht erhalten«, sagte sie.

»Wie kann er das«, fragte Adèle, »wenn er sich nur draußen umschaut? Ich meine, es ist ja nicht sein persönliches Schicksal, oder?«

Annette klopfte behutsam. Die Mädchen standen dicht hinter ihr. »Komm heraus«, rief sie. »Oder sollen wir hereinkommen?«

»Der Minister ist ein reiner Vorwand«, sagte Claude.

»Necker«, verbesserte ihn Adèle. »Er ist nicht mehr der Minister.«

»Nein.« Claude war hin- und hergerissen zwischen seiner Loyalität gegenüber seinem Dienstherrn und dem Drang, seinen Gefühlen Luft zu machen. »Ihr wisst, dass ich nie viel für den Mann übrig hatte. Er ist ein Scharlatan. Aber er hat es nicht verdient, als Vorwand missbraucht zu werden.«

»Liebster«, sagte Annette, »vor dir stehen drei Frauen in beträchtlicher Seelenpein. Meinst du, du kannst dich dazu überwinden, ein klein wenig konkreter zu werden?«

»Sie randalieren«, sagte Claude schlicht. »M. Neckers Entlassung hat ein Chaos entfesselt. Wir befinden uns im Zustand der Anarchie, und Anarchie ist kein Wort, das ich leichtfertig gebrauche.«

»Setz dich, Lieber«, sagte Annette.

Claude setzte sich hin und deckte die Hand über die Augen. Von der Wand herab blickten der alte König, eine billige Lithographie der derzeitigen Königin mit Federn im Haar und taktvoll verkleinertem Kinn, eine Gipsbüste ihres Gatten, der wie ein Stellmachergehilfe aussah, sowie der Abbé Terray von vorn und im Profil.

»Es herrscht völliger Aufruhr«, sagte er. »Sie stecken die Zollschranken in Brand. Sie haben die Theater geschlossen und sind ins Wachsfigurenkabinett eingebrochen.«

»Ins Wachsfigurenkabinett eingebrochen?« Annette merkte, wie sich auf ihrem Gesicht ein törichtes Grinsen breitmachte. »Was wollen sie denn im Wachsfigurenkabinett?«

»Woher soll ich das wissen?« Claude erhob die Stimme. »Woher soll ich wissen, warum sie irgendetwas machen? Fünf- oder sechstausend Mann rücken auf die Tuilerien vor. Und das ist nur ein Zug, und alle werden sie immer größer. Sie zerstören die ganze Stadt.«

»Aber wo sind die Soldaten?«

»Ja, wo sind sie? Das wüsste der König sicher auch gern. Sie könnten genauso gut Spalier stehen und die Meute anfeuern, so nützlich sind sie. Nur gut, dass der König und die Königin in Versailles sind, wer weiß, was noch passieren kann, denn angeführt wird der Mob von –« Ihm fehlten die Worte. »Von diesem Menschen.«

»Das glaube ich dir nicht.« Annettes Stimme war sachlich. Sie sagte es nur der Form halber; sie wusste, dass es stimmte.

»Wie du willst. Du wirst es morgen in der Zeitung lesen können – falls noch eine erscheint. Anscheinend hat er eine Rede im Palais Royal gehalten, und diese Rede hat eine bestimmte Wirkung gezeigt, und jetzt ist er eine Art Held für diese Leute. Diese Meute, sollte ich sagen. Die Polizei wollte ihn festnehmen, und er war unklug genug, sie sich mit einer Waffe vom Leib zu halten.«

»Ich weiß nicht, ob das so unklug war«, sagte Adèle, »wenn man das Ergebnis bedenkt.«

»Oh, hätte ich doch Vorkehrungen getroffen«, sagte Claude. »Hätte ich euch beide doch weggeschickt. Womit habe ich nur solche Töchter verdient: Die eine macht sich mit Radikalen gemein, und die andere will sich partout an einen Kriminellen ketten.«

»Einen Kriminellen?« Lucile klang überrascht.

»Ja. Er hat Gesetze gebrochen.«

»Die Gesetze werden geändert werden.«

»Ach«, sagte Claude, »meinst du das? Die Truppen werden ihnen heimleuchten.«

»Du scheinst das alles für Zufall zu halten«, sagte Lucile. »Nein, Vater, lass mich jetzt sprechen, ich habe das Recht dazu, weil ich besser als du verstehe, was hier passiert. Tausende von Randalierern, sagst du, wie viele Tausend, weißt du nicht, aber die Garde wird niemals gegen die eigene Bevölkerung vorgehen – die meisten von ihnen sind ohnehin auf unserer Seite. Wenn jemand die Sache in die Hand nimmt, werden sie bald genügend Waffen haben, um die restlichen Truppen auszustatten. Das Regiment Royal Allemand wird einfach eine verschwindende Minderheit sein.«

Claude starrte sie an. »Deine Vorkehrungen hätten nicht mehr gegriffen«, sagte seine Frau gedämpft. Lucile räusperte sich. Es war fast eine Rede, die sie hier hielt, *en miniature*, aber dennoch. Ihre Hände zitterten. Ob er wohl große Angst gehabt hatte – ob er in all dem Gestoße und Geschiebe ganz die Ruhe im Auge des Sturms vergessen haben konnte, den rettenden Hafen im lebendigen Herzen all diesen Tumults?

»Das alles war geplant«, sagte sie. »Ich weiß, es steht Verstärkung bereit, aber sie muss erst den Fluss überqueren.« Sie trat ans Fenster. »Schau. Kein Mond heute Nacht. Wie lange mögen sie brauchen, um im Dunkeln überzusetzen? Ihre Kommandeure werden im Streit liegen. Sie verstehen nur auf dem Schlachtfeld zu kämpfen, von Straßenkämpfen verstehen sie nichts. Bis morgen Abend – wenn man sie jetzt auf der Place Louis XV halten kann – wird das Stadtzentrum frei von allen Truppen sein. Und die Pariser Wahlmänner werden ihre Miliz auf der Straße haben; die Stadtverwaltung kann sie bewaffnen. Es gibt Waffen im Invalidenhaus, vierzigtausend Musketen –«

»Schlachtfeld?«, sagte Claude. »Verstärkung? Woher weißt du das alles? Wo hast du das gelernt?«

»Was glaubst du, wo?«, fragte sie kalt.

»Wahlmänner? Miliz? Musketen? Und weißt du zufällig auch«, fragte er mit hysterischem Spott, »wo sie Pulver und Blei herbekommen wollen?«

»O ja«, sagte Lucile. »Aus der Bastille.«

Grün war die Farbe, die sie als Erkennungszeichen gewählt hatten – Grün, die Farbe der Hoffnung. Ein Mädchen im Palais Royal hatte Camille ein Stück grünes Band geschenkt, und seitdem hatten die Leute die Läden geplündert, und endlose Meter von Jadegrün, Apfelgrün, Smaragdgrün und Lindgrün schleiften in den staubigen Straßen und im Rinnstein. Im Palais Royal hatten sie Kastanienblätter abgerissen, die nun an Hüten und in Knopflöchern welkten. Der süßlich-stechende Geruch geknickten Blattwerks hing als Wolke über dem Nachmittag.

Bis zum Abend bildeten sie eine Armee, die hinter ihren eigenen Bannern hermarschierte. Die Hitze ließ auch nachts nicht nach, bis irgendwann das Gewitter losbrach und Donnergrollen dem Peitschen und Krachen der Schüsse und dem Scheppern von berstendem Glas Konkurrenz machte; Leute sangen, Kommandos wurden ins Dunkel geplärrt, die ganze Nacht hindurch hörte man Stiefel über die Kopfsteine trampeln, hörte Stahl klirren. Blitze flackerten über den Himmel und erhellten die verwüsteten Straßen, und Windstöße trugen den Rauch der brennenden Zollschranken durch die Luft. Um Mitternacht sagte ein betrunkener Grenadier zu Camille: »Irgendwoher kenn ich dich.«

Frühmorgens, im Regen, traf er Hérault de Séchelles, aber inzwischen erstaunte ihn gar nichts mehr, er hätte nicht mit der Wimper gezuckt, wenn er sich Schulter an Schulter mit der Gräfin du Barry wiedergefunden hätte. Das Gesicht des Richters war rußverschmiert, sein Rock am Rücken ganz zerfetzt. In einer Hand hielt er eine kostbare Duellpistole – eine von zweien, die für Maurice de Saxe angefertigt worden waren – und in der anderen ein Fleischerbeil.

»Aber die Verschwendung, die Verantwortungslosigkeit«, sagte Hérault. »Sie haben das Lazaristenkloster geplündert. All diese schönen Möbel dort, und das Silber, mein Gott. O ja, die Keller auch, jetzt liegen sie in der Gosse und übergeben sich. Wie bitte? Versailles? Sagten Sie ›damit Schluss machen‹ oder ›mit ihnen Schluss machen‹? In letzterem Fall sollte ich mir besser Kleider zum Wechseln holen, ich kann ja schlecht so im Palast auftauchen. Nein, wirklich«, und er schwang das Beil über den Kopf und stürzte sich wieder in die Menge, »das schlägt Aktenstudieren um Längen.« Noch nie war er so glücklich gewesen, in seinem ganzen Leben nicht.

Herzog Philippe hatte den 12. in seinem Schloss in Raincy im Wald von Bondy verbracht. Als er von den Vorgängen in Paris hörte, bekannte er sich »in hohem Maße überrascht und entsetzt«. »Was mir«, so seine ehemalige Geliebte Mrs. Elliot, »sehr glaubhaft vorkam.«

Beim Morgenempfang des Königs am Vormittag des 13. wurde Philippe zunächst ignoriert, dann von Seiner Majestät (unwirsch) gefragt, was er wolle – und daraufhin beschieden, dahin zurückzukehren, wo er hergekommen sei. Philippe brach denkbar missgelaunt nach seinem Sitz in Mousseaux auf und schwor (laut Mrs. Elliot), dass »die ihn zum letzten Mal gesehen« hätten.

Am Nachmittag kehrte Camille in den Cordeliers-Distrikt zurück, noch immer gefolgt von dem betrunkenen Grenadier mit seinem sturen »Von irgendwoher kenn ich dich«. Außerdem waren vier blutdürstige, aber nüchterne Gardisten bei ihm, denen der Tod durch die Hand der Menge drohte, falls ihm ein Haar gekrümmt wurde, dazu mehrere aus dem Force-Gefängnis entflohene Strafgefangene und ein derbes Marktweib mit gestreiftem Rock, Wollhaube, einem breiten Küchenmesser und einer lästerlichen Zunge. Du gefällst mir, Kleiner, versicherte sie ihm, du gehst nirgends mehr ohne mich hin. Eine hübsche junge Frau hatte eine Pistole im Gürtel ihres Reitkleids stecken und trug ihr braunes Haar mit einem roten und einem blauen Band nach hinten gebunden.

»Warum kein Grün mehr?«, fragte er sie.

»Irgendwem ist aufgefallen, dass Grün die Farbe des Comte d'Artois ist. Das darf natürlich nicht sein – deshalb sind es jetzt die Pariser Farben, Rot und Blau.« Sie lächelte ihm zu, als sei er ein alter Freund. »Anne Théroigne«, sagte sie. »Wir haben uns bei einem Vorsingen bei Fabre kennengelernt, wissen Sie noch?«

Ihr Gesicht schimmerte im Regenlicht. Erst jetzt sah er, dass sie völlig durchnässt war und zitterte. »Ja, die Wolken entladen sich«, sagte sie. »Und nicht nur die.«

Der Concierge an der Cour du Commerce hatte die Türen verbarrikadiert, deshalb sprach er durchs Fenster mit Gabrielle. Ihr Gesicht war verschwollen, ihr Haar zerrauft. »Georges ist mit unserem Nachbarn M. Gély losgezogen«, sagte sie, »um Freiwillige für die Bürgerwehr zu rekrutieren. Vor ein paar Minuten kam Maître Lavaux hier vorbei – kennen Sie ihn, er wohnt gegenüber? – und sagte: ›Ich mache mir wirklich Sorgen um Georges, er steht auf einem Tisch und spuckt große Töne, dass wir alle unsere Häuser gegen die Soldaten und die Briganten beschützen sollen.‹« Dann bemerkte sie Camilles Gefolgschaft und schnappte nach Luft. »Was sind das für Leute? Gehören sie zu Ihnen?«

Über Gabrielles Schulter reckte sich das Gesicht von Louise Gély. »Guten Morgen«, sagte sie. »Kommen Sie herein, oder wollen Sie alle auf der Straße stehen bleiben?«

Gabrielle streckte den Arm nach ihr aus und zog sie fest an sich. »Ihre Mutter liegt bei mir und hat Zustände. Georges hat zu Maître Lavaux gesagt: ›Kommen Sie, schließen Sie sich uns an, Sie haben Ihren

Posten doch eh verloren, die Monarchie gibt es nicht mehr.‹ Warum, o warum sagt er nur so etwas?« Ihre Hand umkrampfte den Fenstersims. »Wann kommt er zurück? Was soll ich nur tun?«

»Weil es die Wahrheit ist, deshalb sagt er es«, sagte Camille. »Er wird nicht lange fortbleiben, nicht Georges. Halten Sie die Tür gut verschlossen.«

Der betrunkene Grenadier versetzte ihm einen Rippenstoß. »Ist das deine Alte, hm?«

Er wich zurück, starrte den Mann verdattert an. In diesem Moment schien etwas in seinem Kopf mit lautem Schnalzen auseinanderzureißen, und sie mussten ihn gegen eine Mauer lehnen und ihm Branntwein einflößen, sodass ab da nichts mehr einen Sinn ergab.

Wieder eine Nacht auf den Straßen: morgens um fünf die Sturmglocke, warnende Kanonenschläge. »Jetzt wird es ernst«, sagte Anne Théroigne. Sie löste die Bänder aus ihrem Haar und schlang sie durch sein Knopfloch. Rot und Blau. »Rot wie Blut«, sagte sie. »Und blau wie der Himmel.« Die Farben von Paris: Himmelsblut.

Um sechs standen sie vor dem Invalidenhaus und verhandelten um Waffen. Jemand drehte ihn sanft um und zeigte hinüber zum Marsfeld, wo aufgesteckte Bajonette im Frühlicht blitzten. »Die kommen nicht her«, sagte er, und sie kamen nicht. Er hörte seine eigene Stimme ruhige, vernünftige Dinge sagen, während er in die Mündung von Kanonen blickte, hinter denen Soldaten mit brennenden Fackeln bereitstanden. Er spürte keinerlei Furcht. Dann war mit den Verhandlungen Schluss, und um ihn rannten und schrien sie. Dies nennt sich der Sturm auf das Invalidenhaus. Zum ersten Mal hatte er Angst. Als es vorbei war, lehnte er an einer Wand, und die braunhaarige junge Frau drückte ihm ein Bajonett in die Hand. Er legte die Handfläche an die Klinge und fragte in schlichter Neugierde: »Geht das schwer?«

»Leicht«, sagte der betrunkene Grenadier. »Jetzt weiß ich, woher ich dich kenne. Von diesem kleinen Tumult draußen vor dem Gericht, ist schon ein paar Jährchen her. Wir haben ziemlich hingelangt. Ich hab dich zu Boden geschubst und ein bisschen in die Rippen getreten. Nichts für ungut – das gehört zum Geschäft. Gut, Schaden hast du ja keinen genommen, wie man sieht.«

Camille konnte den Blick nicht von ihm wenden. Der Mann war über und über voll Blut, er triefte davon, seine Kleider waren damit durchweicht, die Haare verklumpt – dickes, geronnenes Blut, durch das er Camille angrinste. Er wirbelte auf dem Absatz herum und führte einen kleinen Tanz auf, die tiefroten Unterarme hochgereckt.

»Und jetzt zur Bastille«, sang er. »Auf zur Bastille, he, zur Bastille, zur Bastille.«

De Launay, der Kommandant der Bastille, war Zivilist und ergab sich in einem grauen Gehrock. Kurz darauf versuchte er sich in seinen Stockdegen zu stürzen, wurde jedoch daran gehindert.

Die Menge, die de Launay umdrängte, schrie: »Bringt ihn um!« Mitglieder der französischen Garden schirmten ihn mit ihren Körpern ab. Aber auf der Höhe der Kirche Saint-Louis gelang es dem Mob, ihn zwischen ihnen hervorzuzerren, er wurde bespuckt und mit Knüppeln geschlagen, bis er zu Boden ging. Als die Gardisten ihn befreit hatten, war sein Gesicht blutüberströmt, das Haar war ihm büschelweise ausgerissen, und er konnte kaum noch laufen.

Kurz vor dem Rathaus versperrte man ihnen den Weg. Es kam zu Auseinandersetzungen zwischen denjenigen, die für sofortiges Aufhängen waren, und denen, die ihm vorher noch den Prozess machen wollten. Der eingepferchte, verängstigte de Launay streckte die Arme aus; sie wurden von beiden Seiten gepackt, sodass er das Blut nicht mehr wegwischen konnte, das ihm aus den Haaren in die Augen lief. In seiner Qual trat er um sich, und sein Fuß traf die Weichteile eines Mannes namens Desnot. Desnot – ein arbeitsloser Koch – brüllte laut auf vor Schreck und Schmerz. Er ging in die Knie, krümmte sich.

Ein Unbekannter stieg über Desnot hinweg und fasste den Gefangenen ins Auge. Er zögerte kurz, machte dann einen Schritt vorwärts und stieß de Launay sein Bajonett in den Bauch. Als er es herauszog, fingen sechs weitere Klingen den Stürzenden auf. Jemand drosch ihm immer wieder ein großes Holzscheit gegen den Hinterkopf. Seine Beschützer wichen zurück, und die Menge schleifte den Sterbenden in den Rinnstein. Auf seinen zerschlagenen, zuckenden Leib wurden mehrere Schüsse abgefeuert. Desnot kam stolpernd auf die Füße und taumelte nach vorn. »Er gehört dir«, rief eine Stimme. Mit einer Schmerzensgrimasse fischte Desnot in seiner Tasche und kniete bei dem Leichnam nieder. Er fuhr mit den Fingern in de Launays verbliebene Haarsträhnen, klappte ein kleines Messer auf, bog den Kopf des Toten zurück und begann, an seiner Kehle herumzusäbeln. Man hielt ihm ein Schwert hin, aber es war ihm zu fremd; das Gesicht noch verzogen vor Schmerz von dem Fußtritt, hackte er so lange mit dem Taschenmesser weiter, bis de Launays Kopf vollständig abgetrennt war.

Camille schlief. Seine Träume waren grün, pastoral, viel klares Wasser sprudelte in ihnen. Nur ganz zum Schluss wurde das Wasser trüb und klumpig, Kloake, durchgeschnittene Kehlen. »Oh, verflucht«, hörte er eine Frauenstimme flüstern. Tränenerstickt. Sein Kopf ruhte an einem wenig mütterlichen Busen. »Ich bin nicht ganz Herrin meiner selbst«, sagte Louise Robert.

»Sie haben geweint«, bemerkte er. Etwas Besseres fiel ihm nicht ein. Wie lange hatte er geschlafen? Eine Stunde, einen halben Tag? Er begriff nicht, was er auf dem Robert'schen Ehebett machte. Er begriff nicht, wie er dort hingekommen war. »Wie viel Uhr ist es?«, fragte er sie.

»Setzen Sie sich auf«, sagte sie. »Setzen Sie sich auf und hören Sie mir zu.« Sie war ein kleines Mädchen, bleich und zartknochig. Sie fing an, auf und ab zu gehen. »Das hier ist nicht unsere Revolution«, sagte sie. »Nicht unsere, nicht Brissots, nicht Robespierres.« Abrupt blieb sie stehen. »Ich kannte Robespierre«, sagte sie. »Wenn ich gewollt hätte, könnte ich jetzt vermutlich Mme Kerze von Arras sein. Wäre ich damit besser gefahren?«

»Ich habe keine Ahnung.«

»Es ist Lafayettes Revolution«, sagte sie. »Und die von Bailly und diesem Scheusal Philippe. Trotzdem, besser als gar nichts.« Sie betrachtete ihn, beide Hände an die Kehle gedrückt. »Ausgerechnet Sie.«

»Kommen Sie wieder her.« Er streckte die Hand nach ihr aus. Er hatte das Gefühl, auf einem Eismeer zu treiben, fernab der Menschheit. Sie setzte sich neben ihn, strich ihre Röcke zurecht. »Ich habe den Laden geschlossen. Niemand ist mehr an Kolonialwaren interessiert. Seit zwei Tagen kauft überhaupt niemand mehr ein.«

»Vielleicht gibt es bald gar keine Kolonien mehr. Und keine Sklaven.«

Sie lachte. »Das dauert noch. Aber lenken Sie mich nicht ab. Ich habe hier einen Auftrag zu erledigen, ich muss dafür sorgen, dass Sie nicht in die Nähe der Bastille gehen – nicht, dass Ihr Glück Sie plötzlich doch verlässt.«

»Es war kein Glück.« Halbwach erst, bastelt er doch schon an seiner Legende.

»Schon möglich, dass Sie das glauben.«

»Wenn ich zur Bastille ginge und dort umkäme, würde ich in die Geschichte eingehen, stimmt's?«

»Ja.« Sie sah ihn skeptisch an. »Aber Sie kommen nicht um, weil Sie ja nirgendwo hingehen.«

»Es sei denn, Ihr Mann kommt und bringt mich um«, sagte er mit einem Blick auf das Bett.

»Richtig.« Sie lächelte grimmig, ohne ihn anzusehen. »Allerdings gedenke ich François treu zu bleiben. Ich glaube nämlich, dass wir eine Zukunft haben.«

Alle haben wir ab heute eine Zukunft. Es war kein Zufall, denkt er, es war nicht Glück. Er sieht seinen Körper, winzig und flach, die gleißend weiße Kreidewand der Zukunft erklimmen – spürt seine Hände nach einem Halt tasten, spürt den Fels dicht unter seiner Wange, das ziehende Schwindelgefühl im Magen; oh, wie lange klettert er schon!

Louise zog ihn eng an sich. Er ließ sich gegen sie sinken, schläfrig. »So ein Irrsinn«, flüsterte sie. Sie streichelte sein Haar.

Sie brachte ihm einen Kaffee. Schön stillhalten, sagte sie. Er sah dem Kaffee beim Kaltwerden zu. Die Luft um ihn knisterte. Er untersuchte seine rechte Handinnenfläche. Ihr Finger strich über den haarfeinen Schnitt. »Wo ich mir den nur geholt habe? Ich kann mich nicht erinnern, aber wenn man bedenkt, dass Leute zu Tode gedrückt und getrampelt worden sind …«

»Sie sind ein Glückskind«, sagte sie. »Auch wenn man bis jetzt nicht drauf gekommen wäre.«

François Robert kam nach Hause. Er blieb an der Türschwelle stehen und küsste seine Frau auf den Mund. Er zog seinen Rock aus und gab ihn ihr. Dann stellte er sich bedächtig vor den Spiegel und kämmte sein lockiges schwarzes Haar, während Louise wartend neben ihm stand; ihr Kopf reichte knapp bis zu seiner Schulter. Als er fertig war, sagte er: »Die Bastille ist gefallen.« Er kam durchs Zimmer und sah auf Camille herab. »Obwohl du hier warst, warst du doch auch dort. Augenzeugen haben dich gesehen, du warst die treibende Kraft bei der Erstürmung – auf dem Fuße gefolgt von Hérault de Séchelles.« Er trat weg von ihm. »Ist noch Kaffee da?« Er ließ sich auf einen Stuhl fallen. »Jegliche Normalität ist ausgesetzt.« Er sagte es wie zu einem Idioten oder einem kleinen Kind. Er zog seine Stiefel aus. »Von jetzt an wird alles anders sein.«

Glaubt ihr das nur, sagte Camille müde. Er konnte nicht recht aufnehmen, was zu ihm gesagt wurde. Die Gesetze der Schwerkraft gelten noch immer, aus dem Boden tief unter ihm ragen Nägel. Selbst an der Spitze des Kliffs gibt es Spalten und Abstürze, nackte Hohlwege, deren Wände aufragen wie die Wände des Grabes. »Ich habe geträumt, ich wäre tot«, sagte er. »Ich habe geträumt, ich wäre begraben worden.« Ein schmaler Pfad führt ins Herz des Gebirges, steinig, trügerisch, die beschwerliche, öde Landschaft der Seele. Hör mit dem Lügen auf, sagt er zu sich. Ich habe nichts dergleichen geträumt, ich habe von Wasser geträumt. Ich habe geträumt, ich läge blutend in der Gosse. »Man sollte meinen, mein Stottern wäre verschwunden«, sagte er. »Aber so ein Glückskind bin ich scheint's auch wieder nicht. Hättet ihr wohl etwas Papier für mich? Ich muss an meinen Vater schreiben.«

»Tu das, Camille«, sagte François. »Sag ihm, dass sein Sohn ein berühmter Mann ist.«

DRITTER TEIL

Vielen Leuten erzählen, dass man sehr angesehen sei. Sie wiederholen es, und diese Wiederholungen werden für den Ruf sorgen.

Ich will schnell leben …

Theorie des Ehrgeizes
Jean-Marie Hérault de Séchelles

1. Novizen

(1789)

Monsieur Soulès, einer der Pariser Wahlmänner, war allein auf den Wehrmauern der Bastille. Sie hatten ihn am frühen Abend geholt und gesagt: Lafayette will Sie sprechen. De Launay ist tot, sagten sie, deshalb sind bis auf weiteres Sie der Kommandant. O nein, sagte er, wieso ich?

Stellen Sie sich nicht so an, Mann, hatten sie gesagt, jetzt passiert ja nichts mehr.

Drei Uhr nachts auf der Wehrmauer. Seine müden Wachen hatte er fortgeschickt. Die Nacht war schwarz wie eine verlorene Seele. Unten in Saint-Antoine heulte ein Hund klagend zu den Sternen empor. Ein Stück links von ihm züngelte eine Fackel in einer Wandhalterung zaghaft gegen die Dunkelheit an, flackerte über klamme Steine, wimmernde Geister.

Jesus, Maria und Joseph, helft uns jetzt und in der Stunde unseres Todes.

Vor seiner Nase plötzlich ein Brustkorb. Ein Brustkorb und eine Musketenmündung.

Man muss doch angerufen werden, schoss es ihm wild durch den Kopf, man muss fragen dürfen, Freund oder Feind? Und wenn der andere sagt, Feind, und trotzdem kommt?

»Wer sind Sie?«, fragte der Brustkorb.

»Ich bin der Kommandant.«

»Der Kommandant ist tot und in Stücke gehackt.«

»Das weiß ich. Ich bin der neue Kommandant. Lafayette hat mich berufen.«

»Ach so? Lafayette hat ihn berufen«, sagte der Brustkorb. Gekicher klang aus der Dunkelheit. »Zeigen Sie mal Ihre Urkunde her.«

Soulès langte in seine Innentasche und händigte das Stück Papier aus, das er diese ganzen bangen Stunden hindurch dicht am Herzen getragen hatte.

»Wie soll ich das bei dem Licht hier lesen?« Er hörte, wie Papier zerknüllt wurde. »So«, sagte der Brustkorb gönnerhaft. »Ich bin Hauptmann d'Anton vom Cordeliers-Bataillon der Bürgerwehr, und ich verhafte Sie, weil Sie mir wie ein höchst verdächtiges Subjekt vorkommen. Bürger, tut eure Pflicht.«

Soulès öffnete den Mund.

»Schreien nützt Ihnen gar nichts. Ich habe die Wachen gesehen. Sie sind betrunken und schlafen wie Tote. Wir nehmen Sie mit in unser Distrikts-Hauptquartier.«

Soulès spähte ins Dunkel. Es standen mindestens vier bewaffnete Männer hinter Hauptmann d'Anton, und in den Schatten warteten vielleicht noch mehr.

»Bitte denken Sie nicht an Widerstand.«

Die Stimme des Hauptmanns klang kultiviert und präzise. Ein schwacher Trost. Nicht den Kopf verlieren, befahl Soulès sich ingrimmig.

Sie läuteten die Sturmglocke von Saint-André-des-Arts. Binnen Minuten strömten hundert Leute auf die Straße. Ein munteres Viertel, wie d'Anton schon immer gesagt hatte.

»Man kann nicht vorsichtig genug sein«, sagte Fabre. »Vielleicht sollten wir ihn erschießen.«

Soulès wiederholte ein ums andere Mal: »Ich verlange, zum Rathaus gebracht zu werden.«

»Sie verlangen hier gar nichts«, sagte d' Anton. Dann schien ihm ein Gedanke zu kommen. »Also gut. Rathaus.«

Es wurde eine ereignisreiche Fahrt. Sie mussten einen offenen Wagen nehmen, etwas anderes gab es nicht. Es waren schon (oder noch) Menschen unterwegs, für die feststand, dass die Nachbarn aus dem

Cordeliers-Distrikt Hilfe brauchten. Sie rannten neben dem Wagen her und riefen: »Hängt ihn auf.«

Als sie ankamen, sagte d'Anton: »Es ist genau, wie ich dachte. Die Stadt wird von dem regiert, der kommt und das Heft in die Hand nimmt.« Seit einigen Wochen schon bezeichnete sich eine inoffizielle Gruppe von Wahlmännern als *Commune* oder Stadtrat; angeführt wurde sie von M. Bailly von der Nationalversammlung, der den Wahlen in Paris vorgestanden hatte. Zwar hatte es bis gestern einen vom König eingesetzten Stadtvogt von Paris gegeben, aber die Menge hatte ihn ermordet, kaum dass sie mit de Launay fertig war. Wer lenkte jetzt die Geschicke der Stadt? Wer hatte das Siegel, die Stempel? Solche Fragen mussten offenbar untertags geklärt werden. Der Marquis de Lafayette, erfuhren sie von einem Beamten, sei heimgegangen und schlief.

»Eine schöne Zeit, um zu schlafen. Holen Sie ihn her. Wie soll denn das aussehen? Eine Bürgerpatrouille steht nachts aus dem Bett auf, um die Bastille zu inspizieren, die für einen gewaltigen Blutzoll den Tyrannen entrissen worden ist, und was findet sie? Sturzbetrunkene Wachen und diesen Menschen hier, der für nichts eine Erklärung hat, aber behauptet, zuständig zu sein.« Er wandte sich zu seiner Patrouille um. »Jemand sollte dem Volk Rechenschaft ablegen. Die Skelette zählen, alles das. Wer weiß, vielleicht sind ja sogar noch hilflose Opfer in ihren Verliesen festgekettet.«

»Oh, da geht keiner ab«, sagte der Beamte. »Es waren nur sieben Gefangene da, müssen Sie wissen.«

Trotzdem, dachte d'Anton, leer war der Bau sicher nicht. »Und was ist mit ihren Sachen?«, fragte er. »Ich habe von einem Billardtisch gehört, der vor zwanzig Jahren hineingewandert und nie wieder zum Vorschein gekommen ist.«

Gelächter von den Männern hinter ihm. Der Beamte starrte ihn in ausdrucksloser Erbitterung an. D'Antons Aufgekratztheit legte sich schlagartig. »Holen Sie Lafayette«, befahl er.

Jules Paré, von seinen Kanzlistenpflichten entbunden, grinste in die Dunkelheit. Auf der Place de Grève flackerten Lichter. M. Soulès' Blick zog es unaufhaltsam zur *lanterne* – einer langen eisernen Strebe im Mauerwerk, von der eine Lampe hing. Genau dort war nur wenige Stunden zuvor der abgehackte Kopf des Marquis de Launay von der Menge herumgestoßen worden wie ein Fußball. »Beten Sie, M. Soulès«, riet ihm d'Anton freundlich.

Als Lafayette erschien, dämmerte es schon. Enttäuscht sah d'Anton, dass seine Aufmachung tadellos war; allerdings wies sein frisch rasiertes Gesicht entlang der Backenknochen eine leichte Rötung auf.

»Wissen Sie eigentlich, wie spät es ist?«

»Fünf Uhr?«, schlug d'Anton hilfreich vor. »So in etwa? Ich dachte immer, als Soldat wäre man zu jeder Tag- und Nachtzeit einsatzbereit.«

Lafayette drehte sich einen Moment lang weg. Er ballte die Fäuste und schickte einen Blick hinauf in den rötlich gestreiften Himmel. Als er sich wieder umwandte, war sein Ton lebhaft und liebenswürdig. »Entschuldigen Sie. Was für eine Begrüßung. Hauptmann d'Anton, richtig? Von den Cordeliers?«

»Und Ihr ergebener Bewunderer, General«, sagte d'Anton.

»Sehr verbunden.« Lafayette betrachtete staunend den breitschultrigen, narbengesichtigen Hünen, den ihm diese neue Welt als Untergebenen beschert hatte. »Ich weiß nicht recht, ob das nötig war, aber ich vermute, Sie tun einfach Ihr – Bestes.«

»Das hoffentlich gut genug ist«, sagte Hauptmann d'Anton verbissen.

Für den Bruchteil einer Sekunde durchzuckte den General der Verdacht, dass ihm hier schlicht ein Streich gespielt wurde. »Das ist M. Soulès. Ich identifiziere ihn hiermit in aller Form. M. Soulès genießt unumschränkte Handlungsvollmacht. Ja, natürlich stelle ich ihm eine neue Urkunde aus. Genügt das?«

»Das genügt vollkommen«, erwiderte prompt der Hauptmann. »Aber Ihr Wort allein genügt mir selbstredend auch, General.«

»Ich würde jetzt gern heimgehen, Hauptmann d'Anton. Wenn Sie gestatten.«

Der Hauptmann verstand keinen Sarkasmus. »Schlafen Sie gut«, sagte er. Lafayette drehte sich auf dem Absatz um und dachte: Ja, so ein Salut will offenbar reiflich überlegt sein.

D'Anton führte seine Streife zurück über den Fluss. In seinen Augen glitzerte es. Gabrielle wartete zu Hause auf ihn. »Wie konntest du nur?«

»So zeigt man Unternehmungsgeist, oder etwa nicht?«

»Du hast bloß Lafayette verärgert.«

»Genau das meine ich.«

»Die Leute hier mögen solche Spielchen«, sagte Paré. »Ich wette, jetzt werden Sie wirklich Hauptmann der Bürgerwehr, d'Anton. Und Distriktspräsident wahrscheinlich auch. Schließlich kennt Sie jeder.«

»Einschließlich Lafayette«, sagte d'Anton.

Nachricht aus Versailles: M. Necker ist wieder im Amt. M. Bailly wird zum Bürgermeister von Paris ernannt. Der Drucker Momoro arbeitet die Nacht durch, um Camilles Pamphlet zu setzen. Bauleute werden geholt, um die Bastille abzureißen. Das Volk trägt sie weg, Stein um Stein, als Andenken.

Der große Exodus beginnt. Der Prinz von Condé verlässt das Land in solcher Hast, dass Anwaltsrechnungen und einiges mehr unbezahlt bleiben. Der Bruder des Königs, Artois, reist aus, desgleichen die Polignacs, die Günstlinge der Königin.

Am 17. Juli bricht M. Bailly in einer blumengeschmückten Kutsche von Versailles auf, erreicht um zehn Uhr morgens das Rathaus und macht sich postwendend mit einer Schar von Würdenträgern auf den Rückweg, um zum König zu fahren. Sie kommen bis zur Feuerlöschpumpe von Chaillot – der Bürgermeister, die Wahlmänner, die Garde, die Stadtschlüssel in ihrer Silberschale –, und dort treffen sie auf dreihundert Abgeordnete und die königliche Prozession, die ihnen entgegenziehen.

»Sire«, sagte Bürgermeister Bailly, »ich bringe Eurer Majestät die Schlüssel zu Ihrer guten Stadt Paris. Es sind dieselben Schlüssel, die Henri IV überreicht wurden – er eroberte einst sein Volk, heute hat das Volk sich seinen König wieder erobert.«

Es klingt unzart, ist aber nett gemeint. Spontaner Beifall brandet auf. Die Milizsoldaten flankieren den Weg im Dreierspalier. Der Marquis de Lafayette geht vor der Kutsche des Königs her. Böllerschüsse werden abgefeuert. Seine Majestät entsteigt der Kutsche und nimmt von Bürgermeister Bailly die neue dreifarbige Kokarde der Nation in Empfang: dem Rot und Blau ist das Weiß der Monarchie hinzugefügt worden. Er steckt sich die Kokarde an den Hut, und die Menge jubelt ihm zu. (Vor seinem Aufbruch von Versailles hat er sein Testament gemacht.) Unter gekreuzten Schwertern schreitet er die Rathaustreppe empor. Die trunkene Menge schließt ihn ein, umdrängt ihn, versucht ihn zu berühren: Ob er sich wie ein gewöhnlicher Sterblicher anfühlt? »Es lebe der König«, schreien sie. (Die Königin hat nicht damit gerechnet, ihn lebend wiederzusehen.)

»Lasst sie«, sagt er zu den Soldaten. »Ich glaube, sie lieben mich wirklich.«

Ein Anschein von Normalität kehrt zurück. Die Geschäfte öffnen wieder. Ein klappriger, verhutzelter Greis mit langem weißem Bart wird im Triumphzug durch die Stadt kutschiert und winkt den vielen zu, die sich immer noch in den Straßen herumtreiben. Sein Name ist Major Whyte – ein Engländer, vielleicht auch ein Ire –, und niemand weiß, wie lange er in der Bastille eingesperrt war. Er scheint die Aufmerksamkeit zu genießen, aber wenn man ihn zu seiner Haft befragt, weint er. An schlechten Tagen weiß er gar nicht, wer er ist. An guten Tagen hält er sich für Julius Cäsar.

Vernehmung von Desnot, Paris, Juli 1789:

Auf die Frage hin, ob dies das Messer sei, mit dem er den Kopf des Sieur de Launay abgetrennt habe, erklärte er, dazu ein schwarzes, kleineres verwendet zu haben; auf den Einwand, dass es unmöglich sei, mit einem so kleinen und schwachen Werkzeuge einen Kopf abzuschneiden, antwortete er, er als Koch habe gelernt, mit Fleisch umzugehen.

---

18. August 1789
Das Astley-Amphitheater, Westminster Bridge
präsentiert
(nach Seiltanz von Signior Spinacuta)
ein völlig neues und unerhörtes Spektakel
DIE FRANZÖSISCHE REVOLUTION
von Sonntag 12. Juli bis Mittwoch 15. Juli (einschl.)
des Titels
PARIS IN AUFRUHR
Eine der größten und atemraubendsten Unterhaltungen,
die die Welt je gesehen hat,
ausschließlich basierend auf
WAHREN BEGEBENHEITEN
Loge 3s, Parkett 2s, Galerie 1s,
Seitengalerie 6d
Einlass ab halb sechs Uhr,
Beginn halb sieben Uhr pünktlich.

Camille hatte in der Rue Condé Hausverbot. Nun war er auf Stanislas Fréron angewiesen, damit dieser ihn auf dem Laufenden hielt und seine Gedanken (und Briefe) an Lucile übermittelte.

»Hmm«, sagte ihm Fréron, »wenn ich es richtig deute, dann hat sie dich deiner hehren, vergeistigten Art wegen geliebt. Weil du so feinfühlig warst, so edel. Weil du – wie sie dachte – in höheren Sphären weiltest als wir anderen, die wir aus gröberem Stoff gemacht sind. Und jetzt? Jetzt erweist du dich als die Art Mensch, die mit Schlamm und Blut bespritzt durch die Straßen stürmt und andere zum Gemetzel aufstachelt.«

D'Anton vertrat die These, dass Fréron ihn aus dem Feld zu schlagen versuchte – »wenn nicht so, dann so«. Sein Ton war zynisch. Er zitierte Voltaires Bemerkung über Karnickels Vater: »Würde Fréron von einer Schlange gebissen, wäre es die Schlange, die stürbe.«

In Wahrheit – aber Fréron hütete sich, dies zuzugeben – war Lucile vernarrter in Camille denn je. Claude Duplessis hoffte nach wie vor, wenn er seiner Tochter nur den richtigen Mann zuführte, würde sie schon über ihre Obsession hinwegkommen. Aber es schien ein Ding der Unmöglichkeit, jemanden zu finden, der sie auch nur im entferntesten interessierte; wenn er jemanden für passend erachtete, folgte es zwingend, dass sie dies nicht tat. Alles an Camille faszinierte sie: seine Anrüchigkeit, seine pseudo-naiven kleinen Manierismen, sein sprunghafter Intellekt. Mehr als alles andere jedoch faszinierte sie sein plötzlicher Ruhm.

Fréron als dem alten Hausfreund war die Veränderung bei Lucile nicht entgangen. Aus einem hübschen Mägdlein war eine elegante junge Frau mit politischen Parolen auf den Lippen und einem wissenden Funkeln im Auge geworden. Wird gut im Bett sein, dachte Fréron, wenn's mal so weit ist. Seine eigene Frau war ein Heimchen am Herd, das in seinem Denken und Handeln kaum vorkam. Nichts ist heute mehr unmöglich, dachte er.

Dumm nur, dass sich Lucile dieser absurden Mode angeschlossen hatte, ihn »Karnickel« zu nennen.

Camille schlief kaum noch: keine Zeit. Wenn er doch schlief, erwachte er gerädert von seinen Träumen. Er träumte unter anderem, die ganze Welt sei zu einem Fest zusammengekommen. Der Schauplatz war bald die Place de Grève, bald Annettes Salon, bald die Grande Salle des Menus Plaisirs. Jeder, aber auch jeder war auf diesem Fest. Angélique Charpentier plauderte mit Hérault de Séchelles; sie verglichen Aufzeichnungen über ihn, brachten seine Lügengebäude zum Einsturz. Sophie aus Guise, mit der er geschlafen hatte, als er sechzehn war, berichtete alles brühwarm Laclos; Laclos hatte sein Notizbuch gezückt, und von hinten drängte Maître Perrin herzu und forderte mit seiner Anwaltsstimme Gehör. Der schmunzelnde, anhängliche Abgeordnete Pétion hatte den toten Kommandanten der Bastille untergehakt, der kopflos an seinem Arm hing. Sein alter Schulfreund Louis Suleau debattierte auf offener Straße mit Anne Théroigne. Fabre und Robespierre spielten dazu ein Kinderspiel: Sooft der Wortwechsel der beiden abbrach, blieben sie steif wie Statuen stehen.

Er hätte sich Sorgen wegen dieser Träume gemacht, aber er war jeden Abend irgendwo eingeladen. Und etwas Wahres enthielten sie in jedem Fall: Alle Menschen aus seinem Leben kamen nun zusammen.

»Wie findest du Robespierre?«, fragte er d'Anton.

»Max? Prächtiger kleiner Bursche.«

»Nein, so darfst du nicht reden. Er ist empfindlich mit seiner Größe. Früher in der Schule war er es jedenfalls.«

»Guter Gott«, sagte d'Anton. »Dann eben nur prächtig. Ich habe nicht die Zeit, die Leute wie rohe Eier zu behandeln.«

»Und da sagst du, ich bin taktlos?«

»Versuchst du Streit anzufangen?«

Und so fand er nie heraus, wie d'Anton über Robespierre dachte.

Er fragte Robespierre: »Wie findest du d'Anton?« Robespierre nahm seine Brille ab und putzte die Gläser. Er überdachte die Frage gründlich. »Sehr nett«, sagte er schließlich.

»Aber was hältst du wirklich von ihm? Du weichst mir aus. Ich meine, man findet doch jemanden nicht einfach nur nett, und das war's.«

»Doch, Camille, du schon«, sagte Robespierre sanft.

Und so fand er auch nicht heraus, wie Robespierre über d'Anton dachte.

Der frühere Minister Foulon hatte während einer Hungersnot einmal bemerkt, wenn das Volk hungere, solle es Heu fressen lernen. So wurde es zumindest überliefert: mehr als Grund genug, dass er sich am 22. Juli auf der Place de Grève wiederfand, und zwar nicht allein.

Er wurde bewacht, doch es stand zu erwarten, dass die kleine, aber aggressive Menge, die ihre eigenen Ziele verfolgte, sich seiner bemächtigen würde. Lafayette kam und sprach zu den Menschen. Er habe nicht die Absicht, dem Volkszorn im Wege zu stehen, aber Foulon solle doch wenigstens zu einem gerechten Verfahren kommen.

»Wozu ein Verfahren«, schrie jemand, »für einen Mann, der seit dreißig Jahren überführt ist?«

Foulon war alt; es war viele Jahre her, dass er sich sein Bonmot erlaubt hatte. Um seinem Schicksal zu entgehen, hatte er sich versteckt und Gerüchte über sein Ableben gestreut. Angeblich war sogar ein mit Steinen gefüllter Sarg in die Erde gesenkt worden. Aufgespürt und verhaftet, richtete er nun flehende Blicke auf den General. Aus den engen Gassen um das Rathaus drang das dumpfe Wummern, das Paris mittlerweile als das Nahen marschierender Füße zu erkennen gelernt hatte.

»Sie vereinigen sich«, meldete ein Adjutant dem General. »Vom Palais Royal auf der einen Seite, und von Saint-Antoine von der anderen.«

»Ich weiß«, sagte der General. »Ich habe auf beiden Seiten Ohren. Wie viele?«

Niemand hatte eine Schätzung. Zu viele. Er betrachtete Foulon ohne sonderliche Zuneigung. Er hatte keine Truppen bei der Hand; wenn die Obrigkeiten Foulon beschützt haben wollten, mussten sie selbst dafür sorgen. Er wechselte einen Blick mit seinem Adjutanten, zuckte kaum merklich die Achseln.

Sie bewarfen Foulon mit Heu, banden ihm ein Bündel davon auf den Rücken, stopften es ihm in den Mund. »Schön runterschlucken«, forderten sie ihn auf. An den scharfen Halmen würgend, wurde er über die Place de Grève geschleift, bis unter die Laterne, über deren Eisenstrebe ein Seil geschleudert wurde. Einige Sekunden lang baumelte der alte Mann, wo nächtens das große Licht leuchtete. Dann riss das Seil, er stürzte hinab in die Menge. Unter Tritten und Püffen beförderte man ihn wieder hinauf. Wieder riss das Seil durch. Die Hände des Mobs packten ihn, immerhin behutsam genug, um ihm nicht den Gnadenstoß zu versetzen. Eine dritte Schlinge wurde um den schlaffen Hals gelegt. Diesmal hielt das Seil. Als er tot war, oder zumindest beinah, schnitt man ihm den Kopf ab und spießte ihn auf eine Pike.

Zur gleichen Zeit war Foulons Schwiegersohn Berthier, Intendant von Paris, in Compiègne festgenommen und zum Rathaus geschleppt worden. Man expedierte den Angststarren hinein, durch eine Menge, die ihn mit Brocken schwärzlich-sauren Brotes bewarf. Wenig später wurde er wieder herausexpediert, weil er ins Abbaye-Gefängnis sollte, und noch ein wenig später in den Tod – vielleicht erwürgt, vielleicht auch von einer Musketenkugel zerrissen, denn wer hätte den genauen Moment benennen können? Und vielleicht war er auch noch gar nicht tot, als ein Schwert auf seinen Hals einzuhauen begann. Auch sein Kopf wurde auf eine Pike gesteckt. Die beiden Prozessionen trafen sich, die Piken neigten sich einander entgegen, sodass die abgehackten Köpfe zusammenstießen. »Gib Papa einen Kuss!«, johlte die Meute. Berthiers Brustkorb wurde aufgesägt und das Herz herausgerissen. Es wurde mit einem Schwert aufgespießt, im Triumphzug zum Rathaus getragen und dem Bürgermeister auf den Tisch geworfen. M. Bailly fiel fast in Ohnmacht. Als Nächstes wurde das Herz zum Palais Royal gebracht. Blut wurde aus ihm heraus in ein Glas gedrückt, und die Leute tranken davon. Sie sangen:

Eine Feier ist erst dann eine Feier,
Wenn auch Herzblut darinnen steckt!

Die Nachricht von den Lynchmorden erregte Bestürzung in Versailles, wo die Versammlung gerade in einer Debatte über die Menschenrechte begriffen war. Entsetzen wurde bekundet, Empörung, Protest: Wo war die Bürgerwehr gewesen, während all dies geschah? Foulon und sein Schwiegersohn hatten allgemein als Getreidespekulanten gegolten, aber die Abgeordneten, deren gesamtes Dasein sich zwischen der Salle des Menus Plaisirs und den gut sortierten Speisekammern ihrer Unterkünfte abspielte, waren nicht mehr ganz auf dem Laufenden, was die Stimmung im Volk betraf. Angewidert von so viel Heuchelei fragte Barnave sie: »Dieses Blut, das vergossen wurde – war es so rein?« Entrüstet schrien sie ihn nieder und speicherten ihn im Geist als gefährliches Element ab. Die Debatte wurde wieder aufgenommen, immerhin wollten sie eine »Erklärung der Menschenrechte« abfassen. Einige Stimmen murrten zwar, erst solle die Verfassung geschrieben werden, da Rechte ja kraft Gesetzes bestehen; aber die Jurisprudenz ist so trocken und Freiheit etwas so Aufregendes.

Mit der Nacht des 4. August endet in Frankreich das Feudalsystem. Der Vicomte de Noailles erhebt sich und entäußert sich mit vor Inbrunst bebender Stimme seiner sämtlichen Besitztümer – kein allzu großer Verzicht, da sein Spitzname »Ohneland« ist. Die ganze Nationalversammlung stürzt sich in eine Orgie der Großherzigkeit: Leibeigene werden abgeschafft, Jagdrechte, Gutsherrenprivilegien, Zehnten aller Art, während die Freudentränen nur so strömen. Ein Mitglied schiebt dem Präsidenten einen Zettel hin – »Schließen Sie die Sitzung, sie sind außer sich.« Aber keine himmlische Hand kann sie zurückhalten, wie im Rausch überbieten sie sich gegenseitig an Patriotismus, geben mit Feuereifer den eigenen Besitz weg und mit noch größerem Eifer den Besitz anderer. Nächste Woche werden sie natürlich zurückrudern wollen, doch da wird es zu spät sein.

Derweil zieht Camille durch Versailles, eine Spur von verknüllten Seiten hinter sich, und gebiert im schwülen Schweigen der Hochsommernächte die Prosa, der er längst nicht mehr abhold ist …

Diese Nacht, nicht Passah, hat uns aus der ägyptischen Knechtschaft erlöst … Sie hat den Franzosen ihre Menschenrechte zurückgegeben und alle Bürger für gleich erklärt, tauglich für jeden Rang, jeden Platz, jedes öffentliche Amt; sie hat alle öffentlichen, alle kirchlichen und militärischen Ämter den Reichen, Hochgeborenen, Vornehmen entrissen, um sie der Nation als Ganzer darzureichen auf der Grundlage des Verdiensts. Diese Nacht hat Mme d'Epr – ihre Leibrente von zwanzigtausend Livres gekostet, die ihr die Liebschaft mit einem Minister eingetragen hatte … Jeder darf nun Handel mit Ost- und Westindien treiben, jeder, dem der Sinn danach steht, kann einen Laden aufmachen. Der Schneidermeister, der Schuhmachermeister, der Perückenmachermeister werden wehklagen, aber die Gesellen werden frohlocken, und in den Dachstuben werden Lichter brennen … O Schreckensnacht für die Große Kammer, für die Schreiber, die Büttel, die Advokaten, die Kammerdiener, für die Sekretäre, die Untersekretäre, für alle Plünderer … Doch o Segensnacht, vera beata nox, für alle anderen, denn die Schranken, die so viele von Amt und Ehren ausgeschlossen haben, sind für immer niedergerissen: Von heute an gibt es unter den Franzosen keine anderen Unterschiede mehr als die der Tugend und der Begabung.

In einer dunklen Ecke eines dunklen Schankraums saß Dr. Marat bucklig an einem Tisch. Der 4. August, murrte er, war ein makabrer Witz und sonst nichts.

Er stierte böse auf das Manuskript vor ihm. »*Vera beata nox* – wenn es doch nur wahr wäre, Camille. Aber Sie mythisieren die Ereignisse, merken Sie das? Sie dichten sie um zur Legende, zu einer Legende der Revolution. Sie wollen eine künstlerische Hand am Werk sehen, wo es nur die Notwendigkeit gibt ...« Er brach ab. Sein magerer Körper krümmte sich leicht.

»Sind Sie krank?«

»Sie etwa?«

»Nein, ich habe nur zu viel getrunken.«

»Mit Ihren neuen Freunden, nehme ich an.« Marat rutschte auf seiner Bank nach hinten, immer noch diesen angespannten, schmerzlichen Ausdruck im Gesicht. Dann fasste er Camille bohrend ins Auge; seine Finger trommelten arhythmisch auf die Tischplatte. »Ganz schön sicher fühlen wir uns, wie?«

»Nicht besonders. Es heißt, ich muss mit einer Festnahme rechnen.«

»Verlassen Sie sich nicht drauf, dass der Hof so förmlich vorgeht. Ein Mann mit einem Messer könnte es für Sie auch tun. Oder für mich, so betrachtet. Ich habe ja vor, ins Cordeliers-Viertel zu ziehen. Da kann ich wenigstens um Hilfe rufen. Warum ziehen Sie nicht auch hin?« Marat grinste und ließ seine schauderhaften Zähne sehen. »Dann wären wir alle Nachbarn. Schön gemütlich.« Er beugte sich wieder über die Blätter vor ihm, raschelte darin herum, klopfte mit dem Zeigefinger. »Ihrem nächsten Punkt stimme ich zu. Zu jeder anderen Zeit hätte das Volk Jahre des Bürgerkriegs gebraucht, um sich solcher Feinde wie Foulon zu entledigen. Und in einem Krieg kommen Tausende um, nicht wahr? Deshalb sind die Lynchmorde durchaus akzeptabel. Sie stellen die humane Alternative dar. Für diese Haltung werden Sie wahrscheinlich gegeißelt werden, aber wagen Sie's ruhig, gehen Sie damit zum Drucker.« Der Doktor rieb sich nachdenklich die platte Nase – eine prosaische Geste, die eine prosaische Aussage unterstrich. »Das Gebot der Stunde lautet, Köpfe abschneiden, Camille. Je länger wir damit warten, desto mehr Köpfe werden rollen müssen. Schreiben Sie das. Die oberste Notwendigkeit ist, Leute umzubringen und ihnen den Kopf abzuhacken.«

Erstes zaghaftes Kratzen des Bogens auf der Saite. Eins, zwei: d'Antons Finger klopften auf seinen Säbelknauf. Unter seinem Fenster polterten und schrien die Nachbarn durcheinander und wedelten mit der Sitzordnung herum. Das Orchester der Königlichen Musikakademie stimmte seine Instrumente. Gute Idee, so ein bisschen Musik, das machte die Sache gleich festlicher. Eine Militärkapelle würde es natürlich auch geben. Als Distriktspräsident und Hauptmann der Nationalgarde (wie sich die Bürgerwehr mittlerweile nannte) war er für die Planung sämtlicher Programmpunkte zuständig.

»Gut schaust du aus«, sagte er zu seiner Frau, ohne sie anzusehen. Er schwitzte in seiner neuen Uniform: weiße Hosen, schwarze Stulpenstiefel, weiß abgesetzte blaue Jacke mit rotem Kragen, der jetzt schon einschnitt. Draußen sengte die Sonne vom Himmel.

»Ich habe Camilles Freund Robespierre gefragt, ob er nicht auch kommen will«, sagte er. »Aber er kann sich keinen ganzen Tag von der Versammlung freinehmen. Sehr gewissenhaft.«

»Der arme Junge«, bemerkte Angélique. »Ich frage mich ja, aus was für einer Familie er kommt. Ich habe zu ihm gesagt, haben Sie denn kein Heimweh? Fehlt Ihnen Ihre Familie denn nicht? Und er sagte völlig ernst zu mir: ›Doch, Mme Charpentier, ich vermisse meinen Hund.‹«

»Mir hat er gefallen«, sagte Charpentier. »Aber wie er an jemanden wie Camille geraten ist, weiß Gott allein. So«, er rieb die Hände gegeneinander, »was passiert jetzt?«

»Lafayette wird in einer Viertelstunde hier sein. Wir gehen alle zur Messe, der Priester weiht unsere neue Bataillonsfahne, wir marschieren aus der Kirche, hissen sie, defilieren vorbei, und Lafayette steht daneben und macht sein Generalsgesicht. Im Zweifel wird er erwarten, dass man ihm zujubelt. Wobei es schon genügend Schwachköpfe geben wird, um ausreichend Getöse zustande zu bringen, selbst in diesem Viertel von Zynikern.«

»Erklär's mir doch bitte noch mal.« Gabrielle klang verschnupft. »Also, die Bürgerwehr ist auf der Seite des Königs?«

»Wir sind alle auf der Seite des Königs«, sagte ihr Mann. »Wir können nur seine Minister und seine Höflinge und seine Brüder und seine Frau nicht ausstehen. Louis ist in Ordnung, der arme alte Trottel.«

»Aber warum heißt es dann, Lafayette sei Republikaner?«

»In Amerika ist er Republikaner.«

»Gibt es hier auch Republikaner?«

»Ganz wenige.«

»Würden sie den König umbringen?«

»Guter Gott, nein. So etwas überlassen wir den Engländern.«

»Würden sie ihn ins Gefängnis sperren?«

»Das weiß ich nicht. Frag Mme Robert, wenn du sie siehst. Sie ist eine von den Radikalen. Oder Camille.«

»Aber wenn die Nationalgarde auf der Seite des Königs ist …«

»Auf der Seite des Königs«, unterbrach er sie, »solange er nicht versucht, das Rad zurückzudrehen.«

»Ja, das verstehe ich schon. Ihr seid auf der Seite des Königs und gegen die Republikaner. Aber Camille und Louise und François sind Republikaner, oder nicht? Wenn also Lafayette dir befehlen würde, sie zu verhaften, würdest du es tun?«

»Großer Gott, nein. Ich verrichte doch nicht seine Schmutzarbeit.« Und er dachte: Wir in diesem Distrikt könnten unsere eigenen Gesetze machen. Ich bin vielleicht nicht der Bataillonskommandeur, aber der Bataillonskommandeur tanzt nach meiner Pfeife.

Camille erschien, atemlos und in Hochstimmung. »Es könnte sich nicht besser anlassen«, sagte er. »In Toulouse ist mein neues Pamphlet vom Scharfrichter verbrannt worden. Ist das nicht zuvorkommend – damit ist mir die zweite Auflage sicher. Und in Oléron wurde eine Buchhandlung, die es verkauft, von *Mönchen* überfallen, und sie haben die gesamte Ware weggeworfen und in Brand gesteckt und den Buchhändler in Stücke geschnitten.«

»Finden Sie das etwa lustig?«, sagte Gabrielle.

»O nein. Tragisch.«

Eine Töpferei bei Paris bot dickwandiges Tongeschirr mit seinem Konterfei in grellem Gelb und Blau feil. Das hast du davon, wenn du eine Person des öffentlichen Lebens wirst: Die Leute kratzen ihr Essen aus deinem Gesicht.

Kein Lüftchen regte sich, als sie die neue Fahne hissten; sie hing an ihrem Mast herab wie eine schlaffe dreifarbige Zunge. Gabrielle stand zwischen ihren Eltern. Ihre Nachbarn, die Gélys, standen links von ihr, die kleine Louise in einem neuen Hut, auf den sie unsäglich stolz war. Sie war sich der Blicke bewusst, mit denen die Leute sie maßen: Da, raunten sie sich zu, das ist die Frau von d'Anton. »Wie hübsch sie ist«, hörte sie jemanden sagen, »haben sie Kinder?« Sie sah zu ihrem Mann empor, der auf den Stufen zur Kirche stand, so viel imposanter mit seiner Ringerstatur als dieser Ladestock Lafayette. Sie begann ein wenig Verachtung für den General zu verspüren, einfach weil ihr Mann ihn verachtete. Wie höflich die zwei miteinander umgingen. Jetzt schwenkte der Bataillonskommandeur seinen Hut durch die Luft, das Signal für die Hochrufe. Die Zuschauer jubelten, der General dankte es ihnen mit seinem sparsamen Lächeln. Sie senkte die Lider, um die Sonne auszusperren. Hinter sich hörte sie Camilles Stimme; er redete mit Louise Robert, geradeso, als wäre sie ein Mann. Die Abgeordneten aus der Bretagne, sagte er, und: die Initiative in der Versammlung. Ich wollte nach Versailles, sowie die Bastille eingenommen war – Mme Robert pflichtete ihm murmelnd bei –, aber es müsste so schnell wie möglich passieren. Er plant schon den nächsten Aufruhr, dachte sie: die nächste Bastille. Dann in ihrem Rücken ein Ruf: *»Vive d'Anton.«*

Erstaunt und beglückt drehte sie sich um. Der Ruf wurde aufgenommen. »Das sind jetzt nur ein paar Cordeliers«, sagte Camille entschuldigend. »Aber bald wird es die ganze Stadt sein.«

Einige Minuten später war die Zeremonie vorbei, die Feier konnte beginnen. Georges tauchte ein in die Menge, den Arm um Gabrielle gelegt. »Weißt du, was ich mir überlegt habe?«, sagte Camille. »Du solltest den Apostroph weglassen. Er passt nicht in die Zeit.«

»Stimmt eigentlich«, sagte ihr Mann. »Ich ändere es nach und nach – wozu es groß ankündigen?«

»Nein, mach es von heute auf morgen«, sagte Camille. »Damit jeder merkt, wo du stehst.«

»Quälgeist«, sagte Georges-Jacques liebevoll. Jetzt erwacht sie bei ihm auch schon, diese Lust an der Konfrontation. »Macht es dir etwas aus?«, fragte er sie.

»Du musst das tun, was du für das Beste hältst«, sagte sie. »Das, was du für richtig hältst.«

»Und wenn es nicht das Gleiche wäre?«, fragte Camille. »Das, was er für das beste hält, und das, was er für richtig hält, meine ich.«

»Aber es muss ja das Gleiche sein«, wandte sie ein, verwirrt. »Schließlich ist er ein guter Mensch.«

»Wie tiefsinnig. Er wird Sie noch verdächtigen, Ihr Hirn zu gebrauchen, wenn er aus dem Haus ist.«

Camille hatte den gestrigen Tag in Versailles verbracht und am Abend mit Robespierre eine Sitzung des Bretonischen Clubs besucht. Der Club war jetzt das Forum für die liberalen unter den Abgeordneten, die sich für einen volksnäheren Kurs stark machten und auf Distanz zum Hof gingen. Auch einige Adlige frequentierten ihn; der Taumel des 4. August war hier sorgfältig kalkuliert worden. Nicht-Abgeordnete waren willkommen, sofern ihr Patriotismus außer Zweifel stand.

Und wessen Patriotismus konnte mehr außer Zweifel stehen als seiner? Robespierre drängte ihn, das Wort zu ergreifen. Aber er war nervös, er konnte sich kaum Gehör verschaffen. Das Stottern nahm überhand. Die Zuhörer hatten wenig Geduld mit ihm. Für sie war er ein Einpeitscher, ein Anarchist, weiter nichts. Alles in allem war es eine demütigende, ernüchternde Erfahrung. Robespierre studierte seine Schuhschnallen. Als Camille vom Podium zurückkam und sich wieder neben ihn setzte, sah er nicht auf, sondern ließ nur seine grünen Augen ein Stück seitwärts huschen und lächelte auf seine geduldige, versonnene Art. Kein Wunder, dass er nichts Aufmunterndes zu sagen wusste: Sooft er selbst in der Versammlung aufstand, begannen ungebärdige Adlige unter lautem Pusten und Prusten imaginäre Kerzen auszublasen oder stimmten ein mehrkehliges Lämmergeblök an. Was nützte ein »Gut gemacht, Camille« von ihm? Was nützten beschönigende Lügen?

Als die Sitzung schloss, trat Mirabeau ans Rednerpult und spielte der Schar seiner Anhänger und Bewunderer Bürgermeister Bailly vor, wie er zu ergründen versuchte, ob Montag oder Dienstag sei – die Monde des Jupiter beobachtete, um die Antwort zu finden, und zuletzt (mit einer obszönen Gebärde) zugab, dass sein Teleskop zu klein sei. Camille fand es nicht sonderlich erheiternd; er fühlte sich fast den Tränen nah. Von Beifall umtost, stieg der Comte vom Podium herab, mit markigem Schulterklopfen und Händeschütteln nach links und nach rechts. Robespierre berührte Camille am Ellbogen. »Sollen wir gehen?«, sagte er.

Zu spät. Der Comte hatte Camille erspäht. Er brach ihm fast die Rippen vor Herzlichkeit. »Sie waren großartig«, sagte er. »Scheren Sie sich nicht um diese Provinzler. Sollen die doch schauen, wo sie bleiben, mit ihren engen kleinen Bauernhirnen. Keiner von denen hätte geschafft, was Sie geschafft haben. Nicht einer. Im Grunde haben sie Angst vor Ihnen, sonst gar nichts.«

Robespierre verdrückte sich ans hintere Ende des Raumes und versuchte sich möglichst unsichtbar zu machen. Camille sah so getröstet aus, so beglückt über die Vorstellung, den Leuten Angst einzuflößen. Warum hatte er nicht sagen können, was Mirabeau gesagt hatte? Schließlich war es ja die reine Wahrheit. Und er wollte, dass es Camille gut ging, er wollte für ihn sorgen. Bald zwanzig Jahre war es nun her, dass er versprochen hatte, sich seiner anzunehmen, und er sah sich unverändert in der Pflicht. Aber es war immer das Gleiche – er besaß nicht die Gabe, das Richtige zu sagen. Camilles Bedürfnisse und Wünsche waren ein Buch mit sieben Siegeln für ihn, geschrieben in einer Sprache, die er nie gelernt hatte. »Kommen Sie zum Essen«, hörte er den Comte sagen. »Und unser Lämmchen hier nehmen wir auch mit. Setzen wir ihm schönes rotes Fleisch zum Fraß vor.«

Sie waren zu vierzehnt am Tisch. Schmelzend zartes Rinderfilet blutete auf die Teller. Aus dem aufgesäbelten Leib eines Steinbutts dufteten Thymian und Lorbeer. Blauschwarze Auberginen, kross gebraten auf der Außenseite, gaben dem zerteilenden Messer ihr cremiges Inneres preis.

Der Comte lebte gut dieser Tage. Schwer zu sagen, ob er einfach noch mehr Schulden machte oder ob er es sich neuerdings leisten konnte. Er unterhielt eine heimliche Korrespondenz mit einer Vielzahl von Quellen. Seine öffentlichen Äußerungen klangen so volltönend wie kryptisch, und er hatte seiner Geliebten, der Frau des Verlegers, auf Kredit einen Diamanten gekauft. Und wie liebenswürdig er heute Abend mit dem jungen Robespierre plauderte. Warum? Höflichkeit kostet nichts, dachte er. Aber er hatte den Abgeordneten über die letzten Wochen hinweg beobachtet, hatte den oft so trockenen Beiklang seiner Stimme registriert, sein (augenscheinliches) Desinteresse daran, wie andere über ihn dachten, die Wendigkeit seines Anwaltshirns – das vermutlich brauchbar genug war.

Den ganzen Abend redete er mit der Kerze von Arras, in vertraulich gedämpftem Ton. Unterm Strich, dachte er, geht es in der Politik um dasselbe wie im Bett auch: um Macht. Nicht dass er diese Feststellung für sonderlich originell hielt. Es war beides eine Frage der Verführung, davon, wie schnell und wie billig sie sich bewerkstelligen ließ; wenn Camille, so dachte er, einer dieser bettelarmen kleinen Putzmacherinnen gleicht (leichte Beute also), dann ist Robespierre eine Karmelitin, die es zur Äbtissin bringen will. Du kannst sie nicht bestechen, du kannst mit deinem Schwanz vor ihrer Nase herumwedeln, und sie ist weder empört noch interessiert – warum sollte sie, wenn sie keine Ahnung hat, wozu er dient?

Sie sprachen über den König, darüber, ob er bei den Gesetzen, die die Versammlung verabschiedete, ein Vetorecht haben sollte oder nicht. Robespierre war dagegen. Mirabeau war dafür – oder konnte sich vorstellen, dafür zu sein, sofern der Preis stimmte. Sie sprachen darüber, wie diese Dinge in England gehandhabt wurden; Robespierre korrigierte ihn zügig, fast ein wenig belustigt, Mirabeau ließ es sich gefallen, taute ihn auf, und als er mit einem akkuraten dreieckigen Lächeln belohnt wurde, durchströmte ihn eine geradezu absurde Erleichterung.

Elf Uhr: Das rabiate Lamm entschuldigte sich, schlüpfte aus dem Zimmer. Er muss pissen wie andere Sterbliche auch – immerhin etwas. Mirabeau fühlte sich seltsam, ungewohnt nüchtern, ungewohnt kalt. Er sah über den Tisch zu einem seiner Genfer. »Dieser junge Mann wird es weit bringen«, sagte er. »Er glaubt jedes Wort, das er sagt.«

Brulard de Sillery, Graf von Genlis, stand auf, gähnte, streckte sich. »Danke, Mirabeau. So, langsam sollten wir ernst machen mit dem Trinken. Camille, kommen Sie mit?«

Die Einladung war scheinbar allgemein gehalten. Sie schloss zwei Männer aus: die Kerze von Arras (derzeit nicht mit im Raum befindlich) und die Fackel der Provence. Die Genfer schlossen sich selbst aus – sie standen auf, verneigten sich, wünschten eine gute Nacht, begannen ihre Servietten zusammenzufalten und ihre Hüte zu nehmen, rückten ihre Halsbinden zurecht, zupften an ihren Strümpfen. Schlagartig verabscheute Mirabeau sie. Er verabscheute ihre Gehröcke aus grauer Seide, ihre Penibilität und ihre kriecherische Zuvorkommenheit, er wollte ihnen die Hüte über die Augen ziehen und in die Nacht hinausstürmen, einen kameradschaftlichen Arm um seinen Putzmacher-Jungen gelegt und den anderen um einen Erfolgsautor. Ein seltsamer Drang, näher betrachtet, denn wenn er jemanden nicht ausstehen konnte, dann Laclos, und wenn er mit jemandem nicht betrunken werden wollte, dann mit Camille. Aber wenn man einen wohlerzogenen, abstinenten Abend damit verbracht hatte, sich Maximilien Robespierre gefügig zu machen, dann ging die Fantasie eben mit einem durch.

Bis Robespierre zurückkam, würde der Raum sich geleert haben. Dann blieb ihnen nur, einen trockenen kleinen Händedruck auszutauschen. Pass auf dich auf, Kerze. Stell keinen Unsinn an, Fackel.

An den Karten führte kein Weg vorbei; andernfalls würde de Sillery nie ins Bett gehen. Nachdem er seine Pechsträhne nach Kräften ausgekostet hatte, lehnte er sich in seinem Stuhl zurück und brach in Gelächter aus. »Mr. Miles und die Elliots wären fuchsteufelswild, wenn sie wüssten, wofür ich das Geld des englischen Königs ausgebe.«

»Im Zweifelsfall wissen sie ziemlich genau, wofür Sie es ausgeben.« Laclos mischte. »Sie gehen nicht davon aus, dass Sie es wohltätigen Zwecken zukommen lassen.«

»Wer ist Mr. Miles?«, fragte Camille.

Laclos und de Sillery wechselten einen Blick. »Sagen Sie es ihm ruhig«, meinte Laclos. »Camille soll doch nicht leben wie ein sorgloser König, der gar nicht erst fragt, wo sein Geld herkommt.«

»Es ist etwas kompliziert.« De Sillery seufzte und legte sein Blatt verdeckt auf den Tisch. »Sie kennen Mrs. Elliot, die liebreizende Grace? Zweifellos haben Sie sie durch die Stadt flirren sehen, immer auf der Jagd nach politischem Klatsch und Tratsch. Das macht sie, weil sie für die englische Regierung arbeitet. Ihre diversen Liebschaften haben sie in diese interessante Position gebracht. Sie war die Geliebte des Prinzen von Wales, ehe Philippe sie nach Frankreich holte. Jetzt ist natürlich Agnès de Buffon die neue Geliebte – meine Frau Félicité kümmert sich um diese Dinge –, aber Grace und der Herzog verstehen sich immer noch prächtig. So«, er hielt inne, rieb sich mit müder Gebärde die Stirn, »Mrs. Elliot hat zwei Schwäger, Gilbert und Hugh. Hugh lebt in Paris, Gilbert kommt alle paar Wochen zu Besuch. Und es gibt noch einen anderen Engländer, mit dem sie verkehren, einen

Mr. Miles. Sie sind alle Agenten für das britische Außenministerium. Sie sind hier, um die Geschehnisse zu beobachten, Berichte darüber abzufassen und uns mit Geld zu versorgen.«

»Gut gesagt, Charles-Alexis«, bemerkte Laclos. »Bewunderungswürdig luzide. Noch etwas Bordeaux?«

Camille fragte: »Warum?«

»Weil die Engländer hochinteressiert an unserer Revolution sind«, sagte de Sillery. »Doch, sicher, Laclos, schieben Sie die Flasche rüber. Man könnte meinen, sie möchten, dass wir in den Genuss eines Parlaments und einer Verfassung wie der ihren kommen, aber das ist es gar nicht: Sie sind froh um alles, was Louis' Stand unterhöhlt. Wie auch Berlin. Wie auch Wien. Den Engländern wäre es nur recht, wenn wir König Louis stürzen und ihn durch König Philippe ersetzen würden.«

Der Abgeordnete Pétion hob schwerfällig den Kopf. Sein flächiges, hübsches Gesicht sah sorgenvoll drein. »Haben Sie uns hierhergelockt, um uns mit diesem Wissen zu belasten?«

»Nein«, sagte Camille. »Er erzählt es uns, weil er zu viel getrunken hat.«

»Es ist keine Last«, sage Charles-Alexis. »Es ist mehr oder weniger Allgemeinwissen. Fragen Sie Brissot.«

»Ich habe den größten Respekt vor Brissot«, betonte der Abgeordnete Pétion.

»So, haben Sie das?«, murmelte Laclos.

»Er macht auf mich nicht den Eindruck eines Menschen, der sich für solche Machenschaften hergeben würde.«

»Der gute Brissot«, sagte Laclos. »So vergeistigt, dass er denkt, das Geld in seiner Tasche zaubert sich selbst dort hinein. Oh, er weiß Bescheid – aber er tut so, als wüsste er von nichts. Er hütet sich nachzufragen. Wenn Sie ihn ordentlich erschrecken wollen, Camille, schleichen Sie sich an ihn an und flüstern Sie ihm ins Ohr ›William Augustus Miles‹.«

»Wenn ich etwas anmerken dürfte«, warf Pétion ein, »Brissot wirkt nicht wie jemand, der irgendwelche Zahlungen erhält. Ich sehe ihn immer nur in demselben Rock, und der ist völlig abgewetzt an den Ärmeln.«

»Oh, wir zahlen ihm nicht viel«, sagte Laclos. »Er wüsste gar nicht, was er damit anfangen sollte. Anders als gewisse andere Herren hier im Raum. Die durchaus einen Sinn für die erleseneren Genüsse des Lebens haben. Glauben Sie mir immer noch nicht, Pétion? Sagen Sie's ihm, Camille.«

»Es stimmt wahrscheinlich«, sagte Camille. »Früher hat er Geld von der Polizei genommen. Hat kleine Schwätzchen mit seinen Freunden gehalten und ihre politischen Ansichten weitergemeldet.«

»Ich bin schockiert.« Nicht, dass man es Pétions Ton anhörte.

»Von was hätte er denn sonst leben sollen?«, fragte Laclos.

Charles-Alexis lachte. »Diese ganzen Schriftsteller und Schreiberlinge hätten genug gegeneinander in der Hand, um ihren Lebensunterhalt mit Erpressung zu bestreiten. Oder, Camille? Sie tun es nur nicht, weil sie Angst davor haben, ihrerseits erpresst zu werden.«

»Also, falls ich da in etwas hineingezogen werden soll …« Einen Moment lang wirkte Pétion stocknüchtern. Dann stützte er die Stirn in die Handfläche. »Wenn ich nur einen klaren Gedanken fassen könnte.«

»Klare Gedanken greifen hier nicht«, sagte Camille. »Probieren Sie's mit einer anderen Sorte.«

Pétion sagte: »Es ist so schwierig, irgendeine Art von … von Integrität aufrechtzuerhalten.«

Laclos schenkte ihm nach. Camille sagte: »Ich will eine Zeitung gründen.«

»Und wen stellen Sie sich als Ihren Geldgeber vor?«, fragte Laclos glattzüngig. Er hörte die Leute gern eingestehen, dass sie das Geld des Herzogs brauchten.

»Der Herzog kann froh sein, dass ich sein Geld nehme«, sagte Camille, »wo es so viele andere Quellen gibt. Wir mögen den Herzog brauchen, aber um wie vieles mehr braucht der Herzog uns.«

»In der Masse mag er Sie brauchen«, antwortete Laclos im selben Ton. »Als Einzelne braucht er Sie nicht im Mindesten. Als Einzelne können Sie alle vom Pont-Neuf springen und jämmerlich ersaufen. Als Einzelne sind Sie ersetzbar.«

»Ach, glauben Sie?«

»Allerdings, Camille, das glaube ich. Sie haben eine grotesk überzogene Vorstellung von Ihrer Bedeutung für das große Ganze.«

Charles-Alexis beugte sich vor und legte Laclos die Hand auf den Arm. »Vorsichtig jetzt. Themenwechsel?« Laclos schluckte rebellisch. Stumm saß er da und lebte nur eine Spur auf, als de Sillery Anekdoten über seine Frau zum Besten gab. Félicité, so erzählte er, habe stapelweise Notizbücher unterm Ehebett liegen. Manchmal taste sie danach, während man auf ihr lag und im Schweiße seines Angesichts dem Höhepunkt entgegenstrebte. Ob dem Herzog das wohl ähnlich den Wind aus den Segeln genommen habe wie ihm?, überlegte er laut.

»Ihre Frau ist ein lästiges Weibsbild«, sagte Laclos. »Mirabeau will sie ja auch im Bett gehabt haben.«

»Anzunehmen«, sagte de Sillery, »anzunehmen. Da es ja keine gibt, die er nicht hatte. Aber heutzutage hält sie sich zurück. Sie arrangiert es lieber für andere. Wenn ich daran denke, wie ... Mein Gott, wenn ich auf mein Leben zurückschaue ...« Er versank kurz in Sinnen. »Hätte ich mir je träumen lassen, dass ich einmal mit der belesensten Kupplerin in ganz Europa verheiratet sein würde?«

»Apropos, Camille«, sagte Laclos, »Agnès de Buffon war völlig hingerissen von Ihrem neuesten Pamphlet. Diese Prosa! Sie hält sich für eine Expertin. Wir müssen Sie mit ihr bekannt machen.«

»Und mit Grace Elliot«, sagte de Sillery. Er und Laclos lachten.

»Sie werden ihn bei lebendigem Leib auffressen«, sagte Laclos.

Als es dämmerte, öffnete Laclos ein Fenster, lehnte seinen eleganten Oberkörper hinaus über die Stadt und atmete in tiefen Zügen die

Luft des Königs. »Niemand in ganz Versailles«, verkündete er, »ist so betrunken wie wir. Lasst euch gesagt sein, meine Mitstreiter, für jeden kommt einmal der Tag, und bald, sehr bald kommt er auch für Philippe – August – September – Oktober …«

Im September erschien Camilles neues Pamphlet. Es trug den Titel »Rede der Laterne an die Pariser« und hatte folgendes Motto aus dem Matthäusevangelium: *»Qui male agit odit lucem.«* Vom Autor frei übersetzt: Die Schurken zittern vor der Laterne. Die Eisenstrebe auf der Place de Grève bekundete darin ihre Bereitschaft, weitere Lasten zu tragen. Sie schlug Namen vor. Der Verfasser nannte den seinen nicht; er unterschrieb mit »Generalstaatsanwalt der Laterne«.

In Versailles überflog Marie Antoinette nur die ersten zwei Seiten. »Wenn es mit rechten Dingen zuginge«, sagte sie zu Louis, »würde dieser Mensch für lange Zeit ins Gefängnis gesteckt.«

Der König las in einem Geografiebuch. Er blickte kurz auf. »Dann sollten wir vielleicht mit Lafayette sprechen.«

»Sind Sie nicht mehr ganz dicht?«, fragte seine Frau ihn eisig; sie hatten in diesen Krisenzeiten einen recht normalen Umgangston entwickelt. »Der Marquis ist unser Erzfeind. Er bezahlt Kreaturen wie diese dafür, uns zu verleumden.«

»Der Herzog auch«, sagte der König leise. Er brachte es nur schwer über sich, Philippes Namen auszusprechen. »Unser roter Vetter«, nannte ihn die Königin. »Welcher von beiden ist gefährlicher?«

Sie dachten nach. Die Königin war für Lafayette.

Lafayette las das Pamphlet und summte tonlos in sich hinein. Er legte es Bürgermeister Bailly vor. »Zu gefährlich«, sagte der Bürgermeister.

»Ganz meine Meinung.«

»Ich meinte, ihn festzunehmen wäre zu gefährlich. Der Cordelier-Distrikt, Sie wissen ja. Er wohnt jetzt dort.«

»Bei allem Respekt, M. Bailly, dieses Geschreibsel ist Hochverrat.«

»Auch nicht schlimmer, General, als dieser offene Brief des Marquis de Saint-Huruge letzten Monat, in dem er mir mit dem Tod drohte, falls ich nicht gegen das königliche Vetorecht stimme. Und als wir den Mann festgenommen haben, machten die Cordeliers einen solchen Aufstand, dass wir ihn wieder laufen lassen mussten. Es schmeckt mir nicht, aber was soll ich machen? Das ganze Viertel scheint auf Streit aus. Kennen Sie diesen Danton, den Präsidenten der Cordeliers?«

»Ja«, sagte Lafayette. »Allerdings kenne ich ihn.«

Bailly schüttelte den Kopf. »Wir müssen Vorsicht walten lassen. Noch mehr Aufruhr können wir nicht verkraften. Wir dürfen keine Märtyrer schaffen.«

»Ja, leider Gottes«, sagte Lafayette, »da ist wohl etwas daran. Wenn all die Leute, die Desmoulins aufzählt, morgen aufgeknüpft würden, wäre das wohl kaum ein Blutbad unter Unschuldigen. Also unternehmen wir nichts. Aber damit wird unsere Lage unhaltbar, weil wir uns nachsagen lassen müssen, dass wir der Herrschaft des Mobs Vorschub leisten.«

»Was möchten Sie also machen?«

»Oh, ich möchte …« Lafayette schloss die Augen. »Ich möchte drei, vier kräftige Kerle über den Fluss schicken, die den Herrn Generalstaatsanwalt in einen kleinen roten Fleck an der Wand verwandeln.«

»Mein lieber Marquis!«

»Sie wissen, dass ich es nicht so meine«, sagte Lafayette bedauernd. »Aber manchmal wünschte ich, ich wäre nicht gar so ehrenwert. Ich frage mich oft, wie weit wir mit zivilisierten Methoden kommen werden, bei dieser Meute.«

»Sie sind der ehrenwerteste Mann in ganz Frankreich«, sagte der Bürgermeister hölzern. »Das ist allgemein bekannt.« Universell, hätte er gesagt, wenn er kein Astronom gewesen wäre.

»Was glauben Sie, warum machen uns die Cordeliers solche Schwierigkeiten?«, fragte Lafayette. »Da ist Danton, und dann dieser Abschaum Marat, und dieses Subjekt …« Er zeigte auf das Pamphlet. »Wenn dieses Subjekt in Versailles ist, wohnt es übrigens bei Mirabeau, was doch einiges über Mirabeau aussagt.«

»Ich werde einen Vermerk machen. Wissen Sie«, sagte der Bürgermeister milde, »vom literarischen Standpunkt ist das Pamphlet bewunderungswürdig.«

»Kommen Sie mir nicht mit Literatur«, sagte Lafayette. Er dachte an den Leichnam Berthiers, seine aus dem aufgeschlitzten Bauch quellenden Gedärme. Er beugte sich vor und stupste mit den Fingerspitzen gegen die Seiten. »Kennen Sie Camille Desmoulins?«, fragte er. »Haben Sie ihn schon einmal gesehen? Er ist eins von diesen Juristenknäblein. Hatte nie etwas Gefährlicheres in der Hand als einen Brieföffner.« Er schüttelte den Kopf. »Wo kommen sie nur alle her, diese Menschen? Sie sind Novizen. Sie waren nie im Krieg. Sie waren nie bei der Jagd. Sie haben noch nie ein Tier getötet, geschweige denn einen Menschen. Aber sie sind völlig versessen aufs Morden.«

»Solange sie es nicht selbst besorgen müssen, nehme ich an«, sagte der Bürgermeister. Er sah das herausgerissene Herz auf seinem Schreibtisch liegen, ein zuckender Klumpen Fleisch.

GUISE: »Wie soll ich noch erhobenen Hauptes auf die Straße gehen?«, fragte Jean-Nicolas rhetorisch. »Zumal er ja der Meinung zu sein scheint, dass ich stolz auf ihn zu sein habe. Er ist überall bekannt, schreibt er. Er diniert jeden Abend mit Aristokraten.«

»Hauptsache, er isst ordentlich«, sagte Mme Desmoulins. Aus ihrem eigenen Mund überraschte sie die Bemerkung. Sie war nie eine besorgte Mutter gewesen. Und Camille seinerseits nie ein großer Esser.

»Ich wage mich den Godards gar nicht mehr unter die Augen. Sie werden es alle gelesen haben. Immerhin wird Rose-Fleur jetzt froh sein, dass sie sie gezwungen haben, die Verlobung zu lösen.«

»Wie wenig du doch die Frauen kennst«, sagte seine Frau.

Rose-Fleur Godard hatte das Pamphlet auf ihrem Nachttisch liegen und zitierte zu allen passenden und unpassenden Gelegenheiten daraus, um M. Tarrieux de Tailland, ihren neuen Verlobten, zu ärgern.

D'Anton hatte das Pamphlet gelesen und es an Gabrielle weitergegeben. »Schau besser auch mal rein«, sagte er. »Es wird in aller Munde sein.«

Gabrielle las die Hälfte, dann hörte sie auf. Ihr Gedankengang war folgender: Sie musste mit Camille mehr oder weniger zusammenleben, da war es ihr lieber, wenn sie nicht zu viel über seine Ansichten wusste. Sie war sehr still neuerdings, tastete sich von einem Tag zum anderen wie eine Blinde in einem fremden Haus. Sie fragte Georges nie, was in den Sitzungen der Distriktsversammlung vorfiel. Wenn am Abendbrottisch neue Gesichter auftauchten, legte sie einfach ein paar Gedecke mehr auf und versuchte das Gespräch unverbindlich zu halten. Sie war wieder schwanger. Niemand erwartete viel von ihr. Niemand verlangte von ihr, dass sie sich den Kopf über die Belange der Nation zerbrach.

Der gefeierte Schriftsteller Mercier führte Camille in den Salons von Paris und Versailles ein. »In zwanzig Jahren«, prophezeite Mercier, »wird er unser führender Literat sein.« In zwanzig Jahren? Camille konnte keine zwanzig Minuten warten.

Seine Stimmung machte bei diesen Gesellschaften die wildesten Berg- und Talfahrten durch. Er schwebte auf Wolken, im nächsten Augenblick fühlte er sich wie ein Scharlatan. Die Gastgeberinnen, die sich doch so um ihn rissen, taten sicherheitshalber, als wüssten sie nicht, wer er sei. Der Hintergedanke war, dass es sich nach und nach herumsprechen sollte, unter der Hand, sodass die, die es wollten, gehen konnten, ohne einen Eklat zu verursachen. Aber haben mussten sie ihn alle; sie wollten den Kitzel, die Schockwirkung. Eine Feier ist erst dann eine Feier …

Seine Migräne war zurückgekehrt: zu viel Haarewerfen vielleicht. Die eine Konstante bei diesen Veranstaltungen war, dass er nichts zu sagen brauchte. Andere besorgten das Reden, um ihn herum. Über ihn.

Spät am Freitagabend bei der Comtesse de Beauharnais: lauter junge Dichter, die ihr den Hof machten, dazu faszinierend reiche Kreolen. Die luftigen Räume schimmerten: Silber, blassestes Blau. Fanny de Beauharnais nahm seinen Arm, besitzergreifend – welch Unterschied zu den Zeiten, als keiner ihn kennen mochte.

»Arthur Dillon«, flüsterte sie. »Sie sind sich noch nicht vorgestellt worden? Sohn des elften Vicomte Dillon? Vertritt Martinique in der Versammlung?« Ein Antippen, ein Wispern, Seide raschelte. »General Dillon? Hier habe ich etwas für Sie, das Ihre Neugier reizen dürfte.«

Dillon drehte sich um. Er war ein schöner Mann von knapp vierzig, fast ein Bilderbucharistokrat mit seiner schmalen, gebogenen Nase und dem fein geschnittenen roten Mund. »Der Laternenanwalt«, wisperte Fanny. »Sagen Sie es nicht gleich weiter. Nicht allen auf einmal.«

Dillon musterte ihn. »Wie Erwartungen doch trügen können.« Fanny glitt weiter, ein Wölkchen Parfümduft hinter sich zurücklassend. Dillons Blick war jetzt scharf, hellwach. »Tempora mutantur …«, murmelte er. Er legte eine Hand auf Camilles Schulter, nahm ihn in Gewahrsam. »Kommen Sie, ich stelle Sie meiner Frau vor.«

Laure Dillon lagerte auf einer Chaiselongue. Sie trug ein weißes, mit Silber besetztes Musselinkleid und dazu einen Turban aus weiß-silberner Gaze. In die Polster zurückgelehnt, frönte sie ihrer kleinen Marotte: Sie hatte stets einen Kerzenstummel bei sich, und wenn sie nicht anderweitig beschäftigt war, knabberte sie daran.

»Meine Liebe«, sagte Dillon, »hier ist der Laternenanwalt.«

Laure machte eine unwillige Bewegung. »Wer?«

»Der das Volk zum Sturm auf die Bastille aufgehetzt hat. Der die Leute reihenweise aufknüpfen und ihnen die Köpfe abschlagen lässt und, und, und.«

»Oh.« Laure sah auf. Die Silberreifen ihrer Ohrgehänge fingen schaudernd das Licht ein. Ihre schönen Augen wanderten an ihm auf und ab. »Niedlich«, sagte sie.

Arthur stieß ein Lachen aus. »Nicht sehr politisch eingestellt, meine Frau.«

Laure löste ihre weichen Lippen von dem warmen Wachsstumpen. Sie seufzte, liebkoste abwesend das Band an ihrem Halsausschnitt. »Besuchen Sie uns zum Essen«, sagte sie.

Als Dillon ihn auf die andere Seite des Zimmers zurücksteuerte, fiel Camilles Blick auf seine scharfen, düster-bleichen Züge im Spiegel. Die Uhren schlugen elf. »Bald Zeit zum Abendessen«, sagte Dillon. Er wandte sich um und sah auf dem Gesicht des Laternenanwalts einen geradezu herzzerreißend ratlosen Ausdruck. »Schauen Sie nicht so drein«, sagte er ernsthaft. »Sie besitzen jetzt *Macht*. Das ist eine große Umstellung.«

»Ich weiß. Ich kann mich nur nicht daran gewöhnen.«

Überall begegnete er jetzt dieser verdeckten Musterung, den gesenkten Stimmen, den Blicken über die Schulter. Welcher? Der da? Im Ernst?

Nur Minuten später beobachtete der General ihn, umringt von einer Damenschar. Jetzt war seine Identität eindeutig kein Geheimnis mehr. Ihre Wangen glühten, ihre Münder standen leicht offen, seine bloße Nähe brachte ihren Puls ins Flattern. Kein erhebender Anblick, dachte der General, aber so sind die Weiber nun mal. Vor drei Monaten hätte ihn keine auch nur eines Blickes gewürdigt.

Der General war ein gütiger Mann. Etwas an Camille weckte väterliche Gefühle in ihm, und von diesem Abend an – in Abständen, über die nächsten fünf Jahre hinweg – machte er sich Gedanken um ihn. So widersinnig es schien: Wenn er den Laternenanwalt sah, wollte er ihn beschützen.

Sollte der König gegen die Beschlüsse der Nationalversammlung ein Veto einlegen können?

»Mme Veto«, so lautete der neue Name der Königin auf den Straßen.

Ohne ein Veto, sagte Mirabeau dunkel, könne man gleich nach Konstantinopel auswandern. Aber da die Pariser eisern gegen das Veto waren (die meisten hielten es für eine neue Steuer), schusterte Mirabeau für die Versammlung eine Rede zusammen, die nicht Fisch und nicht Fleisch war, weniger das Werk eines Staatsmannes als das eines Verrenkungskünstlers auf einem Jahrmarkt. Heraus kam ein Kompromiss: Der König wurde mit der Macht ausgestattet, die Gesetzgebung zwar nicht zu blockieren, aber doch hinauszuzögern. Niemand war zufrieden.

Die Verwirrung in der Öffentlichkeit nahm zu. Ein Straßenredner in Paris: »Erst eine Woche haben die Adligen ihre Vetos, und schon kaufen sie damit alles Korn auf und schaffen es ins Ausland. Deshalb haben wir kein Brot.«

OKTOBER: Niemand wusste zu sagen, ob der König Widerstand erwog oder die Flucht. Auf jeden Fall wurden neue Regimenter nach Versailles beordert, und als das Flandrische Regiment eintraf, hielt die Leibgarde des Königs ein Willkommensbankett im Palast ab.

Es war eine protzige Veranstaltung bar jeden Takts – wobei die Pamphletisten selbst ein Picknick im Park schon als Bacchanal gegeißelt hätten.

Als der König mit seiner Gattin und dem kleinen Dauphin erschien, ließen ihn grölende Soldatenstimmen hochleben. Das Kind wurde auf den Tisch gehoben und stapfte lachend darauf herum. Man stieß auf die Verwirrung der Rebellen an. Die blau-weiß-rote Kokarde wurde auf den Boden geworfen und von vornehmen Stiefelabsätzen zermalmt.

Das ist Samstag, der 3. Oktober: Versailles prasst, während Paris darbt.

Am selben Nachmittag um fünf wetterte Danton vor seiner Distriktsversammlung. Er drosch mit der Faust auf den Tisch. Die Bürger des Cordeliers-Distrikts werden die Stadt mit Plakaten überziehen, donnerte er. Sie werden Rache nehmen für diesen Schlag ins Gesicht aller Patrioten. Sie werden Paris vor der royalistischen Bedrohung retten. Das Bataillon wird seine Waffenbrüder in allen Distrikten zusammentrommeln, sie werden die Ersten auf den Straßen sein. Sie werden den König nach Paris schleifen und ihn unter Bewachung stellen. Und wenn sonst nichts hilft, dann wird sich Präsident Danton selbst aufmachen und Louis eigenhändig herbeischleppen. Ich bin fertig mit dem König, sagte der königliche Rat.

Stanislas Maillard vom Grand Châtelet predigte den Marktweibern. Er rief ihnen, unnötigerweise, ihre hungrigen Kinder ins Gedächtnis. Ein Zug formierte sich. Maillard war lang und hager, ein richtiger Gevatter Tod. Zu seiner Rechten ging eine Zigeunerin, eine Vagabundin, die bei ihresgleichen die Königin von Ungarn hieß. Links von ihm schwenkte ein Mann mit einem Hirnschaden, der aus einer Anstalt entsprungen war, eine Flasche mit billigstem Schnaps. Der Fusel rann aus dem schlaffen Mund über sein Kinn, und seine kieselfarbenen Augen waren ohne jeden Ausdruck. Sonntag.

Montagmorgen: »Wollt ihr irgendwo hin?«, fragte Danton seine Kanzlisten.

Eigentlich hatten sie an einen Ausflug nach Versailles gedacht.

»Ist das hier eine Anwaltskanzlei oder ein Armeehauptquartier?«

»Bei Danton steht ein wichtiger Reederei-Prozess an«, erklärte Paré Camille später am Vormittag. »Er darf nicht gestört werden. Sie wollten nicht zufällig selbst hin?«

»Ich dachte nur … Bei der Distriktsversammlung konnte man den Eindruck haben – nein, ich wollte nicht hin, wozu denn? Übrigens, ist das derselbe Reederei-Prozess wie neulich beim Sturm auf die Bastille?«

»Die Berufung«, kam Dantons Stimme hinter der verriegelten Tür hervor.

Santerre, ein Bataillonskommandeur der Nationalgarde, führt einen Überfall auf das Rathaus an; etwas Geld wird gestohlen, einige Akten zerfetzt. Die Marktweiber laufen durch die Straßen, reißen die Frauen mit, die ihnen begegnen, peitschen sie auf, drohen ihnen. Auf der Place de Grève trägt das Volk Waffen zusammen. Die Nationalgarde soll mit dem Mob nach Versailles ziehen, an ihrer Spitze Lafayette. Von neun bis elf Uhr vormittags diskutiert Lafayette mit der Menge. Ein junger Mann erklärt ihm: »Die Regierung haut uns übers Ohr – wir müssen den König nach Paris holen. Wenn es stimmt, dass er schwachsinnig ist, dann soll sein Sohn König werden, Sie werden Regent, und alles wird besser.«

Um elf nimmt Lafayette Gespräche mit der Polizeiführung auf. Bis weit in den Nachmittag ist er dort drinnen verschanzt, die Neuigkeiten dringen nur bruchstückhaft zu ihm durch. Aber um fünf ist er unterwegs nach Versailles, hinter ihm fünfzehntausend Nationalgardisten. Der Mob entzieht sich jedweder Zählung. Es regnet.

Ein Vortrupp von Frauen ist bereits in die Nationalversammlung eingefallen. Die triefnassen Röcke gerafft, sitzen sie breitbeinig zwischen den Abgeordneten, rempeln sie an, reißen Witze, rufen nach Mirabeau. Eine kleine Delegation von ihnen wird beim König vorgelassen, und er verspricht ihnen so viel Brot, wie sich nur auftreiben lässt. Brot oder Blut? Théroigne ist draußen und debattiert mit den Soldaten. Sie trägt ein scharlachrotes Reitkleid. Sie ist im Besitz eines Säbels. Der Regen durchweicht ihre Hutfedern.

Eilbotschaft an General Lafayette auf der Straße: Der König hat sich nun doch entschlossen, die Erklärung der Menschenrechte anzunehmen. Ach, wirklich? Der General, erschöpft und niedergeschlagen, hält die Zügel in klammen Fingern, von seiner spitzen Nase tropft der Regen. Ihm scheint, er hat schon Weltbewegenderes gehört.

PARIS: Fabre zog durch die Cafés, machte Stimmung. »Es ist doch so«, sagt er. »Wenn einer so eine Sache anstößt, dann gebührt ihm auch die Anerkennung dafür. Wer kann leugnen, dass der Anstoß von Präsident Danton und seinem Distrikt ausgegangen ist? Und dieser Zug – wer wäre dazu besser geeignet als die Frauen von Paris? Auf Frauen werden sie nicht schießen.«

Fabre war nicht enttäuscht, dass Danton zu Hause saß, sondern erleichtert. Er begann vage zu ahnen, welchen Lauf die Dinge nehmen würden. Camille hatte recht: In der Öffentlichkeit, vor der richtigen Zuhörerschaft, schien Danton zu Großem bestimmt. Von nun an wollte Fabre ihn nötigen, seine Sicherheit über alles zu stellen.

Nacht. Immer noch Regen. Lafayettes Männer warten im Dunkeln, während er der Versammlung Rede und Antwort steht. Was ist der Grund für diese unziemliche militärische Demonstration?

In Lafayettes Tasche befindet sich ein verzweifelter Appell des Präsidenten ebendieser Versammlung, Lafayette möge mit seinen Leuten zum Schloss ziehen und den König retten. Am liebsten würde er die Hand in die Tasche stecken, um sich zu vergewissern, dass die Botschaft kein Traum war, aber das ist ihm hier im Saal nicht möglich, es würde ihm als respektlos ausgelegt. Was würde Washington tun?, fragt er sich – ohne Resultat. Also steht er da, bis zu den Schultern mit Schlamm bespritzt, und beantwortet diese seltsamen Fragen, so gut er kann. Mit zunehmend heiserer Stimme beschwört er die Versammlung: Kann nicht der König, um ihnen allen viel Ärger zu ersparen, zu einer kurzen Ansprache zugunsten der neuen Nationalfarben bewegt werden?

Etwas später lässt man ihn, der inzwischen am Rande der Erschöpfung ist, vor das Angesicht des Königs treten, wo er, immer noch schlammbespritzt, Seiner Majestät, Seiner Majestät Bruder dem Grafen der Provence, dem Erzbischof von Bordeaux und M. Necker Bericht erstattet. »Nun«, sagt der König, »Sie werden wohl Ihr Bestes getan haben.«

Dem General fehlen die Worte. In einer Geste, wie er sie nur von Gemälden her kennt, verschränkt er die Hände vor der Brust und setzt sein Leben als Pfand für das des Königs – nennt sich zudem den ergebenen Diener der Verfassung, und irgendjemand, irgendjemand, sagt er, hat eine große Summe Geld bezahlt.

Die Königin steht im Schatten und sieht ihn feindselig an.

Er geht hinaus, stellt Wachposten um den Palast und in der Stadt auf, starrt von einem Fenster hinab auf trüb flackernde Fackeln. Der Nachtwind trägt betrunkenes Singen heran. Balladen, so denkt er, über das Leben bei Hofe. Melancholie ergreift ihn, eine Sehnsucht nach vergangenem Heldentum. Er überprüft seine Wachen, begibt sich noch einmal zu den königlichen Gemächern. Er wird nicht eingelassen; die Familie hat sich für die Nacht zurückgezogen.

Gegen Morgen wirft er sich voll bekleidet auf sein Lager und schließt die Augen. General Morpheus, so nennen sie ihn später.

Sonnenaufgang. Trommelschläge. Ein kleines Tor ist unbewacht, Versäumnis oder Verrat; Schüsse fallen, die Leibgarde wird überwältigt, und binnen Minuten stecken die ersten Köpfe auf Piken. Der Mob dringt in den Palast ein. Mit Messern und Keulen bewaffnete Frauen stürmen durch die Galerien und wollen Blut sehen.

Der General erwacht. Bewegung jetzt, und zwar schnell. Ehe er ankommt, hat der Mob schon die Tür zum Salon de l'Œuil de Bœuf erreicht und ist von der Nationalgarde zurückgedrängt worden. »Gebt mir die Leber der Königin«, schreit eine Frau, »ich will Frikassee daraus kochen.« Lafayette (zu Fuß; um aufsatteln zu lassen, war nicht die Zeit) ist noch nicht im Palast, weil er in einer kreischenden Meute feststeckt, die schon Schlingen um die Hälse einzelner Leibgardisten gelegt hat. Die königliche Familie hat sich – mit knapper Not – im Salon einschließen können. Die königlichen Kinder weinen. Die Königin ist barfuß. Sie ist dem Tod um eine Türbreite entgangen.

Lafayette trifft ein. Sein Blick begegnet dem der barfüßigen Frau – der Frau, die ihn vom Hof vertrieben, die sich über seine Manieren beklagt und über seinen Tanzstil mokiert hat. Jetzt geht es um mehr als die Dienste des Höflings. Unter den Fenstern tobt die Menge. Lafayette zeigt auf den Balkon. »Es muss sein«, sagt er.

Der König tritt hinaus. Das Volk schreit: »Nach Paris!« Sie schwenken Piken und legen Gewehre an. Sie rufen nach der Königin.

Der General macht eine auffordernde Geste zu ihr hin. »Hören Sie nicht, was sie rufen?«, fragt sie. »Sehen Sie nicht die Gebärden, die sie machen?«

»Doch.« Lafayette zieht sich den Finger über die Kehle. »Aber entweder Sie gehen zu ihnen, oder man holt Sie. Nach Ihnen, Madame.«

Mit starrem Gesicht nimmt sie ihre Kinder bei der Hand und betritt den Balkon. »Keine Kinder!«, brüllt die Menge. Die Königin lässt die Hand des Dauphins fallen; er und seine Schwester werden zurück ins Zimmer gezerrt.

Marie Antoinette steht allein da. Lafayettes Gedanken rasen – was wird daraus entstehen, wird die Hölle losbrechen, werden sie bis zum Abend echten Krieg haben? Er tritt neben sie, um sie mit seinem Körper abschirmen zu können, wenn es zum Schlimmsten … die Menge heult … und dann, der perfekte Höfling!, nimmt er die Hand der Königin – hebt sie ein Stück – beugt sich tief hinab – küsst ihr die Fingerspitzen …

Mit einem Schlag kippt die Stimmung. *»Vive Lafayette!«* Er schaudert über ihren Wankelmut, schaudert bis tief ins Innerste. *»Vive la reine«*, schreit jemand. *»Vive la reine!«* Der Ruf ist seit einem Jahrzehnt nicht mehr erschollen. Marie Antoinettes Fäuste lockern sich, ihr Mund öffnet sich ganz leicht; er spürt, wie sie gegen ihn sinkt, kraftlos vor Erleichterung. Ein Leibgardist tritt herzu, um sie zu stützen, am Hut die blau-weiß-rote Kokarde. Die Menge jubelt. Die Königin wird nach drinnen gereicht. Der König erklärt sich bereit, nach Paris umzuziehen.

Das dauert den ganzen Tag.

Auf dem Weg nach Paris reitet Lafayette neben der Kutsche des Königs und spricht kaum ein Wort. Ab jetzt wird es keine Leibgarde mehr geben, denkt er, außer der, die ich stelle. Ich muss die Nation vor dem König schützen und den König vor dem Volk. Ich habe ihr das Leben gerettet, denkt er. Er sieht wieder ihr wächsernes Gesicht vor sich, die bloßen Füße, fühlt sie gegen sich sacken, während die Menge jubelt. Sie wird ihm das nie verzeihen, so viel weiß er. Die Streitkräfte unterstehen jetzt mir, denkt er, meine Stellung sollte unantastbar sein … Aber neben ihm, im Halbdunkel, schlurft es mit, die namenlosen Massen, das Volk. »Wir haben sie«, singen sie, »den Bäcker, die Bäckersfrau und den kleinen Bäckerjungen.« Die Nationalgarde und die Leibgarde tauschen ihre Mützen, sodass sie alle grotesk aussehen, aber nicht so grotesk wie die bluttriefenden Köpfe, die, Meile um Meile, vor der königlichen Kutsche wippen.

Das war der Oktober.

Die Versammlung folgte dem König nach Paris und kam vorerst im erzbischöflichen Palast unter. Der Bretonische Club nahm seine Sitzungen im Refektorium eines leerstehenden Klostergebäudes in der Rue Saint-Jacques wieder auf. Die früheren Bewohner, Dominikanermönche, waren im Volksmund die »Jakobiner« genannt worden, und der Name ging nun auf die Abgeordneten, Journalisten und Geschäftsmänner über, die hier debattierten wie eine zweite Nationalversammlung. Als ihre Zahl wuchs, zogen sie in die Bibliothek um und von dort schließlich in die alte Kapelle, die eine Empore für die Zuschauer hatte.

Im November wurde die Versammlung in die Salle du Manège, die ehemalige königliche Reithalle umquartiert. Der Saal war eng und schlecht beleuchtet, ungünstig geschnitten, er machte es den Rednern schwer. Die Mitglieder saßen sich in Reihen gegenüber, getrennt durch einen langen Gang. In der Mitte der untersten Reihe standen auf einer Seite der Stuhl des Präsidenten und der Tisch des Schriftführers, auf der anderen das Rednerpult. Die eher Königstreuen saßen rechts vom Gang, die Patrioten, wie sie sich gern nannten, links davon.

Beheizt wurde der Raum durch einen Ofen in der Saalmitte, und mit der Belüftung haperte es. Auf Dr. Guillotins Anraten wurden zweimal täglich Essig und Kräuter ausgesprengt. Die Galerien für die Öffentlichkeit waren ebenfalls eng, und die dreihundert Zuschauer, die darauf Platz hatten, ließen sich gut kontrollieren und gängeln – nicht notwendigerweise von der Obrigkeit.

Bei den Parisern hieß die Versammlung ab sofort nur noch »die Manege«.

RUE CONDÉ: Zum Jahresende ließ Claude ein gewisses Tauwetter in den Beziehungen zu. Annette gab ein Fest. Ihre Töchter luden ihre Freunde ein und die wiederum ihre Freunde. Annette sah sich um. »Und wenn jetzt ein Feuer ausbricht?«, fragte sie. »Die halbe Revolution würde in Rauch aufgehen.«

Vor dem Eintreffen der Gäste hatte es den üblichen Streit mit Lucile gegeben; nichts ging dieser Tage ohne Streit ab. »Lass mich dir die Haare hochstecken«, redete Annette ihr zu. »So wie früher immer? Mit Blumen?«

Lucile erwiderte hitzig, dass sie lieber sterben würde. Sie wollte keine Nadeln, Bänder, Blüten, sonstige Behelfe. Sie wollte eine Mähne, die sie herumwerfen konnte – und sollte sie sich zu ein paar Locken bewegen lassen, dachte Annette, dann nur um der größeren Echtheit willen. »Also wirklich«, sagte sie zornig, »wenn du schon Camille spielen musst, dann wenigstens richtig. So holst du dir als Einziges einen steifen Hals.« Adèle deckte die Hand über den Mund und gluckste. »Du musst es so machen«, sagte Annette und führte es vor. »Du darfst nicht gleichzeitig den Kopf zurückwerfen und dir das Haar aus den Augen schütteln. Das sind zwei völlig getrennte Bewegungen.«

Lucile probierte es und verbiss sich ein Grinsen. »Vielleicht hast du recht. Jetzt du, Adèle. Steh auf, es wirkt nur im Stehen richtig.«

Die drei Frauen drängelten sich vor dem Spiegel. Aus unterdrücktem Gekicher wurde prustendes Gelächter. »Und dann dieser Blick«, sagte Lucile. »Aus dem Weg, Wichte, euch zeig ich's.« Sie wischte sich das Lächeln aus dem Gesicht – hingerissen von großäugigem Narzissmus starrte sie auf ihr Spiegelbild und schnippte ganz zart eine nichtexistente Locke nach hinten.

»Idiotin«, sagte ihre Mutter. »Dein Handgelenk hat den völlig falschen Winkel. Hast du keine Augen im Kopf?«

Lucile riss die Augen noch weiter auf und bedachte sie mit schmelzendem Camille-Blick: »Ich bin halt noch grün hinter den Ohren«, sagte sie kläglich.

Adèle und ihre Mutter versuchten ein paar taumelnde Schritte. Dann warf Adèle sich auf Annettes Bett und quietschte in die Kissen. »Nein, hört auf, hört auf«, sagte Annette. Ihre Frisur hatte sich aufgelöst, Tränen liefen ihr durch das Rouge. Lucile ließ sich zu Boden sinken und hieb mit der Faust auf den Teppich ein. »Ich sterbe vor Lachen«, sagte sie.

Oh, diese Erleichterung! Nachdem sie alle drei monatelang kaum ein Wort gewechselt hatten! Sie rappelten sich hoch, versuchten sich zusammenzureißen, aber auch als sie nach Puder und Parfüm griffen, platzten sie abwechselnd immer wieder los. Den ganzen Abend waren sie nicht vor den Anfällen sicher: »Maximilien Robespierre kennen Sie ja, Maître Danton, oder?«, fragte Annette und musste sich abwenden, weil ihr die Augen schon wieder zu tränen und die Lippen zu zucken begannen. Maître Danton hatte diese extrem martialische Art, die Faust in die Hüfte zu stemmen und dazu die Stirn zu runzeln, während er über das Wetter oder etwas ähnlich Harmloses sprach. Der Abgeordnete Maximilien Robespierre schien allen Ernstes niemals zu blinzeln und drückte sich so sonderbar lauernd an den Möbeln entlang; es musste ein Hochgenuss sein, ihn nach einer Maus springen zu sehen. Innerlich kichernd überließ sie die beiden ihrem Schlagabtausch.

»Und wo wohnen Sie jetzt?«, erkundigte sich Danton.

»In der Rue Saratonge im Marais.«

»Komfortabel?«

Robespierre blieb die Antwort schuldig. Er wusste nicht recht, was für Danton als komfortabel durchging und was nicht, sodass seine Auskunft nur belanglos ausfallen konnte. Solche Bedenken kamen ihm bei den simpelsten Unterhaltungen in die Quere. Zum Glück schien Danton nicht an einer Erwiderung gelegen. »Die meisten Abgeordneten waren ja nicht sehr erfreut, nach Paris umziehen zu müssen.«

»Die meisten sind die halbe Zeit ohnehin nicht da. Und wenn sie da sind, passen sie nicht auf. Sie sitzen da und schwatzen über Weinkeltern und Schweinezucht.«

»Sie denken an daheim. Schließlich reißt das alles hier sie aus ihrem Leben heraus.«

Robespierre lächelte schwach. Er war nicht arrogant, er fand das nur eine recht merkwürdige Betrachtungsweise. »Aber das hier ist ihr Leben.«

»Trotzdem, man versteht sie – sie denken, ihr Hof geht vor die Hunde, die Kinder werden ohne sie groß, und die Frau hüpft mit Gott und der Welt ins Bett; sie sind schließlich auch nur Menschen.«

Robespierres Blick schnellte hoch zu ihm. »Schon, Danton, aber täten wir in diesen Zeiten nicht alle besser daran, ein klein wenig mehr zu sein?«

Annette ging unter ihren Gästen umher und versuchte, ihr Grinsen zu einem Gastgeberinnenlächeln zu bändigen. Irgendwie wollte es ihr nicht mehr gelingen, ihre männlichen Gäste so zu sehen, wie diese gesehen zu werden wünschten. Der Abgeordnete Pétion (selbstgefälliges Schmunzeln) wirkte freundlich genug; desgleichen Brissot (ein ganzes Sortiment kleiner Zuckungen und anderer Tics). Danton beobachtete sie vom anderen Ende des Zimmers. Was mochte er denken? Sie hatte so ihre Vermutungen. Im Geist hörte sie Maître Dantons gedehntes: »Keine übel aussehende Frau, für das Alter.« Fréron stand allein da, auffällig allein; sein Blick folgte Lucile.

Um Camille scharten sich, wie immer dieser Tage, die Zuhörer. »Letztlich müssen wir uns nur noch über den Titel einig werden«, sagte er. »Und uns um Abonnenten in der Provinz kümmern. Sie soll jeden Samstag erscheinen, wenn die Ereignisse es erfordern, auch öfter. Oktavformat, mit grauem Papiereinband. Brissot wird für uns schreiben, Fréron, Marat. Leserzuschriften ermutigen wir auch. Je beißender eine Theaterkritik, desto lieber ist sie uns. Der Kosmos mit all seinen Narrheiten, das ist es, was unser hyperkritisches kleines Journal abbilden soll.«

»Und werden Sie Geld damit verdienen?«, fragte Claude.

»Keinen Sous«, sagte Camille fröhlich. »Wahrscheinlich wird es nicht einmal die Kosten decken. Der Ladenpreis soll so niedrig sein wie nur möglich, damit so gut wie jeder es sich leisten kann.«

»Wovon wollen Sie dann den Druck bezahlen?«

Camille machte ein geheimnisvolles Gesicht. »Wir haben unsere Quellen«, sagte er. »Der Ansatz ist im Grunde der, die Leute dafür bezahlen zu lassen, dass man schreibt, was man ohnehin zu schreiben vorhat.«

»Sie machen mir Angst«, sagte Claude. »Sie scheinen keinen Funken Moral im Leib zu haben.«

»Das Endergebnis wird gut sein. Ich werde nicht mehr als ein paar Spalten daran vergeuden müssen, meinen Geldgebern schönzutun, und mit dem Rest der Zeitung kann ich dem Abgeordneten Robespierre ein Forum verschaffen.«

Claude blickte voll böser Ahnungen um sich. Da stand der Abgeordnete Robespierre, ins Gespräch mit seiner Tochter Adèle vertieft. Ihre Unterhaltung wirkte vertraulich – geradezu intim. Aber immerhin, das musste er zugeben: Koppelte man die Reden des Abgeordneten Robespierre in der Manege von dem Menschen Robespierre ab, war nichts im Mindesten Alarmierendes an ihm. Eher im Gegenteil. Er war ein adretter, ruhiger junger Mann; er machte einen ausgeglichenen, sanften, verantwortungsbewussten Eindruck. Adèle brachte die

Sprache andauernd auf ihn, offenbar hegte sie Gefühle für ihn. Geld hatte er keins, aber gut, man konnte nicht alles haben. Man musste schon froh um einen Schwiegersohn sein, der keine Blutbäder anzettelte.

Adèle hatte das Gespräch mit Robespierre behutsam ins Persönliche gelenkt. Worüber redeten sie? Über Lucile. »Es ist unheimlich«, erzählte sie ihm. »Heute – gut, heute war es anders, heute haben wir richtig gelacht.« Worüber, verriet sie ihm lieber nicht. »Aber in der Regel ist die Stimmung zum Fürchten. Lucile ist so starrköpfig, sie streitet die ganze Zeit. Und sie hat ihn sich fest in den Kopf gesetzt.«

»Da er heute bei Ihnen eingeladen ist, dachte ich, Ihr Vater würde seinen Widerstand vielleicht langsam aufgeben?«

»Das dachte ich auch. Aber sehen Sie ihn sich jetzt an.« Sie spähten hinüber zu Claude, wandten sich dann wieder ab und nickten sich bedrückt zu. »Trotzdem«, sagte Adèle, »letzten Endes werden sie ihren Willen durchsetzen. Menschen wie sie setzen sich durch. Was mir Sorgen macht: Wie wird ihre Ehe sein?«

»Das Komische ist«, sagte Robespierre, »alle scheinen Camille als solch ein Problem zu empfinden. Aber für mich ist er kein Problem. Er ist der beste Freund, den ich je hatte.«

»Wie nett, dass Sie das sagen.« Und ja, sie empfand es wirklich so. Wer wagte schon eine so schlichte Aussage in diesen verwickelten Zeiten? »Schauen Sie«, sagte sie. »Dort drüben. Camille und meine Mutter reden über uns.«

So war es – die Köpfe zusammengesteckt, ganz wie früher. »Fürs Ehestiften sind eigentlich alte Jungfern zuständig«, sagte Annette gerade.

»Kennen Sie keine, die Sie einschalten können? Ich möchte, dass alles seine Ordnung hat.«

»Aber er wird sie von hier fortbringen. Nach Artois.«

»Ja und? Auch nach Artois führen Straßen. Denken Sie, Paris steht auf einer Felsspitze, und bei Chaillot stürzen Sie hinab in den Höllenschlund? Außerdem glaube ich nicht, dass er jemals nach Hause zurückkehren wird.«

»Aber wenn die Verfassung verabschiedet ist und die Versammlung sich auflöst?«

»Ich fürchte, so wird es nicht kommen.«

Lucile beobachtete sie. Oh, Mutter, dachte sie, warum nicht noch ein bisschen näher? Warum wirfst du ihn nicht einfach auf den Teppich und fällst da über ihn her? Von der Kameradschaftlichkeit von vorhin war bei ihr nichts mehr übrig. Sie sehnte sich fort aus diesem Raum, fort von diesen plappernden Leuten. Sie flüchtete sich in den stillsten Winkel. Fréron folgte ihr.

Sie setzte sich, rang sich ein Lächeln ab. Er streckte einen besitzergreifenden Arm an ihrer Stuhllehne entlang: entspannt, plaudernd, den Blick in den Raum gerichtet, nicht auf sie. Aber von Zeit zu Zeit senkten sich seine Lider für einen Moment. Schließlich sagte er, sanft, bedeutsam: »Immer noch Jungfrau, Lucile?«

Lucile wurde glühend rot. Sie senkte den Kopf, jeder Zoll die züchtige kleine Beamtentochter. »Ganz entschieden«, sagte sie.

»Das sieht Camille gar nicht ähnlich.«

»Er spart mich auf, bis wir verheiratet sind.«

»Da ist er natürlich fein raus. Er hat andere – Ventile, nicht wahr?«

»Darüber will ich nichts wissen«, sagte sie.

»Sehr schlau von Ihnen. Aber Sie sind inzwischen ein großes Mädchen. Beginnen da die Wonnen der Jungfernschaft nicht langsam zu verblassen?«

»Was für eine Abhilfe schlagen Sie vor, Karnickel? Welche Möglichkeiten stehen mir aus Ihrer Sicht offen?«

»Oh, ich weiß, dass Sie sich ab und zu sehen. Ich weiß, dass Sie manchmal aus dem Haus schlüpfen. Ich dachte, vielleicht bei Danton. Er und Gabrielle sind nicht übermäßig sittenstreng.«

Lucile streifte ihn mit einem Blick, der so steinern war wie überhaupt nur möglich. Sie hätte sich auf dieses Gespräch niemals eingelassen – wenn es keine so schmerzliche Erleichterung gewesen wäre, mit irgendjemandem über ihre Gefühle zu sprechen, und sei es auch mit einem Peiniger. Wozu musste er Gabrielle in den Schmutz ziehen? Karnickel macht vor nichts Halt, entschied sie. Er merkte selbst, dass er zu weit gegangen war; sie sah es ihm am Gesicht an. Allein schon die Vorstellung, dachte sie – Gabrielle, können wir morgen vorbeikommen und euer Bett ausborgen? Gabrielle würde tot umfallen.

Der Gedanke an das Dantonsche Ehebett, sie muss es zugeben, ruft sehr seltsame Empfindungen in ihr wach. Unsägliche Empfindungen, um genau zu sein. Wenn es so weit ist (schießt es ihr durch den Kopf), dann wird Camille ihr nicht wehtun, *aber Danton* – und ihr Herz macht einen Satz, das Blut steigt ihr noch heftiger ins Gesicht, weil sie nicht weiß, wo dieser Gedanke herkommt, sie hat nicht darum gebeten, sie wollte ihn nicht denken, niemals!

»Ist Ihnen nicht gut?«, fragt Fréron.

»Sie sollten sich schämen«, fährt sie ihn an. Dennoch kann sie das Bild nicht abschütteln: diese kampflustige Energie, diese riesigen harten Hände, dieses Gewicht. Eine Frau muss Gott dafür danken, sagt sie sich, dass ihrer Fantasie Grenzen gesetzt sind.

Die Zeitung wechselte mehrmals den Namen. Sie begann als der *Courrier du Brabant* – denn jenseits der Grenze hatten sie auch Revolution, und Camille wollte das nicht unerwähnt lassen. Dann wurden die *Révolutions de France et du Brabant* daraus und schließlich einfach die *Révolutions de France*. Marat machte es nicht anders, ständig änderte er seinen Titel, aus einer Vielzahl dubioser Gründe. Erst hatte sein Blatt *Publiciste Parisien* geheißen, jetzt war es *L'ami du peuple*. Ein Name von geradezu lächerlicher Blauäugigkeit, fanden sie bei den *Révolutions*; es klang wie eine Arznei gegen Tripper.

Alle gründeten sie Zeitungen, selbst Leute, die, so Camille, weder schreiben noch denken konnten. Die *Révolutions* hoben sich heraus, sie erregten Aufsehen; sie führten einen festen Rhythmus ein. Dass der

Mitarbeiterstab klein, behelfsmäßig und reichlich chaotisch war, störte nicht: Zur Not bestritt Camille eine ganze Ausgabe im Alleingang. Was sind schon zweiunddreißig Seiten (im Oktavformat) für einen Mann, der so viel zu sagen hat?

Montags und dienstags fingen sie früh an, um die neue Ausgabe vorzubereiten. Bis Mittwoch war der größte Teil druckfertig. Mittwochs trafen außerdem die Vorladungen wegen der Verleumdungen vom Samstag ein – wobei es manchmal auch vorkam, dass die Opfer ihre Anwälte am Sonntagmorgen vom Land zurückzitierten, damit die Vorladung schon am Dienstag zuging. Ein, zwei Aufforderungen zum Duell kamen unter der Woche meist ebenfalls.

Donnerstag war Drucktag. Sie nahmen ihre letzten Änderungen vor, dann rannte ein Gehilfe damit zum Drucker Laffray am Quai des Augustins. Bis zum Mittag standen dann M. Laffray und der Vertreiber, M. Garnery, händeringend bei ihnen. Wollen Sie, dass die Druckmaschinen beschlagnahmt werden, wollen Sie, dass wir alle im Gefängnis landen? Nehmen Sie Platz, trinken Sie ein Glas, sagte Camille. Er genehmigte kaum je Änderungen, eigentlich nie. Und sie wussten, je größer das Risiko, desto mehr Exemplare würden verkauft.

René Hébert kam in die Redaktion, rosig-feist, unsympathisch. Er machte ständig anzügliche Scherze über Camilles Privatleben; kein Satz war frei von Zweideutigkeit. Camille setzte seine Mitarbeiter über ihn ins Bild: Er hat früher Theaterkarten verkauft, aber sie haben ihn an die Luft gesetzt, weil er sich aus der Portokasse bedient hat.

»Warum duldest du ihn?«, fragten sie. »Wenn er das nächste Mal kommt, können wir ihn gerne rausschmeißen.«

So waren sie bei den *Révolutions*: stets dem Praktischen zugeneigt.

»Ach, lasst ihn nur«, sagte Camille. »Er war schon immer ein unangenehmer Bursche. Er ist so geboren.«

»Ich will meine eigene Zeitung rausbringen«, verkündete Hébert. »Sie soll anders sein als die hier.«

Brissot war gerade auch da, er saß auf einem Tisch und zuckte. »Allzu anders besser nicht«, sagte er. »Immerhin ist diese hier ungemein erfolgreich.«

Brissot und Hébert konnten sich nicht ausstehen.

»Sie und Camille schreiben für die Gebildeten«, sagte Hébert. »Marat auch. Das hab ich nicht vor.«

»Wollen Sie eine Zeitung für Analphabeten gründen?«, fragte Camille honigsüß. »Da wünsche ich Ihnen recht viel Erfolg.«

»Ich will für den Mann auf der Straße schreiben. In der Sprache, die er versteht.«

»Dann muss jedes zweite Wort eine Obszönität sein«, bemerkte Brissot naserümpfend.

»Ganz genau«, sagte Hébert und trollte sich.

Brissot war der Herausgeber des *Patriote français* (täglich erscheinend, Quartformat, staubtrocken). Er bereicherte außerdem aufs großzügigste, penibelste, erfinderischste die Zeitungen anderer Leute. Fast jeden Morgen kam er in die Redaktion gefedert, sein schmales knochiges Gesicht leuchtend von seinem neuesten guten Einfall. Mein Leben lang bin ich vor den Verlegern am Boden gekrochen, sagte er gern und schilderte dann, wie man ihn betrogen hatte, wie seine Ideen gestohlen und seine Manuskripte plagiiert worden waren. Er schien keinen Zusammenhang zwischen dieser traurigen Bilanz und der Tatsache zu sehen, dass er mittags um halb zwölf in einer fremden Redaktion stand, seinen verstaubten Quäkerhut in den Händen drehte und sämtliche seiner Ideen preisgab. »Meine Familie – verstehen Sie, Camille? – war sehr arm und ungebildet. Sie wollten, dass ich Mönch werde, das war das beste Leben, das sie sich vorstellen konnten. Ich hatte den Glauben verloren – und irgendwann musste ich ihnen das natürlich beibringen. Nicht, dass sie es verstanden hätten, wie denn auch? Es war, als sprächen wir unterschiedliche Sprachen. Als wären sie Schweden, und ich wäre Italiener – ungefähr so nah habe ich mich meiner Familie gefühlt. Also sagten sie, gut, dann kannst du vielleicht Anwalt werden. Und dann ging ich eines Tages die Straße entlang, und ein Nachbar sagte: ›Oh, schau, da kommt M. Janvier vom Gericht zurück.‹ Und er zeigte auf diesen Anwalt, diesen dümmlich aussehenden spitzbäuchigen Mann, der die Straße entlangtrottete, seine Akten für den Abend unterm Arm. ›Wenn du tüchtig arbeitest‹, sagte er, ›bringst du es auch so weit.‹ Und mir rutschte das Herz in die Hose. Oh, ich weiß, das ist eine Redensart – aber ich schwöre, so war es, es zog sich zusammen und sackte in meinen Magen hinab. Ich dachte, nein, jegliche Mühsal ist mir recht – sollen sie mich ins Gefängnis werfen –, aber so will ich nicht enden. Gut, so dumm sah er natürlich nicht aus, er hatte Geld, er war geachtet, er unterdrückte auch nicht etwa die Armen, er hatte gerade zum zweiten Mal geheiratet, und sogar eine sehr nette junge Frau … Warum also ließ mich das alles kalt? Ich hätte mir sagen können, es ist ein Auskommen, es ist nicht das Schlechteste. Aber so war es schon immer bei mir: feste Einkünfte, ein leichtes Leben – das reicht mir einfach nicht aus.«

Einer von Camilles flatterhaften Gehilfen steckte den Kopf zur Tür herein. »Camille, da ist eine Frau für dich. Zur Abwechslung.«

Théroigne kam hereingerauscht. Sie trug ein weißes Kleid und eine blau-weiß-rote Schärpe um die Taille. Über die schmalen, geraden Schultern hatte sie den Uniformrock eines Nationalgardisten gelegt. Ihr braunes Haar war ein windgepeitschter Wasserfall aus Locken – sie hatte einen jener teuren Coiffeure bemüht, die einen aussehen lassen, als hätte man sich ein Leben lang nicht frisiert. »Na, wie geht's so?«, sagte sie. Der demokratische Gruß passte schlecht zu ihrer sonstigen Ausstrahlung, die etwas Aufgeputschtes, sinnlich Erregtes hatte.

Brissot hüpfte von seinem Schreibtisch und hob ihr galant die Jacke von den Schultern, faltete sie sorgsam zusammen und legte sie über einen freien Stuhl. Das reduzierte sie auf – was? Eine leidlich hübsche junge Frau im weißen Kleid. Es missfiel ihr sichtlich. In der Tasche des Rocks war etwas Schweres. »Sie tragen eine Waffe?«, fragte Brissot erstaunt.

»Ich habe meine Pistole, seit wir das Invalidenhaus gestürmt haben. Wissen Sie noch, Camille?« Sie raschelte auf ihn zu. »Man sieht Sie seit ein paar Wochen gar nicht mehr auf den Straßen.«

»Oh, ich gebe nicht die richtige Figur ab«, murmelte Camille. »Nicht so wie Sie.«

Théroigne nahm seine Hand und drehte die Innenfläche nach oben. Die Bajonettwunde, die er sich am 13. Juli zugezogen hatte, war gerade noch zu ahnen. Théroigne fuhr sie ganz versunken mit dem Finger nach. Brissots Mund verzog sich eine Spur. »Störe ich?«

»Ganz und gar nicht.« Das hätte gerade noch gefehlt, dass Lucile irgendwelche Gerüchte über Théroigne zu Ohren kamen. Seines Wissens führte Anne einen untadelig keuschen Lebenswandel; das Kuriose war, dass sie alles daranzusetzen schien, den gegenteiligen Eindruck zu erwecken. Die royalistischen Skandalblätter schlugen sofort in jedwede sich bietende Kerbe; für sie war Théroigne ein Himmelsgeschenk.

»Kann ich für Sie schreiben, liebster Camille?«, schnurrte sie.

»Sie können es versuchen. Aber meine Ansprüche sind extrem hoch.«

»Sie wären imstande und lehnen mich ab?«, fragte sie.

»Allerdings wäre ich das. Die Auswahl ist einfach zu groß, fürchte ich.«

»Hauptsache, klare Verhältnisse«, sagte sie. Sie griff sich ihre Jacke von dem Stuhl, über den Brissot sie gelegt hatte, und drückte ihm – aus irgendeiner verqueren Regung der Nächstenliebe heraus – einen Kuss auf die eingefallene Wange.

Ein Duft blieb zurück, als sie fort war – ein Hauch von Schweiß, Lavendelwasser. »Calonne«, sagte Brissot. »Der hat auch immer Lavendelwasser benutzt, erinnern Sie sich?«

»In diesen Kreisen habe ich nicht verkehrt.«

»Doch, er hat Lavendelwasser benutzt.«

Brissot musste es wissen. Er wusste alles. Für ihn waren alle Menschen Brüder. Er glaubte daran, dass alle aufgeklärten Menschen in

Europa zusammenkommen sollten, um über die richtige Regierungsform und die Fortschritte in Kunst und Wissenschaft zu beraten. Er kannte Jeremy Bentham und Joseph Priestley. Er leitete eine Gesellschaft, die sich für die Abschaffung der Sklaverei einsetzte, und schrieb über juristische Fragen, das parlamentarische System in England und die Paulusbriefe. In sein derzeitiges beengtes Quartier in der Rue de Grétry hatte es ihn über die Schweiz, die Vereinigten Staaten, eine Zelle in der Bastille und eine Wohnung in der Brompton Road verschlagen. Tom Paine war ein naher Freund von ihm (sagte er), und George Washington hatte ihn mehr als einmal um Rat ersucht. Brissot war Optimist. Er glaubte fest daran, dass sich Vernunft und Freiheitsliebe immer und überall durchsetzen würden. Zu Camille war er gütig, hilfsbereit, eine Spur gönnerhaft. Er redete gern über seine Vergangenheit und beglückwünschte sich zu den besseren Tagen, die da kommen würden.

Jetzt löste Théroignes Besuch – vielleicht ganz besonders der Kuss – einen regelrechten Schwall von Reminiszenzen und Betrachtungen bei ihm aus. »Ich hatte es oft schwer«, sagte er. »Mein Vater starb, und kurz darauf verfiel meine Mutter dem Wahnsinn.«

Camille legte den Kopf auf den Tisch und lachte und lachte, bis sie dachten, er würde sich einen ernstlichen Schaden zuziehen.

Freitags kam für gewöhnlich Fréron in die Redaktion. Camille genehmigte sich eine mehrstündige Mittagspause. Dann berieten sie über die Vorladungen, überlegten, wo sie sich entschuldigen sollten und wo nicht. Da Camille nie völlig nüchtern war, entschuldigten sie sich auch nie. Die Redakteure der *Révolutions* waren immer im Dienst. Mitten in der Nacht konnte eine haarsträubende neue Idee sie aus den Federn treiben; sie waren verurteilt dazu, auf der Straße bespuckt zu werden. Jede Woche, wenn die Zeitung in Satz ging, sagte Camille: Nie wieder, das war endgültig das letzte Mal. Aber pünktlich am Samstag darauf erschien die nächste Ausgabe, denn niemand durfte denken, er wäre eingeknickt vor DENEN, mit ihren Drohungen und Schmähungen und Provokationen, ihrem Geld und ihren Dolchstößen und ihren Freunden bei Hof. Wenn es Zeit war, die Feder zur Hand zu nehmen, dachte er keine Sekunde an die Folgen; nur der Stil zählte noch. Was habe ich nur an den Bettgeschichten gefunden, dachte er, nichts auf der Welt kann befriedigender sein als ein kunstreich platziertes Semikolon. Sobald er Papier und Tinte in Reichweite hatte, war es zwecklos, an seine besseren Instinkte zu appellieren, ihm vorzuhalten, dass er Rufe ruinierte, Leben zerstörte. Ein süßes Gift rann ihm dann durch die Adern, weicher als der edelste Cognac und auch schneller zu Kopfe steigend. Und so wie manche Menschen süchtig nach Opium sind, war er süchtig nach Gelegenheiten, seine hohe Kunst des Verspottens, Verunglimpfens und Verhöhnens zu üben; Laudanum mochte die Sinne beruhigen, aber ein guter Leitartikel brachte den Atem zum Stocken und den Puls zum Rasen. Schreiben war wie bergab rennen: zu bremsen fiel schwer, selbst wenn man es wollte.

Ein paar unschöne Intrigen runden das *annus mirabilis* ab. Lafayette teilt dem Herzog von Orléans mit, dass er nach Beweisen für seine Verstrickung in die Oktoberunruhen sucht und ihn, wenn er sie findet … belangen wird. Der General will den Herzog außer Landes wissen; Mirabeau, dessen Pläne mit Philippe stehen und fallen, braucht ihn in Paris. »Sagen Sie mir, wer Sie unter Druck setzt«, beschwört ihn Mirabeau; nicht, dass er es nicht erraten könnte.

Der Herzog ist verwirrt. Eigentlich sollte er längst König sein, aber er ist es nicht. »Da ist man der, der alles ins Rollen bringt«, beklagt er sich bei de Sillery, »und andere nehmen es einem aus der Hand.«

Charles-Alexis ist voller Mitgefühl: »Nein, Segeln am Wind sieht anders aus.«

»Bitte«, sagt der Herzog. »Ich bin heute nicht in der Stimmung für Seefahrtsmetaphern.«

Der Herzog hat Angst – Angst vor Mirabeau, Angst vor Lafayette, wobei er sich vor Letzterem eine Spur mehr fürchtet. Sogar vor dem

Abgeordneten Robespierre hat er Angst, der sich in der Versammlung gegen alle und alles stellt, ohne je die Stimme zu heben oder die Beherrschung zu verlieren, seine sanften Augen unerbittlich hinter den Brillengläsern.

Nach den Vorfällen des Oktober entwirft Mirabeau einen Plan, der königlichen Familie zur Flucht zu verhelfen – denn »Flucht« ist das Wort, das nun am Platze ist. Die Königin verabscheut ihn, aber er versucht die Lage so hinzudrehen, dass er bei Hof als unverzichtbar erscheint. Er hasst Lafayette, erhofft sich aber einen gewissen Nutzen von ihm; der General hat seine Finger am Geldsäckel der Geheimpolizei, und das ist kein geringer Vorteil, wenn man ein großes Haus führen, seine Sekretäre entlohnen und bedürftigen jungen Männern unter die Arme greifen muss, die einem ihre Talente zur Verfügung stellen.

»Sie bezahlen mich zwar«, sagt der Comte, »aber gekauft haben sie mich nicht. Wenn irgendwer mir vertrauen würde, bräuchte ich nicht mit so vielen Finten zu arbeiten.«

»Ja, Monsieur«, sagt Teutch steinern. »Ich an Ihrer Stelle würde mit diesem Spruch nicht hausieren gehen, Monsieur.«

General Lafayette gab sich derweil düsteren Gedanken hin. »Mirabeau«, sagte er kalt, »ist ein Scharlatan. Wenn ich es darauf anlegen würde, seine Ränke aufzudecken, stünde ihm das Wasser bis zum Hals. Die Vorstellung, ihn in der Regierung zu haben, ist unerträglich. Er ist durch und durch korrupt. Unfasslich, wie seine Beliebtheit sich hält. Aber sie wächst ja eher noch. Doch, sie wächst. Ich muss ihm einen Posten anbieten, eine Botschaft irgendwo, dann ist er wenigstens außer Landes ...« Lafayette fuhr sich durch das spärliche blonde Haar. Sein einziger Trost war, dass Mirabeau einmal – und zwar in aller Öffentlichkeit – bemerkt hatte, er würde Philippe nicht einmal als Kammerdiener einstellen. Denn wenn diese beiden gemeinsame Sache machten ... nein, das ist undenkbar. Orléans muss Frankreich verlassen, Mirabeau muss gekauft werden, der König muss Tag und Nacht von sechs Nationalgardisten bewacht werden, die Königin ebenso, heute Abend speise ich mit Mirabeau und biete ihm … Dieses Letzte sagte er nur in Gedanken. Es war gleichgültig, wo seine Sätze begannen und endeten, denn er sprach ohnehin mit sich selbst – wem außer sich selbst konnte er trauen? Flüchtig sah er in den Spiegel, auf das schmale, helle Gesicht und den nach hinten wandernden Haaransatz, über den die Pamphletisten der Cordeliers so gern spotteten; dann verließ er mit einem Seufzer das leere Zimmer.

Comte de Mirabeau an Comte de la Marck:

Gestern spätabends Lafayette getroffen. Er nannte Ort und Betrag; ich lehnte ab; lieber wolle ich schriftlich die erste größere Botschaft zugesichert bekommen; Teil der Summe soll mir morgen vorab bezahlt werden. Dem General macht der Herzog von Orléans schwer zu schaffen … Wenn eintausend Louis Ihnen unmäßig erscheinen, fordern Sie sie nicht, aber das ist der Betrag, den ich dringend benötige …

Orléans brach nach London auf, mit missmutiger Miene und Laclos. »In diplomatischer Mission«, lautete die offizielle Erklärung. Camille war bei Mirabeau, als die Hiobsbotschaft eintraf. Der Comte, so berichtete er, rannte laut fluchend im Zimmer umher.

Und gleich noch ein Rückschlag für den Grafen: Anfang November nahm die Nationalversammlung einen Antrag an, der Deputierte von Ministerämtern ausschloss.

»Sie ächten mich«, heulte Mirabeau. »Das ist Lafayettes Werk, ganz allein Lafayettes!«

»Wir fürchten um Ihre Gesundheit«, sagte der Sklave Clavière, »wenn Sie derartig toben.«

»So ist's recht, verratet mich, verhöhnt mich, lasst mich im Stich«, schäumte der Comte. »Postenjäger! Schönwetterfreunde! Speichelleckerisches Pack!«

»Die Maßnahme war auf Sie gemünzt, gar kein Zweifel.«

»Ich breche diesem Dreckskerl das Genick. Für wen hält er sich? Cromwell?«

3. DEZEMBER 1789: Maître Georges-Jacques Danton zahlte an Maître Huet de Paisy und Mlle Françoise Duhauttoir den Betrag von 12 000 Livres zurück, dazu 1500 Livres Zinsen.

Er überbrachte seinem Schwiegervater die frohe Botschaft; ihm würde ein Stein vom Herzen fallen. »Aber das ist sechzehn Monate zu früh!«, sagte Charpentier. Im Kopf addierte er, überschlug Einnahmen und Ausgaben. Er lächelte, schluckte. »Gut, ihr werdet euch mehr als euer eigener Herr fühlen«, sagte er.

Bei sich dachte er: Es ist unmöglich. Was um Himmels willen führt Georges-Jacques im Schilde?

2. *Freiheit, Lebenslust, königliche Demokratie*

(1790)

»Unsere Persönlichkeit bestimmt unser Schicksal«, befindet Félicité de Genlis. »Gewöhnliche Menschen haben darum kein Schicksal, sie gehören ganz dem Zufall. Eine hübsche und kluge Frau mit einem eigenständigen Denken sollte ein Leben voll schillernder Begebenheiten führen.«

Wir sind im Jahr 1790 angekommen. Von einigen Begebenheiten in Gabrielles Leben könnte man durchaus sagen, sie schillern.

Im Mai dieses Jahres habe ich meinem Gatten einen Sohn geschenkt. Wir haben ihn Antoine getauft. Er wirkt kräftig; aber so wirkte mein erstes Söhnchen auch. Wir sprechen jetzt nie mehr von unserem ersten Sohn. Aber manchmal denkt Georges an ihn, das weiß ich, weil ihm dann Tränen in den Augen stehen.

Ich will berichten, was sonst noch geschah, draußen in der Welt. Im Januar wurde mein Gatte in den Stadtrat gewählt, zusammen mit Legendre, unserem Metzger. Ich habe ihm das nicht gesagt – ich sage nie mehr etwas –, aber ich war erstaunt, dass er sich hat aufstellen lassen, denn er schimpft ständig über die Kommune, und über Bürgermeister Bailly am allermeisten.

Kurz bevor er seinen Sitz dort einnahm, passierte die Sache mit Dr. Marat. Marat beschimpfte die Obrigkeiten so sehr, dass sie einen Haftbefehl gegen ihn erließen. Er wohnte im Hôtel de la Fautrière in unserem Viertel. Vier Offiziere kamen, um ihn festzunehmen, aber eine Frau lief zu ihm und warnte ihn, und so entkam er.

Ich verstand nicht ganz, warum Georges sich solche Gedanken um

Marat machte. Für gewöhnlich bringt er Dr. Marats Zeitung mit nach Hause, nur um mitten im Lesen »Abschaum! Hundsfott!« zu schreien und sie quer durchs Zimmer zu schleudern, oder auch ins Feuer, wenn er zufällig gerade am Kamin steht. Aber er sagte, es sei eine Frage des Prinzips. Er hat der Distriktsversammlung gesagt, ohne seine Erlaubnis darf in unserem Distrikt niemand festgenommen werden. »Hier gilt, was ich sage«, erklärte er.

Dr. Marat tauchte unter. Ich dachte, jetzt erscheint seine Zeitung fürs Erste nicht mehr, und wir haben ein bisschen Frieden. Aber Camille sagte: »Ich finde, wir müssen solidarisch sein, ich schaffe es sicher, die nächste Ausgabe pünktlich herauszubringen.« Die nächste Ausgabe der Zeitung verunglimpfte die Leute im Stadtrat noch übler.

Am 21. Januar kam M. Villette, der jetzt unser Bataillon kommandiert, und verlangte dringend nach Georges. Georges kam aus seinem Amtszimmer. M. Villette wedelte mit einem Blatt Papier und sagte: »Befehl von Lafayette. Marat festnehmen, oberste Dringlichkeitsstufe. Was soll ich machen?«

Georges sagte: »Riegeln Sie das Hôtel de la Fautrière ab.«

Als Nächstes kamen die Gerichtsbeamten mit demselben Haftbefehl – und eintausend Soldaten.

Georges war fuchsteufelswild. Er nannte es eine Invasion fremder Truppen. Der ganze Distrikt war in Aufruhr. Georges suchte den Kommandeur, stellte sich vor ihm auf und sagte: »Was zum Teufel wollen Sie mit diesen Truppen erreichen? Ich lasse die Sturmglocke läuten, ich mobilisiere Saint-Antoine. Ein Fingerschnippen, und ich habe zwanzigtausend Bewaffnete an der Hand.« Und er schnalzte mit dem Finger, direkt vor der Nase des Mannes.

»Strecken Sie den Kopf zum Fenster hinaus«, befahl Marat. »Vielleicht verstehen Sie dann, was Danton da brüllt. Ich würde ihn ja selbst rausstrecken, aber er könnte mir weggeschossen werden.«

»Ich glaube, er brüllt nach dem Schwachkopf von einem Bataillonskommandeur.«

»Ich habe an Mirabeau und Barnave geschrieben.« Marat wandte Camille seine müden, goldgesprenkelten Augen zu. »Ich fand, sie bedürfen dringend der Aufklärung.«

»Ich nehme nicht an, dass sie Ihnen geantwortet haben.«

»Nein.« Er verfiel ins Sinnen. »Ich schwöre der Mäßigkeit ab«, sagte er.

»Die Mäßigkeit schwört Ihnen ab.«

»Das darf sie gern.«

»Danton hält den Hintern für Sie ins Feuer.«

»Was für ein Ausdruck«, sagte Marat.

»Ja, ich weiß auch nicht, wo ich sie immer aufschnappe.«

»Warum verhaftet man nicht zur Abwechslung einmal Sie? Ich bin jetzt seit Oktober auf der Flucht.« Marat ging im Zimmer auf und ab, wobei er murmelnd vor sich hin monologisierte und sich gelegentlich kratzte. »Diese Sache könnte Dantons große Chance sein. Uns fehlt es an guten Leuten. Wir könnten die Manege in die Luft sprengen, und es wäre kein großer Schaden. Wie viele von den Abgeordneten taugen denn überhaupt etwas? Doch höchstens ein halbes Dutzend! Buzots Ideen sind manchmal nicht verkehrt, aber er ist so schauderhaft hochgesinnt. Pétion ist ein Idiot. In Robespierre setze ich eine gewisse Hoffnung …«

»Ich auch. Nur wurde meines Wissens kein einziger Vorschlag von ihm jemals angenommen. Allein schon das Wissen, dass er einen Antrag unterstützt, ist für die Abgeordneten offenbar Grund genug, dagegenzustimmen.«

»Aber er zeigt Rückgrat«, sagte Marat scharf. »Und die Manege ist nicht Frankreich, oder? Sie – Sie haben das Herz am rechten Fleck, aber Sie spinnen. Von Danton verspreche ich mir einiges. Er wird etwas bewegen. Mein Wunsch wäre ja …«, er brach ab und zog an dem schmutzigen Tuch, das um seinen Hals gebunden war, »mein Wunsch wäre, dass das Volk sich den König, die Königin, die Minister, Bailly und die Manege vom Hals schafft und das Land von Danton und Robespierre regiert wird. Und ich wäre da und hätte ein Auge auf sie.« Er lächelte. »Träumen wird ja noch erlaubt sein.«

GABRIELLE: So blieb es den ganzen Tag – unsere Leute als Sperrring um das Gebäude, Dr. Marat drinnen, und die Truppen, die Lafayette zusammengezogen hatte, als Kordon um den Kordon. Georges kam zwischendurch nach Hause, um nach uns zu schauen, und er wirkte ganz ruhig, aber sobald er wieder auf die Straße hinausging, schien er außer sich vor Wut. Er wandte sich an die Truppen, er sagte: »Ihr könnt die ganze Nacht hierbleiben, wenn ihr wollt, aber nützen wird es euch einen Dreck.«

Es fielen viele hässliche Ausdrücke an diesem Tag.

Im Lauf des Vormittags kamen unsere Leute und ihre miteinander ins Gespräch. Zwischen den regulären Soldaten waren auch viele Freiwillige, und die Leute sagten, das sind unsere Brüder aus anderen Distrikten, die werden doch niemals gegen uns kämpfen. Und Camille lief herum und sagte, natürlich verhaften sie Marat nicht, er ist der Freund des Volkes.

Dann ging Georges in die Manege. Sie ließen ihn nicht zur Versammlung sprechen und beschlossen per Antrag, dass der Cordeliers-Distrikt sich dem Gesetz zu beugen habe. Georges schien Stunden fort zu sein. Ich versuchte mich irgendwie zu beschäftigen. Man muss es sich vorstellen. Da heiratet man einen Rechtsanwalt. Und plötzlich findet man sich auf einem Schlachtfeld wieder.

»Da wären die Kleider, Dr. Marat«, sagte François Robert. »M. Danton hofft, sie passen.«

»Hmm«, sagte Marat. »Ich hatte ja eigentlich auf eine Flucht im Ballon gehofft. Ich möchte schon so lange einmal Ballon fahren.«

»Wir konnten keinen beschaffen. Nicht in so kurzer Zeit.«

»Ich wette, Sie haben es gar nicht versucht«, sagte Marat.

Als er gewaschen und rasiert war, im Gehrock, die Haare gekämmt, sagte François Robert: »Unglaublich.«

»Man war immer gut gekleidet«, sagte Marat, »als man noch in den höchsten Kreisen verkehrte.«

»Was ist passiert?«

Marat schaute grimmig. »Ich bin jetzt der Freund des Volkes.«

»Aber kleiden könnten Sie sich doch trotzdem normal, oder? Nehmen Sie zum Beispiel den Abgeordneten Robespierre – den lassen Sie auch als Patrioten gelten, und er ist immer tadellos angezogen.«

»M. Robespierre scheint eine frivole Ader zu haben«, sagte Marat trocken. »Ich habe keine Zeit für solchen Luxus, ich widme mich jeden Tag vierundzwanzig Stunden der Revolution. Wenn Sie erfolgreich sein wollen, sollten Sie das Gleiche tun. So«, sagte er, »ich gehe jetzt hinaus, durch den Kordon und durch Lafayettes Truppen. Ich werde lächeln, was bei mir zugegebenermaßen selten vorkommt, und mit forscher Geste dieses elegante Spazierstöckchen schwenken, das M. Danton mir umsichtigerweise mitgeschickt hat. Es ist wie im Märchen, finden Sie nicht? Und dann reise ich nach England, bis die größte Aufregung sich gelegt hat. Was für Sie alle eine Erleichterung sein dürfte.«

GABRIELLE: Als es klopfte, wusste ich nicht, was ich tun sollte. Aber es war nur die kleine Louise von oben. »Ich war draußen, Mme Danton.«

»Oh, Louise, das hättest du nicht tun dürfen.«

»Ich habe keine Angst. Außerdem ist schon alles vorbei. Die Truppen zerstreuen sich. Lafayette hat die Nerven verloren. Und ich verrate Ihnen auch ein Geheimnis, Mme Danton, M. Desmoulins hat gesagt, dass ich es Ihnen sagen soll. Marat ist gar nicht mehr da. Er ist vor einer Stunde entkommen, als Mensch verkleidet.«

Ein paar Minuten später kam Georges heim. An dem Abend feierten wir ein Fest.

Am nächsten Tag wollte mein Mann seinen Sitz in der Kommune einnehmen. Es gab neuerlichen Streit. Ein paar Leute versuchten ihn wegzuschicken und sagten, er habe im Stadtrat nichts mehr verloren, weil er Recht und Ordnung nicht achte. Sie sagten, er gebärde sich in seinem Distrikt wie ein König. Sie sagten eine Menge furchtbarer Dinge über Georges – er würde Geld von den Engländern nehmen, damit er die Revolution schürt, er würde Geld vom Hof nehmen, damit er die Revolution eindämmt. Eines Tages kam der Abgeordnete Robespierre, und sie redeten darüber, wer Georges alles verleumdet. Der Abgeordnete Robespierre sagte, er brauche sich nicht allein zu fühlen. Er hatte einen Brief von seinem Bruder Augustin aus Arras dabei, den er Georges zu lesen gab. Offenbar behaupten die Leute in Arras, Robespierre sei ein gottloser Mann, der den König ermorden wolle – was auf gar keinen Fall stimmen kann, denn ich habe nie einen sanfteren Menschen getroffen. Er tat mir leid; in den Royalisten-Postillen, wie Georges sie nennt, behaupten sie sogar, er stamme von Damiens ab, dem Mann, der den alten König zu töten versuchte. Als er für eine Amtsperiode zum Präsidenten des Jakobinerclubs gewählt wurde, hat Lafayette unter Protest den Raum verlassen.

Nach Antoines Geburt kam Georges' Mutter für ein paar Tage aus Arcis zu Besuch, um das Kind zu sehen. Georges' Stiefvater wäre auch gern gekommen, aber er fand nicht die Zeit, weil er so viele Spinnmaschinen erfinden musste – hieß es zumindest, aber ich glaube, der arme Mann war einfach heilfroh, einmal ein paar Tage für sich zu haben. Es war grässlich. Ich sage das ungern, aber Mme Recordain ist die unangenehmste Person, die ich je kennengelernt habe.

Das Erste, was sie sagte, war: »Paris ist so verdreckt, wie kann man hier ein Kind groß werden lassen. Kein Wunder, dass ihr das erste verloren habt. Den hier schickt ihr besser zu uns aufs Land, wenn er entwöhnt ist.«

Ich dachte, ja, eine hervorragende Idee, dann kann ihn ein Stier auf die Hörner nehmen und fürs Leben verunstalten.

Dann schaute sie sich um und sagte: »Diese Tapete muss ja ein Heidengeld gekostet haben.«

Gleich bei der ersten Mahlzeit beschwerte sie sich über das Gemüse und wollte wissen, wie viel ich unserer Köchin bezahle. »Viel zu viel«, sagte sie. »Wo kommt das ganze Geld überhaupt her?« Ich erklärte ihr, wie hart Georges arbeitet, aber sie schnaubte nur und sagte, sie wisse sehr gut, was Anwälte in seinem Alter verdienten, und es sei nie und nimmer genug, um in einem Palast zu leben, mit einer Frau, die sich immerfort nur bedienen lässt.

So sieht sie mich.

Als ich sie zum Einkaufen mitnahm, fasste sie die Preise als persönlichen Affront auf. Sie musste zugeben, dass wir gutes Fleisch bekommen, aber sie sagte, Legendre sei gewöhnlich und sie habe Georges nicht *mit so viel Mühe und Liebe* aufgezogen, damit er sich jetzt mit einem Mann abgibt, der einen Metzgerladen betreibt. Ich traute meinen Ohren kaum – schließlich steht Legendre ja nicht hinterm Ladentisch und packt blutige Fleischstücke ab. Man sieht ihn nicht einmal mehr in einer Schürze. Er trägt jetzt einen schwarzen Rock wie ein Anwalt und sitzt neben Georges im Rathaus.

Am Morgen sagte Madame Recordain: »Ich erwarte natürlich nicht, ständig etwas zu unternehmen.« Aber wenn wir nichts unternahmen, bemerkte sie am Abend: »Es ist schon eine recht weite Reise, wenn man nur dasitzt und die Wände anstarrt.«

Ich dachte, ich nehme sie mit zu Louise Robert – da Madame so hochnäsig ist und Louise aus so vornehmem Hause. Louise hätte nicht reizender sein können. Sie erwähnte die Republik, Lafayette und Bürgermeister Bailly mit keinem Wort. Stattdessen zeigte sie Madame ihre sämtliche Ware und erklärte ihr, wo all die Gewürze herstammen und wie man sie gewinnt und verarbeitet und wofür sie gut sind, und bot an, ihr ein schönes Päckchen zurechtzumachen, das sie mit nach Hause nehmen konnte. Aber nach zehn Minuten sah Madame drein wie der Zorn Gottes, und ich musste mich bei Louise entschuldigen und gehen. Auf der Straße sagte sie: »Es ist eine Schande, wenn eine Frau unter ihrem Stand heiratet. Es offenbart ihre niedrigen Gelüste. Und es sollte mich nicht wundern, wenn sich herausstellen würde, dass sie gar nicht verheiratet sind.«

Georges sagte: »Dass meine Mutter hier ist, muss ja nicht heißen, dass ich meine Freunde nicht sehen darf, oder? Lade ein paar Leute zum Essen ein. Jemanden, den sie mögen wird. Wie wäre es mit den Gélys? Und der kleinen Louise?«

Ich wusste, dass das ein Opfer für ihn bedeutete, denn er mag Mme Gély nicht besonders; die Überwindung zeigte sich jetzt schon auf seinem Gesicht. Und ich musste ihm sagen: »Nein, sie haben sich schon kennengelernt. Deine Mutter findet Mme Gély albern und geziert und viel zu jugendlich hergerichtet für ihr Alter. Und Louise ist altklug und gehört einmal tüchtig verdroschen.«

»Ach je«, sagte Georges, was für ihn ja sehr milde war. »Wir müssen doch jemand Annehmbares kennen. Meinst du nicht?«

Ich schickte ein Billett an Annette Duplessis. Ob Lucile wohl zu uns zum Essen kommen dürfe, bitte? Georges' Mutter würde da sein, es würde alles äußerst schicklich ablaufen, sie würde keine Sekunde allein sein mit … Also erhielt Lucile die Erlaubnis zu kommen; sie trug ein weißes Kleid mit blauen Borten, und sie benahm sich geradezu engelhaft und stellte Madame alle möglichen intelligenten Fragen über das Leben in der Champagne. Und Camille war auch so höflich – gut, das ist er fast immer, außer in seiner Zeitung eben (die alten Ausgaben hatte ich natürlich versteckt). Fabre hatte ich ebenfalls eingeladen, weil er ein so geschickter Unterhalter ist – und er gab sich wirklich alle Mühe mit Madame. Aber sie fuhr ihm nur immer wieder über den Mund, und schließlich gab er auf und fing an, sie durch sein Lorgnon anzustarren, was ich ihm streng verboten hatte.

Als wir beim Kaffee saßen, verließ Madame den Raum, und ich fand sie in unserem Schlafzimmer, wo sie mit dem Finger unterm Fensterbrett entlangfuhr, um die Unterseite auf Staub zu überprüfen. Ich fragte sie sehr höflich, ob etwas vorgefallen sei, worauf sie im säuerlichsten Ton antwortete: »Es wird so einiges vorfallen, wenn du dieses Mädchen nicht von deinem Mann fernhältst.«

Ich begriff gar nicht gleich, was sie meinte.

»Und ich kann dir noch etwas versprechen«, fuhr sie fort. »Diesen Jungen hältst du besser auch von deinem Mann fern. Und die zwei wollen heiraten? Das passt.«

Einmal besorgten wir uns Eintrittskarten für die Galerie in der Manege, aber die Debatte war sehr langweilig. Georges sagt, eines der nächsten Themen wird sein, dass Kirchengut durch die Nation in Besitz genommen werden soll, und wenn seine Mutter bei dieser Debatte dabei wäre, würde sie lautstark protestieren und wir würden hinausgeworfen. So nannte sie sie nur Schurken und undankbares Pack und prophezeite, dass es böse enden würde. M. Robespierre sah uns; er gesellte sich für ein paar Minuten zu uns und war sehr freundlich. Er zeigte uns all die wichtigen Leute, einschließlich Mirabeau. Madame sagte: »Dieser Mann wird nach seinem Tod in der Hölle schmoren.«

M. Robespierre sah mich von der Seite an und lächelte, und zu Madame sagte er: »Sie sind eine junge Dame nach meinem Herzen.« Danach war sie bis zum Abend blendend gelaunt.

Die Sache mit Dr. Marat warf noch den ganzen Sommer ihre Schatten über uns. Wir wussten, dass ein Haftbefehl gegen Georges, fertig ausgestellt und unterzeichnet, in einer Schublade im Rathaus Staub fing. Und jeden Morgen dachte ich: Was ist, wenn sie heute beschließen, ihn herauszuholen und den Staub von ihm herunterzublasen? Wir hatten alles geplant – wenn er festgenommen würde, sollte ich sofort eine Tasche packen und zu meiner Mutter gehen, den Wohnungsschlüssel Fabre geben und alles andere ihm überlassen. Warum gerade Fabre, weiß ich nicht – weil er immer da ist, wahrscheinlich.

All das nahm Georges sehr in Anspruch. Er war kaum je in seiner Kanzlei. Jules Paré muss wohl sehr gut sein, denn das Geld floss trotzdem weiter.

Anfang des Jahres geschah etwas, das Georges als Beweis dafür nahm, dass die Obrigkeiten echte Angst vor ihm hatten. Sie schafften unseren Distrikt und all die anderen Distrikte ab und teilten die Stadt stattdessen in Wahlkreise ein. Die Bürger eines Distrikts hatten sich nicht mehr zu treffen, es sei denn, wenn gewählt wurde. Und unser Bataillon in der Nationalgarde durften wir auch nicht mehr »die Cordeliers« nennen. Ab jetzt war es einfach Bataillon Nummer 3.

Georges sagte, es gehöre mehr dazu, die Cordeliers auszumerzen. Er sagte, wir gründen einen eigenen Club, wie die Jakobiner, nur besser. Bürger aus allen Stadtteilen haben Zutritt, sodass niemand ihn illegal nennen kann. Sein offizieller Name ist »Gesellschaft der Menschenrechte und der Bürger«, aber von Anfang an hieß er bei allen nur der Club des Cordeliers. Erst trafen sie sich in einem Ballsaal. Eigentlich wollten sie ihre Treffen im alten Cordeliers-Kloster abhalten, aber die Stadt ließ das Gebäude versiegeln. Dann wurden die Siegel eines Tages ohne ein Wort der Erklärung entfernt, und der Club zog ein. Louise Robert sagte, der Herzog von Orléans habe seine Hand im Spiel gehabt.

Es ist schwer, in den Jakobinerclub hineinzukommen. Der Jahresbeitrag ist hoch, die Aufnahme muss von einer ganzen Anzahl von Mitgliedern befürwortet werden, und die Treffen sind extrem förmlich. Als Georges einmal bei den Jakobinern sprach, kam er sehr verärgert zurück. Sie hätten ihn wie ein Stück Dreck behandelt, sagte er.

Bei den Cordeliers konnte jeder kommen und sprechen. Auf diese Weise zog der Club viele der Schauspieler, Anwälte und Händler aus dem Viertel an, aber auch ziemlich übel aussehende Gesellen, die von der Straße hereinspaziert kamen. Ich war natürlich nie bei einer ihrer Sitzungen dabei, aber ich habe gesehen, was sie mit der Kapelle gemacht haben. So ein kahler, freudloser Raum! Als ein paar Scheiben zu Bruch gingen, dauerte es Wochen, bis sie wieder geflickt waren. Ich dachte, wie seltsam die Männer doch sind. Daheim wollen sie es gemütlich haben, und draußen tun sie so, als wäre ihnen alles gleich. Der Tisch des Präsidenten ist eine Tischlerbank, die bei ihrem Einzug zufällig dort herumstand. Georges hätte sich mit einem Tischler nicht viel zu sagen, das kommt alles nur von den gegenwärtigen Unruhen. Das Rednerpult im Club besteht aus vier groben Holzbalken mit einem Brett drum herum. An die Wand hat jemand einen Kattunstreifen genagelt, auf dem mit roter Farbe gemalt steht: *Freiheit, Gleichheit, Brüderlichkeit.*

Nach allem, was ich von Georges' Mutter auszustehen hatte, war ich ganz verzweifelt, als er sagte, wir sollten für einige Zeit nach Arcis fahren. Zu meiner großen Erleichterung wohnten wir bei seiner Schwester Anne Madeleine, und zu meinem Erstaunen wurden wir überall mit der äußersten Ehrerbietung und Achtung empfangen. Es war fast ein wenig unheimlich. Anne Madeleines Freundinnen knicksten praktisch vor mir. Erst dachte ich, die Einheimischen müssten von Georges' Erfolgen als Distriktspräsident gehört haben, aber mir wurde schnell klar, dass sie keinerlei Pariser Zeitungen lesen und sich auch sonst kaum für die dortigen Ereignisse interessieren. Und die Leute stellten mir so merkwürdige Fragen, etwa, was die Lieblingsfarbe der Königin sei oder was sie gerne esse. Eines Tages fiel es mir dann wie Schuppen von den Augen: »Georges«, sagte ich, »sie denken, weil du ein königlicher Rat bist, heißt das, der König bestellt dich jeden Tag zu sich und fragt dich um Rat.«

Einen Moment lang schien er sprachlos. Dann lachte er: »Meinst du? Die Guten! Und ich muss in Paris leben, unter all diesen Schlaumeiern und Zynikern. Noch vier, fünf Jahre, Gabrielle, dann komme ich hierher zurück und werde Bauer. Wir kehren Paris für immer den Rücken. Wie würde dir das gefallen?«

Ich wusste nicht, was ich sagen sollte. Einerseits dachte ich, wie wunderbar, wegzukommen von den Zeitungen und den Fischweibern und der Kriminalität und der ständigen Knappheit in den Geschäften. Aber dann dachte ich: jeden Tag Besuch von Mme Recordain? Also sagte ich lieber gar nichts – ich merkte ja ohnehin, dass es nur eine Laune von ihm war. Ich meine, wird er die Cordeliers aufgeben? Wird er die Revolution aufgeben? Bald genug konnte ich sehen, dass er unruhig wurde. Und dann sagte er eines Abends: »Morgen fahren wir zurück.«

Trotzdem sah er sich zusammen mit seinem Stiefvater etliche Grundstücke an und ließ den Notar einen Kaufvertrag für ein Stück Land in der Gegend aufsetzen. M. Recordain sagte: »Laufen wohl gut, deine Geschäfte, wie?« Georges lächelte nur.

Dieser Sommer wird mir bis an mein Lebensende im Gedächtnis bleiben. Insgeheim war ich voll Sorge, denn im Herzensgrund glaube ich, was auch geschieht, wir müssen König und Königin und der Kirche die Treue halten. Aber wenn es nach dem Willen des Volkes geht, dann wird die Manege bald mehr zu sagen haben als der König, und die Kirche wird nur noch eine Regierungsabteilung sein. Ich weiß, dass wir den Obrigkeiten gehorchen sollten und dass Georges sich ihnen schon oft widersetzt hat. Das ist seine Natur; schon in der Schule, erzählte mir Paré, pflegten sie ihn den »Aufwiegler« zu nennen. Wir alle müssen natürlich gegen die schlimmsten Seiten unserer Natur ankämpfen – aber wo bleibe ich derweil? Denn ich schulde ja meinem Gatten Gehorsam, es sei denn, er verlangt von mir, dass ich sündige. Und ist es eine Sünde, für Leute Essen zu kochen, die die Königin zurück nach Österreich schicken wollen? Als ich meinen Beichtvater deshalb um Rat gefragt habe, sagte er, ich solle bei meinem ehelichen Gehorsam bleiben und meinen Gatten zum katholischen Glauben zurückführen. Das war keine Hilfe. Also beuge ich mich nach außen hin Georges' sämtlichen Ansichten, aber in meinem *Herzensgrund* widerrufe ich – und jeden Tag bete ich, er möge zumindest ein paar seiner Ansichten ändern.

Und doch scheint es das Leben so gut mit uns zu meinen. Immerzu gibt es etwas zu feiern. Als der Sturm auf die Bastille sich jährte, schickte jede Stadt Frankreichs Abordnungen nach Paris. Ein großes Amphitheater wurde auf dem Marsfeld aufgebaut, und ein Altar wurde errichtet, den sie den Vaterlandsaltar nannten. Der König trat vor ihn und legte einen Eid auf die Verfassung ab, und der Bischof von

Autun las das Hochamt. (Ein Jammer, dass er Atheist ist.) Wir selbst nahmen nicht teil; Georges sagte, er wolle nicht zuschauen, wie die Leute Lafayette die Füße küssten. Wo früher die Bastille stand, wurde getanzt, und abends wurde überall in unserem Viertel gefeiert, und wir zogen von einem Fest zum anderen und blieben die ganze Nacht auf. Ich war richtig betrunken, alle lachten über mich. Und immerfort goss es in Strömen, und jemand dichtete einen Vers darüber, dass der liebe Gott sich nun endgültig als Aristokrat zu erkennen gegeben habe. Ich werde nie vergessen, welch absurdes Unterfangen es war, in dieser Sintflut Feuerwerkskörper zünden zu wollen, und wie Georges mich zuletzt nach Hause führte – ich schwer auf seinen Arm gestützt, und die Pflastersteine nass und rutschig, und der Himmel im Osten schon hell. Am nächsten Tag stellte ich fest, dass meine neuen Satinschuhe Wasserränder bekommen hatten; sie waren völlig verdorben.

Wir sind kaum noch wiederzuerkennen seit letztem Jahr. Einige sehr elegante Damen pudern sich ihre Haare nicht mehr, und statt sie hochzustecken, tragen sie sie offen und gelockt. Viele Herren haben ebenfalls dem Puder abgeschworen, und Spitze ist ganz außer Mode. Kaum jemand schminkt sich mehr; wie sie es bei Hofe halten, weiß ich nicht, aber in meiner Bekanntschaft ist Louise Robert die einzige Frau, die noch Rouge auflegt. Zugegeben, ihr Teint ohne Rouge ist alles andere als blühend. Wir schneidern unsere Kleider aus den einfachsten Stoffen, und die Modefarben sind unsere Nationalfarben, Rot, Weiß und Blau. Mme Gély findet, die neue Mode kleidet ältere Frauen nicht sehr, und meine Mutter gibt ihr da recht. »Aber du«, sagt meine Mutter zu mir, »kannst deine Chance doch nutzen, diese Spitzen und Korsette loszuwerden.« Das sehe ich anders. Seit Antoines Geburt bin ich aus dem Leim gegangen.

Als Schmuck trägt man dieses Jahr einen Steinsplitter von der Bastille, als Brosche oder Kettenanhänger gefasst. Félicité de Genlis hat eine Brosche, auf der in Diamanten das Wort LIBERTÉ steht – der Abgeordnete Pétion hat sie mir beschrieben. Unsere prächtigen Fächer benutzen wir auch nicht mehr; jetzt sind sie aus billigen Holzstäben und Faltpapier, auf dem grellfarbige patriotische Szenen abgebildet sind. Ich muss gut aufpassen, dass ich keine Szenen erwische, die nicht mit den Ansichten meines Mannes übereinstimmen. Bürgermeister Bailly mit Lorbeerkranz ist tabu, ebenso Lafayette auf einem Schimmel; Herzog Philippe dagegen, die Erstürmung der Bastille oder Camille bei seiner Rede im Palais Royal sind genehmigt. Aber was soll ich mit Camilles Bild auf meinem Fächer, wenn ich ständig das Original um mich habe?

Am Morgen nach den Bastille-Feierlichkeiten stand plötzlich Lucile bei uns in der Wohnung und wrang den Saum ihres Kleides aus. Ihre blau-weiß-roten Bänder waren völlig verdreckt. Unter dem dünnen Musselin zeichnete sich schockierend deutlich ihre Figur ab, und an Unterwäsche schien sie so gut wie gar nichts am Leib zu tragen. Was hätte Georges' Mutter nur gesagt? Ich war selbst recht streng mit ihr – ich ließ ein Feuer anzünden und nahm ihre Kleider und hüllte sie in die wärmste Decke ein, die ich finden konnte. Zu meinem Leidwesen muss ich sagen, dass Lucile in einer Decke ganz entzückend aussieht. Sie hatte die nackten Füße unter sich gezogen wie eine Katze.

»Was für ein Kind sind Sie doch«, sagte ich. »Dass Ihre Mutter Sie in solchen Kleidern auf die Straße lässt!«

»Sie sagt, ich muss aus meinen Fehlern lernen.« Sie streckte zwei weiße Arme unter der Decke hervor. »Lassen Sie mich das Kind halten.«

Ich gab ihr meinen kleinen Antoine. Sie schnäbelte und gurrte ein Weilchen mit ihm herum. »Camille ist jetzt schon ein ganzes Jahr berühmt«, sagte sie trübsinnig, »und wir sind dem Heiraten keinen Schritt nähergekommen. Ich dachte, wenn ich schwanger würde, könnte das die Dinge vielleicht beschleunigen. Aber – würden Sie's glauben – ich kriege ihn nicht ins Bett. Sie machen sich keine Vorstellung davon, wie Camille ist, wenn er einen seiner Rechtschaffenheitsanfälle hat. John Knox war nichts dagegen.«

»Schlimm sind Sie«, sagte ich. Mehr der Form halber, muss ich gestehen. Ich mag sie; man kann nicht anders, als sie zu mögen. Oh, ich bin keine vollkommene Närrin, ich weiß, mit welchen Blicken Georges sie ansieht, aber das tun alle Männer. Camille wohnt jetzt gleich um die Ecke von uns. Er hat eine recht hübsche Wohnung, muss man sagen, und eine sehr grimmig aussehende Frau namens Jeanette, die ihm das Haus führt. Ich weiß nicht, woher er sie hat, aber sie kocht gut und hilft gern bei uns aus, wenn wir viele Leute zum Essen dahaben. Hérault de Séchelles besucht uns oft dieser Tage, und dann gebe ich mir natürlich besondere Mühe. Er hat so vornehme Manieren, eine angenehme Abwechslung zu Fabres ganzen Theaterfreunden. Es kommen auch verschiedene Abgeordnete und Journalisten, und ich habe verschiedene Meinungen zu ihnen, die ich zumeist für mich behalte. Georges steht auf dem Standpunkt, dass es auf die Persönlichkeit nicht so sehr ankommt, solange einer nur Patriot ist. Das sagt er, aber Billaud-Varennes geht er möglichst doch aus dem Weg. Falls jemand sich nicht erinnert: Billaud hat Georges früher gelegentlich in der Kanzlei zugearbeitet. Seit der Revolution schaut er eine Spur weniger griesgrämig drein. Sie scheint ihm eine Art fester Beschäftigung zu verschaffen.

Eines Abend im Juli kam ein Mann namens Collot d'Herbois zum Essen. Sonderbar – seit wann gibt es Menschen ohne Vornamen? Nun, aber wir sollten ihn Collot nennen. Er war ein Schauspieler und Stückeschreiber wie Fabre, er hatte als Theaterdirektor gearbeitet wie Fabre, und sogar vom Alter her waren sie nahezu gleich. Er hatte gerade ein Stück am Théâtre de Monsieur laufen, *Die Patriotenfamilie* hieß es. Es war eins dieser Stücke, die über Nacht die große Mode werden, und wir durften uns den ganzen Abend nicht anmerken lassen, dass wir es alle nicht gesehen hatten. Es war ein großer Kassenerfolg, aber das machte Collot nicht weniger unerträglich. Er bestand darauf, uns seine Lebensgeschichte zu erzählen, und man konnte meinen, dass sich alles gegen ihn verschworen hätte, bis jetzt, und selbst diesem jetzigen Glück misstraute er. Als er jung war, sagte er, habe er nie begreifen können, warum die Leute gerade ihn immerzu betrogen und schlecht machten, bis ihm klar wurde, dass sie einfach neidisch auf seine Begabung waren. Er habe immer gedacht, er sei eben vom Pech vefolgt, aber dann gemerkt, dass es alles Komplotte gegen ihn waren. (Als er das sagte, machte Fabre mir Zeichen, dass er verrückt sein musste.) Jedes Thema, das wir anschnitten, steckte voll bitterer Erinnerungen für ihn, schon beim geringsten Anlass lief sein Gesicht rot an vor Wut, und beim Reden gestikulierte er, als spräche er in der Manege. Ich bekam Angst um mein Porzellan.

Hinterher sagte ich zu George: »Ich mag Collot nicht. Er ist noch verbiesterter als deine Mutter. Und das Stück ist bestimmt grauenhaft.«

»Eine typisch weibliche Schlussfolgerung«, erklärte Georges. »Ich finde nichts an ihm auszusetzen, außer dass er ein Langweiler ist. Seine Ansichten sind …«, er hielt inne, lächelte dann, »… korrekt, wollte ich schon sagen, aber ich meine natürlich, dass es die meinigen sind.«

Am nächsten Tag verkündete Camille: »Dieser grässliche Collot. Wohl der furchtbarste Mensch unter der Sonne. Das Stück ist wahrscheinlich unerträglich.«

Und Georges sagte demütig: »Da hast du sicher recht.«

Gegen Ende des Jahres sprach Georges vor der Versammlung. Wenige Tage später trat das Kabinett zurück. Die Leute sagten, Georges habe es zu Fall gebracht. Meine Mutter sagte: Du bist mit einem mächtigen Mann verheiratet.

Die Nationalversammlung beim Debattieren – Lord Mornington, September 1790:

Sie kennen keinerlei Regeln für das Tagesgeschäft; sie sprechen im Sitzen, im Stehen, manche von ihrem Platz aus, andere vom Gang, von der Rednertribüne, vom Pult … Der Radau ist so groß, dass man kaum verstehen kann, was einer sagt. Ich habe miterlebt, wie wohl hundert Deputierte gleichzeitig das Wort ergreifen, ohne dass einer zurückstünde, während ebenso viele aus allen Teilen des Saales dagegenreden; dann hält sich der Präsident mit beiden Händen die Ohren zu und brüllt nach Ruhe, als gälte es eine Mietkutsche herbeizurufen … Er haut auf den Tisch, er schlägt sich an die Brust … Auch zum Händeringen nimmt er nicht selten Zuflucht, und mich dünkt, sogar zum Fluchen … Dieweil die Galerie Zustimmung und Missfallen durch Stöhnen und Klatschen bekundet. Heute Morgen war ich beim Hofempfang in den Tuilerien, eine traurige Angelegenheit … Der König wirkt wohlauf, aber sichtlich kleinlauter als bei früheren Begegnungen; er verbeugt sich vor jedem, was vor der Revolution ganz und gar nicht Bourbonen-Art war.

LUCILES JAHR: Ich führe jetzt zwei Tagebücher parallel. Eins für reine, erhabene Gedanken und das andere für das, was wirklich passiert.

Früher habe ich in lauter verschiedenen Gestalten gelebt, wie Gott. Mein Leben war so öde, dass mir nichts anderes übrig blieb. Ich pflegte so zu tun, als wäre ich Maria Stuart, und ehrlich gesagt tue ich es manchmal immer noch, um der alten Zeiten willen. Man bricht nicht so leicht mit alten Gewohnheiten. Jeder in meiner Umgebung bekam seine Rolle zugewiesen – Hofdame und dergleichen mehr –, und ich wurde bitterböse, wenn jemand nicht richtig mitspielte. Wenn ich es leid wurde, Maria S. sein, war ich Julie aus *Die neue Heloise*. Was sagt das über meine Beziehung zu Maximilien Robespierre aus, frage ich mich. Ich lebe in seinem Lieblingsroman.

Ich muss einiges an Fantasie aufbieten, um die grausame Wirklichkeit in Schach zu halten. Das Jahr begann damit, dass M. Sanson, der Scharfrichter, eine Verleumdungsklage gegen Camille anstrengte. Komisch – man sollte nicht meinen, dass ein Henker den ganz normalen Rechtsweg einschlägt, man erwartet nicht, dass er Zeit für Animositäten hat.

Zum Glück ist das Gesetz schwerfällig, seine Mühlen mahlen langsam, und wenn Schadenersatz zu zahlen ist, steht der Herzog bereit, um die Rechnung zu begleichen. Nein, es sind nicht die Prozesse, die mir Sorgen machen. Jeden Morgen wache ich auf und frage mich: Ist er noch am Leben?

Camille wird auf der Straße angegriffen. Er wird in der Versammlung denunziert. Er wird zu Duellen gefordert – wobei die Patrioten eine Abmachung haben, dass niemand sich auf Duelle einlässt. Es laufen Geisteskranke in der Stadt herum, die sich damit brüsten, ihm bei der ersten sich bietenden Gelegenheit ein Messer ins Herz stoßen zu wollen. Sie schreiben ihm Briefe, diese Geisteskranken – Briefe, die so irr und so abstoßend sind, dass er sie gar nicht erst liest. Man sieht schon beim Überfliegen, sagt er, was für eine Art Brief es ist. Manchmal erkennt er es bereits an der Schrift auf dem Umschlag. Er hat eine Schachtel, in die wirft er sie hinein. Dann müssen andere sie durchlesen, falls konkrete Drohungen dabei sind – du stirbst da und da, zu der und der Zeit.

Mein Vater ist seltsam. Mindestens zweimal im Monat verbietet er mir, Camille jemals wiederzusehen. Aber jeden Morgen greift er gleich als Erstes nach der Zeitung – »irgendwelche Neuigkeiten?« Hofft er zu lesen, dass Camille mit durchgeschnittener Kehle am anderen Seineufer gefunden worden ist? Ich glaube nicht. Ich glaube, mein Vater hätte keinerlei Spaß mehr am Leben, wenn Camille nicht wäre. Meine Mutter zieht ihn kaltblütig damit auf: »Gib's zu, Claude«, sagt sie. »Er ist der Sohn, den du nie hattest.«

Claude bringt junge Männer zum Abendessen mit heim. Männer, von denen er denkt, sie könnten mir gefallen. Beamte. Du lieber Himmel.

Manchmal schreiben sie mir Gedichte, putzige Beamten-Sonette. Adèle und ich lesen sie uns mit dem passenden süßlichen Ausdruck vor. Wir verdrehen die Augen himmelwärts, pressen die Hände an den Busen, seufzen. Dann falten wir sie zu Papierfliegern und bewerfen uns damit. Wir sind ausgelassen, wie man sieht. Wir verbringen unsere Tage in einem ungesunden Übermut. Entweder das – oder es ist ein fortwährendes Geschniefe und Geschluchze, eine einzige Flut von bösen Ahnungen und Ängsten. Wir halten uns lieber an den Übermut. Wir halten uns lieber an unsere makabren Scherze.

Meine Mutter dagegen ist angespannt, bedrückt, aber im Grunde glaube ich, dass sie weniger leidet als ich. Wahrscheinlich, weil sie älter ist, weil sie es gelernt hat, mit ihren Gefühlen zu haushalten. »Camille überlebt das schon«, sagt sie. »Was meinst du, warum er sich mit so großen, starken Männern umgibt?« Aber es gibt Flinten, wende ich ein, es gibt Messer. »Messer?«, sagt sie. »Wie soll denn jemand mit einem Messer an M. Danton vorbeikommen? Sich durch diese Massen an Muskeln und Fleisch hacken?« Das würde voraussetzen, sage ich, dass er sich dazwischenwirft. Und sie: »Ist Camille kein Experte darin, Menschenopfer einzufordern? Ich meine«, sagt sie, »schau mich an. Schau dich an.«

Wir rechnen jetzt jederzeit mit Adèles Verlobung. Max war hier und hat den Abbé Terray in den Himmel gehoben. Viel von dem, was der Abbé geleistet habe, sagte er, sei von der Allgemeinheit nicht verstanden worden. Claude stört sich folglich nicht mehr daran, dass Max nur sein Abgeordnetengehalt hat und davon einen jüngeren Bruder und eine Schwester ernähren muss.

Was für ein Leben wohl auf Adèle wartet? Auch Robespierre erhält Briefe, aber ganz andere als Camille. Sie kommen aus der ganzen Stadt; es sind Briefe von kleinen Leuten, die mit der Obrigkeit in Konflikt geraten sind oder anderweitig in Schwierigkeiten stecken und nun denken, er kann sich ihrer Sache annehmen und alles in Ordnung bringen. Er muss um fünf Uhr morgens aufstehen, um alle diese Briefe zu beantworten. Manchmal fürchte ich, seine Ansprüche, was den häuslichen Komfort angeht, sind äußerst niedrig. Sein Bedarf an Erholung, Unterhaltung, Zerstreuung scheint gleich null zu sein. Bleibt die Frage: Wie wird das Adèle gefallen?

ROBESPIERRE: Es ist nicht nur Paris, das bedacht sein will. Aus dem ganzen Land treffen Briefe ein. Provinzstädte haben ihre Jakobinerclubs gegründet, und der Korrespondenzausschuss des Pariser Clubs schickt ihnen neueste Nachrichten, Bewertungen, Direktiven; sie schreiben zurück, und wen unter ihren Pariser Brüdern haben sie zu besonderem Lob und Dank auserkoren? Den Deputierten Robespierre. Welch ein Gefühl nach den Hetzreden der Royalisten! In seinem Exemplar des *Gesellschaftsvertrags* bewahrt er den Brief eines jungen Picarden auf, eines Enthusiasten mit Namen Antoine Saint-Just: »Ich erkenne Dich, Robespierre, wie ich Gott erkenne: durch Deine WERKE.« Wenn er, wie dies neuerdings häufig der Fall ist, an Kurzatmigkeit und Beklemmungsgefühlen leidet oder seine Augen zu müde sind, um die Buchstaben auf der Seite scharf zu sehen, spornt der Gedanke an diesen Brief das schwache Fleisch zu neuen WERKEN an.

Jeden Tag spricht er in der Versammlung, jeden Abend im Jakobinerclub. Wenn er Zeit hat, schaut er bei den Duplessis' vorbei, diniert gelegentlich mit Pétion – ein Arbeitsessen. Vielleicht zweimal pro Saison geht er ins Theater, nicht sehr freudig und voll Reue über die verschenkte Zeit. Überall drängen sich die Leute, um ihn abzupassen, vor der Manege, vor dem Club, vor seiner Haustür.

Jede Nacht ist er erschöpft. Er schläft ein, sobald sein Kopf das Kissen berührt. Sein Schlaf ist traumlos, ein Sturz in die Schwärze, als fiele er in einen Brunnenschacht. Die Nachtwelt ist die reale Welt, denkt er oft; die Morgen mit ihrem Licht, ihrer Frische, scheinen ihm von Schatten bevölkert, von Geistern. Er steht noch im Dunkeln auf, um seinen Vorteil zu wahren.

William Augustus Miles, Beobachter im Auftrag der Regierung Seiner Majestät des (englischen) Königs:

> *Der Mann, der in der Nationalversammlung am wenigsten gilt ... wird bald am meisten zu sagen haben. Er ist ein strenger,*

prinzipienstarker Mann, schlicht und uneitel im Auftreten, ohne einen Funken Geckenhaftigkeit und gewisslich über jeder Korruption stehend. Reichtum verachtet er, und ihm ist nichts von der Unbeständigkeit eigen, die für den französischen Charakter so typisch ist. Nichts, was der König zu gewähren hat, vermöchte diesen Mann von seinem Ziel abzubringen. Ich beobachte ihn Abend für Abend genau. Er ist eine Persönlichkeit, mit der unbedingt zu rechnen ist; er gewinnt stündlich an Bedeutung, und befremdlicherweise schätzt die gesamte Konstituante ihn gering und verachtet ihn; als ich prophezeite, dass er schon bald der Mann an der Macht sein werde, der über Millionen gebietet, lachte man mich aus.

Im Frühling durfte Lucile mit zu Mirabeau, der breitbeinig auf einem erlesenen Perserteppich in einem ansonsten haarsträubend geschmacklosen Raum stand. Er war dünnlippig, pockennarbig, ein Berg von einem Mann. Er taxierte sie. »Ihr Vater ist Beamter, höre ich?«, sagte er. Er beugte sich vor, ein anzügliches Grinsen im Gesicht. »Heißt das, es gibt Sie im Duplikat?«

Mirabeau schien ihr sämtlichen verfügbaren Sauerstoff aus der Luft zu saugen. Er schien auch Camilles ganzes Hirn aus seinem Schädel zu saugen. Verblüffend, die Zahl der Illusionen, denen Camille sich hinzugeben vermochte: Nein, *natürlich* wurde Mirabeau nicht vom Hof bezahlt, was für eine Verleumdung. *Natürlich* war Mirabeau ein standhafter Patriot … Es kam der Tag, da Camille diese exzentrische Fiktion nicht länger aufrechterhalten konnte. Er war dem Suizid nahe. Seine Zeitung war in dieser Woche praktisch nicht existent.

»Max hat ihn gewarnt«, sagte Adèle, »aber er wollte ja nicht hören. Mirabeau hat diese halbgebildete Österreicher-Metze ›eine große und edle Frau‹ genannt. Und doch ist und bleibt er für das einfache Volk ein Gott. Da sieht man, wie leicht die Menschen irrezuführen sind.«

Claude stützte den Kopf in die Hände. »Muss das sein, muss das immerfort zu jeder Tages- und Nachtzeit sein, diese Lästerlichkeit und Aufwiegelei aus den Mündern junger Frauen? In unseren eigenen vier Wänden?«

»Ich dachte«, sagte Lucile, »Mirabeau müsste gute Gründe dafür haben, dass er Verbindung zum Hof hält. Aber jetzt hat er seine Glaubwürdigkeit bei den Patrioten verspielt.«

»Seine Gründe? Seine Gründe heißen Geldgier und Machtgier. Er will die Monarchie retten, damit sie ihm ewig dankbar und auf immer verpflichtet ist.«

»Die Monarchie retten?«, sagte Claude. »Wovor? Vor wem?«

»Vater, der König hat von der Versammlung eine Zivilliste von fünfundzwanzig Millionen verlangt, und diese kriecherischen Dummbärte bewilligen sie auch noch! Und das bei dem Zustand, in dem die Nation sich befindet. Das Mark laugen sie ihr aus den Knochen. Sag selbst: Wie lange kann das noch gehen?«

Er sah seine Töchter an, versuchte die Kinder in ihnen zu entdecken, die sie einmal gewesen waren. Er hätte betteln mögen, sie beschwören. »Aber wenn wir den König nicht hätten oder Lafayette oder Mirabeau oder die Minister – und ich habe euch über sie alle herziehen hören –, wen gäbe es dann noch, der die Nation lenken könnte?«

Die Schwestern wechselten Blicke. »Unsere Freunde«, sagten sie.

Camille attackierte Mirabeau auf dem Papier mit einem Ingrimm, dessen er sich niemals fähig geglaubt hätte. Er war seiner fähig: Kränkung geht ins Blut, Zorn verleiht Flügel. Eine Zeitlang trat Mirabeau noch für ihn ein, verteidigte ihn gegen die Rechten, wenn diese ihn mundtot zu machen versuchten. »Mein armer Camille«, nannte er ihn. Nach einer Weile reihte er sich dann unter seine Feinde ein. »Ich bin ein wahrer Christ«, sagte Camille. »Ich *liebe* meine Feinde.« Und in der Tat gaben ihm seine Feinde Profil. Durch ihre Augen sah er seine Ziele definiert.

Der Bruch mit Mirabeau brachte ihn Robespierre näher. Das bedeutete einen anderen Lebensstil – Abende am Schreibtisch zwischen Bergen von Akten, Stille, die nur von einem gelegentlichen gemurmelten Nachfragen unterbrochen wurde, dem Kratzen von Federn, dem Schlagen der Uhr. Um mit Robespierre zusammen zu sein, musste Camille sich in Gesetztheit hüllen wie in einen Wintermantel. »Er ist all das, was ich sein sollte«, erklärte er Lucile. »Max schert sich nicht um Scheitern oder Erfolg, in seinem Innern läuft es alles aufs Gleiche hinaus. Es schert ihn nicht, wie andere von ihm sprechen oder was sie von seinem Vorgehen halten. Solange sich nur das, was er tut, für ihn richtig anfühlt – das reicht ihm, das ist seine Richtschnur. Er gehört zu den wenigen, den ganz wenigen Männern, für die das einzig Ausschlaggebende ihr eigenes Gewissen ist.«

Und das, nachdem gerade einen Tag vorher Danton zu ihr gesagt hatte: »Ah, Maximilien – der Junge ist zu gut, um wahr zu sein. Ich werde nicht schlau aus ihm.«

Aber immerhin hatte Robespierre hinsichtlich Mirabeau recht behalten. Egal, was man von ihm hielt, man musste zugeben, dass er fast immer recht hatte.

Im Mai verließ Théroigne Paris. Sie hatte kein Geld, und sie war es leid, sich von den Royalistenblättern als Hure beschimpfen zu lassen. Eins nach dem anderen waren die trüben Kapitel ihrer Vergangenheit durchleuchtet worden. Ihre Zeit in London mit einem verarmten Lord. Ihre deutlich lukrativere Beziehung zum Marquis de Persan. Ihr Genua-Aufenthalt mit einem italienischen Sänger. Die leichtfertigen Wochen, als sie neu in Paris war und sich überall als die Comtesse de Campinado vorstellte, eine feine Dame, die schwere Zeiten durchmacht. Nichts Kriminelles, nichts haarsträubend Abwegiges, nur das, was jeder täte, wenn Not am Mann ist. Nun aber gab es sie dem Hohn und der Lächerlichkeit preis. Wessen Leben, fragte sie sich beim Packen, hielte einer derart eingehenden Musterung stand? Sie plante, in ein paar Monaten zurück zu sein. Bis dahin würde sich die Presse neue Zielscheiben gesucht haben, dachte sie.

Sie riss eine Lücke, wie auch nicht? Sie war zum Inventar geworden – in ihrem scharlachroten Umhang oben auf der Galerie in der Manege, umringt von ihrer Claque; mit der Pistole im Gürtel durch das Palais Royal stürmend. Dann sprach sich herum, dass sie aus ihrem Elternhaus in Lüttich verschwunden sei; ihre Brüder glaubten, sie sei mit einem Mann durchgebrannt, aber schon bald begannen Gerüchte zu kursieren, denen zufolge sie entführt worden war: die Österreicher hätten sie, hieß es.

Sie durften sie gern behalten, fand Lucile. Sie war eifersüchtig auf Théroigne. Woher nahm sie das Recht, sich wie ein Mann aufzuführen – bei den Cordeliers zu erscheinen und das Wort zu verlangen? Danton schäumte vor Wut über sie. Es war drollig zu sehen, in welche Rage es ihn versetzte. Für ihn hatten Frauen zu sein wie die Damen an der Tafel des Herzogs: Agnès de Buffon, die ihm die lachhaftesten Schmachtblicke zuwarf, und diese blonde Engländerin Grace Elliot mit ihren geheimnisvollen politischen Verbindungen und ihrer mechanischen, wimpernklimpernden Koketterie. Lucile war beim Herzog zu Gast gewesen, sie hatte Danton dort beobachtet. Er wusste im Zweifelsfall, was da gespielt wurde – wusste, dass diese Frauen, die Laclos ihm unter die Nase hielt, Köder waren. Die Kupplerin selbst, Félicité, überließ er Camille. Camille hatte nichts gegen Frauen, mit denen man geistreiche Unterhaltungen führen musste. Er schien sogar Spaß daran zu finden. Eine seiner Perversionen, sagte Danton.

In diesem Sommer kam Camilles Lieblingsfeind aus der Schulzeit, Louis Suleau, nach Paris. Er wurde als Gefangener aus der Picardie überführt, um sich wegen volksverhetzender, antikonstitutioneller Schriften zu verantworten. Sein Aufwieglertum war anderer Art als Camilles: Er war ein größerer Royalist als der König selbst. Louis wurde freigesprochen; am Abend seiner Freilassung stritten er und Camille die Nacht durch. Es war ein Streit auf höchstem Niveau – ausgesprochen wortgewandt, ausgesprochen gebildet, ganz im Geiste Voltaires. »Ich darf Louis nicht in Robespierres Nähe lassen«, sagte Camille zu

Lucile. »Louis ist einer der besten Männer der Welt, aber ich fürchte, Max verstünde das nicht.«

Louis besaß echte Vornehmheit, fand Lucile. Er hatte Schliff, er hatte Lebensart, er hatte Ausstrahlung. Sehr bald hatte er auch eine Plattform: als Redaktionsmitglied eines royalistischen Skandalblattes, das sich *Les Actes des Apôtres* nannte, die »Apostelgeschichte«. Die Deputierten, die in der Nationalversammlung links vom Gang saßen, bezeichneten sich gern als Apostel der Freiheit, und Louis war der Meinung, dass solche Hybris bestraft gehörte. Wer schrieb für die *Actes*? Ein Klüngel von ausgelaugten Lebemännern und ihres Amtes enthobenen Priestern, behaupteten die verprellten Patrioten. Wie kam das Blatt überhaupt zustande? Indem es »Abendmähler« im Restaurant du Mais und im Beauvilliers abhielt, bei denen Klatsch ausgetauscht und die nächste Ausgabe geplant wurde. Man lud die Gegner ein und schenkte ihnen großzügig nach, um ihnen die Zunge zu lockern. Das Prinzip leuchtete Camille ein: ein Informationshäppchen hier, ein Tauschgeschäft da, und viel Gelächter auf Kosten der Langweiler und Wichtigtuer, die sich zu produzieren versuchten. Nicht selten fand ein Bonmot, das die *Révolutions* bei sich nicht unterbrachten, Verwendung in den *Actes*. »Lieber Camille«, sagte Louis, »wenn du nur vollständig zu uns überlaufen würdest. Eines Tages werden wir ganz sicher einer Meinung sein. Was willst du mit diesem Freiheit-Gleichheit-Brüderlichkeits-Gewäsch? Kennst du unser Manifest? ›Freiheit, Lebenslust, königliche Demokratie‹. Letztlich wollen wir doch beide dasselbe – wir wollen, dass die Menschen glücklich sind. Was nutzt eine Revolution, wenn sie nur lange Gesichter hervorbringt? Was nutzt eine Revolution, die von armseligen kleinen Männern in armseligen kleinen Stuben gesteuert wird?«

Freiheit, Lebenslust, königliche Demokratie. Die Damen Duplessis gaben ihre Garderobe für den Herbst 1790 in Auftrag. In schwarzer Seide mit scharlachroten Schärpen und halblangen Jacken mit blauweiß-roten Paspeln besuchten sie Premieren, Soupers, Privatvorführungen. Schlossen neue Bekanntschaften …

Noch im Sommer jedoch kam Antoine Saint-Just nach Paris. Nicht für immer, nur auf Besuch: Lucile brannte darauf, ihn kennenzulernen. Sie hatte die Geschichten über ihn gehört – wie er sich mit dem Familiensilber davongemacht und das Geld innerhalb von zwei Wochen durchgebracht hatte. Sie war nur zu bereit, ihn zu mögen.

Er war nun zweiundzwanzig. Die Geschichte mit dem Silber lag drei Jahre zurück. Hatte Camille sie sich am Ende nur ausgedacht? Es schien kaum glaublich, dass ein Mensch sich so verändert haben konnte. Sie sah an Saint-Just hoch – er war groß – und war frappiert von seiner unbeteiligten Miene. Auch als sie einander vorgestellt wurden, verriet sein Blick nicht das geringste Interesse an ihr. Er war mit Robespierre da; anscheinend standen die zwei miteinander in Korrespondenz. Sehr seltsam, dachte sie – die meisten Männer überschlugen sich fast vor Eifer, ihr mehr zu entlocken als die ganz normale Alltagsverbindlichkeit. Nicht, dass sie es ihm übelnahm; es stellte einfach eine Abwechslung dar.

Saint-Just war gutaussehend. Er hatte Samtaugen und ein schläfriges Lächeln; er bewegte sich sehr bedachtsam, wie es die Art mancher hochgewachsener Männer ist. Seine Haut war hell, sein Haar dunkelbraun – wenn sein Gesicht einen Makel hatte, dann war es das Kinn, das zu groß war, zu lang. Es bewahrte ihn davor, zu hübsch zu sein, aber aus bestimmten Blickwinkeln verlieh es seinen Zügen etwas sonderbar Unausgewogenes.

Camille war natürlich bei ihr. Er war in einer prekären Stimmung: zum Scherzen aufgelegt, aber dabei streitsüchtig. »In letzter Zeit irgendwelche Gedichte geschrieben?«, erkundigte er sich. Vor einem Jahr hatte Saint-Just ein Versepos veröffentlicht und es Camille zur Beurteilung geschickt: Es war endlos gewesen, brutal und leicht obszön.

»Wieso? Würdest du sie lesen wollen?« Saint-Just machte ein hoffnungsvolles Gesicht.

Camille schüttelte langsam den Kopf. »Die Folter ist abgeschafft worden«, sagte er.

Saint-Justs Lippen verzogen sich. »Ich nehme an, du hast mein Gedicht als anstößig empfunden. Ich nehme an, du fandest es pornographisch.«

»Zu viel der Ehre«, erwiderte Camille mit einem Lachen.

Ihre Blicke trafen sich. Saint-Just sagte: »Mein Gedicht hat eine ernsthafte Aussage gemacht. Denkst du, ich würde meine Zeit verschwenden?«

»Ich weiß nicht«, sagte Camille, »ob du das tätest oder nicht.«

Luciles Mund wurde trocken. Sie sah zu, wie sich die beiden Männer mit den Blicken niederzuzwingen versuchten: Saint-Just wächsern, passiv, abwartend, Camille blitzenden Auges, voll nervöser Angriffslust. Das hat nichts mehr mit Gedichten zu tun, dachte sie. Auch Robespierre wirkte leicht beunruhigt. »Du bist sehr streng, Camille«, sagte er. »Irgendetwas Gutes muss sich darüber doch sagen lassen.«

»Nichts, nicht ein Wort«, sagte Camille. »Aber wenn du möchtest, Antoine, kann ich dir ein paar Kostproben meiner eigenen frühen Etüden zukommen lassen, damit du dich nach Herzenslust darüber mokieren kannst. Du bist im Zweifel ein besserer Dichter, als ich einer war, und du wirst mit Sicherheit der bessere Politiker sein. Denn sieh dich an: welche Selbstbeherrschung. Du würdest mich am liebsten ohrfeigen, aber du erlaubst es dir nicht.«

Saint-Just betrachtete ihn mit unergründlichem Ausdruck.

»Habe ich dich sehr gekränkt?« Camille versuchte reuig zu klingen.

»Oh, tief.« Saint-Just lächelte. »Ich bin bis ins Mark verwundet. Denn liegt es nicht auf der Hand, dass du der einzige Mensch auf Erden bist, auf dessen gute Meinung es mir ankommt? Du, ohne den keine aristokratische Tischgesellschaft vollzählig ist?«

Saint-Just wandte sich ab und redete mit Robespierre. »Warum konnten Sie nicht ein bisschen gütig sein?«, flüsterte Lucile ihm zu.

Camille zuckte die Achseln. »Als Freund wäre ich gütig gewesen. Aber er hat sich an den Redakteur gewandt, nicht an den Freund. Er wollte, dass ich in der Zeitung einen Lobgesang auf seine Begabung anstimme. Ihm ging es nicht um meine persönliche, sondern um meine professionelle Meinung. Also habe ich sie ihm gesagt.«

»Was ist passiert? Ich dachte, Sie mögen ihn?«

»Er war nett. Er hat sich verändert. Früher steckte er voller verrückter Ideen und war ständig in irgendwelche Frauengeschichten verstrickt. Aber schauen Sie ihn jetzt an, wie gravitätisch er geworden ist. Ich wünschte, Louis Suleau könnte ihn sehen, er ist das Musterexemplar des trübseligen Revolutionärs. Er ist Republikaner, sagt er. In seiner Republik möchte ich nie und nimmer leben.«

»Vielleicht würde er Sie gar nicht lassen.«

Später hörte sie Saint-Just zu Robespierre sagen: »Er ist frivol.«

Frivol … Für Lucile verband sich das Wort mit ausgelassenen Sommerpicknicks oder champagnerperlenden Diners nach dem Theater, bei denen sich raschelnde, erhitzte, noch nicht abgeschminkte Schauspielerinnen neben ihr niedersetzten und ihr zuwisperten: Man sieht, dass Sie sehr verliebt sind, er ist so ein schöner Mann, ich hoffe, Sie werden glücklich. So wie jetzt hatte sie es noch nie vorgebracht gehört: als Anklage, drohend, aufgeladen mit Verachtung.

In diesem Jahr machte die Nationalversammlung Bischöfe und Priester zu öffentlichen Beamten, die ins Amt gewählt und vom Staat bezahlt wurden; etwas später schrieb sie ihnen auch noch den Eid auf die Verfassung vor. Manchen erschien es ein Fehler, die Geistlichen so in die Enge zu treiben – abzulehnen bedeutete für sie, als unloyal und gefährlich gebrandmarkt zu werden. Bei den kleinen Nachmittagssalons von Luciles Mutter war man sich einig, dass religiöser Zwist die wohl zerstörerischste Kraft sei, die sich in einer Nation nur entfesseln ließ.

Von Zeit zu Zeit seufzte ihre Mutter über die neuen Entwicklungen. »Das Leben wird so prosaisch«, beschwerte sie sich. »Immer nur die Verfassung und hehre Gedanken und Quäkerhüte.«

»Was wäre Ihnen denn lieber?«, fragte Danton sie. »Reiherfedern und wilde Leidenschaft in der Manege? Wüste Szenen in der Kommune? Liebe und Tod?«

»Ach, lachen Sie nicht. Unsere romantischen Vorstellungen sind aufs herbste enttäuscht worden. Da haben wir die Revolution, den fleischgewordenen Geist Rousseaus, dachten wir …«

»Und stattdessen ist es nur M. Robespierre mit seinen kurzsichtigen Augen und seinem Provinzakzent.«

»Nein, nur lauter Leute, die über ihre Bankkonten reden.«

»Wer hat bei Ihnen über meine Angelegenheiten geplaudert?«

»Die Wände und Türpfosten erzählen schon von Ihnen, M. Danton.« Sie hielt inne, berührte ihn am Arm. »Sagen Sie mir eins: Haben Sie etwas gegen Max?«

»Ob ich etwas gegen ihn habe?« Er klang überrascht. »Ich glaube nicht. Er ist mir nicht ganz geheuer, das trifft es eher. Er legt an alle so hohe Maßstäbe an. Werden Sie ihnen gerecht werden können, wenn Sie seine Schwiegermutter sind?«

»Oh, das … Da ist noch nichts spruchreif.«

»Kann Adèle sich zu keiner Antwort durchringen?«

»Ihr ist noch keine Frage gestellt worden.«

»Das heißt, stillschweigendes Einverständnis«, sagte Danton.

»Ich weiß nicht, ob Max glaubt, er hätte sie gefragt – nein, ich sollte besser ganz still sein. Sie brauchen gar nicht so die Augenbrauen hochzuziehen. Wie kann eine bloße Frau so reden, dass ein Abgeordneter sie versteht?«

»Oh, ›bloße Frauen‹ gibt es nicht mehr. Letzte Woche haben Ihre beiden Schwiegersöhne-in-spe mich an die Wand debattiert. Wie ich seitdem weiß, sind Frauen den Männern in jeder Hinsicht ebenbürtig. Es mangelt ihnen nur an Gelegenheit.«

»Ja«, sagte sie. »Das hat alles diese dürre, rechthaberische Louise Robert losgetreten, die nicht weiß, was sie da anrichtet. Warum sollten die Männer ihre Zeit mit der Frage vertun, ob die Frauen ihnen ebenbürtig sind oder nicht? Das geht gegen ihre eigenen Interessen.«

»Robespierre ist frei von Eigeninteressen. Wie immer. Und Camille sagt mir, dass wir den Frauen das Stimmrecht geben müssen. Bald werden sie in der Manege sitzen, mit schwarzen Hüten auf dem Kopf und Aktenkoffern in der Hand, und sich über das Steuersystem auslassen.«

»Und das Leben wird noch prosaischer.«

»Keine Angst«, sagte er. »Wir kommen schon noch zu unseren schmuddeligen kleinen Tragödien.«

Aber steckt hinter dieser Revolution denn eine Philosophie?, wollte Lucile wissen. Hat sie eine Zukunft?

Robespierre fragte sie lieber nicht, um sich nicht den ganzen Nachmittag über den Gemeinwillen belehren lassen zu müssen. Und Camille lieber auch nicht, aus Angst vor einem wohldurchdachten, flüssigen Zwei-Stunden-Vortrag über die Entstehung der römischen Republik. Also fragte sie Danton.

»Oh, ich glaube schon, dass sie eine Philosophie hat«, sagte er ernsthaft. »Nimm mit, was du kannst, und spring ab, solange noch Zeit ist.«

DEZEMBER 1790: Claude änderte seine Meinung. Er änderte sie an einem düsteren Dezembertag, an dem eisengraue Wolken mit schneegeblähten Bäuchen über den Dächern und Schornsteinen der Stadt schleiften.

»Ich halte das nicht mehr aus«, sagte er. »Lassen wir sie heiraten, bevor ich vor Erschöpfung sterbe. Drohungen, Tränen, Versprechungen, Ultimaten … Noch ein Jahr überlebe ich das nicht, ich überlebe es ja nicht einmal mehr eine Woche. Ich hätte gleich zu Beginn durchgreifen sollen – aber jetzt ist es zu spät. Wir werden das Beste daraus machen müssen, Annette.«

Annette ging ins Zimmer ihrer Tochter. Lucile kritzelte versunken vor sich hin. Sie sah auf, erschrocken und schuldbewusst, und deckte das Geschriebene mit der Hand ab. Ein Tintenklecks breitete sich auf dem Blatt aus.

Als Annette ihr die Botschaft überbrachte, starrte sie ihre Mutter verständnislos an, die dunklen Augen weit aufgerissen. »So einfach?«, flüsterte sie. »Claude ändert einfach seine Meinung, und alles wird gut? Irgendwie hatte ich begonnen zu denken, es müsste viel komplizierter sein.« Sie drehte das Gesicht weg. Sie fing an zu weinen. Sie ließ den Kopf auf ihr Tagebuch sinken und die Tränen über die verbotenen Worte fließen: Mochten sie ihre Absätze salzen, mochten sie die Buchstaben wegschwemmen! »Das ist die Erleichterung«, sagte sie. »Nur die Erleichterung.«

Ihre Mutter hinter ihr fasste sie bei den Schultern und kniff sie dabei, versehentlich, aber doch voller Rachsucht. »So, jetzt hast du, was du wolltest. Dann lässt du jetzt aber auch diesen Unsinn mit M. Danton! Ab sofort benimmst du dich.«

»Ich werde die Tugend in Person sein.« Sie setzte sich aufrecht hin. »Also, packen wir's an.« Sie rieb sich mit dem Handrücken über die Wangen. »Wir werden vom Fleck weg heiraten.«

»Vom Fleck weg? Aber was sollen die Leute denken? Und außerdem haben wir Advent. Im Advent kann man nicht heiraten.«

»Wir holen uns einen Dispens. Und was die Leute denken, ist ihr Problem. Darüber kann ich mir nicht den Kopf zerbrechen. Es entzieht sich meinem Einfluss.«

Lucile sprang auf. Sie konnte ihre Gefühle nicht länger im Zaum halten. Lachend und weinend rannte sie durchs Haus, knallte mit Türen. Camille traf ein. Er blinzelte ungläubig. »Warum hat sie Tinte an der Stirn?«, fragte er.

»Man könnte es vielleicht als eine zweite Taufe sehen«, sagte Annette. »Oder als das republikanische Pendant zur Salbung. Immerhin ist Tinte das beherrschende Element in eurem Leben, mein Lieber.«

In der Tat prangte ein Tintenfleck auf Camilles Ärmelaufschlag. Er hatte gerade einen Leitartikel vollendet und sorgte sich darum, was der Setzer damit anstellen würde. Erst kürzlich hatte er Marat als »Apostel der Freiheit« bezeichnet, und erschienen war es als »Apostat der Freiheit«. Marat war in die Redaktion gestürzt gekommen, schäumend vor Wut.

»Und Sie sind sich auch ganz sicher, M. Duplessis?«, sagte Camille. »So viel Glück ist in meinem Leben eigentlich nicht vorgesehen. Könnte es vielleicht ein Irrtum sein? Sozusagen ein Druckfehler?«

Annette konnte die Bilder nicht aus ihrem Kopf verbannen – sie wehrte sich gegen sie, aber sie kam nicht gegen sie an. Das Rascheln ihrer Röcke, als sie hier im Zimmer auf und ab gegangen war und Camille befohlen hatte, aus ihrem Leben zu verschwinden. Das Regenprasseln vor den Fenstern. Und dieser Kuss, der Zehn-Sekunden-Kuss, der, wäre Lucile nicht hereingeplatzt, zu einer verschlossenen Tür und überhasteter Befriedigung auf der Chaiselongue geführt hätte. Sie starrte es an, dieses selbe Möbelstück, mit seinen verschossenen blauen Samtpolstern. »Annette«, sagte Claude, »warum schaust du so verbittert?«

»Ich bin nicht verbittert, mein Lieber«, sagte Annette. »Ich bin blendend gelaunt.«

»Wirklich? Wenn du es sagst. Ah, die Frauen!«, sagte er liebevoll, mit einem komplizenhaften Blick zu Camille. Camille blickte kühl zurück – wieder das Falsche gesagt, dachte Claude, seine GESINNUNG vergessen. »Lucile scheinen die Gefühle ja ebenso durcheinanderzugeraten. Ich hoffe …« Er trat zu Camille. Er schien im Begriff, ihm auf die Schulter zu klopfen, aber seine Hand verharrte unentschlossen in der Luft und fiel dann wieder herab. »Ja, ich hoffe, ihr werdet glücklich.«

Annette sagte: »Camille, mein Lieber, Ihre Wohnung ist ja sehr hübsch, aber ich nehme an, Sie wollen sich nun vergrößern? Da werden Sie mehr Möbel brauchen – hätten Sie gern die Chaiselongue? Ich weiß, dass Sie sie immer bewundert haben.«

Camille schlug die Augen nieder. »Bewundert, Annette? Von ihr *geträumt* habe ich.«

»Ich könnte sie neu polstern lassen.«

»Bitte denken Sie keine Sekunde darüber nach«, sagte Camille. »Lassen Sie sie genauso, wie sie ist.«

Claude sah verdutzt von einem zum anderen. »Nun, dann braucht ihr mich wohl nicht mehr, wenn ihr jetzt über Möbel sprecht.« Er lächelte tapfer. »Ich muss sagen, mein lieber Junge, Sie überraschen mich immer wieder.«

Der Herzog von Orléans sagte: »Tatsächlich? Das freut mich für die zwei. Ich bekomme heutzutage so selten freudige Nachrichten.« Ein paar Monate zuvor war ihm Lucile zur Inspektion vorgeführt worden, und er war angetan gewesen. Sie hatte Stil, fast wie eine Engländerin; sie gehörte auf ein Jagdpferd gesetzt. Dieses Kopfwerfen, dieser geschmeidige Rücken … Ich will ihnen ein ordentliches Geschenk machen, beschloss er. »Laclos, was ist mit diesem Stadthaus von mir, diesem leerstehenden mit dem Garten, ein bisschen verwahrlost, zwölf Zimmer? Ecke Soundso-Straße?«

»Wie wunderbar!«, sagte Camille. »Was wird nur mein Vater sagen! Wir werden dieses Prachthaus haben! Haufenweise Platz für die Chaiselongue!«

Annette vergrub den Kopf in den Händen. »Manchmal möchte ich die Hoffnung fast aufgeben«, sagte sie. »Was würde nur aus Ihnen, wenn nicht so viele Menschen auf Sie aufpassten? Camille, überlegen Sie doch. Wie können Sie ein Haus vom Herzog annehmen – die größte, sichtbarste Bestechung, die sich nur denken lässt? Wäre das nicht eine Spur verfänglich? Zöge es nicht den einen oder anderen kleinen Kommentar in den Royalistenblättern nach sich?«

»Wahrscheinlich schon«, räumte Camille ein.

Sie seufzte. »Bitten Sie ihn doch einfach um das Geld. Und wenn wir schon mal bei Häusern sind, sehen Sie sich doch kurz das hier an.« Sie faltete eine Karte ihres Besitzes in Bourg-la-Reine auf. »Ich habe Pläne für ein Häuschen gezeichnet, das ich für euch bauen will. Hier, dachte ich« – sie zeigte auf das Blatt – »am Ende der Lindenallee.«

»Warum?«

»Warum? Weil mir meine Wochenenden zu kostbar sind, um Ihnen und Claude dabei zuzuschauen, wie ihr spitze Bemerkungen austauscht und euch dazwischen bedeutungsschwanger anschweigt. Da könnten wir ja gleich im Fegefeuer Urlaub machen.« Sie beugte sich über ihre Pläne. »Ich wollte schon immer ein niedliches kleines Hüttchen entwerfen. Gut, in meinem Laien-Enthusiasmus kann es natürlich passieren, dass ich ein paar wichtige Einzelheiten vergesse. Aber keine Angst, ich werde euch ein hübsches Schlafzimmer einrichten. Und ihr werdet ja auch nicht aus der Welt sein. Nein, wenn es mich packt, komme ich sicher einmal zu Besuch.«

Sie lächelte. Wie zwiegespalten er aussah. Hin- und hergerissen zwischen Grauen und Vergnügen. Die nächsten Jahre dürften interessant werden, in jeder Hinsicht. Camille hat wirklich faszinierende Augen: tiefdunkelgrau, so nah am Schwarz, wie ein menschliches Auge nur sein kann, die Iris fast verschmelzend mit der Pupille. Jetzt gerade scheint ihr Blick auf die Zukunft gerichtet.

»In Saint-Sulpice«, sagte Annette, »ist um drei Uhr Beichte.«

»Ich weiß«, sagte Camille. »Es ist schon alles in die Wege geleitet. Ich habe Pater Pancemont Nachricht geschickt. Ich fand es richtiger, ihn vorzuwarnen. Ich habe ihm gesagt, dass er um Punkt drei mit mir rechnen kann, dass ich so etwas nicht alle Tage mache und dass er mich nicht warten lassen soll. Sind Sie so weit?«

»Lassen Sie den Wagen vorfahren.«

Vor der Kirche wandte sich Annette an den Kutscher. »Wir sind in … Wie lange brauchen wir? Planen Sie eine ausführliche Beichte?«

»Ich habe nicht vor, überhaupt etwas zu beichten. Vielleicht ein paar kleine Kavaliersdelikte, rein anstandshalber. Dreißig Minuten.«

Ein Mann im dunklen Mantel schritt ein Stück weiter auf und ab, einen Ordner mit Dokumenten unterm Arm. Die Uhr schlug. Er kam auf sie zu. »Drei Uhr, M. Desmoulins. Wollen wir hineingehen?«

»Das ist mein Anwalt«, sagte Camille.

»Was?«, sagte Annette.

»Mein Anwalt, öffentlicher Notar. Sein Fachgebiet ist kanonisches Recht. Mirabeau hat ihn mir empfohlen.«

Der Mann wirkte geschmeichelt. Wie interessant, dachte sie, dass du noch mit Mirabeau verkehrst. Aber die Vorstellung als solche beunruhigte sie: »Sie nehmen einen Anwalt zur Beichte mit, Camille?«

»Eine weise Maßnahme. Kein ernsthafter Sünder sollte sie verabsäumen.«

In sehr unheiligem Tempo fegte er mit ihr durch die Kirche. »Ich will nur kurz niederknien«, sagte sie und bog nach der Seite weg, um von ihm fortzugelangen. Es war still: nur eine Handvoll alter Mütterchen, die um die Rückkehr der alten Zeiten beteten, und ein kleiner Hund, der schnarchend zusammengerollt lag. Der Priester sah anscheinend keinen Grund, seine Stimme zu dämpfen. »Sie sind also gekommen«, sagte er.

»Schreiben Sie das mit«, befahl Camille dem Notar.

»Ich habe nicht damit gerechnet, muss ich gestehen. Als Ihre Nachricht kam, habe ich es für einen Scherz gehalten.«

»Es war ganz und gar kein Scherz. Schließlich muss ich im Stand der Gnade sein, so wie jeder andere, oder etwa nicht?«

»Sind Sie Katholik?«

Eine kurze Pause.

»Warum fragen Sie?«

»Wenn Sie kein Katholik sind, kann ich Ihnen nicht die Kommunion spenden.«

»Also gut, dann bin ich Katholik.«

»Haben Sie nicht« – Annette hörte, wie der Priester sich räusperte – »haben Sie in Ihrer Zeitung nicht geschrieben, die Religion Mohammeds sei ebenso gültig wie die Jesu Christi?«

»Sie lesen meine Zeitung?« Camille klang tief befriedigt. Schweigen. »Dann wollen Sie uns also nicht trauen?«

»Nicht, ehe Sie sich nicht öffentlich zum katholischen Glauben bekennen.«

»Sie haben kein Recht, das von mir zu verlangen. Sie müssen mein Wort dafür nehmen. Mirabeau sagt –«

»Seit wann ist Mirabeau ein Kirchenvater?«

»Oh, das erzähle ich ihm, das wird ihm gefallen. Aber überlegen Sie es sich doch bitte noch einmal, denn ich bin bis über beide Ohren verliebt, und ich kann nicht bleiben wie Sie, und es ist besser freien als von Begierde verzehrt werden.«

»Wenn wir schon bei Paulus sind«, sagte der Priester, »darf ich Sie daran erinnern, dass die Obrigkeit von Gott verordnet ist? Und dass wer sich der Obrigkeit widersetzt, Gottes Ordnung widerstrebt; die aber widerstreben, werden über sich ein Urteil empfangen?«

»Ja, das Risiko muss ich wohl eingehen«, sagte Camille. »Wie Sie sehr wohl wissen, ist – Vers vierzehn – der ungläubige Mann geheiligt durch die Frau. Wenn Sie sich querstellen, muss ich die Sache vor den Religionsausschuss bringen. Sie wollen mir schlicht Steine in den Weg legen, Sie bringen Ihren Bruder zu Fall. ›Es ist schon ein Fehl unter euch, dass ihr miteinander rechtet. Warum lasst ihr euch nicht lieber unrecht tun? Warum lasst ihr euch nicht lieber übervorteilen?‹ 1. Korinther 6.«

»Da geht es darum, mit den Ungläubigen ins Gericht zu gehen. Der Generalvikar der Diözese von Sens ist kein Ungläubiger.«

»Sie wissen, dass das nicht stimmt«, sagte Camille. »Was glauben Sie, wo ich meinen Unterricht genossen habe? Denken Sie, Sie können mir einen solchen Stuss verkaufen? Nein«, sagte er zu seinem Anwalt, »das müssen Sie nicht mitschreiben.«

Sie traten ins Freie. »Streichen Sie das weg«, sagte Camille. »Da war ich voreilig.« Der Notar duckte sich ein wenig. »Überschreiben Sie die Seite mit: Betreffs der formellen Vollziehung der Eheschließung des L. C. Desmoulins, Advokat. Genau, so, unterstreichen Sie das ein paar Mal.« Er nahm Annettes Arm. »Fertig gebetet?«, fragte er. »Bringen Sie das auf schnellstem Wege zum Ausschuss«, sagte er über die Schulter.

»Keine Kirche«, sagte Lucile. »Kein Priester. Großartig.«

»Der Generalvikar der Diözese von Sens macht mich für die Halbierung seiner jährlichen Einkünfte verantwortlich«, erklärte Camille. »Er sagt, ich bin schuld, dass sein Schloss in Schutt und Asche gelegt wurde. Kein Grund zum Kichern, Adèle.«

Sie saßen in Annettes Salon. »Maximilien«, sagte Camille, »du bist doch so gut darin, anderer Leute Probleme zu lösen. Also, ans Werk.«

Adèle versuchte sich zusammenzunehmen. »Haben Sie keinen zahmen Priester? Einen, der mit Ihnen auf der Schule war?«

Robespierre sah auf. »Vielleicht ließe sich ja Pater Bérardier überreden? Er war unser letzter Rektor in Louis-le-Grand«, setzte er erklärend hinzu, »und jetzt sitzt er in der Versammlung. Bestimmt … Er mochte dich doch immer so, Camille.«

»Wenn er mich heutzutage sieht, lächelt er, als wollte er sagen: ›Ich wusste ja gleich, welches Ende es mit dir nehmen würde.‹ Und es heißt, dass er den Eid auf die Verfassung verweigern wird.«

»Macht nichts«, sagte Lucile. »Wenn es irgendeine Chance gibt …«

»Unter folgender Bedingung«, sagte Bérardier. »Dass Sie sich öffentlich zum Glauben bekennen, und zwar in Ihrer Zeitung. Dass Sie in selbiger Publikation von Seitenhieben auf den Klerus ablassen, und dass Sie darin Ihren gewohnheitsmäßig gotteslästerlichen Ton ablegen.«

»Aber wovon soll ich dann leben?«, fragte Camille.

»Es war unklug von Ihnen, das nicht vorherzusehen, als Sie die Kirche zur Zielscheibe Ihres Spottes erkoren haben. Aber Sie haben ja noch nie in Ihrem Leben mehr als zehn Minuten vorausgeplant.«

»Unter den genannten Bedingungen«, schaltete Pater Pancemont sich ein, »erlaube ich Pater Bérardier, Sie in Saint-Sulpice zu trauen.

Aber ich denke nicht daran, es selbst zu tun, und ich bin der Meinung, dass der Pater einen Fehler begeht.«

»Er ist ein impulsives Geschöpf«, sagte Pater Bérardier. »Eines Tages werden seine Impulse ihn in die richtige Richtung lenken, nicht wahr, Camille?«

»Das Dumme ist, dass ich eigentlich nicht vorhatte, dieses Jahr noch eine Ausgabe herauszubringen.«

Die Priester wechselten Blicke. »Dann erwarten wir, die Erklärung in der ersten Ausgabe von 1791 abgedruckt zu sehen.«

Camille nickte.

»Versprochen?«, fragte Bérardier.

»Versprochen.«

»Sie haben schon immer mit beispielloser Glattzüngigkeit gelogen.«

»Er wird es nicht machen«, sagte Pater Pancemont. »Wir hätten sagen sollen, erst die Erklärung, dann die Trauung.«

Bérardier seufzte. »Was soll das nutzen? Gewissen lässt sich nicht erzwingen.«

»Der Abgeordnete Robespierre war ebenfalls Ihr Schüler, wenn ich nicht irre?«

»Für ein Weilchen.«

Pater Pancemont sah ihn an, als hätte er gesagt: Ich war während des Erdbebens in Lissabon. »Sie haben das Unterrichten aufgegeben?«

»Schauen Sie – es gibt schlimmere Menschen.«

»Ich wüsste keine«, sagte Pancemont.

DIE TRAUZEUGEN: Robespierre, Pétion, der Schriftsteller Louis-Sébastien Mercier und der Freund des Herzogs, der Marquis de Sillery. Eine diplomatische Auswahl, die sowohl den linken Flügel der Nationalversammlung abdeckte als auch die Literatenszene und die Orleanisten.

»Es macht dir nichts aus, oder?«, sagte Camille zu Danton. »Eigentlich hätte ich Lafayette, Louis Suleau, Marat und den Scharfrichter gewollt.«

»Natürlich macht es mir nichts.« Schließlich, dachte er, werde ich bei allem anderen Zeuge. »Wirst du jetzt reich?«

»Die Mitgift beträgt hunderttausend Livres. Und es gibt ziemlich wertvolles Silberzeug. Sieh mich nicht so an. Ich musste einiges dafür tun.«

»Und hast du vor, ihr treu zu sein?«

»Selbstverständlich.« Er machte ein entsetztes Gesicht. »Was für eine Frage! Ich liebe sie.«

»Ich dachte nur. Ich meine, so eine Absichtserklärung ist doch auf jeden Fall etwas wert.«

Sie nahmen eine Erdgeschosswohnung in der Rue des Cordeliers, gleich ums Eck von den Dantons, und am 30. Dezember – einem düsteren, eisigen Tag, der in feindseliger Neugier vor den erleuchteten Fenstern lauerte – gaben sie ein Hochzeitsfrühstück für hundert Gäste. Um ein Uhr nachts waren sie schließlich allein miteinander. Lucile trug noch ihr rosafarbenes Brautkleid, ganz verdrückt jetzt und an einer Stelle klebrig-feucht von dem Champagner, den sie vor ein paar Stunden verschüttet hatte. Sie ließ sich auf die blaue Chaiselongue sinken und trat sich die Schuhe von den Füßen. »Was für ein Tag! Haben die Annalen des Heiligen Ehestandes jemals seinesgleichen verzeichnet? Mein Gott, ganze Kirchenbänke voll seufzender, schnüffelnder Leute, und meine Mutter in Tränen und mein Vater auch, und dann der alte Bérardier, der dir eine öffentliche Standpauke hält, sodass auch dir noch die Augen feucht werden – während sich die Hälfte der Pariser Einwohnerschaft, die nicht heulend in den Bänken sitzt, draußen vor der Kirche drängt und Parolen schreit und anzügliche Bemerkungen macht. Und –« Sie verstummte. Die fiebrige Erregung des Tages spülte über sie hinweg, Welle um Welle davon. So muss es sein, dachte sie, wenn man auf See ist. Von weither drang Camilles Stimme zu ihr:

»… weil ich nie dachte, dass ein solches Glück auch mir zustoßen könnte, denn vor zwei Jahren hatte ich nichts, und nun habe ich dich, und ich habe genug Geld, um gut leben zu können, und ich bin berühmt …«

»Ich habe einen Schwips«, sagte Lucile.

Wenn sie an die Trauung zurückdachte, schien alles in eine Art Nebel gehüllt, sodass ihr der Verdacht kam, sie könnte auch da schon beschwipst gewesen sein, und sich in jäher Panik fragte: Sind wir überhaupt ordnungsgemäß verheiratet? Ist Trunkenheit ein Hinderungsgrund? Letzte Woche, als wir die Wohnung besichtigt haben – war ich da völlig nüchtern? Wo *ist* die Wohnung?

»Ich dachte schon, sie würden nie gehen«, sagte Camille.

Sie sah zu ihm auf. All die Dinge, die sie ihm hatte sagen wollen, all die Male, die sie diesen Moment geprobt hatte, vier Jahre des Probens, und nun, da es so weit war, brachte sie nur ein blümerantes Lächeln zuwege. Sie schlug mühsam die Augen auf, damit sich nicht alles so drehte, dann schloss sie sie wieder: Sollte es sich doch drehen! Sie legte sich mit dem Gesicht nach unten auf die Chaiselongue, zog behaglich die Knie an und schnaubte einmal zufrieden wie das Hündchen in Saint-Sulpice. Sie schlief. Irgendeine gütige Seele schob ihr die Hand unter die Wange und ersetzte die Hand dann durch ein Kissen.

»Hören Sie nur, was ich alles sein werde«, sagte der König, »wenn ich den armen Bischöfen nicht den Eid auf die Verfassung abverlange.« Er rückte seine Brille zurecht und las vor:

»… Feind der öffentlichen Freiheit, heimtückischer Verschwörer, feigster aller Eidbrüchigen, Fürst ohne Ehre, ohne Scham, niedrigstes Gewürm …« Er brach ab, legte die Zeitung weg und schneuzte sich kräftig in ein mit dem königlichen Wappen besticktes Taschentuch – sein letztes nach alter Machart. »Auch Ihnen ein frohes neues Jahr, Dr. Marat«, sagte er.

3. *Sic transit …*

(1791)

1791: »Lafayette«, deutet Mirabeau der Königin an, »eifert Cromwell stärker nach, als sich das mit seiner natürlichen Bescheidenheit verträgt.«

Es ist aus, sagt Marat, wir sind erledigt: Marie Antoinettes Klüngel ist mit Österreich im Bunde, die Monarchen verraten die Nation. Zwanzigtausend Köpfe müssen rollen.

Frankreich soll vom Rhein her angegriffen werden. Bis zum Juni soll der Bruder des Königs, Artois, mit seinen Truppen bei Koblenz stehen. Maître Desmoulins' alter Mandant, der Prinz von Condé, wird eine Armee in Worms kommandieren. Eine dritte Armee in Colmar soll von Mirabeaus jüngerem Bruder befehligt werden, dem seine Figur und sein ausschweifender Lebenswandel den Spitznamen Mirabeau-Tonneau eingetragen haben: das Fass.

Das Fass hat seine letzten Monate in Frankreich damit verbracht, den Laternenanwalt durch die Gerichtssäle zu jagen. Jetzt hofft er ihn mit bewaffneten Truppen durch die Straßen zu jagen. Die Emigrés wollen das alte Regime zurück, und zwar ohne jedwede Abstriche; für Lafayette haben sie ein Exekutionskommando vorgesehen. Nach alter Gewohnheit rufen sie die Herrscherhäuser Europas um Unterstützung an.

Die Herrscherhäuser jedoch haben ihre eigenen Vorstellungen. Diese Revolutionäre stellen eine Gefahr dar, keine Frage; sie sind eine Bedrohung für uns alle. Aber Louis ist weder tot noch gestürzt, und mögen auch die Tuilerien an Einrichtung und Ausstattung nicht ganz an Versailles heranreichen, kann man ihn doch nicht einmal ernsthaft inkommodiert nennen. Später einmal, wenn die Revolution vorbei ist, wird er vielleicht sogar zugeben, dass die strenge Lektion ihm gut getan hat. Einstweilen ist es eine klammheimliche Freude zuzusehen, wie bei dem reichen Nachbarn die Steuern uneingetrieben bleiben, wie eine prächtige Armee durch Meuterei gespalten wird und Messieurs les Democrats sich nach Strich und Faden blamieren. Die gottgewollte Ordnung Europas muss erhalten werden – aber deshalb besteht keine akute Veranlassung, der bourbonischen Lilie zu neuer Blüte zu verhelfen.

Dem König selbst wird von den Emigrés zu einem Kurs des passiven Widerstands geraten. Im Lauf der Monate verzweifeln sie zusehends an ihm. Sie erinnern einander an den Ausspruch des Comte de Provence: »Wer es schafft, eine Handvoll geölter Elfenbeinkugeln zusammenzuhalten, der bekommt vielleicht auch Louis zu fassen.« Erbittert beobachten sie, wie er mit jeder seiner Erklärungen vor dem neuen Regime zu Kreuze kriecht – bis er ihnen unter der Hand versichert, dass alles, was er sagt, das glatte Gegenteil bedeutet. Sie wollen nicht begreifen, dass so einigen dieser Ungeheuer, dieser Lumpen, dieser Barbaren von der Nationalversammlung die Interessen des Königs am Herzen liegen. Diese Begriffsstutzigkeit verbindet sie mit der Königin:

»Wenn ich sie empfange oder Verbindung zu ihnen aufnehme, dann nur, um sie zu benutzen; sie flößen mir einen zu tiefen Abscheu ein, als dass ich mich je mit ihnen abgeben könnte.« So viel zu dir, Mirabeau. Möglicherweise sieht Lafayette klarer, was die Dame angeht; er soll ihr ins Gesicht gesagt haben, dass er vorhat, sie des Ehebruchs zu überführen und heim nach Österreich zu schicken. Zu diesem Zweck lässt er allnächtlich eine kleine Pforte unbewacht, um ihren mutmaßlichen Liebhaber einzulassen, Axel von Fersen. »An eine Aussöhnung ist nicht mehr zu denken«, schreibt sie. »Nur Waffengewalt kann den Schaden wiedergutmachen.«

Katharina die Große: »Ich treibe Wien und Berlin nach Kräften dazu, sich in die französischen Angelegenheiten zu involvieren, um selbst die Hände frei zu haben.« Die Zarin braucht ihre Hände wie immer dazu, Polen im Würgegriff zu halten. Sie wird ihre Gegenrevolution in Warschau anzetteln – um die in Paris sollen sich die Deutschen kümmern. Leopold von Österreich hat vollauf mit Polen, Belgien und der Türkei zu tun, William Pitts Sinn ist auf Indien und die Finanzreformen gerichtet. Sie warten und schauen zu, wie Frankreich sich so lange durch Spaltung und Zwist aufreibt, bis es (so rechnen sie sich aus) ihre Pläne nicht mehr durchkreuzen kann.

Bei Friedrich Wilhelm von Preußen sind die Prioritäten etwas anders gelagert: Wenn es zum Krieg mit Frankreich kommt, was er als unausweichlich ansieht, dann will er davon profitieren. Er hat Agenten in Paris sitzen, die angewiesen sind, Hass gegen Marie Antoinette und die Österreicher zu schüren – den Einsatz von Gewalt zu forcieren, das Kräftegleichgewicht auszuhebeln und die Lage zu eskalieren. Der wahre Verfechter der Gegenrevolution ist Gustav von Schweden: Gustav, der Paris vom Angesicht der Erde hinwegfegen will, Gustav, der unter dem alten Regime jährlich anderthalb Millionen Livres bezog, Gustav und seine imaginäre Armee. Und aus Madrid die fieberhaft reaktionären Regungen eines umnachteten Königs.

Diese Revolutionäre, sagt jeder von ihnen, sind die Geißel der Menschheit. Ich werde gegen sie zu Felde ziehen – nach euch.

Aus Pariser Sicht sieht die Zukunft düster aus. Marat wittert allenthalben Verschwörer, riecht Verrat in dem Luftzug, der die neue Trikolore vor den Fenstern des Königs flattern lässt. Hinter dieser Fassade, vor der die Nationalgardisten patrouillieren, isst und trinkt der König, nimmt zu, gerät selten außer Fassung. »Mein größter Fehler«, hat er einmal geschrieben, »ist eine innerliche Trägheit, die jede geistige Anstrengung für mich zur Strafe macht.«

In der linken Presse nennt man Lafayette nicht mehr bei seinem Titel, sondern bei seinem Familiennamen, Mottié. Der König heißt jetzt Louis Capet. Die Königin ist »die Frau des Königs«.

Es herrscht religiöser Dissens. Rund die Hälfte der französischen Priester ist zum Eid auf die Verfassung bereit. Den Rest nennen sie

»eidverweigernd«. Nur sieben Bischöfe unterstützen die neue Ordnung. In Paris werden Nonnen von Fischweibern angegriffen. Durch das Schiff von Saint-Sulpice, wo Pater Pancemont ehern ausharrt, trampelt ein Volkshaufen unter Absingung der herzerfrischenden Weise »Ça ira, ça ira, les aristocrates à la lanterne«. Die Tanten des Königs, Mesdames Adelaide und Victoire, reisen heimlich nach Rom aus. Die Patrioten wollen erst davon überzeugt sein, dass die beiden alten Damen nicht den Dauphin in ihrem Gepäck versteckt haben. Der Papst erklärt die bürgerliche Verfassung zur Lossagung vom Glauben. Dem päpstlichen Nuntius wird der Kopf eines Gendarmen in die Kutsche geworfen.

In einer Bude im Palais Royal stellen sich zwei »Wilde« nackt zur Schau. Sie fressen Steine, brabbeln in unverständlichen Zungen, und gegen ein paar kleine Münzen kopulieren sie.

Barnave, im Sommer: »Noch ein Schritt in Richtung Freiheit muss das Ende der Monarchie bedeuten, noch ein Schritt in Richtung Gleichheit das Ende des Privateigentums.«

Desmoulins, im Herbst: »Unsere Revolution von 1789 war ein Handel zwischen der englischen Regierung und einer Minderheit des Adels, bei dem es den einen darum ging, die Herrschenden aus Versailles zu vertreiben und ihre Schlösser, Häuser und Ämter in Besitz zu nehmen, den anderen darum, uns einen neuen Herrn aufzuhalsen, und allen miteinander darum, uns zwei Kammern und eine Verfassung wie die englische zu geben.«

1791: Achtzehn Monate Revolution, und die neuen Tyrannen sitzen fest im Sattel.

»Der Mann lügt«, sagt Robespierre, »der behauptet, ich hätte jemals dem Gesetzesbruch das Wort geredet.«

JANUAR, Bourg-la-Reine: Annette Duplessis stand am Fenster und blickte hinaus in das Geäst des Walnussbaums draußen im Hof. Von hier aus konnte man die Grundmauern des neuen Häuschens nicht sehen: auch kein Verlust, denn sie wirkten so trübselig wie Ruinen. Sie seufzte, erbittert über das Schweigen hinter ihr im Zimmer. Wahrscheinlich flehten die anderen sie insgeheim schon wieder an, sich doch umzudrehen und irgendetwas zu sagen. Wenn sie hinausginge, würde der Raum bei ihrer Rückkehr vor Anspannung knistern. Ein gemeinsames Tässchen Morgenschokolade – war das denn so viel verlangt?

Claude las das *Stadt- und Hofjournal*, eine Klatschpostille der Rechten. Seine Haltung hatte etwas Trotziges. Camille beobachtete seine Frau, wie er das derzeit eigentlich ununterbrochen tat. (Drei Tage nach der Hochzeit hatte sie zu ihrer Bestürzung entdeckt, dass die seelenverschlingenden schwarzen Augen kurzsichtig waren. »Und wenn du dir eine Brille zulegst?« »Zu eitel.«) Lucile las *Clarissa*, in Übersetzung und reichlich unkonzentriert. Alle paar Minuten schnellte ihr Blick von den Seiten hoch und hinüber zu ihrem Mann.

Annette fragte sich, ob das der Grund für Claudes furchtbare Misslaunigkeit war – diese Befriedigung, die ihre Tochter verströmte, die hochroten Wangen, mit denen sie jeden Morgen bei ihnen erschien. Du wünschst sie dir als ewige Neunjährige, die sich mit Puppen zufriedengibt. Sie betrachtete den gebeugten Kopf ihres Mannes. Seine grauen Strähnen waren sauber frisiert und gepudert: Zugeständnisse an das Landleben kamen bei Claude nicht vor. Camille dagegen wirkte wie ein Zigeuner, der seine Geige verloren hat und auf der Suche danach durch die Hecken gekrochen ist; tagtäglich führte er die Bemühungen eines teuren Schneiders ad absurdum, indem er seine Kleider als Sinnbild der zusammenbrechenden gesellschaftlichen Ordnung trug.

Die Zeitung fiel Claude aus der Hand. Camille schreckte aus seiner Trance auf und wandte den Kopf. »Was ist? Ich habe Ihnen doch gesagt, wenn Sie dieses Skandalblatt lesen, wird Sie garantiert etwas schockieren.«

Claude schien außerstande, ein Wort hervorzubringen. Er deutete auf die Seite vor ihm, Annette glaubte fast, ein Wimmern zu hören. Camille streckte die Hand nach dem Blatt aus, Claude presste es an seine Brust. »Sei nicht albern, Claude«, sagte Annette wie zu einem Kleinkind. »Gib Camille die Zeitung.«

Camille überflog die Seite. »Oh, das wird Ihnen gefallen. Lolotte, lässt du uns kurz allein?«

»Nein.«

Woher hatte sie diesen Kosenamen? Annette hatte Danton im Verdacht. Etwas arg vertraut, fand sie – und nun fing auch Camille damit an. »Tu, was dir gesagt wird«, sagte sie.

Lucile rührte sich nicht. Ich bin jetzt verheiratet, dachte sie, ich muss mich nicht mehr herumkommandieren lassen.

»Dann bleib«, sagte Camille. »Ich wollte nur deine Gefühle schonen. Diesen Ausführungen zufolge bist du nicht die Tochter deines Vaters.«

»Oh, sprechen Sie es nicht aus«, sagte Claude. »Verbrennen Sie das Ding.«

»Du weißt, was Rousseau sagt.« Annette warf ihm einen strengen Blick zu. »›Verbrennen ist keine Antwort.‹«

»Wessen Tochter bin ich denn?«, fragte Lucile. »Bin ich die Tochter meiner Mutter, oder bin ich ein Findelkind?«

»Du bist entschieden die Tochter deiner Mutter, und dein Vater ist der Abbé Terray.«

Lucile kicherte.

»Lucile, ich bin mir nicht zu gut, dich zu ohrfeigen«, sagte ihre Mutter.

»Weshalb das Geld für die Mitgift«, sagte Camille, »auch aus den Getreidespekulationen des Abbé in den Zeiten der Hungersnot stammt.«

»Der Abbé hat nicht mit Getreide spekuliert.« Claude, hochrot im Gesicht, starrte Camille feindselig an.

»Das behaupte ich auch nicht. Ich paraphrasiere nur den Artikel.«

»Ja … natürlich.« Claude sah unglücklich weg.

»Haben Sie Terray überhaupt jemals kennengelernt?«, fragte Camille seine Schwiegermutter.

»Einmal, glaube ich. Wir haben vielleicht drei Worte gewechselt.«

»Aber wissen Sie«, wandte sich Camille an Claude, »Terray hatte so einen gewissen Ruf, was Frauen betrifft.«

»Dafür konnte er nichts.« Claude fuhr schon wieder auf. »Er wollte gar nicht Priester werden. Seine Familie hat ihn gezwungen.«

»Beruhige dich doch«, sagte Annette.

Claude lehnte sich vornüber, die Hände zwischen den Knien eingezwängt. »Terray war unsere beste Hoffnung. Er war fleißig. Er hatte Energie. Die Leute hatten Angst vor ihm.« Er brach ab, als würde ihm selbst eben erst bewusst, dass er seinem Credo zum ersten Mal seit Jahren etwas Neues hinzugefügt hatte, eine Coda.

»Hatten Sie Angst vor ihm?«, erkundigte sich Camille, nicht auftrumpfend, einfach nur interessiert.

Claude überlegte. »Es hätte passieren können.«

»Ich habe sehr oft Angst vor Leuten«, sagte Camille. »Ein schreckliches Eingeständnis, nicht wahr?«

»Vor wem zum Beispiel?«

»Also, hauptsächlich habe ich Angst vor Fabre. Wenn er mich stottern hört, schüttelt er mich und zieht mich an den Haaren und schlägt mir den Kopf an die Wand.«

»Annette«, sagte Claude, »es gab auch andere Imputationen. In anderen Zeitungen.« Er sah verdeckt auf Camille. »Es ist mir gelungen, sie aus meinem Gedächtnis zu verbannen.«

Annette sagte nichts dazu. Camille schleuderte das *Stadt- und Hofjournal* quer durchs Zimmer. »Ich zeige sie an«, verkündete er.

Claude blickte auf. »Sie tun was?«

»Ich verklage sie wegen Verleumdung.«

Claude erhob sich. »Sie verklagen sie«, sagte er. »Sie. Sie verklagen jemanden wegen Verleumdung.« Er verließ das Zimmer, und sie hörten ihn unter hohlem Gelächter die Treppe hinaufsteigen.

FEBRUAR: Lucile richtete ihre Wohnung ein. Sie hatte rosenrote Seidenkissen bestellt; Camille überlegte laut, wie sie in ein paar Monaten aussehen würden, wenn genügend dreckstarrende Cordeliers sie plattgesessen hatten. Dafür beschränkte er sich auf einen stummen Fluch, als er ihre neue Serie von Kupferstichen über Leben und Tod der Maria Stuart sah. Er fand sie samt und sonders grauenhaft. Bothwell hatte so einen rücksichtslos-kriegerischen Blick in den Augen, der ihn an Antoine Saint-Just erinnerte. Kraftstrotzende Gefolgsleute in grotesk gemusterten Plaids schwenkten Pallasche; Edelmänner mit knubbeligen Knien unter den Schottenröcken halfen ihrer unseligen Königin in ein Ruderboot. Bei ihrer Hinrichtung trug Maria ein figurbetontes Kleid und sah aus wie knappe dreiundzwanzig. »Gottvoller Schwulst«, sagte Lucile, »findest du nicht?«

Seit dem Umzug machte Camille seine Zeitung bei ihnen zu Hause. Tintenbekleckste Männer, aufbrausend und deftig im Ausdruck, stampften treppauf und treppab und stellten Lucile Fragen, als könnte sie die Antwort wissen. Unkorrigierte Druckfahnen hingen über Tischbeine herab. Vorladungszusteller hockten vor der Haustür, und manchmal vertrieben sie sich die Wartezeit mit Kartenspielen oder Würfeln. Es war genau wie bei den Dantons, die im selben Haus um die Ecke wohnten: Besuch von Wildfremden zu allen Tages- und Nachtzeiten, das Esszimmer dauerbesetzt von fieberhaft kritzelnden Männern, ihr Schlafzimmer Ausweichsalon und allgemeines Durchgangszimmer.

»Wir müssen mehr Bücherregale bauen lassen«, sagte sie. »Du kannst nicht alles in kleinen Häufchen auf dem Fußboden aufbewahren, ich falle darüber, wenn ich morgens aus dem Bett steige. Brauchst du diese ganzen alten Zeitungen, Camille?«

»Aber ja. Aus denen suche ich die Widersprüche heraus, in die meine Gegner sich verstricken. Dann kann ich sie attackieren, wenn sie ihre Meinung ändern.«

Er hob eine Zeitung von einem der Stapel. »Hébert«, sagte sie. »So ein grauenhafter Schund.«

René Hébert hatte sich ein Sprachrohr geschaffen, einen raubeinigen, pfeiferauchenden Mann aus dem Volk, den Ofensetzer Père Duchesne. Die Zeitung war vulgär in jedem Sinne – einfältig im Stil und mit Obszönitäten gespickt. »Père Duchesne ist doch sehr königstreu, sehe ich.« Geschwind strich Camille eine Passage an. »Könnte sein, dass ich das eines Tages gegen dich verwenden muss, Hébert.«

»Ist Hébert wirklich wie Père Duchesne? Raucht er Pfeife und flucht ständig?«

»Überhaupt nicht. Er ist ein weichliches kleines Männchen. Er hat komische Hände, die immer herumflattern. Sie sehen aus wie irgendwelches Getier, das unter Steinen lebt. Hör zu, Lolotte – bist du glücklich?«

»Vollkommen.«

»Ganz sicher? Gefällt dir die Wohnung? Möchtest du lieber umziehen?«

»Nein, ich will nicht umziehen. Die Wohnung gefällt mir. Alles gefällt mir. Ich bin völlig glücklich.« Ihre Gefühle schienen neuerdings direkt unter der Oberfläche zu liegen, sie pickten innen an ihrer Haut wie Küken, die schlüpfen wollen. »Ich habe nur Angst, dass etwas passieren könnte.«

»Was soll passieren?« (Er wusste genau, was passieren konnte.)

»Die Österreicher könnten einmarschieren, und du wirst erschossen. Der Hof könnte dich umbringen lassen. Du könntest entführt und in irgendeinen Kerker gesperrt werden, und ich würde nie erfahren, wo du bist.«

Sie hielt sich die Hand vor den Mund, wie um die Ängste am Hervorsprudeln zu hindern.

»So wichtig bin ich auch wieder nicht«, sagte er. »Sie haben Dringlicheres zu tun, als Meuchelmörder auf mich anzusetzen.«

»Ich habe einen von diesen Briefen gesehen, in denen dir mit dem Tod gedroht wird.«

»Das kommt davon, wenn man fremde Post liest. Da erfährt man Dinge, die man lieber nicht wissen möchte.«

»Wer zwingt uns, so zu leben?« Sie murmelte es erstickt in seine

Schulter hinein. »Bald werden wir in Kellerlöchern hausen müssen wie Marat.«

»Trockne deine Tränen. Wir haben Besuch.«

Robespierre stand mit verlegenem Gesicht in der Tür. »Eure Haushälterin meinte, ich solle einfach hineingehen.«

»Völlig richtig.« Lucile zeigte im Zimmer herum. »Kein klassisches Liebesnest, wie Sie sehen. Setzen Sie sich aufs Bett. Setzen Sie sich ins Bett, denken Sie sich nichts. Heute Morgen war schon halb Paris hier, während ich mich anzukleiden versucht habe.«

»Ich finde überhaupt nichts mehr seit dem Umzug«, klagte Camille. »Und du machst dir keinen Begriff davon, wie zeitraubend das Verheiratetsein ist. Man muss Entscheidungen über die irrwitzigsten Dinge treffen – ob die Decken gestrichen werden sollen, zum Beispiel. Ich dachte immer, die Farbe würde von selbst daran wachsen, du nicht?«

Robespierre wollte nicht Platz nehmen. »Ich muss gleich weiter – ich wollte nur fragen, ob du diesen Artikel geschrieben hast, den du mir versprochen hattest, über mein Pamphlet wegen der Nationalgarde. Ich hatte eigentlich schon in der letzten Ausgabe damit gerechnet.«

»Ach du Schreck«, sagte Camille. »Es könnte überall sein. Dein Pamphlet, meine ich. Hast du noch eine Kopie bei dir? Hör zu, warum schreibst du das Ding nicht selbst? Das ginge viel schneller.«

»Aber, Camille, natürlich kann ich deinen Lesern einen Abriss meiner Ideen liefern, aber ich hatte mir etwas mehr erwartet – du könntest sagen, ob dich meine Argumentation überzeugt, ob du sie schlüssig findest, ob sie gut formuliert ist. Ich kann mich schließlich nicht selbst loben, oder?«

»Ich wüsste nicht, warum nicht.«

»Lass die dummen Bemerkungen. Ich habe meine Zeit nicht gestohlen.«

»Entschuldige.« Camille warf das Haar nach hinten und lächelte.

»Aber du bist unser editorisches Leitbild, weißt du das nicht? Du bist unser Held.« Er ging zu Robespierre und berührte ihn an der Schulter, ganz leicht nur, mit der Spitze des Mittelfingers. »Wir bewundern deine Prinzipien im Allgemeinen, unterstützen deine Handlungen und Schriften im Besonderen – und werden es schon darum niemals versäumen, dich hervorragend wegkommen zu lassen.«

»Aber trotzdem hast du jetzt versagt, etwa nicht?« Robespierre wich zurück. Er war erzürnt. »Du darfst die anstehenden Aufgaben nicht immer so aus den Augen verlieren. Du bist so unachtsam, so unzuverlässig.«

»Ja, es tut mir leid.«

In Lucile flackerte ein Fünkchen Zorn auf.

»Max, er ist kein Schulkind.«

»Ich schreibe den Artikel gleich heute Nachmittag«, beteuerte Camille.

»Und heute Abend kommst du zu den Jakobinern.«

»Ja, natürlich.«

»Sie sind ein richtiger Despot«, sagte sie.

»O nein, Lucile.« Robespierre sah sie mit ernster Miene an. Seine Stimme verlor ihre Schärfe. »Aber Camille muss man hart anpacken, er ist so ein Träumer. Ich bin mir sicher«, er schlug die Augen nieder, »wenn ich frisch mit Ihnen verheiratet wäre, Lucile, wäre ich auch versucht, meine Zeit Ihnen zu widmen, und brächte nicht so viel Aufmerksamkeit für meine Arbeit auf, wie ich sollte. Und Camille ist hoffnungslos darin, einer Versuchung zu widerstehen, das war schon immer so. Aber ich bin kein Despot, sagen Sie das nicht.«

»Gut«, sagte sie, »die lange Bekanntschaft rechtfertigt einiges. Aber Ihr Ton. Ihre ganze Art. Warum sparen Sie sich die nicht für die Rechte auf? Stauchen Sie die zusammen.«

Sein Gesicht verhärtete sich: abwehrend, gequält. Sie begriff, warum Camille sich lieber entschuldigte. »Oh«, sagte er, »Camille mag es, wenn man ihn herumschubst. Sein Naturell verlangt danach. Fragen Sie Danton. Auf Wiedersehen. Schreib es heute Nachmittag, ja?«, fügte er sanft hinzu.

»Tja«, sagte sie. Sie wechselten Blicke. »Das war deutlich. Was meint er damit?«

»Nichts. Es hat ihn nur getroffen, dass du ihn kritisiert hast.«

»Darf man ihn nicht kritisieren?«

»Nein. Er nimmt es sich zu sehr zu Herzen, es verunsichert ihn. Außerdem hatte er recht. Ich hätte an den Artikel denken müssen. Du darfst nicht zu hart über ihn urteilen. Er ist nur aus Schüchternheit schroff.«

»Die könnte er langsam abgelegt haben. Mit anderen ist man auch nicht so nachsichtig. Außerdem sagst du doch immer, er hätte keine Schwächen.«

»Von Tag zu Tag betrachtet, hat er Schwächen. Im Ganzen gesehen hat er keine.«

»Vielleicht verlässt du mich irgendwann«, sagte sie unvermittelt. »Wegen einer anderen.«

»Wie kommst du darauf?«

»Ich bin in so einer Stimmung heute. Ich muss mir immer vorstellen, was passieren könnte. Weil ich nie für möglich gehalten habe, dass man so glücklich sein kann – dass alles gut wird.«

»Findest du denn, dass dein Leben bisher unglücklich war?«

Sosehr der Schein auch gegen sie sprach, sagte sie doch wahrheitsgemäß Ja.

»Ich auch. Aber von jetzt an nicht mehr.«

»Dir könnte ein Dachziegel auf den Kopf fallen. Du könntest krank werden. Deine Schwester Henriette ist an Schwindsucht gestorben.« Sie musterte ihn, als könnte sie durch die Haut hindurch das Gewebe sehen und bösen Wendungen vorbeugen.

Er wandte sich ab; er hatte das Gefühl, es nicht ertragen zu können. Wenn nun Glücklichsein Gewohnheitssache war oder eine angeborene Gabe? Oder etwas, was man als Kind lernt, eine Art Sprache, schwerer als Griechisch oder Latein, die man halbwegs beherrschen sollte, bis man sieben ist? Was war, wenn man sie nicht beherrschte? Wenn man auf irgendeine Weise glücksunfähig war, glückstaub? Es gab ja Analphabeten, die sich ihrer Schwäche so schämten, dass sie vor allen so taten, als könnten sie lesen. Früher oder später kam es natürlich ans Licht. Doch solange man noch wacker den Schein wahrte, bestand immer die Chance, dass der Groschen plötzlich fiel, und dann war man gerettet. Ebenso gut, dachte er, konnte der Glücksanalphabet hoffen, dass sich ihm, während er mit ein paar Brocken radebrechte – Floskeln, wie man sie in Reisehandbüchern fand –, urplötzlich das Geheimnis von Grammatik und Syntax erschloss. Das ist schön und gut, dachte er, aber es könnte Jahre dauern. Er hatte das gleiche Problem wie Lucile: Woher wussten sie, dass sie lange genug leben würden, um jemals fließend zu werden?

L'ami du peuple, Nr. 497, J.-P. Marat, Herausgeber:

> *... Beruft schnellstens ein Militärtribunal, einen obersten Diktator ... Ihr seid auf alle Zeit verloren, wenn ihr weiterhin euren derzeitigen Anführern folgt, die nicht ermüden werden, euch zu umgarnen und einzulullen, bis der Feind vor euren Toren steht ... Jetzt ist der Zeitpunkt, die Köpfe von Mottié und Bailly zu fordern ... von all den Verrätern in der Nationalversammlung ... Nur wenige Tage noch, dann wird Louis XVI an die Spitze all der Unzufriedenen und der österreichischen Heerscharen treten ... Hundert feurige Mäuler werden damit drohen, eure Stadt mit flammender Kugel zu zerstören, wenn ihr den geringsten Widerstand leistet ... Alle Patrioten werden verhaftet, alle volksnahen Schreiber in Verliese gesperrt werden ... Noch ein paar Tage des Zauderns, und es wird zu spät sein, eure Trägheit abzuschütteln; der Tod wird euch im Schlaf übermannen.*

Danton bei Mirabeau.

»Wie geht's?«, fragte der Comte.

Danton nickte.

»Nein, die Frage ist ernst gemeint.« Mirabeau lachte. »Sind Sie Zyniker durch und durch, Danton, oder hegen Sie insgeheim ganz verschämt noch ein paar Ideale? Wo stehen Sie tatsächlich? Kommen Sie, ich muss es erfahren. Wer soll König sein, Louis oder Philippe?«

Danton blieb die Antwort schuldig.

»Oder vielleicht keiner von beiden? Sind Sie Republikaner, Danton?«

»Robespierre sagt, es kommt nicht auf das Etikett einer Regierung an, sondern auf ihre Natur, die Art, wie sie geführt wird, ob es eine Regierung für das Volk ist. Cromwells Republik zum Beispiel war keine Regierung für das Volk. Ich kann ihm nur beistimmen. Es erscheint mir unwesentlich, ob wir Monarchie oder Republik dazu sagen.«

»Sie sagen, es kommt auf ihre Natur an, aber Sie sagen nicht, welche Natur Sie als die richtige sehen.«

»Meine Zurückhaltung ist Absicht.«

»Das denke ich mir. Hinter Parolen lässt sich so einiges verstecken. Freiheit, Gleichheit, Brüderlichkeit, nicht schlecht.«

»Dazu stehe ich.«

»Sie haben es erfunden, heißt es. Aber Freiheit beinhaltet – was?«

»Muss ich das für Sie definieren? Solche Dinge fühlt man!«

»Jetzt werden Sie sentimental«, sagte Mirabeau.

»Ich weiß. Sentimentalität hat ihren Platz in der Politik, so wie im Bett auch.«

Der Comte blickte auf. »Zu den Betten kommen wir noch. Wollen wir uns erst einmal dem Praktischen widmen? Die Kommune soll neu geordnet werden, es wird Wahlen geben. Das Amt gleich unter dem des Bürgermeisters wird das des Administrators sein. Es soll sechzehn Administratoren geben. Sie möchten einer davon sein, sagen Sie. Warum, Danton?«

»Weil ich der Stadt dienen möchte.«

»Zweifellos. Mir selber ist einer der Posten sicher. Unter Ihren Kollegen dürfen Sie Sieyès und Talleyrand erwarten. Aus Ihrem Gesichtsausdruck schließe ich, dass Sie dies als eine Gesellschaft von Renegaten sehen, in der Sie sich durchaus heimisch fühlen würden. Aber wenn Sie meine Unterstützung wollen, muss ich mich auf Ihr gemäßigtes Verhalten verlassen können.«

»Das können Sie.«

»Mäßigung. Wir verstehen uns?«

»Ja.«

»Voll und ganz?«

»Ja.«

»Danton, ich kenne Sie. Sie sind wie ich. Was glauben Sie, warum man Sie neuerdings den Mirabeau der Armen nennt? Sie haben keinen Funken Mäßigung im Leib.«

»Ich halte unsere Ähnlichkeit für rein oberflächlich.«

»Das heißt, Sie sind Ihrer Meinung nach gemäßigt?«

»Ich weiß nicht. Ich könnte es sein. Die wenigsten Dinge sind unmöglich.«

»Mag sein, dass Sie zu vermitteln bereit sind, aber es ist wider Ihre Natur. Sie *ko*operieren nicht mit den Leuten, Sie operieren bloß mit ihnen.«

Danton nickte. So viel gab er zu. »Ich treibe sie dahin, wo ich sie haben will«, sagte er. »Das könnte Mäßigung sein, oder es könnte Eskalation sein.«

»Ja, aber das Dumme ist, dass Mäßigung wie Schwäche aussieht, nicht wahr? Oh, ich weiß, wovon ich spreche, Danton, ich habe das alles schon durchgespielt. Und apropos Eskalation, ich bin nicht sehr glücklich über die Ausfälle gegen mich, die sich Ihre Cordeliers-Journalisten leisten.«

»Die Presse ist frei. Ich diktiere den Journalisten in meinem Distrikt nicht, was sie zu schreiben haben.«

»Nicht einmal dem, der gleich neben Ihnen wohnt? Ich dachte, dem schon.«

»Camille muss der öffentlichen Meinung immer um einen Schritt voraus sein.«

»Ich kann mich noch an die Zeiten erinnern«, sagte Mirabeau, »als es so etwas wie öffentliche Meinung nicht gab. Niemand hatte je davon gehört.« Gedankenvoll rieb er sich das Kinn. »Also schön, Danton, betrachten Sie sich als gewählt. Ich werde Sie in puncto Mäßigung beim Wort nehmen, und ich werde auf Ihre Unterstützung zählen. So, und jetzt erzählen Sie mir den Klatsch. Wie läuft die Ehe?«

Lucile studierte den Teppich. Es war ein guter Teppich, und alles in allem war sie froh, das Geld dafür ausgegeben zu haben. Das Muster war ihr im Moment zwar herzlich egal, aber sie wusste nicht, wie weit sie ihre Züge in der Gewalt hatte.

»Caro«, sagte sie, »mir ist nicht ganz klar, warum Sie mir das alles erzählen.«

Caroline Rémy legte ihre Füße auf die blaue Chaiselongue. Sie war eine hübsche junge Frau, eine Schauspielerin aus dem Ensemble des Théâtre Montansier. Sie hatte zwei Geschäftsbeziehungen, die eine mit Fabre d'Églantine, die andere mit Hérault de Séchelles.

»Zu Ihrem eigenen Schutz«, sagte sie. »Damit Sie es nicht von weniger wohlgesinnten Menschen erfahren, die nur danach gieren, Sie in Verlegenheit zu bringen und sich über Ihre Naivität zu mokieren.« Caroline legte den Kopf schief und drehte sich eine Locke um den Finger. »Lassen Sie mich sehen – wie alt sind Sie jetzt, Lucile?«

»Zwanzig.«

»Ach Gott«, sagte Caroline. »Zwanzig!« Sie konnte selbst nicht viel älter sein, dachte Lucile. Aber sie hatte, nicht überraschend vielleicht, etwas ganz leicht Verlebtes. »Ich fürchte, meine Liebe, Sie wissen sehr wenig von der Welt.«

»Ja. Das bekomme ich seit kurzem von allen Seiten zu hören, also wird es wohl stimmen.« (Ein Reizthema. Camille letzte Woche bei einem seiner Erziehungsversuche: »Lolotte, die Dinge werden nicht wahrer dadurch, dass man sie hundertmal sagt.« Aber wie sollte man nicht patzig werden, angesichts solch einmütiger Verurteilung?)

»Es wundert mich, dass Ihre Mutter Sie nicht gewarnt hat«, sagte Caro. »Sie weiß doch sicherlich alles, was es über Camille zu wissen gibt. Aber wenn ich den Mut gehabt hätte – und glauben Sie mir, jetzt mache ich mir bittere Vorwürfe –, vor Weihnachten zu Ihnen zu kommen und Ihnen beispielsweise das mit Maître Perrin zu erzählen, wie hätten Sie reagiert?«

Lucile sah auf. »Caro, ich wäre fasziniert gewesen.«

Das war nicht die Antwort, die Caro erwartet hatte. »Sie sind ein seltsames Mädchen«, sagte sie. Und ihr Gesichtsausdruck besagte unmissverständlich: Seltsamkeit zahlt sich nicht aus. »Ich meine, Sie müssen doch gewappnet sein für das, was auf Sie zukommt.«

»Ich versuche es mir vorzustellen«, sagte Lucile. Warum konnte nicht endlich die Tür auffliegen und einer von Camilles Gehilfen ins Zimmer gestürzt kommen, um sie mit Fragen zu bombardieren und alles nach einem verlegten Blatt Papier zu durchwühlen? Aber das Haus war ausnahmsweise ruhig – ruhig bis auf Caros geschulte Stimme mit dem Beben der Tragödin darin, diesem Anflug von Rauchigkeit.

»Mit Untreue kann man umgehen«, sagte die Stimme. »In den Kreisen, in denen wir verkehren, hat man Verständnis für solche Dinge.« Die eleganten Finger spreizten sich leicht, um die löbliche Korrektheit, ästhetisch wie auch gesellschaftlich, eines diskreten kleinen Ehebruchs anzudeuten. »Da findet sich ein Modus vivendi. Ich habe keine Sorge, dass Sie sich nicht auch ein wenig zu amüsieren verstehen. Andere Frauen verkraftet man, solange man sie nicht unmittelbar vor der Nase hat.«

»Ach. Und wie soll ich das verstehen?«

Caro machte runde Augen. »Camille ist ein attraktiver Mann«, sagte sie. »Ich weiß, wovon ich spreche.«

»Ich wüsste nicht, was das zur Sache tut«, murmelte Lucile, »ob Sie etwas mit ihm hatten oder nicht. Das sind Details, auf die ich verzichten kann.«

»Bitte betrachten Sie mich als eine Freundin«, drängte Caro. Sie biss sich auf die Lippe. Immerhin wusste sie jetzt, dass Lucile kein Kind erwartete. Was immer der Grund für die eilige Trauung gewesen war, Schwangerschaft war es nicht. Es musste etwas noch Interessanteres sein – nur, wie brachte sie es heraus? Sie zupfte sich die Locken in Form und glitt von der Chaiselongue. »Ich muss weiter. Die Probe ruft.«

Wozu musst *du* proben, fragte Lucile unterdrückt. Du spielst doch perfekt.

Als Caro fort war, lehnte Lucile sich im Sessel zurück und zwang sich, ruhig und tief durchzuatmen. Jeanette, die Haushälterin, kam herein und fasste sie scharf ins Auge. »Vielleicht ein kleines Omelette?«, schlug sie vor.

»Lass mich in Ruhe«, sagte Lucile. »Ich weiß nicht, wie du darauf kommst, dass Essen irgendeine Lösung ist.«

»Ich könnte laufen und Ihre Mutter holen.«

»Und ich bin der Meinung«, sagte Lucile, »dass ich alt genug bin, um ohne meine Mutter auszukommen.«

Sie ließ sich zu einem Glas Eiswasser überreden. Es brannte ihr in der Hand, schmerzte bis tief in den Magen. Um viertel nach fünf kam Camille heim und griff in aller Eile zu Feder und Tinte. »Ich muss zu den Jakobinern«, sagte er. Das bedeutete sechs Uhr. Sie beugte sich über seine Schulter und sah zu, wie die Seite sich mit seinen Krakeln füllte. »Nie hat man Zeit für die Korrekturen …« Er kritzelte. »Lolotte … was ist los?«

Sie setzte sich hin und lachte unsicher: Was soll los sein?

»Du bist eine furchtbare Lügnerin.« Er strich ein paar Zeilen weg. »Ich meine, du bist nicht gut darin.«

»Caroline Rémy war hier.«

»Ah.« Ein leicht verächtlicher Ausdruck glitt über seine Züge.

»Ich möchte dich etwas fragen. Es kann sein, dass dir die Antwort ein bisschen schwerfällt.«

»Probier's.« Er blickte nicht auf.

»Hattest du eine Affäre mit ihr?«

Mit gerunzelter Stirn starrte er auf das Blatt. »Das klingt immer noch verkehrt.« Er seufzte und schrieb etwas längs an den Rand. »Ich hatte mit allen und jeder Affären, das müsstest du mittlerweile doch wissen.«

»Aber ich möchte, dass du es mir sagst.«

»Warum?«

»Warum was?«

»Warum möchtest du das?«

»Weiß ich auch nicht.«

Er riss das Blatt in der Mitte durch und begann gleich das nächste zu bekritzeln. »Nicht gerade die sinnvollste aller Unterhaltungen.« Er schrieb etwa eine Minute. »Hat sie gesagt, es wäre etwas gewesen?«

»Nicht direkt.«

»Wie kommst du dann auf die Idee?« Er suchte oben an der Decke nach einem Synonym, und als er den Kopf zurücklegte, glänzte sein Haar im fahlroten Winterlicht.

»Sie hat es durchklingen lassen.«

»Vielleicht hast du sie falsch verstanden.«

»Könntest du es bitte einfach leugnen?«

»Ich halte es durchaus für denkbar, dass ich irgendwann eine Nacht mit ihr verbracht habe, aber ich habe keine genauere Erinnerung daran.« Er hatte das Wort gefunden und griff nach einem neuen Blatt Papier.

»Wie kannst du keine genauere Erinnerung daran haben? So etwas muss man doch wissen.«

»Wieso muss man das wissen? Nicht jeder hält es wie du für die höchste aller menschlichen Betätigungen.«

»Sich nicht zu erinnern, ist wohl die größte Brüskierung überhaupt.«

»Möglich. Hast du die letzte Ausgabe von Brissot gesehen?«

»Da. Unter deinen Papieren.«

»Ah, ja.«

»Und du erinnerst dich wirklich nicht?«

»Ich bin sehr zerstreut, wie jeder dir bestätigen wird. Es muss ja auch keine ganze Nacht gewesen sein. Vielleicht war es ein Nachmittag. Oder nur ein paar Minuten, oder auch gar nichts. Womöglich habe ich sie mit jemandem verwechselt. Womöglich habe ich an etwas anderes gedacht.«

Sie lachte.

»Ich weiß nicht, ob du das lustig finden darfst. Solltest du nicht lieber schockiert sein?«

»Sie findet dich sehr attraktiv.«

»Welch erlösende Kunde. Ich würde mich zerfleischen vor Verzweiflung, wenn es anders wäre. Die Seite, die ich suche, fehlt. Ich muss sie vor Wut ins Feuer geschmissen haben. Einen literarischen Jockel nennt Mirabeau Brissot. Ich bin nicht ganz sicher, was das sein soll, aber er hält es eindeutig für eine vernichtende Beleidigung.«

»Sie hat mir etwas über einen Rechtsanwalt erzählt, den du einmal gekannt hast.«

»Welchen von den fünfhundert?«

Aber nun war er in der Defensive. Sie antwortete nicht. Er wischte die Feder sorgfältig ab, legte sie weg. Unter gesenkten Lidern hervor warf er ihr einen vorsichtigen Seitenblick zu. Er lächelte verhalten.

»Mein Gott, schau mich nicht so an«, sagte sie. »Du schaust, als wolltest du mir erzählen, wie sehr du es genossen hast. Wissen die Leute davon?«

»Manche offenbar schon.«

»Weiß meine Mutter es?«

Keine Antwort.

»Warum wusste ich nichts darüber?«

»Gute Frage. Vielleicht deshalb, weil du damals höchstens zehn warst. Wir kannten uns nicht. Ich wüsste nicht, wie man das Thema hätte anschneiden sollen.«

»Ach. Sie hat mir nicht gesagt, dass es so lange her ist.«

»Nein, sie hat dir alles so gesagt, wie es ihr am besten in den Kram passt. Lolotte, spielt es eine so große Rolle?«

»Wahrscheinlich nicht. Dann wird er wohl nett gewesen sein?«

»Ja, das war er.« Welche Erleichterung, das sagen zu können. »Er war sogar extrem nett zu mir. Und irgendwie schien es mir keine große Sache, weißt du.«

Sie starrte ihn an. Er ist wirklich ein Phänomen, dachte sie. »Aber jetzt« – und plötzlich war ihr, als sei es damit auf den Punkt gebracht – »jetzt bist du eine bekannte Persönlichkeit. Jetzt ist alles, was du tust, eine große Sache.«

»Und ich bin jetzt dein Mann. Und niemand wird mir jemals wieder etwas vorwerfen können, außer dass ich meine Frau zu sehr liebe und keinen Stoff für Klatsch und Tratsch mehr liefere.« Camille stieß seinen Stuhl zurück. »Die Jakobiner können mir gestohlen bleiben. Ich habe heute keine Lust, mir Reden anzuhören. Ich würde viel lieber eine Theaterkritik schreiben. Einverstanden? Ich gehe so gern ins Theater mit dir. Ich zeige mich so gern mit dir in der Öffentlichkeit. Man beneidet mich. Und weißt du, was mir am allerbesten gefällt? Wenn die Leute dich anschauen und sich ihre Vorstellungen machen und fragen, ist sie verheiratet? Ja, ist sie, und das ist gleich der erste Schlag, aber dann denken sie, na gut, aber trotzdem, und sie fragen, mit wem? Und jemand sagt, mit dem Laternenanwalt, und sie sagen, oh!, und gehen glasigen Blickes ihrer Wege.«

Sie stürzte davon, um sich fürs Theater umzuziehen. Im Rückblick musste sie das Geschick bewundern, mit dem er vom Thema abgelenkt hatte.

Eine kleine Dame – die Frau von Roland – kam an Pétions Arm aus der Manege. »Paris hat sich sehr verändert«, sagte sie, »seit ich vor sechs Jahren hier war. Diesen Besuch werde ich nie vergessen. Wir waren jeden einzelnen Abend im Theater. Es war eine herrliche Zeit.«

»Wir werden alle unser Bestes tun, Sie auch diesmal zufriedenzustellen«, versicherte Pétion galant. »Wobei Sie ja Pariserin sind, wie mir mein Freund Brissot erzählt hat?«

Du trägt etwas arg dick auf, Jérôme, dachte sein Freund Brissot.

»Ja, aber die Geschäfte meines Gatten haben uns so lange in der Provinz festgehalten, dass ich das Prädikat kaum noch für mich beanspruchen darf. Wie oft habe ich mir gewünscht, zurückkehren zu dürfen – und nun bin ich hier, dem Stadtrat von Lyon sei Dank.«

Brissot dachte, sie redet wie jemand aus einem Roman.

»Ich bin sicher, Ihr Gatte ist ein höchst verdienter Verhandlungsführer«, sagte Pétion, »aber lassen Sie uns doch ganz heimlich hoffen, dass er die Angelegenheiten Lyons nicht allzu rasch abwickelt. Es wäre zu schmerzlich für uns, so bald schon wieder um den Genuss Ihrer klugen Ratschläge gebracht zu werden – und um den Zauber Ihrer Person!«

Sie sah zu ihm hoch und lächelte. Sie war eine Frau nach seinem Geschmack: klein, ein bisschen rundlich, mit haselnussbraunen Augen und kastanienbraunen Ringellocken um ein volles Gesicht – die Frisur vielleicht eine Spur zu jugendlich für sie? Wie alt mochte sie sein, fünfunddreißig? Er stellte sich vor, den Kopf in ihrem üppigen Busen zu vergraben – bei späterer Gelegenheit, versteht sich.

»Brissot hat mir schon oft von seiner Korrespondentin in Lyon erzählt«, sagte er, »seiner ›Römerin‹. Und selbstredend habe ich alle Ihre Artikel gelesen und sowohl Ihren eleganten Schreibstil zu bewundern gelernt als auch die edle Denkart, der dieser Stil entspringt; doch niemals, muss ich gestehen, sind mir Schönheit und Geist in solch vollendeter Personalunion begegnet.«

Ein kaum merkliches Erstarren in ihrem Lächeln zeigte, dass dies ein wenig zu viel des Guten war. Brissot verdrehte ganz offen die Augen. »Was war Ihr Eindruck von der Nationalversammlung, Madame?«, erkundigte er sich.

»Ich denke, sie hat sich vielleicht ein wenig überlebt – gnädiger kann man es nicht ausdrücken. Und ein so ungebärdiger Haufen! Die heutige Sitzung kann doch wohl kaum typisch gewesen sein?«

»Leider doch.«

»Sie verschwenden so viel Zeit – kabbeln sich wie die Schuljungen! Ich hatte auf einen etwas würdigeren Ton gehofft.«

»Die Jakobiner haben Ihnen besser gefallen, schien mir. Eine sachlichere Form der Debatte.«

»Zumindest scheinen sie sich mit den anstehenden Aufgaben zu befassen. Auch in der Versammlung sind ja sicher Patrioten, aber es ist doch erschreckend, dass sich erwachsene Männer so leicht hinters Licht führen lassen.« Ihr Blick verdüsterte sich unter der unvermeidlichen Schlussfolgerung: »Gut, wahrscheinlich sind einige von ihnen nur zu gern dazu bereit. Einige müssen ja direkt vom Hof gekauft sein. Andernfalls kämen wir nicht derart langsam vom Fleck. Begreifen sie denn nicht, dass die Freiheit nur dann in Europa einziehen kann, wenn wir uns aller Monarchen entledigen?«

Danton ging an ihnen vorbei, unterwegs in Administratoren-Geschäften; er drehte sich um, zog eine Braue hoch, lüftete seinen Hut und passierte sie mit einem lakonischen: »Guten Morgen, Madame Revolutionärin – Messieurs.«

»Guter Gott. Wer war das?«

»Das war M. Danton«, sagte Pétion beflissen. »Eine der Kuriositäten der Hauptstadt.«

»Allerdings.« Widerstrebend wandte sie den Blick von Dantons entschwindendem Rücken ab. »Wie kommt er zu diesen Narben?«

»Das will keiner so genau wissen«, sagte Brissot.

»Wie primitiv er aussieht!«

Pétion lächelte. »Er ist ein sehr kultivierter Mann«, sagte er, »Anwalt von Beruf und ein streitbarer Patriot. Einer der Stadtadministratoren sogar. Sein Aussehen täuscht.«

»Das kann ich nur hoffen.«

»Wen hat Madame denn bei den Jakobinern getroffen?«, fragte Brissot. »Welche unserer Freunde hat sie kennengelernt?«

»Sie hat den Marquis de Condorcet kennengelernt – Verzeihung, ich sollte nicht mehr Marquis sagen – und den Abgeordneten Buzot – ach, Madame, und erinnern Sie sich an dieses dünne Männchen bei den Jakobinern, das Ihnen so unsympathisch war?«

Wie ungehobelt, dachte Brissot, ich bin auch ein dünnes Männchen; immer noch besser als du mit deinem beginnenden Schmerbauch.

»Dieser eitle, sarkastische Mensch, der alle durch sein Lorgnon fixierte?«

»Genau der. Das ist Fabre d'Églantine, ein enger Freund Dantons.«

»Was für ein seltsames Paar sie abgeben müssen.« Sie wandte sich um. »Ah, da kommt endlich mein Gatte.« Sie machte sie bekannt. Pétion und Brissot starrten in schlecht verhohlener Verblüffung auf M. Roland – seinen kahlen Schädel, das ernste Gesicht mit der alternden gelblichen Haut, den langen, hageren, ausgemergelten Körper. Er könnte ihr Vater sein, dachten sie beide und wechselten einen entsprechenden Blick.

»Nun, meine Liebe«, sagte Roland, »ich hoffe, du hast dich gut unterhalten?«

»Ich habe die Auszüge zusammengestellt, um die du gebeten hast. Die Zahlen sind alle überprüft, und ich habe mehrere Entwürfe für deine Eingabe bei der Versammlung vorbereitet. Du musst mich nur wissen lassen, welcher dir am meisten zusagt, dann kann ich ihn in seine endgültige Form bringen. Alles ist bereit.«

»Meine kleine Sekretärin.« Er zog ihre Hand an die Lippen. »Meine Herren – Sie sehen, wie gut ich es habe. Ich wäre verloren ohne sie.«

»Ich dachte, Madame«, sagte Brissot, »dass Sie ja vielleicht einen kleinen Salon aufmachen möchten? Nein, werden Sie nicht rot, Sie bringen durchaus die Voraussetzungen mit. Wir, die wir über die großen Fragen der Stunde debattieren, sollten dies unter begütigendem weiblichem Einfluss tun.« (Aufgeblasener Affe, dachte Pétion.) »Und zur Auflockerung des Tones vielleicht noch ein paar Herren aus der Welt der Künste?«

»Nein.« Brissot war erstaunt, mit welcher Entschiedenheit sie es sagte. »Keine Künstler, keine Dichter, keine Schauspieler – nicht um ihrer selbst willen. Wir müssen die Ernsthaftigkeit unseres Bestrebens klarstellen. Wenn sie obendrein Patrioten wären, dann wären sie natürlich willkommen.«

»Sie legen den Finger in die Wunde, wie immer«, sagte Pétion. (Du würdest deinen Finger gern ganz woanders hinlegen, dachte Brissot.) »Sie sollten den Abgeordneten Buzot dazubitten – den mochten Sie doch?«

»Ja. Er schien mir ein junger Mann von außergewöhnlicher Integrität, ein höchst wertvoller Patriot. Er hat moralische Überzeugungskraft.«

(Und ein so hübsches, nachdenkliches Gesicht, dachte Pétion, was sicherlich einen Teil seines Reizes ausmacht; Gott gnade der armen, unscheinbaren Mme Buzot, wenn dieses resolute kleine Luder seine Klauen in François-Léonard schlägt!)

»Und soll ich Louvet mitbringen?«

»Bei Louvet bin ich mir nicht sicher. Hat er nicht ein anstößiges Buch geschrieben?« Pétion sah mitleidig auf sie hinab. »Sie lachen mich aus, weil ich aus der Provinz komme«, sagte sie. »Aber man hat seine Wertmaßstäbe.«

»Gewiss. Aber der *Faublas* ist wirklich ein völlig harmloses Buch.« Er lächelte unwillkürlich, wie alle Leute, wenn sie sich den milchgesichtigen Jean-Baptiste beim Schreiben eines schlüpfrigen Skandalromans vorzustellen versuchten. Es sei alles autobiographisch, hieß es.

»Und Robespierre?«, hakte Brissot nach.

»Ja, bringen Sie ihn gern mit. Er interessiert mich. So reserviert. Vielleicht kann ich ihn ein wenig auftauen.«

Wer weiß?, dachte Pétion, vielleicht bist du ja diejenige, der es gelingt. »Robespierre ist immer beschäftigt. Er hat keine Zeit für Geselligkeit.«

»Bei meinem Salon wird es nicht um Geselligkeit gehen«, berichtigte sie ihn sanft. »Es wird ein Forum ernstzunehmender Auseinandersetzung mit den Fragen sein, vor denen Patrioten und Republikaner stehen.«

Wenn sie nur nicht immer mit der Republik anfinge, dachte Brissot. Das ist ein Thema, das mit Samthandschuhen angefasst sein will. Ich werde ihr eine Lektion erteilen. »Wenn Sie Republikaner wünschen, bringe ich Ihnen Camille.«

»Wer ist das?«

»Camille Desmoulins – hat Ihnen den bei den Jakobinern keiner gezeigt?«

»So ein Dunkler, Schmollgesichtiger mit langen Haaren«, steuerte Pétion bei. »Stotterer – aber er hat gar nicht gesprochen, oder?« Er sah Brissot an. »Er saß neben Fabre und hat mit ihm getuschelt.«

»Wie Pech und Schwefel, die zwei«, sagte Brissot. »Große Patrioten natürlich, aber die Bürgertugenden halten sie nicht gerade hoch. Camille ist erst ein paar Wochen verheiratet, und schon –«

»Meine Herren«, schaltete Roland sich ein, »ist das ein schickliches Thema für die Ohren meiner Gattin?« Sie hatten ganz vergessen, dass er auch da war, so grau und zurückgenommen wirkte er neben seiner quirligen Frau. Er wandte sich zu ihr: »M. Desmoulins, meine Liebe, ist ein intelligenter und skandalumwitterter junger Journalist, den manche auch den Laternenanwalt nennen.«

Wieder überzog schwache Röte den zarten, frischen Teint: wie weggeblasen das Lächeln, der Mund ein harter, entschlossener Strich. »Ich sehe keine Veranlassung, ihn kennenzulernen.«

»Aber es ist die große Mode, ihn zu kennen.«

»Wen interessiert das?«

»Schließlich«, fügte Pétion hinzu, »hat man seine Wertmaßstäbe.«

Brissot stieß ein kleines Lachen aus. »Madame kann sich nicht recht für Dantons Klüngel erwärmen.«

»Da steht sie nicht allein.« Pétion sagte es Roland zuliebe. »Danton hat durchaus seine Stärken, aber man muss ihm eine gewisse Skrupellosigkeit vorwerfen – er geht sehr lässig mit Geld um, extravagant sogar, und natürlich fragt man sich, wo es herkommt. Fabres Abkunft ist in hohem Maße zweifelhaft. Und Camille – ja, er ist gescheit, das unbedingt, und beliebt auch, aber ihm fehlt es an Konsequenz.«

»Ich schlage vor«, ergriff Brissot wieder das Wort, »Madame öffnet die Türen zu ihrem Salon zwischen dem Sitzungsende der Versammlung – die für gewöhnlich gegen vier Uhr schließt – und dem Treffen der Jakobiner um sechs.« (Die Türen zu ihrem Schlafzimmer kann sie dann später öffnen, dachte Pétion.) »Dann können die Leute kommen und gehen, das wird vergnüglich.«

»Und nützlich«, ergänzte sie.

»Ich denke, meine Herren«, sagte Roland, »dass Sie sich zu diesem Vorstoß nur beglückwünschen können. Wie Sie sehen, ist meine Gattin an Kultur und Feingefühl kaum zu überbieten.« Er sah zu ihr hinab, mit einer Genugtuung, als wäre sie sein Töchterchen, das eben die ersten Schritte tat.

Ihr Gesicht glühte vor Begeisterung. »Hier zu sein – endlich«, sagte sie. »Nach so vielen Jahre des Beobachtens und Studierens, des Wütens und Argumentierens (natürlich nur still für mich), des Wartens und Hoffens. Wenn ich einen Glauben hätte, so hätte ich gebetet; all mein Trachten und Streben war es, dass hier in Frankreich eine Republik entsteht. Und nun bin ich hier, in Paris, und es wird wahr werden.« Sie lächelte die drei Männer an, ließ die ebenmäßigen weißen Zähne blitzen, auf die sie so stolz war. »Und schon so bald.«

Danton sah Mirabeau im Rathaus. Es war drei Uhr, ein Nachmittag Ende März. Der Comte lehnte an einer Wand, den Mund halb geöffnet, als erholte er sich von großer Anstrengung. Danton blieb stehen. Er konnte sehen, dass mit dem Comte seit ihrer letzten Begegnung etwas vorgegangen war – und das, obwohl er für gewöhnlich kein Auge für solche Dinge hatte. »Mirabeau …«

Mirabeau lächelte trübe. »So dürfen Sie mich nicht mehr nennen. Riquetti heiße ich jetzt. Adelstitel sind von der Versammlung abgeschafft worden. Der Beschluss wurde befürwortet von Marie Joseph Paul Yves Roch Gilbert du Mottié, *ci-devant* Marquis de Lafayette, und abgelehnt vom Abbé Maury, der der Sohn eines Schuhmachers ist.«

»Fehlt Ihnen etwas?«

»Nein«, sagte Mirabeau. »Doch. Doch, um ehrlich zu sein, Danton, ich bin krank. Ich habe Schmerzen – hier –, und ich kann nicht richtig sehen.«

»Hat ein Arzt Sie untersucht?«

»Mehrere. Sie schieben es auf meine cholerische Veranlagung und verschreiben mir Kompressen. Wissen Sie, woran ich dieser Tage immer denken muss, Danton?«

»Sie sollten sich ausruhen, setzen Sie sich doch wenigstens hin.« Danton merkte, dass er mit ihm unwillkürlich wie mit einem Kind oder einem alten Mann sprach.

»Ich brauche nicht zu sitzen, hören Sie mir einfach nur zu.« Er legte Danton die Hand auf den Arm. »Ich muss an den Tod des alten Königs denken. Als er starb, so heißt es«, er fuhr sich mit der Hand übers Gesicht, »fand sich niemand, der bereit war, den Leichnam herzurichten. Der Gestank war so bestialisch und der Anblick so grässlich … Kein Angehöriger wollte die Ansteckung riskieren, und die Dienstboten weigerten sich schlichtweg. Schließlich heuerten sie irgendwelche armen Arbeitsleute an, zahlten ihnen was weiß ich dafür – und die legten ihn in den Sarg. So endet ein König. Es heißt, dass einer der

Männer starb, keine Ahnung, ob das stimmt. Als der Sarg in die Krypta gebracht wurde, stand das Volk am Straßenrand, ausspuckend und Verwünschungen rufend. ›Da geht er hin, der Schwarm aller Frauen!‹, sagten sie.« Er hob sein erbostes Gesicht zu Danton auf. »Mein Gott, und da halten sie sich für unverwundbar! Weil sie von Gottes Gnaden regieren, meinen sie, Gott in der Tasche zu haben. Sie missachten meinen Rat, meinen ehrlichen, durchdachten, wohlmeinenden Rat; ich will sie retten, ich, der einzige Mensch, der das kann. Sie meinen, sie könnten alle Vernunft fahren lassen, allen gesunden Menschenverstand …« Mirabeau sah alt aus; sein narbiges Gesicht war rot vor Empörung, aber unter der Röte aschfahl. »Und ich bin so todmüde, Danton. Meine Zeit ist abgelaufen, wenn ich an schleichende Gifte glauben würde, dann würde ich denken, jemand hätte mich vergiftet, denn es fühlt sich an wie der Tod auf Raten.« Er blinzelte. In seinem Auge stand eine Träne. Dann schüttelte er sich wie ein großer Hund. »Grüßen Sie mir Ihre liebe Frau. Und den armen kleinen Camille. Arbeit«, sagte er zu sich. »Wieder an die Arbeit.«

Am 27. März brach der ehemalige Comte de Mirabeau unter rasenden Schmerzen zusammen und wurde in sein Haus in der Rue Chausséede-l'Antin gebracht. Als er am 2. April um halb neun morgens starb, war er ohne Bewusstsein.

Camille hatte sich hinter einem Bücherhaufen auf der blauen Chaiselongue verschanzt, die langen Beine hochgezogen, wie um sich möglichst nachdrücklich von Luciles Teppichgeschmack zu distanzieren. Es war später Nachmittag. Draußen dämmerte es, die Straße lag nahezu verlassen. Zum Zeichen des Respekts waren die Geschäfte heute geschlossen geblieben. Das Begräbnis war für den Abend angesetzt, bei Fackelschein.

Er war bei Mirabeau gewesen. Er leidet große Schmerzen, hatte es geheißen, Sie können nicht zu ihm. Er hatte gebettelt: ganz kurz nur, bitte. Tragen Sie sich in das Genesungsbuch ein, sagte man ihm. Da, bei der Tür.

Dann einer der Genfer, en passant, zu spät: »Ganz zum Schluss hat Mirabeau noch nach Ihnen gefragt. Aber wir mussten ihm sagen, dass Sie nicht da sind.«

Der Hof hatte sich zweimal täglich durch einen Boten erkundigt: Als Mirabeau noch hätte helfen können, war kein Bote für ihn gekommen. Alles vergessen jetzt, der Argwohn, die Ausflüchte, die Arroganz; die fordernde Hand des Egomanen, die schwer auf der Zukunft der Nation lag und die Umstände durchsortierte wie einen Packen speckiger Schuldscheine. Fremde sprachen sich auf der Straße an, um einander ihres Kummers und ihrer Zukunftsängste zu versichern.

Auf Camilles Schreibtisch ein wild bekritzeltes Blatt, nahezu unlesbar. Danton hob es auf. »›So geh, hirnloses Volk, und wirf dich in den Staub vor dem Grabmal dieses Gottes‹ – was heißt das danach?«

»Dieses Gottes der Lügner und Diebe.«

Danton ließ das Blatt bestürzt los. »Das kannst du nicht schreiben. Sämtliche Zeitungen landesweit ergehen sich in Lobeshymnen. Barnave, der sein geschworener Gegner war, hat ihn bei den Jakobinern in den Himmel gehoben. Die Kommune und die ganze Nationalversammlung gehen nachher bei seinem Leichenzug mit. Seine erbittertsten Feinde preisen ihn. Camille, wenn du das schreibst, wirst du in Stücke gerissen, wenn du dich das nächste Mal in der Öffentlichkeit zeigst. Und ich meine das nicht im übertragenen Sinn.«

»Ich kann schreiben, wozu ich Lust habe«, fuhr Camille ihn an. »Die Gedanken sind frei. Auch wenn der Rest der Welt aus Heuchlern und Selbstbetrügern besteht, heißt das noch längst nicht … Muss ich meine Meinung ändern, nur weil der Mann tot ist?«

»Teufel auch«, sagte Danton beeindruckt und machte, dass er wegkam.

Es wurde dunkel. Lucile war in der Rue Condé. Zehn Minuten vergingen; Camille saß in dem unerleuchteten Zimmer. Jeanette steckte den Kopf zur Tür herein. »Möchten Sie vielleicht jemanden zum Reden?«

»Nein.«

»Aber der Abgeordnete Robespierre ist hier.«

»Doch, mit Robespierre rede ich.«

Er hörte ihre taktvolle Kleine-Leute-Stimme vor der Tür. Immer gerate ich an Mütter, dachte er: Mütter und gute Freunde.

Robespierre sah abgespannt und verhärmt aus, seine blasse Haut hatte einen Gelbstich. Unsicher zog er sich einen Stuhl heran und setzte sich Camille gegenüber. »Schläfst du nicht genug?«, fragte Camille ihn.

»Nein, die letzten Nächte waren schlecht. Ich habe Alpträume, und dann wache ich auf und bekomme nicht richtig Luft.« Er drückte eine zaghafte Hand an die Rippen. Ihm graute vor dem bevorstehenden Sommer, diesem erstickenden Wall aus Hitze, zu dem Mauern, Straßen und öffentliche Gebäude zusammenklumpen würden. »Ich wünschte, ich wäre robuster. Mein Arbeitspensum führt mich im Moment doch sehr an meine Grenzen.«

»Wollen wir eine Flasche köpfen und auf den glorreichen Verstorbenen trinken?«

»Nein danke. Ich habe in letzter Zeit zu viel getrunken«, sagte er entschuldigend. »Ich versuche, nicht schon am Nachmittag anzufangen.«

»Für mich ist kein Nachmittag mehr«, sagte Camille. »Max, was wird jetzt geschehen?«

»Der Hof wird sich einen neuen Berater suchen. Und die Versammlung einen neuen Herrn. Er war ihr Herr, und sie haben Sklavensinn – um mit Marat zu sprechen.« Robespierre rückte seinen Stuhl ein paar Zentimeter nach vorn. Sie verstanden sich ohne Worte; nur sie hatten Mirabeau wahrhaft gekannt, sie ganz allein. »Das ist Barnaves große Stunde. Wobei er kaum an Mirabeau heranreichen kann.«

»Max, du hast Mirabeau gehasst.«

»Nein.« Er sah rasch auf. »Ich hasse nicht. Hass trübt das Urteilsvermögen.«

»Ich habe kein Urteilsvermögen.«

»Nein. Deshalb versuche ich dich ja anzuleiten. Du kannst Ereignisse einschätzen, aber nicht Menschen. Du standest Mirabeau zu nahe. Du hast dich in Gefahr gebracht.«

»Ja. Aber ich hatte ihn gern.«

»Ich weiß. Und ich sehe ein, dass er gütig zu dir war, er hat dir Selbstvertrauen gegeben. Ich glaube fast – er wollte dir ein Vater sein.«

Großer Gott, dachte Camille, war das dein Eindruck? Ich fürchte, meine Gefühle waren nicht ganz die eines Sohnes. »In Vätern kann man sich täuschen.«

Max schwieg einen Augenblick. Dann sagte er: »In Zukunft müssen wir uns vor persönlichen Bindungen in Acht nehmen. Wir werden sie möglicherweise ganz abstreifen müssen …« Er brach ab, als ihm klar wurde, dass ihm sein eigentliches Anliegen schon herausgerutscht war.

Camille sah ihn an, ohne zu sprechen. Nach einer Weile: »Vielleicht bist du ja gar nicht hier, um über Mirabeau zu reden? Vielleicht bist du ja gekommen, um mir zu eröffnen, dass du Adèle nicht heiraten wirst?«

»Ich will niemandem wehtun. Das ist der Hauptgrund.«

Robespierre wich dem Blick des Freundes aus. Einen Moment lang saßen sie stumm da. Jeanette kam herein, lächelte beiden zu und zündete die Lampen an. Als sie fort war, sprang Camille auf die Füße. »So leicht kommst du mir nicht davon.« Er klang sehr wütend.

»Es ist schwer zu erklären. Hab ein wenig Geduld.«

»Und ich soll es ihr sagen? Geht es darum?«

»Ja, das hatte ich gehofft. Ich wüsste ernstlich nicht, was ich sagen sollte. Weißt du, ich habe das Gefühl, ich kenne sie kaum.«

»Du musst doch gewusst haben, was du tust!«

»Schrei mich nicht an. Es gab keinerlei konkrete Abmachung, nichts war besprochen. Und ich kann so nicht weitermachen. Je länger es geht, desto schlimmer wird es. Es gibt so viele Männer, die sie heiraten könnte, viel geeignetere als mich. Ich weiß nicht einmal, wie sich das Ganze ergeben hat. Bin ich denn ein Mann, der ans Heiraten denken darf?«

»Wieso nicht?«

»Weil … weil ich die ganze Zeit arbeite. Ich arbeite, weil es meine Pflicht ist, so empfinde ich es. Ich kann keine Zeit für eine Familie erübrigen.«

»Aber du musst manchmal essen, Max, du musst irgendwo schlafen, du brauchst ein Dach überm Kopf. Selbst du musst ab und zu eine Stunde ausruhen. Adèle weiß, was sie erwartet.«

»Es geht nicht nur darum. Es könnte passieren, dass ich für die Revolution Opfer bringen muss. Das wäre für mich keine Überwindung, es ist das, was ich –«

»Was für Opfer?«

»Mein Leben zum Beispiel.«

»Wovon redest du?«

»Dann würde sie zum zweiten Mal Witwe.«

»Hast du mit Lucile konferiert? Die ist in diesen Dingen Expertin. Die Beulenpest könnte ausbrechen. Oder man könnte von einer Kutsche überfahren werden. Oder von den Österreichern erschossen, was zugegebenermaßen nicht ganz unwahrscheinlich ist. Also gut – irgendwann stirbst du. Aber wenn sich jeder davon irremachen ließe, würde die Menschheit aussterben, weil keiner mehr Nachwuchs bekäme.«

»Ja, ich weiß«, sagte Robespierre unbeholfen. »Für dich ist es richtig zu heiraten, selbst wenn dein Leben in Gefahr schwebt. Aber nicht für mich. Für mich ist es nicht richtig.«

»Sogar Priester heiraten inzwischen. Du hast ihnen in der Versammlung das Recht darauf erwirkt. Du handelst wider den Zeitgeist.«

»Was die Priester tun und was ich tue, sind zwei völlig verschiedene Fragen. Die meisten von ihnen waren nicht für den Zölibat geschaffen, wir haben einen Missstand beendet.«

»Und dir fällt der Zölibat so leicht?«

»Um leicht oder nicht leicht geht es hier nicht.«

»Was ist mit dem Mädchen in Arras – Anaïs, so hieß sie doch? Hättest du sie geheiratet, wenn sich die Dinge anders entwickelt hätten?«

»Nein.«

»Dann liegt es also nicht an Adèle?«

»Nein.«

»Du willst einfach nicht verheiratet sein?«

»Ja.«

»Aber nicht aus Gründen, die du mir sagen willst?«

»Setz mich nicht unter Druck, wir sind hier nicht bei Gericht.« Gequält stand er auf. »Oh, du hältst mich für gefühllos, aber das bin ich nicht. Ich will alles, was andere Menschen auch wollen – aber es fügt sich nicht so, nicht für mich. Ich kann mich nicht binden, wenn ich weiß – wenn ich befürchten muss –, dass die Zukunft …«

»Machen Frauen dir Angst?«

»Nein.«

»Denk bitte ehrlich über meine Frage nach.«

»Ich bemühe mich immer, ehrlich zu sein.«

»Vom Praktischen her gesehen«, sagte Camille ätzend, »wird dein Leben dadurch nicht gerade einfacher. Du willst das vielleicht nicht wahrhaben, aber du übst eindeutig einen Reiz auf Frauen aus. In Gesellschaft drängen sie dich an die Wand und schieben dir ihre Dekolletees ins Gesicht. Von der Galerie schwappen förmlich Wellen der Fleischeslust herunter, wenn du zur Gegenrede ansetzt. Bisher hat sie der Glaube gebändigt, dass du vergeben bist, aber was wird jetzt? Sie werden in der Öffentlichkeit Jagd auf dich machen und dir die Kleider vom Leib reißen. Das muss dir klar sein.«

Robespierre setzte sich wieder. Seine Züge waren starr vor Bestürzung und Ekel.

»Also. Nenn mir deinen wahren Grund.«

»Ich habe ihn dir genannt. Besser kann ich es nicht erklären.« In seinem Hinterkopf regte sich etwas, ein vages Grauen. Das Gesicht einer Frau, ihre Lippen zusammengepresst, ihr Haar mit einem Band nach hinten gerafft; ein Prasseln von Feuerholz, Fliegengesumm. Hilflos sah er auf. »Entweder du verstehst mich, oder du verstehst mich nicht. Irgendetwas wollte ich sagen ... Du hättest nicht so wütend werden dürfen, jetzt fällt es mir nicht mehr ein. Aber ich brauche deine Hilfe.«

Camille ließ sich in einen Sessel fallen. Eine Zeitlang sah er zur Decke hinauf, die Arme lose über den Sessellehnen. »In Ordnung«, sagte er dann leise. »Ich kümmere mich darum. Denk nicht mehr daran. Du hast Angst, wenn du Adèle heiratest, wirst du sie lieben. Wenn du Kinder hast, wirst du sie mehr lieben als alles auf der Welt, mehr als den Patriotismus, mehr als die Demokratie. Wenn deine Kinder heranwachsen und zu Verrätern am Volk werden, wirst du dann ihren Tod fordern können, wie es die Römer konnten? Vielleicht ja, vielleicht aber auch nein. Du hast Angst, wenn du Menschen liebst, könnte dich das von deiner Pflicht ablenken, aber es ist eine eigene Form von Liebe, nicht wahr, die dir diese Pflicht auferlegt? Letztlich ist das Ganze meine Schuld, meine und Annettes. Uns gefiel die Idee, also haben wir alles darangesetzt. Du warst zu höflich, um unsere Pläne zu durchkreuzen. Du wärst nie so weit gegangen, sie auch nur zu küssen. Nie und nimmer wärst du das. Ich weiß, du hast deine Arbeit. Kein anderer wird auf sich nehmen, was du auf dich nimmst, und darum machst du dich soweit wie nur möglich von menschlichen Bedürfnissen und menschlichen Schwächen frei. Ich wünschte – ich wünschte, ich könnte dir besser helfen.«

Robespierre forschte in seinem Gesicht nach Anzeichen für Boshaftigkeit oder Unernst, entdeckte aber keine. »Als Kinder«, sagte er, »hatten wir beide kein ganz leichtes Leben, nicht wahr? Aber wir haben zusammengehalten. Die Jahre in Arras, die Jahre dazwischen, das waren die schwersten. Jetzt bin ich nicht mehr so einsam.«

»Hmm.« Camille suchte nach irgendeiner Formel, mit der sich das Unfassliche fassen ließ. »Deine Braut ist die Revolution«, sagte er. »So wie die Kirche die Braut Christi ist.«

»Nun gut«, sagte Adèle. »Dann wird mir ab jetzt also Jérôme Pétion in den Ausschnitt schnaufen und Gefühlsduseleien in mein Ohr raunen. Kommen Sie, Camille, denken Sie, ich hätte das nicht schon vor Wochen begriffen? Lernen Sie aus Ihren Fehlern, ja, und lassen Sie in Zukunft die Finger vom Ehestiften.«

Er staunte, dass sie es so gut aufnahm. »Gehen Sie jetzt in Ihr Kämmerlein und weinen?«

»Nein, ich muss nur … ein bisschen umdenken.«

»Es gibt viele Männer, Adèle.«

»Wem sagen Sie das?«

»Und meinen Sie, Sie können ihm noch unter die Augen treten?«

»Aber sicher. Man kann schließlich befreundet sein, nicht wahr? Das ist ja wohl das, was er möchte?«

»Ja, unbedingt. Bin ich froh. Andernfalls hätte mich das in ziemliche Bedrängnis gebracht.«

Sie sah ihn liebevoll an. »Was sind Sie doch für ein selbstsüchtiger kleiner Mistkerl, Camille.«

Danton brach in Lachen aus. »Dieser Eunuch«, sagte er. »Das Mädel kann froh sein, dass er die Farce nicht noch weiter getrieben hat. Oh, ich hätte es mir doch gleich denken können.«

»Spar dir deine Triumphgesänge.« Camille war düster gestimmt. »Versuch lieber zu verstehen.«

»Verstehen? Ich verstehe alles bestens. Nichts leichter als das.«

Er machte sich auf, um die frohe Botschaft im Café des Arts zu verbreiten. Er habe es aus erster Hand, verkündete er, dass der Abgeordnete Robespierre impotent sei. Er erzählte es seinen Kollegen im Rathaus und einigen Dutzend Abgeordneten aus seiner näheren Bekanntschaft; er erzählte es den Schauspielerinnen hinter den Kulissen des Théâtre Montansier und fast der gesamten Mitgliedschaft des Cordeliers-Clubs.

Im April 1791 wendete der Abgeordnete Robespierre eine Besitzauflage für künftige Deputierte ab und verteidigte die Redefreiheit. Im Mai sprach er für die Pressefreiheit, gegen die Sklaverei und verlangte Bürgerrechte für die Mulatten in den Kolonien. Als es um die Zusammensetzung einer neuen Legislative ging, plädierte er dafür, dass die Mitglieder der jetzigen Versammlung nicht zur Wiederwahl antreten dürften, sondern neuen Leuten Platz machen sollten. Zwei Stunden lauschte man ihm in respektvollem Schweigen, und der Antrag wurde angenommen. In der dritten Maiwoche warfen nervliche Anspannung und Überarbeitung ihn aufs Krankenlager.

Ende Mai forderte er erfolglos die Abschaffung der Todesstrafe.

Am 10. Juni wurde er zum Öffentlichen Ankläger gewählt. Der oberste Richter der Stadt legte daraufhin aus Protest sein Amt nieder. Den freigewordenen Posten bekam Pétion. Man sieht, nach und nach gelangen unsere Leute in die Positionen, für die sie sich von Anfang an bestimmt glaubten.

4. Apostelgeschichten

(1791)

Ende der Fastenzeit. Der König gelangt zu dem Schluss, dass er die Kommunion am Ostersonntag nicht aus den Händen eines vereidigten Priesters empfangen möchte. Ebenso wenig möchte er anecken und die Patrioten erzürnen.

Er beschließt daher, ein stilles Ostern in Saint-Cloud zu verbringen, fern von den kritischen Blicken der Stadt.

Seine Pläne werden ruchbar.

PALMSONNTAG im Rathaus:

»Lafayette.«

Dem General schwante jetzt schon immer Übles, wenn er die Stimme hörte. Danton baute sich jedes Mal so dicht vor ihm auf, dass Lafayette zu dem zerklüfteten Gesicht hinaufsprechen musste.

»Lafayette, heute Morgen hat ein eidverweigernder Priester in den Tuilerien die Messe gelesen.«

»Da sind Sie besser unterrichtet als ich«, sagte Lafayette. Sein Mund war trocken.

»Wir lassen uns das nicht bieten«, sagte Danton. »Der König hat den Änderungen in der Kirche zugestimmt. Er hat sie abgezeichnet. Wenn er sich drückt, wird es Repressalien geben.«

»Die Nationalgarde«, sagte Lafayette, »wird den Bereich vor den Tuilerien für den Aufbruch der königlichen Familie nach Saint-Cloud abriegeln, und wenn nötig, gebe ich ihnen Geleitschutz. Kommen Sie uns nicht in die Quere, Danton.«

Danton zog aus seiner Rocktasche – keine Feuerwaffe, wie Lafayette fast schon befürchtet hatte, sondern eine Papierrolle. »Hier ist eine Wandzeitung, die das Cordeliers-Bataillon entworfen hat. Möchten Sie sie lesen?«

Lafayette streckte die Hand aus. »Eine spontane kleine Hetzschrift von M. Desmoulins?«

Er überflog das Blatt. »Sie fordern die Nationalgarde auf, den König am Verlassen der Tuilerien zu hindern.« Sein Blick forschte in Dantons Gesicht. »Ich werde gegenteilige Anweisung erteilen. Im Grunde rufen Sie also zu Meuterei auf.«

»So könnte man es ausdrücken.«

Danton beobachtete ihn unverwandt, wartete auf die schwache Röte entlang der Backenknochen, die den inneren Aufruhr des Generals verriet. Nach wenigen Sekunden taten die Kapillaren ihm den Gefallen. »Ich hätte nicht gedacht, dass zu Ihren Lastern auch religiöse Intoleranz zählt, Danton. Was kümmert es Sie, wer dem König geistlichen Beistand spendet? Aus seiner Sicht hat er eine Seele, die es zu retten gilt, was geht das Sie an?«

»Wenn der König seine Versprechen bricht und die Gesetze mit Füßen tritt, geht mich das sehr viel an. Und wenn er von Paris nach Saint-Cloud aufbricht und von Saint-Cloud zur Grenze, um sich dort an die Spitze der Emigrés zu stellen, geht mich das noch mehr an.«

»Wer sagt Ihnen, dass er das beabsichtigt?«

»Mein Gefühl.«

»Sie klingen wie Marat.«

»Tut mir leid, wenn Sie das so empfinden.«

»Ich werde die Kommune zu einer Ausnahmesitzung einberufen. Ich werde beantragen, dass das Kriegsrecht verhängt wird.«

»Versuchen Sie's«, sagte Danton verächtlich. »Wissen Sie, wie Camille Desmoulins Sie nennt? Den Don Quixote der Capets.«

Krisensitzung. M. Danton sichert sich mit den Stimmen der Friedliebenden und der Gefügigen eine Mehrheit gegen das Kriegsrecht. Lafayette, zornentbrannt, bietet Bürgermeister Bailly seinen Rücktritt an.

M. Danton weist darauf hin, dass der Bürgermeister nicht befähigt ist, ihn anzunehmen; wenn der General zurücktreten wolle, müsse er bei jeder der achtundvierzig Sektionen einzeln vorsprechen und es ihnen melden.

Außerdem nennt M. Danton General Lafayette einen Feigling.

DIE TUILERIEN, Montag der Karwoche, 11.30 Uhr.

»Es ist Wahnsinn«, sagte Bürgermeister Bailly, »das Cordeliers-Bataillon hier zu haben.«

»Sie meinen das Bataillon Nr. 3«, sagte Lafayette. Er schloss die Augen. Hinter seiner Stirn brannte ein kleiner, dünner Schmerz.

Die Königsfamilie durfte die Kutsche besteigen, und das war's. Die Nationalgarde widersetzte sich den Anweisungen. Sie weigerte sich, die Tore zu öffnen. Die Menge draußen hätte die Kutsche ohnehin nicht durchgelassen. Die Nationalgarde weigerte sich auch, die Menge auseinanderzutreiben. »Ça ira!«, sang die Menge. Der oberste Königliche Kammerherr wurde tätlich angegriffen. Der Dauphin fing zu weinen an. Vor einem oder zwei Jahren hätte das noch Gewissensbisse verursacht. Aber wer nicht wollte, dass ein Kind solchen Härten ausgesetzt war, der musste es eben zu Hause lassen.

Lafayette fluchte auf seine Leute ein. Wutbebend saß er auf seinem Schimmel, der unruhig zuckte und unter ihm herumtänzelte.

Der Bürgermeister rief die Menge zur Ordnung. Er wurde niedergeschrien. Das Königspaar in der Kutsche sah sich an.

»Du Schwein«, schrie ein Mann dem König entgegen. »Wir zahlen dir fünfundzwanzig Millionen im Jahr, also tu gefälligst, was wir dir sagen.«

»Verhängen Sie das Kriegsrecht«, befahl Lafayette Bailly.

Bailly wich seinem Blick aus.

»Los.«

»Ich kann nicht.«

Nun war Geduld gefragt. Nach eindreiviertel Stunden hatten König und Königin genug. Als sie in den Palast zurückkehrten, versuchte sich die Königin im Johlen der Menge verständlich zu machen: »Wenigstens können Sie nicht länger behaupten, Lafayette, dass wir frei seien.«

Es war Viertel nach eins.

Ephraim, Agent im Dienst Friedrich Wilhelms von Preußen, an Laclos im Dienst des Herzogs von Orleáns:

Einige Stunden sah es hervorragend für uns aus. Ich dachte schon, Ihr lieber Dienstherr würde seinen Vetter auf dem Thron ablösen; aber diese Hoffnung hege ich nun nicht mehr. Das Einzige, was mich an der Sache freut, ist, dass wir Lafayette das Wasser abgegraben haben, was einiges wert ist. Aber unsere 500 000 Livres sind mehr oder weniger für nichts draufgegangen, was mich doch sehr wurmt; wir haben solche Summen nicht alle Tage zur Verfügung, und der König von Preußen wird es leid werden, sie zu bezahlen.

An einem schönen Junitag fuhr Philippe Agnès de Buffon in seinem englischen Jagdwagen auf der Straße nach Vincennes spazieren, als sich ihnen in hohem Tempo eine elegante, sehr große und neue Berline näherte.

Der Herzog hielt sie mit einem Peitschenschnalzen an. »Na, Fersen, wollen Sie sich partout den Hals brechen?«

Der Liebhaber der Königin, der schmalgesichtige, geschmeidige schwedische Graf: »Ich probiere meinen neuen Reisewagen aus, Monsieur.«

»Ah ja?« Philippe begutachtete die modischen zitronengelben Räder, den dunkelgrünen Aufbau und die Nussbaumbeschläge. »Wollen Sie auf Reisen gehen? Eine Spur zu groß, meinen Sie nicht? Nehmen Sie sämtliche Ballettratten der Opéra mit?«

»Nein, Monsieur.« Fersen neigte unterwürfig das Haupt. »Die überlasse ich alle Ihnen.«

Der Herzog sah der Kutsche nach, die wieder an Fahrt aufnahm. »Hmm«, sagte er zu Agnès, »es sähe Louis ähnlich, in so einem Aufzug zur Grenze zu wollen.«

Agnès wandte mit unbehaglichem Lächeln den Blick ab; die Vorstellung, dass Philippe bald König sein könnte, war ihr alles andere als geheuer.

»Und du schau nicht so tugendhaft drein, Fersen«, bemerkte der Herzog zu der Staubwolke, die über der Straße hing. »Jeder weiß doch, was du treibst, wenn du nicht in den Tuilerien bist. Seine Neueste ist eine Zirkusakrobatin, alles, was recht ist. Nicht, dass ich irgendeinem Mann diese habsburgische Schindmähre als einzigen Trost wünschen würde.« Er gab dem Pferd die Zügel.

Der kleine Antoine wurde um sechs Uhr wach und sah den Sonnenstrahlen zu, die zu den Ritzen des Fensterladens hereinkrochen. Als ihm das zu langweilig wurde, schrie er nach seiner Mutter.

Innerhalb von Sekunden beugte sich Gabrielle über sein Bettchen, ihre Züge noch ganz weich und verschlafen. »Du Tyrannenkind«, flüsterte sie. Er streckte ihr die Ärmchen entgegen. Schscht, machte sie und hielt ihm den Finger an die Lippen, während sie ihn hinüber ins Schlafzimmer trug. Das Doppelbett stand in einem Alkoven, mit einem Vorhang davor, um den Privatbereich von dem patriotischen Rummel abzuschirmen, der tagaus, tagein durch ihr Schlafzimmer tobte. Lucile klagte über das gleiche Problem. Vielleicht sollten sie umziehen, sich etwas Größeres suchen? Aber nein, jeder kannte Dantons Haus, er würde nirgendwo anders hinwollen. Das und der schiere Aufwand …

Sie stieg in ihr Bett, zog den kleinen warmen Körper eng an sich. Im Nachbarbett schlief sein Vater, das Gesicht in die Kissen gedrückt.

Um sieben ging die Türklingel. Ihr Herz machte einen erschrockenen Satz. So früh, das konnte nichts Gutes bedeuten. Sie hörte Catherines Proteste, dann flog die Schlafzimmertür auf. »Fabre!«, sagte sie. »Mein Gott, was ist los? Sind die Österreicher da?«

Fabre stürzte zu ihrem Mann, rüttelte ihn. »Danton, sie sind über Nacht geflohen. Der König, seine Frau, seine Schwester, der Dauphin, der ganze verfluchte Haufen.«

Danton rührte sich, setzte sich auf. Er schien sofort hellwach – hatte er am Ende gar nicht geschlafen? »Für die Sicherheit war Lafayette zuständig. Entweder er ist vom Hof gekauft und hat uns verraten, oder er ist ein unfähiger Trottel.« Er puffte Fabre gegen die Schulter. »Jetzt hab ich ihn da, wo ich ihn haben wollte. Hol mir was zum Anziehen, ja, Mädchen?«

»Wohin willst du?«

»Erst zu den Cordeliers, Legendre Bescheid sagen, damit er unsere Leute zusammenruft. Dann ins Rathaus, dann zur Manege.«

»Und wenn sie uns entkommen?«, fragte Fabre.

Danton fuhr sich übers Kinn. »Würde das etwas ausmachen? Solange es genügend Zeugen für ihre Flucht gibt?«

Sie kamen sehr schnell, seine Antworten, sehr bündig. Fabre fragte: »Wusstest du, dass das passieren würde? Wolltest du es?«

»Außerdem entkommen sie uns nicht. Eine Woche höchstens, dann sind sie wieder hier. Louis versiebt alles. Armer Teufel«, schob er grüblerisch nach. »Manchmal tut er mir fast leid.«

GRACE ELLIOT: »Ich bin fest überzeugt, dass Lafayette in den Plan eingeweiht war und ihn hinterher aus purer Angst verraten hat.«

Georges-Jacques Danton bei den Cordeliers: »Durch ihr Festhalten an der Erbmonarchie hat die Nationalversammlung Frankreich einem Knechtsdasein ausgeliefert. Lasst uns ein für alle Mal Namen und Amt des Königs abschaffen; lasst uns dieses Königreich zur Republik machen.«

Alexandre de Beauharnais, Präsident der Versammlung: »Meine Herren, der König ist heute Nacht geflohen. Gehen wir zur Tagesordnung über.«

Als Danton mit einer kleinen Militäreskorte in der Manege ankam, begrüßte ihn die dicht gedrängte, gerüchtebrodelnde Menge mit Hochrufen. »Lang lebe unser Vater Danton«, rief jemand. Er registrierte es mit flüchtigem Erstaunen.

Später am gleichen Tag kam M. Laclos in die Rue des Cordeliers. Er musterte Gabrielle eingehend – nicht lüstern, eher prüfend. Sie errötete leicht, sein Blick machte sie zappelig. Dieser Tage glaubte sie, alle bemerkten, wie breit sie geworden war. Ein kleiner Seufzer entfuhr Laclos. »Schwül haben wir's, Mme Danton.« Er stand im Salon und streifte die Handschuhe ab, sorgfältigst, Finger um Finger, ehe er zu Danton aufsah. »Wir sollten über ein paar Dinge sprechen«, sagte er liebenswürdig.

Drei Stunden später zog er die Handschuhe mit der gleichen Sorgfalt wieder an und ging.

Paris ohne König. Ein Spaßvogel hängt einen Zettel an den Zaun um die Tuilerien: ZU VERMIETEN. Danton plädiert überall in der Stadt für die Republik. Bei den Jakobinern erhebt sich Robespierre, um ihm zu erwidern. Seine schmalen Finger mit den abgekauten Nägeln schieben sorgsam die Halsbinde zurecht. »Was ist eine Republik?«, fragt er.

Danton merkt, er muss seine Begriffe definieren. Auf Treu und Glauben akzeptiert Maximilien Robespierre nichts.

Der Herzog hieb mit der Faust auf ein zartes Tischchen mit einem Mosaik aus Rosen, Bändern und Geigen.

»Red mit mir nicht wie mit einem Dreijährigen«, raunzte er.

Félicité de Genlis war eine geduldige Frau. Sie lächelte schwach. Sie würde nicht lockerlassen, und wenn es den ganzen Tag dauerte.

»Die Versammlung hat dich gebeten, den Thron zu übernehmen, falls er vakant wird«, sagte sie.

»Genau das meine ich!«, polterte der Herzog. »Jetzt machst du's schon wieder. Das wissen wir inzwischen doch. Wir alle wissen das. Du bist eine lästige Person.«

»Nicht aufbrausen, mein Lieber. Darf ich dich erstens darauf hinweisen, dass es alles andere als wahrscheinlich ist, dass der Thron vakant wird? Wie ich höre, musste dein Vetter seine Reise vorzeitig abbrechen. Er ist auf dem Rückweg nach Paris.«

»Allerdings«, sagte der Herzog genüsslich. »Der Tölpel. Lässt sich einfangen. Sie haben Barnave und Pétion geschickt, um sie zurückzuholen. Ich hoffe, der Abgeordnete Pétion ist den ganzen Weg über rüpelhaft zu ihnen.«

Daran zweifelte Félicité keine Sekunde. »Du weißt«, fuhr sie fort, »dass es der Versammlung jetzt, wo die neue Verfassung steht und nur noch vom König unterzeichnet werden muss, vor allem auf stabile Verhältnisse ankommt. Es hat sich so vieles so sehr verändert und das in so kurzer Zeit, dass die Menschen nichts so herbeisehnen wie Ordnung. Gut möglich, dass Louis in einem Monat wieder fest auf dem Thron sitzt. Dann wird es scheinen, als wäre all dies nie geschehen.«

»Aber er ist *weggelaufen*, verdammt. Er will dieses Land regieren, und er läuft *davon*?«

»Die Versammlung wird seine Handlungen vielleicht anders auslegen.«

»Wie soll das gehen? Verzeih, ich bin ein einfältiger Mann ...«

»Die Abgeordneten nicht. Sie sind sogar ziemlich spitzfindig. Juristen großenteils.«

»Denen trau ich nicht«, sagte Philippe. »Ihrem ganzen Schlag nicht.«

»Dann überlege doch, Liebster – wenn Louis wieder auf dem Thron sitzt – überlege doch, wie es ihn aufbringen muss, wenn du so erpicht darauf scheinst, in seine Fußstapfen zu treten.«

»Aber das will ich doch, oder vielleicht nicht?« Philippe starrte sie mit offenem Mund an. Worauf wollte sie hinaus? War nicht das Sinn und Zweck der Übung gewesen, diese ganzen drei Jahre, nein, länger schon? Er sollte König werden, nur dafür hatte er doch die Gesellschaft von Leuten ertragen, die keine Aristokraten waren, die nicht jagten, die das Maul eines Rennpferds nicht von seinem Schwanz unterscheiden konnten! Nur dafür hatte er sich die Gönnerhaftigkeit dieses fischäugigen Laclos gefallen lassen und diesen narbengesichtigen Rohling Danton an seiner Tafel geduldet, der seine Geliebte Agnès und seine ehemalige Geliebte Grace mit den Blicken auszog! Nur dafür hatte er bezahlt, bezahlt, bezahlt!

Félicité schloss die Augen. Sachte jetzt, dachte sie. Sag es behutsam, aber sag es: für die Nation, für die Kinder dieses Mannes, die ich großgezogen habe. Für unser aller Überleben.

»Überleg doch«, sagte sie.

»Überleg doch!« Der Herzog verlor die Geduld. »Gut, du misstraust meinen Anhängern. Das tue ich auch. Aber glaub mir, ich habe sie fest an der Kandare.«

»Das bezweifle ich.«

»Denkst du, ich lasse mich von dieser Bagage herumkommandieren?«

»Philippe, du bist nicht der Mann, der ihren Ambitionen Grenzen setzt. Sie werden dich verschlingen, dich und deine Kinder – und alles, alles, was dir lieb und teuer ist. Wer den einen König stürzt, der kann auch einen anderen stürzen, begreifst du das nicht? Meinst du, sie werden irgendwelche Skrupel zeigen, wenn du nicht in allem exakt nach ihrer Pfeife tanzt? Und du wärst im besten Fall ein Lückenbüßer für sie – so lange, bis sie das Gefühl hätten, sie brauchen gar keinen König mehr.« Sie holte Atem. »Erinnere dich, Philippe – erinnere dich an die Zeit, bevor die Bastille fiel. Louis pflegte dir zu sagen, geh hierhin, geh dorthin – komm zurück nach Versailles, lass dich nicht in Versailles blicken – du weißt doch, wie es war. Du warst unfrei. Und in dem

Augenblick, in dem du jetzt sagst, ›Ja, ich will den Thron‹, wirst du wieder unfrei sein. Von dem Tag an wirst du im Gefängnis sitzen. Oh, keinem Gefängnis mit Gittern und Ketten – nein, einem hübschen Gefängnis, das M. Danton dir einrichtet. Einem Gefängnis mit Zivilliste und Etikette und Vortrittsrecht und den reizendsten Geselligkeiten, Balletten und Maskenbällen und, ja, sogar Pferderennen.«

»Ballett mag ich nicht«, sagte der Herzog. »Todlangweilig.«

Félicité strich ihren Rock glatt, sah hinab auf ihre Hände. Die Hände einer Frau verraten ihr Alter, dachte sie, sie geben alles preis. Früher einmal hatte Hoffnung bestanden, Hoffnung auf eine gerechtere, reinere Welt, und niemand hatte darauf inständiger gehofft und mehr dafür getan als sie. »Ein Kerker«, sagte sie. »Sie werden dich hereinlegen, dich zerstreuen, ablenken – und derweil das Land unter sich aufteilen. Das ist ihr Ziel.«

Er sah zu ihr auf, ihr übergroßes Kind. »Du denkst, dass sie schlauer als ich sind, nicht wahr?«

»Oh, viel schlauer, mein Liebster, viel, viel schlauer.«

Nun wich er ihrem Blick aus. »Ich war mir meiner Grenzen immer bewusst.«

»Was dich weiser macht, als es die meisten sind. Und deutlich weiser, als diese Intriganten dir zutrauen.«

Das hörte er gern. Vage kam ihm die Idee, dass er ihnen eine Nase drehen könnte. Sie hatte so leise gesprochen, als wären es seine eigenen Gedanken. »Was soll ich am besten tun? Sag es mir, Félicité, bitte.«

»Sag dich von ihnen los. Schütze deinen Namen. Weigere dich, ihnen auf den Leim zu gehen.«

»Dann willst du also« – er sagte es widerstrebend –, »dass ich vor die Versammlung trete und Nein sage? Nein, ich will den Thron nicht, ich habe zwar so getan als ob, aber es war nicht so gemeint?«

»Nimm dieses Blatt. Hier. Setz dich da hin. So, und nun schreibe, was ich dir diktiere.«

Sie beugte sich über seine Schulter. Die Worte waren in ihrem Kopf ausformuliert. Das war knapp, dachte sie. Das hätte ins Auge gehen können. Wenn ich ihn von allen Einbläsern fernhalten könnte, allen anderen Einflüssen – aber das ist unmöglich. Ich konnte von Glück sagen, ihn eine Stunde für mich allein zu haben.

Rasch nun – ehe er es sich anders überlegte. »Und jetzt unterschreiben. So, geschafft.«

Philippe warf die Feder hin. Tinte spritzte über die Rosen, die Bänder, die Geigen. Er schlug die Hand an die Stirn. »Laclos wird mich umbringen«, sagte er.

Félicité stieß gurrende Laute aus, als gälte es, einen Säugling mit Bauchkrämpfen zu beruhigen, und nahm das Blatt an sich, um Philippes Zeichensetzung zu korrigieren.

Als der Herzog Laclos von seiner Entscheidung in Kenntnis setzte, verneigte sich dieser kaum merklich aus der Schulter. *»As you wish, Mylord«,* sagte er. Warum er Englisch gesprochen hatte, konnte er sich im Nachhinein selbst nicht erklären. In seiner Wohnung drehte er den Kopf zur Wand und leerte mit nachdenklichem, aber mörderischem Gesichtsausdruck eine Flasche Weinbrand.

Bei Danton schlingerte er zu einem bequemen Sessel, sich auf eine entfernt seemännische Art von Möbelstück zu Möbelstück hangelnd. »Etwas Geduld, wenn Sie so gut wären«, sagte er. »Es kann nicht mehr lange dauern, dann gebe ich eine tiefsinnige Bemerkung von mir.«

»Ich geh dann«, sagte Camille. Er war sich nicht sicher, ob er hören wollte, was Laclos zu sagen hatte. Besser, er erfuhr nicht zu viel über Dantons Eisen im Feuer – und auch wenn er wusste, dass sie den Herzog als reines Mittel zum Zweck zu betrachten hatten: Wie konnte man das, wenn jemand so nett zu einem gewesen war? Jedes Mal, wenn ihm einer dieser Cordeliers-Stoffel durch die Wohnung trampelte und durch alle Räume plärrte, musste er an Philippes Hochzeitsgeschenk mit den zwölf Zimmern denken. Er hätte heulen mögen.

»Setz dich, Camille«, sagte Danton.

»Bleiben Sie nur«, sagte Laclos, »aber halten Sie dicht, oder ich bring Sie um.«

»Ich glaub's Ihnen gern«, sagte Danton. »Also, fahren Sie fort.«

»Meine Auslassungen gliedern sich in drei Teile. Erstens, Philippe ist ein spatzenhirniger, vertrottelter Feigling. Zweitens, Félicité ist eine grindige, grätzige, brechreizerzeugende Schlampe.«

»Aha«, sagte Danton. »Und Teil drei Ihrer Auslassungen?«

»Ein Coup d'état«, sagte Laclos. Er sah Danton an, ohne den Kopf zu heben.

»Na, na. Bleiben wir auf dem Boden.«

»Wir müssen Philippe das Messer auf die Brust setzen. Ihm klarmachen, was seine Pflicht ist. Ihn in eine Positon bringen, in der ...« Laclos' Rechte vollführte schlaffe Hackbewegungen.

Danton stellte sich vor ihn hin. »Was genau schwebt Ihnen vor?«

»Die Versammlung wird beraten und beschließen, Louis wieder auf den Thron zu setzen. Weil sie ihn für ihre hübsche kleine Verfassung brauchen. Weil sie Königstreue sind, Danton, weil dieser Blödling Barnave bestochen ist. Alliteration.« Er hickste. »Wenn nicht vorher schon, dann spätestens jetzt, nach seiner Kutschfahrt Knie an Knie mit der Habsburger Hure. Ich sage Ihnen, sie sind längst dabei, die lachhaftesten Geschichten zu spinnen. Haben Sie Lafayettes Bekanntmachung nicht gesehen? ›Die Feinde der Revolution haben den König in ihre Gewalt gebracht.‹ Sie reden von *Entführung*« – er drosch mit dem Handballen auf die Armlehne – »sie behaupten, dieser fette Vollidiot sei gegen seinen Willen zur Grenze verschleppt worden. Sie werden alles tun, alles, um ihr Gesicht zu wahren. Also Hand aufs Herz, Danton, wenn dem Volk derartige Lügen verkauft werden, wird es dann nicht Zeit, etwas Blut zu vergießen?«

Laclos schaute jetzt auf seine Füße. Er klang nüchtern, dozierend. »Die Versammlung sollte, nein, sie *muss* vom Willen des Volkes geleitet werden. Das Volk wird Louis nie verzeihen, dass er es im Stich gelassen hat. *Ergo dignum et iustum est, aequum et salutare,* dass die Manege das tut, was wir ihr sagen. Darum werden wir eine Petition einreichen. Irgendein Lohnschreiber kann sie aufsetzen, Brissot vielleicht. Sie wird Louis' Entthronung fordern. Die Cordeliers werden sie einbringen. Eventuell lassen sich die Jakobiner dazu überreden, sie mitzuunterzeichnen, denkbar wäre es. Am 17. Juli kommt ganz Paris auf dem Marsfeld zusammen und feiert die Erstürmung der Bastille. Wir legen unsere Petition zur Unterschrift aus, Tausende und Abertausende von Namen. Wir ziehen damit zur Versammlung. Wenn ihr dort nicht entsprochen wird, dringt das Volk in die Manege ein, um Seinen Geheiligten Willen durchzusetzen, et cetera. Die dahinterstehende Doktrin können wir später noch ausarbeiten.«

»Wir sollen also mit Waffengewalt gegen die Versammlung vorgehen?«

»Ja.«

»Gegen unsere Abgeordneten?«

»Abgeordnete, dass ich nicht lache.«

»Und dabei Blutvergießen in Kauf nehmen?«

»Verdammt«, sagte Laclos. Röte übergoss sein feinknochiges Gesicht. »Haben wir diesen weiten Weg zurückgelegt, nur um jetzt klein beizugeben und zu winselnden Humanitaristen zu werden – jetzt, wo das Ziel zum Greifen nah ist?« Er spreizte die Finger, die Handfläche nach oben gewendet. »Meinen Sie, es kann eine Revolution ohne Blut geben?«

»Das habe ich nie behauptet.«

»Sehen Sie. Nicht einmal Robespierre glaubt das.«

»Ich wollte nur sichergehen, dass wir uns richtig verstehen.«

»Ah.«

»Und dann, wenn es uns gelungen ist, Louis abzusetzen?«

»Dann, Danton, teilen wir die Beute auf.«

»Und teilen wir sie mit Philippe?«

»Gut, er hat den Thron einmal abgelehnt. Aber er wird sich über seine Pflicht klar werden, und wenn ich Félicité dazu eigenhändig erdrosseln muss – was ich mit Wonne täte, glauben Sie mir. Wir regieren zusammen, Danton, Sie und ich. Wir machen Robespierre zum Finanzminister, er soll ehrlich sein, heißt es. Wir repatriieren Marat, sodass seine Flöhe die Schweizer beißen. Wir –«

»Laclos, jetzt im Ernst.«

»Oh, ich weiß.« Laclos kam schwankend auf die Füße. »Ich weiß, was ihr vorhabt. Einen Monat nach der Thronbesteigung Philippes des Leichtgläubigen wird man M. Laclos tot im Rinnstein finden. Verkehrsunfall, wird es heißen. Zwei Monate später liegt König Philippe tot im Rinnstein – eine veritable Pechsträhne. Und da Philippes Erben und Rechtsnachfolger zufällig ebenfalls verblichen sind: Ende der Monarchie, vivat M. Danton.«

»Was für eine blühende Fantasie Sie haben.«

»Ja, wer nur genug trinkt, der sieht irgendwann Schlangen, heißt es«, sagte Laclos. »Otterngezücht, Lindwürmer und dergleichen. Wären Sie bereit, Danton? Würden Sie es mit mir wagen?«

Danton antwortete nicht.

»Freilich täten Sie's.« Laclos breitete die Arme aus, schwankte. »Ruhm und Ehre.« Er ließ die Arme fallen. »Und dann bringen Sie mich wahrscheinlich um. Ich riskiere es. Alles um einer Fußnote in den Geschichtsbüchern willen. Mir graut vor der Vergessenheit, verstehen Sie? Vor dem kargen, glanzlosen Alter, dem kümmerlichen Ende des Mittelmaßes, *sans everything,* wie der englische Barde schrieb. ›Da geht der arme alte Laclos, er schrieb ein Buch einst, den Titel weiß ich nicht mehr.‹ Ich verabschiede mich jetzt«, sagte er würdevoll. Er wankte zur Tür und wäre beinahe mit Gabrielle zusammengestoßen. »Niedliches kleines Frauchen«, murmelte er in sich hinein. Sie hörten ihn die Treppe hinuntertorkeln.

»Ich dachte, das wollt ihr sicher wissen«, sagte sie. »Sie sind wieder da.«

»Die Capets?«, fragte Camille.

»Die königliche Familie, ja.« Sie ging hinaus und schloss leise die

Tür hinter sich. Sie lauschten. Hitze und Schweigen lasteten auf der Stadt.

»Ich habe etwas übrig für Krisen«, bemerkte Camille. Eine Pause. Danton sah ihn nicht an, sondern durch ihn hindurch. »Darf ich dich an deine republikanischen Verlautbarungen der letzten Zeit erinnern? Ich habe mir während Laclos' Tirade so meine Gedanken gemacht – und so leid es mir tut, Philippe hat ausgedient. Benutzt ihn jetzt noch für unsere Zwecke, aber danach muss er weg.«

»Also, du bist so kaltblütig wie …« Danton brach ab. Ihm fiel nichts ein, was so kaltblütig wie Camille war, der sich hier das Haar aus dem Gesicht schnippte und sagte: *Benutzt ihn jetzt noch, aber danach muss er weg.* »Ist dir dieses Schnippen eigentlich angeboren«, fragte er, »oder hast du dir das von einer deiner Nutten abgeschaut?«

»Setz erst Louis ab, dann können wir's ausfechten.«

»Wir könnten alles verspielen«, sagte Danton. Aber er hatte die Sache zu Ende durchdacht; wie immer, wenn er sich einen scheinbar irrationalen Ausfall der Häme und Aggression gestattete, arbeitete sein Verstand besonders präzise und klar. Jetzt war sein Entschluss gefasst. Er würde es wagen.

Die königliche Reisegesellschaft kam bis Varennes; hundertfünfundsechzig Meilen waren es vom stümperhaften Beginn ihrer Flucht bis zu deren unrühmlichem Ende. Sechstausend Menschen umringten die beiden Kutschen auf der ersten Etappe ihrer Heimfahrt. Einen Tag später wurden sie um drei Abgeordnete der Nationalversammlung verstärkt. Barnave und Pétion saßen mit der Familie in der Berline. Der kleine Dauphin freundete sich mit Barnave an. Er schwatzte mit ihm und spielte mit den Knöpfen an seinem Rock, deren Inschrift er ablas: »Frei leben – oder sterben.« »Wir müssen Haltung bewahren«, wiederholte die Königin ein ums andere Mal.

Am Ende der Reise war über die Zukunft des Abgeordneten Barnave entschieden: Er würde die Nachfolge des toten Mirabeau als heimlicher Berater des Hofes antreten. Pétion war der Meinung, die rundliche kleine Schwester des Königs, Mme Elisabeth, habe sich in ihn verliebt; in der Tat war sie auf dem langen Weg mit dem Kopf an seiner Schulter eingeschlafen. Pétion sprach monatelang von nichts anderem.

An einem brütend heißen Tag fuhr der König wieder in Paris ein. Eine riesige, schweigende Menge säumte seinen Weg. Die Berline war mit beißendem Straßenstaub gefüllt, und durch eines der Fenster sah man das zerfurchte, abgespannte Gesicht einer grauhaarigen Frau: Marie Antoinette. Sie kamen in den Tuilerien an. Als sie im Palast waren, stellte Lafayette seine Wachen auf und eilte zum König. »Was befehlen Seine Majestät für heute?«

»Wie mir scheint«, sagte Ludwig, »stehe ich mehr unter Ihrem Befehl als Sie unter meinem.«

Während ihrer Fahrt durch die Stadt hatten die Soldaten, die am Straßenrand Spalier standen, ihre Gewehre mit dem Kolben nach oben präsentiert wie bei einem Leichenbegängnis – was es ja gewissermaßen auch war.

Camille Desmoulins, *Révolutions de France, Nr. 83*

Als Louis XVI in seine Gemächer in den Tuilerien zurückkam, warf er sich in einen Armsessel und sprach: »Teuflisch heiß heute.« Und dann: »Was für eine ver---- Reise! Trotzdem, nach so etwas stand mir schon lange der Sinn.« Darauf, mit einem Blick auf die umstehenden Schildwachen: »Es war eine Dummheit, das geb ich gern zu. Aber darf ich nicht töricht sein wie andere Leute auch? Lauft, bringt mir ein Hühnchen!« Ein Kammerdiener kam herein. »Ah, da bist du«, sagte er, »und hier bin ich.« Man brachte das Hühnchen, und Louis XVI aß und trank mit einem Appetit, der dem König der Schlaraffen Ehre gemacht hätte.

Und Héberts neue Meinung zum Thema Königtum:

Wir stecken dich ins Charenton und deine Hure ins Hôpital. Wenn ihr dann endlich eingemauert seid, ihr beide, und keine Zivilliste mehr habt, soll man mich mit der Axt totschlagen, wenn ich euch da wieder rauslass.

Père Duchesne, Nr. 61

Danton in seinem Sessel saß so, dass er Louise Robert im Blick hatte, die auf ihn einredete; sie verbiss sich nur mit knapper Not das Weinen. Ihr Mann war verhaftet und eingesperrt worden. »Verlangen Sie seine Freilassung«, beschwor sie Danton. »Erzwingen Sie sie.«

Er sprach quer durchs Zimmer mit ihr. »Nicht mehr viel übrig von der großen, vorlauten Republikanerin, wie?«

Ihr Blick war so feindselig, dass es ihn überraschte. »Lassen Sie mich überlegen«, sagte er. »Lassen Sie mich überlegen.«

Durch halb geschlossene Lider sah er durch den Raum. Lucile saß da und spielte an ihrem Ehering herum, ihr kindliches Gesicht angespannt. Er dachte jetzt ständig an sie; ihr Gesicht war das Erste, das er wahrnahm, wenn er ein Zimmer betrat. Zwischendurch machte er sich Vorwürfe deswegen, nannte es schamlos illoyal gegen die Mutter seiner Kinder.

(FRÉRON: Ich liebe sie seit vielen Jahren.

DANTON: Unsinn.

FRÉRON: Das sagst du so leicht. Was weißt du schon?

DANTON: Ich weiß, was für ein Mensch du bist.

FRÉRON: Aber du hast doch selbst ein Auge auf sie geworfen. Zumindest zerreißen sich alle die Mäuler darüber.

DANTON: Ich komme ihr wenigstens nicht mit Liebesbeteuerungen. Bei mir geht es um etwas sehr viel Primitiveres. Vielleicht bin ich auch einfach nur ehrlicher als du.

FRÉRON: Wenn du könntest, würdest du dann …?

DANTON: Natürlich.

FRÉRON: Aber Camille?

DANTON: Mit Camille würde ich schon fertig. Man muss sich die Dinge zu verschaffen wissen, die man haben will.

FRÉRON: Ich weiß.)

Fréron beobachtete ihn jetzt – versuchte in seinem Gesicht zu lesen, seine Schlüsse zu ziehen. Es ist schiefgelaufen, dachte er. Im Rathaus haben sie von unseren Plänen Wind bekommen; Félicité, die das Gras wachsen hört, hat Lafayette gewarnt; Lafayette lässt um die Tuilerien Truppen aufmarschieren; dieser kreuzbrave blonde Dummbeutel hat nach wie vor die Leute, die Waffen, sprich, die Oberhand. Er hat die Manege abriegeln lassen, um die Deputierten vor Übergriffen zu schützen; er hat die Sturmglocke geläutet, Ausgangssperre verhängt. Die Jakobiner, moderate Hasenfüße, die sie sind, verweigern ihre Unterstützung ... Fréron hätte die ganze Sache am liebsten abgeblasen, weshalb er sagte: »Danton, ich glaube, jetzt können wir nicht mehr zurück.«

»Hast du solche Angst vor deiner eigenen Courage, Karnickel, dass du dich immer wieder neu überzeugen musst?« Alle im Zimmer wandten beim Klang der Stimme den Kopf, strafften die Schultern, rutschten herum. »Camille, geh zurück zu den Jakobinern.«

»Die wollen nicht zuhören«, sagte Camille. »Sie sagen, das Gesetz erlaubt es ihnen nicht, so einen Antrag zu unterstützen; sie sagen, die Absetzung des Königs ist allein Sache der Nationalversammlung. Was hilft's also? Robespierre hat den Vorsitz, aber der Club wimmelt von Lafayette-Anhängern, da sind ihm die Hände gebunden. Selbst wenn er uns unterstützen wollte, was alles andere als ...« Er brach ab. »Robespierre will auf dem Boden des Gesetzes bleiben.«

»Und ich lege keinen gesteigerten Wert darauf, es zu brechen«, sagte Danton. Zwei Tage hitzigen Debattierens hatten zu keinem Ergebnis geführt. Die Petition war zwischen der Versammlung, den Jakobinern und den Cordeliers hin und her getragen worden, sie war gedruckt worden, ergänzt (zum Teil unter der Hand), wieder neu gedruckt … Jetzt warteten sie, die drei Frauen, Fréron, Fabre, Legendre, Camille. Wie hatte Mirabeau damals im Rathaus gesagt? Sie *ko*operieren nicht mit den Leuten, Danton, Sie operieren bloß mit ihnen. Aber wie hätte er ahnen sollen, dass sich die Menschen ihm derart bereitwillig unterordneten? Es war eine ganz neue Entdeckung für ihn.

»Diesmal bekommst du Verstärkung von mir«, sagte er zu Camille. »Fréron, ruf hundert Mann zusammen. Und bewaffnet sollten sie sein.«

»Die Cordeliers schlafen mit ihren Piken unterm Kopfkissen!«

Danton warf ihm einen irritierten Blick zu. Camille genierte sich immer ein wenig für Frérons Art, für seine falsche Jovialität, seinen verdächtigen Übereifer.

»Piken«, murmelte Fabre. »Ich hoffe, er meint es im übertragenen Sinn. Ich schlafe nie mit meiner Pike unterm Kopfkissen. Ich besitze gar keine Pike.«

»Meinst du, wir wollen die Jakobiner an ihren Bänken festspießen, Karnickel?«, fragte Camille.

»Nennt es eine Demonstration der Entschlossenheit«, sagte Danton. »Keine Machtdemonstration. Wir wollen Robespierre ja nicht verschrecken. Aber, Karnickel« – Dantons Stimme rief ihn von der Tür zurück – »gib Camille eine Viertelstunde Zeit, sie zu überreden. Eine Anstandsfrist, ja?«

Rings um ihn erhob sich Geschäftigkeit. Die Frauen standen auf, strichen mit verlorenem Blick und zusammengepressten Lippen ihre Röcke glatt. Gabrielles Augen suchten einen Moment lang die seinen. Wenn sie sich ängstigt, bekommt ihre Haut einen Gelbstich, ist ihm aufgefallen. Irgendwann hat er registriert – so wie man Regenwolken registriert oder die Uhrzeit –, dass er sie jetzt nicht liebt.

Am Abend trieb die Nationalgarde die Pariser in ihre Häuser. Die Freiwilligenbataillone waren im Einsatz, aber auch viele von Lafayettes regulären Truppen. »Man macht sich so seine Gedanken«, sagte Danton. »Es gibt Patrioten unter den Soldaten, aber die alte Gewohnheit blinden Gehorsams ist zäh.« Und vielleicht, dachte er, müssen wir noch dankbar sein für diese alte Gewohnheit, wenn das restliche Europa uns den Krieg erklärt. Er versuchte den Gedanken wegzuschieben; noch war das nicht sein Problem. Er musste sich auf die nächsten vierundzwanzig Stunden konzentrieren.

Gabrielle ging erst nach Mitternacht zu Bett. Sie konnte nicht einschlafen. Sie hörte Hufgetrappel auf der Straße. Sie hörte die Torglocke an der Cour du Commerce und die murmelnden Stimmen der Leute, die hinein- und herausgelassen wurden. Es mochte zwei Uhr sein, vielleicht schon halb drei, als sie den Kampf aufgab – sich aufsetzte, eine Kerze anzündete, hinübersah zu Georges' Bett. Es war leer, unberührt. Die Hitze war immer noch drückend, ihr Nachthemd klebte auf der Haut. Sie stieg aus dem Bett, zog das Nachthemd aus, wusch sich mit Wasser, das kalt hätte sein sollen, aber lauwarm war. Sie suchte ein frisches Nachthemd hervor. Sie ging zu ihrer Frisierkommode, setzte sich hin und betupfte sich Schläfen und Hals mit Eau de Cologne. Ihre Brüste schmerzten. Sie flocht ihren schweren, dunklen Zopf auf, kämmte die welligen Haarmassen aus, flocht sie neu. Ihr Gesicht in dem Kerzenschein kam ihr hohl vor, düster. Sie trat ans Fenster. Nichts. Die Rue des Cordeliers lag leer. Sie schlüpfte in ihre Pantoffeln und ging hinaus in das dunkle Esszimmer. Sie stieß den Fensterladen auf. Von der Cour du Commerce fiel Licht herein. Hinter ihr schienen sich Schatten zu bewegen; überall in dem achteckigen Zimmer lagen Papiere verstreut, die sich nun in einer barmherzigen Nachtbrise ganz leise regten. Sie lehnte sich hinaus, hielt das Gesicht in den Luftzug. Zu sehen war niemand, aber sie hörte ein dumpfes Stoßen und Klappern. Ist das Guillaume Brunes Druckerpresse, dachte sie, oder die von Marat? Was machen sie so spät noch? Sie leben von Worten, dachte sie; sie brauchen keinen Schlaf.

Sie zog den Laden wieder zu, tappte im Dunkeln zurück ins Schlafzimmer. Hinter der geschlossenen Tür zum Arbeitszimmer drang die Stimme ihres Mannes hervor. »Doch, ich verstehe, was Sie mir sagen wollen. Wir lassen unsere Muskeln spielen und Lafayette seine. Die Waffen hat er, nicht wir.«

Jetzt sprach der andere Mann. Sie erkannte die Stimme nicht. »Es soll nur eine Warnung sein«, sagte er. »Gut gemeint. In bester Absicht.«

Georges sagte: »Trotzdem, jetzt ist es drei. Ich werde mich nicht davonschleichen wie ein Schuldner am Quartalstag. Wir treffen uns hier, wenn es hell wird. Dann sehen wir weiter.«

DREI UHR: François Robert überließ sich einem dumpfen Elendsgefühl. Für eine Gefängniszelle mochte es angehen – keine Spur von Ratten bisher, und zumindest war es kühl –, aber er wünschte sich trotzdem weit weg. Er begriff nicht, wie er hierherkam – er hatte sich doch nur um die Petition gekümmert. Er und Louise hatten eine Zeitung herauszugeben; der *Mercure Nationale* musste erscheinen, koste es, was es wolle. Vielleicht griff ihr Camille ja unter die Arme. Darum bitten würde sie ihn niemals.

Gütiger Himmel, was war das? Es klang, als träten Stiefel mit Stahlkappen auf eine Tür ein. Noch mehr Stiefel, trampelnd, dann eine erschreckend nahe Stimme: »Die haben Messer, die Drecksäcke!« Neuerliches Stiefelgetrampel und eine monotone, betrunkene Stimme, die ein paar Takte von einem populären Fabre-Lied sang, stecken blieb, wieder von vorn anfing. Die Stahlkappenstiefel direkt vor seiner Tür, dann wenige Sekunden der Stille, gefolgt von dem Ruf: An die Laterne!

François Robert schauderte es. Laternenanwalt, du solltest hier sitzen, dachte er.

»Tod der Österreichermetze«, lallte der besoffene Sänger. »Knüpft Louis Capets Buhlerin auf. Knüpft die Hure von Babylon auf, schneidet ihr die Zitzen ab.«

Ein schauriges Kichern hallte die Wände entlang. Eine junge Stimme lachte, hoch, mit einem Hauch von Hysterie darin. »Es lebe der Volksfreund.«

Dann Worte, die er nicht verstehen konnte, dann jemand gleich vor seiner Tür: »Er sagt, er hat siebzehn Gefangene und weiß nicht, wo er mit ihnen hin soll.«

»Schau, schau«, sagte die junge Stimme. »Das wird lustiger und lustiger.«

Sekunden später flutete orangeroter Fackelschein in seine Zelle. Taumelnd kam er auf die Füße. Mehrere Köpfe erschienen in der Türöffnung; zu seiner Erleichterung saßen sie noch auf ihren Hälsen. »Du kannst gehen.«

»Ich darf hier raus?«

»Ja, ja.« Eine nüchterne, gereizte Stimme. »Ich habe über hundert Personen unterzubringen. Leute, die ohne triftigen Grund auf den Straßen herumlungern. Zur Not kommen wir wieder und holen dich.«

»Was hast du überhaupt angestellt?«, wollte der Junge mit der hohen Stimme wissen.

»Ein Rechtsgelehrter«, erklärte der mit den Stahlkappen. Er war auch der Betrunkene. »Stimmt's, Professor? Ganz dicker Freund von mir.« Er legte Robert den Arm um die Schulter und lehnte sich an ihn, blies ihm seinen säuerlichen Atem ins Gesicht. »Grüß Danton von mir. Danton ist richtig.«

»Wenn Sie es sagen«, murmelte Robert.

»Ich hab ihn getroffen«, verkündete der mit den Stahlkappen seinen Kollegen. »Und er hat gesagt: ›Teufel auch, kennst du dich in den Gefängnissen aus! Wenn ich erst der bin, der hier in der Stadt das Sagen hat, dann bist du der, der sämtliche Adlige zusammentreibt und ihnen die Köpfe abhackt. Und ich zahl dir auch gutes Geld dafür, weil es ein Dienst an der Allgemeinheit ist.‹«

»Geh weiter«, sagte der Junge. »Danton hat nie im Leben mit dir geredet, du Saufkopf. Der Henker ist M. Sanson. Sein Vater war schon Henker, und davor war es sein Großvater. Und dem willst du den Posten stehlen? Nie im Leben hat Danton das zu dir gesagt.«

François Robert war wieder daheim. Die Kaffeetasse in seiner Hand wollte nicht stillhalten, immerfort klirrte sie gegen die Untertasse. »Wer hätte gedacht, dass mich das so mitnimmt?« Er versuchte zu lächeln, aber seine Züge verzerrten sich nur. »Das Freikommen war um kein Haar besser als die Verhaftung. Louise, wir vergessen die wahre Natur des Volkes, seine Dummheit, seine Rohheit, seine voreiligen Schlüsse.«

Sie dachte an Camille, damals vor zwei Jahren … Auf den Straßen die Helden der Bastille, drinnen der Kaffee, der an ihrem Bett kalt wurde … Dieses Nachflackern der Panik in seinen seltsamen, weit auseinanderstehenden Augen … »Die Jakobiner haben sich gespalten«, berichtete sie. »Die Rechte ist geschlossen gegangen. Sie gründen jetzt ihren eigenen Club. Alle Freunde von Lafayette sind weg, alle, die Mirabeau unterstützt haben. Pétion ist noch da, Buzot, Robespierre – eine Handvoll.«

»Was sagt Robespierre?«

»Dass er froh ist, dass die Differenzen jetzt offenliegen. Dass er von vorn anfangen will, diesmal mit Patrioten.«

Sie nahm ihm die Tasse aus der Hand und zog seinen Kopf in ihren Schoß, streichelte sein Haar und seinen Nacken. »Robespierre wird aufs Marsfeld gehen«, sagte sie. »Er wird sich zeigen, da kannst du sicher sein. Aber sie, Dantons Haufen, von denen geht keiner.«

»Aber wer präsentiert dann die Petition? Wer vertritt die Cordeliers?«

O nein, dachte er.

Erstes Morgenlicht, Danton schlug ihm krachend auf die Schulter. »Braver Junge«, sagte er. »Keine Angst, wir sorgen für deine Frau. Und, François – die Cordeliers werden dir das nicht vergessen.«

Bei Anbruch des Tages hatten sie sich in Dantons rot tapeziertem Arbeitszimmer getroffen. Die Dienstboten im Halbgeschoss rührten sich nicht. Die schlafen ihren Dienstbotenschlaf, dachte Gabrielle. Sie brachte den Männern Kaffee, vermied es, sie anzusehen. Danton schob Fabre ein Exemplar des *Volksfreunds* hin und tippte scharf mit dem Finger darauf. »Da steht – Gott weiß wie begründet oder unbegründet –, dass Lafayette vorhat, das Feuer auf das Volk zu eröffnen. ›Darum‹, schreibt Marat, ›habe ich vor, den General umbringen zu lassen.‹ Nun haben wir, rein zufällig natürlich, heute Nacht einen Hinweis erhalten –«

»Kannst du es nicht noch verhindern?«, fragte Gabrielle. »Kannst du nicht dafür sorgen, dass erst gar nichts passiert?«

»Und die Massen heimschicken? Zu spät. Die wollen sich amüsieren. Für die ist die Petition nur ein Teil davon. Und wer weiß, was Lafayette plant?«

»Soll ich dann unsere Sachen packen, Georges? Es macht mir nichts aus, sag mir nur, was ich tun soll. Sag mir, woran ich bin.«

Danton schaute ausweichend. Sein Instinkt sagte ihm, es wird schlecht ausgehen, also nichts wie weg. Verstohlen sah er umher, wer sich wohl als Sprachrohr seines Instinkts anbot. Fabre öffnete schon den Mund, als Camille sagte: »Weißt du, Danton, dass du vor zwei Jahren deine Tür abgeriegelt und dich hinter deinem Reederei-Prozess verschanzt hast – von mir aus. Aber jetzt liegen die Dinge anders.«

Danton sah ihn an; wägte ab; nickte. Also warteten sie. Inzwischen war es heller Tag: ein weiterer Tag, der klar begann, um sich dann rasch zu gewittriger, lastender, kaum erträglicher Schwüle zu verdicken.

DAS MARSFELD am Tag der Feierlichkeiten: eine Volksmenge im Sonntagsstaat. Frauen mit Sonnenschirmen, Hündchen an der Leine. Kinder, die sich mit klebrigen Fingern an die Röcke ihrer Mütter klammern; Leute, die Kokosnüsse gekauft haben und damit nichts anzufangen wissen. Plötzlich das Aufblitzen von Bajonetten, die Menschen packen sich bei den Händen, reißen Kinder vom Boden hoch, drängen und rufen in dem Geschiebe angstvoll nach ihren Familien. Ein Irrtum, es muss doch ein Irrtum sein! Die rote Fahne des Kriegsrechts wird entrollt. Aber was ist eine Fahne an einem Festtag? Dann das Krachen der ersten Salve. Und Flucht, stolpernd und strauchelnd, im Gras schauerliche Blüten aus Blut, Finger unter trampelnden Füßen, Knochen, die unter Hufen zersplittern. Binnen Minuten ist alles vorbei. Ein Exempel ist statuiert worden. Ein Soldat rutscht aus dem Sattel und erbricht sich.

Gegen Mittag die Meldung: an die fünfzig Tote. Das ist die höchste Schätzung, aber ganz gleich, wie die korrekte Opferzahl lautet, scheint es unfassbar. Das Zimmer mit den roten Wänden wirkt plötzlich so klein, so eng. Vor der Tür liegt der Riegel, derselbe Riegel, der vor zwei Jahren vorgeschoben wurde; derselbe, der vorgeschoben wurde, als die Frauen nach Versailles zogen.

»Um ganz offen zu sein«, sagte Danton, »hier sollten wir nicht bleiben. Wenn der Nationalgarde klar wird, was sie angerichtet hat, dann geht die Suche nach einem Sündenbock los. Wer bietet sich da mehr an als die Urheber der Petition? Und das«, schloss er bedeutungsschwer, »die Urheber der Petition, das sind wir.« Er blickte auf. »Hat jemand aus der Menge einen Schuss abgegeben? War das der Grund? Einfach Panik?«

»Nein«, sagte Camille. »Ich glaube Marat. Ich glaube diesem Hinweis von dir. Die Sache war geplant.«

Danton schüttelte den Kopf. Es konnte nicht sein. All ihr Wortedrechseln und Feilen an den Sätzen, all ihr Abfassen und Neuabfassen der Petition, all das Hin und Her mit den Jakobinern und der Versammlung – und dann so etwas: schnell, hirnlos, blutig. Er hatte den Fall per Anwaltstaktik zu gewinnen gedacht, Gewalt nicht ausgeschlossen, aber nur als Ultima ratio. Er war im Rahmen des Gesetzes geblieben, knapp zwar, aber immerhin. Er hatte erwartet, dass Lafayette und Bailly sich an die Regeln halten würden – dass sie die Menge zügeln, aber ansonsten gewähren lassen würden. Aber wie es schien, wurden die Regeln neu definiert; besser, man wappnete sich für das Schlimmste.

Camille sagte: »Die Patrioten haben die Petition als Chance gesehen. Lafayette offenbar auch. Als Chance zu einem Massaker.«

Da sprach der Journalist, sie wussten es alle. Das wahre Leben bot keine so sauberen Begrifflichkeiten. Aber so sollte es von da an genannt werden: das Massaker auf dem Marsfeld.

In Danton schoss eine gewaltige Wut auf. Beim nächsten Mal, dachte er, die Taktik des Stiers, die Taktik des Löwen. Aber vorerst die Taktik der Ratte, die sich duckt und flieht.

SPÄTER NACHMITTAG: Angélique Charpentier ging durch ihren Garten in Fontenay-sous-Bois, einen Blumenkorb überm Arm. Ihre Bewegungen waren gemessen, aber eigentlich hätte sie sich am liebsten auf die Schnecken im Salatbeet gestürzt und sie in Stücke gehackt. Hitze, die Luft mit Unwettern aufgeladen: Wir sind nicht wir selbst.

»Angélique?« Ein schmaler schwarzer Umriss gegen die Sonne.

»Camille? Was machen Sie hier?«

»Können wir ins Haus gehen? Ich werde nicht Ihr einziger Besuch bleiben. Das freut Sie vielleicht nicht, aber Georges-Jacques hat entschieden, dass wir hier am sichersten sind. Es hat ein Massaker gegeben. Lafayette hat auf die Menschen geschossen, die den Jahrestag der Bastille feiern wollten.«

»Ist Georges etwas passiert?«

»Georges doch nicht. Aber die Nationalgarde fahndet nach uns.«

»Werden sie hier nicht auch suchen?«

»Vorerst noch nicht. Die ganze Stadt ist in Aufruhr.«

Angélique nahm seinen Arm. Das ist nicht das Leben, das ich mir vorgestellt habe, dachte sie. Das ist nicht das Leben, das ich für Gabrielle wollte.

Während sie auf das Haus zueilten, zog sie sich das weiße Leinentuch vom Kopf, mit dem sie ihren Nacken vor der Sonne schützte. Sie versuchte ihre Haare zurechtzustreichen. Wie viele sie wohl zum Abendbrot sein würden? Die Leute brauchten schließlich zu essen …

Die Stadt hätte tausend Meilen weit fort sein können. Es war die Zeit am Nachmittag, wenn die Vögel schweigen; schwerer Blütenduft hing über dem Garten.

Ihr Mann François kam ihnen mit besorgter Miene entgegen. Trotz der Hitze sah er aus wie immer, elegant und adrett. Er trug nur sein Hemd, aber seine Halsbinde war sauber geknotet, und auf seinem Kopf saß die runde braune Perücke; man konnte ihn sich fast mit einer Serviette überm Arm vorstellen. »Camille?«, sagte er.

Einen Augenblick lang fühlte Camille sich um ein halbes Jahrzehnt zurückversetzt. Oh, wieder in der hallenden Kühle des Café de l'École zu sitzen, vor sich einen starken Kaffee aus der Hand einer drallen Angélique, und Maître Vinot zuzuhören, wie er sich über seinen Lebensplan ausließ. »Verdammt«, murmelte er. »Ich weiß nicht, wo das noch hinführen soll.«

Einer nach dem anderen trafen sie im Lauf des Nachmittags ein. Camille hatte offenbar einen recht großen Vorsprung gehabt, denn als Danton ankam, saß er schon längst mit einem Glas Limonade auf der Terrasse und las das Neue Testament.

Fabre meldete, dass François Robert lebend gesichtet worden sei. Legendre berichtete von Patrouillen, die den Cordeliers-Distrikt durchkämmten, von zertrümmerten Druckerpressen und dem Berg Rinderhälften, den die Plünderer im Kielwasser der Patrouillen aus seinem Laden getragen hatten. »Ob ihr's glaubt oder nicht«, sagte er, »es gibt Tage, an denen meine Liebe zum souveränen Volk deutlich abflaut.« Er hatte mit ansehen müssen, wie ein junger Journalist, Prudhomme, von Nationalgardisten verprügelt und in jammervoller Verfassung fortgeschleppt worden war. »Ich hätte mich eingeschaltet. Aber du hast ja gesagt, wir sollen kein Risiko eingehen, oder, Danton?« Sein Blick, hundegleich, bettelte um Absolution.

Danton nickte kurz, sparte sich den Kommentar. »Was wollten sie mit Prudhomme?«

»Nun ja«, erklärte Fabre, »in der Hitze des Gefechts dachten sie, sie hätten Camille erwischt.«

»Für Camille hätte ich mich eingeschaltet«, betonte Legendre.

Camille blickte vom Matthäusevangelium auf. »Den Teufel hättest du.«

Gabrielle, bleich und verängstigt, erschien mit genügend Gepäck, um einer Belagerung standzuhalten. »In die Küche mit dir.« Angélique riss ihr die Taschen aus den Händen. »Wir müssen Gemüse schneiden. Du hast fünf Minuten, um dich frischzumachen, dann meldest du dich gehorsamst zum Dienst.« Jetzt war Härte geboten, sagte sie zu sich. Spann sie ein, zwing sie zum Reden.

Aber Gabrielle war nicht in der Verfassung, auch nur Bohnen zu putzen. Sie setzte sich an den Küchentisch, Antoine auf dem Schoß, und brach in haltloses Schluchzen aus. »Er ist doch in Sicherheit«, sagte ihre Mutter. »Er schmiedet schon neue Pläne. Das Schlimmste liegt hinter euch.« Die Tränen wollten nicht versiegen. »Du bist in der Hoffnung, nicht wahr?«, sagte Angélique. Sie hielt ihre schluckende, schniefende Tochter fest an die Brust gedrückt, strich ihr übers Haar und fühlte Gabrielles Wange unter ihrer Hand brennen wie im Fieber. Ausgerechnet jetzt, dachte sie. Der kleine Antoine begann zu weinen. Draußen auf der Terrasse konnte sie die Männer lachen hören.

Galgenhumor, nahm sie an – denn außer Georges, auf den immer Verlass war, hatte keiner von ihnen Appetit. Die Ente blieb nahezu unberührt, die Sauce gerann, das Gemüse erkaltete in seinen Schüsseln. Fréron kam als Letzter an; er war ein Nervenbündel, zerschunden, zitternd, wirr. Alkohol musste her, ehe ihm seine Geschichte entlockt werden konnte. Er war auf dem Pont-Neuf festgehalten und niedergeschlagen worden. Ein paar Männer aus dem Cordeliers-Bataillon waren zufällig vorbeigekommen. Sie hatten ihn erkannt, sich ins Getümmel geworfen und für Ablenkung gesorgt, sodass er davonhumpeln konnte. Andernfalls, sagte er, wäre er jetzt tot.

»Hat jemand Robespierre gesehen?«, fragte Camille. Kopfschütteln ringsum. Camille nahm ein Tischmesser und fuhr nachdenklich mit dem Finger über die Schneide. Lucile war in der Rue Condé, nahm er an; bestimmt war sie nicht allein in der Wohnung geblieben, dazu war sie zu klug. Wir müssen endlich eine Entscheidung wegen dieser Tapete treffen, hatte sie vorgestern gesagt: Sollen wir Gittermuster nehmen? Er hatte gesagt, *Lucile, stell mir eine echte Frage*. Jetzt schien ihm, dass dies die echte Frage war. »Ich gehe zurück nach Paris«, sagte er und stand auf.

Eine kurze Stille trat ein. »Warum gehst du nicht einfach in die Küche und schneidest dir die Kehle durch?«, erkundigte sich Fabre. »Dann vergraben wir dich im Garten.«

»Also wirklich, Camille«, sagte Angelique vorwurfsvoll. Sie lehnte sich über den Tisch und nahm sein Handgelenk.

»Für eine Rede nur«, sagte er. »Vor den Jakobinern – soweit noch welche übrig sind. Einfach, um unsere Linie festzulegen. Ein bisschen Kontrolle zurückzugewinnen. Außerdem muss ich meine Frau suchen, und ich muss Robespierre suchen. Bevor etwas schiefgehen kann, bin ich schon wieder weg. Ich kenne Marats Fluchtwege.«

Sie starrten ihn an, sprachlos, mit offenen Mündern. Wer machte sich im Alltag schon klar, dass dies der Mann war, der im Palais Royal die Polizei in Schach gehalten hatte, der mit einer Pistole gefuchtelt und gedroht hatte, sich zu erschießen? Selbst ihm fiel es schwer, sich das klarzumachen – im Alltag. Aber jetzt wehte ein anderer Wind. Jetzt war er der Laternenanwalt. Er hatte seine Rolle zu spielen, seine Aufgabe zu erfüllen, er würde nicht stottern, solange er sich nur an seinen Text hielt. »Ein Wort unter vier Augen«, sagte Danton mit einer Kopfbewegung in Richtung Terrassentür.

»Geheimnisse unter Brüdern?«, fragte Fréron neckisch.

Niemand antwortete ihm. Stumm, wie es die allgemeine Bedrücktheit gebot, begann Angélique das Geschirr zusammenzuräumen. Gabrielle murmelte etwas und schlüpfte aus dem Zimmer.

»Wo wirst du hingehen?«, fragte Camille.

»Arcis.«

»Da werden sie dich suchen.«

»Ja.«

»Wohin also von dort?«

»England.«

»Und wann kommst du wieder?«

»Sobald es …« Danton unterdrückte einen Fluch. »Seien wir ehrlich, möglicherweise nie. Geh nicht nach Paris zurück. Bleib heute Nacht hier – wir müssen es riskieren, weil wir den Schlaf brauchen. Schreib deinem Schwiegervater, bitte ihn, deine Angelegenheiten in Ordnung zu bringen. Hast du dein Testament gemacht?«

»Nein.«

»Dann mach es jetzt und schreib an Lucile. Sobald es morgen hell wird, machen wir uns auf den Weg nach Arcis. Da bleiben wir eine Woche oder so, bis es sicher ist, in Richtung Küste aufzubrechen.«

»Mit meinen Geographiekenntnissen ist es nicht sehr weit her«, sagte Camille, »aber wäre es nicht sinnvoller, von hier aus zur Küste zu reisen?«

»Ich muss mich um ein paar Dinge kümmern. Schriftstücke unterzeichnen.«

»Sehr wichtig, wenn du ohnehin nicht zurückkommst.«

»Fang jetzt nicht an herumzudiskutieren. Die Frauen können nachkommen, sobald es sich einrichten lässt. Zur Not kannst du sogar deine Schwiegermutter einreisen lassen, wenn du ohne sie nicht leben kannst.«

»Und glaubst du, die Engländer werden uns freudig aufnehmen? Glaubst du, sie empfangen uns in Dover mit Staatsbankett und Militärkapelle?«

»Wir haben Verbindungen.«

»Die haben wir, aber«, fragte Camille in gespielter Bitterkeit, »wo ist Grace Elliot, wenn man sie braucht?«

»Wir müssen nicht unter eigenem Namen reisen. Ich habe bereits Papiere, ich kann dir auch welche besorgen. Wir geben uns als Geschäftsleute aus – ich weiß so viel übers Baumwollspinnen, da dürfte das nicht weiter schwer sein. Wenn wir dann angekommen sind, nehmen wir Kontakt zu unseren Anhängern auf, tun uns nach einer Bleibe um – für Geld ist gesorgt … Was denn?«

»Wann hast du dir das alles ausgedacht?«

»Auf dem Weg hierher.«

»Aber es scheint längst beschlossene Sache für dich – Herrgott, das war schon immer dein Plan, stimmt's? Bequem mit dem Strom mitschwimmen, und dann raus, sobald es reißend wird? Willst du als Gutsherr in Hampshire sitzen? Ist das dein neuer Ehrgeiz?«

»Welche andere Wahl haben wir denn?« Danton tat der Kopf weh, und Camille machte es nur noch schlimmer. Ich hab dich erlebt, hätte er am liebsten gesagt, ich hab dich erlebt, da hast du vor Angst gezittert wie Espenlaub.

»Ich kann einfach nicht glauben« – Camille sagte es mit bebender Stimme –, »dass du davonläufst.«

»Aber wenn wir nach England gehen, können wir neu anfangen. Neu planen.«

Camilles Ausdruck war bekümmert. Nein, noch etwas anderes als bekümmert, aber Danton konnte es nicht einordnen, der Gedanke, wieder von vorn anfangen zu müssen, laugte ihn innerlich zu sehr aus.

»Dann geh du«, sagte Camille. »Ich bleibe. Ich tauche unter, solange es sein muss. Wenn die Luft wieder rein ist, schicke ich dir Nachricht. Dann hoffe ich, dass du zurückkommst. Ich weiß nicht, ob du dazu bereit bist, aber wenn du jetzt sagst, du bist es, dann muss ich dir glauben. Einen anderen Weg gibt es nicht. Wenn du nicht kommst, werde ich dir wohl oder übel nach England folgen müssen. Ich habe nicht vor, hier ohne dich weiterzumachen.«

»Ich habe eine Frau und ein Kind, und ich …«

»Ja, ich weiß. Und bald noch ein zweites Kind.«

»Weißt du das von Gabrielle?«

»So nah stehen Gabrielle und ich uns nicht.«

»Gut. Mir hat sie's nämlich auch nicht gesagt.«

Camille wies in Richtung Haus. »Ich geh da jetzt rein und knöpf mir den Haufen da drinnen vor und beschäme sie alle bis ins Mark. Glaub mir, die werden noch heute nach Paris zurückkriechen. Sie können als Ablenkung dienen, dann hast du es leichter – und du bist der, auf den es ankommt. Das sehe ich ein. Ich hätte das vorhin nicht sagen dürfen. Fabre soll Lucile nach Bourg-la-Reine bringen, dann kann er sich eine Woche oder zwei dort versteckt halten.«

»Ich weiß ja nicht, ob ich Fabre meine Frau anvertrauen würde.«

»Wem dann? Karnickel? Unserem wackeren Metzgermeister?«

Sie grinsten beide. Ihre Blicke trafen sich. »Weißt du noch, was Mirabeau immer sagte?«, fragte Camille. »›Wir leben in einer Zeit bedeutender Ereignisse und unbedeutender Männer.‹«

»Pass auf dich auf«, sagte Danton. »Und dein Testament solltest du trotzdem machen. Oh, und Camille – vermach mir deine Frau.«

Camille lachte. Danton wandte sich ab. Er wollte ihn nicht gehen sehen.

Robespierre war gegen ein Absperrgitter gedrängt worden, als die Kämpfe ausbrachen. Der Schrecken war jedoch größer gewesen als der Schmerz. Er hatte Tote gesehen, hatte nach dem Abzug der Truppen zugeschaut, wie die Verwundeten weggetragen wurden, und er hatte die absurden Rückstände des zivilen Schlachtfelds gesehen: blumengeschmückte Hüte, einzelne Schuhe, Puppen und Brummkreisel.

Seine Füße hatten sich wie von selbst in Bewegung gesetzt. Vielleicht war er viele Stunden gegangen. Auf welchem Weg genau, wusste er nicht, aber es trieb ihn zurück zur Rue Saint-Honoré, zu den Jakobinern, um dort seine Stellung zu behaupten. Er war schon fast da. Aber jetzt vertrat ihm jemand den Weg.

Er sah auf. Der Mann trug ein Hemd, das am Hals aufgerissen war, eine staubige Mütze und die Überreste der Nationalgardistenuniform.

Das Seltsame war, dass er lachte. Seine Zähne waren gefletscht wie bei einem Hund.

Er hielt einen Säbel in der Hand. Um den Knauf war ein blau-weiß-rotes Bändchen gebunden.

Hinter ihm standen noch drei Männer. Zwei hatten Bajonette.

Robespierre stand ganz still. Er trug nie eine Pistole bei sich, sooft ihn Camille auch schon dazu ermahnt hatte. »Camille«, pflegte er zu sagen, »ich würde sie ja doch nicht benutzen. Niemals würde ich auf jemanden schießen.«

Nur allzu wahr. Und jetzt war es zu spät.

Würde er schnell sterben oder langsam? Das war eine Frage, die andere entscheiden würden; er hatte keinen Einfluss darauf. Sein Kampf war zu Ende.

Ganz kurz noch, dachte er, dann darf ich ausruhen. Ganz kurz noch, und ich kann schlafen.

Die schreckliche Ruhe in seinem Herzen spiegelte sich in seinem Gesicht wider.

Mit lässiger Geste streckte der Hundemann die Hand aus. Er fasste ihn beim Revers.

»Auf die Knie«, befahl er.

Jemand stieß ihn ins Kreuz. Er strauchelte.

Er schloss die Augen.

So also, dachte er.

Auf offener Straße.

Jemand rief ihn beim Namen: keine überirdische Stimme, sondern eine sehr irdische, diesseitige.

Zwei Händepaare zerrten ihn auf die Füße.

Er hörte den Stoff seines Rockes reißen. Dann Flüche, ein Aufschrei, eine Faust, die den Knochenbau eines menschlichen Gesichts in Unordnung brachte. Er öffnete die Augen und sah den Hundemann mit blutiger Nase dastehen, während einer Frau, die genauso groß wie der Hundemann war, das Blut aus dem Mund lief. Sie sagte: »Frauen anfallen, das könnte dir so passen. Dann schauen wir doch mal, was wir mit der hier abschneiden können, Jungchen.« Und sie zog eine lange Schneiderschere aus ihren Röcken hervor. Eine zweite Frau ein Stück hinter ihr hielt eine kleine Axt in den Händen, wie man sie zum Brennholzhacken benutzte.

Ehe er noch zu Atem kam, drängten aus einem Hauseingang noch ein Dutzend Frauen. Eine schwang eine Brechstange, eine andere einen Pikenschaft, und alle hatten sie Messer. »Robespierre!«, riefen sie, und aus den Häusern und Läden rannten die Leute herbei und gafften.

Die Männer mit den Bajonetten waren von ihm abgerückt. Der Hundemann spuckte aus; ein blutverklumpter Speichelbatzen traf die Anführerin ins Gesicht. »Spuck nur, Aristokrat«, höhnte sie. »Zeig mir Lafayette, ich schlitz ihm den Bauch auf und stopf ihn mit Maroni. *Robespierre!*«, schrie sie. »Wenn schon König, dann Robespierre.«

»König Robespierre!«, schrien die Frauen. »König Robespierre!«

Ein Mann kam, hochgewachsen, zur Glatze neigend; er hatte eine saubere Kattunschürze um, und in der Hand hielt er einen Hammer. Mit dem freien Arm bahnte er sich einen Weg durch die Menge. »Ich steh Ihnen bei«, rief er. »Mein Haus ist gleich hier.« Die Frauen wichen zurück. »Der Schreiner Duplay«, sagte eine, »ein guter Patriot, ein guter Meister.«

Duplay drohte den Gardisten mit seinem Hammer, und die Frauen johlten. »Dreckspack«, sagte er zu den Männern. »Macht, dass ihr wegkommt.« Er nahm Robespierre beim Arm. »Mein Haus ist gleich hier«, wiederholte er, »hier, guter Bürger, schnell. Kommen Sie mit mir.«

Die Frauen bildeten ein Spalier, streckten die Hände aus, berührten Robespierre. Er folgte Duplay, duckte sich durch eine kleine Tür in einem hohen, wuchtigen Tor. Riegel rasteten ein.

Im Hof standen Arbeiter in einem Pulk beisammen. Offenbar waren sie drauf und dran gewesen, ihrem Meister auf die Straße nachzueilen. »Zurück an die Arbeit, ihr guten Leute«, sagte Duplay. »Und zieht eure Hemden an. Zeigt man so Respekt?«

»O nein.« Er versuchte Duplays Blick einzufangen. Sie durften nicht alles umändern, nur weil er da war. In einem struppigen Busch neben dem Tor sang eine Drossel. Es duftete nach frischem Holz. Vor ihm stand das Haus. Er wusste, was er hinter dieser Tür finden würde. Schreiner Duplay hob die Hand und ließ sie schwer auf seine Schulter fallen. »Hier sind Sie in Sicherheit, mein Sohn«, sagte Duplay. Er zuckte nicht zurück.

Eine große, unscheinbare Frau im dunklen Kleid trat aus der Seitentür. »Vater«, sagte sie, »was ist los, wir haben Geschrei gehört, ist draußen etwas passiert?«

»Eléonore«, sagte er, »geh hinein und sag deiner Mutter, dass der Bürger Robespierre zu uns gefunden hat.«

Am 18. Juli marschierte ein Trupp Gendarmen durch die Rue des Cordeliers, um die *Révolutions de France* vom Erdboden zu tilgen. Sie trafen zwar den Herausgeber nicht an, aber dafür einen seiner Gehilfen, der mit einem Gewehr wedelte. Es folgte ein Schusswechsel. Der Redaktionsgehilfe wurde überwältigt, verprügelt und ins Gefängnis geworfen.

Als die Polizei im Haus der Charpentiers in Fontenay-sous-Bois ankam, fand sie dort nur einen einzigen Mann vor, der vom Alter her auf Georges-Jacques Danton passte. Das war Victor Charpentier, Gabrielles Bruder. Bis sich der Irrtum herausstellte, lag er schon in einer Blutlache, aber so genau konnte man es in Zeiten wie diesen nicht nehmen. Haftbefehle ergingen gegen einen gewissen Danton, Advokat; Desmoulins, Journalist; Fréron, Journalist; Legendre, Metzgermeister.

Camille Desmoulins war in der Nähe von Versailles untergetaucht. In Arcis ordnete Danton seine Angelegenheiten. Er hatte seinem

Schwager eine Vollmacht erteilt, die diesen unter anderem dazu berechtigte, seine Möbel zu verkaufen und die Pariser Wohnung zu kündigen, falls er es für angezeigt hielt. Er unterzeichnete den Kaufvertrag für ein Herrenhaus am Fluss, in dem seine Mutter wohnen sollte, und stellte ihr eine Leibrente aus. Anfang August brach er nach England auf.

Lord Gower, der englische Botschafter, in einem Eilbericht:

> *Danton ist geflohen, und M. Robespierre, der große* denunciateur *und von Amts wegen* Accusateur Publique, *ist im Begriff, selbst* denoncé *zu werden.*

Révolutions de Paris:

> *Was wird nun aus der Freiheit? Manche sehen sie am Ende …*

VIERTER TEIL

Camille Desmoulins:

Des Königs Pistole war auf die Stirn der Nation gerichtet; sein Schuss ging daneben, und nun schießt die Nation zurück.

Lucile Desmoulins:

Wir wollen frei sein, aber bei Gott, welchen Preis zahlen wir dafür!

1. Glücksbringer

(1791)

Manon Roland sitzt am Fenster und hält das Gesicht der sacht wärmenden Oktobersonne entgegen. Langsam, mit Bedacht, sticht sie ihre Nadel in den verschlissenen Leinenstoff. Sogar wir in unseren beschränkten Verhältnissen hätten für so etwas Personal. Aber nichts wird je so ordentlich ausgeführt, wie wenn man es selbst besorgt. Und außerdem – sie beugt den Kopf über ihre Arbeit – was kann es Beruhigenderes, Alltäglicheres geben als ein Bettlaken? In einer zerstrittenen Welt? Es wird noch viel mehr an Flicken und Stopfen erforderlich sein, an Ausbessern und Kitten, jetzt, nach dem »großen Schlag«, wie ihr Mann es ausdrückt.

Was ist das nur mit diesen Hausarbeitsmetaphern? Wehrt sie sich dagegen, oder wehren sich die Metaphern gegen sie? Die Mitte ist brüchig geworden, fadenscheinig, also lasst uns die Ränder zur Mitte machen. »Ça ira.« Sie muss lächeln. Sie hat, so sagt sie sich gern, durchaus Sinn für Humor.

Ihr Mann, Ende fünfzig jetzt, Magengeschwüre, Leberleiden, wird durch ihre Pflege und ihre Willensstärke davor bewahrt, zum Invaliden zu werden. Er war Inspektor der Manufakturen; unter der neuen Ordnung vom September 1791 ist dieses Amt abgeschafft worden. Sie haben das Ende des alten Regimes begrüßt, sie sind keine selbstsüchtigen Menschen. Aber die Begeisterung muss gedämpft ausfallen, wenn man keinen Anspruch auf eine Pension hat und nur gepflegter Armut entgegensehen kann.

Sie ist selbst krank gewesen – fiebrig und ausgelaugt, so denkt sie, vom Pariser Sommer, angewidert vom Blut auf dem Marsfeld. »Es war zu viel für dich, Liebes; sieh doch, wie übererregbar du bist. Wir müssen alles aufgeben und nach Hause zurückkehren, denn nichts ist wichtiger als deine Gesundheit, und in Le Clos warst du immer so seelenvergnügt.« Seelenvergnügt? Sie? Nach 1789?

Also sind sie zurückgekehrt auf den heruntergekommenen kleinen Landsitz in den Hügeln von Beaujolais, zu den Gemüsebeeten und verschossenen Wandbehängen und den armen Frauen, die sich an der Hintertür Ratschläge und Kräuterwickel abholen. Hier (sie hat ihren Rousseau gelesen) lebt man im Einklang mit der Natur und den Jahreszeiten. Aber die Nation ist am Ersticken, und sie möchte … sie möchte …

Ungeduldig schiebt sie ihren Stuhl vom Fenster weg. Ihr Leben lang ist sie nur Zuschauerin gewesen, nur Beobachterin – und was hat sie davon? Nichts, nicht einmal philosophischen Gleichmut. Den sie auch durch ihre Studien nicht erlangt hat, so wenig wie durch Selbstbetrachtung oder, denkt sie ironisch, durch Gärtnern. Man sollte meinen, er könnte allmählich von selbst kommen, zu einer Frau von sechsunddreißig, einer Ehefrau und Mutter. Ein wenig Gelassenheit nur, ein wenig innere Ruhe – aber nichts da. Auch nach dem Gebären hat man noch Blut in den Adern, nicht Milch. Ich stehe dem Leben nicht stoisch gegenüber, wahrscheinlich werde ich das nie – und in Anbetracht der jüngsten Ereignisse: warum sollte ich?

Dieser neueste Schicksalsschlag etwa, nie und nimmer wird sie sich ihm beugen. Sie sind gerade aus Paris gekommen; sie müssen schnellstens dorthin zurück. Entweder um eine Pension durchzusetzen – oder einen neuen Posten unter der neuen Regierung.

Roland wäre am liebsten nicht gefahren. Aber sie denkt: Paris ruft nach mir. Ich bin dort geboren.

Ihr Vater hatte seinen Laden am Quai d'Horloge gehabt, nahe dem Pont-Neuf. Er war Graveur – ein modisches Gewerbe mit modischen Kunden –, und er hatte das Auftreten dazu: selbstbewusst und doch unterwürfig, Künstler und Handwerker in einem, nicht Fisch und nicht Fleisch.

Getauft war sie auf den Namen Marie-Jeanne, aber genannt wurde sie nur Manon. Ihre Brüder und Schwestern starben alle. Es muss einen Grund geben, dachte sie mit acht oder neun, warum der gütige Gott mich verschont hat, irgendeinen speziellen Auftrag. Sie sah sich ihre Eltern gut an, registrierte mit kaltem Kinderblick ihre Begrenzungen, ihre sorgfältig aufgetragene Tünche der Vornehmheit. Sie hüteten sie wie ihren Augapfel, begegneten ihr fast mit einer gewissen Ehrfurcht. Sie erhielt eine Menge Musikstunden.

Als sie zehn war, kaufte ihr Vater ihr gleich mehrere Abhandlungen über die Erziehung der Jugend; ein Buch mit dem Wort »Erziehung« im Titel konnte nicht verkehrt sein, dachte er.

Dieses kluge Kind, dieses hübsche Kind, dieses Kind, für das nichts gut genug war: Wie konnten sie so unbedacht sein, es an jenem Tag allein in die Werkstatt zu lassen? Aber der Junge, der Lehrbursche (fünfzehn und groß für sein Alter, sommersprossig, mit breiten Händen) hatte immer wohlerzogen gewirkt, harmlos. Es war Abend, er arbeitete unter einer Lampe, und sie stand an seinem Arm und sah ihm zu. Sie dachte sich nichts dabei, als er ihre Hand nahm. Er hielt sie einen Augenblick, spielte mit ihren Fingern, lächelte mit schräg gelegtem Kopf zu ihr hoch – und zog die Hand dann unter die Werkbank.

Dort berührte sie fremdes Fleisch, einen feuchten, geschwollenen Fleischpfahl, der von verborgenem Leben zitterte. Er verstärkte seinen Griff um ihr Handgelenk, drehte sich im Stuhl zu ihr um. Sie sah, was sie berührt hatte. »Dass du's ja keinem sagst«, flüsterte er. Sie riss ihre Hand los. Ihre Augenbrauen schossen hinauf bis zu den wippenden Stirnlocken, und sie stürmte hinaus und warf die Werkstatttür hinter sich zu.

Auf der Treppe hörte sie ihre Mutter nach ihr rufen. Irgendeine kleine Besorgung, ein Botengang, der erledigt sein wollte – hinterher konnte sie sich nicht erinnern, was es genau gewesen war. Sie führte ihren Auftrag aus, mit leerem Blick und einem flauen Gefühl im Magen. Sagte nichts. Wusste nicht, was sie hätte sagen sollen.

Aber in den darauffolgenden Wochen – und das war etwas, das sie später nicht begriff, weil sie nicht glauben konnte, dass sie ein Kind mit verderbten Neigungen gewesen war – ging sie immer wieder in die Werkstatt. Ja: Sie nutzte die Gelegenheit. Sie erfand kleine Ausreden dafür; als hätte sie es in jenen Tagen darauf angelegt, die Augen vor ihrer eigenen Natur zu verschließen. Es war bloße Neugier, argumentierte ihr Erwachsenen-Ich: die natürliche Neugier des überbehüteten Kindes. Aber ihr Erwachsenen-Ich sagte auch: Du hast damals Ausflüchte gesucht, und du suchst immer noch Ausflüchte.

Der Junge aß mit der Familie zu Abend; weil er so jung war und so weit weg von zu Hause, war ihre Mutter besorgt um ihn. Manon konnte es sich nicht leisten, sich in seiner Gegenwart anders als sonst zu verhalten; die anderen würden sich wundern, vielleicht sogar Fragen stellen. Und wenn schon – ich habe nichts Unrechtes getan, sagte sie sich. Aber ihr kamen Zweifel, ob es im Leben sehr gerecht zuging, ob man nicht oft für Dinge büßte, für die man nichts konnte. In der Kindheit war das auf jeden Fall so, Tag für Tag gab es gedankenlose Klapse, Kinderzimmer-Ungerechtigkeiten. Das Erwachsenenleben, hatte sie immer gedacht, würde anders sein, rationaler – doch nun stand sie schon fast auf der Schwelle zum Erwachsenenleben. Je näher es rückte, desto gefährlicher kam ihr alles vor, desto weniger schien es, dass die Menschen der Vernunft zugänglich waren. Eine hartnäckige innere Stimme sagte ihr: Du hast keine Schuld, aber es kann dir passieren, dass es so aussieht, als ob.

Einmal raunte er ihr zu: »Ich hab dir nichts gezeigt, was deine Mutter nicht auch kennt.« Sie warf das Kinn hoch, öffnete den Mund, um diese Frechheit abzuschmettern, aber im selben Moment kam ihre Mutter mit einem Teller Brot und einer Schüssel Salat zur Tür herein, und so saßen sie Seite an Seite, zwei brave Kinder, zwei schüchterne Kinder, die die Augen aufs Tischtuch senkten und Gott für Salat, Käse und Brot dankten.

Wenn sie in der Werkstatt herumlungerte, spürte sie die Spannung zwischen ihnen wie einen unsichtbaren Draht. Quälte sie ihn vielleicht ein bisschen, wenn sie so hinein- und wieder herausflatterte, beschützt durch das Beisein anderer? Immer wieder musste sie an dieses seltsame Stück Fleisch denken, blind und weiß und zitternd wie etwas Neugeborenes.

Eines Tages fanden sie sich dann doch allein miteinander. Sie wahrte Abstand zu ihm; er sollte sie nicht noch einmal so zu packen bekommen. Diesmal kam er von hinten, als sie am Fenster stand und hinaussah. Er schob die Hände unter ihren Armen durch und zog sie rückwärts auf seine Knie, während er sich gleichzeitig auf einen Stuhl setzte. Er zerrte ihren Rock hoch, fasste ihr zwischen die Beine, einmal nur. Dann klappte sein sommersprossiger Arm, mager und kraftvoll, über ihrem Leib zu wie ein Bügel, die Hand zur Faust geballt. Sie starrte hinab auf diese Faust – hing in seinem Griff wie eine Puppe, eine schlaffe, leblose Puppe, ihre hübschen Lippen halb geöffnet, während er sich der Befriedigung entgegenkeuchte und -schnaufte. Nicht, dass sie es als Befriedigung zu bezeichnen gewusst hätte, aber dass irgendein Schlusspunkt erreicht war, begriff sie, denn er gab sie frei und murmelte ein paar vage Freundlichkeiten, und nicht ein einziges Mal (dachte sie später) schaute er ihr dabei ins Gesicht, nein, er hielt sie mit voller Absicht so, dass er nicht zu sehen brauchte, ob sie erfreut oder entsetzt war, ob sie lachte oder nur zu verdattert war, um zu schreien.

Sie rannte davon, und nicht viel später – bei der ersten, hastigen Nachfrage, was ihr fehlte – brach die ganze Geschichte aus ihr heraus. Die Tränen begannen zu strömen, ihre Beine gaben unter ihr nach, sie schwankte zu einem Stuhl. Das Gesicht ihrer Mutter zersprang regelrecht vor Entsetzen. Sie fasste nach ihr, zerrte sie wieder auf die Füße, packte sie mit eisernem Griff an den Oberarmen. Sie schüttelte sie – ihr kostbares Kind –, schrie ihr Fragen entgegen: Was hat er mit dir gemacht, wo hat er dich berührt, sag mir jedes Wort, das er gesagt hat, jedes Wort, hab keine Angst, sag's deiner Mutter (während sie sie immer wieder schüttelte, ihr verzerrtes Gesicht nur Zentimeter von Manons entfernt): Hast du ihn auch anfassen müssen, blutest du, sag's mir, Manon, sag es, sag es!

Heulend wie eine Dreijährige wurde Manon die Straße entlang und zur Kirche geschleift, wo ihre Mutter wild an der Glocke riss, die den Priester zu einem Mörder oder einem Sterbenden ruft, damit er geeilt kommt, um ihm die Absolution zu erteilen und seine Seele vor dem Höllenfeuer zu erretten. Und er kam geeilt … Ihre Mutter schubste sie vorwärts und ließ sie dann allein mit dem Halbdunkel und dem asthmatischen Keuchen des ältlichen Paters. Der Pater wandte ihr sein gutes Ohr zu und lauschte dem krampfhaften Schluchzen eines geschändeten Kindes, wie er dachte.

Das Merkwürdige an der Sache war, dass sie den Jungen nicht fortschickten. Sie fürchteten das Aufsehen. Sie fürchteten, wenn die Geschichte ans Licht käme, würde man es vielleicht ihr ankreiden. Sie musste dem Jungen jeden Tag unter die Augen treten, auch wenn er nicht mehr mit am Familientisch aß. Jetzt wusste sie, dass die Schuld bei ihr lag – und das hatte nichts mit dem zu tun, was andere sagten oder dachten, sondern einzig mit einer inneren Aussöhnung, die es nicht geben konnte. Es hätte, sagte ihre Mutter, viel schlimmer ausgehen können; sie sei *unberührt*, sagte ihre Mutter, was für sie völlig widersinnig klang. Denk einfach nicht mehr dran, riet ihre Mutter; wenn du erst erwachsen und verheiratet bist, kommt es dir nur noch halb so schlimm vor. Aber trotz allen Bemühens – oder vielleicht gerade deswegen – konnte sie nicht aufhören, daran zu denken. Immer wieder errötete sie und begann inwendig zu zittern, und ihr Kopf machte unwillkürliche kleine Zuckbewegungen dabei.

Als sie zweiundzwanzig war, lebte ihre Mutter schon nicht mehr; vormittags kümmerte sie sich um den Haushalt, an den Nachmittagen bildete sie sich – lernte Italienisch und Botanik, verwarf die Systeme des Helvétius, betrieb ihre mathematischen Studien. An den Abenden las sie klassische Geschichte. Dann saß sie mit geschlossenen Augen über ihren Büchern, die Hände noch auf den Seiten, und träumte von der Freiheit. Sie zwang sich, bei dem zu verweilen, was uns Menschen groß macht, bei Fortschritt, Geistesadel, Brüderlichkeit und Selbstaufgabe – all den unkörperlichen Tugenden.

Sie las Buffons *Histoire Naturelle*; sie stieß darin auf Passagen, die sie tunlichst ausließ, manche Seiten blätterte sie schnell um, weil sie Wissen enthielten, das sie nicht besitzen wollte.

Sieben oder acht Jahre, nachdem der Junge die Lehre bei ihrem Vater beendet hatte, traf sie ihn wieder. Er hatte gerade geheiratet, er war, wie sie feststellte, ein ganz normaler junger Mann. Es war ein kurzes Zusammentreffen, das für persönliche Gespräche keine Zeit ließ (nicht dass es sie danach verlangt hätte), aber er flüsterte ihr zu: »Ich hoffe, Ihr werft es mir nicht mehr vor; ich hab nichts an Euch begangen.«

1776 änderte sich ihr Leben. Es war das Jahr, in dem Amerika seine Unabhängigkeit erklärte und sie die ihre aufgab. Sie hatte mehrere Heiratsanträge bekommen – vorwiegend von Geschäftsleuten zwischen zwanzig und Mitte dreißig. Sie war höflich zu ihnen gewesen, aber in keiner Weise ermutigend. Heiraten war etwas, worüber sie nach Möglichkeit nicht nachdachte. Ihre Familie begann zu verzweifeln.

Aber im Januar dieses Jahres betrat Jean-Marie Roland die Bildfläche. Er war hochgewachsen, umfassend gebildet, weit gereist und vereinte die Güte eines Vaters mit der Strenge eines Lehrers. Er stammte aus dem niederen Adel, war aber der jüngste von fünf Söhnen; er besaß ein wenig Land, dazu das Geld, das er verdiente, mehr nicht. Er war Verwalter, von Beruf wie von Natur. In seiner Funktion als Inspektor hatte er ganz Europa bereist. Er wusste alles übers Bleichen und Färben, über das Klöppeln von Spitze und das Heizen mit Torf, über die Herstellung von Schießpulver, das Räuchern von Schweinefleisch und das Schleifen von Linsen, über Physik, den Freihandel und die alten Griechen. Er spürte sofort, wie begierig sie nach Wissen war – Wissen einer bestimmten Art zumindest. Anfangs fielen ihr weder seine seltsamen, staubigen Röcke und zerschlissenen Hemden auf noch die Schuhe, die statt mit Schnallen mit einem Stück Schnur gebunden waren. Als sie es dann bemerkte, dachte sie, wie erfrischend: ein Mann, der frei von Eitelkeit ist. Ihre Gespräche waren ernsthaft, voll von einer verhaltenen, wortklauberischen Liebenswürdigkeit.

Er küsste ihr die Fingerspitzen, aber das war reine Artigkeit. Er saß am anderen Ende des Zimmers. Er unternahm keinerlei Annäherungsversuche. Eine Statue des Apostels Paulus beugte sich schließlich auch nicht herab und kraulte einen unterm Kinn.

Sie wechselten Briefe, lange, fesselnde Briefe, deren Verfassen halbe Tage und deren Lektüre ganze Stunden in Anspruch nahm. Zunächst komponierten sie wohldurchdachte Aufsätze zu Themen von allgemeinem Interesse. Nach einigen Monaten begannen sie über die Ehe zu schreiben – ihren sakramentalen Charakter, ihren Nutzen für die Gesellschaft.

Er reiste ein Jahr durch Italien und veröffentlichte ein Werk in sechs Bänden über seine Erfahrungen dort.

1780, nach vier gedankenreichen, zaghaften Jahren, heirateten sie.

Über die Hochzeitsnacht hatten sie nicht korrespondieren können. Sie wusste nicht, was sie sich vorzustellen hatte; sie gestattete sich keinen Gedanken an den Lehrburschen und seine hastigen Hände, keine Mutmaßungen darüber, was genau hinter ihrem Rücken vor sich gegangen war. Darum war sie nicht vorbereitet auf seinen Körper, seine eingefallene Brust mit den spärlichen, ergrauenden Haaren; war nicht vorbereitet auf die Hast, mit der er sich ihr näherte, oder auf den Schmerz der Defloration. Seine Atemzüge veränderten ihren Rhythmus, sie reckte den Kopf über seine Schulter hoch. »Ist das …?«, fragte sie. Aber er hatte sich schon von ihr weggewälzt, in den Schlaf, und schnaufte mit offenem Mund ins Dunkel.

Am nächsten Morgen beugte er sich bußfertig und besorgt über sie: »Warst du gänzlich unwissend? Meine arme, liebe Manon, hätte ich nur geahnt …«

Ein Kind (dachten beide) reicht als Rechtfertigung für eine Ehe: Eudora, geboren am 4. Oktober 1781.

Sie besaß die Gabe – auf die sie sehr stolz war –, die wesentlichen Punkte einer komplexen Materie innerhalb von Minuten zu erfassen. Man konnte ihr jedwedes Thema nennen, die Punischen Kriege, sagen wir, oder die Herstellung von Talgkerzen, und binnen eines Tages war sie imstande, erschöpfend darüber zu referieren; binnen einer Woche wäre sie in der Lage gewesen, ihre eigene Fabrik aufzumachen oder einen Schlachtplan für Scipio Africanus zu entwerfen. Es machte ihr Spaß, ihm bei seiner Arbeit zur Hand zu gehen. Sie begann ganz bescheiden, indem sie Passagen abschrieb, die er genauer studieren wollte. Dann wagte sie sich an ihr erstes Register und erwies sich als sorgsam und kompetent; als Nächstes stellte sie ihr gutes Gedächtnis und ihre verbissene Wissbegierde in den Dienst seiner Forschungsprojekte. Und da sie so flüssig und elegant schrieb, half sie ihm bald auch bei seinen Berichten und Briefen. Gib das doch mir, sagte sie, brüte du ruhig noch über dem ersten Absatz, und ich polier dir so lange den Rest etwas auf. Mein liebes, schlaues Mädchen, sagte dann er, wie bin ich nur früher ohne dich zurechtgekommen?

Aber sie dachte: Ich will mehr als ein Lob zum Lohn; ich will ein ruhevolles Leben, und doch will ich noch mehr bewegen. Ich weiß, welcher Platz der Frau zugedacht ist, ich bin ihn zufrieden, ich respektiere ihn, aber ich will auch den Respekt der Männer. Ich will ihren Respekt und ihren Beifall, denn auch ich besitze einen Verstand und kann ihn gebrauchen, auch ich habe meine Ideen zur Lage Frankreichs. Sie wünschte, sie könnte sie unmerklich in die Köpfe der Gesetzgeber einschleusen, so wie sie sie in den Kopf ihres Mannes schleuste.

Dieser Julitag damals – sie sah wieder die Trauben von Fliegen, die um das Flügelfenster der Krankenstube schwärmten, sah das gelbliche Gesicht ihres Mannes in den weißen Kissen, hörte den pfeifenden Atem ihrer Schwiegermutter, einer tyrannischen Fünfundachtzigjährigen, die in der Ecke döste. Und sich selbst sah sie, wie sie, grau gewandet und auch innerlich grau von so viel Siechtum und Hitze, mit einer

Kanne Kräutertee durch die Zimmer schlich, während es draußen, allem zum Trotz, unbeirrt Sommer blieb.

»Madame?«

»Leise. Was gibt es?«

»Madame, Nachricht aus Paris.«

»Ist jemand krank?«

»Die Bastille ist gefallen.«

Sie ließ die Tasse zu Boden klirren. Später dachte sie, ich habe es mit Absicht getan. Aus seinem Halbschlaf geschreckt, hob Roland den Kopf vom Kissen. »Manon, ist irgendein Unglück passiert?«

In der Ecke erwachte das Ancien Régime, schnalzte missbilligend mit der Zunge und beäugte giftigen Blickes das unschickliche Frohlocken ihrer Schwiegertochter.

Sie begann für Zeitungen zu schreiben, erst für den *Courrier de Lyon*, dann für Brissots *Le Patriote Français*. (Ihr Mann und Brissot hatten über die letzten zwei Jahre hinweg ausgiebig korrespondiert.) Sie unterschrieb ihre Artikel mit »Eine Dame aus Lyon« oder »Eine Römerin«. Im Juni 1790 erhielt sie einen charmanten, wenn auch schwer lesbaren Brief, der um Erlaubnis ersuchte, einen ihrer Artikel in den *Révolutions de France et du Brabant* nachzudrucken. Sie erteilte sie bereitwillig; über den Charakter des Herausgebers war sie damals noch nicht im Bilde.

In Paris hatte die große Chance sich geboten, und sie hatte sie ergriffen: Sie hatte sich in den Dienst der Patrioten gestellt. Wachend wie schlafend hatte sie von solch einer Gelegenheit geträumt – während ihrer einsamen Studien – während ihrer Schwangerschaft mit Eudora – wenn sie dastand und den Totengräbern auf dem Friedhof in Amiens bei der Arbeit zusah. *Der Salon der Madame Roland*. Zugegeben, im Detail hatte der Traum ein wenig enttäuscht. Die Männer waren unbedeutend, leichtfertig, sturköpfig, und sie musste sich auf die Zunge beißen, um sie nicht zurechtzustutzen. Trotzdem, es war ein Anfang; und bald würden sie wieder auf dem Weg nach Paris sein.

Sie hatte den Kontakt in den vergangenen Monaten nicht abreißen lassen. In einer verschlossenen Schublade bewahrte sie Briefe von Brissot, von Robespierre und diesem reizenden, ernsthaften jungen Abgeordneten François-Léonard Buzot auf. Durch diese Briefe war sie über die Folgen des Blutbads auf dem Marsfeld informiert. Sie wusste (solche Synopsis war ihr für gewöhnlich zuwider, aber es geschah alles so schnell), dass Louis, nun wieder in Amt und Würden, seinen Eid auf die Verfassung abgelegt hatte; dass Lafayette nicht mehr die Nationalgarde befehligte, sondern eine Armee außerhalb von Paris. Die neue gesetzgebende Versammlung war einberufen worden, ehemalige Abgeordnete durften ihr nicht angehören, Buzot war folglich nach Evreux heimgekehrt. Gut, aber schreiben konnten sie sich immer noch, und eines Tages würden sie sich gewiss auch wiedersehen.

Ihr Freund Brissot war jetzt Deputierter – der gute Brissot, immer bei der Arbeit. Und Robespierre war nicht in seine Heimatstadt zurückgekehrt, sondern in Paris geblieben, wo er den Jakobinerclub neu aufbaute, die neuen Abgeordneten dazulud und sie mit dem Procedere der Debatten vertraut machte, die die der Versammlung begleiteten. Fleißig war er, das musste man ihm lassen, aber enttäuscht war sie dennoch von ihm.

Sie hatte ihm am Tag des Massakers Nachricht geschickt, ihm ihre Wohnung als Versteck angeboten. Die Nachricht war ohne Antwort geblieben; später erfuhr sie dann, dass er bei einer Handwerkerfamilie untergeschlüpft war und nun dort wohnte. Sie hatte sich geprellt gefühlt, als der Moment der Gefahr ausblieb; in ihrer Fantasie hatte sie sich schon gesehen, wie sie einem Regiment die Stirn bot, wie sie der Nationalgarde heimleuchtete.

Und auch die Geschicke M. Dantons und seiner Freunde hatte sie aus ihrem Exil mit einigem Interesse verfolgt. Welche Erleichterung, ihn in England zu wissen – sie hatte gehofft, er würde dort bleiben. Trotzdem hatte sie das Ohr am Boden behalten, und richtig, kaum zeichnete sich eine Amnestie ab, war M. Danton wieder da. Er besaß die Stirn, für die gesetzgebende Versammlung zu kandidieren, und mitten in einer Wahlveranstaltung (so hatte sie gehört) war ein Beamter mit einem Haftbefehl gegen ihn erschienen. Aber der Mob, der ihn offenbar bei sämtlichen seiner Auftritte begleitete, hatte den armen Mann mit Worten und Fäusten angegriffen und nach Abbaye gebracht, wo er drei Tage lang in der Zelle saß, die für Danton bestimmt gewesen war.

Die Amnestie war erlassen worden, doch den Wahlmännern hatte der Unmensch gottlob nichts vorzumachen vermocht. Die Wunden seiner Niederlage hatte er in der Provinz geleckt – aber nun trat er an, um Stellvertretender Öffentlicher Ankläger zu werden. Mit etwas Glück würde ihm freilich auch das verwehrt bleiben; noch war es nicht so weit (hoffte sie), dass Frankreich von Verbrechern regiert wurde.

Was die Zukunft anging … Es ergrimmte sie, dass das dumme Volk in Paris wieder König und Königin zujubelte, nur weil sie ihre Namen unter die Verfassung gesetzt hatten: vergessen die Jahre der Tyrannei und der Habgier, vergessen der Verrat auf der Straße nach Varennes. Für Manon stand fest, dass Louis gemeinsame Sache mit ausländischen Machthabern machte. Es wird Krieg geben, dachte sie, und wir wären dumm, wenn wir nicht den ersten Schlag führten. (Sie wendete den Stoff in ihren Händen, fuhr mit der Nadel durch eine Garnschlaufe, um einen Knoten zu machen.) Und wir müssen als Republik kämpfen, so wie Athen und wie Sparta. (Sie griff nach ihrer Schere.) Louis muss abgesetzt werden. Besser noch: getötet.

Dann würde es ein für alle Mal vorbei sein mit der Adelsherrschaft.

Und was für eine Herrschaft war das gewesen …

Vor langer Zeit hatte ihre Großmutter sie einmal in ein Haus im Marais mitgenommen, zu einer Adligen, mit der sie bekannt war. Ein Lakai dienerte sie hinein; auf einem Sofa lagerte ein prachtvoll gewandetes altes Weib mit einem dummen, dick geschminkten Gesicht. Aus ihren üppigen Rockfalten sprang steifbeinig ein Hündchen auf und kläffte; die Alte gab ihm einen flüchtigen Klaps und wies ihrer Großmutter einen niedrigen Schemel zu. Aus irgendeinem Grund sprach man ihre Großmutter in diesem Haushalt mit ihrem Mädchennamen an.

Manon selbst durfte stehen bleiben, stumm, mit glühenden Backen. Ihre Kopfhaut brannte noch von der Tortur, der ihre Großmutter am Morgen ihr Haar unterzogen hatte. Die alte Adlige rutschte in ihren Kissen herum. Ihre Stimme war schnarrend, herrisch und seltsam unkultiviert. Manon musste vortreten und knickste in ihrem steifen Sonntagskleid. Auch dreißig Jahre später hatte sie sich diesen Knicks noch nicht verziehen.

Wässrige Augen musterten sie. »Ist sie fromm, hm?«, fragte die Adlige.

Das Hündchen legte sich schnüffelnd wieder hin; über der Armlehne des Sofas lag eine alte Tapisserie. Manon schlug die Augen nieder. »Ich bemühe mich, meine Pflichten zu erfüllen.«

Ihre Großmutter versuchte, auf dem harten Schemel eine bequemere Haltung zu finden. Die Dame zupfte an ihrem Spitzenhäubchen herum, als hätte sie einen Spiegel vor sich, dann richtete sie ihren harten Blick wieder auf Manon und begann ihr Fragen zu stellen, Schulbuchfragen. Als sie mit gesuchter Höflichkeit die richtigen Antworten gab, lächelte das Weib höhnisch. »Eine ganz Gescheite, wie? Glaubt sie, damit wird sie einem Mann gefallen?«

Nachdem das Fragespiel ausgestanden war, bekam sie – noch immer stehend, flach atmend in dem stickigen Zimmer – eine Aufzählung ihrer Vorzüge und Fehler zu hören. *Jetzt schon* proper gebaut, näselte die Alte, als wäre damit gesagt, dass sie später einmal dick werden würde. Käsiger Teint, näselte sie; *könnte* sich mit viel Glück noch auswachsen. »Sag sie mir«, befahl sie, »hat sie schon einmal ein Lotterielos gekauft?«

»Nein, Madame, ich glaube nicht an Glücksspiele.«

»Die Tugend in Person, hmm?« Eine Hand schoss nach vorn und packte Manons schmales Handgelenk wie ein knöcherner Schraubstock. »Sie soll ein Lotterielos für mich kaufen. Sie soll die Nummer aussuchen, versteht sie das, und dann damit herkommen und es mir selbst übergeben. Ich glaube nämlich, dass ihr Händchen mir Glück bringt.«

Auf der Straße atmete sie in tiefen Zügen Gottes reine Luft. »Bitte, ich muss da nicht wieder hin, nicht wahr?« Sie wollte nichts als fort, heim zu ihren Büchern und den vernünftigen Menschen, die sie bevölkerten.

Noch heute erschien, sooft jemand das Wort »hochgeboren« benutzte, von einer »Edelfrau« sprach oder von einer »Blaublütigen«, vor Manons innerem Auge das Bild jener bösartigen Spielerin. Es war nicht nur das Spitzenhäubchen, nicht die harten Augen oder die vernichtenden Worte. Es war dieser durchdringende Moschusgeruch, der Parfümgestank, der (sie wusste es) die Süßlichkeit körperlichen Verfalls überlagerte.

Lotterielos, von wegen! In der Republik würde es kein Glücksspiel geben, dachte sie: Spielen würde verboten sein.

PARIS: »Glauben Sie mir«, meinte der Richter zum Büttel, »von mir aus können die auch Johannes den Täufer einsperren. Aber sie haben die Glücksspielgesetze verschärft, und ich gebe ihnen exakt sechs Monate. Wie kommt's, dass Desmoulins wieder als Anwalt arbeitet?«

»Geld«, sagte der Büttel.

»Ich dachte, Orléans zahlt gut.«

»Oh, der Herzog ist erledigt«, sagte der Büttel fröhlich. »Mme de Genlis ist in England, Laclos ist wieder bei seinem Regiment, und die Mätressen streichen Danton um den Bart. Sie bekommen natürlich Geld von den Engländern.«

»Wie, Sie meinen, dass die Engländer Dantons Leute gekauft haben?«

»Ich glaube, dass sie ihnen Geld zahlen, das ist nicht dasselbe. Skrupelloses Pack. Es gab Zeiten in diesem Lande, da hat man einem Mann eine Bestechungssumme gezahlt und konnte sich auf seine Redlichkeit verlassen.«

Der Richter rutschte unruhig auf seinem Stuhl herum. Der Büttel wurde aphoristisch; wenn das passierte, kamen sie immer erst spät heim. »Trotzdem«, sagte er. »Zum vorliegenden Fall.«

»Ah, ja, Maître Desmoulins. Er hat die Anlageempfehlungen seines Schwiegervaters beherzigt und in Wertpapiere der Stadt Paris investiert. Und wir alle wissen, wie das ausgegangen ist.«

»Allerdings«, sagte der Richter mit Inbrunst.

»Und jetzt, wo die Obrigkeiten die Zeitungen verboten haben, braucht er eine neue Einkommensquelle.«

»Arm wird er ja wohl nicht sein.«

»Er hat Geld, aber er will mehr. Darin, wenn auch sonst in sehr wenig, gleicht er dem Rest der Menschheit. Soweit ich weiß, spekuliert er an der Börse. Und bis sich das auszahlt, will er sich mit den stolzen Honoraren schadlos halten, die er mittlerweile als Anwalt fordern kann.«

»Aber es heißt doch, er hasst den Beruf.«

»Schon, aber jetzt hat er viel bessere Karten als früher. Wenn er jetzt stecken bleibt, müssen alle geduldig warten, bis er seinen Satz zu Ende gebracht hat. Wir haben ein bisschen Angst, dass –«

»Ich nicht«, sagte der Richter beherzt.

»Und er kann etwas.«

»Das streite ich nicht ab.«

»Und wenn sich die feinen Herrschaften plötzlich von der Polizei bei ihren Vergnügungen gestört sehen, ist es doch höchst bequem, einen Rechtsbeistand aus den eigenen Reihen zu haben. Arthur Dillon, de Sillery, dieser Haufen, die haben ihn darauf angesetzt.«

»Und er verkehrt ganz offen mit ihnen – man sollte meinen, die Patrioten …«

»Die lassen sich von ihm ja fast alles gefallen. Schließlich ist er gewissermaßen die Revolution. Trotzdem murren wohl manche. Gut, aber wir sind in Paris, nicht in Genf.«

»Kann es sein, dass Sie selbst ganz gern spielen?«

»Darum geht es hier nicht«, sagte der Büttel leichthin. »Vielleicht ist mir ja wie Maître Desmoulins darum zu tun, den Eingriffen des Staates ins Privatleben des Einzelnen Grenzen zu setzen.«

»Sie stimmen ihm bei?«, sagte der Richter. »Dann legen Sie nächstens wohl auch die Füße auf den Tisch und treten in selbstgewebten langen Hosen den Dienst an, mit einer roten Mütze auf Ihrem ehrenwerten Schädel und einer Pike hinter Ihnen an der Wand?«

»Nichts ist unmöglich«, sagte der Büttel. »In diesen unseren Zeiten.«

»Ich dulde ja viel, aber denken Sie nicht, dass Sie bei mir Pfeife rauchen dürfen wie Père Duchesne.«

Camille machte eine entschuldigende kleine Geste zu seinen Mandanten hin, ehe er sich lächelnd an den Richter wandte. Der Mann und die Frau sahen sich an, und ihre Schultern schlafften eine Spur ab. »Ins Gefängnis müssen Sie so oder so«, hatte ihr Anwalt ihnen gesagt, »also können wir Ihren Fall genauso gut dazu nutzen, ein paar prinzipielle Fragen zu klären.«

»Ich möchte das hohe Gericht –«

»Stehen Sie auf.«

Camille zögerte, erhob sich dann und stellte sich vor den Richter, um ihn aus nächster Nähe ins Auge zu fassen. »Ich möchte um Erlaubnis bitten, meine Meinung zu veröffentlichen.«

Der Richter senkte die Stimme. »Haben Sie vor, eine öffentliche Kontroverse anzustoßen?«

»Ja.«

»Das könnten Sie auch ohne meine Erlaubnis.«

»Es ist eine Formalität, oder? Ich verhalte mich höflich.«

»Haben Sie etwas gegen den Urteilsspruch einzuwenden?«

»Nein.«

»Gegen das Gesetz?«

»Nein.«

»Was dann?«

»Ich finde es falsch, wenn die Gerichte als Erfüllungsinstrumente eines invasiven, moralisierenden Staates dienen.«

»Tatsächlich?« Der Richter beugte sich vor; er debattierte gern über Grundsatzfragen. »Da ihr die Kirche ja ausgeschaltet habt, wer soll die Menschen dazu bringen, sich richtig zu verhalten, wenn nicht die Gesetze es tun?«

»Wer entscheidet darüber, was richtiges Verhalten ist?«

»Wenn das Volk seine Gesetzgeber wählt – wie neuerdings ja der Fall –, überträgt es diese Aufgabe dann nicht ihnen?«

»Aber wenn das Volk und seine Gesetzgeber durch eine korrupte Gesellschaft geprägt worden sind, wie können sie dann gute Entscheidungen treffen? Wie sollen sie eine moralische Gesellschaft begründen, wenn sie niemals eine erlebt haben?«

»Ich sehe schon, es wird spät werden«, sagte der Richter. »Um dieser Frage gerecht werden zu wollen, müssten wir ein halbes Jahr hier sitzen. Sie meinen, wie sollen wir gut werden, wenn wir schlecht sind?«

»Früher wurden wir es kraft der göttlichen Gnade. Aber die ist in der neuen Verfassung nicht vorgesehen.«

»Was reden Sie da?«, sagte der Richter. »Ich dachte, ihr setzt alle auf die moralische Wiedergeburt der Menschheit? Gibt Ihnen das nicht zu denken, wenn Sie und Ihre Freunde so divergieren?«

»Seit der Revolution darf man abweichender Meinung sein, oder nicht?«

Er schien auf eine Antwort zu warten. Der Richter war verstört.

2. *Danton: Skizzen zu einem Porträt*

(1791)

Georges-Jacques Danton: »Der Leumund ist eine Hure, und Leute, die von der Nachwelt anfangen, sind nichts als Heuchler und Narren.«

Jetzt haben wir ein Problem. Es war nicht vorgesehen, dass er das Wort erteilt bekommt. Aber die Zeit wird knapp, die drängenden Fragen nehmen zu, und in gut zwei Jahren wird er tot sein.

Danton hat nicht geschrieben. Bei Gericht hatte er sicher seine Notizen dabei; solche Auftritte sind hier geschildert, fingiert zwar, aber glaubhaft. Die Unterlagen dieser Fälle sind verschollen. Er schrieb kein Tagebuch und kaum Briefe – außer vielleicht die Art Briefe, die man gleich nach Erhalt zerfetzt. Er misstraute der Festlegung, zu der Papier zwingt, misstraute jeder Verewigung seiner vorläufigen Standpunkte. Das große Wort an den trikolorebedeckten Tischen der Ausschüsse führte er, das Protokoll führten andere. Und wenn es bei den Jakobinern Meinungen zu verfechten oder bei den Cordeliers patriotischen Dampf abzulassen galt, so wartete die Öffentlichkeit eben bis zum Samstag, um dann seine Schmähreden, auf Hochglanz poliert, zwischen den grauen Pappdeckeln von Camille Desmoulins' Zeitung zu lesen. In bewegteren Zeiten – ständig also – werden improvisierte Ausgaben aus dem Boden gestampft, zweimal wöchentlich, manchmal täglich. Aus Dantons Sicht ist das Befremdlichste an Camille dieser Drang, jedes freie Stück Papier zu bekritzeln; kaum liegt irgendwo eine unschuldige Seite herum, arglos und unberührt, nimmt Camille sie heran, bis sie schwarz von Worten ist, und dann besudelt er ihre Schwester, und so weiter, die ganze Lage durch.

Seit dem Massaker erscheint die Zeitung natürlich nicht mehr. Camille sagt, er hat die Nase voll von Fristen und launischen Druckern und Satzfehlern; er frönt seinem Schreibzwang jetzt als Freischaffender. Das schadet nichts, solange er getreulich jede Woche in etwa so viele Worte schreibt, wie Danton spricht. Bis zum Ende seiner Laufbahn wird Danton noch Dutzende von Reden halten, manche davon über viele Stunden. Er entwirft sie im Kopf, während des Sprechens. Vielleicht klingt seine Stimme ja bis zu uns durch.

Ich kam im September aus England zurück. Die Amnestie war die letzte Amtshandlung der alten Nationalversammlung – neue Ära, Geist der Versöhnung, scheinheiliges Gewäsch dieser Art. Was dabei herauskam, wird man früh genug sehen.

Die Ereignisse des Sommers hatten den Patrioten Wunden geschlagen – vielen im wörtlichen Sinn –, und ich kehrte in ein royalistisches Paris zurück. Der König und seine Frau zeigten sich wieder in der Öffentlichkeit und wurden bejubelt. Mich störte das nicht weiter; mir ist es lieber, die Leute vertragen sich. Unnötig zu erwähnen, dass meine dogmatischeren Freunde bei den Cordeliers da anders dachten. Es ist ein Weilchen her, seit die einzigen Republikaner in meiner Bekanntschaft Billaud-Varennes und mein lieber, unverbesserlicher Camille waren.

Viele frohlockten – voreilig – über Lafayettes Entfernung aus der Hauptstadt (Mottié will mir nicht über die Lippen, tut mir leid). Im Falle seiner Emigration hätte ich auf unserer Seite des Flusses sofort drei Tage Feuerwerk und Bacchanalien angeordnet, aber der Mann kommandiert jetzt eine Armee, und wenn es Krieg gibt, was in sechs bis neun Monaten der Fall sein wird, werden wir ihn wieder als Nationalhelden brauchen.

Im Oktober wurde unser vollmundiger Patriot Jérôme Pétion zum Bürgermeister von Paris gewählt. Sein Gegenkandidat war Lafayette. So tief verabscheut die Frau des Königs den General, dass sie Himmel und Hölle in Bewegung gesetzt hat, um Pétion den Erfolg zu sichern –

Pétion, der Republikaner ist, wohlgemerkt. Ich nehme es als mein bis dato bestes Beispiel für die politische Unbedarftheit der Frauen.

Gut, ganz kann ich nicht ausschließen, dass auch Pétion still und heimlich Gelder von den Royalisten kassiert. Wer kennt sich da dieser Tage schon aus? Er ist nach wie vor überzeugt, die Schwester des Königs habe sich auf der Rückreise von Varennes in ihn verliebt. Er hat sich völlig lächerlich gemacht mit seinem Geprahle deswegen. Mich überrascht nur, dass Robespierre, der sonst keinerlei Mätzchen duldet, ihn deshalb noch nicht zurechtgewiesen hat. Die neueste Parole lautet übrigens: »Pétion oder der Untergang!« Camille hat ein paar bitterböse Blicke von den Jakobinern geerntet, als er hörbar bemerkte: »Die Qual der Wahl.«

Sein jäher Machtzuwachs ist Jérôme zu Kopf gestiegen, und er hat schon den Fehler begangen, Robespierre mit großem Pomp zu empfangen und ihn ein Bankett durchleiden zu lassen. Neulich sagte Camille zu Robespierre: »Komm zum Abendessen, wir haben einen ausgezeichneten Champagner.« Robespierre erwiderte: »Champagner ist das Gift der Freiheit.« Was für eine Art, seinen ältesten Freund zu behandeln!

Dass ich nicht in die neue Versammlung gewählt wurde, war eine Enttäuschung für mich. Schuld daran war – pardon, wenn ich wie Robespierre klinge – die große Anzahl von Leuten, die gegen mich arbeiteten, und das eingeschränkte Wahlrecht, das wir nicht hatten ausweiten können. Wenn das Volk auf der Straße mitstimmen dürfte, könnte ich König sein, wenn ich wollte.

Und ich sage so etwas nicht leichtfertig.

Ich war nicht nur meinetwegen enttäuscht, sondern auch meiner Freunde wegen. Sie hatten sich sehr für mich ins Zeug gelegt – Camille natürlich und ganz besonders Fabre, für den ich als Einziger noch den Genius verkörpere, von dem er unser ganzes Zeitalter durchwirkt sah. Armer Fabre – aber er ist auf seine Art nützlich und fähig. Und er hat sich der Förderung Dantons verschrieben, was diejenige seiner Eigenschaften ist, die ich vor allen anderen schätze.

Ich hätte schon deshalb gern ein Mandat innegehabt, um mich ihnen erkenntlich zeigen zu können – ihnen zu helfen, ihre politischen Ambitionen zu verwirklichen und ihr Einkommen zu verbessern –, und ich glaube keinem, der sich schockiert darüber zeigt! Wie unsere Frauen sagen: Die nebenan machen es auch! Niemand strebt ein Amt an, wenn sich der Lohn nicht sehen lassen kann.

Nach den Wahlen ging ich für eine Weile nach Arcis. Gabrielles Kind kommt im Februar, da braucht sie viel Ruhe. In Arcis gibt es nichts zu tun, es sei denn, man hat ein Faible für die Landarbeit, was Gabrielle entschieden nicht hat. Es schien eine gute Zeit, um fort zu sein. Robespierre war in Arras (um seinen Provinzakzent aufzufrischen, nehme ich an), und ich dachte, wenn er seine Herde unbewacht lässt, dann wage ich es auch. Paris war mir zu ungemütlich. Brissot, der viele Freunde in der neuen Versammlung hat, sucht Unterstützung für eine Kriegspolitik gegenüber den europäischen Mächten – ein Kurs, der so unfasslich riskant und verbohrt ist, dass ich nahezu die Beherrschung verloren habe, als ich dagegenzureden versuchte.

Unter meinem Dach in Arcis leben jetzt meine Mutter und mein Stiefvater, meine unverheiratete Schwester Pierette, mein altes Kindermädchen, meine Großtante, meine Schwester Anne Madeleine, ihr Mann Pierre und ihre fünf Kinder. Leise geht es also nicht zu, aber es hat etwas Befriedigendes zu wissen, dass ich in dieser Form für meine Familie sorgen kann. Ich habe fünf Stücke Land dazugekauft, darunter auch Waldland; ich habe einen meiner Höfe verpachtet und noch mehr Vieh angeschafft. Wie immer, wenn ich in Arcis bin, will ich am liebsten nie mehr nach Paris zurück.

Aber meine Freunde in der Stadt hatten schon ein neues Amt für mich im Visier, das des Stellvertretenden Öffentlichen Anklägers, um genau zu sein. Der Posten an sich ist nicht übermäßig bedeutend. Meine Kandidatur ist mehr als eine Art Absichtserklärung gedacht: *Mit Danton ist wieder zu rechnen.*

Um mir diesen Plan schmackhaft zu machen, kamen Camille und

seine Frau nach Arcis gereist, im Gepäck den gesammelten Tratsch mehrerer Wochen und einen Wust von Zeitungsausschnitten, Briefen und Pamphleten. Gabrielle begrüßte Lucile ohne rechte Begeisterung. Sie war im sechsten Monat schwanger, schwerfällig und schnell erschöpft. Luciles Ausflug aufs Land hatte natürlich eine komplette neue Garderobe von raffiniertester Schlichtheit erfordert; sie wird jeden Tag schöner, aber, wie Anne Madeleine sagt, so ein dünnes Fädchen!

Die Familie, für die die Pariser gleich nach den Indianern kommen, empfing sie mit reservierter Höflichkeit. Nach einem oder zwei Tagen schlug Anne Madeleine sie dann einfach ihren fünf Kindern zu, die im Rudel abgefüttert und ansonsten zu Gewaltmärschen durch die Wiesen gezwungen werden, damit sie nicht gar so lebhaft sind. Eines Tages bemerkte Lucile nach dem Abendessen gesprächsweise, sie glaube, sie sei vielleicht schwanger. Meine Mutter maß Camille mit einem skeptischen Blick und meinte, das würde sie überraschen, sehr sogar. Mir schien die Zeit gekommen, nach Paris zurückzukehren.

»Wann kommst du nach Hause zurück?«, fragte Anne Madeleine ihren Bruder.

»In ein paar Monaten – damit ihr das Kind kennenlernt.«

»Nein, ich meine, für immer.«

»Weißt du, die Lage der Nation …«

»Was hat das mit uns zu tun?«

»In Paris spiele ich eine gewisse Rolle, verstehst du?«

»Georges-Jacques, du hast uns immer nur gesagt, du bist Anwalt.«

»Letztlich bin ich das auch.«

»Wir dachten, die Honorare in Paris müssen sehr hoch sein. Wir dachten, du bist der größte Anwalt im ganzen Land.«

»Das denn doch nicht.«

»Nein, aber du bist ein wichtiger Mann. Uns war nicht klar, was du machst.«

»Was mache ich denn? Falls du mit Camille geredet hast, der übertreibt.«

»Hast du keine Angst?«

»Wovor sollte ich Angst haben?«

»Einmal musstest du schon fliehen. Was passiert, wenn das nächste Mal etwas schiefgeht? Leute wie wir, wir gehören dort nicht hin – wir gelangen vielleicht für ein, zwei Jahre nach oben, aber wir bleiben nicht dort, das ist in der Ordnung der Dinge nicht vorgesehen.«

»Wir versuchen ja gerade, die Ordnung der Dinge zu ändern.«

»Aber könntest du nicht einfach heimkommen? Du hast Land, du hast alles, was du brauchst. Zieh mit deiner Frau hierher, lass deine Kinder mit meinen aufwachsen, wie es sich gehört, und bring auch dieses Mädchen mit, dass sie ihr Kind hier bekommen kann – Georges, ist es von dir?«

»Ihr Kind? Guter Gott, nein.«

»So, wie du sie anschaust, dachte ich … Woher soll ich wissen, wie es in Paris zugeht?«

Also kandidierte ich und unterlag einem Mann namens de Gerville. Schon nach ein paar Tagen wurde dieser de Gerville jedoch zum Innenminister ernannt und mir somit aus dem Weg geräumt. Es gab Neuwahlen. Diesmal war mein Gegner Collot d'Herbois, der erfolglose Stückeschreiber, den ich wohl oder übel zu meinen Revolutionskameraden zählen muss. Die Wahlmänner mögen an meiner Amtstauglichkeit zweifeln, aber Collot ist in etwa so tauglich wie ein toller Hund. Meine Mehrheit fiel komfortabel aus.

Man deute das, wie man mag. Meine Widersacher deuteten es nach Kräften zu meinen Ungunsten. Sie sagten, der Hof habe »seine Hand im Spiel gehabt«. Da Louis Capet das Vorrecht der Amtseinsetzung innehat, wäre es seltsam, wenn es sich anders verhielte.

Allgemeinverständlicher ausgedrückt: Sie behaupten, ich stünde im Sold des Hofes. Eine sehr vage Beschuldigung, eine unpräzise Anklage, und solange niemand Namen, Daten oder Beträge nennt, wüsste ich nicht, warum ich mich dazu äußern sollte. Aber Robespierre würde meine Integrität beschwören, wenn jemand ihn fragt, und das gilt heutzutage als die höchste Garantie, denn er fürchtet Reichtum so sehr, dass er den Beinamen »der Unbestechliche« trägt.

Wer mir gewogen ist, sollte de Gervilles Versetzung als glücklichen Zufall betrachten. Wer nicht, mag sich damit trösten, dass meinem Freund Legendre kürzlich eine stattliche Summe dafür geboten wurde, mir die Kehle durchzuschneiden. Er hat mich davon freilich in Kenntnis gesetzt; offenbar rechnet er sich einen langfristigeren Nutzen davon aus, dieses schnelle Geld abzulehnen.

Mein neues Gehalt konnte ich gut brauchen, und der Rang eines hohen öffentlichen Beamten schadet ebenfalls nicht. Ich dachte, jetzt könnten wir ein paar Livres ausgeben, ohne uns dadurch angreifbar zu machen (was natürlich ein Irrtum war), und so hielt ich Gabrielle während der zähen letzten Wochen mit dem Aussuchen von Teppichen, Porzellan und Silberbesteck für unsere Wohnung beschäftigt.

Aber viel spannender als der neue Esstisch ist die Frage, wer in der neuen Versammlung sitzt. Anwälte natürlich. Begüterte Männer, wie ich. Auf der rechten Seite die Anhänger Lafayettes. In der Mitte eine große Zahl Neutraler. Und links – ja, links wird es erst interessant. Mein guter Freund Hérault de Séchelles ist ein Abgeordneter, was ein paar neue Gesichter bei den Cordeliers bedeutet. Zu den Pariser Deputierten gehört Brissot, und viele seiner Freunde beanspruchen notorisch die öffentliche Aufmerksamkeit.

Wobei »Brissots Freunde« eine irreführende Bezeichnung ist, denn viele von ihnen können ihn nicht ausstehen. Aber »einer von Brissots Leuten« zu sein, ist trotzdem ein Etikett, das wir hilfreich finden. In der alten Versammlung pflegte Mirabeau nach links zu zeigen und zu brüllen: »Ruhe, ihr dreißig da drüben!« Robespierre meinte neulich zu mir, es wäre leichter, wenn Brissots Leute bei den Jakobinern alle zusammen säßen, dann könnten wir es genauso machen.

Wollen wir denn, dass sie schweigen? Ich weiß nicht recht. Wenn wir diese absurde Frage von Krieg oder Frieden aus der Welt schaffen könnten (die natürlich eine gewaltige ist), würde uns gar nicht so viel trennen. Sie sind einfach anders als wir – und sie geben uns das mit allen Mitteln zu spüren! Es sind einige ganz hervorragende Köpfe aus der Gironde dabei, darunter die führenden Männer der Justiz in Bordeaux. Pierre Vergniaud ist ein glänzender Redner, der beste im ganzen Haus – wenn man solch altmodische Rhetorik mag. Wir auf unserer Flussseite pflegen da einen deutlich kampflustigeren Stil.

»Brissots Leute« sitzen natürlich nicht alle nur in der Versammlung. Da ist Pétion – jetzt Bürgermeister, wie gesagt – und Jean-Baptiste Louvet, der Romancier, der neuerdings für die Zeitungen schreibt. Ja, und François-Léonard Buzot, dieser humorlose junge Kerl, der mit Robespierre in der alten Versammlung ganz links außen saß. Sie geben mehrere Zeitungen heraus und besetzen ein paar recht einflussreiche Posten in der Kommune und im Jakobinerclub. Warum sie sich in solchen Mengen um Brissot scharen, begreife ich nicht, es sei denn, alle zehren von seiner rastlosen Energie. Sie geht ihm nie aus: rasch hierzu eine Meinung abgegeben, da eine blitzschnelle Analyse angestellt, dort einen Leitartikel aus dem Ärmel geschüttelt. Unentwegt gründet er irgendwelche Ausschüsse, leitet irgendwelche Entwicklungen in die Wege; unentwegt schmiedet er irgendeinen Plan, bahnt irgendeinen Weg, setzt irgendeinen Hebel in Bewegung. Ich habe beobachtet, wie Vergniaud, der ein schwerleibiger, ruhiger Mann ist, ihn unter seinen dicken Brauen hervor ansah; Brissot redete und redete, und Vergniaud entschlüpfte ein kleiner Seufzer, und ein Ausdruck schmerzlicher Resignation huschte über sein Gesicht. Ich verstand ihn so gut. Bei Camille fühle ich mich manchmal ähnlich matt. Aber Camille muss man eines lassen: Er bringt einen noch in den trostlosesten Momenten zum Lachen. Selbst den Unbestechlichen – ja, ich habe es mit eigenen Augen gesehen, und Fréron sagt, er hat es ebenfalls gesehen: umziemliche Lachtränen, die über das Gesicht des Unbestechlichen strömten.

Das soll nicht klingen, als wären Brissots Leute etwas so Geschlossenes wie eine Partei. Aber sie treffen sich häufig – Salonleben, das Übliche. Letzten Sommer kamen sie regelmäßig in den Räumen eines ältlichen Provinzlers namens Roland zusammen, so ein nichtssagender Bursche, der mit einer viel jüngeren Frau verheiratet ist. Die Frau könnte ganz annehmbar sein, wenn sie sich nicht so BERUFEN fühlen würde. Sie ist eine von den Frauen, die sich ständig mit jungen Männern umgeben und sie gegeneinander ausspielen müssen. Wahrscheinlich setzt sie dem alten Knaben Hörner auf, aber ich bezweifle, dass es ihr darum geht – es ist nicht ihr Körper, dem sie Befriedigung verschaffen will. Vermute ich zumindest. Aber zum Glück kenne ich sie kaum.

Robespierre war öfter zum Abendessen dort, woraus ich schließe, dass es ein hochgestochener Haufen sein muss. Ich habe ihn gefragt, ob er viel zur Unterhaltung beiträgt; er sagte: »Ich spreche kein Wort, ich sitze nur in der Ecke und kaue mir die Nägel ab.« Er kann schon witzig sein, unser Max.

Er kam Anfang Dezember zu mir, kurz nach seiner Rückkehr aus Arras. »Komme ich ungelegen?«, fragte er, besorgt wie immer, mit einem bangen Blick in unser Esszimmer, ob nicht jemand darin war, dem er lieber nicht begegnen mochte. Ich winkte ihn nonchalant herein. »Stört Sie der Hund?«

Eilig nahm ich die Hand wieder an mich, die ich ihm auf die Schulter gelegt hatte.

»Ich will ihn gar nicht überallhin mitnehmen«, sagte er, »aber er folgt mir einfach.«

Der Hund – der die Größe eines kleinen Esels hat – legte sich zu seinen Füßen nieder, den Kopf auf die Pfoten gebettet und den Blick auf Robespierres Gesicht geheftet. Er war ein riesiges geflecktes Ungetüm, Brount mit Namen. »Das ist mein Hund von zu Hause«, erklärte er mir. »Ich dachte, ich bringe ihn mit, weil – nun ja, Maurice Duplay will, dass ich einen Beschützer habe, und es ist mir eine unangenehme Vorstellung, dass Leute hinter mir herlaufen. Ich dachte, der Hund …«

»Ganz bestimmt«, sagte ich.

»Er ist sehr wohlerzogen. Halten Sie es für eine gute Idee?«

»Warum nicht«, sagte ich, »ich habe schließlich Legendre.«

»Ja.« Er rutschte unbehaglich hin und her, der Hund spitzte die Ohren. Meine Ironie ist an Maximilien verschwendet. »Stimmt es, dass es ein Mordkomplott gegen Sie gab?«

»Mehr als eins, wenn ich recht informiert bin.«

»Aber Sie lassen sich dadurch nicht beirren, Danton. Das imponiert mir sehr.«

Ich war erstaunt. Mit so viel Ehre hatte ich nicht gerechnet. Wir unterhielten uns ein Weilchen über seinen Besuch in Arras. Er erzählte mir von seiner Schwester Charlotte, die nach außen hin offenbar seine eifrigste Unterstützerin ist, privat dagegen sehr anstrengend sein kann. Es war das erste Mal, dass er mir gegenüber etwas Persönliches erwähnte. Was ich über ihn weiß, stammt alles von Camille. Aber jetzt, wo in Paris lauter neue Leute das Sagen haben, sieht er in mir vermutlich den alten Waffengefährten. Vielleicht hat er mir also die vielen unpassenden Scherze verziehen, die ich nach der Geschichte mit Adèle über ihn gemacht habe.

»Und was halten Sie von der neuen Versammlung?«, fragte ich ihn.

»Eine Verbesserung gegenüber der letzten ist sie wohl.« Sein Ton ließ die Begeisterung vermissen.

»Aber?«

»Diese Leute aus Bordeaux – sie haben eine sehr hohe Meinung von sich. Ich wüsste gern, was ihre Beweggründe sind.« Dann brachte er die Sprache auf Lazare Carnot, einen Militär, den er seit Jahren kennt und der jetzt in der Versammlung sitzt; Carnot ist der erste Soldat, den ich ihn je habe loben hören, und vermutlich auch der letzte. »Und Couthon«, sagte er, »haben Sie Couthon kennengelernt?«

Allerdings. Couthon ist ein Krüppel, der von einem Bedienten in einem Stuhl mit Rädern herumgeschoben wird; wenn sie zu einer Treppe kommen, nimmt der Bediente ihn huckepack, und die Beine schleifen kraftlos hinterher. Irgendeine freundliche Seele trägt ihnen den Stuhl nach, der arme Mann wird wieder hineingekippt, und weiter geht's. Trotz seiner Verkrüppelung darf er, wie Robespierre, auf eine glanzvolle Karriere als Armenanwalt zurückblicken. Couthons Wirbelsäule ist verkümmert, er hat ununterbrochen Schmerzen. Robespierre sagt, dass er deshalb nicht bitter ist. Wer außer Robespierre würde so etwas glauben?

Ihm machten die Kriegstreiber Sorgen, sagte er – mit anderen Worten, »Brissots Leute«.

»Sie waren erst kürzlich in England, Danton. Will England gegen uns Krieg führen?«

Ich konnte ihm versichern, dass nur die äußerste Provokation England dazu bringen würde.

»Danton, ein Krieg wäre eine Katastrophe, nicht wahr?«

»Zweifellos. Wir haben kein Geld. Unsere Armee wird von Aristokraten befehligt, deren Sympathien sehr leicht dem Feind gehören könnten, unsere Marine ist ein Trauerspiel, dazu unsere innenpolitischen Zwistigkeiten …«

»Die Hälfte unserer Offiziere oder mehr sind emigriert. Wenn es zum Krieg kommt, wird er von Bauern mit Mistgabeln ausgefochten werden. Oder mit Piken, wenn wir die Kosten dafür verkraften.«

»Ein paar Leuten wäre das ganz recht«, sagte ich.

»Ja. Dem Hof. Weil man dort hofft, das Kriegschaos treibt uns wieder der Monarchie in die Arme, und wenn unserer Revolution erst das Rückgrat gebrochen ist, kommen wir angekrochen und betteln darum, vergessen zu dürfen, dass wir je frei waren. Und wenn das geschieht, was würde es den Hof dann kümmern, dass preußische Truppen unsere Häuser niederbrennen und unsere Kinder abschlachten? Eine Wonne wäre es ihnen!«

»Robespierre …«

Aber er war nicht zu bremsen. »Deshalb wird man bei Hof für den Krieg sein, selbst wenn er gegen Marie Antoinettes eigenes Volk geführt wird. Und es gibt Männer in der Versammlung, die sich Patrioten nennen und doch jede Chance ergreifen würden, um die Aufmerksamkeit von unserem wahren Revolutionskampf abzulenken.«

»Sie meinen Brissots Leute?«

»Ja.«

»Was meinen Sie, warum wollen sie das?«

»Weil sie Angst vor dem Volk haben. Sie wollen die Revolution niederhalten, sie eindämmen, weil sie Angst davor haben, sich dem echten Volkswillen beugen zu müssen. Sie wollen eine Revolution, die ihren eigenen Zwecken dient. Sie wollen sich die Taschen vollstopfen. Ich sage Ihnen, warum die Menschen immer für den Krieg sind – weil Krieg leichtverdientes Geld bedeutet.«

Ich staunte über diese grimmige Schlussfolgerung – nicht dass ich nicht selbst längst zu ihr gelangt wäre, aber dass Robespierre so denken sollte, der herzensreine, lautere Robespierre!

»Es ist die Rede von einem Kreuzzug«, sagte ich, »der Europa die Freiheit bringen soll. Von unserer Pflicht, das Evangelium der Brüderlichkeit zu verkünden.«

»Das Evangelium verkünden? Sagen Sie selbst: Wo heißt man bewaffnete Missionare willkommen?«

»Gute Frage.«

»Brissots Leute reden, als ginge es ihnen um die Interessen des Volkes, aber das Ende vom Lied wird eine Militärdiktatur sein.«

Ich nickte; ich stimmte ihm zu, aber mir missfiel die Art, wie er es sagte; er sprach, so empfand ich, als wären es alles unumstößliche Tatsachen. »Meinen Sie nicht«, sagte ich, »dass man Brissot und seinen Freunden vielleicht wohlmeinende Absichten zubilligen könnte? Dass sie denken, ein Krieg würde das Land einen und die Revolution zum Abschluss bringen und uns das restliche Europa vom Hals schaffen?«

»Denken Sie das?«

»Ich persönlich? Nein.«

»Sind Sie ein Idiot? Bin ich einer?«

»Nein.«

»Liegt die Logik nicht auf der Hand? Bei Frankreichs derzeitiger Verfassung, so arm, so waffenlos, bedeutet Krieg Niederlage. Und eine Niederlage bedeutet entweder einen Militärdiktator, der rettet, was zu retten ist, und dann eine neue Tyrannei aufbaut, oder den vollständigen Zusammenbruch und eine Rückkehr zur absoluten Monarchie. Es könnte auch beides bedeuten, erst eins und danach das andere. Und in zehn Jahren wird nicht eine unserer Errungenschaften mehr bestehen, und für Ihren Sohn wird Freiheit nicht mehr sein als der Traum eines alten Mannes. So wird es kommen, Danton. Niemand kann aufrichtig das Gegenteil behaupten. Wenn sie es also behaupten, sind sie nicht aufrichtig, sie sind keine Patrioten, und ihre Kriegspolitik ist eine Politik gegen das Volk.«

»Für Sie sind sie im Endeffekt also Verräter.«

»Im Endeffekt, ja. Potentielle Verräter. Und darum müssen wir unsere eigene Position gegen sie stärken.«

»Wenn wir den Krieg gewinnen könnten, wären Sie dann dafür?«

»Ich hasse allen Krieg.« Ein gezwungenes Lächeln. »Ich hasse jede unnötige Gewalt. Ich hasse Streit, selbst Meinungsverschiedenheiten, aber ich weiß, ich bin dazu verurteilt, damit zu leben.« Er machte eine kleine Handbewegung, wie um die Kontroverse ad acta zu legen. »Sagen Sie mir, Georges-Jacques – erscheint Ihnen das, was ich sage, unvernünftig?«

»Nein, es ist vollkommen schlüssig … nur ist …« Ich wusste nicht, wie ich den Satz zu Ende bringen sollte.

»Die Rechte versucht mich als Fanatiker hinzustellen. Irgendwann werden sie noch einen aus mir machen.«

Er erhob sich, und der Hund sprang auf und sah mich böse an, als wir uns die Hand gaben.

»Ich würde mich gern einmal zwangloser mit Ihnen austauschen«, sagte ich, »statt immer nur in der Öffentlichkeit Position zu beziehen, wo ich Sie nie besser kennenlernen kann. Möchten Sie nicht heute zum Essen kommen?«

»Danke, aber«, er schüttelte den Kopf, »zu viel zu tun. Kommen Sie doch und besuchen Sie mich bei Maurice Duplay.«

Und er ging die Treppe hinunter, der vernünftige Mensch, und sein Hund tappte hinter ihm her und knurrte die Schatten an.

Es bedrückte mich. Wenn Robespierre sagt, die ganze Idee des Kriegführens sei ihm zuwider, dann ist das eine emotionale Aussage, und gegen Emotionalität bin ich nie immun. Ich teile sein Misstrauen gegen das Militär; wir sind argwöhnisch, neidisch vielleicht, wie nur Schreibtischmenschen es sein können. Die Kriegstreiber gewinnen Tag für Tag an Zulauf. Lasst uns den ersten Schlag führen, predigen sie, bevor er gegen uns geführt wird. Wenn sie erst beginnen, die große Trommel zu rühren, ist kein Argumentieren mehr möglich. Und wenn ich schon gegen den Strom schwimmen muss, dann lieber mit Robespierre als mit sonst jemandem. Ich mache vielleicht Witze auf seine Kosten – nein, nicht vielleicht, ich mache sie ja –, aber ich weiß, wie tüchtig er ist, und ich weiß um seine Aufrichtigkeit.

Und trotzdem … Er fühlt etwas in seinem Herzen, und dann setzt er sich hin und versucht es logisch zu erfassen, mit dem Verstand. Dann sagt er, der Verstand war zuerst da, und wir glauben es ihm.

Ich habe ihn tatsächlich bei den Duplays besucht, aber die Duplays soll Camille schildern. Der Schreinermeister hatte ihn versteckt, als er in Gefahr war, und wir alle dachten, wenn erst wieder Normalität eingekehrt ist … aber er blieb.

Kaum fällt das Tor in der Rue Saint-Honoré hinter einem zu, umfängt einen Stille, ja Ländlichkeit. Überall im Hof sind Duplays Männer bei der Arbeit, aber der Lärm ist gedämpft und die Luft riecht frisch. Er hat eine Kammer im ersten Stock, schlicht, aber nicht unbedingt hässlich. Über die Möbel weiß ich nichts zu sagen – wohl deshalb, weil daran nichts Besonderes ist. Als ich ihn besuchte, zeigte er mir ein großes Bücherregal, neu und gut gearbeitet, wenn auch nicht elegant. »Maurice hat mir das geschreinert.« Er sagte es ganz glücklich. Als täte es ihm wohl, dass jemand sich seinetwegen Mühe macht.

Ich sah mir seine Bücher an. Meterweise Rousseau, kaum andere moderne Autoren. Cicero, Tacitus, das Übliche, alle tüchtig zerlesen. Wenn wir England angreifen, muss ich dann meinen Shakespeare verstecken, meinen Adam Smith? Es kommt mir nicht so vor, als würde Robespierre irgendwelche modernen Sprachen außer seiner eigenen lesen, ein Jammer eigentlich. Camille findet moderne Sprachen übrigens unter seiner Würde, er lernt Hebräisch und sucht nach jemandem, der ihm Sanskrit beibringen kann.

Er hatte mich gewarnt, was mich bei den Duplays erwarten würde. »Es … sind … durch … und … durch … schreckliche … Menschen«, hatte er gesagt. Aber an dem Tag spielte er ohnehin Hérault de Séchelles, darum gab ich nicht allzu viel auf seine Worte. »Da ist zunächst der Paterfamilias, Maurice. Er ist Anfang bis Mitte fünfzig, fast glatzköpfig und bierernst. Er kann in unserem lieben Robespierre nur das Schlimmste zutage fördern. Madame ist von der hausbackenen Sorte und kann nie auch nur leidlich hübsch gewesen sein. Dann gibt es einen Sohn, der natürlich auch Maurice heißt, und einen Neffen namens Simon – beide noch recht klein und allem Anschein nach ziemlich minderbemittelt.«

»Aber was ist mit den drei Töchtern«, sagte ich. »Sind die der Mühe wert?«

Camille stieß ein blasiertes Seufzen aus. »Da hätten wir Victoire, die sich schwer vom Mobiliar unterscheiden lässt. Sie hat kein einziges Mal den Mund aufgemacht.«

»Kein Wunder, wenn du in so einer Stimmung warst«, sagte Lucile. (Sie amüsierte sich allerdings königlich.)

»Dann ist da die Jüngste, Elisabeth – sie nennen sie Babette –, die ganz passabel ist, wenn man Gänselieseln mag. Und die älteste … mir fehlen die Worte.«

Was sie natürlich keineswegs taten. Eléonore, so scheint es, ist ein armes Ding, reizlos, fade und manieriert; sie nimmt Zeichenunterricht bei David und zieht ihrem eigenen, völlig brauchbaren Namen das klassische »Cornélia« vor. Dieses Detail fand ich zugegebenermaßen etwas lachhaft.

Um mit jedweden noch verbleibenden Illusionen aufzuräumen, äußerte er außerdem die Vermutung, dass die Bettvorhänge in Robespierres Zimmer aus einem von Madames alten Unterkleidern gefertigt sein müssen, denn sie seien just aus so grausigem Stoff, wie die gute Frau ihn im Zweifel am Leib trägt. In diesem Stil kann Camille tagelang fortfahren, es ist unmöglich, ihm ein vernünftiges Wort zu entlocken.

Es sind rechtschaffene Leute, nehme ich an; sie haben hart gearbeitet, um es zu ihrem bescheidenen Wohlstand zu bringen. Duplay ist ein aufrechter Patriot, der bei den Jakobinern klare Worte fordert, ohne deshalb freilich aufzutrumpfen. Maximilien scheint sich bei ihnen zu Hause zu fühlen. Und wenn ich darüber nachdenke, hilft es ihm wohl auch finanziell, bei ihnen zu wohnen. Er hat sein Amt als Öffentlicher Ankläger aufgegeben, sobald der Anstand es zuließ; es behindere ihn bei seinen »größeren Aufgaben«, sagte er. Das heißt, er hat nun keinen Posten, kein Gehalt, und muss von seinem Ersparten leben. Man sagt, dass reiche, aber selbstlose Patrioten ihm Wechsel für ihre Banken schicken. Und was macht er? Richtig, er schickt sie mit ein paar höflichen Sätzen zurück.

Die Töchter – die schüchterne ist nichts Ärgeres als eben das, und Babette hat einen gewissen Schulzimmer-Charme. Eléonore, muss ich zugeben …

Sie bemühen sich redlich, es ihm behaglich zu machen. Es wird weiß Gott Zeit, dass jemand das tut. Es ist eine recht spartanische Behaglichkeit, gemessen an unserem neuen Luxus; ich fürchte, es bringt unsere schlechtesten Seiten zum Vorschein, dieses Lästern über die Familie Duplay mit ihrer, wie Camille sagt, »guten, biederen Kost und ihren guten biederen Töchtern«.

Trotzdem, die Atmosphäre bei ihnen hat etwas Seltsames. Nicht wenige von uns fanden es merkwürdig, als die Familie anfing, Porträts ihres neuen Sohnes zu sammeln und sie bei sich an die Wände zu hängen, und Fréron fragte mich, ob es mir nicht unglaublich eitel von Robespierre vorkam, das zu erlauben. Gut, wir alle haben uns malen lassen, selbst ich, bei dessen Anblick es so manchen Maler schaudern muss. Aber das hier ist anders: Man sitzt mit Robespierre in dem kleinen Wohnzimmer, in dem er manchmal Besucher empfängt, und begegnet seinem Blick nicht nur in natura, sondern auch in Öl, Kohle und dreidimensional in Terracotta. Sooft ich hinkomme – was zugegebenermaßen nicht allzu häufig ist –, gibt es eine Neuerrungenschaft zu bewundern. Es macht einen unruhig, nicht nur die Porträts und Büsten, sondern die Art, wie die ganze Familie zu ihm aufschaut. Sie sind dankbar, dass es ihn überhaupt zu ihnen verschlagen hat, aber das allein reicht ihnen nicht mehr. Sie verschlingen ihn mit ihren Blicken, Vater, Mutter, der kleine Maurice und Simon, Victoire, Eléonore, Babette. Ich an seiner Stelle würde mich fragen: Was wollen diese Menschen wirklich? Was büße ich ein, wenn ich es ihnen gebe?

Viel von der Düsterkeit, die sich im Lauf des Jahres unter uns breitmachte, wurde zerstreut durch die fortlaufende Komödie von Camilles Rückkehr in den Gerichtssaal.

Sie leben doch auf recht großem Fuß, er und Lucile – auch wenn sie wie die meisten Patrioten der öffentlichen Kritik aus dem Weg gehen, indem sie nur wenige Diener haben und auf einen eigenen Wagen verzichten. (Ich halte einen Wagen, muss ich gestehen, ich stelle meine Bequemlichkeit über den Applaus der Massen.) Aber wie das so ist mit dem Geld: Sie führen ein offenes Haus, und Camille spielt, und Lolotte kauft all die Dinge, die Frauen eben kaufen. Trotzdem war Camilles Vorstoß weniger der Geldnot geschuldet als dem

Bedürfnis, seinem Selbstdarstellungsdrang eine neue Bühne zu verschaffen.

Früher behauptete er immer, mit seinem Stottern habe er beim Plädieren schlicht keine Chance. Und für den, der ihn nicht kennt, kann es in der Tat irritierend oder verwirrend oder auch peinlich sein. Aber von Hérault wissen wir, dass Camille diesem Stottern einige beachtliche Urteilssprüche von entnervten Richtern verdankt. Und ich habe immer wieder beobachtet, dass sein Stottern kommt und geht. Es verschwindet, wenn er wütend ist oder vehement eine Meinung vertritt; es kommt, wenn er sich bedrängt fühlt oder er anderen zeigen will, dass er eigentlich ein lieber Kerl ist, den der Alltag ganz einfach überfordert. Optimist, der er ist, versucht er es auch bei mir nach gut acht Jahren der Bekanntschaft noch manchmal mit dieser Masche – und das nicht ganz ohne Erfolg: An manchen Tagen bin ich so überwältigt von seiner Hilflosigkeit, dass ich lostrabe und ihm die Türen aufreiße.

Alles lief glatt bis zum Neuen Jahr, als er die Verteidigung dieses Paares bei der Glücksspielaffäre in der Passage Radziwill übernahm. Camille lehnt die staatliche Einmischung in, so sieht er es, Angelegenheiten der Privatmoral ab – eine Ansicht, die er nicht nur publik gemacht, sondern auch stadtweit plakatiert hat. Nun war aber Brissot – der ein furchtbarer Hansdampf in allen Gassen ist, im Politischen ebenso wie im Privaten – entrüstet über die ganze Sache. Er attackierte Camille mündlich und setzte einen seiner Schreiberlinge darauf an, in der Presse über ihn herzuziehen. Daraufhin drohte Camille damit, ihn zu vernichten: »Ich schreibe einfach seine Biographie«, kündigte er an. »Ich brauche gar nichts dazuzuerfinden. Er ist ein Plagiator und ein Spion, und was mich bis jetzt daran gehindert hat, ihn zu entlarven, war schiere Sentimentalität, weil wir uns schon so lange kennen.«

»Unsinn«, sagte ich, »es war die Angst vor dem, was er über dich enthüllen könnte.«

»Wenn ich mit ihm fertig bin ...«, sagte Camille. Das war der Punkt, an dem ich mich zum Eingreifen genötigt sah. Wir mögen uneins über die Kriegsfrage sein, aber sollten wir irgendwann echte politische Macht übernehmen, dann sind unsere natürlichen Verbündeten Brissot und die Männer aus der Gironde.

Ich wünschte, ich könnte mehr Licht auf Camilles Privatleben werfen. Seine lange gelobte eheliche Treue dauerte, oh, keine drei Monate an – aber aus den diversen Bemerkungen, die er zwischendurch fallenlässt, schließe ich, dass seine Gefühle nicht anderweitig gebunden sind und er die ganze Prozedur nochmals auf sich nehmen würde, um Lucile zu bekommen. Und ihnen ist nichts von der ironischen Kälte zweier Menschen anzumerken, die sich miteinander langweilen, im Gegenteil, sie machen ganz den Eindruck eines wohlsituierten, lebenslustigen jungen Paares, das sich blendend amüsiert. Es gefällt Lucile, ihre Reize an jedem gutaussehenden Mann zu erproben – und auch an solchen, die, wie ich, alles andere als gut aussehen. Sie hat Fréron am Bändel, und nun auch noch Hérault. Nicht zu vergessen General Dillon, diesen romantischen Iren, der einen solchen Narren an Camille gefressen hat. Camille schleppt ihn von ihren nächtlichen Kartenpartien mit nach Hause (denn der General teilt diese Sucht mit ihm) und präsentiert ihn Lucile, als brächte er ihr das wunderbarste Geschenk dar – was gewissermaßen auch stimmt, denn Dillon gilt zusammen mit Hérault als der schönste Mann von ganz Paris, so galant und gewandt und geschliffen und was nicht alles. Von der Befriedigung, die ihr das Kokettieren verschafft, einmal abgesehen: Irgendjemand, vielleicht dieses kleine Biest Rémy, hat ihr sicher auch eingeredet, dass man einen umtriebigen Ehemann an sich bindet, indem man ihn eifersüchtig macht. Wenn das ihr Ziel ist, scheitert sie kläglich. Man nehme nur folgendes Gespräch:

LUCILE: Hérault hat versucht, mich zu küssen.

CAMILLE: Du hast ihm ja auch tüchtig Hoffnungen gemacht. Und, hast du ihn gelassen?

LUCILE: Nein.

CAMILLE: Wieso nicht?

LUCILE: Er hat ein Doppelkinn.

Was sind sie also, diese beiden – einfach zwei charmante, kühle, amoralische Menschen, die beschlossen haben, einander nicht im Weg zu stehen? Das würde niemand unterschreiben, der in unserer Straße lebt, niemand, der Tür an Tür mit ihnen wohnt. Sie spielen mit hohem Einsatz, scheint mir, und beide lauern sie darauf, dass der andere Nerven zeigt und seine Karten auf den Tisch legt. Aber je heftiger Lucile von ihren diversen Verehrern umschwärmt wird, desto mehr Spaß scheint Camille an der Sache zu finden. Wie kann das angehen? Ich fürchte, die Fantasie des Lesers muss das Versagen der meinigen ausgleichen. Schließlich kennt er die beiden nun auch schon ein Weilchen.

Und ich? Fast jeder mag meine Frau, die Sympathien liegen sicher auf ihrer Seite. Dabei sind unsere kleinen Schauspielerinnen – Rémy und ihre Freundinnen – so entgegenkommend, so freundlich und für meine Gabrielle so leicht zu ignorieren. Sie übertreten nie die Schwelle dieses Hauses; was wüsste Gabrielle auch mit ihnen zu reden? Sie sind keine Nutten, diese Mädchen, ganz und gar nicht, sie wären entsetzt, wenn man ihnen Geld anböte. Sie wollen Ausflüge machen, sie wollen freigehalten werden und Geschenke bekommen und sich am Arm der Männer zeigen, deren Namen in den Zeitungen stehen. Wie meine Schwester Anne Madeleine sagt, Leute wie wir bleiben nicht an der Spitze, und wenn unsere Zeit um ist und wir vergessen sind, dann zeigen sich diese Mädchen am Arm unserer Nachfolger. Ich mag sie, diese Mädchen. Weil ich Leute mag, die frei von Illusionen sind.

Zu meiner Verteidigung sollte ich sagen, dass ich Gabrielle lange treu war, aber derzeit steht Treue nicht hoch im Kurs. Ich denke an all das, was uns verbindet, an die starke und ehrliche Zuneigung, die ich empfunden habe und noch empfinde; ich denke daran, wie freundlich ihre Eltern zu mir waren, und an das Kindchen, das wir begraben mussten. Aber ich denke auch an Gabrielles kalten, missbilligenden

Ton, an ihr abweisendes Schweigen. Ein Mann hat seinen Platz in der Welt und muss handeln, wie er es für richtig hält, und wie die Schauspielerinnen muss er sich den Zeiten anpassen, in denen er lebt; das will Gabrielle nicht wahrhaben. Was mich am meisten ärgert, ist dieses Gequälte, das sie ausstrahlt. Von mir wird sie weiß Gott nicht gequält.

Und so treffe ich … oh, dieses Mädchen und jenes … und von Zeit zu Zeit die Damen des Herzogs. Also wirklich, mag mancher jetzt denken, der Kerl gibt schon wieder an. Nun, meine Beziehung zu Mrs. Elliot würde ich als reine Geschäftsbeziehung bezeichnen. Wir reden über Politik, englische Politik und ihre Auswirkungen auf französische Angelegenheiten. Aber dieser Tage hat die gute Grace eine solche Wärme in Blick und Ton. Sie ist eine Erzheuchlerin; ich könnte schwören, dass sie mich verabscheut.

Ganz anders Agnès. Agnès besuche ich nur in der Abwesenheit des Herzogs. Aber wenn der Herzog annimmt, dass ich Agnès besuchen möchte, richtet er für gewöhnlich seine Abwesenheit ein. Es funktioniert so reibungslos, dass ich fast Laclos dahinter vermuten würde, wenn dieser Unglückliche nicht die Schande des Scheiterns über sich gebracht hätte und nun in provinzieller Vergessenheit schmachten würde. Aber warum sollte sich die Mätresse eines Prinzen von Geblüt (das klingt fast nach einer Romanfigur, nicht wahr?) dazu herablassen, einen Anwalt mit zweifelhafter Reputation zu erobern, der übergewichtig und so hässlich wie die Nacht ist?

Weil der Herzog eine Zukunft vorhersieht, in der er einen Freund brauchen wird; und der Freund, den er dann braucht, bin ich.

Aber es fällt mir schwer, das muss ich sagen, nicht immerzu an Lucile zu denken. So viel Leidenschaft, so viel Stil und Esprit. Sie handelt sich natürlich einen Ruf ein. Schon jetzt halten viele sie für meine Geliebte, und bald wird sie das ja auch sein; anders als ihre übrigen Bewerber bin ich kein Mann, mit dem man spielt.

In einigen Wochen wird Gabrielle mir einen weiteren Sohn schenken. Das werden wir feiern und uns wieder versöhnen – sprich, sie wird sich mit der Situation abfinden. Wenn dann auch Lucile ihr Kind geboren hat – das im Übrigen von ihrem Mann ist –, werden Camille und ich zu einer Einigung gelangen, was uns gar nicht so schwerfallen dürfte. Wer weiß, vielleicht wird 1792 mein großes Jahr.

Im Januar trat ich mein Amt als Stellvertretender Öffentlicher Ankläger an.

Ich melde mich demnächst wieder, denke ich doch.

3. Drei Fallbeile, zwei in Reserve

(1791–1792)

Louis XVI an Friedrich Wilhelm von Preußen:

Monsieur mein Bruder … Ich habe soeben an den Kaiser, die russische Zarin und die Könige von Spanien und Schweden geschrieben und ihnen ein bewaffnetes Zusammengehen der europäischen Großmächte vorgeschlagen, was sich als das wohl probateste Mittel erweisen dürfte, um die hiesigen Faktionen unter Kontrolle zu bringen, unserem Land eine wünschenswertere Ordnung zurückzugeben und zu verhindern, dass das Übel, welches uns plagt, auch auf andere Staaten Europas übergreift … Ich hoffe, Eure Majestät … werden diesen Schritt meinerseits absolut vertraulich behandeln …

J.-P. Brissot vor dem Jakobinerclub, 16. Dezember 1791:

Ein Volk, das nach zwölfhundert Jahren der Versklavung eben erst die Freiheit erlangt hat, braucht zu seiner Festigung einen Krieg.

Marie Antoinette an Axel von Fersen:

Die Toren. Sie begreifen nicht, dass sie uns in die Hände spielen.

Gabrielles Wehen setzten in der Nacht ein, eine Woche früher als erwartet. Er hörte sie schwerfällig aus ihrem Bett steigen, und als er die Augen aufschlug, stand sie über ihn gebeugt. »Es geht los«, sagte sie.

»Ruf mir Catherine, ja? Ich glaube nicht, dass es diesmal viele Stunden dauern wird.«

Er setzte sich auf, legte die Arme um ihren unförmigen Leib. Kerzenschein flackerte feucht auf ihrem dunklem Haar. Sie zog seinen Kopf an ihren Bauch. »Bitte«, flüsterte sie, »lass es nach diesem gut sein.«

Wie ist es dahin gekommen? Er weiß es nicht.

»Du bist ganz kalt«, sagte er, »furchtbar kalt.« Er half ihr, sich wieder hinzulegen, steckte die Bettdecke um sie fest. Dann ging er ins Wohnzimmer hinüber, um neue Holzscheite in die Glut zu schieben.

Hier war nun kein Platz mehr für ihn; das Kommando führten ab jetzt der Arzt, die Hebamme, Angélique und Mme Gély von oben. Er wechselte noch ein paar Worte mit ihr, schon von der Türschwelle aus. Am Bettrand saß Louise Gély und flocht ihr das Haar zu zwei strengen Zöpfen. Er fragte ihre Mutter mit leiser Stimme, ob dies kein unpassender Ort für ein kleines Mädchen sei. Aber Louise hörte ihn und blickte auf. »Nein, M. Danton«, sagte sie, »es ist nicht unpassend. Und falls doch – wir müssen es alle erleiden, und ich bin jetzt schon vierzehn.«

»Und wenn du vierzig wärst«, sagte ihre Mutter, »bräuchtest du trotzdem nicht so naseweis zu sein. Ab ins Bett mit dir.«

Er trat noch einmal zu Gabrielle, küsste sie, drückte ihre Hand. Dann machte er einen Schritt zur Seite, um Louise vorbeizulassen, aber sie streifte leicht gegen ihn und sah einen Moment lang zu seinem Gesicht hoch.

Der Morgen graute spät, spät und bitterkalt, und sein Sohn schrie jämmerlich, als er in diese Welt kam, wo an den Fenstern Eisblumen blühten und der Wind seine frostige Sichel in den leeren Gassen schwang.

Am 9. März starb Kaiser Leopold. Einen Tag oder zwei – so lange, bis die Haltung des neuen Kaisers bekannt wurde – schien Frieden möglich.

»Die Aktienkurse steigen«, sagte Fabre.

»Seit wann interessieren dich die Aktienkurse?«

»Ich spekuliere hier und da ein bisschen, wenn ich es mir leisten kann.«

»Im Namen Gottes«, sagte die Königin. »Flucht in der Kutsche von Neckers Tochter? Um in Lafayettes Feldlager unterzuschlüpfen? Man möchte fast lachen.«

»Madame«, sagte der König, »Madame, sie sagen, es ist unsere letzte Chance. Meine Minister raten mir –«

»Ihre Minister sind verrückt.«

»Es könnte schlimmer sein. Wir haben es immer noch mit zivilisierten Menschen zu tun.«

»Es könnte nicht schlimmer sein«, entgegnete die Königin im Brustton der Überzeugung.

Der König sah sie kummervoll an. »Falls diese Regierung stürzt …«

Sie stürzte.

21. MÄRZ: »Also, Dumouriez«, sagte der König, »meinen Sie, Sie können eine Regierung zusammenhalten?« Er wurde den Gedanken nicht los, dass dieser Mann, der nun vor ihm stand, zwei Jahre in der Bastille gesessen hatte. Charles Dumouriez verneigte sich. »Lassen Sie uns nicht …«, begann der König hastig. »Ich weiß, dass Sie Jakobiner sind. Ich weiß es.« (Aber wen gibt es sonst, Madame? Wen?)

»Sire, ich bin Soldat«, sagte Dumouriez. »Ich bin dreiundfünfzig Jahre alt. Ich habe Eurer Majestät immer treu gedient. Ich bin Eurer Majestät ergebenster Untertan, und ich …«

»Ja, ja«, sagte der König.

»… und ich übernehme das Außenministerium. Immerhin kenne ich Europa. Ich habe als Eurer Majestät Geheimagent in –«

»Ich zweifle nicht an Ihren Fähigkeiten, General.«

Dumouriez gestattete sich einen winzigen Seufzer. Es hatte Zeiten gegeben, da hatte der König seine Minister ausreden lassen. Louis zeigte immer weniger Lust an den Staatsgeschäften mit all ihren unappetitlichen Details; dies waren die Tage der unvollendeten Aussagen und der schnellen Abfertigung. Wenn König und Königin gerettet werden sollten, war es hilfreich, wenn sie möglichst wenig wussten; andernfalls würden sie seine Hilfe zurückweisen wie auch schon die Lafayettes.

»Als Finanzminister Clavière«, fuhr er fort.

»Er war ein Intimus von Mirabeau.« Das Gesicht des Königs war bar jeden Ausdrucks; Dumouriez wusste nicht, ob das für oder gegen den Mann sprach. »Und als Innenminister?«

»Das ist schwierig. Die wirklich fähigen Männer sitzen in der Versammlung, und Abgeordnete dürfen nicht Minister sein. Gewähren Sie mir einen Tag Aufschub, wenn Sie die Güte hätten.«

Der König nickte knapp. Dumouriez verneigte sich. »General …« Unköniglich klang es hinter ihm her. Der adrette kleine Mann machte auf dem Absatz kehrt. »Sie sind doch nicht gegen mich, oder?«

»Gegen Eure Majestät? Weil ich bei den Jakobinern verkehre?« Er versuchte Louis' Blick einzufangen, aber der König fixierte einen Punkt irgendwo links von seinem Kopf. »Faktionen kommen und gehen. Die Tradition der Loyalität bleibt bestehen.«

»O ja«, sagte Louis zerstreut. »Wobei ich die Jakobiner nicht unbedingt als Faktion bezeichnen würde, eher als eine Macht … So wie wir früher die Kirche als Teil des Staates hatten, haben wir nun den Club. Dieser Robespierre – wo ist er beheimatet?«

»Im Artois, Sire, soviel ich weiß.«

»Nein, ich meine, von seiner Gesinnung her … Wo ist er *anzusiedeln*?« Louis schob seinen plumpen Leib unruhig auf dem Sessel hin und her. Er war der jüngere von beiden, wirkte aber älter. »Sie zum Beispiel, Sie kann ich einordnen. Sie sind, was wir einen Abenteurer nennen würden. Und M. Brissot ist einer, der sich sämtlichen Ideen seiner Zeit verschreibt, einfach weil sie zeitgemäß sind. Und M. Danton kann ich einordnen – denn er ist einer dieser grobschlächtigen

Demagogen, wie sie in den Geschichtsbüchern vorkommen. Aber M. Robespierre … Verstehen Sie, wenn ich nur wüsste, was der Mann will. Vielleicht könnte ich es ihm geben, und dann wäre der Spuk endlich vorbei.« Er sackte in sich zusammen. »Es ist alles so rätselhaft, finden Sie nicht auch?«

General Dumouriez verneigte sich abermals. Louis merkte es nicht, als er ging.

Einen Korridor weiter wartete Brissot auf seinen Lieblingsgeneral. »Sie haben Ihre Regierung«, verkündete ihm Dumouriez.

»Sie wirken bedrückt«, sagte Brissot scharf. »Ist etwas aus dem Ruder gelaufen?«

»Nein – nur die Epitheta, mit denen Seine Majestät mich belegt hat.«

»War er unverschämt? Das sollte er sich besser nicht erlauben.«

»Ich habe nicht gesagt, dass er unverschämt war.«

Ihre Blicke trafen sich, eine Sekunde lang nur. Sie trauten einander nicht, auch nicht im Ansatz. Dann berührte Dumouriez Brissot an der Schulter, spielerisch fast. »Ein jakobinisches Kabinett, mein lieber Brissot. Wäre vor kurzem noch undenkbar gewesen.«

»Und in der Kriegsfrage?«

»Habe ich ihn vorerst nicht weiter gedrängt. Aber ich glaube, für Kampfhandlungen binnen Monatsfrist kann ich bürgen.«

»Es muss Krieg geben. Die größte aller denkbaren Katastrophen wäre Frieden. Stimmen Sie mir da zu?«

Dumouriez drehte seinen Stock zwischen den Fingern. »Wie könnte ich nicht zustimmen? Ich bin Soldat. Ich muss an meine Karriere denken. Diese Vielzahl an Möglichkeiten …«

»Versuchen wir es«, sagte Vergniaud. »Der Hof würde schlottern vor Angst. Ein unwiderstehlicher Gedanke.«

»Robespierre!«, rief Brissot.

Robespierre blieb stehen. »Vergniaud«, sagte er. »Pétion. Brissot.« Mehr als ihre Namen schien er nicht sagen zu wollen.

»Wir hätten Ihnen einen Vorschlag zu machen.«

»Ich kenne Ihren Vorschlag. Er lautet Rückkehr in die Knechtschaft.«

Pétion hob beschwichtigend die Hand. Er war noch breiter und stämmiger geworden als in den Anfängen ihrer Bekanntschaft; sein Gesicht war glatt, gepolstert vom Erfolg.

»Verstricken wir uns doch nicht in die Kleinlichkeiten des Debattiersaals«, sagte Vergniaud. »Wir könnten privat ins Gespräch kommen.«

»Ich will keine privaten Gespräche.«

»Glauben Sie mir«, sagte Brissot, »glauben Sie mir, Robespierre, wir wünschten so sehr, Sie würden uns in der Kriegsfrage unterstützen. Dieses unerträgliche Wirrwarr unserer inneren Angelegenheiten ...«

»Wozu wollen Sie gegen Österreich und England kämpfen, wenn Ihre Feinde hier sind, zu Hause?«

»Sie meinen dort?« Vergniaud nickte zu den Gemächern des Königs in den Tuilerien hinüber.

»Dort, ja – und überall um uns herum.«

»Unsere Freunde im Kabinett«, sagte Pétion, »werden uns helfen, mit ihnen fertigzuwerden.«

»Lassen Sie mich weitergehen.« Robespierre ließ die drei stehen.

»Sein Argwohn nimmt krankhafte Züge an«, sagte Pétion. »Dabei waren wir einmal befreundet. Wenn ich ehrlich sein soll, ich sorge mich um seinen Verstand.«

»Er hat seine Anhänger«, meinte Vergniaud.

Brissot lief Robespierre nach, fasste ihn beim Ellbogen. Vergniaud beobachtete die beiden. »Ein guter Rattenterrier«, bemerkte er.

»Hä?«, sagte Pétion

Brissot folgte Robespierre hartnäckig.

»Robespierre, wir reden über einen Ministerposten – wir tragen Ihnen ein Amt an.«

Robespierre riss sich los. Er zog seinen Ärmel glatt. »Ich will kein Amt«, sagte er streng. »Außerdem gibt es kein Amt, das mir entspräche.«

»Vierter Stock?«, fragte Dumouriez. »Nagt er am Hungertuch, dieser Roland, dass er im vierten Stock wohnen muss?«

»Paris kostet Geld«, sagte Brissot abwehrend. Er rang nach Atem.

»Ich bitte Sie.« Dumouriez klang unwirsch. »Sie brauchen nicht zu rennen, wenn ich Ihnen zu schnell gehe. Ich hätte gewartet; ich habe keinerlei Absicht, allein zu ihm zu gehen. Noch einmal: Sind Sie sich wirklich sicher?«

»Bewährter Verwaltungsbeamter …«, keuchte Brissot, »mit vielfältigen Zuständigkeiten … verlässlicher Gesinnung … und Frau … ungeheuer fähig … ungeteilte Hingabe … an unsere Ziele.«

»Ja, ich glaube, das habe ich jetzt verstanden«, sagte Dumouriez. Ihm schien nicht, dass sie viele gemeinsame Ziele hatten.

Manon öffnete ihnen selbst. Sie sah ein wenig derangiert aus, und sie litt an unglaublicher Langeweile.

General Dumouriez küsste ihr formvollendet die Hand. »Monsieur?«, erkundigte er sich.

»Er hat sich hingelegt.«

»Ich glaube, Sie könnten es auch Madame sagen«, schlug Brissot vor.

»Das glaube ich nun nicht«, murmelte Dumouriez. Er wandte sich an sie. »Wenn Sie so gut wären, ihn zu wecken. Wir haben ein Ansinnen, das für ihn von Interesse sein könnte.« Er sah sich im Zimmer um. »Sie würden umziehen müssen. Vielleicht, meine Liebe, möchten Sie ja Ihr Porzellan einpacken oder so etwas?«

»Das kann nicht sein!«, sagte Manon. Sie sah sehr jung aus und schien jeden Moment in erbitterte Tränen ausbrechen zu wollen. »Sie nehmen mich auf den Arm. Wie können Sie so etwas tun?«

Das Gesicht ihres Mannes wirkte eine Spur weniger grau als sonst.

»Ich kann mir nicht vorstellen, mein Herzblatt, dass M. Brissot mit einer so ernsten Angelegenheit wie der Regierungsbildung seinen Scherz treiben würde. Der König trägt mir den Posten des Innenministers an. Wir – ich – nehme an.«

Vergniaud in seiner Wohnung bei Mme Dodun an der Place Vendôme Nr. 5 hatte ebenfalls geschlafen. Aber für Danton stieg man selbstredend aus dem Bett. Was er über Danton wusste, verlangte ihm widerwillige Bewunderung ab. Der Mann hatte nur einen entscheidenden Fehler – er arbeitete zu hart.

»Aber wieso dieser Roland?«, wollte Danton wissen.

»Weil es sonst niemanden gab«, sagte Vergniaud lustlos. Das Thema hing ihm zum Hals heraus. Er hatte es satt, unaufhörlich gefragt zu werden, wer dieser Roland war. »Weil er formbar ist. Weil man ihn für besonnen hält. Wen hätten wir denn Ihrer Meinung nach nehmen sollen? Marat?«

»Die Rolands nennen sich Republikaner. Das tun Sie auch, wenn ich mich nicht irre.«

Vergniaud nickte unbewegt. Danton musterte ihn. Mit seinen neununddreißig war er weder groß noch breit genug, um eine imposante Figur abzugeben. Ein paar Pockennarben verunstalteten seine blassen, groben Züge, und die große Nase schien in ein anderes Gesicht zu gehören als die kleinen, tief liegenden Augen. In einer Menschenmenge hätte sich keiner nach ihm umgedreht, aber auf der Rednertribüne der Versammlung oder der Jakobiner (Totenstille in den Bankreihen, auf der Galerie gereckte Hälse) war er wie verwandelt. Plötzlich schien er ein schöner Mann zu sein, selbstbewusst, anmutig, mit wohltönender Stimme und fließenden Bewegungen. Er hatte etwas Aristokratisches in seinem Auftreten, in seinen braunen Augen leuchtete ein Funke. »Da, schau«, hatte Camille gesagt, »der Funke des Dünkels.«

»Mag sein, aber es tut gut, einen Mann in seinem Element zu sehen«, hatte ihm Danton mit Nachdruck geantwortet.

Von Brissots Freunden, so entschied er, war dieser Mann mit Abstand der beste. Du gefällst mir, dachte er, aber du bist faul. »Ein Republikaner auf einem Ministerposten …«, begann er.

»… ist nicht zwingend ein republikanischer Minister«, vollendete Vergniaud. »Nun, man wird sehen.« Achtlos blätterte er ein paar Seiten auf seinem Schreibtisch um. Danton sah es als Ausdruck gelinder Verachtung für die Leute, von denen sie sprachen. »Sie werden ihnen Ihre Aufwartung machen müssen, Danton, wenn Sie im Leben weiterkommen wollen. Der Dame ein wenig schöntun.« Er lachte, als er Dantons Gesicht sah. »Bekommen Sie langsam das Gefühl, dass es ein bisschen einsam um Sie wird? Nur mit Robespierre zur Gesellschaft? Er sollte sich besser mit dem Krieg anfreunden. Er war nie weniger beliebt.«

»Beliebt oder unbeliebt, das ist hier nicht die Frage.«

»Nicht für Robespierre, das stimmt. Aber Sie, Danton, wohin geht es mit Ihnen?«

»Nach oben. Vergniaud, warum kommen Sie nicht zu uns?«

»Wer genau ist ›uns‹?«

Danton setzte zum Sprechen an und brach sofort wieder ab – die Namen, die er zu bieten hatte, kamen ihm plötzlich allzu zwielichtig vor. »Hérault de Séchelles«, sagte er vorsichtig.

Vergniaud zog eine schwere Braue in die Höhe. »Nur Sie beide? Messieurs Camille und Fabre d'Églantine sind auf einmal keine Vertrauten mehr? Und Legendre hat zu viel mit Schlachten zu tun? Nun, ich nehme an, diese Leute sind Ihnen nützlich. Aber ich habe kein Interesse daran, mich irgendeiner Gruppe anzuschließen. Ich bin für den Krieg, darum habe ich mich an die gehalten, die auch für den Krieg sind. Nur bin ich deshalb kein Brissotist, was immer das sein mag. Ich bin mein eigener Herr.«

»Wenn wir das doch alle wären«, sagte Danton. »Aber Sie werden feststellen, dass es sich nicht durchhalten lässt.«

Als Camille eines Morgens Ende März erwachte, hatte sich ein neuer Gedanke in seinem Kopf festgesetzt. Er hatte mit Soldaten geredet, unter ihnen auch General Dillon, und alle hatten sie gesagt, wenn der Krieg ohnehin unabwendbar war, wozu sich dann gegen die öffentliche Meinung stemmen, wozu gegen den Strom schwimmen wollen? War es nicht besser, sich an die Spitze einer unaufhaltsamen Bewegung zu stellen, als im Gedränge zertrampelt zu werden?

Er weckte seine Frau, um es ihr zu verkünden. »Mir ist schlecht«, sagte sie.

Um halb sieben lief er auf Dantons Wohnzimmerteppich auf und ab. Danton nannte ihn einen Idioten.

»Warum muss ich immer mit dir übereinstimmen? Du erlaubst mir keinerlei eigenständige Gedanken. Ich darf denken, was ich will, solange es sich mit dem deckt, was du denkst, richtig?«

»Geh weg«, sagte Danton. »Ich bin nicht dein Vater.«

»Was soll das plötzlich heißen?«

»Das soll heißen, dass du dich wie ein Fünfzehnjähriger aufführst, der einen Streit vom Zaun zu brechen versucht, also fahr ein paar Tage heim und streite mit deinem Vater. Dann blieben uns auch politische Konsequenzen erspart.«

»Dann schreibe ich –«

»Du lässt deine Feder stecken. Stell meine Geduld nicht zu sehr auf die Probe. Verschwinde, bevor ich den ersten brissotistischen Märtyrer aus dir mache. Geh zu Robespierre und schau, ob du bei ihm besser ankommst.«

Robespierre kränkelte. Das nasskalte Frühlingswetter schlug ihm auf die Bronchien, und sein Magen rebellierte gegen alles, was er ihm zukommen ließ.

»Du lässt also deine Freunde im Stich«, sagte er mit pfeifendem Atem.

»Das muss unserer Freundschaft keinen Abbruch tun«, erklärte Camille großspurig.

Robespierre wandte den Blick ab.

»Du erinnerst mich an – wie hieß der englische König gleich wieder?«

»George«, sagte Robespierre bissig.

»Ich meine Knut, glaube ich.«

»Ich muss dich fortschicken«, sagte Robespierre. »Ich kann heute Morgen nicht mit dir streiten. Ich brauche meine Kräfte für Wichtigeres. Aber wenn du irgendetwas davon schriftlich äußerst, werde ich dir nie wieder trauen.«

Camille ging rückwärts aus der Tür.

Davor stand Eléonore Duplay. Die ungewohnte Lebhaftigkeit in ihrem sonst so trüben Blick verriet ihm, dass sie gelauscht hatte. »Sieh an, die holde Cornélia«, sagte er. Noch nie hatte er in einem solchen Ton mit einer Frau gesprochen. Sie hätte selbst bei einer Maus grausame Instinkte geweckt.

»Wir hätten Sie niemals zu ihm gelassen, wenn wir geahnt hätten, dass Sie ihn aufregen würden. Kommen Sie nie wieder. Er wird Sie sowieso nicht empfangen.«

Sie maß ihn mit den Augen. Ich habe gehofft, dass ihr streiten würdet, las er darin.

»Sie und Ihre grässliche Familie, Eléonore. Bildet ihr euch ein, er gehört euch? Bildet ihr euch ein, nur weil er sich dazu herablässt, unter eurem Dach zu wohnen, könnt ihr darüber bestimmen, wer kommt und geht? Bildet ihr euch ein, ihr könnt ihn und seinen ältesten Freund entzweien?«

»Sie scheinen sich Ihrer Sache ja sehr sicher zu sein!«

»Mit gutem Grund«, sagte Camille. »Oh, Cornélia, Sie sind so leicht zu durchschauen. Ich kenne Ihre Absichten genau. Ich weiß genau, was Sie denken. Sie denken, er wird Sie heiraten. Vergessen Sie's, meine Beste. Niemals.«

Das war der Höhepunkt seines Tages. Daheim wartete trübselig Lucile, ihre kleinen Hände um den enormen Bauch gewölbt. So machte das Leben keinen Spaß. Sie hatte das Stadium erreicht, in dem die Frauen sie mit reger Anteilnahme ansahen, während die Augen der Männer über sie hinwegglitten wie über ein altes Sofa.

»Es ist ein Billett von Max gekommen«, sagte sie. »Ich habe es geöffnet. Er sagt, er bedauert den Vorfall von vorhin, er hat unbedacht gesprochen und bittet dich um Verzeihung. Und Georges war hier. Er lässt dir sagen, dass es ihm leid tut.«

»Ich hatte einen großartigen Streit mit Eléonore. Sie sind Blutsauger, diese Leute. Wobei ich mich ja doch frage, was aus mir würde, wenn Danton und Robespierre jemals anders dächten als ich.«

»Du kannst selber denken.«

»Ja, aber du wirst feststellen, dass sich das so nicht durchhalten lässt.«

Am 26. März übermittelte die Königin dem Feind sämtliche Details der französischen Kriegsplanungen. Am 20. April erklärte Frankreich Österreich den Krieg.

25. APRIL 1792: Die wissenschaftliche und demokratische Hinrichtung von Nicolas-Jacques Pelletier, Wegelagerer.

Die Zuschauermenge ist größer als bei einer gewöhnlichen Hinrichtung, Erwartung knistert in der Luft. Die Henker haben schon mit Attrappen geübt. Sie wirken recht obenauf, nicken einander zu; es ist Ehrensache für sie, dass keiner von ihnen patzt. Nicht dass das zu befürchten stünde, die Maschine erledigt ja alles. Sie ist auf einem Gerüst aufgebaut, ein großes Gestell mit einem schweren Fallbeil. Der Verbrecher steigt mit seinen Wärtern hinauf. Er soll nicht leiden, denn in Frankreich ist das Zeitalter der Barbarei vorbei, beendet durch ein Gerät, das ein Ausschuss genehmigt hat.

Mit raschen, geübten Bewegungen nehmen die Henker den Mann in die Mitte, binden ihn an einem Brett fest und schieben ihn darauf nach vorn; das Fallbeil saust herab, ein gedämpfter Aufschlag, dann jäh ein Blutsee. Die Menge seufzt, die Leute blicken einander ungläubig an. Es ist so schnell gegangen, kein Spektakel, nichts. Unvorstellbar, dass der Mann tot sein soll. Einer von Sansons Gehilfen sieht fragend zu seinem Meister empor, der nickt. Der junge Mann hebt den Ledersack hoch, in den der Kopf gefallen ist, und holt den triefenden Inhalt heraus. Er hält den Kopf der Menge hin, dreht ihn langsam hin und her, damit das leere, blicklose Gesicht für alle zu sehen ist. Gut genug. Sie sind beschwichtigt. Ein paar Frauen nehmen ihre Kinder auf den Arm, der besseren Aussicht wegen. Der Rumpf des Toten wird losgebunden und in einen großen Weidenkorb gewälzt, in dem er fortgeschafft werden soll; der abgetrennte Kopf kommt zwischen die Füße.

Alles in allem, das Hochhalten des Kopfes mitgerechnet (das nicht immer nötig sein wird), hat die Prozedur gerade fünf Minuten gedauert. Sanson schätzt, dass die Dauer sich fast um die Hälfte reduzieren lässt, sollte es einmal darauf ankommen. Er und seine Gehilfen und Lehrlinge sind gespalten, was das neue Gerät angeht. Es ist bequem, das ist wahr, und human; man kann sich nicht vorstellen, dass der Mann Schmerzen leiden muss. Aber es wirkt so einfach; die Menschen werden denken, dass kein Geschick dazu gehört, dass jeder Scharfrichter sein kann. Einem ganzen Berufsstand wird so das Wasser abgegraben. Erst letztes Jahr hat die Versammlung über die Todesstrafe debattiert, und der beliebte Abgeordnete Robespierre hat sich allen Ernstes für ihre Abschaffung ausgesprochen. Angeblich ist ihm das nach wie vor ein großes Anliegen, und er hofft, es noch durchzusetzen. Aber der weitblickende M. Sanson hegt den Verdacht, dass M. Robespierre mit dieser Meinung recht allein dasteht.

Kostenschätzung von M. Guérdon, ehemaliger Schreinermeister des Parlaments von Paris:

Gerüst	1700 Livres
Drei Fallbeile (zwei in Reserve)	600 Livres
Seilzug und Kupferschienen	300 Livres
Eisengewicht (für das Fallbeil)	300 Livres
Seil und Rollen	60 Livres
Konstruktion & Erprobung des Geräts sowie Vor- und Nachbesprechung	1200 Livres
Ein Modell im kleinen Maßstab, zu Anschauungszwecken & Verhinderung von Unfällen	1200 Livres
Gesamtsumme	5360 Livres

Dr. Guillotin, Fachmann für das Gesundheitswesen, vor der Nationalversammlung, der er die neue Erfindung wärmstens ans Herz legt: »Mit dieser Maschine ist Ihr Kopf im Handumdrehen abgeschnitten, und Sie leiden keine Sekunde lang.« (Gelächter)

DANTON: Robespierre kam spät abends bei Camille vorbei und wollte ihn sprechen. Ich war gerade bei Lucile. Alles ganz harmlos. Die Dienerin, Jeanette, war noch da; sie blieb demonstrativ auf. Was denken sie nur alle, was ich mit ihr anstelle, schließlich ist sie im siebten Monat … Wo denn Camille sei? Wenn Robespierre kommt, haben die Leute daheim zu sein. Er schien ein wenig verärgert, der gute Maximilien. Lucile warf mir einen Blick zu. Sie wusste nicht, wo Camille war. »Ich könnte einige Orte vorschlagen«, sagte ich. »Aber ich würde Ihnen nicht raten, es dort zu probieren, Max, nicht persönlich.«

Er errötete. Wie niederträchtig von mir, dachte ich. Tatsächlich vermutete ich Camille am anderen Ufer der Seine, bei einer dieser verrückten Frauengruppen, bei denen er und Marat manchmal sprechen – Verein junger Damen zur Verstümmelung von Vicomtes, Fischweiber für die Demokratie, solches Zeug. Und ich dachte ganz ernsthaft, da der

Unbestechliche ein solcher Frauenschwarm ist, könnte es passieren, dass die Damen, die ja schon Camille so anbeten, beim Erscheinen Robespierres so außer Rand und Band gerieten, dass sie auf der Straße über ihn herfielen.

Er fragte, ob er warten dürfe. Es sei sehr wichtig.

»Was ist so wichtig, dass es nicht bis zum Morgen Zeit hat?«

»Bei mir gelten konventionelle Zeiten nichts«, erklärte er mir, »und bei Camille, wie Sie wissen, auch nichts. Wenn ich ihn brauche, ist er normalerweise verfügbar.«

»Heute nicht«, sagte ich. Lucile sah mich beschwörend an.

Also saßen wir eine Stunde oder länger zu dritt da – oh, wie mühsam es ist, mit Maximilien Konversation zu machen! Irgendwann fragte Lolotte ihn, ob er bei dem Kind Pate stehen wolle. Er freute sich. Sie erinnerte ihn daran, dass es sein Vorrecht sein würde, den Namen auszusuchen. Sein Gefühl sage ihm, dass es ein Knabe werden würde, erklärte er; wir sollten ihm einen Namen geben, der inspiriere, den Namen eines bedeutenden Mannes, eines Mannes, der sich durch seine republikanischen Tugenden auszeichne – denn es ist schon so weit, dass wir von der Republik nicht mehr als einem politischen Phänomen sprechen, sondern als einer inneren Verfassung. Eine Weile ging er im Geist die Griechen und Römer durch und beschloss dann, das Kind solle nach dem Dichter Horaz genannt werden. »Und wenn es ein Mädchen ist?«, fragte ich.

Lucile äußerte sanft, es sei ein sehr passender Name, und ich sah ihr an, dass sie dachte: Wir werden ihn nicht benutzen, so rufen wir ihn bestimmt nicht. Vielleicht, meinte sie, könnte man ihn mit zweitem Namen Camille nennen? Robespierre lächelte und sagte: »Auch ein sehr ehrenhafter Name.«

Dann saßen wir da und sahen einander an; inzwischen hatte ich ihn sattsam in dem unbehaglichen Verdacht bestärkt, dass sich das ehrenwerte Urbild in den Hurenhäusern herumtrieb.

Er kam gegen zwei hereinspaziert; fragte, welcher von uns zuerst gekommen sei; schaute wissend, aber nicht pikiert, als er die Antwort erfuhr. Lucile fragte nicht, wo er gewesen war. Ah, dachte ich, eine solche Frau zu haben! Ich verabschiedete mich, Robespierre fing von irgendwelchen Kommunalangelegenheiten an, als wäre es zwei Uhr nachmittags und niemand hätte je ein schroffes Wort gesagt.

Robespierre: Es gab solche Menschen wie Lucile. Rousseau bestätigte es. Robespierre legte das Buch beiseite, strich sich den Absatz aber vorher noch an.

> *Ein Beweis für ihre liebenswerte Persönlichkeit war, dass alle, die sie liebten, auch einander liebten, denn alle Eifersucht und alle Rivalität gingen auf in der machtvolleren Empfindung, die sie in ihnen wachrief; und nie erlebte ich es, dass die, die sie umgaben, den geringsten Groll gegeneinander hegten. Lassen wir den Leser einen Augenblick innehalten, und sollte auch ihm eine Frau einfallen, die solches Lob verdient, möge er ihre Nähe suchen, wenn er denn Glück erlangen will.*

Das musste es sein. Das Leben bei den Desmoulins war so seltsam friedlich. Natürlich war es möglich, dass sie Dinge vor ihm verbargen. Die Menschen verbargen meist Dinge vor ihm.

Sie hatten gefragt, ob er bei dem Kind Pate stehen wolle – oder was immer nun die Entsprechung war, denn er nahm nicht an, dass es nach katholischem Ritus getauft werden würde. Lucile war es, die ihn gefragt hatte, eines Abends, als er vorbeikam (spät, fast um Mitternacht) und sie allein mit Danton antraf. Er hoffte, an diesen Gerüchten war nichts Wahres. Er hoffte, glauben zu können, dass nichts daran war.

Die Dienerin zog sich zurück, sobald er auftauchte, woraufhin Danton unerklärlicherweise lachte.

Es gab Dinge, die er mit Danton bereden musste, und er hätte sie durchaus in Luciles Beisein ansprechen können; sie besaß eine rasche

Auffassungsgabe, und ihre Meinung verdiente es, gehört zu werden. Aber Danton war in einer sonderbaren Stimmung, halb angriffslustig, halb spaßhaft. Es war ihm nicht gelungen, gegen diese Stimmung anzukommen, und so plauderten sie ziellos dahin. Dann plötzlich spürte er eine fast körperliche Kraft, die gegen ihn anstemmte. Das war Dantons Wille. Er wollte, dass er ging. So lächerlich es im Rückblick schien, hatte er eine Hand auf die Armlehne seines Sessels legen müssen, um Halt zu finden. Das war der Zeitpunkt gewesen, da Lucile die Sprache auf das Kind gebracht hatte.

Er freute sich. Es war natürlich nur richtig, denn er war Camilles ältester Freund. Und er rechnete nicht damit, dass er noch eigene Kinder haben würde.

Sie hatten einige Zeit lang über einen Namen beratschlagt. Vielleicht war das rührselig von ihm, aber ihm waren all die Gedichte wieder eingefallen, die Camille früher geschrieben hatte. Ob er immer noch welche schreibe? Oh, nein, sagte Lucile. Sie lachte nervös. Im Gegenteil, sooft ihm eins seiner alten Machwerke in die Finger gerate, rufe er aus: »Schlimmer als Saint-Just, schlimmer als Saint-Just«, um es dann ins Feuer zu werfen. Einen Moment lang fühlte sich Robespierre tief gekränkt und verletzt, als würde sein eigenes Urteil in Frage gestellt.

Lucile ging hinaus, um Jeanette irgendwelche Anweisungen zu erteilen.

»Horaz Camille«, sagte Danton sinnend. »Meinen Sie, das wird ihm Glück bringen?«

Er lächelte sein dünnes Lächeln. Er spürte selbst, wie dünn es war. Wenn man sich in der nächsten Generation noch an ihn erinnerte, würden die Menschen von seinem kalten, dünnen Lächeln sprechen, so wie sie von Dantons Leibesumfang, seiner Lebensfreude und seinem narbigen Gesicht sprachen. Er wollte nicht so wirken, generell nicht und schon gar nicht bei Danton. Vielleicht wirkte das Lächeln ja sarkastisch oder gönnerhaft oder missbilligend. Aber ein anderes brachte sein Gesicht nicht zuwege.

»Ich denke, Horaz …«, sagte er. »Ein großer Dichter, und ein guter Republikaner. Solange man die späteren Werke außer Acht lässt, in denen er sich meines Erachtens genötigt sah, Augustus zu schmeicheln.«

»Ja …«, sagte Danton. »So wie Camilles Artikel Ihnen schmeicheln – obwohl, ich sollte es nicht *schmeicheln* nennen, das ist das falsche Wort.«

Er musste mit den Zähnen knirschen; das heißt, er dachte an Zähneknirschen, was in der Regel genügte.

»Wie gesagt, es ist ein ehrenhafter Name.«

Danton lehnte sich in seinem Sessel zurück. Er streckte die langen Beine von sich. Er sagte schleppend (welch ein Klischee, aber es gab kein anderes Wort dafür, er sagte es schleppend): »Was wohl sein ehrenhaftes Urbild gerade treibt?«

»Ich weiß es nicht.«

»Sie wissen es nicht?«

»Wieso, was glauben Sie denn, was er tut?«

»Wahrscheinlich irgendetwas Unsägliches in einem Hurenhaus.«

»Ich weiß nicht, woher Sie das Recht nehmen, so etwas zu denken. Ich weiß nicht, was Sie damit meinen.«

»Mein lieber Robespierre, ich erwarte auch gar nicht, dass Sie wissen, was ich meine. Sie wären höchst schockiert, wenn Sie es wüssten. Desillusioniert.«

»Warum verfolgen Sie das Thema dann immer weiter?«

»Ich glaube wirklich, von der Hälfte der Dinge, die Camille so treibt, ahnen Sie gar nichts. Oder doch?« Er klang sehr interessiert.

»Das ist seine Privatsache.«

»Sie erstaunen mich. Ist er nicht eine Figur des öffentlichen Lebens? Und sein Verhalten damit auch Sache der Öffentlichkeit?«

»Doch, das stimmt.«

»Also sollte er gut sein. Tugendhaft. Nach Ihren eigenen Maßgaben. Aber er ist es nicht.«

»Davon will ich nichts wissen.«

»Aber das sollte ich Ihnen nicht durchgehen lassen. Dem Allgemeinwohl zuliebe. Camille –«

Lucile kam ins Zimmer zurück. Danton lachte. »Ich erzähle Ihnen die Einzelheiten ein andermal, versprochen. Zur vertraulichen Behandlung.«

[Im Jakobinerclub. M. Robespierre hat das Wort.]

AUS DEN REIHEN DER JAKOBINER: Despot!

M. DANTON [Vorsitzender]: Ruhe! Mehr Disziplin, wenn ich bitten darf! Wenn M. Robespierre hier irgendeine Form von Despotismus ausübt, dann ist es der Despotismus der Vernunft.

AUS DEN REIHEN DER JAKOBINER: Hört, hört, der Demagoge erwacht!

M. DANTON: Ich bin kein Demagoge, und ich habe lange und mühsam genug Schweigen bewahrt. Aber jetzt soll all jenen die Maske heruntergerissen werden, die sich brüsten, dem Volke zu dienen. Es wird höchste Zeit, dass endlich jemand eingreift, nachdem nun seit drei Monaten der Mut eines Mannes kleingeredet wird, für dessen Heldentum die ganze Revolution Zeuge ist …

Robespierre bei den Jakobinern, 10. Mai 1792: Je mehr ihr mich isoliert, je mehr ihr mich von den Menschen absondert, desto mehr Rechtfertigung finde ich in meinem eigenen Gewissen und in der Gerechtigkeit meiner Sache.

Szenen aus dem brissotistischen Kabinettsleben:

General Dumouriez erschien im Jakobinerclub, bei dem er Mitglied war. Er trat nach guter Soldatenart auf, und seine ansonsten unauffälligen Züge verrieten das Tätigsein eines zweifelnden, rastlosen Geistes. Auf seinem frisch gepuderten Haar saß eine rote Wollmütze, die Mütze der Freiheit. Er sei gekommen, um dem Schrein des Patriotismus (oder war es eine andere, ähnlich hohle Metapher?) seine Reverenz zu erweisen, und ersuche um brüderliche Anleitung und Unterweisung.

So hatte sich noch nie ein Minister verhalten.

Mit bangen Blicken beobachteten die Patrioten Robespierres Gesicht. Verachtung zeichnete sich darauf ab.

M. Roland, der Innenminister, sprach in den Tuilerien vor, um dem König vorgestellt zu werden. In entgeistertem Schweigen wichen die Höflinge vor ihm zurück. Er wusste nicht, was sie hatten; seine Strümpfe waren frisch gestopft. Der Zeremonienmeister nahm Dumouriez beiseite und schlug einen vernichtenden Flüsterton an: »Wie soll er vorgestellt werden? Er hat keine Schnallen an den Schuhen.«

»Keine Schnallen?«, sagte der General gut gelaunt. »O weh, Monsieur, dann ist alles aus.«

»Meine liebe Mme Danton«, sagte Hérault de Séchelles, »was für ein köstliches Essen. Wäre es ganz unverzeihlich, wenn wir uns jetzt der Politik zuwendeten?«

»Meine Frau ist Realistin«, sagte Danton. »Sie weiß, dass die Politik für unser Essen bezahlt.«

»Ich bin daran gewöhnt«, sagte Gabrielle.

»Interessieren die öffentlichen Angelegenheiten Sie denn, meine Liebe? Oder finden Sie sie ermüdend?«

Sie wusste nicht recht, was sie sagen sollte, lächelte aber, um die einzige Antwort, die ihr einfiel, zu entschärfen: »Ich mache das Beste daraus.«

»Wie wir es alle tun sollten.« Hérault wandte sich an Danton. »Wenn Robespierre darauf besteht, das Schlechteste daraus zu machen, dann ist das seine Sache. Diese Leute – Brissotisten, Rolandisten, Girondisten, wie auch immer man sie nennen will – haben gegenwärtig das Sagen. Sie haben – nun ja – wenig Zusammenhalt. Kaum eine gemeinsame Linie, außer dem Krieg – der reichlich desaströs begonnen hat, wie sogar sie zugeben.«

»Sie haben Energie«, sagte Danton. »Sie sind geschickte Debattierer. Sie sind undogmatisch. Und sie haben diese grässliche Frau.«

»Ah, wie bekommt der kleinen Madame die Berühmtheit?«

Von Danton ein angewidertes Schnauben. »Wir waren zum Essen dort. Ich darf gar nicht daran denken.«

Am Vorabend hatten er und Fabre zwei qualvolle Stunden lang ein schauerliches Mahl beim Innenminister über sich ergehen lassen. Dumouriez war auch dagewesen. Von Zeit zu Zeit hatte er gemurmelt: »Ich hätte gern mal mit Ihnen unter vier Augen gesprochen, Danton, verstehen Sie?« Aber es hatte sich keine Gelegenheit ergeben. Alles lief strikt nach dem Plan der Ministersgattin ab. Ihr Mann thronte steif an der Stirnseite der Tafel; er machte nur vereinzelt den Mund auf, und Danton stellte sich vor, der echte Minister säße emsig kritzelnd an einem Sekretär in irgendeinem anderen Winkel des Gebäudes, während sich in dem uralten schwarzen Frack vor ihnen am Tisch ein Wachsmodell verbarg. Es juckte ihn, sich vorzubeugen und eine Gabel in ihn hineinzustechen, um zu sehen, ob er schreien würde, aber er widerstand dem Drang und stierte nur verdrossen auf seinen Teller. Es gab eine namenlose Suppe, die wässrig, aber klumpig war, irgendein zähes Geflügel – und auch davon nur wenig – und dazu ein paar Kohlrüben, die, wenngleich klein, über ihre erste Jugend doch hinaus waren.

Manon Roland schritt dieser Tage marmorne Prachttreppen hinab und sah ihre mollige, hübsche Figur in Wänden aus venezianischem Glas gespiegelt. Aber das Kleid, das sie an besagtem Montagabend trug, war drei Jahre alt, und um ihre Schultern lag ein großes Fichu. Keine Zugeständnisse.

Sie hatte bekannt gegeben, dass sie die Gewohnheiten einer Privatperson beizubehalten gedachte. Aristokratischer Prunk war ihr fremd. Vetternwirtschaft würde es bei ihr nicht geben, und für ihre Besucher (nur mit Einladung) galten strenge Regeln. Die großen Salons blieben unerleuchtet, die Möbel verhüllt, denn sie hatte nicht vor, dort Hof zu halten; sie hatte sich ein hübsches, bescheidenes kleines Arbeitszimmer eingerichtet, ganz nah bei den Amtsräumen des Ministers. Dort saß sie den Tag über an ihrem Schreibtisch und machte sich nützlich, und wenn jemand den Minister privat zu sprechen wünschte, unbehelligt von den üblichen Scharen von Beamten und Bittstellern, brauchte sie ihm nur Nachricht zu senden, und schon trat der Minister in ihre winzige Studierstube und besprach sich dort mit seinem Besucher, während sie unaufdringlich dabeisaß, die Ohren gespitzt, die Hände im Schoß gefaltet.

Sie hatte ihre Regeln aufgestellt, die Regeln, nach denen das Ministeramt ausgeübt zu werden hatte. Zweimal die Woche wurde zu Tisch gebeten. Das Essen war einfach, und es wurde kein Alkohol dazu gereicht. Die Gäste mussten um neun Uhr gehen – wir machen freiwillig den Anfang, flüsterte Fabre. Frauen wurden grundsätzlich nicht empfangen; ihr Geschwätz und ihr kleinliches Schönheitsgezänk hätten dem hohen Ton und den hehren Zielen von Mme Rolands Zusammenkünften Abbruch getan.

Der gestrige Montag war nicht einfach gewesen. Robespierre hatte ihre Einladung ausgeschlagen; Pierre Vergniaud hatte zugesagt. Sie persönlich mochte den Mann ja nicht – und dieser Tage zählten ihre persönlichen Vorlieben einiges. Nicht dass sie politisch mit ihm uneins gewesen wäre, aber er war träge, sparte sich seine Redekünste für große Themen und große Anlässe auf. An diesem Abend war sein Blick glasig vor Langeweile. Dumouriez war da munterer – aber seine Munterkeit ging in die falsche Richtung. Er gab mindestens eine anstößige Anekdote zum Besten und bat dann bei ihr um Pardon. Sie gewährte es mit kaum merklichem Nicken, und der General wusste, dass er bei seiner Arbeit morgen mit mysteriösen Schwierigkeiten zu kämpfen haben würde. Sie hatte die Klaviatur der Macht schnell und mühelos zu beherrschen gelernt.

Fabre d'Églantine versuchte mehrmals, das Gespräch aufs Theater zu bringen, aber sie lenkte es mit fester Hand zum angesetzten Thema zurück – den Manövern, militärischer wie politischer Natur, des vormaligen Marquis de Lafayette. Sie hatte gesehen, wie Fabre kurz zu Danton hinsah und dann länger zu den nackten Göttinnen, die an der Zimmerdecke tänzelten. Gottlob saß Jean-Baptiste Louvet neben ihr. Anfangs hatte sie ihm nicht über den Weg getraut, dieses Romans wegen, den er geschrieben hatte. Aber sie begriff, in welcher Lage die Patrioten unter dem alten Regime gewesen waren, und einem so vielversprechenden Journalisten musste man sowieso einiges nachsehen. Sein schon leicht schütteres blondes Haar fiel ihm in die Stirn, während er ihr lauschend den Kopf zuneigte. Ein Bundesgenosse. Ein Freund von Madame Roland.

Sie sprach mit Louvet, aber ihren Blick zog es gegen ihren Willen immer wieder zu Danton. Dumouriez hatte darauf bestanden, dass sie ihn einlud: »Er ist jemand, den wir uns zum Freund machen sollten. Er hat eine große Gefolgschaft auf den Straßen.«

»Beim Pöbel«, hatte sie verächtlich gesagt.

»Sind Sie der Meinung, dass wir mit dem Pöbel nichts zu schaffen haben dürfen?«

Und so saß er nun hier. Es schauderte sie bei seinem Anblick. Diese Leutseligkeit, diese aufgesetzte Offenheit und Bonhomie: Sie verdeckten nur – aufs notdürftigste – den himmelschreienden Ehrgeiz des Mannes. Oh, er war ja so nett und so simpel, ein schlichter Bauersmann aus der Provinz – nein, wirklich? Wie selbstsicher seine Hände auf dem Tischtuch lagen, die dicken Finger ausgespreizt. Er konnte töten mit diesen Händen, er konnte einer Frau den Hals umdrehen, einem Mann die Kehle zudrücken.

Und diese Narbe, die kalkblasse Narbe, die längs über seinen Mund zackte – wie kam man zu so einer Narbe? Es verbog ihm die Lippen, sodass sein Lächeln kein Lächeln war, mehr ein hämisches Feixen. Wie müsste es sein, diese Narbe zu berühren? Wie würde sie sich unter den Fingerspitzen anfühlen? Dieser Mann hatte eine Frau. Er hatte angeblich auch einen ganzen Schwarm von Geliebten. Frauenfinger hatten diese Narbe liebkost, waren ihre Zacken und Wülste nachgefahren.

Er fing ihren Blick auf. Sie wandte sich hastig ab und mochte danach nicht mehr zu ihm hinsehen – was dachte er nun von ihr? Vorsichtig tasteten ihre Augen sich zu ihm zurück. Ja, forderte sein Gesicht sie auf, schau gut her! Einen Mann wie mich hast du in deinem behüteten kleinen Leben noch nicht gesehen.

Und am Dienstagmorgen war das Einzige, was Danton in müder Verbitterung zu sagen fand: »Gut, wer von uns schläft mit dem Miststück? Da sie so klar darauf brennt?«

»Wozu fragst du?«, sagte Fabre. »Sie hat dich geschlagene zwei Stunden angestarrt.«

»Frauen sind seltsam«, sagte Danton.

»Apropos seltsame Frauen: Ich habe gehört, dass Théroigne wieder im Lande sein soll. Die Österreicher haben sie laufen lassen – vielleicht hoffen sie, dass sie die Revolution in Misskredit bringt.«

»Viel zu kompliziert gedacht«, sagte Danton. »Sie werden gefürchtet haben, sie schneidet ihnen die Eier ab.«

»Aber wegen Madame, Georges-Jacques – wenn sie ein Auge auf dich geworfen hat, dann könntest du doch … ich meine, du könntest wirklich. Wozu lang herumschmeicheln, ›Meine liebe Madame Roland, wir alle schätzen Ihre Talente über die Maßen‹ – warum lieferst du ihr nicht gleich den Beweis? Dann bringt sie womöglich ihre jungen Freunde auf Kurs mit unserem Kurs. Versuch es, Georges-Jacques – du rennst offene Türen ein. Dieser Tattergreis von Ehemann besorgt's ihr bestimmt nicht richtig. Er sieht aus, als müsste er jeden Augenblick tot umfallen.«

»Ich glaube, er ist schon seit Jahren tot«, sagte Camille. »Ich glaube, sie hat ihn einbalsamiert und ausgestopft, weil sie im Grunde ihres Herzens eine Romantikerin ist. Außerdem glaube ich, dass Brissots ganzes Kabinett im Sold des Hofes steht.«

»Robespierre«, sagte Fabre mit vielsagendem Nicken.

»Robespierre glaubt nichts dergleichen«, fauchte Camille.

»Was fährst du denn gleich aus der Haut?«

»Für Robespierre sind sie Narren, Gimpel, Verräter wider ihre Absicht. Ich glaube nicht, dass sie so harmlos sind. Ich glaube, wir sollten uns von ihnen fernhalten.«

»Das müsste zumindest dir spielend gelingen. Dumouriez hat gefragt: ›Wo steckt denn Ihr kleiner Camille heute Abend, warum haben Sie ihn zu Hause gelassen, wenn er mit uns einen so spannenden Abend verleben könnte?‹ Worauf Madame ihren Busen wogen ließ und verachtungsvoll schnaufte.«

»Ihr täuscht euch alle«, sagte Danton. Sie sahen, dass er ernst geworden war. »Ich rede jetzt nicht von Dumouriez und dem Rest, aber diese Frau lässt sich nicht kaufen. Diese Frau hasst Louis und Marie Antoinette, als hätten sie ihr persönlich bitterstes Unrecht getan.« Er lachte unfroh. »Denkt Marat, er hätte den Hass gepachtet?«

»Das heißt, du traust ihnen?«

»Das habe ich nicht gesagt. Ich glaube nur nicht, dass sie falsch spielen. Weiter würde ich nicht gehen.«

»Was glaubst du, was Dumouriez von dir wollte?«

Die Frage sagte Danton sichtbar zu. »Dass ich etwas für ihn tue, nehme ich doch an. Er möchte meinen Preis in Erfahrung bringen.«

4. *Die Taktik des Stiers*

(1792)

GABRIELLE: Ich kann ja nur das sagen, was ich weiß, das, was mir andere Leute erzählt haben. Sicher kann ich mir nur bei den Leuten sein, die ich kenne, und allzu sicher auch bei ihnen nicht. Wenn ich auf den Sommer zurückblicke – was soll ich sagen, was nicht lächerlich naiv klingt?

Man muss kein Mensch der eisernen Überzeugungen sein, wirklich nicht, um zu denken, dass es Dinge gibt, die sich nie ändern werden: Meinungen, die man immer vertreten wird, Abläufe, die immer die gleichen bleiben, eine Welt, die für einen da ist, solange man sie braucht. Was für ein Irrtum.

Ich muss zurückgehen bis zu der Zeit, als unser neues Kind zur Welt kam. Die Geburt war leichter als bei den anderen beiden – schneller jedenfalls. Es war wieder ein Junge, gesund, munter, mit kräftiger Lunge und dem gleichen dichten dunklen Haarschopf, wie auch Antoine ihn hatte und mein Kleiner, der mir gestorben ist. Wir haben ihn François-Georges genannt. Mein Mann brachte mir immerfort Geschenke – Blumen und Porzellansachen, Schmuck und Spitze, Parfüms und Bücher, die ich nicht las. Und eines Tages brach ich in Tränen aus. Ich habe keine Heldentat vollbracht, schrie ich ihn an, jeder kann ein Kind zur Welt bringen, versuch nicht ständig, dich loszukaufen. Ein richtiger Weinkrampf überfiel mich, und als er vorbei war, brannten mir die Augen, ich rang nach Luft, und meine Kehle fühlte sich wund an. Mein Gedächtnis schien völlig blankgefegt; wenn Catherine, unser Mädchen, mir nicht erzählt hätte, was ich alles geredet hatte, hätte ich es niemals geglaubt.

Am nächsten Tag kam Dr. Souberbielle: »Ihr Mann sagt, es geht

Ihnen nicht gut?« Ich sei einfach erschöpft, meinte er. Kinder zu bekommen sei etwas sehr Anstrengendes. Bald würde ich mich schon viel besser fühlen. Nein, Herr Doktor, antwortete ich ihm sehr höflich, ich kann mir nicht vorstellen, dass ich mich jemals wieder besser fühle.

Sobald ich mein Kind an die Brust legte und die Milch zu fließen begann, liefen mir die Tränen auch schon aus den Augen, und meine Mutter kam mit strenger, geschäftsmäßiger Miene und sagte, jetzt müsse eine Amme her, denn er und ich machten einander unglücklich. Es sei besser für Kinder, außerhalb von Paris aufzuwachsen, wo sie nachts nicht schreien und ihre Väter aufwecken könnten.

Weißt du, sagte sie, als Jungverheiratete lebst du die ersten ein, zwei Jahre in deiner eigenen Welt. Wenn du nur einen guten Mann hast, einen Mann, den du gern magst, fühlst du dich so geborgen und zufrieden und froh. Für diese ein, zwei Jahre schaffst du es, allen Kummer auszublenden – zu glauben, du wärst nicht denselben Regeln unterworfen wie andere Menschen auch.

»Warum muss es überhaupt Regeln geben?«, fragte ich. Ich klang wie Lucile. So etwas würde Lucile sagen: Warum muss es Regeln geben?

»Und *sie* wird ihr Kind bekommen«, sagte ich, »und was passiert dann?«

Meine Mutter musste mich nicht fragen, was ich meinte. Sie tätschelte mir nur den Arm. Sie sagte, ich sei doch keins von diesen Mädchen, die wegen allem gleich ein Theater machten. Das höre ich in letzter Zeit sehr oft – nicht dass ich es am Ende noch vergesse und doch eins mache! Meine Mutter tätschelte mich noch einmal – diesmal die Hand – und fing dann an, sich über die Mädchen von heute zu wundern. Die Mädchen von heute sind romantisch, findet sie. Sie haben diese seltsame Vorstellung, wenn ein Mann das Ehegelübde ablegt, meint er es auch so. Zu ihrer Zeit begriffen die Mädchen noch, woran sie waren. Sie verstanden, dass man sich arrangieren muss.

Sie suchte die Amme selbst aus, eine nette, zuverlässige Frau draußen in l'Isle-Adam. Aber so nett und zuverlässig sie auch sein mag, ich ließ ihr mein Söhnchen nur schweren Herzens. Lucile begleitete mich, um zu sehen, ob sie auch als Amme für ihr Kind taugen könnte, und siehe da, sie taugte. Welch eine günstige Fügung! Wie praktisch! Bei Lucile sind es jetzt nur noch ein paar Wochen hin. Was für ein Aufhebens um sie gemacht wird, man hat noch nie solch ein Aufhebens erlebt. Aber dass sie das Kleine selbst stillt – kein Gedanke. Ihr Mann und ihre Mutter verbieten es. Sie hat drängendere Pflichten: so viele Feste, auf die sie gehen muss. Und General Dillon wird es zweifellos lieber sein, wenn ihr Busen hübsch und fest bleibt.

Ich mache Lucile keinen Vorwurf, auch wenn es sich vielleicht so anhört. Es stimmt nicht, dass sie ein Verhältnis mit Fréron hat, obwohl er auf eine Weise von ihr besessen ist, die ihm nicht gut tut und allen um ihn herum auch nicht. Mit Hérault spielt sie, soweit ich es beobachten kann, nur auf die übliche Art – reizt ihn auf und hält ihn dann wieder auf Abstand. Hérault wirkt mitunter ein wenig gelangweilt, als würde er all dies zur Genüge kennen – durch seine Zeit bei Hofe, nehme ich an. Wobei sich Lucile auch deshalb mit ihm abgibt, weil sie es Caroline Rémy heimzahlen will, die ihr so dumm gekommen ist, als sie frisch verheiratet war und noch nicht alle Kniffe kannte. Wie war ich erleichtert, als ich wusste, dass Lucile schwanger ist! Wenigstens ein Aufschub, dachte ich. Aber mehr als einen Aufschub verspreche ich mir nicht. Ich sehe doch Georges. Ich sehe, wie seine Blicke ihr folgen. Und Georges bekommt nie einen Korb. Wenn jemand das für einen unmöglichen Standpunkt hält, dann kennt er Georges nicht. Dann hat er ihn vielleicht nur einmal kurz reden hören. Oder ist ihm en passant auf der Straße begegnet.

Ein einziges Mal habe ich mich in die Nesseln gesetzt, bei Luciles Mutter – weil ich mir einbildete, abwiegeln zu müssen. »Hat sie …«, ich wusste plötzlich nicht mehr recht, was ich sagen wollte, »hat sie es sehr schwer mit Camille?«

Mme Duplessis zog die Brauen hoch, auf diese übergescheite Art, die so typisch für sie ist. »Nicht schwerer, als sie möchte«, sagte sie.

Aber dann, als ich mich schon abwandte, so elend von allem und so voll Angst vor dem, was noch auf mich wartete, streckte Mme Duplessis ihre kleine Hand mit den vielen Ringen aus und fasste mich am Ärmel – ein kleines Zwicken, in den Stoff, nicht die Haut – und sagte vielleicht das Echteste, was diese künstliche Person je über die Lippen gebracht hat: »Ich hoffe, Sie glauben mir, dass ich bei alledem längst nichts mehr steuern kann.«

Madame, hätte ich am liebsten erwidert, Sie haben ein Ungeheuer großgezogen. Aber das hätte ihr unrecht getan. Stattdessen sagte ich: »Es schadet jedenfalls nichts, dass sie schwanger ist.«

Mme Duplessis murmelte: *»Reculer pour mieux sauter.«*

Den ganzen Sommer, wie jeden Sommer seit '88, gaben sich die Leute bei uns die Klinke in die Hand: fremde Namen, fremde Gesichter, von denen mir manche im Lauf der Wochen weniger fremd wurden und manche nur immer fremder. Georges war viel unterwegs, zu den seltsamsten Zeiten; ständig gab er Essen, im Palais Royal, in Restaurants, zu Hause. Wir bewirteten die Männer, die sie *Brissotisten* nennen, Brissot selbst dagegen fast nie. Es wurde viel Hässliches über die Frau des Innenministers geredet – »Königin Coco«, wie sie von ihr sagen, was auf irgendeinen Scherz von Fabre zurückgeht. Einige erschienen erst spätabends bei uns, nach den Sitzungen der Jakobiner und der Cordeliers. René Hébert zum Beispiel – Père Duchesne, so wird er genannt, nach seinem ekelhaften Nachrichtenblatt. Georges sagte: »Wir müssen diese Leute ertragen.« Ein anderer solcher Mann war Chaumette, hakennasig und verlottert. Er hasste die Adligen, und er hasste auch Dirnen, und die zwei Dinge vermischten sich fortwährend in seinem Kopf. Die ganze Stadt müsse bewaffnet werden, sagten sie, gegen die Österreicher und gegen die Royalisten. »Kommt Zeit, kommt Rat«, sagte Georges.

Immer klingt er wie ein Mann, der die Dinge schleifen lässt, aber in Wahrheit wägt er sorgfältig ab, stellt genaueste Berechnungen an. Nur einmal hat er sich verkalkuliert – letzten Sommer, als wir untertauchen mussten. Gut, kann man sagen, was war das schon? Ein paar Wochen, die wir uns außerhalb von Paris herumdrückten, und dann die Amnestie, und alles ging weiter wie gehabt. Aber wie war mir zumute an diesem Sommerabend in Fontenay – als wir Abschied nahmen und ich Fassung bewahren und ein tapferes Gesicht aufsetzen musste, obwohl ich doch wusste, er geht nach England und kehrt vielleicht nie mehr zurück. Was nur wieder zeigt, dass man nie glauben darf, schlimmer könne es nicht mehr kommen. Das Leben hält mehr Fallstricke bereit, als sich je ein Mensch vorzustellen vermag. Es gibt viele Arten, seinen Ehemann zu verlieren, im übertragenen wie auch im wörtlichen Sinn, und bei mir sind es alle auf einmal, scheint mir.

Gesichter kommen und gehen … Billaud-Varennes, der einmal Georges' Aushilfskanzlist war, hat sich mit diesem Schauspieler Collot angefreundet, den Camille »wohl das grässlichste Stück Mensch unter der Sonne« nennt. (Dieser Tage nennt er viele Leute so.) Sie passen bestens zueinander, die zwei, beide mit den gleichen säuerlichen Mienen. Robespierre geht Hébert aus dem Weg, behandelt Pétion kühl, Vergniaud gerade noch höflich. Brissot zwitschert: »Wir müssen versuchen, das Persönliche hintanzustellen.« Chaumette spricht nicht mit Hérault – ein verschmerzbarer Verlust, sagt Hérault. Fabre mustert alle durch sein Lorgnon. Fréron redet von Lucile. Legendre, unser Metzger, sagt, ihm können die Brissotisten gestohlen bleiben. »Ich hab keinen Funken Bildung«, sagt er, »und bin trotzdem ein so guter Patriot, wie man nur sein kann.« François Robert ist liebenswürdig zu jedermann, er denkt, das fördert seine Karriere; aller Kampfgeist hat ihn verlassen, seit er letzten Sommer im Gefängnis war.

M. Roland besucht uns nie. Marat auch nicht.

In der zweiten Juniwoche kam es zu einer Regierungskrise. Der König arbeitete nicht mit den Ministern zusammen, sondern bremste sie aus, und Rolands Frau schrieb ihm einen fürchterlichen Brief, in dem sie ihn über seine Pflichten belehrte. Ich will mich nicht darüber äußern, wie berechtigt oder unberechtigt das war – derlei steht mir nicht zu –, aber jedem muss doch wohl klar sein, dass es Beleidigungen gibt, die ein König nicht hinnehmen, nicht auf sich sitzen lassen kann, wenn er der König bleiben will. Louis sah das offenbar auch so, denn er entließ das Kabinett.

Die Freunde meines Mannes sprachen von einem Kabinett der Patrioten. Sie nannten es einen nationalen Notstand. Sie sind recht gut darin, sich Notstände zunutze zu machen.

General Dumouriez wurde nicht entlassen. Offensichtlich war seine Stellung bei Hofe eine etwas andere. Aber er kam zu uns. Ich schämte mich. Georges lief auf und ab und stauchte ihn zusammen. Er werde den Hof schon noch das Fürchten lehren, schrie er; der König müsse sich von der Königin scheiden lassen und sie heimschicken nach Österreich. Als der General ging, war er weiß um die Lippen. Am nächsten Tag reichte er seinen Rücktritt ein und kehrte wieder zur Armee zurück. Georges sei um einiges bedrohlicher als die Österreicher, sagte Camille.

Dann erhielt die Versammlung ein Schreiben von Lafayette, das sie dazu aufforderte, die Clubs aufzulösen, die Jakobiner und die Cordeliers zu verbieten, sonst … sonst was? Würde er mit seiner Armee gegen Paris vorrücken? »Soll er sich nur herwagen«, sagte Georges. »Ich hacke ihn in Stücke und kippe sie der Königin in ihr königliches Schlafgemach.«

Die Versammlung würde sich nicht trauen, gegen die Clubs vorzugehen – aber mir war klar, dass die Patrioten schon allein für das Ansinnen irgendeine Form der Rache nehmen würden. Diese Krisen scheinen nach einem festen Muster abzulaufen. Louise Gély fragte meinen Mann: »Ist etwas im Busch, M. Danton?«

»Na, was meinst du?« Er wirkte belustigt. »Wie wär's mit einer zweiten Revolution?«

Mit einem gespielten Schauder wandte sie sich zu mir um: »Will jetzt Ihr Mann König werden?«

Das Kommen und Gehen in unserer Wohnung wollte noch sorgfältiger als sonst abgestimmt sein, damit Chaumette nur ja nicht auf

Vergniaud traf oder Héberts Weg den von Legendre kreuzte. Eine Zumutung für mich, eine Zumutung für die Dienstboten. Ich spürte die Spannung in der Luft, diese Spannung, die besagt, morgen, spätestens übermorgen ... Robespierre kam und unterhielt sich höflich mit mir. Er sah aus wie immer, wie eine Schneiderpuppe frisch aus der Schachtel: so förmlich, so sauber barbiert, so wohlerzogen. Aber er trug zu seinem gestreiften olivgrünen Rock ein kleines Lächeln um die Lippen, das sein Gesicht gar nicht mehr verlassen zu wollen schien – ein angespanntes Lächeln, das er laut Camille immer dann aufsetzt, wenn er alle am liebsten nur noch anschreien würde. Er erkundigte sich nach dem Kleinen, er begann Antoine eine Geschichte zu erzählen und versprach, sie in einem Tag oder zweien fertigzuerzählen. Es machte mir Mut; vielleicht überleben wir ja doch, dachte ich. Seltsam eigentlich, dass ein Mann, der so adrett und akkurat ist wie M. Robespierre, Kinder und Katzen und Hunde so mag. Es sind nur wir anderen, für die er dieses beunruhigende Lächeln braucht.

Inzwischen war es schon recht spät. Pétion ging als Letzter. Ich hielt mich im Hintergrund. Die Tür zum Arbeitszimmer öffnete sich. Mein Mann schlug Pétion auf die Schulter. »Der richtige Zeitpunkt, das ist es«, sagte er.

»Keine Angst, ich werde nicht vorzeitig einschreiten«, sagte der Bürgermeister. »Ich lasse mich blicken, aber nicht zu früh. Es wird genügend Zeit sein, dass die Ereignisse ihren natürlichen Lauf nehmen können.«

Jetzt ist er allein, dachte ich, jetzt sind alle weg. Aber als ich vor der Tür stand – die schon wieder zu war –, hörte ich Camilles Stimme: »Ich dachte, diesmal sollte es die Taktik des Stiers sein. Die Taktik des Löwen. Das hast du gesagt.«

»Und das meine ich auch so. Aber erst, wenn ich so weit bin.«

»Seit wann reden Stiere davon, wann sie ›so weit sind‹?«

»Also, bei Stieren bin ja wohl ich der Experte. Sie reden überhaupt nicht, das ist ja ihr Erfolgsrezept.«

»Brüllen sie nicht wenigstens ein bisschen?«

»Nicht die wahrhaft erfolgreichen.«

Eine Pause. Dann sagte Camille: »Aber man überlässt es nicht dem Zufall. Wenn man den Tod von jemandem will, überlässt man das nicht dem Zufall.«

»Welches Recht habe ich, den Tod des Königs zu wollen? Wenn der Distrikt Saint-Antoine ihn töten will, wird er das tun. Morgen oder zu irgendeinem zukünftigen Zeitpunkt.«

»Oder auch gar nicht. All dieser plötzliche Fatalismus. Man kann Ereignisse auch steuern.« Camille klang ruhig und sehr müde.

»Ich würde lieber nichts überstürzen«, sagte Georges. »Ich möchte erst die Sache mit Lafayette erledigt wissen. Ich will nicht an allen Fronten gleichzeitig kämpfen müssen.«

»Aber wir dürfen eine solche Chance nicht vertun.«

Georges gähnte. »Wenn sie ihn töten, töten sie ihn«, sagte er.

Ich schlich weg. Mein Mut ließ mich im Stich. Ich wollte nichts weiter hören. Ich öffnete ein Fenster. Früher waren die Sommer nie so heiß, bilde ich mir ein. Lärm tönte von der Straße, nichts, was man nicht jede Nacht hört. Eine Patrouille der Nationalgarde kam die Straße entlang. Sie verlangsamten ihren Schritt, als sie sich näherten. Einer der Männer sagte laut und deutlich: »Da wohnt Danton.« Sie mussten einen Neuen dabeihaben, dass sie das eigens erwähnten. Ich zog meinen Kopf zurück, und sie marschierten weiter.

Ich ging wieder zu Georges' Arbeitszimmer und stieß die Tür auf. Er und Camille saßen links und rechts von dem leeren Kamin und starrten einander an, schweigend.

»Stör ich euch?«

»Nein«, sagte Camille, »wir haben uns nur angestarrt. Ich hoffe, Sie haben sich nicht zu sehr erschreckt über das, was Sie da vorhin belauscht haben?«

Georges lachte. »Hat sie gelauscht? Hab ich gar nicht mitgekriegt.«

»Mit Lucile ist es das Gleiche. Sie macht meine Briefe auf und verfällt dann in schrecklichste Verzweiflung. Zurzeit ist der Stein des Anstoßes meine arme Cousine Rose-Fleur Godard. Ihre Ehe ist unglücklich. Sie wünscht jetzt, sie hätte mich geheiratet.«

»Ich glaube, ich würde ihr raten, mit ihrem Los zufrieden zu sein«, sagte ich. Wir lachten – erstaunlich, in welchen Situationen man lachen kann. Die Spannung löste sich. Ich sah Georges an. Ich sehe nie das Gesicht, das den Leuten solche Angst macht. Für mich ist es ein gütiges Gesicht. Und Camille schien noch immer der Junge, den Georges vor sechs Jahren mit ins Café gebracht hatte. Er stand auf, beugte sich rasch vor und küsste mich auf die Wange. Ich habe mich verhört, dachte ich, es war ein Missverständnis. Zwischen einem Politiker und einem Mörder ist doch noch ein Unterschied. Aber beim Abschied sagte Georges zu ihm: »Tja, wenn ich an diese armen Schweine denke …«

»Ja«, sagte Camille. »Sitzen da und warten darauf, abgeschlachtet zu werden.«

Am Tag der Krawalle ging ich nicht aus dem Haus und Georges auch nicht. Und bis zum Abend kam auch niemand zu uns. Dann hörte ich die Geschichten, die der Tag gebracht hatte.

Die Bewohner von Saint-Antoine und Saint-Marcel, Waffen in den Händen, waren zu Tausenden in die Tuilerien eingedrungen, angeführt von Agitatoren der Jakobiner und der Cordeliers. Einer der Anführer war Legendre; er sagte dem König Beleidigungen ins Gesicht, und abends saß er in meinem Wohnzimmer und brüstete sich damit. Vielleicht hätten König und Königin unter ihren Knüppeln und Piken den Tod finden sollen, aber so kam es nicht. Stattdessen standen sie viele Stunden in einer Fensternische, mit dem kleinen Dauphin, seiner Schwester und der Schwester des Königs, Mme Elisabeth, und die Menge zog an ihnen vorbei und lachte über sie, als wären sie Monstrositäten auf einem Jahrmarkt. Der König bekam eine »Freiheitsmütze« aufgesetzt. Diese Menschen – Menschen aus der Gosse – drückten dem König eine Flasche billigen Wein in die Hand und ließen ihn daraus auf das Wohl der Nation trinken. So ging es über Stunden.

Am Ende lebten sie immer noch. Ein gnädiger Gott hatte sie beschützt; der Mann dagegen, dessen Schutz sie befohlen waren – Pétion, der Bürgermeister von Paris –, tauchte erst abends auf. Als er endgültig nicht länger warten konnte, bequemte er sich mit einer Gruppe Abgeordneter zu den Tuilerien und vertrieb den Mob aus dem Palast. »Und dann – wisst ihr, was dann passiert ist?«, fragte Vergniaud. Ich reichte ihm ein Glas kalten Weißwein. Es war abends um zehn. »Als sie alle fort waren, riss sich der König die rote Mütze vom Kopf, warf sie auf den Boden und trampelte darauf herum.« Er dankte mir mit einem weltmännischen Nicken. »Das Verrückte ist, dass die Frau des Königs sehr viel Haltung bewiesen hat, man kann es nicht anders sagen. Es fügt sich unglücklich, aber das Volk ist jetzt weniger gegen sie als zuvor.«

Georges schäumte vor Wut. Und Georges' Wut ist ein sehenswertes Spektakel. Er riss sich die Halsbinde ab, rannte im Zimmer hin und her, seine Kehle und Brust glitzernd vor Schweiß, sein Gebrüll so laut, dass die Scheiben bebten. »Diese verdammte sogenannte Revolution war die reine Zeitverschwendung. Was hat sie den Patrioten gebracht? Nichts und wieder nichts.« Drohend blickte er durch das Zimmer. Wer immer ihm zu widersprechen wagte, musste mit einem tätlichen Angriff rechnen. Von draußen tönte Geschrei, weit entfernt, vom Fluss her.

»Wenn das stimmt …«, setzte Camille an. Aber er schaffte es nicht, er brachte die Worte nicht heraus. »Wenn sie wirklich am Ende ist – und ich meine, sie war von Anfang an am Ende –« Er vergrub das Gesicht in den Händen, erbittert über sein Versagen.

»Wird's bald, Camille«, sagte Georges. »Wir haben nicht die Zeit, zu warten, bis du irgendwann fertig bist. Fabre, donnerst du bitte seinen Kopf an die Wand?«

»Genau das versuche ich zu sagen, Georges-Jacques. Wir haben keine Zeit mehr.« Ob es nun an der Drohung lag oder an der Klarheit, mit der er plötzlich die Zukunft sah, jedenfalls hatte Camille seine Stimme wiedergefunden; er begann zu sprechen, in kurzen, einfachen Sätzen diesmal. »Wir müssen von vorn anfangen. Wir müssen einen Staatsstreich durchführen. Wir müssen Louis absetzen. Wir müssen die Macht übernehmen. Wir müssen die Republik ausrufen. Und zwar ehe der Sommer um ist.«

Vergniaud war eine gewisse Unruhe anzumerken. Er wetzte mit dem Finger an der Armlehne seines Sessels entlang. Er sah von einem zum anderen.

Camille sagte: »Georges-Jacques, du hast gesagt, du bist noch nicht so weit, aber jetzt musst du es sein.«

Manon ohne Amt. Eine Formulierung Dantons wollte ihr nicht aus dem Kopf: »Frankreichs natürliche Grenzen.« Sie brachte neuerdings Stunden damit zu, Landkarten der Niederlande und des Rheins zu studieren. Methodisch – denn war sie nicht eine der größten Kriegsbefürworterinnen gewesen? Schwieriger war es, die natürlichen Grenzen eines Menschen auszumachen …

Sie schoben es ihr in die Schuhe, wem sonst, diese spatzenhirnigen Patrioten. Ihr Brief sollte schuld daran sein, dass Louis das Kabinett entlassen hatte. Blanker Unsinn, Louis hatte ganz einfach einen Vorwand gesucht. Was musste sie sich nicht alles vorwerfen lassen: dass sie sich eingemischt habe, dass sie ihnen ins Handwerk gepfuscht habe, dass sie Roland seine Politik diktiere. Es war so ungerecht, sie hatten immer zusammengearbeitet, sie und ihr Mann, hatten ihre Gaben und Energien gebündelt; sie kannte seine Gedanken, bevor er selbst sie kannte. »Roland verliert nichts dadurch«, sagte sie, »dass ich für ihn spreche.« Blicke wurden gewechselt. *Immer* wurden Blicke gewechselt. Wie gern hätte sie hineingeschlagen in diese selbstgefälligen Männergesichter.

Der Einzige, der sie verstand, war Buzot. Er nahm ihre Hand, drückte sie. »Achten Sie gar nicht auf sie, Manon«, flüsterte er. »Wahre Patrioten wissen, was sie an Ihnen haben.«

Sie würden wieder an die Regierung gelangen, dessen war sie sich sicher. Aber sie würden dafür kämpfen müssen. Der 20. Juni – die sogenannte »Erstürmung« der Tuilerien – war ein Fiasko gewesen, ein Witz. Von Beginn bis Ende fehlgeplant, aber Fehlplanung schien dieser Tage gang und gäbe.

Ihre Nachmittage verbrachte sie jetzt auf der öffentlichen Galerie der Manege, wo sie zähneknirschend die Debatten verfolgte. Einmal kam eine junge Frau in einem scharlachroten Reitkleid hereingeschlendert, im Gürtel eine Pistole. Erschrocken sah sich Manon nach dem Ordner um, aber außer ihr schien niemand befremdet von dem Auftritt. Die junge Frau lachte; sie hatte einen Tross von Anhängern bei sich; sie ließ sich besitzergreifend auf eine Bank fallen und fuhr sich mit den Fingern durch das lockige braune Haar, das sie so kurz geschnitten trug wie ein Mann. Ihre Claque applaudierte Vergniaud; sie riefen laut seinen Namen; sie riefen auch andere Deputierte beim Namen, und dann verteilten sie Äpfel untereinander und aßen sie und warfen die Apfelbutzen auf den Boden.

Vergniaud kam herauf, um Manon zu begrüßen, und sie gratulierte ihn zu seiner Rede, aber nur verhalten; er erhielt viel zu viel Lob. Dem seltsamen Mädchen in Scharlachrot nickte er lediglich zu. »Das ist Théroigne«, erklärte er, »kann es sein, dass Sie sie noch nie zu Gesicht bekommen haben? Sie hat im Frühling bei den Jakobinern gesprochen und von ihrem Martyrium bei den Österreichern berichtet. Sie haben ihr die Tribüne überlassen. Das können nicht viele Frauen von sich behaupten.«

Er brach ab, als wäre ihm zu spät bewusst geworden, in was für eine Klemme er sich manövriert hatte. In sein Gesicht trat ein gehetzter, leicht aufsässiger Ausdruck. »Keine Sorge«, murmelte sie. »Ich werde Sie nicht darum bitten, es einzurichten. Ich bin keins von diesen Mannweibern.«

»Was sind die denn letztlich auch?«, sagte Vergniaud. »Nichts als Straßendirnen.«

Am liebsten hätte sie ihm einen Kinnhaken verpasst. Aber andererseits – welchen Balsam er ihr bot: eine Wiederaufnahme in den Kreis der Verschwörer, eine Reinthronisierung. Sie lächelte ihn an. »Straßendirnen, genau.«

Luciles Kind hatte sich nach links geworfen und trat sie mit aller Kraft. Sie konnte sich kaum in eine halbwegs aufrechte Position hieven, geschweige denn höfliche Konversation mit Besuchern treiben. »Großer Gott«, sagte sie und starrte auf Théroignes Aufzug. »Schwitzen Sie nicht in diesem roten Zeug? Sollten Sie es nicht vielleicht langsam in den wohlverdienten Ruhestand befördern?« Der Saum war ausgefranst, sah sie, der Stoff streifig vom Straßenstaub, selbst das Rot leuchtete nicht mehr wie früher.

»Camille geht mir aus dem Weg«, beklagte sich Théroigne. Sie lief im Zimmer auf und ab. »Er hat keine zwei Worte mit mir gewechselt, seit ich wieder in Paris bin.«

»Er ist beschäftigt«, sagte Lucile.

»Ja, das glaube ich, dass er beschäftigt ist. Damit, im Palais Royal Karten zu spielen und mit Adligen zu soupieren. Wie soll man auch Zeit finden, eine alte Freundin zu begrüßen, wenn so viele Champagnerflaschen geleert und so viele dumme kleine Gänschen beschlafen sein wollen?«

»Sie mitgezählt«, murmelte Lucile.

»Nein, mich nicht mitgezählt.« Théroigne blieb einen Moment lang stehen. »Mich zu gar keiner Zeit mitgezählt. Ich habe weder mit Camille geschlafen noch mit Jérôme Pétion oder irgendeinem anderen der zwei Dutzend Männer, die die Zeitungen mir angedichtet haben.«

»Es gibt nichts, was die Zeitungen nicht drucken«, sagte Lucile. »Setzen Sie sich doch bitte hin. Sie machen mich ganz wahnsinnig mit diesem roten Hin-und-Her-Gerenne.«

Théroigne setzte sich nicht. »Nichts, was Louis Suleau nicht druckt, meinen Sie wohl«, sagte sie. »Diese widerlichen *Actes des Apôtres*. Warum läuft Suleau noch frei herum, das möchte ich gern wissen. Warum ist er nicht *tot*?«

Vielleicht kann ich so tun, als käme das Kind, dachte Lucile. Sie stöhnte versuchsweise. Théroigne beachtete sie nicht. »Woran liegt es«, sagte sie, »dass Camille mit allem durchkommt? Als Suleau mich verspottet hat, hat er einfach mitgelacht, sie haben die Köpfe zusammengesteckt und sich noch mehr Verleumdungen ausgedacht, mir noch mehr Liebhaber angehängt, um mich Hohn und Verachtung auszusetzen – aber niemand sagt zu Camille, ständig hockst du mit diesem Suleau zusammen, wie kannst du da ein Patriot sein? Sagen Sie mir, Lucile, wie kann das angehen?«

»Ich weiß es nicht.« Lucile schüttelte den Kopf. »Es ist mir selbst ein Rätsel. Aber in Familien gibt es ja auch oft ein Kind, dem die Eltern mehr durchgehen lassen als den anderen. Vielleicht ist es bei Revolutionen genauso.«

»Aber ich habe so viel durchgemacht, Lucile. Ich war in Gefangenschaft. Versteht das denn keiner?«

Grundgütiger Himmel, dachte Lucile, will sich Théroigne hier für den Nachmittag häuslich einrichten? Ächzend kam sie auf die Füße. Sie konnte sehen, dass Théroigne den Tränen nahe war. Sie stieß gurrende Laute aus, fasste sie am Arm, schob sie sanft zu der blauen Chaiselongue. »Jeanette«, rief sie, »haben wir Eis da? Bring irgendetwas Kühles, irgendetwas Süßes.« Théroignes Haut unter dem scharlachroten Stoff fühlte sich heiß und feucht an. »Sind Sie krank?«, fragte Lucile sie. »Liebe kleine Anne, was hat man Ihnen nur angetan?« Wie aus großer, gleichsam himmlischer Höhe sah sie sich selbst dabei zu, wie sie Théroigne ein zusammengefaltetes Taschentuch an die Schläfen drückte. Was für eine engelsgleiche junge Frau bin ich doch, dachte sie, dass ich hier diese Lügnerin trockentupfe.

Théroigne sagte: »Gestern habe ich Pétion anzusprechen versucht, und er tat so, als würde er mich nicht sehen. Ich will Brissots Leute unterstützen, aber sie tun so, als gäbe es mich nicht. Es gibt mich aber.«

»Aber natürlich«, sagte Lucile. »Natürlich gibt es Sie.«

Théroigne senkte den Kopf. Die Tränen trockneten auf ihren Wangen. »Wann kommt Ihr Kind?«

»Der Arzt sagt, nächste Woche.«

»Ich hatte auch ein Kind.«

»Was? Wirklich? Wann denn?«

»Sie ist tot.«

»Das tut mir leid.«

»Sie wäre jetzt – ach, ich weiß gar nicht. Die Jahre verfliegen so schnell. Sie starb in dem Frühjahr vor der Bastille. Nein, das stimmt nicht – '88 war es. Ich hatte sie bei einer Ziehmutter gelassen. Ich habe jeden Monat für sie gezahlt, von überall habe ich ihr Geld geschickt, Italien, England. Aber das heißt nicht, dass ich gefühllos bin, Lucile, es heißt nicht, dass ich sie nicht geliebt habe. Das habe ich. Sie war mein kleines Mädchen.«

Lucile ließ sich schwerfällig wieder in ihrem Sessel nieder. Sie wölbte die Hände über dem unsichtbaren, zappelnden Ding in ihrem Bauch. Ihre Züge waren angespannt. Etwas in Théroignes Ton – etwas sehr schwer Einzuordnendes – gab ihr das Gefühl, dass sie es sich nur ausdachte. »Wie hieß Ihr kleines Mädchen denn?«

»Françoise-Louise.« Théroigne sah auf ihre Hände hinab. »Eines Tages hätte ich sie zu mir geholt.«

»Das weiß ich«, sagte Lucile. »Möchten Sie mir von den Österreichern erzählen? Ist es das?«

»Ach, die Österreicher. Seltsam waren die.« Théroigne warf den Kopf zurück. Sie lachte, ein unsicheres, gezwungenes Lachen – beunruhigend, wie sie von Thema zu Thema sprang, von Stimmung zu Stimmung. »Sie wollten alles über mein Leben wissen, jede Einzelheit von meiner Geburt an. Wo waren Sie an dem und dem Tag, in dem und dem Monat, dem und dem Jahr? Ich weiß es nicht mehr, sagte ich meistens – darauf sie: ›Gestatten Sie uns, Ihrem Gedächtnis auf die Sprünge zu helfen, Mademoiselle‹; und schon zogen sie wieder irgendein Papier hervor, irgendeine kleine Rechnung, die ich unterschrieben hatte, eine Quittung, einen Wäschezettel, einen Pfandschein. Unheimlich, diese Papierstücke: als hätten mir mein Lebtag, seit ich meinen Namen schreiben gelernt habe, diese verflixten Österreicher nachspioniert.«

Wenn auch nur die Hälfte davon wahr ist, dachte Lucile, was wissen sie dann über Camille? Oder Georges-Jacques? Sie sagte: »Sie wissen selber, dass das nicht stimmen kann.«

»Wie erklären Sie es sich dann? Sie hatten ein Dokument aus England, meinen Vertrag mit diesem italienischen Gesangslehrer, diesem Mann, der versprochen hatte, mich zu fördern. Und ja, musste ich ihnen beipflichten, das ist meine Handschrift, ich wusste noch, wie ich damals unterschrieben hatte – die Idee dahinter war, dass er mir Stunden geben und meine Technik verbessern sollte, und ich würde es ihm von meinen Konzertgagen zurückzahlen. Aber diesen Vertrag, Lucile, hatte ich an einem nebligen Londoner Nachmittag in Soho unterschrieben, im Haus meines Lehrers in der Dean Street. Also erklären Sie mir bitte, erklären Sie mir, wenn Ihnen irgendetwas dazu einfällt: Wie gelangt ein Stück Papier aus der Dean Street in Soho auf den Schreibtisch des Gefängniskommandanten in Kufstein? Wie kann es dort hingekommen sein, wenn nicht jemand mir all diese Jahre gefolgt ist?« Unvermittelt lachte sie wieder, ein Kichern, dümmlich, verstörend. »Auf diesem Papier hatte ich unterschrieben, und darunter stand ›Anne Théroigne, Spinster.‹ Weil ich doch unverheiratet war. Und die Österreicher sagten: ›Wer ist das, dieser Engländer, dieser Mr. Spinster? Sind Sie eine heimliche Ehe mit ihm eingegangen?‹«

»Sehen Sie«, sagte Lucile, »sie wissen doch nicht alles über Sie. Und Kufstein, wie ist Kufstein?«

»Es wächst direkt aus dem Felsen«, sagte Théroigne. Ihre Stimmung war neuerlich umgeschlagen, sie sprach jetzt ruhig und verhalten, wie eine Nonne, die Rückschau auf ihr Leben hält. »Von meinen Fenstern konnte ich die Berge sehen. Ich hatte einen weißen Tisch und einen weißen Stuhl.« Sie runzelte die Stirn, als versuchte sie sich zu erinnern. »In meiner ersten Zeit in der Haft habe ich gesungen. Ich sang jedes Lied, das ich kannte, jede Arie, jede kleine Melodie. Und als ich damit durch war, fing ich wieder von vorne an.«

»Haben sie Ihnen wehgetan?«

»Oh, nein. Gar nicht. Sie waren höflich, sie waren … rührend. Jeden Tag, wenn sie mir mein Essen brachten, fragten sie, worauf ich Appetit hätte.«

»Aber was wollten sie von Ihnen, Anne?« Am liebsten hätte sie hinzugefügt: »Wo Sie doch so unbedeutend sind.«

»Sie sagten, ich hätte die Oktoberunruhen organisiert, und sie wollten wissen, wer mich dafür bezahlt hätte. Sie sagten, dass ich auf einer Kanone in Versailles eingeritten wäre und dass ich die Frauen in den Palast geführt und dabei mit einem Schwert herumgefuchtelt hätte. Alles unwahr, verstehen Sie? Ich war ja schon in Versailles. Ich hatte mir ein Zimmer genommen, um jeden Tag in die Nationalversammlung zu gehen und den Debatten zuzuhören. Sicher, ich war draußen unterwegs, ich habe mit den Frauen geredet und auch mit der Nationalgarde. Aber als sie den Palast gestürmt haben, lag ich schlafend im Bett.«

»Dafür wird es ja sicher Zeugen geben«, sagte Lucile. Théroigne starrte sie verständnislos an. »Schon gut«, sagte Lucile, »das sollte ein Scherz sein. Aber – und das müssen Sie mittlerweile doch auch gemerkt haben – seit der Bastille zählt nicht mehr, was Sie tatsächlich getan haben, sondern nur das, was die Leute von Ihnen behaupten. Es nützt Ihnen gar nichts, Ihre Vergangenheit so zu zerpflücken: Wenn Sie einmal angefangen haben, im Auge der Öffentlichkeit zu leben, schreiben die Leute Ihnen bestimmte Handlungen und Worte zu, und das müssen Sie aushalten. Wenn es heißt, Sie seien auf einer Kanone geritten, dann sind Sie das auch, tut mir leid.«

Théroigne sah zu ihr auf. »Ich bin auf einer Kanone geritten?«

»Nein, ich meine –« Verfluchter Mist, dachte Lucile, die Hellste ist sie nicht gerade. »Nein, natürlich nicht – begreifen Sie denn nicht, wie ich es meine?«

Théroigne schüttelte den Kopf. »Sie haben mich über den Jakobinerclub ausgefragt. Wer wie viel bezahlt bekommt, damit er welche Meinung vertritt. Ich weiß nichts über die Jakobiner. Aber das half mir nichts. Sie waren sehr unzufrieden mit meinen Antworten.«

»Manche von uns dachten schon, wir würden Sie nie wiedersehen.«

»Die Leute sagen mir, ich sollte ein Buch über meine Erlebnisse schreiben. Aber ich bin so ungebildet, Lucile, ich könnte genauso wenig ein Buch schreiben, wie ich zum Mond fliegen könnte. Meinen Sie, Camille würde es für mich schreiben?«

»Warum haben die Österreicher Sie laufen lassen, Anne?«

»Sie haben mich nach Wien gebracht. Der Kanzler, der oberste Minister des Kaisers, hat mich in seinen Privaträumen empfangen.«

»Ja, aber das beantwortet noch nicht meine Frage.«

»Und dann ging es zurück nach Lüttich. In meine Geburtsstadt. Ich dachte, ich wäre das Reisen gewöhnt, aber sie waren die Hölle, diese Fahrten – o ja, sie versuchten mich gut zu behandeln, aber ich hätte mich am liebsten zum Sterben in den Straßengraben gelegt. Als wir in Lüttich ankamen, haben sie mir Geld gegeben und mir gesagt, ich dürfe fahren, wohin ich wollte. Sogar nach Paris?, habe ich gefragt. Ja, sagten sie, selbstverständlich.«

»Das wussten wir«, sagte Lucile. »Es stand letzten Dezember im *Moniteur*. Wir haben den Artikel aufgehoben, ich muss ihn noch irgendwo haben. Wir haben gesagt: ›Jetzt ist sie also auf dem Heimweg.‹ Wir waren überrascht. Zwischendurch hatte es manchmal geheißen, die Österreicher hätten Sie gehängt. Aber stattdessen lassen sie Sie frei, sie geben Ihnen Geld. Wundert es Sie da, dass Camille sich von Ihnen fernhält?«

Ihre Beweisführung hätte jedem Anwalt Ehre gemacht. Und doch kann sie nicht recht glauben, was jeder glaubt, auch wenn es keiner sagt: dass Théroigne sich als Spionin verdingt hat. Denkt man sich die

Waffe und das blutrote Gewand weg, dann wirkt sie harmlos, verzweifelt, nicht einmal ganz normal. »Anne«, sagte sie, »vielleicht sollten Sie aus Paris fortgehen. Irgendwohin, wo Sie ein wenig Ruhe finden. Bis Sie wieder ganz gesund sind.«

Théroigne warf ihr einen hastigen Blick zu. »Sie vergessen, Lucile, dass ich mich schon einmal habe vertreiben lassen, von den Journalisten, Louis Suleau hat mich aus Paris fortgejagt. Und was ist passiert? Ich hatte ein Zimmer in einem Gasthof, Lucile, wunderbar einsam gelegen, Vogelgezwitscher, genau, wie man es sich zur Genesung wünscht. Ich aß gut, und ich schlief tief und fest in diesen Nächten. Und dann wachte ich eines Nachts auf, und da waren Männer in meinem Zimmer, und es waren Männer, die ich nicht kannte, und sie zerrten mich hinaus in die Dunkelheit.«

»Ich glaube, Sie sollten jetzt gehen«, sagte Lucile. Furcht schnürte ihr die Kehle zusammen, Furcht züngelte ihr in die Magengrube hinab und berührte mit Eisesfingern ihr Kind.

»Lafayette ist in Paris«, sagte Fabre.

»Das habe ich gehört.«

»Du wusstest es, Danton?«

»Ich weiß alles, Fabre.«

»Und, wann hackst du ihn jetzt in Stücke?«

»Nicht so blutrünstig, Fabre.«

»Aber du hast doch gesagt ...«

»Ein bisschen Wortgeklingel schadet nie. Es kann andere inspirieren. Ich dachte, ich besuche für ein, zwei Tage meine Schwiegereltern in Fontenay.«

»Ach so?«

»Der General hat Pläne. Er will gegen die Jakobiner marschieren, den Club dichtmachen. Vergeltung für den 20. Juni. Er hofft, die Nationalgarde auf seine Seite zu ziehen. Nicht dass jemand beweisen könnte, dass ich irgendetwas mit dem 20. Juni zu tun hatte ...«

»Mmm«, sagte Camille.

»… aber ich gehe Unannehmlichkeiten lieber von vornherein aus dem Weg. Dann verläuft alles im Sande.«

»Aber es wird doch ernst, so wie es klingt.«

Danton blieb geduldig. »Es wird insofern nicht ernst, als wir seine Pläne kennen.«

»Und woher kennen wir sie?«

»Durch Pétion.«

»Und woher kennt der sie?«

»Durch Marie Antoinette.«

»Du mein Gott.«

»Schön dumm von ihnen, nicht wahr? Wo Lafayette der Einzige ist, der noch für sie einsteht. Man fragt sich, wie gescheit es ist, sich überhaupt mit ihnen einzulassen.«

Camille schaute auf. »Wie, sich mit ihnen einzulassen?«

»Sich auf einen Handel mit ihnen einzulassen, mein Junge. Mitnehmen, was geht.«

»Das gibt es nicht. Du kannst doch mit ihnen nicht *handeln*!«

»Fabre, kann ich das?«

»Ja.«

»Und macht dir das zu schaffen, Fabre?«

»Nicht in dem Sinn, dass ich Skrupel deswegen hätte. Aber Angst macht es mir doch. Ich sorge mich um die möglichen Komplikationen.«

»Nicht in dem Sinn, dass er Skrupel hätte«, wiederholte Danton. »Es macht ihm Angst. Skrupel. Was für eine hübsche Differenzierung. Camille, wenn du dieses Gespräch gegenüber Robespierre erwähnst, sind wir geschiedene Leute. Herrgott im Himmel«, sagte er. Er ließ sie stehen, heftig den Kopf schüttelnd.

»Was erwähnen?«, fragte Camille.

Lafayettes Plan: eine große Parade der Nationalgarde, bei der der General die Truppen inspizieren und der König persönlich den Salut entgegennehmen wird. Der König wird sich zurückziehen, Lafayette wird den Bataillonen eine flammende Rede halten, denn ist er nicht ihr erster, ihr glorreichster Befehlshaber, von der Natur selbst mit der Autorität ausgestattet, das Kommando erneut zu übernehmen? Und dann wird General Lafayette – im Namen der Verfassung, im Namen der Monarchie, im Namen der öffentlichen Ordnung – gründlich in der Hauptstadt aufräumen. Leider steht der König nicht aus vollem Herzen hinter ihm: Louis hat Angst vor einem Scheitern, Angst vor den Konsequenzen, und die Königin sagt kalt, lieber will sie sich umbringen lassen als von Lafayette gerettet werden.

Pétion kann resolut sein, wenn er will. Eine Stunde vor Beginn der Veranstaltung sagt er sie kurzerhand ab, sodass sämtliche Maßnahmen miteinander kollidieren und die daraus folgende Verwirrung zuverlässig jedwedes größere Vorhaben vereitelt. Also zieht der General mit seinen Adjutanten allein durch die Straßen, bejubelt von Patrioten vom alten Schlag. Er wägt seine Chancen ab, und dann lenkt er sein Pferd aus Paris heraus, zurück zu seinem Grenzkommando. Bei den Jakobinern wird Couthon auf die Tribüne gerollt und schimpft den General einen »üblen Schurken«, Maximilien Robespierre bezeichnet ihn als »Feind des Vaterlands«, die Herren Brissot und Desmoulins überbieten sich gegenseitig mit Verunglimpfungen. Die Cordeliers kehren von den diversen Kurzreisen zurück, die viele von ihnen für angezeigt erachtet haben; sie verbrennen den General in effigie, und zum Knattern und Spucken der uniformierten Puppe rufen sie neue Zukunftsparolen aus.

Annette sagte: »Wenn sie überlebt, benimmst du dich dann ab sofort?« Ein Morgen im Juli, Sonnenschein, leichter Wind. Camille blickte zum Fenster hinaus auf die Rue des Cordeliers, wo seine Nachbarn ihre Geschäfte versahen und das Leben seinen schmerzhaft normalen Gang ging, wo an der Cour du Commerce die Druckerpressen ratterten und

Frauen zu einem Schwatz an der Ecke stehen blieben, und versuchte, sich irgendeine andere Art von Leben oder Tod vorzustellen. »Ich habe aufgehört, mit Gott zu handeln«, sagte er, »also nötige *du* mir keinen Handel ab, Annette.«

Er bot ein Bild des Jammers, fand sie: blass, zittrig, völlig über den Haufen geworfen von der Tatsache, dass seine Frau niederkam und dass es ihr wehtun würde. Schon erstaunlich, dachte Annette, mit wie vielen Dingen des gewöhnlichen Lebens Camille nicht zurechtkommen kann oder will. Ich streue Salz in die Wunde, beschloss sie, eine kleine Prise nur; eine solche Gelegenheit bietet sich schließlich nicht alle Tage. »Ihr spielt nur Ehe«, sagte sie, »ihr alle beide. Aber das, was jetzt kommt, ist kein Spiel.« Sie wartete.

»Ich würde sterben«, sagte Camille, »wenn ihr etwas zustieße.«

»Ja.« Annette erhob sich müde von ihrem Stuhl. Sie war um Mitternacht zu Bett gegangen, aber um zwei schon wieder geweckt worden. »Ja, du bist imstande und stirbst.«

Sie würde jetzt zurück zu ihrer Tochter gehen. Lucile war noch leidlich guter Dinge; das lag daran, dass sie nicht wusste, was auf sie zukam. Hätte ich sie davor bewahren können?, dachte Annette. Nichts leichter als das. Hätte sie vor sieben Jahren ihren Gelüsten nachgegeben, dann wäre sie für Camille jetzt, wenn überhaupt, einfach eine seiner Verflossenen, eine der schwerer zu erobernden, und er wäre nicht mehr Teil ihres Lebens, sondern ein Name in der Zeitung. Doch stattdessen hatte sie sich an ihre kostbare Tugend geklammert, und nun war ihre Tochter die Frau des Laternenanwalts und lag in den Wehen, und sie erlebte tagtäglich – in ihrem Pendeln zwischen der Rue Condé und der Rue des Cordeliers – die Art zermürbender Liebesgeschichte, wie es sie sonst nur in Romanen gab. Gut, andere Leute hätten vielleicht andere Namen dafür, aber für sie war es eine Liebesgeschichte – und sie war alt genug, um zu wissen, wovon sie sprach.

»Schau, dass du hier rauskommst«, befahl sie. »Mach einen Spaziergang. Geh an die frische Luft. Warum besuchst du nicht Max? Der wird Zuspruch und schlichte Weisheiten in Hülle und Fülle parat haben.«

»Mmm.« Camille sah ganz krank aus vor Anspannung. »Das haben Junggesellen immer. Aber ihr schickt nach mir, ja? Auf der Stelle?«

»Annette hat mir verboten, dazubleiben, ich verströme Panik, sagt sie. Es macht dir doch nichts, dass ich um diese Zeit hereinschneie?«

»Ich habe schon damit gerechnet«, sagte Robespierre. »Wir gehören zusammen an solch einem Tag. Ich muss nur gehen und meine Geschäfte auf den Weg bringen, aber in ein, zwei Stunden bin ich wieder da. Die Familie kümmert sich so lange um dich. Willst du hinuntergehen und mit einem von den Mädchen reden?«

»Bloß nicht«, sagte Camille. »Ich rede mit keinen Mädchen mehr. Man sieht ja, wohin das führt.«

Robespierre rang sich ein Lächeln ab. Er streckte den Arm aus und drückte Camilles Hand. Seltsam – für gewöhnlich vermied er es, andere zu berühren. Camille wurde klar, dass hier eine Art seelischer Notfall vorlag. »Max«, sagte er, »du bist ja in noch schlimmerer Verfassung als ich. Wenn ich Panik verströme, dann verströmst du den Weltuntergang.«

»Es wird alles gut gehen«, sagte Robespierre in zutiefst zweifelndem Ton. »Doch, ganz bestimmt, ich weiß es. Sie ist gesund, sie ist kräftig, es gibt keinen Grund, anzunehmen, dass etwas sein sollte – oder?«

»Es ist ein Alptraum«, sagte Camille. »Und ich kann nicht einmal für sie beten.«

»Wieso nicht?«

»Weil ich nicht glaube, dass Gott solche Gebete erhört. Sie sind zu selbstsüchtig.«

»Gott nimmt alle möglichen Gebete an.«

Sie wechselten beklommene Blicke. »Wir sind in Gottes Hand«, sagte Robespierre, »so viel weiß ich.«

»Das kann ich von mir zwar nicht behaupten. Aber die Vorstellung ist trotzdem tröstlich.«

»Aber wenn wir nicht in Gottes Hand sind, wozu ist dann alles gut?« Jetzt sah Robespierre mehr als beunruhigt drein. »Wozu ist dann die Revolution gut?«

Dafür, dass Georges-Jacques an ihr verdient, dachte Camille. Robespierre gab die Antwort selbst: »Wozu, wenn nicht dazu, uns die Gesellschaftsform zu bringen, die Gott für uns bestimmt hat? Uns zu Gerechtigkeit und Gleichheit zu führen, zu vollendeter Menschlichkeit?«

Du lieber Himmel, dachte Camille. Er glaubt allen Ernstes jedes Wort, das er sagt. »Ich würde mir nicht anmaßen, zu wissen, welche Gesellschaftsform die von Gott bestimmte ist. Das klingt für mich, als könnte man zu einem Schneider gehen, der einem den passenden Gott anmisst. Oder ihn strickt.«

»Ein gestrickter Gott.« Robespierre schüttelte verdutzt den Kopf. »Camille, du bist ein Quell drolliger Einfälle.« Er legte Camille die Hand auf die Schulter. Sie umarmten einander vorsichtig. »Der gestrickte Gott wird uns auch noch weitere Albernheiten erlauben«, sagte Robespierre. »In zwei Stunden bin ich wieder hier, und dann disputieren wir über die Theologie und was immer uns sonst die Zeit zu vertreiben hilft. Sollte *etwas sein*, schick mir Nachricht.«

Camille blieb allein zurück. Was für sonderbare Wendungen Gespräche doch manchmal nahmen, dachte er. Er sah sich in Robespierres Zimmer um. Es war schlicht und recht klein, mit dem harten Bett eines Menschen, dem an Schlaf nicht viel liegt, und einem einfachen, akkurat aufgeräumten Weißholztisch, der Robespierre als Schreibtisch diente. Ein einziges Buch lag darauf – das kleine Exemplar von Rousseaus *Gesellschaftsvertrag*, das Robespierre immer in der Innentasche seines Rockes stecken hatte. Heute hatte er es vergessen. Er war aus dem Tritt geraten, aus seinem gewohnten Takt gebracht.

Er nahm das Büchlein und betrachtete es genauer. Irgendeinen Zauber musste es für Robespierre haben, dass es nur dieses Exemplar sein durfte und kein anderes. Ihm kam eine Idee. Er schwenkte das Buch vor einer imaginären Zuhörerschaft. Er sagte mit Robespierres artesischem Zungenschlag: »Die Kugel des Meuchelmörders flog direkt auf mein Herz zu, doch dieses Exemplar des *Gesellschaftsvertrags* hat mir das Leben gerettet. Seht, Patrioten, wie das todbringende Geschoss abprallte an dem unsterblichen billigen Leineneinband der unsterblichen Worte des unsterblichen Jean-Jacques. Der gestrickte Gott …« Er wollte auf die Komplotte zu sprechen kommen, die die Nation bedrohten, Komplotte, Komplotte, Komplotte, Komplotte, Komplotte, aber auf einmal war ihm so schwach und zittrig zumute, dass er sich lieber hinsetzte. Er zog einen Stuhl mit geflochtener Sitzfläche an den Tisch. Der Stuhl glich aufs Haar dem, auf den er geklettert war, als er zu den Menschenmassen im Palais Royal gesprochen hatte. Mit so einem Stuhl könnte ich nicht leben, dachte er. Er würde mich zu sehr ängstigen.

Er hatte eine Rede zu schreiben. Welch ungeheure Selbstdisziplin, dachte er, wenn ich ein paar Zeilen dafür zu Papier brächte – aber wie soll das gehen? Er stand auf und stellte sich ans Fenster. Maurice Duplays Gehilfen waren unten im Hof bei der Arbeit. Als sie ihn oben am Fenster sahen, hoben sie grüßend die Hand. Er konnte hinuntergehen, um mit ihnen zu plaudern, aber dabei lief er vielleicht Eléonore in die Arme. Oder Mme Duplay, und dann musste er mit ihr in ihrer guten Stube sitzen und Konversation mit ihr treiben und ihr Essen essen. Ihm graute vor dieser Stube mit ihren schweren Mahagoni-Ungetümen – das Wort Möbel war zu gut dafür – und den Portieren aus weinrotem Utrechter Samt, den altmodischen Tapeten und dem Kachelofen, der eine abgasgeschwängerte Hitze verströmte. Es war ein Zimmer, in dem einem jegliche Hoffnung abhandenkommen konnte; er stellte sich vor, wie er ein tiefrotes Kissen nahm und es mit fester Hand auf Eléonores Gesicht drückte.

Er schrieb. Er brachte einen Absatz zustande. Er strich ihn wieder aus. Er fing von vorn an. Irgendwie verstrich die Zeit. Dann ein leises Kratzen an der Tür: »Camille, darf ich hereinkommen?«

»Nur zu.«

Oh, warum war er so? So angespannt.

Elisabeth Duplay. »Arbeiten Sie?«

Er legte die Feder beiseite. »Ich muss eigentlich eine Rede schreiben, aber ich kann mich nicht konzentrieren. Meine Frau ...«

»Ich weiß.« Behutsam schloss sie die Tür hinter sich. Babette. Die Gänsemagd. »Soll ich dann vielleicht bleiben und ein bisschen mit Ihnen plaudern?«

»Das«, sagte Camille, »wäre sehr nett.«

Sie lachte. »Ah, Camille, wie griesgrämig Sie sind. Sie fänden es nicht nett, Sie haben Angst, dass Sie sich langweilen würden.«

»Wenn ich dächte, ich langweile mich, dann würde ich es sagen.«

»Alle finden Sie so charmant, aber bei uns ist davon nicht viel zu merken. Zu meiner Schwester Eléonore sind Sie auf jeden Fall gar nicht charmant. Wobei ich zugeben muss, dass es mich auch oft juckt, grob zu Eléonore zu sein, aber ich bin die Jüngste, und wir in unserer Familie sind dazu erzogen, den Älteren mit Respekt zu begegnen.«

»Sehr richtig«, sagte Camille, ohne eine Miene zu verziehen. Er verstand nicht, warum sie immerzu lachte. Dann plötzlich verstand er es. Sie war recht hübsch, wenn sie lachte. Überhaupt war sie recht hübsch. Eine entschiedene Verbesserung gegenüber ihren Schwestern.

Sie setzte sich auf die Bettkante. »Max redet sehr viel von Ihnen«, sagte sie. »Ich würde Sie gern besser kennenlernen. Ich glaube, Sie sind der Mensch, der ihm von allen der liebste ist. Dabei sind Sie beide so grundverschieden – was glauben Sie also, woran es liegt?«

»Es kann nur an meinem Charme liegen«, sagte Camille. »Eine andere Erklärung gibt es nicht.«

»Er ist sehr nett zu uns, wissen Sie. Wie ein Bruder. Er verteidigt uns sogar gegen unseren Vater. Unser Vater ist ein Tyrann.«

»Das finden alle Kinder.« Eine faszinierende Frage kam ihm: Wie würde *er* mit seinem Kind umgehen, wenn es einen eigenen Willen entwickelte? Das Kind halbwüchsig, er selbst nicht mehr jung – es war etwas Unwirkliches an der Vorstellung. Was mag mein Vater gemacht haben, als meine Mutter mich geboren hat? Im Zweifel saß er an der *Großen Enzyklopädie des Rechts*. Im Zweifel hat er an seinem Register gebastelt, während meine Mutter sich in Qualen gewunden hat.

»Was denken Sie gerade?«, fragte sie.

Er konnte ein Lächeln nicht unterdrücken. Wie gut hoffte sie ihn kennenzulernen? Zumeist stellten die Frauen diese Frage nach dem Liebesakt, aber vermutlich mussten sie dafür erst einmal üben, selbst als Schulmädchen schon. »Ach, nichts«, sagte er. (Sie konnte sich gleich an die übliche Antwort gewöhnen.) Ihm war nicht ganz wohl in seiner Haut. »Elisabeth, weiß Ihre Mutter, dass Sie hier oben sind?«

»Nennen Sie mich doch Babette. Das ist mein Kosename.«

»Und, weiß sie es?«

»Keine Ahnung, ob sie es weiß oder nicht. Ich glaube, sie ist Brot kaufen gegangen.« Sie strich mit der Hand an ihrem Rock entlang, rutschte ein Stück auf dem Bett nach hinten. »Spielt es eine Rolle?«

»Die Leute fragen sich vielleicht, wo Sie stecken.«

»Um das herauszufinden, brauchen sie nur zu rufen.«

Eine Pause. Sie beobachtete ihn unverwandt. »Ihre Frau ist sehr schön«, sagte sie.

»Ja.«

»Hat es ihr gefallen, schwanger zu sein?«

»Anfangs ja, aber mit der Zeit hat sie es satt bekommen.«

»Und Sie wahrscheinlich auch.«

Er schloss die Augen. Er hätte schwören können, dass seine Ahnung nicht trog. Schnell öffnete er sie wieder. Er wollte sich sicher sein, dass sie blieb, wo sie war. »Ich glaube, ich sollte jetzt gehen«, sagte er.

»Aber Camille.« Sie riss die Augen weit auf. »Wenn Sie gehen, verpassen Sie vielleicht die Nachricht wegen des Kindes! Und das wollen Sie doch nicht, oder?«

»Nein. Nein. Aber wir sollten vielleicht nicht hier drin bleiben.«

»Wieso nicht?«

Weil du mich zu verführen versuchst, deshalb. Dass du dich nicht nackt ausziehst, ist schon alles. Und auch das ist wahrscheinlich nur eine Frage der Zeit. »Das wissen Sie ganz genau«, sagte er.

»Aber man kann sich in Schlafzimmern doch auch unterhalten. Manche Leute feiern ganze Feste in Schlafzimmern. Oder halten Konferenzen ab.«

»Ja, natürlich.« Ich sollte schon längst weg sein.

»Haben Sie denn Angst, Sie könnten etwas Unrechtes tun? Gefalle ich Ihnen?«

Nein kann ich nicht sagen. Sonst fängt sie am Ende zu weinen an, wird fürs Leben verschüchtert, stirbt als alte Jungfer. Kein Nein also, aber es gibt Schlimmeres, was ich sehr wohl sagen kann. »Elisabeth, machen Sie das öfter?«

»Nein, ich komme nicht sehr oft hier herauf. Max arbeitet so viel.«

Sauber pariert. Eine kleine Bannerträgerin in der Armee rundwangiger Bürgersjungfrauen, die Sorte Mädchen, wegen der ich schon als Sechzehnjähriger in die Bredouille geraten bin. Und es wieder tun könnte.

»Ich will Sie nicht«, sagte er sanft.

»Darum geht es nicht.«

»Wie bitte?«

»Darum geht es nicht, habe ich gesagt.« Sie sprang vom Bett auf und kam auf ihn zu; ihre kleinen Füße in den Pantoffeln machten kein Geräusch. Ihre Hand legte sich leicht auf seine Schulter. »Sie sind hier, ich bin hier.« Sie langte an ihren Hinterkopf, zog die Nadeln aus ihrem Haar, schüttelte es. Mausbraune Locken, wallend jetzt. Und die Wangen gerötet … »Wollen Sie immer noch gehen?«, fragte sie. Denn dann würde sie hinter ihm die Treppe hinunterpoltern, an deren Fuß (er kannte diese furchtbaren Versammlungen) schon Eléonore und der Neffe und Maurice Duplay warten würden … Im Aufstehen erhaschte er einen Blick auf sein Gesicht im Spiegel und sah Wut darin, Schuldbewusstsein, Verwirrung. Sie ging rückwärts vor ihm her, bis sie an der Tür lehnte und zu ihm herauflachte, beileibe nicht mehr das unbedeutendste Mitglied der Familie.

»Das ist doch absurd«, sagte er. »Das ist unfasslich.«

Sie ließ ihn nicht aus den Augen. Sie erinnerte ihn an einen Wilderer, der frühmorgens seine Fallen abgeht.

»Ein romantisches Geplänkel reicht Ihnen nicht«, sagte er. »Sie wollen Blut sehen.«

»Ah«, sagte sie, »haben wir dann nicht etwas gemeinsam?«

Sie war klein, aber gedrungen; sie machte sich schwer. Als er sie von der Tür wegdrängte, löste sich das Fichu um ihre Schultern und rutschte zu Boden. Was konnte sich Mme Duplays Schneiderin dabei nur gedacht haben?, fragte er sich. Ein so üppig schwellender weißer Jungmädchenbusen … »Schauen Sie«, sagte sie, »wie aufgelöst ich bin.« Sie bekam seine Hand zu packen und hielt sie an ihre entblößte Halsgrube. Er fühlte den Puls unter ihrer Haut jagen. »*Jetzt* haben Sie mich berührt«, sagte sie. Ihre Miene reizte ihn zur Gewalt. Er hätte sie schlagen mögen. Dann würde sie losschreien. Lieber Gott, ich muss die Leute vor ihr warnen, dachte er. Er machte eine innere Liste der Leute, die er warnen sollte.

»Worauf warten Sie?«, fragte sie. »Es ist sicher hier drin. Die Tür hat einen Riegel. Sie brauchen nicht an sich zu halten.«

Er hob das Fichu vom Boden auf und legte es ihr mit einer Hand wieder um die Schultern, während er sie mit der anderen festhielt, die Finger in ihren Arm gebohrt, gleich über dem Ellbogen. »Ich rufe Ihre Schwestern«, sagte er. »Vielleicht ist Ihnen nicht wohl.«

Mit offenem Mund starrte sie ihn an. »Sie tun mir weh«, sagte sie schwach.

»Nein, tu ich nicht. Stecken Sie sich die Haare hoch.«

Seltsam, der Ausdruck, der sich auf ihren Zügen abzeichnete – nicht Enttäuschung, nicht Zorn, sondern Empörung. Sie riss sich von ihm los und stürzte zum Fenster. Ihr Gesicht war glutrot, ihr Atem ging in tiefen, keuchenden Stößen. Er trat hinter sie und schüttelte sie leicht. »Hören Sie auf. Das ist nicht gut, Sie werden noch ohnmächtig.«

»Ja, und Sie dürfen erklären, warum! Oder ich rufe jetzt gleich. Kein Mensch würde Ihnen glauben.«

Unten im Hof waren die Sägegeräusche verstummt, die Männer schauten alle zum Haus hoch. Camille sah ihre Gesichter nur verschwommen, aber er konnte sich die gefurchten Stirnen bestens vorstellen. Jetzt ging Maurice Duplay in Richtung Wohnhaus, und Augenblicke später hörte er eine erhobene Frauenstimme, die scharf etwas fragte – Duplays Stimme, gedämpft, aber dringlich – einen hohen, spitzen Aufschrei – dann Schritte, Schritte, die die Treppe heraufkamen.

Ihn fröstelte. Sie kann sagen, was immer sie will, dachte er, man wird ihr glauben. Unter dem Fenster nun fast eine kleine Menschenmenge. Sämtliche von Duplays Leuten, und alle mit nach oben gewandten Gesichtern, auf denen er etwas wie Erwartung zu erkennen meinte.

Die Tür flog auf. Maurice Duplay füllte sie ganz aus, ein kraftstrotzender Handwerksmeister mit hochgekrempelten Ärmeln. Er breitete die Arme aus, der brave Jakobiner Duplay, und sprach einen völlig unverhofften Satz, einen Satz, wie er in der Geschichte der Welt noch nie vernommen worden war: »Camille, Sie haben einen Sohn, und Ihre Frau ist wohlauf und möchte, dass Sie auf dem schnellsten Weg nach Hause kommen.«

Ein Meer lächelnder Gesichter vor der Tür. Camille stand da und versuchte seine Angst zu bezwingen. Du brauchst nicht zu sprechen, sagte ihm eine innere Stimme, sie werden denken, du bist sprachlos vor Überraschung und Freude. Elisabeth hatte sich weggedreht. Mit flinken, unauffälligen Bewegungen ordnete sie ihre Kleider. »Herzlichen Glückwunsch«, sagte sie leichthin. »Was für ein stolzer Tag für Sie.«

»Maximilien hat ein Patenkind«, verkündete Mme Duplay strahlend. »Und wenn es dem Himmel gefällt, wird er eines Tages ein prächtiges eigenes Söhnchen bekommen.«

Maurice Duplay zog Camille an seine Brust, eine schreckliche, markige Jakobinerumarmung, Patrioten unter sich. Während sein Gesicht an Duplays fleischiger Schulter lag, probierte Camille im Schutz der feuchten, weißen, von dem groben Leinenstoff nur dürftig bedeckten Haut folgenden Satz aus: Ihre jüngste Tochter ist eine praktizierende Vergewaltigerin. Nein, dachte er. Völlig undenkbar. Am besten, ich verrate es keiner Menschenseele, ich würde ja doch nur ausgelacht werden. Am besten, ich laufe schnurstracks heim zu Lucile und bin ab sofort sehr, sehr vorsichtig und sehr, sehr tugendhaft.

Der erste Trost war, dass es weniger lange gedauert hatte als vorausgesagt – zwölf Stunden von den ersten Wehen an –, und der zweite war dieses winzige schwarzhaarige Kind, das nun in ihrem Arm lag. Es löste einen Ansturm der Liebe in ihr aus, einer so überwältigenden, reinen Liebe, dass sie kaum sprechen konnte. Vor allem warnen sie einen, dachte sie, aber davor warnt einen niemand. Auch so konnte sie kaum sprechen; sie war erschöpft, zu Tode erschöpft, und hielt nur mit Mühe den Kopf hoch.

Wie unterschiedlich die Leute die Dinge sahen! Durch alle Wehen hindurch hatte ihre Mutter ihre Hände gehalten – hatte grimassiert unter ihrem eisernen Griff und gesagt, *tapfer* sein, Lucile, du musst *tapfer* sein. Von der Hebamme hieß es: Schreien Sie nur tüchtig, Kindchen, schreien Sie den Putz von den Wänden, wenn Sie möchten. Das bisschen Gips wird Ihr Mann sich wohl noch leisten können. Man kann es nicht allen recht machen. Sooft sie zu einem Schrei ansetzte, brach schon die nächste Schmerzwelle über sie herein, sodass sie keine Luft mehr bekam. Gabrielle Danton hatte sich über sie gebeugt und irgendetwas gesagt, etwas Vernünftiges zweifellos – und war nicht zwischendrin auch Angélique dagewesen und hatte italienische Zaubersprüche gemurmelt? Aber Minuten am Stück, oder jedenfalls viele Sekunden auf einmal, hätte sie nicht zu sagen gewusst, wer im Raum war und wer nicht. Sie hatte in einer anderen Welt gelebt, einer unerbittlichen Welt mit blutroten Wänden.

Camille unterdessen verbannte die Ereignisse des Morgens langsam und planvoll in den hintersten Winkel seines Gedächtnisses. Während er das zerbrechliche Bündel Mensch an seiner Schulter hielt, hauchte er ihm Versprechungen ins Ohr: Ich will sehr, sehr lieb zu dir sein; ganz egal, auf was für verrückte oder dumme Ideen du verfällst, ich will niemals mit dir schimpfen. Claude beäugte das Neugeborene aus sicherer Entfernung – wenn Camille es ihm nur nicht hinhielt! »Wem er wohl ähnlich sehen wird?«, fragte er.

»Darauf werden hohe Summen gewettet«, sagte Camille.

Claude schluckte den bewegten Glückwunsch, den er dem Schwiegersohn hatte aussprechen wollen, wieder hinunter.

»Warum stürzen wir Louis nicht einfach am 14. Juli?«, regte der gewesene Herzog von Orleáns an.

»Hmm«, machte der gewesene Graf von Genlis. »Ein Mann der sentimentalen Gesten. Ich kann ja Camille fragen, ob er so nett sein möchte, es zu arrangieren.«

Der Herzog hatte wenig Sinn für Sarkasmus. Er stöhnte. »Jedes Mal, wenn du mit Camille redest, kostet mich das ein kleines Vermögen.«

»Man weiß nie, wo die Habgier anfängt. Wie viel hast du Danton über die letzten drei Jahre gezahlt?«

»Woher soll ich das wissen? Aber wenn es noch einmal fehlschlägt, übersteigt selbst der kleinste Krawall meine Mittel. Wenn Louis weg ist – meinst du, sie prellen mich wieder um den Thron?«

De Sillery hätte ihn gern daran erinnert, dass er seine Chance auf den Thron beim letzten Mal selbst verspielt hatte (auf Anraten meiner Frau Félicité, der Kupplerin!); aber Félicité und ihre Tochter Pamela waren im letzten Herbst von dem beflissenen, allzeit bereiten Jérôme Pétion wohlbehalten über den Ärmelkanal geleitet worden. »Lass mich überlegen«, sagte er. »Hast du die Brissotisten gekauft, die Rolandisten, die Girondisten?«

»Gibt es da einen Unterschied?« Philippe machte ein bestürztes Gesicht. »Ich dachte, das wäre alles dasselbe.«

»Bist du ganz sicher, dass du Georges Danton mehr bietest als der Hof? Mehr, als er aus einer Republik herausschlagen kann?«

»Ist es so weit gekommen?« Der Herzog klang angeekelt; einen Moment lang vergaß er ganz, dass er selbst nicht zu knapp dazu beigetragen hatte.

»Ich will dich ja nicht entmutigen, aber wenn ich recht informiert bin, ist Danton dafür, auf die Freiwilligen aus Marseilles zu warten.«

Es sind wackere, handverlesene Patrioten, diese Männer aus Marseilles, die zu den Bastille-Feierlichkeiten nach der Hauptstadt marschieren; sie singen ihr neues, patriotisches Lied beim Marschieren, ihre Mienen sind entschlossen, ihr Plan steht fest. Eine prächtige Speerspitze für die Sektionen, wenn die Zeit reif ist.

»Die Männer aus Marseilles … Wen bezahle ich da?«

»Einen jungen Politiker von dort unten, der Charles Barbaroux heißt.«

»Wie viel wird er verlangen? Können wir ihn bekommen?«

»O du mein Gott.« De Sillery schloss die Augen. Er fühlte sich ausgelaugt. »Er ist seit dem 11. Februar in Paris. Am 24. März hat er sich mit den Rolands getroffen.« Laclos hätte ein kleines Dossier über Barbaroux gehabt, hätte seine wachsende Großmannssucht vermerkt und ihn auf seiner Liste von Schürzenjägern geführt, mit einem Sternchen zur Hervorhebung. »Fragst du dich eigentlich manchmal, ob es der Mühe wert ist?«

Die Frage überforderte Philippe. Alles hatte der Mühe wert geschienen, jede Schliche, jede Schmach, jedes Blutbad, wenn man hernach König von Frankreich war. Dann war Félicité gekommen und hatte alles über den Haufen geworfen – und recht hatte sie, denn wer wollte schon heute König sein und morgen tot? Aber seit Jahren ließ er sich nun schon von anderen antreiben, steuern, herumkommandieren, freiwillig oder unfreiwillig. Ihm blieb keine Zeit, den Kurs neu auszurichten, und er war nahezu bankrott.

»Dieser verdammte Danton«, schimpfte er, »sogar Agnès habe ich ihm gelassen.«

»Niemand ›lässt‹ Danton etwas«, sagte Charles-Alexis. »Er nimmt es sich.«

»Aber irgendetwas muss er doch auch dafür geben«, wandte Philippe ein. »Das Volk wird etwas von ihm verlangen. Was will er den Leuten geben?«

»Er wird ihnen das Pro-Kopf-Stimmrecht geben. Das ist etwas, das ihnen noch keiner gegeben hat.«

»Stimmt, das wird ihnen gefallen. Dafür werden sie auf die Straße gehen.« Der Herzog seufzte. »Trotzdem, der 14. wäre nett gewesen.« Er dachte zurück an '89. Das war meine größte Zeit, schoss es ihm durch den Kopf. Er äußerte den Gedanken.

»Deine blauäugigste«, sagte Charles-Alexis.

Am 10. Juli wurde der Notstand ausgerufen. Die Stadt war voll von Militärkapellen und Rekrutierungsbuden mit blau-weiß-roten Wimpeln. Durch ihr Schlafzimmerfenster konnte Lucile Dantons persönliche Rekrutierungskampagne hören, die lauteste weit und breit. Die erste klare Regung, die sie auf dem Gesicht ihren Sohnes ausmachen konnte, sah sehr nach Entnervtheit aus. Als sie hinreichend wiederhergestellt war, um zu reisen, fuhr sie hinaus nach Bourg-la-Reine. Camille kam am Wochenende nach und schrieb eine ellenlange Rede.

Der Generalrat der Kommune trat am 24. Juli zusammen, um sie zu hören. Es war Dantons politisches Manifest, das allgemeines Wahlrecht und allgemeine Mitverantwortung verkündete und die Bürger jeder Sektion dazu ermächtigte, sich zu versammeln, wann immer es ihnen beliebte, sich zu bewaffnen und gegen Unterdrückung und unmittelbare Bedrohung mobil zu machen. Als Camille prophezeite, dass die Monarchie in den nächsten Tagen fallen würde, verschränkte

Danton die Arme, wechselte Blicke mit seinen engsten Mitstreitern und mimte Überraschung.

»Danke«, sagte Pierre Chaumette. »Das wollten wir hören.«

René Hébert nickte ihm zu. Er rieb sich die dicklichen weißen Hände; so gefiel ihm die Politik.

Vor dem Rathaus drängte sich eine riesige Menge. Sie brach in Jubelrufe aus, als Camille herauskam. Danton legte ihm seine Pranke auf die Schulter; solche Popularität, fand er, war dazu da, dass man sie teilte. »Das fühlt sich doch anders an als letztes Jahr«, sagte Camille, »als wir flüchten mussten.« Er winkte seinen Anhängern und warf ihnen Kusshände zu. Die Leute lachten und rangelten, drängten sich nach vorn und streckten die Arme nach ihm aus, als brächte es Glück, ihn zu berühren. Sie warfen ihre roten Mützen in die Luft und stimmten eine der blutrünstigeren Versionen von »Ça ira« an. Dann sangen sie das neue Lied, die »Marseillaise«.

»Seltsame Kreaturen«, sagte Danton milde. »Hoffen wir, dass sie in ein, zwei Wochen ihren Mann stehen.«

Der Herzog von Braunschweig, der Oberbefehlshaber der Koalition, veröffentlichte ebenfalls ein Manifest. Es forderte das französische Volk auf, die Waffen niederzulegen und zuzulassen, dass die einrückenden Truppen die öffentliche Ordnung wiederherstellten. Alle Städte, die Widerstand leisteten, würden zerstört. Jeder Abgeordnete, jeder Nationalgardist und jeder öffentliche Beamte in Paris hafte persönlich für die Sicherheit des Königspaares. Sollte der königlichen Familie die geringste Beleidigung zugefügt werden, so würden sämtliche der genannten Personen vor ein Kriegsgericht gestellt, sobald die Koalitionstruppen Paris erreichten – und sie brauchten auf kein Pardon zu hoffen. Falls sich der Angriff auf die Tuilerien vom Juni wiederholte, würde die Stadt Paris dem gänzlichen Ruin preisgegeben und ihre Bewohner durch militärische Exekution liquidiert werden.

Danton stand mit Caroline Rémy an einem der oberen Fenster des

Palais Royal. Unter ihnen verlas Camille der Menge die Erklärung der Koalition. »Ist er nicht gut?«, bemerkte Caroline. »Da hat Fabre wirklich hervorragende Arbeit geleistet.«

»Braunschweig hat uns perfekt in die Hände gespielt«, sagte Danton. »Wenn die Leute wissen, dass die Massenhinrichtung auf sie wartet, wenn sie wissen, dass die Deutschen sie in Massengräbern verscharren wollen – was haben sie noch zu verlieren?«

Er schob eine Hand um Carolines Taille, und sie fuhr mit den Fingern über seinen Handrücken. Unten brandete Geschrei auf, die Menge forderte die Koalition heraus, Welle um Welle der Verhöhnung, des Trotzes, der Wut.

[Zoppis Café in der Rue des Fossés-Saint-Germain. Ein Tag in der langen Geschichte der Caféhaus-Verschwörungen.]

DANTON: Ihr kennt euch ja alle, oder?

LEGENDRE: Komm zur Sache. Das ist keine Tischgesellschaft.

DANTON: Falls noch irgendwer Zweifel hatte, das ist Legendre. Der große Herr dort heißt Westermann. Er stammt aus dem Elsass, und wir kennen uns schon eine ganze Weile. Er war früher Armeeoffizier.

FABRE *[zu Camille]*: Muss schon sehr lange her sein. Jetzt treibt er sich als kleiner Gauner im Palais Royal herum.

CAMILLE: Also genau unsere Kragenweite.

DANTON: Das ist Antoine Fouquier-Tinville.

LEGENDRE: Sie erinnern mich an jemand.

DANTON: Fouquier-Tinville ist Camilles Vetter.

LEGENDRE: Na, eine entfernte Ähnlichkeit vielleicht.

FABRE: Mir fällt nichts auf.

HÉRAULT: Vielleicht sind sie um mehrere Ecken verwandt.

FABRE: Man muss seinen Verwandten nicht ähnlich sehen.

HÉRAULT: Vielleicht kann er ja auch sprechen?

FABRE: Vielleicht haben Sie eine Meinung dazu, Camilles Vetter?

FOUQUIER: Fouquier.

HÉRAULT: Guter Gott, Sie erwarten doch nicht, dass wir Ihren Namen lernen? Wir werden Sie einfach ›Camilles Vetter‹ nennen. Das ist leicht für uns und demütigend für Sie.

FRÉRON *[zu Fouquier]*: Ihr Vetter ist nicht ganz dicht.

FABRE: Er ist ein Massenmörder.

FRÉRON: Er ist Satanist.

FABRE: Er lernt Giftmischerei.

HÉRAULT: Und Hebräisch.

FRÉRON: Er ist ein Ehebrecher.

HÉRAULT: Er ist ein Schandfleck für uns alle.

[Pause]

FABRE: Seht ihr? Er hat keinen Funken Vetternliebe.

FRÉRON: Wo bleibt Ihr Familienstolz?

FOUQUIER *[gleichmütig]*: Es kann alles stimmen. Ich habe Camille lange nicht mehr gesehen.

FRÉRON: Manches davon stimmt. Das mit dem Ehebruch und mit dem Hebräisch.

FABRE: Satanist könnte auch stimmen. Ich habe ihn schon mal mit de Sade reden sehen.

HÉRAULT: De Sade ist kein Satanist.

FABRE: Ach, ich dachte.

HÉRAULT: Wozu lernst du Hebräisch, Camille?

CAMILLE: Für meine Studien der Kirchenväter.

DANTON: Großer Gott.

CAMILLE *[im Flüsterton zu Hérault]*: Siehst du, wie eng seine Augen beisammenstehen? Seine erste Frau ist auf rätselhafte Weise umgekommen.

HÉRAULT *[flüsternd]*: Ist das wahr?

CAMILLE: Ich spreche nie die Unwahrheit.

DANTON: M. Fouquier sagt, er ist zu allem bereit.

HÉRAULT: Dann ist er eindeutig mit Camille verwandt.

LEGENDRE: Können wir endlich mit dem Planen fortfahren? *[Zu Fouquier]* Die behandeln mich wie einen Schwachsinnigen. Alles nur, weil ich keine Schulbildung genossen habe. Ihr Vetter macht hämische Bemerkungen in fremden Sprachen über mich.

FOUQUIER: Sprachen, die Sie nicht sprechen?

LEGENDRE: Ja.

FOUQUIER: Woher wissen Sie es dann?

LEGENDRE: Sind Sie Anwalt?

FOUQUIER: Ja.

DANTON: Ich würde sagen, etwa eine Woche noch.

In Mousseaux, dem Sitz des Herzogs von Orléans, ließ die Stimmung am Tisch Festlichkeit vermissen, genauer gesagt, sie war muffig. Charles-Alexis schaute unbehaglich drein – ob aufgrund der Paté oder royalistischer Drohgebärden, konnte der Herzog nicht einschätzen. Sein banger Blick glitt über die Taubenbrüstchen, ausgelöst und mit Spargel und Morcheln gefüllt, schweifte über die Gäste und fiel schließlich auf Robespierre. Er sah noch genauso aus wie '89, dachte Philippe, mit diesem perfekt sitzenden Rock (demselben wie damals!) und dem untadelig gepuderten Haar. Es musste eine gewaltige Umstellung für ihn sein, nach dem Tisch des Schreiners. Ob er dort auch so aufrecht saß, so wenig aß, sich im Geiste Notizen machte? Neben seinem Weinglas stand ein Glas Wasser. Der Herzog beugte sich fast schüchtern vor und berührte ihn am Arm.

PHILIPPE: Ich fürchte … Kann es sein, dass etwas aus dem Ruder gelaufen ist? … Die Royalisten sind so stark … Es ist Gefahr im Verzug. Ich habe beschlossen, nach England zu gehen, ich bitte Sie, kommen Sie mit mir.

DANTON: Wenn jetzt einer wagt, noch auszusteigen, dann schlitze ich dem Dreckskerl die Kehle auf. Es ist alles geplant. Wir ziehen das verdammte Ding durch.

PÉTION: Mein lieber Danton, es gibt da ein paar Probleme.

DANTON: Und Sie sind eins davon. Ihre Leute wollen vom König doch nur ihre Ministerposten zurück, dann sind sie glücklich und zufrieden. Weiter reichen ihre Interessen nicht.

PÉTION: Ich weiß nicht, wen Sie mit »meinen Leuten« meinen. Ich gehöre keiner Faktion an. Faktionen und Parteien sind der Demokratie abträglich.

DANTON: Sagen Sie das Brissot, nicht mir.

PÉTION: Zur Stunde wird die Verteidigung des Palastes organisiert. Dreihundert Herren stehen bereit, um ihn zu beschützen.

DANTON: Dreihundert Herren? Ich schlottere.

PÉTION: Ich sag's Ihnen nur.

DANTON: Je mehr, desto besser. Dann stolpern sie übereinander, wenn sie in Ohnmacht fallen.

PÉTION: Wir haben nicht genügend Patronen.

DANTON: Ich besorge Ihnen welche von der Polizei.

PÉTION: Wie – offiziell?

DANTON: Ich bin Stellvertretender Öffentlicher Ankläger, ich werde ja wohl noch Patronen herbeischaffen können, Himmelherrgott.

PÉTION: Es sind neunhundert Schweizer im Palast, und wie ich höre, sind sie ausgezeichnete Soldaten und Capet treu ergeben und kämpfen bis zum letzten Mann.

DANTON: Sorgen Sie nur dafür, dass sie ihre Munitionsbestände nicht auffüllen können. Kommen Sie, Pétion, das sind doch alles Kinkerlitzchen.

PÉTION: Dann ist da das Problem mit der Nationalgarde. Wir wissen, dass viele einzelne Gardisten uns unterstützen, aber sie können nicht einfach aus dem Glied ausscheren, sie müssen ihre Befehle befolgen, sonst gerät die Situation völlig außer Kontrolle. Es war ein Fehler, zuzulassen, dass der Marquis de Mandat sich an ihre Spitze stellt. Er ist durch und durch Royalist.

[Wenn ich König bin, dachte Philippe, müssen wir aufhören, dieses Wort in einem so abschätzigen Sinn zu gebrauchen.]

PÉTION: Wir müssen Mandat ablösen.

DANTON: Was heißt ablösen? Ihn töten, Mann, wir müssen ihn töten. Nur die Toten kommen nicht zurück.

[Schweigen.]

DANTON: Kinkerlitzchen.

Camille Desmoulins:

Was die Durchsetzung der Freiheit und die Sicherheit der Nation anbelangt, so bewirkt ein einziger Tag Anarchie mehr als zehn Jahre Nationalversammlungen.

Mme Elisabeth:

Wir haben nichts zu befürchten. M. Danton gibt auf uns acht.

5. Leichen verbrennen

(1792)

7. AUGUST: »Nicht da?«, sagte Fabre. »Danton ist nicht da?«

Catherine Motin verdrehte die Augen. »Wenn Sie mir doch einfach zuhören würden, Monsieur. Mme Danton ist nach Fontenay zu ihren Eltern gefahren, und M. Danton ist in Arcis. Wenn Sie mir nicht glauben, gehen Sie hinüber und fragen Sie M. Desmoulins. Mit dem hatte ich eben schon genau dasselbe Gespräch.«

Fabre stürmte zur Haustür hinaus, über die Cour du Commerce, in die Rue des Cordeliers, zur zweiten Eingangstür desselben Gebäudes hinein und die Treppe hinauf. Warum stemmen Georges-Jacques und Camille nicht einfach ein Loch in die Wand?, dachte er. Alles wäre leichter, wenn sie wenigstens unter einem Dach lebten.

Lucile saß mit hochgelegten Füßen da, ein Buch im Schoß, in der Hand eine Orange. »Hier«, sagte sie und bot ihm ein Stück an.

»Wo ist er?«, fragte Fabre.

»Georges-Jacques? Nach Arcis gefahren.«

»Aber warum, warum, warum? Heilige Muttergottes! Wo ist Camille?«

»Der liegt auf unserem Bett. Ich glaube, er weint.«

Fabre stopfte sich die Orangenspalte in den Mund und stürzte weiter ins Schlafzimmer, wo er sich auf das Bett und Camille warf. »Nein, bitte. Bitte, lass«, sagte Camille. Er schirmte den Kopf mit den Händen ab. »Nicht schlagen, Fabre, mir geht's nicht gut. Ich ertrage das alles nicht mehr.«

»Was führt Danton im Schilde? Sag schon, du musst es doch wissen.«

»Er besucht seine Mutter. Seine Mutter! Ich hab's auch erst heute erfahren. Keine Nachricht, kein Brief, nichts. Ich halt's nicht aus.«

»Dieses fette Schwein«, sagte Fabre. »Ich wette, er hat sich wieder aus dem Staub gemacht.«

»Ich bringe mich um«, sagte Camille.

Fabre hievte sich vom Bett hoch. Er kehrte zurück ins Wohnzimmer. »Ich kriege keinen vernünftigen Satz aus ihm heraus. Er sagt, er will sich umbringen. Was sollen wir tun?«

Lucile legte ein Lesezeichen ein und klappte ihren Roman zu. Vorerst würde es mit dem Lesen wohl nichts werden. »Georges hat mir gesagt, er ist rechtzeitig zurück, und ich sehe keinen Grund, daran zu zweifeln – aber möchten Sie sich nicht vielleicht setzen und ihm einen Brief schreiben? Sagen Sie ihm, dass ihr die Sache nicht ohne ihn über die Bühne bringen könnt – was ja auch stimmt. Sagen Sie ihm, *Robespierre sagt*, er schafft es nicht ohne ihn. Und wenn Sie damit fertig sind, suchen Sie doch bitte Robespierre und bitten ihn, hier vorbeizuschauen. Er ist immer so ein mäßigender Einfluss, wenn Camille sterben will.«

Pünktlich am 9. August, neun Uhr morgens, war Danton wieder da. »Kein Grund, so wütend auf mich zu sein. Man wird ja wohl noch seine Angelegenheiten ordnen dürfen. Was wir da vorhaben, ist schließlich kein Pappenstiel.«

»Wie oft willst du deine Angelegenheiten eigentlich noch ordnen?«, fragte Fabre.

»Nun ja, ich werde eben immer reicher.«

Er küsste seine Frau auf den Scheitel. »Packst du meine Sachen aus, Gabrielle?«

»Bist du dir sicher?«, sagte Fabre. »Nicht ein, sondern aus?«

Camille sagte: »Wir dachten, du hättest dich wieder mal gedrückt.«

»Was soll das heißen, wieder mal?« Er fasste Camille beim Handgelenk und zog ihn quer durchs Zimmer, während er mit dem freien Arm sein Söhnchen Antoine hochhob. »Ah, meine Lieben, wie hab ich euch vermisst«, sagte er. »Zwei volle Tage lang. Was machst du überhaupt hier, hm?«, fragte er das Kind. »Du solltest gar nicht in der Stadt sein.«

»Er hat so gebettelt, heim zu dürfen«, sagte Gabrielle. »Ich konnte ihn gestern nur zum Einschlafen bringen, indem ich ihm versprochen habe, dass er dich heute sehen darf. Meine Mutter holt ihn am Nachmittag wieder ab.«

»Großartige Frau, so muss es sein. Kinderhüten im Rachen des Todes.«

»Kannst du vielleicht mit den markigen Sprüchen aufhören?«, fragte Camille. »Mir wird übel davon.«

»Das macht die Landluft«, sagte Danton. »Ich könnte Bäume ausreißen. Du solltest öfter aus Paris herauskommen. Armer Camille.« Danton zog Camilles Kopf an seine Schulter und streichelte sein Haar. »Er hat Angst, Angst, Angst.«

Zwölf Uhr mittags. »Keine zwölf Stunden mehr«, sagte Danton. »Ich gebe euch mein Wort.«

Um zwei Uhr nachmittags kam Marat. Er wirkte schmuddeliger denn je. Sogar seine Haut hatte jetzt den Farbton verwischter Druckerschwärze.

»Müssen wir uns hier treffen?«, sagte Danton. »Ich habe Sie nicht hierhergebeten. Ich will nicht, dass meine Frau und mein Sohn Alpträume bekommen.«

»Es wird Ihnen noch eine Ehre sein, mich zu empfangen – danach. Und wer weiß, vielleicht werde ich in einer Republik ja reinlich? – Also gut«, fuhr er munter fort (eine gewisse Zeit für persönliche Beleidigungen plante er immer schon ein), »ich habe die Brissotisten im Verdacht, einen Handel mit dem Hof einzugehen. Sie haben Kontakt zu Marie Antoinette, das kann ich beweisen. Nichts von dem, was sie im gegenwärtigen Stadium tun, kann uns schaden, aber es stellt sich die Frage, wie wir danach mit ihnen verfahren.«

Danach – dieses Wort fiel im Gespräch immer öfter.

Danton schüttelte den Kopf. »Kommt mir unwahrscheinlich vor. Rolands Frau würde sich auf so einen Handel nie einlassen. Schließlich hat sie die anderen um ihre Ämter gebracht. Ich kann mir nicht vorstellen, dass sie mit Marie Antoinette spricht.«

»Dann lüge ich also?«, fragte Marat.

»Ich leugne nicht, dass einige von ihnen sicher verhandlungsbereit wären. Sie wollen ihre Posten zurück. Was nur wieder zeigt, dass es so etwas wie einen Brissotisten nicht gibt.«

»Außer es nützt uns«, sagte Marat.

VIER UHR NACHMITTAGS, Rue des Cordeliers: »Aber du kannst dich nicht einfach so verabschieden!« Camille war außer sich. »Du kannst nicht mitten an einem sonnigen Nachmittag hier auftauchen und sagen: War schön, dich zwanzig Jahre gekannt zu haben, aber jetzt lasse ich mich abschlachten.«

»Doch«, sagte Louis Suleau unsicher. »Anscheinend doch.«

Einmal hatte er bereits Glück gehabt, der Chronist der Apostelgeschichte. '89 und '90 hätte er jederzeit vom Mob zerrissen werden können – der Gefolgschaft des Laternenanwalts. »Sooft ich an einer Laterne vorbeikomme«, hatte er geschrieben, »scheint sie sich begehrlich nach mir langzumachen.«

Camille sah ihn an, sprachlos, fassungslos – dabei hätte er eigentlich vorbereitet sein müssen. Louis war im Ausland gewesen, in den Lagern der Emigrés. Warum sollte er nun nach Paris zurückkehren, wenn nicht in selbstmörderischer Mission?

»Aber du bist doch auch Risiken eingegangen«, sagte Louis. »Du weißt selber, was einen dazu treibt. Ich habe es aufgegeben, aus dir einen Royalisten machen zu wollen, aber eins haben wir immerhin gemeinsam – wir bleiben unseren Prinzipien treu. Ich bin bereit, den Palast mit meinem Leben zu verteidigen, aber wer weiß, vielleicht behält der König ja die Oberhand. Vielleicht tragen wir doch noch den Sieg davon.«

»Euer Sieg wäre mein Tod.«

»Das würde ich nicht wollen«, sagte Louis.

»Du bist ein Heuchler. Du musst es wollen. Du kannst kein Ziel verfolgen und dann seine natürlichen Konsequenzen ableugnen.«

»Ich verfolge kein Ziel. Ich wahre die Treue.«

»Diesem armseligen fetten Idioten? Niemand, der halbwegs ernst genommen werden will, darf für Louis Capet in den Tod gehen. Das ist grotesk, tut mir leid.«

Louis wandte den Blick ab. »Ich weiß nicht … Vielleicht gebe ich dir letzten Endes ja sogar recht. Aber es ist nicht länger zu vermeiden.«

Camille machte eine ungeduldige Handbewegung. »Natürlich ist es das! Geh heim in deine Wohnung und verbrenne alles, von dem du denkst, dass es dich belasten könnte. Übersieh nichts – je weiter die Revolution fortschreitet, desto mehr neue Verbrechen gibt es. Pack nur das, was du unbedingt brauchst, damit es nicht aussieht, als würdest du irgendwo hinwollen. Später kannst du mir dann deine Schlüssel geben, und ich kümmere mich um alles, wenn wir … ich meine, nächste Woche. Komm nicht hierher zurück, wir haben ein paar von den Leuten aus Marseilles zu einem frühen Abendessen eingeladen. Geh zu Annette Duplessis und bleib dort, bis ich komme. Wenn du da bist, setz dich hin und verfasse ganz klare Anweisungen, wie du deine Finanzangelegenheiten geregelt haben willst. Aber diktiere sie, sie sollten nicht in deiner Schrift abgefasst sein, mein Schwiegervater kann sie für dich schreiben, und er kann dir Ratschläge geben. Unterschreibe sie nicht und lass sie nicht herumliegen. Derweil besorge ich dir einen Pass und die restlichen Papiere. Du kannst Englisch, oder?«

»Du scheinst ja ziemlich versiert im Erteilen von Befehlen. Man könnte meinen, dass du jeden Tag Leute in die Verbannung schickst.«

»Herrgott noch mal, Louis.«

»Danke, aber nein danke.«

»Gut« – in beschwörendem Ton jetzt – »wenn du das nicht willst, komm einfach um neun wieder hierher, ich lenke die Leute dann morgen ab. Niemand wird dich sehen. Eine Chance wäre es jedenfalls.«

»Aber Camille, das Risiko, das du eingehst – du könntest dir Ärger einhandeln, furchtbaren Ärger.«

»Du kommst ja ohnehin nicht, oder?«

»Nein.«

»Warum dann überhaupt darüber reden?«

»Weil ich mir Sorgen um dich mache. Du hast keinerlei Verpflichtung mir gegenüber. Es hat uns auf unterschiedliche Seiten verschlagen – nein, falsch, wir haben uns auf unterschiedliche Seiten *gestellt* –, und ich hätte nie erwartet, mir nie träumen lassen, dass deine Freundschaft unter diesen Umständen so lange fortbestehen könnte.«

»Früher hast du nicht so gedacht – früher hast du gelacht und gesagt, die Menschen kämen vor der Politik.«

»Ich weiß. ›Freiheit, Lebenslust, königliche Demokratie.‹ Damals habe ich an meinen Wahlspruch geglaubt, aber heute nicht mehr. Es wird kein Königtum geben und im Zweifel herzlich wenig Freiheit, und es werden immer wieder Krieg und Bürgerkrieg herrschen, darum räume ich der Lebenslust auch keine großen Chancen ein. Du wirst sehen, dass von jetzt an – nach dem morgigen Tag, meine ich – private Loyalität sehr wenig zählt im Leben der Menschen.«

»Das heißt, du berufst dich auf die Revolution – auf das, was die Revolution deiner Meinung nach ist –, um mir weiszumachen, dass ich tatenlos zusehen muss, wie ein mir lieber Mensch durch eigene Dummheit zugrunde geht?«

»Ich will nicht, dass du überhaupt noch einmal darüber nachdenkst.«

»Ich lasse das nicht zu. Ich lasse dich heute Abend festnehmen. Ich erlaube dir nicht, dich umzubringen.«

»Damit tätest du mir keinen Gefallen. Ich bin bisher der Laterne entgangen, und ich habe keine Lust, mich aus dem Gefängnis schleifen und lynchen zu lassen. Das ist kein menschenwürdiges Ende.

Ich weiß, dass du mich verhaften lassen könntest. Aber das wäre Verrat.«

»Verrat woran?«

»An den Prinzipien.«

»Bin ich für dich ein Prinzip? Bist du für mich eines?«

»Frag Robespierre«, sagte Louis müde. »Frag den Mann mit dem Gewissen, was mehr zählt, dein Freund oder dein Land – frag ihn, welchen Stellenwert er dem Einzelnen innerhalb des großen Ganzen zumisst. Frag ihn, was zuerst kommt, seine alten Gefährten oder seine neuen Prinzipien. Geh und frag ihn, Camille.« Er stand auf. »Ich war mir nicht sicher, ob ich überhaupt herkommen soll – ob dir das nicht nur Probleme schafft.«

»Was für Probleme? Wo ist die Obrigkeit, die mir etwas anhaben kann?«

»Ja, darauf läuft es wohl hinaus. Camille, es tut mir leid, dass ich deinen kleinen Sohn nie gesehen habe.«

Er streckte die Hand aus. Camille drehte sich weg. Louis sagte: »Pater Bérardier ist im Gefängnis, Camille. Wirst du versuchen, ihn freizubekommen?«

Mit abgewandtem Gesicht sagte Camille: »Dieses Essen mit den Marseillern wird bis etwa halb neun dauern, immer vorausgesetzt, sie fangen nicht an zu singen. Danach werde ich bei Danton sein, wo immer er ist. Du kannst jederzeit bei ihm Unterschlupf suchen. Weder er noch seine Frau würden dich verraten.«

»Ich kenne Danton nicht. Ich weiß natürlich, wie er aussieht, aber wir haben nie miteinander gesprochen.«

»Müsst ihr auch nicht. Sag ihm einfach, dass ich will, dass dir nichts zustößt. Dass du eine von meinen Marotten bist.«

»Schaust du mich vielleicht noch mal an?«

»Nein.«

»Spielst du Lots Frau?«

Camille lächelte und drehte sich um. Die Tür fiel zu.

»Ich weiß nicht, ob ich noch versuchen sollte, bis nach Fontenay zu kommen«, sagte Angélique. »Ich kann bei Victor schlafen. Möchtest du deinen Onkel besuchen, Antoine?«

»Nein«, sagte Antoine.

Danton lachte. »Er ist ein Kämpfer, er will hierbleiben.«

»Sind sie bei Victor denn sicher?« Gabrielle sah elend aus, fahl vor Anspannung.

»Ja, ja, ja. Sonst würde ich sie ja wohl nicht hingehen lassen. Ah, Lolotte, da bist du ja.«

Lucile kam ins Zimmer gewirbelt und legte Danton die Hände auf die Schultern. »Nicht so besorgt dreinschauen«, sagte sie. »Wir siegen, ich weiß es.«

»Du hast zu viel Champagner getrunken.«

»Den gönn ich mir heute.«

Er neigte den Kopf und wisperte in ihr Haar: »Ich wünschte, du würdest *mir* ein bisschen mehr gönnen.« Sie entzog sich ihm lachend.

»Wie könnt ihr?«, wollte Gabrielle wissen. »Wie könnt ihr lachen?«

»Warum nicht, Gabrielle? Weinen werden wir alle früh genug. Vielleicht schon heute Abend.«

»Was möchtest du mitnehmen?«, fragte Angélique den kleinen Jungen mit lauter Stimme. »Möchtest du deinen Kreisel mitnehmen? Ja, ich glaube, den packen wir ein.«

»Zieh ihn warm genug an«, sagte Gabrielle automatisch.

»Es ist brütend heiß, Kind, er wird eher ersticken, als dass er sich verkühlt.«

»Ich weiß, Mutter, ich weiß.«

»Begleitet sie doch ein Stück«, schlug Danton vor. »Solange es noch hell ist.«

»Ich möchte nicht weggehen.«

»Unsinn, komm mit.« Lucile zog sie von ihrem Stuhl hoch. Angélique musste einen Anflug von Zorn unterdrücken. So viele Jahre, und ihre Tochter erkannte immer noch nicht, wann eine Frau besser das

Feld räumte. War es Begriffsstutzigkeit oder ein unentwegtes, stummes Aufbegehren gegen ihre Lage? An der Tür drehte sie sich um. »Es hat wahrscheinlich nicht viel Sinn, Georges, dich zur Vorsicht zu mahnen, oder?« Sie nickte Camille zu und schob die jüngeren Frauen nach draußen.

»Interessant ausgedrückt«, bemerkte Danton. Vom Fenster aus sahen sie den Kleinen über die Cour du Commerce davonhopsen, zwischen Mutter und Großmutter, die ihn an den Oberarmen halten und durch die Luft fliegen lassen mussten. »Er will immer bis zur Ecke kommen, ohne mit den Füßen den Boden zu berühren.«

»Was für eine gute Idee«, sagte Camille.

»Du siehst so bedrückt aus, Camille.«

»Louis Suleau war bei mir.«

»Aha.«

»Er will sich den Widerständlern im Palast anschließen.«

»Ein Idiot also.«

»Ich habe ihm gesagt, falls er es sich noch anders überlegt, soll er hierherkommen. War das richtig von mir?«

»Riskant, aber moralisch über jeden Zweifel erhaben.«

»Irgendwelche Probleme?«

»Bisher nicht. Hast du Robespierre gesehen?«

»Nein.«

»Wenn du ihn siehst, halte ihn mir vom Leib. Ich will mir heute Nacht nicht von ihm über die Schulter schauen lassen. Es könnte sein, dass ich Dinge tun muss, die sein delikates Schicklichkeitsempfinden verletzen.« Er hielt inne. »Nur ein paar Stunden jetzt noch.«

In den Tuilerien trafen die Höflinge ihre Anstalten für die Zeremonie der königlichen Bettlegung. Sie begrüßten sich förmlich, nach altehrwürdigem Brauch. Hier war der Edelmann, dessen Hand die königlichen Strümpfe entgegennahm, noch warm von der königlichen Wade; hier war der Grande, dem das Privileg zufiel, die königliche Zudecke aufzuschlagen; hier war der Blaublütige, der – wie schon sein Vater und dessen Vater vor ihm – das königliche Nachthemd anreichte und Louis Capet dabei behilflich war, es um seinen feisten, bläulich-weißen Torso zu drapieren.

Sie folgten Louis' hängenden Schultern, reihten sich auf, um in der vorgeschriebenen Aufstellung das Schlafgemach zu betreten. Aber der König wandte ihnen sein bleiches, verstörtes Mondgesicht zu – und warf die Tür vor ihnen ins Schloss.

Die Höflinge starrten einander an. Erst jetzt trat die Ungeheuerlichkeit der Situation vollauf zutage. »So etwas ist noch nie dagewesen«, flüsterten sie.

Lucile berührte trostsuchend Gabrielles Hand. Wohl ein Dutzend Leute waren in der Wohnung, dazu ein Haufen Feuerwaffen auf dem Boden. »Bring mehr Lichter«, befahl Danton, und Catherine, blass im Gesicht und mit niedergeschlagenen Augen, brachte welche, sodass neue Schatten an Decke und Wänden tanzten.

Louise Robert fragte: »Kann ich hierbleiben, Gabrielle?« Sie wickelte sich fester in ihr Tuch, als fröre sie.

Gabrielle nickte. »Müssen diese Waffen da liegen?«

»Ja, müssen sie. Also fangt nicht an, sie wegzuräumen.«

Lucile schlängelte sich zu ihrem Mann durch. Sie wisperten leise miteinander. Dann wandte sie sich ab. »Georges«, rief sie, »Georges«; ihr Kopf schmerzte jetzt, dieses wattige Champagner-Kopfweh, das so tat, als ließe es sich wegkneten, und in ihrer Kehle saß ein Klumpen. Ohne sie anzusehen, unterbrach Danton seine Unterhaltung mit Fréron, legte den Arm um sie und zog sie eng an sich. »Ich weiß, ich weiß«, sagte er. »Aber du musst stark sein, Lolotte, du bist kein dummes kleines Mädchen mehr, du musst auf die anderen aufpassen.« Sein Ausdruck war abwesend, dabei wollte sie doch seine volle Aufmerksamkeit, wollte die Einzige für ihn sein mit ihren Nöten und Wünschen. Aber er hätte ebenso gut irgendwo draußen sein können; seine Gedanken eilten voraus in die Tuilerien, ins Rathaus, und sein Zuspruch erfolgte mechanisch.

»Bitte pass auf Camille auf«, sagte sie. »Bitte lass nicht zu, dass ihm etwas passiert.«

Jetzt sah er sie doch an, abwägend, ernsthaft; er wollte ihr ehrlich antworten.

»Schick ihn nicht allein los«, sagte sie. »Ich bitte dich, Georges.«

Fréron legte ihr probeweise die Hand an den Ellbogen, sie zog ihn weg. »Lolotte, wir passen doch alle aufeinander auf«, sagte er. »So gut wir eben können.«

»Sie habe ich nicht gefragt, Karnickel«, sagte sie. »Kümmern Sie sich um sich selber.«

»Hör mir zu.« Dantons blaue Augen bohrten sich in ihre: »Meinst du, ich würde ihn dazu auffordern, sich unnötig in Gefahr zu begeben?« Er sah zur Wanduhr hinüber, und sie ebenfalls. Nach dieser Uhr werden wir unser Überleben messen, dachte sie. Gabrielle hatte sie zur Hochzeit bekommen, die Zeiger waren zwei zarte, spitz zulaufende bourbonische Lilien. '86, '87. Georges war königlicher Rat gewesen, Camille in ihre Mutter verliebt, sie selbst sechzehn. Dantons narbige Lippen streiften ihre Stirn. »Der Sieg würde schal schmecken«, sagte er. Er hätte natürlich einen Handel mit ihr abschließen können. Aber das war nicht seine Art.

Fréron nahm sich ein Gewehr. »Ich persönlich«, verkündete er mit einem Blick auf Lucile, »fände nichts dabei, wenn es heute zu Ende ginge. Mein jetziges Leben birgt keinen Sinn mehr für mich.«

Quer durchs Zimmer Camilles Stimme, schneidend-fürsorglich: »Karnickel, ich wusste nicht, dass du leidest, kann ich irgendetwas für dich tun?«

Jemand lachte auf. Lucile dachte, was kann ich dafür, wenn du in mich verliebt bist, du solltest mehr Verstand haben, geht Hérault etwa mit seinem gebrochenen Herzen hausieren, geht Arthur Dillon damit hausieren, nein, denn sie wissen, was ein Spiel ist und was Ernst. Das jetzt ist Ernst; es hat nichts mit Liebe zu tun. Sie hob die Hand in Camilles Richtung. Ihr schien ein Salut angebracht. Dann drehte sie sich um und ging ins Schlafzimmer. Die Tür ließ sie einen Spalt offen; ein schmaler Lichtstrahl fiel von den anderen Räumen herein, gedämpftes Stimmgemurmel. Sie setzte sich auf ein Sofa, lehnte sich zurück und döste ein – ein champagnerumnebeltes Dösen voll wirrer Traumfetzen.

»Der große Ratssaal, Monsieur.« Pétion hielt stramm auf die königlichen Gemächer zu, die Amtsschärpe um die pralle Brust gelegt. Die Adligen suchten eilig vor ihm das Weite.

Er erreichte die Außengalerie. »Darf ich fragen, warum die Herren alle stehen?« Sein Ton machte deutlich, dass er sie für dressierte Affen hielt und nicht mit einer Antwort rechnete.

Der erste Affe, der vortrat, war mindestens achtzig – ein zittriger Pappmaché-Affe mit glitzernden Ritterorden an der Brust, die Pétion allesamt nichts sagten. Er machte eine artige kleine Verbeugung. »M. Bürgermeister, in und um die königlichen Gemächer *sitzt* man nicht. Es sei denn auf ausdrücklichen Befehl. Wussten Sie das nicht?«

Er warf seinen Kollegen einen todunglücklichen Blick zu. An seinem welken Schenkel hing ein kleines Zeremonienschwert. Sie trugen sie alle, all die dressierten Affen. Pétion schnaubte und marschierte weiter.

Der König blickte trüb vor sich hin; er war langen Schlaf gewohnt, geregelte Zeiten. Marie Antoinette saß kerzengerade, ihr Habsburgerkinn vorgeschoben; sie sah akkurat so aus, wie Pétion es erwartet hatte. Hinter ihrem Stuhl stand Pierre-Louis Roederer, ein hoher Beamter des Seine-Départements. Er hielt drei dicke Bände in der Hand und sprach mit dem Marquis de Mandat, dem Befehlshaber der Nationalgarde.

Pétion verneigte sich, aber nicht sonderlich tief, nicht unterwürfig.

PÉTION: Was haben Sie da, Roederer? Gesetzbücher werden Sie heute nicht brauchen.

ROEDERER: Ich hatte mich nur gefragt, ob das Département das Recht hat, das Kriegsrecht zu verhängen, sollte sich das als nötig herausstellen.

MME ELISABETH: Und hat es das Recht?

ROEDERER: Ich fürchte, nein, Madame.

PÉTION: *Ich* habe dieses Recht.

ROEDERER: Ich weiß, aber ich dachte, ich schlage rasch nach, falls Sie – auf irgendeine Weise verhindert wären.

DER KÖNIG *[vielsagend]*: Wie am 20. Juni.

PÉTION: Vergessen Sie Ihre Gesetzbücher. Werfen Sie sie weg. Verbrennen Sie sie. Essen Sie sie auf. Oder behalten Sie sie, um sie irgendwem über den Schädel zu schlagen. Besser als diese Zahnstocher, die alle hier umgeschnallt haben.

MANDAT: Pétion, sind Sie sich der Tatsache bewusst, dass das Gesetz Sie zur Verteidigung des Palastes verpflichtet?

PÉTION: Verteidigung wogegen?

DIE KÖNIGIN: Der Aufstand wird direkt vor Ihren Augen geplant.

MANDAT: Wir haben keine Munition.

PÉTION: Wie – gar keine?

MANDAT: Nicht annähernd genug.

PÉTION: Wie leichtsinnig.

Gabrielles Röcke raschelten, als sie sich setzte. Lucile schreckte aus ihrem Schlaf. »Ich bin's nur«, sagte Gabrielle. »Sie sind aufgebrochen.«

Louise Robert kauerte sich vor ihr auf den Boden, fasste ihre beiden Hände und drückte sie. »Werden sie die Sturmglocke läuten?«, fragte Lucile.

»Ja. Sehr bald.«

Ihre Nackenmuskeln verkrampften sich. Sie hob die Hand vors Gesicht, Tränen liefen ihr zwischen den Fingern hindurch.

Um Mitternacht kam Danton zurück. Gabrielle sprang erschreckt auf, als sie seine Schritte hörten, und die anderen drängten hinter ihr her ins Wohnzimmer.

»Warum bist du schon wieder da?«

»Ich habe doch gesagt, dass ich zurückkomme. Wenn alles glatt geht, habe ich gesagt, bin ich um Mitternacht wieder da. Warum glaubst du mir nie etwas?«

»Dann geht also alles glatt?«, wollte Louise wissen. Er sah sie an, ungehalten. Das war sein Problem, nicht ihres.

»Natürlich. Sonst wäre ich nicht hier.«

»Wo ist François? Wo haben Sie ihn hingeschickt?«

»Woher zum Teufel soll ich wissen, wo er ist? Wenn er noch da ist, wo ich ihn zuletzt gesehen habe, dann ist er im Rathaus. Wo es nicht brennt und wo niemand schießt.«

»Aber was ist *passiert*?«

Er fügte sich in sein Schicksal. »Im Rathaus ist eine große Gruppe von Patrioten versammelt. Sie werden in Kürze die bestehende Kommune ablösen und sich die aufständische Kommune nennen. Damit übernehmen die Patrioten de facto die Macht in Paris.«

»Was heißt *de facto*?«, wollte Gabrielle wissen.

»Das bedeutet, sie tun es gleich und legalisieren es später«, sagte Lucile.

Danton lachte. »Ich muss doch sehr bitten, Madame! Da sieht man, wie die Ehe euch Frauen zu Kopf steigt.«

Louise Robert sagte: »Behandeln Sie uns nicht so von oben herab, Danton. Wir haben verstanden, was der Plan ist, wir wollen lediglich wissen, ob er funktioniert oder nicht.«

»Ich leg mich kurz hin«, sagte Danton. Er ging in das Schlafzimmer, aus dem die Frauen gerade herausgekommen waren, und warf die Tür hinter sich zu. Dann lag er da, voll bekleidet, und starrte an die Decke, wartete auf die Glocke, auf das Sturmläuten, das die Leute auf die Straßen hinaustreiben würde. Die Uhr schlug: Es war der 10. August.

Etwa zwei Stunden später hörten sie es klopfen, und Lucile folgte Gabrielle zur Tür.

Eine Handvoll Männer stand draußen. Sie hatten fast kein Geräusch auf der Treppe gemacht. Einer trat vor. »Antoine Fouquier-Tinville. Zu Danton, wenn ich bitten darf.« Seine Höflichkeit war mechanisch und extrem zackig: die Höflichkeit der Justiz.

Gabrielle gab die Tür frei. »Muss ich ihn wecken?«

»Ja, es kann nicht warten. Höchste Zeit.«

Sie zeigte zum Schlafzimmer hin. Fouquier-Tinville neigte den Kopf vor Lucile. »*Ma cousine*, guten Morgen.«

Sie nickte nervös. Fouquier hatte so dichtes dunkles Haar und bräunliche Haut wie Camille, aber bei ihm waren die Haare glatt, die Züge hart, die Lippen schmal und fest zusammengepresst, ein Mund für Krisen, für schlimme Situationen, die sich verschärften. Doch, ja, eine Familienähnlichkeit ließ sich nicht leugnen. Aber wenn man Camille ansah, dann wollte man ihn berühren; sah man seinen Vetter, verspürte man diesen Drang nicht.

Gabrielle folgte den Männern ins Schlafzimmer. Lucile drehte sich zu Louise Robert um, wollte schon zu einer Bemerkung ansetzen – und erschrak über den Hass in Louises Gesicht. »Wenn François etwas zustößt, steche ich das Schwein eigenhändig ab.«

Luciles Augen weiteten sich. Den König? Nein, das Schwein, das sie meinte, war Danton. Ihr fiel keine Antwort ein.

»Haben Sie den Mann da gesehen? Fouquier-Tinville? Camille sagt, alle seine Verwandten sind so.«

Sie hörten Dantons Stimme abgehackt aus den Stimmen der anderen heraus: »Fouquier – morgen gleich als Erstes – aber WARTET –

zur rechten Zeit in die Tuilerien, Pétion sollte wissen – Kanonen auf den Brücken – soll sich unbedingt beeilen.«

Er kam heraus, schlang sich im Gehen die Halsbinde um, fuhr sich mit den Fingern das bläuliche Kinn entlang. »Georges-Jacques«, sagte Lucile, »wie skrupellos und verwegen du aussiehst. Ein Volksheld durch und durch.«

Danton grinste. Er ließ die Hand auf ihre Schulter fallen und drückte sie, so herzhaft, so derb, dass sie beinahe aufschrie. »Ich gehe ins Rathaus. Sonst kommen sie ständig hier angerannt.« An der Tür zögerte er kurz. Aber wenn er seine Frau jetzt küsste, würde sie nur zu weinen anfangen. »Lolotte, du kümmerst dich hier um alles. Und macht euch möglichst wenig Sorgen.« Sie hörten ihn die Stufen hinunterpoltern.

»Alles gut, kleiner Mann?«

»Gewehrkugeln«, entgegnete Jean-Paul Marat, »prallen an mir ebenso ab wie Ihr Witz.«

»Um diese Tageszeit sehen Sie womöglich noch verbotener aus als sonst.«

»Die Revolution schätzt mich nicht meiner ornamentalen Qualitäten wegen, Danton. Und Sie auch nicht, wage ich zu behaupten. Männer fürs Grobe, das sind wir, meinen Sie nicht?« Wie immer schien Marat zutiefst erheitert durch einen Scherz, den nur er verstand. »Holen Sie Mandat her«, sagte er.

»Ist er immer noch im Palast? Botschaft an Mandat«, sagte Danton über die Schulter. »Meine Empfehlungen an ihn, und die Kommune verlangt ihn dringend im Rathaus zu sehen.«

Von der Place de Grève drang dumpf das Geschrei der wachsenden Menge. Danton goss sich einen Schuss Branntwein in ein Glas und wölbte die Hand darum. Er lockerte die Krawatte, die er sich daheim an der Cour du Commerce extra noch umgebunden hatte. Eine Ader pochte seitlich an seinem Hals. Sein Mund war trocken. Mit einem

Mal war ihm speiübel. Er nahm noch einen Schluck von dem Branntwein. Die Übelkeit flaute ab.

Die Königin streckte die Hand aus, und Mandat küsste sie. »Wir werden uns nicht wiedersehen«, sagte er. Die rechten Worte zur rechten Zeit. »Ordre an den Kommandeur des Bataillons an der Place de Grève. Er soll von hinten angreifen und den Mob auseinandertreiben, der gegen den Palast vorrückt.« Er kritzelte eine Unterschrift. Sein Pferd wartete. Die Ordre erreichte den diensthabenden Kommandeur innerhalb von Minuten. Im Rathaus begab sich Mandat geradewegs in seine eigene Amtsstube. Ihm war befohlen worden, Meldung zu machen, aber er hätte nicht gewusst, bei welcher Obrigkeit. Er spielte mit dem Gedanken, seine Tür zu verriegeln. Aber das schien ihm zu unsoldatisch.

»Rossignol«, sagte Danton, »danke.« Er überflog Mandats Ordre, die der Bezirkspolizeihauptmann ihm ausgehändigt hatte. »Gehen wir kurz über den Gang und bitten Mandat, der neuen Kommune zu erklären, warum er mit Waffengewalt gegen das Volk vorgeht.«

»Ich weigere mich«, sagte Mandat.

»Sie weigern sich.«

»Diese Leute sind nicht die Stadtregierung. Sie sind nicht die Kommune. Es sind Rebellen. Verbrecher.«

»Dann lassen Sie mich ihre Verbrechen vermehren«, sagte Danton. Er streckte die Hand aus und packte Mandat beim Revers, zerrte ihn gewaltsam über die Schwelle. Rossignol beugte sich vor und brachte geschickt das Rapier des Marquis an sich; er drehte den Knauf in den Fingern und schnitt eine Grimasse.

Auf dem Gang sah sich Mandat von feindseligen Gesichtern umringt. Er wurde schlaff vor Angst. »Nicht jetzt«, sagte Danton. »Jetzt noch nicht, meine Freunde. Überlasst das nur mir, ich brauche keine Hilfe.« Er packte noch fester zu. »Weiger dich nur weiter, Mandat«, sagte er und schleifte ihn in Richtung Thronsaal, wo die neue Kommune versammelt saß. Er lachte. Es war wie damals in der Kindheit – die ungestrafte Brutalität, als es nur Schwarz oder Weiß gab.

FÜNF UHR MORGENS. Marie Antoinette: »Es gibt keine Hoffnung mehr.«

FÜNF UHR MORGENS: Gabrielle begann zu schaudern und zu zittern. »Ich glaube, ich muss mich übergeben«, sagte sie. Louise Robert rannte nach einer Schüssel und hielt sie ihr hin, während Lucile ihr die Haare über die Schultern nach hinten raffte und aus der Stirn strich. Als das trockene Würgen nachließ, führten sie sie zu einem Sofa, stellten die Schüssel diskret in Reichweite, schoben ihr Kissen ins Kreuz und betupften ihr die Schläfen mit Lavendelwasser. »Ihr habt es wahrscheinlich schon erraten«, sagte Gabrielle, »ich bin wieder in der Hoffnung.«

»O nein, Gabrielle!«

»Normalerweise wird man zu so etwas beglückwünscht«, sagte sie milde.

»Schon, aber so bald«, stöhnte Lucile.

»Tja, was bleibt einem übrig?« Louise Robert zuckte mit den Schultern. »Entweder man wird schwanger, oder man benutzt englische Überzieher, welche andere Wahl hat man denn?«

»Englische Überzieher?« Gabrielle sah mit glasigem Blick von einer zur anderen.

»Was denn noch alles!«, rief Louise voller Verachtung. »Was heißt de facto? Was sind englische Überzieher? Eine richtige edle Wilde, die wir hier haben, Lucile.«

»Es tut mir leid«, sagte Gabrielle. »Ich komm nicht mit, wenn ihr redet.«

»Versuch's erst gar nicht«, sagte Lucile. »Rémy kennt sich bestens mit englischen Überziehern aus, aber verheiratete Männer haben es nicht so damit. Schon gar nicht Georges-Jacques, könnte ich mir vorstellen.«

»Ich glaube nicht, dass wir wissen möchten, was Sie sich vorstellen, Mme Desmoulins«, sagte Louise. »Nicht in diesem Zusammenhang.«

In Gabrielles Wimpern blinkte eine Träne. »Es macht mir eigentlich gar nichts aus, schwanger zu sein. Er freut sich immer so. Und man gewöhnt sich daran.«

»Wenn das so weitergeht«, sagte Lucile, »bringst du es auf acht oder neun. Wann kommt es?«

»Im Februar, glaube ich. Es scheint noch so lange hin.«

»Geh nach Hause. Schlaf. Zwei Stunden.«

Zum geisterhaften Fackelschein morgens um drei die Flüche der Soldaten, unterlegt mit dem Rumpeln und Ächzen rollender Kanonen.

»Schlafen?«, sagte Camille. »Originelle Idee. Finde ich dich dann im Palast?«

Danton blies ihm seinen Schnapsatem ins Gesicht. »Nein, wieso im Palast? Santerre hat die Nationalgarde unter sich, wir haben Westermann, er ist ein alter Soldat, überlass die Sache nur ihm. Wann wirst du endlich begreifen, dass es völlig unnötig ist, ständig Kopf und Kragen zu riskieren?«

Camille lehnte sich an die Wand und vergrub das Gesicht in den Händen. »Fette Anwälte, die in Amtszimmern sitzen«, murmelte er. »Sehr aufregend.«

»Für einen normalen Menschen ist das mehr als genug Aufregung«, sagte Danton. Und fügte stumm hinzu: Wenn es nur gut geht, wenn wir es nur schaffen, wenn wir nur den Sonnenaufgang erleben! »Herrgott noch mal, Camille, geh nach Hause«, sagte er laut. »Bevor mich diese Schnur, mit der du deine Haare zusammenbindest, noch zu einer Gewalttat reizt.«

Der Marquis de Mandat war von der neuen Kommune verhört und anschließend in ein Zimmer im Rathaus gesperrt worden. Als es dämmerte, regte Danton an, dass man ihn hinüber nach Abbaye brachte.

Vom Fenster aus beobachtete er, wie Mandat an der Seite eines kräftigen Wachmanns die Treppe hinuntergeführt wurde.

Er nickte Rossignol zu. Rossignol lehnte sich aus dem Fenster und erschoss Mandat.

»Kommt«, sagte Lucile. »Tapetenwechsel.« Die drei Frauen klaubten ihre Sachen zusammen, verschlossen die Türen, gingen die Treppe hinunter und hinaus auf die Cour du Commerce. Sie wollten hinüber in Luciles Wohnung, um wenigstens anderswo weiterzuwarten. Keine Menschenseele zu sehen, die Luft frisch, fast kühl. Noch eine Stunde, dann würde die Hitze sich wieder zusammenballen. Noch nie war ich so lebendig wie jetzt, dachte Lucile, mit dieser armen betrogenen Kuh am rechten Arm und dem röhrenknochigen Mannweib am linken. Mehlsack auf der einen Seite, gerupftes Huhn auf der anderen – es war nicht leicht, sie beide die Stufen hinaufzubugsieren.

Die Dienerin, Jeanette, machte ein redlich bestürztes Gesicht bei ihrem Anblick. »Richte Mme Danton ein Bett her«, befahl Lucile. Jeanette breitete auf einem der Wohnzimmersofas ein Federbett über sie, und Gabrielle, dieses eine Mal bereit, sich bemuttern zu lassen, ließ den Kopf in die Kissen sinken und sich von Louise Robert die Nadeln aus dem Haar ziehen, sodass sich die warme, dunkle Mähne über die Armlehne des Sofas und hinab auf den Teppich ergoss. Lucile holte ihre Haarbürste und kniete wie eine Büßerin, während sie mit langen, sanften Strichen die knisternden Strähnen entwirrte; Gabrielle lag mit geschlossenen Augen da, *hors de combat*. Louise Robert setzte sich auf die blaue Chaiselongue, rückte bis ganz hinten an die Rückenlehne und zog die Füße hoch. Jeanette brachte ihr eine Decke. »Ihre Mutter liebt dieses Möbel über die Maßen«, belehrte sie Lucile. »Man weiß nie, wozu man es alles gebrauchen kann, sagt sie immer.«

»Wenn irgendetwas fehlt, ruft mich.« Lucile steuerte auf ihr Schlafzimmer zu – mit einem kleinen Umweg, um eine Flasche mit einem Restchen schalen Champagner darin mitzunehmen. Erst wollte sie ihn trinken, dann ekelte es sie plötzlich davor. Es schien Wochen her, dass diese Flaschen entkorkt worden waren.

Bei dem bloßen Gedanken wurde ihr flau im Magen. Jeanette trat hinter sie; sie fuhr heftig zusammen. »Legen Sie sich hin, Madame«, sagte die Frau. »Sie ändern nichts, indem Sie sich krampfhaft auf den Füßen halten.« Der grimmige Zug um ihren Mund sagte: Ich liebe ihn auch, also bilde dir nichts ein.

Um sechs Uhr morgens beschloss der König, die Nationalgarde zu inspizieren. Er stieg hinab in die Innenhöfe des Palasts. Er trug einen schlaffen Purpurmantel; den Hut hielt er unterm Arm. Es war eine traurige Veranstaltung. Die Edelleute vor seinen Gemächern fielen bei seinem Anblick auf die Knie und murmelten Treueschwüre, aber die Nationalgardisten beschimpften ihn, und ein Kanonier reckte ihm die Faust ins Gesicht.

RUE SAINT-HONORÉ: »Frühstück?«, fragte Eléonore Duplay.

»Nein, danke, Eléonore.«

»Max, warum wollen Sie nicht einen Happen essen?«

»Weil ich um diese Uhrzeit nie esse«, erwiderte Robespierre. »Um diese Uhrzeit beantworte ich meine Briefe.«

Babette in der Tür. Rundes, morgenfrisches Gesicht. »Das hier schickt Ihnen Vater. Danton unterzeichnet Erklärungen im Rathaus.«

Robespierre ließ das Blatt auf dem Schreibtisch liegen. Er fasste es nicht an, aber sein Blick glitt zu der Unterschrift. »Im Namen der Nation – DANTON.«

»Dann beansprucht Danton also, für die Nation zu sprechen?«, sagte Eléonore. Gespannt beobachtete sie sein Gesicht.

»Danton ist ein untadeliger Patriot. Nur hätte ich erwartet, dass er früher oder später nach mir schickt.«

»Man will Ihr Leben nicht gefährden.«

Robespierre sah auf. »Nein, ich glaube nicht, dass das der Grund ist. Ich glaube, Danton will nicht, dass ich – wie soll ich sagen? – seine Methoden studiere.«

»Das ist natürlich auch möglich«, pflichtete Eléonore ihm bei. Was spielte es schon für eine Rolle? Sie würde alles sagen – wenn es nur bewirkte, dass er in der Sicherheit der Duplay'schen Mauern blieb, dass sein Herz auch morgen noch schlug, morgen und übermorgen und all die Tage danach.

Es mochte gegen halb acht Uhr morgens sein, als die Patrioten ihre großen Kanonen auf den Palast richteten. Hinter diesen Kanonen waren sämtliche Waffen versammelt, die die aufständische Kommune hatte auftreiben können: Musketen, Säbel, Entermesser und Reihe um Reihe der geheiligten Piken. Tausende von aufständischen Kehlen sangen die Marseillaise.

Louis: Was wollen sie nur?

Camille schlief eine Stunde, den Kopf auf die Schulter seiner Frau gelegt.

»Danton.« Roederer starrte ungläubig auf die Erscheinung, die den Türrahmen ausfüllte. »Danton, Sie sind betrunken.«

»Ich muss trinken, um mich wachzuhalten.«

»Was wollen Sie?« Von mir, meinte Roederer damit. Die Angst stand ihm ins Gesicht geschrieben. »Danton, ich bin kein Royalist, egal, was Sie denken. Ich war in den Tuilerien, weil man mich dorthin abkommandiert hat. Ich hoffe, Sie und Ihre Kommandeure wissen, was Sie da tun. Ihnen muss klar sein, dass es ein grauenhaftes Blutbad geben wird. Die Schweizer werden bis zum letzten Mann kämpfen.«

»Das habe ich gehört«, sagte Danton. »Ich will, dass Sie wieder zurückgehen.«

»Zurück?« Roederer blieb der Mund offen stehen.

»Ich will, dass Sie den König herausholen.«

»Heraus?«

»Plappern Sie mir nicht alles nach wie ein Papagei. Sie sollen den König herausholen und ihn auf diese Weise zwingen, seine Verteidigung aufzugeben. Ich will, dass Sie jetzt sofort zurückgehen und Louis und Marie Antoinette sagen, wenn sie nicht den Palast verlassen, ihre Truppen zurückpfeifen und sich unter den Schutz der Versammlung stellen, sind sie in ein paar Stunden tot.«

»Aber Sie wollen sie retten? Verstehe ich das richtig?«

»Habe ich mich nicht klar genug ausgedrückt?«

»Aber wie soll das gehen? Auf mich werden sie nicht hören.«

»Sagen Sie ihnen, wenn der Mob erst in den Palast eingedrungen ist, kann ich nichts mehr für sie tun. Der Teufel selbst könnte sie dann nicht mehr retten.«

»Aber Sie *wollen* sie retten?«

»Das wird langsam langweilig. Wir müssen den König und den Dauphin haben, und zwar um jeden Preis. Die anderen sind weniger wichtig, auch wenn ich kein Freund von Gewalt gegen Frauen bin.«

»Preis«, wiederholte der Jurist. Irgendetwas schien in seinem müden Hirn Gestalt anzunehmen. »Preis, Danton. Jetzt verstehe ich.«

Mit einem Satz war Danton bei ihm. Er packte Roederer beim Kragen und schloss die Hand um seine Kehle. »Bringen Sie sie raus, oder ich ziehe Sie persönlich zur Verantwortung. Ich hab Sie im Visier, Roederer.«

Roederer röchelte. Er ruderte mit der Hand, krallte nach Dantons Arm. Um ihn drehte sich das Zimmer. Ich sterbe, dachte er. Die Luft wurde ihm knapp, in seinen Ohren dröhnte es. Danton schleuderte ihn zu Boden. »Da, der erste Kanonenschlag. Sie greifen den Palast an.«

Roederer stützte sich schwach auf einen Ellbogen und sah an Dantons massigem Körper hinauf zu seinem wütenden Gesicht. »Und jetzt holen Sie sie da raus.«

»Vielleicht doch noch die Kleiderbürste«, sagte Camille. »Wir sollen uns vom Pöbel abheben. Sagt Danton.« Er legte sich die blau-weiß-rote Schärpe über die Schulter. »Bin ich vorzeigbar?«

»Oh, du könntest deine Morgenschokolade mit einer Herzogin einnehmen. Wenn es noch Herzoginnen gäbe, die des Schokoladetrinkens fähig sind. Aber wie geht es jetzt weiter?« Lucile konnte die Angst nicht länger aus ihrem Gesicht verbannen.

Louise und Gabrielle warteten noch immer auf Neuigkeiten. Er war nicht sehr gesprächig gewesen bei seiner Ankunft.

»Georges-Jacques bleibt im Rathaus und koordiniert die Ereignisse von da aus. François ist auch dort, er sitzt gleich im Nachbarbüro.«

Louise: »Kann ihm etwas passieren?«

»Nun ja, wenn nicht gerade die Erde erbebt und die Sonne schwarz wie ein härener Sack und der Mond wie Blut wird und der Himmel entweicht, wie ein Buch zusammengerollt wird, und die sieben letzten Engel mit den sieben letzten Plagen kommen – was zugegebenermaßen jederzeit der Fall sein kann –, wüsste ich nicht, was ihm zustoßen sollte. Wir sind alle sicher, solange wir gewinnen.«

»Und im Palast?«, fragte Gabrielle.

»Oh, im Palast gibt es inzwischen bestimmt schon Tote.«

MARIE ANTOINETTE: Wir haben immer noch die Garde.

ROEDERER: Madame, ganz Paris marschiert gegen Sie. Wollen Sie denn ein Massaker am König, an Ihnen und Ihren Kindern verantworten?

MARIE ANTOINETTE: Gott bewahre.

ROEDERER: Die Zeit drängt, Sire.

LOUIS: Meine Herren, ich bitte Sie, nicht auf einer sinnlosen Verteidigung zu beharren und abzurücken. Hier ist nichts mehr zu retten, weder für Sie noch für mich. Gehen wir.

Nach dem Bericht Thomas Blaikies, eines schottischen Gärtners im Dienst des französischen Königshofs:

> *Es wappneten sich freilich alle für die große Katostrophe am 10. August, nur allzu viele wollten einen Wechsel und es hieß, es wären Männer aus Marseilles gekommen, um die Thuilerien anzugreifen. Die Sache war in aller Munde, und die Thuilerien wurden von der Schweitzerguarde bewacht und noch viele mehr in Schweitzer Uniform sollten kommen, um auf Seiten des König zu kämpfen. Am Abend vorher hörten wir schon, was geplant sei, allein wie es ausgehen würde vermochte sich niemand vorzustellen. Es fiel aber abends am 9. eine Flasche von der Mauer herab und schnitt mir das Bein auf, durch welches ich lahm war und gezwungen, auf unsrer Terrasse zu bleiben, die gegenüber von den Champs Elize und den Thuilerien war, woselbst ich gegen 9 den ersten Coup de Cannon hörte und dann noch mehr Feuer und Tumult. Ich sah das Volk auf den Champs Elize hin und her laufen, das Missaker gewann immer mehr an Schrecken und als der König seine Guarde verließ und zur Nationall-Versammlung ging und die armen Seelen im Stich ließ, welche gekommen waren, ihn zu verteidigen, da hat der Haufe sie misakriert, denn wäre der König geblieben, so hätten fast alle von den Sections ihn verteidigt, da sie aber sahen das er zur Versammlung gegangen war, so huben sie an, die armen Schweitzer zu misakrieren … Viele dieser Menschenfresser liefen auf der Straße vorbei und hielten ihren Schritt an, um uns Teile von misakrierten Schweitzern vorzuzeigen, davon ich nicht wenige in Person kannte … Jeder rühmte sich seiner Thaten und zeigte noch den Toten seine Wut, indem er Teile abtrennte oder ihre Kleider zerriss zum Zeichen des Triunfes, so das man glauben mochte, es wären alle Menschen vom Wahnsinn befallen … Aber es ist unmöglich, alle die Thaten schändlichen Grauens zu beschreiben, die sich an diesem Tage zutrugen …*

»Camille.« Vor ihm stand ein junger Nationalgardist, den er nie zuvor gesehen hatte, glubschend vor Nervosität und ängstlich auf eine Abfuhr gefasst. »Wir haben einen Trupp von Royalisten aufgegriffen, sie trugen unsere Uniformen, sie sind jetzt in unserem Wachraum an der Cour de Feuillants eingesperrt. Das Volk versucht sie uns wegzunehmen. Unser Kommandeur hat Verstärkung angefordert, um den Hof zu räumen, aber es kommt niemand. Wir können sie nicht viel länger zurückdrängen – können Sie nicht mit diesem Haufen reden, können Sie die Leute nicht zur Vernunft bringen?«

»Wozu?«, fragte Fréron.

»Menschen sollten nicht abgeschlachtet werden wie Vieh, Monsieur«, antwortete ihm der Junge. Sein Mund bebte.

»Ich komme«, sagte Camille.

Als sie den Hof erreichten, zeigte Fréron nach vorn: »Théroigne.«

»Ja«, sagte Camille gelassen. »Sie wird es nicht überleben.«

Théroigne hatte das Kommando übernommen; dies hier war ihre Arena, ihre kleine Bastille. Eine feindselige, planlose Meute hatte einen Anführer bekommen, und schon jetzt war es zu spät für die Gefangenen im Wachraum, denn über das Geschrei der Menge und Théroignes Befehle hinweg hörte man Glas splittern und Holz bersten. Sie hatte sie angetrieben, als sie die Tür eintraten und ihre Kräfte, gereizten Käfigtieren gleich, an den eisernen Fenstergittern erprobten. Diese Tiere freilich brachen ein und nicht aus; Bajonette in einem schmalen Durchgang hatten sie einen Moment lang zurückweichen lassen, doch jetzt schlugen sie alles kurz und klein. Es waren steinefressende Tiere, und das Gebäude war nicht für eine Belagerung gemacht; sie hatten Spitzhacken, und sie setzten sie ein. Hinter der vordersten Reihe der Angreifer brodelte der Hof von ihren brüllenden, fäusteschüttelnden, waffenschwenkenden Mitstreitern.

Beim Anblick der Gardistenuniform, der blau-weiß-roten Schärpen wichen Teile der Menge zur Seite, um sie durchzulassen. Aber ehe sie sich ganz bis nach vorn gekämpft hatten, legte der Junge Camille eine Hand auf den Arm und hielt ihn zurück. »Zu spät«, sagte er.

Théroigne war in Schwarz; sie trug eine Pistole im Gürtel, einen Säbel in der Hand und ein Leuchten im Gesicht. Ein Schrei brach los: »Die Gefangenen kommen.« Théoigne hatte sich vor dem Eingang postiert, und als die ersten Gefangenen herausgezerrt wurden, winkte sie den Männern an ihrer Seite, die ihre Schwerter und Äxte hochschwangen. »Kann denn niemand sie aufhalten?«, fragte Camille. Er schüttelte die bremsende Hand des Gardisten ab und begann sich durchzuboxen, schrie sich den Weg frei. Fréron drängte hinter ihm her. Er riss ihn an der Schulter zurück; Camille stieß ihn heftig weg. Die Menge machte Platz, abgelenkt durch die Aussicht darauf, einem Kampf zwischen zwei patriotischen Funktionären beizuwohnen.

Aber die sekundenlange Gnadenfrist war verstrichen, von der vordersten Front tönte Raubtiergebrüll. Théroigne hatte den Arm gesenkt wie ein Scharfrichter, die Äxte und Schwerter waren am Werk, und einen nach dem anderen prügelte und schleifte man die Gefangenen dem Tod entgegen, den die Menge ihnen zudachte.

Camille war ein Stück vorangekommen, der Nationalgardist dicht auf seinen Fersen. Louis Suleau trat als Vierter ins Freie. Auf einen Ruf von Théroigne hin hielten die Angreifer inne; sie rückten sogar etwas von ihm ab, sodass die Nachdrängenden sich stauten und Camille hilflos zwischen ihnen eingezwängt stand, außerstande, auch nur einen Finger zu rühren, während Théroigne sich vor Louis Suleau aufbaute und etwas zu ihm sagte, das nur er hören konnte. Louis hob eine Hand, als wollte er sagen: Wozu das alles jetzt aufwärmen? Die Gebärde brannte sich in Camilles Gedächtnis ein. Es sollte Louis' letzte sein. Er sah Théroigne die Pistole heben. Den Schuss hörte er nicht. Binnen Sekunden waren sie von Sterbenden umgeben. Louis' Leichnam – oder sein noch lebender Körper, wer konnte es wissen? – ging in der Menge unter, in einem Strudel wild ausholender Arme und Klingen. Fréron herrschte den Gardisten an, und der junge Mann, blutrot im Gesicht vor Unglück und Hilflosigkeit, zog den Säbel und bahnte ihnen eine Gasse. Ihre Füße patschten durch frisches Blut.

»Es war nichts mehr zu machen«, sagte der Junge immer wieder. »Bitte, Camille, ich hätte eher kommen müssen, es waren ja sowieso Royalisten, und es war wirklich überhaupt nichts mehr zu machen.«

Lucile war ausgegangen, um Brot fürs Frühstück zu kaufen. Jeanette zu schicken hatte keinen Sinn; seit es hell war, hatte die Frau die Nerven verloren und lief wie ein kopfloses Huhn durch die Wohnung.

Lucile nahm ihren Korb über den Arm. Sie zog eine Jacke an, trotz der Wärme, damit sie ihr kleines Messer in die Tasche stecken konnte. Niemand wusste, dass sie dieses kleine Messer besaß, sie gestand es sich kaum selbst ein, aber sie trug es bei sich, für den Notfall. Denk nur, sagte sie sich, du könntest am rechten Seine-Ufer leben. Du könntest mit einem hohen Finanzbeamten verheiratet sein. Du könntest mit hochgelegten Füßen in deinem Salon sitzen und ein Batisttaschentüchlein mit Kletterrosen besticken. Stattdessen versuchst du auf der Rue des Cordeliers ein Baguette zu ergattern, mit drei Zoll Stahl als deinem Trost und Helfer.

Sie blickte in die Gesichter ihrer nächsten Nachbarn. Wer hätte gedacht, dass unsere Sektion so viele Royalisten beherbergt? »Du Mörderhure«, sagte ein Mann zu ihr. Sie setzte ein Lächeln auf, ein besonders aufreizendes Lächeln, das sie sich von Camille abgeschaut hatte. Von mir aus, sagte dieses Lächeln, *versuch's nur*. In ihrer Fantasie schloss sie die Handfläche um den glatten Messergriff, senkte die Klinge in nachgiebiges Fleisch. Kurz vor ihrer Haustür erkannte noch ein Mann sie und spuckte ihr ins Gesicht.

Sie blieb im Hausgang stehen, um sich den Speichel abzuwischen, lief dann die Treppe hinauf, setzte sich hin, das Brot auf dem Schoß. »Wollen Sie das etwa essen?« Jeanette wrang verquält die Schürze in ihren Händen.

»Natürlich, nachdem ich dafür solche Unannehmlichkeiten auf mich genommen habe. Reiß dich zusammen, Jeanette, setz Kaffee auf.«

Aus dem Wohnzimmer rief Louise: »Ich glaube, Gabrielle wird ohnmächtig.«

Sodass sie vielleicht doch nie zu ihrem Frühstück kam; hinterher konnte sie sich nicht mehr erinnern. Sie verfrachteten Gabrielle aufs Bett, schnürten ihre Kleider auf, fächelten ihr Kühlung zu. Lucile öffnete ein Fenster, aber der Lärm von der Straße setzte Gabrielle nur noch mehr zu, also schloss sie es wieder, und sie ertrugen die Hitze. Gabrielle döste, und sie und Louise wechselten sich beim Vorlesen ab und tratschten und neckten einander ein bisschen und erzählten sich ihre Lebensgeschichten. Die Stunden krochen dahin, bis Camille und Fréron heimkamen.

Fréron sackte in einen Sessel. »Kadaver bis hierhin« – er zeigte die Höhe an. »Es tut mir leid, Ihnen das sagen zu müssen, Lucile, aber Louis Suleau ist tot. Ja, wir waren dabei, wir haben es gesehen, sie haben ihn vor unseren Augen getötet.«

Er wollte, dass Camille sagte, Fréron hat mir das Leben gerettet, oder wenigstens, Fréron hat mich vor einer großem Dummheit bewahrt. Aber Camille sagte nur: »Karnickel, ich bitte dich, spar es dir für deine Memoiren auf. Wenn ich heute auch nur ein einziges weiteres Wort darüber höre, tue ich dir etwas an. Und zwar etwas ziemlich Übles.«

Bei seinem Anblick nahm Jeanette sich zusammen. Der Kaffee wurde endlich gebracht. Gabrielle kam aus dem Schlafzimmer getaumelt, ihr Mieder erst halb geknöpft. »François habe ich seit heute Morgen nicht mehr gesehen«, berichtete Camille Louise. Seine Stimme war unnatürlich stetig, ohne den geringsten Anflug eines Stotterns. »Georges-Jacques habe ich auch nicht gesehen, aber er unterzeichnet im Rathaus Erlasse, also muss er gesund und munter sein. Louis Capet und seine gesamte Familie sind aus dem Palast geflohen und haben in der Manege Zuflucht gesucht. Die Versammlung tagt jetzt durchgehend.

Ich glaube, nicht mal die Schweizergarde weiß, dass der König weg ist – die Angreifer wissen es jedenfalls ganz eindeutig nicht. Ich bin mir auch nicht sicher, ob sie es erfahren sollten.« Er stand auf, hielt Lucile kurz an sich gedrückt. »Ich zieh mir nur rasch die blutigen Sachen aus, dann gehe ich wieder.«

Fréron sah ihm düster nach. »Ich fürchte, die Reaktion wird erst später einsetzen«, sagte er. »Ich kenne Camille. Er ist solchen Dingen nicht gewachsen.«

»Meinen Sie?«, sagte Lucile. »Ich glaube, für ihn gibt es nichts Schöneres.« Sie wollte gern fragen, wie Louis Suleau gestorben war, wie und warum. Aber jetzt war nicht die Zeit dafür. Wie Danton gesagt hatte, sie war kein dummes kleines Mädchen mehr, o nein, sie war die Stimme der Vernunft. An der Wand trat Maria Stuart auf ihren Henker zu, die biegsame, kurvenreiche Maria, ein süßlich-frommes Lächeln im Gesicht. Die rosenroten Seidenkissen hatten gelitten, wie es der taktvolle Camille schon geahnt hatte; die blaue Chaiselongue strahlte etwas Wissendes aus: ein Möbel, das viel erlebt hat. Lucile Desmoulins ist zweiundzwanzig Jahre alt, Ehefrau, Mutter, Herrin ihres Hauses. In der Augusthitze – eine Fliege brummelt an der Fensterscheibe, auf der Straße pfeift ein Mann, in einem anderen Stockwerk plärrt ein Säugling – spürt sie, wie ihre Seele zu ihrer Form findet, klein, befleckt und sterblich. Früher einmal hätte sie vielleicht ein Totengebet gesprochen. Jetzt denkt sie, wem zum Teufel nutzt das, ich muss mich um die Lebenden kümmern.

Als Gabrielle sich kräftig genug fühlte, wollte sie gern in ihre Wohnung zurückkehren. Die Straßen waren laut und voll. Der Concierge hatte es mit der Angst bekommen und das große Tor zur Cour du Commerce verriegelt; Gabrielle klingelte und klopfte und hämmerte an die Tür ihres eigenen Hauses. »Wir können durch die Bäckerei hineingehen, wenn der Bäcker uns lässt«, sagte sie, »zu seiner Ladentür hinein und dann durch die Backstube.«

Aber der Bäcker ließ sie nicht einmal in seinen Laden; er brüllte sie an und versetzte Gabrielle einen Stoß vor die Brust, dass sie japsend auf die Straße zurücktaumelte. Sie nahmen sie in die Mitte, halfen ihr zurück zum Tor, duckten sich in seinen Schutz. Eine Gruppe von Männern sammelte sich um sie, und Lucile schob die Hand in die Tasche und vergewisserte sich, dass das Messer noch da war. Sie liebkoste es mit den Fingerspitzen. »Ich kenne euch«, sagte sie, »ich kenne jeden Einzelnen von euch mit Namen, und wenn ihr auch nur einen Schritt näherkommt, dann stecken eure Köpfe auf Piken, noch ehe der Tag um ist, und es wird mir ein Vergnügen sein, sie eigenhändig aufstecken zu helfen.«

Woraufhin sich das Tor öffnete und Hände sie nach drinnen zogen; Riegel rasteten ein, sie waren im Hausflur, sie waren im Treppenhaus, sie waren in Dantons Wohnung, und Lucile sagte mürrisch: »So, ab jetzt bleiben wir hier.«

Gabrielle schüttelte den Kopf – fassungslos, zu Tode erschöpft. Über den Fluss tönte Geschützdonner, dumpf und stetig. »Guter Gott, ich sehe aus, als hätte ich drei Tage im Grab gelegen«, sagte Louise Robert mit einem Blick auf ihr Spiegelbild, während sie auch hier wieder Kissen aufschüttelten und Gabrielle in die Horizontale verfrachteten.

»Warum die Dantons wohl getrennte Betten haben?«, flüsterte sie Lucile zu, als sie sich außer Hörweite glaubte.

Lucile zuckte die Achseln.

»Weil er so um sich schlägt«, sagte Gabrielle mit schwerer Zunge, »weil er im Traum immer kämpft – was weiß ich, gegen wen.«

»Seine Feinde?«, schlug Lucile vor. »Seine Gläubiger? Seine Gelüste?«

Louise Robert durchforstete Gabrielles Frisierkommode. Sie fand ein Töpfchen Rouge und trug es in kreisrunden roten Flecken auf wie seinerzeit bei Hof. Sie streckte es Lucile hin, aber Lucile sagte: »Das gilt nicht, ich weiß selbst, dass bei mir Hopfen und Malz verloren ist.«

Es wurde Mittag. Der Lärm auf den Straßen verstummte. So wird es in den letzten Stunden sein, dachte Lucile, so wird es sein, wenn die Welt untergeht und wir warten, dass sich die Sonne verfinstert. Aber die Sonne verfinsterte sich nicht, nein, sie sengte immer weiter vom Himmel, sengte und sengte, bis sie schließlich auf die leuchtende Trikolore herabschien, auf die Köpfe der Männer aus Marseilles, auf die singenden Siegesprozessionen und all die versteckten, loyalen Cordeliers, die so schlau gewesen waren, den ganzen Tag daheim zu bleiben, und die nun aus ihren Häusern strömten und die Republik hochleben ließen, den Tod der Tyrannen forderten und nach ihrem Mann Danton riefen.

Ein lautes Klopfen an der Tür. Lucile riss sie auf, nichts konnte ihr jetzt mehr Angst machen. Vor ihr stand ein großer Mann, am Türrahmen abgestützt, leicht hin und her schwankend: ein echter Mann aus dem Volk. »Verzeihen Sie, Monsieur«, sagte Louise Robert lachend, »ich glaube, wir sind uns noch nicht vorgestellt worden.«

»Sie zerschlagen die Spiegel im Palast«, sagte der Mann. »Jetzt sind die Cordeliers König.« Er warf Gabrielle etwas zu. Sie fing es ungeschickt auf. Es war eine Haarbürste, schwer, mit silbernem Rücken. »Vom Frisiertisch der Königin«, sagte der Mann.

Gabrielle fuhr das erhabene Monogramm nach: »A« wie Antoinette. Der Mann taumelte einen Schritt vor und fasste Lucile um die Taille, hob sie vom Boden hoch. Er roch nach Wein, Tabak und Blut. Er küsste sie auf den Hals, ein saugender, gieriger Plebejerkuss – stellte sie wieder auf die Füße, polterte auf die Straße zurück.

»Du meine Güte«, sagte Louise, »welche Heerscharen von Verehrern, Lucile! Wahrscheinlich hat er schon seit zwei Jahren auf die Gelegenheit gewartet.«

Lucile zog ihr Taschentuch hervor und tupfte sich den Hals ab. Heute Morgen, das waren keine Verehrer, dachte sie. Sie drohte mit dem Finger und verschleierte die Stimme zu ihrer oft geprobten Rémy-Imitation: »Immer wieder sag ich zu ihnen: Jungs, kein Gerangel wegen mir – denkt dran: Freiheit, Gleichheit, Brüderlichkeit!«

Die Haarbürste der Königin blieb liegen, wo Gabrielle sie hatte fallen lassen: auf dem Wohnzimmerteppich.

Danton kam heim. Es war später Nachmittag. Sie hörten seine Stimme schon draußen auf der Straße. Er kam mit Fabre, dem größten Genie unserer Zeit, mit dem Metzger Legendre, mit Collot d'Herbois, dem grässlichsten Stück Mensch unter der Sonne; mit François Robert, mit Westermann. Seine Arme lagen um die Schultern von Legendre und Westermann, und er schlingerte, unrasiert, erschöpft, nach Branntwein stinkend. »Wir haben gesiegt!«, grölten sie – leiernd, aber treffend. Er zog Gabrielle in seine Arme, presste sie an sich, heftig, beschützerisch; ihre Knie gaben gleich wieder unter ihr nach.

Er setzte sie auf einen Stuhl. »Sie hat sich die ganze Zeit kaum auf den Beinen halten können«, meldete Louise Robert. Ihre Haut unter dem Rouge glühte jetzt: François war wieder bei ihr.

»Raus hier, alle miteinander!«, befahl Danton. »Habt ihr keine Betten, in die ihr euch legen könnt?« Er wankte in sein eigenes Schlafzimmer und warf sich aufs Bett. Lucile folgte ihm. Sie berührte seinen Nacken, fasste ihn bei den Schultern. Er stöhnte auf. »Ein anderes Mal gern«, murmelte er. Er wälzte sich auf den Rücken, grinste. »Ach, Georges-Jacques, Georges-Jacques«, sagte er zu sich, »aus was für einer Fülle wunderbarer Gelegenheiten besteht das Leben doch. Was würde Maître Vinot jetzt von dir halten?«

»Wo ist mein Mann?«

»Camille?« Er grinste noch breiter. »Camille ist in der Manege und nimmt die nächste Etappe des Großen Plans in Angriff. Nein, Camille ist kein Mensch wie du und ich, er braucht keinen Schlaf.«

»Als ich ihn das letzte Mal zu Gesicht bekommen habe«, sagte sie, »stand er unter Schock.«

»Ja.« Das Grinsen verflog. Seine Augenlider fielen zu, hoben sich dann wieder. »Dieses Drecksweib Théroigne hat Suleau abgeknallt, direkt vor Camilles Nase. Komisch, Robespierre hat sich den ganzen

Tag nicht blicken lassen. Vielleicht hat er sich in Duplays Keller versteckt.« Seine Stimme wurde schwächer. »Suleau ist mit Camille in die Schule gegangen. Max auch, so klein ist die Welt. Camille ist ein fleißiger Junge, er wird es weit bringen. Morgen werden wir wissen …« Seine Augen schlossen sich. »Schluss«, sagte er.

Die Versammlung hatte ihre laufende Sitzung um zwei Uhr morgens begonnen. Die Debatte war nicht ganz störungsfrei vor sich gegangen, immer wieder wurde sie von Geschützfeuer übertönt und geriet um halb neun kurzfristig ganz aus den Fugen, als die königliche Familie eintraf. Erst gestern hatte man beschlossen, jegliche weitere Diskussion über die Zukunft der Monarchie auszusetzen; nun plötzlich schien es, als wären sämtliche Überreste dieser Institution in dem verheerten, geplünderten Palast zurückgeblieben. Die Rechte behauptete, die Vertagung der Debatte sei das Signal zum Aufstand gewesen; aus Sicht der Linken hatten die Abgeordneten in dem Augenblick, in dem das Thema fallengelassen worden war, auch jeden Anspruch auf Meinungsführerschaft fallenlassen.

Die Familie des Königs und eine Handvoll ihrer Freunde wurden in die Loge des Protokollführers hinter dem Präsidententisch gepfercht, aus der sie auf die Abgeordneten niederblickten. Ab dem Nachmittag drängte eine nicht abreißende Prozession von Bittstellern und Delegierten durch die Korridore und in den Verhandlungssaal. Die Gerüchte von draußen waren so schauerlich wie grotesk. Sämtliche Polster und Matratzen im Palast seien aufgeschlitzt worden, sodass man vor lauter Daunengestöber nicht mehr die Hand vor Augen sehen könne. Auf dem Bett der Königin gingen Dirnen ihrem Gewerbe nach – wie dies allerdings mit der vorherigen Geschichte vereinbar sein sollte, konnte keiner erklären. Ein Mann habe einem anderen die Kehle durchgeschnitten und dann über dem Leichnam Geige gespielt. In der Rue de l'Échelle sollten hundert Menschen totgestochen und -geprügelt worden sein. Ein Koch sei gekocht worden. Das Gesinde werde unter

Betten hervor- und aus Rauchfängen herausgezerrt und aus den Fenstern geworfen, um draußen auf Piken gespießt zu werden. Vielerorts brannte es, und die üblichen Kannibalismusgerüchte machten die Runde.

Vergniaud, der derzeitige Präsident der Versammlung, hatte es längst aufgegeben, zwischen Wahrheit und Hirngespinsten unterscheiden zu wollen. Unter ihm, im Parkett, zählte er fast mehr Eindringlinge als Deputierte. Im Minutentakt flog die Tür auf, um erschöpfte, verdreckte Männer einzulassen, alle schwer beladen mit Gegenständen, die, wären sie nicht geradewegs in die Manege gebracht worden, schlicht Diebesgut dargestellt hätten. Bei aller Liebe, dachte Vergniaud, es ging doch zu weit, der Nation intarsienverzierte Nachtstühle und komplette Molière-Ausgaben zu Füßen zu legen. Der Saal begann einer Auktionshalle zu ähneln. Vergniaud versuchte unauffällig seine Halsbinde zu lockern.

In der engen, stickigen Protokollführerloge kämpften die königlichen Kinder mit dem Schlaf. Der König, der fürchtete, sonst vom Fleisch zu fallen, nagte an einem Kapaunenbein. Von Zeit zu Zeit wischte er sich die Finger an seinem schlaffen Purpurmantel ab. Auf den Bänken unter ihm vergrub ein Abgeordneter das Gesicht in den Händen.

»War nur kurz zum Pissen draußen«, sagte er, »und plötzlich hat mich Camille Desmoulins am Wickel. Drückt mich an die Wand, sagt mir, dass ich Danton zum Papst wählen muss. Oder vielleicht will er auch Gott werden, das ist noch nicht raus, jedenfalls soll ich gefälligst für ihn stimmen, sonst wache ich demnächst mit durchgeschnittener Kehle auf.«

Ein paar Bänke weiter beratschlagte Brissot mit Ex-Minister Roland. M. Roland war gelber im Gesicht als je zuvor; er drückte seinen staubigen Hut an die Brust, als wäre das sein letzter Halt auf der Welt.

»Die Versammlung muss aufgelöst werden«, sagte Brissot, »es muss Neuwahlen geben. Bevor diese Sitzung endet, müssen wir ein neues

Kabinett und einen neuen Ministerrat nominiert haben. Doch, jetzt sofort, wir müssen es jetzt tun – jemand muss schließlich das Land regieren. Sie müssen ins Amt des Innenministers zurückkehren.«

»Meinen Sie wirklich? Und Servan? Clavière?«

»Ja, natürlich«, sagte Brissot. Dazu bin ich geboren, dachte er: um Regierungen zu bilden. »Alles wird wieder so wie im Juni, nur dass kein königliches Veto Sie mehr behindert. Und dass Sie Danton als Kollegen haben.«

Roland seufzte. »Das wird Manon gar nicht gefallen.«

»Sie wird sich ins Unvermeidliche fügen müssen.«

»Welches Ministerium sollen wir Danton übertragen?«

»Das wird sich relativ gleich bleiben«, sagte Brissot düster, »die Oberhand hat er sowieso.«

»Ist es so weit gekommen?«

»Wenn Sie gestern auf den Straßen gewesen wären, würden Sie daran nicht zweifeln.«

»Wieso, waren Sie auf den Straßen?« Roland zweifelte sogar sehr.

»Ich bin informiert«, sagte Brissot. »Sehr gründlich informiert. Alle wollen Danton. Schreien sich für ihn die Kehle aus dem Leib. Was sagen Sie dazu?«

»Ich frage mich«, sagte Roland, »ob das der rechte Anfang für die Republik ist. Sollen wir uns vom Pöbel unter Druck setzen lassen?«

»Wo geht Vergniaud hin?«, fragte Brissot.

Der Präsident hatte seinem Stellvertreter ein Zeichen gegeben. »Bitte lassen Sie mich durch«, bat er die Umstehenden freundlich.

Brissot sah Vergniaud nach. Wie viele Allianzen, Faktionen, Pakte konnten nicht jederzeit geschmiedet, gebildet, gebrochen werden … und wenn er nicht überall zugleich war, wenn er nicht an jedem einzelnen Gespräch teilnahm, dann bestand die grauenvolle Möglichkeit, dass er seinen Status als bestinformierter Mann Frankreichs verwirkte.

»Danton ist ein Verbrecher«, sagte Roland. »Vielleicht sollten wir ihn als Justizminister gewinnen.«

Vergniaud, der an der Tür Camille in die Arme gelaufen war, sah sich außerstande, seinen gewohnten rednerischen Fluss zu entwickeln. Verständlich, flocht er ein. Sehr nachvollziehbar. Durchaus einleuchtend. Nach drei Minuten kam Camille doch ins Stocken. »Sagen Sie mir, Vergniaud«, sagte er, »fange ich an, mich zu wiederholen?«

Vergniaud hatte den Atem angehalten, jetzt stieß er ihn aus. »Ein klein wenig. Aber sprechen Sie ruhig zu Ende, es ist alles so frisch und interessant, was Sie sagen. Also, in welcher Weise?«

Camilles ausladende Handbewegung schloss sowohl die Manege als auch die tobenden Straßen mit ein. »Ich begreife nicht, warum der König nicht tot ist. Massenweise bessere Leute sind tot. Und diese überflüssigen Abgeordneten? Die Royalisten, von denen die Gefängnisse überquellen?«

»Aber Sie können sie doch nicht alle umbringen.« Die Rednerstimme schwankte eine Spur.

»Doch, doch, das geht.«

»Ich habe ›können‹ gesagt, aber ich meinte ›dürfen‹. Danton würde ein Zuviel an Blutvergießen sicherlich nicht begrüßen.«

»Nicht? Ich weiß es nicht. Ich habe ihn seit Stunden nicht mehr gesehen. Ich glaube, er hat die Familie Capet aus dem Palast holen lassen.«

»Ja«, sagte Vergniaud. »Dafür spricht einiges. Und warum, meinen Sie, hat er das gemacht?«

»Keine Ahnung. Vielleicht ist er ein Menschenfreund.«

»Aber Sie sind sich dessen nicht sicher.«

»Ich bin mir nicht einmal sicher, dass ich wach bin.«

»Ich glaube, Sie sollten nach Hause gehen, Camille. Sie reden lauter Unsinn.«

»Wirklich? Wie nett, dass Sie mich darauf hinweisen. Wenn Sie Unsinn reden würden, dann würde ich im Geist jedes Detail mitschreiben.«

»Nein«, sagte Vergniaud begütigend. »Das würden Sie nicht.«

»Doch«, beharrte Camille. »Wir trauen Ihnen nämlich nicht.«

»Das merke ich. Aber ich glaube, Sie müssen gar nicht so viel Energie darauf verwenden, den Leuten Angst zu machen. Halten Sie es nicht für möglich, dass wir Danton vielleicht ohnehin haben wollen? Nicht wegen all dem, was er tun könnte, wenn ihm die Macht versagt bleibt – was zweifellos haargenauso unappetitlich wäre, wie Sie andeuten –, sondern weil wir glauben, dass nur er das Land retten kann?«

»Nein«, sagte Camille, »der Gedanke ist mir noch nie gekommen.«

»Glauben Sie es denn nicht?«

»Doch, aber ich habe mich daran gewöhnt, mit diesem Glauben allein zu stehen. Das tue ich schon so lange. Und das größte Hindernis war immer Danton selbst.«

»Was erwartet er denn?«

»Er erwartet gar nichts. Er schläft.«

»Gut, hören Sie zu. Ich möchte gern zur Versammlung sprechen. Es wäre von Vorteil, wenn der Pöbel aus dem Saal verschwände.«

»Es war das souveräne Volk, bis es Sie heute Nachmittag an die Macht gebracht hat. Jetzt ist es plötzlich der Pöbel.«

»Es liegen mehrere Anträge vor, die Monarchie auszusetzen. Die Versammlung wird diesen Anträgen stattgeben. Und sie wird einen Nationalkonvent einberufen, der der Republik eine Verfassung gibt. Das heißt, Sie können getrost heimgehen und schlafen.«

»Nein, nicht, ehe ich es nicht mit eigenen Ohren gehört habe. Wenn ich jetzt gehe, löst sich vielleicht alles in Luft auf.«

»Das Leben nimmt paranoide Züge an«, murmelte Vergniaud. »Lassen Sie uns versuchen, rational zu bleiben.«

»Nichts hier ist rational.«

»Aber es wird es werden«, sagte Vergniaud hurtig. »Meine Kollegen haben vor, das Regieren von seinen Zufälligkeiten und Vorurteilen zu befreien und in einen vernunftgesteuerten Prozess zu verwandeln.«

Camille schüttelte den Kopf.

»Glauben Sie es mir nur«, sagte Vergniaud. Er brach ab. »Was riecht hier so grauenerregend?«

»Ich glaube«, – Camille zögerte – »ich glaube, sie verbrennen die Leichen.«

»Es lebe die Republik«, sagte Vergniaud. Er wandte sich um und ging zum Podium des Präsidenten.

FÜNFTER TEIL

Der Terror ist nichts anderes als die unmittelbare, strenge und unbeugsame Gerechtigkeit; er ist also Ausfluss der Tugend; er ist weniger ein besonderer Grundsatz als vielmehr die Folge des allgemeinen Grundsatzes der Demokratie, angewandt auf die dringendsten Bedürfnisse des Vaterlandes … Die Revolutionsregierung ist der Despotismus der Freiheit gegen die Tyrannei.

Maximilien Robespierre

Kurz gesagt, der natürliche Tod eines berühmten Mannes war unter diesen Regierungen eine solche Seltenheit, dass er amtlich bekannt gegeben und von den Geschichtsschreibern an die Nachwelt überliefert wurde. Der Chronist berichtet von einem Konsulat, während dessen es einen Pontifex namens Pisonius gab, der in seinem Bett starb; das wurde als Wunder erachtet.

Camille Desmoulins

1. Verschwörer

(1792)

»Schwiegervater!« Camille stößt einen Jubelruf aus. Er deutet auf Claude. »Seht ihr«, fordert er die Umstehenden auf, »man soll nie etwas wegschmeißen. Jedes Ding, gleich wie abgenutzt oder altmodisch, kann sich irgendwann noch als nützlich erweisen. Also, Bürger Duplessis, sage Er mir in kurzen einfachen Sätzen, freien Rhythmen oder Knittelversen, wie man ein Ministerium leitet.«

»Das übertrifft meine schlimmsten Alpträume«, sagt Claude.

»Oh, sie haben mir noch kein eigenes Ministerium gegeben, das denn doch nicht – da müssen erst ein paar mehr Katastrophen her, ehe es so weit kommt. Nein, die frohe Botschaft lautet, dass Danton Justizminister und Großsiegelbewahrer ist, und Fabre und ich sind seine Staatssekretäre.«

»Ein Schauspieler«, sagte Claude. »Und Sie. Ich mag Danton nicht. Aber er hat mein Beileid.«

»Danton steht an der Spitze der Interimsregierung, deshalb muss ich versuchen, das Ministerium für ihn zu leiten, Fabre ist zu wurstig. Oh, ich muss es meinem Vater schreiben, gebt mir rasch einen Briefbogen. Nein, halt, ich schreibe ihm vom Ministerium aus, ich werde hinter meinem großen Schreibtisch sitzen und es unter Verschluss schicken.«

»Claude«, sagt Annette, »wo bleiben deine Manieren? Gratuliere ihm.«

Claude schaudert. »Eine Anmerkung nur. Eine Formalität. Der Justizminister ist gleichzeitig der Großsiegelbewahrer, aber er ist eine Person, nicht zwei. Deshalb hat er auch nur den einen Staatssekretär. Immer schon.«

»Paragraphenreiterei!«, sagt Camille. »Da steht Georges-Jacques drüber! Wir übersiedeln an die Place Vendôme! Wir werden in einem Palast wohnen!«

»Lieber Vater, nimm es doch nicht so schwer«, bittet Lucile.

»Nein, du verstehst nicht«, erklärt ihr Claude. »Er ist jetzt arriviert, er ist die herrschende Macht. Wer auch immer ab jetzt eine Revolution anzetteln will, muss sie gegen ihn anzetteln.«

Claude fühlt noch weniger Boden unter den Füßen als an dem Tag, an dem die Bastille fiel. Aber seine Äußerung bringt auch Camille aus dem Tritt: »Das stimmt nicht. Uns stehen noch haufenweise prächtige Schlachten bevor! Wir müssen Brissots Leute aus dem Feld schlagen!«

»Und für Schlachten sind Sie immer zu haben, richtig?«, sagt Claude. Flüchtig stellt er sich eine andere Welt vor – eine Welt, in der er im Café sitzt und ein »mein Schwiegersohn, der Staatssekretär« in die Unterhaltung einflicht. Aber die Realität ist doch, dass sein Leben sinnlos geworden ist: Dreißig Jahre hingebungsvoller Pflichterfüllung haben ihm nie engere Bekanntschaft mit einem Staatssekretär beschert, und nun wird sie ihm aufgezwungen, durch sein verrücktes Weibervolk und das verrückte Leben, das sie sich ausgesucht haben. Sieh sie dir an, wie sie sich herandrängeln, um den Staatssekretär abzuküssen! Er könnte natürlich auch hingehen und ihm den Kopf tätscheln; wie oft hat er ihn nicht gebeugten Hauptes sitzen sehen, derweil ihm der angehende Minister während einer seiner politischen Tiraden mit seinen Würgerfingern die Locken krault? Gedenkt der Minister das auch vor seinen Beamten zu tun? Claude fällt es nicht schwer, von solchen Zuneigungsbekundungen abzustehen. Düster betrachtet er seinen Schwiegersohn. Schau ihn an, wie er da sitzt – möchte man ihm nicht am liebsten Gewalt antun? Die langen Wimpern hat er niedergeschlagen, den Blick auf den Teppich gesenkt. Was denkt er? Ist es irgendetwas auch nur entfernt eines Staatssekretärs Würdiges?

Camille starrt auf den Teppich, aber vor seinem Auge steht Guise. Der Brief, den er schreiben will, ist in seinem Kopf längst geschrieben.

Unsichtbar gleitet er, Camille, über die Place des Armes. Er schlüpft durch die geschlossene Eingangstür des schmalen weißen Hauses. Er stiehlt sich ins Arbeitszimmer seines Vaters. Da, auf dem Schreibtisch, liegt die *Große Enzyklopädie des Rechts*; bewegen wir uns inzwischen wenigstens auf das Ende des Alphabets zu?

Doch – wir sind bei Band VI. Obenauf liegt ein Brief aus Paris. In wessen Handschrift? In seiner eigenen! Der Handschrift, über die seine Verleger sich immer beschweren, seinem unnachahmlichen Gekrakel! Die Tür geht auf. Herein kommt sein Vater. Wie sieht er aus? Ganz so wie beim letzten Mal – hager, grau, streng, unnahbar.

Er sieht den Brief. Aber halt, nein – wie ist der Brief dort hingelangt, wie kommt es, dass er auf der *Großen Enzyklopädie des Rechts* liegt? Unplausibel – es sei denn, er erfindet eine komplette Szene hinzu, in der der Brief ankommt und seine Mutter oder Clément oder wer auch immer ihn nach oben tragen, ohne ihn wenigstens einen Spalt weit zu öffnen und hineinzulinsen.

Also gut, noch einmal von vorn.

Jean-Nicolas steigt die Treppe hinauf. Camille (Camilles Geist) heftet sich an seine Fersen. Jean-Nicolas hat einen Brief in der Hand. Er wirft einen Blick darauf; es ist die vertraute unleserliche Schrift seines Ältesten.

Drängt es ihn, ihn zu lesen? Nicht sonderlich. Aber der Rest der Familie verlangt von unten zu wissen, was es Neues aus Paris gibt.

Er faltet ihn auf. Entziffert ihn mühsam – aber alle Mühsal ist schlagartig vergessen, als er die Mitteilung liest, die sein Sohn ihm macht.

Jubel, Überwältigung! Der beste Freund meines Sohnes (nun gut, einer seiner zwei besten Freunde) zum Minister ernannt! Mein Sohn sein zukünftiger Staatssekretär! Er wird in einem Palast leben!

Jean-Nicolas presst den Brief an seine Hemdbrust – ein paar Fingerbreit über dem Wams, aber weiter links, über dem Herzen. Wir haben den Jungen verkannt! Er ist eben doch ein Genie! Ich muss sofort loslaufen und es der ganzen Stadt erzählen – sie werden sich schwarz ärgern, sie werden grün werden vor Neid, Gift und Galle werden sie spucken. Rose-Fleurs Vater wird Asche auf sein Haupt streuen. Sie könnte jetzt Gattin eines Staatssekretärs sein!

Aber nein, denkt Camille – nichts dergleichen wird passieren. Wird Jean-Nicolas in aller Schnelle einen Glückwunsch an seinen Sohn aufs Papier werfen? Wird er sich den Hut über seine gestrengen grauen Locken stülpen und hinausstürmen, um die Nachbarn mit der frohen Botschaft zu überfallen? Nie im Leben. Er wird auf den Brief starren; o nein, wird er stöhnen, o nein! Er wird denken: Mit was für Ungeheuerlichkeiten hat sich mein Sohn diese Ehre erkauft? Und Stolz? Er wird keinerlei Stolz empfinden. Nur Argwohn, nur ein Gefühl des Betrogenseins. Er wird ein undeutliches Ziehen und Stechen im Kreuz spüren und sich ins Bett legen.

»Camille, woran denkst du?«, fragt Lucile.

Camille schaut auf. »Ich denke nur gerade, dass man es manchen Leuten nie recht machen kann.«

Die Frauen schießen giftige Blicke auf Claude ab und scharen sich schützend um Camille.

»Wenn es fehlgeschlagen wäre«, sagte Danton, »hätte man mich als Verbrecher behandelt.«

Zwölf Stunden war es her, dass Camille und Fabre ihn mit der Aufforderung geweckt hatten, sich an die Spitze der Nation zu stellen. Aus einem wirren Traum voller Zimmer und Säle und Kammern und Türen gerissen, hatte er Camille in fiebriger Dankbarkeit an sich gezogen – obwohl das vielleicht nicht die angebrachte Reaktion war, vielleicht wäre ein *nolo episcopari* angemessener gewesen, ein Quäntchen Demut im Angesicht seiner Bestimmung? Nein – er war zu müde, um Zaudern zu heucheln. Er gebot über Frankreich, und nichts konnte richtiger sein.

Am anderen Flussufer war die drängendste Frage, wie mit der Schweizergarde zu verfahren sei – den Toten ebenso wie den noch

Lebenden. Aus dem ausgeräuberten Palast stiegen immer noch Rauchsäulen auf.

»Als Siegelbewahrer?«, hatte Gabrielle gesagt. »Bist du dir da sicher? Camille könnte doch nicht mal auf zwei Kaninchen in einem Kaninchenstall aufpassen.«

Und hier saß nun Robespierre in Dantons Samtsessel. Wie aus dem Ei gepellt sah er aus. Danton befahl, niemanden einzulassen – »niemanden außer meinen Staatssekretären« –, und schulterte die Aufgabe, sich der Meinung dieses Unentbehrlichen zu unterwerfen.

»Ich hoffe, ich kann auf Ihre Hilfe zählen?«, sagte er.

»Selbstverständlich, Georges-Jacques.«

Sehr ernst saß er da, sehr aufmerksam: unüberbietbar er selbst an diesem Morgen, an dem doch alle verändert hätten aufwachen sollen. »Ausgezeichnet«, sagte Georges-Jacques. »Dann übernehmen Sie einen Posten im Ministerium?«

»Es tut mir leid, aber das geht nicht.«

»Was soll das heißen, es geht nicht? Ich brauche Sie. Gut, Sie haben die Jakobiner, Sie haben einen Sitz in der neuen Kommune, aber jeder von uns muss …« Der neue Minister brach ab und ballte zupackend die riesigen Fäuste.

»Falls Sie jemanden suchen, der den Verwaltungsdienst leitet, wäre François Robert ein guter Griff.«

»Unbedingt.« Hast du geglaubt, dachte Danton, ich wollte einen Funktionär aus dir machen? Gott bewahre – ich will dir einen hochbezahlten, aber höchst inoffiziellen Posten antragen, als mein politischer Berater, mein drittes Auge, mein drittes Ohr. Wo liegt also das Problem? Gehörst du vielleicht zu den Leuten, die nur für die Opposition geschaffen sind, nicht fürs Regieren? Ist das der Grund? Oder willst du ganz einfach nicht unter mir arbeiten?

Robespierre sah auf, ein Blick, der den seines Dienstherrn-in-spe nur eben streifte. »Bin ich entschuldigt?« Er lächelte.

»Ganz wie Sie wünschen.« So oft wird ihm dieser Tage sein pseudokultiviertes Juristennäseln bewusst, dieses Juristennäseln samt der entsprechenden Wortwahl – und dann seine andere Stimme, die für das Volk, die nicht minder ein Kunstprodukt ist. Robespierre hat nur eine Stimme, eher klanglos, unemphatisch, normal; wann hätte er je den Drang verspürt, irgendetwas vorzutäuschen? »Aber jetzt, in der Kommune, da könnten Sie doch Hand anlegen?« Er versuchte, es wie einen Vorschlag klingen zu lassen. »Fabre ist Mitglied, er wird jeden Ihrer Befehle befolgen.«

Robespierre wirkte belustigt. »Ich habe nicht unbedingt Ihre Lust am Befehlen.«

»Ihr erstes Problem ist die Familie Capet. Wo wollen Sie sie unterbringen?«

Robespierre betrachtete seine Fingernägel. »Es gibt den Vorschlag, sie im Palast des Justizministers unter Bewachung zu stellen.«

»Ach ja? Damit ich die Staatsgeschäfte von einem Dachstübchen oder vielleicht der Besenkammer aus tätigen kann?«

»Ich habe gesagt, dass Sie nicht begeistert sein werden.« Robespierre schien daran gelegen, seinen Verdacht bestätigt zu sehen.

»Warum sperrt man sie nicht im Temple ein?«

»Ja, so sieht die Kommune das auch. Ein bisschen hart für die Kinder, nach allem, was sie bisher gewohnt waren.« Maximilien, dachte Danton, warst du selbst jemals ein Kind? »Aber es soll ihnen ja leidlich bequem gemacht werden, wie ich höre. Sie sollen im Garten herumlaufen dürfen. Vielleicht hätten die Kinder auch gern einen kleinen Hund, den sie spazieren führen können?«

»Fragen Sie mich nicht, was sie gern hätten«, knurrte Danton. »Woher zum Teufel soll ich das wissen? Außerdem gibt es Dringlicheres zu bedenken als die Capets. Wir müssen die Stadt in den Kriegszustand versetzen. Wir brauchen Durchsuchungsrechte, Requirierungsrechte. Wir müssen sämtliche Royalisten ausheben, die noch bewaffnet sind. Die Gefängnisse sind jetzt schon voll.«

»Das lässt sich nicht vermeiden. Unsere Gegner von letzter Woche … klassifizieren wir doch wohl als Kriminelle, oder? Sie müssen irgendeinen Status haben, wir müssen sie irgendwie definieren. Und wenn sie angeklagt werden, müssen wir ihnen einen Prozess zugestehen – was insofern nicht ganz leicht sein dürfte, als ich mir nicht sicher bin, was ihr Verbrechen sein soll.«

»Ihr Verbrechen ist, nicht mit der Zeit mitgegangen zu sein«, sagte Danton. »Und natürlich bin ich juristisch nicht so unbedarft, dass mir nicht klar wäre, dass uns ein normales Gerichtsverfahren nicht weiterhilft. Ich bin für ein eigenes Tribunal. Stehen Sie als Richter zur Verfügung? Aber besprechen wir das alles nachher. Erst müssen die Provinzen von den Geschehnissen in Kenntnis gesetzt werden. Irgendwelche Vorschläge?«

»Die Jakobiner denken an eine vorab vereinbarte …«

»Darstellung?«

»Wenn Sie es so nennen wollen? Gut, ja … Die Menschen müssen erfahren, was passiert ist. Camille wird sie abfassen. Der Club wird sie herausbringen und in der Nation bekannt machen.«

»Auf Darstellungen versteht sich Camille.«

»Und dann müssen wir vorausdenken zu den Neuwahlen. Unter den gegebenen Umständen sehe ich keinen Weg, Brissots Leute aus der Regierung herauszuhalten.«

Sein Ton ließ Danton aufblicken. »Sie meinen, dass wir nicht mit ihnen zusammenarbeiten können?«

»Ich meine, dass es unverantwortlich wäre, es auch nur zu versuchen. Sie müssen doch sehen, Danton, worauf ihre Politik abzielt. Sie sind für die Provinzen und gegen Paris – sie sind Föderalisten. Sie wollen die Nation aufsplittern. Wenn das passiert, wenn sie ihr Ziel erreichen – welche Chance hat das französische Volk dann gegen das übrige Europa?«

»Eine sehr verminderte. Gar keine.«

»Ganz genau. Ihre Politik zielt somit auf die Zerstörung der Nation ab. Sie sind Verräter. Sie tragen zur Stärkung des Feindes bei. Und vielleicht – wer weiß – steckt der Feind sogar selbst dahinter?«

Danton hob einen Finger. »Moment. Die zetteln erst einen Krieg an, meinen Sie, und sorgen dann dafür, dass wir ihn verlieren? Nein, wenn ich glauben soll, dass Pétion oder Brissot und Vergniaud die Handlanger der Österreicher sind, dann müssen Sie mir dafür Beweise bringen. Rechtskräftige Beweise.« Und selbst dann, dachte er, werde ich dir nicht glauben.

»Ich werde mein Bestes tun«, sagte Robespierre – ein ernsthafter Schuljunge, der sich an eine neue Hausaufgabe macht. »Was wird mit dem Herzog?«

»Der arme alte Philippe«, sagte Danton. »Er sollte auf keinen Fall leer ausgehen. Ich finde, wir sollten die Pariser dazu ermuntern, ihn in die neue Versammlung zu wählen.«

»Den Nationalkonvent«, verbesserte Robespierre ihn. »Wenn es sein muss.«

»Und dann wäre da noch Marat.«

»Was fordert er?«

»Ach, gar nichts, nicht für sich selbst – ich meine nur, er ist jemand, mit dem wir uns arrangieren müssen. Er hat eine sehr große Anhängerschaft im Volk.«

»Das akzeptiere ich.«

»Sie werden ihn bei sich in der Kommune haben.«

»Und im Konvent? Die Leute werden einwenden, dass Marat zu radikal ist. Camille auch – aber wir brauchen sie.«

»Radikal?«, sagte Danton. »Die Zeiten sind radikal. Armeen sind radikal. Wir stehen an einem Wendepunkt.«

»Da stimme ich Ihnen zu. Aber Gott ist für uns. Den Trost kann uns keiner nehmen.«

Danton ließ sich diese erstaunliche Behauptung durch den Kopf gehen. »Leider«, sagte er schließlich, »hat Gott uns noch nicht mit Piken ausgerüstet.«

Robespierre wandte das Gesicht ab. Als würde man mit einem Igel spielen, dachte Danton, man tippt ihm nur auf die Schnauze, und schon rollt er sich ein, und man darf sich mit den Stacheln herumärgern. »Ich habe diesen Krieg nicht gewollt«, sagte Robespierre.

»Aber dummerweise haben wir ihn nun mal, und ihn jemand anderem in die Schuhe zu schieben hilft uns nicht weiter.«

»Trauen Sie General Dumouriez?«

»Er hat uns keinen Grund gegeben, ihm nicht zu trauen.«

Robespierres Mund wurde zu einem harten Strich. »Aber das reicht nicht, oder? Was hat er geleistet, um uns von seinem Patriotismus zu überzeugen?«

»Er ist Soldat, man kann also annehmen, dass er der amtierenden Regierung gegenüber loyal ist.«

»Diese Annahme hat sich schon '89 als irrig erwiesen, als die französischen Garden zum Volk übergelaufen sind. Sie sind ihren natürlichen Interessen gefolgt. Dumouriez und all die anderen adligen Offiziere werden über kurz oder lang den ihrigen folgen. Ich frage mich auch bei Camilles Freund Dillon.«

»Ich sage nicht, dass die Loyalität der Offiziere gewährleistet ist. Aber bis zum Beweis des Gegenteils muss die Regierung von ihr ausgehen. Andernfalls wäre es unmöglich, eine Armee zu unterhalten.«

»Darf ich Ihnen einen Rat geben?« Robespierre ließ Danton nicht aus den Augen, und Danton dachte: Das kann kein Rat sein, den ich gern hören werde. »Sie reden sehr viel von ›der Regierung‹. Sie sind Revolutionär, die Revolution hat Sie gemacht, und in einer Revolution greifen die alten Grundsätze nicht. In Zeiten von Stabilität und Frieden mag der Staat es sich leisten können, seine Feinde einfach zu ignorieren, aber in Zeiten wie diesen müssen wir sie klar benennen und ihnen Kontra bieten.«

Wie ihnen Kontra bieten?, fragte Danton sich. Indem wir mit ihnen diskutieren? Sie bekehren? Sie töten? Aber vom Töten willst du ja nichts wissen, oder, Max? Du lehnst es ab. Laut sagte er: »Diplomatie kann den Krieg begrenzen. Solange ich im Amt bin, werde ich alles in meiner Macht Stehende tun, damit England nicht eintritt. Wenn ich allerdings nicht im Amt bin …«

»Sie wissen, was Marat sagen würde? Er würde sagen, warum sollten Sie je nicht im Amt sein?«

»Weil ich im Konvent sitzen will. Das ist meine Plattform, dort kann ich etwas ausrichten – ihr könnt mich nicht am Schreibtisch festbinden. Und wie Sie sehr gut wissen, kann ein Abgeordneter nicht gleichzeitig Minister sein.«

»Hören Sie.« Robespierre brachte aus einer seiner Taschen sein kleines Exemplar des *Gesellschaftsvertrags* zum Vorschein.

»Wie nett, eine Geschichte«, sagte Danton.

Robespierre schlug eine markierte Seite auf. »Hören Sie sich das an: ›Die Unbeugsamkeit der Gesetze, die es ihnen unmöglich macht, sich den Ereignissen anzubequemen, kann sie in gewissen Fällen verderblich machen und durch sie bei einem Wendepunkte den Untergang des Staates verursachen … Ist dagegen die Gefahr derart, dass die Gesetzmaschine ein Hindernis sein würde, sich vor ihr zu schützen, dann ernennt man ein höchstes Oberhaupt, das allen Gesetzen Schweigen gebietet.‹« Er klappte das Buch zu, hob fragend den Blick.

»Ist das eine Tatsachenbeschreibung«, erkundigte sich Danton, »oder eine Verordnung?«

Robespierre schwieg.

»Ich fürchte, das beeindruckt mich noch nicht sonderlich, nur weil Sie es aus einem Buch vorlesen. Selbst wenn das Buch von Rousseau ist.«

»Ich wollte Sie auf die Argumente vorbereiten, mit denen man Ihnen kommen wird.«

»Sie hatten die Passage angestrichen, habe ich gesehen. Solche Umwege können Sie sich in Zukunft sparen. Fragen Sie mich auf den Kopf zu, was Sie wissen möchten.«

»Ich bin nicht gekommen, um Sie in Versuchung zu führen. Ich habe die Passage angestrichen, weil ich über diese Frage sehr viel nachgedacht habe.«

Danton sah ihn ausdruckslos an. »Und Ihr Fazit?«

»Ich …« Robespierre zögerte. »Ich bemühe mich immer, alle Eventualitäten im Vorhinein zu bedenken. Wir dürfen nicht doktrinär sein. Aber andererseits verkommt Pragmatismus nur zu leicht zu Prinzipienlosigkeit.«

»Diktatoren werden im Allgemeinen umgebracht«, sagte Danton. »Letzten Endes.«

»Aber wenn sie vorher ihr Land gerettet hätten? ›Es ist gut, dass *ein* Mensch stürbe für das Volk.‹«

»Vergessen Sie's. Ich habe keinerlei Verlangen danach, zum Märtyrer zu werden. Sie?«

»Es ist ohnehin alles hypothetisch. Aber Sie und ich, Danton … Sie und ich«, sagte er nachdenklich, »sind sehr verschieden.«

»Ich frage mich, was Robespierre wirklich von mir hält«, sagte Danton zu Camille.

»Oh, er spricht in den höchsten Tönen von dir.« Camille lächelte, so gut sein angeschlagener Nervenzustand es zuließ. »Er kann dich gar nicht genug loben.«

»Ich wüsste zu gern, wie Danton tatsächlich über mich denkt«, sagte Robespierre.

»Oh, er kann dich gar nicht genug loben.« Camilles Lächeln hatte etwas leicht Angestrengtes. »Er spricht in den höchsten Tönen von dir.«

Das Leben verändert sich. Wer meint, das hätte es schon, wird sehen, dass das noch gar nichts war.

Alles, was man missbilligt, heißt ab jetzt »aristokratisch«. Diese Bezeichnung ist auf Essen anwendbar, auf Bücher und Theaterstücke, auf Redewendungen, Frisuren und so altehrwürdige Institutionen wie die Prostitution und die katholische Kirche.

Wenn »Freiheit« das Schlagwort der ersten Revolution war, ist das der zweiten »Gleichheit«. »Brüderlichkeit« ist eine weniger durchsetzungsstarke Eigenschaft und muss schauen, wo sie dazwischenpasst.

Alle Menschen sind nun einfache »Bürger« und »Bürgerinnen«. Die Place Louis XV heißt ab jetzt Place de la Révolution, und die wissenschaftliche Enthauptungsmaschine wird dort aufgebaut; sie wird als die »Guillotine« bekannt werden, nach Dr. Guillotin, dem namhaften Fachmann für das Gesundheitswesen. Die Rue Monsieur-le-Prince wird zur Rue Liberté, die Place de la Croix zur Place de la Bonnet-Rouge. Aus Notre Dame wird der Tempel der Vernunft, aus Bourg-la-Reine Bourg-la-République. Und aus gegebenem Anlass wird die Rue des Cordeliers in Rue Marat umbenannt werden.

Ehescheidungen werden leicht gemacht.

Eine Zeitlang wird Annette Duplessis noch in den Jardins du Luxembourg spazieren gehen. Danach wird dort eine Kanonenfabrik erbaut werden; der patriotische Krach und Gestank werden unbeschreiblich sein, und den patriotischen Abfall wird man in die Seine kippen.

Aus der Sektion Luxembourg wird die Sektion Mucius Scaevola werden. Die Römer sind groß in Mode. Ebenso die Spartaner. Die Athener weit weniger.

In mindestens einer Provinzstadt wird Beaumarchais' Stück *Hochzeit des Figaro* verboten werden, das vormals vom König verboten war. Es bildet einen Lebensstil ab, der heute geächtet ist, überdies erfordert es das Tragen aristokratischer Kostüme.

»Sansculotten«, so nennen sich die Arbeiter, weil sie lange Hosen statt Kniehosen tragen, dazu eine Kattunweste mit breiten blau-weiß-roten Streifen und eine hüftlange Jacke aus grober Wolle, die sogenannte *carmagnole*. Auf dem Sansculottenkopf sitzt die rote Mütze, die »Mütze der Freiheit«. Warum die Freiheit eine Kopfbedeckung braucht, kann niemand erklären.

Für die Reichen und Mächtigen besteht die Kunst darin, als Sansculotte im Geiste anerkannt zu werden, ohne die lachhafte Uniform anlegen zu müssen. Aber nur Robespierre und eine Handvoll anderer geben den arbeitslosen Friseuren Frankreichs noch Grund zur Hoffnung. Viele Mitglieder des neuen Nationalkonvents tragen ihr Haar nach vorne gebürstet und waagrecht über der Stirn abgeschnitten wie die antiken Heldenstatuen. Reitstiefel werden zu allen Anlässen getragen, selbst zu Harfenkonzerten. Es ist wichtig, dass man immer und überall so aussieht, als wollte man nach dem Essen noch rasch gegen eine preußische Kolonne zu Felde ziehen.

Die Halsbinden werden höher, eine Art Rüstung für den Hals. Die höchsten Halsbinden im öffentlichen Leben wird Bürger Antoine Saint-Just vom Nationalkonvent und vom Wohlfahrtsausschuss tragen. In den dunklen und grauenvollen Tagen des Jahres 1794 wird eine obszöne weibliche Spielart aufkommen: ein dünnes Purpurbändchen um einen bloßen weißen Hals.

Es wird wirtschaftliche Reglementierungen geben, von der Regierung verordnete Höchstpreise. Es wird Kaffeerevolten und Zuckerrevolten geben. Im einen Monat wird das Feuerholz ausgehen, im nächsten Seife oder Kerzen. Der Schwarzmarkt wird ein florierendes, aber verzweifeltes Geschäft sein, denn auf Horten und illegalen Handel steht die Todesstrafe.

Es werden sich hartnäckige Gerüchte über einstige Edelmänner und Edelfrauen halten, über zurückgekehrte Emigrierte. Jemand will einen Marquis gesehen haben, der sich als Stiefelputzer verdingt, während seine Frau Näharbeiten verrichtet. Ein Herzog soll als Diener in seinem eigenen Haus angestellt sein, das nun einem jüdischen Bankier gehört. Manche Menschen möchten solche Geschichten offenbar gern glauben.

Zu Zeiten der Nationalversammlung konnte es bedauerliche Zwischenfälle geben, bei denen überreizte Herren nach dem Knauf ihres Rapiers griffen. Im Konvent und im Jakobinerclub werden Handgemenge und Messerstechereien an der Tagesordnung sein. Das Duell wird durch den Meuchelmord ersetzt werden.

Die Reichen – die neuen Reichen, heißt das – leben so gut wie nur irgendeiner unter dem alten Regime. Camille Desmoulins in einer halbprivaten Unterhaltung bei den Jakobinern an einem Abend im Jahr '93: »Ich verstehe nicht, wieso alle immer jammern, dass sich heutzutage kein Geld verdienen lässt. Ich habe keinerlei Schwierigkeiten.«

Kirchen werden verwüstet, Statuen verstümmelt. Mit steinernem Blick heben Heilige ihre Fingerstümpfe zum Segen. Wer eine Marienstatue retten will, der stülpt ihr eine rote Mütze über und verwandelt sie in eine Freiheitsgöttin. Tatsächlich retten sich viele Jungfrauen so; wen reizen schon diese politischen Megären?

Durch die umgeänderten Straßennamen wird es unmöglich, jemandem den Weg zu beschreiben. Auch der Kalender wird revolutioniert; der Januar wird abgeschafft, ade, aristokratischer Juni. Die Leute werden einander fragen: »Was haben wir heute nach richtiger Zeit?«

'92, '93, '94. Freiheit, Gleichheit, Brüderlichkeit oder der Tod.

Dantons erste Amtshandlung als Justizminister war es, seine Ministerialbeamten zusammenzurufen. Er ließ den Blick über sie wandern. Ein Grinsen spaltete sein wüstes Gesicht. »Meine Herren«, sagte er, »seien Sie klug, begeben Sie sich in den vorzeitigen Ruhestand.«

»Ich werde Sie schrecklich vermissen«, sagte Louise Gély zu Gabrielle. »Darf ich Sie an der Place Vendôme besuchen kommen?«

»An der Place des Piques«, berichtigte Gabrielle. Sie lächelte – ein sehr kleines Lächeln. »Ja, komm mich unbedingt besuchen. Aber wir sind sowieso bald wieder da, weil Georges ja nur jetzt während des Notstands die Amtsgeschäfte führt, und sobald der Notstand beendet ist …« Sie biss sich auf die Zunge. Sie wollte das Schicksal nicht herausfordern.

»Sie sollten keine Angst haben.« Louise legte leicht die Arme um sie. »In Ihren Augen sollte zu lesen stehen: Ich weiß, solange mein Mann in der Stadt ist, kann der Feind uns nichts anhaben.«

»Ach, Louise … Du bist so mutig.«

»Danton glaubt auch daran.«

»Wie soll denn ein Mann allein so viel ausrichten?«

»Was heißt hier, ein Mann allein?« Sie ließ los. Manchmal war es schwer, nicht ungeduldig mit Gabrielle zu werden. »Viele Männer, und dazu der beste Anführer.«

»Ich dachte, du magst meinen Mann nicht.«

Louise zog die Brauen hoch. »Habe ich gesagt, ich würde ihn mögen? Aber auf jeden Fall war es nett von ihm, meinem Vater zu helfen.«

M. Gély hatte einen neuen Posten im Marineministerium.

»Ach, nicht der Rede wert«, sagte Gabrielle. »Er hat alle seine ehemaligen Angestellten untergebracht und … überhaupt jedermann. Sogar Collot d'Herbois, den wir nicht ausstehen können.«

»Und sind sie gehörig dankbar?« Wahrscheinlich nicht, dachte Louise. »Leute, die er mag, Leute, die er nicht mag, völlig unerhebliche Leute – ich glaube, er würde der ganzen Stadt eine Stelle verschaffen, wenn er könnte. Interessant. Ich frage mich nur, warum er Bürger Fréron fort nach Metz geschickt hat.«

»Ach«, sagte Gabrielle unbehaglich, »das hat mit dem Stadtrat dort zu tun – sie brauchen wohl jemanden, der ihnen bei ihrer Revolution hilft.«

»Metz liegt an der Grenze.«

»Ja.«

»Ich habe überlegt, ob er es vielleicht Bürgerin Desmoulins zuliebe getan hat. Fréron ist ihr doch auf Schritt und Tritt nachgelaufen. Und hat ihr seelenvolle Blicke zugeworfen und ihr Komplimente gemacht. Das mag Danton nicht. Er wird es leichter haben, jetzt, wo Fréron fort ist.«

Aus freien Stücken hätte Gabrielle dieses Gespräch niemals geführt. Selbst diesem Kind fällt es auf, dachte sie, selbst diese Vierzehnjährige weiß alles darüber.

Als die Nachricht von dem Staatsstreich am 10. August Lafayettes militärisches Hauptquartier erreichte, versuchte der General sein Heer dazu zu bewegen, nach Paris zu marschieren und die Interimsregierung zu stürzen. Nur eine Handvoll Offiziere sicherten ihm ihre Unterstützung zu. Am 19. August überquerte er nahe Sedan die Grenze und wurde prompt von den Österreichern gefangen genommen.

Im Justizministerium frühstückte man gemeinsam, um die Aufgaben des Tages zu planen. Danton begrüßte alle außer seiner Frau, aber die hatte er natürlich schon vorher gesehen. Es wäre die Gelegenheit gewesen, getrennte Schlafzimmer zu beziehen, aber sie hatten beide nicht das Herz gehabt, es anzusprechen. Also wurde das gewohnte eheliche Arrangement getroffen, und nun erwachten sie unter einem bekrönten Baldachin, nach Luft japsend hinter samtenen Bettvorhängen, die dicker als Orientteppiche waren.

Lucile trug heute morgen Grau. Taubengrau – aufstachelnd puritanisch, dachte Danton. Er stellte sich vor, wie er sich hinüberbeugte und sie wild auf den Mund küsste.

Nichts konnte Dantons Appetit schmälern – jäh aufwallende Begierde so wenig wie der nationale Notstand oder der geschichtsträchtige Staub in den staatlichen Bettvorhängen. Lucile aß gar nichts. Sie versuchte sich zu den mageren Formen vor der Schwangerschaft zurückzuhungern. »Du schwindest dahin, Mädchen«, schalt Danton sie.

»Sie will wie ihr Mann aussehen«, erklärte Fabre. »Sie gibt es nicht zu, aber das ist ganz eindeutig das Ziel der Übung.«

Camille nippte an einem Tässchen mit schwarzem Kaffee. Seine Frau beobachtete ihn verstohlen, während er die Ministeriumspost öffnete – hörte die hässlichen kleinen Schlitzgeräusche, sah seine langen, eleganten Finger. »Wo stecken François und Louise?«, wollte Fabre wissen. »Sind wohl noch beschäftigt. Sonderbar, diese beiden – immer Seite an Seite aufwachen und immer im selben Bett, in dem sie sich schlafen gelegt haben.«

»Genug!«, befahl Danton. »Wir werden eine Regel einführen: kein schlüpfriges Gerede vor dem Frühstück.«

Camille stellte seine Tasse hin. »Für dich mag es vor dem Frühstück sein, aber andere lechzen nach ihrer täglichen Ration an Skandalen, Lästereien und Gehässigkeiten.«

»Man kann hoffen, dass der gute Geist dieses Bauwerks mit der Zeit auf uns abfärben wird. Selbst auf Fabre.« Danton wandte sich ihm zu. »Hier ist es nicht wie daheim bei den Cordeliers, wo jede deiner kleinen Lasterhaftigkeiten beklatscht wird, sowie du aus der Tür trittst.«

»Ich bin nicht lasterhaft«, verwahrte sich Fabre. »Camille ist lasterhaft. Übrigens, es ist doch in Ordnung, wenn Caroline Rémy mit einzieht?«

»Nein«, sagte Danton. »Das ist ganz und gar nicht in Ordnung.«

»Wieso nicht? Hérault macht es nichts, er kommt einfach hierher.«

»Es interessiert mich einen Dreck, ob es ihm etwas macht oder nicht. Denkst du, ich lasse es zu, dass du dieses Haus in ein Bordell verwandelst?«

»Ist das dein Ernst?«, fragte Fabre. Hilfesuchend sah er auf Camille, aber der las seine Post.

»Lass dich von deiner Nicole scheiden, heirate Caroline, und sie wird uns willkommen sein.«

»Sie heiraten?«, sagte Fabre. »Machst du Witze?«

»Na, wenn das so undenkbar ist, sollte sie auch nicht in die Nähe unserer Frauen kommen.«

»Ah, ich verstehe.« Fabre sagte es kampflustig. Er konnte nicht glauben, was er da hörte. Der Minister und sein Kollege, der andere Staatssekretär, hatten diesen Sommer höchst freizügig von Caro Gebrauch gemacht. »Es gilt also ein Gesetz für euch«, sagte er, »und ein anderes für mich.«

»Ich weiß nicht, was du meinst. Habe ich hier eine Geliebte angeschleppt?«

»Ja«, murmelte Fabre.

Camille lachte laut auf.

»Mach dir bitte klar«, sagte Danton, »wenn du Caro hier einziehen lässt, wissen es binnen einer Stunde auch die Ministerien und die Versammlung, und dann hagelt es auf uns – auf mich – sehr harsche und sehr berechtigte Vorwürfe.«

»Na gut«, sagte Fabre böse, »Themawechsel. Willst du hören, was Condorcet in der heutigen Zeitung zu deiner Berufung zu sagen hat, Minister?«

»Ich hoffe, Sie haben nicht vor, uns jeden Morgen mit brissotistischem Geschwafel zu erbauen«, sagte Lucile. »Trotzdem. Ausnahmsweise.«

Fabre faltete das Blatt auf. »›Der leitende Minister musste ein Mann sein, der das Vertrauen derer genießt, die in den letzten Tagen das Ende der Monarchie herbeigeführt haben. Es musste ein Mann mit genügend persönlicher Autorität sein, um auch die verachtungswürdigsten Instrumente dieser segensreichen, ruhmvollen und notwendigen Revolution im Zaum zu halten.‹ Damit sind wir gemeint, Camille. ›Es musste ein Mann von so viel Eloquenz, Temperament und Charakter sein, dass er weder dem von ihm bekleideten Amt Schande macht noch denjenigen Mitgliedern der Nationalversammlung, die mit ihm werden umgehen müssen. Einzig Danton vereinte diese Eigenschaften in sich. Ich habe für ihn gestimmt, und ich bereue meine Entscheidung nicht.‹« Fabre beugte sich zu Gabrielle vor. »Da – sind Sie nicht beeindruckt?«

»Ein bisschen schroff im Mittelteil«, meinte Camille.

»Herablassend.« Lucile streckte die Hand nach der Zeitung aus. »›Die mit ihm werden umgehen müssen.‹ Das klingt, als würdest du im Käfig sitzen, und sie würden dich durch die Gitterstäbe hindurch mit einer Stange pieken. Schlotternd vor Angst.«

»Als ob es irgendwen interessieren würde«, sagte Camille, »ob Condorcet seine Wahl bereut oder nicht. Als ob er überhaupt eine Wahl gehabt hätte. Als ob die Ansichten der Brissotisten einen Pfifferling wert wären.«

»Du wirst feststellen, dass sie sehr viel wert sind, wenn der Nationalkonvent gewählt wird«, sagte Danton.

»Mir gefällt das über deinen Charakter«, sagte Fabre. »Er hat anscheinend nicht gesehen, wie du Mandat durchs Rathaus geschleift hast.«

»Versuchen wir das zu vergessen«, sagte Danton.

»Ach, und ich fand es einen deiner stärkeren Momente, Georges-Jacques.«

Camille hatte seine Briefe zu kleinen Stapeln geordnet. »Nichts aus Guise«, sagte er.

»Vielleicht sind sie zu überwältigt von der neuen Adresse.«

»Ich nehme an, sie glauben mir schlicht und einfach nicht. Sie denken, es ist eine meiner groß angelegten Lügen.«

»Lesen sie denn keine Zeitung?«

»Schon – aber sie sind gottlob nicht so dumm, dass sie auf alles hereinfielen, was da steht. In der Zeitung schreiben schließlich Leute wie ich. Mein Vater geht davon aus, dass ich gehängt werde, müsst ihr wissen.«

»Kann alles noch kommen«, scherzte Danton.

»Das könnte euch interessieren. Ein Brief von meinem lieben Vetter Fouquier-Tinville.« Camille ließ den Blick über die Schönschrift seines Verwandten gleiten. »Süßholzgeraspel, Duckmäuserei, Schleim, liebster, süßester Camille, Schleim, Schleim, Schleim … ›Die Wahl der patriotischen Minister … Dem Namen nach kenne ich sie alle, wenngleich ich auch nicht das Glück habe, ihnen bekannt zu sein‹ –«

»Er ist mir bekannt«, sagte Danton. »Nützlicher Bursche. Tut, was man ihm sagt.«

»›… wage ich zu hoffen, dass Du Deinen Einfluss beim Justizminister geltend machen wirst, um mir zu einem Posten zu verhelfen … Wie Du weißt, bin ich mit einer großen Familie gesegnet und nicht sehr bemittelt‹ … Da.« Er ließ den Brief vor Danton aufklatschen. »Ich mache meinen Einfluss zugunsten meines ergebensten und gehorsamsten Dieners Antoine Fouquier-Tinville geltend. Er wird in der Familie als ein sehr brauchbarer Anwalt gehandelt. Stell ihn ein, wenn du dir etwas davon versprichst.«

Danton nahm den Brief. Er lachte. »Die Unterwürfigkeit, Camille! Ich meine – Frühjahr vor drei Jahren: Hätte er dich da auch nur auf der Straße gegrüßt?«

»Um nichts in der Welt. Hätte jede noch so entfernte Verwandtschaft mit mir abgeleugnet, bevor die Bastille gefallen ist.«

»Trotzdem«, sagte Danton, während er den Brief las, »dein Vetter könnte uns bei dem Sondertribunal nützlich sein, das wir für die Verlierer einrichten. Lass mir das ruhig da, ich finde schon etwas für ihn.«

»Und was sind das für Briefe?« Lucile deutete auf den anderen Stoß.

»Die hier waren anbiedernd.« Camille schwenkte die Hand. »Diese da sind obszön.« Ihr Blick blieb an seiner Hand hängen; sie sah fast durchsichtig aus. »Früher habe ich solche Post immer an Mirabeau weitergegeben. Er hatte eine eigene Akte dafür angelegt.«

»Darf ich mal reinschauen?«, fragte Fabre.

»Später«, sagte Danton. »Bekommt Robespierre so etwas auch?«

»Ein paar schon. Maurice Duplay siebt sie aus. Das Haus ist natürlich ein gefundenes Fressen für eine schmutzige Fantasie. Diese ganzen Töchter und dazu noch zwei Knäblein. Maurice regt sich furchtbar auf. Offenbar fällt immer wieder mein Name. Er beschwert sich bei mir darüber. Als ob ich irgendetwas dagegen tun könnte.«

»Robespierre sollte endlich heiraten«, meinte Fabre.

»Das nützt auch nicht immer.« Danton wandte sich an seine Frau und fragte mit flötender Stimme: »Was hast du heute vor, mein Liebling?« Gabrielle antwortete nicht. »Dein Lebenshunger ist ungebrochen, hmm?«

»Ich vermisse meine Wohnung«, sagte Gabrielle. Sie starrte auf das Tischtuch. Sie mochte es nicht, wenn ihre Privatangelegenheiten vor anderen ausgebreitet wurden.

»Gib doch mal ein bisschen Geld aus«, schlug ihr Mann vor. »Lenk dich ab. Bestell dir ein paar hübsche Kleider oder was ihr Frauen sonst so macht.«

»Ich bin im vierten Monat, ich brauche keine hübschen Kleider.«

»Jetzt quäl sie doch nicht, Georges-Jacques«, sagte Lucile leise.

Gabrielle warf den Kopf zurück und funkelte sie an. »Und dich als Beschützerin brauche ich auch nicht, du kleine Schlampe.« Sie stand vom Tisch auf. »Entschuldigt mich bitte.« Alle sahen sie ihr nach.

»Nimm's nicht ernst, Lolotte«, sagte Danton. »Sie ist nicht sie selbst.«

»Gabrielle hat die gleiche Einstellung wie diese Briefeschreiber«, sagte Fabre. »Sie sieht alles im schlimmstmöglichen Licht.«

Danton schob Fabre den Stapel Briefe zu. »Damit deine brennende Neugier befriedigt wird. Aber geh raus damit.«

Fabre machte eine ausladende Verbeugung vor Lucile und eilte beschwingten Schrittes hinaus.

»Er wird keinen Spaß daran haben«, sagte Danton. »Nicht einmal Fabre macht so ein Zeug Spaß.«

»Max bekommt Heiratsanträge«, sagte Camille unerwartet. »Zwei, drei pro Woche sogar. Er bewahrt sie in seinem Zimmer auf, mit Bindfaden zusammengebunden. Er nimmt alles zu den Akten, was er bekommt.«

»Das denkst du dir aus«, sagte Danton.

»Nein, ich schwör's. Er hat sie unter seiner Matratze.«

»Woher weißt du das?«, fragte Danton streng.

Sie brachen in Gelächter aus. »Aber erzählt es nicht herum«, sagte Camille, »denn Max wird wissen, wo es herkommt.«

Gabrielle erschien wieder. Sie blieb in der Tür stehen, mürrisch und angespannt. »Wenn ihr fertig seid, würde ich gern meinen Mann sprechen. Einen Augenblick nur. Falls ihr ihn entbehren könnt.«

Danton stand auf. »Du kannst heute Justizminister sein«, sagte er zu Camille, »und ich kümmere mich um ›die Auslandssachen‹, wie Gabrielle dazu sagt. Ja, mein Schatz, was gibt es?«

»Auch hübsch«, sagte Lucile, als sie allein waren, »jetzt bin ich also eine Schlampe.«

»Sie meint es nicht so. Sie ist unglücklich, sie ist verwirrt.«

»Und wir machen die Sache nicht gerade besser.«

»Tja, was schlägst du vor?«

Ihre Hände berührten sich leicht. Sie hatten nicht vor, ihr Spiel aufzugeben.

Die Koalitionstruppen waren auf französischem Boden. »Paris ist so sicher«, verkündete Danton der Versammlung, »dass ich meine kleinen Söhne und meine alte Mutter zu mir nach Paris geholt habe, in mein Heim an der Place des Piques.«

Im Tuileriengarten traf er Bürger Roland; sie flanierten unter den Bäumen. Grüne Lichtsprenkel tupften das Gesicht seines Amtskollegen. Bürger Rolands Stimme bebte. »Vielleicht wird es langsam an der Zeit, hier die Zelte abzubrechen. Die Regierung muss unter allen Umständen bestehen bleiben. Wenn wir jenseits der Loire Quartier bezögen, dann könnte nach dem Fall von Paris –«

Danton stemmte die Hände in die Hüften. »Passen Sie auf, wenn Sie von Weglaufen reden, Roland – jemand könnte Sie hören. Gut, gehen Sie, Mann, laufen Sie davon. Wenn Sie kein Kämpferblut haben, nehmen Sie die Beine in die Hand. Aber ich gehe nirgendwo hin, Roland, ich bleibe hier und regiere. Der Fall von Paris? Den wird es nicht geben. Eher brennen wir es nieder.«

Wie verbreitet sich Furcht? Danton hat den Eindruck, dass es dafür einen Mechanismus im Gehirn oder in der Seele gibt, ähnlich einem chemischen Prozess. Er hofft, dass sich mittels des gleichen Prozesses, über die gleichen Bahnen, auch Zuversicht ausbreiten kann; er wird in der Mitte stehen, und die Zuversicht wird von ihm ausströmen.

Mme Recordain saß auf einem hochlehnigen Stuhl und ließ die

Blicke über die Pracht des Justizministeriums schweifen. Sie schniefte abfällig.

Um die Stadtmauern wurden Gräben ausgehoben.

Während der ersten Regierungswochen kam häufig Dr. Marat. Er lehnte es ab, für diesen Anlass zu baden, und erschien grundsätzlich unangemeldet; mit seinem schiefen Hoppelgang eilte er durch die Galerien, stieß in angewidertem Ton »Zum Minister, zum Staatssekretär« hervor und ging tätlich auf alle los, die ihn am Weitergehen zu hindern versuchten.

An diesem Morgen berieten sich zwei Ministerialbeamte vor der Tür von Staatssekretär Desmoulins. Ihre Gesichter waren umwölkt, ihr Ton indigniert. Sie machten keinen Versuch, Marat aufzuhalten. Er hat dich verdient, besagten ihre Mienen.

Der Raum war groß und opulent eingerichtet, Camille war das Unauffälligste darin. An den Wänden hing Porträt neben Porträt, die Farben rußig nachgedunkelt vor Alter; die strengen Ministergesichter unter ihren gepuderten Perücken glichen sich wie ein Ei dem anderen. Ausdruckslos blickten sie auf den Mann an dem Schreibtisch herab, hinter dem sie vielleicht selbst einmal gesessen hatten: Uns ist es einerlei, wir sind tot. Camille zu übersehen schien ein Leichtes für sie.

»Longwy ist gefallen«, verkündete Marat.

»Ja, das hat man mir gesagt. Da drüben ist eine Landkarte, sie haben sie für mich geholt, weil ich nie weiß, wo was liegt.«

»Als Nächstes kommt Verdun an die Reihe«, sagte Marat. »Es dauert keine Woche mehr.« Er nahm gegenüber von Camille Platz. »Sie haben Ihre Beamten nicht im Griff. Die stehen draußen und murren.«

»Ich kriege Beklemmungen hier drin. Ich wünschte, ich würde wieder eine Zeitung herausbringen.«

Marat veröffentlichte seine Zeitung derzeit nicht auf die übliche Art; stattdessen tat er seine Ansichten auf Plakaten kund, die er in der ganzen Stadt aufhängte. Es war kein Stil, der zu Ausgewogenheit und

Differenzierung einlud; wer so schreibt, sagte er, geizt mit seinen Sympathien. Er sah Camille scharf an. »Sie und ich, mein Lieber, werden im Zweifel erschossen.«

»Der Gedanke ist mir auch schon gekommen.«

»Was meinen Sie, wie Sie reagieren werden? Werden Sie einknicken und um Gnade flehen?«

»Höchstwahrscheinlich«, sagte Camille realistisch.

»Aber Ihr Leben ist etwas wert. Meines auch, wobei das viele vermutlich anders sehen würden. Wir stehen gegenüber der Revolution in der Pflicht. Braunschweig schöpft aus dem Vollen. Was sagt Danton? Die Lage ist verzweifelt, aber nicht hoffnungslos. Er ist kein Narr, er wird seine Gründe zur Hoffnung haben. Trotzdem, Camille, ich habe Angst. Der Feind droht damit, die Stadt zu verwüsten. Die Menschen werden leiden, wie sie vielleicht in unserer ganzen Geschichte noch nicht gelitten haben. Können Sie sich die Rache vorstellen, die die Royalisten nehmen werden?«

Camille schüttelte den Kopf. Lieber nicht, hieß das.

»Provence und Artois werden zurückkommen. Marie Antoinette mit ihrem ganzen Hofstaat. Und die Priester. Kinder, die jetzt in der Wiege liegen, werden büßen für das, was ihre Eltern getan haben.« Marat beugte sich vor, krumm und mit stechendem Blick saß er da. Genauso pflegte er auch am Rednerpult der Jakobiner zu stehen. »Es wird ein Schlachthaus sein, die ganze Nation wird zum Schlachthaus.«

Camille stützte die Ellbogen auf den Tisch und sah Marat an. Er hatte keine Ahnung, was Marat von ihm hören wollte.

»Wie der Vormarsch des Feindes aufgehalten werden kann, weiß ich nicht«, sagte Marat. »Das überlasse ich Danton und den Soldaten. Mir geht es um diese Stadt hier, um die Verräter im Innern, die Aufwiegler, die Royalisten, von denen unsere Gefängnisse wimmeln. Diese Gefängnisse sind nicht sicher, das wissen Sie so gut wie ich, wir haben die Leute in Klöstern eingesperrt, in Hospitälern, wir haben nicht genug Platz für sie, es gibt keine Sicherheit vor ihnen.«

»Zu dumm, dass wir die Bastille abgerissen haben«, sagte Camille.

»Und wenn sie ausbrechen?«, fragte Marat. »Nein, das sind keine Hirngespinste von mir – das Instrument der Inhaftierung, die Idee der Haft als solche, setzt ein gewisses Einverständnis des Opfers voraus, eine gewisse Mitwirkung. Was passiert, wenn diese Mitwirkung aufgekündigt wird? Während unsere Truppen in die Schlacht ziehen und die Stadt in der Obhut von Frauen, Kindern und Politikern zurücklassen, strömt der Adel aus den Gefängnissen, greift auf seine versteckten Waffenlager zu …«

»Waffenlager? Reden Sie keinen Unsinn. Was meinen Sie, wozu die Kommune ihre Haussuchungen durchgeführt hat?«

»Und können Sie mir dafür einstehen, dass nichts übersehen worden ist?«

Camille schüttelte den Kopf. »Was erwarten Sie denn von uns? Dass wir in die Gefängnisse gehen und sie alle umbringen?«

»Endlich«, sagte Marat. »Ich dachte schon, wir kommen nie ans Ziel.«

»Kaltblütig?«

»Ganz wie Sie wollen.«

»Und Sie nehmen die Sache in die Hand, ja, Marat?«

»O nein, es würde ganz spontan passieren. Wenn das Volk in solcher Todesangst ist, so verzehrt von Hass auf seine Feinde …«

»Spontan?«, wiederholte Camille. »Aber mit Sicherheit.« Und doch, dachte er – wir haben eine Stadt, die von der Vernichtung bedroht ist, wir haben eine aufgebrachte Bevölkerung, wir haben eine Flut blinden, ungerichteten Hasses, die gegen die Bastionen des Staates schwappt und über die öffentlichen Plätze spült, wir haben ein Ziel für diesen Hass, wir haben willige Verräter bei der Hand – doch, ja, es wurde von Minute zu Minute vorstellbarer.

»Nun kommen Sie schon, Mann«, sagte Marat. »Wir wissen beide, wie man so etwas einfädelt.«

»Aber wir haben doch schon mit den Prozessen gegen die Royalisten begonnen«, wandte er ein.

»Denken Sie, uns bleibt ein Jahr oder zwei? Ein Monat? Auch nur eine Woche?«

»Nein. Nein, ich verstehe, worauf Sie hinauswollen. Aber Marat, wir haben nie – ich meine, für so etwas haben wir uns nie hergegeben. Es ist Mord, ganz gleich, wie Sie es betrachten.«

»Nehmen Sie die Hände vom Gesicht. Heuchler! Was soll das denn ’89 gewesen sein? Mord hat Sie groß gemacht. Mord hat Sie von der Straße weggeholt und Sie dahin gebracht, wo Sie heute sitzen. Mord! Was ist das schon? Ein Wort!«

»Ich werde Danton Ihren Vorschlag übermitteln.«

»Ja. Tun Sie das.«

»Aber er wird nicht mitspielen.«

»Das soll er halten, wie er will. Es wird so oder so passieren. Entweder steuern wir es, soweit es geht, oder es geschieht, ohne dass wir irgendetwas daran steuern können. Danton muss entweder Herr oder Diener sein – was liegt ihm mehr?«

»Er wird seinen guten Namen verlieren. Seine Ehre.«

»Ach, Camille«, sagte Marat sanft. »Seine Ehre!« Er schüttelte den Kopf. »Ach, mein armer Camille.«

Camille lehnte sich in seinem Sessel zurück und sah zur Decke empor, betrachtete die Reihen von Gesichtern an der Wand. Die Augen der Minister waren trüb unter ihrer Patina, das Weiße darin zerfressen vom Alter. Hatten sie Frauen gehabt, Kinder? Hatten sie irgendwelche Gefühle gekannt? Hatte sich unter den gestickten Wämsern je ein Brustkorb gedehnt, je ein Herz geschlagen? Die Gesichter starrten ungerührt zurück, ihnen war nichts zu entnehmen. Die Beamten vor seiner Tür waren weitergegangen. Er hörte eine Uhr ticken, hörte Sekunde um Sekunde verstreichen. »Das Volk hat keine Ehre«, sagte Marat. »Es hat sie sich nie leisten können. Ehre ist reiner Luxus.«

»Und wenn die anderen Minister einschreiten?«

»Andere Minister? Ersparen Sie mir das. Was sind schon die anderen Minister? Eunuchen.«

»Danton wird das nicht gutheißen.«

»Er muss es nicht gutheißen«, sagte Marat grimmig, »er muss nur die Notwendigkeit einsehen. Das sollte ihm leichtfallen, denke ich – selbst ein Kind kann die Notwendigkeit einsehen. Gutheißen! Denken Sie, ich heiße es gut?« Camille antwortete nicht. Marat überlegte. »Na ja, aber schlecht heiße ich es auch nicht«, sagte er dann. »Kein bisschen, um ehrlich zu sein.«

Die ersten Vorbereitungen zu den Konventswahlen sind bereits im Gange. Es tut sich etwas, so scheint es. Das Brot für den nächsten Tag wird gebacken, Theaterstücke werden geprobt.

Lucile hat ihr Kind wieder, Säuglingsgeschrei hallt durch die Zimmerfluchten mit ihren bemalten Decken, ihren Akten und ledergebundenen Gesetzbüchern, die noch nie eine Kinderstimme vernommen haben.

Am 1. September fällt Verdun. Wenn es dem Feind jetzt beliebt, auf Paris zu marschieren, kann er in zwei Tagen da sein.

Robespierre muss immer wieder an Mirabeau denken, an diese ausladenden Gesten, mit denen Mirabeau zu sagen pflegte, ›Mirabeau tut dies oder jenes‹ oder ›Dafür steht der Comte de Mirabeau gerade‹, als wäre er eine Figur in einem Stück, bei dem er selbst Regie führte. Er war sich all der Blicke bewusst, die nun auf ihm ruhten: Robespierre handelt. Oder – Robespierre handelt nicht. Robespierre sitzt ganz still und beobachtet die anderen dabei, wie sie ihn beobachten.

Er hatte sich geweigert, als Richter in Dantons Sondertribunal zu sitzen. In Dantons Augen war Zorn aufgeblitzt: »Dann sind Sie immer noch gegen die Todesstrafe, mein Freund?« Und doch war Danton selbst bislang gnädig gewesen. Bürger Sanson hatte sehr wenig zu tun gehabt. Die neue Enthauptungsmaschine hatte einen Offizier der Nationalgarde hingerichtet und ebenso den Sekretär der Zivilliste, aber das Todesurteil gegen einen adligen Journalisten war bis zum heutigen

Tag unvollstreckt. Camille hatte seine Hände auf Dantons müde Schultern gelegt und schmeichelnd gesagt, dass es Unglück bringe, Journalisten hinzurichten. Worauf Danton gelacht hatte: »Wie du willst. Das Urteil aufheben kannst du nicht, also verschieb die Hinrichtung ein paar Mal. Wir verlieren den Mann irgendwo im System. Mach, was du für richtig hältst, meine Paraphe hast du ja.«

Mit anderen Worten, es herrschte Willkür; das Leben des Mannes war nur deshalb gerettet worden, weil Camille sich an irgendeinen Schlagabtausch mit ihm erinnerte, aus dem er '89 als Sieger hervorgegangen war, was ihn so großmütig stimmte, dass er sich, um mit Fabre zu sprechen, auf seine Billignutten-Tour an Danton anwanzte und ihn damit am Ende eines langen Tages wieder in gute Laune versetzte (ein Geheimnis, so Fabre, das Camille gewinnbringend an Dantons Frau verkaufen könnte). Fabre wurmte die Sache – nicht aus Gerechtigkeitsliebe, dachte Robespierre, sondern weil er nicht so geschickt darin war, seinen Willen zu bekommen. Fand denn nur er, Robespierre, dass das Gesetz nicht derart benutzt und missbraucht werden durfte? Es verursachte ihm leisen Ekel, ein intellektuelles Unbehagen. Aber diese Regung stammte noch von früher, aus den Tagen vor der Revolution. Jetzt war das Recht der Diener der Politik; eine andere Haltung ließ sich mit dem Überleben nicht vereinbaren. Dennoch hätte es ihn angewidert, Danton nach Köpfen schreien zu hören, wie es dieser Teufel Marat tat. Wenn Danton eine Schwäche hatte, dann seinen Mangel an Tatkraft, seine Empfänglichkeit für Schmeicheltöne, und nicht nur aus Camilles Mund.

Brissot. Vergniaud. Buzot. Condorcet. Roland. Roland und wieder Brissot. In seinen Träumen lauerten sie lachend darauf, ihn in ihren Netzen zu fangen. Und Danton handelte nicht …

Das waren die Verschwörer – warum, fragte er sich (da er ja ein vernünftiger Mann war), fürchte ich eine Verschwörung, wenn niemand sonst es tut?

Und antwortete: Ich fürchte nur das, was mich die Vergangenheit zu fürchten gelehrt hat. Und dann die Verschwörer im eigenen Körper: das flatternde Herz, der schmerzende Kopf, der träge Darm, die Augen, die helles Sonnenlicht mit jedem Tag schlechter vertrugen. Hinter alldem steckte der große Meister, der verborgene Fädenzieher im Inneren; Alpträume weckten ihn morgens um halb fünf, und dann blieb ihm nichts, als in einer kläglichen Imitation von Schlaf dazuliegen, bis der Tag begann.

Was wollte dieser innere Intrigant erreichen? Dass er sich öfter mal einen Abend freinahm, um Romane zu lesen? Dass er mehr Freunde fand, beliebter wurde? Doch die Leute sagten: Habt ihr diese getönten Gläser gesehen, hinter denen Robespierre sich neuerdings versteckt? Finster sieht er damit aus!

Danton trägt einen scharlachroten Mantel. Er steht vor der Versammlung. Die Zuhörer jubeln, einzelne schluchzen auch. Der Lärm von der Galerie ist bis über den Fluss zu hören.

Die Donnerstimme gehorcht ihm mühelos, er atmet, wie Fabre es ihm beigebracht hat. Zwei Gedankenstränge laufen in seinem Kopf parallel: Pläne, die geschmiedet, Armeen, die in Stellung gebracht, diplomatische Manöver, die eingeleitet sein wollen; zwei Wochen halten meine Generäle durch, und danach (sagt er sich stumm), danach mache ich etwas völlig anderes, danach verkaufe ich ihnen die Königin, wenn sie sie nehmen, oder meine Mutter, oder ich kapituliere, oder ich schneide mir die Kehle durch.

Der zweite Gedankenstrang: Handlungen entstehen durch Worte. Wie können Worte ein Land retten? Indem sie Mythen schaffen, denn für ihre Mythen kämpfen die Menschen bis zum letzten Blutstropfen. Wie hat Louise Gély gesagt: »Die Leute müssen nur gesagt bekommen, was sie zu tun haben. Wenn sie erst einmal wissen, welchen Standpunkt sie einnehmen sollen, wie sie der Situation begegnen müssen, wird alles einfach für sie.« Sie hat so recht, dieses Mädchen … Die Sachlage ist völlig klar. Selbst eine Vierzehnjährige begreift das. Schlichte Worte sind vonnöten. Wenige, kurze Worte. Er strafft die Schultern, streckt seinen Zuhörern die Hand hin. »Wagt es«, sagt er. »Wagt es einfach. Wagt immer wieder. Nur so rettet ihr Frankreich.«

(Und für diesen Augenblick, schrieb jemand, war dieser abstoßende Mensch schön.)

Er fühlt sich wie ein römischer Kaiser, der seine eigene Apotheose miterlebt. Lebende Götter wandeln nun auf den Straßen, Götzen laden die Kanonen, zinken die Karten.

Legendre: »Der Feind stand vor den Toren von Paris. Danton kam und rettete unser Land.«

Es ist sehr spät. Marats Gesicht im Flackerschein der Kerzen schimmert bleich wie das eines Ertrunkenen. Fabre kichert vor sich hin. Neben seinem Ellbogen steht eine Flasche Weinbrand. Zu diesem Zeitpunkt sind etwa ein Dutzend Männer im Raum. Sie haben sich nicht mit Namen begrüßt und vermeiden es, einander anzusehen. In einem knappen Jahr werden sie außerstande sein, zu sagen, wer da war und wer nicht. Ein Sektionsleiter, der betont den Plebejer hervorkehrt, raucht zum Fenster hinaus, weil die Versammlung sich an seinem Pfeifenqualm stört.

»Mit Willkür hat das nichts zu tun«, sagt ein Mann aus der Kommune. »Wir wählen vertrauenswürdige Patrioten aus, Männer aus den Sektionen, die wir mit den vollständigen Listen ausstatten. Jeder Gefangene wird einzeln verhört, etwaige Unschuldige, die nicht schon auf freiem Fuß sind, werden entlassen und die anderen verurteilt. Wie klingt das?«

»Recht gut«, sagt Marat. »Solange es nur ein mögliches Urteil gibt.«

»Und was denkt ihr, wem diese Travestie nutzen soll?«, fragt Camille den Mann von der Kommune. »Da könnt ihr doch genauso gut hineingehen und die Leute gleich wahllos abschlachten.«

»Darauf wird es am Ende ohnehin hinauslaufen«, sagt Marat. »Aber wir sollten wenigstens einen Anschein von Planmäßigkeit wahren. Nur schnell müssen wir handeln, Bürger, sehr schnell. Das Volk hungert und dürstet nach Gerechtigkeit.«

»Ach, Marat«, sagt Camille. »Verschonen Sie uns mit Ihren Parolen.«

Der Sansculotte mit der Pfeife nimmt sie aus dem Mund. »So was liegt dir nicht, oder, Camille? Warum gehst du nicht einfach nach Hause?«

Camilles Finger stochert auf die Papiere auf dem Tisch ein. »Weil es meine Zuständigkeit ist, es ist die Zuständigkeit des Ministers.«

»Wenn dir das hilft«, sagt der Sansculotte, »sieh's einfach als die notwendige Folge des 10. August. Am 10. August haben wir etwas begonnen, und jetzt bringen wir es zu Ende. Wozu eine Republik gründen, wenn man dann zu zimperlich ist, sie zu erhalten?«

»Wie oft habe ich ihm das nicht schon gesagt!«, ruft Marat. »Gepredigt und gepredigt habe ich es ihm, dem törichten Jungen.«

In der Tischmitte liegt wie eine Trophäe die Paraphe des Justizministers. Mehr ist nicht nötig, um einen Mann oder eine Frau aus dem Gefängnis zu entlassen. Zwar stimmt es, dass Bürger Roland als Innenminister bei der Sache auch ein Wörtchen mitzureden haben sollte. Aber der allgemeine Eindruck ist, dass Roland weder im Bilde noch interessiert ist; interessiert vielleicht, aber nicht im Bilde; im Bilde vielleicht, aber nicht interessiert; interessiert, aber zu ängstlich, um etwas zu unternehmen. Und überhaupt, was zählt Roland schon? Noch eine drängende Entscheidung, und der Mann stirbt am Herzinfarkt.

»Zu unseren Listen«, sagt Bürger Hébert.

Die Listen sind sehr lang. In den Gefängnissen sitzen an die zweitausend Menschen; genaue Zahlen sind schwer zu ermitteln, die Dunkelziffer ist hoch. Alle, die von den Listen gestrichen werden, kommen noch heute Nacht auf freien Fuß; die anderen müssen auf die Barmherzigkeit ihrer spontan ernannten Richter hoffen.

Sie kommen zu einem Priester, einem gewissen Bérardier. »Freispruch«, bestimmt Camille.

»Ein eidverweigernder Priester, der …«

»Freispruch«, wiederholt Camille störrisch. Sie zucken mit den Schultern, setzen den Stempel darunter. Camille ist unberechenbar, es ist unklug, ihn zu sehr aufzubringen; außerdem kann man nie wissen, ob nicht doch einer von ihnen für die Regierung spioniert. Danton hat seine eigene Liste von Gefangenen geschrieben, die freikommen sollen, und sie Fabre mitgegeben. Camille will sie sehen, Fabre rückt sie nicht heraus. Camille beschuldigt ihn, sie manipuliert zu haben. Fabre fragt, wofür man ihn eigentlich hält. Niemand antwortet. Fabre unterstellt, dass ein älterer Advokat, dessen Freispruch Camille durchgesetzt hat, in den frühen '80er Jahren, als Camille hübsch und mittellos war, zu seinen Liebhabern zählte. Camille schnauzt ihn an, das kann schon sein, aber immer noch besser, als den Leuten für dicke Bestechungssummen das Leben retten, wie es Fabre ja offenbar macht. »Faszinierend«, sagt Hébert. »Können wir umblättern?«

Vor der Tür warten Boten mit weiteren dringlichen Freilassungsordren. Wohl niemand bringt die Namen, die die Feder des Listenführers auslässt, mit den Kadavern in Verbindung, zu denen sie morgen oder übermorgen gehören werden. Im Saal herrscht kein Unrechtsbewusstsein, nur Müdigkeit und der Nachgeschmack kleinlichen Hickhacks. Camille trinkt ziemlich viel von Fabres Weinbrand. Gegen Tagesanbruch macht sich eine Art trüber Kameradschaft breit.

Natürlich ist beratschlagt worden, wer die Schmutzarbeit erledigen soll – nicht die Listenführer, so viel steht fest, und auch nicht der Sansculotte mit der Pfeife. Man einigt sich darauf, eine Anzahl von Metzgern zu verpflichten und ihnen Lohn dafür zu versprechen. Die Absicht dahinter ist nicht menschenverachtend oder makaber, sondern vernünftig und human.

Dummerweise mischen sich, als die Nachricht von einer Aristokratenverschwörung die Runde macht, auch begeisterte Amateure in die Truppe. Ihnen fehlt die Übung, und die Metzger schütteln die Köpfe über die unzureichenden Anatomiekenntnisse, die sie beweisen – es sei denn, sie legen es gleich darauf an, zu foltern und zu verstümmeln.

Gegen Mittag Erbitterung: »Wozu haben wir uns eigentlich die Nacht mit diesen Listen um die Ohren gehauen?«, fragt Fabre. »Die schlachten doch so oder so die Falschen ab.«

Camille muss an Marats Worte denken: Entweder wir steuern es selbst, oder es geschieht, ohne dass wir irgendetwas daran steuern können. Nun wird von Stunde zu Stunde Unaussprechlicheres gemeldet, und es scheint, dass sie die Nachteile beider Seiten abbekommen. Wir werden ab jetzt keine Sekunde mehr frei von Schuld leben können, nie mehr den Ruf wiedererlangen, den wir einmal besaßen, und doch haben wir das, was hier passiert, auch nicht im Ansatz geplant oder gewollt. Wir haben einfach nur den Blick abgewendet, wir haben unsere Hände in Unschuld gewaschen, wir haben eine Liste erstellt und eine Marschroute ausgearbeitet, um uns dann ruhig schlafen zu legen, während unsere Schergen ihr Ärgstes tun und Menschen von Helden zu Ungeheuern umdefiniert werden, zu Wilden, zu Kannibalen.

Im Anfangsstadium gibt es zumindest ein Bemühen um Ordnung, einen (wenn auch noch so dürftigen) Anschein der Legalität. Eine Gruppe von Sansculotten, bewaffnet und rot bemützt, hinter dem größten Tisch, der sich auftreiben lässt; vor dem Tisch der Verdächtige. Draußen im Hof warten derweil die Henker mit Entermessern, Beilen, Piken. Die Hälfte der Verdächtigen lassen sie frei – begründet oder aus Sentimentalität oder weil sich in letzter Sekunde eine Verwechslung aufgeklärt hat. Über die Frage der Identifizierung entsteht im Lauf des Tages immer mehr Verwirrung, die Leute wollen ihre Papiere verloren haben oder behaupten, sie wären ihnen gestohlen worden; aber jeder, der im Gefängnis sitzt, sitzt dort ja aus einem Grund, nicht wahr, und dieser Grund muss dem Gemeinwohl widersprechen, und wie einer der Männer sagt: Diese Adligen sehen für mich alle gleich aus, ich kann sie nicht unterscheiden.

Manche wissen, dass sie dem Tod geweiht sind; einige beten noch, andere sterben schreiend und um sich schlagend, setzen sich bis zum letzten Atemzug zur Wehr. Ein aufgebrachter Schlachter kommt vor das Tribunal gestampft: »Gebraucht gefälligst eure Köpfe, gebt uns eine Chance, wir kommen nicht hinterher.« Also werden die Gefangenen leichthin von den Richtern fortgeschickt: »Geh schon, du bist frei.« Hinter der Tür wartet der Henker und fällt sie mit sicherer Hand. Ihr letzter Gedanke ist: Freiheit.

NACHMITTAG: Prudhomme, der junge Journalist, wartete darauf, dass Danton aus seiner Sitzung kam. Er wusste nicht, dass Danton den Oberaufseher der Gefängnisse für seine Proteste nur ausgelacht und Rolands Privatsekretär wüst beschimpft hatte. Seit jenem Tag '91, als er von einer Horde von Nationalgardisten mit Camille verwechselt und fast umgebracht worden war, empfand Prudhomme, dass ihn Danton und seine Freunde etwas angingen.

Dantons Blick glitt über ihn hinweg. »Die Gefangenen werden niedergemetzelt«, rief Prudhomme ihm entgegen.

»Hören Sie mir auf mit den Gefangenen. Die sollen auf sich selbst aufpassen.« Mit langen Schritten eilte Danton weg. Camille starrte Prudhomme an, aber auch diesmal wollte es ihm nicht gelingen, sich dessen verblassende Narben auf seinem eigenen Gesicht vorzustellen.

»Das hat alles seine Ordnung«, sagte er. Er klang nervös und schuldbewusst, was jedoch mehr durch Prudhomme bedingt war als durch die Situation als solche. Er tupfte leicht gegen Prudhommes geballte Faust. »Es läuft alles nach Plan. Keinem Unschuldigen wird ein Haar gekrümmt. Wenn seine Sektion für einen Gefangenen bürgt, wird er auf freien Fuß gesetzt. Es ist –«

»Camille!« Danton war stehen geblieben und rief ihn mit barscher Stimme. »Was dauert denn da so lange, verdammt?«

Er hätte ihn am liebsten durchgeprügelt. Ihn oder Prudhomme. Seine offizielle Haltung war: Ich weiß von nichts.

In der Force wurde die Prinzessin von Lamballe ermordet, möglicherweise auch vergewaltigt. Nachdem die Meute ihre innersten Organe herausgerissen und auf Piken gesteckt hatte, schnitt sie ihr den Kopf ab und trug ihn zu einem Friseur. Der arme Mann wurde mit vorgehaltenem Messer gezwungen, das schöne blonde Haar der Prinzessin zu locken und zu frisieren. Dann ging es im Triumphzug zum Temple, wo die Familie Capet eingesperrt war. Dort spießte man den Kopf auf eine Pike und ließ ihn vor den hohen Fenstern im Wind schwanken. »Sag deiner Freundin guten Tag!«, forderte man die Frau im Turm auf.

Voltaire:

> *Die Vernunft muss zuerst in den Köpfen der Herrschenden einziehen, dann steigt sie nach und nach herab und regiert schließlich auch das Volk, das sich ihrer zwar nicht bewusst ist, aber die Mäßigung seiner Anführer sieht und es lernt, sie nachzuahmen.*

> *Neun Arten, auf die der Mensch an der Missetat eines anderen teilhaben kann:*

> *Durch Ratschlag*
> *Durch Befehl*
> *Durch Einverständnis*
> *Durch Aufstachelung*
> *Durch Lob oder Schmeichelei*
> *Durch Vertuschung*
> *Durch Mittäterschaft*
> *Durch Verschweigen*
> *Durch Verteidigung der bösen Tat*

Wenn Robespierre das Wort ergriff, legten die Mitglieder des Kommunalen Wachkomitees ihre Federn nieder und sahen ihn an. Sie raschelten nicht mit ihren Papieren, sie putzten sich nicht die Nase oder ließen die Blicke schweifen. Wenn sie hüsteln mussten, dann unterdrückten sie es. Sie setzten sich gerade hin und machten strebsame Gesichter. Er erwartete Aufmerksamkeit von ihnen, also bekam er sie auch.

Es gebe ein Komplott, eröffnete er ihnen, den Herzog von Braunschweig auf Frankreichs Thron zu heben. So unglaublich dies auch scheinen möge – er sah von einem zum anderen, und keiner erlaubte sich eine ungläubige Miene –, die Anführer der Koalition verfolgten solche Pläne, und Franzosen unterstützten sie! Er nannte Brissots Namen.

Billaud-Varennes, Dantons ehemaliger Kanzleigehilfe, sprach ihm auf der Stelle seine Zustimmung aus – oder nölte sie vielmehr, dachte Max; er mochte Billaud nicht. Der Mann rühnte sich einer erstaunlichen Gabe: Er behauptete, einen Verschwörer erkennen zu können, einfach indem er ihm in die Augen blickte.

Die Mitglieder des Ausschusses verfügten die sofortige Verhaftung von Brissot und Roland. Robespierre ging nach Hause.

Als er den Hof überquerte, fing ihn Eléonore Duplay ab. »Stimmt es, dass alle Gefangenen in den Gefängnissen umgebracht werden?«

»Ich weiß es nicht.«

Entgeistert: »Aber Sie müssen es doch wissen, sie können doch so etwas nicht tun, ohne Sie zu fragen.«

Er streckte den Arm aus und zog sie neben sich, nicht der Nähe wegen, sondern damit ihre Züge ihren Ausdruck veränderten. »Angenommen, es stimmt, meine liebe Eléonore, meine liebe Cornélia, würden Sie um sie weinen? Wenn Sie an die Menschen denken, die in diesen Augenblicken von den Österreichern getötet werden – denen die Österreicher ihre Höfe wegnehmen und das Dach über dem Kopf anzünden –, um wen würden Sie dann weinen?«

»Ich zweifle an gar nichts«, sagte sie. »Sie können nicht unrecht haben.«

»Um wen würden Sie weinen?« Er gab die Antwort selbst: »Um beide.«

Danton blätterte die Papiere auf dem Schreibtisch des Öffentlichen Anklägers durch. Er hatte gern Einblick in die Vorgänge. Letztlich landete ja doch alles bei ihm.

Als er die beiden Haftbefehle sah, griff er danach, ließ sie fallen. Brissot. Roland. Da lagen sie. Er starrte sie an, und während es in seinem Hirn arbeitete, langsam arbeitete, begann er am ganzen Körper zu zittern wie an dem Morgen, als er vom Tod seines ersten Kindes erfahren hatte. Wer war den ganzen Tag in der Kommune gewesen? Robespierre. Wessen Wort war in der Kommune Gesetz? Sein eigenes und das von Robespierre. Wer hatte diese Haftbefehle veranlasst? Robespierre. Er konnte sich natürlich das Protokoll kommen lassen, er konnte die exakten Worte nachlesen, die den Haftbefehlen vorausgegangen waren, er konnte Schuldzuweisungen vornehmen. Aber es war genauso undenkbar, dass die Kommune diesen Schritt ohne Robespierre getan hatte, wie es undenkbar war, dass Roland und Brissot im Falle einer Verhaftung die Nacht überlebten. Ich muss etwas tun, sagte er sich, ich darf hier nicht stehen wie festgewachsen.

Louvet, Manon Rolands hübscher, zarter Literatenfreund, berührte ihn am Ellbogen. »Danton«, sagte er, »Robespierre hat Brissot namentlich denunziert ...«

»Das sehe ich.« Er raffte die Haftbefehle an sich. Herrschte Louvet an: »Mein Gott, wie konntet ihr nur so dumm sein? Wie konnte ich es?« Er wedelte mit den Papieren vor seiner Nase herum. »Laufen Sie, Mann, verstecken Sie sich irgendwo.«

Er faltete die Haftbefehle und steckte sie in die Innentasche seines Mantels. »So. Jetzt muss der Kleine mich schon niederschlagen, wenn er sie zurückhaben will.«

Louvets Gesicht glühte. »Dann ist also ein neuer Krieg ausgebrochen«, sagte er. »Entweder wir bringen Robespierre um oder er uns.«

»Erwarten Sie nicht, dass ich Ihren Kopf rette.« Danton hatte ihm die Hand auf die Brust gelegt und drängte ihn vor sich her. »Ich muss mich um mich selber kümmern und um diese verfluchten Deutschen auch noch.«

Pétion nahm die Haftbefehle und ließ sie, genau wie Danton vor ihm, sofort wieder fallen. »*Robespierre* hat sie veranlasst?« So was, sagte er, so was, und noch einmal: so was. »Danton, ist es ihm klar? Kann es ihm klar sein? Dass das ihr Tod wäre?«

»Natürlich ist es ihm klar.« Danton ließ sich in einen Sessel sacken und stützte den Kopf in die Hände. »Morgen gäbe es keine Regierung mehr. Gott allein weiß, was er damit bezweckt hat. Hat er den Verstand verloren, seit ich ihn gestern gesehen habe, oder ist das ein kalkulierter Schachzug – was heißen würde, dass er für sich irgendeine Art von Machtposition im Auge hat – und das hieße, dass er uns seit '89 belogen hat – gut, nicht direkt belogen vielleicht, aber darauf läuft es hinaus – Pétion, was davon stimmt?«

Pétion in seiner wachsenden Panik schien eher Selbstgespräche zu führen. »Ich glaube … er ist besser als die meisten von uns, doch, ganz bestimmt ist er das, aber jetzt, unter dem Druck der Ereignisse …« Er brach ab. Auch er galt als Brissots Freund; seine natürliche Abneigung gegen den Mann hatte ihn vor diesem Stigma nicht bewahren können. Seit dem 10. August regierten die Brissotisten nur geduldeterweise. Vorgeblich hatten sie Danton zum Mitregieren eingeladen; in Wahrheit hatte er ihnen ihre Posten wiederverschafft und setzte bei jeder Kabinettssitzung seinen Willen durch, in den großen Sessel gefläzt, der zuvor Capets weichere Körpermasse beherbergt hatte. »Danton«, sagte Pétion, »ob Robespierre wohl auch meinen Kopf will?« Danton zuckte die Achseln, er wusste es nicht. Pétion senkte den Blick, beschämt über seine Gedanken. »Manon sagte heute Morgen erst: ›Robespierre und Danton schwingen die große Axt über uns allen.‹«

»Und was habt ihr der guten Dame geantwortet?«

»Wir haben gesagt, immerhin, Bürgerin, ist Robespierre nur ein kleiner Abgeordneter.«

Danton stand auf. »Ich schwinge keine Axt. Sagt ihr das. Aber eine Axt gibt es. Und ich denke nicht daran, den Kopf darunterzulegen.«

»Ich begreife nicht, womit wir das verdient haben«, murmelte Pétion.

»Ich schon. Ich meine, wenn ich Robespierre wäre, wüsste ich es nur zu genau. Euereins hat so lange den eigenen politischen Vorteil gesucht, dass ihr völlig vergessen habt, warum ihr ursprünglich einmal an die Macht wolltet. Ich werde euch nicht verteidigen – nicht öffentlich. Camille bearbeitet mich schon seit Monaten wegen Brissot. Marat auf seine Art ganz genauso. Und Robespierre – ja, natürlich hat er Dinge gesagt. Aber wir dachten, er redet nur.«

»Er wird erfahren, wer ihm das Handwerk gelegt hat.«

»Er ist kein Diktator.«

Pétions harmloses Gesicht war noch immer ausdruckslos vor Bestürzung. »Vielleicht ist er Ihnen ja sogar dankbar, oder? Weil Sie ihn vor den Folgen einer unüberlegten Handlung bewahrt haben? Vor einer Handlung im Affekt?«

»Affekt? Er kennt keinen Affekt. Ich habe gefragt, ob er den Verstand verloren hat, aber das war Unsinn. Man könnte ihn fünfzig Jahre in ein Verlies sperren, ohne dass ihn das um den Verstand bringt. Er hat alles, was er braucht, im Kopf.« Er ließ die Hand einen Moment lang auf Pétions Schulter liegen. »Ich sage Ihnen, er überlebt uns beide.«

Als Danton in seine Wohnung zurückkam, ein Hüne in Scharlachrot, empfing seine Frau ihn mit anklagendem, verschwollenem Gesicht; sie wich vor seinen ausgestreckten Armen zurück und überkreuzte die Hände vor ihrem Bauch, wie um das Kind darin vor ihm zu verstecken.

»Oh, Gabrielle«, sagte er. »Wenn du nur wüsstest. Wenn du wüsstest, wie vielen Menschen ich das Leben gerettet habe.«

»Bleib mir vom Leib«, sagte sie. »Ich mag gar nicht in einem Zimmer mit dir sein.«

Er klingelte nach einem der Mädchen. »Kümmert euch um sie«, befahl er.

Er stampfte hinüber zu den Desmoulins. Dort war nur Lucile, die still mit der Katze auf dem Schoß in einem Sessel saß. Alles war mit an die Place des Piques gezogen: Kind, Katze, Klavier. »Ich habe Camille gesucht …«, sagte er. »Nein, nein, nicht so wichtig.« Er ließ sich neben ihrem Sessel auf ein Knie nieder. Die Katze brachte sich mit einem sauberen Sprung nach der anderen Seite in Sicherheit. An Robespierre reibt sich diese Katze und schnurrt, dachte er. Von wegen tierischer Instinkt.

Lucile streckte behutsam die Hand aus, berührte seine Wange, strich ihm über die Stirn, so zart, dass er es kaum spürte.

»Lucile«, sagte er, »geh mit mir ins Bett.« Was weiß Gott nicht das war, was er hatte sagen wollen.

Sie schüttelte den Kopf. »Ich hätte Angst vor dir, Georges. Und außerdem, würden wir euer Bett nehmen oder unseres? Die Betten sind ja an sich schon so einschüchternd – ihr habt die Krone, aber wir müssen uns mit diesen Massen an vergoldeten Putten herumschlagen. Ständig stoßen wir an irgendwelche kleinen goldenen Fäuste und Füßchen.«

»Lucile, ich flehe dich an. Ich brauche dich.«

»Nein, ich glaube, es ist dir ganz recht, wenn alles beim Alten bleibt. Du bittest höflich, ich sage nein – das hat sich doch bewährt. Und heute wäre schon gar nicht der richtige Tag dafür. Für dich würde es sich hinterher nur mit Robespierre vermischen. Du würdest mich hassen, und das wäre mir furchtbar.«

»Nein, nein, niemals täte ich das.« Sein Ton änderte sich schlagartig: »Was weißt du von Robespierre?«

»Es ist erstaunlich, was man alles erfährt, wenn man nur stillsitzt und zuhört.«

»Das heißt, Camille wusste davon – er wusste es, er muss gewusst haben, was Robespierre vorhat.«

Wieder berührte sie sein Gesicht; die Berührung und die Sanftheit ihrer Stimme hatten fast etwas Andächtiges. »Frag nicht, Georges. Besser, du fragst erst gar nicht.«

»Macht es dir nichts aus? Macht es dir nichts aus, was wir getan haben?«

»Vielleicht schon – aber ich gehöre doch selber dazu. Bei Gabrielle ist das etwas anderes, sie denkt, du hast deine und ihre Seele für immer der Verdammnis geweiht. Aber ich – ich glaube, schon als ich Camille zum ersten Mal gesehen habe, mit zwölf oder dreizehn – ich glaube, schon da wusste ich, was es geschlagen hat. Da muss ich jetzt nicht anfangen, mich zu beschweren. Gabrielle hat einen netten jungen Anwalt geheiratet. Ich nicht.«

»Das kannst du mir nicht weismachen – du kannst nicht behaupten, du hättest gewusst, worauf du dich einlässt.«

»Man kann so etwas wissen. Und es zugleich doch nicht wissen.«

Er nahm ihre Hand, packte sie fest ums Handgelenk. »Lolotte, das kann nicht so weitergehen. Ich bin nicht Fréron. Ich bin nicht Dillon. Ich bin keiner von diesen Männern, mit denen man einfach nur flirtet, ich erlaube nicht, dass du dich auf meine Kosten amüsierst.«

»Also?«

»Und ich lasse mich nicht abspeisen, das weißt du.«

»Georges, drohst du mir?«

Er nickte. »Ich glaube schon«, sagte er bedächtig. »Doch, sieht ganz so aus.« Er stand auf.

»Tja, eine völlig neue Phase in meinem Dasein«, sagte sie. Mit einem süßen, selbstsicheren Lächeln sah sie zu ihm empor. »Aber du hast alle die herkömmlichen Mittel der Überredung unversucht gelassen, Georges. Ist das das Äußerste, was du an Verführungskünsten aufbieten kannst? Finstere Blicke und dann und wann ein Grabscher? Warum schmachtest du nicht? Warum seufzt du nicht? Warum dichtest du keine Sonette auf mich?«

»Weil ich gesehen habe, wie weit deine anderen Galane damit kommen«, sagte er. »Ach, verflixt, Mädel, das ist doch alles grotesk.«

Er dachte: Tief drinnen will sie mich, das Miststück. Sie dachte: Zumindest lenkt es ihn ab.

Er nahm seinen Packen Papiere und kehrte zurück in seine Suite. Die Katze schlich wieder herbei und rollte sich auf ihrem Schoß zusammen; Lucile starrte ins Feuer wie eine ältliche Jungfer.

Vierzehnhundert Menschen sind tot. Verglichen mit einem durchschnittlichen Schlachtfeld ist das ein Pappenstiel. Aber schon ein einziges Leben bedeutet seinem Besitzer alles, denkt Lucile, mehr als ein Leben haben wir nicht.

Die Wahlen zum Nationalkonvent wurden nach dem üblichen Zwei-Stufen-System abgehalten, und als die neunhundert neu bestimmten Wahlmänner zu ihrer Zusammenkunft im Saal der Jakobiner gingen, reihte sich auf ihrem Weg ein frischer Leichenhaufen an den anderen.

Die Abstimmungen wurden so oft wiederholt, bis ein Kandidat die absolute Mehrheit hatte. Es war eine langwierige Prozedur. Die Kandidaten durften sich in mehreren Teilen des Landes gleichzeitig zur Wahl stellen. Sie brauchten keine französischen Bürger zu sein. Die Vielzahl der Kandidaten war so groß, dass die Wahlmänner sich vielleicht nicht mehr ausgekannt hätten, wäre nicht Robespierre mit seinem Ratschlag zur Stelle gewesen. Er umarmte Danton vorsichtig, als dieser mit 91 Prozent der Stimmen wiedergewählt wurde – oder zumindest tätschelte er ihm den Ärmel. Er genoss den Applaus, als er selbst Pétion aus dem Feld schlug und ihn zwang, einen Sitz über die Provinz zu bekommen; ihm lag daran, dass die Pariser Deputierten einen möglichst massiven anti-brissotistischen Block bildeten. Er war sowohl erfreut als auch besorgt, als die Pariser Wahlmänner seinen jüngeren Bruder Augustin wiederwählten; er hatte Angst, der Name könnte über Gebühr ins Gewicht fallen, aber andererseits hatte sich Augustin in Arras sehr um die Revolution verdient gemacht, da schien ein Wechsel in die Hauptstadt nur angebracht. Unterstützung und Beistand für mich, dachte er. Er brachte ein scheues Lächeln über diesen günstigen Verlauf zuwege. Für eine Minute oder auch zwei sah er jünger aus.

Der Journalist Hébert erhielt in keinem Wahlgang mehr als sechs Stimmen; wieder schien Robespierres Gesicht sich zu öffnen, die starren Kiefermuskeln entspannten sich. Hébert hatte eine gewisse Gefolgschaft unter den Sansculotten, obwohl er sich seinen eigenen Wagen hielt; der Mensch Hébert war weniger wichtig als die Maske, hinter der er sich verschanzte, doch dankenswerterweise würde der Ofensetzer Père Duchesne sein demokratisches Pfeifchen nun nicht auf den Bänken des Konvents schmauchen.

Aber so glatt lief nicht alles … Der englische Wissenschaftler Priestley drohte bei einer Rebellion der Wahlmänner gegen Marat an Rückhalt zu gewinnen. »Was unser Land jetzt braucht«, riet Robespierre, »ist nicht außerordentliche Begabung und schon gar nicht fremdländische Begabung, nein, es sind die Männer, die sich um der Revolution willen in Kellern versteckt halten mussten. Und, ja«, fügte er hinzu, »sogar Metzger.«

Er beabsichtigte keine Ironie. Legendre gewann seinen Sitz am nächsten Tag mit sicherem Vorsprung. Marat ebenso.

Sein Protégé Antoine Saint-Just würde endlich nach Paris kommen, und der Herzog von Orleans würde neben den Männern sitzen, deren Zahlherr und Gönner er einmal gewesen war. Auf seiner Suche nach einem Nachnamen hatte der Herzog auf den Beinamen zurückgegriffen, den man ihm halb im Spott verpasst hatte; er hieß nun Philippe Égalité.

Am 8. September dann eine leichte Störung: »So ein verkopfter brissotistischer Schnösel«, sagte Legendre, »dieser Kersaint, hat so viele

Stimmen gesammelt, dass Camille beim ersten Wahlgang wahrscheinlich nicht durchkommt. Was machen wir?«

»Keine Bange«, sagte Danton beruhigend. »Lieber den verkopften Schnösel, den man kennt, hmm?« Er hatte schon damit gerechnet, dass die Wahlmänner die Angelegenheiten der Nation nicht ohne Weiteres in Camilles Hände legen würden. Und als verkopft hätte er Kersaint auch nicht unbedingt bezeichnet; er war ein Marineoffizier aus der Bretagne und hatte bereits in der letzten Versammlung gesessen.

Robespierre sagte: »Bürger Legendre, wenn es eine Verschwörung gibt, um Camilles Wahl zu verhindern, dann werde ich dagegen vorgehen.«

»Aber das …«, setzte Legendre an. Sein Einwand blieb unvollendet, aber ihm war bänglich zumute. Er hatte nichts von einer Verschwörung gesagt, aber der Bürger Robespierre hatte diese reflexartige Reaktion entwickelt. »Was haben Sie vor?«, fragte er.

»Ich werde anregen, dass es bis zum Ende der Wahlen täglich eine einstündige öffentliche Debatte über die Verdienste der Kandidaten geben soll.«

»Ach, eine Debatte«, sagte Legendre erleichtert. Einen Augenblick lang hatte er befürchtet, Robespierre könnte gegen Kersaint einen Haftbefehl erlassen wollen. Letzte Woche hatte man gewusst, woran man bei ihm war; diese Woche wusste man das nicht mehr. Auf gewisse Weise verschaffte es ihm mehr Respekt.

Danton grinste. »Dann schreiben Sie besser eine Liste mit Camilles Verdiensten und lassen sie herumgehen. Wir sind nicht alle so erfinderisch wie Sie. Ich wüsste nicht, wie man Camille rechtfertigen sollte, außer unter der Rubrik ›außerordentliche Begabung‹.«

»Wollen Sie, dass er gewählt wird?«, fragte Robespierre.

»Natürlich, ich will doch während der öden Debatten jemanden zum Reden haben.«

»Dann sitzen Sie nicht da und lachen.«

Camille sagte: »Müsst ihr unbedingt über mich reden, als wäre ich nicht da?«

Beim nächsten Wahlgang musste der Bürger Kersaint, der zuvor 230 Stimmen bekommen hatte, zu seinem Befremden feststellen, dass sie auf sechsunddreißig geschrumpft waren. Robespierre zuckte die Achseln. »Man leistet Überzeugungsarbeit, das ist alles. Gratuliere, mein Lieber.« Aus irgendeinem Grund stand ihm plötzlich Camille als Zwölf- oder Dreizehnjähriger vor Augen: ein launisches, wildes Kind, das aus heiterem Himmel losweinte, dass die Tränen nur so spritzten.

Unterdessen marschieren die Freiwilligen zu Tausenden singend an die Front. Am Ende ihrer Bajonette haben sie Würste und Brotlaibe stecken. Mädchen überschütten sie mit Küssen und Blumen. Wer erinnert sich noch an früher, wenn der Rekrutierungsoffizier ins Dorf kam? Jetzt versteckt sich keiner. Die Leute kratzen Salpeter aus ihren Kellerwänden, um Schießpulver herzustellen. Die Frauen bringen ihre Trauringe zum Schatzamt, damit sie eingeschmolzen werden können. Natürlich werden bei der Gelegenheit auch viele von ihnen die neuen Gesetze nutzen und sich scheiden lassen.

»Piken?«, fragte Camille.

»Piken«, bestätigte Fabre mürrisch.

»Ich will ja nicht legalistisch erscheinen und erst recht nicht erbsenzählerisch, aber fällt die Anschaffung von Piken wirklich unter die Aufgaben des Justizministers? Weiß Georges-Jacques, dass wir eine Rechnung für Piken haben?«

»Also komm, soll ich wegen jeder kleinen Ausgabe zum Minister rennen?«

»Wenn man es alles zusammenrechnet« – Camille warf sein Haar nach hinten –, »haben wir in den letzten Wochen ein ziemliches Vermögen ausgegeben. Ich meine, jetzt, wo wir alle Abgeordnete sind, werden wir demnächst neue Minister haben, die fragen werden, wo das ganze Geld hingekommen ist. Und das macht mir ein mulmiges Gefühl, denn ich habe ehrlich gesagt nicht die leiseste Ahnung. Du zufällig?«

»Alles, was problematisch ist«, sagte Fabre, »verbuchst du einfach unter ›Geheimgelder‹. Dann kann keiner Fragen stellen, verstehst du – geheim ist geheim. Sorg dich nicht so viel. Alles ist in Butter, solange du nicht das Großsiegel verschlampst. Und das hast du doch nicht, oder?«

»Nein. Jedenfalls habe ich es heute Morgen noch irgendwo gesehen.«

»Gut, was spricht also gegen eine kleine Aufwandsentschädigung für uns? Was ist mit dem Geld, das Manon Roland bekommen soll, damit sie in ihrem Ministerium Nachrichtenblätter herausgeben können?«

»Ja, richtig. Georges hat ihr offenbar gesagt, wenn sie mich sehr freundlich bittet, dann überarbeite ich sie vielleicht für sie.«

»Stimmt, da war ich dabei. Sie sagte, ihr Mann würde dir möglicherweise eine Audienz gewähren, um dich auf deine Eignung zu überprüfen. Worauf unser Minister zum Tier wurde.«

Sie lachten. »Also gut«, sagte Camille. »Eine Schatzanweisung ...« Seine Hände fuhren suchend auf dem Tisch umher. »Das hat Claude mir beigebracht ... Niemand wird irgendetwas in Frage stellen, wenn es nur Dantons Unterschrift trägt.«

»Ich weiß«, sagte Fabre.

»Was hab ich bloß mit der Paraphe gemacht? Ach ja, Marat hat sie sich ausgeborgt. Hoffentlich bringt er sie zurück.«

»Wenn wir schon von Königin Coco sprechen«, sagte Fabre, »ist dir in letzter Zeit etwas an ihr aufgefallen?«

»Wie sollte es? Da ich ja nicht würdig bin, mit ihr unter einem Dach zu weilen.«

»Stimmt, ich vergaß. Dann lass mich dir sagen ... es ist so eine Beschwingtheit in ihrem Schritt, eine so zarte Röte auf ihren Wangen – wovon kündet das?«

»Sie wird verliebt sein.«

Fabre ist jetzt um die vierzig. Er ist gepflegt, blass, schmal gebaut: Schauspieleraugen, Schauspielerhände. Spätnachts kommen zuweilen Fragmente seiner Biographie ans Licht, meist ohne erkennbare chronologische Ordnung. Kein Wunder, dass ihn nichts erschüttern kann. In Namur hat er mit Hilfe befreundeter Armeeoffiziere eine Fünfzehnjährige namens Catiche entführt – und zwar deshalb, wie er erklärt, um ihre Jungfräulichkeit gegen ihren eigenen Vater zu verteidigen. Besser, Fabre raubte sie ihr … Sie wurden eingefangen, Catiche in aller Eile verheiratet und er zum Tod durch den Strang verurteilt. Wie kommt es dann, dass er hier sitzt und fröhlich erzählt? Nach so langer Zeit und nach all den Aufregungen seither kann er sich gar nicht recht erinnern. »Georges-Jacques«, sagt Camille, »was haben wir zwei für ein behütetes Leben geführt.«

»Mönchisch«, bekräftigt der Minister.

»Ach, so weit würde ich nicht gehen«, sagt Fabre bescheiden.

Fabre folgt dem Minister, wenn er durch die Amtsstuben stampft, krachend auf Schultern und Tischplatten schlägt und alle Kompromisslösungen, alle gütlichen Regelungen, alles erprobte Miteinander kaputthaut. Die Macht kleidet ihn gut, sie passt ihm wie ein bequemer alter Mantel; seine kleinen Augen leuchten, wenn jemand versucht, ihm Widerworte zu geben. Fabre schmeichelt seinem Ego auf all die plumpen Arten, die er am liebsten hat; sie sind aufeinander eingespielt, durchzechen ganze Nächte zusammen und hecken dabei interministerielle Mauscheleien aus. Wenn der Morgen graut, findet sich Danton allein mit der Europakarte wieder.

Mit Fabre vertue ich nur meine Zeit, beschwert er sich, Fabre ist beschränkt. Aber es ist ein lockeres Zusammensein mit ihm, der Minister ist an ihn gewöhnt, und er ist immer da, wenn man ihn braucht.

An diesem Morgen war der Minister in Gedanken, Faust unters Kinn geklemmt. »Fabre, hast du schon mal einen Raub geplant?«

Fabre sah ihn bestürzt an.

»Keine Angst«, sagte Danton gutmütig, »ich weiß schon, deine

Spezialität ist die Kleinkriminalität. Dazu kommen wir später noch. Nein, ich brauche deine Hilfe, weil ich die Kronjuwelen stehlen will. O ja, setz dich nur.«

»Wären ein paar erklärende Worte zu viel verlangt, Danton?«

»Das wohl nicht – aber kein Wenn und Aber bitte, und auch keine Ahs und Ohs. Gebrauch deine Fantasie. Ich gebrauche meine auch. So, denk dir den Herzog von Braunschweig.«

»Braunschweig –«

»Erspar mir deine jakobinischen Hetzreden, die kenne ich zur Genüge. Tatsache ist, dass Braunschweig, als Mensch, durchaus gewisse Sympathien für uns hat. Dieses Manifest im Juli – das hat er nur auf den Druck der Österreicher und Preußen hin unterzeichnet. Versetz dich in ihn hinein. Er ist ein intelligenter Mann. Er ist ein fortschrittlicher Mann. Er weint den Bourbonen keine Träne nach. Er ist außerdem ein steinreicher Mann. Er ist ein hervorragender Soldat. Aber für die Koalition ist er – ja, was? Ein Söldner.«

»Und was wäre er gern?«

»Braunschweig weiß so gut wie ich, dass Frankreich noch nicht bereit für eine republikanische Regierung ist. Das Volk will vielleicht nicht Louis oder seine Brüder, aber es will einen König, weil Könige etwas sind, das es versteht, und früher oder später wird die Nation an einen König fallen – oder an einen Diktator, der sich zum König ausruft. Wenn du mir nicht glaubst, frag Robespierre. Nun hätten Umstände eintreten können, unter denen wir – wenn unsere Verfassung erst einmal steht – Europa nach einem halbwegs königstauglichen alten Strohkopf abgesucht hätten, der uns sie aufrechterhalten hilft. Braunschweig würde es vielleicht etwas anders formulieren, aber es besteht kein Zweifel daran, dass er die Rolle gern übernommen hätte.«

»Stimmt, das hat Robespierre behauptet.« (Und du, ergänzte Fabre im Stillen, hast es als Unsinn abgetan.) »Aber mit dem Manifest letzten Juli …«

»… hat er sich um diese Chance gebracht. Jetzt benutzen wir seinen Namen als Schimpfwort. Warum hat die Koalition ihn gezwungen, seinen Namen unter ihr Manifest zu setzen? Weil sie ihn braucht. Sie wollten, dass man ihn bei uns hasst, damit seine persönlichen Ambitionen vereitelt würden und seine Dienste ihnen erhalten bleiben.«

»Das ist ihnen gelungen. Und weiter?«

»Die Situation ist nicht – unrettbar. Ich bin dabei zu eruieren, ob Braunschweig sich nicht vielleicht kaufen lässt, verstehst du? Ich habe General Dumouriez gebeten, Verhandlungen mit ihm aufzunehmen.«

Fabre sog scharf den Atem ein. »Du setzt unser aller Leben aufs Spiel! Damit hat Dumouriez uns in der Hand!«

»Möglich, aber darum geht es nicht. Es geht um das Ergebnis für Frankreich, nicht um offene Rechnungen zwischen mir und dem General. Weil es nämlich so aussieht, als könnte Braunschweig sich kaufen lassen.«

»Aha, er ist also ein Mensch. Anders als Robespierre oder der Tugendhafte Roland, wie die Zeitungen unseren Innenminister nennen.«

»Keine Scherze«, sagte Danton. Plötzlich grinste er. »Du hast ja recht. Wir haben so einige Heilige auf unserer Seite. Tja, wenn sie erst tot sind, können die Franzosen mit ihren Reliquien bewaffnet ins Feld ziehen. Anstelle von Kanonen, mit denen wir ja weniger gut bestückt sind.«

»Was verlangt Braunschweig? Wie viel?«

»Seine Forderungen sind sehr konkret. Er will Diamanten. Die sammelt er, musst du wissen. Und welche Gier Diamanten entfachen können, haben wir ja an unserer guten Madame Capet gesehen.«

»Aber ich kann mir nicht vorstellen …«

Danton schnitt ihm mit einer Handbewegung das Wort ab. »Wir stehlen die Kronjuwelen. Wir schanzen Braunschweig die zu, auf die er ein Auge geworfen hat, und lassen den Rest wieder auftauchen. Zur späteren Verwendung.«

»Aber kann das gut gehen?«

Böser Blick von Danton. »Denkst du, ich hätte mich sonst so weit vorgewagt? Der Diebstahl selbst dürfte kein großes Problem sein – nicht für professionelle Diebe, wenn wir ihnen entsprechend unter die Arme greifen. Ein paar Pannen bei der Bewachung. Ein paar Schnitzer bei den Ermittlungen.«

»Aber das alles – die Bewachung des Kronschatzes, die Ermittlungen – fällt doch unter Rolands Zuständigkeit.«

»Der Tugendhafte Roland wird in unseren Plan eingebunden. Wenn er erst genügend Einzelheiten weiß, um in die Sache verwickelt zu sein, kann er uns nicht mehr verraten, ohne sich selbst ans Messer zu liefern. Überlass das ruhig mir – ich sorge dafür, dass er Einzelheiten erfährt, die er lieber nicht wüsste. Aber tatsächlich wird er natürlich sehr wenig wissen, wir kaschieren es so, dass er nur raten kann, wer tatsächlich beteiligt ist und wer nicht. Und wenn es brenzlig wird, laden wir ihm die Schuld auf. Denn wie du ganz richtig sagst, es ist seine Zuständigkeit.«

»Aber er bräuchte doch nur zu sagen, dahinter steckt Danton.«

»Wenn er dafür lange genug lebt.«

Fabre starrte ihn an. »Ich erkenne dich nicht wieder, Danton.«

»Ich bin derselbe dreckige Patriot wie eh und je, Fabre. Was ich damit von Braunschweig erkaufe, ist eine einzige Schlacht – ein Sieg für unsere armen, unterernährten, barfüßigen Soldaten. Ist das verkehrt?«

»Die Mittel …«

»Die Mittel setze ich dir gerade auseinander, und ich habe nicht die Zeit, mit dir über den Zweck zu diskutieren. Kein Rechtfertigungsgeseier bitte. Ich will unser Land retten, das ist Rechtfertigung genug.«

»Wozu?« Fabre wirkte etwas ratlos. »Wozu es retten?«

Dantons Miene verdüsterte sich. »Wenn dich in zwei Wochen ein österreichischer Soldat an der Gurgel packt und sagt: ›Willst du am Leben bleiben?‹ – wirst du dann fragen: ›Wozu?‹«

Fabre wandte den Blick ab. »Tja …«, murmelte er. »Nacktes Überleben, darum geht es ab jetzt. Und Braunschweig ist bereit, eine Schlacht zu verlieren – und dafür seinen Ruf aufs Spiel zu setzen?«

»Es wird so bewerkstelligt werden, dass er sein Gesicht wahren kann. Er weiß, was er tut. Und ich weiß auch, was ich tue. Also, Fabre, wir brauchen Berufsverbrecher. Ich habe bereits ein paar Kontakte, denen du nachgehen sollst. Sie dürfen nicht wissen, für wen sie arbeiten. Sie werden alle« – ein Schwenken der Hand – »entbehrlich sein. Ein gewisses Maß an stümperhaften polizeilichen Ermittlungen werden wir Roland natürlich zugestehen. Und wir werden verlangen, dass die Sache sehr ernst genommen wird. Todesstrafe.«

»Was wird sie daran hindern, beim Prozess auszupacken? Da es ja nötig sein könnte, dass die Polizei jemanden festnimmt?«

»Sorg du möglichst dafür, dass sie nichts zum Auspacken haben. Vernebele die Sache ordentlich. Dicke Nebelschwaden zwischen den verschiedenen Ebenen der Verschwörung und zwischen den einzelnen Mitverschwörern. Ich verlasse mich auf dich. Falls jemand auf die Idee kommt, die Regierung einer Beteiligung zu verdächtigen, sollte die Spur zu Roland führen. So, zwei Leute gibt es, die unter gar keinen Umständen etwas mitbekommen dürfen. Einmal Rolands Frau. Madame ist so unbeleckt von der praktischen Politik, wie sie redefreudig ist. Dummerweise scheint er außerstande, irgendetwas vor ihr geheimzuhalten.«

»Und der zweite ist Camille«, sagte Fabre. »Weil er es Robespierre erzählen würde, und Robespierre würde es schon als Verrat ansehen, dass wir überhaupt mit Braunschweig reden.«

Danton nickte. »Ich kann Camilles Loyalitäten nicht beeinflussen. Wer weiß? Vielleicht trifft er die falsche Wahl.«

»Aber beide sitzen direkt an der Quelle.«

»Das ist ein Risiko, das wir eingehen müssen. Eine Schlacht kann ich kaufen – und hoffen, dass sich das Kriegsglück dadurch wendet. Aber danach darf ich nicht im Amt bleiben. Ich könnte jederzeit erpresst werden, von Braunschweig oder, wahrscheinlicher noch …«

»… von General Dumouriez.«

»Richtig. Ich weiß schon, du findest meinen Plan tollkühn. Aber denk auch an dich. Ich weiß nicht, wie viel an Ministeriumsgeldern du in den letzten Wochen veruntreut hast, aber wenig wird es nicht sein. Und solange du einen gewissen Rahmen nicht überschreitest, werde ich dir auch keinen Strick daraus drehen. Jetzt denkst du: Was nutzt mir Danton, wenn er nicht mehr im Amt ist? Aber, Fabre, Krieg ist etwas so Lukratives. Ab jetzt wirst du nie mehr weit weg von den Mächtigen sein. Interne Informationen … Stell es dir nur vor. Ich weiß, was du mir wert bist.«

Fabre schluckte. Er sah weg. Sein Blick schien auf nichts Bestimmtes gerichtet zu sein. »Denkst du je … Ich meine, macht es dir gar nichts aus … dass sich das alles auf Lügen gründet?«

»Das ist eine gefährliche Behauptung. Die höre ich nicht gern.«

»Nein, ich meinte es gar nicht auf dich bezogen, sondern eher auf mich selbst … Eine Art Erfahrungsvergleich sozusagen.« Er lächelte blässlich; erstmals in all den Jahren ihrer Bekanntschaft sah Danton ihn außer Fassung, ratlos: ein Mann ohne Boden unter den Füßen. Dann sah er auf. »Nein, es ist nichts«, sagte er leichthin. »Ich habe gar nichts gemeint.«

»Du kannst es dir nicht leisten, unbedacht zu sprechen. Niemand darf die Wahrheit über diese Sache erfahren, in tausend Jahren nicht. Dein Schweigen ist der Preis für meines, und keiner von uns wird es brechen, selbst wenn wir es mit dem Leben bezahlen müssten.«

2. *Robespierrizid*

(1792)

»Bei mir war es Liebe auf den ersten Blick.« Ach, dachte Manon, auf den ersten *Blick* erst? Ihr schien, dass auch ihre Briefe, ihre Artikel schon an das Herz des Mannes hätten rühren müssen, der, wie sie nun wusste, der Einzige war, mit dem sie je hätte glücklich werden können.

Sie hatten nichts überstürzt. Ströme von Tinte waren in den Zeiten der Trennung zwischen ihnen geflossen; wenn sie zusammen waren – oder richtiger, in derselben Stadt waren –, gab es für sie kaum einen Moment zu zweit. Salongespräche, Stunden um Stunden, waren ihr Los gewesen; ihre Sprache war die der Gesetzgeber, ehe es die der Liebe wurde. Auch jetzt sagte Buzot nicht viel. Er wirkte verwirrt, zerrissen, gequält. Er war jünger als sie, weniger geschult im Umgang mit seinen Empfindungen. Er hatte eine Frau, ein unscheinbares Geschöpf, älter schon.

Manon riskierte es, die Fingerspitzen auf seine Schulter zu legen, während er mit dem Kopf in den Händen dasaß. Es war tröstlich, und ihre Finger zitterten dadurch nicht mehr so.

Sie mussten sich vorsehen. Die Zeitungen dichteten ihr Liebhaber an – bevorzugt Louvet. Bisher hatte sie immer verächtlich reagiert: Hatten sie keine wichtigeren Themen, fiel ihnen nichts Geistreicheres ein? (Auch wenn diese Sticheleien und Spottgedichte sie insgeheim bis an den Rand der Tränen brachten: Warum behandelte man sie mit der gleichen Verachtung wie diese überspannte Irre, Théroigne – mit der gleichen Verachtung, wenn sie ehrlich war, wie früher Marie Antoinette?) Trotzdem, die Zeitungen ließen sich gerade noch ertragen; schlimmer war das, was in der Gerüchteküche des Justizministeriums zusammengebraut wurde.

Bemerkungen von Danton wurden ihr hinterbracht; sie setze ihrem Mann seit Jahren Hörner auf, behauptete er, in jedem moralischen Sinne, wenn auch vielleicht nicht im physischen. Aber was wusste er schon von ihr, was ahnte er von den subtilen Arten der Erfüllung, die sich der Beziehung zwischen einer keuschen Frau und einem Ehrenmann abgewinnen ließen? Es war unmöglich, sich ihn in irgendwelchen anderen Zusammenhängen als denen derbster Körperlichkeit vorzustellen. Manon hatte seine Frau gesehen; nach seiner Ernennung zum Minister hatte er sie einmal in die Manege mitgebracht, wo sie oben in der Galerie sitzen und zuhören durfte, wie er die Abgeordneten zusammenstauchte. Sie machte einen dumpfen Eindruck, schwanger; Haferschleim und Säuglingsbrei, das war im Zweifel alles, was sie im Kopf hatte. Trotzdem, sie war eine Frau – wie erträgt sie es, hatte Manon laut gefragt, wie erträgt sie es, sich unter den Fleischmassen dieses Wüstlings begraben zu lassen?

Es war so ein unbedachter Kommentar, wie ihn nur blanker Abscheu hervorbringen kann, und bis zum nächsten Tag hatte er sich natürlich in der ganzen Stadt herumgesprochen. Sie errötete bei der bloßen Erinnerung.

Bürger Fabre d'Églantine stattete ihr Besuche ab. Er schlug die Beine übereinander und legte die Fingerspitzen zusammen. »Ach, meine Liebe«, sagte er.

Grauenhaft, dieser vertrauliche Ton, den er sich herausnahm. Dieser unseriöse Kerl, der mit Weibsbildern herumzog, die sich am äußersten Rand der guten Gesellschaft bewegten – dieses Stück Mensch mit seinen Theaterallüren und den abschätzigen Bemerkungen hinter dem Rücken der Leute: Sie schickten ihn zu ihr, damit er sie beobachtete, und hinterher ging er dann hin und erstattete Bericht. »Der Bürger Camille«, verkündete er ihr, »deutet Ihre mittlerweile legendäre Bemerkung ja so, dass Sie sich zu unserem Minister extrem stark hingezogen fühlen – wie es schon von Anfang an sein Verdacht war.«

»Es erstaunt mich, dass er Einblick in meine Gefühle zu haben meint. Da wir uns ja gar nicht kennen.«

»Ja, seltsam – warum möchten Sie ihn denn nicht kennenlernen?«

»Wir hätten einander nichts zu sagen.«

Sie hatte Camilles Frau in der Manege und auch auf der Galerie bei den Jakobinern gesehen; sie wirkte wie der Typ Frau, der den Männern entgegenkam, und bei Danton tat sie das ja wohl auch. Camille, so hieß es, duldete es, oder vielleicht sogar mehr als das … Fabre sah diese zuckende kleine Kopfbewegung, dieses Zurückschrecken vor einem Zuviel an Wissen. Trotzdem, was für eine abartige Fantasie die Frau haben musste; nicht einmal wir, dachte er, würden öffentlich darüber spekulieren, was unsere Kollegen im Bett tun.

Manon fragte sich: Warum muss ich diesen Menschen ertragen? Wenn ich schon mit Danton zu tun haben muss, warum dann nicht über einen anderen Mittelsmann? Vielleicht, überlegte sie, traute Danton ja doch nicht so vielen, wie seine joviale Art glauben machte?

Fabre musterte sie spöttisch. »Schade auch«, sagte er. »Wirklich, Sie haben den falschen Eindruck, Sie kämen mit Camille viel besser zurecht als mit mir. Er ist übrigens der Meinung, dass Frauen bei den Wahlen ein Stimmrecht hätten haben sollen.«

Sie schüttelte den Kopf. »Das sehe ich anders. Die meisten Frauen verstehen nichts von Politik. Sie sind nicht vernunftgesteuert« – man denke nur an Dantons Frauen –, »sie bringen denkerisch nichts voran. Sie würden sich einfach nur von ihren Männern leiten lassen.«

»Oder von ihren Liebhabern.«

»In Ihren Kreisen vielleicht.«

»Ich werde Camille Ihre Argumente mitteilen.«

»Bitte sparen Sie sich die Mühe. Ich habe keinerlei Ehrgeiz, mich auf eine Debatte mit ihm einzulassen, weder aus erster noch aus zweiter Hand.«

»Er wird am Boden zerstört sein, dass auch das ihn nicht in Ihrer Achtung steigen lässt.«

»Für wie dumm halten Sie mich eigentlich?«, fragte sie scharf.

Er zog eine Braue hoch, wie jedes Mal, wenn es ihm gelungen war, sie aus der Reserve zu locken. Tag um Tag beobachtete er sie, registrierte ihre Launen, ihr Mienenspiel.

Geheimhaltung also. Doch Aufrichtigkeit tat ebenso not, das gab auch François-Léonard zu. »Wir sind beide verheiratet, und mir ist klar, dass es undenkbar sein muss – gerade für Sie –, in irgendeiner Weise gegen unsere Ehegelübde zu verstoßen.«

»Aber es fühlt sich so richtig an«, begehrte sie auf. »Mein Instinkt sagt mir, dass es nicht unrecht sein kann.«

»Ihr Instinkt?« Er blickte auf. »Manon, mit dem Wort müssen wir aufpassen. Sie wissen, dass wir kein unumschränktes Recht auf persönliches Glück haben … Jedenfalls müssen wir gewissenhaft prüfen, worin unser Glück tatsächlich liegt … Wir haben nicht das Recht dazu, unsere eigenen Wünsche auf Kosten anderer durchzusetzen.« Ihre Finger blieben stetig auf seiner Schulter ruhen, aber ihr Gesicht war nicht überzeugt, ihr Gesicht war … gierig. »Manon?«, sagte er. »Haben Sie nicht Cicero gelesen? ›De officiis‹?«

Hatte sie Cicero gelesen? Wusste sie um ihre Pflicht? »Was für eine Frage«, stöhnte sie auf. »Was habe ich nicht gelesen? Natürlich weiß ich, dass man seine Verpflichtungen gegeneinander abwägen muss, dass niemand glücklich sein darf, wenn andere dadurch leiden. Glauben Sie, das hätte ich nicht alles schon viele Male durchdacht?«

»Sicher.« Er schaute zerknirscht drein. »Ich habe Sie unterschätzt.«

»Wissen Sie, wenn ich einen Fehler habe« – sie hielt den Bruchteil einer Sekunde inne, damit er widersprechen konnte –, »wenn ich einen Fehler habe, dann meine Geradlinigkeit. Ich ertrage keine Heuchelei, ich ertrage diese Höflichkeit nicht, die doch nur Unaufrichtigkeit ist – ich muss mit Roland sprechen.«

»Mit ihm sprechen? Worüber?«

Gute Frage. Es war nichts zwischen ihnen geschehen – nicht in dem Sinn, der für Danton und seine Freunde als Einziges zählte. (Im Geist sah sie Dantons Wurstfinger an Lucile Desmoulins' kleinen Brüsten herumkneten.) Nur seine hastige Erklärung, ihre hastige Antwort; aber seither hatte er sie kaum berührt, kaum ihre Hand gestreift.

»Mein Liebster«, – sie senkte den Kopf –, »das hier geht so unermesslich weit über das Physische hinaus … Wie Sie ja sagen, auf der Ebene ist zwischen uns nichts denkbar. Und natürlich muss ich Roland unterstützen – dies sind Krisenzeiten, ich bin seine Frau, ich kann ihn nicht im Stich lassen. Und dennoch – es darf nicht sein, dass er im Unklaren über die wahre Natur unserer Beziehung bleibt. So verlangt es mein Charakter, verstehen Sie doch.«

Er sah auf. Er runzelte die Stirn. »Aber, Manon, was wollen Sie Ihrem Mann denn sagen? Es ist nichts vorgefallen. Wir haben lediglich über unsere Gefühle gesprochen.«

»Ja, wir haben über sie gesprochen! Roland hat nie zu mir über seine Gefühle gesprochen – aber ich achte sie dennoch, ich weiß, er hat Gefühle, jeder Mensch hat Gefühle. Ich muss ihm sagen: Folgendes ist die Wahrheit, ich bin dem Mann begegnet, den ich zu lieben bestimmt bin, unsere Situation ist so und so, ich werde dir seinen Namen nicht nennen, nichts ist vorgefallen, nichts wird vorfallen, ich werde dir eine treue Ehefrau bleiben. Er wird mich verstehen, er wird wissen, dass mein Herz einem anderen gehört.«

Buzot senkte den Blick. »Sie sind unerbittlich, Manon. Hat es je eine Frau wie Sie gegeben?«

Wohl kaum, dachte sie. Laut sagte sie: »Ich kann Roland nicht betrügen. Ich kann ihn nicht verlassen. Ihnen mag scheinen, mein Körper sei für die Lust bestimmt. Aber es gibt Wichtigeres im Leben.« Dennoch dachte sie an Buzots Hände, während sie das sagte, recht kräftige Hände für einen so eleganten, gepflegten Mann. Ihr Busen war nicht wie die Brüste der kleinen Desmoulins; ihr Busen hatte ein Kind genährt, es war ein verantwortungsvoller Busen.

Buzot sagte: »Halten Sie es wirklich für eine gute Idee, es ihm zu sagen? Hat es denn« – (Gott helfe mir) – »einen Sinn?«

Ihm schwante, dass er das Ganze falsch angepackt hatte. Aber er hatte natürlich auch keine Erfahrung. Er war ein Neuling in diesen Dingen, und seine Frau, die er wegen ihres Geldes geheiratet hatte, war älter als er und reizlos.

»Ja, ja, ja!«, sagte Fabre. »Es gibt ganz eindeutig jemanden. Wie schön, wenn man feststellen darf, dass andere auch nicht besser sind als man selbst.«

»Aber nicht Louvet?«

»Nein. Vielleicht Barbaroux?«

»Nie im Leben. Ruf zu schlecht, Aussehen zu gut. Für Madame«, Camille seufzte, »muss es schon jemand Gezierteres, Pompöseres sein.«

»Wie es der Tugendhafte Roland wohl aufnehmen wird?«

»Und in ihrem Alter«, sagte Camille angeekelt. »Mit diesem Äußeren.«

»Fehlt dir etwas?«, fragte Manon ihren Mann. Es fiel ihr schwer, die Schärfe aus ihrem Ton zu verbannen. Er war in seinem Sessel zusammengesunken, und als er den Blick widerstrebend zu ihrem Gesicht aufhob, war der Ausdruck unbestreitbar der körperlichen Unwohlseins.

»Es tut mir leid.« Leid für ihn, meinte sie. Darüber hinaus empfand sie keinen Drang, sich zu entschuldigen; sie erklärte ihm einfach die Sachlage, damit in Zukunft keine erniedrigenden Winkelzüge nötig sein würden, keine Vorwände, nichts, was sich als Betrug auslegen ließ.

Sie wartete darauf, dass er etwas erwiderte. Als nichts kam, sagte sie: »Du verstehst, weshalb ich dir seinen Namen nicht nennen will.«

Er nickte.

»Denn das würde uns in unserer Arbeit behindern. Uns hemmen. Auch wenn wir ja alle vernünftige Menschen sind.« Sie wartete. »Meine Gefühle zügeln, das kann ich nicht. Aber mein Benehmen wird über jeden Tadel erhaben sein.«

Endlich brach er sein Schweigen.

»Was macht Eudora, Manon, was macht unsere Tochter?«

Die Abwegigkeit seiner Frage verblüffte, ja erzürnte sie. »Du weißt, dass es ihr gut geht. Du weißt, dass sie gut versorgt ist.«

»Schon, aber warum holen wir sie nie zu uns?«

»Weil das Ministerium nicht der geeignete Ort für ein Kind ist.«

»Danton hat seine Kinder auch bei sich an der Place des Piques.«

»Seine Kinder sind noch klein, man kann sie einer Kinderfrau überlassen. Bei Eudora geht das nicht mehr, sie würde meine Aufmerksamkeit brauchen, und die ist momentan anderweitig gebunden. Du weißt selbst, dass sie nicht hübsch ist, dass sie keine besonderen Gaben hat – was sollte ich hier mit ihr?«

»Sie ist erst zwölf, Manon.«

Sie schaute auf ihn hinab. Seine sehnige Faust ballte und öffnete sich, immer wieder, und dann sah sie, dass er weinte, Tränen liefen ihm lautlos über die Wangen. Er würde nicht wollen, dass ich ihn so sehe, dachte sie. Mit traurig-befremdetem Blick verließ sie das Zimmer, schloss die Tür so behutsam wie in den Zeiten, wenn er krank war und sie ihn pflegte.

Er lauschte, bis ihre Schritte ganz verklungen waren, und dann erst gestattete er sich ein Geräusch, einen Laut, der ihm so natürlich wie Worte erschien. Es war ein gepresster, tierischer Trauerlaut, ein Stöhnen aus beengter Brust. Wieder und wieder ertönte es; anders als Worte hatte es kein Ziel und somit auch kein zwingendes Ende. Es galt ihm selbst, es galt Eudora; es galt allen, die ihr je in die Quere gekommen waren.

Eléonore hatte gedacht: Wenn all das erst vorüber ist, dann heiratet mich Max. Sie hatte es gegenüber ihrer Mutter angedeutet. »O ja, das glaube ich auch«, hatte Mme Duplay behaglich geantwortet.

Einige Tage später nahm ihr Vater sie beiseite. Mit bedächtiger, verlegener Geste strich er sich das schüttere Haar über der Kopfhaut zurecht. »Er ist ein großer Patriot«, sagte er. Das schien ihm Sorgen zu bereiten. »Er hat dich sehr gern, denke ich doch. Er ist sehr zurückhaltend, nicht wahr – im Privaten, meine ich. Nicht dass man ihn sich anders wünschen würde. Ein großer Patriot.«

»Ja.« Sie war verstimmt. Bildete ihr Vater sich ein, ihrem Stolz auf ihn müsse auf diese Weise nachgeholfen werden?

»Es ist eine große Ehre, dass er hier bei uns wohnt, und darum sollten wir natürlich tun, was wir können … Um es so zu sagen: In meinen Augen seid ihr schon Mann und Frau.«

»Oh«, sagte sie, »ich verstehe, was du meinst.«

»Ich würde mich gern darauf verlassen können … Wenn es irgendetwas gäbe, womit du ihm das Leben ein wenig annehmlicher machen könntest …«

»Vater, hast du mich nicht gehört? Ich habe gesagt, ich verstehe, was du meinst.«

Schließlich löste sie ihr Haar, sodass es über ihre eckigen Schultern und den Rücken hinabwallte. Sie stieß es von ihren kleinen Brüsten weg und beugte sich zum Spiegel vor, um sich zu begutachten. Vielleicht war es töricht, sich einzubilden, sie mit ihrem unscheinbaren Gesicht … Gestern war Lucile Desmoulins mit ihrem Kind zu ihnen zu Besuch gekommen, und sie hatten sich alle um sie versammelt und viel Wesens um sie gemacht; Lucile hatte den Kleinen Victoire zu halten gegeben und allein dagesessen, eine Hand über die Armlehne ihres Sessels herabfallend wie eine Winterblume mit ganz zartem Eisrand. Als Max ins Zimmer trat, wandte sie den Kopf und lächelte, und in seinem Gesicht leuchtete etwas auf … Brüderliche Zuneigung, so nannte man das wohl – aber für mich, dachte sie, wenn es irgendeine Gerechtigkeit gibt, sollte er für mich mehr empfinden als das.

Sie strich über ihren flachen Bauch, die flachen Hüften. Wie weich sich ihre Haut anfühlte: So würde sie sich für ihn auch anfühlen. Aber als sie sich vom Spiegel abwandte, streifte ihr Blick nur wieder ihre gedrungene, kantige Figur, und als sie in sein Bett schlüpfte und den Kopf auf sein Kissen legte, spürte sie nur noch vage Enttäuschung. Dann lag sie da und wartete, ihr ganzer Körper starr vor Anspannung.

Sie hörte seinen Schritt auf der Treppe – drehte das Gesicht entschlossen der Tür zu. Einen grauenhaften Sekundenbruchteil lang stellte sie sich vor, der Hund käme hereingehechelt, um sich mit sabbernden Lefzen auf sie zu stürzen und, wie so oft, auf ihren frisch gewaschenen, glänzend gebürsteten Haaren herumzukauen.

Aber die Klinke bewegte sich, und herein kam – nichts. Er zögerte auf der Schwelle, mit einem Gesicht, als würde er am liebsten rückwärts wieder hinaus- und die Stufen hinunterfliehen. Dann gab er sich einen Ruck und trat ins Zimmer. Ihre Blicke trafen sich, notgedrungen. Er hielt einen Stoß loser Blätter in der Hand, und als er ihn, ohne die Augen von ihr zu wenden, ablegen wollte, flatterten ein paar Blatt zu Boden.

»Mach die Tür zu«, sagte sie. Sie hoffte, mehr Worte würden nicht nötig sein, hoffte, damit wäre alles gesagt; aber so, wie es über ihre Lippen kam, klang es einfach wie ein praktischer Vorschlag – mach die Tür zu, es zieht.

»Eléonore, ist das eine gute Idee?«

Ein ungeduldiger, selbstironischer Ausdruck glitt über seine Züge: Was für eine Frage! Er nahm ihre Hände und küsste ihre Fingerspitzen. Er musste ihr klipp und klar sagen, dass es nicht in Frage kam; er bückte sich, um die verstreuten Papiere aufzuheben, und das Blut schoss ihm in die Wangen, als er erkannte, wie absolut undenkbar es wäre, ihr zu befehlen, aufzustehen und zu gehen.

Sie hatte sich aufgesetzt. »Keiner wird etwas einwenden«, sagte sie. »Sie verstehen es. Wir sind keine Kinder mehr. Sie werden uns keine Steine in den Weg legen.«

Wie gütig von ihnen, dachte er. Er setzte sich auf die Bettkante und streichelte ihre Brust, spürte ihre Brustwarze unter seiner Hand hart werden. Die Besorgnis stand ihm ins Gesicht geschrieben.

»Es ist in Ordnung«, sagte sie. »Wirklich.«

Niemand hatte sie jemals zuvor geküsst. Er tat es sehr behutsam, aber sie wirkte trotzdem erschrocken. Am besten, er zog sich aus, dachte er, ehe sie ihn dazu aufforderte, ihm erklärte, dass es völlig in Ordnung sei. Er berührte fremdes Fleisch, weiches, unbekanntes Fleisch; in seiner Anfangszeit in Versailles hatte es ein Mädchen gegeben, das er öfter besuchte, aber sie war kein gutes Mädchen gewesen, in keiner Weise, und es war einfacher gewesen, die Sache einschlafen zu lassen, und seither war es einfacher gewesen, gar nichts zu tun; Enthaltsamkeit ist leicht, aber Beinahe-Enthaltsamkeit ist etwas sehr Schwieriges, Frauen können nichts für sich behalten, und die Zeitungen gieren nach Tratsch … Eléonore schien einen Aufschub weder zu erwarten noch zu wünschen. Sie drängte ihren Körper an seinen, aber es war ein Körper, der wie in Abwehr versteift war. Sie kennt das Was, dachte er, aber niemand hat sie in das Wie eingeweiht. Weiß sie, dass sie zu bluten anfangen könnte? Einen Moment lang wurde ihm flau im Magen.

»Schließ die Augen, Eléonore«, flüsterte er. »Versuch lockerzulassen, nur für ein Weilchen, bis du dich wieder …« Besser fühlst, hätte er fast gesagt, als säße er an einem Krankenbett. Er strich ihr übers Haar, küsste sie neuerlich. Sie berührte ihn nicht, auf den Gedanken kam sie gar nicht. Er spreizte ihre Beine ein Stück. »Ich will nicht, dass du dich fürchtest«, sagte er.

»Es ist in Ordnung«, sagte sie.

Aber es war nicht in Ordnung. Er schaffte es nicht, in ihren starren, trockenen Körper einzudringen; dazu hätte er mit einer Brutalität vorgehen müssen, zu der er nicht fähig war. Nach einer Minute oder zwei stützte er sich auf einen Ellbogen und sah auf sie hinab. »Es hat gar keine Eile«, sagte er. Er schob ihr die Hand unters Gesäß. Eléonore, hätte er gern gesagt, mir fehlt es an Übung, und du scheinst mir auch nicht gerade ein Naturtalent. Sie wölbte ihm ihr Becken entgegen. Jemand hat ihr beigebracht, dass man hart arbeiten muss für das, was man im Leben erreichen will – dass man die Zähne zusammenbeißen muss und nie aufgeben darf … arme Eléonore, arme Frauen. Ganz unverhofft, in einem leicht schiefen Winkel, gelang es ihm doch. Sie gab keinen Laut von sich. Er zog ihren Kopf an seine Schulter, um ihr Gesicht nicht sehen, nicht mitbekommen zu müssen, ob es ihr weh tat. Vorsichtig manövrierte er sich in eine etwas bequemere Stellung. Es ist zu lange her, dachte er wieder, entweder man macht es ständig, oder man lässt es ganz. Entsprechend rasch war es denn auch vorüber. Er erstickte einen schwachen Erleichterungsseufzer an ihrem Hals. Dann gab er sie frei, und ihr Kopf fiel zurück auf das Kissen.

»Habe ich dir wehgetan?«

»Schon in Ordnung.«

Er wälzte sich auf die Seite und schloss die Augen. Jetzt dachte sie sicher: Und *darum* machen sie alle so viel Wind? Aber das musste sie ja denken. Seine eigene Enttäuschung war es, über die er nicht hinwegkam, ein bitteres, beschmutztes Gefühl in der Kehle. Darin steckt eine Lektion, dachte er: Wenn Freuden, auf die man lange verzichtet hat, sich als schal erweisen, schmerzt es doppelt, denn man verliert nicht nur eine Illusion, man fühlt sich auch als Versager. Mit dem Mädchen in Versailles war es natürlich viel besser gewesen, aber dahin führte nun kein Weg zurück, der innere Abscheu vor der Gelegenheitsbegegnung ließ sich nicht überwinden. Sollte er zu Eléonore sagen: Tut mir leid, dass es so schnell ging, mir ist klar, dass du nicht viel Spaß daran hattest? Aber wozu, sie hatte ja keine Vergleichsmöglichkeit und würde nur wieder versichern, dass es schon in Ordnung sei.

»Ich stehe jetzt auf«, sagte sie.

Er legte den Arm um sie. »Bleib noch.« Er küsste ihre Brüste.

»In Ordnung. Wenn du willst.«

Er tastete verstohlen herum. Kein Blut, zumindest spürte er keins. Er dachte, wahrscheinlich ist ihr klar, dass mehr daran sein muss als das, dass es mit zunehmender Übung besser wird – schließlich wird sie ja auch wissen, welchen Raum es im Leben mancher Menschen einnimmt.

Wenigstens schien sie jetzt etwas weniger verkrampft. Sie lächelte. Es war ein selbstzufriedenes Lächeln. Was mochte ihr durch den Kopf gehen? »Dieses Bett ist nicht besonders groß«, sagte sie.

»Nein, aber ...« Wenn es dazu kam, würde er deutlich werden müssen. Er würde sagen müssen, Eléonore, Cornélia, sosehr ich es zu schätzen weiß, dass du mir so großzügig deinen Körper anbietest: ich habe nicht vor, meine Nächte mit dir zu verbringen, selbst wenn uns deine ganze Familie beim Ummöblieren hilft. Er schloss die Augen wieder. Er überlegte, welche Ausflüchte er Maurice gegenüber gebrauchen konnte, wenn er auszog – wie er mit Madames Fragen und zweifellos auch Tränen umgehen würde. Dann stellte er sich die Bezichtigungen vor, die auf die verwirrte, schuldlose Eléonore niederprasseln würden, die ganze Gehässigkeit der Frauen. Und außerdem wollte er ja gar nicht wegziehen, wollte nicht in eine kalte, einsame Bleibe in einem anderen Distrikt übersiedeln müssen, um dann bei den Jakobinern Maurice Duplay zu begegnen und sich die Erkundigungen nach seiner Familie zu verkneifen. Es würde wieder passieren, so viel stand fest. Wenn Eléonore beschloss, dass es wieder einmal Zeit war, würde sie einfach die Treppe heraufkommen und auf ihn warten, und er würde genauso wenig imstande sein, sie fortzuschicken, wie heute. Bei wem sie sich wohl Rat holen würde, fragte er sich – schließlich musste ja jemand ihr sagen, wie oft sie damit zu rechnen hatte. Die fürchterlichsten Eventualitäten stürmten auf ihn ein, während er den Kreis ihrer möglichen Vertrauten abzustecken versuchte. Ein Glück nur, dass sie Mme Danton so wenig kannte.

Über diesen Gedanken musste er eingeschlafen sein, und als er aufwachte, war sie verschwunden. Es war neun Uhr abends. Morgen, dachte er, wird sie mit beschwingten Schritten die Straße entlanggehen, alle anlächeln, die ihr begegnen, und grundlos Besuche machen.

In den folgenden Tagen quälte er sich mit Gewissensbissen. Beim zweiten Mal war sie lockerer, weniger verkrampft, aber nichts deutete darauf hin, dass es ihr gefiel. Sollte sie schwanger werden, würden sie auf der Stelle heiraten müssen, machte er sich klar. Vielleicht, dachte er, kommen ja neue Leute ins Haus, wenn der Konvent zusammentritt, vielleicht wirft jemand ein Auge auf sie, und ich kann großmütig sein und sie von jeder Bindung oder Verpflichtung freisprechen.

Aber tief drinnen wusste er, dass das nicht passieren würde. Niemand würde ein Auge auf sie werfen. Die Familie würde es zu verhindern wissen. Ehepaare, so sagte er sich, können sich heutzutage scheiden lassen. Aber das Einzige, was uns voneinander scheiden kann, wird der Tod sein.

Camille saß an seinem Ministeriumsschreibtisch, und seine Gedanken wanderten in alle Richtungen. Die Nacht fiel ihm ein, die er bei seinem Vetter de Viefville verbracht hatte, damals, bevor er zu Mirabeau gegangen war. Barnave war dagewesen. Barnave hatte mit ihm gesprochen, als wäre er eine ernstzunehmende Persönlichkeit. Ihm war Barnave ja immer sympathisch gewesen. Jetzt saß er im Gefängnis – heimliche Verbindungen zum Hof, lautete die Anklage, in deren Sinne er natürlich voll und ganz schuldig war. Camille seufzte. Er malte kleine Schiffchen an den Rand des Schreibens, das er gerade aufsetzte: ermutigende Worte an die Jakobiner in Marseilles.

Die Mitglieder des Nationalkonvents trafen nach und nach in Paris ein. Augustin Robespierre: Camille, du hast dich kein bisschen verändert. Und Antoine Saint-Just … Gott verleihe ihm Geduld mit Saint-Just, es durfte nicht sein, dass diese unselige, vernunftwidrige Abneigung wieder aufflackerte …

»Bei ihm habe ich immer das Gefühl, dass sein Hirn voll grässlichster Gedanken steckt«, sagte er zu Danton.

Und Danton, ganz im Geiste der Solidarität, sagte mit seiner müden Anwaltsstimme: »Ich bitte dich, versuch Frieden zu halten, ja? Und

Maximilien nicht ständig zu enttäuschen. Du verursachst ihm auch so schon genug Scherereien, mit all diesen Seitensprüngen, die er fortwährend bemänteln muss.«

»Die Seitensprünge werden bei Saint-Just nicht das Problem sein, das stimmt.«

»Nein, so sieht er nicht aus.«

»Was ihn zweifellos zum Liebling aller machen wird.«

»Zweifellos!« Danton lachte. »Der Kerl ist mir unheimlich. Dieses kalte, kalkulierte Grinsen.«

»Vielleicht versucht er ja, freundlich zu wirken.«

»Hérault wird eifersüchtig werden. Er bekommt Konkurrenz bei den Damen.«

»Hérault kann beruhigt sein. Die Damen lassen Saint-Just kalt.«

»Das hast du von Saint Maximilien auch immer behauptet, aber jetzt hat ihn die holde Cornélia erobert. Oder etwa nicht?«

»Ich weiß es nicht.«

»Ich aber.«

Denn das war neuerdings das große Thema, neben der angeblichen Untreue von Rolands Frau und der Menage hier an der Place des Piques. Womit die Menschen alles ihre Zeit verschwenden, dachte er.

Danton würde vielleicht bald aus dem Amt scheiden. Für sich selbst würde Camille froh darüber sein. Dagegen schien es so gut wie sicher, dass Rolands Anhänger dafür sorgen würden, dass Roland auch nach seiner Wahl in den Konvent Innenminister blieb. Trotz des Skandals um den Kronschatz saß der verstaubte alte Bürokrat fest im Sattel. Und wenn er sein Amt behielt, warum dann nicht Danton, den die Nation so viel dringender brauchte?

Ich will nicht viel länger hier arbeiten, dachte er. Ich verwandle mich noch in Claude. Ich will eigentlich auch nicht zum Konvent sprechen, sie werden mich nicht hören können. Andererseits, sagte er sich, geht es nicht darum, was ich will.

Beunruhigender war, dass Danton selbst nicht Minister bleiben wollte. Auch jetzt ließ er nicht ab von seinem Traum – seinem Wahn –, für immer aus Paris fortgehen zu wollen. Irgendwann in den frühen Morgenstunden hatte Camille ihn einmal angetroffen, wie er allein in einem See aus gelbem Kerzenlicht saß, ganz versunken in seine Besitzurkunden, seine Grenzsteine, Wasserläufe, Wegerechte in Arcis. Als er den Kopf hob, sah Camille in seinen Augen Bilder von Katen, Äckern, Gehölzen und Bächen.

»Oh« – er war hochgeschreckt – »ich dachte schon, da kommt mein Meuchelmörder.« Er breitete eine Hand schützend über die Papiere. »Oder die Preußen sind da.«

Fabre war so ausweichend in letzter Zeit, dachte Camille. Nicht, dass Eindeutigkeit sonst seine Sache wäre. Wenn Fabre zwischen Geld und revolutionärem Ruhm wählen müsste – nein, er würde sich weigern, zu wählen, er würde dreist beides für sich fordern.

»Wie sollen wir eigentlich das Verschwinden der Kronjuwelen bewerten?«, fragte Camille Danton.

Was sollen wir davon halten? Oder – was sollen wir dazu sagen? Danton hatte an der Doppeldeutigkeit sichtlich zu schlucken.

»Auf jeden Fall sollten wir sagen, dass Rolands Unvorsichtigkeit einen ganz wesentlichen Teil der Schuld trägt.«

»Ja, er hätte bessere Sicherheitsvorkehrungen treffen müssen, unbedingt. Fabre war am Tag danach bei der Bürgerin Roland. Um halb elf ging er hin, um ein Uhr kam er wieder zurück. Meinst du, er war dort, um sie ins Gebet zu nehmen?«

»Woher soll ich das wissen?«

Camille sah ihn belustigt von der Seite an. »Und nachdem er die Bürgerin verlassen hatte, ist sie schnurstracks zu ihrem Mann gelaufen und hat ihm gesagt, dass sie gerade Besuch von dem Mann hatte, der den Kronschatz gestohlen hat.«

»Woher weißt du das?«

»Vielleicht denke ich es mir ja nur aus. Meinst du, ich denke es mir aus?«

»Schon möglich«, sagte Danton widerstrebend.

»Dumouriez ist nicht zu trauen.«

»Sagt Robespierre, ich weiß. Ich kann es langsam nicht mehr hören.«

»Robespierre hat immer recht.«

»Vielleicht sollte ich selbst einmal an der Front nach dem Rechten sehen. Ein paar Leute dort sprechen. Ein paar Missverständnisse aufklären.«

Wenn also diese pastorale Stimmung über ihn kam, war das vielleicht nichts anderes als verkappte Angst. Verwundbar genug war er weiß Gott, auch wenn das Wort nicht recht auf ihn passen zu wollen schien. Verwundbar durch Dumouriez und auch durch die Anhänger der Bourbonen, falls die auf die Einhaltung gewisser Versprechungen pochten … »Wir haben nichts zu befürchten. M. Danton gibt auf uns acht.«

Camille schob die Erinnerung hastig beiseite, strich sich nervös das Haar nach hinten, als wäre jemand bei ihm im Zimmer. Im Geist hörte er wieder Robespierres Stimme an jenem kalten Frühlingstag 1790: »Sobald du Zuneigung zu jemandem fasst, fliegt dein Verstand zum Fenster hinaus. Schau dir den Comte de Mirabeau an – objektiv, wenn dir das einen Moment lang gelingt. Sein Lebensstil, seine Worte, seine Handlungen, durch all das bin ich sofort vorgewarnt – dazu ein Fünkchen rationales Denken, und schon erkenne ich ihn als den machtbesessenen Egomanen, der er ist. Warum siehst du also nicht, was für jeden anderen klar auf der Hand liegt? Sonst gibst du deinen Gefühlen doch auch nicht nach, wenn sie deinen höheren Zielen im Weg stehen. Du hast Angst vor öffentlichen Auftritten, aber du kämpfst sie nieder. So muss es sein – du musst deine Gefühle an die Kandare nehmen.«

Nun, sollte ihm diese hartnäckige, unerbittliche Stimme eines Tages einflüstern wollen, dass es Danton an Redlichkeit fehlte – darauf hat er eine Antwort parat, keine logische zwar, aber dafür eine so niederschmetternde, dass sie die Logik vorerst außer Kraft setzen würde.

Denn Dantons Patriotismus anzweifeln hieße die ganze Revolution in Frage stellen. An ihren Früchten sollt ihr sie erkennen, und Dantons Frucht ist der 10. August. Er hat erst die Republik der Cordeliers erschaffen und dann die Republik Frankreich. Wenn Danton kein Patriot ist, dann haben wir die Angelegenheiten der Nation sträflich fahrlässig gehandhabt. Wenn Danton kein Patriot ist, dann sind auch wir keine Patrioten. Wenn Danton kein Patriot ist, dann muss alles wieder von vorne begonnen werden, angefangen im Mai '89.

Die Vorstellung musste selbst Robespierre die Kraft rauben.

Als die Nachricht vom Sieg bei Valmy Paris erreichte, war die ganze Stadt außer sich vor Erleichterung und Glück, und erst später begannen Vereinzelte sich zu fragen, warum die Franzosen ihren Vorteil nicht sofort genutzt hatten, um das fliehende Heer Braunschweigs zu verfolgen und aufzureiben. Der Nationalkonvent hatte bei seinem ersten Zusammentreten offiziell die französische Republik ausgerufen, da schien dieser Sieg gerade das rechte Omen. Bald werden sich keine Feinde mehr auf französischem Boden befinden – zumindest keine äußeren. Die Generäle werden Mainz, Worms, Frankfurt einnehmen; Belgien wird besetzt werden, England, Holland und Spanien werden in den Krieg eintreten. Mit der Zeit wird es Niederlagen geben, werden Verrat, Verschwörungen und bloße Halbherzigkeit schauerlichen Tribut fordern, und in den sich lichtenden Reihen des Konvents meint man täglich Gevatter Tod selbst sitzen zu sehen, lächelnd, vertraut, umtriebig.

Vorerst jedoch war das erstaunlichste Phänomen im Konvent Dantons Stimme; sie war jeden Tag zu vernehmen, zu jeder Frage, aber ihre Kraft und Arroganz überraschte immer wieder. Die Ministerbank verschmähte er, stattdessen saß er in den ansteigenden Bankreihen auf der linken Saalseite, bei den anderen Pariser Abgeordneten und den radikaleren Provinzlern. Diese Plätze – und damit auch ihre Inhaber – sollten schon bald »le montagne« heißen, der Berg. Die Girondisten,

Brissotisten, wie immer man sie nennen wollte, sammelten sich auf den rechten Rängen, und zwischen ihnen und dem »Berg« breitete sich die »Ebene« oder auch der »Sumpf« aus, passend zu den schwankenden Naturen der dort Ansässigen. Nun da die Spaltung offen zutage lag, schien es keinen Anlass zur Zurückhaltung mehr zu geben. Tag für Tag verkündete Buzot dem überhitzten, stickigen Saal Manon Rolands Anschuldigungen gegen Paris, diesen blutsaugerischen Moloch, diese Nekropolis. Manchmal beobachtete Manon ihn von der Zuschauergalerie aus, untadelig verhalten in ihrem Applaus; in der Öffentlichkeit benahmen sie sich wie höfliche Fremde, unter vier Augen nicht ganz so wie Fremde, aber um nichts weniger höflich. In Louvets Tasche wartete eine Rede auf ihren Einsatz, sein *Robespierrizid*, wie er dazu sagte.

Der springende Punkt – September, Oktober, November – waren die Herrschaftsbestrebungen der Brissotisten, ihre aus den Provinzen rekrutierte Privatarmee von sechzehntausend Mann, die singend durch die Straßen zogen und nach dem Blut der drei verhinderten Diktatoren verlangten – des »Triumvirats« Marat, Danton, Robespierre. Der Kriegsminister verfrachtete diese Armee an die Front, bevor es zur offenen Schlacht in den Gassen kam, die Gefechtslinien im Konvent dagegen entzogen sich seiner Befehlsgewalt.

Marat saß für sich allein, bucklig und blutrünstig wie stets. Wenn er das Wort ergriff, eilten die Brissotisten aus dem Saal; diejenigen, die blieben, starrten ihn in gebanntem Abscheu an und tuschelten untereinander, aber mit der Zeit blieben immer mehr von ihnen und lauschten, denn seine Ausführungen betrafen sie sehr direkt. Beim Sprechen stützte er sich mit dem angewinkelten Arm auf das Geländer vor ihm, den Kopf auf dem kurzen, muskulösen Hals in den Nacken geworfen, und schickte seinen Bemerkungen das dämonische Kichern voraus, dessen er sich so gern befleißigte. Er war krank, und niemand wusste den Namen seiner Krankheit.

Robespierre traf sich mit ihm – oberflächlich kannten sie sich natürlich seit Jahren, aber einen näheren Kontakt hatte er bisher tunlichst vermieden. Wer mit Marat redete, der bekam gern die Schuld an ihm zugeschoben – wurde bezichtigt, ihm seine Reden zu diktieren und seinen Ehrgeiz anzufachen. Dennoch, zu wählerisch durfte man nicht sein; in dem derzeitigen Klima musste man sich auf seine Freunde besinnen. So betrachtet war das Treffen vielleicht kein schlagender Erfolg, da es eher die Gegensätze zwischen den Patrioten unterstrich. Robespierres junger, kompakter Körper in seinen gut geschnittenen Kleidern war ruhig, katzenhaft gestrafft, seine Emotionen – soweit ein Gesicht sie verraten kann – waren mit den Septemberopfern begraben. Marat saß ihm zuckend und zappelnd gegenüber, hustend, ein schmuddeliges Tuch um den Kopf gebunden. Er spuckte vor lauter Eifer, seine schmutzige Faust trommelte auf dem Tisch herum, die Erbitterung malte Flecken und Verfärbungen auf seine Haut. »Robespierre, Sie verstehen mich einfach nicht.«

Robespierre betrachtete ihn gelassen, den Kopf leicht schräg geneigt. »Möglich.«

10. Oktober, zwei Monate nach dem Staatsstreich. Unter Robespierres Aufsicht (er sprach dort jeden Abend) führte der Jakobinerclub interne »Säuberungen« durch. Brissot und seine Kollegen wurden ausgeschlossen; der patriotische Organismus schied sie als unreinen Abfall aus. Am 29. Oktober sprach Roland im Konvent. Seine Anhänger klatschten und feuerten ihn an, aber der alte Mann glich einer blutleeren Marionette, deren Fäden nur noch von Pflichtbewusstsein und Gewohnheit gezogen wurden. Robespierre, so ließ er durchblicken, wolle die Septembermassaker am liebsten wiederholen. Die Gironde quittierte die Nennung des Namens mit Stöhnen und Schmährufen.

Robespierre erhob sich von seinem Sitz auf dem Berg. Er steuerte aufs Rednerpult zu, den kleinen Kopf wie zum Angriff gesenkt. Gaudet, der Girondist, der dem Konvent vorsaß, wollte ihm das Wort verbieten. Durch den Tumult tönte Dantons Stimme: »Lasst ihn sprechen. Und wenn er fertig ist, bin ich an der Reihe. Höchste Zeit, dass hier ein paar Dinge klargestellt werden.«

VERGNIAUD *[mit einem Blick auf Danton]*: Davor hatte ich Angst … vor einem Bündnis zwischen den beiden. Ich befürchte so etwas schon seit einiger Zeit.

GAUDET *[neben ihm]*: Mit Danton lässt sich verhandeln.

VERGNIAUD: Bis zu einem gewissen Punkt.

GAUDET: Bis die Mittel versiegen.

VERGNIAUD: So einfach ist das nicht. Gott helfe Ihnen, wenn Sie nicht begreifen, dass die Dinge komplizierter liegen.

GAUDET: Robespierre hat das Wort.

VERGNIAUD: Wie üblich. *[Er schließt die Augen; sein blasses, volles Gesicht legt sich in aufmerksame Falten.]* Der Mann kann nicht reden.

GAUDET: Nicht in Ihrem Sinne.

VERGNIAUD: Er hat keinen Stil.

GAUDET: Das Volk findet nichts auszusetzen an seinem Stil.

VERGNIAUD: Gott, ja, das Volk. Das VOLK.

Robespierre war ungewöhnlich zornig. Von Roland angeklagt zu werden, diesem senilen Alten mit seiner Dirne von Frau und den immergleichen genuschelten Andeutungen über die Buchführung in Dantons Ministerium! Das im Verein mit den Nadelstichen ihrer Unterstellungen – Flüstern hinter vorgehaltener Hand, einzelne Stimmen auf der Straße, die *September*! rufen und weitergehen. Danton hört sie auch. Manchmal zeigt es sich auf seinem Gesicht.

Robespierres Stimme erhob sich ätzend über das leise Murren, das den Saal erfüllte: »Nicht einer von Ihnen wagt es, mich offen zu beschuldigen.«

Er machte eine Pause, eine kurze Stille, in der die Girondisten über ihre Feigheit nachsinnen konnten.

»*Ich* beschuldige Sie!« Louvet fischte im Gehen die Seiten des Robespierrizids aus seiner Innentasche. »Ah, der Pornograph«, sagte Philippe Égalité. Die Stimme des Herzogs rollte von der Höhe des Berges hinab wie Donner. Vereinzeltes Gekicher wurde laut. Dann breitete sich wieder Stille aus.

Robespierre trat zur Seite und überließ Louvet das Rednerpult. Mit einem geduldigen, zögernden Lächeln sah er hinauf zu den Pariser Deputierten, ehe er in Louvets Sichtweite Platz nahm und darauf wartete, dass dieser mit seiner Tirade begann.

»Ich beschuldige Sie, permanent noch die wackersten Patrioten zu verleumden, auch und gerade in der ersten Septemberwoche, als Gerüchte Todesstöße waren. Ich beschuldige Sie, die Vertreter der Nation herabgesetzt und abgeurteilt zu haben.« Er hielt inne; der Berg schrie und tobte; es war schwer, fortzufahren; Robespierre drehte den Kopf, sah zu ihnen hinauf, und der Lärm ließ nach, ebbte ab, bis neuerliches Schweigen eintrat.

In diesem Schweigen fuhr Louvet fort, aber seine Stimme, trotzig erhoben, hatte jetzt das falsche Timbre, und als er sie hörte – als er hörte, wie falsch sie klang, und sich sagte: So darf ich nicht klingen –, schlich sich ein Zittern in sie ein. Haltsuchend umfasste er die Stange vor ihm, konnte sie jedoch nicht recht greifen, weil seine Handflächen glitschig von Schweiß waren.

Sein Opfer hatte ihm den Kopf zugewendet, aber das Licht fiel ihm schräg übers Gesicht, sodass es augenlos schien hinter den getönten Brillengläsern. Seinen Zügen war nichts zu entnehmen. Louvet gab sich einen Ruck, einen sichtbaren, so als setzte er zum Sprung an: »Ich beschuldige Sie, sich zum Götzen erhoben zu haben, indem Sie den Menschen erlaubten, Sie in Ihrem Beisein als den einzigen Mann zu bezeichnen, der die Nation retten kann – und indem Sie sich auch selbst so bezeichnet haben. Ich beschuldige Sie, nach der unumschränkten Macht zu greifen.«

Hatte er geendet oder einfach nur abgebrochen? – egal, der Berg brüllte jedenfalls wieder, doppelt so laut wie noch eben, und er sah Danton von seinem Sitz aufspringen, als wollte er in den Saal hinunterstürmen und die Angelegenheit mit den Fäusten bereinigen, und Dantons Freunde waren ebenfalls aufgesprungen, und Fabre hielt seinen Dienstherrn mit theaterhafter Geste zurück. Louvet stieg von der Tribüne herab. Seine Schultern waren jetzt gebeugt, vornübergekrümmt wie bei einem Schwindsüchtigen; Robespierre kam mit einem leichten, federnden Satz auf die Füße. Er trat wieder ans Pult, aber nicht, um ihre Aufmerksamkeit lange zu strapazieren; mit seiner kühlen, gleichmäßigen Stimme bat er die Versammlung um etwas Zeit, um seine Verteidigung vorzubereiten. Danton hätte sich am Pult aufgebaut und sie alle miteinander zurechtgestutzt, die Anklage in der Luft zerrissen, aber das war nicht Robespierres Art. Er gab Danton ein Zeichen, ein kurzes Nicken, fast eine Verneigung, dann verließ er den Saal, umdrängt von einer Schar Montagnards, allen voran sein Bruder Augustin, der seinen Arm umklammerte und sagte, dass die Gironde ihn umbringen würde.

»Ein böser Moment«, sagte Legendre. »Wer hätte damit gerechnet? Ich sicher nicht.«

Danton war sehr bleich. Seine Narbe leuchtete. »Sie wollen mich ködern.«

»*Dich* ködern, Danton?«

»Ja, mich. Wenn sie Robespierre angreifen, greifen sie gleichzeitig mich an; wenn sie es mit ihm aufnehmen wollen, dann müssen sie es auch mit mir aufnehmen. Sagt ihnen das. Sagt das Brissot.«

Sie sagten es Vergniaud, später. »Ich bin nicht Brissot«, sagte er. »Ich bin kein Brissotist. Jedenfalls halte ich mich nicht dafür. Ihr werft mit diesem Wort um euch wie mit Almosen für die Armen. Trotzdem – wir haben Danton unnett behandelt. Wir haben ihm seine Machtposition im Kabinett verübelt, wir haben schlecht über seine Freunde geredet. Manche von uns haben ihren Frauen erlaubt, persönliche Bemerkungen zu machen. Wir haben Einsicht in seine Bücher gefordert, was ihn natürlich nervös machen muss. Wir sind, kurz gesagt, nicht ordnungsgemäß vor ihm im Staub gekrochen. Trotzdem hätte ich nicht gedacht, dass er deshalb einen Groll gegen uns hegt. Wie sträflich naiv von mir.« Er breitete die Hände aus. »Aber privat dürften er und Robespierre sich doch eigentlich nicht grün sein? Spielt das eine Rolle? O ja, irgendwann wird es das.«

Und Louvet: Nun hatte er seinen großen Auftritt, und die Knie haben ihm gezittert dabei; das Beifallklatschen des Herzogs verfolgt ihn wie eine böse Erinnerung. Er ist eben doch nur ein kleiner Romancier, unbedeutend, ein Leichtgewicht, Spielzeug für eine Raubkatze, die ihre Krallen wetzt. Jetzt werden sie sich fragen, warum sie ihn ausgewählt haben, seine Freunde, die Robespierre am Zeug flicken wollten. Die Ebene hat lediglich gesehen, wie Robespierre Platz machte, wie er sich hinsetzte, wie er Schweigen geboten hat: So handelt kein Despot. Aber nur ich, denkt Louvet, werde wissen, dass ich schon erledigt war, noch bevor ich den Mund öffnete, noch bevor ich überhaupt die Tribüne betrat – dass in diesem netten, ermutigenden Judaslächeln ein Dolch verborgen war.

»Für uns«, sagte Mme Duplay, »ist er wie ein Sohn.«

»Aber tatsächlich«, erwiderte Charlotte Robespierre, »ist er mein Bruder. Weshalb leider Gottes mein Anrecht auf ihn vor jeglichen Anrechten kommt, die Sie und Ihre Töchter zu haben glauben.«

Mme Duplay als vielfache Mutter konnte von sich behaupten, dass sie etwas von Mädchen verstand. Sie verstand ihre krankhaft schüchterne Victoire, ihre ernsthafte, linkische Eléonore und ihre hübsche, kindliche Babette. Sie verstand auch Charlotte Robespierre. Aber sie wusste nicht, wie ihr Paroli bieten.

Als Maximilien ihr mitgeteilt hatte, dass sein Bruder Augustin nach Paris ziehen würde, hatte er sie um Rat wegen seiner Schwester gefragt. Zumindest dachte sie, das hätte er. Er schien es schwierig zu finden, über das Mädchen zu sprechen.

»Wie ist sie so?« Sie war natürlich neugierig gewesen. Er erzählte so wenig von seiner Familie. »Ist sie ein stiller Mensch, so wie Sie? Worauf darf ich mich einstellen?«

»Ich weiß nicht«, sagte er mit besorgtem Gesicht.

Maurice Duplay hatte darauf bestanden, dass das Haus groß genug für sie alle sei. Und in der Tat gab es zwei Zimmer, die derzeit unmöbliert waren und nie benutzt wurden. »Können wir Ihre Geschwister bei Fremden unterkommen lassen?«, fragte er. »Nein, wir gehören alle zusammen, als eine Familie.«

Der Tag kam heran. Der Wagen fuhr vor dem Tor vor. Augustin machte gleich einen angenehmen Eindruck – ein liebenswürdiger, tüchtiger junger Mann, dachte Madame, der es sichtlich kaum erwarten konnte, seinen Bruder wiederzusehen. Sie breitete die Arme aus, um das holde, junge Ding, das eine Schwester von Max doch gewisslich sein musste, an ihr Herz zu drücken. Charlottes kalter Blick ließ sie zurückprallen. Ihre Arme fielen herab.

»Wenn Sie uns vielleicht gleich unsere Zimmer zeigen könnten«, sagte Charlotte. »Wir sind müde.«

Mit brennenden Wangen ging die Ältere ihnen voran. Sie war weder hochmütig noch kleinlich, aber einen gewissen Respekt war sie doch gewohnt – von ihren Töchtern, den Gehilfen ihres Mannes. Charlotte hatte mit ihr geredet wie mit einer Dienstmagd.

Auf der Schwelle wandte sie sich um. »Es ist alles sehr schlicht. Wir führen ein einfaches Haus.«

»Das sehe ich«, sagte Charlotte.

Der Boden war frisch gebohnert, an den Fenstern hingen neue Vorhänge, die liebe kleine Babette hatte eine Vase mit Blumen gefüllt. Mme Duplay ließ Charlotte den Vortritt. »Wenn es irgendetwas gibt, womit wir zu Ihrem Wohlbefinden beitragen könnten, sagen Sie nur Bescheid.«

Sie können in gar keiner Weise zu meinem Wohlbefinden beitragen, gab Charlottes steinerne Miene zur Antwort.

Maurice Duplay füllte seine Pfeife und sog genießerisch den Tabakduft ein. Wenn der Bürger Robespierre im Haus war, rauchte er aus Rücksicht auf seine patriotische Lunge grundsätzlich nicht. Augustin machte es nichts aus.

»Sicher«, sagte Duplay, »sie ist Ihre Schwester. Ich sollte sie nicht kritisieren.«

»Tun Sie's ruhig«, meinte Augustin. »Ich sage Ihnen vielleicht besser ein paar Worte zu Charlotte. Von Max werden Sie nichts zu hören bekommen. Er ist ein zu guter Mensch, er versucht immer das Beste von anderen zu denken.«

»Ach ja?« Duplay war gelinde überrascht, aber vermutlich machte auch Bruderliebe blind. Der Bürger Robespierre war offen, gerecht, unparteiisch – aber Milde, nein, Milde zählte nicht zu seinen hervorstechenden Eigenschaften.

»Ich habe keinerlei Erinnerung an unsere Mutter«, sagte Augustin. »Max schon, aber irgendwie wollte er nie von ihr sprechen.«

»Eure Mutter ist tot? Ich wusste nicht, dass eure Mutter tot ist.«

Augustin sah ihn verblüfft an. »Er hat Ihnen nie von unserer Familie erzählt?« Er schüttelte den Kopf. »Wie sonderbar.«

»Wir dachten immer, ein Streit. Ein schlimmer Streit. Wir wollten nicht indiskret sein.«

»Sie starb, als ich noch ganz klein war. Unser Vater hat uns verlassen. Wir wissen nicht, ob er noch lebt oder tot ist. Wobei ich mich frage – wenn er noch lebt, müsste er dann nicht von Max gehört haben?«

»Anzunehmen, wenn er sich irgendwo in der zivilisierten Welt aufhält. Es sei denn, er ist Analphabet.«

»Nein, er ist kein Analphabet.« Augustin nahm die Dinge gern wörtlich. »Was er dann wohl denkt? Unser Großvater hat uns aufgezogen, die Mädchen wurden zu unseren Tanten gegeben. Bis wir dann nach Paris auf die Schule kamen. Da kam Charlotte natürlich nicht hin. Dann starb Henriette, wir hatten nämlich noch eine Schwester, mit der Max sich immer sehr gut verstanden hat, wenn sie sich sahen, wahrscheinlich hat das Charlotte auch ein bisschen eifersüchtig gemacht. Sie war noch ein Kind, als sie anfing, uns den Haushalt zu führen. Das hat ihr viel von ihrer Jugend genommen, fürchte ich. Aber sie ist noch keine dreißig. Sie könnte noch heiraten.«

Duplay zog an seiner Pfeife. »Warum versucht sie es nicht damit?«

»Sie hat eine Enttäuschung erlitten. Sie kennen ihn übrigens – er wohnt gleich hier um die Ecke, der Abgeordnete Fouché. Wissen Sie, welchen ich meine? Er hat keine Wimpern und so ein grünblasses Gesicht.«

»War es eine große Enttäuschung?«

»Ich glaube nicht, dass ihr furchtbar viel an ihm lag, aber sie war der Meinung, dass sie … Sie wissen ja, wie manche Leute sind, sie sind sauertöpfisch zur Welt gekommen, und sie nehmen die Missgeschicke, die ihnen im Leben zustoßen, als Entschuldigung dafür. Ich war schon dreimal verlobt, müssen Sie wissen. Letztlich grauste ihnen allen zu sehr davor, Charlotte als Schwägerin zu bekommen. Sie hat uns zu ihrer Lebensaufgabe gemacht. Sie duldet keine anderen Frauen neben sich. Niemand darf etwas für uns tun als nur sie.«

»Hmm. Meinen Sie, das ist der Grund, warum Ihr Bruder nie geheiratet hat?«

»Ich weiß es nicht. Er hatte schon so viele Chancen. Die Frauen mögen ihn. Aber andererseits – vielleicht ist er auch einfach nicht fürs Heiraten geschaffen.«

»Erzählen Sie das nicht in der Stadt herum«. sagte Duplay. »Dass er nicht fürs Heiraten geschaffen ist.«

»Oder er hat Angst, dass unsere Familie kein Einzelfall ist. Nicht oberflächlich, meine ich, sondern in einem tieferen Sinn. Familien wie unsere gehörten gesetzlich verboten.«

»Vielleicht sollten wir keine Mutmaßungen darüber anstellen, was er denkt. Wenn er wollte, dass wir es wissen, dann würde er es uns erzählen. Viele Kinder verlieren ihre Eltern. Wir hoffen, ihr betrachtet nun uns als eure Familie.«

»Ja, viele Kinder verlieren ihre Eltern, das stimmt – aber das Problem bei meinem Vater ist, dass wir nicht wissen, ob wir ihn verloren haben oder nicht. Irritierend, diese Vorstellung, dass er höchstwahrscheinlich noch irgendwo am Leben ist, vielleicht sogar hier in Paris, und in der Zeitung täglich von Max liest. Was ist, wenn er eines Tages auftaucht? Denn das könnte ja jederzeit passieren, er könnte in den

Konvent kommen, sich in die Galerie setzen und auf uns herunterschauen … Wenn ich ihm auf der Straße begegnen würde, dann würde ich ihn nicht erkennen. Als Kind habe ich immer gehofft, er würde zurückkommen … und gleichzeitig graute mir davor, was das bedeuten könnte. Unser Großvater fing immer dann von ihm an, wenn er schlechter Laune war. ›Zu Tode wird er sich gesoffen haben, was sonst?‹ – solche Bemerkungen. Und alle haben uns ständig beobachtet und nach Anzeichen Ausschau gehalten. Noch heute sagen die Leute in Arras, die Max seine Karriere nicht gönnen: ›Der Vater war ein Säufer und ein Casanova, und die Mutter war auch keine Heilige.‹ Nur natürlich in keinen so freundlichen Worten.«

»Augustin, Sie müssen das alles abschütteln. Sie sind jetzt in Paris, Sie können noch einmal von vorn anfangen. Ich hoffe, Ihr Bruder wird meine älteste Tochter heiraten. Sie wird ihm Kinder schenken.« Augustin nickte stumm. »Und bis dahin hat er seine guten Freunde.«

»Meinen Sie? Gut, ich bin noch nicht lange hier, aber mein Eindruck ist eher, dass er hauptsächlich Verbündete hat. Sicher, er hat Bewunderer en masse – aber keine Gruppe von Freunden, so wie Danton.«

»Sie pflegen natürlich einen sehr unterschiedlichen Stil. Er hat die Desmoulins. Camilles Sohn ist sein Patenkind, wussten Sie das?«

»Wenn es Camilles Sohn ist. Sehen Sie … mir tut mein Bruder leid. Nichts, was er hat, ist je ganz das, was es scheint.«

»Ich bin ein Mensch, der seine Pflichten kennt«, sagte Charlotte. »Das sind die wenigsten, wie ich merke.«

»Ich weiß, Charlotte.« Ihr älterer Bruder sprach immer so sanft mit ihr wie nur möglich. »Was für eine Pflicht vernachlässige ich deiner Meinung nach denn?«

»Du solltest nicht hier wohnen.«

»Warum nicht?« Er wusste mindestens einen Grund, und wahrscheinlich, so dachte er, wusste sie ihn auch.

»Du bist ein bedeutender Mann. Du bist ein großer Mann. Darum solltest du dich auch als einer geben. Der äußere Anschein zählt. Und zwar nicht zu knapp. Danton macht es richtig. Er macht Wind um sich. Das gefällt den Leuten. Ich bin noch nicht sehr lange hier, aber so viel habe ich auch schon bemerkt. Danton …«

»Charlotte, Danton gibt viel zu viel Geld aus. Und zwar Geld aus dubiosen Quellen.« Sein Tonfall legte ihr nahe, das Thema zu wechseln.

»Danton zeigt Stil«, beharrte sie. »Es heißt, wenn das Kabinett in den Tuilerien zusammenkommt, setzt er sich ganz selbstverständlich auf den Stuhl des Königs.«

»Und füllt ihn zweifellos bis auf den letzten Zentimeter aus«, sagte Robespierre trocken. »Und wenn zu dem Stuhl noch ein Tisch gehören würde, würde Danton die Füße darauf legen. Manche Menschen, Charlotte, sind von der Natur mehr für solche Dinge geschaffen als andere. Und sie machen sich nicht nur Freunde dadurch.«

»Seit wann ist dir an Freunden gelegen? Soviel ich weiß, hast du dich noch nie einen Pfifferling darum geschert. Denkst du, du stehst besser vor den Leuten da, wenn du in einer Büßerzelle haust?«

»Ich weiß nicht, warum du es mit aller Gewalt schlechtmachen musst. Ich habe es wunderbar bequem hier. Mir geht nichts ab.«

»Du hättest es noch viel besser, wenn ich mich um dich kümmern würde.«

»Liebe Charlotte, du hast dich dein Leben lang um uns gekümmert – willst du dir nicht einmal eine Pause gönnen?«

»Im Haus einer anderen Frau?«

»Alle Häuser gehören jemandem, und in den meisten davon leben auch Frauen.«

»Wir könnten unter uns sein. In einer schönen, komfortablen Wohnung für uns ganz allein.«

Es würde einige Probleme lösen, dachte er. Ihre Miene verdüsterte sich, während sie ihn beobachtete, sich gegen seine Einwände wappnete. Er öffnete schon den Mund, um Ja zu sagen. »Und da ist noch etwas«, sagte sie.

Er schloss den Mund wieder. »Nämlich?«, fragte er dann.

»Diese Mädchen. Maximilien, ich musste schon mit ansehen, wie Augustin sich ins Unglück gestürzt hat.«

Also wusste sie Bescheid. Oder? »Hat er das?«

»Er hätte es, wenn ich nicht gewesen wäre. Und dieses grässliche alte Weib hat kein anderes Ziel im Leben, als ihre Mädchen in dein Bett zu schleusen. Ob es ihr schon gelungen ist, kann nur dein Gewissen beantworten. Die Blicke, die dieser kleine Teufelsbraten Elisabeth den Männern zuwirft – mir fehlen die Worte dafür! Wenn sie in Schande geraten würde, dann würde ich nicht dem Mann die Schuld geben.«

»Was redest du da, Charlotte? Babette ist noch ein Kind. Ich habe noch nie jemanden etwas Schlechtes über sie sagen hören.«

»Dann tust du es jetzt. Also? Soll ich mich nach einer Wohnung für uns umsehen?«

»Nein. Wir bleiben hier. Ich kann mit dir nicht zusammenleben. Du bist genauso schlimm, wie du immer warst.« Und genauso besessen, dachte er.

5. NOVEMBER: Die Menschen haben die ganze Nacht Schlange gestanden, um einen Platz auf der Zuschauergalerie zu ergattern. Wenn sie gehofft haben, einen verunsicherten, verstörten Robespierre zu erleben, erwartet sie eine Enttäuschung. Wie vertraut sie ihm inzwischen sind, diese Straßen und diese Anwürfe. Arras scheint zwanzig Jahre zurückzuliegen; ist er nicht schon bei den Generalständen angegriffen worden wie kein zweiter? Es muss in ihm angelegt sein, denkt er.

Er hütet sich, irgendeine Verantwortung für den September zu übernehmen, aber er verurteilt die Morde auch nicht, wohlgemerkt. Auch mit verbalen Attacken hält er sich auffällig zurück, schont Roland und Buzot, als wären sie seiner Beachtung nicht wert. Der 10. August war ungesetzlich, sagt er, genau wie der Sturm auf die Bastille. Wie sollen wir bei einer Revolution im Rahmen des Gesetzes bleiben? Es liegt in der Natur der Revolution, Gesetze zu brechen. Wir sind keine Friedensrichter, wir sind die Gesetzgeber einer neuen Welt.

»Hmm«, murmelt Camille oben auf dem Berg. »Das ist keine ethische Position, die er da vertritt. Es ist eine Ausflucht.«

Er sagt es leise, fast mehr zu sich selbst; umso überraschter ist er von der Heftigkeit, mit der seine Kollegen über ihn herfallen. »Er ist in der Politik, in der praktischen Politik«, sagt Danton. »Was zum Teufel soll er mit einer ethischen Position?«

»Mir gefällt diese Einteilung in normale Verbrechen und politische Verbrechen nicht. Unsere Gegner können sie nutzen, um uns umzubringen, genau wie wir umgekehrt auch. Ich weiß nicht, was so eine Unterscheidung bezwecken soll. Wir sollten zugeben, dass Verbrechen Verbrechen ist.«

»Nein«, fuhr Saint-Just auf.

»Und das sagt der Laternenanwalt!«

»Aber als Laternenanwalt habe ich gesagt, schlagen wir zu, jetzt sind wir mit der Gewalt an der Reihe. Ich habe mich nie darauf herausgeredet, dass ich der Welt neue Gesetze gebe.«

»Er redet sich nicht heraus«, widersprach Saint-Just. »Die Notwendigkeit bedarf weder der Entschuldigung noch der Rechtfertigung.«

Jetzt nahm Camille ihn aufs Korn: »Wo hast du das aufgeschnappt, du Schwachkopf? Deine politischen Aussagen sind wie diese Erbauungsfabeln, die man Kindern vorliest, immer mit einer netten kleinen Moral am Ende. Aber was bedeutet es? Das weißt du selber nicht. Hauptsache, reden!«

In Saint-Justs bleiches Gesicht schoss das Blut. »Auf welcher Seite stehst du eigentlich?«, zischte Fabre ihm ins Ohr.

Lass es gut sein, mahnte er sich. Du bringst nur alle gegen dich auf. »Auf welcher Seite? Das ist doch genau das, was wir den Brissotisten vorwerfen: dass ihr Faktionsdenken ihr Urteil trübt. Oder?«

»Mein Gott, du bist nicht mehr tragbar!«, rief Saint-Just. Camille stand auf, erschrockener über die Worte, die aus seinem eigenen Mund kamen, als über die ihrigen; er sehnte sich nach den schwarzen Ästen und fremden Gesichtern des Tuileriengartens. Orleáns war es, der die Hand ausstreckte und ihn zurückhielt, ein diplomatisches Lächeln auf den Lippen. »Müssen Sie schon gehen?«, sagte der Herzog, wie zu einem Gast, der sich vorzeitig verabschieden will. »Bleiben Sie noch. Sie können uns doch nicht mitten in Robespierres Ansprache verlassen.«

Und mit einem Ruck, der seinen Ton Lügen strafte, zog der Herzog Camille neben sich auf die Bank. »Hiergeblieben«, sagte er. »Wenn Sie jetzt gehen, kann Ihnen das übel ausgelegt werden.«

»Saint-Just hasst mich«, sagte Camille.

»Nein, ein freundlicher junger Mann ist er nicht, aber beziehen Sie es nicht zu sehr auf sich. Ich bin bestimmt auch auf seiner Liste.«

»Seiner Liste?«

»Er hat doch sicher eine, meinen Sie nicht? Das würde zu ihm passen.«

»Laclos hatte Listen«, sagte Camille. »O Gott, manchmal wünsche ich mir das Jahr '89 zurück. Laclos fehlt mir.«

»Mir auch. O ja, mir auch.«

Hérault de Séchelles führte den Vorsitz. Er warf einen Blick zu seinen Montagnards-Kollegen empor und zog eine Augenbraue hoch, eine Bitte um spätere Aufklärung. Sie schienen eine eigene Parlamentssitzung da oben abzuhalten, und jetzt war Camille offenbar irgendwie mit Égalité aneinandergeraten. Robespierre näherte sich seiner Coda. Er hatte seine Gegner auf der ganzen Linie mundtot gemacht. Camille würde seine Schlussworte verpassen, er würde den Applaus nicht mitbekommen. Der Herzog hatte ihn losgelassen, er war auf dem Weg zur Tür. Hérault musste daran denken, wie Camille vor Jahren einmal aus dem Gerichtssaal gerannt war, lange bevor sie miteinander bekannt geworden waren: den Kopf zurückgeworfen, sein Ausdruck ein

Gemisch aus Verachtung und Triumph. Jetzt, im Winter '92, rannte er genauso, sein Ausdruck nun ein Gemisch aus Verachtung und nackter Angst.

Annette war nicht zu Hause; er wollte sich verdrücken, aber Claude hatte seine Stimme gehört und kam heraus. »Camille? Sie wirken erregt. Nein, laufen Sie nicht weg, ich muss mit Ihnen sprechen.«

Claude wirkte selbst erregt – auf eine dezente, halb-offiziöse Art. Überall im Zimmer lagen girondistische Zeitungen aufgeschlagen. »Wirklich«, sagte Claude. »Der Ton öffentlicher Auseinandersetzungen heutzutage! So parterre! Musste Danton so etwas sagen? Der Deputierte Philippeaux fordert den Konvent auf, er soll Danton bitten, im Amt zu bleiben – vernünftig. Danton lehnt ab – auch vernünftig. Aber dann muss er partout hinzufügen, falls der Konvent Roland im Amt belassen will, soll er vorher die Erlaubnis von Rolands Frau einholen. Das ist ein unnötiger persönlicher Seitenhieb, vor so vielen Zuhörern auch noch, und natürlich hagelt es seitdem Gegenangriffe. Jetzt reden sie über Lucile und Danton.«

»Was nichts Neues wäre.«

»Warum lassen Sie solches Gerede zu? Ist etwas daran?«

»Ich dachte, seit der Geschichte über Annette und den Abbé Terray geben Sie nichts mehr auf die Zeitungen?«

»Das war ein groteskes Lügenmärchen – das hier ist etwas, das die Leute glauben werden. Es kann Ihnen doch auch nicht recht sein, was es über Sie unterstellt?«

»Was unterstellt es denn?«

»Dass Danton machen kann, was er will. Dass Sie nicht gegen ihn ankommen.«

»Tu ich ja auch nicht«, murmelte Camille.

»Es werden auch andere Männer erwähnt, nicht nur Danton. Ich will nicht, dass so über Lucile geredet wird. Können Sie ihr nicht klarmachen ...«

»Lucile umgibt sich einfach gern mit einem gewissen Ruf, ohne ihn recht zu verdienen.«

»Wieso tut sie das? Wenn es nicht stimmt, warum gibt sie solchen Gerüchten dann Nahrung? Weil Sie sie vernachlässigen, deshalb.«

»Nein, das ist nicht der Grund. Wir haben sogar sehr viel Spaß miteinander. Aber herrschen Sie mich bitte nicht so an, Claude. Ich habe einen fürchterlichen Tag hinter mir. Während Robespierres Rede …«

Ein Kopf schob sich durch den Türspalt; die heutigen Dienstboten hatten wirklich keinerlei Manieren mehr. »Monsieur, der Bürger Robespierre wäre da.«

Robespierre hatte sich seit seiner farcenhaften Verlobung mit Adèle selten blicken lassen. Dennoch war er willkommen; Monsieur hatte ihn in guter Erinnerung. Claude eilte ihm entgegen, um ihn zu begrüßen; das Hausmädchen brachte noch rasch alle Anredeformen durcheinander, latschte dann hinaus und schlug die Tür hinter sich zu. »Robespierre«, sagte Claude, »ich freue mich, Sie zu sehen. Können Sie wohl ein wenig zwischen uns vermitteln?«

»Mein Schwiegervater ist von der Angst vor Skandalen besessen.«

»Sie dagegen, glaube ich«, entgegnete Claude schlicht, »sind von einem Teufel besessen.«

»Lassen Sie mich raten«, sagte Robespierre. Er war untypisch gut gelaunt, so aufgekratzt, dass er fast ein Kichern unterdrücken musste. »Asmodeus?«

»Asmodeus hat als Serafim angefangen«, sagte Camille.

»Du auch. Also, fechten wir es aus: Was bringt dich dazu, während meiner Rede aus dem Saal zu laufen?«

»Nichts. Ich meine, ich habe eine Äußerung von dir falsch verstanden, und ich habe eine Bemerkung gemacht, und alle haben sich auf mich gestürzt.«

»Ja, ich weiß. Es tut ihnen sehr leid.«

»Nicht Saint-Just.«

»Nein – gut – Saint-Just ist sehr streng in seinen Ansichten, er duldet kein Schwanken.«

»Duldet? Himmelherrgott, ich brauche ihn nicht um Erlaubnis zu bitten. Er hat gesagt, dass ich nicht tragbar bin. Wer gibt ihm das Recht, in eine Revolution hineinzuplatzen, die er nicht gemacht hat, und andere als untragbar zu bezeichnen?«

»Schrei mich nicht an, Camille. Er hat schließlich das Recht, eine Meinung zu äußern, oder?«

»Aber ich nicht?«

»Niemand will dir dein Recht dazu nehmen – du bist nur kritisiert worden, als du es ausgeübt hast. Camille ist krankhaft sensibel«, erklärte er Duplessis fröhlich.

»In manchen Dingen lässt seine Sensibilität bedauerlich zu wünschen übrig.« Er nickte in Richtung der Zeitungen. Robespierre stutzte. Er nahm seine Brille ab. Seine Augen waren rot gerändert. Claude staunte über seine Geduld, über die Großmut, mit der er sich auf alles dies einließ.

»Versuch auf jeden Fall, diesen Klatsch zu unterbinden«, sagte Robespierre. »Oder, nein, unterbinden ist das falsche Wort. Das klingt, als wäre etwas Wahres daran. Nein, alle Seiten müssen einfach diskreter werden.«

»Um nicht die Aufmerksamkeit auf unsere Verfehlungen zu lenken«, sagte Camille.

»Ich muss Ihnen Camille entführen«, sagte Robespierre zu Claude. »Lassen Sie sich durch die Zeitungen nicht Ihren Seelenfrieden rauben.«

»Denken Sie, ich hätte welchen?« Er stand auf, um sie hinauszugeleiten. »Sehen wir uns am Wochenende in Bourg-la-Reine?«

»Bourg-la-République«, verbesserte Camille ihn. »Gute Patrioten haben kein Wochenende.«

»Oh, du kannst das Wochenende haben, wenn du möchtest«, sagte Robespierre.

»Vielleicht möchten Sie ja auch kommen?«, lud Claude ihn ein. »Aber das können Sie wohl nicht.«

»Ich bin momentan außerordentlich beschäftigt. Diese Sache mit Louvet hat mich viel Zeit gekostet.«

Ganz abgesehen davon, dass du sowieso nicht mitkommen dürftest, dachte Camille. Nicht ohne Eléonore, und Madame als Aufpasserin für Eléonore, und Charlotte als Eléonores und Madames Aufpasserin, und Babette, weil sie sonst Zeter und Mordio schreien würde, und Victoire, weil es nicht recht wäre, sie daheimzulassen. »Soll ich kommen?«, fragte er seinen Schwiegervater.

»Ja. Lucile braucht frische Luft, und Sie, scheint mir, könnten eine kleine Gefechtspause vertragen.«

»Gönnen Sie mir denn eine?«

Claude schenkte ihm ein mattes Lächeln.

»Was machen wir jetzt?«, fragte Camille.

»Wir gehen ein Stück spazieren und schauen, ob uns jemand erkennt. Weißt du, ich glaube, dein Schwiegervater hat dich fast ein bisschen gern.«

»Meinst du?«

»Er gewöhnt sich an dich. In seinem Alter braucht man etwas, worüber man sich aufregen kann. Trotzdem glaube ich –«

»Warum willst du herausfinden, ob die Leute dich erkennen?«

»Das ist so eine Marotte von mir. Es gibt Menschen, die mir Eitelkeit nachsagen. Findest du mich eitel?«

»Nein, das ist nicht das Wort, das mir als Erstes einfallen würde.«

»Für mich selbst bin ich kaum sichtbar.«

»Kaum sichtbar?« Camille witterte den Auftakt zu einem Anfall krankhafter Verzagtheit; Robespierre haderte mit seinem Ruhm, seine Bescheidenheit konnte selbstzerstörerische Züge annehmen, wenn man ihr nicht rechtzeitig einen Riegel vorschob. »Es tut mir leid, wenn ich dich vorhin aus dem Konzept gebracht habe.«

»Nicht der Rede wert. Louvet ist abgeschmettert. Jetzt werden sie es sich zweimal überlegen, bevor sie einen neuerlichen Angriff auf mich wagen. Der Konvent« – er bog die Finger zusammen – »frisst mir aus der Hand.«

»Du siehst erschöpft aus, Max.«

»Wenn ich irgendwann Zeit zum Nachdenken habe, werde ich es auch sein. Egal. Es hat sich gelohnt. Du dagegen siehst munter aus. Du siehst aus, als wolltest du gleich die nächste Revolution auf die Beine stellen.«

»Das muss das ausschweifende Leben sein, das Brissots Freunde mir nachsagen. Es bekommt mir.«

Ein Mann stockte kurz und musterte sie. Er runzelte die Stirn. »Der ist sich nicht sicher«, sagte Camille. »Möchtest du denn erkannt werden?«

»Nein. Aber ich wollte in Ruhe mit dir reden. Man kann sich inzwischen ja fast nirgends mehr aufhalten, ohne belauscht zu werden.«

Das Hochgefühl war abgeebbt, jetzt blickte er verkniffen, den Mund zu einer schmalen, besorgten Linie zusammengepresst.

»Glaubst du das wirklich? Dass du überall belauscht wirst?«

»Das weiß ich.« (Wenn du mit Charlotte zusammengelebt hättest, dachte er, würdest du nicht so fragen.) »Camille, ich möchte dich bitten, die brissotistischen Blätter nicht auf die leichte Schulter zu nehmen. Wir alle wissen, dass ihre Triebfeder Gehässigkeit ist, aber es wäre besser, wenn sie sich ihre Anwürfe wenigstens aus den Fingern saugen müssten. Es macht keinen guten Eindruck, gerade jetzt, wo Mme Danton leidend ist, wenn ihr Mann nie daheim ist und ihr beide in Damenbegleitung durch die Stadt zieht.«

»Max, ich verbringe fast jeden Abend beim jakobinischen Korrespondenzausschuss. Und Gabrielle ist nicht leidend, sie ist schwanger.«

»Ja, aber als ich sie diese Woche gesehen habe, kam sie mir leidend vor. Und sie und Georges treten nie gemeinsam auf, keiner Einladung folgen sie zusammen.«

»Sie streiten.«

»Worüber?«

»Politik.«

»Für so eine Frau hätte ich sie gar nicht gehalten.«

»Es ist keine abstrakte Debatte. Es geht um das Leben, das wir jetzt führen.«

»Ich will dir keine Vorschriften machen, Camille …«

»Doch, das willst du.«

»Gut. Von mir aus. Dann hör mit dem Glücksspiel auf. Versuch auch Danton zum Aufhören zu bringen. Bleib öfter zu Hause. Sorg dafür, dass deine Frau sich achtbar benimmt. Wenn du unbedingt eine Mätresse haben musst, such dir eine diskrete Person und triff ordentliche Vorkehrungen.«

»Aber ich will doch gar keine Mätresse.«

»Umso besser. Dein bisheriger Lebenswandel macht unseren Idealen wenig Ehre.«

»Das reicht. Diesen Idealen, von denen du redest, habe ich mich nie verschrieben.«

»Hör zu, ich …«

»Nein, hör du zu, Max. Seit wir uns kennen, versuchst du mich vor Dummheiten zu bewahren. Aber du hast nie den Fehler gemacht, mich zu belehren. Vor ein paar Monaten noch wärst du mir nicht mit Idealen oder Ehre gekommen. Du hättest ein Auge zugedrückt. Du bist so gut darin, Dinge zu übersehen, die du nicht billigst. Aber jetzt hängst du sie plötzlich an die große Glocke. Obwohl, in Wahrheit bist es ja gar nicht du. Es ist Saint-Just.«

»Was hast du nur immer mit Saint-Just?«

»Ich muss ihn jetzt bekämpfen, solange es mir noch etwas hilft. Er hat mich als nicht mehr tragbar bezeichnet. Das heißt im Klartext, er will mich loswerden.«

»Dich loswerden?«

»Ja, mich loswerden, mich unschädlich machen, mich zurück nach

Guise verfrachten, damit ihm beim Klang meines kläglichen Herumgestotters nicht immer der Kamm schwellen muss.«

Sie starrten sich ins Gesicht, fast blieben sie auf der Stelle stehen. »Ihr habt persönliche Meinungsverschiedenheiten. Was erwartest du von mir, dass ich tun soll?«

»Ergreif nicht Partei für ihn.«

»Ich ergreife für niemanden Partei. Ich wüsste nicht, wozu. Ich schätze euch beide sehr, menschlich wie auch politisch – sehen die Straßen hier nicht schäbig aus?«

»Doch. Wohin gehen wir?«

»Kommst du mit und sagst meiner Schwester Guten Tag?«

»Wird Eléonore da sein?«

»Sie ist in ihrer Zeichenstunde. Ich weiß, dass sie dich nicht mag.«

»Heiratest du sie?«

»Ich weiß nicht. Wie kann ich sie heiraten? Sie ist eifersüchtig auf meine Freunde, eifersüchtig auf meine Arbeit.«

»Wirst du sie nicht heiraten müssen?«

»Irgendwann vielleicht schon.«

»Außerdem – nein, egal.«

Schon mehrmals hätte er Robespierre um ein Haar erzählt, was sich an dem Morgen, als sein Sohn zur Welt gekommen war, zwischen ihm und Babette abgespielt hatte. Aber Max hatte das Mädchen so gern, ging so viel lockerer mit ihr um als mit den meisten Leuten, dass es grausam erschien, sein Vertrauen zu ihr unterhöhlen zu wollen. Und ihm wäre es schrecklich, wenn man ihm nicht glaubte – und wie sollte man ihm glauben? Wie konnte er die Worte und Ereignisse dieses Morgens wiedergeben, ohne sie dadurch einzufärben und dann fremdem Urteil zu unterwerfen? Es war unmöglich. Also war er im Hause Duplay sehr höflich zu allen – außer zu Eléonore – und sehr auf der Hut. Einmal hatte er dazu angesetzt, es Danton zu erzählen, und dann doch geschwiegen; Danton würde es alles für reine Erfindung halten und ihn mit seinen Fantasie-Abenteuern aufziehen.

Robespierre hatte sich derweil in Fahrt geredet: »… nicht der Heldenstatus ist es, nach dem wir trachten sollten, sondern vielmehr ein Zurücktreten des Einzelnen – eine Art Herauslöschen des Selbst aus der Geschichte. Die gesamte Menschheitsgeschichte ist verfälscht überliefert, durch schlechte Regierungen, die gut dastehen wollen, durch Könige und Tyrannen, die sich selbst in ein besseres Licht rücken. Die Vorstellung, dass Geschichte von bedeutenden Männern gemacht wird, ist völlig widersinnig, wenn man es aus der Warte des Volkes sieht. Die wahren Helden sind die, die sich den Tyrannen entgegengestellt haben, und in der Natur der Tyrannis liegt es nicht nur, ihre Widersacher zu töten, sondern auch, deren Namen aus den Büchern zu tilgen, sie auszumerzen, sodass Widerstand unmöglich erscheint.«

Ein Passant zögerte, starrte ihn an. »Verzeihung …«, sagte er. »Guter Bürger – sind Sie Robespierre?«

Robespierre beachtete ihn gar nicht. »Verstehst du, was ich über die Helden sagen will? Es gibt keinen Platz für sie. Widerstand gegen Tyrannen bedeutet Vergessenheit. Ich gebe mich dieser Vergessenheit willig anheim. Mein Name wird aus den Büchern verschwinden.«

»Guter Bürger, entschuldigen Sie«, sagte der Patriot hartnäckig.

Robespierres Blick streifte ihn flüchtig. »Ja, ich bin Robespierre«, sagte er. Er legte dem Bürger Desmoulins die Hand auf den Arm. »Geschichte ist Fiktion, Camille.«

ROBESPIERRE: … wie sollst du also nachfühlen können, wie es mir damals ging? Die ersten beiden Schuljahre war ich nicht regelrecht unglücklich, in gewisser Weise war ich sogar glücklich, aber ich lebte wie in einer Zelle für mich allein, abgeschottet von allen Menschen – bis Camille kam. Hältst du mich jetzt für sentimental?

SAINT-JUST: Schon, ja.

ROBESPIERRE: Du verstehst einfach nicht, wie es war.

SAINT-JUST: Wozu dieses Wühlen in der Vergangenheit? Warum nicht den Blick auf die Zukunft richten?

ROBESPIERRE: Viele von uns würden die Vergangenheit gern hinter sich lassen, aber das geht nicht, sie lässt sich nicht völlig abstreifen. Du bist jünger als ich, natürlich denkst du in die Zukunft. Du hast keine Vergangenheit.

SAINT-JUST: Nicht gar keine.

ROBESPIERRE: Vor der Revolution warst du Student, du hast dich auf dein Leben vorbereitet. Du hattest nie einen anderen Beruf. Dein Beruf ist Revolutionär. Du bist eine völlig neue Gattung.

SAINT-JUST: Das denke ich auch manchmal.

ROBESPIERRE: Wie soll ich das erklären … Als Camille kam … Ich finde es manchmal schwierig, mit anderen zurechtzukommen, mir fliegen die Herzen nicht zu. Ich konnte nie verstehen, warum Camille sich mit mir abgab, aber ich war dankbar dafür. Er wirkte wie ein Magnet auf die Menschen. Er war genau derselbe wie jetzt. Schon mit zehn hatte er dieses … dieses düstere Strahlen.

SAINT-JUST: Was für eine Ausdrucksweise.

ROBESPIERRE: Es hat mir alles leichter gemacht. Camille hat immer darüber geklagt, dass seiner Familie nichts an ihm liegt. Ich konnte das nie feststellen. Und selbst wenn, was machte es denn aus – solange andere ihn so sehr liebten.

SAINT-JUST: Dann sagst du im Grunde also, wegen dieser Verbindung in eurer Vergangenheit ist sein Tun über jeden Vorwurf erhaben?

ROBESPIERRE: O nein. Ich sage lediglich, dass er eine extrem komplizierte Persönlichkeit ist und dass wir uns, was immer er anstellt, sehr nahestehen. Camille ist hochintelligent, weißt du. Und er ist ein hervorragender Journalist.

SAINT-JUST: Ich habe meine Zweifel an den Meriten der Journalisten.

ROBESPIERRE: Du magst ihn ganz einfach nicht.

3. *Die sichtbare Ausübung der Macht*

(1792–1793)

Danton konnte keine Gesandten mehr sehen. Einen wie langen Teil jedes Tages hatte er nicht stumm auf eine Landkarte gestarrt, den Kontinent im Geist umgeordnet, Türkei, Schweden, England, Venedig … Wenn sich England nur aus diesem Krieg heraushält. Wenn es nur bitte, bitte neutral bleibt. Alles, nur nicht die englische Flotte … Aber jetzt, wo es von englischen Agenten nur so wimmelte, wo alle von Sabotage und Fälschung munkelten …. Ja, natürlich hat Robespierre recht, England ist uns grundsätzlich feindlich gesinnt. Aber wenn wir uns auf diese Art Krieg einlassen, kommen wir dann zu Lebzeiten wieder heraus? So kurz, dachte er säuerlich, wie diese Lebzeiten voraussichtlich bemessen sein werden?

Seit er sein Amt niedergelegt hat, betreffen ihn einige dieser Fragen nicht mehr direkt. Aber auch so beschäftigt ihn genug: der Druck, dem König den Prozess zu machen, die Dummheit und Keiletreiberei der Brissotisten. Selbst nach Bouzots Rede hat er sich einen Rest Glauben an ihre guten Absichten bewahrt. Er wollte nicht in die Zwistigkeiten hineingezogen werden, aber man lässt ihm keine Wahl.

Bald, in einem Jahr vielleicht, hofft er Paris den Rücken zu kehren. Möglicherweise macht er sich etwas vor, aber er hofft, dann alles einfach abgeben zu können. Die Preußen sind vertrieben, keiner macht ihm seine Häuser und Höfe streitig. Und die Kinder – Antoine wächst munter, und François-Georges ist ein dicker, zufriedener Säugling, keine Gefahr, dass er sterben wird. Dann das neue Kind … In Arcis wird Gabrielle ihn besser zu verstehen lernen. Was immer er getan hat, was immer zwischen ihnen steht, sie sind Mann und Frau. Auf dem Land können sie wieder normale Menschen sein.

Meistens gibt er sich diesen Träumen vom einfachen Leben hin, wenn er zu viel getrunken hat. Leider ist fast immer Camille dabei, der ihm seine Illusionen ganz schnell wieder raubt, sodass ihm weinerlich zumute wird oder er blind gegen diese Falle der Macht wütet, die über ihm zugeschnappt ist. Ob er zu anderen Zeiten getroster in die Zukunft blickt … Er begreift selber nicht, warum er Lucile nachstellt, es bringt nichts als Komplikationen. Dennoch kann er nicht aufhören …

»Ich mag keine Paläste. Ich bin froh, wieder daheim zu sein.« So Gabrielle, und bis zu einem gewissen Grad schienen alle so zu empfinden. Camille war froh, seine Beamten los zu sein, und die Beamten waren froh, Camille los zu sein. Wie Danton sagte: Jetzt haben wir endlich den Kopf frei für neue Probleme. Nur Lucile teilte die allgemeine Erleichterung nicht unumschränkt. Sie hatte Freude daran gehabt, marmorne Prachttreppen hinunterzurauschen, Freude an der sichtbaren Ausübung der Macht.

Wenigstens war sie nun nicht mehr ständig an Gabrielle gekettet, und auch nicht an Louise Robert. In den letzten Wochen hatte sich Louises Schriftstellerfantasie zunehmend ihrer Ménage-à-trois zugewandt – und was fantasierten Schriftsteller nicht alles zusammen! »Schaut euch Camilles verzückten Gesichtsausdruck an, wenn Danton sich herablässt, vor seinen Augen seine Frau zu betatschen! Warum gründet ihr drei nicht einen gemeinsamen Hausstand, wenn ihr hier auszieht? Läuft es nicht ohnehin darauf hinaus?«

»Genau«, sagte Fabre, »und ich darf zum Frühstück kommen.«

»Mir hängt dieses Drama, das ihr hier aufführt, zum Hals heraus«, sagte Louise. »Mann verliebt sich in die Frau seines besten Freundes, wie tragisch, wie furchtbar, auf der Welt zu sein! Tragisch? Ihr könnt euch doch kaum das Grinsen vom Gesicht wischen!«

Richtig, das konnten sie tatsächlich kaum, auch Danton nicht. Gottlob hatte Gabrielle diesen schöpferischen Ausbruch nicht mitbekommen. Gabrielle war sehr lieb zu ihr gewesen, früher. Jetzt war sie gnadenlos schlecht gelaunt. Sie hatte sehr stark zugenommen seit Beginn ihrer Schwangerschaft, sie bewegte sich langsam, klagte über Atemnot, sagte, sie bekomme keine Luft in der Stadt. Zum Glück hatten Gabrielles Eltern vor kurzem ihr Haus in Fontenay verkauft und waren nach Sèvres gezogen, wo sie zwei Anwesen in schöner Parklandschaft erworben hatten. Das eine bewohnten sie selbst, das andere stellten sie ihrer Tochter und ihrem Schwiegersohn zur Verfügung. Arm waren die Charpentiers nie gewesen, aber es sprach viel dafür, dass das Geld für diesen Kauf von Georges-Jacques stammte; niemand sollte merken, wie viel Bargeld sich dieser Tage bei ihm ansammelte.

Das heißt, dachte Lucile, Gabrielle konnte jederzeit von hier fort, wenn sie wollte, aber nein, sie saß in ihrer Wohnung in der Rue des Cordeliers, still und stumm und betont schwanger. Manchmal weinte sie, und dieses kleine Luder, Louise Gély, schlüpfte die Treppe hinunter und verdrückte ein paar Tränchen mit ihr. Gabrielle weinte um ihre Ehe, ihre Seele und ihren König, Louise im Zweifel um eine zerbrochene Puppe oder ein überfahrenes Kätzchen – grauenhaft, dachte sie. Da lobe ich mir Männer zur Gesellschaft.

Fréron war unbeschadet von seiner Mission in Metz zurückgekehrt. Nichts an seinem Schreibstil ließ mehr ahnen, dass das Karnickel einst ein feiner Herr gewesen war. Er schrieb gut – der Journalismus lag ihm im Blut –, aber seine Ansichten wurden stetig brachialer, als befände er sich in einem Wettstreit, den es um jeden Preis zu gewinnen galt; zuweilen waren seine Artikel kaum mehr von denen Marats zu unterscheiden. Ungeachtet seines neuen Blutdursts sahen ihre anderen Verehrer in ihm den einen, von dem keine Gefahr ausging. Dennoch hatte sie ihn einmal ganz ernsthaft gefragt: »Wenn ich Sie brauche – werden Sie dann da sein?« Er hatte beteuert, dass er auf alle Zeit und Ewigkeit für sie da sei, und dergleichen mehr. Das Dumme war, dass er den Status eines alten Hausfreunds genoss. Dadurch konnte er an den Wochenenden mit nach Bourg-la-République kommen. Dort dackelte er hinter ihr her und versuchte, ihr Momente der Zweisamkeit abzutrotzen. Armer Karnickel. Er hatte nicht den Hauch einer Chance.

Es war manchmal schwer, sich zu erinnern, dass es eine Mme Fréron und eine Mme de Séchelles gab.

Hérault kam abends, wenn die Jakobiner ihre Sitzungen abhielten. Langweiler, nannte er sie, langweilige Tröpfe. In Wahrheit faszinierte die Politik ihn, aber für ihn stand fest, dass sie diese Faszination nicht teilte, und so gab er sich verständnisinnig. »Sie debattieren über Preiskontrollen«, sagte er etwa, »und darüber, wie sie diese lästigen Sansculotten-Agitatoren mit ihrem fortwährenden Gewinsel nach Brot und Kerzen zum Schweigen bringen können. Hébert weiß nicht, ob er sich über sie lustig machen oder sich ihnen anschließen soll.«

»Hébert hat aber großen Zulauf«, gab sie dann liebenswürdig zu bedenken, worauf er sagte: »Ja, in der Kommune sind Hébert und Chaumette sogar so stark, dass –«, um dann jäh abzubrechen, weil er merkte, dass er ihr wieder auf den Leim gegangen war.

Hérault war Dantons Freund, er saß bei den Montagnards, aber er konnte seine Vornehmheit nicht abschütteln. »Es sind nicht nur Ihre Redeweise und Ihr Auftreten, nein, Ihr ganzes Denken ist durch und durch aristokratisch.«

»O nein, nein, nein, völlig ausgeschlossen. Ich denke fortschrittlich. Republikanisch.«

»Ihre Haltung mir gegenüber zum Beispiel. Sie können nicht vergessen, dass ich vor der Revolution in gespielter Überwältigung dahingesunken wäre, wenn Sie auch nur einen Moment lang in meine Richtung geblickt hätten. Und wenn nicht, dann hätte meine Familie nachgeholfen. Wobei die Überwältigung ja vielleicht nicht einmal gespielt gewesen wäre. Die Frauen dachten damals noch so.«

»Wenn das stimmt«, sagte er, »und selbstredend stimmt es, was bedeutet das dann für unsere heutige Situation?« (Die Frauen, dachte er, ändern sich nicht.) »Ich versuche nicht, von irgendeinem Vorrecht Gebrauch zu machen. Ich will lediglich, dass Sie etwas vom Leben haben.«

Sie faltete die Hände überm Herzen. »Diese Selbstlosigkeit!«

»Liebste Lucile, das schlimmste Verbrechen, das Ihr Mann an Ihnen begangen hat, war, Sie in den Sarkasmus zu treiben.«

»Ich war schon immer sarkastisch.«

»Das kann ich nicht glauben. Camille manipuliert die Menschen.«

»Oh, das tue ich auch.«

»Ständig spielt er den Unbedarften, damit der Dolchstoß dann umso unerwarteter kommt. Saint-Just, den ich zwar nicht uneingeschränkt bewundere …«

»Oh, wechseln Sie das Thema. Ich mag Saint-Just nicht.«

»Und weshalb nicht, wenn ich fragen darf?«

»Ich mag seine politische Einstellung nicht. Außerdem macht er mir Angst.«

»Aber seine politische Einstellung ist die gleiche wie Robespierres – und damit die gleiche wie bei Ihrem Mann und Danton.«

»Das wird sich zeigen. Saint-Justs oberstes Ziel scheint zu sein, seine Mitmenschen zu erziehen, nach einem Plan, den er fertig im Kopf hat und den er, muss ich leider sagen, uns anderen nicht so recht vermitteln kann. Nun, Camille und Georges-Jacques können Sie weiß Gott nicht vorwerfen, sie wollten ihre Mitmenschen erziehen. Meist eher im Gegenteil.«

Hérault sah bedenklich drein. »Sie sind nicht dumm, nicht wahr, Lucile?«

»Früher war ich's. Aber Intelligenz steckt an.«

»Die Sache bei Saint-Just ist, dass Camille ihn gezielt gegen sich aufbringt.«

»Natürlich – und zwar in jeder Form. Wir können noch so pragmatismusverseucht sein, wenn jemand uns zuwider ist, besinnen wir uns im Nu wieder auf unsere Prinzipien.«

»Ach je«, sagte Hérault, »und ich hatte für heute die große Verführung geplant. Irgendwie sind wir vom Thema abgekommen.«

»Sie hätten ebenso gut zu den Jakobinern gehen können.« Sie lächelte ihn lieblich an. Hérault schaute bedrückt.

Wann immer er in Paris war, machte General Dillon ihr seine Aufwartung. Es war eine Freude, ihn zu sehen, mit seinem baumlangen Körper, dem kastanienbraunen Haarschopf und seiner Gabe, bei jedem Besuch jünger zu wirken. Valmy hatte ihm gut getan; nichts beflügelt einen Mann so sehr wie der Sieg in der Schlacht. Dillon redete nie vom Krieg. Er kam nachmittags, wenn der Nationalkonvent tagte. Sein Ansatz war so interessant, dass er schon fast zur Strategie hochgestuft werden musste; sie konnte sich nicht versagen, es Camille gegenüber zu erwähnen, und auch er fand ihn bewundernswert verdeckt. Denn während Karnickel kummervolle Anspielungen auf Camilles Seitensprünge fallenließ und Hérault ihr damit in den Ohren lag, dass sie unglücklich sei und dass er dies ändern könne, saß der General einfach da und erzählte Geschichten über das Leben auf Martinique oder die Absurditäten der höfischen Etikette vor der Revolution. Er erzählte ihr von seiner Tochter, die so alt wie Lucile war und der man als kleinem Mädchen eingeschärft hatte, sich nie in zu helles Licht zu stellen, damit ihr blühender Teint nicht die welkende Königin gegen sie einnahm. Er erzählte ihr von seiner vornehmen, exzentrischen franko-irischen Familie. Er unterhielt sie mit den Spleens seiner zweiten Frau, Laure, und den Marotten diverser hübscher, hohlköpfiger Mätressen früherer Tage. Er schilderte ihr die Fauna Westindiens, die Hitze, die Bläue des Ozeans, die steil ins Meer hinabfallenden, üppig berankten grünen Hänge, die wehenden Blumen, die noch in der Knospe verfaulten; er beschrieb ihr das groteske Zeremoniell, das den Gouverneur von Tobago, sprich ihn selbst, umgab. Kurzum, er erzählte ihr, welch schönes Leben man seinerzeit als der Spross einer distinguierten alten Familie hatte, der keine Geld- oder sonstigen Sorgen kannte und überdurchschnittlich gutaussehend, weltgewandt und dazu extrem anpassungsfähig war.

Als Nächstes erzählte er ihr dann, welch außergewöhnlichen jungen Mann sie geheiratet hatte. Er konnte in bewundernswerter Ausführlichkeit aus Camilles Reden zitieren, und gar nicht einmal so falsch. Er erklärte ihr – ihr! –, dass es für jemand so Sensiblen wie Camille unabdingbar sei, alles tun zu dürfen, was ihm passte, solange es nichts Kriminelles war oder zumindest nichts allzu Kriminelles.

Und dann legte er manchmal den Arm um sie, versuchte sie zu küssen und sagte: Liebe kleine Lucile, lass mich dir den Himmel auf Erden schenken. Wenn sie dann ablehnte, machte er ein ungläubiges Gesicht und fragte, warum sie ihr Leben nicht etwas mehr genießen wolle. Sie glaube doch nicht etwa, dass Camille etwas dagegen hätte?

Was sie nicht wussten, diese Herren, was sie nicht begriffen, war – ja, im Prinzip alles. Sie ahnten nichts von der köstlichen Marter, die sie für sich ersonnen hatte, der Folterbank, auf der ihre Tage und Wochen ausgespannt waren. Kaltblütig legte sie sich ihre immerwährende Frage vor, und die Frage lautete: Was, wenn Camille etwas zustößt? Was, wenn er – um es in aller Härte zu sagen – ermordet wird? (Wenn sie eine Meuchelmörderin wäre, bei Gott, es würde sie in den Fingern jucken!) Natürlich stellte sich ihr diese Frage nicht jetzt erst, seit '89 ging das nun so, aber ihre Obsession war seitdem stärker geworden, nicht schwächer. Darauf war sie nicht gefasst gewesen; die Schulmeinung zum Thema Liebesheirat war, dass nach einem Jahr im Sinnentaumel die Emotionen langsam abflachten. Niemand hatte ihr auch nur angedeutet, dass man sich verlieben und immer wieder aufs neue verlieben kann, bis man sich krank fühlt davon, elend und ausgelaugt, als würde einem das Mark aus den Knochen gesogen. Wenn Camille nicht mehr da wäre – wenn er für immer fort wäre –, dann gäbe es für sie nur noch ein Dahinvegetieren, eine dumpfe, aus purem Pflichtgefühl aufrechterhaltene Scheinexistenz, ein Sich-dem-Tode-Entgegenschleppen, denn der entscheidende Teil von ihr wäre schon tot. Wenn ihm etwas zustößt, dann bringe ich mich um, dachte sie; dann soll es offiziell sein, damit sie mich wenigstens begraben können. Und das Kind käme zu meiner Mutter.

Natürlich erwähnte sie dieses Folterprogramm vor niemandem. Man würde sie nur für verrückt halten. Zumal Camille dieser Tage seine Schwächen fein säuberlich in Stärken umwandelte. Legendre warf ihm vor, nicht öfter im Konvent zu sprechen. »Mein lieber Legendre«, erwiderte er, »nicht jeder hat deine Lunge.« Du tollpatschiger, spatzenhirniger Wichtigtuer, besagte sein Lächeln dabei. Und seinen Kollegen von der Bergpartei musste er die dunklen Reden Marats deuten, der nur noch mit ihm und Fréron verkehrte. (Marat hatte einen neuen Gegenspieler, einen großsprecherischen Sansculotten und Ex-Priester namens Jacques Roux.)

»Sie sind Ihrer Zeit um zweihundert Jahre voraus«, sagte Camille ihm. Marat, aschgrauer und reptilienhafter denn je, klappte die Lider zu und öffnete sie wieder. Es mochte ein Zeichen der Würdigung sein.

Was Camille jetzt wollte, war ein Konvent ohne die Brissotisten und ein Prozess gegen das Königspaar. Er ging mit Elan und Begeisterung in diesen Winter '92. Wenn er daheim war, dann war sie glücklich und feilte an ihren Camille-Imitationen – sie ahmte ihn jetzt nahezu perfekt nach, ihre Mutter und ihre Schwester bestätigten es. Wenn er nicht daheim war, saß sie am Fenster und hielt Ausschau nach ihm. Sie redete mit allen über ihn, in höchst gelangweiltem Ton.

Niemand fürchtete sich mehr vor der Koalition, zumindest für dieses Jahr nicht mehr – außer vielleicht die Quartiermeister, die schimmliges Brot und papierbesohlte Stiefel ausgeben und zusehen mussten, wie die Bauern auf die Geldscheine der Regierung spuckten und Goldmünzen forderten. Die Republik war jünger als Luciles Kind. Dieses Kind, das die Welt noch weitgehend aus der Rückenlage sah, blickte aus runden, obsidiandunklen Augen und lächelte kritiklos. Robespierre kam, um nach seinem Patensohn zu sehen, und an den Nachmittagen schauten die alten Freundinnen ihrer Mutter vorbei, gaben ihm ihre Finger zu halten und erzählten nichtssagende Geschichten über ihre eigenen Kinder als Babys. Camille trug ihn herum und flüsterte ihm ins Ohr, versprach ihm, dass ihm alle Wege geebnet und alle Wünsche erfüllt würden und dass er dank seiner angeborenen Weisheit niemals irgendwelche grauenvollen Internate würde besuchen müssen. Ihre Mutter schleppte den Enkel durch die Gegend, zeigte ihm die Katze und den Himmel und die Bäume. Nur Lucile selbst drängte es zu ihrer eigenen Beschämung gar nicht, den Geist ihres Kindes zu bestücken; sie war wie ein Mieter, dessen Vertrag bald auslief.

Um zu Marats Wohnung zu gelangen, geht man durch einen schmalen Durchgang zwischen zwei Läden und über einen kleinen Hof mit einem Brunnen in der Ecke. Zur Rechten führt eine Steintreppe mit einem eisernen Handlauf nach oben. Marat wohnt im ersten Stock.

Wer anklopft, muss sich erst von einer von Marats Frauen in Augenschein nehmen lassen, teils auch von beiden. Das kann dauern. Albertine, seine Schwester aus unausdenklichen Kinderzeiten, ist klein, klapperdürr und giftig. Simone Evrard hat ein sanftes, ovales Gesicht, braunes Haar, einen ernsten und großzügigen Mund. Der heutige Besucher erregt kein Misstrauen bei ihnen. Die Bahn ist frei; der Volksfreund sitzt in seiner Wohnstube. »Reizend, wie Sie hier bei mir angerannt kommen«, bemerkt er, was besagen soll, dass er es keineswegs reizend findet.

»Ich renne nicht«, sagte Camille. »Ich habe mich verstohlen hergeschlichen.«

Marat zu Hause. Simone, seine langjährige Gefährtin, stellte eine Kanne Kaffee vor sie hin, bitter und schwarz. »Wenn es um die Schandtaten der Brissotisten geht«, sagte sie, »dann werdet ihr wohl eine Weile hier sitzen. Sagt Bescheid, wenn ihr eine Kerze braucht.«

»Sind Sie in eigener Sache hier?«, fragte Marat, »oder hat man Sie geschickt?«

»Man könnte fast meinen, Sie mögen keine Besucher.«

»Ich will wissen, ob Sie im Auftrag von Danton oder Robespierre kommen oder wer Sie sonst herschickt.«

»Ich glaube, sie wären beide froh über etwas Munition gegen Brissot.«

»Brissot macht mich krank.« Das sagte Marat immer: Der oder jener macht mich krank. Und es stimmte ja. Sie hatten ihn krank gemacht. »Immer dieses Gehabe, als würde er die Revolution anführen, als wäre sie sein Werk. Der große Experte für Außenpolitik – nur weil er andauernd außer Landes flüchten musste, damit ihn die Polizei nicht erwischt. Wenn es danach ginge, müsste ich der Experte sein.«

»Wir müssen Brissot auf der ganzen Linie attackieren«, sagte Camille. »Sein Leben vor der Revolution, seine Philosophie, seine Mitstreiter, sein Verhalten in jeder Krise vom Mai '89 bis letzten September …«

»Und bei der englischen Ausgabe meiner *Ketten der Sklaverei* hat er mich auch betrogen. Er hat mit seinen Verlegern gemeinsame Sache gemacht und meine Ideen plagiiert, und ich habe nie einen Penny gesehen.«

Camille sah auf. »Du liebe Güte, Sie wollen doch nicht etwa, dass wir das gegen ihn vorbringen?«

»Und seit seiner Reise in die Vereinigten Staaten ist er –«

»Ja, ich weiß, als Mensch ist er unausstehlich, aber darum geht es nicht.«

»Für mich, ja. Ich muss auch so schon genug ausstehen.«

»Vor der Revolution war er Polizeispitzel.«

»Ja«, sagte Marat. »Das war er.«

»Verfassen wir ein gemeinsames Pamphlet!«

»Nein.«

»Helfen Sie *ein*mal mit.«

»Nur Vieh folgt dem Herdentrieb«, sagte Marat preziös.

»Schon gut, schon gut, ich mach's allein. Ich muss nur wissen, ob er etwas gegen Sie in der Hand hat, irgendetwas wirklich Gefährliches.«

»Ich habe mein Leben stets nach den höchsten Prinzipien geführt.«

»Sie meinen, niemand weiß etwas über Sie.«

»Passen Sie auf, dass Sie mich nicht beleidigen«, sagte Marat. Es war ein schlichter, zweckdienlicher Ratschlag.

»Also weiter«, sagte Camille. »Wir können sein Verhalten vor der Revolution verwenden, das einen bewussten Verrat an zukünftigen alten Kampfgefährten darstellt, seine monarchistischen Verlautbarungen, die ich anhand von Zeitungsausschnitten belegen kann, sein Schwanken im Juli '89 –«

»Das worin bestand?«

»Ach, er hat doch immer so etwas Fahriges, irgendwer wird sich schon an ein Schwanken erinnern. Dann sein Kontakt zu Lafayette, seine Rolle bei dem Fluchtversuch der Familie Capet und danach seine heimliche Verbindung zur Königin und zum Kaiser.«

»Gut, gut«, sagte Marat. »Bis jetzt sogar sehr gut.«

»Seine Sabotageversuche im Vorfeld des 10. August und seine unbegründeten Anschuldigungen gegen einzelne Patrioten, an dem Blutvergießen in den Gefängnissen beteiligt gewesen zu sein. Seine Befürwortung destruktiver föderalistischer Tendenzen. Nicht zu vernachlässigen seine anfänglich engen Beziehungen zu einigen Aristokraten – Mirabeau beispielsweise oder Orléans.«

»Sie haben ein rührendes Vertrauen in die Vergesslichkeit Ihrer Mitmenschen. Zu Recht, nehme ich an. Aber auch wenn Mirabeau tot ist – Orléans sitzt im Konvent neben uns.«

»Nein, das war jetzt in die Zukunft gedacht – sagen wir, bis zum Frühling. Robespierre ist der Meinung, dass Philippes Position unhaltbar ist. Er leugnet nicht, dass er sich gewisse Verdienste um das Volk erworben hat, aber es wäre ihm lieber, wenn sämtliche Bourbonen Frankreich verließen. Er möchte, dass Philippe mit seiner ganzen

Familie nach England geht. Wir könnten ihnen eine Pension zahlen, sagt er.«

»Wie, wir geben Philippe Geld? Auch mal nett!«, sagte Marat. »Aber natürlich, bis zum Frühling, Sie haben recht. Lassen wir die Brissotisten noch sechs Monate an der langen Leine, und dann – schnapp.« Er machte ein zufriedenes Gesicht.

»Mit etwas Glück kriegen wir sie alle – Brissot, Roland, Vergniaud – dafür dran, dass sie den Prozess gegen den König behindern und verschleppen. Oder sie stimmen sogar dafür, ihn am Leben zu lassen. Ich greife natürlich wieder vor.«

»Da könnte es auch noch andere geben, denen Hindernisse oder Verzögerungen ganz recht wären. In Sachen Louis Capet.«

»Ich glaube, Robespierre kann dazu gebracht werden, seine Scheu vor der Todesstrafe zu überwinden.«

»Ja, aber Robespierre meine ich gar nicht. Ich könnte mir vorstellen, dass Danton sich um diese Zeit aus dem Staub macht. Ich könnte mir vorstellen, dass die Aktivitäten von General Dumouriez in Belgien seine Anwesenheit erfordern.«

»Was für Aktivitäten denn?«

»In Belgien ist die Krise vorgezeichnet. Befreien unsere Truppen das Land oder annektieren sie es, oder machen sie am Ende beides? Für wen führt General Dumouriez seine Eroberungen durch? Für die Republik? Oder die ehemalige Monarchie? Oder am Ende für sich selbst? Jemand wird hinfahren und durchgreifen müssen, und es muss jemand mit größtmöglicher Autorität sein. Ich kann mir nicht denken, dass Robespierre sich von seinem Papierkram losreißt, um sich mit den Soldaten im Schlamm zu wälzen. Danton dagegen dürfte da in seinem Element sein – Gaunereien im großen Stil, Plünderungen, Militärkapellen und alle Weiber der besetzten Gebiete.«

Der schleppende asthmatische Tonfall, in dem Marat all dies vorbrachte, war in sich von beklemmender Wirkung. »Ich richte es ihm aus«, sagte Camille.

»Tun Sie das. Und was Brissot betrifft – aus einem bestimmten Blickwinkel betrachtet, zeigt sich klar und deutlich, dass er von Anfang an gegen die Revolution konspiriert hat. Und doch sitzen er und seine Kumpane fest im Sattel, und es wird einiges an Druck erfordern, um sie aus dem öffentlichen Leben zu entfernen.«

Er war mit Marats Gedankengängen inzwischen vertraut genug, um misstrauisch aufzuschauen. »Sie meinen aber nichts weiter als das, oder – sie aus dem öffentlichen Leben entfernen? Sie meinen damit nichts Schlimmeres?«

»Und eben hatte ich noch geglaubt, Sie würden allmählich in der Realität ankommen«, sagte Marat. »Oder ist das der Einfluss Ihrer beiden überängstlichen Herren und Meister? Bei der Krise im September wusste Robespierre, was zu tun war, aber seitdem, oh, seitdem ist er sehr zimperlich geworden.«

Camille hatte den Kopf in die Hand gestützt. Er wickelte sich eine Haarlocke um den Finger. »Ich kenne Brissot schon sehr lange.«

»Wir alle kennen das Böse seit unserer Geburt«, parierte Marat, »aber müssen wir es deshalb dulden?«

»Das sind doch hohle Phrasen.«

»Ja. Binsenweisheiten.«

»Schon traurig, wenn man es bedenkt: Jeder König bringt seine Gegner kurzerhand um, aber wir müssen unseren gut zureden.«

»An der Front sterben die Menschen für ihre Fehler. Warum sollten Politiker schonender behandelt werden? Sie haben den Krieg herbeigeführt. Sie verdienen es, dutzendfach zu sterben, jeder Einzelne von ihnen. Was können wir ihnen vorwerfen, wenn nicht Verrat, und wie kann Verrat bestraft werden, wenn nicht mit dem Tode?«

»Ja, das ist wahr.« Camille fing an, mit dem Fingernagel Muster in die Staubschicht auf dem Tisch zu malen, hörte aber auf damit, als ihm klar wurde, was er da machte.

Marat lächelte. »Es gab eine Zeit, Camille, da kamen die Aristokraten in Scharen zu mir, damit ich sie von der Schwindsucht heile. Ihre

Kutschen verstopften manchmal die Straßen. Auch ich hatte eine stattliche Equipage. Meine Kleidung war untadelig, und ich war die Ausgeglichenheit und Liebenswürdigkeit in Person.«

»Ach wirklich«, sagte Camille.

»Sie waren damals ein Schuljunge, was wissen Sie schon davon.«

»Haben Sie Schwindsüchtige geheilt?«

»Manche. Die, die fest genug daran glaubten. Sagen Sie, gehen die Leute, die den Cordeliers-Club gegründet haben, heute eigentlich noch hin?«

»Manchmal. Das Sagen haben dort jetzt andere. Was aber nichts Schlimmes ist.«

»Die Sansculotten haben das Ruder übernommen.«

»Mehr oder weniger.«

»Während ihr euch in höheren Sphären bewegt.«

»Ich weiß, was Sie meinen. Aber deshalb haben wir es nicht verlernt, auch mit Menschenaufläufen fertigzuwerden. Wir sind keine Salonrevolutionäre. Man muss nicht im Dreck leben, um …«

»Genug«, sagte Marat. »Es ist ja nur, dass ich mich über unsere Sansculotten beunruhige.«

»Dieser Priester, Jacques Roux – aber er heißt doch nicht wirklich so?«

»O nein – aber vielleicht denken Sie ja auch, ich heiße nicht wirklich Marat?«

»Spielt das denn so eine Rolle?«

»Nein. Aber Idioten wie Roux lenken die Revolution in die falsche Richtung. Sie sollten sie zu läutern versuchen, aber stattdessen ermutigen sie die Menschen dazu, Gemischtwarenläden zu plündern.«

»Irgendwer ruft sich offenbar immer zum Rächer der unterdrückten Armen aus«, sagte Camille. »Ich weiß nicht, wozu das gut sein soll. Die Lage der Armen ändert sich dadurch um kein Jota. Trotzdem werden die Menschen, die denken, sie könnte sich ändern, von der Nachwelt mit Ruhm überschüttet.«

»So ist es. Die Armen werden durch diese Revolution und durch alle anderen Revolutionen getrieben wie Packesel, aber das begreifen diese Leute nicht, sie weigern sich, es zu verstehen. Wo wären wir hingekommen, wenn wir '89 auf die Sansculotten gewartet hätten? Wir haben die Revolution in den Cafés gemacht und sie hinaus auf die Straßen getragen. Jetzt will Roux sie in den Rinnstein kippen. Und jeder Einzelne von ihnen – Roux und die ganze Bagage – arbeitet der Koalition zu.«

»Wissentlich, meinen Sie?«

»Was für einen Unterschied macht das, ob sie es aus Dummheit tun oder aus Schlechtigkeit? Sie tun es. Sie sabotieren die Revolution von innen.«

»Sogar Hébert wettert inzwischen gegen sie. *Enragés*, so heißen sie beim Volk. Ultra-Revolutionäre.«

Marat spuckte klatschend auf den Boden. Camille riss die Füße weg. »Ultra-Revolutionäre, dass ich nicht lache. Sie sind ja nicht einmal Revolutionäre. Sie sind ein Entwicklungsrückschlag! Ihre Vorstellung von gesellschaftlichem Fortschritt ist ein Gott, der jeden Tag Brot vom Himmel herabwirft. Aber ein Narr wie Hébert begreift das nicht. Nein, ich habe nicht mehr für Père Duchesne übrig als Sie.«

»Vielleicht ist Hébert ja ein heimlicher Brissotist?«

Marat lachte bitter. »Camille, Sie lernen dazu, Sie lernen dazu. Hébert hat Sie diffamiert, wenn ich mich recht entsinne – und ja, Sie sollen seinen Kopf haben, wenn es so weit ist. Aber erst müssen noch ein paar andere rollen, ehe seiner an die Reihe kommt. Bringen wir erst Weihnachten hinter uns, wie die Frauen so gern sagen – und dann sehen wir zu, dass wir dieser Revolution auf die Sprünge helfen. Ob sich unsere Herren und Meister wohl klar darüber sind, was sie an uns haben? An Ihnen mit Ihrem liebreizenden Lächeln und an mir mit meinem scharfen Messer?«

Hébert, *Le Père Duchesne,* über die Rolands:

Vor ein paar Tagen war eine Delegation von einem halben Dutzend Sansculotten bei dem alten Schwindler Roland. Dummerweise kamen sie gerade, als das Nachtmahl aufgetragen wurde … Unsere Sansculotten gehen also den Gang entlang und kommen ins Vorzimmer des Tugendhaften Roland. Da drin wimmelt es so von Lakaien, dass man keinen Fuß vor den anderen setzen kann. Zwanzig Köche mit den feinsten Frikassees schreien: ›Platz da, aus dem Weg, hier kommen die Entrées des Tugendhaften Roland.‹ Andere bringen die Vorspeisen des Tugendhaften Roland, andere die Braten des Tugendhaften Roland, wieder andere die Beilagen des Tugendhaften Roland. »Was wollt ihr?«, fragt der Kammerdiener des Tugendhaften Roland die Delegation.
»Wir möchten den Tugendhaften Roland sprechen.«
Der Kammerdiener überbringt die Botschaft dem Tugendhaften Roland, der mit mürrischem Gesicht herauskommt. Er hat den Mund voll und eine Serviette überm Arm. »Die Republik muss ja in sehr großer Gefahr sein«, sagt er, »dass ich so rüde von meinem Nachtmahl fortgerufen werde.« … Louvet mit seinem Pappmaché-Gesicht und seinen hohlen Augen wirft derweil lüsterne Blicke auf die Frau des Tugendhaften Roland. Einer der Delegierten versucht, ohne Licht durch die Speisekammer zu schleichen, und stößt das Dessert des Tugendhaften Roland um. Als sie von dem verdorbenen Dessert erfährt, rauft sich die Frau des Tugendhaften Roland vor Wut ihre künstlichen Haare aus.

»Langsam schnappt Hébert über«, bemerkte Lucile. »Wenn ich an diese Kohlrüben denke, die sie Georges-Jacques vorgesetzt haben!« Sie reichte die Zeitung Camille. »Werden die Sansculotten das glauben?«

»Aber ja, jedes Wort. Sie wissen nicht, dass Hébert seine eigene Kutsche hat. Für sie ist er Père Duchesne, der Pfeife raucht und Öfen baut.«

»Kann niemand sie aufklären?«

»Hébert und ich werden als Verbündete gesehen. Als Kollegen.« Er schüttelte den Kopf. Seinen Nachmittag bei Marat erwähnte er nicht. Seine Frau sollte möglichst nichts ahnen von dem, was ihm durch den Sinn ging.

»Und Sie müssen wirklich hier weg?«, fragte Maurice Duplay.

»Was bleibt mir übrig? Sie ist meine Schwester, sie findet, dass wir unser eigenes Haus führen sollten.«

»Aber Sie sind bei uns zu Hause.«

»Das versteht Charlotte nicht.«

»Glaub mir, er kommt zurück«, sagte Mme Duplay.

Condorcet, der Girondist, über Robespierre:

Viele fragen sich, weshalb Robespierre eine so große Anhängerschaft unter den Frauen hat. Das kommt daher, dass die Französische Revolution eine Religion und Robespierre ein Priester ist. Seine Stärken sind samt und sonders weibliche Stärken. Robespierre predigt, Robespierre zensiert … Er braucht nichts zum Leben und hat keine körperlichen Bedürfnisse. Er hat nur die eine Mission – reden –, und er redet fast unablässig. Er nimmt auch die Jakobiner ins Gebet, wenn er dort genügend Jünger um sich zu sammeln vermag; wenn seine Autorität Schaden leiden könnte, schweigt er … Er hat sich einen Ruf der Enthaltsamkeit erworben, der ans Heiligmäßige grenzt. Die Frauen und die Schwachen scharen sich um ihn, und fromm lässt er sich ihre Anbetung und Huldigung gefallen.

ROBESPIERRE: Wir hatten jetzt zwei Revolutionen, ’89 und letzten August. Es scheint das Leben der Menschen nicht groß verändert zu haben.

DANTON: Roland und Brissot und Vergniaud sind Aristokraten.

ROBESPIERRE: Nun ja.

DANTON: Im neuen Sinne des Wortes, meine ich. Die Revolution ist ein großes Schlachtfeld der Wortbedeutungen.

ROBESPIERRE: Vielleicht brauchen wir noch eine Revolution.

DANTON: Reden wir nicht um den heißen Brei herum.

ROBESPIERRE: Nein …

DANTON: Aber bei Ihren allseits bekannten Ansichten, bei Ihrer Aversion gegen das Blutvergießen …?

ROBESPIERRE *[ohne große Hoffnung]*: Kann Wandel nicht tiefgreifend sein, auch ohne dass Blut vergossen wird?

DANTON: Ich wüsste nicht, wie.

ROBESPIERRE: Immer leiden Unschuldige. Aber vielleicht gibt es ja gar keine Unschuldigen? Vielleicht ist das nur ein Klischee? Es geht einem so leicht von den Lippen.

DANTON: Was machen wir mit unseren ganzen Verschwörern?

ROBESPIERRE: Das sind diejenigen, die es treffen sollte.

DANTON: Und wie entlarvt man einen Verschwörer?

ROBESPIERRE: Man stellt ihn vor Gericht.

DANTON: Aber wenn man weiß, jemand ist ein Verschwörer, und es fehlen einem die Beweise, um ihn zu überführen? Wenn man es als Patriot einfach nur *weiß*?

ROBESPIERRE: Beweise sollte man schon bringen.

DANTON: Aber wenn das nicht geht? Wenn man den schlagendsten Beweis nicht verwenden kann? Weil es sich, sagen wir, um ein Staatsgeheimnis handelt?

ROBESPIERRE: Dann müsste man den Betreffenden laufen lassen. Aber das wäre fatal.

DANTON: Ja, nicht wahr? Wenn die Österreicher vor den Toren stünden? Und man müsste ihnen die Stadt überlassen, nur weil der Rechtsform Genüge getan werden muss?

ROBESPIERRE: Dann … nun ja, dann müsste man vermutlich das Procedere bei der Beweisführung ändern. Oder die Definition von Verschwörung ausweiten.

DANTON: Ja, nicht wahr, das müsste man.

ROBESPIERRE: Weil es ein kleineres Übel wäre, das ein größeres abwenden soll? Für gewöhnlich bin ich kein Freund dieser schlichten, sehr tröstlichen, sehr kindlichen Logik – aber eine erfolgreiche Verschwörung gegen die französische Bevölkerung könnte in Völkermord münden.

DANTON: Rechtsbeugung ist in sich ein sehr großes Übel. Sie lässt keinen Raum für eine Berichtigung.

ROBESPIERRE: Von solchen Fragen verstehe ich nichts, Danton. Ich bin kein Theoretiker.

DANTON: Das weiß ich. Sie sind Praktiker. Ich weiß Bescheid über diese heimtückischen kleinen Morde, die Sie hinter meinem Rücken anzuzetteln versuchen.

ROBESPIERRE: Den Tod Tausender nehmen Sie hin, aber den zweier Politiker nicht?

DANTON: Weil ich sie kenne, nehme ich an. Roland und Brissot. Die Tausend kenne ich nicht. Schreiben Sie's einem Mangel an Fantasie zu.

ROBESPIERRE: Wenn die Beweise für einen Prozess nicht ausreichen, könnte man die Verdächtigen ja zur Not ohne Prozess inhaftieren.

DANTON: Könnte man das? Ihr Idealisten gebt doch die besten Tyrannen ab.

ROBESPIERRE: Diese Unterhaltung kommt reichlich spät, finden Sie nicht? Ich habe mich jetzt auf Gewalt einlassen müssen, wie auf so vieles andere mehr. Wir hätten dieses Gespräch vor einem Jahr führen sollen.

Wenige Tage später war Robespierre wieder bei den Duplays. Er hatte seit drei Nächten kein Auge zugetan. Sein Schädel hämmerte zum Zerspringen, die Faust eines Riesen knetete seine Gedärme. Kalkweiß und zittrig saß er mit Mme Duplay in der kleinen Stube, die angefüllt war mit seinen Bildnissen. Er glich keinem davon; er konnte sich nicht vorstellen, jemals wieder gesund auszusehen.

»Alles ist so, wie Sie es verlassen haben«, sagte sie. »Ich habe nach Dr. Souberbielle geschickt. Sie brauchen Ihre ganze Kraft, da können Sie sich Unregelmäßigkeiten in Ihren Lebensabläufen nicht leisten.« Sie legte ihre Hand auf seine. »Wir waren das reinste Trauerhaus. Eléonore hat kaum einen Bissen gegessen, und ich habe ihr keine zwei Worte entlocken können. Sie dürfen uns nie wieder verlassen.«

Charlotte kam, aber sie sagten ihr, dass er einen Schlaftrunk bekommen habe und sie bitte ihre Stimme dämpfen möge. Sie würden ihr Nachricht schicken, sagten sie, wenn er wohlauf genug sei, um Besuch zu empfangen.

SÈVRES, am letzten Tag im November. Gabrielle hatte die Lampen angezündet. Sie waren allein; die Kinder schliefen drüben bei ihrer Mutter, das Fußvolk war daheim in der Rue des Cordeliers. »Nach Belgien musst du?«, sagte sie. Deshalb war er hier: um ihr Bescheid zu geben und dann aufzubrechen.

»Du erinnerst dich doch an General Westermann, oder?«

»Ja. Der Gauner, wie Fabre sagt. Du hast ihn am 10. August mit zu uns gebracht.«

»Ich weiß nicht, warum Fabre das sagt. Aber was immer Westermann früher war, jetzt ist er ein wichtiger Mann, und er kommt persönlich von der Front, um Dumouriez' Nachricht zu überbringen. Daran siehst du, wie dringend die Sache ist.«

»Wäre ein Kurier der Regierung denn nicht genauso schnell gewesen? Hat die Beförderung ihm Flügel aus den Fußgelenken wachsen lassen?«

»Er kommt selbst, um dem Ernst der Lage Nachdruck zu verleihen. Ich glaube, Dumouriez wäre höchstpersönlich gekommen, wenn er abkömmlich wäre.«

»Dann lautet die Botschaft also, dass Westermann abkömmlich ist.«

»Das ist ja, als würde man mit Camille reden«, murrte er.

»Ja? Weißt du, dass du selbst ein paar von seinen Manierismen übernommen hast? Als wir uns kennengelernt haben, hast du längst nicht so viel mit den Händen herumgewedelt. Es heißt ja, Hunde und ihre Herren sehen sich mit der Zeit immer ähnlicher. So etwas muss das bei euch auch sein.«

Sie stand auf und trat ans Fenster, sah hinaus auf den hartgefrorenen Rasen; ein kleiner, verwischter Novembermond blickte verloren zu ihr herab. »August, September, Oktober, November«, sagte sie. »Es kommt mir vor wie ein Leben.«

»Gefällt dir das neue Haus? Fühlst du dich wohl hier?«

»Ja, sehr. Aber ich hatte nicht gedacht, dass ich so viel allein sein würde.«

»Möchtest du lieber nach Paris zurück? In der Wohnung ist es wärmer. Ich könnte dich gleich heute Abend mitnehmen.«

Sie schüttelte den Kopf. »Es geht mir gut hier. Ich habe ja meine Eltern.« Sie sah zu ihm auf. »Aber du wirst mir fehlen, Georges.«

»Es tut mir leid. Ich kann es nicht ändern.«

Dunkelheit ballte sich in den Zimmerecken. Das Kaminfeuer flackerte auf, Schatten zuckten und tanzten über Dantons narbiges, dunkles Gesicht. Er hielt beide Hände bewusst ruhig, umschloss mit der Rechten die linke Faust, seine Schultern der Wärme entgegengebeugt, Ellbogen auf den Knien. »Wir wissen schon seit einer Weile, dass Dumouriez Probleme hat. Er kommt nicht an Nachschub, und die Engländer haben das Land mit Falschgeld überschwemmt. Dumouriez streitet mit dem Kriegsministerium herum – er sieht nicht ein, dass ihm Leute, die heil und sicher in Paris sitzen, bei der Führung der

Truppen dreinreden. Und dem Konvent passt es nicht, dass er der bestehenden Ordnung so sehr den Rücken stärkt – sie erwarten, dass die Revolution propagiert wird. Es ist eine verzwickte Situation, Gabrielle.« Er schob noch ein Scheit ins Feuer. »Buchenholz«, sagte er. »Brennt hervorragend.« Drüben im Wäldchen schrie eine Eule. Unterm Fenster knurrte der Wachhund. »Nicht wie Brount«, sagte Danton. »Brount wacht nur, er macht kein Geräusch.«

»Heißt das, es ist eine Notlage? Und Dumouriez braucht einen Zeugen an Ort und Stelle?«

»Zwei von unserer Kommission sind schon aufgebrochen. Der Abgeordnete Lacroix und ich folgen morgen.«

»Wer ist Lacroix?«

»Er ist … nun ja … ein Anwalt.«

»Wie heißt er mit Vornamen?«

»Jean-François.«

»Wie alt ist er?«

»Ich weiß nicht – vierzig?«

»Ist er verheiratet?«

»Keine Ahnung.«

»Wie sieht er aus?«

Danton überlegte. »Ganz normal. Aber wahrscheinlich darf ich mir unterwegs eh seine Lebensgeschichte anhören, dann kann ich sie dir erzählen, wenn ich wieder zu Hause bin.«

Sie setzte sich hin, verrückte ihren Stuhl ein wenig, drehte ihn weg von der Ofenhitze. Das Gesicht halb im Schatten, fragte sie: »Wann kommst du wieder?«

»Schwer zu sagen. Vielleicht schon in einer Woche. Ich habe nicht vor, mich unnütz aufzuhalten, während Louis hier der Prozess gemacht wird.«

»Bist du so begierig darauf, Blut zu sehen, Georges?«

»Denkst du das von mir?«

»Ich weiß nicht, was ich denken soll«, sagte sie müde. »Es ist sicher verzwickter, als mir klar ist, genau wie die Sache mit Belgien und General Dumouriez. Aber ich weiß, dass es mit dem Tod des Königs enden wird, wenn nicht jemand mit deinem Einfluss für ihn Partei ergreift. Der ganze Konvent soll über ihn urteilen, sagst du – und ich weiß, dass du den Konvent umstimmen kannst. Ich weiß, welche Macht du besitzt.«

»Aber du begreifst nicht, was es bedeutet, sie auszuüben. Lassen wir das Thema, ja? Ich habe nur eine Stunde.«

»Geht es Robespierre besser?«

»Doch – zumindest hat er heute im Konvent gesprochen.«

»Und er wohnt wieder bei den Duplays?«

»Ja.« Danton lehnte sich zurück. »Sie halten ihm Charlotte vom Leib. Offenbar hat sie ihre Zofe mit einem Glas Marmelade hingeschickt, und Mme Duplay hat das Mädchen nicht hereingelassen. Sie lässt es nicht zu, dass man ihn vergiftet, hat sie ihr bestellt.«

»Die arme Charlotte.« Gabrielle lächelte halb. Ihre Züge entspannten sich. Sie war in Gedanken wieder da, wo er sie haben wollte, beim Trivialen, Häuslichen.

»Jetzt sind es nur noch zwei Monate. Und eine Woche vielleicht.« Bis zur Geburt des Kindes, meinte sie. Sie stemmte sich aus dem Sessel hoch und durchquerte das Zimmer, um die schweren Vorhänge zuzuziehen. »Wirst du wenigstens zum Jahreswechsel hier bei mir sein?«

»Ich tue mein Möglichstes.«

Als er fort war, lehnte sie den Kopf an ein Kissen und döste ein. Die Uhr tickte dem neuen Tag entgegen, Glut bröckelte knisternd durch den Rost. Draußen strichen Eulenflügel durch die kalte Luft, kleine Tiere schrien im Unterholz. Sie träumte, sie sei wieder ein Kind, frühmorgens in der Sonne. Dann drangen die Geräusche der Jagd in ihren Traum ein, und sie wurde bald zum Jäger, bald zur Beute.

Robespierre vor dem Konvent, im Januar:

> *Es gibt hier keinen Prozess zu führen. Louis ist kein Angeklagter, ihr seid keine Richter. Wenn Louis der Prozess gemacht werden kann, dann kann Louis freigesprochen werden, er kann unschuldig sein. Aber wenn Louis freigesprochen werden kann, wenn Louis für unschuldig erklärt werden kann, was wird dann aus der Revolution? … Eure Aufgabe ist es nicht, über Schuld oder Unschuld eines Menschen zu entscheiden, sondern eine Maßregel im Interesse der allgemeinen Wohlfahrt und Sicherheit zu ergreifen, euch zum Werkzeug der Vorsehung zu machen … Louis muss sterben, damit die Nation leben kann.*

4. Erpressung

(1793)

RUE DES CORDELIERS, 13. Januar: »Ob Mr. Pitt uns wohl ein bisschen Geld schickt?«, fragte Fabre. »Zum neuen Jahr?«

»Ach wo«, sagte Camille, »Mr. Pitt schickt immer bloß seine guten Wünsche.«

»Tja, mit der Glanzzeit des William Augustus Miles ist es vorbei.«

»Und bald sind wir wahrscheinlich mit England im Krieg.«

»Das darfst du doch nicht mit so einem Gesicht sagen, Camille. Du hast zu glühen vor patriotischem Eifer!«

»Ich weiß einfach nicht, wie wir gewinnen wollen. Wenn sich die britische Bevölkerung nun nicht geschlossen erhebt? Wenn sie die Unterdrückung durch ihre eigenen Leute einer Befreiung durch die Franzosen vorzieht? Und neuerdings« – er dachte an die jüngsten Beschlüsse im Konvent – »scheinen wir ja eine Politik der Annexion zu verfolgen. Danton unterstützt sie, im Falle Belgiens zumindest, aber mich erinnert es fatal an den bisherigen europäischen Regierungsstil. Stell dir vor, wir annektieren England. Dann würden Leute, die den Konvent langweilen, als Sonderkommissare nach Newcastle-on-Tyne entsandt.«

»Bei dir besteht ja nun keine Gefahr, dass du den Konvent langweilst, mein Lieber. Da übe ich jahrelang mit dir, und jetzt kriegst du den Mund nicht auf.«

»Natürlich, in der Debatte über den Anschluss von Savoyen. Da habe ich gesagt, dass die Republik sich nicht wie ein König aufführen und Gebiete usurpieren darf. Niemand hat die geringste Notiz davon genommen. Fabre, meinst du, Mr. Pitt interessiert es wirklich, ob wir Louis aufs Schafott bringen oder nicht?«

»Persönlich? Ach was, niemand schert sich einen Pfifferling um Louis. Aber sie finden, dass es kein guter Ton ist, Monarchen den Kopf abzuhacken.«

»Den Ton haben die Engländer selbst angeschlagen.«

»Das möchten sie gern vergessen. Und sie werden uns den Krieg erklären, wenn wir ihnen nicht zuvorkommen.«

»Meinst du, Georges-Jacques hat sich verrechnet? Mit diesem Plan, Louis' Leben als Verhandlungsmasse einzusetzen – ihn so lange am Leben zu erhalten, wie England neutral bleibt?«

»Louis' Leben ist den Engländern egal. Denen geht's um den Handel. Um den Schiffsverkehr. Bares Geld.«

»Morgen kommt Danton zurück«, sagte Camille.

»Ja, er wird sich schwarz ärgern, dass der Konvent nach ihm geschickt hat. Noch eine Woche, und der Prozess gegen Capet wäre zu Ende gewesen, ohne dass er Stellung hätte beziehen müssen. Wo er sich in Belgien so einen schönen Lenz gemacht hat! Zu dumm, dass seine Frau davon Wind bekommen musste. Sie hätte in Sèvres bleiben sollen, abseits von Klatsch und Tratsch.«

»Den hast nicht zufällig du ihr hinterbracht?«

»Was für einen Grund hätte ich, ihnen das Leben noch schwerer zu machen?«

»Deine ganz normale Alltagsbosheit würde völlig ausreichen.«

»*Ich* richte keinen Schaden an. Das hier richtet Schaden an, das hier!« Er hob ein Blatt von Camilles Schreibtisch auf. »Ich kann dein Gekrakel nicht lesen, aber der Grundtenor ist ja wohl, dass Brissot sich aufhängen soll.«

»Na, Hauptsache, *dein* Gewissen ist rein.«

»Blütenrein. Du siehst doch, mir wächst schon ein Bauch, so im Reinen bin ich mit mir.«

»Bist du nicht. Du hast schwitzige Handflächen. Dein Blick huscht von einem Gesicht zum anderen. Du bist wie ein Geldfälscher, der sein erstes Goldstück in Umlauf bringt.«

Fabre sah Camille misstrauisch an. »Was meinst du damit?« Camille zuckte die Achseln. »Los.« Fabre baute sich vor ihm auf. »Sag mir, was du meinst.« Eine Pause. »Na gut«, sagte Fabre, »dann hast du wohl gar nichts gemeint.«

»So«, sagte Lucile, die ins Zimmer trat. »Seid ihr wieder bei eurem sinnlosen Hickhack?« Sie hatte ein paar frisch eingetroffene Briefe in der Hand.

»Ich hab Fabre bloß ein bisschen erschreckt.«

»Es ist die alte Geschichte. Camille überhäuft mich wie immer mit Verachtung. Für ihn bin ich nicht gut genug, um Dantons Hund zu sein, geschweige denn sein politischer Vertrauter.«

»Nein, darum geht es nicht. Fabre hat etwas zu verbergen.«

»So einiges, stelle ich mir vor«, sagte Lucile. »Und im Zweifel bleibt es auch besser verborgen. Hier ist ein Brief von deinem Vater. Ich habe ihn nicht aufgemacht.«

»Das wäre ja noch schöner«, meinte Fabre.

»Und hier ist einer von deiner Cousine Rose-Fleur. Den habe ich aufgemacht.«

»Lucile ist eifersüchtig auf meine Cousine. Wir waren in grauer Vorzeit einmal verlobt.«

»Wie originell von ihr«, meinte Fabre, »auf eine einzelne Frau eifersüchtig zu sein, eine von anno dazumal auch noch.«

»Ihr könnt euch vorstellen, was mein Vater schreibt.« Camille las den Brief.

»O ja, lebhaft«, sagte Lucile: »Stimme nicht für Louis' Tod – enthalte dich. Du hast schon so oft gegen ihn gesprochen, du hast deine Haltung in dem Fall längst publik gemacht. Dadurch hast du ihn vorverurteilt, was bei einem Polemiker entschuldbar ist, nicht aber bei einem Geschworenen. Vermeide darum jedwede Beteiligung an der Sache. Damit sicherst du dich gleichzeitig auch …«

»… für den Fall einer Gegenrevolution ab. Ganz genau. Er meint, dass ich dann nicht des Königsmords bezichtigt werden kann.«

»Der gute, schrullige alte Mann«, sagte Fabre. »Doch, deine Familie ist schon drollig.«

»Findest du Foucquier-Tinville drollig?«

»Stimmt, den hatte ich vergessen. Er wird langsam ein Mann von Bedeutung. Er macht sich nützlich. Er wird zweifelsohne bald zu Amt und Würden aufsteigen.«

»Solange er weiß, wem er es verdankt.« In Luciles Stimme klang eine gewisse Schärfe durch. »Sie sind arg ungern auf den Taugenichts angewiesen, diese Verwandten von dir.«

»Rose-Fleur nicht, und ihre Mutter war immer auf meiner Seite. Ihr Vater dagegen …«

»Alles kehrt wieder«, sagte Fabre.

»Wenn dein Vater wüsste, wie lachhaft uns hier seine Skrupel scheinen«, sagte Lucile. »Morgen kommt Danton aus Belgien zurück, und übermorgen wird er für Louis' Hinrichtung stimmen, ohne auch nur eine einzige Einlassung gehört zu haben. Was würde dein Vater dazu sagen?«

»Er wäre entsetzt«, sagte Camille, der es zum ersten Mal in diesem Licht sah. »Genau, wie ich es wäre – was heißt, wäre: bin! Aber ihr wisst ja, was Robespierre sagt: Es ist gar kein richtiger Prozess, nicht im landläufigen Sinn. Es ist eine Maßregel, die wir ergreifen müssen.«

»Im Interesse der Wohlfahrt und Sicherheit«, ergänzte Lucile. Das war ein Ausdruck, der Schule gemacht hatte; seit ein paar Wochen war er in aller Munde. »Wohlfahrt und Sicherheit. Aber egal, welche Maßregeln ergriffen werden, irgendwie fühlt man sich nie sicherer. Ich frage mich, woran das liegt.«

COUR DU COMMERCE, 14. Januar: Gabrielle saß still da und wartete, während Georges nebenan die Stapel von Briefen durchsah, die sich in seiner Abwesenheit angesammelt hatten. Auf einmal stand er im Türrahmen; er füllte ihn fast vollständig aus. Sein breites Gesicht war kalkweiß.

»Wann ist das hier gekommen?« Er hielt einen Brief auf Armeslänge von sich weg.

Der kleine Antoine sah von den Soldaten hoch, die er auf dem Teppich aufstellte. »Er hat einen Schrecken«, meldete er seiner Mutter.

»Ich weiß es nicht«, antwortete sie. Sie riss den Blick von der geschwollenen Ader los, die an seiner Schläfe zuckte. Einen Moment lang hatte sie ihn so gesehen, wie ein Fremder ihn sehen mochte, und die Gewalt, die in seinem massigen Körper schlummerte, machte ihr Angst.

»Versuch dich zu erinnern!« Er hielt ihn ihr unter die Nase. Wollte er, dass sie ihn las?

»11. Dezember. Das ist über einen Monat her, Georges.«

»Wann ist er angekommen?«

»Tut mir leid, aber ich weiß es nicht. Jemand muss mich angeschwärzt haben«, sagte sie mit dünner Stimme. »Was ist es, was habe ich getan?«

Mit einem ungeduldigen Hohnschnauben zerknüllte er den Brief in der Faust. »Wieso denn du? O Gott, o Gott, o Gott.«

Warnend blickte sie auf, wies mit einer schwächlichen kleinen Geste auf Antoine. Das Kind zupfte an ihrem Rock und flüsterte in die Falten: »Ist er böse auf uns?«

Sie legte den Finger an die Lippen.

»Wer ist Präsident im Konvent?«

Sie überlegte fieberhaft; das Amt rotierte alle zwei Wochen. »Ich weiß es nicht. Es tut mir leid, Georges.«

»Wo sind meine Freunde? Wo sind sie, wenn ich sie brauche? Robespierre würde vorgewarnt werden, er muss nur mit dem Finger schnippen, schon sind sie ihm alle zu Diensten.«

»Was für einen Unfug redest du da?« Sie hatten Camille nicht hereinkommen hören. »Ich sollte in der Manege sein, ich weiß«, sagte er, »aber ich habe die Reden über Louis so satt. Wir gehen später zusammen. Warum hast du nicht …« Antoine sprang vom Boden auf, dass seine Soldaten umfielen, und rannte mit weinerlich verzogenem Gesicht zu Camille. Der nahm ihn auf den Arm. »Was ist los, Georges? Vor einer Stunde war doch noch alles bestens.«

Gabrielles Mund öffnete sich. Sie sah von einem zum anderen. »Du warst schon drüben? Du warst bei Lucile, bevor du zu mir gekommen bist?«

»Willst du wohl aufhören«, donnerte Danton. Der Kleine brach prompt in Geheul aus. Sein Vater brüllte nach Catherine, die händeringend angelaufen kam. »Nimm das Kind weg!« Unter gurrenden Lauten versuchte Catherine die kleinen Finger aus Camilles Haaren zu lösen. »Was für eine Heimkehr. Da ist man einen einzigen Monat weg, und schon haben sich die Kinder einem anderen Mann zugewandt.«

Catherine trug das Kind aus dem Zimmer. Gabrielle wollte sich die Ohren zuhalten, um sein hysterisches Geschrei nicht hören zu müssen, aber sie hatte Angst, durch die Geste Dantons Aufmerksamkeit auf sich ziehen. Ihm schien die Wut aus jeder Pore zu strömen. Er packte Camille und stieß ihn neben sie auf das Sofa. »Da.« Er warf ihr den Brief in den Schoß. »Von Bertrand de Molleville. Er war früher Minister, jetzt ist er in London untergetaucht. Lest ihn zusammen, ihr könnt ruhig auch ein bisschen leiden.«

Sie nahm das Blatt, strich es ungeschickt auf den Knien glatt und hielt es Camille vor die kurzsichtigen Augen, aber er hatte den Inhalt schon erfasst, während sie noch mit dem ersten Satz kämpfte; mit einem Ruck drehte er das Gesicht weg, und seine zarten, schmalen Hände flogen an seine Stirn, krampften sich darum, als müssten sie seinen Schädel am Explodieren hindern. »Sehr hilfreich, Camille«, sagte ihr Mann. Zögernd sah sie weg von Camilles Schreckensmiene und wieder auf den Brief.

Es schiene mir unrecht, Monsieur, Sie noch länger in Unkenntnis der Tatsache zu belassen, dass sich in einem Bündel von Papieren, welchselbe der verblichene M. Montmorin im Juni vergangenen Jahres meiner Obhut anvertraute – und die mit mir außer Landes gereist sind –, ein Memorandum mit detaillierten Angaben zu einer Anzahl von Geldbeträgen befand, die aus dem Geheimfonds des britischen Außenministeriums an Sie ausgezahlt wurden, einschließlich dem jeweiligen Datum der Zahlung, den Umständen, unter denen Sie sie empfangen haben, und den Namen der Personen, durch die …

»Ja«, sagte er. »Ich bin genau der, für den du mich hältst.«

Hastig überflog sie den Rest der Seite. »… ich bin im Besitz eines handschriftlichen Vermerks von Ihnen, in dem Sie … Ich setze Sie hiermit in Kenntnis davon, dass ich beide Schriftstücke einem Brief an den Präsidenten des Nationalkonvents beigelegt habe …« »Georges, was will er von dir?«, flüsterte sie.

»Lies«, sagte er. »Der Brief und die beiden Schriftstücke liegen bei einem Freund von ihm hier in Paris und werden dem Präsidenten des Konvents zugeleitet, wenn ich nicht den König rette.«

Ihr Blick fand die Drohung selbst, die Bedingungen: »… sollten Sie sich in der Sache des Königs nicht so verhalten, wie es einem Manne ziemt, dem der König solche Großzügigkeit gezeigt hat. Erweisen Sie jedoch in besagter Sache die Dienste, die zu erweisen Ihnen ein Leichtes sein dürfte, seien Sie versichert, es soll Ihr Schaden nicht sein.«

»Ein Erpresserbrief, Gabrielle«, sagte Camille knapp. »Montmorin war Louis' Außenminister, wir haben ihn nach Louis' Fluchtversuch zum Rücktritt gezwungen, aber er hat immer zum engeren Kreis des Königs gehört. Er ist im September im Gefängnis getötet worden. Dieser de Molleville war Louis' Marineminister.«

»Was wirst du nun tun?« Sie streckte Danton die Hand hin, wie um ihn zu trösten, aber ihr Gesicht war ein Bild der Verstörtheit.

Er machte einen Schritt von ihr weg. »Hätte ich sie doch alle miteinander umgebracht«, sagte er. »Hätte ich sie doch abgeschlachtet, als ich es gekonnt hätte.«

Im Nebenzimmer heulte noch immer Antoine. »So ganz habe ich nie glauben können«, sagte Gabrielle, »dass dein Herz dieser Revolution gehört. Dass du nicht doch ein Mann des Königs bist.« Er drehte sich um und lachte ihr ins Gesicht. »Steh zu ihm. Du hast sein Geld genommen und davon gelebt, du hast Land damit gekauft – bitte steh jetzt zu ihm. Du weißt, das ist das einzig Richtige; wenn du es nicht tust …« Sie wusste nicht, wie sie den Satz beenden sollte. Sie hatte keine Ahnung, was dann sein würde. Würde es öffentliche Schmach bedeuten? Oder noch Schlimmeres? Würde er vor Gericht gestellt? »Du musst ihn ja retten«, sagte sie. »Dir bleibt keine andere Wahl.«

»Und du glaubst wirklich, sie würden mich belohnen, meine Liebe? Du glaubst das allen Ernstes? Das Kind wüsste es besser. Wenn ich Louis rette – und sie haben recht, ich könnte es –, dann packen sie ihre Beweise vorerst zurück in die Schublade und benutzen mich als ihre Marionette. Und wenn ich ihnen irgendwann nichts mehr nütze, weil ich meinen Einfluss verloren habe, dann zaubern sie sie wieder hervor. Aus Hass gegen mich, und um Verwirrung zu stiften.«

»Verlang die Papiere doch einfach zurück«, schlug Camille vor. »Mach das zu einem Teil der Abmachung. Und die Belohnung auch. Wenn du dächtest, du würdest damit durchkommen, tätest du es, oder? Solange das Geld stimmt?«

Danton drehte sich um. »Drück dich deutlicher aus.«

»Wenn es sich irgendwie hinbiegen ließe – dass du Louis rettest und trotzdem bei den Patrioten gut angeschrieben bleibst *und* dabei den Engländern noch ein bisschen mehr Geld aus der Tasche leierst –, dann würdest du es machen.«

Früher hätte Danton auf so etwas nur milde gesagt: Ich wäre ein Narr, wenn nicht. Und Camille hätte lächelnd bei sich gedacht, wie gern Danton doch den Skrupellosen markierte. Aber nun merkte er plötzlich: Danton hatte keine Antwort parat. Danton wusste nicht, wie er reagieren sollte, Danton hatte die Herrschaft über sich verloren. Er holte aus. Im gleichen Augenblick stand Gabrielle auf; seine flache Hand traf sie mitten ins Gesicht, warf sie zurück auf das Sofa. »Guter Gott«, sagte Camille. »Das war heldisch.«

Danton vergrub einen Augenblick lang das Gesicht in den Händen, schwer atmend; er musste Tränen der Demütigung und der Wut niederkämpfen. Seit ihn der Stier auf die Hörner genommen hatte, ja eigentlich seit er aus den Windeln heraus war, hatte er nicht mehr geweint. Er ließ die Hände sinken; seine Frau sah mit trockenen Augen zu ihm auf. Er kauerte sich vor ihr nieder. »Das verzeihe ich mir nie.«

Sie berührte vorsichtig ihre Lippe. »Du könntest Geschirr kaputtschlagen«, sagte sie, »anstatt Menschen. Und wir sind ja nicht einmal die Richtigen. Wir sind nur zufällig da.« Sie machte eine Faust, um sich nicht die Wange zu halten; er sollte nicht wissen, wie weh er ihr getan hatte.

»Ich habe dich nicht verdient«, sagte er. »Verzeih bitte. Es galt nicht dir.«

»Ich würde nicht besser von dir denken, wenn du stattdessen Camille durchs Zimmer geprügelt hättest.«

Er richtete sich wieder auf. »Camille, irgendwann bring ich dich um«, sagte er. »Nein, komm her. Dir kann nichts passieren, du hast schließlich eine Schwangere zur Beschützerin. Dabei hast du es ja schon im September versucht, bei den Gefängnismorden! Es läuft alles nach Plan, hast du Prudhomme und jedem, der sonst noch in Hörweite war, verkündet. Alles nach Plan, kein Problem – wo ich doch jedes Wissen darum weit von mir gewiesen hatte! Es war unschön, aber es war notwendig, nur hatte ich wenigstens die Seelengröße, mich dafür zu schämen. Du, du hättest dir ja sogar den Kindermord von Bethlehem ans Revers geheftet! Also blick nicht auf mich herab von dieser hohen moralischen Warte, auf der du dich heute aus irgendeinem Grund wähnst. Du wusstest es doch. Du wusstest es alles von Anfang an.«

»Ja«, sagte Camille, »aber ich hatte nicht damit gerechnet, dass du dich erwischen lässt.« Er wich einen Schritt zurück, lächelnd. Gabrielle starrte ihn an.

»O Camille«, sagte sie, »wie können Sie das auf die leichte Schulter nehmen?«

»Kühl dir dein Gesicht, Gabrielle«, sagte ihr Mann. »Ja, denn wenn dieser Schrieb an die Öffentlichkeit gelangt, ist meine Zukunft keine zwei Sous mehr wert, und deine auch nicht.«

»Meinst du nicht, es könnte ein Bluff sein?«, fragte Camille. »Wo soll er einen handschriftlichen Vermerk von dir herhaben?«

»Einen solchen Vermerk gibt es.«

»Dann warst du sträflich dumm, muss ich sagen. Trotzdem, überleg doch. Schon möglich, dass de Molleville ihn irgendwann zu Gesicht bekommen hat – aber wozu hätte Montmorin ihn aus der Hand geben sollen? Zur sicheren Verwahrung, will de Molleville dich glauben machen – aber was ist so sicher daran, im Gepäck eines Auswanderers über den Ärmelkanal zu schaukeln? Warum sollte Montmorin die Papiere nach London geschafft haben? Da sind sie nutzlos für ihn. Sie müssen nur zurückgeschickt werden. Und er wusste ja nicht, dass er sterben würde, oder?«

»Kann sein, dass du recht hast, sehr gut sogar, aber de Mollevilles Anschuldigung allein könnte mich schon ruinieren. Wenn sie sich auf Indizien stützt, wenn sie ausführlich genug ist. Es wird schon so lange behauptet, dass ich für Pitt arbeite. Lieber Himmel, ich müsste längst drüben im Konvent sein …«

»Panik hilft jetzt auch nichts. Wenn es ein Bluff ist und nichts Schriftliches existiert, dann hat alles, was de Molleville vorbringt, gleich viel weniger Gewicht. Du kannst nur hoffen, dass es so ist. Ich frage mich nur – über welchen Konventspräsidenten redet er? Denn der derzeitige Präsident ist Vergniaud.«

Danton wandte sich ab. »Verdammt«, sagte er.

»Ja, ich weiß. Du hast es versäumt, ihn hinreichend zu bestechen oder zu verschrecken. Wie konntest du so nachlässig sein?«

»Geh jetzt lieber«, drängte Gabrielle. »Geh jetzt und stell dich auf die Seite des Königs.«

»Ich soll ihnen nachgeben?«, sagte Danton. »Lieber sterben. Wenn ich jetzt eingreife, in diesem Stadium, stehe ich doch als genauso käuflich da, wie wenn die Dokumente öffentlich gemacht würden. Und so oder so brauche ich mich nur umzudrehen, und schon habe ich eine Patriotenklinge zwischen den Schulterblättern. Frag ihn!« Er schrie es. »Eigenhändig würde er sie mir hineinstoßen!«

Gabrielle sah ratlos Camille an.

»Man würde mich zweifellos bitten, bei der Ausführung behilflich zu sein. Da ich sein Schicksal ja nicht teilen will.«

»Warum läufst du nicht zurück zu Robespierre?«, fragte Danton ihn.

»Nein, ich bleibe bei dir, Georges-Jacques. Ich will sehen, was du unternimmst.«

»Mach schon, lauf zu ihm und erzähl ihm alles brühwarm. Du hast nichts zu befürchten, er passt schon auf dich auf. Oder hast du Angst, jemand könnte dich bei ihm ausgestochen haben? Mach dir keine Gedanken, irgendwer wird dich schon unter seine Fittiche nehmen. Bei deinen Talenten.«

Gabrielle stand auf. »Erhält man sich so seine Freunde?« So hatte sie noch nie mit ihm gesprochen. »Erst beschwerst du dich, dass deine Freunde nicht zur Stelle sind, aber wenn sie zu dir kommen, beschimpfst du sie. Willst du dich mit aller Gewalt zugrunde richten? Habt ihr euch miteinander verbündet, du und dieser de Molleville, um dich zu vernichten?«

»Wartet«, sagte Camille. »Hör mir zu, Gabrielle – hört mir beide zu, bevor es hier Mord und Totschlag gibt. Ich bin nicht geübt darin, die Stimme der Vernunft zu spielen, also stellt meine diesbezüglichen

Fähigkeiten nicht zu sehr auf die Probe.« Er wandte sich an Danton. »Wenn Vergniaud die Dokumente hat, dann bist du erledigt, aber würde Vergniaud so lange warten? Heute ist der letzte Tag, an dem du in die Debatte eingreifen kannst, das jetzt sind die letzten Stunden. Er ist schon seit drei Tagen Präsident – wir müssen uns fragen, warum er noch nichts unternommen hat. Wir müssen uns fragen, ob die Papiere überhaupt in seinem Besitz sind – oder ob ein früherer Präsident sie hat. Von wann ist der Brief?«

»Vom 11. Dezember.«

»Da war Defermon Präsident.«

»Defermon ist ...«

»Ein Wurm.«

»Ein Gemäßigter, Gabrielle«, sagte Danton. »Trotzdem – mein Freund ist er gewiss nicht; und nach dieser ganzen Zeit, vier Wochen, hätte er doch sicher etwas gesagt, etwas getan ...?«

»Ich weiß nicht, Georges-Jacques. Dir scheint nicht klar zu sein, wie sehr du die Menschen einschüchterst. Warum stattest du ihm nicht einen Besuch ab und schüchterst ihn noch ein bisschen mehr ein? Wenn er die Papiere hat, kannst du nur gewinnen. Und wenn nicht, hast du zumindest nichts zu verlieren.«

»Aber wenn Vergniaud sie hat ...«

»Dann macht es auch nichts, wenn du Defermon ohne Not verschreckst. Dann ist ohnehin alles aus. Denk gar nicht darüber nach. Aber geh jetzt gleich. Vielleicht schlägt Defermon das Gewissen. Nur weil er bis jetzt nichts gesagt hat, heißt das nicht, dass er nie etwas sagen wird. Vielleicht wartet er bis zur Abstimmung.«

Fabre hatte die letzten Worte nicht mitbekommen. »Da bist du ja wieder, Danton. Hoppla – was ist denn hier los?«

Sein erster Gedanke war, dass sich das Unwetter – das unvermeidliche Unwetter – nun endlich doch entlud. Er hatte bereits gehört, dass Danton zurückgekehrt und geradewegs zu den Desmoulins gegangen war. Wie sich die Szene um die Ecke verlagert hatte, musste er erst noch herausfinden, aber es lag Gewalt in der Luft. De Mollevilles Brief sah er nicht, weil Gabrielle darauf saß. »Ihr Gesicht, meine Liebe«, sagte er zu ihr.

»Ich war im Weg.«

»Das alte Lied«, meinte Fabre wie zu sich selbst. »Danton, keiner käme je auf die Idee, dich für den Schuldigen zu halten. Nein, so wie du schaut jemand, dem bitter Unrecht geschehen ist.«

»Fabre, wovon redest du?«, sagte Danton.

»Er und schuldig?«, sagte Camille. »Nie im Leben. Kein Engel ist so rein.«

»Ich bin froh, dass du das so siehst«, sagte Fabre.

»Es ist ein Brief gekommen …«, setzte Gabrielle an.

»Still«, sagte Camille. »Nicht dass er Sie wieder schlägt – nur diesmal mit Absicht.«

»Was für ein Brief?«, wollte Fabre wissen.

»Kein Brief«, sagte Camille. »Es gab nie einen. Hoffe ich jedenfalls. Weißt du, Georges-Jacques, viel hängt auch von der Intelligenz des Überbringers ab. Die meisten Leute sind nicht intelligent, findest du nicht?«

»Ihr wollt mich nur verwirren«, beschwerte sich Fabre.

Danton beugte sich herab, um seine Frau zu küssen. »Noch ist nicht alles verloren.«

Er sah ihr einen Moment in die Augen, ehe er sich aufrichtete. Dann drehte er sich zu Camille um – fuhr ihm mit einer Hand ins Haar, bog ihm den Kopf nach hinten. »Eine Entschuldigung wirst du von mir nicht zu hören bekommen«, sagte er. »Fabre, kennst du einen Abgeordneten, der Defermon heißt, so ein Schüchterner, Unscheinbarer? Geh zu ihm, ja? Sag ihm, in einer Stunde kommt ihn Danton besuchen. Keine Ausreden. Er hat daheim zu sein. Danton persönlich verlangt ihn zu sprechen. Das betonst du bitte. Los, worauf wartest du?«

»Nur das? Keine weitere Botschaft?«

»Wird's bald?«

An der Tür drehte Fabre sich um und sah kopfschüttelnd zu Camille. Er murrte in sich hinein, während er die Straße entlangtrottete: Denken wohl, die können mich für dumm verkaufen, was? Ich komm ihnen schon auf die Schliche …

Danton verschwand in seinem Arbeitszimmer und schlug die Tür hinter sich zu; etwas später hörten sie ihn bald hier, bald dort in der Wohnung.

»Was hat er vor?«, fragte Gabrielle.

»Nun ja, bei anderen Leuten erfordern komplizierte Probleme eine komplizierte Lösung, aber bei Georges-Jacques sind die Lösungen meistens einfach und schnell. Es war mein völliger Ernst vorhin: Die Leute haben Angst vor ihm. Sie erinnern sich an den August, daran, wie er Mandat durchs Rathaus geschleift hat. Sie wissen bei ihm nie, worauf sie als Nächstes gefasst sein müssen. Es stimmt, verstehen Sie, Gabrielle? Geld aus England, Geld vom Hof, all das.«

»Ich weiß. Ich bin keine solche Törin, auch wenn er mich dafür hält. Er hatte eine teure Mätresse und ein Kind, als wir geheiratet haben. Er denkt, das weiß ich nicht. Deshalb waren wir anfangs so arm. Er hatte seine Kanzlei dem neuen Liebhaber seiner Mätresse abgekauft. Wussten Sie das? Ja, natürlich wussten Sie es, ich weiß gar nicht, warum ich es überhaupt erwähne.« Gabrielle hob die Arme und steckte ihr Haar neu auf, eine mechanische Handlung, aber ihre Finger hantierten unbeholfen, sie schienen geschwollen zu sein. Auch ihr Gesicht wirkte verschwollen, unabhängig von Georges' Ohrfeige, und ihre Augen waren dunkel gerändert und trübe. »Ich habe ihn diese ganzen Jahre verärgert, verstehen Sie, weil ich die Fassade der Wohlanständigkeit aufrechterhalten habe. Sie ja auch – deshalb ist er so wütend auf uns, deshalb greift er uns beide so an. Beide haben wir alles gewusst und es nur nicht zugegeben. Oh, ich bin keine Heilige, Camille – ich wusste, wo das Geld herkam, und habe es doch genommen, damit wir bequemer leben konnten. Man braucht nur einmal schwanger gewesen zu sein, dann hinterfragt man die Dinge nicht mehr, man denkt nur noch an seine Kinder.«

»Dann ist Ihnen gar nicht so wichtig, was aus dem König wird?«

»Doch, schon, aber ich habe dieses letzte Jahr sehr gefügig sein müssen, sehr duldsam, sehr blind auf beiden Augen. Sonst hätte er sich von mir scheiden lassen, glaube ich.«

»Nein. Das hätte er niemals. Er ist letztlich ein sehr altmodischer Mensch.«

»Ja, aber wir haben ja immer wieder gesehen, dass seine Leidenschaften mehr Gewalt über ihn haben als seine Gewohnheiten. Es hätte davon abgehangen … Wenn Lucile so willig wäre, wie sie tut … Aber sie würde Sie nie im Leben verlassen.« Sie klingelte nach einem der Mädchen. »Als er mit dem Brief kam – so außer sich –, da dachte ich, es kann nur etwas sein, das ich getan habe. Ich dachte, es wäre einer von diesen anonymen Briefen, und jemand hätte mich angeschwärzt.«

»Sie verleumdet«, korrigierte Camille automatisch.

Marie kam aus der Küche, ihre große Leinenschürze um den Bauch, das Gesicht in sorgenvolle Falten gelegt. »Catherine hat den Kleinen zu Mme Gély raufgebracht«, meldete sie ungefragt.

»Marie, hol eine Flasche aus dem Keller … Ich weiß nicht, was hätten Sie gern, Camille? Was auch immer, Marie.« Sie seufzte. »Die Dienstboten nehmen sich immer mehr heraus. Ich wünschte – oh, ich wünschte, ich hätte schon eher mit Ihnen geredet.«

»Ich denke, Sie hatten Angst, sich einzugestehen, dass wir beide in einer ähnlichen Lage sind.«

»Weil Sie meinen Mann lieben, meinen Sie? Das weiß ich doch seit Jahren. Schauen Sie nicht so verblüfft – seien Sie ehrlich, wenn Sie Ihre Gefühle für ihn benennen müssten, welchen Namen hätten Sie sonst dafür? Aber ich glaube nicht, dass es bei mir Liebe ist, nicht mehr. Heute bin ich mit einem Menschen bekannt geworden, auf den ich mich schon lange vorzubereiten versucht habe. Ich habe mir gedacht … ich bin kein so schwaches Geschöpf, dass ich so jemanden zum Mann haben muss. Aber was für eine Rolle spielt das jetzt noch?«

Danton stand vor ihnen. Etwas von der Energie von vorhin war verpufft. Er hielt seinen Hut in der Hand und den Mantel mit dem Schulterkragen über dem Arm. Er hatte sich rasiert; er trug einen schwarzen Rock und ein Halstuch aus schlichtem weißem Musselin.

»Soll ich mitkommen?«, erbot sich Camille.

»Guter Gott, nein. Warte hier auf mich.«

Er marschierte hinaus. »Was hat er vor?«, flüsterte Gabrielle wieder. Eine Art Verschwörerstimmung schien sie und Camille erfasst zu haben. Sie trank in tiefen Zügen, die Handfläche um das Glas gewölbt, ihr Gesicht still und gedankenverloren; nach fünf Minuten langte sie herüber und nahm Camilles Hand.

Er sagte: »Wir müssen davon ausgehen, wir müssen hoffen, dass es Defermon ist, der den Brief hat. Wir müssen davon ausgehen, dass er jetzt schon einen Monat deswegen zittert, die ganze Zeit bis zum Prozess gegen Louis. ›Wenn ich diesen Brief ernstnehme‹, wird er denken, ›wenn ich ihn im Konvent vorlese, wird der Berg über mich herfallen. Und der Abgeordnete Lacroix ist seit ihrer Zeit in Belgien gut Freund mit Danton, und Lacroix verfügt über Einfluss in der Ebene.‹ Er wird zu dem Schluss gelangen, dass die Einzigen, denen er einen Gefallen tun würde, Brissot und Roland und ihr Klüngel wären. Und er wird sich sagen, Danton kommt ganz offen zu mir, nicht wie einer, den das Gewissen drückt, und sagt mir, es ist eine Fälschung, eine List – Defermon wird ihm glauben wollen. Uns eilt ein so übler Ruf voraus, dass er um sein Leben fürchten wird, wenn er Danton verärgert. Sie haben gehört, was Fabre ihm bestellen soll: ›Danton persönlich verlangt ihn zu sprechen.‹ Defermon wird auf ihn warten, und er wird denken: ›Was soll ich tun, was soll ich nur tun?‹ Er wird sich schuldig fühlen, allein schon deshalb, weil der Brief bei ihm abgeliefert worden ist. Georges-Jacques wird ihn – niederwalzen.«

Es wurde dunkel. Stumm saßen sie da, Hand in Hand. Sie dachte an ihren Mann, den großen Niederwalzer. Tag für Tag, seit 1789, drückte er die Leute mit seiner schieren Körperfülle an die Wand. Sie strich mit den Fingerspitzen an Camilles gepflegten Nägeln entlang. Sein Puls jagte wie bei einem kleinen Tier.

»Georges hatte keine Angst mehr.«

»Ja, aber ich gehöre dem sanftmütigeren Teil der Menschheit an.«

»Sanftmütig? Tun Sie nicht so, Camille. Sie sind ungefähr so sanftmütig wie eine Schlange.«

Er lächelte und wandte das Gesicht ab. »Ich dachte immer«, sagte er, »er wäre kein sehr komplizierter Mensch. Aber er ist es doch – sehr kompliziert in sich, sehr vielschichtig. Das einzig Einfache an ihm sind seine Bedürfnisse. Macht, Geld, Land.«

»Frauen«, ergänzte Gabrielle.

»Wie haben Sie das gemeint vorhin – dass er sich zugrunde richtet?«

»Jetzt bin ich mir gar nicht mehr sicher. Aber vorhin – als er so wütend und hämisch und beleidigend war –, erschien es mir alles glasklar. Dieses Bild, das er von sich hat – sollen die anderen mich ruhig korrupt finden, aber ich bin nur geschickt, ich bleibe mein eigener Herr, keiner kann mir etwas anhaben ... Aber das stimmt nicht. Er hat vergessen, was er einmal erreichen wollte. Die Mittel sind zum Zweck geworden. Er merkt es nicht, aber er ist durch und durch korrupt.« Sie schauderte, schwenkte ihr Glas mit dem letzten Schluck Wein darin, der sich schon rot und klebrig am Boden festsetzte. »Tja«, sagte sie. »Leben, Freiheit und das Streben nach Glück.«

Danton kam heim. Catherine ging vor ihm her und hielt den Fidibus an die hohen Wachskerzen in den silbernen Armleuchtern. Seen von gelbem Licht breiteten sich im Zimmer aus. Sein mächtiger Schatten streckte sich an der Wand entlang. Er ließ sich vor dem Kamin auf ein Knie nieder und zog ein paar Papiere aus seiner Tasche.

»Seht ihr?«, sagte er. »Bluff. Du hattest recht. Es war fast enttäuschend.«

»Nach deiner Szene von vorhin«, sagte Camille, »werde ich wahrscheinlich sogar das Jüngste Gericht als Enttäuschung empfinden.«

»Der Zeitpunkt war haargenau richtig. Der Brief lag bei Defermon, wie du dachtest. In meiner Handschrift war nichts dabei. Und die Quittungen auch nicht. Nur das hier.« Er hielt die Zettel ins Feuer. »Nur ein Wust von Anschuldigungen von de Molleville. Alles zu furchtbarer Dramatik aufgebauscht, Andeutungen, Behauptungen – aber nicht ein einziger Beweis. Ich habe getobt, ich habe zu Defermon gesagt: ›So, da korrespondieren Sie also mit Emigrés?‹ Es war gefundenes Fressen für mich. ›Sehen Sie, wie sie mich verleumden?‹, habe ich gesagt. Und Defermon: ›Sie haben recht, Bürger. Ach je, ach je.‹«

Camille sah zu, wie die Flammen die Seiten auffraßen. Aber lesen durfte ich es nicht, dachte er. Was hat de Molleville ihm noch vorgeworfen? Gabrielle denkt, wir wüssten alles, aber es gehört mehr dazu, um mit Georges-Jacques Schritt zu halten. »Wer war der Überbringer?«

»Nicht einmal das wusste dieser Wicht. Niemand, den der Concierge kannte.«

»Bei Vergniaud hättest du kein so leichtes Spiel gehabt, das ist dir klar, oder? Du hättest vielleicht gar nichts ausrichten können. Und diese Dokumente – vielleicht existieren sie ja doch irgendwo. Vielleicht sind sie noch hier in Paris.«

»Und wenn schon«, sagte Danton. »Dagegen kann ich momentan nichts machen. Aber eins sag ich euch – als de Molleville diesen armseligen Drohbrief unterschrieben hat, hat er damit Louis' Todesurteil unterschrieben. Jetzt rühre ich keinen Finger für Capet.«

Gabrielle senkte den Kopf. »Tja, du hast verloren«, sagte ihr Mann zu ihr. Er strich ihr leicht über den Nacken. »Ruh dich aus«, sagte er. »Du musst liegen. Camille und ich trinken noch eine Flasche. Dieser Tag heute hat mich viel Kraft und Zeit gekostet.«

Und morgen werden wir alle so tun, als wäre nichts gewesen. Aber Danton lief rastlos im Zimmer auf und ab. Zu tief steckte ihm der

Schrecken von vorhin in den Knochen. Erst nach und nach spürte er, wie seine Muskeln, seine Nerven ihm wieder zu gehorchen begannen. So sicher wie früher würde er seiner selbst nie wieder sein können. Es war der Anfang vom Ende, er wusste es.

5. Ein Märtyrer, ein König, ein Kind

(1793)

Der Prozess gegen den König ist vorüber. Die Stadttore sind verriegelt. Niemand kann schuldlos Herrscher sein, hat der Konvent entschieden. Also verurteilt die bloße Tatsache seiner Geburt Louis zum Tode? »Das ist der logische Schluss«, sagt Saint-Just gelassen.

Fünf Uhr morgens: In einem Haus an der Place Vendôme brennen alle Lichter. Man hat nach Wundärzten geschickt, den besten, die die Republik zu bieten hat; man hat außerdem nach dem Maler David geschickt, damit er die Züge eines Märtyrers studieren kann, zuschauen kann, wie der Tod sie Schritt für Schritt auslöscht, auf dass Unsterblichkeit sie veredle. Es ist der erste Märtyrer der Republik, dessen schwindende Sinne nun ein Gewirr von Stimmen auffangen – manche nah, halb vertraut, andere fern und verhallend –, während im Nebenzimmer seine Beisetzung geplant wird. Michel Lepelletier heißt er, ehedem Adliger, jetzt Deputierter. Für ihn lässt sich nichts mehr tun, jedenfalls nicht in dieser Welt.

David holt seine Stifte heraus. Lepelletier ist ein hässlicher Mann, da hilft nichts. Die Züge verwischen sich schon; ein Arm hängt schlaff und nackt herab wie der Arm des zu Grabe getragenen Christus. Die Kleider, die man ihm vom Leib geschnitten hat, sind steif und schwarz von Blut. David befühlt das Hemd, kleidet im Geist den sterbenden Körper auf dem Bett neu ein.

Vor nur wenigen Stunden saß Lepelletier noch beim Essen, im Restaurant Feurier im Jardin de l'Égalité (wie wir das Palais Royal seit kurzem nennen). Ein Mann näherte sich ihm – ein Fremder, aber sehr freundlich –, vielleicht um ihn zu der republikanischen Konsequenz zu beglückwünschen, mit der er für Capets Tod gestimmt hat. Leutselig, wenn auch erschöpft von den vielen nächtelangen Sitzungen, lehnte sich der Abgeordnete in seinem Stuhl zurück – worauf der Fremde unter seinem Mantel ein Schlachtermesser hervorzog und es dem Abgeordneten in den Oberkörper stieß, rechtsseitig, gleich unter dem Brustkorb.

Lepelletier wurde ins Haus seines Bruders getragen. Aus seinen zerfetzten Eingeweiden sprudelte das Blut in Schwällen auf seine Helfer; die Wunde, aus der es floss, war faustgroß. »Mir ist kalt«, flüsterte er, »mir ist so kalt.« Man türmte Decken über ihn. »Mir ist so kalt«, flüsterte er.

Fünf Uhr morgens: Robespierre schläft in seinem Zimmer in der Rue Saint-Honoré. Seine Tür ist abgesperrt und mit zwei Riegeln gesichert. Davor liegt Brount, seine Schnauze einen Spalt geöffnet, seine breiten Tatzen zuckend, während er von besseren Tagen träumt.

Fünf Uhr morgens: Camille Desmoulins stiehlt sich aus dem Bett, hellwach wie vor Jahren im Internat. Danton will eine Rede von ihm, um damit Rolands Rücktritt als Minister zu erzwingen. Lolotte dreht sich um, murmelt etwas, streckt die Hand nach ihm aus. Er stopft die Decke um sie fest. »Schlaf weiter«, flüstert er. Danton wird von der Rede keinen Gebrauch machen. Er wird die Seiten in der Faust zerknüllen und aus dem Stegreif sprechen … Gut, aber Camille schreibt sie ja auch nicht, weil er muss, sondern um in Übung zu bleiben und die Zeit bis zum Morgen zu verkürzen.

Die Kälte schneidet ihm in die Haut wie mit Messern. Leise tastet er sich durch das Zimmer, spritzt sich eisiges Wasser ins Gesicht. Schon beim kleinsten Geräusch von ihm wird Jeanette wach werden und ihm ein Feuer anzünden, ihm erzählen, dass er es auf der Brust hat (was nicht stimmt), und ihn mit Essen traktieren, das er nicht herunterbringt. Als Allererstes schreibt er nach Hause … »Ihr Sohn, der Königsmörder.« So, jetzt ein paar frische Blätter für die Rede. Lolottes Katze versetzt seiner Feder einen vorsichtigen Stups, ihre Augen voller Argwohn; er streichelt ihr mit einer Hand den Buckel und schaut in das

Morgengrauen, das zaghaft über die Dächer der östlichen Vorstädte herankriecht. Seine Kerze flattert in einem jähen Windzug, und er fährt herum, starr von Anspannung, doch er ist allein mit den schwarzen Umrissen der Möbel, der Stiche an den Wänden. So sacht wie die Katzenpfote streichen seine klammen Finger über den Lauf der kleinen Pistole in seiner Schreibtischschublade. Gefrierender Regen sprenkelt den Straßenschlamm.

Halb acht morgens: In einem kleinen Raum kauern dicht beim Ofen ein Priester und Louis der Letzte. »Es waltet hoch im Himmel ein unbestechlicher Richter … wahrscheinlich wird die Nationalgarde anrücken … Was habe ich meinem Vetter Orléans getan, dass er mich so verfolgt … Ich kann alles erdulden … Diese Menschen sehen überall Dolche und Gift, sie fürchten, ich will mir ein Leid antun … Ich bin beschäftigt, gedulden Sie sich einen Moment … Geben Sie mir Ihren letzten Segen und bitten Sie Gott, dass er mir bis ans Ende beistehe … Cléry, mein Kammerdiener – gebt meine Uhr und meine Kleider ihm …

Halb elf vormittags: Der Frack wird Sansons Gehilfen aus den Händen gerissen und in Stücke geschnitten. Auf der Place de la Révolution werden Pasteten und Pfefferkuchen verkauft. Das Volk umdrängt das Blutgerüst, tränkt Stofffetzen mit dem vergossenen Blut.

Lepelletier, der Märtyrer, liegt prachtvoll aufgebahrt.

Louis, der König, wird mit ungelöschtem Kalk zugeschaufelt.

Zum Ende der ersten Februarwoche führt Frankreich Krieg gegen England, Holland und Spanien. Der Nationalkonvent hat allen Völkern, die gegen ihre Unterdrücker aufzubegehren wünschen, bewaffnete Unterstützung zugesagt: Friede den Hütten, Krieg den Palästen. Cambon vom Finanzausschuss: »Je weiter wir in feindliches Territorium vordringen, desto ruinöser werden die Kriegskosten.«

Zu Hause sind die Lebensmittel knapp, die Inflation steigt in schwindelnde Höhen. In Paris legt sich die Kommune mit den girondistischen Ministern an und versucht die Militanten in den Sektionen zu beschwichtigen; sie hält den Brotpreis bei drei Sous, und Minister Roland wird nicht müde, diesen unverantwortlichen Umgang mit öffentlichen Geldern anzuprangern. Im Konvent ist die Bergpartei nach wie vor nichts als eine stimmgewaltige Minderheit.

Jacques Roux, Sansculotte, vor dem Konvent:

> *Es muss Brot geben, denn wo es kein Brot gibt, da gibt es kein Gesetz, keine Freiheit und keine Republik mehr.*

Unruhen in Lyon, in Orléans, Versailles, Rambouillet, Étampes, in Vendôme, in Courville und hier in Paris selbst.

Dutard, Angestellter im Innenministerium, über die Gironde:

> *Sie wollen eine Aristokratie der Reichen, der Kaufleute und der Begüterten … Wenn ich die Wahl hätte, ich zöge das alte Regime vor; die Adligen und die Priester besaßen wenigstens ein paar Tugenden, diese Männer aber besitzen gar keine. Was sagen die Jakobiner? Es tut not, diese gierigen und verderbten Männer in die Schranken zu weisen; unter dem alten Regime stellten Adel und Klerus eine Hürde dar, die sie nicht überwinden konnten. Aber unter dem neuen Regime sind ihrem Ehrgeiz keine Grenzen gesetzt; sie würden das Volk verhungern lassen. Es tut not, ihnen das Handwerk zu legen, und der einzige Weg dazu ist, den Mob auf den Plan zu rufen.*

Camille Desmoulins an Minister Roland:

> *Das Volk ist für Sie nur das notwendige Mittel zum Aufstand; nachdem es dafür hergehalten hat, eine Revolution herbeizuführen,*

darf es nun in den Staub und in die Vergessenheit zurückkehren; es hat sich denen zu beugen, die weiser sind und den Willen zum Regieren haben. Alles an Ihrem Verhalten wird durch diese verbrecherischen Prinzipien bestimmt.

Robespierre über die Gironde:

Sie glauben, dass sie die Vornehmen sind, die berechtigten Nutznießer der Revolution. Wir sind nur der Abfall.

Gleich am Morgen des 10. Februar brachte Louise Gély Antoine zu seinem Onkel Victor. Die beiden Kleinen – den Sohn der Desmoulins und François-Georges, der gerade ein Jahr alt geworden war – sollte die Amme übernehmen, die angesichts der zu erwartenden Ereignisse immerhin dafür sorgen konnte, dass sie nicht zu hungrig wurden.

Louise eilte zurück an die Cour du Commerce, wo inzwischen Angélique eingetroffen war. Ihre Mutter sagte: »Dass wir uns richtig verstehen, junge Dame, wenn es losgeht, hast du hier nichts verloren.«

Und Angélique riet ihr: »Nicht schmollen, Kind, das steht dir nicht.«

Als Nächstes kam Lucile Desmoulins. *Der* steht alles, dachte Louise gehässig. Lucile trug einen schwarzen Wollrock mit einer eleganten ärmellosen Jacke darüber, ihr Haar war mit einem blau-weiß-roten Band hochgebunden. »Gott im Himmel« – sie ließ sich in einen Sessel fallen und streckte die Füße von sich, um die Spitzen ihrer Reitstiefel zu bewundern –, »wenn ich etwas hasse, dann diese Niederkunftsdramen.«

»Sie, meine Liebe, würden wahrscheinlich noch Geld dafür bezahlen, dass jemand anderes für Sie gebiert«, sagte Angélique.

»Und ob ich das würde«, sagte Lucile. »So ist es doch mehr als unbefriedigend gelöst.«

Die Frauen ließen sich immer neue Aufträge für Louise einfallen, sodass sie aus der Unterhaltung ausgeschlossen war. Sie hörte Gabrielle sagen, wie »lieb« sie sei, »eine solche Hilfe«. Ihre Wangen brannten. Sie sollten nicht so über sie reden!

Lucile, schon im Gehen, wandte sich noch einmal an Mme Gély: »Bitte, falls irgendetwas sein sollte – ich kann in einer halben Minute hier sein, das wissen Sie.« Luciles dunkle Augen waren riesengroß. »Gabrielle kommt mir anders als sonst vor. Sie sagt, sie hat Angst. Sie wünscht sich, Georges-Jacques wäre hier.«

»Da kann man nichts machen«, sagte Mme Gély schroff. »Er hat seine belgischen Angelegenheiten, die ja offenbar nicht warten können.«

»Trotzdem – schicken Sie nach mir«, sagte Lucile.

Mme Gély antwortete mit einem knappen Nicken. In ihren Augen war Gabrielle ein braves, frommes Mädchen, dem bitter unrecht getan wurde, und Lucile wenig besser als eine Prostituierte.

Gabrielle wollte gern etwas ruhen. Louise trollte sich nach oben, in die schäbige Enge der elterlichen Wohnung. Schon jetzt, mitten am Nachmittag, dämmerte es. Sie saß da und dachte an Claude Dupin. Wenn Lucile wüsste, wie ernsthaft sein Interesse an ihr war – wie bald sie vielleicht schon eine verheiratete Frau sein würde –, würde sie es dann auch wagen, sie als dummes Gänschen abzutun?

Ihre Mutter hatte nachsichtig gelächelt, insgeheim aber frohlockt: So ein guter Fang! Nach deinem nächsten Geburtstag, sagte sie. Dann können wir langsam darüber reden. Fünfzehn ist zu jung. Nur Adlige werden mit fünfzehn verheiratet.

Claude Dupin war selbst erst vierundzwanzig, aber er war (schon, sagte ihr Vater) der Generalsekretär des Seine-Départements. Nicht, dass sie das sonderlich aufregend finden konnte. Aber er sah auch gut aus.

Vor zwei Wochen hatte sie ihn Gabrielle vorgestellt. Er trat sehr gewandt auf, sehr ungezwungen, fand sie – wobei Gabrielle natürlich auch niemand war, der andere Leute einschüchterte. Er gefiel ihr, das sah sie Gabrielle an; sie freute sich schon darauf, morgen mit ihr zusammensitzen und frei von der Leber weg über Claude Dupin plaudern zu können: Fanden Sie nicht, er ist dies, fanden Sie nicht, er ist das? Wenn Gabrielle wirklich, wirklich für ihn war, wenn sie so einverstanden mit ihm war, wie es den Anschein hatte, wer weiß, vielleicht redete sie dann ja mit ihren Eltern, und ihre Eltern sagten: Gut, du warst ja schon immer sehr erwachsen für dein Alter, fünfzehn ist eigentlich doch groß genug. Wozu warten? Dazu ist das Leben zu kurz.

Aber mitten hinein in den ruhigen, gesitteten, wunderbaren Lauf, den die Dinge nahmen, war Bürger Danton mit seinem Tross geplatzt. Claude Dupin wurde vorgestellt. »Ah, der Wunderknabe«, sagte Bürger Fabre. »Der berühmte Kinder-Administrator, der schon in der Wiege Großes vollbracht hat. Da wollen wir doch mal sehen.«

Und er musterte Claude Dupin durch sein Lorgnon.

Bürger Hérault sah glasig durch Claude Dupin hindurch, scheinbar außerstande zu begreifen, wer oder was er war. »Gabrielle, Liebste«, sagte er und küsste ihre Gastgeberin, worauf er Platz nahm, sich ein Glas von Bürger Dantons bestem Cognac einschenkte und die Versammelten mit seiner lauten, nasalen Stimme mit Anekdoten über Louis Capet zu unterhalten begann, den er natürlich bestens gekannt hatte. Das war schlimm genug, aber noch schlimmer war Bürger Camille: »Claude Dupin, dass ich Sie endlich kennenlernen darf!«, flötete er. »Ich habe diesem Moment förmlich entgegengelebt.« Damit rollte er sich in der Sofaecke zusammen, legte den Kopf an Gabrielles Schulter und heftete den Blick auf Claude Dupins Gesicht, wobei er ab und zu verzückt vor sich hinseufzte.

Bürger Danton unterwarf Claude Dupin einem strengen Verhör über die Angelegenheiten des Départements; sie nahm es ihm nicht übel, so arbeitete er eben. Claude Dupin durfte zeigen, was er konnte, und seine Antworten klangen für sie intelligent und selbstsicher; nur leider schloss, sooft er etwas besonders Treffendes sagte, der Bürger Camille die Augen und erschauerte, als sei die Aufregung zu viel für ihn. »So jung und schon ein perfekter Bürokrat«, murmelte Fabre. Louise dachte, wenn Gabrielle irgendetwas für sie empfand, dann sollte sie Bürger Camille nahelegen, den Kopf von ihrer Schulter zu nehmen und seine spöttischen Bemerkungen zu unterlassen. Doch Gabrielle schien sich königlich zu amüsieren. Sie legte ihren Verräterinnenarm um Bürger Camille und sah ihn mit Kuhaugen an.

Allerdings konnte auch Louise nicht leugnen, dass Claude Dupin, kaum dass die anderen ins Zimmer gekommen waren, unaufhaltsam schrumpfte. Er schien ihr plötzlich unansehnlich, gewöhnlich. Nachdem er Bürger Dantons Fragen beantwortet hatte, verlor dieser jedes Interesse an ihm. Danach fiel es Claude Dupin schwer, sich auch nur mit einem Wort ins Gespräch einzuschalten. Sie beschloss, dass es Zeit zum Gehen war. Sie stand auf. Claude Dupin stand auch auf. »Müsst ihr schon weg?«, rief Bürger Fabre aus. »Ihr brecht Camille das Herz!«

Bürger Danton fing ihren Blick ein. Er zwang sie, ihm mitten in das beängstigende Gesicht zu schauen. Ein Lächeln war es nicht direkt, mit dem er sie ansah.

Sie war unklug genug, diese Gefühlsschwankungen ihrer Mutter gegenüber zu erwähnen. »Ich weiß nicht, ob er … ob er ganz das ist, was ich will. Verstehst du das?«

»Nein, das verstehe ich nicht«, sagte ihre Mutter. »Letzte Woche konnte es dir gar nicht schnell genug gehen mit dem Hochzeitsfrühstück, und jetzt ist er plötzlich ein Nichts gegen diesen Haufen von Unholden da unten. Wir hätten dich daheimbehalten sollen, wir hätten dir diesen Umgang nie erlauben dürfen.«

Mit gedämpfter Stimme erinnerte ihr Vater ihre Mutter daran, dass er dem Bürger Danton seinen Lebensunterhalt verdankte.

Und jetzt war unten (sie rannte in einem fort treppauf und wieder treppab) Dr. Souberbielle dagewesen, um nach Gabrielle zu sehen, und die Hebamme war gekommen. Angélique Charpentier fing Louise an der Tür ab, scheuchte sie hinaus. »Schau, Kind, du denkst, du möchtest dabei sein, aber glaub mir, du täuschst dich.« Mme Charpentier wirkte zu diesem Zeitpunkt recht gefasst. »Es geht alles genauso voran, wie es soll. Ab ins Bett jetzt mit dir. Morgen früh ist dann ein niedliches Wickelkind da, mit dem du spielen kannst.«

Also saß sie wieder oben. Kochend vor Empörung. Sie ist *meine* Freundin. *Ich* bin ihre wahre, ihre beste Freundin; was kann ich dafür, dass ich erst fünfzehn bin, mein Platz ist bei ihr, sie will mich, nicht die anderen. Wo wohl Bürger Danton heute Nacht ist, überlegte sie: wo und mit wem? Ich habe nicht so viele Illusionen, dachte sie, wie sie alle meinen.

Um zehn Uhr steckte ihre Mutter den Kopf zur Tür herein. »Louise, kommst du bitte herunter? Mme Danton fragt nach dir.« Ihr Gesichtsausdruck ließ keinen Zweifel daran, dass sie es nicht gutheißen konnte.

Sieg! Sie stolperte vor Hast über ihre eigenen Füße. »Was ist los?«

»Ich weiß es nicht«, sagte ihre Mutter. »Bist du vorbereitet?«

»Natürlich.«

»Ich warne dich, sie ist in keiner guten Verfassung. Die Wehen sind ins Stocken geraten. Sie hatte … ich weiß nicht … Krämpfe, eine Konvulsion. Es geht nicht so, wie es sollte.«

Sie rannte vor ihrer Mutter her. Die Hebamme kam gerade aus dem Zimmer. »Sie wollen das Kind aber doch nicht zu ihr lassen?«, sagte sie. »Madame, ich kann es nicht verantworten, dass …«

»Ich habe es ihr letzte Woche erst versprochen«, rief Louise erbittert. »Ich habe gesagt, dass ich bei ihr bleibe. Ich habe ihr gesagt, wenn ihr etwas zustößt, sorge ich für ihre Kinder.«

»So, hast du das? Was bist du nur für eine kleine Närrin. Versprechungen machen, die du nicht halten kannst.« Ihre Mutter hob die Hand und versetzte ihr flink eine Kopfnuss.

Um Mitternacht kehrte Louise nach oben zurück; Gabrielle hatte sie gebeten zu gehen. Sie streckte sich halb angezogen auf dem Bett aus, sah vor ihren Augenlidern die ernsten, verschlossenen Gesichter der Frauen. Lucile war dagewesen, ganz ohne ihre übliche Ironie; sie hatte auf dem Boden gekauert, immer noch in ihren Reitstiefeln, und Gabrielles kraftlose Hand in ihrer gehalten.

Louise schlief ein. Möge Gott mir vergeben, dachte sie später, aber ich habe geschlafen, und alles Gewesene war wie aus meinem Gedächtnis gewischt, und ich habe geträumt, frohes, belangloses Zeug, das kein Mensch zu erfahren braucht. Die ersten Karren des Morgens weckten sie. Es war der 11. Februar. Im Haus war es still. Sie stand auf, wusch sich notdürftig, zog ihre Kleider wieder über. Sie öffnete die Tür zum Elternschlafzimmer, einen kleinen Spalt nur – sah ihren Vater schnarchen, sah, dass die Betthälfte ihrer Mutter unberührt war. Sie trank ein halbes Glas abgestandenes Wasser, flocht sich rasch die Zöpfe auf und kämmte ihr Haar. Dann lief sie hinunter. Auf dem Treppenabsatz kam ihr Mme Charpentier entgegen. »Madame –«, sagte sie.

Angélique war in ihren Umhang gehüllt. Ihre Schultern waren hochgezogen, ihr Blick gesenkt. Sie drängte sich an Louise vorbei, sie schien sie überhaupt nicht wahrzunehmen. Ihr Gesicht war starr, streifig, zornig. Vor der obersten Stufe hielt sie inne. Sie drehte sich um. Erst sprach sie nicht – dann gab sie sich einen Ruck. »Wir haben sie verloren«, sagte sie. »Sie ist von uns gegangen. Mein kleines Mädchen hat uns verlassen.« Und sie ging hinaus, in den Regen.

In der Wohnung hatte niemand die Öfen angezündet. Auf einem Schemel in der Ecke saß die Amme mit Lucile Desmoulins' Sohn an der Brust. Sie sah auf, als Louise näherkam, und hielt die Hand schützend über das Gesicht des Kleinen. »Was gibt's hier zu gaffen?«, fragte sie.

Louise sagte: »Sagen Sie mir, was passiert ist.«

Erst jetzt schien die Frau zu begreifen, dass sie Louise kannte. »Kommst du von oben?«, fragte sie. »Weißt du's noch gar nicht? Heute morgen um fünf. Die arme Frau, sie war immer gut zu mir. Jesus schenke ihr Frieden.«

»Und das Kind?«, sagte Louise. Ihr war eisig kalt. »Weil ich nämlich gesagt hatte, dass ich mich seiner annehmen werde.«

»Ein kleiner Bub. Man kann nie wissen, aber ich glaube nicht, dass er uns lange erhalten bleibt. Er sollte zu meiner Freundin, sie wohnt gleich neben mir. Mme Charpentier sagt, sie soll ihn ruhig nehmen.«

»Auch gut«, sagte Louise. »Wenn es so vereinbart ist. Wo ist François-Georges?«

»Bei Mme Desmoulins.«

»Ich geh ihn holen.«

»Ein, zwei Stunden hält er leicht noch durch, ich würde ihn dort lassen.«

O Gott, dachte Louise. Ich habe mein Wort gegeben. Schlagartig wurde ihr bewusst, dass die Kinder keine abstrakte moralische Verbindlichkeit waren, sondern Wesen aus Fleisch und Blut mit drängenden Bedürfnissen, die sie nicht zu stillen vermochte.

»Mme Dantons Mann wird nach Hause zurückkommen«, sagte die Frau. »Er wird bestimmen, wie es weitergeht und wer wohin soll. Darüber musst du dir nicht deinen kleinen Kopf zerbrechen.«

»Nein, Sie verstehen nicht«, sagte Louise. »Madame wollte, dass ich mich ihrer annehme. Versprechen sind dazu da, dass man sie hält.«

Es dauerte, bis die Nachricht ihn erreichte. Als Georges-Jacques zu Hause eintraf, war es fünf Tage später, der 16. Februar. Seine Frau lag unter der Erde, aber all ihre Sachen waren noch da; zum Ausräumen hatte die Zeit nicht gereicht, und sie hatten seinen Wünschen lieber nicht vorgegriffen, als hätten sie die Wucht seiner Wut, seiner Schuldgefühle, seines Kummers schon vorausgeahnt.

Ihre Kleider hingen schlaff im Schrank, wie Folteropfer. Unter dem alten Regime waren Frauen bei lebendigem Leib verbrannt und Männer aufs Rad geflochten worden: Hatten sie mehr gelitten als Gabrielle? Er wusste es nicht. Niemand mochte es ihm sagen. Niemand wollte ihm Einzelheiten erzählen. In diesem Todeshaus verströmten Kommoden und Truhen einen schwachen Blumenduft. Die Schränke waren aufgeräumt. Sie hatte alles Porzellan auf einer Bestandsliste verzeichnet, stellte er fest. Zwei Tage vor ihrem Tod war ihr eine Tasse heruntergefallen. In Sèvres wurde zur Stunde ein neues Mokkatässchen angefertigt. Während man seinen Kaffee trank, würde man den abgeschlagenen Kopf von Louis Capet bewundern können, den Sansons goldene Hand hochhielt, umsprüht von goldenen Blutstropfen.

Das Hausmädchen fand ein Taschentuch von ihr unter dem Bett, in dem sie gestorben war. Ein verschollener Ring tauchte in Dantons eigenem Schreibtisch wieder auf. Ein Händler lieferte einen Stoff, den sie vor drei Wochen bestellt hatte. Jeder Tag brachte neuerliche Zeugnisse halb erledigter Aufgaben, nicht zu Ende geführter Pläne. In einem Roman steckte noch ihr Lesezeichen.

Und das war's.

6. Eine geheime Geschichte

(1793)

Das Kind lebte noch, aber er mochte es nicht sehen. Die getroffenen Regelungen schienen ihn nicht zu interessieren. Auf seinem Schreibtisch türmten sich die Kondolenzbriefe. Heuchlerpack, dachte er, während er sie aufschlitzte: Alle wissen sie, was ich ihr angetan habe, aber sie schreiben, als wüssten sie es nicht. Sie schreiben, um sich bei mir einzuschmeicheln, sie schreiben, damit ich mir ihre Namen merke.

Robespierres Brief war lang und gefühlvoll. Er schweifte – typisch Max – vom Persönlichen ins Politische und – typisch Max – wieder zurück. Ich bin Ihnen verbundener denn je, stand da, ich werde bis in den Tod Ihr Freund sein. »Von nun an sind Sie und ich eins …«, schrieb er. Selbst in seinem momentanen Zustand empfand Danton das als übertrieben. Und warum klang er gar so aufgelöst?

Camille schrieb keinen Brief. Er saß mit gesenktem Kopf bei Danton und ließ ihn in Vergangenem schwelgen und Tränen vergießen und ihm Verfehlungen aller Art ankreiden. Er wusste nicht, wodurch er das verdient hatte, warum seine gesamte Laufbahn und Persönlichkeit plötzlich unter Beschuss standen, aber Danton tat es offenbar gut, ihn anzuschreien. Er wurde müde darüber. Er konnte endlich schlafen. Er hatte nicht geglaubt, dass er je wieder ein Auge zutun würde. Gabrielles Geist verfolgte ihn in dem rot tapezierten Arbeitszimmer, in dem achteckigen Esszimmer, wo früher seine Kanzlisten bei der Arbeit gewesen waren, in dem Alkoven im Schlafzimmer, wo sie in ihren getrennten Betten gelegen hatten, während die Kluft zwischen ihnen von Monat zu Monat wuchs.

Er schlug ihr Tagebuch auf, das sie sporadisch in ihrer breiten Schrift geführt hatte. Er las es Seite für Seite und fand seine gesamte Vergangenheit darin durchleuchtet. Keiner außer ihm durfte das zu sehen bekommen. Zur Sicherheit verbrannte er es, warf es Blatt um Blatt in die Flammen und sah den Seiten zu, wie sie sich krümmten und schwarz anliefen. Louise saß in der Ecke, ihre Augen verschwollen, ihre Züge vergröbert und aufgedunsen. Er schickte sie nicht fort; er nahm sie kaum wahr. Am 3. März brach er wieder nach Belgien auf.

Der März begann desaströs. In Holland unterlag das erschöpfte Heer kläglich. In der Vendée wurde aus Aufstand Bürgerkrieg. In Paris plünderte der Mob Geschäfte und schlug girondistische Druckerpressen entzwei. Hébert forderte die Köpfe sämtlicher Minister, sämtlicher Generäle.

Am 8. März bestieg Danton die Rednertribüne des Konvents. Die Patrioten erschraken über sein plötzliches Auftauchen fast noch mehr als über sein kummerblasses Gesicht, das von schlaflosen Nächten und den Strapazen der Reise gleichermaßen gezeichnet war. Mit schwankender Stimme berichtete er von Verrat und Demütigung; einmal brach er jäh ab und sah seine Zuhörer an, strich sich befangen über die Narbe an seiner Wange. Bei den Soldaten habe er Arglist, Unfähigkeit, Schlamperei erlebt. Massive und sofortige Truppenaufstockung sei die einzige Hoffnung. Die Reichen Frankreichs müssten für die Befreiung Europas bezahlen. Eine neue Steuer müsse noch heute beschlossen und morgen erhoben werden. Um den Verschwörern gegen die Republik beizukommen, müsse ein neues Gericht eingeführt werden, ein Revolutionstribunal, vor dem es keine Berufung geben dürfe.

Jemand im Saal rief: »Wer hat die Gefangenen umgebracht?« Im Konvent brach die Hölle los: *»Septembriseur!«* wurde skandiert, dass die Wände wackelten. Die Montagnards sprangen wie ein Mann auf die Füße. Der Präsident brüllte um Ruhe, seine Glocke bimmelte wie verrückt. Danton stand mit dem Gesicht zur Zuschauergalerie, die Hände zu Fäusten geballt. Sobald der Lärm abzuflauen begann, erhob er die Stimme wieder: »Hätte es im September ein solches Tribunal schon gegeben, dann hätten die Männer, denen diese Ereignisse so oft und so grausam ungerecht vorgeworfen werden, ihren Ruf nicht mit einem einzigen Blutstropfen beflecken müssen. Aber Ruf oder guter Name sind mir gleichgültig. Nennt mich ruhig Bluttrinker, wenn ihr wollt. Ich werde das Blut sämtlicher Feinde der Menschheit trinken, wenn Europa dadurch frei wird.«

Eine Stimme von der Gironde: »Du redest, als wärst du ein König.«

Er reckte das Kinn vor: »Und du, als wärst du ein Feigling.«

Er hatte fast vier Stunden lang gesprochen. Draußen schwoll die Menge an und rief seinen Namen. Die Abgeordneten standen dicht an dicht in ihren Reihen und applaudierten. Sogar Roland, sogar Brissot waren aufgesprungen; sie wollten fliehen. Fabre rief ganz außer sich: »Du hast dich selbst übertroffen, du hast dich selbst übertroffen!« Der Berg kam zu ihm herunter. Er war umdrängt von seinen Anhängern, der Beifall dröhnte ihm in den Ohren. Mitten durch das Gewühl schlängelte sich madengleich Dr. Marat und zupfte ihn am Ärmel. Danton sah hinab in die blutunterlaufenen Augen.

»Jetzt ist die Zeit reif, Danton.«

»Wofür?«, fragte er nüchtern.

»Für die Diktatur. Sie müssen nur die Hand danach ausstrecken.«

Er wandte sich ab. Im gleichen Augenblick bildete sich in dem Gewimmel wie von selbst eine Gasse. Durch diese Gasse schritt Robespierre. Jedes Mal, wenn ich heimkomme, dachte Danton, hast du an Macht hinzugewonnen. Robespierres Gesicht war starr vor Anspannung, er schien gealtert, seine Kiefermuskeln traten knotig hervor. Aber als er sprach, war seine Stimme leise, behutsam: »Ich wäre gern persönlich zu Ihnen gekommen, aber ich wollte nicht aufdringlich sein. Ich bin nicht gut darin, die richtigen Worte zu finden, und wir stehen uns nicht so nahe, dass Worte überflüssig wären. Das ist meine Schuld, fürchte ich. Und ich bedauere es.«

Danton legte ihm die Hand auf die Schulter. »Mein guter Freund, ich danke Ihnen.«

»Ich habe Ihnen geschrieben – obwohl ich immer das Gefühl habe, solche Briefe nützen keinem etwas. Aber ich wollte Sie wissen lassen, dass Sie auf mich zählen können.«

»Das werde ich.«

»Es besteht keine Rivalität zwischen uns. Wir wollen ein und dasselbe.«

»Schaut euch das an«, sagte Danton. »Hört euch diesen Jubel an. Und vor ein paar Wochen haben sie mir ins Gesicht gespuckt, weil ich die Ministeriumsbücher nicht vorlegen konnte.«

Fabre drängelte sich heran. Er hatte die Lage bereits sondiert. »Das Tribunal spaltet die Gironde. Brissots Stimme hast du, die von Vergniaud auch. Roland und seine Freunde sind dagegen.«

»Sie sind dem Republikanertum untreu geworden«, sagte Danton. »Sie verwenden ihre Energie stattdessen darauf, mich zu vernichten.«

Noch immer umschwärmten ihn die Deputierten von allen Seiten. Fabre verbeugte sich nach rechts und links, als würde der Beifall ihm gelten. Collot, der Schauspieler, rief: »Bravo, Danton, bravo!«; sein sonst so griesgrämiges Gesicht leuchtete. Robespierre hatte sich entfernt. Der Applaus wollte nicht aufhören. Draußen schrie das Volk seinen Namen. Er stand ganz still, strich sich über die Wange. Camille hatte sich bis zu ihm durchgekämpft. Danton legte ihm den Arm um die Schultern. »Camille, gehen wir einfach heim, ja?«, sagte er.

Louises Ohren waren jetzt immer gespitzt. Sobald sie von seiner Rückkehr hörte, ging sie hinunter und gab Marie und Catherine ihre Anweisungen. Die Kinder waren bei Victor Charpentier, und vielleicht war es ohnehin besser, wenn er sie noch nicht sah. Sie würde ein Abendessen für ihn bereithalten, egal wann er zu Hause eintraf; es ging schließlich nicht an, dass er in eine Wohnung heimkam, in der ihn nur die

Dienstboten erwarteten. Ihre Mutter kam fünfmal heruntergerannt, um sie zu holen. »Was fällt dir ein«, sagte sie, »diesem Unmenschen nachzulaufen? Du bist ihm nichts schuldig!«

»Unmensch oder nicht, ich weiß, was Gabrielle gewollt hätte. Sie hätte gewollt, dass er so gut wie nur möglich umsorgt wird.«

Sie saß in Gabrielles Sessel, wie um ihren Geist zu bannen. Von hier, dachte sie, hatte Gabrielle Regierungen stürzen sehen. Von hier aus hatte sie den Thron wanken und zu Fall kommen sehen. Sie war schlicht und ungekünstelt in ihrer Art gewesen, eine ruhige Hausfrau und sonst nichts. Sie hatte unter diesen blutrünstigen Männern gelebt.

Es schlug Mitternacht. »Jetzt kommt er nicht mehr«, sagte Catherine. »Wir möchten gern ins Bett, ob du aufbleibst oder nicht. Er wird um die Ecke sein. Er kommt heute nicht mehr heim.«

Am nächsten Morgen um sechs kam Bürger Danton leise zur Tür herein, um sich umzuziehen. Sie versetzte ihm einen Schrecken, dieses blasse Kind, das da anmutlos zusammengesackt in Gabrielles Sessel saß. Er hob sie auf und trug sie zum Sofa. Er warf eine Decke über sie. Sie wurde nicht wach. Er holte, was er brauchte, und verließ das Haus wieder.

Nebenan war Lucile schon auf und kochte Kaffee. Camille schrieb, das Gerüst der Rede, die Danton heute im Konvent halten würde. »Ein Bild stillen häuslichen Eifers«, sagte Danton. »So hab ich's gern.« Er legte die Arme um Luciles Taille und küsste sie auf den Nacken.

»Freut mich zu sehen, dass du wieder der Alte bist«, sagte Camille.

»Die Kleine hat drüben auf mich gewartet, Gélys Tochter, könnt ihr euch das vorstellen? Sie war im Sessel eingeschlafen.«

»Wirklich?« Lucile und ihr Mann tauschten einen schwarzäugigen Blick. Es bedurfte fast keiner Worte mehr zwischen ihnen. Sie verständigten sich mit anderen Mitteln.

10. März. Ein bitterkalter Tag, die Luft stach so, dass man sie kaum atmen mochte. Claude Dupin machte seine Aufwartung und hielt in aller Form um sie an. Ihr Vater antwortete ihm, trotz Louises Jugend seien sie bereit, einer Hochzeit binnen Jahresfrist zuzustimmen; es lägen schwierige Zeiten hinter ihnen, und, wie er Claude Dupin im Vertrauen erklärte: »Wir hätten es gern, wenn sie in eine andere Umgebung kommt. Sie sieht und hört zu viel für ein Mädchen ihres Alters. Und dann hat sie natürlich ihre Freundin verloren, das war eine schlimme Erfahrung für sie. Die Hochzeitsvorbereitungen werden eine gute Ablenkung sein.«

Sie antwortete Claude Dupin: »Es tut mir sehr leid, aber ich kann Sie nicht heiraten. Jedenfalls jetzt noch nicht. Wären Sie bereit, noch ein Jahr zu warten? Ich habe meiner verstorbenen Freundin mein Wort gegeben, dass ich mich ihrer Kinder annehmen werde. Wenn ich Ihre Frau wäre, hätte ich andere Verpflichtungen, und ich müsste in eine andere Straße ziehen. Wie ich Bürger Danton kenne, wird er sich recht bald eine neue Frau suchen. Wenn sie eine Stiefmutter haben, lasse ich sie gern hier zurück, aber vorher nicht.«

Claude Dupin war fassungslos. Er hatte gedacht, es sei alles abgemacht. »Ich kann das nicht glauben«, sagte er. »Gabrielle Danton hat auf mich so vernünftig gewirkt. Wie konnte sie Ihnen ein solches Versprechen abnehmen?«

»Ich weiß auch nicht, wie es zugegangen ist«, sagte Louise, »aber so ist es jetzt.«

Dupin nickte. »Gut«, sagte er, »ich kann nicht behaupten, dass ich Sie verstehe oder dass mir das gefällt, aber wenn Sie sagen, ich soll warten, warte ich. Versprochen ist versprochen, egal wie unselig. Aber, meine Liebe, tun Sie mir einen Gefallen – halten Sie sich, so gut es geht, von Georges Danton fern.«

Sie wappnete sich für das Donnerwetter. Kaum war Claude Dupin gegangen, brach ihre Mutter in Tränen aus; ihr Vater saß mit Grabesmiene da, als täten ihm alle Beteiligten gleich leid. Ihre Mutter nannte sie eine dumme Gans, sie packte sie bei den Schultern und schüttelte sie: Erzähl mir nicht, dass du es versprochen hast, das ist nicht der Grund, gib's zu, spuck's aus, du musst in irgendwen dort verliebt sein. Wer ist es, sag schon – es ist dieser Journalist, stimmt's? Du kannst seinen Namen ruhig aussprechen, sagte Louise, er ist schließlich nicht der Teufel. Vor ihrem inneren Auge stand jäh und schneidend schmerzhaft das Bild der lachenden Gabrielle – Gabrielle, wie sie auf dem Sofa saß und über Claude Dupin kicherte, warm und lebendig, ihre geschwollene Hand auf Camilles Schulter. Brennend heiße Tränen schossen ihr aus den Augen. Du kleines Flittchen, sagte ihre Mutter. Eine Ohrfeige klatschte.

Das war das zweite Mal in nur einem Monat. Hier oben, dachte sie, wird es immer mehr so wie da unten.

»Sie müssen wieder nach Belgien?«, fragte sie Danton.

»Zum letzten Mal, hoffe ich. Ich bin im Konvent gerade nur schwer abkömmlich.«

»Und die Kinder, kommen sie wieder nach Hause?«

»Ja. Die Dienstboten sollen sich um sie kümmern.«

»Ich kann sie doch nicht den Dienstboten überlassen!«

»Du hast schon viel zu viel getan. Du solltest nicht Kindermädchen spielen. Du solltest dich vergnügen.«

Er fragte sich vage, womit sich eine achtbare Fünfzehnjährige wohl vergnügen konnte.

»Sie sind an mich gewöhnt«, sagte sie. »Ich kümmere mich gern um sie. Können Sie mir erklären, was Sie tun, während Sie fort sind?«

»Ich treffe mich mit General Dumouriez.«

»Warum müssen Sie sich so oft mit ihm treffen?«

»Das ist ein bisschen kompliziert. Einige seiner jüngsten Machenschaften sind nicht ganz im Geist der Revolution. Zum Beispiel hatten wir überall in Belgien Jakobinerclubs gegründet, und jetzt schließt er sie alle. Der Konvent möchte wissen, wieso. Möglicherweise müssen wir ihn festnehmen lassen, wenn sich herausstellt, dass er kein Patriot ist.«

»Kein Patriot? Was ist er dann? Ein Anhänger der Österreicher? Oder des Königs?«

»Es gibt keinen König.«

»Natürlich gibt es ihn. Er ist im Gefängnis eingesperrt. Der Dauphin ist jetzt der König.«

»Nein, er ist gar nichts – nur ein ganz normaler kleiner Junge.«

»Wenn das stimmt, warum muss er dann eingesperrt sein?«

»Was für ein widerspruchsfreudiges Mädchen du bist! Verfolgst du die Ereignisse? Liest du die Zeitung?«

»Ja.«

»Dann weißt du auch, dass die Franzosen beschlossen haben, dass sie keinen König mehr wollen.«

»Nein, Paris hat das beschlossen. Das ist etwas anderes. Deshalb haben wir ja Bürgerkrieg.«

»Aber, Kind – Abgeordnete aus ganz Frankreich haben für das Ende der Monarchie gestimmt.«

»Aber einen Volksentscheid haben sie nicht zugelassen. Davor hatten sie Angst.«

Danton wirkte ungehalten. »Denken deine Eltern so?«

»Meine Mutter. Ich auch. Mein Vater denkt gar nichts. Er täte es gern, aber er kann das Risiko nicht eingehen.«

»Du solltest dich in Acht nehmen, denn deine Eltern sind offenbar Royalisten, und das ist heutzutage eine gefährliche Sache. Du musst gut aufpassen, was du sagst.«

»Dürfen die Menschen denn nicht reden, wie sie wollen? Ich dachte, so steht es in der Erklärung der Menschenrechte. Meinungsfreiheit.«

»Jeder hat das Recht, seine Meinung zu äußern – aber wir befinden uns im Krieg, deshalb sollte die Meinung nicht subversiv oder staatsgefährdend sein. Weißt du, was damit gemeint ist?«

Sie nickte.

»Du darfst nicht vergessen, wer ich bin.«

»Das wissen Sie schon zu verhindern, Bürger Danton.«

»Komm her«, sagte er. »Ich versuche, es dir zu erklären.«

»Nein.«

»Und warum nicht?«

»Meine Eltern haben mir verboten, mit Ihnen allein zu sein.«

»Aber das bist du doch schon. Wovor haben sie Angst, davor, dass ich eine kleine Jakobinerin aus dir mache?«

»Nein. Sie sorgen sich nicht um meine politische Einstellung, sondern um meine Jungfräulichkeit.«

Er grinste. »So denken sie also über mich?«

»Sie denken, dass Sie es gewohnt sind, sich zu verschaffen, was Sie haben wollen.«

»Sie denken, man kann mich mit einem kleinen Mädchen nicht allein lassen?«

»Ja, das denken sie.«

»Dann bestell ihnen doch bitte von mir«, sagte er, »dass ich mich in meinem ganzen Leben noch nie einer Frau aufgedrängt habe. Trotz der ungemein aufreizenden Art einer gewissen hübschen Dame von nebenan – sag das deiner Mutter, sie wird wissen, wovon ich spreche. Aber sag, nehmen sie denn nur mich aufs Korn? Vor Camille warnen sie dich nicht? Denn ich kann dir versichern, wenn du irgendwo allein mit Camille wärst, würde er es als seine unumstößliche Pflicht ansehen, dich deiner Blüte zu berauben.«

»Mich meiner Blüte zu berauben? Was für ein Ausdruck«, sagte sie. »Ich dachte, Camille hatte eine Affäre mit seiner Schwiegermutter?«

»Wo zum Teufel schnappst du solches Zeug auf?« Sie hatte an die Wut gerührt, die dicht unter der Oberfläche lauerte. »Ich muss sagen, ich finde es ekelhaft, wie deine Eltern über mich denken. Meine Frau ist noch keinen Monat tot – halten sie mich für ein Ungeheuer?«

Genau so ist es, dachte sie. »Heißt das, Sie haben den Frauen abgeschworen?«

»Für immer wahrscheinlich nicht. Vorerst, ja.«

»Finden Sie das sehr moralisch?«

»Zumindest beweist es Respekt vor meiner toten Frau.«

»Es hätte mehr Respekt bewiesen, wenn Sie es getan hätten, solange sie am Leben war.«

»Ich glaube nicht, dass wir diese Unterhaltung fortsetzen sollten.«

»Oh, das glaube ich schon. Wann kommen Sie aus Belgien zurück?«

Er verließ Paris am 17. März, begleitet vom Abgeordneten Lacroix. Inzwischen kannten sie einander recht gut; er hätte Gabrielle alles über ihn verraten können, was ihr Herz zu wissen begehrte.

Am 19. März erreichten sie Brüssel, doch Dumouriez war in Neerwinden, wo er gerade eine Schlacht verloren hatte. Sie trafen ihn mitten im Rückzugsgefecht an. Er schickte sie voraus nach Löwen.

»Was ist schon der Konvent?«, fragte er sie am selben Abend zornig. »Dreihundert Idioten, die von zweihundert Schurken gegängelt werden.«

»Sie könnten wenigstens der Form genügen«, schlug Danton vor.

Der General starrte ihn an. Forderte man ihn auf, sich in sein Schwert zu stürzen – was freilich ohne Toga den gewünschten Effekt hätte vermissen lassen?

»Damit meine ich«, sagte Danton, »dass Sie dem Konvent zumindest einen Brief schreiben sollten, in dem Sie umfassende Rechenschaft über Ihr Verhalten ankündigen. Über die Schließung der Jakobinerclubs zum Beispiel. Oder Ihre Weigerung, mit den Vertretern des Konvents zu kooperieren. Ach ja, und Ihre Niederlage.«

»Verflucht noch mal«, sagte Dumouriez. »Mir waren dreißigtausend Soldaten zugesagt worden. Soll der Konvent lieber mir einen Brief schreiben und erklären, wo sie abgeblieben sind!«

»Wissen Sie, dass es Bestrebungen gibt, Sie zu verhaften? Das sind Hitzköpfe im Sicherheitsausschuss. Der Abgeordnete Lebas hat gegen Sie geredet – und nach allem, was ich höre, ist er ein junger Mann, von dem Robespierre sehr viel hält. David ebenfalls.«

»Ausschüsse?«, sagte der General. »Die sollen nur herkommen. Hier bei meinen Truppen auch noch. Was will David denn tun? Mir seinen Pinsel überbraten?«

»Sie reden sehr leichtfertig daher, General. Denken Sie an das Revolutionstribunal. Ich glaube nicht, dass es groß zwischen Versagen und Verrat unterscheiden wird, und Sie sind der Mann, der dem Land gerade eine Schlacht verloren hat. Sie sollten gut achtgeben, was Sie zu mir sagen, weil ich hier bin, um Ihre Gesinnung zu überprüfen und dem Konvent und dem Verteidigungsausschuss darüber Bericht zu erstatten.«

Dumouriez war perplex. »Aber Danton – waren wir nicht gut Freund? Wir haben zusammengearbeitet – im Namen Gottes, ich erkenne Sie gar nicht wieder. Was ist los mit Ihnen?«

»Was weiß ich? Vielleicht eine Folge anhaltender Unbeweibtheit?«

Der General versuchte in Dantons Gesicht zu lesen. Es verriet keinerlei Regung. Er wandte sich ab und murmelte nochmals: *»Ausschüsse!«*

»Ausschüsse sind nützlich, General. Das stellen wir zunehmend fest. Wenn die Mitglieder an einem Strang ziehen und fleißig sind, dann erreichen sie erstaunlich viel. Die Revolution wird bald ganz von Ausschüssen gesteuert werden. Die Minister werden schon jetzt von ihnen überwacht. Es ist heutzutage nicht mehr so viel wert, Minister zu sein.«

»Ja – was habe ich da gehört: Die Minister sollen tätlich daran gehindert worden sein, im Konvent zu erscheinen?«

»Nur ein vorübergehender Gewahrsam. Das Volk hat sie im Außenministerium festgesetzt, damit sie nicht in die Debatte eingreifen können. Der Kriegsminister, das freut Sie sicher zu hören, hat echten martialischen Geist bewiesen und ist durch einen Sprung über die Mauer entkommen.«

»Das ist nicht komisch«, sagte der General. »Das ist Anarchie.«

»Ich muss schließlich sicherstellen, dass meine Anträge angenommen werden«, sagte Danton.

Dumouriez ließ sich in einen Sessel sacken. Er stützte die Stirn gegen die Faust. »Gott im Himmel«, sagte er, »ich bin erledigt. In meinem Alter sollte ein Mann langsam ans Aufhören denken. Sagen Sie mir, Danton, wie stehen die Dinge in Paris? Wie geht es all meinen ergebenen Freunden? Marat zum Beispiel?«

»Der Doktor ist ganz der Alte. Ein bisschen gelber vielleicht, ein bisschen verhutzelter. Er nimmt jetzt Spezialbäder, gegen die Schmerzen.«

»Jede Art von Bädern wäre eine Verbesserung«, murmelte der General. »Schon ganz normale.«

»Sie halten ihn zeitweise zu Hause fest, die Spezialbäder. Seine Laune verbessern sie leider nicht.«

»Aber mit Camille redet er noch?«

»O ja. Uns ist viel an der Verbindung gelegen. Das ist unverzichtbar – sein Einfluss im Volk sucht seinesgleichen. Hébert träumt ja davon, eines Tages an ihn heranzureichen. Aber so dumm ist das Volk dann doch wieder nicht.«

»Und unser junger Freund Robespierre?«

»Sieht älter aus. Arbeitet hart.«

»Aber diese Bohnenstange hat er noch nicht geheiratet?«

»Nein. Aber er schläft mit ihr.«

»Ja?« Der General zog die Brauen hoch. »Immerhin etwas, muss man wohl sagen. Aber wenn man bedenkt, was für herrliche Zeiten er verleben könnte, wenn er nur wollte … Es ist eine Tragödie, Danton, eine Tragödie. Ich nehme nicht an, dass er in einem dieser Ausschüsse sitzt, oder?«

»Nein. Er wird immer wieder hineingewählt, aber er will nicht.«

»Ja, seltsam, nicht wahr. Er ist nicht für die Politik geschaffen. Ich habe noch nie jemanden erlebt, der die Macht so scheut wie er.«

»Oh, er besitzt Macht genug. Er hat sie nur lieber inoffiziell, das ist alles.«

»Er ist mir ein Rätsel. Ihnen auch, nehme ich an. Aber lassen wir das – sagen Sie lieber, was macht die holde Manon?«

»Ist angeblich immer noch verliebt. Verliebte Frauen sollten doch eigentlich sanftmütige kleine Geschöpfe sein, oder? Da sollten Sie die Reden hören, die sie für ihre Freunde im Konvent schreibt.«

»Hat Ihr Kind überlebt?«

»Nein.«

»Das tut mir leid.« Der General schaute auf. »Hören Sie, Danton. Es gibt etwas, das ich Ihnen sagen möchte. Aber es darf nicht einseitig bleiben.«

»Ja, ja, ich liebe Sie auch.«

»Jetzt reden *Sie* leichtfertig daher. Passen Sie auf. Roland hat mir geschrieben. Er fordert mich dazu auf, das Heer umkehren zu lassen und nach Paris vorzurücken. Um dort die Ordnung wiederherzustellen. Und um – wie er sich ausdrückt – eine gewisse Faktion niederzuschlagen. Die Jakobiner, meint er. Robespierre. Und Sie.«

»Verstehe. Haben Sie seinen Brief?«

»Ja. Aber ich gebe ihn nicht an Sie heraus. Ich erzähle Ihnen das nicht, damit Sie Roland vor Ihr Revolutionstribunal zerren können. Ich erzähle es Ihnen, damit Sie wissen, wie viel Sie meiner Nachsicht verdanken.«

»Möchten Sie es auf eine Probe ankommen lassen?«

»Nun, Bürger – wie geht es Ihren bretonischen Freunden?«

»Ich habe keine Ahnung, wovon Sie sprechen.«

»Kommen Sie, Danton, Sie sind zu intelligent, um unser beider Zeit so zu verschwenden. Sie stehen in Kontakt mit den aufrührerischen Emigrés in der Bretagne. Sie halten sie sich warm für den Fall, dass sie Erfolg haben. Sie haben Freunde auf den Bänken der Gironde und im englischen Unterhaus. Sie haben Leute bei den Truppen und in sämtlichen Ministerien, und Sie haben von jedem Königshaus Europas Geld kassiert.« Er hob den Kopf, stützte das Kinn auf die Handrücken. »In den letzten drei Jahren ist in ganz Europa kein Süppchen gekocht worden, in dem Sie nicht Ihre Finger hatten. Wie alt sind Sie, Danton?«

»Dreiunddreißig.«

»Du meine Güte. Nein, Revolution ist nichts für alte Leute.«

»Wollen Sie etwas Bestimmtes von mir, General?«

»Ja. Kehren Sie zurück nach Paris und stimmen Sie die Stadt auf den Einzug meiner Truppen ein. Stimmen Sie sie auf eine Monarchie ein, eine Monarchie, die selbstredend strikt auf der Verfassung fußen wird. Der kleine Dauphin auf dem Thron, Orléans als Regent. Das Beste für Frankreich, das Beste für mich und das Beste für Sie.«

»Nein.«

»Was planen Sie stattdessen?«

»Ich gehe zurück und klage Roland an – und vor allem Brissot. Ich werfe sie aus dem Konvent. Und dann vereinen Robespierre und ich unser Können und unseren Einfluss und erkämpfen uns ein Friedensabkommen. Sollte Europa allerdings keinen Frieden wollen – verlassen Sie sich drauf, dann stelle ich die gesamte Nation unter Waffen.«

»Glauben Sie das wirklich? Dass Sie die Girondisten aus dem Konvent werfen können?«

»Natürlich. Es wird vielleicht eher Monate dauern als Wochen. Aber ich habe die Mittel dazu. Der Weg ist geebnet.«

»Werden Sie denn nie müde?«

»Ich bin jetzt ununterbrochen müde. Seit ich in diese verflixte Sache hineingeraten bin, versuche ich nichts, als mich wieder herauszuwinden.«

»Das nehme ich Ihnen nicht ab«, sagte Dumouriez.

»Ich kann Sie nicht zwingen.«

»Die Republik ist ein halbes Jahr alt, und sie bricht in Stücke. Sie hat keine einende Kraft. Die hat nur eine Monarchie, das müssen Sie doch einsehen. Wir brauchen die Monarchie, um das Land zu einen – dann können wir auch den Krieg gewinnen.«

Danton schüttelte den Kopf.

»Sieger werden reich«, sagte Dumouriez. »Ich dachte, Sie gehen immer dahin, wo es am meisten zu holen gibt.«

»Ich stehe zur Republik«, sagte Danton.

»Warum?«

»Weil sie die einzig ehrenhafte Lösung ist.«

»Ehrenhaft? Mit Ihren Leuten darin?«

»Möglich, dass sie in all ihren Einzelteilen korrupt und verderbt ist, aber als Ganzes gesehen – doch, die Republik ist ein ehrenhaftes Unterfangen. Sicher, sie hat mich, sie hat Fabre, sie hat Hébert – aber sie hat auch Camille. Camille hätte '89 sein Leben für sie gegeben.«

»'89 hatte Camilles Leben keinen Wert. Fragen Sie ihn jetzt – jetzt hat er Geld und Macht, jetzt ist er berühmt. Fragen Sie ihn jetzt, ob er zu sterben bereit ist.«

»Sie hat Robespierre.«

»Stimmt – Robespierre würde sicher gern sterben, schon allein, um seiner Schreinerstochter zu entkommen.«

»Wenn Sie partout den Zyniker geben wollen, General – dagegen bin ich machtlos. Aber warten Sie's ab, wir arbeiten eine neue Verfassung aus. Sie wird anders sein als alles, was die Welt je gesehen hat. Jeder wird das Recht auf Bildung haben, jeder das Recht auf Arbeit.«

»Das werden Sie nie umsetzen können.«

»Nein – aber auch die Hoffnung ist eine Tugend. Und so oder so wird sie uns zum Ruhme gereichen.«

»Jetzt kommen wir der Sache näher, Danton. Sie sind ein Idealist.«

»Ich muss ins Bett, General, ich habe einen weiten Weg vor mir.«

»Sie werden also in Paris ankommen und geradewegs in den Konvent gehen, um mich zu denunzieren. Oder zu einem Ihrer Ausschüsse.«

»Sollten Sie mich nicht langsam besser kennen? Ich bin kein Denunziant. Aber machen Sie sich deshalb nichts vor – es werden sich andere finden.«

»Erwartet der Konvent denn nicht Ihren Bericht?«

»Er soll sich mit der Vorfreude begnügen, bis ich so weit bin.«

Der General erhob sich unvermittelt, schmuck und alert im flackernden Lichtschein. »Gute Nacht, Bürger Danton.«

»Gute Nacht, General.«

»Oder haben Sie es sich anders überlegt?«

»Gute Nacht.«

PARIS, 23. März. »Pscht«, machte Danton.

»Sie sind zurück«, sagte Louise. »Endlich.«

»Ja. Pscht. Was hast du hier gemacht?«

»Aus dem Fenster geschaut.«

»Wieso das?«

»Ich hatte es im Gefühl, dass Sie nach Hause kommen.«

»Haben deine Eltern mich auch gesehen?«

»Nein.«

Marie rief: »Oh, Monsieur.« Sie schlug sich die Hand vor den Mund. »Niemand hat uns ein Wort gesagt.«

»Was geht hier vor?«, fragte Louise flüsternd.

»Das ist ein Geheimnis. Du magst doch Geheimnisse, oder? Schlafen die Kinder?«

»Natürlich schlafen sie. Es ist schließlich neun vorbei. Sie meinen, das Geheimnis ist, dass Sie hier sind?«

»Ja. Du musst mir helfen, mich zu verstecken.«

Da blieb ihr das hübsche Mündchen offenstehen!

»Sind Sie in Gefahr?«

»Nein. Aber wenn bekannt wird, dass ich wieder da bin, muss ich sofort dem Konvent Bericht erstatten. Und ich will vierundzwanzig Stunden lang schlafen – ohne Manege, ohne Ausschüsse, ohne Politik.«

»Ja, das haben Sie wohl nötig. Aber General Dumouriez – wollen denn nicht alle hören, was er gesagt hat?«

»Das werden sie früh genug erfahren. Dann hilfst du mir also, mich zu verstecken, ja?«

»Ich weiß nicht, wie das bei so jemand Großem wie Ihnen gehen soll.«

»Versuchen wir's, einverstanden?«

»Also gut. Haben Sie Hunger?«

»Wir scheinen in eine trügerische Häuslichkeit zu verfallen«, sagte er. Abrupt drehte er sich weg von ihr und warf sich in einen Sessel, drückte die Finger gegen die Augen. »Mir fehlt gerade jede Vorstellung, wie ich jetzt weitermache … wie ich mein restliches Leben leben soll. Ich kann ihr Andenken nur hochhalten, indem ich an all dem festhalte, was sie missbilligt hat … indem ich mir sage, wir waren zwar nicht einer Meinung, aber ihr lag an der Wahrheit. Und indem ich diese Wahrheit verfolge, entferne ich mich immer weiter von allem, was sie glaubte oder hinnehmbar gefunden hätte …« Sie sah, dass er weinte. »Ich muss mich bei dir entschuldigen«, sagte er.

Sie trat hinter seinen Stuhl und legte die Hand auf die Rückenlehne.

»Ich nehme an, Sie haben sie geliebt«, sagte sie. »Für Ihre Begriffe.«

»Ich habe sie geliebt«, sagte er. »Und zwar für jedermanns Begriffe. Nach jedermanns Maßstäben. Eine Zeitlang dachte ich vielleicht, ich würde sie nicht lieben, aber jetzt weiß ich es besser.«

»Wenn Sie sie geliebt haben, Bürger Danton, warum haben Sie dann Ihre Nächte in den Betten anderer Frauen verbracht?«

Flüchtig schaute er zu ihr auf. »Warum? Begierde. Politisches Kalkül. Ichsucht. Du denkst wahrscheinlich, dass ich gefühllos bin, abgestumpft. Du denkst, mit mir kann man so ein Verhör schon anstellen.«

»Ich sage das nicht, um Sie zu quälen. Ich sage es nur, damit Sie nicht anfangen, etwas zu beklagen, das es nicht gab. Sie beide hat nichts mehr verbunden …«

»Das stimmt nicht.«

»Doch. Sie haben ein völlig falsches Bild von sich. Vergessen Sie nicht, sie hat sich mir anvertraut. Sie hat sich einsam gefühlt, sie hat sich bedroht gefühlt; sie dachte, Sie wollten sich von ihr scheiden lassen.«

Er war entsetzt. »Das wäre mir nie eingefallen. Warum sollte ich mich von ihr scheiden lassen?«

»Richtig, warum? Sie hatten all die Bequemlichkeit des Verheiratetseins und keine seiner Verpflichtungen.«

»Ich hätte mich nie von ihr scheiden lassen. Wenn ich geahnt hätte, dass sie so etwas denkt … Ich hätte sie doch beruhigen können.«

»Sie haben nicht gemerkt, dass sie Angst hatte?«

»Wie denn? Sie hat nie etwas gesagt.«

»Sie waren ja nie da.«

»Ach, ich habe die Frauen noch nie verstanden.«

»Darauf sind Sie wohl auch noch stolz«, sagte sie. »Hören Sie, ich kenne euch großen Männer in euren sämtlichen Spielarten, und glauben Sie mir, ich habe keine Worte dafür, wie sehr ihr mich anwidert. So oft habe ich mit Ihrer Frau hier gesessen, während ihr das Vaterland gerettet habt.«

»Wir haben Pflichten gegenüber der Allgemeinheit zu erfüllen.«

»Die ihr zumeist so erfüllt, dass ihr um neun Uhr morgens zu trinken anfangt und den Tag über Pläne schmiedet, wie ihr euch gegenseitig den Dolch in den Rücken stoßen und euch die Frauen wegnehmen könnt.«

»Eine Ausnahme gibt es.« Er lächelte. »Sein Name ist Robespierre. Du würdest ihn nicht mögen. Aber ich habe mir natürlich nie klargemacht, wie wir dir vorgekommen sein müssen – lauter versoffene, alternde Lüstlinge. Tja, Louise, was schlägst du vor, dass ich tun soll?«

»Wenn Sie sich als Mensch retten wollen, sollten Sie die Politik aufgeben.«

»Als Mensch?«, fragte er sanft. »Und was sind die Alternativen?«

»Sie wissen genau, was ich meine. Sie haben die letzten Jahre doch nicht wie ein richtiger Mensch gelebt. Sie müssen wieder der werden, der Sie waren, bevor …« Sie machte eine Handbewegung.

»Ja, ich weiß. Vor all dem Irrsinn. Der Gottlosigkeit.«

»Nicht. Sie dürfen nicht lachen.«

»Ich lache ja gar nicht. Aber du urteilst sehr hart, findest du nicht? Ich weiß nicht, ob das viel Hoffnung für mich lässt. Wenn ich meine Karriere aufgeben wollte … ich wüsste gar nicht, wie ich das anstellen soll.«

»Wir würden schon einen Weg finden, wenn Sie wirklich bereit wären.«

»Würden wir das? Meinst du?«

Er lacht doch, dachte sie. »Wenn ich nur aus den Zeitungen von Ihnen wüsste, dann würde ich Sie für einen Teufel halten. Ich hätte Angst, dieselbe Luft wie Sie zu atmen. Aber ich kenne Sie.«

»Ich sehe, du hast dir viel vorgenommen. Du willst mich vor mir selbst retten, stimmt's?«

»Ich muss. Ich habe es versprochen.«

Als sie später überlegte, was sie genau versprochen hatte, war sie sich nicht mehr ganz sicher. Gabrielle hatte ihr ihre Kinder vermacht – aber auch ihren Mann?

Am nächsten Morgen erteilte sie den Dienstboten strikte Anweisungen. Sie durften niemandem gegenüber erwähnen, dass Monsieur zu Hause war. Sie selbst war früh heruntergekommen, noch vor sieben Uhr. Er war schon auf und angekleidet, er las seine Post. »Dann gehen Sie also doch aus, Bürger Danton?«

Ein kurzer Blick zeigte ihm, dass sie enttäuscht war. »Nein, ich bleibe hier. Aber ich konnte nicht schlafen … zu viele Gedanken.«

»Was ist, wenn jemand kommt und fragt, ob Sie schon zurück sind?«

»Dann lüg.«

»Im Ernst?«

»Ja. Ich brauche Zeit zum Nachdenken.«

»Eine große Sünde wäre es wahrscheinlich nicht.«

»Du bist ja sehr freidenkerisch geworden seit gestern Abend.«

»Sie sollen nicht immerfort über mich lachen. Wenn jemand kommt, lasse ich ihn nicht herein, und wenn ich jemanden treffe, während ich die Einkäufe erledige …«

»Schick Marie.«

»Nein, die lasse ich nicht nach draußen. Sie könnte sich verplaudern. Ich sage, ich habe Sie nicht gesehen und Sie werden auch nicht erwartet.«

»So ist's recht.« Er wandte sich wieder seinen Briefen zu. Sein Ton war nicht unfreundlich, aber schleppend und eine Spur gelangweilt. Ich weiß nicht, wie ich mit ihm reden soll, dachte sie. Wäre ich doch nur Lucile Desmoulins.

Um neun Uhr war sie zurück, ganz außer Atem. Er saß vor einem unbeschriebenen Blatt Papier, die Augen geschlossen. »Ich bring nichts zustande«, sagte er und öffnete sie wieder. »Ich schreibe zwar Worte aufs Papier, aber etwas Zündendes kommt dabei nicht heraus. Ein Glück, dass ich meinen Leibjournalisten habe.«

»Wann haben Sie vor, sich zu zeigen?«

»Morgen wahrscheinlich. Warum?«

»Ich glaube nicht, dass ich Sie so lange verstecken kann. Ich bin Ihrem Leibjournalisten begegnet. Er weiß, dass Sie hier sind.«

»Woher?«

»Nein, er weiß es nicht, aber er vermutet es. Ich habe es natürlich geleugnet. Ich kann von Glück sagen, dass mein Kopf noch auf meinen Schultern sitzt. Er hat mir kein Wort abgenommen.«

»Dann geh lieber zu ihm und entschuldige dich bei ihm und sag ihm – streng vertraulich –, dass er recht hat. Appeliere an ihn, dass er mich vor den marodierenden Ausschussmitgliedern beschützt – sag ihm, dass ich mir noch nicht schlüssig bin, wie ich mit Dumouriez verfahren will. Und sag ihm, er soll alles stehen und liegen lassen und herkommen und sich mit mir betrinken.«

»Ich weiß nicht, ob ich so eine Botschaft ausrichten sollte. Sie ist lasterhaft.«

»Wenn du denkst, so sieht Lasterhaftigkeit aus«, sagte er, »dann musst du noch viel lernen.«

Am nächsten Morgen stand Louise noch früher auf. Ihre Mutter kam aus dem Schlafzimmer gestolpert und zog sich ihr Umschlagtuch um die Schultern. »Um diese Uhrzeit!«, sagte sie. Dantons Dienstboten schliefen alle im Zwischengeschoss, nicht in der Wohnung. »Du wirst da drinnen allein mit ihm sein«, sagte sie. »Und wie willst du überhaupt hineinkommen?«

Louise zeigte ihr stumm den Schlüssel in ihrer Hand.

Sie schloss ganz leise auf und spähte ins Arbeitszimmer, um zu sehen, ob Danton dort drinnen und wach war, was sie bezweifelte. Am Fenster stand Camille: Hemd, Hose, Stiefel, ungekämmtes Haar. Auf Dantons Schreibtisch lagen verstreute Papiere, alle mit einer fremden Handschrift bekritzelt. »Guten Morgen«, sagte sie. »Sind Sie betrunken?«

Wie leicht sein Zorn geweckt war! »Sehe ich so aus?«

»Nein. Wo ist Bürger Danton?«

»Den habe ich um die Ecke gebracht. Ich war die letzten drei Stunden damit beschäftigt, ihn zu zerstückeln. Willst du mir helfen, seine Überreste zum Concierge hinunterzuschaffen? Also wirklich, Louise! Er liegt im Bett und schläft, was dachtest du denn?«

»Und ist er betrunken?«

»Sturzbetrunken. Was reitest du nur immer auf der Trunkenheit herum?«

»Das hat er so angekündigt. Dass Sie beide sich betrinken wollten.«

»Ah, ich verstehe. Und warst du schockiert?«

»Sehr. Was schreiben Sie da?«

Er schlenderte hinüber zu Dantons Schreibtisch, setzte sich daran nieder und sah ihr ins Gesicht. »Eine Polemik.«

»Ich habe ein paar von Ihren Schriften gelesen.«

»Gut, nicht wahr?«

»Ich fand sie unglaublich grausam und zerstörerisch.«

»Wenn brave kleine Mädchen wie du sie gut fänden, würde ich nicht viel bewegen, oder?«

»Mir scheint, Sie haben Ihren Teil der Abmachung nicht eingehalten«, sagte sie. »Sie können nicht furchtbar betrunken sein, wenn Sie das alles geschrieben haben.«

»Schreiben kann ich in jeder Verfassung.«

»Vielleicht erklärt das ja manches davon.« Sie schlug die Seiten um. Seine schwarzen Augen fixierten sie unverwandt. Um seinen Hals lag ein silbernes Kettchen; der Anhänger war in den Falten seines Hemdes verborgen. Trug er am Ende ein Kruzifix? Stand es um ihn vielleicht doch nicht so schlimm, wie es den Anschein hatte? Es drängte sie sehr, dem nachzugehen, die Frömmigkeit gebot es, aber nicht die Frömmigkeit allein. Eine Krisis, so erkannte sie augenblicklich: den Moment der Versuchung hätte ihr Beichtvater es genannt. Er sah, in welche Richtung ihr Blick ging, und brachte aus seinem Hemd ein Medaillon aus getriebenem Silber zum Vorschein. Darin – er zeigte es ihr schweigend – ringelte sich eine feine Haarlocke.

»Luciles?«

Er nickte. Sie wölbte die linke Hand behutsam um das Medaillon; die Finger ihrer Rechten streiften dabei die Haut seiner Halsgrube. Da – passiert! Im nächsten Moment hätte sie sich die Hand am liebsten abgehackt. »Denk dir nichts«, sagte er. »Du wirst über mich hinwegkommen.«

»Sie sind unerträglich eitel.«

»Ja, es gab nie einen Grund für mich, es nicht zu sein. Aber du, Bürgerin, solltest lernen, deine Finger bei dir zu behalten.«

Sein Ton war so ätzend, dass sie am liebsten in Tränen ausgebrochen wäre. »Warum sind Sie so gemein zu mir?«

»Weil du die Unterhaltung mit der Frage eröffnet hast, ob ich betrunken bin, was selbst nach heutigen Maßstäben äußerst unhöflich ist, und auch, weil man bei jemandem, der sich schon so früh morgens so kratzbürstig gibt, annimmt, dass er auch einstecken kann. Mach dir eines ganz klar, Louise: Falls du dir einbildest, in mich verliebt zu sein, schlag es dir blitzschnell wieder aus dem Kopf. Ich will, dass es da keinen Zweifel gibt. Was Danton sich bei meiner Frau herausnehmen darf und was ich mir bei Dantons Frau herausnehmen darf, sind zwei Paar Stiefel.«

Schweigen. »Du musst kein so entrüstetes Gesicht machen«, sagte Camille. »Du hast alles bestens in die Wege geleitet.«

Sie fing zu zittern an. »Was hat er gesagt? Was hat er Ihnen erzählt?«

»Dass er verrückt nach dir ist.«

»So etwas sagt er zu Ihnen? Was hat er genau gesagt?«

»Warum sollte ich dir das erzählen?«

»Wann hat er es gesagt? Gestern Nacht?«

»Heute Morgen.«

»Mit welchen Worten?«

»Was weiß ich, mit welchen Worten.«

»Worte sind Ihr Beruf«, schrie sie ihn an. »Natürlich wissen Sie es.«

»Er hat gesagt: ›Ich bin verrückt nach Louise.‹«

Kein Wort glaubte sie ihm, aber egal:

»War ihm ernst damit? Wie hat er es gesagt?«

»Wie?«

»Wie.«

»Auf die übliche Vier-Uhr-morgens-Art.«

»Und wie geht die?«

»Wenn ihr verheiratet seid, wirst du das schon herausfinden.«

»Manchmal«, sagte sie, »denke ich, dass Sie ein böser Mensch sind. Ich weiß, das ist ein starkes Wort, aber das ist meine Meinung.«

Camille senkte kokett die Lider. »Man tut sein Möglichstes. Aber, Louise, du solltest nicht zu streng mit mir sein, weil du nämlich sozusagen mit mir wirst leben müssen. Es sei denn, du hast vor, ihm einen Korb zu geben, aber so dumm bist du nicht, nicht wahr?«

»Das werden wir sehen. Aber wer sagt, dass ich auch nur eine Silbe von dem glaube, was Sie da reden?«

»Er will mit dir schlafen, darum geht es, verstehst du? Und er weiß nicht, wie er das bewerkstelligen soll, außer er heiratet dich. Ein Ehrenmann, unser Georges-Jacques. Ein ehrenwerter, friedliebender, häuslicher Zeitgenosse. Wenn ich einen solchen Ehrgeiz hegen würde, würde ich natürlich anders vorgehen.«

Und er beugte sich vornüber, Ellbogen aufgestützt, Hände über den Mund geklappt. Einen Augenblick lang wusste sie nicht, ob er lachte oder weinte, aber sie blieb nicht lange im Zweifel. »Lachen Sie ruhig, wenn Sie wollen«, sagte sie düster. »Ich bin es langsam gewohnt.«

»Gut, gut. Wenn ich das Fabre erzähle«, sagte er mühsam, »wenn ich Fabre von dieser Unterhaltung erzähle – das glaubt er mir nie und nimmer.« Er wischte sich die Augen. »Ich fürchte, du wirst dich an so einiges gewöhnen müssen.«

Sie sah auf ihn hinunter. »Frieren Sie nicht?«

»Doch.« Er stand auf. »Ich sollte mich sowieso fertig machen. Georges-Jacques und ich werden nachher in einen Ausschuss gewählt.«

»Was für einen Ausschuss?«

»Willst du jetzt Einzelheiten von mir hören?«

»Wie können Sie so etwas wissen, wenn die Wahl noch gar nicht stattgefunden hat?«

»Ah, du musst noch so viel lernen.«

»Ich will, dass er die Politik aufgibt.«

»Nur über meine Leiche«, sagte Camille.

Der Morgen graute mürrisch, eine trübe rote Sonne ging auf. Sie fühlte sich besudelt durch die Begegnung. Danton schlief weiter.

Danton sprach erst im Konvent, dann vor dem Jakobinerclub. »Mehr als einmal war ich versucht, Dumouriez kurzerhand verhaften zu lassen. Aber, so sagte ich mir, wenn ich zu einer so drastischen Maßnahme greife und der Feind erfährt davon – wie muss das seine Moral stärken! Ein Entschluss, der dem Feind nutzt – am Ende hätte man mir noch Verrat unterstellt. Bürger, ich frage euch – was hättet ihr an meiner Stelle getan?«

»Und, was hätten Sie getan?«, fragte er Robespierre. Es war jetzt schon fast April; eine steife Nachtbrise wehte auf der Rue Honoré. »Wir begleiten Sie heim. Dann kann ich auch gleich Ihrer Frau meine Aufwartung machen, Duplay.«

»Sie sind uns willkommen, Bürger Danton.«

Saint-Just schaltete sich ein: »Es scheint auf jeden Fall eine Situation, in der Handeln besser gewesen wäre als Nicht-Handeln.«

»Manchmal ist Abwarten schlauer, Bürger Saint-Just. Haben Sie das noch nicht gelernt?«

»Ich hätte ihn festgenommen.«

»Aber Sie waren nicht dort, Sie wissen nicht Bescheid. Sie wissen nicht, in welchem Zustand das Heer ist; da will so vieles mitbedacht sein.«

»Nein, natürlich weiß ich das alles nicht. Aber warum fragen Sie nach unserer Meinung, nur um sie dann abzutun?«

»Nach deiner Meinung fragt er ja nicht«, sagte Camille. »Auf die legt er keinen Wert.«

»Dann muss ich eben selbst an die Front gehen«, sagte Saint-Just, »um diese Mysterien zu ergründen.«

»Genau, mach das«, sagte Camille.

»Müsst ihr so kindisch sein?«, fragte Robespierre. »Nun, Danton, solange Sie mit Ihrer Entscheidung zufrieden sind und in gutem Glauben gehandelt haben – was will man mehr?«

»Da wüsste ich so einiges«, murrte Saint-Just.

In Duplays Hof rannte Brount knurrend bis ans Ende seiner Kette. Als sein Herr zu ihm ging, legte er ihm die Pfoten auf die Schultern. Robespierre redete gedämpft auf ihn ein – vermutlich dahingehend, dass Brount sich in Geduld fassen müsse, bis die vollkommene Freiheit umsetzbar sei. Sie traten ins Haus. Robespierres Frauen (der Oberbegriff bot sich immer mehr an) waren vollzählig versammelt. Madame empfing sie mit einem rührigen, schon ans Bedrohliche grenzenden Wohlwollen; ihr Ziel im Leben war es, einen Jakobiner zu finden, der hungrig war; dann marschierte sie in ihre Küche und kochte sich die Seele aus dem Leib, um hinterher sagen zu können: »Ich habe einen Patrioten satt bekommen.« Robespierre war in dieser Hinsicht unbrauchbar. Er schien all ihren Anstrengungen hohnzusprechen.

Sie saßen im Wohnzimmer, umgeben von den Porträts Robespierres. Danton sah um sich, Robespierre schaute zurück: lächelnd, halb lächelnd oder ernsthaft, zart im Profil oder angespannt und kampflustig von vorne, nachdenklich oder belustigt, mit einem Hund, noch einem Hund, keinem Hund. Das Original dazu schien nur ein weiterer Gegenstand in der Auslage; er war still heute Abend, während sie über Brissot, Roland und Vergniaud sprachen. Die immergleichen Themen – der junge Philippe Lebas verzog sich in eine Ecke, um mit Babette zu tuscheln. Man konnte es ihm nicht vorwerfen, dachte Danton. Robespierre fing Dantons Blick auf und lächelte.

Eine neue Liebesgeschichte also in den Pausen des großen Aderlasses. Man findet die Zeit dafür, immer findet man Zeit.

Als der Kriegsminister nach Belgien fuhr, um sich persönlich ein Bild von der Lage zu machen, nahm Dumouriez ihn fest, zusammen mit vier Kommissaren des Konvents, und lieferte alle fünf an die Österreicher aus. Kurz danach gab er ein Manifest heraus, in dem er die Absicht kundtat, mit seinem Heer nach Paris zu marschieren, um dort Gesetz und Ordnung wiederherzustellen. Seine Truppen meuterten und schossen auf ihn. Gemeinsam mit dem jungen General Égalité – Louis-Philippe, dem Sohn des Herzogs – überquerte er die österreichischen Linien. Eine Stunde später waren sie beide Kriegsgefangene.

Robespierre vor dem Konvent: »Ich verlange, dass sämtliche Mitglieder der Familie Orléans, genannt Égalité, dem Revolutionstribunal vorgeführt werden … und dass dem Tribunal die Aufgabe übertragen wird, gegen alle sonstigen Komplizen Dumouriez' vorzugehen … Muss ich so illustre Patrioten wie die Herren Vergniaud oder Brissot nennen? Das überlasse ich der Weisheit des Konvents.«

Allzu viel Weisheit ließ sich dem Konvent nicht zubilligen, gemessen an den Szenen, die folgten. Von der Gironde hagelte es Bezichtigungen gegen Danton: Lüge, Verschleierung, Veruntreuung von Geldern. Als er zum Rednerpult schritt, schrie die Rechte ihre Lieblingsbeleidigung: Bluttrinker! Der Präsident vergrub das Gesicht in den Händen, den Tränen nahe, während Gegner miteinander rangelten, die Fäuste schwangen, und Bürger Danton Abgeordnete niederringen musste, die ihn gewaltsam daran hindern wollten, das Wort zu seiner Verteidigung zu ergreifen.

Robespierre sah vom Berg herab, sein Gesicht starr vor Entsetzen. Danton bestieg das Podium, eine Spur der Verwüstung hinter sich herziehend; der Tumult schien ihm Auftrieb zu geben. »Das Tageslicht birgt keine Schrecken für mich«, schleuderte er den Bänken der Rechten entgegen. Philippe Égalité merkte, dass die Kollegen beidseits ein Stück von ihm abgerückt waren, als wäre er Marat. Und hier kam Marat selbst, humpelnd hielt er auf das Podium zu, von dem Danton eben heruntertrat.

Er schob sich an Danton vorbei, ganz flüchtig streiften sich ihre Blicke. Er legte die Hand an die Pistole in seinem Gürtel, wie um sie schon einmal zu lockern. Seitlich zum Pult stehend, streckte er einen

Arm an der Pultkante entlang und nahm die Zuhörerschaft über seine Länge hinweg ins Visier. Vielleicht, dachte Philippe Égalité, werde ich ihn das nie wieder tun sehen.

Marat legte den Kopf in den Nacken. Er sah in die Runde. Dann, nach einer ausgedehnten Kunstpause – lachte er.

»Der Mann verursacht mir eine Gänsehaut«, flüsterte der Abgeordnete Lebas Robespierre zu. »Er kommt mir vor wie ein Gespenst auf dem Friedhof.«

»Schscht«, machte Robespierre. »Hören Sie zu.«

Marat legte die Hand an das rote Tuch um seinen Hals und zog einmal kurz daran; das war das Signal, dass es ernst wurde. Er streckte den Arm wieder aus, bedrohlich nonchalant. Als er sprach, klang seine Stimme ruhig, leidenschaftslos. Sein Anliegen war ein sehr simples: Der Konvent möge die Immunität der Abgeordneten aufheben, damit sie einander den Prozess machen konnten. Die Linke und Rechte blickten sich an, jeder Deputierte sah schon seine persönlichen Feinde in langer Reihe die Stufen von Dr. Guillotins Enthauptungsmaschine erklimmen. Zwei Mitglieder der Bergpartei, die nur ein knapper Meter trennte, drehten sich zueinander um; ihre Blicke trafen sich und zuckten bestürzt zur Seite. Niemand sah Philippe ins Gesicht. Marats Antrag wurde angenommen, mit Befürwortern in allen Lagern.

Die Bürger Danton und Desmoulins verließen den Konvent gemeinsam, bejubelt von einer Menschenmenge, die sich draußen versammelt hatte. Sie gingen nach Hause. Es war ein klarer, kalter Aprilabend. »Ich hätte nichts dagegen, weit weg zu sein«, sagte Danton.

»Was machen wir mit Philippe? Wir können ihn nicht einfach Marat zum Fraß vorwerfen.«

»Vielleicht findet sich eine gemütliche Festung irgendwo in der Provinz, in die wir ihn eine Weile stecken können. Er wird im Gefängnis sicherer sein als auf freiem Fuß in Paris.«

Sie hatten ihren eigenen Bezirk erreicht, die Republik der Cordeliers. Auf den Straßen war es ruhig, die Nachricht von den Szenen im Konvent und von dem folgenschweren Dekret würde sich bald genug herumsprechen. In der ganzen Stadt hinkten Abgeordnete nach Hause, um ihre Prellungen und Verstauchungen zu kühlen. Hatten heute Nachmittag alle kurzzeitig den Verstand verloren? Der Bürger Danton jedenfalls wirkte wie ein Mann, der frisch von einer Rauferei kam, aber diesen Eindruck machte er oft.

An der Cour du Commerce blieben sie stehen. »Kann ich dir noch ein Gläschen Blut bei uns anbieten, Georges-Jacques? Oder sollen wir den Burgunder aufmachen?«

Sie gingen hinauf, entschieden sich für den Burgunder und saßen bis nach Mitternacht. Camille notierte sich die Eckpunkte der Streitschrift, die er abzufassen gedachte. Eckpunkte allein genügten allerdings nicht; jedes Wort musste ein kleiner Dolch sein, und er würde noch ein paar Wochen brauchen, um sie alle zu schärfen.

Manon Roland saß wieder in ihrer engen kleinen Wohnung in der Rue de la Harpe. »Guten Morgen, guten Morgen«, sagte Fabre d'Églantine.

»Wir haben Sie nicht hergebeten.«

»Nein, das nicht.« Fabre setzte sich und schlug die Beine übereinander. »Bürger Roland nicht daheim?«

»Er macht einen kurzen Spaziergang. Aus gesundheitlichen Gründen.«

»Und wie steht es um seine Gesundheit?«, erkundigte sich Fabre.

»Leider nicht sehr gut. Wir hoffen, der Sommer wird nicht zu heiß.«

»Ach ja«, sagte Fabre, »heißes Wetter, kaltes Wetter, alles hat seine Tücken für die Invaliden, nicht wahr? Das haben wir schon befürchtet. Als uns auffiel, dass Bürger Rolands Rücktrittsgesuch in Ihrer Handschrift abgefasst war, haben wir gleich zu Danton gesagt, dann muss Bürger Roland wohl unpässlich sein. Darauf meinte Danton – ach, egal.«

»Möchten Sie meinem Mann vielleicht eine Nachricht hinterlassen?«

»Nein, denn wissen Sie, ich bin gar nicht hier, um Bürger Roland zu sprechen, ich wollte einfach für ein paar Minuten das Vergnügen Ihrer Gesellschaft genießen. Und dass ich Bürger Buzot hier bei Ihnen antreffe, macht das Vergnügen nur umso größer. Sie sehen sich oft, oder? Geben Sie gut acht, sonst verdächtigt man Sie noch einer« – er lachte glucksend – »Verschwörung. Aber ich glaube ja, dass die Freundschaft zwischen einem jungen Mann und einer älteren Frau etwas Wunderschönes sein kann. Bürger Desmoulins schwört darauf.«

»Wenn Sie nicht bald sagen, was Sie eigentlich wollen«, sagte Buzot, »werfe ich Sie hinaus.«

»Im Ernst?«, sagte Fabre. »Mir war nicht klar, dass wir einen solchen Grad der Feindseligkeit erreicht haben. Nehmen Sie doch wieder Platz, Bürger Buzot, es gibt keinen Grund, handgreiflich zu werden.«

»Als Präsident des Jakobinerclubs«, sagte sie, »hat Marat dem Konvent einen Antrag auf Ächtung einzelner Abgeordneter überreicht. Einer davon ist der Bürger Buzot, den Sie hier sehen. Ein anderer ist mein Gatte. Sie wollen uns vor Ihr Tribunal stellen. Sechsundneunzig Mitglieder haben diesen Antrag unterzeichnet. Wenn wir schon von Feindseligkeit sprechen.«

»Nein, da muss ich mich verwahren«, sagte Fabre. »Marats Freunde haben ihn unterzeichnet, wobei es mich zugegebenermaßen überrascht, dass Marat sechsundneunzig Freunde hat. Danton hat nicht unterschrieben. Robespierre auch nicht.«

»Aber Camille Desmoulins.«

»Oh, über Camille haben wir keine Gewalt.«

»Robespierre und Danton unterzeichnen den Aufruf nur deshalb nicht, weil er von Marat ist«, sagte sie. »Ihr seid hoffnungslos gespalten. Ihr denkt, ihr könnt uns einschüchtern. Aber aus dem Konvent bringt ihr uns nicht, dazu habt ihr weder die nötige Mehrheit noch die Macht.«

Fabre betrachtete die beiden durch sein Lorgnon. »Wie gefällt Ihnen mein Mantel?«, fragte er. »Das ist der neueste englische Schnitt.«

»Ihr werdet nie irgendetwas erreichen, und ihr sprecht auch für niemanden. Danton und Robespierre haben Angst, dass Hébert ihnen den Rang abläuft, Hébert und Marat haben Angst vor Jacques Roux und den anderen Agitatoren auf der Straße. Ihr alle habt Todesangst davor, an Beliebtheit zu verlieren, davor, nicht mehr an der Spitze der Revolution zu stehen – deshalb lasst ihr jeden Anschein von Sitte und Anstand fahren. Die Jakobiner werden von ihrer öffentlichen Galerie beherrscht, und ihr tanzt nach ihrer Pfeife. Aber seien Sie gewarnt – diese Stadt voller zerlumpter Analphabeten, denen ihr euch andient, ist nicht Frankreich.«

»Ihre Leidenschaft erstaunt mich«, sagte Fabre.

»Im Konvent sitzen aufrechte Männer aus allen Teilen der Nation, und ihr Pariser Abgeordneten werdet sie nicht sämtlich ins Bockshorn jagen können. Dieses Tribunal, dieses Ende der Immunität spielt nicht nur euch in die Hand. Wir haben unsere Pläne für Marat.«

»Aha«, sagte Fabre. »Gut, im Prinzip hätte es all das natürlich eh nicht gebraucht. Wenn Sie Danton nur halbwegs zivil behandelt und sich diese unselige Bemerkung darüber verkniffen hätten, dass Sie nicht intim mit ihm werden möchten … Er ist ein feiner Kerl, wissen Sie, immer bereit, mit sich handeln zu lassen, und er ist nicht im Geringsten auf Blut aus. Nur ist er in letzter Zeit, wo er privat so viel durchmacht, eben nicht ganz so ausgeglichen wie sonst.«

»Wir wollen keinen Handel«, sagte sie zornig. »Wir lassen uns auf keinen Handel mit den Leuten ein, die das Massaker vom letzten September zu verantworten haben.«

»Das ist sehr schade«, antwortete Fabre bedächtig. »Denn bis jetzt war es eine Frage des Entgegenkommens und der Kompromisse, von denen manche annehmbarer als andere waren, und wenn möglich, das leugne ich gar nicht, hat man daneben auch etwas Geld verdient. Aber jetzt wird es ernst, bitter ernst.«

»Nicht zu früh«, sagte sie.

»Gut«, er stand auf, »soll ich irgendjemandem Ihre Empfehlungen ausrichten?«

»Nein, danke.«

»Sehen Sie Bürger Brissot oft?«

»Bürger Brissot macht seine eigene Revolution«, sagte sie, »und Vergniaud ganz genauso. Sie haben ihre eigenen Anhänger und ihre eigenen Freunde, und es ist unglaublich dumm und ungerecht, uns mit ihnen über einen Kamm zu scheren.«

»Aber leider unvermeidlich. Da Sie sich untereinander treffen, Informationen austauschen und im gleichen Sinn abstimmen, egal wie zufällig – wie soll das Außenstehenden nicht als eine Art Bündnis erscheinen? Oder einem Schwurgericht?«

»So gesehen müssten Sie zusammen mit Marat verurteilt werden«, sagte Buzot. »Mir scheint, Sie sind ein bisschen voreilig, Bürger Fabre. Sie brauchen eine Anklage, bevor Sie einen Prozess führen können.«

»Seid euch da nicht zu sicher«, murmelte Fabre.

Auf der Treppe traf er Roland. Er war auf dem Weg, einen Antrag – seinen achten oder neunten – auf Prüfung der Bücher von Dantons Ministerium einzureichen. Etwas Verlottertes haftete ihm an, und er roch nach Kräuterwickeln. Er wich Fabres Blick aus; seine Augen waren glanzlos und bekümmert. »Ihr Tribunal war ein Fehler«, sagte er ohne Vorrede. »Wir steuern auf eine Zeit des Schreckens zu.«

Brissot: immerzu lesend, immerzu schreibend, immerzu von einem Ort zum nächsten eilend, Argumente sammelnd, Komplimente verteilend – hier eine Petition eingereicht, dort an einen Ausschuss appelliert oder einen Gedanken notiert. Brissot mit seinen Klüngeln, seinen Faktionen, seinen Einpeitschern und Austrägern; mit seinen Sekretären und Kurieren, seinen Laufburschen, seinen Druckern, seiner Claque. Brissot mit seinen Generälen, seinen Ministern.

Wer zum Teufel ist Brissot überhaupt? Ein Konditorssohn.

Brissot: Dichter, Geschäftsmann, Berater von George Washington.

Wer sind die Brissotisten? Gute Frage. Aber wenn man Leute eines Verbrechens bezichtigt (zum Beispiel, und vor allem, dem der Verschwörung) und sich weigert, ihre Verfahren voneinander abzukoppeln, dann wird ganz von selbst deutlich, dass sie eine Gruppe sind, dass zwischen ihnen eine Verbindung besteht. Und wenn es uns dann gefällt zu behaupten, der da ist ein Brissotist, ein Girondist – soll er erst einmal beweisen, dass er es nicht ist! Soll er beweisen, dass er Anspruch auf ein Einzelverfahren hat!

Wie viele sind es? Zehn große Männer und sechzig oder siebzig kleine. Wie sagte Rabaut Saint-Étienne:

Wenn erst der Nationalkonvent von diesem Menschenschlag gesäubert ist, sodass das Volk fragt, was denn ein Brissotist sei, dann werde ich beantragen, dass zur Erhaltung eines vollkommenen Exemplars dieser Gattung selbiges ausgestopft und im Naturkundlichen Museum ausgestellt werden möge; und zu diesem Behufe werde ich gegen seine Enthauptung stimmen.

Brissot: seine Zuarbeiter und seine Sprachrohre, seine Protokolle und seine Memoranden, seine Mittelsmänner und Strohmänner.

Brissot: seine Mittel und Wege und Mittel zum Zweck, seine Winkelzüge und Maschen, seine Fauxpas und Bonmots; seine Vergangenheit, seine Gegenwart und seine Ewigkeit, amen.

Ich erkläre es hiermit zu einer Tatsache, dass der rechte Flügel des Konvents, im Besonderen seine Anführer, fast durchweg Parteigänger des Königs und Komplizen von Dumouriez sind; dass sie ihre Anweisungen durch die Agenten von Pitt, Orleáns und Preußen erhalten; dass sie Frankreich in zwanzig bis dreißig föderative Republiken aufzuspalten hoffen, damit es die wahre Republik nicht geben kann. Ich behaupte, dass es in der gesamten Geschichte kein Beispiel für eine Verschwörung gibt, die so klar bewiesen und durch so viele gewichtige Wahrscheinlichkeiten belegt ist wie die Brissots gegen die Republik Frankreich.

Camille Desmoulins' Pamphlet
Eine geheime Geschichte der Revolution

7. Raubtiere

(1793)

Über die große Prachttreppe im Tuilerienpalast gelangt man zu einer Flucht von Gemächern, in denen es Tag für Tag wimmelt von Schreibern, Sekretären, Sendboten, von Armeeoffizieren und Lieferanten, von Beamten der Kommune, Gesandten der Königshäuser und Regierungskurieren mit Sporen an den Stiefeln, die auf Anweisung aus dem hintersten Raum der Suite warten. Wer aus dem Fenster schaut, blickt auf Kanonen und Reihen von Soldaten. Der Raum ganz am Ende war früher das Privatgemach Louis des Letzten. Niemand hat Zutritt.

In diesem Raum tagt jetzt der Wohlfahrtsausschuss. Der Ausschuss dient dazu, den Ministerrat zu überwachen und seine Beschlüsse zügig umzusetzen. Zum gegenwärtigen Zeitpunkt wird er von vielen der Danton-Ausschuss genannt. Was tut er da drin?, fragen sie sich, wenn er in diesem grünen Gemach mit den grünen Tapeten sitzt, die Ellbogen auf den großen ovalen Tisch mit der grünen Tischdecke gestützt. Er findet die Farbe unangenehm, irritierend. Zu seinen Häupten klirrt ein Kristalllüster, die verspiegelten Wände reflektieren seinen Stiernacken, sein narbiges Gesicht. Manchmal sieht er aus den Fenstern, über die Gärten. Auf der Place Louis XV, nunmehr Place de la Révolution, ist die Guillotine am Werk. Während er in seinem Büro oben um Frieden verhandelt, meint er hören zu können, wie Sanson sich sein täglich Brot verdient – meint das Rumpeln der Maschinerie zu hören, das Niederfahren des Fallbeils. Armeeoffiziere fürs Erste; zumindest sollten sie sich aufs Sterben verstehen.

Im April gab es sieben Hinrichtungen: undramatisch, die Zahl wird steigen. Die Sektionsausschüsse werden nur allzu bereitwillig nach Festnahmen rufen, freudig werden sie den einen als lauwarmen Patrioten verschreien, den anderen als Adelssympathisanten, Schwarzmarkthändler oder Priester. Aushebung, Haussuchungen, Essensrationierungen, Pässe, Denunziationen: schwer zu entscheiden, wo die Sektionsausschüsse enden und die guten Dienste der Kommune beginnen. Es hat einen Tag gegeben, an dem die Polizei das Palais Royal abgeriegelt und sämtliche Mädchen dort zusammengetrieben hat. Ihnen wurden die Kennkarten abgenommen; über eine Stunde lang standen sie in Grüppchen da und beschimpften die Polizisten, ihre Gesichter hart und hoffnungslos unter der Schminke; dann gab man ihnen die Karten zurück und sagte ihnen, sie könnten gehen, wohin sie wollten. Der kleine Terror des Pierre Chaumette.

Von hier aus muss er ein Auge auf die Österreicher und die Preußen haben, auf die Engländer und die Schweden, die Russen und die Türken und den Faubourg Saint-Antoine – auf Lyon, Marseilles, die Vendée und die öffentliche Galerie – auf Marat bei den Jakobinern und Hébert bei den Cordeliers – auf die Kommune, die Sektionsausschüsse, das Tribunal und die Presse. Manchmal sitzt er da und denkt an seine tote Frau. Er kann sich einen Sommer ohne sie nicht vorstellen. Er ist sehr müde. Immer häufiger bleibt er den Versammlungen der Jakobiner und den Abendsitzungen des Ausschusses fern. Danton lässt sich gehen, sagen manche, er lässt die Dinge schleifen. Andere sagen: Das wagt er nie. Ab und zu besucht Robespierre ihn, beunruhigt und asthmatisch, und zupft an Kragen und Manschetten seiner überkorrekten Kleider herum. Robespierre wird immer mehr zur Karikatur seiner selbst, findet Lucile. Wenn Danton nicht daheim sitzt, mit der kleinen Louise am Rockzipfel, ist er bei den Desmoulins, er lebt praktisch bei ihnen, so wie Camille früher bei ihm gelebt hat.

Die Avancen, die er Lucile macht, sind zur Formsache geworden, reine Gewohnheit. Immer deutlicher merkt er, wie wenig sie mit den fleißigen, ernsten, schlicht gestrickten Frauen gemein hat, die er für sein häusliches Wohlbehagen braucht. Nachdem sie einen Tag über ihrem Rousseau gebrütet hat, verkündet sie beispielsweise den sofortigen bukolischen Rückzug aus der Hauptstadt und fährt mit ihrem Söhnchen, das die Trennung von der Großmutter mit Wutgeheul quittiert, aufs Land, um dort einen Generalplan für seine Erziehung auszuarbeiten. Mit über den Rücken wallenden Haaren und riesigem Strohhut rupft sie ein wenig Unkraut aus den Kräuterbeeten, um der Natur nahe zu sein; am Nachmittag liest sie in einer Gartenschaukel unter dem Apfelbaum Gedichte, und ab neun Uhr abends liegt sie im Bett.

So vergehen zwei Tage, dann treibt das Geplärr von Robespierres Patenkind sie die Wände hoch; hektisch erteilt sie Anweisungen zur Nachsendung von frischen Eiern und Salat und hetzt zurück in die Rue des Cordeliers, den ganzen Weg über gequält von der Angst, sie könnte ihre Musikstunde versäumen oder von ihrem Mann verlassen worden sein. Du siehst verheerend aus, sagt sie mürrisch zu ihm, wie hast du dich ernährt, mit wem warst du wieder im Bett? Es folgt eine Woche ausgelassenen, nächtelangen Feierns; der Kleine wird zu Grandmère verfrachtet, die Amme zuckelt hinterher.

In anderen Phasen bezieht sie schon früh am Tag ihren Posten auf der blauen Chaiselongue; da liegt sie dann, so tief in Tagträume versunken, dass niemand sie zu stören oder ein Wort zu sagen wagt. Eines Tages taucht sie aus ihrem Sinnen auf und sagt: Weißt du, Georges-Jacques, manchmal denke ich, die Revolution ist von vorn bis hinten eine Ausgeburt meiner Fantasie – sie scheint zu aberwitzig, um wahr zu sein. Und Camille – wenn er nun lediglich meine eigene Erfindung ist, ein Phantom, das ich aus den Tiefen meiner Natur heraufbeschworen habe, ein geisterhaftes zweites Ich, das meine Unzufriedenheiten verkörpert?

Er lässt sich das durch den Kopf gehen, denkt an seine eigenen Hervorbringungen: zwei tote Kinder, dazu eine Frau, die er, so glaubt er, durch seine Härte umgebracht hat; seine gescheiterten Friedenspläne und nun das Tribunal.

Das Tribunal tritt im Justizpalast zusammen, in einem Saal gleich neben dem Conciergerie-Gefängnis mit Marmorböden und Gewölbedecken. Sein Präsident, Montané, ist ein gemäßigter Mann, kann jedoch bei Bedarf ersetzt werden. Im kommenden Herbst wird der rothaarige und rotgesichtige Vize-Präsident Dumas zu erleben sein, der manchmal im Alkoholnebel zu seinem Platz geleitet werden muss. Er führt den Vorsitz mit zwei geladenen Pistolen vor sich auf dem Tisch, und seine Wohnung in der Rue de Seine gleicht einer Festung.

Es gibt eine ganze Auswahl an Geschworenen, alles bewährte Patrioten, die vom Konvent bestimmt werden. Souberbielle, Robespierres Arzt, gehört zu ihnen; im Laufschritt eilt er zwischen dem Gerichtssaal, seinem Krankenhaus und seinem prominentesten Privatpatienten hin und her. Maurice Duplay ist ebenfalls Geschworener; er mag das Amt nicht und erzählt zu Hause nie darüber. Auf das Konto eines anderen, des Bürgers Renaudin, von Beruf Geigenbauer, geht ein gewaltsames Zwischenspiel im Jakobinerclub, einer jener grundlosen, beklemmenden Vorfälle, wie sie sich dieser Tage mehren: Bei seinem Versuch, den Bürger Desmoulins zu widerlegen, kommt ihm jäh aller Glaube an Vernunft oder Logik abhanden, und er rennt gegen Camille an, dass der quer durch den Saal fliegt. Die Ordner werfen sich auf ihn, bugsieren ihn mit roher Kraft hinaus, doch noch lauter als der Chor der Buhrufe von der öffentlichen Galerie gellt Renaudins Stimme: »Nächstes Mal bring ich ihn um!«

Öffentlicher Ankläger ist Antoine Fouquier-Tinville, ein schlagfertiger, dunkler Mann, der gern den Moralisten herauskehrt: kein so bühnenwirksamer Patriot wie sein Vetter, aber um einiges fleißiger.

Das Tribunal spricht oft frei, während der ersten Zeit zumindest. Nehmen wir zum Beispiel Marat: Er wird von der Gironde angeklagt, Bürger Fouquier agiert verhalten, der Gerichtssaal quillt über von Marat-Anhängern, die von der Straße hereindrängen. Das Tribunal weist den Fall ab, eine singende, grölende Volksmenge trägt den Angeklagten auf ihren Schultern zum Konvent, durch die Straßen und schließlich in den Jakobinerclub, wo sie den grinsenden kleinen Demagogen auf dem Präsidentenstuhl deponiert.

Im Mai zieht der Nationalkonvent aus der Manege in das ehemalige Tuilerien-Theater um, das für diesen Zweck renoviert wird. Kein Gedanke mehr an rosafarbene grübchenbewehrte Amoretten, an geschwungene rotsamtene Logenbrüstungen oder das Rascheln von Seide. Nein, jetzt herrschen gerade Linien und rechte Winkel, Gipsstatuen mit Gipskronen, Gipslorbeer, Gipseichenlaub. Ein quadratisches Rednerpult, dahinter, fast waagrecht, drei gewaltige Trikoloren, daneben als Memento mori die Büste Lepelletiers. Die ansteigenden Bänke für die Abgeordneten bilden einen Halbkreis, tischlos, sodass die Deputierten nirgendwo schreiben können. Der Präsident hat seine Glocke, sein Tintenfass, seinen Folianten: äußerst hilfreich, wenn dreitausend Aufständische aus den Vorstädten die Versammlung stürmen und unter ihm durcheinanderwimmeln. Schmale Sonnenstreifen zwängen sich durch die tiefen Fenster; an Winternachmittagen sind die Gesichter in den feindlichen Bänken nur als vage Bedrohung ahnbar. Wenn die Lampen angezündet werden, ist die Wirkung gespenstisch: ein Debattieren in Katakomben, unsichtbare Münder, aus denen gegenseitige Anschuldigungen dringen. Aus noch größerer Düsternis johlt und buht die Zuhörerschaft.

In diesem neuen Saal finden sich die alten Faktionen zusammen wie gehabt. Legendre, der Metzger, brüllt einen Brissotisten an: »Dich zerleg ich!« Worauf der Angegriffene kontert: »Da müssen Sie erst dekretieren lassen, dass ich ein Ochse bin.« Und eines Tages stolpert ein Brissotist beim Erklimmen der neun Stufen zum Rednerpult. »Als würde man aufs Schafott steigen«, beschwert er sich. Da kannst du gleich üben, schallt es darauf von der Linken begeistert. Ein übermüdeter Abgeordneter legt die Hand an die Stirn – sieht Robespierre in seine Richtung schauen und nimmt die Hand hastig wieder weg. »Nein, nein«, sagt er, »nicht, dass er denkt, ich führe etwas im Schilde.«

Im weiteren Jahresverlauf gehen manche Abgeordneten – und andere Träger hoher öffentlicher Ämter – dazu über, unrasiert zu erscheinen, ohne Rock und Halsbinde, oder sie entledigen sich dieser Attribute der Zivilisiertheit, sobald die Temperaturen zu steigen beginnen. Man könnte sie für einfache Arbeiter halten, die sich frühmorgens an der Pumpe im Hof waschen, ehe sie sich vor ihrer Zehn-Stunden-Schicht noch schnell mit einem Glas Branntwein in der Taverne am Eck stärken. Der Bürger Robespierre freilich stellt einen wandelnden Vorwurf gegen diese Männer dar; er bleibt seinen Schnallenschuhen und dem gestreiften olivgrünen Rock treu. Kann es derselbe Rock sein, in dem er sich schon im ersten Jahr der Revolution zu zeigen pflegte? Sein Kleiderverschleiß ist jedenfalls nicht sonderlich groß. Während Bürger Danton sich das gestärkte Leinen herunterreißt, das seinen fetten Hals einzwängt, werden Bürger Saint-Justs Krawatten immer höher, steifer, wundersamer anzusehen. Er trägt einen einzelnen Ohrring, wodurch er aber weniger wie ein Korsar wirkt als wie ein leicht kauziger Bankkaufmann.

Die Sektionsausschüsse tagen in leerstehenden Kirchen. An die Wände sind mit schwarzer Farbe revolutionäre Parolen geschmiert. Bei diesen Ausschüssen beantragt man sein Bürgerzeugnis, auf dem Adresse, ausgeübter Beruf, Alter und äußere Merkmale verzeichnet stehen; eine Abschrift wird ans Rathaus weitergegeben.

Hausiererinnen gehen von Tür zur Tür und bieten in großen Körben Tischwäsche feil; unter der Wäsche liegen frische Eier und Butter verborgen, die weitaus begehrter sind. Die Männer auf den Holzplätzen streiken beständig für höhere Löhne, und Feuerholz kostet doppelt so viel wie '89. In einer Seitengasse hinter dem Café du Foy kann, wer genug dafür zu zahlen bereit ist, mitternächtens Geflügel erstehen.

Ein kleiner Knabe lief über den Marktplatz, einen Laib Brot in der Hand. Eine Frau mit der blau-weiß-roten Kokarde am Hut stieß ihn zu Boden, nahm das Brot, riss es in Stücke, warf es fort und sprach, da sie kein Brot habe, dürften auch andre keines essen. Die Bürgerinnen an den Marktständen hielten ihr vor, wie dumm ihre Tat sei; darauf schimpfte sie noch ärger, sie seien alles Aristokraten, und bald würden alle Frauen über dreißig geköpft.

Robespierre saß mit vier Kissen im Rücken im Bett. Er war noch recht schwach, das machte ihn jünger. Sein lockiges rotbraunes Haar war ungepudert. Über das ganze Bett lagen Papiere verstreut. Im Zimmer roch es leicht nach Orangenschalen.

»Dr. Souberbielle sagt, nein, nein, Orangen dürfen Sie nicht essen, Bürger. Aber ich bringe nichts anderes hinunter. Er sagt, Ihre Sucht nach Zitrusfrüchten nimmt Ausmaße an, die ich nicht mehr verantworten kann. Marat hat mir geschrieben – Cornélia, meine Liebe, könnte ich wohl noch etwas kaltes Wasser bekommen? Richtig eiskaltes?«

»Aber natürlich.« Sie nahm den Krug und eilte davon.

»Raffiniert«, sagte Camille.

»Ja, aber ich muss mir immer kompliziertere Wünsche ausdenken. Ich hab es dir ja schon immer gesagt, die Frauen sind nichts als ein Ärgernis.«

»Ja, aber damals waren deine Erfahrungen rein akademisch.«

»Rück deinen Stuhl näher zu mir, ich kann nicht so laut sprechen. Ich weiß nicht, wie das in dem neuen Saal werden soll, Theater hin oder her, die Akustik ist verheerend. Die Einzigen, die sich Gehör werden verschaffen können, sind Georges-Jacques und Legendre. In Versailles war es schon schlimm genug, dann die Manege und jetzt das – mir tut seit vier Jahren der Hals weh.«

»Sag so etwas nicht. Ich muss heute Abend bei den Jakobinern sprechen.«

Seine Streitschrift gegen Brissot war bereits im Druck, und heute Abend sollte der Club ihre Vervielfältigung und Verteilung beschließen. Aber sie wollten ihn dazu sehen und hören. Robespierre begriff das: Man musste gesehen und gehört werden. »Ich kann es mir nicht leisten, krank zu sein«, sagte er. »Apropos – was hört man denn dieser Tage von Brissot?«

»Nicht viel.«

»Und von Vergniaud?«

»Auch nicht.«

»Wenn sie so still sind, müssen sie etwas aushecken.«

»Jetzt ist deine Schwester Charlotte unten an der Haustür. Warum höre ich heute alles so deutlich?«

»Maurice hat seinen Männern verboten zu arbeiten. Er glaubt, dass ich Migräne habe. Umso besser. Jetzt wird Eléonore unten bleiben müssen, um Charlotte am Heraufkommen zu hindern.«

»Arme Charlotte.«

»Arme Eléonore, kannst du genauso gut sagen. Wenn wir schon dabei sind – kannst du Danton vielleicht bitten, dass er nicht so hässlich über sie redet? Ich weiß, sie ist keine Schönheit, aber jede Frau hat das Recht, diese Tatsache vor Menschen verborgen zu halten, die sie nicht kennen. Danton posaunt es überall herum. Sag ihm, das soll er nicht.«

»Such dir einen anderen Boten.«

»Warum lässt er sich eigentlich nicht bei mir blicken?«, fragte Robespierre gereizt. »Danton, meine ich. Richte ihm von mir aus, dass der Ausschuss zu wenig tut. Es sind alles Patrioten, er muss ihnen Beine machen. Das Einzige, was uns jetzt retten kann, ist eine starke Zentralgewalt. Die Minister sind Nullen, der Konvent in sich gespalten, also bleibt nur der Ausschuss.«

»Nicht so laut«, sagte Camille. »Denk an deinen Hals.«

»Die Gironde versucht das Land unregierbar zu machen, indem sie die Provinzen gegen uns aufhetzt, da kann der Ausschuss nicht wachsam genug sein – sag Danton, dass die Minister nichts ohne Anweisung des Ausschusses tun dürfen. Er muss sich von jedem Département einen täglichen Bericht vorlegen lassen – was ist, findest du das keine gute Idee?«

»Max, ich weiß, wie sehr es dich fuchst, dass du keine Rede halten kannst – aber denk dran, dir ist strikte Ruhe verordnet worden. Natürlich hat niemand etwas dagegen, dass der Ausschuss so viel Macht hat, solange er von Danton geleitet wird. Aber es ist schließlich ein gewählter Ausschuss.«

»Solange Danton wiedergewählt werden will, wird er es auch. Wie geht es ihm übrigens? Privat, meine ich.«

»Er bläst Trübsal.«

»Früher oder später wird er neu heiraten wollen, nehme ich an.«

Maurice Duplay streckte den Kopf zur Tür herein. »Ihr Wasser«, flüsterte er. »Verzeihung, Eléonore – ich meine Cornélia – ist unten und redet mit Ihrer Schwester. Sie wollen sie wohl nicht sehen, oder? Nein, natürlich wollen Sie das nicht. Was macht der Kopf?«

»Meinem Kopf fehlt gar nichts«, sagte Robespierre mit erhobener Stimme.

»Pscht. Wir müssen ihn wieder auf die Beine bringen«, zischte Duplay Camille zu. »Was für ein Jammer, dass er Sie heute Abend verpassen muss. Ich werde da sein.« Camille schlug die Hände vors Gesicht. Duplay klopfte ihm auf die Schulter und schlich auf Zehenspitzen hinaus. »Er soll nicht lachen«, formte er unter der Tür mit den Lippen.

»Oh, ist das alles absurd«, sagte Robespierre und begann trotz Verbot zu lachen.

»Was wolltest du über Marat sagen? Er hat dir geschrieben?«

»Ja, er ist auch krank, er kann das Haus nicht verlassen. Hast du von der Sache mit Anne Théroigne gehört?«

»Was hat sie sich jetzt einfallen lassen?«

»Sie hat im Tuileriengarten eine Rede gehalten, und ein paar Frauen sind auf sie losgegangen – rabiate Frauen von der öffentlichen Galerie. Sie hat sich Brissot und seinen Parteigängern angeschlossen, warum, weiß nur sie allein – ich kann mir nicht vorstellen, dass Brissot sich darüber freut. Offenbar ist sie an die falsche Zuhörerschaft geraten – wer weiß, vielleicht dachten sie, sie sei eine Dame der Gesellschaft, die in ihr Revier eindringt. Marat kam wohl zufällig gerade vorbei.«

»Und hat sich gleich ins Getümmel gestürzt?«

»Er hat sie gerettet. Ist dazwischengegangen und hat den Weibern befohlen, von ihr abzulassen – selten galant von ihm, nicht? Er glaubt, sie hätten sie sonst noch umgebracht.«

»Hätten sie's nur«, sagte Camille. »Ich weiß, so redet man nicht am Krankenbett, aber bei dem Thema kann ich mich nicht mäßigen. Den 10. August werde ich ihr nie verzeihen.«

»Ja, Louis Suleau – sicher, wir haben ihn all die Jahre gekannt, aber er ist im falschen Lager gelandet, nicht wahr?« Robespierre ließ den Kopf in die Kissen sinken. »Genau wie sie jetzt.«

»Das sagst du sehr kaltschnäuzig.«

»Es könnte uns genauso passieren. Wenn wir unserem Urteil folgen, unserem Gewissen, und es uns in eine bestimmte Richtung führt, dann kann sich das rächen. Auch Brissot handelt ja vielleicht in gutem Glauben.«

»Aber ich habe gerade dieses Pamphlet geschrieben – Brissot ist ein Verschwörer gegen die Republik …«

»Zu dieser Überzeugung hast du dich gebracht. Zu dieser Überzeugung wirst du heute Abend auch die Jakobiner bringen. Und ja, während ihrer Zeit an der Macht waren er und seine Leute irregeleitet, dumm und sträflich fahrlässig, und gehören deshalb aus dem politischen Leben ausgemerzt.«

»Aber Max, im September wolltest du sie noch umbringen lassen. Du hast es einzufädeln versucht.«

»Ich dachte, es wäre besser, sie loszuwerden, ehe sie noch mehr Schaden anrichten. Ich habe an die Leben gedacht, die dadurch gerettet werden könnten …« Er bewegte die Beine, und ein paar der Blätter rutschten zu Boden. »Es war eine Frage der Abwägung. Und Danton« – er lächelte – »hat seitdem Respekt vor mir. Er hält mich für ein unberechenbares wildes Tier, das jederzeit aus seinem Käfig ausbrechen kann.«

»Und dennoch billigst du Brissot zu, in gutem Glauben zu handeln.«

»Camille, was zählt, sind die Resultate, nicht die Absichten. Gut möglich, dass er des Verbrechens, dessen du ihn heute Abend anklagen wirst, nicht schuldig ist, aber ich erlaube es dir trotzdem. Ich will, dass sie aus dem Konvent verschwinden – wobei es mir persönlich lieb wäre, wenn es damit sein Bewenden hätte. Der Schaden ist angerichtet, wir machen ihn nicht ungeschehen, indem wir sie belangen. Aber das Volk wird es nicht so sehen. Das wäre wohl auch zu viel verlangt.«

»Du würdest sie retten. Wenn du könntest.«

»Nein. Es gibt Phasen in einer Revolution, in denen allein schon am Leben zu sein ein Verbrechen darstellt, und die Menschen müssen ihre Köpfe herzugeben wissen, wenn das Volk sie fordert. Vielleicht wird irgendwann auch meiner gefordert werden. Wenn der Tag kommt, wird man mich bereit finden.«

Camille hatte ein paar Schritte von ihm weg gemacht und strich mit der Hand Maurice Duplays selbstgezimmerte Regalbretter entlang. Darüber hing ein seltsames Emblem an der Wand, das Maurice Duplay eigenhändig geschnitzt hatte: ein gewaltiger, prächtiger Adler mit ausgestreckten Fängen, ähnlich einem römischen Legionsadler.

»Solch heldische Gesinnung«, sagte Camille langsam, »und das auch noch im Nachthemd. Die Politik ist die Dienerin der Vernunft. Es ist eine Form der Blasphemie, die menschliche Vernunft so zu verbiegen, dass sie im Namen der Politik gutheißt, was sie im Namen der Moral verbietet.«

»Das sagst du«, sagte Robespierre müde, »dabei bist du doch selber verdorben.«

»Korrupt, meinst du?«

»Korrumpiert werden kann man durch mehr als durch Geld. Bei dir ist es Freundschaft. Deine Zuneigungen sind zu … zu unbedingt. Dein Hass ist zu jäh, zu absolut.«

»Du sprichst von Mirabeau, stimmt's? Das wirst du mich nie vergessen lassen, oder? Ja, er hat mich benutzt – dazu, Ansichten zu verbreiten, an die er selbst nicht glaubte, wie sich später gezeigt hat. Aber du machst es ja es genauso. Du glaubst kein Wort von dem, was du mir zu sagen ›erlaubst‹. Das finde ich schwer hinzunehmen.«

»Versteh doch«, sagte Robespierre geduldig, »wenn wir nicht auf der Stufe von Suleau und Théroigne verharren wollen, müssen wir die Fallstricke unserer persönlichen Überzeugungen und Hoffnungen meiden und uns als die Werkzeuge eines Schicksals sehen, das bereits vorherbestimmt ist. Es wäre zur Revolution gekommen, selbst wenn wir nie geboren worden wären.«

»Das mag ich nicht glauben«, sagte Camille. »Das würde meinen Platz im Universum beschädigen.« Er begann die Papiere vom Boden aufzulesen. »Wenn du Eléonore, ich meine Cornélia, richtig ärgern willst«, sagte er, »solltest du anfangen, deine Blätter vom Bett zu schmeißen und dann nach ihnen zu schreien wie unser Kleiner. Lolotte flieht schon immer, wenn sie merkt, dass dieses Spiel wieder losgeht.«

»Danke, ich werde es ausprobieren.« Ein Hustenanfall.

»Hat Saint-Just dich besucht?«

»Nein. Er hat keine Geduld mit Kranken.«

Unter Robespierres Augen lagen tiefviolette Schatten. Sie erinnerten Camille an das Gesicht seiner Schwester kurz vor ihrem Tod. Er schob den Gedanken beiseite, sperrte ihn aus. »Für dich und Danton ist das alles schön und gut. Aber ich, ich muss hingehen und zwei Stunden lang vor den Jakobinern herumstottern, wo mich höchstwahrscheinlich wild gewordene Geigenbauer niederschlagen und alle möglichen Händler über mich wegtrampeln werden – während Danton sein neues Mädel begrapscht und du mit einem schönen, nicht zu hohen Fieber im Bett liegst. Wenn du nur Werkzeug des Schicksals bist und jeder andere genauso dafür herhalten könnte, warum nimmst du dir nicht einfach Urlaub?«

»Gut, unsere persönlichen Geschicke stehen natürlich auf einem anderen Blatt. Wenn ich Urlaub machen würde, dann wären Brissot, Roland und Vergniaud gleich mit einem Komplott bei der Hand, wie sie mir den Kopf abschneiden können.«

»Du sagst doch, damit hast du kein Problem? Damit würdest du spielend fertig?«

»Schon, aber es gibt Dinge, die ich vorher gern noch erledigen würde. Und ein sonderlich erholsamer Urlaub wäre es auch nicht.«

»Außerdem fahren Heilige nicht in Ferien«, sagte Camille. »Denn wir mögen ja Werkzeuge des Schicksals sein, aber als austauschbar sehe ich uns deshalb noch lange nicht. Nein, für mich sind wir Heilige, Vollstrecker des göttlichen Willens, die Gott selbst mit seiner Gnade erfüllt hat.«

Charlotte war ebenfalls gerade am Gehen. Ganz so müssten sie mit ihr nicht umspringen, dachte er. Er stand mit ihr auf der Rue Honoré, und Tränen rollten aus ihren Augen und über ihr schnippisches Katzengesicht. »Wenn er wüsste, wie es in mir aussieht, würde er mich nicht so behandeln«, sagte sie. »Diese Hexen machen aus ihm jemanden, den keiner von uns wiedererkennen wird. Sie machen ihn selbstherrlich, sie stacheln ihn dazu auf, immerfort an sich zu denken, daran, wie wunderbar er ist. Ja, er ist wunderbar, aber man braucht es ihm nicht auch noch zu sagen. Oh, er hat keinen Alltagsverstand, kein Augenmaß mehr.«

Er nahm sie mit in die Rue des Cordeliers. Annette war da. Sie sah Charlotte prüfend an und lauschte ihren Klagen. Sie machte dieser Tage immer ein Gesicht, als steckte sie voll kluger Ratschläge, die sie jedoch lieber für sich behielt.

Alle hatten sie für den Abend Plätze auf der Zuschauergalerie der Jakobiner reserviert. »Es wird ein Triumph«, sagte Lolotte. Je weiter der Nachmittag vorrückte, desto stärker regte sich Panik in ihm, wie Katzen, die sich in einem Sack balgen.

Was ist das für eine Angst? Handgemenge mit Geigenbauern machen ihm nichts aus, immer her damit! Aber er hasst dieses schleichende Gefühl, dass etwas bevorsteht, dass es näherkommt, stündlich, minütlich – hasst den Moment, wenn er seine Papiere zusammenrafft und vor aller Augen den Gang zum Rednerpult antritt – dieses sofortige, unleugbare Anschwellen der Feindseligkeit rings um ihn. »Er ist jetzt die herrschende Macht«, hat Claude von ihm gesagt, aber das stimmt nicht ganz. Die meisten Abgeordneten der Mitte und der Rechten stehen auf dem Standpunkt, dass er im Konvent nichts verloren hat, dass seine extremen Ansichten und seine Befürwortung der Gewalt ihn ausschließen sollten; sobald er das Wort ergreift, rufen sie »Laternenanwalt« und »Septembriseur«. An manchen Tagen verschafft ihm das Genugtuung, beschwingt ihn, an anderen fühlt er sich kalt und krank, wenn er es hört. Wie will man im Voraus wissen, was für ein Tag es wird?

Der Tag, an dem die Gironde ihre Anklage gegen Marat vorgebracht hat – das war auf jeden Fall einer der schlechten. In den Bänken saßen die Girondisten dicht an dicht; sah man dagegen zu den Montagnards hinauf, waren dort erstaunlich viele Plätze leer. Wer wird Partei für Marat ergreifen, für den irren, giftigen, abstoßenden Marat? Nur er. Und sie scheinen darauf vorbereitet zu sein, denn der Schrei schallt wie aus einem Mund – *wir machen Marat den Prozess,* brüllen sie, *und dir gleich mit!* Und dann das alte Lied: *Bluttrinker! Runter vom Podium,* brüllen sie, *bevor wir kommen und dich holen!* Vier Jahre Revolution, und er schwebt in ebensolcher Gefahr wie damals im Palais Royal, als die Polizei gegen ihn vorrückte.

Er harrte aus, solange es nur ging, aber der Präsident war hilflos und winkte schließlich ab: nichts zu machen. Das ganze Übermaß an Grauen und Abscheu, das Marat in den Abgeordneten wachrief, entlud sich nun über ihn, und ihm war nur zu klar – wie auch nicht? –, dass kaum ein Abgeordneter unbewaffnet zur Sitzung erschien. Danton hätte ihnen die Stirn geboten, hätte ihre Schmähungen an sich abprallen lassen, sie mundtot gemacht – aber er war nicht Danton. Er gab es auf, sprechen zu wollen, begnügte sich mit einem langen Blick über die tosenden Bankreihen; nickte dem Präsidenten zu, strich sich das Haar aus der Stirn, sagte bei sich: »Tja, Dr. Marat, der erste Treffer geht an die anderen.«

Als er mit weichen Knien an seinen Platz bei den Montagnards zurückkehrte, war da kein Danton, kein Robespierre; sie wollten mit der Sache nichts zu tun haben. François Robert, der Marat fürchtete und hasste, sah weg. Fabre warf ihm einen raschen Blick zu, zog eine Braue hoch, biss sich auf die Lippe. Antoine Saint-Just rang sich zum Ansatz eines Lächelns durch. »Übernimm dich bloß nicht«, fuhr Camille ihn an. Er wünschte sich sehnlich ins Freie, in eine weniger hassbrodelnde Luft, aber wenn er jetzt gleich ging, verbuchte die Gironde das nur als weiteren Triumph: Wir haben Marats Hauptfürsprecher nicht nur niedergeschrien, sondern ihn auch aus dem Saal gejagt.

Nach einer Weile gelang es ihm, sich hinaus in den Tuileriengarten zu stehlen. Vier Jahre in muffigen, stickigen Räumen, vier Jahre der Kontroversen und der Angst. Georges-Jacques sieht die Revolution als eine Verdienstquelle, aber nun fordert die Revolution ihrerseits ihren Preis. Die meisten seiner Kollegen sind dem Alkohol verfallen, manche auch dem Opium; einige haben sich eine Anzahl seltsamer, jäh aufflackernder Krankheiten zugelegt, andere die Angewohnheit, inmitten ihrer Amtsgeschäfte in sehr unmännliche Tränen auszubrechen. Marat leidet an Schlaflosigkeit; sein Vetter Fouquier, der öffentliche Ankläger, hat ihm gestanden, dass er jede Nacht von Toten träumt, die sich an seine Fersen heften. Daran gemessen schlägt er selbst sich noch recht gut, aber Szenen wie der heutigen ist auch er nicht gewachsen.

Plötzlich wurde ihm bewusst, dass ihm zwei Männer folgten. Tapfer stellte er sich ihnen. Es waren zwei der Soldaten, die den Nationalkonvent bewachten. Sie näherten sich ihm bis auf zwei Schritte. Er griff sich ans Herz; es überraschte ihn selbst, wie klein und dürr seine Stimme klang: »Sie sind natürlich hier, um mich festzunehmen. Das hat der Konvent soeben beschlossen, nehme ich an.«

»Nein, Bürger, nicht, um Sie festzunehmen. Dann wären wir nicht nur zu zweit hier. Nein, aber wir haben Sie allein hinausgehen sehen, und da dies schlimme Zeiten sind, fiel uns gleich der gute Bürger Lepelletier ein, den man angegriffen und ermordet hat.«

»Ja, richtig. Auch wenn Sie dagegen nicht viel unternehmen könnten, oder? Es sei denn, Sie würden sich heroisch dazwischenwerfen?«, ergänzte er hoffnungsvoll.

»Wir könnten wen fangen«, sagte der Soldat. »Einen Meuchelmörder. Wir halten immerzu Ausschau nach Verschwörern, wie Bürger Robespierre es uns aufgetragen hat. Und deshalb …«, er stockte, wandte sich hilfesuchend zu seinem Kollegen um, »… deshalb … wollten wir Ihnen unser Geleit anbieten, Bürger Abgeordneter, und Sie an einen Ort bringen, wo Sie sicher sind.«

»Das Grab«, sagte Camille. »Das Grab.«

»Aber wären Sie wohl so nett«, sagte der zweite Soldat, »Ihre Hand von der Pistole wegzunehmen, die Sie da in der Manteltasche stecken haben? Ich kann gar nicht hinschauen.«

Dieser Tag – und dieser Augenblick irrwitziger Panik – ist keiner, an den er gern zurückdenkt. Heute Abend bei den Jakobinern wird er unter Freunden sein – größtenteils zumindest. Danton wird da sein, und er wird an seinem üblichen Platz neben ihm sitzen. Danton wird bewusst schweigsam und gelassen sein; er weiß, dass sich Camilles Lampenfieber nicht wegreden oder wegscherzen lässt. Wenn es dann so weit ist, wird er sich seinen Weg zum Rednerpult bahnen, durch all die Patrioten, die von ihren Plätzen aufstehen, um ihn zu umarmen, und aus den dunklen Ecken der Galerie, wo sich die Sansculotten versammeln, werden Händeklatschen und derbe Anfeuerungsrufe ertönen. Dann Schweigen, und wenn er zu reden anhebt, sorgsam vorausplanend, um jeden Anflug eines Stotterns im Keim zu ersticken, um problematische Wörter umschiffen und herauslösen und durch gefügigere ersetzen zu können, wird er denken: Kein Wunder, dass das alles ein so heilloser Verhau ist, schließlich hört keiner je, was der andere sagt. In Versailles schon nicht, hier auch nicht, und wenn wir erst gestorben und ein paar Jahre verstrichen sind, wird man es müde werden, danach zu fragen: auch egal, wird man sagen. Wir haben uns selbst in den toten Winkel der Geschichte manövriert, mit unseren schwachen

Lungen und unseren Sprachfehlern und unseren Sälen, die für ganz andere Zwecke erbaut worden sind.

COUR DU COMMERCE:

GÉLY: Haben Sie Erbarmen mit uns, Monsieur.

DANTON: Erbarmen? Wozu brauchen Sie Erbarmen? Ich persönlich würde es eher einen Glücksfall nennen.

GÉLY: Sie ist unser einziges Kind.

MME GÉLY: Er will sie umbringen, wie seine erste Frau auch schon.

GÉLY: Bist du still!

DANTON: Ach, lassen Sie sie nur. Besser, sie wird es los.

GÉLY: Wir verstehen nicht, warum Sie gerade sie wollen.

DANTON: Ich empfinde eine gewisse Zuneigung zu ihr.

GÉLY: Sie könnten wenigstens den Anstand besitzen zu sagen, Sie lieben sie.

DANTON: Ich bin der Meinung, dass man so etwas erst mit den Jahren herausfindet.

GÉLY: Es gibt passendere Frauen für Sie.

DANTON: Das müssen Sie schon mir überlassen.

GÉLY: Sie ist fünfzehn.

DANTON: Ich bin dreiunddreißig. Solche Ehen werden jeden Tag geschlossen.

GÉLY: Wir hätten Sie älter geschätzt.

DANTON: Sie heiratet mich nicht wegen meines Aussehens.

GÉLY: Warum nicht eine Witwe, jemanden mit Erfahrung?

DANTON: Erfahrung worin? Wissen Sie, falls Sie denken, ich hätte diese übermäßigen körperlichen Begierden – das ist nur eine Legende, die ich verbreite. Ich bin eigentlich ganz normal.

MME GÉLY: Also bitte!

DANTON: Vielleicht schicken Sie sie besser doch aus dem Zimmer.

GÉLY: Ich meinte Erfahrung im Kindererziehen.

DANTON: Die Kinder hängen an ihr. Und sie hängt an ihnen. Fragen Sie sie selbst. Außerdem will ich keine Frau, die schon älter ist. Ich will noch mehr Kinder. Und einen Haushalt führen kann sie, das hat sie bei meiner Frau gelernt.

GÉLY: Aber Sie empfangen Gäste, Sie haben wichtige Besucher. Von so etwas versteht sie nichts.

DANTON: Womit ich zufrieden bin, das ist auch für meine Gäste gut genug.

MME GÉLY: Sie sind der anmaßendste Mensch auf Gottes Erdboden.

DANTON: Wenn meine Freunde Ihnen so leid tun, kommen Sie doch einfach herunter und geben ihr kluge Ratschläge. Falls Sie sich das zutrauen. Schauen Sie, sie kann eine Armee von Dienstboten haben, wenn sie das will. Wir können in eine größere Wohnung umziehen, das wäre vielleicht sowieso schlauer, ich weiß gar nicht, warum ich immer noch hier wohne, reine Gewohnheit vermutlich. Ich bin reich. Sie braucht nur zu sagen, was sie will, und sie bekommt es. Ihre Kinder beerben mich gleichrangig mit meinen Kindern aus erster Ehe.

GÉLY: Sie steht nicht zum Verkauf.

DANTON: Sie kann eine gottverdammte Privatkapelle und ihren eigenen Priester haben, wenn sie das will. Solange es ein verfassungstreuer Priester ist.

LOUISE: Monsieur, ich heirate Sie nicht in einer Ziviltrauung, das sage ich Ihnen lieber gleich.

DANTON: Wie bitte, mein Liebes?

LOUISE: Diese alberne Farce im Rathaus mache ich von mir aus mit. Aber ich will auch eine echte Trauung mit einem echten Priester, der nicht beeidigt ist.

DANTON: Warum?

LOUISE: Weil es sonst keine richtige Ehe wäre. Wir würden im Zustand der Sünde leben, und unsere Kinder wären unehelich.

DANTON: Mein kleines Närrchen – weißt du nicht, dass der liebe Gott Revolutionär ist?

LOUISE: Ein richtiger Priester.

DANTON: Ist dir klar, was du da verlangst?

LOUISE: Oder gar nicht.

DANTON: Das solltest du dir überlegen.

LOUISE: Ich versuche Sie auf den rechten Weg zu bringen.

DANTON: Das ist sehr löblich, aber als meine Frau wirst du tun, was ich dir sage, also fang besser gleich damit an.

LOUISE: Sonst stelle ich keine Bedingung.

DANTON: Louise, ich bin es nicht gewohnt, dass man mir Bedingungen stellt.

LOUISE: Das geht ja gut los.

Nach ihrer gescheiterten Offensive gegen Marat setzen die Girondisten eine neue Sonderkommission ein, um diejenigen Personen unter die Lupe zu nehmen, die – wie sie sagen – die Autorität des Nationalkonvents beschädigen. Diese Kommission verhaftet Hébert. Sektionen und Kommune erzwingen seine Freilassung. Am 29. Mai begibt sich das Zentralkomitee der Sektionen in »Dauersitzung« – welch herrlich krisengeschüttelten Beiklang das Wort hat! Am 31. Mai läutet um drei Uhr morgens die Sturmglocke. Die Stadttore werden verriegelt.

Robespierre: »Ich fordere das Volk auf, seinen Willen im Konvent selbst zu bekunden und die korrupten Abgeordneten davonzujagen … Ich habe vom Volk den Auftrag erhalten, seine Rechte zu verteidigen, darum erkläre ich jeden, der mich unterbricht oder sich weigert, mich sprechen zu lassen, zu meinem Unterdrücker, und ich erkläre weiterhin meine Entschlossenheit, eine Revolte gegen den Präsidenten und all diejenigen Mitglieder anzuführen, die mir den Mund zu verbieten versuchen. Ich erkläre, dass ich Verräter in Person zu bestrafen gedenke, und ich verspreche, dass ich jeden Verräter als meinen persönlichen Feind ansehen werde …«

Ismard, Girondist, Präsident des Konvents: »Sollte ein gleichwie gearteter Anschlag auf die Vertreter der Nation verübt werden, so erkläre ich im Namen des ganzen Landes, Paris würde vom Erdboden getilgt, dass die Menschen die Seine-Ufer nach einem Beweis dafür absuchen müssten, dass es die Stadt jemals gab.«

»Kaum jemand wagt noch zu Hause zu schlafen«, sagte Buzot. »Es ist nicht sicher. Erwägen Sie eventuell die Abreise?«

»Nein«, sagte Manon, »die erwäge ich nicht.«

»Sie haben ein Kind.«

Sie lehnte den Kopf in das Kissen zurück, sodass er die glatte weiße Linie ihres Halses bewundern konnte. »Das« – sie schloss die Augen – »darf nicht mein Handeln beeinflussen.«

»Bei den meisten Frauen täte es das.«

»Ich bin nicht die meisten Frauen. Wie Sie sehr wohl wissen.« Sie öffnete die Augen wieder. »Denken Sie, ich hätte keine Gefühle? Im Gegenteil. Aber es steht mehr auf dem Spiel als meine Gefühle. Ich gehe nicht aus Paris fort.«

»Die Sektionen befinden sich im Aufruhr.«

»Haben Sie Angst?«

»Ich schäme mich. Dass es dazu kommen konnte. Nach allem, was wir erstrebt und erhofft haben.«

Der Augenblick der Mattigkeit war vorüber, sie setzte sich aufrecht hin, ihre Augen glänzten. »Sie dürfen nicht aufgeben! Warum reden Sie so? Wir haben die Mehrheit im Konvent. Was glaubt Robespierre gegen unsere Stimmen ausrichten zu können?«

»Robespierres Macht sollte man nicht unterschätzen.«

»Und zu denken, dass ich ihm Zuflucht unter meinem Dach angeboten habe, damals nach dem Marsfeld! Ich hatte die höchste Achtung vor ihm. Ich habe ihn für den Inbegriff der Logik, der Vernunft, des Anstands gehalten.«

»Sie sind nicht die Einzige, die sich von ihm hat irreführen lassen«, sagte er. »Robespierre kann seinen Freunden weder das Unrecht verzeihen, das er ihnen angetan, noch die Wohltaten, die er von ihnen empfangen hat, oder die Gaben, die manche von ihnen besitzen und er nicht. Sie haben die falsche Wahl getroffen, meine Liebste, Sie hätten Danton die Hand reichen sollen.«

»Nicht mit der Feuerzange würde ich diesen Widerling anfassen.«

»Ich habe es nicht wörtlich gemeint.«

»Soll ich Ihnen sagen, was Danton denkt? Warum scheint keiner außer mir das zu wissen? Für Danton seid ihr alle, Sie, mein Mann, Brissot, nichts als eine Versammlung wohlerzogener, verkopfter Schwächlinge. Die Männer, die ihm taugen, sind hartgesottene Zyniker, Schöntuer, Raubtiere – Männer, die um des Zerstörens willen zerstören. Euch verachtet er nur.«

»Das stimmt nicht, Manon. Er hat Verhandlungen angeboten. Er hat Waffenruhe angeboten. Wir haben ihn abgewiesen.«

»Das sagen Sie jetzt, aber in Wahrheit wissen Sie selbst, dass sich mit ihm nicht verhandeln lässt. Er legt die Bedingungen fest und erwartet, dass man darauf eingeht. Letzten Endes setzt er sich immer durch.«

»Ja, möglicherweise haben Sie recht. Damit bleibt nicht viel übrig, oder? Und wir, Manon – wir hatten nichts.«

»Das Gute an Nichts«, sagte sie, »ist, dass Danton es uns nicht wegnehmen kann.«

Bewaffnete Demonstrationen vor dem Konvent, während im Saalinnern Delegierte der Sektionen eine Liste von Abgeordneten vorlegen, deren Ausschluss und Ächtung sie verlangen. Die Mehrheit wankt dennoch nicht. Robespierre ist so weiß wie das Blatt Papier, das ihm aus den Händen gleitet; er muss sich am Rednerpult festhalten und nach jedem seiner Sätze erst einmal Atem schöpfen. »Machen Sie Schluss, Mann!«, ruft Vergniaud. Robespierre wirft den Kopf in den Nacken: »Ja, Schluss mit Ihnen!«

Zwei Tage später ist der Konvent von einer gewaltigen, größtenteils bewaffneten Menschenmenge umstellt; hastige Schätzungen beziffern sie auf rund achtzigtausend. An ihrer Spitze stehen Nationalgardisten mit aufgesteckten Bayonetten und Kanonen. Die Menge verlangt den Ausschluss von neunundzwanzig Deputierten. Darunter sind Buzot, Vergniaud, Pétion, Louvet, Brissot. Offenbar beabsichtigen die Gardisten und die Sansculotten, die Abgeordneten so lange gefangenzusetzen, bis sie klein beigeben. Hérault de Séchelles, der den Vorsitz hat, führt seine Schäfchen in Zweierreihen aus dem Saal ins Freie, eine Geste, von der man hofft, sie wird die gegenseitige Feindseligkeit abbauen. Die Kanoniere harren bei ihren Kanonen aus. Ihr Kommandeur sieht finster von seinem Pferd herab und belehrt den Konventspräsidenten, dass zwar er, Hérault, als ein Patriot angesehen werde, jedoch auch Verständnis dafür haben müsse, wenn das Volk nun sein Recht verlange.

Hérault lächelt etwas abwesend. Er und seine Kollegen sind dabei, letzte Hand an die Verfassung der Republik zu legen, jenes Stück Papier, das Frankreich für immer die Freiheit schenken soll; und hier … »Man hat vollstes Verständnis«, erwidert er gedämpft. Und er dreht sich um und führt seinen langen Zug Umzingelter zurück in den Saal. Eine Anzahl von Sansculotten hat sich dort in den Bankreihen breitgemacht und tauscht Artigkeiten mit einigen Abgeordneten von der Bergpartei aus, die genau diesen Ausgang vorausgesehen und sich gar nicht erst von ihren Plätzen gerührt haben.

Der Abgeordnete Couthon, der Heilige im Rollstuhl, ergreift das Wort: »Bürger, sämtliche Mitglieder des Konvents dürften sich jetzt von ihrer Freiheit überzeugt haben. Ihr seid hinaus zum Volk gegangen, ihr habt mit eigenen Augen gesehen, dass das Volk gut und großmütig ist und die Sicherheit seiner Delegierten niemals bedrohen würde, sehr wohl aber die von Verschwörern, die nur auf seine Versklavung sinnen. Nun da ihr erkannt habt, dass ihr frei in euren Erwägungen seid, beantrage ich, gegen die angezeigten Mitglieder Anklage zu erheben.«

Robespierre vergräbt den Kopf in den Händen. Angesichts des unsäglichen Unsinns, den der Heilige gerade von sich gegeben hat – kann es sein, dass er lacht? Oder holt ihn sein Leiden wieder ein? Niemand wagt zu fragen. Aus jeder Krankheitsphase scheint er sonderbar gestärkt hervorzugehen.

Manon Roland saß einen vollen Tag wartend im Vorzimmer des Präsidenten, ein schwarzes Umschlagtuch um Kopf und Schultern. Vergniaud überbrachte ihr stündlich neue Hiobsbotschaften. Sie hatte einen Appell an den Konvent verfasst, den sie persönlich vorzutragen wünschte, aber sooft die Tür aufging, brandete nur grässliches Getöse zu ihr heraus. Vergniaud sagte: »Sie sehen ja selbst, wie es steht. Niemand kann zu den Abgeordneten sprechen, solange ein solcher Tumult herrscht. Sie als Frau können vielleicht mit etwas mehr Respekt rechnen, aber offen gesagt …« Er schüttelte den Kopf.

Sie wartete. Als er das nächste Mal kam, sagte er: »In anderthalb Stunden vielleicht, aber versprechen kann ich es nicht. Und ich kann mich auch nicht dafür verbürgen, was für einen Empfang man Ihnen bereiten wird.«

Noch anderthalb Stunden? Sie war schon viel zu lange von zu Hause fort. Sie wusste nicht, wo ihr Mann war. Trotzdem – sie wartete schon den ganzen Tag, da konnte sie auch noch länger warten, es zum Abschluss bringen. »Ich fürchte mich nicht, Vergniaud. Vielleicht kann ich ein paar Dinge sagen, die kein anderer von uns sagen kann. Sagen Sie unseren Freunden Bescheid«, sagte sie. »Sie sollen sich zu meiner Unterstützung bereithalten.«

»Die wenigsten von ihnen sind hier, Manon.«

Sie starrte ihn an. »Wo sind sie dann?«

Er zuckte die Achseln. »Unsere Freunde haben Meinungen. Aber ich fürchte, sie haben kein Stehvermögen.«

Sie gab auf, nahm eine Droschke zu Louvet. Er war nicht da. Sie nahm eine nächste Droschke – nach Hause. Die Straßen waren verstopft, der Wagen kam nur im Schritttempo vorwärts. Sie befahl dem Kutscher anzuhalten. Sie stieg aus, gab ihm seinen Lohn. Sie ging zu Fuß weiter, hastig, atemlos, das dunkle Tuch vors Gesicht gezogen wie eine Ehebrecherin in einem Roman, die zu ihrem Geliebten eilt.

Am Tor fasste der Concierge sie beim Arm: Monsieur habe abgeschlossen, er sei beim Hauswirt, gleich dort ums Eck. Sie schlug an die Tür. Roland ist schon wieder gegangen, sagte man ihr. Wohin? Nach nebenan. »Madame, rasten Sie doch ein wenig, ihm geht es gut, trinken Sie ein Glas Wein.«

Sie setzte sich vor dem leeren Kamin nieder; es war schon Juni, ein schöner, stiller, lauer Abend. Man holte ihr ein Glas Wein. »Zu stark« sagte sie, »verdünnen Sie ihn mir.« Aber ihr drehte sich trotzdem der Kopf.

Er war auch nicht im Nachbarhaus, aber ein Haus weiter fand sie ihn. Er lief im Zimmer auf und ab. Das überraschte sie; sie hatte sich seine lange, knochige Gestalt im Sessel zusammengesunken vorgestellt, hustend, hustend. »Manon«, sagte er, »wir müssen hier fort. Hör zu, ich habe Freunde, ich habe Pläne. Wir verlassen diese gottverfluchte Stadt noch heute Abend.«

Sie setzte sich. Sie bekam eine Tasse heiße Schokolade mit einem Klecks Sahne darauf gebracht. Sie sagte: »Das tut jetzt gut.« Der cremige Geschmack besänftigte ihre Kehle, die Kehle, in der die Worte erstorben waren.

»Hast du verstanden?«, sagte er. »Dies ist nicht die Zeit für falsches Heldentum, kein Sturm, den man abwettern muss. Mir bleibt keine Wahl, als mich in Sicherheit zu bringen, falls es eines künftigen Tages nötig werden sollte, dass ich in mein Amt zurückkehre. Wenn ich der Nation von Nutzen sein soll, muss ich auf meine Rettung bedacht sein, verstehst du das?«

»Ja. Ich muss heute Abend in den Konvent zurück.«

»Aber Manon – denk an dein Wohl, denk an das Wohl unseres Kindes …«

Sie stellte die Tasse ab. »Wie seltsam«, sagte sie, »es ist noch nicht spät, und doch fühlt es sich so an.« Ihrer beider Leben schienen rings um sie fortgeschoben zu werden wie Kulissen. Es war, als zögen sie aus einem Haus aus – die Möbelpacker waren fertig, und sie standen allein auf den nackten Dielen, im Staub, den sie aufgerührt hatten, und nur in einer Ecke lag noch eine vergessene Tasse mit einem Sprung. Oder als wären sie die letzten Gäste in einem Café, in dem schon mahnend die Uhren schlugen und die Kellner sich räusperten, damit sie endlich zu reden aufhörten und zahlten und hinausgingen auf die kalte Straße. Mit einer einzigen fließenden Bewegung erhob sie sich und trat vor ihn. Er hielt ganz still. Sie reckte sich auf die Zehenspitzen und küsste ihn auf die Wange, spürte mit den Lippen den Knochen unter der Haut.

»Hast du mich betrogen?«, fragte er. »Oh, hast du mich betrogen?«

Einen Augenblick lang legte sie ihm den Finger an die Lippen, ganz sacht, drückte dann ihre Wange an seine, wobei ihr flüchtig der abgestandene Atem des Lungenkranken in die Nase stieg. »Niemals«, sagte sie. »Pass gut auf dich auf. Meide Alkohol und alles Fleisch, es sei denn, es ist völlig gar gekocht. Trink keine Milch, die irgendwie verunreinigt sein könnte. Iss ein wenig gedünsteten weißen Fisch. Wenn du dich aufregst, trink einen Baldriantee. Pack dich am Hals und an der Brust schön warm ein und geh nicht durch den Regen. Trink etwas Warmes, bevor du zu Bett gehst. Schreib mir.«

Sie schloss leise die Tür hinter sich. Sie würde ihn nicht wiedersehen.

8. Unvollkommene Reue

(1793)

»Da waren wir wohl etwas, sagen wir, inkonsequent in unserer Zielsetzung«, sagte Danton. »Hausarrest reicht nicht aus, das wissen wir jetzt. Gut, die kleine Madame haben wir, aber lieber wären mir ihr Mann und Buzot und ein paar von den anderen, die jetzt unterwegs in ihre gemütlichen Schlupflöcher in der Provinz sind.«

»Ins Exil«, verbesserte Robespierre ihn. »In die Vogelfreiheit. Ich würde das Flüchtlingsdasein nicht unbedingt gemütlich nennen. So oder so sind sie weg.«

»Um Unfrieden zu stiften.«

»Die Unruhestifter in den Provinzen sind hauptsächlich Royalisten.« Robespierre begann zu husten. »Verflixt.« Er tupfte sich mit seinem Taschentuch die Lippen. »Und die meisten unserer flüchtigen Girondisten sind Königsmörder. Trotzdem, sie werden sicher ihr Möglichstes tun.«

Danton fluchte im Stillen. Bei Robespierre musste er immer um den richtigen Ton ringen, aber was war dieser Tage schon richtig? Man appellierte an den Kämpfer in ihm – von Robespierre ein vorwurfsvoller Pazifisten-Blick. Man appellierte an den Idealisten – und hatte plötzlich den aufgeräumten, glatten Berufspolitiker vor sich. Man sprach von Mitteln, und Robespierre redete vom Zweck; man sprach vom Zweck, und Robespierre kam einem mit den Mitteln. Was immer man als gegeben ansah, galt nicht; man griff seine Argumente vom Vortag auf, und Robespierre haute sie einem um die Ohren. Wie hatte Mirabeau immer geklagt? *Er glaubt jedes Wort, das er sagt.* Ob es wohl einen Ort in Robespierres Inneren gab, irgendeine Schicht ganz tief unten, wo all die Widersprüche versöhnt waren?

Brissot versuchte in seine Heimatstadt Chartres und von da in den Süden zu gelangen, Pétion und Barbaroux waren auf dem Weg nach Caen in der Normandie.

»Dieser Dachboden, auf dem Sie hier hausen …«, sagte Danton zu dem Priester. Er war irritiert. Nach seiner Erfahrung achtete der Klerus sehr auf Bequemlichkeit.

»Jetzt, wo der Winter vorbei ist, lebt es sich hier nicht schlecht. Und besser als im Gefängnis allemal.«

»Ach, Sie waren im Gefängnis?« Der Priester antwortete nicht. »Aber sagen Sie, Pater, warum kleiden Sie sich wie ein Bankbeamter oder besserer Ladenbesitzer? Wären lange Hosen nicht angebrachter?«

»Da, wo ich aus und ein gehe, falle ich so weniger auf.«

»Beim Mittelstand.«

»Nicht ausschließlich.«

»Und Sie stellen fest, dass er der alten Ordnung anhängt? Das überrascht mich.«

»Das arbeitende Volk hat große Angst vor der Obrigkeit, M. Danton, wer immer sie vertritt. Und die meiste Zeit ist es damit beschäftigt, sich das Notwendigste zum Leben zu beschaffen.«

»Weshalb es spirituell verarmt ist, meinen Sie?«

»Monsieur, Sie sind nicht hier, um mit einem Priester über Politik zu rechten. Sie wissen um mein Amt. Ich gebe dem Kaiser, was des Kaisers ist, aus allem anderen halte ich mich heraus.«

»Aber Sie sehen mich doch wohl nicht als Kaiser, oder? Sie können nicht beanspruchen, über der Politik zu stehen, aber sich gleichzeitig selbst Ihren Kaiser suchen.«

»Monsieur, Sie sind hergekommen, damit ich Ihnen die Beichte abnehme, ehe Sie sich mit einer Tochter der Kirche vermählen. Bitte rechten Sie nicht, denn in dieser Sache können Sie nicht gewinnen oder verlieren. Das ist ungewohnt für Sie, ich weiß.«

»Darf ich Ihren Namen erfahren?«

»Ich heiße Pater Kéravenen. Früher in Saint-Sulpice. Wollen wir anfangen?«

»Meine letzte Beichte liegt fast ein halbes Leben zurück. Das strapaziert das Gedächtnis, ein halbes Leben.«

»Aber Sie sind doch noch ein junger Mann.«

»Das schon. Aber es waren ereignisreiche Jahre.«

»Als Kind hat man Ihnen beigebracht, jeden Abend Ihr Gewissen zu erforschen. Haben Sie diese Gewohnheit abgelegt?«

»Man muss schließlich auch schlafen.«

Der Priester lächelte wehmütig. »Vielleicht kann ich ja nachhelfen. Sie sind ein Sohn der Kirche, Sie sind keiner Art von Ketzerei anheimgefallen, nehme ich doch an – Sie waren möglicherweise säumig, aber Sie anerkennen die Kirche als die eine wahre Kirche, den einen Weg zum Heil?«

»Wenn es das Heil gibt, so wüsste ich keinen anderen Weg dorthin.«

»Glauben Sie an Gott, Monsieur?«

Danton überlegte. »Ja. Aber natürlich mit einer ganzen Reihe von Einschränkungen.«

»Belassen Sie es bei dem einen Wort, würde ich Ihnen raten. Es ist nicht an uns, Einschränkungen zu machen. Ihre eigene Andacht, Ihre Pflichten als Katholik – haben Sie die verrichtet oder eher vernachlässigt?«

»Sie verweigert.«

»Aber die Menschen in Ihrer Obhut – haben Sie Sorge für ihr Seelenheil getragen?«

»Meine Kinder sind getauft.«

»Gut.« Der Priester war offenbar leicht zu ermutigen. Er schaute auf. Sein Blick war unerwartet durchdringend.

»Sollen wir uns der Frage nach Ihren möglichen Verfehlungen zuwenden? Mord?«

»Nicht in dem Sinn.«

»Das sagen Sie in voller Überzeugung?«

»Hier geht es um ein kirchliches Sakrament, oder? Und nicht um eine Debatte im Nationalkonvent.«

»Einwand stattgegeben«, sagte der Priester. »Und die Sünden des Fleisches?«

»Fast alle wohl. Die üblichen eben. Ehebruch.«

»Wie oft?«

»Ich führe nicht Tagebuch wie ein liebeskrankes Schulmädchen, Pater.«

»Bereuen Sie?«

»Die Sünde? Ja.«

»Weil Sie Gott damit gekränkt haben?«

»Weil meine Frau tot ist.«

»Was Sie zum Ausdruck bringen, ist unvollkommene Reue – die unserer menschlichen Furcht vor Strafe und Schmerz entspringt –, nicht die vollkommene Reue, die aus der Gottesliebe hervorgeht. Trotzdem, die Kirche verlangt nicht mehr.«

»Ich kenne die Theorie, Pater.«

»Und Sie haben den festen Vorsatz, sich zu bessern?«

»Ich beabsichtige meiner zweiten Frau treu zu sein.«

»Ich könnte jetzt zu anderen Verfehlungen übergehen – Neid vielleicht, oder Zorn, Hochmut …«

»Ah, die Todsünden. Da können Sie bei mir alle sieben ansetzen. Oder, nein, lassen Sie die Trägheit weg. Lasten Sie mir lieber an, dass ich zu rührig gewesen bin. Ein wenig mehr Trägheit, und ich hätte vielleicht in anderer Hinsicht nicht so viel gesündigt.«

»Und dann Verleumdung.«

»Das ist das Handwerkszeug des Politikers, Pater.«

»Als Sie ein Kind waren, Monsieur, da hat man Sie auch die beiden Sünden wider den Heiligen Geist gelehrt, Vermessenheit und Verzweiflung.«

»Ich neige dieser Tage eher zum Verzweifeln.«

»Ich spreche nicht von weltlichen Dingen, wie Sie wohl wissen, sondern von geistlichen. Von der Verzweiflung am Heil.«

»Nein, am Heil verzweifle ich nicht. Wer weiß? Gottes Erbarmen geht seltsame Wege. Das sage ich mir jedenfalls.«

»Monsieur, es macht Ihnen Ehre, dass Sie heute hierhergekommen sind. Es ist der erste Schritt auf dem rechten Weg.«

»Und was ist am Ende des Weges?«

»Am Ende des Weges ist das Antlitz des Gekreuzigten.«

Danton schauderte. »Erteilen Sie mir also die Absolution?«

Der Priester neigte den Kopf.

»Ich bin kein guter Büßer.«

»Gott ist bereit, ein Auge zuzudrücken.« Der Priester hob die Hand. Er machte das Kreuzeszeichen, murmelte die Worte. »Es ist ein Anfang, M. Danton«, sagte er. »Ich habe Ihnen gesagt, dass ich im Gefängnis war – ich hatte Glück im September.«

»Wo waren Sie seitdem?«

»Unwichtig. Aber ich werde da sein, wenn Sie mich brauchen.«

»Gestern Abend bei den Jakobinern haben –«

»Erspar es mir, Camille.«

»Wo ist Danton?, haben sie alle gefragt. Fehlt schon wieder!«

»Ich habe mit dem Ausschuss zu tun.«

»Hmm. Manchmal. Nicht oft genug.«

»Ich dachte, du hältst nichts von dem Ausschuss.«

»Aber von dir halte ich etwas.«

»Und?«

»Und wenn du so weitermachst, wirst du nicht wiedergewählt.«

»Ruft das bei dir keine Erinnerungen wach? An die Zeit, als du frisch verheiratet warst und einfach gern etwas Ruhe gehabt hättest? Und Robespierre ständig ankam und dir Standpauken gehalten und dich über deine Pflichten gegenüber der Nation aufgeklärt hat? Hör zu, du sollst es als Erster erfahren. Ich heirate Gélys Tochter.«

»Nein, wirklich!«, sagte Camille.

»In vier Tagen soll der Ehevertrag unterzeichnet werden. Bist du so nett und liest ihn dir kurz durch? Bei meinem anerkannt fahrigen und verantwortungslosen Geisteszustand habe ich die Worte am Ende noch in der falschen Reihenfolge geschrieben. Und ein Fehler könnte mich teuer zu stehen kommen, weißt du.«

»Wieso, habt ihr irgendetwas außer der Reihe verfügt?«

»Ich überschreibe ihr meinen Besitz. Den gesamten. Solange ich lebe, verwalte ich ihn natürlich.«

Ein langes Schweigen trat ein. Danton brach es. »Man kann nie wissen. Ich könnte verunfallen. Durch die Hand des Staates. Wenn ich den Kopf verlieren muss, ist das noch kein Grund, dass ich auch mein Land verliere. Weshalb diese Anzeichen der Empörung, Camille?«

»Such dir einen anderen Anwalt«, rief Camille heftig. »Ich weigere mich, deinem Untergang Vorschub zu leisten.« Er knallte die Tür hinter sich zu.

Louise kam aus der oberen Wohnung herunter. Sie sah ernsthaft in sein Gesicht auf, legte ihre Kinderhand in seine. »Wo ist Camille hingerannt?«

»Ach, vermutlich zu Robespierre. Er läuft immer zu Robespierre, wenn wir gestritten haben.«

Vielleicht, dachte Louise, kommt er irgendwann nicht mehr zurück. Sie sprach es nicht aus; ihr zukünftiger Ehemann, das sah sie immer klarer, war in vieler Hinsicht höchst empfindlich. »Ihr kennt euch sehr gut, du und Camille.«

»Unausstehlich gut. Also, mein Liebes, ich muss dir etwas sagen – nein, nichts Politisches, einfach nur eine Warnung. Wenn ich je in ein Zimmer komme und dich mit Camille allein finde, bringe ich dich um.«

»Wenn du mich jemals mit Camille allein findest, wird einer von uns beiden tot sein.«

»Ich wünsche Ihnen alles nur erdenkliche Gute«, sagte Robespierre. »Camille meint ja, Sie sind verrückt geworden, aber, mein Gott, Sie werden schon wissen, was Sie tun. Nur eines möchte ich gern sagen, wenn Sie gestatten – Ihre Einstellung gegenüber Ihren öffentlichen Pflichten war in den letzten zwei Monaten nicht ganz das, was die Republik erwarten darf.«

»Ihre Krankheiten häufen sich auch immer mehr, Robespierre.«

»Dafür kann ich nichts.«

»Und ich kann nichts dafür, dass ich heiraten muss. Ich kann nicht ohne Frau sein.«

»Das haben wir gemerkt«, murmelte Robespierre, »aber muss es so viel von Ihrer Zeit verschlingen? Können Sie sich nicht Befriedigung verschaffen und dann zu Ihrer Arbeit zurückkehren?«

»Mir *Befriedigung* verschaffen! Was haben Sie nur für ein Bild von mir! Ich meinte, dass ich ein Zuhause brauche – dass ich eine Ehefrau und meine Kinder um mich brauche, ein ordentlich geführtes Haus – das müssten Sie doch besser verstehen als jeder andere.«

»Tatsächlich? Ich hätte eher gedacht, ich als Junggeselle verstehe so etwas schlechter als andere.«

»Das müssen Sie beurteilen. Ich dachte, Sie halten Familienleben hoch – das war jedenfalls mein Eindruck. Aber egal was Sie verstehen oder nicht verstehen, ich sehe nicht ein, warum alles, was ich tue, die Öffentlichkeit angehen soll.«

»Kein Grund, wütend zu werden.«

»Manchmal denke ich, ich sollte einfach meine Sachen packen und gehen – dieser Stadt den Rücken kehren und dahin zurückgehen, wo ich hingehöre, mein Land bestellen –«

»Sie können ja richtig sentimental sein, Danton«, sagte Robespierre. »Nun, tun Sie, was Sie tun müssen, wir hätten Sie lieber bei uns, aber unersetzbar ist keiner. Schauen Sie noch mal bei mir vorbei, bevor Sie gehen, ja? Dann machen wir ein Fläschchen auf.«

Robespierre verbot sich jeden Blick zurück zu dem mit offenem

Mund dastehenden Danton. Er lässt sich wirklich zu gut ärgern, dachte er, mit diesen großen, primitiven Gefühlen, die er nicht zu verbergen weiß. Kein Wunder, dass Camille seit zehn Jahren nichts anderes tut.

Camille lag auf Robespierres Bett, die Hände hinterm Kopf verschränkt, und sah zur Decke empor. Robespierre saß an seinem Schreibtisch. »Ein bisschen sonderbar scheint es schon«, sagte er.

»Ja. Es gibt Dutzende von Frauen, die er hätte heiraten können. Sie ist nur leidlich hübsch, und Geld bringt sie auch keins mit. Er ist vernarrt in sie, er hat jedes Maß verloren. Und ihre Eltern sind Königstreue und haben einen Religionswahn.«

»Nein, entschuldige, ich meinte eigentlich das, worüber wir davor gesprochen hatten – die Sache mit Dumouriez. Aber rede nur weiter.«

»Ach, es ist einfach – sie setzt ihm die unmöglichsten Ideen in den Kopf.«

»Ich hätte nicht gedacht, dass so ein kleines Mädchen ihm überhaupt etwas in den Kopf setzen kann.«

»Im Augenblick ist er sehr empfänglich.«

»Du meinst, royalistische Ideen?«

»Nicht ganz, aber er kommt von seiner Linie ab. Er hat zu mir gesagt, er will nicht, dass Marie Antoinette der Prozess gemacht wird. Natürlich versucht er Vernunftgründe dafür zu finden – sie ist unser letzter Trumpf, sagt er, ihre Verwandten im übrigen Europa werden eher zu Friedensverhandlungen bereit sein, wenn sie noch lebt.«

»Ihre Verwandten scheren sich keinen Pfifferling um sie. Wenn es keinen Prozess gegen sie gibt, wird das Tribunal zur reinen Farce. Sie hat unsere Kriegspläne den Österreichern zugespielt, sie ist eine Verräterin.«

»Und er sagt, wozu Brissots Leuten groß nachstellen, jetzt wo sie nicht mehr im Konvent sitzen – gut, das hast du auch gesagt.«

»Aber strikt im Vertrauen, Camille. Das war meine rein persönliche Meinung, keine Empfehlung an die Nation.«

»Bei mir sind öffentliche und private Meinung eins. Wenn es nach mir geht, kommen sie vor Gericht.«

»Und wenn es nach Dr. Marat geht, auch.« Robespierre schlug ein paar Seiten um. »Dantons Friedensbemühungen scheinen ja von keinem sonderlichen Erfolg gekrönt.«

»Nein. Er hat schätzungsweise vier Millionen in Russland und in Spanien verschwendet. Bald heißt es Frieden um jeden Preis. Das ist ein ganz wesentlicher Zug an ihm, die Leute wissen es nur nicht – Ruhe und Frieden.«

»Hat er noch mit diesem Engländer zu tun, Mr. Miles?«

»Wieso?«

»Ich frage nur.«

»Ach so? Ich glaube, sie essen ab und zu zusammen.«

Robespierre nahm sein kleines Rousseau-Bändchen zur Hand. Er blätterte geistesabwesend darin, ließ die Seiten unterm Daumen durchlaufen. »Sag mir, Camille – und sei bitte ehrlich zu mir –, glaubst du, Georges-Jacques hat es mit den Armeeverträgen immer ganz genau genommen?«

»Was soll ich darauf antworten? Du weißt, womit er sich finanziert.«

»Provisionen, Schmiergelder – ja, wir müssen ihn wohl mit all seinen Schwächen und Fehlern hinnehmen, nicht wahr? – obwohl ich mir nicht auszudenken wage, was Saint-Just zu so einem Standpunkt sagen würde. Wahrscheinlich, dass ich der Korruption Vorschub leiste, was letztlich nur eine andere Form von Korruption darstellt … Sag, glaubst du, wir können Danton vor sich selbst retten? Ihm bei ein paar von seinen kleinen Gaunereien auf die Finger klopfen?«

»Nein.« Camille drehte sich auf die Seite und sah Robespierre an, den Kopf in die Hand gestützt. »Über die kleinen Gaunereien gerät man an die großen, worin immer sie bestehen. Und zu sehr in die Enge treiben sollten wir ihn nicht, dazu ist er zu wertvoll.«

»Es wäre mir sehr arg, ihn seinen Wert verlieren zu sehen. Aber dieser Ehevertrag macht mir Sorgen. Er kann nur eines bedeuten – dass er befürchtet, er könnte zu irgendeinem zukünftigen Zeitpunkt vor Gericht landen.«

»Dabei hast du doch selbst fast das Gleiche gesagt. Dass es passieren könnte, dass du irgendwann wider Willen zum Hemmnis für die Revolution wirst. Und dass du dann vorbereitet bist.«

»Ja, *innerlich* vorbereitet – ich meine, ein bisschen Demut schadet keinem von uns, aber doch nicht so, dass ich meine Angelegenheiten schon dahingehend regle. Uns bleibt – nein, uns bleibt wohl nichts anderes übrig, als Danton nach unserem besten Vermögen von gefährlichen Verstrickungen fernzuhalten.«

»Eine sofortige Scheidung ist nicht drin, fürchte ich.«

Robespierre lächelte. »Wo sind sie heute?«

»Bei Gabrielles Eltern in Sèvres. Alles ganz wunderbar herzlich und innig. Und sie werden ein Häuschen haben, wo sie völlig allein miteinander sein können, und niemand von uns darf wissen, wo es ist.«

»Warum erwähnt er es dann überhaupt?«

»Er doch nicht. Das hat Louise mir gesteckt.« Camille stand auf. »Ich muss gehen. Ich habe eine Essensverabredung. Nicht mit Mr. Miles.«

»Sondern?«

»Kennst du nicht. Ich beabsichtige mich blendend zu unterhalten. Du wirst alles darüber in Héberts Skandalblatt lesen können. Wahrscheinlich erfindet er schon gerade die Speisenfolge.«

»Macht dir das nichts aus?«

»Hébert? Ach was, ich schaue genüsslich zu, wie das anwachsende Gewicht seiner Unbedeutendheit ihn immer tiefer hinabzieht.«

»Nein, ich meine – als du neulich im Konvent gesprochen hast, rief irgend so ein Dummkopf: ›Aber mit Aristokraten dinieren!‹ Für sich genommen bedeutet es gar nichts, nur …«

»Aristokrat heißt doch heute schon jeder, der einen Verstand besitzt. Jeder mit gutem Geschmack.«

»Dir ist klar, dass sich diese Leute, diese *ci-devants*, nur deiner Macht wegen für dich interessieren?«

»Aber ja. Gut, nicht Arthur Dillon, der mag mich. Aber schließlich kenne ich es seit '89 nicht anders, als dass die Leute sich nur meiner Macht wegen für mich interessieren. Und vor '89 war überhaupt niemand an mir interessiert.«

»Alle, die zählen, waren es« – ein intensiver Blick aus Robespierres grün-blau aufblitzenden Augen. »In *meinem* Herzen hattest du immer deinen Platz.«

Camille lächelte. Gefühlsseligkeit – ja, sie lag im Zug der Zeit. Angenehmer, als von Georges-Jacques angebrüllt zu werden, war es allemal. Robespierre brach den Bann, scheuchte ihn mit einem gutmütigen Handwedeln weg. Aber als Camille fort war, saß er da und grübelte. Tugend war das Wort, das ihm durch den Sinn ging – oder genauer gesagt *vertu*: Stärke, Aufrichtigkeit, Reinheit der Absichten. Verstand Camille, was diese Worte bedeuteten? Manchmal schien er es genauestens zu verstehen, niemand hatte mehr *vertu* als er. Nur, so dachte Robespierre, begreift er sich als Ausnahme von jeglicher Regel. Er hat mir heute Dinge erzählt, die ihn später wahrscheinlich reuen werden. Das enthebt mich nicht der Verpflichtung, davon Notiz zu nehmen. Wenn er es mir nicht gesagt hätte, hätte ich nie von Georges-Jacques' Ehevertrag erfahren. Danton muss wegen irgendetwas sehr in Sorge sein. Ein Mann wie er beunruhigt sich nicht wegen Kleinigkeiten. Ein Mann wie er lässt sich seine Sorge nicht anmerken. Ein Mann wie er fühlt sich nur dann bedroht, wenn eine große Schuld auf seinem Gemüt lastet, das oder eine große Zusammenballung von Bedrohungen und Ängsten.

Schuld, natürlich, er muss sich schuldig fühlen. Er hat das Vertrauen der guten, jungen Frau missbraucht, die die Mutter seiner kleinen Söhne war. Als sie starb, da war ich mir sicher, dass er über diesen Schmerz nie hinwegkommen wird, und ich habe ihm geschrieben, um ihn zu trösten, ich habe ihm meinen Geist und mein Herz geöffnet, all meine Vorbehalte, Zweifel, dunklen Ahnungen beiseitegeschoben – »von nun an sind Sie und ich eins.« Gut, die Formulierung war schwülstig. Ich hätte meine Feder im Zaum halten sollen, aber es ging mir so nah … Vermutlich hat er mich dafür belächelt, vermutlich hat er gedacht, nein, laut gefragt vor grinsenden Zuhörern: Was will er nur, diese halbe Portion, wie kommt er dazu, sich als eins mit mir zu bezeichnen? Wie kann *Robespierre* – dieser verklemmte Junggeselle, der nur verstohlenste Empfindungen in sich zulässt und auch die noch leugnet – wie kann *Robespierre* sich anmaßen, zu wissen, was in mir vorgeht?

Aber, sagte er sich, die Hände vor sich auf der Tischplatte, Danton ist ein Patriot. Mehr braucht es nicht, es ist unwichtig, ob seine Art mir missfällt. Danton ist ein Patriot.

Er stand vom Schreibtisch auf, öffnete eine Schublade, holte eine Kladde heraus. Eine seiner typischen kleinen Kladden; eine frische. Er schlug die erste Seite auf. Er setzte sich hin, tauchte die Feder in die Tinte, schrieb DANTON. Am liebsten hätte er noch etwas hinzugefügt: *Privat. Nur für meine Augen bestimmt.* Aber auch wenn er sich für keinen großen Menschenkenner hielt, war ihm klar, dass er damit nur zu Wühlen und Schnüffeln einlud, zu gierigem Vorwärtsgeblätter. Er runzelte die Stirn. Sollten sie doch lesen … oder konnte er die Kladde einfach immer mit sich herumtragen? Er war sich selbst nicht sehr sympathisch, als er sich an die Arbeit machte, sein Gespräch mit Camille niederschrieb.

Maximilien Robespierre:

> *Wir wollen in unserem Land anstelle des Egoismus die Moral setzen, anstelle der Ehre die Rechtschaffenheit, anstelle der Gewohnheiten die Grundsätze, anstelle der Willkür die Pflichten, anstelle der Tyrannei der Mode das Reich der Vernunft, anstelle der Verachtung des Unglücks die Verachtung des Lasters … anstelle der Geldgier die Liebe zum Ruhm, anstelle der »guten Freunde« die guten Menschen, anstelle der Intrige das Verdienst …*

anstelle der Kleinheit der Großen die Größe des Menschen, ein großmütiges, mächtiges, glückliches Volk anstelle eines liebenswürdigen, frivolen und erbärmlichen, d. h. alle Tugenden und alle Wunder der Republik anstelle der Laster und Lächerlichkeiten der Monarchie.

Camille Desmoulins:

Bis zum heutigen Tag war man sich mit den Gesetzgebern von einst darüber einig, dass die notwendige Grundlage einer Republik die Tugend sei; der ewige Ruhm der Jakobiner wird darin bestehen, eine Republik ganz auf das Laster gegründet zu haben.

Den Juni hindurch Katastrophenmeldungen aus der Vendée. Die Rebellen erobern vorübergehend Angers, dann Saumur, dann Chinon und unterliegen nur knapp in der Schlacht um Nantes, wo vor der Küste die britische Marine darauf wartet, ihnen Unterstützung zu leisten. Der Danton-Ausschuss gewinnt weder den Krieg, noch kann er einen Frieden in Aussicht stellen. Wenn die Kette der Unglücksbotschaften und Niederlagen bis zum Herbst nicht abreißt, werden die Sansculotten das Ruder in die eigene Hand nehmen und sich gegen die Regierung und ihre gewählten Anführer wenden. So zumindest beurteilt man die Lage (ob mit oder ohne Danton) beim Wohlfahrtsausschuss, dessen Beratungen geheim sind. Unter dem schwarzen Dreispitz, der das Abzeichen seines Amtes ist, wird Bürger Fouquier täglich abgehärmter, während er auf die Aktenberge auf seinen Schreibtisch starrt und Ablenkungen für die kommenden Tage ersinnt; mit dem scharfen, verhungerten Ausdruck, den er jetzt immer auf dem Gesicht trägt, erscheint er als ein Abbild der Republik selbst.

Und wenn eine Ablenkung her muss, warum nicht einen General verhaften? Arthur Dillon ist ein Freund hochangesehener Abgeordneter, ein Bewerber um den Posten des Oberbefehlshabers der Nordfront, er hat sich bei Valmy und in einem halben Dutzend Schlachten seither hervorgetan. In der Nationalversammlung war er ein Liberaler, jetzt ist er Republikaner. Was also liegt näher, als dass er am 1. Juli ins Gefängnis geworfen wird, weil er angeblich Militärgeheimnisse an den Feind verraten hat?

Claudes Gesundheit, so versicherten ihm alle, erfordere Spazierengehen, ausgedehntes, tägliches Spazierengehen. Sein Arzt war an dem Komplott beteiligt: Schonende körperliche Ertüchtigung konnte nie schaden, und wenn eines der garstigsten Konventsmitglieder unbedingt eine Affäre mit seiner Schwiegermutter haben wollte, wer war er, dass er ihm Steine in den Weg legte?

Annette für ihren Teil fand ihr Leben weit weniger aufregend, als allgemein angenommen wurde. Jeden Vormittag durchforstete sie die Provinzzeitungen, überflog die Artikel, schnitt aus, exzerpierte. Sie saß neben ihrem Schwiegersohn, öffnete gemeinsam mit ihm seine Post, notierte auf den Umschlägen, wie damit zu verfahren sei – was geschickt oder gesagt werden musste, ob sie oder besser doch er das Antworten übernahm oder ob der Brief geradewegs ins Kaminfeuer wandern sollte. Wer hätte gedacht, sagte sie manchmal zu ihm, dass ich als deine Sekretärin enden würde? Fast zehn Jahre war es jetzt her, dass sie nicht miteinander geschlafen und den Rest der Familie grausam getäuscht hatten. Sie versuchten zu rekonstruieren, wann genau Fréron sich erstmals mit Camille im Schlepptau in Annettes Salon gedienert hatte. Damals hatte sie noch nicht so sorgfältig Buch über alles geführt.

Wenn sie auf das exakte Datum kämen, beschlossen sie beide, dann sollte es ein Fest geben. Mir ist jeder Anlass recht, sagte Annette. Einen Moment lang saßen sie stumm da, in Gedanken bei den vergangenen zehn Jahren. Dann kehrten sie wieder zurück zu den Angelegenheiten der Kommune.

Zur Tür herein kam, unerwartet und unangekündigt, Lucile. »Also wirklich!«, sagte Annette. »Einfach hier hereinzuplatzen, mitten in unser hochintimes Gespräch über Héberts –«

Lucile lachte nicht. Sie fing zu reden an. Erst verstand er sie so, dass Dillon tot sei, in der Schlacht gefallen; eine dumpfe Leere machte sich in ihm breit, und er setzte sich still an den Schreibtisch beim Kamin und starrte auf die Maserung der Holzplatte hinab. Es dauerte ein, zwei Minuten, ehe die Botschaft zu ihm durchdrang: Dillon ist hier, er sitzt im Gefängnis, was sollen wir tun?

Annettes übermütige Stimmung war wie weggeblasen. »Das hat gerade noch gefehlt«, sagte sie. Was kommt noch alles?, dachte sie. Wer steckt dahinter? Einer dieser verfluchten Ausschüsse? Der Sicherheitsausschuss, den alle den Polizeiausschuss nennen? Ist wirklich Dillon gemeint, oder geht es gegen Camille?

Lucile sagte: »Du musst ihn herausholen, das ist dir klar, oder? Wenn er verurteilt wird« – ihr Gesichtsausdruck ließ keinen Zweifel daran, dass Verurteilung für sie nur eines heißen konnte –, »werden sie auf dich zeigen und sagen, schaut, wie er Dillon immer protegiert hat. Und es stimmt – das hast du.«

»Verurteilt?« Camille war aufgesprungen. »Es wird keine Verurteilung geben, weil es keinen Prozess geben wird. Ich breche meinem verdammten Vetter seinen Drecks-Hals.«

»Du tust nichts dergleichen«, sagte Annette. »Mäßige deine Ausdrucksweise, setz dich wieder, trink ein Glas zur Beruhigung.«

Keine Chance. Camille schäumte vor Wut – keiner kalten, geheuchelten Politikerwut, nein, diese Wut war echt: *Jetzt kriegt ihr's mit mir zu tun,* besagte sie. »Da geht er hin, dein guter Name«, murmelte Annette ihrer Tochter zu. Die Wut derweil schickte sich zum Sturm auf den Konvent an – allerdings mit einem Umweg über Marats Haus.

Die Köchin machte ihm auf. Wozu braucht Marat eine Köchin? Es ist nicht so, als würde er Essenseinladungen geben. Falls sich nicht hinter diesem Titel »Köchin« eine dynamischere, revolutionärere Tätigkeit verbarg. »Nicht über die Zeitungen stolpern«, sagte die Frau. Sie wuchsen in Türmen aus dem Boden des trüben, schmutzigen Flurs.

Nachdem sie ihre Warnung ausgesprochen hatte, gesellte sie sich gleich wieder zu ihrer Herrschaft, die in einem Halbkreis saß wie die Teilnehmer einer Séance. Warum putzt hier keiner mal ordentlich durch?, fragte er sich verärgert. Aber Marats Frauen schienen mit den haushälterischen Tugenden nicht vertraut zu sein. Simone Evrard war da, mit ihrer Schwester Catherine; Marats Schwester Albertine sei in die Schweiz gefahren, sagten sie, um die Familie zu besuchen. Wie, Marat hat eine Familie? Mit Vater, Mutter und allen Schikanen? Alles ganz normal, sagte die Köchin. Komisch, ich kann mir überhaupt nicht vorstellen, dass Marat irgendwo herkommt. Für mich ist er Tausende und Abertausende von Jahren alt, wie Cagliostro. Kann ich zu ihm?

»Es geht ihm nicht gut«, sagte Catherine. »Er nimmt eins von seinen Spezialbädern.«

»Ich muss ihn wirklich dringend sprechen.«

»Dillon?« Die rehäugige Simone stand auf. »Gut, kommen Sie mit. Das hat ihn amüsiert.«

Marat saß in einer halb abgedeckten Badewanne in einem kleinen, heißen Zimmer, mit einem Handtuch über den Schultern und einem Lappen um den Kopf. Durchdringender Arzneigeruch hing in der Luft. Sein Gesicht war aufgedunsen, der gewöhnliche Gelbstich seiner Haut unterlegt mit etwas Beunruhigenderem, einer Bläue. Quer über die Wanne war ein Brett gelegt, das als Schreibtisch diente.

Simone wies ihn zu einem Stuhl, einem Flechtstuhl, dem sie einen liebenswürdigen kleinen Tritt versetzte.

Marat sah von den Druckfahnen auf, die er korrigierte. »Ach je, sind wir ganz außer uns? Der Stuhl ist zum Sitzen gedacht, Camille, nicht zum Draufsteigen und Redenhalten.«

Camille setzte sich hin. Er vermied es, Marat anzusehen. »Ja, sehr ästhetisch, nicht wahr?«, sagte Marat. »Ein richtiges Kunstwerk. Ich sollte im Museum stehen. Bei den vielen Leuten, die hier durchtrampeln, komme ich mir ohnehin schon wie ein Ausstellungsstück vor.«

»Es freut mich, dass Sie etwas gefunden haben, über das Sie sich amüsieren können. In Ihrer Verfassung wäre ich nicht allzu gut aufgelegt.«

»Ach ja, Dillon. Fünf Minuten kann ich für das Thema erübrigen. Insoweit Dillon Aristokrat von Geburt ist, gehört er guillotiniert –«

»Für seine Geburt kann er nichts.«

»Jeder hat Mängel, für die er nichts kann, aber darauf können wir nicht bis in alle Ewigkeit Rücksicht nehmen. Insoweit Dillon der Liebhaber Ihrer Frau ist, stellen Sie nur Ihre widernatürliche Veranlagung unter Beweis, wenn Sie sich für ihn einsetzen. Insoweit hinter dieser Sache die Ausschüsse stecken – gehen Sie ihnen an die Gurgel, und Gott segne Sie, mein Kind.« Marat hieb mit der geballten Faust auf sein Schreibbrett. »Machen Sie ihnen die Hölle heiß.«

»Ich befürchte, wenn Dillon wegen dieser lächerlichen Anschuldigungen vor das Tribunal kommt – wenn er als der völlig Unschuldige, der er ist, vor das Tribunal kommt –, könnte er trotz allem verurteilt werden. Halten Sie das auch für möglich?«

»Ja. Er hat Feinde, mächtige Feinde. Was erwarten Sie? Das Tribunal ist ein Werkzeug der Politik.«

»Das Tribunal ist eingesetzt worden, um die Volksjustiz zu beenden.«

»Das hat Danton gesagt, ja. Aber es wird noch über sie hinausgehen. Machen Sie sich auf ein paar hitzige Kämpfe gefasst.« Marat sah auf. »Und Sie – wenn Sie sich zum Anwalt dieser *ci-devants* machen, wird es ein übles Ende mit Ihnen nehmen.«

»Und Sie?«, fragte Camille gleichmütig. »Geht es bergab mit Ihnen? Sterben Sie?«

Marat klopfte gegen die Wand seiner Wanne. »Nein … ich schleppe mich weiter … und weiter.«

Szenen im Nationalkonvent. Dantons Freund Desmoulins und Dantons Freund Lacroix versuchen, sich über die Bankreihen hinweg niederzuschreien wie bei einer Straßenversammlung. Dantons Freund Desmoulins attackiert den Danton-Ausschuss. Buhgebrüll von beiden Seiten des Hauses. Vom Berg herab ruft der Abgeordnete Billaud-Varennes: »Es ist ein Skandal, hält denn keiner ihn auf, er macht seinem eigenen Namen Schande!«

Also stürmte er wieder einmal aus dem Saal. Es wurde langsam zur Gewohnheit. Fabre folgte ihm. »Schreib stattdessen«, sagte er.

»Das habe ich vor.« Den Brief, den ihm Dillon aus dem Gefängnis geschickt hatte, kannte man bereits, er hatte ihn den Deputierten vorgelesen. Ich habe nichts getan, schrieb Dillon, das nicht zum Besten meines Landes gewesen wäre. »Ein Pamphlet«, sagte Camille. »Wie soll ich es nennen?«

»Nenn es einfach ›Ein Brief an Arthur Dillon‹. Die Leute lesen gern fremde Post.« Fabre nickte in Richtung des Sitzungssaals. »Begleich ein paar Rechnungen, wenn du schon dabei bist. Bring ein paar Feldzüge auf den Weg.«

Insgeheim dachte er, was tue ich da, was mache ich da nur? Das Letzte, was er wollte, war, in die Sache mit Dillon hineingezogen zu werden.

»Was hat Billaud gemeint – ich mache meinem eigenen Namen Schande? Bin ich denn eine Institution?«

Er kannte die Antwort: Ja. Er war die Revolution. Und nun hielt man es offenbar für angezeigt, die Revolution vor sich selbst zu beschützen.

Ein ältlicher Abgeordneter näherte sich ihm mit ernstem Blick, nahm ihn trotz seiner grimmigen Miene beiseite und wollte ihm einen Kaffee ausgeben. Kennen Sie Dillon gut?, fragte der Mann ihn. Ja, sehr gut. Und wissen Sie, fragte der Mann – schauen Sie, ich will Ihnen nicht zu nahe treten, aber Sie müssen doch Bescheid wissen – von Dillon und Ihrer Frau? Camille nickte. Im Geist formulierte er den nächsten Absatz. Sie haben das nicht verdient, sagte der Abgeordnete. Sie verdienen etwas Besseres, Camille. Es ist die alte Geschichte, denke ich mir – Sie sind von öffentlichen Angelegenheiten in Beschlag genommen, Ihre Frau langweilt sich, sie ist flatterhaft, und Sie haben nicht Dillons Äußeres.

Es gab also doch Güte auf der Welt – dieser überforderte, geduldige Mensch, der sich todesmutig in eine Situation begab, die er nicht durchschaute – der irgendwelche reißerischen Gerüchte aufgeschnappt hatte und nun einem jungen Mann etwas Gutes tun wollte, vielleicht, wer konnte es wissen, weil er vor zwanzig Jahren selbst betrogen worden war. Danke, sagte Camille höflich. Als er das Café verließ, um heim an seinen Schreibtisch zu gehen, spürte er wieder dieses ganz eigene Prickeln im Blut; es war wie in den Tagen der *Révolutions*, die Macht der Worte berauschte ihn wie eine Droge. Entsprechend war er die nächsten zwei Wochen auch nicht ganz bei Verstand. Wenn er nicht gerade schrieb oder mit jemandem herumstritt, schien alles Leben aus ihm zu weichen; lethargisch saß er da, eine Hülse, ein Geist. Seltsame Fantasien ergriffen Besitz von ihm, die Sprache der öffentlichen Debatten nahm eine unverhoffte Wendung ins Gewaltsame.

»Nach Legendre«, schrieb er, »gibt es im Nationalkonvent keinen, der eine höhere Meinung von sich hat als Saint-Just. Man sieht ihm schon von weitem an, dass er seinen Kopf für den Eckstein der Revolution hält, denn er trägt ihn wie eine Hostie.«

Saint-Just schaute hinab auf die Zeilen, die eine hilfreiche Hand mit grüner Tinte unterstrichen hatte. Sein Gesicht verriet wenig; kein Hohnlächeln verzerrte es wie das der Schurken in den Groschenromanen. »Wie eine Hostie, so«, sagte er. »Er wird seinen bald tragen wie der Heilige Dionysius.«

»Oh, nicht übel«, sagte Camille, als es ihm hinterbracht wurde. »Für Antoine ist das sogar ziemlich witzig. Wer weiß, vielleicht wird er ja richtig geistreich, wenn er erst groß ist.«

Gleich darauf begann er in seinem Bücherschrank zu suchen: »Lucile, wo ist Saint-Justs grauenhaftes Gedicht, dieses Versepos in zwanzig Büchern? Da hieß es irgendwo: ›Wäre ich Gott …‹. Ich muss nachschauen, wie es weiterging, bestimmt lässt sich da was draus machen.«

Dann plötzlich brach er ab, setzte sich, nein, sackte auf einen Stuhl: »Was tue ich hier eigentlich? Saint-Just und ich sollten zusammenhalten. Wir sind Jakobiner, wir sind Republikaner …«

»Ich such es dir heraus«, sagte Lucile leise.

»Vielleicht besser nicht.«

Denn ihn suchten Visionen heim, das Bild dieses Heiligen, Frankreichs Schutzpatron, der mehrere Meilen mit seinem abgeschlagenen Haupt in der Hand dahingewandelt war. Er sah Dionysius erst auf der Place de Grève, vorsichtig schritt er über das Kopfsteinpflaster. Die Wunde war sauber, nirgends klebte Blut, aber der Kopf, der fast salopp an seinem rechten Handgelenk baumelte, war Camilles eigener Kopf. Er sah ihn in Duplays Haus huschen zu einem verstohlenen Besuch bei Robespierre; er sah ihn vor dem Eingang zum Jakobinerclub warten – ein bescheidener Neuankömmling aus der Provinz, der auf seine Einführung in die große Welt hofft.

Nach ein oder zwei Tagen schien ihm, dass ihm keine andere Wahl blieb, als selbst den ersten Schritt zu tun. Saint-Just umzubringen würde ein Leichtes sein, er brauchte sich nur allein mit ihm an einem geeigneten Ort zu treffen – dann ein Pistolenschuss oder (um keine unnötige Aufmerksamkeit zu erregen) ein Messer. Er sah Saint-Justs Samtaugen vor sich, schmerzschimmernd.

Aber dazu musste ein Komplott gehören: Saint-Justs Verschwörung gegen die Republik, der er mit dem untrüglichen Instinkt des altgedienten Patrioten auf die Spur gekommen war. *Ich bin die Revolution.* Wer würde daran zweifeln, dass er Saint-Just in einer Aufwallung patriotischer Vergeltungssucht abgestochen hatte? Er war nicht dafür bekannt, dass er seine Gefühle im Zaum hielt. Um unliebsamen Fragen vorzubeugen, würde es ein sehr kleines Messer sein müssen, so klein, dass man kaum merkte, dass man es bei sich trug.

Sei nicht albern, sagte er sich zwischendurch. Saint-Just trachtet dir so wenig nach dem Leben wie du ihm. Eher noch weniger.

Er wohnte der Sitzung des Kriegsausschusses bei, dessen Sekretär er war, und schrieb von dort einen mitteilsamen, vernünftigen Brief nach Hause, in dem er seinen Vater bat, in den Briefen an ihn möglichst nicht Rose-Fleurs Namen zu erwähnen, da Lucile rase vor Eifersucht.

Trotzdem, die Vision hatte sich in seinem Kopf eingenistet, sie machte sich breit, er konnte sie nicht vertreiben. Er dachte an das Loch in Lepelletiers Seite, die Wunde, die das Schlachtermesser ihm beigebracht hatte, die Wunde, an der er eine ganze Nacht lang gestorben war. Er würde schnell sein müssen, der Stich musste sitzen, Saint-Just war ein gutes Stück größer und stärker als er, und mehr als die eine Chance würde sich ihm nicht bieten. Wenn er bei den Jakobinern Saint-Justs sonore Stimme hörte, lächelte er in sich hinein. Wenn Saint-Just im Konvent am Rednerpult stand, träumte er von seinem Plan, und seine Linke vollführte kleine Hackbewegungen dazu.

13. JULI: »Aus Caen offenbar«, sagte Danton. »In Caen sollen in den letzten Wochen Pétion und Barbaroux gesehen worden sein. Es ist eine girondistische Verschwörung. Ich hab damit nichts zu tun, das kannst du mir glauben.«

Camille sagte: »Ich habe etwas über ein Attentat rufen hören … Ich hatte Angst, vielleicht hätte ich … in einem Moment der … nein, nichts, egal.«

Danton starrte ihn einen Augenblick lang an. »Wie auch immer«, sagte er, »damit ist die Gironde erledigt. Mörder und Feiglinge. Sie haben eine Frau geschickt.«

In der schmalen Gasse hatte sich ein Auflauf gebildet, eine nahezu stumme und reglose Menge, die gebannt zu zwei erleuchteten Fenstern in Marats Wohnung emporsah. Es war eine Stunde nach Mitternacht, merkwürdig hell noch, die Hitze subtropisch. Camille winkte den Sansculotte zur Seite, der sich vor dem eisernen Treppengeländer aufgebaut hatte. Der Mann rührte sich nicht vom Fleck – nicht sofort.

»Hab dich noch nie von so nahem gesehen«, sagte er. Seine Augen taxierten Camille. »Wie nimmt Danton es auf?«

»Er ist tief bestürzt.«

»Das glaub ich. Als Nächstes erzählst du mir, sein Herz blutet.«

Dass der Mob seinen Namen rief, war für Camille nichts Neues. Dies hier war eine andere, unangenehmere Art der Vertrautheit.

»Manche sagen, Danton und Robespierre hätten ihn zum Schweigen gebracht«, sagte der Mann. »Andere meinen, dass es die Royalisten waren, oder Brissot.«

»Ich kenne dich«, sagte Camille. »Ich habe dich hinter Hébert herrennen sehen, stimmt's? Was willst du hier?«

Als wüsste er es nicht. Schließlich galt es ein Erbe aufzuteilen.

»Tja«, sagte der Mann, »Père Duchesne wahrt seine Interessen. Das Volk wird einen neuen Freund brauchen. Von euch wird's keiner sein …«

»Wie wär's mit Jacques Roux?«

»Du und dieses Dreckschwein Dillon …«

Camille drängte sich an ihm vorbei. Oben war schon Legendre, die blau-weiß-rote Schärpe unordentlich um seinen großen, ungeschlachten Leib gebunden, und erteilte Anweisungen. Camille schien es, als würde der Boden unter seinen Füßen schaudern, als bebten die Fensterscheiben noch nach von den Schreien der Frauen, aber es war alles still, nur hinter einer geschlossenen Tür drang unterdrücktes Schluchzen hervor. Du hast kaum etwas im Magen, sagte er sich, nur deshalb kommen dir die Wände so flüssig vor, die Luft so flirrend.

Die Attentäterin saß im Wohnzimmer. Ihre Hände waren stramm gefesselt, und hinter ihrem Stuhl standen zwei Männer mit Piken. Über den kleinen Tisch vor ihr war eine schmuddelige weiße Decke gebreitet, auf der ihre Mörder-Utensilien auslagen: eine goldene Uhr, ein Fingerhut, eine Rolle weißes Garn, ein paar Münzen. Ein Pass, eine

Geburtsurkunde, ein spitzengesäumtes Taschentuch, das Pappfutteral eines Küchenmessers. Zu ihren Füßen auf dem staubigen Teppich ein schwarzer Hut mit drei leuchtend grünen Bändern.

Er lehnte sich an die Wand und betrachtete sie. Ihre Haut war zart und durchscheinend, eine Haut, die sich leicht verfärbte, bereitwillig jede Lichtschattierung widerspiegelte. Ein gesundes, vollbusiges Mädchen, genährt mit frischer Bauernbutter und Rahm: die Sorte Mädchen, die einem in der Kirche zulächelten, bändergeschmückt und nach Blumen duftend an den Sonntagen nach Ostern. Ich kenne dich, dachte er; ich kenne euch alle noch aus meiner Kinderzeit. Ihre Frisur war aufwendig gewesen, das sah man, eine Frisur, wie eine Provinzlerin sie sich macht, bevor sie aufbricht, um einen Mord zu begehen.

»Ja, rot wird sie leicht«, sagte Legendre, »nur für ihre Schandtat, glaub nicht, dass sie für die rot wird. Ich darf der Vorsehung danken, dass ich noch am Leben bin, denn erst war sie bei mir. Sie streitet es ab, aber sie war da. Meine Leute haben Verdacht geschöpft und sie nicht hereingelassen. Oh, sie streitet es ab, aber ich war ihre erste Wahl.«

»Gratuliere«, sagte Camille. Sie hatte sichtlich Schmerzen; ihre Handfesseln schnitten stark ein.

»O nein, sie wird nicht rot dafür«, sagte Legendre, »dass sie unseren größten Patrioten gemeuchelt hat.«

»Wenn das ihr Vorsatz war, hätte sie sich wohl kaum mit dir aufgehalten.«

Er fand Simone Evrard neben der Tür, hinter der sie sich an dem Leichnam zu schaffen machten. Sie lehnte schwer an der Wand, tränenüberströmt; sie schien sich kaum auf den Füßen halten zu können. »So viel Blut, Camille«, sagte sie. »Wie sollen wir nur dieses ganze Blut vom Boden und von den Wänden herunterbekommen?«

Als er die Tür öffnete, machte sie einen schwachen Versuch, ihn aufzuhalten. Dr. Deschamps warf einen kurzen Blick über die Schulter. Einer seiner Gehilfen versperrte Camille mit ausgestrecktem Arm den Weg. »Ich will ihn nur kurz sehen«, flüsterte Camille. Deschamps wandte erneut den Kopf. »Verzeihung, Bürger Desmoulins. Ich wusste nicht, dass Sie es sind. Ich muss Sie warnen, es ist kein schöner Anblick. Wir balsamieren den Leichnam ein, aber in dieser Hitze, nach vier oder fünf Stunden ...« – der Arzt wischte sich die Hände an einem Handtuch ab – »Man könnte meinen, er wäre bei lebendigem Leib schon verwest.«

Er glaubt, dass ich im Auftrag des Konvents hier bin, dachte Camille – in offizieller Funktion. Er sah hin. Dr. Deschamps schob ihm die Hand unter den Ellbogen. »Er war augenblicklich tot. Oder jedenfalls so gut wie. Er hatte gerade noch Zeit zu schreien. Gespürt hat er sicher nichts. Das Messer ist hier hineingefahren.« Er zeigte auf die Stelle. »In den rechten Lungenflügel, durch die Schlagader hindurch bis ins Herz. Wir konnten den Mund nicht schließen, deshalb mussten wir die Zunge herausschneiden, verstehen Sie? Aber Sie sehen, er ist noch gut zu erkennen. So, und jetzt komplimentiere ich Sie hinaus. Ich verbrenne schon die stärksten Duftkräuter, die ich finde, aber der Geruch ist nichts für einen Laien.«

Draußen lehnte Simone noch immer an der Wand. Ihr Atem ging keuchend. »Die Frau braucht ein Opiat, wie oft denn noch?«, sagte Deschamps ärgerlich. »Soll ich Ihnen irgendetwas unterschreiben? Nein? Auch recht. Schauen Sie, ich nehme an, dass Sie in amtlicher Begleitung da sind. Ich weiß nicht, wozu das gut sein soll, die ganze Welt weiß, dass Marat tot ist. Ich hatte schon einen Herrn von den Jakobinern hier, der sich über meine Gehilfen erbrochen hat. Sie sind wahrscheinlich eher von der Sorte, die umkippt, also nichts wie raus mit Ihnen. Sehen Sie zu, dass etwas mit der Ehefrau passiert, oder wer immer sie ist, ja?«

Die Tür fiel zu. Simone sackte gegen ihn. Aus dem Wohnzimmer drangen die barschen Stimmen der Vernehmer. »Ich war seine Frau«, schluchzte Simone. »Gut, er hat mich in keiner Kirche geheiratet, und im Rathaus auch nicht, aber er hat bei allen Göttern der Schöpfung geschworen, dass ich seine Frau bin.«

Was erwartet sie, dachte Camille, will sie, dass ich sie über ihre Rechte belehre? »Sie werden ganz sicher als seine Hinterbliebene anerkannt werden«, sagte er. »Heutzutage gibt niemand mehr viel auf diese Formalien. Tja, jetzt gehört es alles Ihnen – die Druckerpresse und das Papier für die nächste Ausgabe. Halten Sie's in Ehren. Der Staat wird für die Beerdigung aufkommen, denke ich doch.«

Draußen auf der Straße sah er noch einmal hinauf zu den Fenstern, wo sich gegen das Licht die geschäftigen Silhouetten von Deschamps und seinen Gehilfen abzeichneten. Es begann zu regnen, große, warme Tropfen. Irgendwo in der Ferne donnerte es – Richtung Versailles. Die Menge harrte geduldig aus, dicht gedrängt, wartend.

Die Beisetzung gestaltete David. Der Leichnam sollte in einen plombierten Bleisarg gebettet werden und dieser wiederum in einen violetten Porphyrsarkophag aus der Antikensammlung des Louvre. Aber für den Trauerzug ordnete David an, dass der Verstorbene auf einer Bahre getragen wurde, gehüllt in eine Trikolore, deren Stoff mit reichlich Alkohol getränkt war. Ein von einer appetitlicheren Leiche ausgeborgter nackter Arm hielt einen Lorbeerkranz, und rings um die Bahre schritten weiß gewandete junge Mädchen mit Zypressenzweigen in den Händen.

Dahinter kamen der Konvent, die Clubs, das Volk. Der Zug begann um fünf Uhr nachmittags, er endete um Mitternacht bei Fackelschein. Marat wurde bestattet, wie er bevorzugt gelebt hatte, unter der Erde, in einem mit Granitplatten abgedeckten Grabhügel mit einem Eisenzaun darum.

Das Herz war gesondert einbalsamiert worden; die Patrioten des Cordeliers-Clubs trugen es in seiner Urne mit sich fort zu einem Ehrenplatz, an dem es bleiben sollte bis an der Welt Ende. *»Sacré-cœur du Marat«,* heulte das Volk.

HIER RUHT MARAT
DER FREUND DES VOLKES
ERMORDET VON DEN FEINDEN DES VOLKES
13. JULI
1793

Robespierres Verhalten beim Trauerzug veranlasste einen Beobachter zu der Bemerkung, er habe dreingeschaut, als gäbe er dem Leichnam das Geleit zum Müllplatz.

9. Ostindien-Geschäfte

(1793)

25. JULI: Danton warf sich mit seinem Stuhl nach hinten, legte den Kopf auf die Lehne und lachte brüllend. Louise zuckte zusammen; sie bangte immerfort um die Möbel, und wenn er ihr noch so oft versicherte, dass genug Geld da sei, um alles neu zu kaufen. »Mein Ausscheiden aus dem Ausschuss«, sagte er, »hat mir einen Anblick beschert, mit dem ich im Leben nicht gerechnet hätte – ein sprachloser Fabre d'Églantine.« Danton war angeheitert; alle paar Minuten langte er über den Tisch und tätschelte seiner frischgebackenen Ehefrau die Hand. »Na, Fabre, immer noch baff?«

»Nein, nein«, sagte Fabre beklommen. »Sicher, ich würde auch niemandem wünschen, mit Saint-Just in einem Ausschuss sitzen zu müssen. Und ja, wie du sagst, Robert Lindet ist schließlich gewählt worden, und er ist ein standhafter Patriot, dem wir vertrauen. Und Hérault ist gewählt worden, und er ist unser Freund …«

»Du klingst nicht überzeugt. Hör zu, Fabre, ich bin *Danton*, geht das nicht in deinen Schädel? Der Ausschuss braucht vielleicht mich, aber ich brauche den Ausschuss nicht. So, und jetzt trinke ich auf mich, mit Verlaub, da kein anderer die Güte besitzt. Auf mich – den neu gewählten Präsidenten des Konvents.« Er prostete Lucile zu. »Und jetzt auf meinen Freund General Westermann«, befahl er. »Auf dass er den Rebellen in der Vendée heimleuchten möge.«

Er kann froh sein, dachte Lucile, dass er Westermann nach dieser letzten Niederlage wieder zu seinem Kommando verhelfen konnte. Westermann kann froh sein, dass er auf freiem Fuß ist. »Auf das Herz von Marat«, sagte Danton. Louise warf ihm einen scharfen Blick zu. »Pardon, mein Liebes, das sollte nicht lästerlich sein, ich wiederhole nur das, was der arme, irregeleitete Pöbel auf der Straße plappert. Warum lässt die Gironde Marat meucheln? Der Mann war doch sowieso mehr tot als lebendig. Andererseits, wenn dieses Weibsstück aus eigenem Antrieb gehandelt hat, wie sie behauptet, beweist das nur wieder meine alte These: Frauen haben kein politisches Gespür. Sie hätte Robespierre abstechen sollen – oder mich.«

So darfst du nicht reden, flehte Louise ihn an, auch wenn sie die Vorstellung schwierig fand: ein Küchenmesser, das durch diese kompakten Schichten von Muskeln und Fett schnitt? Dantons Blick wanderte den Tisch ab. »Camille«, verkündete er, »ein Tropfen Tinte aus deiner Feder wiegt alles Blut in Marats Körper auf.«

Er füllte die Gläser neu. Eine Flasche trinkt er sicher noch, dachte Louise, und vielleicht schläft er dann ja gleich ein. »Und auf die Freiheit«, sagte er. »Heben Sie Ihr Glas, General.«

»Auf die Freiheit«, sagte General Dillon mit Nachdruck. »Auf dass wir noch lange so frei sein können, sie zu genießen.«

26. JULI: Robespierre saß mit gesenktem Kopf da, die gefalteten Hände zwischen den Knien eingeklemmt; er bot ein Bild des Jammers. »Siehst du?«, sagte er, »deshalb habe ich solche Verstrickungen immer vermieden, deshalb habe ich nie ein Amt annehmen wollen.«

»Ja«, sagte Camille. Ihm brummte noch der Schädel von gestern Nacht. »Die Gegebenheiten ändern sich.«

»Denn jetzt, verstehst du …« Robespierre hatte einen kaum wahrnehmbaren Tic entwickelt, der ihn jedoch extrem irritierte; immer wieder unterbrach er sich mitten im Satz, um die Hand an die Wange zu drücken. »Es ist klar, dass eine starke Zentralgewalt … jetzt, wo der Feind an allen Fronten vorrückt … Du weißt, dass ich den Ausschuss immer verteidigt habe, ihn immer als notwendig angesehen …«

»Ja. Hör auf, dich zu entschuldigen. Du hast eine Wahl gewonnen, nicht ein Verbrechen begangen.«

»Und es gibt Gruppierungen – soll ich Hébert anführen, soll ich

Jacques Roux anführen? –, die gegen eine starke Regierung in Frankreich sind. Sie machen sich die natürlichen Unzufriedenheiten des kleinen Mannes auf der Straße zunutze, sie missbrauchen sie als Vorwand, um Zwietracht zu säen. Sie fordern Maßnahmen, die nur ultraradikal genannt werden können, Maßnahmen, die anständigen Menschen abstoßend und bedrohlich vorkommen müssen. Sie bringen die Revolution in Misskredit. Sie führen sie ad absurdum. Deshalb nenne ich sie Handlanger des Feindes.« Wieder hob er die Hand ans Gesicht. »Wenn nur Danton«, sagte er, »nicht grundsätzlich alles auf die leichte Schulter nähme.«

»Ja, er misst dem Ausschuss offensichtlich nicht so viel Bedeutung bei wie du.«

»Solange nur klar ist«, sagte Robespierre, »dass ich nicht nach dem Amt gestrebt habe. Bürger Gasparin ist krank geworden, es wurde mir aufgedrängt. Ich hoffe bloß, dass jetzt niemand anfängt, vom Robespierre-Ausschuss zu sprechen. Ich werde nur einer unter vielen sein …«

Ein bester Freund aus dem Ausschuss ausgeschieden. Der andere beste Freund neu hineingewählt. Camille ist es gewohnt, als Probezuhörer für die Reden herhalten zu müssen, die Robespierre einstudiert; das kennt er seit '89. Aber seit diesem aufgeladenen, leidenschaftlichen Moment im Haus der Duplays – »in *meinem* Herzen hattest du immer deinen Platz« – hat er das Gefühl, dass mehr von ihm erwartet wird. Robespierre entwickelt sich langsam, aber sicher zu einem dieser Menschen, in deren Gesellschaft man keine Minute ausspannen kann.

Zwei Tage später wird der Wohlfahrtsausschuss mit der Macht ausgestattet, Haftbefehle zu erlassen.

Jacques Roux, dessen Anhängerschaft wächst, verkündet, der neue Verfasser seines Nachrichtenblattes sei »der Geist Marats«. Hébert lässt die Jakobiner wissen, wenn Marat einen Nachfolger brauche – und der Adel ein neues Opfer –, so stehe er bereit. »Dieser unbegabte kleine Kerl«, sagt Robespierre. »Wie kann er es wagen?«

Am 8. August tritt Simone Evrard im Konvent ans Rednerpult und verliest eine passionierte Anklage gegen gewisse Subjekte, die die Sansculotten in den Untergang führen. All diese Ansichten, sagt sie, seien von dem Märtyrer, ihrem Ehemann, in seinen letzten Stunden geäußert worden. Es ist eine flüssige, selbstbewusst vorgetragene Tirade, nur gelegentlich stockt sie und beugt sich tiefer über ihre Aufzeichnungen, um Bürger Robespierres winzige, ungleichmäßige Schrift zu entziffern.

Eine Woche darauf erhielt der Ausschuss noch ein weiteres Mitglied, Lazare Carnot, den Militäringenieur, den Robespierre an der Akademie in Arras kennengelernt hatte. »Mir liegen Armeeleute nicht besonders«, sagte Robespierre. »Sie kennen nur ihren persönlichen Ehrgeiz und setzen so seltsame Prioritäten. Aber sie sind ein notwendiges Übel. Carnot«, fügte er distanziert hinzu, »schien zumindest immer zu wissen, wovon er redet.«

So Carnot – der Wegbereiter des Sieges, wie er später genannt wurde – aus der Sicht seines Wegbereiters Robespierre.

Als der Präsident des Revolutionstribunals verhaftet wurde (wegen Verdachts auf Versäumnisse beim Prozess gegen Marats Mörderin), trat an seine Stelle der Bürger Hermann, vordem Anwalt in Arras. War nicht er vor all diesen Jahren der Einzige gewesen, der Robespierres Bedeutung erkannt hatte? »Ich kannte ihn schon«, vertraute er Mme Duplay an, »als ich noch ein junger Mann war.«

»Was sind Sie denn jetzt Ihrer Meinung nach?«, fragte sie.

Der scheidende Präsident wurde von Gendarmen abgeführt, während die Sitzung in vollem Gange war. Auch Fouquier-Tinville besaß Sinn für Dramatik; offenbar lag es doch in der Familie.

Als der Innenminister sein Amt niederlegte, waren die beiden Kandidaten für seine Nachfolge Hébert und Jules Paré, der inzwischen ein angesehener Anwalt war. Paré bekam den Posten. »Jeder weiß natürlich, warum«, sagte Hébert. »Er war früher Kanzlist bei Danton. Wir tragen unsere Nase jetzt so hoch, dass wir nicht mehr selber arbeiten, nein, unsere Unterlinge üben ja an unserer Statt Macht aus. Seinen anderen Kanzlisten, Desforgues, hat er im Außenministerium installiert. Paré und Danton sind dicke Freunde. Genauso«, schob er nach, »wie früher Danton und Dumouriez.«

»Ekelhafter Gnom«, sagte Danton. »Reicht es ihm nicht, dass er das ganze Kriegsministerium mit seinen Kreaturen unterwandert hat und seine sogenannte Zeitung bei den Truppen zirkuliert?«

Er sprach bei den Jakobinern, erntete Applaus. Als er das Pult verließ, ergriff Robespierre das Wort. »Niemand«, verkündete er ihnen, »hat das Recht, auch nur den Hauch einer Kritik an Danton zu üben. Jeder, der ihn zu diskretieren sucht, muss erst beweisen, dass er es an Tatkraft, Überzeugungsvermögen und patriotischem Eifer mit ihm aufnehmen kann.«

Noch mehr Applaus; einige Mitglieder erhoben sich von ihren Sitzen. Beifallsrufe für Danton wurden laut; auf seine Bank geflätzt, nahm er sie entgegen, krawattenlos, unrasiert. Dann Beifallsrufe für Robespierre, der sich die Manschetten zurechtzupfte – ein weltliches Kreuzeszeichen gleichsam –, seinen Bewunderern zunickte und den Club mit seinem zurückhaltenden Lächeln bedachte. Beifall auch für Bürger Camille, vielleicht einfach dafür, dass es ihn gab. So sollte das Leben immer sein! Endlich wieder im Mittelpunkt, der Liebling der Revolution, das *enfant terrible*, dessen sämtliche Launen geduldet werden! Irgendwo in den Bänken lauerte im Zweifel der Geigenbauer Renaudin mit seiner todbringenden Rechten, aber für den Augenblick drohte die einzige Gefahr von den Umarmungen, mit denen die Patrioten ihn schier erstickten. Zum zweiten Mal wurde er an Maurice Duplays Schulter gepresst. Er dachte zurück an das erste Mal, damals, als er so knapp Babettes Fängen entronnen war.

»Was schaust du so sorgenvoll?«, fragte Danton ihn.

»Ich frage mich, wie ich diese Eintracht zwischen euch bewahren kann.« Er machte eine kleine Geste mit den Händen, wölbte sie um etwas, das ungefähr so groß wie ein Hühnerei schien und auch ungefähr so zerbrechlich.

Ende August kam die Massenaushebung, und General Custine (vormals der Comte de Custine) verlor den Kopf; das machte den anderen Mut. Am 26. heiratete Elisabeth Duplay den Abgeordneten Philippe Lebas, einen jungen Mann, der alles andere als gut aussehend war, aber dafür ein treuer Republikaner von angenehmem, stetigem, verlässlichem Wesen. »Endlich!«, sagte Camille. »Welch eine Erleichterung!« Robespierre wunderte sich. Die Heirat hatte seinen Segen, das schon – aber sie ist doch erst *siebzehn*, sagte er.

In den Schlangen vor den Bäckereien wurde das Murren lauter. Das Brot war zwar billig, aber wenig und schlecht. Chabot von der Bergpartei legte sich mit Robespierre wegen der neuen Verfassung an; er wedelte mit den Akten vor seinem Gesicht herum. »Sie verbannt nicht die Armut aus der Republik. Sie sichert denen, die hungern, kein Brot zu.«

Robespierre erstarrte. Das war sein größter Herzenswunsch: den Hungernden Brot zuzusichern. Jedes Ziel außer diesem konnte angegriffen, zerpflückt, in der Luft zerrissen werden. Und ließ sich ein simpleres, erreichbareres Ziel denken? Dennoch konnte er das dahinterstehende Problem nicht anpacken, weil zu viele kleinere Probleme im Weg waren. Er sagte: »Ich wünschte, ich könnte es. Ich wünschte, es gäbe bei uns keine Armen mehr. Aber wir müssen im Rahmen dessen handeln, was machbar ist.«

»Soll das heißen, dass der Ausschuss mit all den Befugnissen, die wir ihm übertragen haben –«

»Ihr habt dem Ausschuss einige Befugnisse und ungleich mehr Probleme übertragen, ihr habt uns vor Aufgaben gestellt, die wir unmöglich lösen können. Ihr halst uns – nur als ein Beispiel – ein Heer von Wehrpflichtigen auf, das wir jetzt verproviantieren müssen. Ihr erwartet alles vom Ausschuss und seid doch neidisch auf die Macht, die er hat. Wenn mir die Speisung der Fünftausend gelänge, hieße es wahrscheinlich, wir hätten unser Mandat überschritten.« Er hob die Stimme, damit auch die Umstehenden ihn hören konnten: »Wenn kein Brot da ist, gebt der englischen Blockade die Schuld. Gebt den Verschwörern die Schuld.«

Er ließ Chabot stehen. Er hatte ihn noch nie gemocht. Er versuchte sich dabei möglichst wenig von der Tatsache beeinflussen zu lassen, dass Chabot nach Meinung aller wie ein Truthahn aussah: aufgebläht, rot, fleckig. Chabot war ein ehemaliger Kapuzinermönch. Schwer vorstellbar, dass er seinen Gelübden der Armut und Keuschheit treu gewesen war. Er und der Abgeordnete Julien gehörten einer Kommission an, die illegalen Spekulationen das Handwerk legen sollte. Da hatten sie den Bock zum Gärtner gemacht, dachte Robespierre. Dummerweise war Julien mit Danton befreundet. Er sah wieder Camilles schmale Hände vor sich, die sich um das Ei wölbten. Chabot denke ans Heiraten, wurde gemunkelt. Eine Jüdin, die Schwester zweier Bankiers, die Frei hießen oder sich zumindest so nannten und habsburgische Flüchtlinge sein wollten. Die Hochzeit würde Chabot zu einem reichen Mann machen.

»Du magst einfach grundsätzlich keine Ausländer«, warf Camille ihm vor.

»Es scheint mir kein völlig verkehrter Grundsatz, wenn wir mit dem Rest von Europa im Krieg liegen. Was wollen sie in Paris, diese ganzen Engländer und Österreicher und Spanier? Ihre Loyalität *muss* doch anderweitig gebunden sein. Das sind nur Geschäftsleute, heißt es. Was für Geschäfte?, frage ich mich. Warum bleiben sie hier, wo sie mit Papiergeld bezahlt werden und sich von den Sansculotten herumkommandieren lassen müssen? In dieser Stadt, wo die Waschfrauen die Seifenpreise bestimmen?«

»Und zu welcher Antwort gelangst du?«

»Dass sie Spione sind, Saboteure.«

»Von der Finanzwelt verstehst du nicht viel, oder?«

»Ich kann nicht von allem etwas verstehen.«

»In einer Wirtschaft, mit der es bergab geht, lässt sich eine Menge Geld verdienen.«

»Cambon ist der Finanzexperte unserer Regierung. Er sollte mir solche Dinge erklären. Ich werde ihn darauf ansprechen.«

»Aber du hast deine Schlüsse doch schon gezogen. Und ich nehme an, du wirst dafür stimmen, diese Leute rein auf Verdacht einzusperren.«

»Feindliche Ausländer, ja.«

»Das sagst du jetzt, aber wird es damit getan sein? Jedes Inhaftierungsgesetz verdreht das Recht.«

»Aber versteh doch …«

»Ich weiß«, sagte Camille. »Nationaler Notstand, Ausnahmesituation. Du kannst nicht behaupten, ich hätte unsere Gegner übermäßig milde angefasst. Ich habe nie Skrupel gezeigt – apropos, warum schiebst du den Prozess gegen Brissots Leute hinaus? –, aber was bringt es, die Tyrannen Europas zu bekämpfen, wenn wir uns selbst wie Tyrannen verhalten? Was hat dann alles für einen Sinn?«

»Camille, das ist keine Tyrannei – diese Befugnisse, die wir uns nehmen, werden wir vielleicht niemals brauchen oder jedenfalls nicht länger als für ein paar Monate. Sie dienen unserer Selbsterhaltung, unserem Überleben als Nation. Du hast nie Skrupel gezeigt, sagst du – aber ich, ich habe Skrupel, ständig habe ich Skrupel. Hältst du mich etwa für blutrünstig? Ich hätte gedacht, du hast Vertrauen in mich und mein Handeln.«

»Das habe ich – doch, ich glaube, das habe ich. Aber kontrollierst du den Ausschuss, oder vertrittst du ihn nur nach außen?«

»Wie könnte ich ihn kontrollieren?« Er breitete die Hände aus. »Ich bin doch kein Diktator.«

»Jetzt spielst du den Überraschten«, sagte Camille, »aber wenn du ihn nicht kontrollierst, hat dann Saint-Just dich am Gängelband? Ich frage das lediglich, um dich daran zu erinnern, dass du dir das Heft nicht aus der Hand nehmen lassen darfst. Und wenn ich der Meinung bin, etwas ist Tyrannei, dann werde ich dir das sagen. Dieses Recht habe ich.«

Man sieht, zu welch beißendem Konzentrat die Revolution mittlerweile verkocht ist: Unterlinge als Minister, alte Freunde, die einander durchschauen. Von den zweihundertsechzig Angeklagten, die bis zum September vor das Tribunal gebracht wurden, sind nur sechsunddreißig verurteilt worden; dieses Verhältnis wird sich demnächst ändern. Während die großen Fragen immer noch größer werden, wird die Besetzung immer kleiner; die Überlebenden haben sämtlich das Gefühl, sich seit Ewigkeiten zu kennen.

Camille wusste, dass er im Sommer einen Fehler gemacht hatte; er hätte das Urteil über Arthur Dillon der Republik anheimstellen sollen. Andererseits hatte er so seinen persönlichen Einfluss demonstriert. Aber er fühlte sich isoliert, während nun die Morgen kühler wurden, die Leute Holzscheite für den Winter einlagerten und in den öffentlichen Gärten blassgoldene Sonne durch das Geäder papierdünner Blätter schien. Ohne konkreten Anlass notierte er in seinen Aufzeichnungen Folgendes:

Pytheus sagte, auf der Insel Thule, die bei Vergil Ultima Thule heißt, sechs Tagesreisen von Britannien entfernt, gebe es weder Erde noch Meer noch Luft, sondern eine Mischung der drei Elemente, die weder Gehen noch Fahren zulasse; er sprach davon so, als wäre er selbst dort gewesen.

2. SEPTEMBER 1793: Eine Petition der Sektion »Sans-Culottes« (vormals Jardin-des-Plantes) im Konvent:

Wisst ihr nicht, dass sich der Besitz einzig nach den Grundbedürfnissen des Menschen bemessen darf? … Es soll ein Maximum für Vermögen festgesetzt werden … Keiner soll mehr Ländereien pach-

ten dürfen, als für eine festgesetzte Anzahl von Pflügen gebraucht werden … Ein Bürger soll nicht mehr als eine Werkstatt oder einen Laden besitzen dürfen … Der fleißige Handwerker, Händler oder Bauer soll nicht nur solche Dinge erwerben können, mit denen er sich das knappe Überleben sichert, sondern auch solche, wie sie zu seinem Glück beitragen …

Antoine Saint-Just:

Das Glück ist eine neue Idee in Europa.

Am 2. September traf in Paris die Nachricht ein, dass die Bewohner von Toulon ihre Stadt wie auch ihre Flotte an die Briten ausgeliefert hatten. Es war ein beispielloser Verrat. Frankreich verlor sechzehn Fregatten und sechsundzwanzig seiner fünfundsechzig Linienschiffe. Ein Jahr zuvor war in den Pariser Rinnsteinen das Blut geströmt.

»Herrgott noch mal«, sagte Danton, »so was macht man sich zunutze! So was lässt man doch nicht einfach geschehen!« Der Lärm aus dem Konventssaal war ein dumpfes Tosen, gelegentlich von einem Aufschrei durchbrochen. »Man packt zu.« Seine Finger schlossen sich um etwas: einen Hals? »Als Septembermörder habe ich mich noch nie so populär gefühlt.«

Robespierre sagte etwas.

»Sie müssen lauter reden«, sagte Danton.

Sie waren in einem der staubigen, spärlich möblierten kleinen Räume, die man über das Labyrinth dunkler Gänge erreichte, das vom Sitzungssaal wegführte. Sie waren unter sich, fühlten sich aber nicht so, dafür war der Aufruhr zu nahe; sie konnten den Mob fast riechen. Camille und Fabre drüben an ihrer Wand versuchten sich möglichst unsichtbar zu machen. Es war der 5. September, und die Sansculotten waren bei ihren Vertretern im Saal und demonstrierten oder randalierten.

»Ich habe gesagt, Danton, warum lehnen Sie sich gegen die Tür?«

»Damit Saint-Just nicht hereinkommt«, parierte Danton geistesgegenwärtig. Bloß nie Erklärungen abgeben. Robespierre öffnete den Mund. »Nein, jetzt rede ich«, sagte Danton. »Das haben Hébert und Chaumette organisiert.«

Robespierre schüttelte den Kopf.

»Also«, sagte Danton, »ganz unwahr ist es sicher nicht. Oder die Sansculotten haben sich selbst organisiert, was eine Wendung der Dinge wäre, die mir noch weniger passt. Also müssen wir sicherstellen, dass wir ihnen einen Zug voraus sind. Ihre Forderungen als Paket bündeln und es ihnen als Geschenk von der Bergpartei überreichen. Zwangswirtschaft, Preisbeschränkungen, jederzeit. Festnahme von Verdächtigen, auch in Ordnung. Aber dabei bleibt's dann – keine Enteignungen. Ja, Fabre, ich weiß, was die Geschäftsleute von einer Zwangswirtschaft halten werden, aber das ist ein Notfall, wir müssen Zugeständnisse machen, und wieso soll ich mich vor dir überhaupt rechtfertigen?«

»Wir dürfen Europa kein statisches Ziel bieten«, sagte Robespierre leise.

»Was sagen Sie?«

Nichts; Robespierre winkte ab, nervös und am Ende mit seiner Geduld.

»Du musst dich mit der Inhaftierung Verdächtiger anfreunden, Camille, definieren können wir es später. Ja, ich weiß, das ist das A und O, aber ich brauche einen Schrieb, um das Gesetz auf den Weg zu bringen. Nein, sei still, ich hör dir jetzt eh nicht zu.«

»Hören Sie dann vielleicht *mir* zu?«, rief Robespierre, so laut er konnte. Danton unterbrach sich. Er sah Robespierre misstrauisch an.

»Na schön, lassen Sie hören.«

»Morgen wird der Ausschuss neu gewählt. Wir wollen ihn um Collot d'Herbois und Billaud-Varennes erweitern. Sie legen uns vollständig lahm mit ihrer andauernden Kritik an allem, und wir wissen nicht, wie wir sie sonst zum Schweigen bringen sollen. Ja, ich weiß, das ist feige gehandelt. Uns fehlt jemand, der die Zügel anzieht, das ist es. Der Ausschuss will Sie zurückhaben.«

»Nein.«

»Bitte, Danton«, sagte Fabre.

»Ihr erhaltet von mir alle Unterstützung, die ihr braucht. Ich setze die Ausweitung eurer Befugnisse durch. Sagt mir einfach, was ihr vom Konvent wollt, und ihr bekommt es. Aber ich sitze nicht mit euch im Ausschuss, das ertrage ich nicht. Verdammt noch mal, könnt ihr das nicht begreifen? Ich bin nicht für Ausschüsse geschaffen. Ich arbeite allein, ich habe meinen Instinkt, und ich muss in der Lage sein, ihm zu folgen. Ich hasse eure verfluchte Tagesordnung und eure Protokolle und eure Regularien.«

»Ihre Einstellung ist eine Zumutung!«, schrie Robespierre ihn an.

Der Lärm außerhalb des Zimmers schwoll an. Danton bewegte den Kopf in die Richtung. »Lasst mich das für euch in die Hand nehmen. Ich bin wahrscheinlich der Einzige, der sich da draußen Gehör verschaffen kann.«

»Es ist empörend, wie Sie –«, begann Robespierre. Seine Worte gingen unter. »Das Volk«, schrie er, »ist durch und durch gut, und wenn es die Zwecke der Revolution behindert – ja, selbst in Toulon –, müssen wir dafür seine Anführer zur Verantwortung ziehen.«

»Wie kommen Sie jetzt auf so was?«, fragte Danton ihn.

Fabre stieß sich von der Wand ab. »Er versucht eine Doktrin zu verkünden!« Seine Stimme überschlug sich fast. »Er fühlt sich zu einer Predigt berufen!«

»Wenn nur«, übertönte ihn Robespierre, »wenn nur mehr *vertu* in der Welt wäre!«

»Mehr was?«

»*Vertu*. Vaterlandsliebe. Opfermut. Bürgersinn.«

»Ihr Humor in allen Ehren«, – Danton reckte den Daumen in die Richtung, aus der der Lärm kam –, »aber die einzige *vertu*, die diese Bagage kennt, ist die Sorte, die ich jede Nacht bei meiner Frau beweise.«

Robespierres Gesicht verzog sich wie das eines Kindes, das gleich zu weinen anfangen wird. Er folgte Danton auf den dunklen Gang hinaus.

»Das wünschst du dir jetzt wahrscheinlich ungesagt, oder?«, fragte Fabre. Sanft zog er Camille von der Wand weg.

Maximilien Robespierres private Aufzeichnungen: »Danton hat über den Begriff der *vertu* nur gelacht. Er setzt sie mit dem gleich, was er jede Nacht mit seiner Frau treibt.«

Als Danton zu reden begann, jubelten die Sansculotten; die Abgeordneten erhoben sich und klatschten ihm Beifall. Es dauerte eine Weile, bis er fortfahren konnte. Auf seinem Gesicht wechselte sich Genugtuung mit Verblüffung ab; ganz so leicht hatte er es sich nicht vorgestellt. Wieder einmal mahnte und beschwichtigte, befriedete und schlichtete er – rettete die Situation. Als er am nächsten Tag in den Ausschuss gewählt wurde, erschien Robespierre bei ihm zu Hause. Mit starrer Miene saß er ganz vorn auf der Stuhlkante und lehnte jegliche Erfrischung ab. »Ich bin hier, um Sie aufzufordern, Ihrer Pflicht nachzukommen«, sagte er. »Falls das Wort für Sie noch irgendeine Bedeutung hat.«

Danton war in Gönnerstimmung. »Nein, lauf nicht weg, Louise. Du hast Bürger Robespierre noch nie von nahem gesehen, oder?«

»Ich bin Ihre Provokationen leid«, stieß Robespierre hervor. Im gleichen Augenblick begann sein rechtes Lid zu zucken. Hastig nahm er die Brille ab und presste den Finger auf die Stelle.

»Sie brauchen mehr Gelassenheit«, sagte Danton. »Denken Sie an Camille – ein ganzes Leben als Stotterer. Wobei ich zugeben muss, dass Camilles Stottern deutlich mehr Charme hat.«

»Vielleicht setzt der Konvent sich ja über Ihre Wünsche hinweg. Vielleicht zwingt er Sie ja beizutreten.«

»Ich habe vor«, sagte Danton freundlich, »ein Stachel im Fleisch jedweder Ausschüsse zu sein.«

»Gut, dann gibt es nichts mehr zu sagen. Das Volk schreit nach Prozessen und Säuberungen und Todesurteilen, aber Sie drehen sich einfach um und gehen.«

»Was erwarten Sie denn von mir? Dass ich für die Republik Blut schwitze? Ich sage doch, ich unterstütze Sie.«

»Sie wollen als der große Held des Konvents dastehen. Sie wollen vorne stehen und das große Wort führen und Ruhm und Ehre einheimsen. Aber damit ist es nicht getan, lassen Sie sich das gesagt sein!«

»Sie werden noch krank, wenn Sie so weitermachen.«

»Sie werfen mir vor, dass ich mir Beistand bei Saint-Just hole, aber wenigstens erhebt er seine privaten Vergnügungen nicht zum Maßstab für die Revolution.«

»Wer sagt, dass ich das tue?«

»Sie werden mich doch wenigstens in der Öffentlichkeit halbwegs zivil behandeln?«

»Ich werde regelrecht liebevoll zu Ihnen sein«, versprach Danton.

Robespierre fuhr in einer Regierungsdroschke davon. Zwei kräftige Männer stiegen rechts und links von ihm ein. »Leibwächter«, sagte Danton, der vom Fenster aus zusah. »Die haben sie ihm schließlich doch aufnötigen können. Man hat ihn verdächtigt, seinen Hund in den Wohlfahrtsausschuss einschleusen zu wollen. Dabei hätte er vermutlich gar nichts dagegen, einem Attentat zum Opfer zu fallen.« Er streckte den Arm nach Louise aus. »Das würde seinem tristen, entbehrungsreichen Dasein einen würdigen Abschluss bereiten.«

Noch am Tag der Demonstration war der Sansculottenführer Jacques Roux festgenommen worden. Es wurde nicht gleich ein Verfahren gegen ihn angestrengt, als er aber zuletzt doch vor das Tribunal kam, beging er in seiner Zelle Selbstmord. Der September begründete den Terror als Regierungsform. Die neue Verfassung sollte bis zum Ende des Krieges ausgesetzt werden. Am 13. September beantragte Danton, dass sämtliche Ausschüsse neu bestätigt und ihre Mitglieder in Zukunft durch den Wohlfahrtsausschuss bestimmt werden sollten. Einen Moment lang standen er und Robespierre nebeneinander, wie um gemeinsam den Beifall der Bergpartei entgegenzunehmen. »Gut so?«, fragte er Robespierre, und Robespierre antwortete gelassen: »Alles bestens.«

Der Antrag wurde angenommen. Der Moment war vorbei. Sich jetzt, dachte Danton, einfach verbeugen und abgehen zu können! Müdigkeit wucherte durch seinen ganzen Körper wie ein Pilz.

Am nächsten Morgen konnte er kaum den Kopf vom Kissen heben. Er hatte keinerlei Erinnerung an den Vortag mehr. Sein Gedächtnis schien vollständig ausgelöscht und durch einen bleiernen, pochenden Schmerz ersetzt worden zu sein. Fragmente von Ereignissen blitzten durch den Schmerz auf – unverbunden, viele Jahre alt. Er wusste nicht, welcher Tag es war. Er meinte Gabrielle ins Zimmer kommen, sich über ihn beugen, sein Kissen aufklopfen zu sehen. Erst später fiel ihm ein, dass Gabrielle ja tot war.

Mehrere Ärzte kamen. Sie debattierten miteinander, als hinge ihr Leben davon ab. Als Angélique eintraf, brach Louise als Häufchen Elend auf einem Sofa zusammen. Angélique expedierte die Kinder zu ihrem Onkel und flößte Louise heiße Milch ein. Dann warf sie die Ärzte hinaus. Nur Souberbielle blieb. »Er sollte aus Paris herauskommen«, sagte er. »Ein Mann wie er muss seine eigene Luft atmen. Er hat sein ganzes Erwachsenenleben damit verbracht, gegen den Strom zu schwimmen. Er hat Raubbau mit seinen Kräften getrieben, er hat seine Konstitution ruiniert.«

»Aber er wird wieder gesund?«, fragte Louise.

»O ja. Aber er muss sich außerhalb dieser Stadt erholen. Der Konvent muss ihn beurlauben. Bürgerin, darf ich Ihnen einen Rat geben?«

»Natürlich.«

»Solange er krank ist, sprechen Sie mit niemandem über seine Angelegenheiten. Setzen Sie bei niemandem voraus, dass er es gut mit ihm meint.«

»Das tue ich sowieso nicht.«

»Lassen Sie sich auf keinerlei Dispute ein. Es ist bekannt, Bürgerin, dass Sie gern Ihre Meinung sagen. Damit verstärken Sie den Druck auf ihn.«

»Ich sage nur das, was mein Gewissen mir gebietet. Vielleicht ist diese Krankheit ein Wink der Vorsehung. Er muss die Revolution aufgeben.«

»So leicht kann er das nicht. Meine Liebe, Sie waren erst zwölf, als die Bastille gefallen ist.«

»Gabrielle war schwach.«

»So habe ich sie nicht gesehen. Sie hat sich auf ihre Aufgaben beschränkt.«

»Ich will ihn vor sich selbst retten.«

»Komisch«, sagte Souberbielle. »Robespierre hat genau den gleichen Ehrgeiz.«

»Kennen Sie Robespierre?«

»Einigermaßen, ja.«

»Ist er ein guter Mensch?«

»Er ist aufrichtig und gewissenhaft, und er versucht, Leben zu retten.«

»Auf Kosten anderer Leben.«

»Das ist manchmal unvermeidbar. Er leidet darunter.«

»Glauben Sie, er mag meinen Mann?«

Der Arzt zuckte die Achseln. »Das kann ich Ihnen nicht beantworten. Sie sind so völlig gegensätzlich. Spielt es denn eine Rolle?«

Natürlich spielt es eine Rolle, murmelte sie in sich hinein, nachdem er sich verabschiedet hatte. Anstelle der Ärzte kamen Angéliques Schwiegertöchter, starke, resolute Frauen, die sie kaum kannte. Sie scheuchten sie herum und schickten sie nach oben, damit sie in ihrem alten Zimmer schlief. Sie schlich hinaus und setzte sich auf die Treppe. Sie erwartete beinahe, Gabrielle zu begegnen, Gabrielle, die ihre Aufgaben wieder aufnahm. Aber schwanger bist du nicht?, fragte ihre Mutter sie. Sie wusste genau, was im Kopf ihrer Mutter vorging:

Wenn es etwas Ernstes ist, wenn es schlecht für ihn ausgeht, wenn er stirbt – wie schnell können wir sie dann hier herausholen? Wenn ich nicht schwanger bin, sagte sie, dann jedenfalls nicht aus Mangel an Gelegenheit. Ihre Mutter schauderte. Der Wüstling, sagte sie.

David vom Polizeiausschuss erschien, einen zweiten Abgeordneten im Schlepptau, und verlangte Danton geschäftlich zu sprechen. Angélique wies ihnen die Tür. Murrend zogen sie ab, ungalante Drohungen auf den Lippen – irgendetwas über Befugnisse –, und Angélique schickte eine italienische Verwünschung hinter ihnen her. Leicht werden sie ihm das Gesundwerden nicht machen, sagte sie.

Drüben bei den Desmoulins saß Fabre, in dem die Panik wuchs. »Wenn wir regulierte Preise bekommen«, sagte er, »dann brauchen wir auch regulierte Gehälter. Aber was, frage ich euch, ist die offizielle Tagesgage für einen Spion? Wie sollen wir noch irgendwelche Schlachten gewinnen, wenn so große Teile der wehrfähigen Bevölkerung Spitzeldienste für den Ausschuss leisten?«

»Wieso, wirst du bespitzelt?«

»Natürlich.«

»Hast du es Robespierre gesagt?«

Fabre sah ihn verstört an. »Wie denn? Was denn? Meine Angelegenheiten sind so verzwickt, dass ich nachts wachliege und sie selbst nicht verstehe. Man drangsaliert mich. Man manövriert mich in eine Zwangslage. Glaubst du, diese kleine Wichtigtuerin lässt mich zu Georges?«

»Nein. Und außerdem, warum sollte er dich anhören? Wenn du es Robespierre nicht sagen kannst, wieso soll sich dann Georges damit befassen?«

»Da gibt es Gründe.«

»Du meinst, du hast seinen Namen sowieso schon hineingezogen?«

»Nein. Ich meine, dass er mir gegenüber gewisse Verpflichtungen hat.«

»Ich hätte eher gedacht, dass es umgekehrt ist, und ich hätte auch gedacht, dass eine deiner Verpflichtungen sein sollte, ihn nicht in deine dilettantischen Börsenspekulationen zu verwickeln.«

»Wenn es nur das wäre, aber –«

»Sag es mir nicht, Fabre. Ich will's gar nicht wissen.«

»Bei der Polizei ziehst du dich so nicht aus der Affäre.«

Camille legte den Finger an die Lippen. Lucile kam herein. »Ich habe alles gehört«, sagte sie.

»Das ist nur Fabres Schocktaktik. Er verliert den Kopf.«

»Keine sehr glückliche Formulierung«, sagte Lucile.

Fabre sprang auf. »Lass dieses Gestichel. Deine Hände sind auch nicht die saubersten. Mein Gott«, sagte er. Er zog sich den Finger über die Kehle. »Wenn du zwischen zwei Stühle fällst, Camille, dann hilft dir keiner. Dann stehen alle nur um dich herum und lachen.«

»Welch kühne Bildersprache«, bemerkte Lucile.

»Die ganze Sache« – Fabre beschrieb mit den Händen einen Kreis und sprengte ihn dann – »platzt auf wie eine verfaulte Frucht.« Plötzlich klang er hysterisch: »Um Gottes willen, Camille, leg bei Robespierre ein gutes Wort für mich ein.«

»Ja, ja, natürlich«, versicherte Camille eilig, um ihn zu beruhigen; nicht auch noch eine Szene vor Lucile! »Nicht so laut, die Dienstboten hören dich. Was genau soll ich Robespierre denn sagen?«

»Sollte mein Name fallen«, sagte Fabre schwer atmend, »versuch einfach einzuflechten, dass ich … dass ich immer ein Patriot war.«

»Setzen Sie sich doch wieder, beruhigen Sie sich«, schlug Lucile vor.

Fabre sah mit wildem Blick um sich. Er griff nach seinem Hut. »Ich müsste schon längst … Entschuldigen Sie mich, Lucile … Ich kenne den Weg ja ….«

Camille folgte ihm. »Philippe«, flüsterte er, »es muss noch vielen Gaunern auf die Finger geklopft werden, wie Robespierre das nennt, bevor du an der Reihe bist. Versuch, ganz ruhig zu bleiben.«

Fabres Mund öffnete sich einen Spalt. »Warum nennst du mich so? Warum nennst du mich plötzlich beim Vornamen?«

Camille lächelte. »Pass auf dich auf«, sagte er.

Er kehrte zu Lucile zurück. »Was hast du da geflüstert?«, wollte sie wissen.

»Ein bisschen Trost.«

»Du darfst mir nichts verheimlichen, bitte. Was hat er angestellt?«

»Im August – hast du von der Ostindien-Kompanie gehört? Gut so, wir haben nämlich ziemlich viel Geld durch sie verdient. Du erinnerst dich, dass die Aktienkurse gefallen und dann wieder nach oben geschnellt sind – es ging einfach darum, zur rechten Zeit zu verkaufen und zu kaufen.«

»Mein Vater hat es erwähnt. Er meinte, dass du sehr hübsch daran verdient haben dürftest. Meinem Vater imponieren die internen Informationen, die du hast, nur sagt er, zu seiner Zeit wären Leute wie du einfach als Ganoven bezeichnet worden – aber zu seiner Zeit, sagt er, gab es natürlich auch die ehrenwerten und erhabenen Mitglieder des Nationalkonvents nicht, die sich solche Informationen gegenseitig zuspielen.«

»Ja, ich höre direkt, wie er das sagt. Weiß er, wie es bewerkstelligt worden ist?«

»Wahrscheinlich, aber versuch mir das jetzt nicht zu erklären. Erklär mir nur die Folgen.«

»Die Kompanie sollte aufgelöst werden. Es gab im Konvent einiges Hin und Her über die genauen Modalitäten. Möglicherweise ist die Liquidierung nicht ganz in der Form durchgeführt worden, wie der Konvent das wollte, ich weiß es nicht.«

»Aber in Wahrheit weißt du es doch?«

»Keine Einzelheiten. Es scheint, dass Fabre das Gesetz übertreten haben könnte – was wir bis dahin immer vermieden hatten – oder dass er kurz davorsteht, es zu übertreten.«

»Aber er klang so, als wärst du in Gefahr, und Danton auch.«

»Danton könnte mit in der Sache drinstecken. Fabre sagt mehr oder weniger, dass es nicht günstig wäre, wenn Dantons Angelegenheiten unter die Lupe genommen würden.«

»Aber würde Danton nicht …« – sie suchte nach einer taktvollen Umschreibung dafür – »Ich meine, Danton ist sehr geschickt darin, den Schwarzen Peter loszuwerden.«

»Vergiss nicht, Fabre ist sein Freund. Als wir noch im Ministerium waren, habe ich ihn einmal darauf hinzuweisen versucht, dass Fabre die vereinbarten Grenzen überschreitet. Er sagte: ›Fabre ist mein Freund, und wir haben einiges gemeinsam durchgestanden. Wir wissen auch einiges übereinander.‹«

»Also wird Georges ihn decken?«

»Ich weiß es nicht. Mir wäre es lieber, sie würden mir beide nichts erzählen, denn sonst fühle ich mich verpflichtet, es Robespierre zu sagen, und der wird sich verpflichtet fühlen, es dem Ausschuss zu sagen.«

»Vielleicht solltest du das aber. Es Robespierre sagen. Wenn irgendeine Gefahr besteht, dass du auch hineingezogen wirst, solltest du vielleicht besser derjenige sein, der es aufdeckt.«

»Aber damit würde ich dem Ausschuss helfen. Und dazu habe ich keine Lust.«

»Wenn der Ausschuss der einzige Weg zu einer stabilen Regierung ist, ist es dann nicht unverantwortlich, ihm nicht zu helfen?«

»Ich verabscheue stabile Regierungen.«

»Wann fangen die großen Prozesse an?«

»Bald. Danton kann sie nicht länger hinauszögern, dazu ist er zu krank. Und Robespierre wird es nicht im Alleingang versuchen.«

»Ich nehme an, wir begrüßen die Prozesse nach wie vor?«

»Wieso nicht? Royalisten, Brissotisten …«

Gesetz über die Verdächtigen. Verdächtig sind: alle, die in irgendeiner Weise der Tyrannei Vorschub geleistet haben (royalistischer Tyrannei, brissotistischer Tyrannei …); alle, die nicht beweisen können, dass sie ihren Bürgerpflichten nachgekommen sind; alle, die nicht verhungern, obwohl sie keinen Nachweis über ihre Existenzmittel erbringen können; alle, denen von ihrer Sektion das Bürgerzeugnis verweigert wurde; alle, die vom Konvent oder seinen Kommissaren aus öffentlichen Ämtern entfernt worden sind; alle, die adliger Abstammung sind und sich nicht durch anhaltenden und überdurchschnittlichen revolutionären Eifer hervorgetan haben; alle, die emigriert sind.

200 000 Menschen (so spätere Angaben von Bürger Desmoulins) werden aufgrund dieses Gesetzes inhaftiert. Die Überwachungsausschüsse der einzelnen Sektionen stellen Listen von Verdächtigen zusammen, ziehen ihre Papiere ein und nehmen sie in sogenannten »staatlichen Gebäuden« in Gewahrsam – Klöstern, leerstehenden Schlössern, geräumten Lagerhallen. Collot d'Herbois hat eine noch bessere Idee. Er schlägt vor, die Verdächtigen in verminten Häusern zusammenzutreiben, die bei Bedarf gesprengt werden können.

Seit er selbst Mitglied ist, kritisiert Collot den Wohlfahrtsausschuss nicht mehr. Wenn er den Saal betritt, entflieht Bürger Robespierre nach Möglichkeit durch eine andere Tür.

Dekret des Nationalkonvents: »Die französische Regierung bleibt bis zum Friedensschluss revolutionär … Setzt den Terror auf die Tagesordnung.«

Antoine Saint-Just: »Es ist jeder zu bestrafen, der sich in den Angelegenheiten der Revolution lau zeigt und sie nicht fördert.«

»Den Kalender geändert?«, sagte Danton. »Das ist zu viel verlangt von einem Invaliden.«

»Ja«, sagte Camille, »die Woche hat jetzt zehn Tage. Das ist ordentlicher so und außerdem förderlich für die Kriegsanstrengungen. Gezählt wird ab der Gründung der Republik, wir befinden uns also im ersten Monat des Jahres II. Aber Fabre ist damit beauftragt worden, sich irgendwelche absurden poetischen Namen für die Monate auszudenken. Er plant, den ersten Vendémiaire zu nennen. Damit hätten wir heute« – Camille runzelte die Stirn – »ja, heute müsste der 19. Vendémiaire sein.«

»In meinem Haus bleibt es der 10. Oktober.«

»Mach dich lieber damit vertraut. Es hat auf allen amtlichen Briefen zu stehen.«

»Ich habe nicht vor«, sagte Danton, »irgendwelche amtlichen Briefe zu schreiben.«

Er hütete nicht mehr das Bett, aber er sprach und bewegte sich langsam; von Zeit zu Zeit lehnte er den Kopf im Sessel nach hinten und schloss einen Moment lang die Augen.

»Erzähl mir von der Schlacht bei Dünkirchen«, sagte er. »Als ich mich aus der Welt verabschiedet habe, wurde sie als großer Sieg für die Republik gefeiert. Jetzt höre ich, dass General Houchard unter Arrest steht.«

»Der Ausschuss und das Kriegsministerium haben die Köpfe zusammengesteckt. Sie sind zu dem Schluss gekommen, dass er dem Feind noch mehr Schaden hätte zufügen können. Sie werfen ihm Verrat vor.«

»Aber der Ausschuss hat ihn doch selbst ernannt. Im Konvent wird es wüst zugegangen sein, nehme ich an.«

»Schon, aber Robespierre hat sich durchgesetzt.«

»Er hat sich zu einem erstklassigen Funktionär gemausert.«

»Ja, wenn er etwas macht, dann richtig.«

»Ich muss ihn sowieso machen lassen. Der Arzt hat mich jetzt für reisefähig erklärt. Besuchst du mich in Arcis, wenn du einmal ein paar Tage frei hast?«

»Freie Tage gibt es nicht.«

»O weh, das kommt mir bekannt vor. Du hast zu viel Zeit mit Robespierre verbracht.«

»Georges, hast du das von Julien gehört?«

»Nein.«

»Schirmt Louise dich von allen Neuigkeiten ab?«

»Ich glaube nicht, dass irgendetwas, was Julien betrifft, ihr im entferntesten erwähnenswert scheint. Sie weiß wahrscheinlich nicht einmal, dass er existiert.«

»Die Polizei hat seine Wohnung durchsucht. Seine sämtlichen Papiere sind beschlagnahmt.«

Er öffnete die Augen. »Und?«

»Chabot hat mich beiseite genommen und gesagt: ›Ich habe alles verbrannt, nur dass Sie's wissen.‹ Ich könnte mir vorstellen, dass das als Botschaft an dich gedacht war.«

Danton beugte sich vor, sein Blick plötzlich scharf und konzentriert. »Fabre?«

»Fabre schien ziemlich panisch.«

»Fabre regt sich sehr leicht auf.«

»Ich auch, Georges-Jacques, ich auch. Was wird von mir jetzt erwartet? Ich glaube, dass Fabre Urkundenfälschung begangen hat. Als die Ostindien-Kompanie liquidiert wurde, vermute ich, sind gewisse Papiere zugunsten der Kompanie gefälscht worden. Bei diesen Papieren hat es sich um Konventsdekrete gehandelt, und auf Konventsdekrete haben nur Abgeordnete Zugriff. Chabot ist beteiligt, und ein halbes Dutzend anderer wahrscheinlich auch. Im Zweifel weiß keiner von ihnen, wer die eigentliche Fälschung begangen hat. Vielleicht verdächtigt Julien Chabot, vielleicht Chabot Julien. Sie haben alle Geheimnisse voreinander, denke ich mir.«

»Aber Fabre hat es dir gestanden?«

»Er hat es versucht. Ich lasse ihn nicht. Ich sage ihm, dass ich von nichts wissen darf. Was ich dir hier erzähle, ist lediglich das, was ich mir selbst zusammengereimt habe. Die Polizei wird länger brauchen, um ihre Schlüsse zu ziehen. Und um Beweise zu sammeln, noch länger.«

Danton schloss die Augen wieder. »Die Ernte wird eingebracht sein«, sagte er. »Für uns bleibt nichts zu tun, als uns für den Winter warmzuhalten.«

»Es gibt noch mehr, was du wissen solltest.«

»Also schön, raus damit.«

»François Robert steckt in Schwierigkeiten. Erzählt sie dir denn gar nichts?«

»Woher soll sie wissen, dass das wichtig ist? Ist er auch in die Sache verstrickt?«

»Nein. Es ist vollkommen lächerlich – ihm wird Schwarzhandel vorgeworfen. Acht Fässer Rum. Für seinen Laden.«

»Himmelherrgott!« Danton schlug mit der Faust auf die Armlehne. »Man bietet ihnen die Chance, Geschichte zu schreiben, aber nein, sie bleiben lieber Kleinkrämer.«

Louise kam ins Zimmer gestürzt. »Sie sollten ihn doch nicht aufregen.«

»Ich fülle ihnen die Taschen. Ich fordere keine Schwerstarbeit von ihnen. Ich verschaffe ihnen Posten, ich lasse ihnen ihre Marotten durchgehen. Und alles, was ich dafür von ihnen verlange, ist ihre Stimme, eine Rede dann und wann – und Diskretion bei ihren kleinen Betrügereien, wenn sie partout nicht die Finger davon lassen können.«

»Den Rum kannst du unter klein rechnen. Die Ostindien-Kompanie nicht. Trotzdem, François Robert ist einer von uns. Es fällt auf uns zurück. Schickst du bitte deine Frau hinaus?«

»Der Doktor sagt, du musst Ruhe halten«, sagte sie rebellisch.

»Du kannst uns allein lassen, Louise. Ich halte Ruhe, ich versprech's dir. Ich bin jetzt schon ganz ruhig.«

»Was versucht ihr vor mir zu verbergen?«

»Niemand verbirgt irgendetwas vor dir«, sagte Camille. »Nicht der Mühe wert.«

»Sie ist ein Kind. Sie versteht das alles nicht. Sie weiß nicht, wer diese Leute sind.«

»Es war unsere eigene Sektion, die Cordeliers, die ihn angezeigt haben. Der Konvent war wie du der Meinung, dass es eine kleine Sache ist. Er hat sich geweigert, François' Immunität aufzuheben. Ansonsten – die Strafen sind gesalzen. Er und Louise können sich jetzt nur ducken und hoffen, dass die Welt sie möglichst vergisst.«

»Was für ein Abgang«, sagte Danton. Sein Gesichtsausdruck war mürrisch. »Mein Gott, damals nach dem Sturm auf die Bastille, als die zwei hinten in ihrem Laden noch den *Mercure Nationale* herausgegeben haben – diese dürre kleine Louise, die ihre hochwohlgeborene Nase in die Luft reckte und ihrem Drucker die Hölle heiß machte – und was war François für ein braver Junge. Ich musste nur sagen: ›Lauf und tu dies oder das, binde dir Ziegelsteine an die Schuhe und spring in die Seine‹, und er« – Danton hob zackig die Hand an die Schläfe – »›Selbstverständlich, sofort, Georges-Jacques, und kann ich dir von unterwegs irgendwas mitbringen?‹ Was für ein Abgang. Wenn du ihn siehst, sag ihm, ich wäre ihm sehr verbunden, wenn er vergessen könnte, dass er mich kennt.«

»Ich werde ihn nicht sehen«, sagte Camille.

»Unsere eigene Sektion, Camille. Oh, ich hätte die Jakobiner Robespierre überlassen und auf meiner Flussseite bleiben sollen. Ich hätte mir die Macht in meinem Bezirk erhalten sollen. Wer hat jetzt hier das Sagen? Hébert. Wir alten Cordeliers sollten zusammenhalten.«

Eine Zeitlang schwiegen sie. Wir alten Cordeliers … Vier Jahre ist es nun her, dass die Bastille fiel, vier Jahre und drei Monate. Es fühlt sich an wie zwanzig. Danton sitzt da, fett und mit dauergefurchter Stirn, und in seinen inneren Organen braut sich weiß Gott welches Unheil zusammen. Robespierres Asthma hat sich verschlimmert, und sein Haaransatz wandert unübersehbar nach hinten. Héraults Teint ist nicht so frisch, wie er einmal war, und das Doppelkinn, das Lucile seinerzeit schon moniert hat, verheißt nichts Gutes für die kommenden Jahre. Fabre leidet unter Atembeschwerden, und was Camille angeht, so plagen ihn seine Kopfschmerzen immer stärker, und er hat weniger Fleisch auf den zarten Knochen denn je. Jetzt schaut er zu Danton hoch: »Georges-Jacques, kennst du einen Mann, der Comte heißt? Sag mir nur Ja oder Nein.«

»Ja. Er war für mich in der Normandie als Agent der Regierung tätig. Wieso?«

»Weil er hier in Paris aufgetaucht ist und gewisse Vorwürfe erhoben hat. Angeblich machst du gemeinsame Sache mit Brissot, um den Herzog von York auf unseren Thron zu heben.«

»Den Herzog von York? Mein Gott«, sagte Danton bitter. »Ich hätte gedacht, nur Robespierre könnte etwas so durch und durch Bizarres zusammenspintisieren wie den Herzog von York.«

»Robespierre war zutiefst verstört.«

Danton hob ganz langsam den Kopf. »Er *glaubt* dieses Zeug?«

»Nein, natürlich nicht. Er hat gesagt, es sei ein Komplott, um einen Patrioten in Verruf zu bringen. Aber wir können froh sein, dass Hérault noch mit im Ausschuss sitzt. Er hat Comte festnehmen lassen, bevor er noch mehr Schaden anrichten konnte. Das war der Grund, warum der Polizeiausschuss David zu dir geschickt hat. Eine reine Formalität.«

»Ach so. ›Morgen, Danton, sind Sie ein Verräter?‹ ›Ganz entschieden nicht, David – und jetzt ab mit Ihnen zu Ihrer Palette.‹ ›Mach ich, bin grad mitten in einem Schinken.‹ Diese Art Formalität? Für Robespierre ist das natürlich Wasser auf seine Mühlen, stimmt's? Es bestärkt ihn in seinem Glauben an die weltumspannende Verschwörung.«

»Ja. Wir denken, dass Comte ein britischer Agent ist. Denn, so sagen wir uns … wir bieten unsere ganze Fantasie auf, um uns vorstellen zu können, dass es wahr ist, und da fragen wir uns natürlich, wie kann diese Null Comte, dieser Lakai, dieses Würstchen, Einblick in Dantons Pläne haben? So denken wir, Robespierre und ich.«

»Ich weiß, worauf Sie hinauswollen, Camille«, sagte Louise warnend. »Warum fragen Sie ihn nicht auf den Kopf zu, ob irgendwas daran ist?«

»Weil es absurd ist.« Camille riss der Geduldsfaden. »Weil ich noch andere Loyalitäten habe, und wenn es stimmt, dann ist er ein toter Mann.«

Louise wich einen Schritt zurück. Ihre Hand fuhr an ihre Kehle. Camille sah ihren Zwiespalt; sein Tod war Schreckensbild und Hoffnung zugleich für sie.

»Beachte ihn gar nicht, Louise«, sagte Danton. »Geh und sieh zu, dass alles gepackt wird.« In seiner Stimme schlug wieder die Müdigkeit durch. »Du musst lernen zu unterscheiden – die Geschichte ist vollkommen lächerlich. Es ist, wie Robespierre sagt. Reine Verleumdung.«

Sie zögerte. »Wir fahren trotzdem nach Arcis?«

»Natürlich. Ich habe uns ja schon angekündigt.«

Sie ging aus dem Zimmer.

»Ich muss fahren«, sagte Danton. »Ich muss wieder völlig gesund werden. Sonst ist alles andere zwecklos.«

»Ja, natürlich musst du fahren.« Camille wandte den Blick ab. »Schon, damit du den großen Prozessen aus dem Weg gehst.«

»Komm her.« Danton streckte die Hand nach ihm aus. Camille tat so, als sähe er sie nicht. »Ich bin die Menschen so über. Warum kommst du nicht mit, eine kleine Luftveränderung?« Ich habe ihn verloren, dachte er, ihn verloren an Robespierre und diese ewige Kälte, die ihn umgibt.

»Ich schreibe dir«, sagte Camille. Er trat zu ihm, streifte Dantons Backenknochen mit den Lippen. Es schien das Mindeste, was er tun konnte.

Es war spät, als sie in Arcis ankamen, und es wurde schon kühl. Er spürte es, sobald seine Füße den Boden berührten: Die Sonne verlor an Kraft, der Boden gab seine letzte Sommerwärme ab. Er streckte den Arm nach Louise aus. »Hier«, sagte er. »Hier bin ich geboren.«

Sie zog ihren Reiseumhang enger um sich und sah staunend auf das Herrenhaus und die milchige Dunkelheit, die vom Fluss herankroch. »Nein, nicht da«, sagte er, »nicht in diesem Haus. Aber ganz in der Nähe. Kommt jetzt«, sagte er zu den Kindern. »Hier wohnt eure Großmutter. Erinnert ihr euch?«

Dumme Frage. Aus irgendeinem Grund denkt Georges immer, seine Kinder seien älter, als sie sind, denkt, sie könnten sich weit zurückerinnern. François-Georges war ein Jahr alt, als seine Mutter starb; jetzt sitzt er groß und schwer auf dem Arm seiner Stiefmutter und trommelt mit den Fersen auf ihre zarten Rippen ein. Antoine, erschlafft von den Aufregungen der Reise, hängt um den Hals seines Vaters wie ein Kind, das man vom Grund des Meeres gerettet hat.

Anne-Madeleines Mann leuchtete mit einer Fackel. Und da kam schon die vorderste der Schwestern – es war Louises erste Begegnung mit diesen furchterregenden Wesen –, rennend, über die eigenen Füße stolpernd wie ein Schulmädchen. »Georges, Georges, mein Bruder Georges!« Sie warf sich an seinen Hals. Seine Arme schlossen sich um sie. Sie strich sich das Haar aus den Augen, küsste ihn auf beide Wangen, machte sich dann los, fing den nächststehenden ihrer kleinen Buben ein und hielt ihn dem Bruder zur Begutachtung hin. Das war Anne-Madeleine, die ihn unter den Hufen des Bullen hervorgezogen hatte.

Und hier kam Marie-Cécile; ihr Orden war aufgelöst worden, sie war wieder daheim, wo sie hingehörte – hatte er nicht gesagt, er würde für sie sorgen? Man sah ihr die Nonne noch an; sie versuchte ihre Hände in den Ärmeln des Habits zu verstecken, das sie nicht mehr trug. Und da war Pierrette, groß, lächelnd, pausbäckig, eine alte Jungfer, die matronenhafter wirkte als die meisten Pariser Mütter; an ihrer Schulter sabberte Anne-Madeleines Jüngstes. Sie umringten Louise und drückten sie – spürten beim Drücken, schemenhaft, das Versprechen von Gabrielles üppigem Fleisch. »Du kleines Täubchen!«, sagten sie lachend. »Du bist so jung!«

Sie verzogen sich in die Küche, die Schwestern. »Trübseliges Dingelchen! So pflichtbewusst! Und flach wie ein Brett!«

»Hättest du nicht auch gedacht, er bringt diese Lucile mit? Dieses schwarzäugige Luder? Ich dachte, er spannt sie ihrem schwarzäugigen Mann aus.«

»Nein, dieses grundschlechte Paar, die sind füreinander bestimmt.« Die Schwestern wollten sich ausschütten vor Lachen. Der Besuch der Desmoulins war ein Höhepunkt in ihrem Dasein gewesen; sie hätten viel darum gegeben, so etwas noch einmal erleben zu dürfen, wieder diesen Großstadtschauder zu fühlen, den die zwei ihnen eingejagt hatten.

Sie mimten Georges-Jacques und ihre Mutter: »Was für ein Trost«, krächzte Marie-Cécile, »dass ich dich noch sehen darf, ehe ich sterbe.«

»Sterben?«, brummte Anne-Madeleine. »Du alte Lügnerin, du stirbst nicht. Du wirst mich überleben, beim Satan!«

»O ja, fluchen kann Georges-Jacques!«, sagte Pierrette. »Wie ein Fuhrknecht. Meint ihr, er ist in schlechte Gesellschaft geraten?«

Im Wohnzimmer des Herrenhauses funkelten Mme Recordains blaue Augen im Dämmer. »Komm aus der kalten Nachtluft heraus, Tochter. Setz dich neben mich.« Prüfende Finger zwickten in ihre Taille. Zwei Monate schon! Und noch nicht schwanger! Die Italienerin, die gestorben war, die hatte ihre Pflicht an Georges-Jacques erfüllt – aber diese magere kleine Städterin hier …

Wie um weitere Examinierungen zu unterbinden, strömten die Schwestern aus den Tiefen des Hauses herbei. Sie umdrängten ihren Bruder, zählten all die guten Dinge auf, die sie ihm kochen könnten, tätschelten ihm den Kopf, wärmten alte Familienwitze auf – füllige Frauen vom Lande in ihren merkwürdigen, uneleganten, praktischen Kleidern.

»Vielleicht solltest besser du derjenige sein, der es aufdeckt.« Fabre hatte Lucile nicht gehört, aber der Gedanke kam auch ihm. An dem Tag, an dem Danton aus Paris abfuhr, saß er allein in seiner Wohnung und hätte am liebsten geschrien und getobt und auf die Wände eingedroschen wie ein unartiges Kind, das von den Erwachsenen enttäuscht worden ist. Er griff wieder nach dem liebenswürdig-unverbindlichen Briefchen, das Danton ihm vor seiner Abreise geschickt hatte; er riss es in schmale Streifen und verbrannte sie einen nach dem anderen.

Nach einer anstrengenden und kontroversen Sitzung des Jakobinerclubs fing er Robespierre und Saint-Just ab, als sie zusammen aus dem Saal kamen. Saint-Just wohnte den Abendsitzungen nur sporadisch bei; er fand sie sinnlos, auch wenn er das nicht laut sagte, und still für sich nannte er die Clubmitglieder Meinungskrämer. Fremde Meinungen interessierten ihn nur mäßig. In ein paar Tagen würde er bei den Truppen im Elsass sein. Er freute sich darauf.

»Bürger.« Fabre winkte sie beiseite. »Auf ein Wort.«

Saint-Just schaute gleich noch gereizter. Robespierre dachte an den schönen neuen Kalender und brachte ein frostiges Lächeln zuwege.

»Bitte«, sagte Fabre. »Eine Sache von ungeheurer Wichtigkeit. Hätten Sie wohl Zeit für eine private Unterredung?«

»Dauert es länger?«, fragte Robespierre höflich.

»Sie sehen doch, dass wir zu tun haben, Fabre«, sagte Saint-Just. Robespierre musste über seinen Ton lächeln: Max ist mein Freund, und wir spielen nicht mit dir. Eigentlich hätte Fabre jetzt einen Schritt zurücktreten und Saint-Just durch sein Lorgnon mustern müssen. Aber das geschah nicht, blass und fahrig bettelte er weiter; Saint-Justs Grobheit hatte ihn auf dem falschen Fuß erwischt. »Ich muss mit dem Ausschuss sprechen«, drängte er. »Das ist eine Angelegenheit für den Ausschuss.«

»Dann schreien Sie nicht so laut.«

»Nur Verschwörer flüstern.« Fabre schöpfte Hoffnung, sein Ton wurde dramatisch: »Schon bald wird meine Botschaft die ganze Republik erschüttern.«

Saint-Just betrachtete ihn angewidert. »Wir sind nicht auf der Bühne«, sagte er.

Robespierre warf Saint-Just einen beunruhigten Blick zu. »Sie haben recht, Fabre. Wenn Ihre Angelegenheit die Republik angeht, muss sie öffentlich gemacht werden.« Aber er sah sich doch rasch um, ob jemand sie gehört haben konnte.

»Die öffentliche Sicherheit steht auf dem Spiel.«

»Dann muss er vor dem Ausschuss sprechen.«

»Nein«, sagte Saint-Just. »Wir werden auch so schon bis zum Morgengrauen brauchen. Es steht kein einziger Punkt auf der Tagesordnung, der nicht von höchster Dringlichkeit ist. Kein einziges Thema duldet den geringsten Aufschub, und ich, Bürger Fabre, muss morgen früh um neun an meinem Schreibtisch sitzen.«

Fabre ignorierte ihn. Er fasste Robespierre am Arm. »Ich habe eine Verschwörung aufzudecken.« Robespierres Pupillen weiteten sich. »Allerdings wird sie nicht über Nacht gefährlich werden – wenn wir morgen gezielt durchgreifen, reicht das. Bürger Saint-Just braucht seinen Schlaf. Er ist die Nachtarbeit nicht so gewöhnt wie wir älteren Patrioten.«

Das war ein Fehler. Robespierre maß ihn eisig. »Ich weiß zufällig, Bürger Fabre, dass Sie Ihre Nachtarbeit derzeit bevorzugt in einer Spielhalle ableisten, von deren Existenz die Patrioten der Kommune nichts wissen, in Gesellschaft von Bürger Desmoulins und mehreren zweifelhaft beleumundeten Damen.«

»Um Himmels willen«, flehte Fabre, »nehmen Sie mich ernst.«

Robespierre sah ihn an. »Ist es eine weitreichende Verschwörung?«

»Ihre Auswirkungen werden gewaltig sein.«

»Sehr gut. Bürger Saint-Just und ich treffen uns morgen mit dem Wohlfahrtsausschuss.«

»Ich weiß.«

»Würde das passen?«

»Noch passender wäre der Polizeiausschuss. Das würde die Sache beschleunigen.«

»Verstehe. Wir treffen uns um –«

»Ich weiß.«

»Verstehe. Gute Nacht.«

Saint-Just trat von einem Fuß auf den anderen. »Robespierre, wir kommen zu spät. Der Ausschuss wird schon warten.«

»Das wird er hoffentlich nicht«, sagte Robespierre. »Er wird hoffentlich mit seiner Arbeit fortfahren. Niemand ist es wert, dass man auf ihn wartet. Niemand ist unersetzlich.« Aber er folgte ihm.

»Der Mann ist nicht vertrauenswürdig«, sagte Saint-Just. »Er ist theatralisch. Er ist hysterisch. Diese Verschwörung ist sicher ein Produkt seiner überhitzten Fantasie.«

»Er ist ein Freund von Danton und ein bewährter Patriot«, widersprach Robespierre prompt. »Und ein großer Dichter.« Grübelnd sah er vor sich hin. »Ich neige dazu, ihn für glaubwürdig zu halten. Er war sehr bleich im Gesicht, und er hatte sein Lorgnon nicht dabei.«

Es klang sogar mehr als glaubwürdig. Robespierre hatte die Befragung übernommen: straff, sehr ruhig, regungslos, die Handflächen vor sich auf die Tischplatte gedrückt. Von der Ecke des Tisches war er auf den Platz Fabre gegenüber gerückt, sodass die Ausschussmitglieder mit ihren Stühlen hastig aus dem Weg rutschen mussten; jetzt saßen sie stumm da und überließen alles Weitere ihm. Von Zeit zu Zeit befahl er Fabre scharf, innezuhalten, und machte sich eine Notiz. Dann wischte er die Feder ab, legte sie mit entschiedener Geste weg, spreizte wieder die Finger und forderte Fabre mit einem Blick auf, weiterzureden.

Fabre ließ sich in seinen Stuhl zurücksinken. »Und wenn in einem Monat«, sagte er, »Chabot zu euch kommt und von einer Verschwörung anfängt, dann werdet ihr euch hoffentlich daran erinnern, wer euch diese Namen als Erster genannt hat.«

»Sie«, sagte Robespierre, »werden ihn selbst befragen.«

Fabre schluckte. »Bürger«, sagte er, »es tut mir sehr leid, das Werkzeug Ihrer Desillusionierung gewesen zu sein. Sie haben sicher viele dieser Leute für aufrechte Patrioten gehalten.«

»Ich?« Mit einem freudlosen kleinen Lächeln blickte Robespierre auf. »Ich habe die Namen dieser Ausländer bereits in meinen Aufzeichnungen stehen. Jedermann kann sie dort lesen. Dass sie korrupt und gefährlich sind, weiß ich schon lange, aber jetzt sprechen Sie von systematischer Verschwörung, von Geldern, die Pitt auszahlt – meinen Sie, ich hätte das nicht begriffen, klarer als irgendjemand sonst? Die wirtschaftliche Sabotage, die extremistischen Forderungen, die sie bei den Jakobinern und den Cordeliers vertreten, die blasphemischen, intoleranten Ausfälle gegen den christlichen Glauben, die das brave Volk verschrecken und gegen die neue Ordnung einnehmen – meinen Sie, ich hätte nicht längst den Verdacht, dass das alles zusammenhängt?«

»Doch«, sagte Fabre. »Doch, ich hätte mir natürlich denken müssen, dass Sie den Zusammenhang selbst sehen würden. Werden Sie Festnahmen anordnen?«

»Ich glaube nicht.« Der Blick, mit dem Robespierre sich am Tisch umsah, lud nicht zu Widerspruch ein. »Da wir nun über ihre Schachzüge vollständig im Bilde sind, können wir ruhig zulassen, dass sie noch eine Woche oder zwei ihre Kräfte verausgaben.« Wieder sah er sich um. »Auf diese Weise werden wir ihre sämtlichen Komplizen entdecken. Wir werden die Revolution ein für alle Mal säubern. Haben Sie genug gehört?« Ein, zwei Männer nickten, ihre Gesichter verwirrt, angespannt. »Ich noch nicht, aber wir wollen Ihre Zeit nicht noch länger in Anspruch nehmen.« Er stand auf, schob mit den Fingerspitzen seine Papiere zusammen. »Kommen Sie«, forderte er Fabre auf.

»Kommen?«, wiederholte Fabre begriffsstutzig.

Robespierre zeigte mit dem Kopf in Richtung Tür. Fabre stand auf und folgte ihm. Er fühlte sich schwach und zittrig. Robespierre führte ihn in einen kleinen, kargen Raum nicht unähnlich dem, in dem sie während der Krawalle neulich beratschlagt hatten.

»Arbeiten Sie oft hier drin?«

»Je nachdem. Ich habe es gern, wenn ich mich irgendwohin zurückziehen kann. Sie können ruhig Platz nehmen, es ist nicht schmutzig.«

Vor Fabres innerem Auge erschien ein Heer von Schlossern, Fensterputzern und besenschwingenden alten Weiblein, die die Dachböden und Keller öffentlicher Gebäude schrubbten, um saubere Verstecke für Robespierre zu schaffen. »Lassen Sie die Tür offen«, sagte Robespierre, »dann kann keiner daran lauschen.« Er warf seine Aufzeichnungen auf den Tisch – die Geste ist nicht von ihm, dachte Fabre, die hat er von Camille. »Sie wirken nervös«, bemerkte Robespierre.

»Was – ich meine, was möchten Sie denn noch von mir hören?«

»Was immer Sie mir erzählen wollen«, sagte Robespierre zuvorkommend. »Wir könnten noch ein paar kleinere Details klären. Die echten Namen der Brüder Frei zum Beispiel.«

»Emmanuel Dobruska. Siegmund Gottleb.«

»Es wundert mich nicht, dass sie sie geändert haben. Sie etwa?«

»Warum haben Sie mich das nicht vor den anderen gefragt?«

Robespierre überging es. »Dieser Proli, Héraults Sekretär, der bei den Jakobinern verkehrt. Manche Leute behaupten, er sei der uneheliche Sohn des österreichischen Staatskanzlers Kaunitz. Stimmt das?«

»Ja. Jedenfalls ist es gut möglich.«

»Mit Hérault ist das etwas Seltsames. Er ist als Aristokrat zur Welt gekommen und wird doch nie von Hébert attackiert.« Hérault, denkt Fabre, und seine Gedanken wandern wie so oft dieser Tage zurück zum Café du Foy. Er hatte aus seinem jüngsten Werk gelesen (*Augusta* im Théâtre des Italiens lief nicht mehr so recht), und herein kam, in einen schwarzen Anwaltsanzug gezwängt, dieser riesige, grobschlächtige Junge, der sich zehn Jahre zuvor auf der Straße von ihm hatte zeichnen lassen. Der Junge hatte sich ein vornehmes Näseln zugelegt, und er hatte über Hérault geredet – »er sieht blendend aus, er ist weit gereist, alle Damen am Königshof stellen ihm nach« –, und neben ihm hatte dieser mädchenhafte, großäugige Egoist gestanden, der sich als der außereheliche Schwarm von halb Paris entpuppte. Die Jahre vergehen … *plus ça change, plus c'est la même chose* … »Fabre, hören Sie zu?«, fragte Robespierre.

»Ja, ja, natürlich.«

Robespierre beugte sich vor und faltete die Hände, und Fabre, zurückgeholt aus der Vergangenheit, ’87, ’88, begann zu schwitzen. Er hörte, was Robespierre sagte, und ein Schauder überlief ihn. »Dass Hérault nie von Hébert angegriffen wird, ist für mich der Beweis, dass sie gemeinsame Interessen verfolgen. Héberts Leute sind nicht nur verblendete Fanatiker – sie stehen in Verbindung mit all diesen ausländischen Elementen, die Sie anklagen. Das Ziel ihrer radikalen Reden und Handlungen ist es, Furcht und Abscheu zu wecken. Sie wollen die Revolution der Lächerlichkeit preisgeben und ihre Glaubwürdigkeit zerstören.«

»Ja.« Fabre wandte den Blick ab. »Das verstehe ich.«

»Hand in Hand damit gehen die Versuche, große Patrioten in Verruf zu bringen. Wie etwa die Anschuldigungen gegen Danton.«

»Ganz eindeutig«, sagte Fabre.

»Man fragt sich, wie diese Verschwörer auf Sie kommen.«

Fabre schüttelte den Kopf, rätselnd, bedrückt. »Sie haben schon einige Erfolge verbuchen können, und das im Herzen der Bergpartei. Das ermutigt sie, denke ich. Chabot, Julien … alles erprobte Männer. Wenn sie befragt werden, werden sie natürlich aussagen, ich sei an der Sache beteiligt.«

»Unser Befehl an Sie« – Robespierre legte die Fingerspitzen aneinander –, »lautet, ein wachsames Auge auf die von Ihnen genannten Individuen zu haben – insbesondere auf die, die Sie der Wirtschaftskriminalität verdächtigen.«

»Ja«, sagte Fabre. »Äh – Befehl von wem?«

Robespierre sah überrascht auf. »Vom Ausschuss.«

»Natürlich. Mir hätte klar sein müssen, dass Sie für alle sprechen.« Fabre beugte sich vor. »Bürger, um eins möchte ich Sie bitten: Egal, was Chabot sagt, gehen Sie ihm nicht auf den Leim. Er und seine Freunde können sehr überzeugend klingen.«

»Halten Sie mich für einen kompletten Idioten, Fabre?«

»Entschuldigung.«

»Sie können jetzt gehen.«

»Danke. Vertrauen Sie mir. Sie werden sehen, im nächsten Monat wird alles so kommen, wie ich gesagt habe.«

Die Handbewegung, mit der Robespierre ihn entließ, hätte die eines gesalbten Despoten sein können, so gedankenlos herrisch war sie. Vor der Tür zog Fabre erst einmal ein seidenes Taschentuch hervor und wischte sich das Gesicht ab. Es war der unangenehmste Vormittag seines Lebens gewesen – mit Ausnahme des Morgens im Jahr 1777, als er zum Tod durch den Strang verurteilt worden war –, und doch war es andererseits leichter gegangen als erwartet. Robespierre hatte jede seiner Andeutungen geschluckt, als bestätigten sie ihm lediglich die Schlüsse, zu denen er selbst schon gelangt war. »Dieses ausländische Komplott«, hatte er ein ums andere Mal wiederholt. Ganz eindeutig ging es ihm um das Politische; die Ostindien-Kompanie interessierte ihn so gut wie gar nicht. Aber wird es tatsächlich so kommen, wie ich es ihm versprochen habe? Unbedingt – weil Verlass darauf ist, dass Hébert geifert und Chabot lügt und betrügt und stiehlt und Chaumette Priester schikaniert und Kirchen schließt, und von jetzt an werden sie sich jedes Mal, wenn sie den Mund aufmachen, selbst verurteilen; für Robespierre laufen alle diese verschiedenen Stränge in einem Komplott zusammen, und wer weiß, wer weiß, vielleicht tun sie's ja wirklich. Ein Jammer, dass er Hérault verdächtigt, ich könnte ihn warnen, aber was nützt das? Das Leben der *ci-devants* hängt am seidenen Faden, vielleicht waren seine Tage ja ohnehin schon gezählt.

Und das Wichtigste ist: *Er vertraut Danton.* Ich bin Dantons Mann. Also habe ich mich vielleicht reingewaschen. Indem ich ihm das gesagt habe, was er hören wollte.

Saint-Just lächelte, als er ihn sah. Ich bin wieder gut angeschrieben, dachte Fabre. Dann sah er den Ausdruck in Saint-Justs Augen. »Ist Robespierre drin?«

»Ja, ja. Ich komme gerade von ihm.«

Saint-Just drängte sich an ihm vorbei. Er musste sich flach an die Wand drücken. »Schön die Tür offen lassen, damit keiner dran lauscht«, rief er ihm nach. Saint-Just knallte sie hinter sich zu. Fabre begann zu summen. Er schrieb an einem neuen Stück, das *Die Blutorange* heißen sollte, und jetzt dachte er plötzlich, dass er ja auch eine Operette daraus machen könnte.

In dem kleinen Zimmer blickte Robespierre von seinen Notizen auf. »Ich dachte, du machst dich für deine Reise zur Grenze fertig?«

»Morgen.«

»Was hältst du davon?«

»Von Fabres Komplott? Es passt zu all deinen vorgefassten Meinungen. Ich frage mich, ob er das weiß.«

Robespierre fuhr auf: »Stellst du es in Frage?«

»Jeder Vorwand«, sagte Saint-Just, »taugt, um gegen Ausländer, Wucherer und Hébertisten vorzugehen. Solange du im Hinterkopf behältst, dass Fabre im Zweifel auch keine ganz weiße Weste hat.«

»Du traust ihm also nicht.«

Saint-Just lachte – soweit sich bei ihm von Lachen sprechen ließ. »Der Mann ist ein Erzbetrüger. Du weißt, warum er sich ›d'Églantine‹ nennt? Wegen dieses Literaturpreises der Akademie von Toulouse?« Robespierre nickte. »In dem Jahr, in dem er den Preis erhalten haben will, ist gar keiner verliehen worden.«

»Ach so.« Robespierre sah weg, ein schräger Blick, diskret, wachsam. »Und du täuschst dich auch nicht?«

Saint-Just wurde rot. »Natürlich nicht. Ich habe nachgeforscht. Ich habe die Akten überprüft.«

»Ich nehme an«, sagte Robespierre unterwürfig, »er dachte, der Preis hätte ihm gebührt. Ich nehme an, er hat sich darum betrogen gefühlt.«

»Der Mann hat sein ganzes Leben auf einer Lüge aufgebaut!«

»Vielleicht mehr auf einem Selbstbetrug.« Robespierre lächelte abwesend. »Schließlich ist er auch kein großer Dichter, obwohl ich das gesagt habe. Nur ein mittelmäßiger. So etwas ist kleinlich, Saint-Just. Wie viel Zeit hast du damit verschwendet?« Die Genugtuung in Saint-

Justs Blick war wie weggewischt. »Weißt du«, fuhr Robespierre fort, »ich hätte mir auch gewünscht, einmal so einen Preis zu gewinnen. Einen bedeutenden, nichts Lokales – so etwas wie Toulouse.«

»Aber diese Preise waren vom alten Regime eingerichtet.« Saint-Just klang gekränkt. »Sie sind Schnee von gestern, es gibt sie nicht mehr. Sie sind aus der Zeit vor der Revolution.«

»So eine Zeit soll es gegeben haben.«

»Du bist den Institutionen und Denkweisen des alten Regimes doch sehr verhaftet.«

»Das«, sagte Robespierre, »ist ein schwerer Vorwurf.«

Saint-Just sah aus, als reue es ihn auch bereits. Robespierre stand von seinem Stuhl auf. Er war knappe zwanzig Zentimeter kleiner als Saint-Just. »Möchtest du mich vielleicht durch jemanden mit einwandfreierer revolutionärer Gesinnung ersetzen?«

»Der Gedanke hat mich niemals auch nur gestreift.«

»Durch dich selber am Ende?«

»Du verstehst mich völlig falsch.«

»Denn wenn du mich zu ersetzen versuchst, werde ich deinen Anteil an dieser Verschwörung nachweisen und im Konvent deinen Kopf verlangen.«

Saint-Just zog die Brauen hoch. »Du siehst Gespenster«, sagte er. »Ich gehe an die Front.«

Robespierres Stimme klang hinter ihm her, als er zur Tür hinausstürmte: »Das von Fabres Preis weiß ich seit Jahren. Camille hat es mir erzählt. Wir haben darüber gelacht. Was zählt so etwas denn? Bin ich der Einzige, der noch weiß, was zählt? Bin ich der Einzige, der die Dinge noch im Verhältnis sieht?«

Maximilien Robespierre: »In den letzten zwei Jahren haben Verrat und Schwäche 100 000 Menschen das Leben gekostet; mit unserer Laxheit gegenüber Verrätern schaufeln wir uns unser eigenes Grab.«

IM JUSTIZPALAST: »Du wirkst nicht sehr fröhlich, Vetter«, sagte Camille.

Fouquier-Tinville zuckte mit den Schultern. Sein dunkles Gesicht trug einen mürrischen Ausdruck. »Heute war ich achtzehn Stunden bei Gericht. Gestern haben wir um acht Uhr morgens angefangen und waren nachts um elf fertig. Das zehrt.«

»Stell dir vor, wie es für die Gefangenen sein muss.«

»Dazu reicht meine Fantasie nicht aus«, sagte der öffentliche Ankläger wahrheitsgemäß. »Ist es eine klare Nacht?«, fragte er. »Ich könnte etwas frische Luft vertragen.«

Es störte ihn nicht, Frauen wegen Kapitalverbrechen anzuklagen, aber die Fragen, die es in manchen Gemütern aufwarf, setzten ihm zu. Die Guillotine gewährleistete einen halbwegs würdigen Tod; die Quälerei kam vorher. Er sah es lieber, wenn seine Gefangenen in besserer Verfassung waren – nicht so zerzaust, nicht so krank und geschwächt. Er hatte einen Mann dazu abgestellt, ihr wenn nötig Gläser mit Wasser zu holen, aber bislang hatte sie weder Wasser noch Riechsalz gebraucht. Es war jetzt nach Mitternacht; eine Jury, die sich um diese Zeit zur Beratung zurückzog, würde wohl schwerlich lange fackeln.

»Hébert gestern«, sagte er unvermittelt. »Grauenhaft. Gott allein weiß, was er mit der Sache zu tun hat und warum ich ihn vernehmen musste. Ich habe meine Berufsehre. Ich bin Familienvater – ich will mir so etwas nicht anhören müssen. Die Frau hat in ihren Antworten Würde bewiesen. Das hat ihr Sympathie beim Publikum eingebracht.«

Hébert hatte gestern behauptet, zusätzlich zu ihren anderen Verbrechen habe die Gefangene ihren neunjährigen Sohn zur Unzucht verführt; sie habe ihn zu sich ins Bett geholt und ihn gelehrt, sich selbst zu befriedigen. Seine Wärter hatten ihn dabei ertappt – o Gott, von wem hast du das gelernt? Von Mama, sagte das gerissene, verängstigte Kind. Hébert legte Beweise vor – der Knabe habe aus freien Stücken ein entsprechendes Dokument unterzeichnet. Die Handschrift des Kindes – greisenhaft, zittrig – hatte Bürger Fouquier einen momentlangen

Stich versetzt. »Man hat selber Kinder«, murmelte er. Bürger Robespierre hatte sich nicht mit Murmeln begnügt. »Dieser Trottel Hébert!«, hatte er entrüstet ausgerufen. »Ist jemals eine so absurde Anschuldigung vor einem Gericht erhoben worden? Verlasst euch drauf – er rettet der Frau noch das Leben!«

Ich frage mich, dachte Fouquier, was für ein Anwalt Bürger Robespierre seinerzeit war. Wahrscheinlich ist er regelmäßig vor Mitleid zerflossen.

Er wollte sich gerade wieder seinem Vetter zuwenden, als Präsident Hermann aus dem Dunkel des Korridors in das Kerzenlicht trat, das die Anwälte, den Stuhl der Gefangenen und den leeren Zeugenstand umfing. Der Präsident bedeutete Fouquier mit einem Heben des Fingers, ihm zu folgen.

»Plauder du ein bisschen mit Chauveau-Lagarde«, sagte Fouquier. »Armer Kerl, die Marat-Attentäterin hat er auch verteidigt. Seine Karriere dürfte gelaufen sein.«

Lagarde sah auf. »Camille, was machen Sie hier? Wenn ich die Wahl hätte, brächten mich keine zehn Pferde hierher.« Dennoch schien er froh, ihn zu sehen. Er war es leid, mit seiner Mandantin zu reden. Sie war nicht sehr mitteilsam.

»Wo könnte ich Besseres sein? Manche von uns warten schon sehr lange auf diesen Tag.«

»Ja – gut, wenn Sie es so wollen.«

»Ich denke, wir alle sollten dabei sein wollen, wenn Verrat geahndet wird.«

»Sie greifen vor. Die Geschworenen beratschlagen noch.«

»Es kann nicht sein, dass die Republik diesen Prozess verliert«, sagte Camille. Er lächelte. »Sie bekommen auch nur die dankbaren Mandate, wie?«

»Kein Anwalt in Paris hat so viel Erfahrung mit aussichtslosen Fällen.« Lagarde war achtundzwanzig; er versuchte, aus allem das Beste zu machen. »Ich habe auf Begnadigung plädiert«, sagte er. »Was hätte ich sonst tun sollen? Die Anschuldigung gegen sie lautet, dass sie ist, was sie ist. Ihr wird vorgeworfen, dass sie existiert. Gegen so eine Anklage gibt es keine Verteidigung. Und selbst wenn – die Anklageschrift ist mir Sonntagabend zugestellt worden, und am Morgen darauf war schon die Verhandlung. Ich habe Ihren Vetter um drei Tage gebeten. Keine Chance. Als ihrem Mann der Prozess gemacht wurde, ging es deutlich geruhsamer zu. Und wenn sie zum Schafott gebracht wird, dann auf einem Karren.«

»Der geschlossene Wagen war nicht sehr demokratisch, finde ich. Das Volk hat ein Recht darauf, sie zu sehen.«

Lagarde warf ihm einen verdeckten Blick zu. »Ein hartgesottenes Volk seid ihr Guiser.« Und doch konnte man sie verstehen, dachte er, man empfand sie – Zeichen der Zeit – sogar als regelrecht wohltuend: den stoischen, verknöcherten Fouquier ebenso wie seinen exaltierten, hochgehandelten Vetter, der ihm den Posten verschafft hatte. Ganz gewiss zog man sie manchen anderen Dienern der Republik vor, Hébert etwa mit seinen obszönen Reden, seiner madenhaften Blässe. Zeitweise war ihm während der gestrigen Verhandlung richtiggehend übel geworden.

»Ich weiß, an wen Sie gerade denken«, sagte Camille. »Diesen Ausdruck habe ich schon auf vielen Gesichtern gesehen. Ich vermute, Hébert hat sich Gelder des Kriegsministeriums unter den Nagel gerissen, und wenn ich einen Beweis dafür finde, haben Sie demnächst einen berühmten Mandanten mehr.«

Fouquier eilte auf sie zu. »Die Geschworenen kommen zurück«, sagte er. »Mein Beileid im Voraus, Lagarde.«

Man half der Gefangenen über den Gang zu ihrem Stuhl. Eben noch war sie im Dunkeln, im nächsten Moment fiel Licht auf ihr gefurchtes, zerstörtes Antlitz.

»Alt schaut sie aus«, bemerkte Camille. »Sie scheint kaum sehen zu können, wo sie hingeht. Mir war nicht klar, dass sie so schlecht sieht.«

»Das kann man kaum mir zum Vorwurf machen«, sagte der öffentliche Ankläger. »Wobei es nach meinem Tod«, setzte er hellsichtig hinzu, »zweifellos doch darauf hinauslaufen wird. Wenn du mich bitte entschuldigst, Vetter.«

Der Schuldspruch war einstimmig. Hermann beugte sich vor und fragte die Gefangene, ob sie noch etwas zu sagen wünsche. Die einstige Königin von Frankreich schüttelte den Kopf. Ihre Finger fuhren ungeduldig auf der Armlehne hin und her. Hermann verkündete das Todesurteil.

Das Gericht erhob sich. Wärter traten herzu, um die Gefangene hinauszuführen. Fouquier blickte ihr nicht nach. Sein Vetter eilte zu ihm, um ihm mit seinen Aktenstößen zu helfen. »Morgen wird harmlos«, sagte Fouquier. »Da, nimmst du das? Man sollte ja meinen, dem öffentlichen Ankläger stünde irgendein Gerichtsdiener zur Verfügung.«

Hermann nickte Camille höflich zu, und Fouquier wünschte dem Präsidenten eine gute Nacht. Camilles Augen waren auf die davonhumpelnde Witwe Capet gerichtet. »Welch Krönung unseres revolutionären Strebens«, sagte er. »Einer alten Trutsche den Kopf abzuhacken.«

»Was bist du wetterwendisch, Camille. Als hättest du für die Österreicherin je ein gutes Wort übrig gehabt. Komm. Normalerweise wahre ich ja meine Würde, indem ich in meiner Amtskutsche fahre, aber ich brauche frische Luft. Oder musst du Robespierre Bericht erstatten?«

Er zeigte sich gern mit seinem Vetter in der Öffentlichkeit. Es machte ihn stolz, ihn zusammen mit Danton zu erleben – die Anspielungen, Scherze und vielsagenden Blicke zu sehen, die die beiden untereinander tauschten, und zu beobachten, wie Danton den fleischigen Arm um seinen Vetter legte oder wie sein Vetter bei einer der vielen nächtlichen Sitzungen seine gefährlichen Augen schloss und den Kopf vertrauensvoll an Dantons Schulter bettete. Bei Robespierre kam dergleichen natürlich nicht vor. Robespierre berührte fast nie jemanden. Seine Züge waren verschlossen, abweisend. Aber Camille verstand es, einen lebhaften, zugewandten Ausdruck auf sein Gesicht zu zaubern; sie hatten Erinnerungen, die sie verbanden, und vielleicht sogar einen gemeinsamen Humor. Manche Leute wollten gesehen haben – obwohl das fast einer Gotteslästerung gleichkam –, wie Camille Robespierre zum Lachen brachte.

Jetzt schüttelte sein Vetter den Kopf. »Robespierre schläft wahrscheinlich schon. Es sei denn, der Ausschuss tagt noch. Und die Wahrscheinlichkeit, dass du unterliegst, war ja nun nicht sehr hoch.«

»Himmel, nein.« Fouquier hakte sich bei seinem Vetter ein, und sie traten hinaus in den frostigen Morgen. Ein Polizist salutierte vor ihnen. »Der nächste große Prozess ist der gegen Brissot – und den ganzen restlichen Haufen, soweit wir sie zu fassen bekommen haben. Ich untermauere meine Anklage mit deinen Schriften – deiner ›Geheimen Geschichte‹ und diesem anderen Artikel, den du über Brissot geschrieben hast, nach eurem Streit über deinen Glücksspielfall. Gute Arbeit: Ich borge mir ein paar deiner Formulierungen aus, wenn du gestattest. Ich hoffe, du wirst im Gerichtssaal sein, um den Applaus einzustecken.«

Ach, diese Tage nach dem Fall der Bastille: Brissot bei Camille in der Redaktion, auf der Schreibtischkante sitzend, und herein rauschte Théroigne und drückte Brissots vertrockneter Wange einen schmatzenden Kuss auf. Er war mein Freund, denkt Camille; und dann kam der Glücksspielfall, und auf einmal fanden wir uns in unterschiedlichen Lagern wieder, er wendete es ins Persönliche, und *ich hasse Kritik*! So gut kennt er sich inzwischen: Entweder er braust auf, oder er knickt ein, entweder attackiert er, oder – ja, was? »Antoine«, sagt er zu seinem Vetter, »ich scheine sämtliche Formen des Angriffs zu kennen. Aber irgendwie kenne ich keine einzige Form der Verteidigung.«

»Komm jetzt«, sagte der Staatsanwalt. Er hatte keine Ahnung, wovon sein Vetter redete, aber das war nichts Neues. Er streckte die Hand aus, zauste Camille das Haar. Der riss den Kopf zur Seite, als hätte eine Wespe ihn gestochen. Fouquier nahm es gelassen. Er war guter Dinge, er freute sich auf die Flasche Wein, mit der er sich belohnen würde, nun da alles vorbei war; während der großen Prozesse trank er nach Möglichkeit nichts. Nur mit dem Schlafen, fürchtete er, konnte es schwierig werden – entweder das, oder die Alpträume kamen zurück. Vielleicht hatte sein Vetter, mit dem er so sträflich wenig Zeit verbrachte, ja Lust, mit ihm aufzubleiben und zu reden. Für zwei Jungen aus der Provinz, dachte er, stehen wir bemerkenswert gut da.

Kurz nach elf Uhr am nächsten Morgen kam Henri Sanson zu ihr in die Zelle, um sie vorzubereiten. Er war der Sohn jenes Sanson, der ihren Mann hingerichtet hatte. Sie trug ein weißes Kleid, ein leichtes Umschlagtuch, schwarze Strümpfe und ein Paar hochhackiger pflaumenfarbener Schuhe, die sie während ihrer Kerkerhaft sorgsam gehütet hatte. Der Henker fesselte ihr die Hände auf dem Rücken und schnitt ihr das Haar ab, das sie laut ihrer Zofe eigens für den Richter und die Geschworenen »hochfrisiert« hatte. Sie duldete es regungslos, und Sanson ließ den Stahl nicht ihren Hals berühren. Nur Sekunden später lagen die langen Flechten, die nicht mehr honigblond waren, sondern mit groben grauen Strähnen durchzogen, auf dem Zellenboden. Er raffte sie zusammen, damit sie verbrannt würden.

Der Schinderkarren wartete im Hof, ein gewöhnlicher Frachtkarren, mit dem man sonst Brennholz beförderte; nun waren ein paar Bretter als Sitze darübergelegt. Bei dem Anblick verlor sie etwas von ihrer Fassung und zuckte zusammen, schrie aber nicht auf. Sie bat den Henker, ihr für einen Augenblick die Fesseln zu lösen, und als ihre Hände frei waren, kauerte sie sich in ein Mauereck und ließ Wasser. Dann wurde sie neuerlich gebunden und in den Karren gesetzt. Ihre müden Augen unter dem geschorenen Haar und der weißen Haube suchten in den Gesichtern ringsum nach Mitleid. Die Fahrt zum Schafott dauerte eine Stunde. Sie sprach während der ganzen Zeit nicht.

Gleichgültige, gedungene Hände halfen ihr die Stufen zum Gerüst hinauf. Ihre Glieder fingen an zu zittern, die Beine trugen sie nicht recht. In ihrer Blindheit und Angst trat sie dem Henker auf den Fuß. »Verzeihung, Monsieur«, flüsterte sie, »das wollte ich nicht.« Wenige Minuten nach zwölf rollte ihr Kopf: »die größte von allen Freuden, die Père Duchesne jemals vergönnt waren.«

10. Der Marquis kommt zu Besuch

(1793)

Beide Monarchen sind tot, der Tyrann und die Tyrannin. Man sollte meinen, das gebe einem ein Gefühl von Freiheit, aber Lucile empfindet es nicht so. Sie hat Camille bestürmt, ihr Einzelheiten über die letzten Stunden der Königin zu berichten, will wissen, ob diese sich einen Platz in der Geschichte verdient hat, doch er wollte nicht recht mit der Sprache heraus. Schließlich sagte er, sie wisse doch genau, dass ihn nichts dazu bringen könne, einer Hinrichtung beizuwohnen. Heuchler, sagte sie. Du solltest dir anschauen, welche Folgen deine Taten haben. Er starrte sie an. Ich weiß, wie das ist, wenn Menschen sterben, sagte er. Er machte eine Verbeugung im Stil des alten Regimes, sehr übertrieben und ironisch, nahm seinen Hut und ging hinaus. Er stritt nur selten mit ihr, rächte sich dann jedoch durch geheimnisvolle Abwesenheiten von unterschiedlicher Dauer, mal bloß zehn Minuten, mal gleich mehrere Tage.

Diesmal war er binnen einer Stunde wieder da: ob sie abends ein Souper veranstalten könnten? Die Vorbereitungszeit sei ja sehr großzügig bemessen, merkte Jeannette bissig an. Aber wenn man Geld hat und weiß, wo man sich hinwenden muss, kann man immer gutes Essen in ausreichender Menge beschaffen. Camille verschwand wieder, und es war Jeannette, die beim Einkaufen herausfand, was es zu feiern gab. Der Nationalkonvent hatte am Nachmittag erfahren, dass die Österreicher in einer langen, blutigen Schlacht bei Wattignies besiegt worden waren.

Und so tranken sie an diesem Abend auf den jüngsten Sieg, die neusten Befehlshaber. Sie sprachen über die Fortschritte im Kampf gegen die Aufständischen in der Vendée, über die Niederschlagung der Rebellen in Lyon und Bordeaux. »Die Republik scheint ja prächtig zu gedeihen«, sagte sie zu Hérault.

»Ja, das sind wirklich gute Nachrichten.« Doch er runzelte die Stirn. Er war mit den Gedanken woanders – er hatte den Wohlfahrtsausschuss gebeten, ihn im Gefolge von Saint-Just ins Elsass zu schicken, und würde bald aufbrechen, vielleicht schon am folgenden Tag.

»Warum haben Sie das getan?«, fragte sie. »Ohne Sie wird es hier richtig langweilig sein. Ich bin froh, dass Sie heute Abend kommen konnten, ich dachte schon, Sie wären vielleicht im Ausschuss.«

»Dort hat man kaum noch Verwendung für mich. Man erzählt mir nur noch das Allernötigste. Da erfahre ich aus der Zeitung mehr.«

»Traut man Ihnen nicht mehr?« Sie war alarmiert. »Was ist denn passiert?«

»Fragen Sie Ihren Mann. Der Unbestechliche hört auf ihn.« Wenig später erhob er sich, dankte ihr, erklärte, er habe noch einige Vorbereitungen zu treffen. Camille stand auf und küsste Hérault auf die Wange. »Kommen Sie bald wieder. Unser regelmäßiger Austausch verkappter Beleidigungen wird mir sehr fehlen.«

»So bald sicher nicht.« Héraults Stimme klang angespannt. »An der Grenze kann ich wenigstens sinnvolle Arbeit leisten, da kann ich den Feind sehen und ihn als Feind erkennen. Paris entwickelt sich langsam zu einem Hort der Aasgeier.«

»Entschuldigen Sie vielmals«, sagte Camille, »dass ich Ihre Zeit vergeudet habe. Könnte ich meinen Kuss zurückhaben?«

»Also ehrlich«, sagte jemand träge, »wenn Sie beide zusammen das Schafott besteigen müssten, dann würden Sie sich noch darüber streiten, wer den Vortritt hat.«

»Oh, ich denke, da wäre ich im Vorteil«, sagte Camille. »Wobei ich nicht weiß, was das nun genau bedeuten würde. Mein Vetter entscheidet nämlich über die Reihenfolge der Hinrichtungen.«

Ein würgendes Geräusch war zu hören, dann knallte jemand sein Glas auf den Tisch. Fabre starrte sie mit rotem Gesicht an. »Das ist nicht witzig«, sagte er. »Es zeugt von unglaublich schlechtem Geschmack und ist kein bisschen witzig.«

Ein Schweigen entstand, in das hinein Hérault seine Abschiedsworte sprach. Nachdem er gegangen war, wurde die Unterhaltung mit gezwungener Heiterkeit fortgesetzt, angeführt von Fabre. Die Gäste brachen früh auf. Später, als sie im Bett lagen, fragte Lucile: »Was war denn heute nur los? Unsere Einladungen sind doch sonst immer ein Erfolg.«

»Tja«, sagte Camille, »das bedeutet zweifellos das Ende der Zivilisation, wie wir sie kennen.« Müde fügte er hinzu: »Wahrscheinlich liegt es daran, dass Georges nicht da ist.« Er drehte sich von ihr weg, doch sie wusste, dass er wach war und auf die Geräusche der nächtlichen Stadt horchte; schwarze Augen, die ins schwarze Dunkel starrten.

Irgendetwas stimmt nicht, dachte sie. Aber wenigstens war Camille jetzt, seit Saint-Just die Stadt verlassen hatte, häufiger mit Robespierre zusammen. Robespierre verstand ihn; er würde herausfinden, was los war, und es ihr sagen.

Am nächsten Tag besuchte sie Eléonore. Falls es stimmte, dass Eléonore Robespierres Mätresse war, machte sie das keinen Deut glücklicher und ganz gewiss nicht liebenswürdiger. Sie brachte das Gespräch im Handumdrehen auf Camille.

»Der«, sagte sie empört, »der lässt Max nach seiner Pfeife tanzen, und das gelingt sonst niemandem. Allen anderen gegenüber ist Max einfach immer nur sehr höflich und sehr beschäftigt.« Sie beugte sich vor, versuchte ihrem Kummer Ausdruck zu verleihen. »Er steht früh auf und erledigt seine Korrespondenz. Er geht in den Konvent. Er geht in die Tuilerien und kümmert sich um die Geschäfte des Wohlfahrtsausschusses. Dann geht er zu den Jakobinern. Um 22 Uhr tagt der Ausschuss. Erst in den frühen Morgenstunden kommt er zurück.«

»Er verlangt sich viel ab. Aber was erwartest du? So ist er nun einmal.«

»Der wird mich nie heiraten. Er sagt immer: sobald die Krise vorbei ist. Aber, Lucile, wird diese Krise je vorbei sein?«

Einige Wochen zuvor hatten Lucile und ihre Mutter auf der Straße Anne Théroigne gesehen. Sie hatten sie beide nicht gleich erkannt. Théroigne war nicht mehr hübsch. Sie war dünn, und ihr Gesicht war eingefallen, als hätte sie ein paar Zähne verloren. Als sie an ihnen vorbeiging, flackerte etwas in ihren Augen auf, doch sie sagte nichts. Lucile fand sie bemitleidenswert – ein Opfer des Zeitgeschehens. »Jetzt hält sie bestimmt niemand mehr für attraktiv«, sagte Annette. Sie lächelte. Ihre letzten Geburtstage waren, wie sie es nannte, ohne Zwischenfälle verstrichen. Die meisten Männer betrachteten sie immer noch mit Interesse.

Sie traf sich jetzt nachmittags wieder mit Camille. Er ging oft nicht in den Nationalkonvent. Viele der Montagnards waren auf kommissarischer Mission, viele der rechten Deputierten – diejenigen, die gegen den Tod des Königs gestimmt hatten – hatten sich ihren politischen Verpflichtungen entzogen und Paris verlassen. Über siebzig Abgeordnete hatten eine Protestnote gegen die Ausschließung von Brissot, Vergniaud und den anderen unterzeichnet; sie saßen jetzt im Gefängnis, und es war nur Robespierre zu verdanken, dass sie noch nicht in die Hände des Tribunals geraten waren. François Robert war in Ungnade gefallen, und Philippe Égalité harrte seines Prozesses; Collot d'Herbois war in Lyon, wo er die Rebellen bestrafte. Danton genoss die Landluft. Saint-Just und Babettes Mann, Philippe Lebas, waren bei den Armeen, und Robespierre konnte sich unter der Last der vielen Arbeit für den Wohlfahrtsausschuss oft nicht aus den Tuilerien loseisen. Camille und Fabre waren es leid, die leeren Plätze zu zählen. Es war niemand mehr da, den sie sonderlich mochten, und niemand, den sie hätten niederbrüllen wollen. Und Marat war tot.

Ein paar Tage nach dem Souper tauchte Théroigne in der Rue des Cordeliers auf. Ihre Kleider hingen an ihr herunter, sie sah ungewaschen und irgendwie verzweifelt aus. »Ich möchte Camille sprechen«, sagte sie. Sie hatte die Eigenart entwickelt, den Kopf wegzudrehen, wenn sie mit jemandem sprach, als führte sie einen privaten Monolog, in den man sich nicht einmischen durfte. Camille, der einfach nur dagesessen und ins Leere gestarrt hatte, hörte sie. »Ja, meine Liebe«, sagte er. »Sie sind ziemlich heruntergekommen. Wenn das alles ist, was Sie noch an weiblichem Charme aufbringen, waren Sie mir in Ihrer früheren Verfassung lieber.«

»Sie haben immer noch umwerfende Manieren«, sagte Théroigne, den Blick auf die Wand gerichtet. »Was ist das? Dieser Kupferstich? Diese Frau wird gleich geköpft.«

»Das ist Maria Stuart, die bevorzugte historische Figur meiner Frau.«

»Wie seltsam«, sagte sie tonlos.

»Setzen Sie sich«, sagte Lucile. »Kann ich Ihnen etwas anbieten? Etwas Warmes zu trinken?« Sie war von Mitleid übermannt – jemand sollte dieser Frau etwas zu essen geben, ihr das Haar bürsten, Camille sagen, dass er nicht so mit ihr reden sollte. »Wäre es Ihnen lieber, wenn ich gehe?«, fragte sie.

»Nein, das ist schon in Ordnung. Sie können bleiben, wenn Sie wollen. Oder auch gehen. Es ist mir egal.«

Als sie ins Licht trat, sah Lucile die Narben auf ihrem Gesicht. Vor Monaten war sie auf der Straße von einer Frauenbande verprügelt worden, wie Lucile wusste. Was hat sie gelitten, dachte Lucile, Gott behüte mich vor so etwas. Es schnürte ihr die Kehle zu.

»Was ich will, wird nicht lange dauern«, sagte Théroigne. »Sie wissen, wie ich denke, oder?«

»Ich wusste gar nicht, *dass* Sie denken.«

»Sie wissen, wo meine Sympathien liegen. Brissots Leuten wird diese Woche der Prozess gemacht. Ich gehöre zu ihnen, zu Brissots Leuten.« Ihre Stimme klang völlig leidenschaftslos. »Ich glaube an das, was sie vertreten und was sie zu erreichen versucht haben. Und mir gefällt weder Ihre Politik noch die von Robespierre.«

»Ist das alles? Sind Sie deswegen hergekommen?«

»Ich möchte, dass Sie jetzt sofort zum Bezirksausschuss gehen und mich denunzieren. Ich komme mit. Ich werde nichts abstreiten, egal was Sie über mich sagen, und werde genau das wiederholen, was ich eben gesagt habe.«

Lucile: »Anne, was ist nur mit Ihnen los?«

»Sie will sterben«, sagte Camille. Er lächelte.

»Ja«, sagte sie mit dem gleichen teilnahmslosen Wispern. »Das will ich.«

Lucile ging zu ihr. Doch Théroigne stieß ihre Hände weg, und Camille warf ihr einen bitterbösen Blick zu. Sie wich zurück, schaute von einem zum anderen.

»Es ist ganz einfach«, sagte Camille. »Gehen Sie raus auf die Straße und rufen Sie: ›Lang lebe der König.‹ Dann werden Sie sofort festgenommen.«

Anne hob ihre knochige Hand an ihre Augenbraue. Eine weiße Narbe zeigte, wo man ihr eine Platzwunde zugefügt hatte. »Ich habe eine Rede gehalten«, sagte sie. »Und das war die Folge. Die haben mich mit der Peitsche geschlagen, mir in den Bauch getreten und auf mir herumgetrampelt. Ich habe gedacht, das ist mein Ende. Aber es wäre ein elender Tod gewesen.«

»Versuchen Sie's mal mit dem Fluss«, sagte Camille.

»Denunzieren Sie mich. Gehen wir zum Ausschuss, jetzt gleich. Es wäre doch in Ihrem Sinne. Sie wollen doch Rache.«

»Ja«, sagte er, »ich will Rache. Aber warum sollten Sie in den Genuss eines zivilisierten Endes kommen? Ich verabscheue Brissots Leute, aber sie sollten nicht mit Abschaum wie Ihnen in Verbindung gebracht werden. Nein, Théroigne, Sie können auf der Straße sterben – so wie Louis Suleau. Sterben Sie, wo immer der Tod Sie ereilt, egal von wessen Händen. Ich hoffe, Sie müssen lange darauf warten.«

Ihre Miene veränderte sich nicht. Ihr Blick schweifte über den Teppich, und sie sagte unterwürfig: »Bitte.«

»Gehen Sie«, sagte Camille.

Sie neigte den Kopf. Das Gesicht abgewandt, ging sie langsam, erschöpft, zur Tür. Lucile rief ihr nach, sie solle zurückkommen. »Sie will sich umbringen!« Dümmlich zeigte sie ihr hinterher, wie um sich besser verständlich zu machen.

»Nein«, sagte Camille.

»Du bist wirklich böse, Camille«, flüsterte Lucile. »Falls es eine Hölle gibt, wirst du darin schmoren.« Die Tür fiel ins Schloss. Lucile eilte durchs Zimmer. Sie wollte ihm wehtun, ihn verletzen, als Wiedergutmachung für das Leid dieses geisterhaften Wesens, das in den Regen hinausgeschlichen war. Kühl packte er sie an beiden Handgelenken, vereitelte ihr Vorhaben. Sie bebte am ganzen Körper, und heiße Tränen brannten auf ihren Wangen. »Es tut mir leid«, sagte sie. »Ich weiß, dass du das, was sie wollte, nicht tun kannst, das ist absurd, aber es muss doch irgendeine Möglichkeit geben, ihr zu helfen, ihr wieder neuen Lebenswillen einzuhauchen? Eigentlich will doch jeder Mensch leben.«

»Nein. Es werden jeden Tag Leute auf der Straße aufgegriffen. Sie warten, bis eine Patrouille vorbeikommt, und dann rufen sie, dass der Dauphin oder Robespierre guillotiniert werden soll. Sie hat eine Menge Todesarten zur Auswahl. Sie muss sich nur entscheiden.«

Sie riss sich von ihm los, stürmte in ihr Schlafzimmer und knallte die Tür hinter sich zu. Sie atmete schwer, das Herz schlug ihr bis zum Hals. Bei all der Leidenschaft und Wut, die wir in uns haben, werden eines Tages diese Mauern bersten, wird dieses Haus zusammenstürzen. Nur Erde, Gras und Gebeine werden übrig sein, und man wird unsere Tagebücher lesen, um herauszufinden, wer und wie wir waren.

9. BRUMAIRE, im Justizpalast: Brissot wirkte gealtert. Seine Haut schien papieren, sein Rücken war gebeugter, und seine Geheimratsecken waren größer geworden. Auch de Sillery sah alt aus. Wo war seine Spielleidenschaft geblieben? Diesmal würde er nicht auf das Ergebnis wetten, so viel war sicher. Manchmal fragte er sich allerdings, wie man

ihn zum Brissotisten hatte erklären können. Er sollte neben Philippe sitzen. Philippe, der Glückspilz, hatte noch eine Woche zu leben.

Er beugte sich vor. »He, Brissot, erinnern Sie sich? Wir waren Zeugen bei Camilles Trauung.«

»Stimmt«, sagte Brissot. »Aber das war Robespierre auch, wissen Sie.«

Vergniaud, der nie groß auf seine Kleidung geachtet hatte, war heute wie aus dem Ei gepellt, als wollte er beweisen, dass weder Gefangenschaft noch Prozess ihn hatten brechen können. Seine Miene war bewusst ausdruckslos; er würde nichts preisgeben, seinen Peinigern keinerlei Genugtuung verschaffen. Wo Buzot heute Abend wohl war? Und Bürger Roland? Und wo war Pétion? Lebte er noch?

Es schlug Viertel nach zehn. Draußen war es stockfinster, es regnete. Die Geschworenen kamen wieder und wurden sofort von Verfahrensbeteiligten umringt. Bürger Fouquier schritt gemächlich über den Marmor ins Licht, seinen Vetter neben sich; er hatte zweiundzwanzig Urteile zu verlesen, zweiundzwanzig Todesurteile zu verkünden, ehe er zu einer späten Mahlzeit und einer Flasche Wein nach Hause gehen konnte.

Sein Vetter Camille war sehr blass, nervös, seine Stimme zitterte. Sechs Tage lang hatte Fouquier vor den Geschworenen die Behauptungen seines Vetters wiederholt: dass es eine föderalistische Verschwörung gebe, monarchistische Komplotte. Gelegentlich, wenn ihnen eine mittlerweile wohlbekannte Formulierung zu Ohren kam, drehten sich die Angeklagten alle gleichzeitig um und schauten Camille an. Als hätten sie es einstudiert, und bestimmt hatten sie das auch. Es war sicher anstrengend gewesen, dachte Fouquier. Er hatte die Schinderkarren schon bestellt, bei zweiundzwanzig Angeklagten musste man an solche Details denken.

Die Szene, dachte Fouquier, hat etwas Theatralisches, sie böte sich als Motiv für einen Maler an: das Schwarzweiß der Fliesen, das Flackern der Kerzen, hier und da die bunten Tupfer der Trikolore. Licht fällt auf das Gesicht seines Vetters; er setzt sich. Der Obmann der Geschworenen steht auf. Ein Schreiber zieht ein Bündel Todesurteile aus einem Ordner. Hinter dem öffentlichen Ankläger flüstert jemand: »Was ist los, Camille?«

Plötzlich ertönte aus den Reihen der Angeklagten ein einzelner, durchdringender Schrei. Die Angeklagten sprangen auf die Füße, die Wachen umringten sie, die Verfahrensbeteiligten warfen ihre Unterlagen auf den Tisch und rafften sich hoch. Einer der Angeklagten, Charles Valazé, war rückwärts von der Bank geglitten. Mehrere Frauen im Publikum schrien auf, Leute liefen zusammen, um zu sehen, was geschehen war, die Wachen hielten die Schaulustigen nur mit Mühe zurück.

»Was für ein Ende«, sagte einer der Geschworenen.

Mit unbewegter Miene gab Vergniaud Dr. Lehardi, einem der Angeklagten, ein Zeichen. Lehardi kniete sich neben den zu Boden gesunkenen Mann. Dann hielt er einen langen Dolch hoch, der bis zum Schaft blutverschmiert war. Der Staatsanwalt nahm ihm die Waffe sofort ab. »Dazu werde ich mich noch äußern«, sagte Fouquier. »Den hätte er auch gegen mich verwenden können.«

Brissot saß in sich zusammengesackt da, das Kinn auf der Brust. Valazés Blut lief jetzt dunkelrot über das Schwarzweiß. Man schaffte etwas Raum. Zwei Gendarmen hoben den klein und sehr tot aussehenden Valazé auf und trugen ihn hinaus.

Das Drama war noch nicht vorbei. Bürger Desmoulins war bei dem Versuch, den Gerichtssaal zu verlassen, in eine tiefe Ohnmacht gesunken.

17. BRUMAIRE: Hinrichtung von Philippe, bekannt als Bürger Égalité. Als Henkersmahl verzehrte er zwei Koteletts, mehrere Austern und fast eine ganze Flasche Bordeaux. Bei seinem Gang aufs Schafott trug er eine Weste aus weißem Pikee, einen grünen Rock und gelbe Lederhosen: sehr englisch. »Nun, guter Mann«, sagte er zu Sanson, »dann bringen wir das mal schnell hinter uns, ja?«

DER HENKER: Seine Betriebskosten sind in erschreckendem Maße gestiegen, seit der Terror begonnen hat. Er muss von seinem eigenen Lohn sieben Männer bezahlen, und bald wird er bis zu einem Dutzend Karren pro Tag mieten müssen. Vorher ist er mit zwei Gehilfen und einem Karren ausgekommen. Was er als Lohn anbieten kann, verlockt die Leute nicht eben, für ihn zu arbeiten. Er muss die Stricke, mit denen die Verurteilten gebunden werden, selbst bezahlen und ebenso die Weidenkörbe, in denen die Leichen hinterher fortgetragen werden. Zuerst hatte man geglaubt, die Guillotine würde die Enthauptung zu einer sauberen, angenehmen Sache machen, doch wenn man zwanzig, dreißig Leute am Tag köpfen muss, stellen allein die Dimensionen ein ganz eigenes Problem dar. Haben die Machthaber irgendeine Vorstellung davon, wie viel Blut auch nur aus einem einzigen Enthaupteten läuft? Das Blut greift alles an, ruiniert es, zuallererst seine Kleider. Manchmal spritzt es ihm bis zu den Knien, das ist den Leuten da unten gar nicht klar.

Es ist Schwerstarbeit. Wenn jemand vorher versucht hat, sich umzubringen, ist er möglicherweise in übler Verfassung, ist durch die Wirkung des Gifts oder den Blutverlust zusammengebrochen, und man kann sich bei dem Versuch, ihn unter dem Beil in die richtige Position zu bringen, verheben. Kürzlich hat Bürger Fouquier darauf bestanden, eine Leiche zu enthaupten, was ein Haufen unnötige Arbeit war, wie alle fanden. Ist wiederum jemand verkrüppelt oder missgebildet, kostet es viel Schweiß und Kraft, ihn auf den Tisch zu schnallen, und das Publikum (das ohnehin nicht viel sehen kann) beginnt oft, sich zu langweilen und zu pfeifen und zu buhen. Vor der Guillotine bildet sich unterdessen eine Schlange, und den Leuten am Ende der Schlange wird mulmig, sie fangen an zu schreien oder werden ohnmächtig. Wären alle Hinzurichtenden junge Männer, stoisch und in guter körperlicher Verfassung, hätte er weniger Probleme, aber es ist erstaunlich, wie wenige Todeskandidaten all diese Eigenschaften auf sich vereinigen. Die Bürger, die in der Nähe des Schafotts leben, beschweren sich, er verstreue nicht genügend Sägespäne, die das Blut aufsaugen, sodass sich ein übler Gestank verbreite. Die Maschine selbst arbeitet lautlos, effizient, verlässlich, aber natürlich muss er den Mann bezahlen, der die Klinge schärft.

Er versucht den Vorgang so effizient wie möglich zu gestalten, ihn zu beschleunigen. Fouquier sollte sich nicht beklagen. Man denke nur an die Brissotisten: einundzwanzig Leute plus die Leiche, in genau sechsunddreißig Minuten. Nicht dass er einen seiner ausgebildeten Gehilfen zur Zeitmessung hätte entbehren können, aber ein wohlwollender Zuschauer hatte sich bereit erklärt, sich mit der Uhr daneben zu stellen – nur für den Fall, dass es später Beschwerden geben sollte.

In früheren Zeiten war der Henker angesehen; man blickte zu ihm auf. Es gab ein spezielles Gesetz, das ihn davor schützte, verunglimpft zu werden. Er hatte ein Stammpublikum, das kam, um fachmännische Arbeit zu sehen, und das es zu schätzen wusste, wenn er sich zusätzliche Mühe machte. Damals kamen die Leute zu den Hinrichtungen, weil sie es wollten; bei einigen dieser alten Weiber dagegen, die für die Kriegsanstrengungen stricken, sieht man genau, dass sie für ihre Anwesenheit bezahlt werden und es kaum erwarten können, wieder zu gehen und ihren Verdienst zu vertrinken; und die Nationalgarden, die dabei sein müssen, ertragen es schon nach ein paar Tagen nicht mehr.

Früher ließ der Henker eine besondere Messe für die Seelen der Verdammten lesen, aber das geht heute nicht mehr. Heute sind sie nur noch Ziffern auf einer Liste. Früher hatte dieser Tod seine eigene Würde; für die Hinzurichtenden war es ein besonderes, persönliches Ende. Für sie war man früh aufgestanden, hatte gebetet und sich in Scharlachrot gekleidet, eine steinerne Miene aufgesetzt und sich eine Blume an den Rock gesteckt. Jetzt wurden sie wie Kälber herangekarrt, mit offenem Mund und stumpfem Blick, wie gelähmt durch die Geschwindigkeit, mit der sie von ihrer Verurteilung zum Tod getrieben werden; seine Arbeit ist keine Kunst mehr, sondern gleicht eher der eines Schlachters.

»Während ich das schreibe, höre ich nebenan Gelächter …«

Seit ihrem ersten Tag im Gefängnis schrieb Manon. Sie musste eine Rechtfertigung, ein Credo, eine Autobiographie zu Papier bringen. Nach einer Weile begannen ihre Handgelenke immer zu schmerzen, ihre Finger wurden in der Kälte steif, und ihr war zum Weinen zumute. Wenn sie aufhörte zu schreiben und es sich gestattete, ihre Gedanken direkt auf die Vergangenheit zu richten statt darauf, wie diese sich in Worte fassen ließ, spürte sie, wie sich ein Abgrund der Sehnsucht in ihr auftat. »… wir hatten nichts.« Sie lag auf ihrer Pritsche, starrte in die Dunkelheit und bereitete sich bewusst aufs Heldentum vor.

Sie rechnete täglich damit, dass man ihr mitteilte, ihr Mann sei verhaftet worden, werde in irgendeinem Provinzort festgehalten, sei auf dem Weg nach Paris, wo man ihm zusammen mit ihr den Prozess machen werde. Aber was, wenn François-Léonard festgenommen wurde? Vielleicht würde man ihr das gar nicht erzählen. Das war der Preis der Diskretion, der Preis des Wohlverhaltens – sie waren so diskret gewesen, hatten sich so untadelig verhalten, dass selbst ihre engsten Freunde nicht darauf kämen, dass ihr Buzot etwas bedeuten könnte.

Ihre Zelle im Gefängnis war kahl und kalt, aber sauber. Sie bekam Essen gebracht, doch sie hatte beschlossen, sich zu Tode zu hungern. In kleinen Schritten reduzierte sie ihre Nahrungszufuhr, bis man sie in einen anderen Raum verlegte, der als Spital diente. Jetzt stellte man ihr in Aussicht, dass sie bei Brissots Verhandlung als Zeugin würde aussagen dürfen; dafür musste sie bei Kräften sein, also begann sie wieder zu essen.

Vielleicht war das von Anfang an ein Trick gewesen? Sie wusste es nicht. Während der Verhandlung brachte man sie in den Justizpalast, wo sie unter Bewachung in einem Nebenraum saß. Doch sie bekam weder die Angeklagten noch den Richter noch die Geschworenen – wenn man denn von Geschworenen sprechen konnte – zu Gesicht. Einer ihrer Wächter berichtete ihr von Valazés Selbstmord. Ein Tod führt zum nächsten. Was hatte Vergniaud noch über das ruhige, samthäutige Mädchen gesagt, das Marat erstochen hatte? »Sie hat uns umgebracht, aber sie hat uns gelehrt, wie man stirbt.«

Ihr eigener Prozess war hinausgeschoben worden – vielleicht weil man hoffte, Roland zu finden und sie dann beide zusammen zu verurteilen. Natürlich hätte sie um Gnade bitten können, aber die Erhaltung ihres Lebens war es nicht wert, ihr all das zu opfern, wofür sie ihr Leben gelebt hatte. Außerdem war keine Gnade zu erwarten. Von Danton? Von Robespierre? Camille Desmoulins war bei Brissots Verhandlung offenbar in einer ungewöhnlichen Stimmung gewesen. Er hatte gesagt – ihren Wächtern zufolge hatten das zahlreiche Leute gehört –: »Sie waren mal meine Freunde, und meine Schriften haben sie umgebracht.« Aber zweifellos hatte er seine Reue schon wieder bereut, noch ehe ihn die Hände der Jakobiner vom Boden aufgehoben hatten.

An dem Tag, als man sie in die Conciergerie verlegte, wurde ihr klar, dass sie weder Mann noch Kind je wiedersehen würde. Die Zellen lagen unter dem Saal, in dem das Tribunal tagte; dies war die letzte Station, und selbst wenn Roland jetzt gefasst würde, wäre sie tot, bevor er in Paris einträfe. Am 8. November – oder dem 18. Brumaire nach der Rechnung dieses Scharlatans Fabre – erschien sie vor dem Tribunal. Sie hatte ein weißes Kleid an, und ihr kastanienrotes Haar, das sie offen trug, glänzte im schwindenden Licht der Nachmittagssonne. Fouquier war effizient. Noch am selben Abend wurde sie auf einen Karren verfrachtet. Der scharfe Wind rötete ihre Wangen, und sie fröstelte in ihrem Musselin. Es wurde schon dunkel, doch sie sah die Maschine, die sich vor dem Himmel abzeichnete, sah die unheimliche Geometrie des Beils.

EIN ZEUGE:

»Robespierre trat langsam vor … Er trug eine Brille, vermutlich, um das Zucken seines fahlen Gesichts zu verbergen. Er sprach langsam und gemessen. Seine Sätze waren so lang, dass man jedes Mal, wenn er innehielt und die Brille anhob, dachte, nun habe er nichts mehr zu sagen, doch nachdem er den Blick langsam und forschend über die gesamte Zuhörerschaft hatte schweifen lassen, rückte er sich die Brille wieder zurecht und fügte seinen ohnehin schon übermäßig langen Sätzen ein paar weitere Nebensätze hinzu.«

Wenn er sich dieser Tage Leuten von hinten näherte, schraken sie schuldbewusst zusammen. Es war, als teilte sich ihnen die Furcht, die er oft verspürte, unbewusst mit. Da er keinen schweren Schritt hatte, fragte er sich, wie er sie sonst vorwarnen könnte – husten, gegen die Möbel rempeln? Er wusste, dass sie glaubten, er stünde da und lauschte, bevor sie ihn bemerkten, und all ihre Selbstzweifel und unausgegorenen aufrührerischen Gedanken drangen an die Oberfläche.

Bei den Sitzungen des Wohlfahrtsausschusses saß er oft schweigend da; er wollte den anderen seine Meinung nicht aufdrängen, doch er wusste, dass sie ihn, wenn er sich eines Kommentars enthielt, verdächtigten, sie zu beobachten, sich Notizen zu machen. Und es stimmte, er nahm von sehr vielem Notiz. Wenn er seine Meinung äußerte, widersprach ihm Carnot manchmal kühl, und Robert Lindet schaute sehr ernst drein, als hätte er Vorbehalte. Er fuhr Carnot dann über den Mund, brachte ihn zum Schweigen. Was bildete sich der Mann ein, meinte er etwa, irgendein Vorrecht zu besitzen, nur weil sie sich von früher kannten? Seine Kollegen wechselten Blicke. Manchmal zog er ein paar Blätter aus Carnots Aktenmappe, Beschwerden von Offizieren, deren Soldaten Durchfall oder keine Schuhe hatten oder deren Pferde verhungerten. Er las sie rasch, breitete sie dann auf dem Tisch aus wie ein Spieler, der sein Blatt ausspielt, und sah Carnot in die Augen: Ich frage mich, sagte er, ob Sie meinen, das Beste aus Ihrem Amt zu machen? Carnot saugte an seiner Unterlippe.

Wenn seine Kollegen sprachen, saß Robespierre mit zur Decke gewandtem Gesicht da, das schmale Kinn auf Daumen und Zeigefinger gestützt. Sie konnten ihm über Tagespolitik, gute und schlechte Presse, den Umgang mit dem Konvent und das Erlangen von Mehrheiten nichts Neues erzählen. Er erinnerte sich an seine Schulzeit, als er im Schatten extravaganterer Persönlichkeiten gebüffelt hatte; er erinnerte sich an Arras, wo er von seiner Verwandtschaft mit ihren Ansprüchen schikaniert, von den örtlichen Richtern gedeckelt, vom gesellschaftlichen Leben der Anwaltschaft ausgeschlossen worden war.

Er ist nicht wie Danton, er will nicht zurück nach Hause. Sein Zuhause ist hier: im mitternächtlichen Lampenschein, in den verregneten Straßen. Aber manchmal wenn die anderen reden, ist er unversehens für einen Moment ganz woanders; dann denkt er an die graugrünen Wiesen, die ruhigen Plätze in der Stadt, die in Reihen stehenden Pappeln, die sich im Herbstwind biegen.

20. BRUMAIRE: In dem öffentlichen Gebäude, das früher unter dem Namen Notre Dame bekannt war, wird ein »Fest zu Ehren der Vernunft« veranstaltet. Die religiösen Verzierungen, wie die Leute es gern nennen, sind entfernt worden, und im Mittelschiff ist ein griechischer Tempel aus Pappe errichtet worden. Eine Schauspielerin der Oper verkörpert die Göttin der Vernunft und wird inthronisiert, während die Menge *Ça ira* singt.

Unter dem Druck der Hébertisten erscheint der Bischof von Paris vor dem Konvent und bekennt sich zu einem militanten Atheismus. Der Abgeordnete Julien, vormals protestantischer Pastor, ergreift die Gelegenheit beim Schopf und tut es ihm gleich.

In den Worten des Abgeordneten Clootz (eines Radikalen und Ausländers): »Ein religiöser Mann ist eine verkommene Bestie. Er ähnelt jenen Tieren, die zum Nutzen von Kaufleuten und Metzgern um ihrer Wolle und ihres Fleisches willen gehalten werden.«

Robespierre kam aus dem Konvent nach Hause. Seine Lippen waren blass, sein Blick kalt vor Wut. Irgendjemand kriegt das ab, dachte Eléonore.

»Wenn es keinen Gott gibt«, sagte er, »wenn es kein Höchstes Wesen gibt, was sollen dann die Leute denken, die ihr ganzes Leben in

Not und Elend verbracht haben? Glauben diese Atheisten denn, sie könnten die Armut abschaffen, glauben sie, die Republik könnte zu einem Himmel auf Erden werden?«

Eléonore wandte sich von ihm ab. Sie wusste, dass sie nicht auf einen Kuss zu hoffen brauchte. »Saint-Just glaubt das schon«, sagte sie.

»Wir können den Menschen kein Brot garantieren. Wir können keine Gerechtigkeit garantieren. Sollen wir ihnen auch noch die Hoffnung nehmen?«

»Es klingt so, als wolltest du nur deshalb einen Gott, weil er die Lücken deiner Politik füllen kann.«

Er starrte sie an. »Vielleicht«, sagte er langsam. »Vielleicht hast du recht. Aber weißt du, Antoine denkt, man könne alles erreichen, indem man es sich einfach wünscht – jeder Mensch erneuert sich selbst, wird ein besserer Mensch, ein Mensch mit größerer *vertu*, und wenn die Individuen sich verändern, verändert sich auch die Gesellschaft, und das dauert … na ja, vielleicht eine Generation? Das Problem bei der Sache ist nur, dass man das aus den Augen verliert, wenn man sich mit den Details herumplagt, verstehst du, Eléonore? Wenn man sich unentwegt den Kopf darüber zerbricht, wo man Stiefel für die Armee herbekommen könnte, und man denkt, *Jeden Tag gelingt mir irgendetwas nicht* – dann beginnt das Ganze wie ein einziges großes Scheitern auszusehen.«

Sie legte die Hand auf seinen Arm. »Es ist kein Scheitern, mein Schatz. Es ist der einzige Erfolg, den es auf der Welt je gegeben hat.«

Er schüttelte den Kopf. »Ich kann das im Moment nicht immer so absolut sehen – leider. Manchmal habe ich das Gefühl, das Ziel aus den Augen zu verlieren. Danton versteht das, und er weiß es in Worte zu fassen. Er sagt, ein paar Sachen vermasselt man, und ein paar Sachen kriegt man hin, so ist das eben in der Politik.«

»Zynisch«, sagte Eléonore.

»Nein, es ist einfach ein Standpunkt – so wie er es sieht, hat man gewisse Grundprinzipien, die einen leiten, aber aus der konkreten Situation muss man dann jeweils das Beste machen. Saint-Just sieht das anders – seiner Meinung nach sollte man jeglichen Umstand als Chance begreifen, die eigenen Prinzipien zur Anwendung zu bringen. Für ihn ist jede wie auch immer geartete Situation eine Gelegenheit, das große Ganze zu verwirklichen.«

»Und wo stehst du?«

»Ach, ich« – er winkte ab – »ich stolpere so vor mich hin. In dieser Frage allerdings weiß ich genau, wo ich stehe. Diese Intoleranz, diese Bigotterie dulde ich nicht. Ich dulde es nicht, dass einfachen Menschen ihr lebenslanger Glaube von irgendwelchen Dilettanten, die überhaupt nicht wissen, was Glaube bedeutet, weggenommen wird. Die bezeichnen die Priester als bigott, aber in Wirklichkeit sind sie selbst bigott – genau die Leute, die den Gottesdienst abschaffen wollen.«

Du *duldest es nicht*, dachte sie. Wenn die anderen nicht nachgeben, bedeutet das: vors Tribunal. Sie selbst war nicht geneigt, an Gott zu glauben, jedenfalls nicht an einen gütigen.

Oben in seinem Zimmer schrieb er einen Brief an Danton. Er las ihn durch, korrigierte ihn sorgfältigst, so wie er alles korrigierte, strich durch, präzisierte, erklärte sich. Er war nicht zufrieden, zerriss den Brief – in kleine Fetzen, denn er war nicht zu wütend, um vorsichtig zu sein – und schrieb einen neuen. Er wollte Danton bitten, nach Paris zu kommen und ihm zu helfen, Hébert zu vernichten. Er wollte zum Ausdruck bringen, dass er Hilfe brauchte, sich aber nicht von oben herab würde behandeln lassen, dass er einen Verbündeten brauchte, sich aber nicht würde dominieren lassen.

Auch der zweite Entwurf stellte ihn nicht zufrieden. Warum war er nicht auf die Idee gekommen, Camille zu bitten, den Brief für ihn zu schreiben? Camille konnte seinen Standpunkt in schlichte Worte fassen, hatte es früher am Tag bereits getan: »Wir brauchen keine Prozessionen und Rosenkränze und Reliquien. Was wir aber brauchen, wenn die Dinge schlecht stehen, ist die Aussicht auf Trost – und was wir brauchen, wenn es noch schlimmer kommt, ist die Vorstellung, dass es langfristig jemanden gibt, der uns möglicherweise vergeben könnte.«

Er saß mit gesenktem Kopf da. Man konnte sich ein Lächeln nicht verkneifen – was würde Pater Bérardier dazu sagen? Letztlich waren sie doch immer noch zwei brave katholische Jungen. Auch wenn er selbst seit Jahren nicht mehr in der Messe gewesen war; auch wenn Camille eine Woche, in der er nicht gegen sämtliche zehn Gebote verstieß, als vergeudet betrachtete. Seltsam, sich plötzlich da wiederzufinden, wo man begonnen hat. Oder wiederum auch nicht: Er erinnerte sich daran, wie Pater Proyart Camille einmal geohrfeigt hatte, weil er Plutarchs *Lebensbeschreibungen* in den Gottesdienst mitgenommen hatte. »Ich war gerade an einer so spannenden Stelle …«, hatte Camille gesagt. Plutarch galt damals als spannend. Kein Wunder, dass er immer über die Stränge geschlagen hat, wenn er den Priestern entwischt ist. Die haben Übermenschliches von uns erwartet. Und ich, ich habe mich weiter abgemüht, habe versucht, dieser Erwartung zu entsprechen – wobei mir nicht bewusst war, dass ich es tat, ich meinte, nach einem ganz anderen Credo zu leben.

Seine gelöste Stimmung hielt nicht lange an. Er machte sich an einen dritten Entwurf. Wie schreibt man nur an Danton? Er zog sein *Danton*-Notizbuch hervor und las es durch. Klüger war er hinterher auch nicht, aber deutlich deprimierter.

Jean-Marie Roland war in Rouen untergetaucht. An dem Tag, als er von der Hinrichtung seiner Frau erfuhr – es war der 10. November –, verließ er das Haus, in dem er sich versteckt hatte, und lief ungefähr fünf Kilometer aus der Stadt hinaus. Er hatte seinen Stockdegen dabei. Auf einem einsamen Weg neben einem Apfelbaumgarten machte er Halt und setzte sich unter einen der Bäume. Dies war der passende Ort, weiter brauchte er nicht zu gehen.

Der Boden war steinhart, der Baumstamm kalt, Winter lag in der

Luft. Er experimentierte; beim Anblick seines eigenen Blutes erschrak er, und ihm wurde übel. Trotzdem, dies war der richtige Ort.

Seine Leiche wurde einige Zeit später von einem Spaziergänger gefunden, der ihn zunächst für einen schlafenden alten Mann gehalten hatte. Es war nicht zu erkennen, seit wann er tot war und ob er, von der schmalen Klinge durchbohrt, schnell oder langsam gestorben war.

Am 11. November wurde im strömenden Regen Bürgermeister Bailly hingerichtet. Auf vielfachen Wunsch hatte man für diesen Anlass eine Guillotine auf den Champs-de-Mars aufgestellt, wo Lafayette 1791 auf die Menge hatte schießen lassen.

»Camille«, sagte Lucile. »Da ist ein Marquis, der dich sprechen will.« Camille schaute von *Vom Gottesstaat* auf und schleuderte sich das Haar aus den Augen. »Unmöglich.«

»Na gut, ein ehemaliger Marquis.«

»Sieht er respektabel aus?«

»Ja, sehr. In Ordnung? Dann gehe ich jetzt.«

Nach all den Jahren steht ihr der Sinn plötzlich nicht mehr nach Politik. Vergniauds letzte Worte gehen ihr nicht aus dem Kopf: »Die Revolution ist wie Saturn, sie frisst ihre eigenen Kinder.« Der Satz hat sich den Phrasen und Parolen hinzugesellt, nach denen sie in den letzten Jahren gelebt zu haben scheint. (Gilt das Machtwort eines Vaters denn gar nichts mehr? Ich verstehe nicht, wieso alle immer jammern, dass sich heutzutage kein Geld verdienen lässt. Ich habe keinerlei Schwierigkeiten. Sie waren meine Freunde, und meine Schriften haben sie umgebracht.) Sie erklingen jede Nacht in ihren Träumen, liegen ihr im Gespräch auf der Zunge, die gemeinsame Währung der letzten fünf Jahre. (Es läuft alles nach Plan. Keinem Unschuldigen wird ein Haar gekrümmt. Ich verabscheue stabile Regierungen. Wir haben nichts zu befürchten. M. Danton gibt auf uns acht.) Sie verfolgt nicht mehr die Debatten im Nationalkonvent, sitzt nicht mehr mit Louise Robert auf der Besuchertribüne und isst Süßigkeiten. Sie war einmal beim Tribunal, hat sich angehört, wie Vetter Antoine seine Opfer eingeschüchtert hat, und dieses eine Mal hat ihr gereicht.

»Es gab etwas Verwirrung hinsichtlich meiner Identität«, sagte de Sade zu Camille. »Ich hätte mich als Vertreter der Section des Piques melden lassen sollen. War mit den Gedanken woanders. Was heutzutage reicht, damit man als Verdächtiger denunziert wird.« Er streckte seine weiche kleine Hand aus und nahm Camille das Buch weg. »Erbauungsliteratur«, sagte er. »Mein Lieber. Doch nicht wegen …«

»Meiner Ohnmacht? O nein. Meine übliche Zerstreuung. Ich arbeite an einem Buch über die Kirchenväter.«

»Jedem das Seine«, sagte de Sade. »Wir Schriftsteller müssen uns umeinander kümmern, finden Sie nicht?«

Er war jetzt Anfang fünfzig, ein kleiner, untersetzter Mann mit dünner werdendem gräulich-blondem Haar und blassblauen Augen. Obwohl er zugenommen hatte, bewegte er sich immer noch mit einer gewissen Eleganz. Seine dunkle Kleidung und die angespannt-entschlossene Miene wiesen ihn als Anhänger des Terrors aus; er hatte eine Mappe mit Papieren dabei, die von einem extravaganten trikoloren Band zusammengehalten wurde. »Obszöne Zeichnungen?«, fragte Camille und deutete auf die Mappe.

»Gütiger Gott«, sagte de Sade schockiert. »Sie glauben wohl, sie wären mir moralisch überlegen, M. Laternenanwalt?«

»Ich bin den meisten Menschen moralisch überlegen. Ich kenne die gesamte Theorie und habe die erforderlichen ethischen Skrupel. Bloß mein Verhalten lässt manchmal zu wünschen übrig. Könnte ich meinen Augustinus wieder zurückhaben?«

De Sade sah sich nach einem Tisch um und legte den Heiligen aufgeklappt hin, mit dem Rücken nach oben. »Sie entnerven mich«, sagte er. Camille schaute erfreut drein. »Ich dachte, Sie würden mir vielleicht gern von Ihren Reuegefühlen erzählen«, sagte der Marquis. Er setzte sich.

Camille dachte einen Augenblick nach. »Nein … ich glaube nicht. Aber Sie können mir von Ihren erzählen, wenn Sie wollen.«

»Die Bastille«, sagte de Sade. »Ein zweischneidiges Schwert, nicht wahr? Der Sturm auf die Bastille – Sie hat er berühmt gemacht. Dazu gratuliere ich Ihnen. Es zeigt, dass die Bösen gedeihen und selbst die Nicht-ganz-so-Bösen eindeutig im Vorteil sind. Außerdem war es ein großer Schritt für die Menschheit, wer immer das genau sein mag. Was mich betrifft, so wurde ich verlegt, ehe der ganze Ärger losging, und zwar in solcher Hast, dass ich das Manuskript meines neuen Romans habe liegen lassen. Ich bin am Karfreitag aus dem Gefängnis gekommen – nach elf Jahren, Camille –, und meine Unterlagen waren nirgends zu finden. Das war ein schwerer Schlag, das kann ich Ihnen sagen.«

»Was war denn das für ein Roman?«

»Die 120 Tage von Sodom.«

»Du lieber Himmel«, sagte Camille. »Das ist jetzt über vier Jahre her. Hatten Sie denn nicht genug Zeit, um ihn neu zu schreiben?«

»Das waren nicht irgendwelche *120 Tage*«, sagte der Marquis. »Es war ein Meisterwerk der Imagination, das sich in diesen mageren Zeiten schlecht rekonstruieren lässt.«

»Weshalb sind Sie gekommen, Bürger? Doch sicher nicht, um über Ihre Romane zu sprechen?«

Der Marquis seufzte. »Einfach nur, um meine Ansichten kundzutun. Über unsere Zeit, wissen Sie. Ich fand es herrlich, was bei Brissots Verhandlung passiert ist – die Vorstellung, wie Sie in den Armen all dieser starken Männer wieder zu Sinnen kommen, wenn man denn von Sinnen reden kann. Tja – wie sehen Sie es denn heute: Wäre es möglich gewesen, Brissots Leute nicht hinzurichten?«

»Zuerst habe ich das nicht geglaubt, aber jetzt denke ich – ja, wir hätten das hinkriegen können.«

»Selbst nach Marats Tod?«

»Es ist wohl nicht auszuschließen, dass das Mädchen es allein getan hat. Sie hat das ja behauptet. Aber niemand hat ihr zugehört. Brissots Verhandlung hat sich über mehrere Tage hingezogen. Die Angeklagten durften sich äußern. Sie haben Zeugen berufen. Die Zeitungen haben darüber berichtet. Der Prozess wurde nur beendet, weil Hébert Druck ausgeübt hat, sonst würden wir heute noch diskutieren.«

»So ist es«, sagte de Sade.

»Aber künftige Angeklagte werden diese Rechte nicht mehr haben. Es gilt als zu zeitaufwendig, als unrepublikanisch. Ich habe Angst vor den Folgen dieser verkürzten Prozesse. Ich glaube, dass jetzt Menschen umgebracht werden, die nicht umgebracht werden müssten. Aber das Töten geht weiter.«

»Und die Urteile«, sagte de Sade. »Die Urteile im Gerichtssaal. Wissen Sie, Duelle, Blutrache, Verbrechen aus Leidenschaft, das alles billige ich. Aber die Maschinerie des Terrors entbehrt jeglicher Leidenschaft.«

»Verzeihen Sie, aber mir ist nicht ganz klar, worüber Sie gerade reden.«

»Ihre ersten Schriften waren so mitleidlos, ohne die üblichen großen Töne – ich habe damals große Hoffnungen auf Sie gesetzt. Aber jetzt bewegen Sie sich wieder zurück. Sie bereuen. Oder etwa nicht? Wissen Sie, im September war ich Sekretär meines Sektionsausschusses – nicht letzten September, sondern im Jahr davor, als wir die Gefangenen getötet haben. Das hatte so etwas Reines, Revolutionäres, Angemessenes, wie damals das Blut floss – die Geschwindigkeit, die Angst. Jetzt haben wir den Urteilsspruch der Geschworenen, das Haareschneiden, die Karren. Wir haben die Argumentation der Anwälte vor dem Tod. Aber es sollte die Natur sein, die den Tod über einen bringt – man sollte gegen den Tod nicht argumentieren können.«

»Und warum Sie diesen ganzen Unfug über mich bringen, ist mir schon gar nicht klar.«

»Ich nehme an, für Sie – zumindest in Ihrer derzeitigen Gemütslage – ist das Ganze nur durch den Rechtsweg hinnehmbar. Besser hinnehmbar, wenn es ein fairer Prozess ist, und weniger hinnehmbar, wenn die Zeugen unter Druck gesetzt werden und die Verhandlung verkürzt wird. Aber für mich ist weder das eine noch das andere hinnehmbar, verstehen Sie? Je mehr argumentiert wird, desto schlimmer. Ich ertrage das nicht mehr.« Eine Pause entstand. »Schreiben Sie gerade an etwas?«, fragte der Marquis dann. »Ich meine, außer Ihrem theologischen Werk?« Wieder missverstanden; seine furchtsamen, hellen Augen erinnerten an die eines Hasen, der auf Schritt und Tritt mit einer Falle rechnet.

Camille zögerte. »Ich spiele mit dem Gedanken, etwas zu schreiben. Aber ich muss erst mal schauen, wo ich Unterstützung finde. Es ist schwierig. Wir wissen, dass es Verschwörungen gibt, unser Leben wird förmlich von ihnen aufgefressen. Wir wagen es nicht, offen zu unseren besten Freunden zu sprechen, unseren Frauen, Kindern oder Eltern noch zu trauen. Klingt das melodramatisch? Es ist wie Rom unter Kaiser Tiberius.«

»Das kann ich nicht beurteilen«, sagte de Sade, »aber wenn Sie es sagen, wird es wohl so sein. Ich war schon mal in Rom, wissen Sie? Reine Zeitverschwendung. Die haben rund ums Kolosseum lauter kleine Kapellen gebaut, das ruiniert alles. Und den Papst habe ich gesehen. Die Inkarnation der Gewöhnlichkeit. Aber Tiberius war vermutlich noch schlimmer.« Er blickte auf. »Was würden Sie tun, wenn Sie meine Ansichten hätten?«

»Über den Papst?«

»Über den Terror.«

»Ich glaube, an Ihrer Stelle würde ich sie für mich behalten.«

»Dazu ist es schon zu spät. Ich habe bei einem Treffen meiner Sektion gesagt, dass der Terror bald aufhören muss. Wahrscheinlich werde ich demnächst verhaftet. Dann werden wir erleben, was wir erleben. Ich sage es Ihnen, lieber Bürger Camille: Es sind nicht die Tode, die ich nicht ertrage. Sondern die Urteile, die Urteile im Gerichtssaal.«

Danton kam am 20. November zurück. Er hatte Briefe von Robespierre, Fabre und Camille in der Tasche. Der von Robespierre hatte etwas leicht Hysterisches, der von Fabre klang weinerlich, und der von Camille war schlichtweg seltsam. Er widerstand der Versuchung, sie ganz klein zusammenzufalten und als Amulett um den Hals zu tragen.

Sie richteten sich wieder in der Wohnung ein. Louise schaute vorwurfsvoll zu ihm auf. »Du willst weggehen.«

»Es passiert nicht alle Tage«, sagte er, »dass Bürger Robespierre mich um meine Gesellschaft beim Feiern bittet.«

»Du hast die ganze Zeit an Paris gedacht. Ich glaube, du hast dich danach gesehnt zurückzukommen.«

»Schau mich an.« Er nahm ihre Hände. »Ich bin ein Dummkopf, das weiß ich. Wenn ich hier bin, will ich nach Arcis. Wenn ich in Arcis bin, will ich hier sein. Aber ich möchte, dass du begreifst, dass die Revolution kein Spiel ist, aus dem ich einfach so aussteigen kann.« Seine Stimme war sehr ernst; er legte den Arm um ihre Taille, zog sie an sich. Gott, wie er sie liebte! »In Arcis haben wir dieses Thema vermieden, da haben wir über einfachere Dinge gesprochen. Aber die Revolution ist kein Spiel, und ich setze mich auch nicht zu meiner Bereicherung oder der meiner Freude dafür ein.« Seine Finger berührten ihre Lippen, ganz sanft, verhinderten, dass sie sagte, was sie sagen wollte. »So war es mal, das stimmt. Aber jetzt müssen wir sehr gut überlegen, mein Herzblatt. Wir müssen sehr gut überlegen, was mit dem Land passieren wird. Und mit uns.«

»Das hast du also die ganze Zeit getan. Du hast sehr gut überlegt.«

»Ja.«

»Und jetzt gehst du zu Robespierre?«

»Nicht sofort«, sagte er und hob das Kinn. Er war jetzt wieder heiter, weltzugewandt, entfernte sich innerlich von ihr. »Ich muss gut informiert sein, wenn ich zu ihm gehe. Robespierre schmeißt einem die übelsten Beschimpfungen an den Kopf, wenn man nicht auf dem Laufenden ist.«

»Macht dir das etwas aus? »

»Nicht viel«, sagte er fröhlich. Er küsste sie. Sie waren jetzt besser aufeinander eingespielt, so wie er sich das vorstellte, allerdings hatte er das Gefühl – und es kränkte ihn –, dass sie Angst vor ihm hatte. »Freust du dich denn kein bisschen, wieder hier zu sein?«

»Na ja, schon. Hier in unserer Straße. Georges, ich kann nicht auf Dauer mit deiner Mutter zusammenleben. Wir brauchen ein eigenes Haus.«

»Ja, das werden wir haben.«

»Kümmerst du dich darum? Wir werden ja nicht lange in Paris bleiben, oder?«

Er antwortete nicht. »Ich bin bald wieder da«, sagte er.

In der kurzen Zeit, die er brauchte, um die paar Häuser weiter zu gehen, gelang es ihm, ein halbes Dutzend Leute zu grüßen, auf mehrere Schultern zu klopfen und weiterzueilen, ehe ihn jemand in ein Gespräch verwickeln konnte. Bei Einbruch der Dunkelheit würde es in der Stadt die Runde gemacht haben: Danton war zurück. Eben wollte er das Gebäude betreten, in dem die Desmoulins wohnten, da bemerkte er, dass irgendetwas neu war – aus dem Augenwinkel nahm er es wahr, etwas Fremdes, Auffälliges. Er trat zurück, blickte hoch. Über ihm stand, in den Stein gemeißelt: *Rue Marat*.

Einen Moment lang hatte er den Impuls, auf dem Absatz kehrtzumachen, die Treppe zu seiner Wohnung hinaufzueilen, den Bediensteten zuzurufen, sie sollten gar nicht erst auspacken, am nächsten Morgen würden sie wieder nach Arcis zurückfahren. Er schaute zu den erleuchteten Fenstern hoch. Wenn ich da hinaufgehe, dachte er, werde ich nie wieder frei sein. Wenn ich da hinaufgehe, binde ich mich an Max, verpflichte ich mich, mit ihm zusammen Hébert abzuservieren und vielleicht auch, mit ihm zusammen zu regieren. Ich verpflichte mich, Fabre aus der Tinte zu ziehen, wobei Gott allein weiß, wie das gehen soll. Ich setze mich wieder den Morddrohungen aus, lasse mich auf die Blutfehden und die Denunziationen ein.

Seine Miene verhärtete sich. Du kannst nicht hier auf der Straße stehen und die letzten fünf Jahre deines Lebens in Frage stellen, nur weil der Name der Straße geändert wurde, du darfst so etwas nicht deine Zukunft bestimmen lassen. Nein, dachte er – erkannte es zum ersten Mal in aller Klarheit –, es ist eine Illusion, aussteigen zu können, nach Arcis zurückgehen und als Landwirt leben zu können. Ich habe Louise angelogen: Einmal dabei, immer dabei.

»Gott sei Dank«, sagte Lucile. »Ich war kurz davor, zu kommen und dich zu holen.«

Ihre Lippen streiften seine Wange. Eigentlich hatte er sie eingehend über Camille und Robespierre befragen wollen, doch stattdessen sagte er: »Wie schön du bist. Das hatte ich fast vergessen.«

»Schon nach fünf Wochen?«

»Wirklich vergessen würde ich es nie.« Er legte die Arme um sie. »Lieb von dir, dass du mich so herbeigewünscht hast. Du hättest nach Arcis kommen sollen, das hätte mir gefallen.«

»Louise aber ganz sicher nicht, und deiner Mutter genauso wenig.«

»Dann hätten sie wenigstens etwas gemeinsam gehabt.«

»Verstehe. Ist es so schlimm?«

»Eine Katastrophe. Louise ist zu jung, zu städtisch und falsch gebaut. Und wie geht es dir?«

»Oje – ziemlich durcheinander.« Sie versuchte sich von ihm zu lösen, doch er hielt sie fest, schloss die Arme noch fester um ihre Taille. Wie stark sie war, voller Kampfgeist; sie schien sich vor nichts zu fürchten.

»Nicht wieder schwanger, oder, Lolotte?«

Sie schüttelte den Kopf. »Gott sei Dank«, fügte sie hinzu.

»Soll ich dir noch einen Sohn schenken?«

Sie hob die Augenbrauen. »Wenn ich mich nicht irre, hast du selbst eine nette Frau, deren du dich annehmen kannst.«

»Ich kann mehr als eine Frau in meinem Leben unterbringen.«

»Ich dachte, du hättest mich aufgegeben.«

»Absolut nicht. Ehrensache.«

»Bevor du weggegangen bist, hattest du es aber.«

Jetzt bin ich wieder bei Kräften, dachte er. »Es ist sinnlos, sich bessern zu wollen, oder? Man kann sich nicht davon bessern, dass man jemanden liebt.«

»Du liebst mich nicht. Du willst mich nur besitzen und hinterher darüber reden.«

»Besser als dich nicht zu besitzen und hinterher darüber zu reden, so wie alle anderen.«

»Stimmt.« Sie lehnte die Stirn an seine Brust. »Ich habe mich sehr dumm verhalten, nicht wahr?«

»Ja, das hast du. Und der Schaden ist nicht mehr zu beheben. Unsere Frauen werden nie mehr Gutes von dir denken. Sei ausnahmsweise einmal ehrlich und geh mit mir ins Bett.«

»Bist du deshalb gekommen?«

»Eigentlich nicht, aber –«

»Da bin ich aber froh. Ich habe nicht die Absicht, deinem Wunsch zu entsprechen, außerdem ist Camille vor einer Weile nach Hause gekommen und hat sich aufs Bett geworfen, und da liegt er jetzt und brütet heftig.«

Er küsste sie auf den Scheitel. »Schau mich an.« Das Gleiche, fiel ihm ein, hatte er vor einer halben Stunde zu seiner Frau gesagt. »Sag mir, wo es hakt.«

»Überall.«

»Ich bringe das in Ordnung.«

»Bitte.«

Camille lag auf dem Bauch, den Kopf in den Armen vergraben. »Lolotte?«, sagte er, ohne aufzublicken. Danton setzte sich zu ihm und strich ihm übers Haar. »Ach – Georges.«

»Wunderst du dich nicht?«

»Mich wundert gar nichts mehr«, sagte Camille matt. »Mach weiter, das ist mein erstes erfreuliches Erlebnis seit einem Monat.«

»Seit ich weg bin also.«

»Hast du meinen Brief bekommen?«

»Er war ziemlich konfus.«

»Ja. Das war er wohl.«

Er drehte sich um und setzte sich auf. Danton erschrak. Die in den letzten fünf Jahren vermeintlich gewonnene Reife war innerhalb dieser fünf Wochen von Camille abgefallen – der Mensch, der ihn aus Camilles Augen ansah, war der ängstliche, klägliche Junge aus dem Jahr 1788.

»Philippe ist tot.«

»Der Herzog? Ja, ich weiß.«

»Charles-Alexis ist tot. Valazé hat sich vor meinen Augen erstochen.«

»Davon habe ich gehört. Man hat es mir zugetragen. Aber lass das erst mal beiseite. Erzähl mir von Chabot und den anderen.«

»Chabot und zwei seiner Freunde sind aus dem Konvent ausgeschlossen worden. Sie stehen unter Arrest. Der Abgeordnete Julien ist nicht mehr da, er ist geflohen. Und Vadier stellt Fragen.«

»Ach ja?« Der Vorsitzende des Sicherheitsaussschusses hatte sich mit seiner fürchterlichen Effizienz bei der Verfolgung Verdächtiger einen Namen gemacht. Der »Inquisitor« wurde er genannt. Er war um die sechzig, hatte ein längliches gelbes Gesicht und äußerst bewegliche längliche, gelbe Hände. »Was für Fragen?«, wollte Danton wissen.

»Über dich. Über Fabre und deinen Freund Lacroix.«

Danton hatte Fabres jämmerliches kleines Geständnis in der Tasche stecken. Was er getan hat … er scheint selbst nicht zu erfassen, was er da getan hat. Ja, er hat ein staatliches Dokument eigenhändig ergänzt, und diese Ergänzung wurde in die gedruckte Fassung des Textes aufgenommen, allerdings hat dann ein Unbekannter diese Ergänzung wiederum ergänzt … Allein der Gedanke daran ist ermüdend. Ein möglicher Schluss wäre, dass Fabre ein Fälscher ist – ein *gewöhn-*

licher Krimineller, im Gegensatz zu dem etwas gehobeneren Typ von Kriminellem. Und alles weist darauf hin, dass Robespierre nicht die geringste Ahnung hat, was da vor sich geht.

Er wandte seine Aufmerksamkeit wieder Camille zu. »Vadier glaubt offenbar, er sei kurz davor, irgendetwas Verwerfliches über dich herauszufinden, Georges. Ich verbringe meine Zeit damit, Fabre aus dem Weg zu gehen. Der Polizeiausschuss hat Chabot vorgeladen. Er hat natürlich von einer Verschwörung geredet. Er habe mitgemacht, um der Sache auf den Grund zu gehen. Das hat ihm keiner abgenommen. Fabre ist damit beauftragt worden, einen Bericht über die Sache zu schreiben.«

»Über die Ostindien-Kompanie? Fabre?« Jetzt wird es endgültig absurd, dachte Danton.

»Ja, und über die politischen Weiterungen. Robespierre interessiert sich nicht für unlautere Börsengeschäfte, ihn interessiert, wer dahintersteht und von wem diese Leute wiederum ihre Weisungen erhalten.«

»Aber warum hat Chabot nicht gleich Fabre denunziert – warum hat er nicht gesagt, Fabre war von Anfang an mit dabei?«

»Was hätte ihm das gebracht? Dann säßen sie jetzt zusammen auf der Anklagebank. Chabot hat den Mund gehalten und sich gedacht, dass Fabre ihm dafür dankbar sein und ihn in seinem Bericht von jeder Schuld freisprechen wird. Der nächste Kuhhandel, verstehst du.«

»Und Chabot glaubt wirklich, dass Fabre sich von jedem Verdacht wird freihalten können?«

»Man erwartet, dass du deinen Einfluss nutzen wirst, um ihn von jeglichem Verdacht zu befreien.«

»Was für ein Chaos«, sagte Danton.

»Und jetzt ist alles noch schlimmer. Jetzt nämlich denunziert Chabot Fabre und alle anderen gleich mit ihm – das einzig Gute ist, dass ihm mittlerweile niemand mehr glaubt. Vadier hat auch mich befragt.«

»*Dich?* Jetzt überhebt er sich aber ein bisschen.«

»Oh, es war ganz zwanglos. Ein guter Patriot spricht mit einem anderen. Er hat gesagt: Bürger, niemand denkt, Sie wären irgendwelchen zwielichtigen Geschäften nachgegangen, aber vielleicht haben Sie sich doch mal ein klein wenig unlauter verhalten? Die Idee war, dass ich ihm alles erzähle und mich hinterher besser fühle.«

»Und was hast du gesagt?«

»Ach, fast nichts. Ich habe die Augen aufgerissen und gesagt: Unlauter? Ich? Mein Stottern war an dem Tag sehr ausgeprägt, und ich habe im Laufe der Unterhaltung sehr oft Max' Namen fallen lassen. Vadier hat höllische Angst davor, ihn zu verärgern. Er wusste, dass ich mich bei Max beschweren würde, wenn er zu viel Druck auf mich ausübt.«

»Gut gemacht«, sagte Danton grimmig. Aber er sah, in welchen Schwierigkeiten er steckte: Es ging nicht nur um die Frage, was er mit Fabre machen würde, sondern auch um das größere Problem von Camilles Gewissen.

»Ich lüge Robespierre an«, sagte Camille. »Jedenfalls indirekt. Und das gefällt mir nicht. Für das, was ich als Nächstes vorhabe, brauche ich festen Boden unter den Füßen.«

»Und das wäre?«

»Es gibt leider noch schlechtere Nachrichten. Hébert hat in Umlauf gebracht, Lacroix habe letztes Jahr, als ihr zusammen als Kommissare in Belgien wart, in die eigene Tasche gearbeitet. Er behauptet, Beweise dafür zu haben. Außerdem hat er die Jakobiner überreden können, beim Nationalkonvent zu beantragen, dass Lacroix und Legendre von ihrer Mission in der Normandie abberufen werden.«

»Was soll Legendre denn getan haben?«

»Er ist dein Freund, oder nicht? Ich bin zu Robespierre gegangen und habe gesagt, wir müssen den Terror beenden.«

»Das hast du gesagt?«

»Er hat gesagt, da stimme ich dir vollkommen zu. Und das tut er auch, er hasst das Töten, *ich* bin derjenige, der so lange gebraucht hat, um das zu erkennen … Ich habe also gesagt, Hébert ist zu mächtig. Er sitzt im Kriegsministerium und in der Kommune fest im Sattel, er lässt seine Zeitung bei den Truppen zirkulieren – und Hébert wird *nicht* bereit sein, den Terror zu beenden. Das hat ihn in seinem Stolz getroffen, und er hat gesagt: Wenn ich den Terror beenden will, tue ich es, auch wenn ich vorher Hébert den Kopf abschneiden muss. Na gut, habe ich gesagt, nimm dir vierundzwanzig Stunden Zeit und denk darüber nach, und dann entscheiden wir, wie wir gegen ihn vorgehen. Ich bin nach Hause gekommen und habe gleich ein Pamphlet gegen Hébert entworfen.«

»Du wirst es nie lernen, oder?«

»Bitte?«

»Gerade hast du erst die Gironde beweint. Deinen Anteil an ihrem Sturz.«

»Aber hier geht es um Hébert«, sagte Camille verständnislos. »Bitte bring mich nicht durcheinander. Hébert steht der Beendigung des Terrors im Weg. Wenn wir ihn umbringen, werden wir niemand anderen mehr umbringen müssen. Na ja, Robespierre hat in diesen vierundzwanzig Stunden jedenfalls angefangen zu zaudern. Er wirkte ganz nervös und unentschlossen. Als ich wieder zu ihm gegangen bin, hat er gesagt: ›Hébert ist sehr mächtig, aber in einigen Dingen hat er auch recht, und wenn wir ihn unter Kontrolle hätten, könnte er uns sehr nützlich sein.‹« Was führt dieser doppelzüngige Mistkerl im Schilde?, dachte Danton. »›Vielleicht wäre es besser‹, hat er gesagt, ›wenn wir einen Kompromiss fänden. Es darf kein weiteres unnötiges Blutvergießen geben.‹ Da habe ich mir ausnahmsweise mal Saint-Just herbeigewünscht. Ich hatte wirklich geglaubt, dass er es tun würde, weißt du, und dann –« Er machte eine aufgebrachte Geste. »Saint-Just hätte ihn vielleicht zum Handeln bewegen können.«

»Zum Handeln?«, wiederholte Danton. »Der wird nicht handeln. Davon versteht er nichts. Unnötiges Blutvergießen, meine Güte. Gewalt, ach wie bedauerlich. Er macht mich fertig mit seiner Rechtschaffenheit. Dieser kleine Scheißer könnte doch nicht mal ein Ei köpfen.«

»O nein«, sagte Camille. »Bitte nicht – bitte.«

»Was will er also machen?«

»Er lässt sich nicht auf eine Meinung festnageln. Geh zu ihm. Hör dir einfach an, was er sagt. Ohne dagegenzuhalten.«

Danton dachte: So haben die früher über *mich* geredet. Er zog Camille an sich. Sein Körper kam ihm seltsam vor, irgendwie gefährdet, er schien aus lauter Schatten und spitzen Winkeln zu bestehen. Camille vergrub das Gesicht an seiner Schulter und sagte: »Du bist wirklich ein erschreckend zynischer Mensch.«

Einen Moment lang schwiegen sie beide. Dann löste sich Camille von ihm und schaute zu ihm auf. Seine Hände ruhten leicht auf Dantons Schultern. »Ist dir jemals der Gedanke gekommen, dass Max dieselbe grundlegende Verachtung für dich empfindet wie du für ihn?«

»Verachtung?«

»Mit diesem Gefühl ist er immer schnell bei der Hand.«

»Nein, der Gedanke ist mir noch nicht gekommen.«

»Nun, nicht alle Menschen auf dieser Welt werden von den gleichen Gelüsten getrieben wie du, und die, bei denen es nicht so ist, fühlen sich dir natürlich überlegen. Er gibt sich alle Mühe, nachsichtig zu sein. Er ist nicht tolerant, aber großzügig. Oder vielleicht auch umgekehrt.«

»Man wird es mit der Zeit leid, seinen Charakter zu analysieren«, sagte Danton. »Als hinge das eigene Leben davon ab.«

Eigentlich hatte er für eine Stunde zu Louise zurückgehen wollen. An der Ecke der Cour du Commerce blieb er stehen. Er hatte sich daran gewöhnt, mit ihr zu reden, ihr alles zu erzählen, was passiert und gesagt worden war, und sich ihren Kommentar anzuhören. Er sagte ihr Dinge, die er Gabrielle niemals erzählt hätte – sie war ihm gerade dadurch hilfreich, dass sie unbeteiligt und unwissend war. Aber im Moment gab es nichts zu sagen. Er fühlte eine unaussprechliche Last in seinem Innern. Er schaute auf die Uhr. Es war möglich, wenn auch nicht wahrscheinlich, dass der Unbestechliche um diese Zeit zu Hause war, und während er zu ihm auf die andere Seite des Flusses lief, konnte er sich überlegen, was er sagen würde. Kurz schaute er zu seinem eigenen erleuchteten Fenster hinauf, dann schritt er grimmig in den frühen Abend.

Die Laternen wurden gerade angezündet, sie hingen taumelnd an Seilen, die in den schmalen Gassen zwischen den Häusern gespannt waren, oder waren an eisernen Wandarmen befestigt. Es gab jetzt mehr Laternen als vor der Revolution: Licht gegen die Verschwörer, die Fälscher, die dunkle Nacht des Herzogs von Braunschweig. Als 1789 ein Adliger aufgehängt wurde, hatte er gefragt: »Glaubt ihr, das Licht strahlt hinterher heller?« Und Louis Suleau hatte, erstaunt, dass er selbst noch am Leben war, gesagt: »Jedes Mal wenn ich an einem Laternenpfahl vorbeikomme, sehe ich, wie er sich begehrlich nach mir reckt.«

Zwei Bauernbuben mit fröhlichem Gesicht und laufender Nase gingen an ihm vorbei, sie wollten den Städtern Kaninchen verkaufen, blutige Bündel, die kopfüber an langen Stangen hingen, in Fallen gefangen. Jemand wird die beiden berauben, dachte er, und dann werden sie weder Geld noch Kaninchen an einer Stange haben. Die pelzigen Tierleichen sahen mager aus, kaum Fleisch auf den hin- und herschwingenden Knochen. Zwei Frauen standen zankend in der Tür einer Garküche, die Fäuste in die Hüften gestemmt. Der Fluss war ein schmutziges, gelblichgraues Band, er kroch dem Winter entgegen wie der Beginn einer verzehrenden Krankheit. Die Leute verließen eilig die Straßen, um sich vor der Stadt und der Nacht zu verschanzen.

Die Kutsche war neu und fiel durch ihre Eleganz auf; selbst im Düstern sah man die frische Politur auf der neuen Farbe. Er erhaschte einen Blick auf ein rundes, blasses Gesicht, und der Kutscher hielt unter schwerfälligem Knarren des Geschirrs neben ihm an, während die quäkige Stimme des Besitzers erklang: »Mein lieber Danton, sind Sie das?«

Er blieb unwillig stehen. Die Pferde schnauften feucht in die unwirtliche, nasskalte Dämmerung. »Hébert, sind Sie es?«

Hébert steckte den Kopf hinaus. »Ja. Ihre massige Statur verrät sie. Mein lieber Danton, es wird schon dunkel, warum laufen Sie hier so demokratisch auf der Straße herum? Das ist gefährlich.«

»Sehe ich so aus, als könnte ich nicht auf mich aufpassen?«

»Natürlich nicht, aber es gibt hier bewaffnete Räuberbanden – kann ich Sie irgendwohin mitnehmen?«

»Nur wenn Sie bereit sind, wieder in die Richtung zurückzufahren, aus der Sie gerade kommen.«

»Aber gern. Kein Problem.«

»Gut.« Er wandte sich an den Kutscher. »Wissen Sie, wo Robespierre wohnt?«

Mit Genugtuung nahm er ein leichtes Zittern in Héberts Stimme wahr. »Seit wann sind Sie wieder zurück?«

»Seit zwei Stunden.«

»Und Ihre Familie? Geht es allen gut?«

»Hébert, Sie sind wirklich ein äußerst unangenehmer Zeitgenosse«, sagte Danton, während er sich auf dem gepolsterten Sitz ihm gegenüber niederließ. »Es wäre Unsinn, so zu tun, als wäre dem nicht so.«

»Verstehe.« Hébert ließ eine Art nervöses Kichern hören. »Danton, Sie haben vielleicht von gewissen Reden gehört, die ich gehalten habe.«

»Und in denen Sie meine Freunde attackiert haben.«

»So sollten Sie das nicht ausdrücken.« Héberts Stimme klang vorwurfsvoll. »Wenn sie nichts getan haben, wofür sie sich schämen müssen, gebe ich ihnen damit doch einfach die Gelegenheit, zu beweisen, dass sie gute Patrioten sind.«

»Das haben sie bereits bewiesen.«

»Aber keiner von uns sollte doch Angst davor haben, dass sein Verhalten unter die Lupe genommen wird? Jedenfalls hoffe ich, Sie denken nicht, ich würde *Sie* kritisieren, Danton.«

»Das würden Sie wohl kaum wagen.«

»Tatsächlich habe ich gedacht, dass ein strategisches Bündnis zwischen uns –«

»Davon wäre ich ungefähr so überzeugt wie von einem strategischen Bündnis mit einem Schwamm.«

»Nun, denken Sie mal darüber nach«, sagte Hébert ohne Groll. »Übrigens geht es Camille ja gar nicht gut, oder? Diese Ohnmacht ...«

»Ich werde ihm von Ihrer Anteilnahme berichten.«

»Er hat sich wirklich den unpassendsten Moment ausgesucht. Die Leute behaupten – verständlicherweise, würde ich sagen –, dass er seine Mitwirkung an Brissots Sturz bereut. Weichherzig, wie der gute Marat zu sagen pflegte. Wobei das in krassem Widerspruch zu seinem früheren Verhalten steht. '89. Die Lynchmorde. Hm. Wir sind da. Nun – wie soll ich es sagen? Bürger Robespierre ist diesen Monat schlüpfrig wie ein Fisch. Schwer handhabbar. Machen Sie es gut.«

»Danke fürs Mitnehmen, Hébert.«

Danton schwang sich aus der Kutsche. Héberts weißes Gesicht erschien neben ihm. »Überreden Sie Camille, mal Urlaub zu machen«, sagte er.

»Vielleicht«, sagte Danton, »würde er sich für Ihre Beerdigung einen Tag freinehmen.«

Das ölige Lächeln erstarrte. »Ist das eine Kriegserklärung?«

Danton zuckte die Achseln. »Wenn Sie wollen«, sagte er. »Fahren Sie los!«, rief er dem Kutscher zu. Wie er dort auf der Straße stand, hätte er den Père Duchesne am liebsten übel beschimpft, wäre ihm nachgelaufen und hätte ihm die Faust ins Gesicht gerammt. So beginnen Feindseligkeiten.

»Und, wie gefällt Ihrer kleinen Schwester das Eheleben?«, fragte Danton Eléonore.

Eléonore lief tiefrot an. »Gut, nehme ich an. Philippe Lebas ist kein sehr bedeutender Mann.«

Du arme, gehässige, enttäuschte Kuh, dachte Danton. »Ich weiß schon, wo's langgeht«, sagte er.

Als er klopfte, kam keine Reaktion. Er stieß die Tür auf und marschierte geradewegs in Robespierres aggressiven Blick hinein. Robespierre saß mit Tinte, Federhalter und einem kleinen Notizbuch an seinem Schreibtisch.

»Sie tun wohl so, als wären Sie nicht da?«

»Danton.« Robespierre stand auf. Er war leicht errötet. »Es tut mir leid, ich dachte, es wäre Cornélia.«

»Na, behandelt man denn so seine Freundin! Setzen Sie sich, entspannen Sie sich. Was schreiben Sie da? Einen Liebesbrief an eine andere?«

»Nein, ich … ach, egal.« Robespierre klappte das Büchlein zu. Er setzte sich wieder an seinen Schreibtisch und legte die Hände aneinander wie zu einem nervösen Gebet. »Vor ein paar Wochen hätte ich Sie gebrauchen können, Danton. Chabot ist bei mir vorbeigekommen. Ich … Sagen Sie mal, was haben Sie eigentlich von Chabot gehalten?«

Der Gebrauch der Vergangenheitsform fiel Danton auf. »Meiner Ansicht nach ist er ein rotgesichtiger Hanswurst mit einer Freiheitsmütze auf dem Kopf und sehr wenig Gehirn darunter.«

»Diese Heirat, wissen Sie … Die Gebrüder Frei sollen morgen verhaftet werden. Die Heirat war sein Stolperstrick.«

»Die Mitgift«, sagte Danton.

»Genau. Die sogenannten Brüder sind Millionäre. Und Chabot gefällt das alles – er ist da sehr empfänglich. Wie auch nicht? Er hat zu viele eisige Fastenzeiten durchgestanden.«

Danton musterte Robespierre. Wurde er weich? Möglicherweise.

»Wer mir leid tut, das ist das Mädchen, die kleine Jüdin.«

»Ja«, sagte Danton. »Andererseits heißt es, sie sei in Wirklichkeit gar nicht die Schwester von einem der beiden. Angeblich kommt sie aus einem Wiener Bordell.«

»Die Leute reden doch, was ihnen gerade in den Kram passt. Eins weiß ich jedenfalls: Chabots Bedienstete hat sein Kind geboren, nachdem er sie verlassen hat. Und das ist derselbe Mann, der letzten September bei den Jakobinern so anrührend über die Rechte unehelicher Kinder gesprochen hat.«

Man weiß nie, was Robespierre am meisten aufbringt, dachte Danton. Verrat, Veruntreuung oder Triebhaftigkeit. »Also, Sie sagten gerade, Chabot sei bei Ihnen gewesen.«

»Ja.« Amüsiert über die Condition humaine, schüttelte Robespierre den Kopf. »Er hatte ein Päckchen dabei, das angeblich 100 000 Francs enthielt.«

»Sie hätten es nachzählen sollen.«

»Wahrscheinlich war es bloß Altpapier. Er hat wie üblich von Verschwörern gesprochen, und ich habe ihn gefragt, ob er stichfeste Belege habe. ›Ja‹, hat er gesagt, ›aber es ist alles in unsichtbarer Tinte geschrieben.‹« Robespierre lachte. »Dann hat er gesagt: ›Dieses Geld hat man mir gegeben, damit ich den Wohlfahrtsausschuss besteche, deshalb dachte ich, ich bringe es am besten zu Ihnen. Könnte ich sicheres Geleit bekommen? Ich sollte wohl besser das Land verlassen.‹« Er blickte zu Danton auf. »Jämmerlich, oder? Wir haben ihn am nächsten Morgen um acht abholen lassen. Er ist jetzt im Luxembourg. Wir haben den Fehler gemacht, ihm Papier und Tinte zu geben, sodass er jetzt Tag für Tag endlose Tiraden zu seiner Rechtfertigung zu Papier bringt und sie an den Wohlfahrtsaussschuss schickt. Leider taucht Ihr Name darin ziemlich oft auf.«

»Und nicht in unsichtbarer Tinte?«, fragte Danton. »A propos …« Er zog Robespierres Brief aus der Tasche und ließ ihn auf den Schreibtisch zwischen ihnen fallen. »Tja, alter Freund – was ist das für eine Geschichte von wegen Hébert beseitigen?«

»Ach«, sagte Robespierre. »Da haben Camille und ich zusammengesessen und sind ein bisschen in Panik geraten.«

»Verstehe. Ich bin also von so weit hergekommen, weil Sie ein bisschen in Panik geraten sind.«

»Habe ich Ihnen den Urlaub verdorben? Das tut mir leid. Aber Sie fühlen sich wieder besser?«

»Kampfbereit. Nur muss ich erst noch herausfinden, wo der Kampf stattfindet.«

»Wissen Sie«, Robespierre räusperte sich, »ich denke wirklich, dass wir zu Beginn des neuen Jahres einen ganz guten Stand haben könnten. Sofern wir Toulon zurückerobern. Und hier in Paris diese antireligiösen Fanatiker aus dem Weg räumen. Was diese sogenannten Geschäftsleute angeht, leistet Ihr Freund Fabre gute Arbeit. Und morgen werde ich bei den Jakobinern vier Ausschließungen veranlassen.«

»Nämlich?«

»Proli, diesen Österreicher, der für Hérault gearbeitet hat. Und drei von Héberts Freunden. Der Ausschluss aus dem Club wird sie lähmen. Und den anderen dient er als Warnung.«

»Ich muss darauf hinweisen, dass auf Ausschlüsse aus dem Club in letzter Zeit immer Verhaftungen gefolgt sind. Aber Camille hat gesagt, Sie würden eine Beendigung des Terrors gutheißen?«

»Ich würde es nicht … ganz so ausdrücken – also, sagen wir, in ein paar Monaten können wir vielleicht anfangen lockerzulassen, aber es gibt noch eine ganze Reihe ausländischer Agenten, die wir enttarnen müssen.«

»Davon abgesehen, würden Sie es aber gutheißen, wenn das normale Rechtssystem wieder installiert und die neue Verfassung in Kraft gesetzt werden würde?«

»Das Problem ist, dass wir uns noch im Kriegszustand befinden. Voll und ganz. Und Sie wissen ja, was der Nationalkonvent gesagt hat: ›Bis zum Friedensschluss bleibt die französische Regierung revolutionär.‹«

»Setzt den Terror auf die Tagesordnung.«

»Vielleicht war es schlecht ausgedrückt. Man sollte meinen, das Volk läuft zitternd und zähneklappernd durch die Gegend. Aber dem ist nicht so. Die Theater sind geöffnet, genau wie immer.«

»Zur Aufführung patriotischer Dramen. Mich langweilen patriotische Dramen.«

»Sie sind erbaulicher als das, was früher im Theater geboten wurde.«

»Woher wollen Sie das denn wissen? Sie gehen doch nie ins Theater.«

Robespierre sah ihn blinzelnd an. »Nun, logisch betrachtet sollte man das einfach erwarten. Ich kann nicht alles überwachen. Ich habe keine Zeit, ins Theater zu gehen. Aber um auf das eigentliche Thema zurückzukommen: Mir persönlich gefällt das, was in letzter Zeit geschehen ist, nicht, verstehen Sie, aber ich muss einräumen, dass es politisch notwendig war. Wenn Camille hier wäre, würde er diese Aussage völlig zerpflücken, aber Camille ist nun mal Theoretiker, ich dagegen will im Wohlfahrtsausschuss weiterkommen und muss mich den Gegebenheiten anpassen … so gut es geht. Also, ich sehe es so: Extern ist unsere Lage viel besser geworden, aber intern herrscht nach wie vor Notstand, wir haben immer noch die Aufständischen in der Vendée und eine Hauptstadt voller Verschwörer. Die Revolution ist von einem Tag auf den anderen noch nicht gesichert.«

»Was zum Teufel wollen Sie eigentlich – wissen Sie das überhaupt?«

Robespierre blickte hilflos zu ihm auf. »Nein.«

»Können Sie es nicht herausfinden?«

»Ich weiß einfach nicht, was das Beste wäre. Ich bin von Menschen umgeben, die behaupten, für alles die Lösung zu wissen, aber in den meisten Fällen bedeutet das nur weiteres Töten. Es gibt jetzt mehr Faktionen als vor Brissots Vernichtung. Ich versuche sie voneinander fernzuhalten, zu verhindern, dass sie sich gegenseitig vernichten.«

»Wie viele Unterstützer hätten Sie im Ausschuss, wenn Sie die Hinrichtungen beenden wollten?«

»Robert Lindet auf jeden Fall, wahrscheinlich auch Couthon und Saint-André. Vielleicht Barère – bei Barère weiß ich nie, was er denkt.« Er zählte sie an den Fingern ab. »Collot und Billaud-Varennes wären gegen jegliche Politik der Mäßigung.«

»Mein Gott«, sagte Danton versonnen. »Bürger Billaud, der große, harte Mann im Ausschuss. '86, '87 ist er oft zu mir in die Kanzlei gekommen, und ich habe ihn die Rohfassungen von Plädoyers erarbeiten lassen, damit er sich einigermaßen über Wasser halten konnte.«

»Ja. Das wird er Ihnen sicher niemals verzeihen.«

»Und was ist mit Hérault? Den haben Sie vergessen.«

»Nein, nicht vergessen.« Robespierre wich seinem Blick aus. »Sie wissen, glaube ich, dass er unser Vertrauen nicht mehr besitzt. Ich hoffe, Sie werden die Beziehungen zu ihm abbrechen?«

Nicht darauf eingehen, dachte Danton. Gar nicht darauf eingehen. »Saint-Just?«

Robespierre zögerte. »Er würde es als Schwäche betrachten.«

»Können Sie nicht auf ihn einwirken?«

»Vielleicht. Er war in Straßburg außerordentlich erfolgreich. Er wird der Ansicht sein, dass er die richtige Richtung verfolgt. Und für die Leute, die bei der Armee waren, zählen so ein paar Menschenleben in Paris gar nichts. Die anderen – die kann ich vermutlich auf Linie bringen.«

»Dann schaffen Sie sich Collot und Billaud-Varennes vom Hals.«

»Unmöglich. Die werden von Héberts Leuten unterstützt.«

»Dann schaffen Sie sich Hébert vom Hals.«

»Womit wir wieder bei einer Politik des Terrors wären.« Robespierre blickte auf. »Danton, Sie haben noch nicht gesagt, wo Sie in alldem stehen. Sie müssen doch eine Meinung haben.«

Danton lachte. »Wenn Sie mich besser kennen würden, wären Sie davon nicht so überzeugt. Ich werde mir Zeit lassen. Ich schlage vor, Sie tun das Gleiche.«

»Sie wissen, dass man Sie attackieren wird, sobald Sie sich in der Öffentlichkeit zeigen? Hébert hat gewisse Andeutungen über Ihre Unternehmung in Belgien gemacht. Ich fürchte, Ihre Krankheit wurde als mehr oder weniger fingiert angesehen. Es wurde gemunkelt, Sie hätten sich mit Ihrem unrechtmäßig erworbenen Geld in die Schweiz abgesetzt.«

»Etwas Solidarität wäre also vonnöten.«

»Ja. Ich werde mich natürlich bei jeder Gelegenheit für Sie verwenden. Vielleicht bringen Sie Camille dazu, etwas zu schreiben? Um ihn abzulenken? Ich habe ihm gesagt, er soll sich von den Gerichtsverhandlungen fernhalten. Er ist sehr emotional, oder?«

»Sie sagen das, als würde es Sie überraschen. Als hätten Sie ihn erst gestern kennengelernt.«

»Mich überrascht wohl immer wieder das Maß seiner Emotionalität. Camilles Gefühle wirken völlig unbeherrschbar. Wie Naturkatastrophen.«

»Das kann nützlich sein oder auch lästig.«

»Das klingt zynisch, Danton.«

»So? Na ja, vielleicht ist es das.«

»Betrachten Sie seine Zuneigung auch so zynisch?«

»Nein, ich bin dankbar dafür. Ich nehme, was kommt.«

»Ja, diesen Zug haben wir bei Ihnen schon zur Kenntnis genommen«, sagte Robespierre voller Interesse.

»War das der Pluralis Majestatis?«

»Nein, ich meinte Camille und mich.«

»Sie beide reden über mich?«

»Wir reden über alle. Über alles. Aber das wissen Sie. Wir stehen uns außerordentlich nahe.«

»Ich akzeptiere den Rüffel. Sowohl Ihre als auch meine Freundschaft zu Camille ist von besonderem Rang. Ach, wären doch nur all seine Freundschaften so gewesen!«

»Ich weiß nicht, wie das hätte gehen sollen.«

»Nein, Sie sind gern etwas begriffsstutzig.«

Robespierre stützte das Kinn in die Hand. »Das bin ich wohl. Ich musste eine Menge Kompromisse eingehen, um mir Camilles Freundschaft zu erhalten. Und das gilt auch für mein restliches Leben. Von morgens bis abends rufe ich: ›Erzählt mir das nicht‹ oder ›Kehrt es unter den Teppich, bevor ich komme.‹«

»Ich wusste nicht, dass Sie das über sich selbst wissen.«

»Aber ja. Ich bin kein Heuchler. Aber ich veranlasse andere zur Heuchelei.«

»Zwangsläufig. Robespierre lügt nicht, betrügt nicht, stiehlt nicht, trinkt nicht, treibt keine Unzucht – das ist einfach zu viel des Guten. Er ist kein Hedonist, kein Opportunist, keiner, der Versprechen bricht.« Danton grinste. »Aber wozu die ganze Redlichkeit? Niemand eifert Ihnen nach. Die Leute streuen Ihnen nur Sand in die Augen.«

»Die Leute?«, wiederholte Robespierre sanft. »Sagen Sie ›wir‹, Danton.« Er lächelte.

Maximilien Robespierre, aus den privaten Notizbüchern:

Was ist unser Ziel?

Die Verfassung zum Nutzen der Bevölkerung in Kraft zu setzen.

Wer wird sich uns entgegenstellen?

Die Reichen und Korrupten.

Welche Methoden werden sie anwenden?

Verleumdung und Heuchelei.

Welche Faktoren werden ihr Vorgehen begünstigen?

Die Ignoranz des gemeinen Volkes.

Wann wird das Volk gebildet sein?

Wenn es genug zu essen hat, und wenn die Reichen und die Regierung aufhören, verräterische Zungen und Federn zu bestechen, damit sie das Volk belügen; wenn ihre Interessen sich mit denen des Volkes decken.

Wann wird das eintreten?

Nie.

FABRE: Was wirst du also tun?

DANTON: Ich werde nicht zulassen, dass du gedemütigt wirst. Das würde auf mich zurückfallen.

FABRE: Aber was sind deine Pläne? Du musst doch Pläne haben?

DANTON: Schon, aber du musst jetzt nicht durch die Stadt laufen und herumerzählen, dass Danton Pläne hat. Ich möchte eine Versöhnung mit den Rechten im Konvent. Robespierre sagt, wir müssen an einem Strang ziehen, statt uns zu bekämpfen, und er hat recht. Patrioten sollten einander nicht zerfleischen.

FABRE: Du meinst, sie könnten dir verzeihen, dass du ihren Kollegen die Köpfe abgeschnitten hast?

DANTON: Camille wird eine Pressekampagne lancieren, in der für Milde geworben wird. Auf lange Sicht will ich einen verhandelten Frieden, eine freie Wirtschaft und die Rückkehr zu einer konstitutionellen Regierung. Es ist ein ehrgeiziges Programm, das sich nicht umsetzen lässt, wenn das Land am Auseinanderfallen ist, deshalb müssen wir den Ausschuss stärken. Mit Robespierre, aber ohne Collot, Billaud-Varennes und Saint-Just.

FABRE: Gibst du jetzt zu, dass du dich geirrt hast? Du hättest dich letzten Sommer nicht aus dem Ausschuss abwählen lassen sollen.

DANTON: Ja, ich hätte auf dich hören sollen. Nun, zuerst gibt man seine Fehler zu, dann versucht man sie wiedergutzumachen. Wir haben alle den Fehler gemacht, Hébert als unbegabten Lohnschreiber anzusehen. Und ehe wir's uns versahen, hatte er die Generäle und Minister in der Tasche – vom Pöbel ganz zu schweigen. Es wird Mut erfordern, ihn zu brechen, und Glück.

FABRE: Und dann wird der Terror beendet?

DANTON: Ja. Das ist zu weit gegangen.

FABRE: Da stimme ich dir zu. Ich bin es leid, Vadiers heißen Atem in meinem Nacken zu spüren.

DANTON: Um mehr geht es dir nicht?

FABRE: Na komm schon. Um was geht es dir denn? Du wirst ja wohl nicht weich werden? Nachlassen?

DANTON: Nein? Vielleicht schon. Jedenfalls gebe ich mir alle Mühe, meine eigenen Interessen mit denen der Nation in Deckung zu bringen.

FABRE: Möchtest du wieder regieren, Georges-Jacques?

DANTON: Ich weiß nicht. Ich habe noch nicht entschieden, was ich will.

FABRE: Gütiger Himmel, dann tu das mal lieber schnell. Du lässt dich auf einen Kampf mit denen ein. Das ist gefährlich, da musst du deine Sinne beieinander haben. Du kannst da nicht im Halbschlaf hineintorkeln, sonst ruinierst du uns alle. Ich weiß nicht – viel Schwung scheinst du nicht zu haben. Irgendwie bist du nicht mehr der Alte.

DANTON: Das liegt an Robespierre, er verwirrt mich. Ich habe das Gefühl, dass er sich ständig nach allen Seiten absichert.

FABRE: Tja … halt dir Camille warm.

DANTON: Ja. Ich habe schon gedacht – wenn Camille in Schwierigkeiten gerät, ich meine, in noch größere Schwierigkeiten, wird Robespierre aufstehen und ihn verteidigen müssen, und das bedeutet, dass er sich festlegen wird.

FABRE: Stimmt. Gute Idee.

DANTON: Es ist egal, was Camille tut. Robespierre wird ihm immer aus der Patsche helfen.

FABRE: Darauf ist Verlass.

FABRE D'ÉGLANTINE: Wenn schon der eigene Name eine Lüge enthält, sucht man fortwährend nach einer Bestätigung der eigenen Realität, nach Quellen der Selbstachtung.

Als die Sache mit der Ostindien-Kompanie aufgeflogen ist, habe ich mich aus allem rausgehalten, bis ich meinen Preis ausreichend in die Höhe getrieben hatte. Als der Preis stimmte, habe ich eine Straftat begangen. Aber nur eine kleine! Ich bitte um Nachsicht. Vielleicht dürfte ich einen Moment lang Ihre Aufmerksamkeit, Ihren guten Glauben in Anspruch nehmen? Es ging nämlich nicht nur ums Geld, wissen Sie.

Ich wollte, dass man zu mir sagte: Sie sind ein mächtiger Mann, Fabre! Ich wollte sehen, wie viel ihnen mein Schutz wert war. Was sie kauften, war nicht mein finanzieller Sachverstand. Camille hat mal behauptet, ich hätte statt eines Gehirns nur Fettschminke und alte Souffliербücher im Kopf; ich für mein Teil staune immer wieder, wie sehr doch das Leben einem abgedroschenen Theaterstück gleicht. Was sie wollten, war mein Einfluss, das Prestige, das einem engen Freund Dantons anhaftet. Ich war mir sicher, dass sie indirekt auch Danton zu kaufen meinten. Schließlich hatten meine Mitstreiter in dieser Angelegenheit schon vorher mit ihm zu tun gehabt. Denken Sie nicht, die Sache mit der Ostindien-Kompanie sei ein isoliertes Geschehnis gewesen. Fälschung war nur die logische Fortführung bestehender unlauterer Praktiken, der nächste Schritt nach Währungsspekulation und betrügerischen Lieferverträgen mit der Armee. Bloß führte mich dieser kleine Schritt jenseits von Recht und Gesetz, und für Menschen wie mich ist es in Zeiten wie diesen nicht gut, jenseits von Recht und Gesetz zu stehen, wie immer diese auch definiert sein mögen. Jetzt steht der blöde Poet auf der einen Seite, und auf der anderen stehen sichtlich selbstzufrieden Danton und der Kindheitsgefährte des Unbestechlichen, unzertrennlich mit diesem verbunden.

Daraus kann nichts Gutes erwachsen. Es gab einen Moment – er mag Ihnen entgangen sein –, in dem Danton und ich unsere Eigeninteressen zurückstellten. Wenn ich Moment sage, meine ich genau das: ein paar Sekunden, in denen eine Entscheidung getroffen wurde; ich behaupte nicht, dass wir uns hinterher anders oder besser verhalten hätten. Als wir besprachen, wie Valmy zu gewinnen sei, beschlossen wir, Stillschweigen darüber zu bewahren, selbst wenn es uns das Leben kosten würde.

Tja – von dem Moment an, wo wir einander eingestanden hatten, dass es etwas gab, was wir *nicht* tun würden, begannen wir unserer Zerstörung entgegenzutaumeln wie zwei Betrunkene im Elend der frühen Morgenstunden. Denn der Opportunist muss für jede Überzeugung doppelt bezahlen; jedes Mal wenn er jemandem sein Vertrauen schenkt, blutet er ein wenig. Valmy hat für die Republik das Blatt gewendet, seither können die Franzosen in Europa den Kopf hoch tragen.

Also, Danton würde niemals seine Freunde im Stich lassen. Falls das rührselig klingt, bitte ich um Verzeihung. Um es anders auszudrücken – so leuchtet es vielleicht eher ein –: Sämtliche Wege, die ich in den letzten Jahren beschritten habe, führten zu Danton. Die Beschuldigungen, die Hébert wegen der belgischen Mission gegen Lacroix erhoben hat, treffen alle auf Danton zu. Das weiß Hébert. Vadier wird mich entlarven. Und auf Danton hat er es ebenfalls abgesehen. Warum? Wahrscheinlich verletzt Danton sein Schicklichkeitsempfinden. Vadier ist ein Moralist und Fouquier, glaube ich, auch. Eine Haltung, die ich missbillige. Gott weiß, welche Risiken wir eingehen, Gott weiß, was Danton alles getan hat. Gott, und Camille auch. Gott wird den Mund halten.

Als ich anfing, Verschwörungen anzuzeigen, um von mir selbst abzulenken, konnte ich da denn ahnen, dass Robespierre alles, was ich sagte, aufgreifen würde? Er suchte nach einer Verschwörung im Herzen des Patriotismus: Ich lieferte ihm eine, so wahr mir Gott helfe. Und nimmt man sie erst einmal für gegeben, scheinen jedes Wort und jede Tat ihre Existenz zu belegen, sodass man natürlich schon mal ins Grübeln gerät – was, wenn Robespierre recht hat und ich der Narr bin, was, wenn ein Schwindel, von dem ich meinte, er sei in irgendeinem Café im Palais Royal ausgeheckt worden, tatsächlich eine gewaltige Verschwörung ist, deren Fäden in Whitehall zusammenlaufen?

Nein, nein – ich werde nicht weiter darüber nachdenken. So was kann einen in den Wahnsinn treiben.

In gewisser Hinsicht wünschte ich, sie würden kommen und mich festnehmen. Vielleicht klingt es absurd, aber meine Festnahme ist wohl das Einzige, was mich davon abhalten wird, die Dinge noch weiter zu verkomplizieren. Allein bei dem Gedanken daran bekomme ich Kopfschmerzen, es ist so deprimierend. Das Warten raubt mir den letzten Nerv, die Unterbrechung der Jagd – mein Motto war immer »in Bewegung bleiben«, schon mein Leben lang. Vielleicht ist das Vadiers Taktik, oder vielleicht warten sie, bis sie mit etwas anderem, Schlimmerem kommen können, oder sie warten darauf, dass Danton für mich in die Bresche springt.

Ich habe Angst, dass ich *Die Malteser Orange* niemals fertigkriege, wenn es so weitergeht. Es ist ein gutes Theaterstück mit einigen sehr gelungenen Versen. Vielleicht könnte es der große Erfolg werden, der mir bisher verwehrt geblieben ist.

Danton wirkt in den letzten paar Tagen eher wie ein ausgestopfter räudiger Bär als wie jemand, der vorhat, den Stier bei den Hörnern zu packen. Die Hinrichtungen scheinen ihm sehr nahezugehen. Stundenlang sitzt er einfach nur da und denkt nach; wenn man ihn fragt, was er tut, sagt er: nachdenken.

Und Camille: Den werden sie niemals der Korruption überführen können, und ich glaube auch nicht, dass sie es versuchen werden. Karnickel zufolge verbringen er und Duplessis manch einen gemütlichen Nachmittag zusammen in diesem Bauernhaus, das sie haben, und ergehen sich in den Einzelheiten seiner undurchsichtigen Winkelzüge – die natürlich alle vollkommen legal sind. Es ist das Einzige, was sie verbindet.

Aber jetzt lasse ich mich schon wieder zu Beschimpfungen hinreißen. Tatsächlich würde ich Camille, wenn ich ihn in seiner absurden, überempfindlichen Art so erschüttert dreinblicken sehe, am liebsten kräftig schütteln und ihm sagen: Auch ich leide. Robespierre würde sich die Haare ausreißen und sich erbrechen, wenn er wüsste, dass de Sade ihn in diese Richtung gelenkt hat. Wenn Danton nicht bald etwas unternimmt – aber was wage ich da zu hoffen?

Ich würde nicht verlangen, dass er handelt, bevor die Zeit reif ist, falls er einen Staatsstreich plant. Ich würde nicht erwarten, dass die Rettung meines Lebens mehr als einen zufälligen Nutzen für ihn darstellt. Das können Sie für Philippe Fabre verbuchen: Ich bin im Grunde ein bescheidener Mensch.

In den letzten zwei, drei Wochen ging es mir nicht gut. Angeblich bekommen wir einen milden Winter. Hoffentlich. Ich habe einen schlimmen Husten. Ich habe schon überlegt, ob ich zu Dr. Souberbielle gehen soll, aber ich weiß nicht, ob ich sein Urteil hören will. Sein medizinisches, meine ich; er ist auch Geschworener des Tribunals, aber bei *dem* Urteil hätte ich keine Wahl mehr.

Ich habe keinen Appetit, habe Schmerzen in der Brust. Na ja, vielleicht spielt das alles bald keine Rolle mehr.

Danton fordert im Konvent die Einführung einer staatlichen Rente für Priester, die keine Existenzgrundlage mehr haben:

> *Was wird ein Priester wohl tun, wenn er keinen Lebensunterhalt mehr hat? Er wird sterben, sich den Aufständischen in der Vendée anschließen oder unser unversöhnlicher Feind werden. … Politische Forderungen sind durch die Forderungen der Vernunft und des gesunden Menschenverstandes zu temperieren … Es darf keine Intoleranz, keine Verfolgung geben. (Applaus)*

DANTON: Dieser verfluchte Chaumette. Dem werd ich seinen Kult der Vernunft in den A … – um die Ohren hauen. Diese anti-religiösen Maskeraden müssen aufhören. Tag für Tag müssen wir es im Konvent über uns ergehen lassen, dass eine Prozession dröger Geistlicher ihre Seelen vor uns auswringt wie nasse Wäsche. In der Zeit, die sie brauchen, um ihrem Glauben abzuschwören, könnten sie ein Hochamt halten. Es gibt für alles eine Grenze, und ich werde ihnen klarmachen, dass diese Grenze erreicht ist.

CAMILLE: Während du weg warst, sind ein paar Sansculotten mit einem Schädel angekommen, angeblich war es der Schädel des heiligen Dionysius. Sie haben behauptet, das sei ein grausiges Relikt aus abergläubischen Zeiten, und wollten ihn loswerden. Ich hätte ihn gern genommen. Ich wollte ihn Saint-Just zeigen.

DANTON: Diese Schwachköpfe.

LOUISE: Ich hätte nicht gedacht, dass Bürger Robespierre ein religiöser Mann ist.

DANTON: Das ist er auch nicht, nicht in deinem Sinne. Aber er will keine Verfolgung und er will nicht, dass der Atheismus zur Politik erhoben wird. Allerdings gibt es etwas, was er noch viel lieber täte als die Revolution anzuführen. Er wäre nämlich gern Papst.

CAMILLE: Die Inkarnation der Gewöhnlichkeit! Nein, er strebt Höheres an.

DANTON: Der heilige Maximilien?

CAMILLE: Er redet überhaupt nicht mehr von Gott, sondern nur noch von dem Höchsten Wesen. Ich glaube, ich weiß, wer das sein soll.

DANTON: Maximilien?

CAMILLE: Genau.

DANTON: Dein Spott wird dich noch in Schwierigkeiten bringen. Saint-Just hat gesagt, wer über die Regierenden spottet, ist verdächtig.

CAMILLE: Welches Schicksal ist denen vorbehalten, die sich über Saint-Just lustig machen? Für die ist die Guillotine doch noch zu gut.

Vadier (über Danton):

Wir putzen die anderen weg und heben uns den fetten gefüllten Steinbutt bis zum Schluss auf.

Danton (über Vadier):

Vadier? Ich werde sein Hirn verspeisen und in seinen Schädel scheißen.

Robespierre vor dem Jakobinerclub: der zurückhaltende Vortragsstil, die willkürlichen Pausen, die in keinem Sinnzusammenhang mit dem

Gesagten stehen, sind mittlerweile zu einer erprobten Technik mit hypnotischer Wirkung geworden:

»Danton, man beschuldigt Sie, in … die Schweiz emigriert zu sein, mit der Ausbeute Ihrer … Korruption. Es gibt sogar Stimmen, die behaupten, Sie stünden an der Spitze einer Verschwörung mit dem Ziel … Louis XVII zu inthronisieren und Sie zum … Regenten zu machen. Nun habe ich … Dantons politische Ansichten stets sehr genau verfolgt – denn wir sind durchaus nicht immer einer Meinung – sehr genau und manchmal … auch voller Feindseligkeit. Es ist wahr, dass er … erst spät Dumouriez verdächtigte, dass er sich gegenüber … Brissot und dessen Komplizen alles andere als unversöhnlich zeigte. Aber muss ich aus der Tatsache, dass … wir nicht immer übereinstimmen, schließen, dass er sein Land verraten hat? Meines Wissens hat er seinem Land stets mit größtem Eifer gedient. Wenn Danton hier auf der Anklagebank sitzt, dann sitze ich … auch dort. Wer etwas gegen Danton vorzubringen hat, möge … dies jetzt tun. Sie mögen sich erheben, jene, die patriotischer … sind als wir.«

»Wenn Sie ein paar Minuten Zeit für mich hätten«, sagte Fouquier-Tinville. Sein Auftreten machte sehr deutlich, dass er keine Zeit zu verschwenden hatte. »Verwandtschaftliche Gefühle, Sie wissen schon.«

»Ach ja?«, sagte Lucile.

Was ist sie für ein Juwel, dachte Fouquier. Viel zu gut für jemanden aus unserer Familie. »Darf ich mich setzen? Ein bedauerlicher Zwischenfall –«

»Was ist passiert?«, fragte sie. Und legte sich doch tatsächlich, wie er amüsiert zur Kenntnis nahm, die hübsche Hand an den Hals.

»Nein, nein, ich habe das schon richtig beschrieben. Ihm ist nichts zugestoßen, nicht in dem Sinne, wie Sie es befürchten.«

Woher willst du denn wissen, dachte sie, in welchem Sinne ich was befürchte? »Also, Vetter?«

»Sie erinnern sich doch an den Namen Barnave, meine Liebe? Er war Abgeordneter in der Nationalversammlung. Saß einige Zeit im Gefängnis. Heute haben wir ihn guillotiniert. Er hatte geheime Beziehungen zu Marie-Antoinette.«

»Ja«, sagte sie. »Ich kannte ihn. Armer Tiger.«

»Wussten Sie von der Zuneigung, die Ihr Gatte für diesen Verräter empfand?«

Sie blickte rasch auf. »Bitte führen Sie sich hier nicht auf wie vor Gericht. Ich sitze nicht auf der Anklagebank.«

Fouquier hob die Hände. »Ich wollte Sie nicht ängstigen.«

»Das tun Sie auch nicht.«

»Dann entschuldigen Sie bitte, wenn ich Ihnen zu nahe getreten bin. Aber es ist erwiesen, dass Barnave ein Verräter war.«

»Was soll ich dazu sagen? Verrat ist Treuebruch, es muss also vorher ein gewisses Vertrauen bestanden haben, gegenseitige Anerkennung. Barnave hat nie behauptet, Republikaner zu sein. Camille hat ihn geachtet – was, glaube ich, auf Gegenseitigkeit beruhte.«

»Wird Ihrem Gatten denn so selten Achtung entgegengebracht?«

»Ja, das kann man wohl so sagen.«

»Trotz seiner Fähigkeiten?«

»Wer achtet schon Schriftsteller? Die Leute halten sie für verzichtbar. Wie Geld.«

»Ich glaube, es herrscht die Vorstellung, dass politische Journalisten ihrer Kunst nicht viel opfern. Außer der Wahrheitsliebe. Aber das sind Banalitäten.«

»Das finde ich nicht. Wir haben noch nie miteinander diskutiert.«

»Na gut, vielleicht ist es nicht banal, aber ich habe jedenfalls keine Zeit dafür.« Die Revolution, dachte er, ist neuerdings voller streitsüchtiger Frauen. Diese weißhäutige Schönheit hier, die sich ein ganzes Repertoire an Manierismen ihres Mannes zu eigen gemacht hat; auch hört man von der tölpelhaften Eléonore Duplay erzählen, ja selbst von Dantons Kinderbraut. Äußerst unklug, fand er; man rettet seinen Kopf, indem man sich aus allem heraushält, und als Frauen könnten sie das problemlos tun. »Wie immer es sich auch erklären mag«, sagte er, »Ihr Mann konnte Barnave offenbar nicht in den Tod gehen lassen, ohne vorher noch mit ihm zu sprechen. Er ist in die Conciergerie gekommen, als Barnave gerade in den Schinderkarren steigen wollte. Ich war außer Hörweite und bin es tunlichst auch geblieben. Aber es ist mir nicht entgangen, dass die angemessene Bestrafung dieses Verräters Ihren Mann mit Kummer und Schmerz erfüllte.«

»Darf man denn nicht Kummer und Schmerz über den Tod eines Mannes zeigen, den man aus glücklicheren Zeiten kennt, Bürger Fouquier? Gibt es ein Gesetz, das so etwas verbietet?«

Fouquier betrachtete sie abschätzend. »Ich habe gesehen, wie sie sich umarmten«, sagte er. »Ich konnte nicht umhin, es zu sehen. Natürlich habe ich das in keiner Weise gedeutet. Ich werde noch einmal darauf drängen, dass man den Leuten die Hände bindet, ich verstehe wirklich nicht, wie es zu diesem Versäumnis kommen konnte. Es geht nicht darum, was erlaubt oder verboten ist, verstehen Sie. Es geht darum, wie etwas wirkt. Eine solche Freundschaftsbezeigung gegenüber einem Verräter würde von vielen Leuten zwangsläufig in einer bestimmten Weise gedeutet werden.«

»Haben Sie denn kein Herz?«, fragte sie leise.

»Ich tue meine Arbeit, meine Liebe«, sagt er rasch. »Also, richten Sie meinem kleinen Vetter von mir aus, dass seine Haltung sehr gefährlich ist. Was immer er irrigerweise empfinden mag, er kann es sich nicht leisten, seine Gefühle so hemmungslos zur Schau zu stellen.«

»Warum sollte er seine Anteilnahme verbergen?«

»Weil er damit seine Freunde gefährdet. Falls diese Freunde ihre Politik verändern wollen, würden sie das zweifellos lieber selbst kundtun.«

»Es kann gut sein, dass sie das in nicht allzu ferner Zukunft auch tun werden.« Das hätte ich nicht sagen sollen, dachte sie, aber er macht mich wütend, dieses lange Gesicht, diese Heuchelei. Er hat bloß Angst, seinen Posten zu verlieren.

Fouquier lächelte freudlos. »Es sollte mich wundern, wenn sie mit einer Stimme sprechen. Jegliche Mäßigung des Terrors wird den Ausschuss spalten. Und der Ausschuss hält alles zusammen – die Staatseinnahmen, die Armeen, die Nahrungsversorgung.«

»Die Zusammensetzung des Ausschusses könnte verändert werden.«

»Ach ja? Ist das Dantons Plan?«

»Spionieren Sie für irgendjemanden?«

Fouquier schüttelte den Kopf. »Ich bin niemandes Agent. Ich vertrete allein das Gesetz. Alle Verschwörungen gehen durch meine Hände. Wissen Sie, der Ausschuss bezieht seine Einigkeit im Moment aus der Tatsache, dass gegen ihn konspiriert wird. Ich weiß nicht, was passieren würde, wenn die derzeitige Politik, überall Verschwörungen zu sehen, geändert werden würde. Und einige seiner Mitglieder gehören mittlerweile sozusagen zum lebenden Inventar des Ausschusses. Natürlich existiert der Ausschuss in erster Linie wegen des Krieges. Und es heißt, Danton wolle Frieden.«

»Auch Robespierre will Frieden. Schon immer.«

»Tja, aber können sie zusammenarbeiten? Robespierre würde verlangen, dass Lacroix und Fabre geopfert werden. Danton wäre nicht bereit, mit Saint-Just zusammenzuarbeiten. So ist das. Einander zu rühmen ist ja schön und gut. Aber warten wir mal ab, wie sie zurechtkommen, wenn auf das Rühmen das Handeln folgen muss.«

»Düstere Aussichten, Vetter«, sagte sie leichthin.

»Für mich gibt es nur düstere Aussichten«, sagte Fouquier. »Vielleicht liegt das im Wesen meiner Arbeit.«

»Was würden Sie meinem Mann denn raten? Ich meine, mal angenommen, er wäre geneigt, Ihren Rat anzunehmen?«

Sie lächelten beide, sahen jeder für sich, wie unwahrscheinlich das war. Fouquier überlegte kurz. »Ich glaube, ich würde ihm raten, genau das zu tun, was Robespierre sagt – nicht weniger und ganz gewiss nicht mehr.«

Eine Pause entstand. Lucile war verstört; er hatte ihr zum ersten Mal gewisse Möglichkeiten bewusst gemacht. Zu ihrer eigenen Überraschung fragte sie dann: »Glauben Sie, Robespierre wird überleben können?«

»Sie meinen, ob ich glaube, dass er zu redlich ist, um zu überleben?« Fouquier stand auf. »Ich mache keine Vorhersagen. Das reicht nämlich, um verdächtigt zu werden.« Er küsste sie auf die Wange, wie ein Onkel ein kleines Mädchen küsst. »Konzentrieren Sie sich darauf, selbst zu überleben, meine Liebe«, sagte er. »So wie ich.«

DANTON (im Nationalkonvent): Wir müssen Verräter bestrafen, aber wir müssen zwischen Irrtum und Verbrechen unterscheiden. Es ist der Wille des Volkes, dass der Terror auf der Tagesordnung stehe, aber der Terror muss sich gegen die wahren Feinde der Republik richten, und nur gegen diese. Ein Mann, dessen einziger Fehler ein Mangel an revolutionärem Elan ist, sollte nicht als Verbrecher behandelt werden.

DER ABGEORDNETE FAYAU: Danton hat, sicher unbeabsichtigt, gewisse Begriffe verwendet, die ich anstößig finde. In einer Zeit, in der die Menschen ihr Herz verhärten müssen, hat Danton sie aufgefordert, Barmherzigkeit zu zeigen.

BERGPARTEI: Das hat er nicht! Das hat er nicht!

PRÄSIDENT: Ruhe!

DANTON: Dieses Wort habe ich nicht verwendet. Ich habe nicht vorgeschlagen, gegenüber Verbrechern Milde walten zu lassen. Gegen Verbrecher muss entschlossen vorgegangen werden. Ich verurteile Verschwörer!

Im Luxembourg war der ehemalige Kapuziner Chabot nicht bereit, sich von der Lage der Nation die Stimmung verderben zu lasen. Zwar vermisste er seine kleine Braut, das schon, aber man muss schließlich schlafen, trinken, essen. Am 17. November aß er Brot, Suppe, vier Koteletts, ein Huhn, eine Birne und ein paar Trauben. Am 18. Brot und Suppe, gekochtes Rindfleisch und sechs Lerchen. Am 19. ließ er die Lerchen weg und bestellte stattdessen ein Rebhuhn. Am 7. Dezember wieder Rebhuhn, am nächsten Tag ein Huhn mit Trüffeln.

Er schrieb Gedichte und ließ Bürger Bénard eine Miniatur von sich malen.

11. Die alten Cordeliers

(1793–1794)

Wieder ein Tagebuch gefüllt: keines von den roten, sondern eines der kleinen, unbedeutenden braunen. Die frühen Werke, fand Lucile, waren an Peinlichkeit kaum zu überbieten, und sie hatte begonnen, Seiten herauszureißen und zu verbrennen, sodass die Bücher jetzt langsam auseinanderfielen.

Mittlerweile bestand ein großer Unterschied zwischen dem, was sie in ihr offizielles Tagebuch – wie sie es gern nannte – schrieb, und dem, was in ihr braunes Notizbuch gelangte. Der Ton der offiziellen Tagebücher wurde immer nichtssagender, auch wenn sie zur Unterhaltung oder Irreführung hier und da eine nachdenkliche oder drastischere Passage einschob. Das private Tagebuch war für dunkle, präzise Gedanken da, ungenießbare Gedanken, in winziger Handschrift notiert. Wenn ein Heft voll war, fügte sie es dem bereits bestehenden Packen hinzu, den sie versiegelte und erst wieder öffnete, wenn – vielleicht ein Jahr später – das nächste volle Heft hinzugefügt wurde.

An einem kühlen, nebligen Tag, die Schritte auf der Straße im Dunst gedämpft, die großen Gebäude fern und schimmernd, betrat sie Saint-Sulpice und ging zu dem Hochaltar, an dem sie drei Jahre zuvor getraut worden waren. Rote Lettern an der Wand verkündeten: DIES IST EIN STAATLICHES GEBÄUDE: FREIHEIT, GLEICHHEIT, BRÜDERLICHKEIT ODER TOD. Die Jungfrau Maria hielt ein Kind ohne Kopf in den Armen, und ihr Gesicht war bis zur Unkenntlichkeit entstellt.

Wenn ich Camille nicht begegnet wäre, dachte sie, hätte ich vielleicht ein normales Leben führen können. Niemand hätte mich in meinen Fantasien bestärkt. Niemand hätte mich gelehrt zu denken. Als ich elf war, lagen noch sämtliche Möglichkeiten des Normalseins vor mir. Als ich zwölf war, kam Camille ins Haus. Ich war ihm vom ersten Moment an verfallen.

Ihr Leben ist dabei, sich selbst umzuschreiben, davon ist sie überzeugt.

In der Wohnung arbeitete Camille bei schlechtem Licht. Er lebte von Alkohol und drei Stunden Schlaf pro Nacht. »Du verdirbst dir die Augen«, sagte sie automatisch.

»Ist längst passiert.« Er legte seinen Federhalter hin. »Schau, eine Zeitung.«

»Du machst es also wirklich.«

»Ich sollte es wohl eher eine Serie von Pamphleten nennen, denn ich werde der einzige Autor sein. Desenne druckt sie für mich. In der ersten Ausgabe – dieser hier – befasse ich mich nur mit der britischen Regierung. Ich weise darauf hin, dass nach der Lobrede, die Robespierre neulich auf Danton gehalten hat, jeder, der Danton kritisiert, damit öffentlich eine Quittung für die Guineen von Mr. Pitt ausstellt.« Er hielt inne, um den letzten Satz zu schreiben. »Der Text ist nicht wirklich polemisch, aber er wird einen weiteren Rückschlag für Dantons Verleumder darstellen, außerdem wird er den Weg für Gnadengesuche vor Gericht und die Freilassung einiger Verdächtiger bahnen.«

»Aber Camille – wirst du das wirklich wagen?«

»Natürlich, wenn Robespierre und Danton mich unterstützen. Meinst du nicht?«

Sie legte die Hände aneinander. »Wenn die beiden sich einig sind.« Sie hatte ihm nichts von Fouquiers Besuch erzählt.

»Das sind sie«, sagte er ganz ruhig. »Robespierre ist einfach vorsichtig, man muss ihm nur ein bisschen nachhelfen.«

»Was hat er wegen der Barnave-Affäre zu dir gesagt?«

»Es gibt keine ›Barnave-Affäre‹. Ich habe mich von ihm verabschiedet. Ich fand es verkehrt, ihn hinzurichten. Das habe ich ihm gesagt.« Das war es, was Fouquier nicht hören wollte, dachte sie. »Nicht dass es ihm viel genützt hätte, von mir die Absolution erteilt zu bekommen, aber mir hat es gut getan, verziehen zu bekommen, für meinen wie auch immer gearteten Anteil daran, dass er dort gelandet ist.«

»Aber was hat Max gesagt?«

»Ich glaube, er hat es verstanden. Er hatte ja eigentlich nichts damit zu tun. Ich habe Barnave in der Wohnung meines Vetters de Viefville in Versailles kennengelernt. Ich habe kaum mit ihm geredet, aber er hat Notiz von mir genommen – er schien damit zu rechnen, dass er mir wieder begegnen würde. An diesem Abend habe ich beschlossen, zu Mirabeau zu gehen.« Er schloss die Augen. »Die Auflage soll 50 000 Stück betragen.«

Am Nachmittag kam Louise. Sie war einsam, auch wenn sie es nicht zugab. Und sie wollte sich der Gesellschaft ihrer Mutter entziehen, der sie zu Hause ausgesetzt war. Angélique hatte die Kinder für ein paar Tage zu sich genommen; wenn sie fort waren, wurde Louise, vor allem in Abwesenheit ihres Mannes, wieder zu einem schüchternen Mädchen, das die Treppe hinauf- und hinunterflitzte. Dantons Antwort auf ihre mangelnde Auslastung war: »Geh dir was Schönes kaufen.« Aber es gab nichts, was sie für sich gewollt hätte, und sie scheute davor zurück, etwas in der Wohnung zu verändern. Sie traute ihrem Geschmack nicht, außerdem nahm sie an, dass es ihrem Mann lieber war, wenn alles so blieb, wie Gabrielle es eingerichtet hatte.

Vor einem, anderthalb Jahren wäre sie als Dantons Frau zu den Nachmittagssalons mitgenommen worden, wo scharfzüngig getratscht und gelästert wurde, hätte steif zwischen den Gattinnen von Ministern und Pariser Abgeordneten gesessen, beherrschten Frauen von Anfang, Mitte dreißig, die stets die neusten Bücher gelesen hatten und in gelangweiltem Ton die Liebesaffären ihrer Gatten diskutierten. Aber Gabrielle hatte das damals nicht entsprochen; und ihr reichte der Schlagabtausch mit den Besuchern, die sie selbst empfingen, völlig. Sie war entweder gehemmt oder viel zu direkt. Die Themen, über die geredet wurde, kamen ihr so banal vor, dass sie überzeugt war, sie müssten einen Doppelsinn haben, der ihr verborgen blieb. Sie hatte keine andere Wahl, als mitzuspielen; in Anbetracht ihrer Position hatte man ihr ein Regelbuch zugeworfen, doch darin lesen konnte sie nur im Licht der gelegentlich aufzuckenden Blitze.

Und so fühlte sie sich – was sie nicht hätte voraussagen können – in der Wohnung um die Ecke derzeit am besten aufgehoben. Bürgerin Desmoulins hielt sich dieser Tage an ihre Familie und wenige enge Freunde; sie erklärte, sie wolle sich die Albernheiten des Gesellschaftslebens ersparen. Louise saß Tag für Tag bei ihr im Salon und versuchte, sich aus zufälligen Andeutungen ein Bild von der jüngeren Vergangenheit zusammenzusetzen. Lucile stellte nie persönliche Fragen, sie selbst hingegen wusste nicht, was für Fragen sie sonst stellen sollte. Manchmal redeten sie über Gabrielle: sanft, ganz natürlich, als wäre sie noch am Leben.

Heute sagte Louise: »Du bist ja in einer düsteren Stimmung.«

»Ich muss das hier noch fertigschreiben«, sagte Lucile. »Dann habe ich Zeit für dich, und wir werden versuchen, einander etwas aufzumuntern.«

Louise spielte ein bisschen mit dem Kind, einem puppenartigen Geschöpf, das eindeutig nicht Dantons Sohn hätte sein können. Der Kleine redete mittlerweile sehr viel – zumeist in einer unverständlichen Sprache, als wüsste er, dass er das Kind eines Politikers war. Als er zu Bett gebracht wurde, griff Louise nach ihrer Gitarre und zupfte sie leise. Sie zog ein finsteres Gesicht. »Ich glaube, ich bin völlig unbegabt«, sagte sie zu Lucile.

»Du solltest dich richtig konzentrieren, wenn du spielst, und dich an die einfacheren Stücke halten. Aber ich habe gut reden, ich mache ja selbst auch nichts mehr.«

»Stimmt. Früher bist du nachmittags auch oft in Ausstellungen oder Konzerte gegangen, aber jetzt sitzt du nur noch da und liest oder schreibst Briefe. Wem schreibst du eigentlich?«

»Ach, verschiedenen Leuten. Ich führe eine rege Korrespondenz mit Bürger Fréron, einem alten Freund der Familie.«

Louise horchte auf. »Du magst ihn sehr, oder?«

Lucile wirkte amüsiert. »Am meisten, wenn er nicht da ist.«

»Würdest du ihn heiraten, wenn Camille sterben würde?«

»Er ist schon verheiratet.«

»Er würde sich bestimmt scheiden lassen. Oder vielleicht würde seine Frau ja auch sterben.«

»Das wäre ein ziemlich unwahrscheinliches Zusammentreffen. Und überhaupt, was soll dieses Gerede übers Sterben?«

»Es gibt Hunderte von Krankheiten. Man kann nie wissen.«

»Das habe ich früher auch oft gedacht. Als ich frisch verheiratet war und mir alles Angst gemacht hat.«

»Aber Witwe bleiben würdest du nicht, oder?«

»Doch.«

»Das würde Camille doch sicher nicht wollen?«

»Wieso denn nicht? Er ist sehr egoistisch.«

»Er würde bestimmt wieder heiraten, wenn du sterben würdest.«

»Noch in derselben Woche«, stimmt Lucile zu. »Jedenfalls, wenn mein Vater auch sterben würde. Aber das wäre gemäß deinem Weltbild, nach dem die Leute paarweise aus dem Leben scheiden, ja durchaus wahrscheinlich.«

»Es gibt doch sicher noch andere Männer, die du genügend magst, um sie zu heiraten.«

»Ich wüsste keinen. Außer Georges.«

Das war ihre Art, solche Unterhaltungen zu beenden, wenn Louise zu sehr bohrte – sie erinnerte sie knapp, aber brutal daran, wie sie zueinander standen. Es machte ihr keine Freude, aber andere waren noch skrupelloser. Louise saß im bläulichgrauen Licht, starrte in die Ruinen des vergangenen Jahres und versuchte sich an Musik, die zu schwer für sie war. Camille arbeitete. Die disharmonischen Akkorde und halb erstickten Töne waren das Einzige, was in der Wohnung zu hören war.

Um vier kam er mit einem Stapel Blätter herein. Er setzte sich vor dem Kamin auf den Boden. Lucile griff nach den Blättern und begann zu lesen. Nach einer Weile blickte sie auf. »Das ist sehr gut«, sagte sie scheu. »Ich glaube, das wird das Beste, was du je geschrieben hast.«

»Möchtest du es lesen, kleine Louise?«, fragte er. »Es stehen ein paar nette Dinge über deinen Mann drin.«

»Ich möchte ja gern am politischen Geschehen Anteil nehmen«, sagte sie. »Aber er will das nicht.«

»Ich nehme mal stark an«, sagte Camille gereizt, »dass er nichts dagegen hätte, wenn du einigermaßen *kundig* Anteil nähmst. Er will bloß deine dummen, gewöhnlichen Vorurteile nicht hören.«

»Camille«, sagte Lolotte leise. »Sie ist noch ein Kind. Woher soll sie Bescheid wissen?«

Um fünf kam Robespierre. »Hallo, Bürgerin Danton«, begrüßte er sie, als wäre sie eine Erwachsene. Er küsste Lucile auf die Wange und strich Camille über den Kopf. Man brachte ihm das Kind; er hielt es in die Höhe und fragte: »Na, wie geht's, Patensohn?«

»Frag ihn das lieber nicht«, sagte Camille. »Er hält fünfstündige Reden, wie früher Necker, und sie sind genauso unverständlich.«

»Ach, ich weiß nicht«, sagte Robespierre und drückte den Kleinen an seine Schulter. »Für mich sieht er nicht aus wie ein Bankier. Wird er mal eine Zierde der Pariser Anwaltschaft?«

»Nein, ein Dichter«, befand Camille. »Der auf dem Land lebt. Und es sich rundum gut gehen lässt.«

»Wahrscheinlich«, sagte Robespierre. »Denn sein langweiliger alter Patenonkel wird vermutlich nicht verhindern können, dass er vom rechten Weg abkommt.« Er reichte das Kind seinem Vater und war jetzt ganz geschäftsmäßig, wie er da in seiner typisch aufrechten Haltung in einem Sessel neben dem Kamin saß. »Sag Desenne, dass er mir die Druckfahnen schicken soll, sobald sie fertig sind. Normalerweise würde ich ja das Manuskript lesen, aber ich habe nicht die geringste Lust, mich mit deiner Klaue abzumühen.«

»Dann musst du die Fahnen auch korrigieren, sonst dauert es zu lange. Aber pfusch mir nicht in der Zeichensetzung herum.«

»Ach je, Camille d'Églantine«, sagte Robespierre spöttisch. »Kein Mensch wird sich für die Zeichensetzung interessieren – es geht um den Inhalt.«

»Es ist unschwer zu erkennen, warum du niemals einen Literaturpreis gewinnen wirst.«

»Ich dachte, in dieser neuen Zeitung steckt dein Herzblut, deine ganze Leidenschaft?«

»Genauso ist es, und die Zeichensetzung ist Teil meiner Leidenschaft.«

»Wann erscheint die zweite Ausgabe?«

»Ich hoffe, dass alle fünf Tage eine erscheint – am 5. Dezember, am 10., zum ehemaligen Weihnachtstag – so lange, bis das Ziel erreicht ist.«

Robespierre zögerte kurz. »Aber zeig mir alles, ja? Ich möchte nicht, dass du mir Dinge in den Mund legst, die ich nicht gesagt habe, und mir Ansichten unterschiebst, die ich nicht vertrete.«

»Würde ich so etwas tun?«

»Aber sicher, du tust es ja bereits. Schau nur, wie dein Kind dich ansieht. Es kennt deinen wahren Charakter. Wie soll die Zeitung heißen?«

»Ich dachte an *Le vieux Cordelier*. Diesen Ausdruck hat Georges-Jacques mal gebraucht. ›Wir alten Cordeliers‹, hat er gesagt.«

»Ja, das ist gut. Und zwar deshalb« – er wandte sich den Frauen zu – »weil es die neuen Cordeliers – Héberts Leute – klar in ihre Schranken weist. Die neuen Cordeliers stellen nichts dar, sie stehen für gar nichts, sie opponieren bloß, kritisieren das, was andere tun, und versuchen es zu zerstören. Die alten Cordeliers dagegen wussten, was für eine Art von Revolution sie wollten, und sie haben etwas riskiert, um sie herbeizuführen. Ja, die frühen Tage der Revolution kamen uns gar nicht so heroisch vor, aber im Rückblick stellt sich das ganz anders dar.«

»War das auch die Ära, als man Sie ›Die Kerze von Arras‹ genannt hat, Bürger Robespierre?«

»Die Ära!«, wiederholte Robespierre. »Das Kind redet, als ginge es um die Zeit von Louis XIV. Das hat dir wohl dein Mann erzählt?«

»O ja – von selbst weiß ich gar nichts.«

Camille und seine Frau wechselten einen Blick: Sollen wir sie jetzt gleich erwürgen oder erst später?

»Ja, so war es«, sagte Robespierre. »Ich wurde deshalb so genannt, weil Mirabeau ›Die Fackel der Provence‹ hieß. Der Gedanke dahinter war«, fügte er erbarmungslos hinzu, »mir unter die Nase zu reiben, wie unbedeutend ich bin.«

»Ja, das hat er mir erklärt. Aber warum finden Sie dann, dass diese Zeit heroisch war?«

»Warum meinst du denn, nur Menschen, die weithin Aufsehen erregen, könnten Helden sein?«

»Darüber habe ich noch nicht nachgedacht. Wahrscheinlich habe ich das aus meinen Büchern.«

»Jemand sollte deine Lektüre lenken.«

»Oh nein, sie ist eine verheiratete Frau«, sagte Camille. »Da greift Bildung nicht mehr.«

»Ich merke schon, dass Sie nicht gern daran erinnert werden«, sagte Louise. »Es tut mir leid. Ich wollte keinen Anstoß erregen.«

Robespierre lächelte, schüttelte den Kopf. Doch dann wandte er sich von ihr ab: keine Zeit mehr für dieses junge Mädchen. »Camille, merk dir, was ich dir sage. Geh behutsam zu Werke. Wir dürfen die Macht des Tribunals nicht einschränken. Wenn wir es tun und dann im Krieg eine Niederlage erleiden, wird das Gleiche geschehen wie im September. Das Volk wird das Gesetz selbst in die Hand nehmen, und das haben wir schon einmal erlebt, das ist sehr unerfreulich. Die Regierung muss stark sein, sie darf nicht zaudern – was sollen die Patrioten an der Front sonst denken? Eine starke Armee verdient es, eine starke Regierung im Rücken zu haben. Unser Ziel muss Einigkeit sein. Einen Thron umstürzen kann man mit Gewalt, aber um eine Republik aufrechtzuerhalten, braucht es Besonnenheit.«

Camille nickte; er erkannte das Grundgerüst einer künftigen Rede. Er hatte ein schlechtes Gewissen, weil er sich über Max lustig gemacht und ihm unterstellt hatte, er wolle Gott sein – Gott war nicht so verletzlich.

Max ging. Camille sagte: »Ich fühle mich wie ein Ei im Maul eines Hundes.« Er schaute zu Louise hoch. »Ich hoffe, du bist ausreichend getadelt worden? Sonst geh bitte nach Hause zu deinem Mann und sag ihm, dass er dich verprügeln soll.«

»Mein Gott«, sagte Louise. »Ich dachte, das wäre vergessen und vergangen.«

»So etwas vergisst man nicht.«

Wenige Minuten später kam Danton herein. »Ah, der alte Cordelier höchstpersönlich«, sagte Lucile.

»Da bist du ja«, sagte Danton zu seiner Frau. »Habe ich unseren Freund verpasst?«

»Das weißt du ganz genau«, sagte Camille. »Du hast bestimmt in irgendeinem Hauseingang gelauert, bis du ihn hast gehen sehen.«

»Wir arbeiten besser zusammen, wenn wir nicht zusammen sind.« Er ließ sich in einen Sessel fallen, streckte die Beine aus, betrachtete Camille. »Was bedrückt dich denn so?«, fragte er ihn unvermittelt.

»Ach … er sagt mir immer wieder, dass ich behutsam zu Werke gehen soll, gerade so, als ob … als ob ich ja nichts tun dürfte, was er nicht auch tun würde, bloß sagt er mir nicht, *was* er tun würde.«

Camille saß immer noch auf dem Boden, und Lucile kniete jetzt neben ihm, beider ehrfürchtige, schmeichelnde Aufmerksamkeit auf Georges-Jacques gerichtet, während zwischen ihnen das Kind herumpurzelte. Wirklich, dachte Louise hasserfüllt, es ist, als warteten sie ständig darauf, dass jemand mit Stift und Skizzenblock vorbeikommt. Wenn man an die lange Reihe ihrer Liebhaber denkt … Es ist ekelhaft, wie leicht es ihnen fällt, Theater zu spielen. Camille sagte gerade:

»Max möchte nicht auf eine unerprobte Meinung festgenagelt werden. Aber manchmal muss man eben etwas riskieren. Und mir macht es nichts aus, der Erste zu sein. Würde das als heldenhafte Einstellung durchgehen, Louise?«

Sie antwortete scharf: »Sie sind doch zum Helden berufen, oder?«

Sodass alle lachten – über Camille.

5. DEZEMBER: »Auf die ›Alten Cordeliers‹.« Fabre hob sein Glas. Sein Gesicht war hohlwangig und gerötet. »Möge die zweite Ausgabe ebenso viel Anklang finden wie die erste.«

»Danke.« Camille schaute wahrhaftig bescheiden drein, zumindest neigte er den Kopf und senkte den Blick, das äußere Anzeichen für innere Demut. »Mit so einem großen Erfolg hatte ich nicht gerechnet. Als hätten die Leute darauf gewartet … Diese breite Zustimmung überwältigt mich regelrecht.«

Der Abgeordnete Philippeaux – einer jener geheimnisvollen Abgeordneten, die ständig auf kommissarischer Mission waren, weshalb er ihn bis letzte Woche kaum wahrgenommen hatte – beugte sich vor und tätschelte seine Hand. »Es ist eben einfach großartig! Es … wissen Sie, ich habe selbst ein Pamphlet verfasst, aber wenn *Sie* erlebt hätten, was ich erlebt habe, hätten Sie das garantiert viel besser gemacht. Ich kann nur an das Gewissen appellieren, Sie dagegen können« – der Abgeordnete berührte sein elegantes Halstuch – »das Herz anrühren. Ich habe wahre Gemetzel gesehen, wissen Sie?« Er war kein Mann der starken Worte, hatte der Ebene angehört, nicht dem Berg, und seine Ansichten immer sorgfältig zurechtgestutzt – bis jetzt.

»Gemetzel – oje!«, sagte Fabre. »Das würde unser guter Junge nicht verkraften. Ein Brissotist, der einen kleinen Dolch in seinen Unterlagen versteckt hat, ist genug für ihn. Gräueltaten würde er nicht aushalten, fürchte ich. Ohnmachtsanfall, schätze ich. Allerdings durchaus anmutig.«

Erstaunlich, wie zäh Fabre ist. Camille ebenso. Etwas in seinem Innern fühlt sich bleiern an, doch ansonsten ist er kampfbereit, macht das Beste aus seiner Fähigkeit, andere Menschen in zuckende Wut zu versetzen oder in einen langen, rauschhaft-gefühligen Abfall von der Vernunft. Er fühlt sich leicht, sehr jung. Der Maler Hubert Robert (dessen Spezialität bedauerlicherweise malerische Ruinen sind) ist ihm ständig auf den Fersen, der Maler Boze betrachtet ihn immer wieder eingehend und kommt ab und zu herüber, um ihm mit wenig zartfühlender Künstlerhand das Haar zurechtzuzupfen. In seinen düstereren Momenten denkt er: Lass dich rechtzeitig verewigen.

Das Entscheidende ist, dass dem Stil keine Beschränkungen mehr auferlegt sind. Was wir jetzt sagen, ist nicht, dass die Revolution ohne Rücksicht auf Verluste voranschreitet und ihre Sprache und Politik immer derber werden, immer stärker vergröbern – die Revolution ist stets flexibel, subtil, elegant. Mirabeau hat einmal gesagt: »Die Revolution ist eine Hure, die sich gern auf einem Bett aus Leichen nehmen lässt.« Er weiß, dass das stimmt, aber er wird es seinen Lesern auf eine sanftere Weise vermitteln.

Er kann jetzt er selbst sein – soll heißen, so anders als Hébert, wie es nur irgend vorstellbar ist. Er muss sich nicht der Sprache der Straße andienen, er muss nicht schwadronieren, er muss sich nicht als Marats Erbe darstellen, wobei er sehr wohl noch daran denkt, wie er Simones erschlafften rundlichen Körper in den Armen hielt, noch an diese Modepuppe denkt, die seinen Freund umgebracht hat. Marat und die schwarze Verzweiflung, die er hervorgebracht hat: Er wird eine neue Ultima-Thule-Atmosphäre schaffen, sehr schlicht, sehr hell, jedes Wort durchscheinend und glatt. Die Luft in Paris ist wie getrocknetes Blut – er wird uns (mit Robespierres Erlaubnis und Billigung) das Gefühl geben, wir atmeten Eis, Seide und Wein.

»Übrigens«, sagte der Abgeordnete Philippeaux, »wussten Sie, dass de Sade verhaftet worden ist?«

»Der Abgeordnete Philippeaux, der Abgeordnete Philippeaux«, sagte Robespierre. »Zurück von seiner Mission, kritisiert er die Kriegsführung. Die Befehlshaber in der Vendée« – er schlug die kleine Schrift von Philippeaux auf – »sind diejenigen, die Hébert in der Tasche hat, und es ist legitim, sie zu verdächtigen. Mit Ausnahme von Westermann, der ein Freund Dantons ist. Dummerweise« – er griff nach seinem Federhalter – »hört Philippeaux an dieser Stelle nicht auf.« Er neigte den Kopf, unterstrich einzelne Sätze. »Er erhebt Anschuldigungen gegen den Ausschuss, weil dieser letztlich für den Krieg verantwortlich ist. Offenbar ist er der Ansicht, der Krieg wäre schon längst vorbei, wenn ihn nicht bestimmte Leute in Gang gehalten hätten, um sich zu bereichern.«

»Philippeaux hat viel Zeit mit Camille und Danton verbracht«, sagte das Ausschussmitglied. »Ich merke das nur an.«

»Es ist die Sorte Theorie, die Camille gefallen würde«, sagte Robespierre. »Glauben Sie das? Hm, ich weiß nicht.«

»Sie zweifeln die lauteren Absichten Ihrer Kollegen im Ausschuss an?«

»Ja, in der Tat«, sagte Robespierre. »Und trotzdem bin ich davon überzeugt, dass der Ausschuss arbeitsfähig bleiben muss. Aus Lyon werden uns Geschichten über das Treiben unseres Freundes Collot zugetragen. Angeblich hat er seinen Auftrag, die Rebellen zu bestrafen, so verstanden, dass er das Volk abschlachten soll.«

»So?«

Robespierre legte die Fingerspitzen gegeneinander. »Collot ist Schauspieler, nicht wahr, Theaterregisseur? Früher hätte er sich damit zufriedengeben müssen, Theaterstücke über Erdbeben und mehrfache Morde zu inszenieren. Jetzt kann er seine Visionen in die Realität umsetzen. Vier Jahre Revolution, Bürger – und überall die gleiche Gier und Engstirnigkeit, der gleiche Egoismus, die gleiche Indifferenz gegenüber dem Leid anderer, der gleiche teuflische Blutdurst. Ich begreife die Menschen einfach nicht.« Sein Kollege starrte ihn verblüfft an. »Und was tut Danton unterdessen? Ermuntert er Philippeaux womöglich?«

»Wenn er einen zeitweiligen Vorteil darin sähe, täte er es. Der Ausschuss muss Philippeaux zum Schweigen bringen.«

»Nicht nötig.« Er stieß den Federhalter auf die bedruckte Seite. »Sie haben gesehen, dass er Hébert attackiert? Hébert wird das für uns erledigen. Soll er sich wenigstens einmal nützlich machen.«

»Aber Sie erlauben Camille, Hébert zu attackieren, hier in dieser zweiten Ausgabe?«, sagte das Ausschussmitglied. »Ach so – die beiden Pole gegen die Mitte? Ganz schön gewieft.«

Dekret des Nationalkonvents:

> *Der Ministerrat, die Minister, Generäle und alle verfassten Organe werden unter die Aufsicht des Wohlfahrtsausschusses gestellt.*

CAMILLE: Ich wüsste nicht, warum ich Beifall für die dritte Ausgabe erwarten sollte. Jeder hätte sie verfassen können. Es ist eine Art Übersetzung. Ich habe Tacitus gelesen, über die Regentschaft von Kaiser Tiberius. Ich hatte schon zu de Sade gesagt, dass es damals genauso zuging wie heute, habe das noch mal überprüft und bestätigt gefunden. Unser Leben sieht heute genauso aus, wie der Chronist es beschrieben hat: Ganze Familien werden vom Henker ausgelöscht; Männer legen Hand an sich, um nicht wie gewöhnliche Verbrecher durch die Straßen geschleift zu werden; Männer denunzieren ihre Freunde, um die eigene Haut zu retten; die Korrumpierung alles menschlichen Gefühls, die Herabwürdigung von Mitleid zu einem Verbrechen. Ich erinnere mich noch daran, wie ich das vor vielen Jahren zum ersten Mal gelesen habe, und Robespierre wird sich an sein erstes Mal auch erinnern.

Mir schien es nicht nötig, viel hinzufügen – es reichte, den Text der Öffentlichkeit zur Kenntnis zu bringen. Man musste die Namen der

Römer im Geiste nur durch die Namen französischer Männer und Frauen ersetzen, die Namen von Menschen, die man kannte, die in derselben Straße wohnten, deren Schicksal man beobachtet hatte und möglicherweise bald teilen würde.

Natürlich musste ich den Text ein bisschen umgestalten – damit herumspielen, wie Hébert es ausgedrückt hätte. Ich habe ihn Robespierre nicht gezeigt. Ja, ich denke schon, dass er schockiert sein wird. Aber es wird ein heilsamer Schock sein, glauben Sie nicht auch? Ich meine, wenn er die geschilderte Lage wiedererkennt, wird er sich die Frage stellen müssen, inwiefern er sie mitgeschaffen hat. Es wäre absurd, Robespierre als einen zweiten Tiberius zu bezeichnen, und das tue ich natürlich auch nicht, aber ich weiß nicht, was mit einer bestimmten Sorte Mann an seiner Seite – ja, richtig, ich meine Saint-Just – noch aus ihm werden könnte.

Tacitus beschreibt den Kaiser an einer Stelle so: »… ohne Mitleid, ohne Zorn, verschließt er sich strikt jeglicher emotionaler Anfechtung.«

Das kam mir bekannt vor.

Der *Vieux Cordelier*, Nr. 3:

Nun da Worte als Verbrechen gegen den Staat gelten konnten, war es nur noch ein kleiner Schritt dahin, auch Blicke, Trauer, Mitleid, Seufzer, ja selbst Schweigen als Straftaten zu behandeln …
Es war ein Verbrechen gegen den Staat, dass Libonius Drusus die Wahrsager fragte, ob er einmal reich werden würde …
Es war ein Verbrechen gegen den Staat, dass einer von Cassius' Nachfahren in seinem Haus ein Porträt seines Ahnen hängen hatte. Mamercus Scaurus beging ein Verbrechen, als er eine Tragödie schrieb, in der bestimmte Verse eine versteckte Bedeutung haben konnten. Es war ein Verbrechen gegen den Staat,

dass die Mutter des Konsuls Furius Geminus den Tod ihres Sohnes betrauerte … Wer selbst dem Tod entgehen wollte, musste sich über den Tod eines Freundes oder Verwandten freuen.
Ein Bürger ist beliebt? Er könnte eine Faktion bilden. Verdächtig.
Er versucht sich aus dem öffentlichen Leben zurückzuziehen? Verdächtig.
Du bist reich? Verdächtig.
Du bist – allem Anschein nach – arm? Bestimmt verbirgst du etwas. Verdächtig.
Du bist melancholisch? Wahrscheinlich bedrückt dich die Lage der Nation. Verdächtig.
Du bist fröhlich? Du freust dich wohl über irgendeine nationale Katastrophe. Verdächtig.
Du bist Philosoph, Redner, Dichter? Verdächtig.

»Das hast du mir nicht gezeigt.« Robespierres Stimme war tonlos. Der Wind blies die letzten toten Blätter des Jahres an seinem Gesicht vorbei. Er fing eines, hielt es zwischen Daumen und Zeigefinger, sodass sich die Blattadern im Licht des Nachmittags deutlich abzeichneten. Es war ein schöner Tag gewesen. Der Sonnenuntergang war ein fließendes Karminrot, und die letzten Sonnenstrahlen trafen den Fluss, ein eher unheilvoll als romantisch anmutendes Bild.

»Wie Blut«, sagte Camille. »Nun ja, eine naheliegende Assoziation. Ich habe dir nichts verheimlicht. Du hast den Tacitus vermutlich selbst im Regal stehen.«

»Das ist hinterhältig.«

»Du musst zugeben, dass es passt. Wäre dem nicht so, dann wäre die Öffentlichkeit nicht so darauf angesprungen. Ja, es ist ein Porträt unseres derzeitigen Lebens.«

»Und das hältst du ganz Europa vor Augen? Hättest du dich nicht zurückhalten können? Willst du zum Lieblingsautor des Kaisers werden? Willst du eine Glückwunschadresse von Mr. Pitt? Ein Feuerwerk in Moskau und Toasts auf deine Gesundheit in den Emigrantenlagern jenseits des Rheins?« Er sprach mit ausdrucksloser Ruhe, als wären das alles vernünftige Fragen. »Sag es mir.« Er legte die Hände flach auf die steinerne Brüstung der Brücke und wandte sich Camille zu; er wartete.

»Was machen wir hier draußen?«, fragte Camille. »Es ist kalt.«

»Ich möchte lieber draußen mit dir reden. Drinnen kann man nichts geheim halten.«

»Siehst du – du gibst es selbst zu. Du bist besessen von der Angst vor Verschwörungen. Willst du auch Backsteinmauern und Türpfosten guillotinieren?«

»Ich bin von überhaupt nichts besessen – außer vielleicht von dem Wunsch, das Beste für unser Land zu tun.«

»Dann beende den Terror.« Camille fröstelte. »Du hast die moralische Führung. Wenn es jemand tun kann, dann du.«

»Damit um uns herum die Regierung zusammenbricht? Der Ausschuss zu Fall kommt?« Er sprach jetzt in einem hastigen, drängenden Flüstern. »Das kann ich nicht machen. Es ist zu riskant.«

»Lass uns ein paar Schritte gehen.« Sie gingen los. »Besetz den Ausschuss um«, sagte Camille. »Mehr verlange ich gar nicht. Mit Collot und Billaud-Varennes solltest du nicht zusammenarbeiten.«

»Du weißt, warum sie da sind: zur Beschwichtigung der Linken.«

»Ich vergesse immer wieder, dass nicht wir die Linke sind.«

»Willst du, dass es zu einem Aufstand kommt?«

Camille blieb stehen, schaute über den Fluss. »Ja, wenn es sein muss. Ja.« Er versuchte, die in ihm aufwallende Panik zu unterdrücken, sein Herzrasen zu stoppen; Robespierre war keinen Widerspruch mehr gewohnt, und er war es nicht mehr gewohnt, Robespierre zu widersprechen. »Lass es uns ausfechten, ein für alle Mal.«

»Ist es das, was Danton will? Noch mehr Gewalt?«

»Max, was meinst du eigentlich, was Tag für Tag auf der Place de la Révolution geschieht?«

»Mir ist es lieber, wir opfern Aristokraten als einander. Meine Loyalität gilt der Revolution und den Männern, die sie angefangen haben. Aber du machst sie vor den Augen von ganz Europa schlecht.«

»Hältst du es für Loyalität, die wahren Zustände zu vertuschen und so zu tun, als herrschten Vernunft und Gerechtigkeit?« Das Licht war in den Fluss geschwunden, und jetzt erhob sich ein Abendwind; er zerrte mit kalter, hartnäckiger Hand an ihren Kleidern. »Wozu haben wir die Revolution denn gemacht? Ich dachte, damit wir uns gegen Unterdrückung aussprechen können. Ich dachte, um uns von der Tyrannei zu befreien. Aber wir leben in einer Tyrannei. Sag mir, wann es je eine schlimmere gegeben hat. Menschen haben aus Machthunger gemordet, aus Habgier, aus Blutdurst, aber zeig mir eine andere Diktatur, die mit Effizienz tötet, die Tugend preist und über offenen Gräbern die Banner ihrer Abstraktionen schwenkt. Wir behaupten, alles, was wir tun, diene dem Erhalt der Revolution, aber in Wirklichkeit ist die Revolution nur noch ein beseelter Kadaver.«

Robespierre sah ihn nicht an, doch er griff nach seinem Arm. »Das stimmt alles, was du sagst«, flüsterte er. »Aber ich weiß nicht, wie ich vorgehen soll.« Eine Pause. »Komm, lass uns nach Hause gehen.«

»Du hast doch gesagt, drinnen könnten wir uns nicht unterhalten.«

»Das müssen wir ja auch nicht mehr, oder? Du hast alles gesagt.«

Hébert, *Le Père Duchesne*:

> *Hier, meine braven Sansculotten, ist ein braver Mann, den ihr vergessen habt. Und das ist wahrlich undankbar von euch, denn er behauptet, ohne ihn hätte es keine Revolution gegeben. Früher kannte man ihn als den Generalstaatsanwalt der Laterne. Ihr denkt, ich rede von jenem berühmten Wüterich, der die Aristokraten in die Flucht geschlagen hat – aber nein, der Mann, von dem hier die Rede ist, behauptet, ein äußerst friedliebender Mensch zu sein. Glaubt man seinen Worten, dann wohnt ihm nicht mehr*

Bosheit inne als einer Taube; er ist so empfindsam, dass er das Wort »Guillotine« nicht hören kann, ohne bis ins Mark zu erschauern. Es ist höchst bedauerlich, dass er kein Redner ist, sonst würde er nämlich dem Wohlfahrtsausschuss beweisen, dass dieser sein Handwerk nicht versteht; aber mag er auch nicht sprechen können, so macht M. Camille das wett, indem er schreibt – zur großen Befriedigung der Moderaten, Aristokraten und Royalisten.

Sitzungsbericht des Jakobinerclubs:

BÜRGER NICOLAS *[Zwischenruf]*: *Sie sind der Guillotine sehr nah, Camille!*

BÜRGER DESMOULINS: *Und Sie sind dem Reichtum sehr nah, Nicolas! Noch vor einem Jahr haben Sie Bratäpfel zu Abend gegessen, und jetzt sind Sie der Drucker der Regierung! [Gelächter]*

Hérault de Séchelles kam Mitte Dezember aus dem Elsass zurück. Seine Arbeit war getan. Die Österreicher befanden sich auf dem Rückzug, und die Grenze war gesichert. Saint-Just sollte ein, zwei Wochen später folgen, von Ruhm umweht.

Hérault ging zu Danton, doch Danton war nicht zu Hause. Er hinterließ eine Nachricht und bat um ein Treffen, doch Danton erschien nicht. Er wollte Robespierre besuchen und wurde von den Duplays abgewiesen.

Er stellte sich im Tuilerienpalast ans Fenster, um den Weg der Todeskarren zu verfolgen, und manchmal ging er ihnen nach und mischte sich am Ziel unters Volk. Er hörte von Ehefrauen, die ihren Mann, und von Ehemännern, die ihre Frau beim Tribunal denunzierten, von Müttern, die ihren Sohn der Nationalen Gerechtigkeit opferten, und von Kindern, die ihre Eltern verrieten. Er sah Frauen, die, vom Wochenbett aufgescheucht, ihre Kinder stillten, bis der Schinderkarren kam. Er sah Männer und Frauen ausrutschen und vornüber ins Blut ihrer Freunde fallen, sah, wie die Henker sie an ihren gefesselten Armen wieder hochzerrten. Er sah, wie triefende Köpfe hochgehalten wurden, damit die Meute sie anbellen konnte. »Warum zwingen Sie sich, das alles mitanzusehen?«, fragte ihn jemand.

»Ich lerne, wie man stirbt.«

Am 29. Frimaire eroberte die republikanische Armee Toulon zurück. Der Held der Stunde war ein junger Artillerieoffizier namens Buonaparte. »Wenn es mit den Offizieren so weitergeht wie bisher«, sagte Fabre, »gebe ich Buonaparte noch drei Monate, bis ihm der Kopf abgeschnitten wird.«

Drei Tage später, am 2. Nivôse, zerrieben Regierungstruppen die Überreste der Rebellenarmee in der Vendée. Bewaffnete Bauern galten als Vogelfreie, die sofort zu erschießen waren; es folgte eine blutige Menschenjagd in Feldern, Wald und Sumpf.

In dem grünen Raum mit den silbernen Spiegeln legten die zerstrittenen Mitglieder des Wohlfahrtsauschusses ihre Differenzen bei. Sie waren dabei, den Krieg zu gewinnen, und vermochten den stets gefährdeten Frieden auf den Straßen von Paris zu erhalten. »Mit diesem Ausschuss«, befand das Volk, »ist die Revolution auf dem Vormarsch.«

Es war dunkel geworden. Eléonore dachte, das Zimmer sei leer. Als Robespierre den Kopf wandte, erschrak sie. Sein Gesicht sah im Dunkeln weiß aus. »Gehst du nicht in den Ausschuss?«, fragte sie. Er drehte den Kopf wieder zur Wand. »Soll ich die Lampe anzünden?«, fragte sie. »Bitte rede mit mir. So schlimm kann es doch nicht sein.«

Sie stellte sich hinter seinen Stuhl und ließ eine Hand auf seine Schulter gleiten. Sie spürte, wie er erstarrte. »Fass mich nicht an.«

Sie nahm die Hand wieder weg. »Was habe ich denn getan?« Sie wartete auf eine Antwort. »Sei nicht kindisch. Du kannst doch nicht hier in der Kälte und Dunkelheit sitzen bleiben.«

Keine Antwort. Sie ging rasch hinaus, ließ die Zimmertür angelehnt. Im nächsten Moment war sie mit einer dünnen Wachskerze wieder zurück, die sie an das Anzündholz und die Scheite im Kamin hielt. Sie kniete sich hin und hegte die kleinen Flämmchen; ihr braunes Haar glitt ihr über die Schulter.

»Ich will kein Licht«, sagte er.

Sie beugte sich vor, legte einen weiteren Span dazu, fachte die Flammen an. »Ich weiß, dass du es ausgehen lassen wirst, wenn ich nicht achtgebe«, sagte sie. »Das ist doch immer so. Ich komme gerade vom Zeichenunterricht. Bürger David hat meine Arbeiten heute gelobt. Möchtest du sie vielleicht sehen? Ich kann rasch hinunterlaufen und meine Mappe holen.« Immer noch auf den Knien, die Hände auf den Oberschenkeln, schaute sie zu ihm hoch.

»Steh auf«, sagte er. »Du bist doch keine Bedienstete.«

»Nein?« Ihre Stimme war kühl. »Was bin ich denn? Es würde gegen deine Prinzipien verstoßen, mit einer Bediensteten so zu sprechen, wie du mit mir sprichst.«

»Vor fünf Tagen«, sagte er, »habe ich dem Konvent vorgeschlagen, dass wir einen Gerechtigkeitsausschuss bilden, der die Urteile des Tribunals überprüft und die Fälle der auf Verdacht Inhaftierten untersucht. Ich dachte, so etwas würde jetzt gebraucht – offenbar nicht. Ich habe gerade die vierte Ausgabe des *Vieux Cordelier* gelesen. Hier.« Er schob ihr die Flugschrift über den Schreibtisch zu. »Lies.«

»In diesem Licht kann ich das nicht.« Sie zündete die Kerzen an und hob eine hoch, um ihm ins Gesicht zu schauen. »Deine Augen sind rot. Du hast geweint. Ich glaube, als du in der Presse kritisiert wurdest, hast du nicht geweint. Ich dachte, das läge hinter dir.«

»Es ist nicht die Kritik«, sagte er. »Nicht die Kritik ist das Problem, sondern die Forderungen, die an mich gerichtet werden. Ich werde namentlich angesprochen. Schau.« Er deutete auf die entsprechende

Stelle. »War ich nicht so barmherzig, wie man nur irgend sein kann, Eléonore? Fünfundsiebzig Anhänger Brissots sitzen im Gefängnis. Ich habe in den Ausschüssen und im Konvent um das Leben dieser Männer gekämpft. Aber das reicht Camille nicht – nicht einmal ansatzweise. Er will mich in eine Art – in eine Art Stierkampfarena zwingen. Hier, lies.«

Sie griff nach dem Pamphlet, zog sich einen Stuhl an den Schreibtisch, um im Licht lesen zu können. »Robespierre, du bist mein alter Schulkamerad, und du erinnerst dich zweifellos an das, was Geschichte und Philosophie uns gelehrt haben: Die Liebe ist stärker und beständiger als die Angst.« *Die Liebe ist stärker und beständiger als die Angst;* sie blickte kurz zu ihm auf, dann wieder auf das Blatt. »Mit deinem Antrag in der Sitzung vom 30. Frimaire bist du diesem Gedanken sehr nah gekommen. Vorgeschlagen wurde ein *Gerechtigkeits*ausschuss. Aber warum sollte *Gnade* in der Republik als Verbrechen gelten?«

Eléonore schaute auf. »Die Sprache«, sagte Robespierre. »Sie ist so klar, keine Schnörkel, keine Effekthascherei, kein Sprachwitz. Er meint jedes einzelne Wort. Früher hat er nur jedes zweite Wort gemeint, weißt du? Das war sein Stil.«

»Lass die 200 000 inhaftierten Bürger frei, die du als ›Verdächtige‹ bezeichnest. In der Menschenrechtserklärung ist eine Festnahme auf Verdacht nicht vorgesehen.

Du scheinst entschlossen zu sein, die Opposition mit Hilfe der Guillotine auszulöschen. Aber das ist ein sinnloses Unterfangen. Wenn du einen Gegner auf dem Schafott vernichtest, machst du dir unter seinen Freunden und Verwandten zehn neue Feinde. Sieh dir an, was für Menschen du hinter Gitter gebracht hast – Frauen, alte Männer, übellaunige Egoisten, das Strandgut der Revolution. Glaubst du wirklich, dass sie eine Gefahr darstellen? Die einzigen Feinde, die in eurer Mitte noch existieren, sind zu krank oder zu feige, um zu kämpfen; die Tapferen und Fähigen sind ins Ausland geflohen oder in Lyon oder der Vendée ums Leben gekommen. Die noch übrig sind, verdienen deine

Aufmerksamkeit nicht. Glaub mir – würdest du einen Gnadenausschuss einrichten, stünde der Friede auf festeren Füßen, und Europa würde in die Knie gezwungen.«

»Hast du genug gelesen?«, fragte er.

»Ja. Sie versuchen, dich zum Handeln zu zwingen.« Sie sah ihn an. »Da steckt vermutlich Danton dahinter?«

Robespierre sagte nichts, jedenfalls nicht gleich. Als er dann sprach, im Flüsterton, ging er nicht auf ihre Frage ein. »Weißt du, als wir noch Kinder waren, da habe ich zu Camille gesagt: Jetzt ist alles gut, ich kümmere mich um dich. Du hättest uns sehen sollen, Eléonore – ich glaube, wir hätten dir leid getan. Ich weiß nicht, was ohne mich aus Camille geworden wäre.« Er vergrub das Gesicht in seinen Händen. »Oder ohne ihn aus mir.«

»Aber jetzt seid ihr keine Kinder mehr«, sagte sie leise. »Und die Zuneigung, von der du sprichst, besteht nicht mehr. Er ist zu Danton übergelaufen.«

Er blickte auf. Sein Gesicht ist durchsichtig, dachte sie, und er hätte gern, dass die Welt genauso durchsichtig ist. »Danton ist nicht mein Feind«, sagte er. »Er ist ein Patriot, und ich habe meinen Ruf für ihn aufs Spiel gesetzt. Aber was hat er in den letzten vier Wochen getan? Ein paar Reden hat er gehalten. Groß tönende Worte, durch die er im Blickpunkt der Öffentlichkeit bleibt, die aber nichts aussagen. Er sieht sich als bedeutenden Staatsmann. Er hat nichts riskiert. Er hat meinen armen Camille in den Ofen geworfen, und jetzt stehen er und seine Freunde davor und wärmen sich die Hände.«

»Reg dich nicht auf, das hilft auch nicht weiter.« Sie wandte das Gesicht ab und studierte wieder das Pamphlet. »Er impliziert, dass der Ausschuss seine Macht missbraucht hat. Offenbar betrachten Danton und seine Freunde sich als Alternative zur Regierung.«

»Ja.« Er lächelte verhalten. »Danton hat mir schon mal einen Posten angeboten. Das würde er zweifellos wieder tun. Die gehen davon aus, dass ich mit ihnen kooperiere, weißt du.«

»Dass du mit ihnen kooperierst? Mit dieser Bande von Schwindlern? Das wäre etwa so, als würdest du mit Briganten kooperieren, die dich festhalten, um ein Lösegeld zu erpressen. Die wollen doch nur deinen Namen benutzen, deinen guten Ruf als ehrlicher Mann.«

»Soll ich dir mal was sagen?«, sagte er. »Ich wünschte, Marat wäre noch am Leben. Wie weit ist es mit mir gekommen, dass ich mir das wünsche! Aber auf ihn hätte Camille gehört.«

»Das ist Ketzerei«, sagte Eléonore, den Kopf über das Blatt gebeugt. Sie las mit einer gequält wirkenden Langsamkeit, schien jedes Wort abzuwägen. »Die Jakobiner werden ihn ausschließen.«

»Das werde ich verhindern.«

»Wie bitte?«

»Ich sagte, das werde ich verhindern.«

Sie wedelte die Flugschrift in seine Richtung. »Dafür werden sie dich verantwortlich machen. Glaubst du wirklich, du kannst ihn schützen?«

»Ihn schützen? Mein Gott – vor dieser Geschichte wäre ich jederzeit für ihn in den Tod gegangen. Aber jetzt habe ich das Gefühl – na ja, vielleicht habe ich eine Pflicht, am Leben zu bleiben?«

»Eine Pflicht wem gegenüber?«

»Gegenüber dem Volk. Für den Fall, dass alles noch schlimmer kommt.«

»Das sehe ich auch so. Du hast die Pflicht, am Leben zu bleiben. Am Leben und an der Macht.«

Er drehte den Kopf weg. »Wie leicht dir solche Sätze über die Lippen gehen, Eléonore. Als wärst du mit ihnen groß geworden. Collot ist aus Lyon zurück, wusstest du das? Er hat sein *Werk*, wie er es nennt, vollendet. Sein Pfad der Rechtschaffenheit ist klar umrissen, breit und gerade. Es ist so einfach, ein guter Jakobiner zu sein. Collot hat keine Zweifel, keine Skrupel im Leib, und ob er irgendetwas im Kopf hat, ist fraglich. Den Terror beenden? Er denkt, dass wir noch nicht einmal richtig angefangen haben.«

»Nächste Woche wird Saint-Just hier sein. Er wird nichts über deine Schulzeit hören wollen, Max. Er wird keine Ausflüchte akzeptieren.«

Robespierre hob das Kinn, in blindem Stolz auf den Freund. »Er wird keine Ausflüchte zu hören bekommen. Ich kenne Camille. Er ist stärker, als man denkt – nicht sichtlich, nicht augenscheinlich, nein, aber glaub mir, ich kenne ihn. Er besitzt eine Art unerschütterliche Eitelkeit – und warum auch nicht? Sie hat ihren Ursprung im 12. Juli, in der Zeit vor der Bastille. Er weiß genau, was er damals getan hat, welches Risiko er eingegangen ist. Wäre ich dieses Risiko eingegangen? Natürlich nicht. Es hätte nichts bedeutet – niemand hätte mich auch nur eines Blickes gewürdigt. Wäre Danton es eingegangen? Natürlich nicht. Er war ein angesehener Mann, Anwalt, Familienvater. Siehst du, Eléonore, und jetzt, vier Jahre später, sitzen wir hier und bestaunen ehrfürchtig, was damals im Bruchteil einer Sekunde geschah.«

»Wie dumm«, sagte sie.

»Nicht unbedingt. Letztlich wird doch alles Wichtige im Bruchteil einer Sekunde entschieden, oder? Er ist vor all den Tausenden aufgestanden, und sein Leben hat sich mit einem Schlag geändert. Diese Dramatik wurde danach natürlich nie mehr erreicht.«

Eléonore stand auf, trat von ihm weg. »Wirst du zu ihm gehen?«

»Jetzt? Nein. Danton wird bei ihm sein. Wahrscheinlich feiern sie.«

»Ja, warum auch nicht?«, sagte Eléonore. »Ich weiß, die Herrschaft des Aberglaubens ist vorbei, aber heute ist immerhin Weihnachten.«

»Es ist unglaublich«, sagte Danton und kippte ein weiteres Glas. Er sah nicht aus wie ein bedeutender Staatsmann. »Vor dem Konvent stehen Demonstranten und fordern einen Gnadenausschuss. Und vor Desennes Buchladen treten sich die Leute auf die Füße und rufen nach einer weiteren Auflage. Ursprünglich hat das Pamphlet zwei Sous gekostet, jetzt wechselt es für zwanzig Francs den Besitzer. Du bist eine Ein-Mann-Inflations-Katastrophe, Camille.«

»Aber ich wünschte jetzt doch, ich hätte Robespierre gewarnt. Was den Inhalt betrifft, meine ich.«

»Herrgott noch mal.« Danton war raumgreifend, laut, jovial, der beliebte Führer einer neuen politischen Kraft. »Holt den Burschen her. Zerrt Robespierre aus seinem Loch und bringt ihn hierher. Es ist an der Zeit, ihn mal ordentlich abzufüllen.« Er legte Camille die Hand auf die Schulter. »Es ist an der Zeit, dass diese Revolution sich ein bisschen entspannt. Die Leute sind das Töten leid, das beweist die Reaktion auf deine Schriften.«

»Aber wir hätten den Ausschuss diesen Monat umbesetzen lassen sollen. Du solltest jetzt dabei sein.«

Ringsum hatte das Stimmengewirr wieder eingesetzt. Man hatte Dantons Sätze als Ermunterung aufgefasst. »Eins nach dem anderen«, sagte Danton. »Das reicht auch nächsten Monat noch. Wir bereiten den Boden für Veränderung. Es ist besser, keinen Druck auszuüben, die Leute sollen von selbst zu unserer Sichtweise finden.« Camille schaute kurz zu Fabre hinüber. »Warum bist du eigentlich nicht froh?«, wollte Danton wissen. »Du hast gerade den größten Erfolg deiner Laufbahn erzielt. Ich befehle dir im Namen der Revolution, froh zu sein.«

Wenig später kamen Annette und Claude. Annette wirkte skeptisch und reserviert, doch Claude sah aus, als bereitete er sich innerlich darauf vor, eine große Rede zu halten. »Ah ja«, hob er an, den Blick über den Kopf seines Schwiegersohns gerichtet. »Ich habe dich bisher nicht gerade mit Komplimenten überschüttet, nicht wahr? Aber jetzt möchte ich dir von ganzem Herzen gratulieren. Das war sehr mutig.«

»Warum sagst du das? Glaubst du, sie werden mir den Kopf abschneiden?«

Plötzliche, umfassende, anhaltende Stille. Niemand sagte etwas, niemand regte sich. Zum ersten Mal seit Jahren sah Claude sich in der Lage, seinen Blick zu fixieren. »Ach, Camille«, sagte er. »Wer würde dir wehtun wollen?«

»Eine Menge Leute«, sagte Camille kühl. »Billaud, weil ich mich immer über ihn lustig gemacht habe. Saint-Just, weil er mit aller Macht die Führung übernehmen will und ich nicht mitziehe. Sämtliche Mitglieder des Jakobinerclubs, die es auf mich abgesehen haben, seit ich Dillon verteidigt habe. Vor zehn Tagen haben sie den Zwischenfall bei Brissots Verhandlung aufs Tapet gebracht. Welches Recht ich gehabt hätte, einfach so ohnmächtig zu werden, ohne den Club vorher zu informieren. Und Barnave – wie ich es hätte wagen können, in die Conciergerie zu gehen, um mit einem Verräter zu sprechen.«

»Aber Robespierre hat dich verteidigt«, sagte Claude.

»Ja, er war sehr freundlich. Er hat ihnen erklärt, dass ich zu spontanen Gefühlsausbrüchen neige. Das sei schon immer so gewesen, und er habe mich schon als Zehnjährigen gekannt. Als er von der Rednertribüne kam, hat er mir zugenickt und gelächelt. Mit stechendem Blick. Er hatte mir eine Wertung aufgeprägt wie ein Goldschmiedezeichen.«

»Oh, aber das war nicht alles«, sagte Lucile. »Er hat mit sehr warmen und lobenden Worten über dich gesprochen.«

»Natürlich. Der Club war gerührt, geschmeichelt. Er hatte ihnen einen kleinen Einblick in sein Privatleben gewährt – ihr wisst schon, ein anrührender Beleg dafür, dass auch er ein Mensch ist.«

»Was in aller Welt meinst du damit?«, fragte Claude.

»Na ja, ich bin zu meiner ursprünglichen Überzeugung zurückgekehrt. Er ist ganz offensichtlich Jesus Christus. Er hat sich sogar bereitgefunden, sich von einem Tischler adoptieren zu lassen. Ich frage mich, was er bei der nächsten Versammlung tun wird, wenn man meinen Ausschluss fordern wird.«

»Solange Robespierre an der Macht ist, kann dir nichts zustoßen«, sagte Claude. »Das ist unmöglich. Komm, wirklich – das ist unmöglich.«

»Du meinst, ich stehe unter Schutz. Aber es ist lästig, beschützt zu werden.«

»Schluss jetzt«, sagte Danton. Er stellte sein Glas ab, beugte sich vor. Ganz nüchtern, auch wenn das wenige Minuten zuvor noch anders gewirkt hatte. »Ihr kennt meine politische Linie, ihr wisst, was ich zu erreichen versuche. Die Pamphlete haben ihren Zweck erfüllt – jetzt ist es deine Aufgabe, Robespierre bei Laune zu halten und ansonsten Ruhe zu geben. Es ist nicht nötig, irgendein Risiko einzugehen. Innerhalb der nächsten zwei Monate wird sich der moderate Widerstand um mich herum kristallisieren. Ich muss einfach nur da sein.«

»In meinem Fall ist das aber problematisch«, murmelte Camille.

»Meinst du, ich kann meine Anhänger nicht schützen?«

»Ich bin es leid, beschützt zu werden!«, schrie Camille ihn an. »Ich bin es leid, dich zufriedenzustellen und Robespierre zu besänftigen und zwischen euch beiden hin- und herzurennen, um zu vermitteln und eure maßlosen Egos, eure Arroganz, euren monströsen Eigendünkel zu füttern. Mir reicht's.«

»Wenn das so ist«, sagte Danton, »ist dein Nutzen für die Zukunft sehr begrenzt. Wirklich sehr begrenzt.«

Der Gerechtigkeitsausschuss, den Robespierre vorgeschlagen hatte, fiel am nächsten Tag Billaud-Varennes revolutionärer Gründlichkeit zum Opfer. Er erklärte dem Ausschuss in Robespierres Anwesenheit klipp und klar, das sei von Anfang an eine dumme Idee gewesen.

In dieser Nacht konnte Robespierre nicht schlafen. Das war keine Niederlage gewesen, sondern eine Demütigung, worüber er da brütete. Er konnte sich nicht daran erinnern, dass man sich jemals über einen ausdrücklichen Wunsch von ihm hinweggesetzt hätte; oder vielmehr, er konnte sich schon daran erinnern, aber nur ganz vage, als wäre es einer früheren Inkarnation seiner selbst passiert. Die Kerze von Arras hatte eine andere Welt beleuchtet.

Er saß oben im Haus allein am Fenster, betrachtete die schwarzen Konturen der Dächer und die Sterne dazwischen. Er hätte gern gebetet, doch keine Formulierung, die ihm in den Sinn kam, schien geeignet, die mit blinder Zielstrebigkeit agierende Gottheit, die sein Leben in die Hand genommen hatte, zu bewegen oder auch nur zu erreichen. Dreimal stand er auf, um sich zu vergewissern, dass die Tür verschlossen war, der Riegel vorgeschoben, der Schlüssel im Schloss umgedreht. Die Dunkelheit waberte, verblasste, die Straße draußen schien von Schatten bevölkert. *Unter der Herrschaft von Kaiser Tiberius …* Die Geister Verstorbener baten mit tönernen Gesichtern um Einlass, den verdeckten Wildtiergeruch, die langen schleichenden Schatten von Zirkustieren im Gefolge.

Am nächsten Tag ging Camille zum Haus der Duplays. Er erkundigte sich nach Eléonores Gesundheit und nach ihrer Arbeit. »Lucile hat gesagt, sie würde Sie gern mal besuchen, aber sie weiß nicht, wann es Ihnen passen würde, wegen des Zeichenunterrichts. Kommen Sie doch mal bei uns vorbei.«

»Das mache ich«, sagte sie ohne Überzeugung. »Wie geht es dem Kleinen?«

»Oh, dem geht es prima. Ausgezeichnet.«

»Er ähnelt Ihnen, Camille. Hat viel von Ihnen.«

»Lieb, dass Sie das sagen, Cornélia. Sie sind in diesen anderthalb Jahren die Erste, von der ich das höre. Darf ich hochgehen?«

»Er ist nicht zu Hause.«

»Ach, Cornélia. Sie wissen doch, dass er zu Hause ist.«

»Er hat zu tun.«

»Sollen Sie niemanden zu ihm lassen oder nur mich nicht?«

»Hören Sie, er braucht Zeit, um seine Gedanken zu ordnen. Er hat letzte Nacht kein Auge zugetan. Ich mache mir Sorgen um ihn.«

»Ist er sehr böse auf mich?«

»Nein, er ist nicht böse. Ich glaube, er ist … erschüttert. Erschüttert, dass Sie ihn für die Gewalt verantwortlich machen, dass Sie ihn öffentlich beschuldigen.«

»Ich habe ihm gesagt, dass ich mir das Recht vorbehalte, es ihm zu sagen, wenn in unserem Land die Tyrannei ausbricht. Unser Gewissen ist öffentliches Eigentum, wie anders hätte ich es ihm also sagen sollen?«

»Es beunruhigt ihn, dass Sie sich selbst in eine so missliche Lage bringen.«

»Sagen Sie ihm, dass ich da bin.«

»Er will Sie nicht sehen.«

»Gehen Sie hoch und sagen Sie es ihm, Eléonore.«

»Na gut«, sagte sie verzagt.

Mit einem ziehenden Schmerz in der Kehle blieb er unten stehen. Auf halber Treppe hielt sie inne und dachte kurz nach, dann ging sie weiter. Sie klopfte. »Camille ist hier.«

Sie hörte das Scharren von Stuhlbeinen, ein Quietschen; keine Antwort.

»Bist du da? Camille ist unten. Er lässt sich nicht abwimmeln.«

Er zog die Tür auf. Sie wusste, dass er direkt dahinter gestanden hatte. Absurd, dachte sie. Er schwitzte.

»Du darfst ihn nicht hochlassen. Das habe ich dir gesagt. Ich habe es dir gesagt. Warum hörst du nicht auf mich?« Er versuchte ganz ruhig zu sprechen.

Sie zuckte mit den Schultern. »Ja.«

Robespierre hatte die eine Hand auf den Türknauf gelegt und ließ sie über dessen glatte Oberfläche gleiten, während er die Tür in einem kleinen Bogen hin und her schwang.

»Ich werde es ihm sagen.« Sie wandte den Kopf und schaute die Treppe hinunter, als hielte sie es für möglich, dass Camille heraufgerannt kam und sie zur Seite drängte. »Die Frage ist nur, ob er es akzeptiert.«

»Gütiger Gott«, sagte er. »Was denkt er denn? Was erwartet er?«

»Ich persönlich sehe keinen Sinn darin, ihn nicht hereinzulassen. Ihr wisst beide, dass er dich in eine sehr schwierige Lage gebracht hat. Du weißt, dass du ihn verteidigen wirst, und ich glaube, er weiß das auch. Es geht doch nicht darum, ob ihr eure Streitigkeiten beilegen werdet oder nicht. Natürlich werdet ihr das. Du wirst deinen Ruf riskieren, um ihn zu entlasten. Wenn es um Camille geht, wirfst du sämtliche Prinzipien über Bord.«

»Das stimmt nicht, Eléonore«, sagte er leise. »Das stimmt nicht, und du sagst es nur aus krankhafter Eifersucht. Es stimmt nicht, und das muss er begreifen. Er muss zum Nachdenken gezwungen werden. Sag« – die Aufregung schlich sich wieder in seine Stimme – »wie sieht er aus?«

Tränen waren ihr in die Augen gestiegen. »Wie immer.«

»Wirkt er verstört? Er ist nicht krank, oder?«

»Nein, er sieht aus wie immer.«

»Gütiger Gott.« Mit einer matten Bewegung nahm er seine schweißfeuchte Hand vom Türknauf und wischte sie mit steifen Fingern am Ärmel ab. »Ich muss mir die Hände waschen.«

Die Tür schloss sich leise. Eléonore ging nach unten und rieb sich dabei mit der Faust übers Gesicht. »Bitte«, sagte sie. »Ich hab's Ihnen ja gesagt. Er will Sie nicht sehen.«

»Er meint vermutlich, es sei zu meinem Besten?« Camille lachte nervös.

»Sie sollten seine Gefühle eigentlich verstehen. Sie haben versucht, seine Zuneigung zu benutzen, um ihm die Unterstützung einer Politik abzuzwingen, mit der er nicht einverstanden ist.«

»Mit der er nicht einverstanden ist? Seit wann denn das nicht mehr?«

»Vielleicht seit seiner Niederlage gestern. Aber das müssen Sie selbst herausfinden. Er vertraut sich mir nicht an, und ich verstehe nichts von Politik.«

Blankes Elend stand jetzt in seinen Augen. »Na gut«, sagte er. »Ich kann auch ohne sein Plazet leben.« Er ging vor ihr her zur Tür. »Auf Wiedersehen, Cornélia. Wir werden uns von jetzt an wohl nicht mehr oft sehen.«

»Warum? Wo gehen Sie denn hin?«

In der offenen Tür drehte er sich plötzlich um, zog sie an sich, schob eine Hand unter ihre Brust und küsste sie auf den Mund. Zwei Arbeiter blieben stehen und sahen zu. »Du Arme«, sagte Camille. Er drückte sie sanft an die Wand und ging. Sie hob den Handrücken auf die Lippen, sah ihm nach. Noch mehrere Stunden spürte sie seine gewölbte Hand unter ihrer Brust, prägte sich die Erinnerung schuldbewusst ein und dachte, dass sie nie einen wirklichen Geliebten gehabt hatte.

Ein Brief an Camille Desmoulins, 11. Nivôse, im Jahr II:

Ich bin weder Fanatiker noch Schwarmgeist, noch neige ich dazu, Komplimente zu machen, aber sollte ich Sie überleben, werde ich eine Statue von Ihnen aufstellen, in die folgende Worte eingraviert sein werden: »Ruchlose Männer wollten uns eine aus Kot und Blut zusammengeknetete Freiheit ansinnen. Camille hat uns gelehrt, die Freiheit zu lieben: in Marmor gehauen und von Blumen umkränzt.«

»Das stimmt natürlich nicht«, sagte er zu Lucile. »Aber ich werde den Brief trotzdem sorgfältig bei meinen Papieren verwahren.«

»Welch Großtat von Ihnen, herüberzukommen und mit mir zu sprechen!«, sagte Hérault. »Sie hätten sich genauso gut abwenden und in eine andere Richtung weitergehen können. Ich werde doch nicht etwa ein Fall für Ihre Barmherzigkeit sein, so wie Barnave? Wussten Sie übrigens, dass Saint-Just zurück ist?«

»Oh.«

»Vielleicht spricht doch etwas dafür, Hébert nicht mit allen Mitteln gegen sich aufzubringen?«

»Mein fünftes Pamphlet ist in Vorbereitung«, sagte Camille. »Ich werde die Öffentlichkeit von diesem hirnlosen, angeberischen Scheusal befreien, und wenn es das Letzte ist, was ich tue.«

»Gut möglich, dass es genau das sein wird.« Hérault lächelte, aber es war kein angenehmes Lächeln. »Ich weiß, dass Sie eine privilegierte Position innehaben, aber Robespierre mag Niederlagen nicht.«

»Er bevorzugt Milde. Na gut, wir haben einen Rückschlag erlitten. Wir werden einen anderen Weg finden.«

»Wie denn? Ich glaube, für ihn ist das mehr als ein Rückschlag. Er hat keine Machtbasis, wissen Sie – außer der patriotischen Meinung. Er hat sehr wenige Freunde. Einige seiner alten Gefolgsleute hat er im Tribunal untergebracht, aber er hat keine Minister in der Tasche, keine Generäle – das hat er alles versäumt. Seine Macht besteht nur in unseren Köpfen, und ich bin mir sicher, dass er das weiß. Wenn man ihm einmal eine Niederlage beibringen kann, warum nicht ein zweites Mal, warum nicht immer wieder?«

»Warum versuchen Sie mir Angst zu machen?«

»Zu meiner Erheiterung«, sagte Hérault kühl. »Ich habe Sie nie recht verstanden. Sie setzen auf seine Zuneigung – dabei sagt er immer, dass wir persönliche Gefühle beiseitelassen sollten.«

»Oh, das sagen wir alle. Wir müssen das sagen. Aber keiner von uns hält sich daran.«

»Warum haben Sie das getan, Camille?«

»Wissen Sie das nicht?«

»Nein, ich habe keine Ahnung. Wahrscheinlich wollten Sie mal wieder der öffentlichen Meinung voraneilen.«

»Ach ja? Glauben Sie das? Die Leute behaupten, es sei Kunst, ich hätte nie etwas Besseres geschrieben. Glauben Sie, ich bin stolz auf die Verkaufszahlen?«

»Ich an Ihrer Stelle wäre es.«

»Ja, die Pamphlete sind ein großer Erfolg. Aber was interessiert mich Erfolg schon noch? Ich ertrage es nicht mehr, all das Unrecht, all den Undank, all die Ungerechtigkeit.«

Ein schönes Epitaph, dachte Hérault, wenn du mal eins brauchen solltest. »Sagen Sie Danton, falls es ihn interessiert – und mir ist klar, dass er das durchaus als Belastung empfinden könnte –, dass die Kampagne für Milde meine volle Unterstützung hat.«

»Oh, Danton und ich stehen auf gespanntem Fuß.«

Hérault runzelte die Stirn. »Auf gespanntem Fuß? Wieso denn das? In was manövrieren Sie sich da gerade hinein, Camille?«

»Ach …« Camille strich sich das Haar aus der Stirn.

»Haben Sie wieder über seine Frau hergezogen?«

»Nein, ganz gewiss nicht. Meine Güte – unsere persönlichen Gefühle lassen wir stets beiseite.«

»Worum geht es dann? Um irgendeine Belanglosigkeit?«

»Alles, was ich tue, ist belanglos«, sagte Camille in einer jähen Anwandlung von Feindseligkeit. »Sehen Sie denn nicht, dass ich ein schwacher und belangloser Mensch bin? Also, Hérault – gibt es sonst noch etwas auszurichten?«

»Nur dass er es meines Erachtens mit dem Abwarten ein wenig übertreibt.«

»Haben Sie Angst, dass die Politik der Milde für Sie zu spät kommen wird?«

»Für irgendjemanden kommt sie immer zu spät.«

»Er wird seine Gründe haben … All diese obskuren Bündnisse … Fabre denkt, ich wüsste alles über Georges, aber das stimmt nicht. Ich glaube, ich würde es gar nicht aushalten, alles über ihn zu wissen. Kein Mensch würde das aushalten.«

»Manchmal klingen Sie genau wie Robespierre.«

»Wir sind einander schon lange verbunden. Darauf zähle ich.«

»Ich habe heute Morgen«, sagte Hérault, »einen Brief von meinen Kollegen aus dem Ausschuss bekommen. Ich werde des Geheimnisverrats gegenüber den Österreichern beschuldigt.« Er verzog den Mund. »Das Beweismaterial wird noch etwas ergänzt werden müssen, bevor die Sache vor Gericht kommt, aber das dürfte für Saint-Just kein Problem sein. Er hat schon im Elsass versucht, mich zu ruinieren. Ich bin nun wahrlich nicht auf den Kopf gefallen, aber es hat mich einige Mühe gekostet, den Kopf über Wasser zu halten. Nicht dass es etwas gebracht hätte.«

»Sie sind nun mal dummerweise adliger Abstammung.«

»So ist es. Ich bin unterwegs, um meinen Rücktritt vom Ausschuss einzureichen. Vielleicht sagen Sie das Georges. Ach, und wünschen Sie ihm ein gutes neues Jahr.«

SAINT-JUST: Wer bezahlt Camille dafür, dass er so etwas schreibt?

ROBESPIERRE: Nein, nein, du verstehst das nicht. Die jüngsten Entwicklungen haben ihn völlig verstört –

SAINT-JUST: Er ist ein ausgezeichneter Schauspieler. Das muss man ihm lassen. Offenbar sind ja die meisten von euch auf ihn hereingefallen.

ROBESPIERRE: Warum musst du ihm bei allem, was er tut, böse Absichten unterstellen?

SAINT-JUST: Sieh den Tatsachen ins Auge. Entweder hat er böse Absichten und ist deshalb ein Konterrevolutionär, oder er ist politisch weich geworden, und dann ist er auch ein Konterrevolutionär.

ROBESPIERRE: Sehr geschickt. Nur warst du 1789 nicht hier.

SAINT-JUST: 1789 gibt es nicht. Wir haben einen neuen Kalender.

ROBESPIERRE: Du kannst nicht über Camille urteilen, denn du weißt nichts über ihn.

SAINT-JUST: Seine Taten sprechen für sich. Außerdem kenne ich Camille schon seit Jahren. Er hat sich treiben lassen, bis er seine Nische als literarischer Prostituierter gefunden hat. Er lässt sich vom Meistbietenden kaufen – deshalb haben er und Danton auch so viel gemein.

ROBESPIERRE: Ich verstehe nicht, wie du es als literarische Prostitution bezeichnen kannst, wenn jemand Milde fordert.

SAINT-JUST: Ach nein? Kannst du mir dann vielleicht erklären, wieso seit einem Monat jede adlige Tischgesellschaft auf ihn trinkt? Warum Leute wie diese Beauharnais ihm Briefe des Dankes und der Bewunderung schicken? Kannst du mir erklären, warum es zu Unruhen in der Bevölkerung gekommen ist?

ROBESPIERRE: Das waren keine Unruhen. Diese Leute haben rechtmäßig einen Antrag an den Konvent gestellt.

SAINT-JUST: Mit seinem Namen auf den Lippen. Er ist der Held der Stunde.

ROBESPIERRE: Ja, schon zum zweiten Mal.

SAINT-JUST: Diese Art von Egotismus lässt sich zu üblen Zwecken missbrauchen.

ROBESPIERRE: Zum Beispiel?

SAINT-JUST: Zum Beispiel zur Konspiration gegen die Republik.

ROBESPIERRE: Wer soll da konspirieren? Camille konspiriert mit niemandem.

SAINT-JUST: Danton konspiriert. Mit Orléans. Mit Mirabeau. Mit Dumouriez, mit dem Hof, mit England und mit all unseren Feinden im Ausland.

ROBESPIERRE: Wie kannst du es wagen?

SAINT-JUST: Wagst du es, mit ihm zu brechen? Bring ihn vors Tribunal, dann soll er sich verantworten.

ROBESPIERRE: Nehmen wir Mirabeau. Er hat sich mit Mirabeau zusammengetan. Ich nehme an, darauf spielst du an. Mirabeau ist in Ungnade gefallen, aber als Danton ihn kennenlernte, galt er als Patriot. Es war damals kein Verbrechen, mit ihm zu tun zu haben, und du kannst es nicht nachträglich zu einem machen.

SAINT-JUST: Wenn ich es recht verstehe, bist du der allgemeinen Verblendung in Bezug auf Riquetti nicht anheimgefallen.

ROBESPIERRE: Nein.

SAINT-JUST: Dann hast du Danton sicher gewarnt?

ROBESPIERRE: Er hat es ignoriert. Auch das ist kein Verbrechen.

SAINT-JUST: Nein? Also, für mich ist ein Mann, der die Feinde der Republik nicht – sagen wir, nicht hasst, durchaus verdächtig. Vielleicht war es kein Verbrechen, aber auf jeden Fall etwas weit Schlimmeres als Fahrlässigkeit. Es ging um Geld. Und darum geht es bei Danton immer. Begreif das endlich: Dantons Patriotismus bemisst sich in klingender Münze. Wo sind die Kronjuwelen?

ROBESPIERRE: Für die war Roland verantwortlich.

SAINT-JUST: Roland ist tot. Du weigerst dich, das Offensichtliche zu akzeptieren: Es gibt eine Verschwörung. Diese ganze Geschichte mit der Milde ist nur ein Trick, um unter den Patrioten Zwietracht zu säen und sich auf die billige Tour ein paar Freunde zu machen. Pierre Philippeaux mit seinen Attacken gegen den Ausschuss ist an dem Komplott beteiligt, und Danton ist der Anführer. Wart's nur ab. In der nächsten Ausgabe des *Vieux Cordelier* wird der eigentliche Angriff auf Hébert erfolgen, denn den müssen sie aus dem Weg räumen, ehe sie die Macht ergreifen können. Und der Ausschuss wird ebenfalls attackiert werden. Ich persönlich glaube, dass sie einen Militärputsch planen. Sie haben Westermann und Dillon.

ROBESPIERRE: Dillon ist wieder festgenommen worden. Wegen eines Komplotts zur Rettung des Dauphin oder so was. Scheint mir nicht sehr plausibel.

SAINT-JUST: Diesmal wird Camille ihn nicht freibekommen. Nicht dass die Gefängnisse sicher wären …

ROBESPIERRE: Die Gefängnisse, ach je – das Volk redet davon, die Gefängnisse zu stürmen und die Gefangenen zu braten, wenn die Fleischversorgung nicht besser wird.

SAINT-JUST: Das Volk ist primitiv, jedenfalls in seinem derzeitigen, ungebildeten Zustand.

ROBESPIERRE: Was erwartest du? Ich hatte vergessen, mir über die Fleischversorgung Gedanken zu machen.

SAINT-JUST: Du kommst vom Thema ab.

ROBESPIERRE: Danton ist ein Patriot. Beweis mir das Gegenteil.

SAINT-JUST: Du bist ein Sturkopf, Robespierre. Was für Beweise willst du sehen?

ROBESPIERRE: Woher weißt du überhaupt, was für Briefe Camille bekommt?

SAINT-JUST: Übrigens habe ich jemanden vergessen, als ich dir aufgezählt habe, mit wem Danton alles konspiriert hat: Lafayette.

ROBESPIERRE: Damit wären es mehr oder weniger alle, oder?

SAINT-JUST: Ja, damit wären es mehr oder weniger alle.

In der ersten Woche des neuen Jahrs erreichten Robespierre einschlägige Dokumente, die zweifelsfrei bewiesen, dass Fabre an der Betrugsaffäre um die Ostindien-Kompanie beteiligt gewesen war – einer Affäre, die Fabre seit zwei Monaten mit Unterstützung des Polizeiausschusses selbst untersuchte. Robespierre saß eine halbe Stunde über den Papieren, zitternd vor Wut und Demütigung, und kämpfte um Selbstbeherrschung. Als er Saint-Justs Stimme hörte, hätte er am liebsten den Raum verlassen, doch es gab nur eine Tür.

SAINT-JUST: Was sagst du jetzt? Camille muss es gewusst haben. Zumindest teilweise.

ROBESPIERRE: Er hat einen Freund gedeckt. Oh, das hätte er nicht tun sollen. Er hätte es mir sagen sollen.

SAINT-JUST: Fabre hat dich nach Strich und Faden reingelegt.

ROBESPIERRE: Die Verschwörungen, von denen er berichtet hat, gab es wirklich.

SAINT-JUST: O ja. Alle Männer, die er genannt hat, haben sich verhalten wie vorhergesagt. Was denken wir von jemandem, der dem Herzen der Perfidie so nah ist?

ROBESPIERRE: Jetzt wissen wir, was wir denken.

SAINT-JUST: Fabre war die ganze Zeit an Dantons Seite.

ROBESPIERRE: Und?

SAINT-JUST: Nun sei nicht noch naiver, als du es die ganze Zeit schon warst.

ROBESPIERRE: Ich werde Fabre bei der nächsten Jakobinersitzung ausschließen lassen. Ich habe ihm getraut, und er hat mich blamiert.

SAINT-JUST: Das haben sie alle.

ROBESPIERRE: Ich muss wieder klar denken. Ich bin zu wohlwollend gewesen.

SAINT-JUST: Ich habe gewisses Beweismaterial, das ich dir vorlegen kann.

ROBESPIERRE: Ich weiß, was heutzutage als Beweismaterial durchgeht. Hörensagen, Denunziation, hohle Phrasen.

SAINT-JUST: Bist du entschlossen, an deiner Verfehlung festzuhalten?

ROBESPIERRE: Du klingst wie ein Priester, Antoine. Genau das sagen sie auch bei der Beichte – weißt du noch? Ich habe mich in der Vorgehensweise geirrt, das gebe ich zu. Ich habe mir angeschaut, was die Leute tun, habe mir angehört, was sie sagen, aber ich hätte ihnen ins Herz blicken sollen. Jetzt werde ich alle Verschwörer entlarven.

SAINT-JUST: Wer immer sie auch sein mögen. Sie müssen alle überprüft werden, egal wie groß ihre Verdienste für die Revolution sind. Die Revolution steckt in der Sackgasse. Sie haben sie mit ihrem Gerede über Mäßigung in eine Sackgasse getrieben. Stillstand bedeutet in der Revolution, zurückzufallen.

ROBESPIERRE: Jetzt wirfst du die Metaphern aber wild durcheinander.

SAINT-JUST: Ich bin kein Schriftsteller. Ich habe mehr zu bieten als Phrasen.

ROBESPIERRE: Zurück zu Camille.

SAINT-JUST: Ja.

ROBESPIERRE: Er ist irregeleitet.

SAINT-JUST: Das sehe ich anders, und der restliche Ausschuss ebenso. Wir meinen, dass er für seine Handlungen selbst verantwortlich ist und nicht davor bewahrt werden darf, ihre Folgen zu tragen, nur weil du freundschaftliche Gefühle für ihn hegst.

ROBESPIERRE: Was wirfst du mir vor?

SAINT-JUST: Schwäche.

ROBESPIERRE: Ich bin nicht durch Schwäche dahin gekommen, wo ich jetzt bin.

SAINT-JUST: Erinnere uns wieder daran.

ROBESPIERRE: Sein Verhalten wird überprüft werden, wie das jedes anderen auch. Er ist nur eine Person unter vielen … Mein Gott, wie sehr ich gehofft habe, das vermeiden zu können.

Die fünfte Ausgabe des *Vieux Cordelier* erschien am 5. Januar, dem 16. Nivôse. Sie attackierte Hébert und seine Anhänger, verglich seine Schriften (nachteilig) mit einer Kloake, klagte ihn der Korruption und der Komplizenschaft mit dem Feind an. Ebenfalls attackiert wurden Barère und Collot, Mitglieder des Wohlfahrtsausschusses.

Sitzungsprotokoll des Jakobinerclubs (1):

BÜRGER COLLOT *[auf der Rednertribüne]*: Philippeaux und Camille Desmoulins –

BÜRGER HÉBERT: Gerechtigkeit! Ich verlange, gehört zu werden!

PRÄSIDENT: Ruhe im Saal! Ich schlage vor, dass die fünfte Ausgabe vorgelesen wird.

JAKOBINER: Wir haben sie alle gelesen.

JAKOBINER: Ich würde mich schämen zuzugeben, dass ich ein Aristokraten-Pamphlet gelesen habe.

JAKOBINER: Hébert will nicht, dass es vorgelesen wird – er will nicht, dass die Wahrheit verbreitet wird.

BÜRGER HÉBERT: Nein, dieses Pamphlet sollte auf keinen Fall vorgelesen werden! Camille versucht nur alles zu komplizieren. Er versucht die Aufmerksamkeit von sich selbst abzulenken. Er beschuldigt mich, öffentliche Gelder gestohlen zu haben, und das ist vollkommen falsch.

BÜRGER DESMOULINS: Ich habe die Beweise hier in der Hand.

BÜRGER HÉBERT: O Gott, er will meinen Ruf zerstören!

Sitzungsprotokoll des Jakobinerclubs (2):

PRÄSIDENT: Wir ersuchen Camille Desmoulins, sein Verhalten zu rechtfertigen.

JAKOBINER: Er ist nicht da.

JAKOBINER: Zu Robespierres Erleichterung.

PRÄSIDENT: Ich werde seinen Namen drei Mal aufrufen, damit er die Gelegenheit hat, vorzutreten und sich vor der Versammlung zu rechtfertigen.

JAKOBINER: Ein Jammer, dass er keinen Hahn hat, den er dazu bringen könnte, drei Mal zu krähen. Es wäre sehr erhellend zu sehen, was Danton dann täte.

PRÄSIDENT: Camille Desmoulins –

JAKOBINER: Er ist nicht da. Er weiß schon, warum.

JAKOBINER: Es ist doch sinnlos, immer wieder seinen Namen aufzurufen, wenn er nicht da ist.

BÜRGER ROBESPIERRE: Wir werden stattdessen darüber reden –

BÜRGER DESMOULINS: Genau genommen bin ich da.

BÜRGER ROBESPIERRE *[laut]*: Ich sagte, wir werden stattdessen über die Verbrechen der britischen Regierung sprechen.

JAKOBINER: Immer ein verlässliches Thema.

BÜRGER DESMOULINS *[auf der Rednertribüne]*: Ich nehme an … Ich nehme an, Sie werden sagen, dass ich mich geirrt habe. Ich gebe zu, dass das sein kann – jedenfalls was Philippeaux' Motive angeht. Ich habe in meiner Laufbahn eine Menge Fehler gemacht. Ich bitte um Hilfe, denn ich … ich weiß wirklich nicht mehr, wo ich in dem Ganzen stehe.

JAKOBINER: Ich wusste, dass er zusammenbrechen würde.

JAKOBINER: Immer eine verlässliche Taktik.

JAKOBINER: Da, Robespierre ist schon aufgesprungen.

BÜRGER ROBESPIERRE: Ich verlange das Wort.

BÜRGER DESMOULINS: Aber Robespierre, ich möchte –

BÜRGER ROBESPIERRE: Still, Camille, ich möchte sprechen.

JAKOBINER: Setz dich, Camille, du handelst dir bloß noch mehr Ärger ein.

BÜRGER ROBESPIERRE *[auf der Rednertribüne]*: Bürger, Camille hat uns versprochen, sich von seinen Fehlern zu distanzieren und von den politischen Ketzereien in seinem Pamphlet abzurücken. Er hat Unmengen von Exemplaren verkauft, die Adligen haben ihn in ihrer Falschheit und Heimtücke mit Lob überhäuft, und das alles ist ihm zu Kopf gestiegen.

JAKOBINER: Er hat diesen Manierismus abgelegt, ihr wisst schon, diese langen Pausen.

BÜRGER ROBESPIERRE: Die Schriften sind gefährlich, weil sie die öffentliche Ordnung stören und unseren Feinden Hoffnung machen. Aber wir müssen zwischen dem Autor und seinem Werk unterscheiden. Camille – ach, Camille ist doch nur ein verzogenes Kind. Er hat gute Anlagen, aber er ist in schlechte Gesellschaft geraten und ernstlich fehlgeleitet. Wir müssen uns gegen diese Schriften, zu denen sich nicht einmal Brissot bekannt hätte, entschieden verwahren, aber Camille muss bei uns bleiben. Ich fordere, dass die Anstoß erregenden Nummern des *Vieux Cordelier* – als symbolische Geste – vor dieser Versammlung verbrannt werden.

BÜRGER DESMOULINS: »Verbrennen ist keine Antwort.«

JAKOBINER: Wie wahr! Das hat Rousseau gesagt!

JAKOBINER: Dass wir das noch erleben dürfen!

JAKOBINER: Robespierre, von seinem Gott Jean-Jacques widerlegt! Er sieht ganz grün aus.

JAKOBINER: Ich würde nicht gern mit den Folgen dieser Schlagfertigkeit leben müssen.

JAKOBINER: Vielleicht muss er das auch nicht.

BÜRGER ROBESPIERRE: Oh, Camille – wie kannst du diese Schriften verteidigen, die den Adligen so eine diebische Freude bereiten? Glaubst du, Camille, wir würden dich mit solcher Nachsicht behandeln, wenn du irgendjemand anders wärst?

BÜRGER DESMOULINS: Ich verstehe dich nicht, Robespierre. Einige der Texte, die du jetzt verdammst, hast du selbst als Druckfahnen gelesen. Wie kannst du behaupten, nur Adlige würden meine Texte lesen? Der Konvent und der ganze Club hier haben sie gelesen. Sind das alles Adlige?

BÜRGER DANTON: Bürger, darf ich vorschlagen, dass Sie Ihre Diskussionen in Ruhe führen? Und vergessen Sie nicht – wer gegen Camille vorgeht, geht gegen die Pressefreiheit vor.

BÜRGER ROBESPIERRE: Also gut. Dann werden wir die Pamphlete nicht verbrennen. Vielleicht ist ein Mann, der derart hartnäckig an seinen Fehlern festhält, mehr als irregeleitet. Vielleicht werden hinter seiner arroganten Fassade bald die Männer zutage treten, die ihm die Feder geführt haben. *[Fabre d'Églantine steht auf und will gehen.]*

BÜRGER ROBESPIERRE: D'Églantine! Bleiben Sie hier.

JAKOBINER: Robespierre hat Ihnen etwas zu sagen.

BÜRGER FABRE D'ÉGLANTINE: Ich kann mich erklären –

MITGLIEDER DES CLUBS: Guillotiniert ihn! Guillotiniert ihn!

Lucile Desmoulins an Stanislas Fréron:

23. Nivôse, Jahr II

… kommen Sie zurück, kommen Sie schnell zurück. Wir haben keine Zeit zu verlieren. Bringen Sie alle alten Cordeliers mit, die Sie irgend auftreiben können, wir brauchen sie dringend. [Robespierre] hat festgestellt, dass er nicht allmächtig ist, wenn er nicht in Übereinstimmung mit den Ansichten gewisser Leute denkt und handelt. [Dantons] Position wird schwächer, ihm geht der Mut aus. D'Églantine wurde festgenommen, er sitzt im Luxembourg, wird schwerwiegender Vergehen angeklagt …

Ich lache nicht mehr, ich spiele nicht mehr Katze, ich rühre mein Klavier nicht mehr an, ich habe keine Träume, ich bin nur noch eine Maschine.

12. *Ambivalenz*

(1794)

Das ist der Stand der Dinge: Danton hat den Konvent gebeten, Fabre anzuhören, was jedoch abgelehnt wurde. Na und?, sagt Danton. Er ist nicht willens, zuzugeben, dass er derzeit nicht Herr über den Konvent ist und dass in den Sektionen Hébert das Sagen hat. »Na und? Ich bin nicht wie Robespierre, der wegen jeder Niederlage die Hände ringt. Ich habe in dieser ganzen Geschichte mal gewonnen, mal verloren, dann wieder gewonnen. Bei ihm gab es eine Zeit«, erzählt er Lucile, »da hat er nur Niederlagen erlitten.«

»Sicher hat er deshalb so einen Widerwillen dagegen.«

»Wie auch immer«, sagt er. »Dieser verdammte Ausschuss zittert vor mir. Ein Fehler, dann bin ich am Ruder, und die können sehen, wo sie bleiben.«

Kampfparolen. Und doch spricht da nicht der Mann, den sie von früher kennt. Manche Leute meinen, Danton sei gesundheitlich nie wieder ganz auf den Posten gekommen, doch ihr erscheint er durchaus vital. Andere behaupten, seine offensichtlich glückliche zweite Ehe habe ihn verweichlicht, aber auf derlei Gefühlsduselei gibt sie nichts. Ihrer Ansicht nach muss man bei seiner ersten Ehe ansetzen. Seit Gabrielles Tod fehlt ihm etwas, eine Art grundlegende Radikalität. Es ist schwer in Worte zu fassen, und natürlich hofft sie, dass sie sich irrt. Sie glaubt, dass Radikalität erforderlich sein wird.

Auch dies ist der Stand der Dinge: Robespierre hat Camille bei den Jakobinern rehabilitiert. Allerdings zu einem hohen Preis: Er hat vor dem verwirrten Club auf der Rednertribüne die Contenance verloren, wäre fast in Tränen ausgebrochen. Hébert wettert in seiner Zeitung gegen den »einen irregeleiteten Mann«, der Camille schützt – aus rein persönlichen, unergründlichen Motiven. Privat kommentiert er die Lage mit hämischem Kichern.

Der Club der Cordeliers bemüht sich um eine einstweilige Verfügung, die Camille untersagt, ihren Namen für seine Pamphlete zu gebrauchen. Nicht dass es noch darauf ankäme, denn Desenne weigert sich, weitere Ausgaben zu drucken, und kein anderer Drucker wagt sich daran, so gern sie alle die Gewinne einstreichen würden.

»Lass uns zusammen zu Robespierre gehen«, sagt Danton zu Lucile. »Komm, jetzt gleich. Schnapp dir dein Kind, und dann gehen wir zu ihm und veranstalten eine richtig emotionale Szene. Die große Versöhnung. Camille soll mitkommen und sich brav entschuldigen, und du nimmst deine ›republikanische Familie‹-Pose ein. Das wird Maximilien erbauen. Ich werde mich auf alle möglichen ganz praktischen Arten versöhnlich zeigen und es mir verkneifen, ihm in dieser jovialen Art, die ihn so erschreckt, von Mann zu Mann auf die Schulter zu klopfen.«

Sie schüttelt den Kopf. »Camille wird nicht mitkommen. Er ist völlig ins Schreiben vertieft.«

»Was schreibt er denn?«

»Die wahre Geschichte der Revolution, behauptet er. Die geheime ›Geheime Geschichte‹.«

»Und was hat er damit vor?«

»Sie verbrennen, nehme ich an. Zu was sollte sie sonst geeignet sein?«

»Leider scheint alles, was ich sage, die Lage zu verschlimmern.«

»Ich weiß nicht, warum Sie das meinen, Danton.« Robespierre hatte gerade gelesen – ausgerechnet seinen Rousseau – und nahm jetzt die Brille ab. »Ich wüsste nicht, warum irgendetwas, was Sie sagen …« Er ließ den Satz in seiner altbekannten Manier verklingen. Einen Moment lang sah sein Gesicht nackt und furchtbar gehetzt aus; dann setzte er die Brille wieder auf, und seine Miene wurde wieder unbeugsam und unergründlich. »Ich habe Ihnen eigentlich nur eins zu sagen: Brechen Sie den Kontakt zu Fabre ab, verstoßen Sie ihn. Wenn Sie es nicht tun, war dies unser letztes Gespräch. Tun Sie es, können wir verhandeln. Akzeptieren Sie in allem die Weisungen des Ausschusses, dann garantiere ich Ihnen im Gegenzug Ihre Sicherheit.«

»Großer Gott«, sagte Danton. »Meine Sicherheit? Wollen Sie mir drohen?«

Robespierre betrachtete ihn abwägend. »Vadier«, erinnerte er ihn dann. »Collot. Hébert. Saint-Just.«

»Ich ziehe es vor, selbst für meine Sicherheit zu sorgen, Robespierre, mit meinen eigenen Methoden.«

»Ihre eigenen Methoden werden Sie vermutlich ins Unglück stürzen.« Robespierre klappte sein Buch zu. »Sorgen Sie nur dafür, dass Sie Camille nicht mitreißen.«

Danton war plötzlich wütend. »Passen Sie bloß auf«, sagte er, »dass Camille nicht Sie ins Unglück stürzt.«

»Was wollen Sie damit sagen?«

»Hébert rennt überall herum, redet über Camille und erklärt kichernd, das sei bestimmt keine normale Freundschaft.«

»Natürlich ist das keine normale Freundschaft.«

Versteht er nicht, oder will er nicht verstehen? Diese routinierte, kultivierte Begriffsstutzigkeit ist eine seiner Waffen. »Hébert hat weitere Nachforschungen über Camilles Privatleben in die Wege geleitet.«

Robespierres Arm schoss nach vorn, die Handfläche zu Danton erhoben, eine so theatralische Geste, dass man hätte meinen können, Fabre hätte ihn instruiert.

»Man sollte eine Statue von Ihnen in dieser Haltung fertigen«, sagte Danton. »Kommen Sie, Sie wissen doch, wovon ich rede. Ich weiß, dass Sie in den Zeiten von Annette nicht hier waren, aber ich kann Ihnen sagen, Ihr Freund hat uns damals gute Unterhaltung geboten – nachmittags hat er an der Grenze der Ehrbarkeit in Annettes Salon geschmachtet, und abends hat er dann auf der Île de Cité inmitten all der eidesstattlichen Versicherungen widernatürliche Handlungen begangen. Sie haben Maître Perrin nie kennengelernt, oder? Es gab natürlich auch noch andere.« Danton lachte. »Gucken Sie nicht so – niemand glaubt, dass Camille auf Sie verfallen könnte. Er mag Männer, die sehr beleibt und sehr hässlich sind und die Frauen lieben. Er will, was er nicht kriegen kann. So sehe ich das jedenfalls.«

Robespierre streckte die Hand nach seinem Federhalter aus, doch dann überlegte er es sich anders. »Haben Sie getrunken, Danton?«, fragte er.

»Nein. Das heißt, nicht mehr als sonst um diese Tageszeit. Warum?«

»Ich dachte, es könnte sein. Ich habe nach einer Entschuldigung für Sie gesucht.« Von den blau getönten Gläsern halb verdeckt, huschte sein Blick kurz zu Dantons Gesicht und wieder weg. Sein eigenes Gesicht schien nun, da sich keinerlei Gefühl mehr darauf abzeichnete, nahezu fleischlos, seine Züge so scharf, als wären sie in die Luft geritzt. »Sie sind, glaube ich, vom Thema abgekommen«, sagte er. »Es ging, glaube ich, um Fabre.« Seine Hand bewegte sich wieder auf den Federhalter zu, es wirkte fast zwanghaft.

(Robespierre, aus den privaten Notizbüchern: »Danton sprach verächtlich über Camille Desmoulins und unterstellte ihm ein beschämendes Laster.«)

»Und, haben Sie sich entschieden?« Seine Stimme klang völlig monoton, als spräche Gott aus einem Felsen.

»Was soll ich sagen? Was erwarten Sie von mir? Ich kann ihn nicht *verstoßen* – was für ein absurdes Wort.«

»Sie sind natürlich eng mit ihm verbunden. Es ist nicht leicht, sich da herauszulösen.«

»Er ist mein *Freund*.«

»Ach, Ihr Freund.« Robespierre lächelte schwach. »Ich weiß, wie sehr Sie Ihre Freunde wertschätzen. Allerdings hat er vermutlich nicht Camilles Schwächen. Die Sicherheit unseres Landes steht auf dem Spiel, Danton. Ein Patriot sollte willens sein, die Sicherheit des Landes über seine Frau, seine Kinder und seine Freunde zu stellen. Es ist nicht die Zeit für persönliche Gefühle.«

Danton rang nach Luft, und Tränen traten ihm in die Augen. Er rieb sich das Gesicht, hielt seine feuchten Finger hoch. Er versuchte etwas zu sagen, doch es gelang ihm nicht.

(Maximilien Robespierre, aus den privaten Notizbüchern: »Danton machte sich lächerlich, vergoss Krokodilstränen … bei Robespierre zu Hause.«)

»Das ist unnötig«, sagte Robespierre. »Und nutzlos.«

»Sie sind ein Krüppel«, sagte Danton schließlich. Seine Stimme war müde, ausdruckslos. »Nicht Couthon ist der Krüppel: Sie sind es. Wissen Sie das eigentlich, Robespierre? Wissen Sie, dass mit Ihnen etwas nicht stimmt? Stellen Sie sich je die Frage, was Gott weggelassen hat, als er Sie erschuf? Ich habe mich früher oft über Sie lustig gemacht, Sie als impotent bezeichnet, aber Ihnen fehlt mehr als die Manneskraft. Sind Sie überhaupt real? Ich sehe Sie reden und herumlaufen, aber haben Sie wirklich Leben in sich?«

»Ich lebe sehr wohl.« Robespierre sah zu Boden. Er tippte die Fingerspitzen gegeneinander, wie ein nervöser Zeuge vor Gericht. »Ich lebe sehr wohl. Auf meine Art.«

»Was ist passiert, Danton?«

»Nichts. Wir sind unterschiedlicher Meinung über Fabre. Das Gespräch« – er ballte nachdenklich die eine Hand zur Faust, umschloss sie mit der anderen – »ist ergebnislos geblieben.«

Morgens um halb sechs in der Rue Condé: Unten wurde an die Tür gehämmert, Annette zog sich die Decke über den Kopf und wollte von nichts wissen. Doch im nächsten Moment schrak sie hoch. Sie schwang sich aus dem Bett: Was ist los, was ist passiert?

Draußen auf der Straße schrie jemand etwas. Sie griff nach ihrem Umschlagtuch. Hörte die erschrockenen Stimmen von Claude und

Elise, dem Hausmädchen. Elise war Bretonin, ein schwerfälliges Mädchen mit hartem Gesicht, abergläubisch, plump-vertraulich und des Französischen nur in Maßen mächtig; ihr Kopf erschien jetzt in der Tür, und sie sagte: »Das sind Leute von der Sektion. Die wollen wissen, ob Ihr Liebhaber hier ist. Ich soll keine Lügen erzählen, haben sie gesagt, sie wären nicht von gestern.«

»Mein Liebhaber? Du meinst, sie suchen Camille?«

»Das haben Sie gesagt, Madame.« Elise grinste.

Das Mädchen war im Nachthemd. In der einen Hand hielt sie ein qualmendes, fast heruntergebranntes Talglicht. Annette schlug im Vorbeieilen nach ihr, sodass ihr die Kerze aus der Hand fiel und auf dem Boden erlosch. Die Klage des Mädchen folgte Annette: »Das war meine Kerze, nicht Ihre!«

Im Stockfinstern stieß Annette mit jemandem zusammen. Eine Hand schoss vor und packte sie am Handgelenk. Sie roch den weingeschwängerten Atem eines Mannes, der sagte: »Was haben wir denn da?« Sie versuchte sich loszureißen, woraufhin er noch fester zugriff. »Das ist doch Madame, fast ohne Kleider.«

»Es reicht, Jeannot«, sagte eine andere Stimme. »Los, wir brauchen ein paar Kerzen.«

Jemand öffnete die Fensterläden. Von der Straße drang Fackellicht herein, kroch über die Wände. Elise hatte weitere Kerzen gebracht. Jeannot trat einen Schritt zurück und grinste anzüglich. Er trug die grobe, sackartige Kleidung des praktizierenden Sansculotte, dazu eine rote Mütze mit blau-weiß-roter Kokarde, die er sich bis über die Augenbrauen heruntergezogen hatte. Die Mütze sah so albern aus, dass Annette unter anderen Umständen laut aufgelacht hätte. Jetzt drängten sich ein halbes Dutzend Männer ins Zimmer, gafften, rieben sich fluchend die Hände. Das Volk, dachte sie. Max' geliebtes Volk.

Der Mann, der Jeannot zurückgerufen hatte, trat nun vor. Es war ein mausgesichtiger Junge in einem schäbigen schwarzen Mantel. Er hatte einige Papiere in der Hand.

»Gesundheit und Brüderlichkeit, Bürgerin. Wir kommen von der Sektion Mutius Scaevola.« Er hielt ihr das oberste Blatt unter die Nase. »Sektion Luxembourg« war durchgestrichen, daneben stand in Tinte der neue Name. »Ich habe hier« – er blätterte in seinen Unterlagen – »einen Haftbefehl für Claude Duplessis, Beamter im Ruhestand, wohnhaft unter dieser Anschrift.«

»Das ist doch idiotisch«, sagte Annette. »Das muss ein Irrtum sein. Ein Haftbefehl wegen was?«

»Konspiration, Bürgerin. Wir haben Anweisung, die Räumlichkeiten zu durchsuchen und jegliche verdächtigen Papiere zu beschlagnahmen.«

»Wie können Sie es wagen, um diese Uhrzeit hier zu erscheinen –«

»Wenn Père Duchesne einen seiner gewaltigen Zornesanfälle hat«, sagte einer der Männer, »wartet man nicht auf den Sonnenaufgang.«

»Père Duchesne? Ah, verstehe. Sie meinen, Hébert wagt es nicht, direkt gegen Camille vorzugehen, deshalb schickt er Sie und Ihre Bagage, damit Sie Camilles Familie terrorisieren. Geben Sie mir die Papiere. Ich möchte den Haftbefehl sehen.«

Sie griff nach den Papieren. Der Schriftführer wich zurück. Einer der Sansculotten packte ihren ausgestreckten Arm und zog ihr mit der anderen Hand das Umschlagtuch weg, sodass ihre Brüste halb entblößt waren. Sie nahm alle Kraft zusammen, entwand sich ihm und zog sich das Umschlagtuch bis zum Kinn hoch. Sie zitterte, allerdings – was die Männer hoffentlich merkten – weniger vor Angst als vor Zorn. »Sind Sie Duplessis?«, fragte der Schriftführer jetzt über ihre Schulter hinweg.

Claude hatte sich in aller Eile ankleiden können. Er wirkte benommen, doch aus dem Zimmer hinter ihm drang leichter Brandgeruch. »Sie haben nach mir gefragt?« Seine Stimme bebte leicht.

Der Schriftführer schwenkte den Haftbefehl. »Beeilen Sie sich. Wir können nicht ewig hier herumstehen. Diese Bürger wollen die Hausdurchsuchung hinter sich bringen, damit sie endlich zu ihrem Frühstück kommen.«

»Das haben sie sich ja nun wahrlich auch verdient«, sagte Claude. »Schließlich haben sie eine beträchtliche Anstrengung unternommen, um einen friedlichen Haushalt aus dem Schlaf zu reißen und meine Frau und meine Bediensteten zu Tode zu erschrecken. Wo gedenken Sie mich hinzubringen?«

»Packen Sie ein paar Sachen«, sagte der Schriftführer. »Aber flott.«

Claude nickte ihm gemessen zu. Er drehte sich um.

»Claude!«, rief Annette ihm nach. »Ich liebe dich, Claude, vergiss das nie!«

Er blickte über die Schulter zu ihr zurück und nickte grimmig. Ein Chor von Anzüglichkeiten folgte ihm auf dem Weg zu seinem Zimmer, doch das Ablenkungsmanöver hatte seinen Zweck erfüllt, denn während sie noch spotteten und höhnten, schlug er die Tür zu, und sie hörte, wie sich der Schlüssel im Schloss drehte – und gleich darauf das Ächzen der Männer, die versuchten, die Tür einzudrücken.

Sie wandte sich dem Schriftführer zu: »Wie heißen Sie?«

»Das ist unwichtig.«

»Das ist es zweifelsohne, aber ich werde es herausfinden. Und Sie werden büßen. Fangen Sie mit der Hausdurchsuchung an. Sie werden nichts von Interesse finden.«

»Was sind das für Leute?«, hörte sie einen der Männer Elise fragen.

»Gottlos, Monsieur, und sehr hochnäsig.«

»Ist sie wirklich, na ja, mit Camille …?«

»Das weiß doch jeder«, sagte Elise. »Sie schließen sich stundenlang zusammen ein. Angeblich lesen sie Zeitung.«

»Und was unternimmt der Alte dagegen?«

»Einen Dreck«, sagte Elise.

Die Männer lachten. »Kann sein, dass wir dich noch einbestellen müssen«, sagte einer. »Um dich ein bisschen zu befragen. Ich wette, du hast ein paar hübsche Antworten auf Lager.« Er fingerte am Stoff ihres Nachthemdes herum, kniff sie in die Brustwarze. Sie stieß einen kleinen Schrei aus: gespieltes Entsetzen, gespielter Schmerz.

Als hätten wir von beidem ganz real nicht mehr als genug, dachte Annette. Sie fasste den Schriftführer am Arm. »Bringen Sie Ihre Leute unter Kontrolle. Oder haben Sie auch eine Vollmacht zur Belästigung meiner Hausangestellten?«

»Sie redet, als wär sie eine Schwester der Österreicherin«, bemerkte Jeannot.

»Das ist ein Skandal, und Sie können gewiss sein, dass sich der Konvent noch heute damit befassen wird.«

Jeannot spuckte Richtung Kamin, bewies jedoch erbärmliches Zielvermögen. »Anwaltspack«, sagte er. »Das soll die Revolution sein? Erst wenn die Scheißkerle alle tot sind.«

»Wenn es so weitergeht«, sagte der Schriftführer, »wird das nicht mehr lange dauern.«

Claude war wieder da, zwei Sansculotten auf den Fersen. Er hatte seinen Mantel angezogen und streifte nun, ganz geruhsam und graziös, seine neuen Handschuhe über. »Stell dir vor«, sagte er, »diese Männer haben mich beschuldigt, Papiere verbrannt zu haben. Und was noch abwegiger ist: Sie haben darauf bestanden, zwischen mir und dem Fenster Aufstellung zu nehmen. Unten vor dem Fenster steht ein Bürger mit einer Pike. Als würde ein Mann meines Alters durch das Flügelfenster im ersten Stock springen und sich so um das Vergnügen ihrer Gesellschaft bringen.« Einer der Männer fasste ihn am Arm. Claude schüttelte ihn ab. »Ich gehe allein«, sagte er. »Und jetzt gestatten Sie mir, mich von meiner Frau zu verabschieden.«

Er nahm ihre Hand, führte ihre Fingerspitzen an seine Lippen. »Nicht weinen«, sagte er. »Nicht weinen, meine Annette. Sag Camille Bescheid.«

Auf der anderen Straßenseite hielt eine glänzende neue Kutsche. Ein Augenpaar spähte hinaus, dann wurde vorsichtshalber das Rouleau heruntergezogen.

»Ausgesprochen unerfreulich«, sagte Père Duchesne, der Ofensetzer. »Wir haben die falsche Nacht gewählt, oder sind wir dem falschen

Gerücht gefolgt? Es gibt ja noch viele andere, genauso gute oder bessere Gerüchte. Es wäre das Frühaufstehen wert gewesen, Camille aus seinem bequemen, inzestuösen Bett zu zerren und zu sehen, ob er sich zu Gewalttätigkeiten hinreißen lässt. Ich hatte gehofft, wir könnten ihn wegen Ruhestörung festnehmen. Aber einen Schreck einjagen wird es ihm allemal. Hinter wem er sich wohl diesmal verstecken wird?«

Eine Stunde später war Annette in der Rue Marat. »Die ganze Wohnung haben sie auseinandergenommen«, schloss sie empört. »Und Elise – sie lässt als Hausmädchen ja nun wirklich zu wünschen übrig, aber dass meine Bediensteten von irgendwelchen Rüpeln betatscht werden, ist absolut nicht hinnehmbar. Würdest du mir ein Glas Cognac holen, Lucile? Das kann ich jetzt gebrauchen.« Als ihre Tochter draußen war, flüsterte sie: »Oh, Camille, Camille. Claude ist durchs Haus gelaufen und hat Papiere verbrannt. Ich glaube, all deine Briefe sind in Rauch aufgegangen. Entweder das, oder der Sektionsausschuss hat sie.«

»Verstehe«, sagte Camille. »Na ja, sie sind ja wohl einigermaßen züchtig.«

»Aber ich brauche sie.« Tränen standen in ihren Augen. »Es ist schrecklich, sie nicht mehr zu haben.«

Er fuhr ihr mit der Fingerspitze über die Wange. »Ich schreibe dir neue.«

»Ich brauche aber die alten, genau die! Wie kann ich Claude fragen, ob er sie verbrannt hat? Wenn er sie verbrannt hat, muss er gewusst haben, wo ich sie aufbewahre und was für Briefe das waren. Glaubst du, er hat sie gelesen?«

»Nein, Claude ist ein Ehrenmann. Im Gegensatz zu uns beiden.« Er lächelte. »Ich werde ihn fragen, Annette. Sobald wir ihn da rausgeholt haben.«

»Du siehst ja geradezu fröhlich aus, Gatte.« Lucile war mit dem Cognac zurückgekommen.

Annette blickte zu ihm auf. Stimmt, dachte sie. Er ist wirklich nicht unterzukriegen. Sie leerte ihren Cognac in einem Zug.

Camilles Rede vor dem Konvent war kurz, gut vernehmlich und alarmierend. Hier und da wurde gemurmelt, die Verwandten von Politikern könnten genauso in Verdacht geraten wie jeder andere, doch die meisten Zuhörer schienen genau zu wissen, wovon er sprach, als er schilderte, wie man in das Haus der Duplessis eingedrungen war. Sie könnten sich glücklich schätzen, sagte er, wenn ihnen so etwas noch nicht passiert sei. Aber das könne sich jederzeit ändern.

Die Abgeordneten ließen den Blick über die halbleeren Bänke schweifen und wussten, dass er recht hatte. Applaus erklang, als er das hemmungslose Wüten eines gewissen ehemaligen Theaterkartenverkäufers anprangerte, zustimmendes Gemurmel, als er das System beklagte, in dem ein so widerwärtiges Individuum gedeihen konnte. Als er ging, war Danton gerade aufgesprungen und forderte ein Ende der Verhaftungen.

In den Tuilereien: »Meine Empfehlungen an Bürger Vadier – richten Sie ihm bitte aus, der Laternenanwalt sei da.« Vadier wurde von seinen Untergebenen aus einer Sitzung des Polizeiausschusses geholt. »Wenn Sie meine Zeitung verbieten, dann kriegen Sie mich persönlich«, sagte Camille freundlich lächelnd und schubste Vadier gegen die Wand.

»Der Laternenanwalt!«, sagte Vadier. »Ich dachte, Sie bereuen das alles inzwischen?«

»Nennen Sie es Nostalgie«, sagte Camille. »Nennen Sie es Gewohnheit. Nennen Sie es, wie Sie wollen, aber seien Sie sich darüber klar, dass Sie mich nicht loswerden, ehe Sie mir nicht ein paar Fragen beantwortet haben.«

Vadier schaute verdrießlich drein und zog an seiner langen Inquisitorennase. Er schwor beim Haupt des Höchsten Wesens, dass er von der Sache nichts gewusst habe. Ja, gab er zu, es könne sein, dass die

Sektionsbeamten außer Kontrolle geraten seien, ja, es sei möglich, dass Hébert aus persönlicher Bosheit so gehandelt habe, und nein, seines Wissens liege nichts gegen Claude Duplessis, Beamter im Ruhestand, vor. Er betrachtete Camille mit unverhohlener Abscheu und beträchtlicher Besorgnis. »Was ist Hébert doch für ein Trottel«, murmelte er, während er davoneilte, »dass er Dantons Bande die Gelegenheit gibt, ihre Kraft zu erproben.«

Robespierre kam auf Camilles dringendes Ersuchen blinzelnd und gedankenversunken aus einer Sitzung des Wohlfahrtsausschusses. Er eilte zu Camille, nahm seine Hände, diktierte einem Sekretär eiligst eine Flut von Weisungen und gab zu verstehen, dass er Père Duchesne in die Hölle wünsche. Den Anwesenden fiel sein Ton auf, seine Hast, vor allem aber der Händedruck. Rasch prägten sie sich seine Miene in diesem Moment ein, um später über sie nachzusinnen, sie zu interpretieren; und sofort begannen sich angesichts einer hochgezogenen Augenbraue, eines etwas länger als sonst erwiderten Blickes, des fragenden Zuckens eines Nasenflügels beim Wittern des politischen Windes unmerklich die Loyalitäten zu verschieben. Schon am Mittag war Héberts Miene nicht mehr ganz so selbstgefällig, ja im Geiste war er auf der Flucht und blieb es, auch als Claude Duplessis längst wieder freigelassen war: blieb es, bis er einige Wochen später am frühen Morgen selbst eine Patrouille hörte und feststellen musste, dass er keine Freunde hatte.

Der neue Kalender funktionierte nicht. Im Nivôse schneite es nicht, und der Frühling begann deutlich vor dem Germinal. Unmäßig früh kam er, sodass sich alsbald die Blumenmädchen an den Straßenecken sammelten und die Näherinnen schon damit beschäftigt waren, schlichte pariotische Kleider für den Sommer '94 zu nähen.

Im Jardin du Luxembourg ließen die Bäume unzeitgemäße grüne Wimpel zwischen den Geschützgießereien flattern. Fabre d'Églantine beobachtete den Wechsel der Jahreszeiten durch das Fenster seiner

Gefängniszelle in dem nationalen Gebäude, das einst das Palais du Luxembourg gewesen war. Das nasskalte, stürmisch-grelle Wetter verschlimmerte die Schmerzen in seiner Brust. Jeden Morgen betrachtete er sich in dem Spiegel, den er sich von zu Hause hatte bringen lassen, und stellte fest, dass sein Gesicht wieder schmaler geworden war und seine Augen verdächtig glänzten, ein Glanz, der nichts mit freudigen Aussichten zu tun hatte.

Er erfuhr, dass Dantons Initiativen fruchtlos geblieben waren, dass Danton sich nicht mit Robespierre traf. Triff dich mit Robespierre, Danton, befahl er den Wänden seiner Zelle: drohe, bitte, täusche, fordere. Manchmal lag er wach und horchte, ob auf der Straße das Geschrei umherziehender Dantonisten zu vernehmen war, doch da war nur Stille. Camille und Robespierre vertragen sich wieder, erzählte ihm sein Wärter und fügte hinzu, er und seine Frau glaubten nicht, dass Camille ein Adliger sei, und Robespierre sei ein wahrer Freund der arbeitenden Bevölkerung, seine Gesundheit sei die einzige Garantie dafür, dass es weiterhin Zucker zu kaufen gebe und erschwingliches Feuerholz.

Fabre ging im Geiste durch, was er alles für Camille getan hatte; viel war es nicht. Er ließ sich seine komplette *Encyclopédie* und sein kleines elfenbeinernes Teleskop kommen und richtete sich darauf ein, sich mit ihnen die Wartezeit bis zu seinem natürlichen oder unnatürlichen Tod zu vertreiben.

Am 17. Pluviôse – es regnete nicht – sprach Robespierre zum Konvent, erläuterte die Grundlagen seiner künftigen Politik, seine Pläne für die Republik der Tugend. Als er den Saal verließ, erhob sich bestürztes Getuschel. Selbst in Anbetracht mehrerer Stunden auf der Rednertribüne wirkte er unmäßig müde; seine Lippen waren blutleer, die Augen eingesunken und von dunklen Ringen umgeben. Einige, die damals zugegen gewesen waren, erwähnten Mirabeaus Zusammenbruch. Doch zur nächsten Sitzung des Ausschusses erschien er pünktlich; sein Blick wanderte von Gesicht zu Gesicht, um zu überprüfen, wer enttäuscht war.

Am 22. Pluviôse wachte er nachts auf und rang nach Luft. Als seine Panik etwas nachließ, zwang er sich an den Schreibtisch. Doch er hatte vergessen, was er schreiben wollte, und dann wurde er von Übelkeit überwältigt und sank auf alle viere. Du wirst nicht sterben, sagte er sich, während er mühsam versuchte, die Luft aus seiner Lunge auszustoßen, du wirst nicht, sagte er mit jedem angestrengten Atemzug, sterben. Du hast das früher schon überlebt.

Als der Anfall vorbei war, befahl er sich aufzustehen. Nein, sagte sein Körper, du hast mich ans Ende gebracht, du hast mich ruiniert, ich weigere mich, so einem Herrn zu gehorchen.

Sein Kopf sank nach unten. Wenn ich liegen bliebe, dachte er, werde ich auf dem Boden einschlafen, hier an Ort und Stelle, ich werde mich erkälten, und dann ist alles aus.

Da hast du's, sagte sein Körper. Du hättest mich nicht wie einen Sklaven behandeln, mich nicht so quälen sollen mit deinem Fasten, deiner Keuschheit und dem ständigen Schlafentzug. Was machst du jetzt? Sag doch deinem Verstand, er soll dich vom Boden hochheben, sag deinem Kopf, dass er dich morgen auf den Beinen halten soll.

Er griff nach einem Stuhlbein, dann nach der Rückenlehne. Er sah zu, wie seine Hand über das Holz kroch, schlief schon halb. Seine Hand schien ihm unendlich fern. Er träumte vom Haus seines Großvaters. Wir haben keine Fässer für das frischgebraute Bier der kommenden Woche, sagte jemand. Sämtliches Holz wurde für den Bau von Gerüsten benötigt. Gerüsten oder Blutgerüsten? Besorgt tastete er in seiner Tasche nach einem Brief von Benjamin Franklin. In dem Brief stand: »Du bist ein elektrischer Apparat.«

Beim ersten Tageslicht fand ihn Eléonore. Sie und ihr Vater hielten an der Tür Wache. Souberbielle kam um acht. Er sprach sehr langsam und deutlich, wie zu einem Gehörlosen: Ich kann die Folgen nicht verantworten, sagte er, ich kann die Folgen nicht verantworten. Er nickte zum Zeichen, dass er verstanden hatte. Souberbielle beugte sich hinunter, um sein Flüstern besser zu hören. »Soll ich mein Testament aufsetzen?«

»Na, ich denke nicht«, sagte der Arzt fröhlich. »Haben Sie denn überhaupt viel zu vererben?«

Er schüttelte den Kopf, ließ die Augenlider sinken, lächelte schwach.

»Die haben nie wirklich etwas«, sagte Souberbielle. »Also, im Sinne von dieser oder jener Krankheit. Im September dachten wir, wir hätten Danton verloren. Aber so viele Jahre harter Arbeit und häufiger Angstattacken können selbst einen starken Mann ruinieren – und Bürger Robespierre ist nicht stark. Nein, natürlich stirbt er nicht. Das, was ihm fehlt, bringt niemanden um, es macht ihm nur das Leben noch schwerer. Wie lange? Er braucht Ruhe, um wirklich zu genesen, das ist das Entscheidende. Einen Monat, würde ich sagen. Wenn er dieses Zimmer früher wieder verlässt, übernehme ich keine Verantwortung.«

Einige Mitglieder des Ausschusses kamen zu Besuch. Er brauchte einen Moment, um die einzelnen Gesichter zuzuordnen, doch er wusste sofort, dass es der Ausschuss war. »Wo ist Saint-Just?«, flüsterte er. Er hatte sich angewöhnt zu flüstern. Ringen Sie nicht um Luft, hatte der Arzt gesagt. Die Ausschussmitglieder schauten einander an.

»Er hat es vergessen«, sagten sie. »Das haben Sie wohl vergessen«, sagten sie zu ihm. »Er ist an die Grenze gefahren. Er wird in zehn Tagen zurück sein.«

»Couthon? Konnte man ihn nicht die Treppe hochtragen?«

»Er ist krank«, antworteten sie. »Couthon ist auch krank.«

»Liegt er im Sterben?«

»Nein. Aber die Lähmung ist schlimmer geworden.«

»Wird er morgen wieder da sein?«

»Nein, morgen noch nicht.«

Wer wird dann das Land regieren?, fragte er sich. Saint-Just. »Danton –«, sagte er. Nicht um Atem ringen. Wenn Sie nicht darum ringen, kommt der Atem, hatte der Arzt gesagt. Er hatte sich in seiner Panik die Hand auf die Brust gelegt. Diesen Rat konnte er nicht befolgen. Er widersprach seiner gesamten Lebenserfahrung.

»Werden Sie Danton meinen Platz einnehmen lassen?«

Sie schauten einander abermals an. Robert Lindet beugte sich über ihn. »Möchten Sie das?«

Er schüttelte heftig den Kopf. Im Geiste hört er Dantons schleppende Stimme: »… widernatürliche Handlungen inmitten all der eidesstattlichen Versicherungen … Stellen Sie sich je die Frage, was Gott weggelassen hat?« Seine Augen suchten die des soliden Anwalts aus der Normandie, eines Mannes ohne Theorien, ohne Dünkel, eines Mannes, den die Masse nicht kannte. »Nicht dauerhaft«, sagte er. »Nicht um zu regieren. Keine *vertu*.«

Lindets Miene war ausdruckslos.

»Eine kleine Weile, und ihr seht mich nicht«, sagte Robespierre. »Und wieder eine kleine Weile, und ihr werdet mich sehen.«

»Wohlbekannte Worte«, sagte Collot. »Er erinnert sich nicht daran, wo er sie her hat. Keine Sorge, wir haben nicht angenommen, dass es schon Zeit für Ihre Apotheose ist.«

Lindet sagte sanft: »Ja, ja, ja.«

Robespierre schaute zu Collot hoch. Er nutzt meine Schwäche aus, dachte er. »Bitte geben Sie mir ein Blatt«, flüsterte er. Er wollte sich etwas notieren: Sobald er wieder bei Kräften war, musste Collot in die Schranken gewiesen werden.

Die Mitglieder des Ausschusses unterhielten sich sehr höflich mit Eléonore. Sie glaubten nicht unbedingt, dass Robespierre, wie Dr. Souberbielle meinte, in einem Monat wieder auf den Beinen sein würde; Eléonore begriff, dass man sie im Falle seines Todes als die Witwe Robespierre behandeln würde, so wie Simone Evrard als die Witwe Marat galt.

Die Tage verstrichen. Souberbielle erlaubte ihm, mehr Besucher zu empfangen, zu lesen, zu schreiben – aber nur private Briefe. Er durfte sich die Neuigkeiten des Tages berichten lassen, sofern sie nicht zu aufregend waren, aber die Neuigkeiten waren immer aufregend.

Saint-Just kam zurück. Wir kommen gut voran im Ausschuss, sagte er. Wir werden die Faktionen zerschlagen. Redet Danton immer noch von Friedensverhandlungen?, fragte er. Ja, sagte Saint-Just. Aber er ist der Einzige. Gute Republikaner reden vom Sieg.

Saint-Just war jetzt sechsundzwanzig Jahre alt. Ein gutaussehender, sehr energischer Mann. Er sprach in kurzen Sätzen. Sprich von der Zukunft, sagte Robespierre. Worauf er von seiner Spartanischen Republik erzählte. Um einen neuen Menschenschlag heranzuziehen, sagte er, werde man die Kinder im Alter von fünf Jahren ihren Eltern wegnehmen und sie zu Bauern, Soldaten oder Gesetzgebern machen. Auch die kleinen Mädchen?, fragte Robespierre. O nein, die sind unwichtig, die bleiben zu Hause bei ihrer Mutter.

Robespierres Hände fuhren nervös über die Bettdecke. Er dachte an seinen Patensohn einen Tag nach der Geburt, das schwankende Köpfchen von den langen Fingern seines Vaters gestützt; an seinen Patensohn vor ein paar Wochen, als er seinen Mantelkragen umklammert und eine Rede gehalten hatte. Aber er war zu schwach, um zu streiten. Man erzählte sich, Saint-Just sei jetzt mit Henriette Lebas verbunden, der Schwester von Babettes Mann Philippe. Aber das glaubte er nicht; er glaubte nicht, dass Saint-Just mit irgendwem verbunden war, wer auch immer das sein sollte.

Er wartete, bis Eléonore das Zimmer verlassen hatte. Er war wieder kräftiger. Er winkte Maurice Duplay herbei. »Ich möchte zu Camille.«

»Meinen Sie wirklich, das ist eine gute Idee?«

Duplay ließ nach ihm schicken. Eléonore schien seltsamerweise weder erfreut noch verärgert.

Als Camille kam, unterhielten sie sich nicht über Politik und auch sonst nicht über die vergangenen Jahre. Ein einziges Mal erwähnte Camille Danton, dabei wandte er den Kopf ab, seine alte Geste sturen Eigensinns. Sie redeten über die Vergangenheit, ihre gemeinsame Vergangenheit, mit der gezwungenen Fröhlichkeit von Menschen, die wissen, dass eine Leiche im Haus liegt.

Wieder allein, lag er da und träumte von der Republik der Tugend. Fünf Tage vor seiner Erkrankung hatte er ihre Grundzüge definiert. Er hatte eine Republik der Gerechtigkeit, der Gemeinschaft, der Selbstaufopferung im Sinn, sah ein freies Volk vor sich: sanft, bäuerlich und gelehrt. Das Dunkel des Aberglaubens würde aus dem Leben der Menschen geschwunden sein wie Brackwasser, das im Boden versickert. Stattdessen würde allenthalben die rationale, heitere Verehrung des Höchsten Wesens erblühen. Diese Menschen waren glücklich, ihr Herz wurde nicht von Fragen ohne Antworten, ihr Körper nicht von unerfüllbaren Begierden gepeinigt. Die Männer widmeten sich mit Ernst und Esprit den Regierungsgeschäften, sie unterwiesen ihre Kinder und aßen, was sie auf ihrem eigenen Grund und Boden angebaut hatten: schlicht und reichlich. Hunde und Katzen, die Tiere des Feldes: Sie alle wurden geachtet, so wie sie waren. Bekränzte Mädchen in Gewändern aus fließendem hellem Leinenstoff wandelten gemessen zwischen weißen Marmorsäulen umher. Er sah den dunkelgrünen Schimmer von Olivenhainen, den emailleblauen Himmel.

»Sehen Sie sich das mal an«, sagte Robert Lindet. Er entrollte eine Zeitung, und ein Stück Brot fiel heraus. »Fühlen Sie mal«, sagte er. »Probieren Sie es, bitte.«

Es zerkrümelte zwischen seinen Fingern. Roch säuerlich, modrig. »Ich dachte mir, dass Sie davon wahrscheinlich gar nichts wissen«, sagte Robert Lindet, »wenn Sie sich wie üblich von Orangen ernähren. Dieses Zeug hier gibt es im Moment reichlich, aber Sie sehen ja, was für eine Qualität das ist. Davon kann man nicht leben. Milch gibt es auch nicht, und die Ärmeren verwenden normalerweise viel Milch. Und was Fleisch angeht, können sich die Leute glücklich schätzen, wenn sie einen Suppenknochen ergattern. Die Frauen stehen ab drei Uhr morgens vor den Metzgereien an. Die Nationalgarde musste diese Woche schon mehrmals bei Schlägereien eingreifen.«

»Wenn das so weitergeht – ich weiß nicht.« Er fuhr sich mit der Hand übers Gesicht. »Unter dem alten Regime sind jedes Jahr Menschen verhungert. Wo sind die ganzen Nahrungsmittel, Lindet? Die Landwirtschaft produziert doch.«

»Danton meint, wir hätten durch die Regulierung den Handel zum Erliegen gebracht. Er sagt – zu Recht –, dass die Bauern davor zurückscheuen, ihre Produkte in die Stadt zu bringen, weil sie Angst haben, gegen irgendeine Vorschrift zu verstoßen und womöglich noch als Wucherer gelyncht zu werden. Wir requirieren, wo möglich, aber sie verstecken das Zeug, lassen es lieber verrotten. Dantons Leute behaupten, wenn wir die Regulierung aufheben würden, käme die Versorgung wieder in Gang.«

»Und was meinen Sie?«

»Die Aufwiegler in den Sektionen befürworten Regulierungen. Sie erzählen den Leuten, das sei der einzig gangbare Weg. Es ist eine verfahrene Situation.«

»Das heißt also …«

»Ich harre Ihrer Instruktionen.«

»Was sagt Hébert?«

»Entschuldigen Sie. Geben Sie mir bitte mal die Zeitung.« Er schüttelte sie aus, und Brotkrümel rieselten zu Boden. »Hier.«

»Die Schlächter, die die Sansculotten wie Hunde behandeln und ihnen nur Knochen zum Abnagen hinwerfen, sollten guillotiniert werden wie alle Feinde des gemeinen Volks.«

Robespierres Lippen kräuselten sich. »Sehr konstruktiv«, sagte er.

»Bedauerlicherweise ist die breite Masse seit '89 nicht klüger geworden. So ein Vorschlag erscheint den Leuten als Lösung.«

»Gibt es Unruhen?«

»Schon. Aber niemand fordert Freiheit. An ihren Rechten scheinen die Leute nicht mehr interessiert zu sein. Camille und die Freilassung der Verdächtigen, das waren um Weihnachten herum sehr populäre Themen. Aber jetzt geht es nur noch um die Nahrungsversorgung.«

»Das wird Hébert ausschlachten«, sagte Robespierre.

»Auch in den Waffenfabriken gibt es Unruhen und Agitation. Wir können uns Streiks nicht leisten. Die Armee ist schon jetzt schlecht ausgerüstet.«

Robespierre hob den Kopf. »Die Agitatoren müssen gefasst werden, auf der Straße, in den Fabriken, wo auch immer. Ich verstehe, dass die Leute unzufrieden sind, aber wir können jetzt nicht alles fahren lassen. Man muss sich für die Nation opfern. Langfristig wird es sich auszahlen.«

»Saint-Just und Vadier im Polizeiausschuss halten die Zügel fest in der Hand. Leider können wir« – Lindet zögerte – »gegen die wahren Unruhestifter nicht ohne eine politische Entscheidung auf höchster Ebene vorgehen.«

»Hébert.«

»Er wird einen Aufstand anzetteln, wenn es irgend geht. Die Regierung wird fallen. Lesen Sie die Zeitung. Bei den Cordeliers gibt es eine Strömung –«

»Das müssen Sie mir nicht erzählen«, sagte Robespierre, »ich weiß es nur zu gut. Der Bombast, um sich Mut zu machen, die Treffen in den Hinterzimmern. Hébert ist das einzige Gegengewicht zu Dantons Einfluss. Hier sitze ich, hilflos, und alles bricht zusammen. Wird denn das Volk dem Ausschuss nicht die Treue halten, nachdem wir es vor einer Invasion bewahrt und unser Bestes getan haben, um es mit Nahrung zu versorgen?«

»Ich hatte gehofft, Ihnen das ersparen zu können«, sagte Lindet. Er zog ein zusammengelegtes Stück Papier aus der Tasche und faltete es auf. Es war eine öffentliche Bekanntmachung, auf der die Arbeitszeiten und Löhne in staatlichen Betrieben verzeichnet waren. Die Ecken des Blattes, mit denen es an der Wand befestigt gewesen war, waren eingerissen.

Robespierre streckte die Hand danach aus. Auf dem Anschlag waren die nachgemachten Unterschriften von sechs Mitgliedern des

Wohlfahrtsausschusses zu sehen. Darunter hatte jemand in Rot gekrakelt:

KANNIBALEN. DIEBE. MÖRDER.

Robespierre ließ das Blatt aufs Bett fallen. »Wurden die Capets je so beleidigt?« Er lehnte den Kopf ans Kissen. »Es ist meine Pflicht, die Männer aufzuspüren, die diese armen Menschen irregeführt und verraten und ihnen solche bösen Gedanken in den Kopf gesetzt haben. Ich werde die Zügel der Revolution nicht mehr aus der Hand geben, das schwöre ich Ihnen.«

Als Lindet gegangen war, saß er noch lange gegen die Kissen gelehnt und sah zu, wie sich das Licht des Nachmittags wandelte, wie es über die Zimmerdecke kroch. Es dämmerte. Eléonore kam mit ein paar Kerzen herein. Sie legte ein neues Scheit ins Feuer, sammelte die losen Blätter auf, die auf dem Boden herumlagen. Sie stellte Bücher ins Regal zurück, füllte den Wasserkrug nach und zog die Vorhänge zu. Dann beugte sie sich über ihn und berührte sanft sein Gesicht. Er lächelte sie an.

»Geht es dir besser?«

»Viel besser.«

Sie ließ sich aufs Fußende des Bettes fallen, als hätte sie plötzlich alle Kraft verloren, saß zusammengesunken da, den Kopf in die Hände gebettet. »Ach je«, sagte sie, »am Anfang haben wir gedacht, du würdest sterben. Du hast wie eine Leiche ausgesehen, als wir dich auf dem Boden gefunden haben. Was wäre, wenn du wirklich sterben würdest? Keiner von uns könnte mehr weitermachen.«

»Ich bin aber nicht gestorben.« Sein Ton war freundlich und entschieden. »Und ich bin mir jetzt viel klarer darüber, was geschehen muss. Ich werde morgen in den Konvent gehen.«

Es war der 20. Ventôse, nach alter Zeitrechnung der 11. März. Dreißig Tage zuvor hatte er sich aus dem öffentlichen Leben zurückgezogen. Er fühlte sich, als wäre er in all den vergangenen Jahren von einer Schale umschlossen gewesen, durch die kaum Licht und Geräusche drangen, und als wäre diese Schale durch seine Krankheit aufgeplatzt und Gottes Hand hätte ihn herausgehoben, sauber und rein.

12. März: »Das Mandat des Ausschusses ist vom Konvent um einen weiteren Monat verlängert worden«, sagte Robert Lindet. »Es gab keine Gegenstimmen.« Er sagte das sehr förmlich, wie eine sprechende Gazette.

»Mhm«, machte Danton.

»Ja wie denn auch?« Camille sprang auf und begann im Zimmer auf und ab zu gehen. »Wie sollte es Gegenstimmen geben? Die Mitglieder des Konvents lassen sich vom Beifall des Publikums dirigieren. Und für dessen Zusammensetzung hat vermutlich der Ausschuss gesorgt.«

Lindet seufzte. »Sie haben recht. Nichts wird dem Zufall überlassen.« Sein Blick folgte Camille. »Werden Sie über Héberts Tod froh sein? Vermutlich schon.«

»Ist das jetzt ausgemachte Sache?«, fragte Danton.

»Der Club der Cordeliers fordert eine ›eintägige‹ Revolte. Hébert in seiner Zeitung ebenso. In den letzten fünf Jahren hat keine Regierung einer Revolte standgehalten.«

»Nur«, sagte Camille, »ist Robespierre nicht die Regierung.«

»So ist es. Er wird die Revolte entweder im Keim ersticken oder mit Waffengewalt niederschlagen.«

»Ein Mann der Tat«, sagte Danton und lachte.

»Das waren Sie einmal«, sagte Lindet.

Danton machte eine ausladende Armbewegung. »Ich bin die Opposition.«

»Robespierre hat Collot gedroht. Hätte Collot auch nur die geringste Sympathie für Héberts Vorgehensweise an den Tag gelegt, säße er jetzt im Gefängnis.«

»Was hat das mit mir zu tun?«

»Saint-Just bearbeitet Robespierre seit einer Woche. Sie müssen sich darüber im Klaren sein, dass Robespierre Respekt vor ihm hat – Saint-Just macht keine Fehler. Wir nehmen an, dass es langfristig wahrscheinlich zu Meinungsverschiedenheiten zwischen den beiden kommen wird, aber das ist Theorie, und die interessiert uns im Moment nicht. Saint-Justs Haltung ist: Wenn Hébert gehen muss, dann muss auch Danton gehen. Er redet immer davon, die Faktionen auszubalancieren.«

»Das würden sie nicht wagen. Ich bin keine Faktion, Lindet, ich stehe im Zentrum der Revolution.«

»Hören Sie, Danton, Saint-Just hält Sie für einen Verräter. Er sucht gezielt nach Beweisen für Ihre Kooperation mit dem Feind. Wie oft muss ich Ihnen das noch sagen? So absurd es sein mag, er glaubt daran. Er verkündet es immer wieder im Ausschuss. Und Collot und Billaud-Varennes unterstützen ihn.«

»Aber Robespierre«, sagte Camille rasch. »Auf den kommt es doch an.«

»Ich nehme an, Sie haben sich bei Ihrer letzten Begegnung mit ihm gestritten, Danton. Er wirkt, muss ich leider sagen, wie ein Mann, der versucht, sich zu einem Entschluss durchzuringen. Ich weiß nicht, was passieren müsste – gar nichts Großes wahrscheinlich. Er sagt nichts gegen Sie, aber er verteidigt Sie nicht mehr wie früher. In der Sitzung heute war er sehr still. Die anderen meinen, das liege daran, dass er noch nicht vollständig wiederhergestellt ist, aber es ist mehr als das. Er hat sich alles notiert, was gesagt wurde. War sehr aufmerksam. Wenn Hébert gestürzt wird, müssen Sie verschwinden.«

»Verschwinden?«

»Sie müssen weg von hier.«

»Ist das der beste Rat, den Sie für mich haben, Freund Lindet?«

»Ich möchte, dass Sie am Leben bleiben. Robespierre ist ein Prophet, ein Träumer – und wann, frage ich Sie, wären Propheten je geeignete

Staatsoberhäupter gewesen? Wer, wenn nicht Sie, wird die Republik aufrechterhalten, wenn er nicht mehr da ist?«

»Ein Träumer? Ein Prophet? Sehr überzeugend«, sagte Danton. »Aber wenn ich das Gefühl hätte, dass dieser bleichgesichtige Eunuch es auf mich abgesehen hat, würde ich ihm den Hals umdrehen.«

Lindet ließ sich wieder in seinen Sessel fallen. »Ich weiß nicht – Camille, können Sie es ihm begreiflich machen?«

»Hm … meine Position ist da etwas … ambivalent.«

»Das ist eine verdammt gute Beschreibung«, merkte Danton an.

»Saint-Just hat heute im Ausschuss die Stimme gegen Sie erhoben, Camille. Collot und Barère ebenfalls. Robespierre hat sie gewähren lassen und dann gesagt, Sie seien von stärkeren Persönlichkeiten in die Irre geleitet worden. Barère sagte daraufhin, sie seien es leid, das zu hören, und er habe belastendes Material vom Polizeiausschuss dabei, von Vadier. Robespierre nahm die Papiere, legte sie unter seine eigenen und stützte sich mit den Ellenbogen darauf. Dann wechselte er das Thema.«

»Macht er so was oft?«

»Erstaunlich oft.«

»Ich werde an das Volk appellieren«, sagte Danton. »Die Leute müssen doch eine Vorstellung davon haben, was für eine Art von Regierung sie wollen.«

»Hébert appelliert auch ans Volk«, sagte Lindet. »Der Ausschuss nennt das indirekte Revolte.«

»Er hat in der Revolution nicht den gleichen Stand wie ich«, sagte Danton. »Nicht einmal ansatzweise.«

»Ich glaube, das ist den Leuten inzwischen egal«, sagte Lindet. »Ihnen ist egal, wer besteht und wer untergeht, Sie oder Hébert oder Robespierre. Sie sind am Ende ihrer Kräfte. Die Gerichtsverhandlungen sind ein Zeitvertreib für sie. Besser als Theater. Das Blut dort ist echt.«

»Sie klingen, als wären Sie am Verzweifeln«, sagte Camille.

»Ach nein, Verzweiflung liegt mir fern. Ich habe einfach ein Auge auf die Nahrungsversorgung, so wie es mir der Ausschuss aufgetragen hat.«

»Sie fühlen sich dem Ausschuss verpflichtet.«

»Ja. Deshalb werde ich auch nicht noch einmal kommen.«

»Lindet, sollte ich in dieser Sache die Oberhand gewinnen, werde ich mich an Ihre guten Dienste erinnern.«

Robert Lindet nickte – ja er machte sogar eine Art scherzhafte, leicht verlegene Verbeugung. Er gehörte einer anderen Generation an; er war kein Kind der Revolution. Zäh und besonnen konzentrierte er sich darauf, von einem Tag auf den anderen zu überleben; von Montag auf Dienstag, mehr erwartete er nicht.

Wilde Reden in den Sektionen; eine kleinere Demonstration vor dem Rathaus. Am 23. Ventôse verlas Saint-Just vor dem Konvent einen Bericht, demzufolge gewisse wohlbekannte Abweichler, vom Ausland angestachelt, komplottierten, um die repräsentative Regierung zu stürzen und Paris auszuhungern. In den frühen Morgenstunden des 24. Ventôse wurden Hébert und seine Mitstreiter von der Polizei aus ihren Häusern geholt.

ROBESPIERRE: Mir ist nicht klar, welchen Zweck dieses Treffen nach Ansicht unserer Freunde erfüllen soll.

DANTON: Wie läuft die Verhandlung?

ROBESPIERRE: Problemlos. Wir hoffen, dass sie morgen abgeschlossen sein wird. Ach, oder meinen Sie vielleicht gar nicht Héberts Verhandlung? Fabre und Hérault werden in ein paar Tagen vor Gericht kommen. Das genaue Datum habe ich nicht im Kopf, aber Fouquier wird es wissen.

DANTON: Sie versuchen doch nicht, mich einzuschüchtern? So wie Sie auf den Details herumreiten.

ROBESPIERRE: Sie scheinen zu denken, dass ich etwas gegen Sie habe. Aber ich habe Sie bloß aufgefordert, von Fabre abzurücken. Leider gibt es ein paar Leute, die meinen, wenn Fabre der Prozess gemacht wird, müsste auch Ihnen der Prozess gemacht werden.

DANTON: Und was meinen Sie?

ROBESPIERRE: Ihr Verhalten in Belgien war sicher nicht über jeden Tadel erhaben. Aber meiner Ansicht nach ist der Hauptschuldige Lacroix.

DANTON: Camille –

ROBESPIERRE: Sprechen Sie mir nie wieder von Camille.

DANTON: Warum nicht?

ROBESPIERRE: Bei unserem letzten Treffen haben Sie sich abfällig über ihn geäußert. Voller Verachtung.

DANTON: Wie Sie wollen. Das Entscheidende ist, dass Sie letzten Dezember eingeräumt haben, dass der Terror abgeschwächt werden sollte, dass Unschuldige –

ROBESPIERRE: Ich mag diese emotionale Ausdrucksweise nicht. Mit »Unschuldige« meinen Sie »Menschen, die aus irgendeinem Grunde meine Zustimmung haben«. Aber das ist nicht der Maßstab. Der Maßstab ist der Gerichtsbeschluss. So betrachtet hat bisher kein Unschuldiger leiden müssen.

DANTON: Mein Gott! Ich traue meinen Ohren nicht. Er behauptet, kein Unschuldiger habe gelitten.

ROBESPIERRE: Ich hoffe, Sie kommen mir nicht wieder mit Ihren Krokodilstränen. Das ist eine Begabung, die Fabre und anderen Schauspielern zu Gesichte steht, aber nicht Ihnen.

DANTON: Ich appelliere ein letztes Mal an Sie. Sie und ich sind die Einzigen, die imstande sind, dieses Land zu regieren. Na gut, geben wir es endlich zu: Wir mögen einander nicht. Aber Sie verdächtigen mich auch nicht, genauso wenig wie ich Sie verdächtige. Es gibt Leute, die es gerne sähen, wenn wir uns gegenseitig zerstörten. Machen wir diesen Leuten das Leben schwer.

ROBESPIERRE: Nichts lieber als das. Ich missbillige Faktionen. Und ich missbillige Gewalt. Andererseits würde ich lieber den Faktionen gewaltsam ein Ende machen, als zusehen zu müssen, wie die Revolution in die falschen Hände gerät und pervertiert wird.

DANTON: Sie wollen sagen, in meine Hände?

ROBESPIERRE: Sie reden immer von Unschuld. Wo sind sie denn, all die Unschuldigen? Offenbar begegne ich ihnen nie.

DANTON: Sie haben die Unschuld vor Augen, doch was Sie sehen, ist Schuld.

ROBESPIERRE: Wenn ich Ihre Moral und Ihre Prinzipien hätte, sähe die Welt vermutlich anders für mich aus. Ich würde keine Notwendigkeit mehr sehen, noch irgendjemanden zu bestrafen. Es gäbe keine Verbrecher. Es gäbe keine Verbrechen.

DANTON: Mein Gott – ich ertrage Sie und diese Stadt nicht mehr. Ich werde mit meiner Frau und den Kindern nach Sèvres fahren. Falls Sie mich brauchen sollten, wissen Sie, wo Sie mich finden können.

SÈVRES, 22. März: 2. Germinal. »Schön, dass ihr da seid«, sagte Angélique. »Jetzt könnt ihr das wunderbare Wetter genießen.« Sie küsste ihre Enkel, musterte Louise von Kopf bis Fuß und fühlte sich bemüßigt, sie um die Taille zu fassen und zu drücken. Louise küsste sie pflichtgemäß auf die Wange. »Warum seid ihr denn nicht alle gekommen? Ich meine, auch Camille und Familie? Die Alten hätten auch mitkommen können, wir haben Platz genug.«

Louise nahm sich vor, die Beschreibung von Annette Duplessis als einer »Alten« an sie weiterzuleiten. »Wir wollten ein bisschen für uns sein«, sagte sie.

»Ach so?« Angélique zuckte die Achseln. Das war ein Wunsch, den sie nicht nachvollziehen konnte.

»Hat sich mein Freund Duplessis von seinem Martyrium erholt?«, fragte M. Charpentier.

»Ihm geht's ganz gut«, sagte Danton. »Er ist ziemlich gealtert in letzter Zeit. Aber was Wunder, mit Camille als Schwiegersohn.«

»Du hast mir durchaus auch ein paar graue Haare beschert, Georges.«

»Wie schnell die Zeit vergangen ist!«, sagte Angélique. »Ich habe Claude noch als einen attraktiven Mann in Erinnerung. Dumm, aber attraktiv.« Sie seufzte. »Ich wünschte, ich könnte die Zeit um zehn Jahre zurückdrehen. Du nicht, mein Kind?«

»Nein«, sagte Louise.

»Dann wäre sie jetzt sechs«, sagte Danton. »Aber ich wünschte, ich könnte das tun! Ich würde manches anders machen.«

»Wobei du nicht unbedingt klüger wärst als damals«, sagte seine Frau.

»Ich erinnere mich an einen Nachmittag«, sagte Charpentier, »vielleicht '86 oder '87? Da kam Duplessis ins Café, und ich lud ihn zum Abendessen ein. Er sagte: Wir ersticken in Arbeit im Schatzamt – aber sobald die momentane Krise vorbei ist, vereinbaren wir einen Termin.«

»Und?«, fragte Louise.

Charpentier schüttelte lächelnd den Kopf. »Sie waren bis heute nicht da.«

Zwei Tage später schlug das Wetter um. Es wurde grau und nasskalt. Im Haus war es zugig, die Kaminfeuer qualmten. Aus Paris kam ein stetiger Strom von Besuchern. Sie wurden rasch vorgestellt: Der Abgeordnete Soundso, Bürger Soundso von der Kommune. Dann schloss sich Danton mit ihnen ein; die Gespräche waren kurz, doch man hörte wütende, erhobene Stimmen. Die Besucher erklärten alle, sie müssten nach Paris zurück, könnten auf keinen Fall über Nacht bleiben. Sie strahlten eine grimmige Unentschlossenheit aus, ein schwankendes Draufgängertum, in denen Angélique die Vorzeichen einer Krise erkannte.

Sie ging die nötigen Fragen stellen. Ihr Schwiegersohn saß eine Weile schweigend da, ließ die breiten Schultern hängen, einen verdrießlichen Ausdruck auf dem narbigen Gesicht.

»Sie wollen«, sagte er schließlich, »dass ich zurückkomme und den starken Mann markiere. Also, ich meine … sie planen, den Konvent um mich zu scharen. Und Westermann hat mir auch geschrieben – du erinnerst dich an meinen Freund, General Westermann?«

»Ein Militärputsch.« Ihr dunkles, alterndes Gesicht fiel in sich zusammen. »Wer sind die Leidtragenden, Georges? Wer sind diesmal die Leidtragenden?«

»Genau. Das ist der Punkt. Wenn ich nicht ohne Blutvergießen das Ruder herumwerfen kann, muss es jemand anders machen. So … empfinde ich das inzwischen. Ich will keine Morde mehr vor meiner Haustür, will keine Morde auf dem Gewissen haben. Ich bin mittlerweile von nichts mehr so überzeugt, dass ich auch nur ein einziges Leben dafür aufs Spiel setzen wollte. Ist das so schwer zu verstehen?« Angélique schüttelte den Kopf. »Meine Freunde in Paris verstehen es nicht. Sie meinen, ich hätte irgendwelche absonderlichen Skrupel, das sei eine Laune oder eine Art Trägheit, eine Lähmung des Willens. Aber tatsächlich ist es einfach so, dass ich diesen Weg schon gegangen bin – und ich bin an seinem Ende angelangt.«

»Gott wird dir verzeihen, Georges«, flüsterte sie. »Ich weiß, du bist nicht gläubig, aber ich bete jeden Tag für dich und für Camille.«

»Um was betest du denn?« Er blickte zu ihr auf. »Um unseren politischen Erfolg?«

»Nein, ich … ich bitte Gott, euch gnädig zu richten.«

»Verstehe. Tja, ich bin noch nicht bereit, mich richten zu lassen. Du könntest übrigens auch Robespierre in deine Fürbitte einschließen. Wobei ich mir sicher bin, dass die beiden, öfter als wir meinen, Zwiesprache halten.«

Ein Nachmittag mit strömendem Regen, und wieder einmal kam quietschend und knarrend eine Kutsche in den schlammigen Hof gerumpelt. Im oberen Stockwerk kreischten lauthals die Kinder; Angélique war gerädert; ihr Schwiegersohn redete mit dem nassen Hund zu seinen Füßen.

Louise rieb eine beschlagene Fensterscheibe frei, um hinauszuschauen. »O nein«, hauchte sie. Mit einem mittlerweile perfektionierten verächtlichen Schwung ihres Rockes verließ sie das Zimmer.

Wasser lief an der Reisekleidung von Legendre, dem Metzger hinab,

Bäche, Flüsse, Ströme. »Was ist das für ein Wetter!«, rief er aus. »Sechs Schritte, und ich bin kurz davor, abzusaufen.«

»Mach mir keine Hoffnungen«, sagte die tropfende Gestalt hinter ihm.

Legendre wandte sich um und machte – heiser, prustend, rosig – seinem Reisegefährten ein Kompliment: »Du siehst aus wie eine Ratte«, sagte er.

Angélique nahm sein Gesicht in beide Hände. Sie flüsterte irgendetwas Bedeutungsloses oder vielleicht auch Italienisches, atmete den Geruch der feuchten Wolle ein. »Ich weiß nicht, was ich ihm sagen werde«, flüsterte er, von einer Art Horror erfasst. Sie umfasste seine Schultern, schmiegte die Wange an seine triefnassen schwarzen Locken, und plötzlich sah sie lebhaft vor sich, wie das Sonnenlicht schräg auf die kleinen Marmortische fiel, hörte das Klappern und Klirren von Tassen, roch den Duft frischgebrauten Kaffees und den zarten Geruch gepuderten Haars. Leicht schwankend standen sie da, klammerten sich, von Furcht gebannt, aneinander fest und sahen sich in die Augen, während die bleigrauen Wolken dahintrieben und der sintflutartige Regen sie umhüllte wie ein Leichentuch.

Drinnen setzte sich Legendre schwerfällig hin. »Bitte glaubt mir«, sagte er, »dass Camille und ich nicht ohne Grund zusammen so eine Landpartie unternehmen. Ich bin gekommen, um etwas zu sagen, und das werde ich jetzt sagen. Ich bin kein gebildeter Mann –«

»Was er nicht müde wird, uns zu erzählen«, sagte Camille. »Er glaubt, das noch nicht hinlänglich vermittelt zu haben.«

»Diese Sache jetzt müssen wir direkt angehen – nicht hübsch verpackt als etwas, was mal irgendeinem römischen Kaiser passiert ist.«

»Dann leg mal los«, sagte Danton. »Das muss ja eine interessante Fahrt gewesen sein.«

»Robespierre hat es auf dich abgesehen.«

Danton stand vor dem Kamin, die Hände hinter dem Rücken verschränkt. Er grinste.

Camille zog eine Namensliste aus der Tasche und reichte sie ihm. »Das sind die vom 4. Germinal«, sagte er. »Dreizehn Hinrichtungen insgesamt. Die Führung der Cordeliers, Héraults Freund Proli, ein paar Bankiers und natürlich Père Duchesne. Man hätte ein paar seiner Öfen vor ihm hermarschieren lassen sollen, das hätte eine hübsche Karnevalsprozession gegeben. Er hatte keinen seiner gewaltigen Zornesanfälle, als er starb. Er hat geschrien wie am Spieß.«

»Das würdest du vermutlich auch tun«, sagte Legendre.

»Ja, ganz bestimmt«, sagte Camille kühl. »Bloß wird man mir nicht den Kopf abschneiden.«

»Sie haben zusammen zu Abend gegessen«, sagte Legendre bedeutungsvoll.

»Du hast mit Robespierre zu Abend gegessen?« Camille nickte. »Gut gemacht«, sagte Danton. »Ich glaube, ich würde in Anwesenheit dieses Mannes keinen Bissen herunterkriegen. Und wenn, würde mir alles wieder hochkommen.«

»Ach, übrigens«, sagte Camille. »Wusstest du, dass Chabot versucht hat, sich zu vergiften? Jedenfalls glauben wir das.«

»Er hatte ein Fläschchen von Charras und Duchatelle, den Apothekern, in seiner Zelle«, sagte Legendre. »Auf dem stand ›Nur zur äußerlichen Anwendung‹. Also hat er das Zeug getrunken.«

»Wobei Chabot alles trinken würde«, sagte Camille.

»Heißt das, er hat überlebt? Hat er es vermasselt?«

»Hör zu«, sagte Legendre. »Du kannst es dir nicht leisten, hier herumzustehen und dir ins Fäustchen zu lachen. Dafür ist die Zeit zu knapp. Saint-Just bearbeitet Robespierre Tag und Nacht.«

»Was will er mir denn anhängen?«

»Alles und nichts. Alles von der Unterstützung Orléans' bis hin zu dem Versuch, Brissot und die Königin zu retten.«

»Das Übliche also«, sagte Danton. »Und dein Rat?«

»Letzte Woche hätte ich gesagt, biete ihnen die Stirn, kämpfe. Aber jetzt sage ich, rette deinen Kopf. Verschwinde, solange es noch geht.«

»Camille?«

Camille schaute unglücklich drein. »Unser Treffen ist ganz friedlich verlaufen. Er war sehr freundlich. Er hat sogar ein bisschen zu viel getrunken. Das macht er nur, wenn er … wenn er seine innere Stimme zum Verstummen bringen will, auch wenn das jetzt vielleicht abgehoben klingt. Ich habe ihn gefragt: Warum willst du nicht über Danton reden? Da hat er sich an die Stirn getippt und gesagt: Der Fall ist noch nicht entschieden.« Camille wandte den Kopf ab. »Vielleicht solltest du ins Ausland gehen.«

»Ins Ausland? O nein. 1791 hast du in Fontenay im Garten gestanden und mich ausgescholten, als ich dir gesagt habe, dass ich nach England gehe.« Er schüttelte den Kopf. »Das hier ist mein Land. Hier bleibe ich. Man nimmt sein Vaterland nicht an den Schuhsohlen mit.«

In den Kaminen pfiff und heulte der Wind; Hunde bellten einander von einem Bauernhof zum anderen zu. »Nachdem du so viel über die Nachwelt geredet hast«, murmelte Camille, »scheinst du jetzt direkt mit ihr zu sprechen.« Der Regen ließ nach, fiel nun als durchdringendes graues Geniesel auf Haus und Feld.

In Paris werden die Straßenlaternen angezündet, ihr Licht scheint durch den Regen hindurch, verschwommen, diffus. Saint-Just sitzt bei schlechter Beleuchtung an einem kärglichen Kaminfeuer. Aber schließlich ist er Spartaner, und Spartaner brauchen keinen häuslichen Komfort. Er hat seinen Bericht begonnen, seine Liste von Anklagen; wenn Robespierre sie jetzt sähe, würde er sie zerreißen, aber in ein paar Tagen wird sie genau das sein, was er braucht.

Manchmal hört er auf zu schreiben, blickt flüchtig über die Schulter. Ihm ist, als wäre jemand hinter ihm ins Zimmer getreten, doch wenn er es sich erlaubt nachzusehen, ist da nichts. Es ist mein Schicksal, denkt er, das in den Schatten Gestalt annimmt. Es ist der Schutzengel, den ich früher hatte, damals in meiner Kindheit. Es ist Camille Desmoulins, der mir über die Schulter blickt und sich über meine

Grammatik lustig macht. Er hält inne. Es gibt keine lebendigen Geister, denkt er. Er nimmt sich zusammen. Beugt sich über seine Arbeit.

Die Feder kratzt. Seine seltsam geformten Buchstaben graben sich in das Papier. Seine Handschrift ist winzig. Er bringt sehr viele Wörter auf einer Seite unter.

13. Bedingte Absolution

(1794)

COUR DU COMMERCE: 31. März, 20. Germinal. »Marat?« Das schwarze Bündel bewegte sich ein ganz klein wenig. »Verzeihung.« Danton fasste sich an den Kopf. »Das war dumm.«

Er ging zu einem Stuhl, außerstande, den Blick von dem wandelnden Elend zu lösen, zu dem Bürgerin Albertine geworden war. Ihr Aufzug war trostlos, eine Ansammlung von Tüchern und Schals, die keiner Mode, keinem Stil gleich welcher vergangenen oder künftigen Zeit entsprachen. Sie redete mit fremdländischem Akzent, der jedoch keinem Land auf dieser Erde zuzuordnen war.

»In gewisser Weise«, sagte sie, »haben Sie durchaus recht.« Sie hob eine skelettartige Hand und legte sie auf eine Stelle zwischen ihren Hüllen, wo vermutlich ihr Herz schlug. »Ich trage meinen Bruder jetzt hier«, sagte sie. »Wir sind auf immer vereint.«

Einen Moment lang brachte er kein Wort über die Lippen. »Wie kann ich Ihnen helfen?«, fragte er schließlich.

»Wir sind nicht um Hilfe gekommen.« Eine trockene Stimme, knochentrocken. Sie schwieg einen Augenblick, wie um zu horchen. »Schlagen Sie jetzt zu«, sagte sie dann.

»Wie meinen –?«

»Er ist gerade im Nationalkonvent. Robespierre.«

»Ich finde doch schon so keine Ruhe mehr.« Er stand auf, stolperte durchs Zimmer. Eine abergläubische Angst erfasste ihn, durch seine eigenen Worte ausgelöst. »Ich kann seinen Tod nicht auf mich nehmen.«

»Er oder Sie, Danton. Gehen Sie in den Konvent, jetzt sofort. Sie müssen den Patrioten in Aktion erleben. Sie müssen sich ein Bild von seiner Stimmung machen und sich auf einen Kampf vorbereiten.«

»Also gut, ich werde hingehen. Ihnen zuliebe. Aber ich glaube, Sie irren, Bürgerin, ich glaube, weder Robespierre noch sonstwer im Ausschuss würde es wagen, gegen mich vorzugehen.«

»Sie glauben, die würden es nicht wagen.« Höhnisch. Sie näherte sich ihm, hob ihr gelbes Gesicht mit den breiten Lippen. »Sie kennen mich?«, fragte sie. »Sagen Sie mir, Bürger, wann haben wir je geirrt?«

RUE HONORÉ: »Du verschwendest meine Zeit«, sagte Robespierre. »Ich habe dir vor der Sitzung des Konvents gesagt, was ich vorhabe. Die Dokumente für Hébert und Fabre sind beim Öffentlichen Ankläger. Du kannst Haftbefehle für die Abgeordneten Philippeaux und Lacroix ausstellen. Aber sonst für niemanden.«

Saint-Justs Stimme ließ das kleine Wohnzimmer erbeben. Seine Faust sauste auf einen Tisch nieder. »Wenn Danton auf freiem Fuß bleibt, sitzt morgen du hinter Schloss und Riegel. Und dann wird es keine Woche dauern, bis du einen Kopf kürzer bist.«

»Hör auf, bitte. Beruhige dich. Ich kenne Danton. Er ist immer ein vorsichtiger Mensch gewesen, er wägt ab. Er wird nichts tun, sofern er sich nicht genötigt fühlt zu handeln. Er weiß sicher, dass du belastendes Material gegen ihn sammelst. Und er bereitet sich zweifellos darauf vor, es zu widerlegen.«

»Ja – mit Waffengewalt. Das ist seine Vorstellung vom Widerlegen. Frag Philippe Lebas. Frag den Polizeiausschuss. Frag jeden Patrioten im Jakobinerclub, sie werden dir alle das Gleiche sagen.« Ein kräftiges Rot war auf seiner makellosen weißen Haut aufgeflammt, und seine dunklen Augen leuchteten. Ihm macht das Spaß, dachte Robespierre angewidert. »Danton ist ein Verräter an der Republik, er ist ein Mörder, er hat nie Kompromisse gemacht. Wenn wir nicht sofort handeln, wird keiner von uns mehr übrig sein, um sich ihm entgegenzustellen.«

»Du widersprichst dir. Erst sagst du, er sei nie ein Republikaner gewesen, sei von Lafayette bis Brissot jedem Konterrevolutionär gefällig gewesen. Und dann sagst du, er sei nie Kompromisse eingegangen.«

»Das sind Spitzfindigkeiten. Bist du denn der Ansicht, dass Danton in der Republik auf freiem Fuß sein sollte?«

Robespierre senkte den Blick, überlegte. Er begriff das Wesen der Republik, von der Saint-Just sprach. Es war nicht die Republik, die von Rhein und Pyrenäen begrenzt wurde, sondern die Republik des Geistes, nicht die Stadt von Stein und Fleisch, sondern eine Hochburg der Tugend, das Reich der Gerechten. »Ich bin mir nicht sicher«, sagte er. »Ich kann mich nicht entscheiden.« Von der Wand betrachtete ihn abschätzend sein eigenes Gesicht. Er wandte sich um. »Philippe?«

Philippe Lebas stand in der Tür, die das kleine Wohnzimmer mit dem größeren Salon der Duplays verband. »Es gibt da etwas, das Ihnen bei der Entscheidung helfen könnte«, sagte er.

»Irgendetwas von Vadier«, sagte Robespierre skeptisch. »Vom Polizeiausschuss.«

»Nein, von Babette.«

»Von Babette? Ist sie hier? Ich kann Ihnen nicht folgen.«

»Kommen Sie mal einen Moment herüber? Es wird nicht lange dauern.« Robespierre zögerte. »Herrje«, sagte Philippe erregt. »Sie wollten wissen, ob Danton es wert ist, am Leben zu bleiben. Saint-Just, kommen Sie?«

»Also gut«, sagte Robespierre. »Aber eigentlich ziehe ich es vor, solche Diskussionen nicht bei mir zu Hause zu führen.«

Die ganze Familie Duplay war im Salon versammelt. Er sah sich um. Es lag eine solche Spannung in der Luft, dass er Gänsehaut bekam. »Was hat das zu bedeuten?«, fragte er sanft. »Ich verstehe das nicht.«

Niemand sagte etwas. Babette saß allein an dem großen Tisch, wie vor einem Ausschuss. Er beugte sich hinunter und küsste sie auf die Stirn. »Wenn ich gewusst hätte, dass du da bist, hätte ich diese alberne Diskussion viel früher beendet. Also?«

Niemand ergriff das Wort. Da er nicht wusste, was er sonst tun sollte, zog er einen Stuhl heran und setzte sich neben Babette an den Tisch. Sie gab ihm ihre kleine weiche Hand. Babette war im fünften oder sechsten Monat schwanger, rundlich, hübsch und rosig. Sie war nur einige Monate älter als Dantons Kinderbraut, und er konnte sie nicht ansehen, ohne von Angst erfasst zu werden.

Maurice saß auf einem Hocker vor dem Kamin, den Kopf gesenkt, als hätte er etwas Demütigendes zu hören bekommen. Doch nun räusperte er sich, blickte auf und sagte: »Sie sind wie ein Sohn für uns.«

»Ach, bitte.« Robespierre lächelte, drückte Babettes Hand. »Mir kommt das hier langsam vor wie der dritte Akt in einem fürchterlichen Drama.«

»Für das Mädchen ist es ein Martyrium«, sagte Duplay.

»Schon gut«, sagte Elisabeth. Sie ließ den Kopf sinken, errötete. Ihre porzellanblauen Augen waren von den Lidern halb verdeckt. Saint-Just lehnte sich gegen die Wand, ebenfalls mit halb geschlossenen Augen.

Philippe Lebas nahm seinen Platz hinter Babettes Stuhl ein. Er schlang die Finger fest um die Lehne. Robespierre blickte zu ihm auf. »Was hat das alles zu bedeuten, Bürger?«

»Sie haben über den Charakter von Bürger Danton diskutiert«, sagte Babette. »Ich verstehe nichts von Politik, es ist keine Domäne der Frauen.«

»Wenn du dich äußern möchtest, tu es bitte. Meiner Ansicht nach besitzen Frauen das gleiche Urteilsvermögen wie Männer.« Er bedachte Saint-Just mit einem gehässigen, herausfordernden Blick. Saint-Just lächelte träge.

»Ich dachte, Sie wüssten vielleicht gern, was mir passiert ist.«

»Wann?«

»Lassen Sie sie es auf ihre Weise erzählen«, sagte Duplay.

Babette entzog ihm ihre Hand. Sie verschränkte die Finger auf der polierten Tischplatte, in der sich ihr Gesicht undeutlich spiegelte, und begann: »Sie erinnern sich, dass ich letzten Herbst nach Sèvres gefahren bin? Mutter fand, dass ich ein bisschen frische Luft gebrauchen könnte, und schickte mich zu Bürgerin Panis.«

Bürgerin Panis: die achtbare Gattin des Pariser Abgeordneten Etienne Panis, eines braven Montagnards, der sich am 10. August beim Sturz der Monarchen sehr verdient gemacht hatte.

»Ja, ich erinnere mich«, sagte Robespierre. »Allerdings nicht mehr an das genaue Datum – wann war es, Oktober, November?«

»Ja. Na ja, Bürger Danton war damals auch dort, mit Louise. Ich dachte, es wäre schön, Louise mal zu besuchen. Sie ist ungefähr so alt wie ich, und ich dachte, sie ist vielleicht einsam und würde gern mit jemandem reden. Wissen Sie, ich hatte mir Gedanken darüber gemacht, dass sie doch einiges hinnehmen muss.«

»Was denn?«

»Na ja, manche Leute sagen, er hat sie aus Liebe geheiratet, aber andere behaupten, er hat sie geheiratet, weil sie bereit war, sich um seine Kinder zu kümmern und ihm den Haushalt zu führen, während er mit Bürgerin Desmoulins beschäftigt war. Wobei die meisten Leute ja sagen, dass die Bürgerin General Dillon am liebsten mag.«

»Bleib beim Thema, Babette«, sagte Duplay.

»Also bin ich zu ihr gegangen, aber sie war nicht zu Hause. Dafür war Bürger Danton da. Er kann sehr … na ja, sehr nett sein, sehr charmant. Er hat mir ein bisschen leid getan – es kam mir vor, als wäre er derjenige, der jemanden zum Reden brauchte, und ich dachte, vielleicht ist Louise nicht besonders intelligent. Er hat gesagt, ich soll bleiben und ihm ein bisschen Gesellschaft leisten.«

»Ihr war nicht klar, dass sie allein im Haus waren«, sagte Duplay.

»Nein, natürlich nicht – woher hätte ich das wissen sollen? Wir haben uns über dies und das unterhalten. Ich hatte natürlich keine Ahnung, wo das hinführen würde.«

»Und wohin führte es?« Robespierre klang ein wenig ungeduldig.

Sie sah zu ihm hinüber. »Seien Sie nicht böse auf mich.«

»Aber nein – ich bin nicht böse. Habe ich so geklungen? Das tut mir leid. Also: Danton hat im Laufe eurer Unterhaltung etwas gesagt, was du meinst, melden zu müssen. Du bist ein braves Mädchen und tust, was du für deine Pflicht hältst. Das wird dir niemand verübeln. Sag mir, was er gesagt hat – und dann werde ich sehen, welches Gewicht ich seinen Worten beimesse.«

»Ach je, ach je«, sagte Mme Duplay matt. »Er ist so ein guter Mensch. Er hat keine Ahnung, was auf dieser Welt alles passiert.«

Er quittierte die Unterbrechung mit einem bösen Blick. »Also, Babette.« Er nahm wieder ihre Hand, oder nein: Er berührte ihren Handrücken mit den Fingerspitzen.

»Los, Babette«, sagte ihr Mann, gröber, als ihm lieb war. »Erzähl ihm, was passiert ist.«

»Ach, er hat den Arm um mich gelegt. Ich wollte kein Theater machen – man muss ja irgendwann erwachsen werden, und überhaupt – er hat die Hand in mein Kleid geschoben, aber ich dachte, na ja, man hat ihn ja schon in der ehrenwertesten Gesellschaft gesehen, also … Ich meine, was er mit Bürgerin Desmoulins gemacht hat – ich habe Leute erzählen hören, dass er mehr oder weniger über sie hergefallen ist, in aller Öffentlichkeit, aber natürlich ist das unbedeutend, weil er ja nicht bis zum Letzten geht. Trotzdem hab ich mit aller Kraft versucht, mich loszureißen. Aber er ist sehr stark, das wissen Sie ja, und was er für Wörter gesagt hat – ich kann das nicht wiederholen –«

»Ich denke, das musst du.« Robespierres Stimme war kalt wie Eis.

»Also, er hat gesagt, er wollte mir zeigen, um wie viel besser es mit einem Mann ist, der Erfahrung mit den Frauen hat, als mit so einem hochgesinnten, jungfräulichen Robespierre-Jünger – und dann hat er versucht –« Sie hielt sich die verschränkten Finger vors Gesicht. Ihre Stimme drang kaum hörbar dahinter hervor. »Ich habe mich natürlich gewehrt. Er hat gesagt, deine Schwester Eléonore ist nicht so moralisch. Die weiß genau, was wir Republikaner wollen. Ich glaube, da bin ich dann ohnmächtig geworden.«

»Das sollte ja wohl reichen?«, sagte Lebas. Er trat zur Seite und legte die Hände nun auf Robespierres Stuhllehne, sodass er auf dessen Nacken hinunterblickte.

»Stellen Sie sich nicht so hinter mich«, sagte Robespierre scharf. Doch Lebas rührte sich nicht vom Fleck. Robespierre sah sich im Zimmer um, auf der Suche nach einer Ecke, einem Winkel, wo er das Gesicht hinwenden konnte, während er um Fassung rang. Doch von überallher starrten ihn Duplays an. »Wann bist du wieder zu dir gekommen?«, fragte er also. »Und wo warst du?«

»Im selben Zimmer«, sagte sie mit bebender Stimme. »Meine Kleider waren in Unordnung, mein Rock –«

»Ja«, sagte Robespierre. »Wir brauchen keine Einzelheiten.«

»Außer mir war niemand im Zimmer. Als ich mich wieder gefasst hatte, bin ich aufgestanden und habe mich umgesehen. Es war niemand da, also bin ich zur Haustür hinausgerannt.«

»Du willst mir – nur um das klarzustellen – du willst mir also sagen, dass Danton dich vergewaltigt hat?«

»Ich habe mich gewehrt, solange ich konnte.« Sie begann zu weinen.

»Und was ist dann passiert?«

»Dann?«

»Ich nehme an, du bist nach Hause gegangen. Was hat Panis' Frau gesagt?«

Sie hob das Gesicht. Eine perfekte Träne rollte ihre Wange hinunter. »Sie hat gesagt, dass ich auf keinen Fall irgendjemand anderem davon erzählen soll. Weil es dann fürchterlichen Ärger gäbe.«

»Und daran hast du dich gehalten.«

»Ja, bis jetzt. Ich dachte, ich müsste –« Sie brach erneut in Tränen aus. Ganz unerwartet stieß sich Saint-Just von der Wand ab, beugte sich über sie und tätschelte ihr den Kopf.

»Babette«, sagte Robespierre. »Nicht weinen, komm, hör mir zu. Wo waren Dantons Dienstboten, als das passiert ist? Er ist ein Mann, der nicht ohne Dienstboten auskommt, irgendjemand muss doch im Haus gewesen sein?«

»Ich weiß es nicht. Ich habe geschrien und gebrüllt, aber es ist niemand gekommen.«

Mme Duplay ergriff das Wort. Sie hatte die ganze Zeit geschwiegen und große Geduld bewiesen, und jetzt sagte sie zögernd: »Wissen Sie, Maximilien, was da passiert ist, ist ja schon schlimm genug, aber es gibt noch ein weiteres Problem –«

»Ich bin mir sicher, dass er eins und eins zusammenzählen kann«, sagte Saint-Just.

Es dauerte einen Augenblick, bis er begriff. »Das heißt, Babette … du hast damals noch nicht gewusst –«

»Nein.« Sie ließ den Kopf wieder sinken. »Wie kann ich es wissen? Vielleicht hatte ich schon empfangen – ich weiß es einfach nicht. Ich hoffe es natürlich. Ich hoffe, dass ich nicht mit seinem Kind schwanger bin.«

Nun hatte sie es ausgesprochen – den Gedanken hatten sie alle schon gehabt, aber nun, da er laut ausgesprochen war, stockte ihnen vor Entsetzen der Atem.

Nur er, Robespierre, übte sich in Selbstbeherrschung. Es war jetzt wichtig, der Versuchung zu widerstehen: der Versuchung, wie ein Bettler in das erleuchtete Schaufenster der Gefühle zu schauen. »Hör mal, Babette«, sagte er. »Was ich dich jetzt frage, ist sehr wichtig. Hat dir irgendjemand gesagt, dass du mir diese Geschichte heute erzählen sollst?«

»Nein, wie denn? Bis heute wusste doch niemand davon.«

»Weißt du, Elisabeth, wenn wir jetzt in einem Gerichtssaal wären, dann – dann würde ich dir eine Menge Fragen stellen.«

»Sie sind aber nicht in einem Gerichtssaal«, sagte Duplay, »sondern im Kreis Ihrer Familie. Ich habe Ihnen vor drei Jahren auf der Straße das Leben gerettet, und seit damals sorgen wir für Sie wie für unser eigenes Kind. Und für Ihre Schwester und Ihren Bruder Augustin – Sie waren Waisen und hatten nur einander, und wir haben unser Bestes getan, um Ihnen alles zu sein.«

»Ja.« In die Schranken gewiesen, setzte er sich ans Kopfende des Tisches, Elisabeth gegenüber. Mme Duplay streifte ihn leicht, als sie an ihm vorbei zu ihrer Tochter ging und sie in den Arm nahm. Elisabeth begann zu schluchzen, ein Geräusch, das ihm durch Mark und Bein ging.

Saint-Just räusperte sich. »Es tut mir leid, dich jetzt hier loseisen zu müssen, aber in einer Stunde findet ein Treffen zwischen unserem Ausschuss und dem Polizeiausschuss statt. Ich habe einen vorläufigen Bericht zu Danton verfasst, aber er muss noch ergänzt werden. »

»Duplay«, sagte Robespierre, »Sie werden verstehen, dass diese Angelegenheit nicht vor Gericht verhandelt werden kann. Das ist auch nicht nötig – angesichts der sonstigen Anklagen ist diese Sache vergleichsweise trivial. Sie werden bei dem Prozess gegen Danton nicht in der Jury sitzen. Ich werde Fouquier sagen, dass er Sie freistellen soll. Es wäre nicht gerecht.« Er schüttelte den Kopf. »Nein, es wäre nicht richtig.«

»Bevor wir aufbrechen«, sagte Saint-Just, »– würdest du vielleicht hochgehen und deine Notizbücher holen?«

DIE TUILERIEN, acht Uhr abends: »Ich werde ganz offen mit Ihnen sprechen, Bürger«, sagte der Inquisitor. Robespierre wandte seine Aufmerksamkeit von Vadiers langem fahlem Gesicht auf dessen eigenartige Finger, die auf dem grün bezogenen ovalen Tisch wie besessen Papiere hin- und herschoben. »Ich werde offen mit Ihnen sprechen, und zwar im Namen Ihrer Kollegen sowie meiner Kollegen aus dem Polizeiausschuss.«

»Ich höre.« Sein Kiefer war angespannt. Seine Brust schmerzte. Er hatte Blut im Mund. Er wusste, was sie von ihm wollten.

»Sie werden mir zustimmen«, sagte Vadier, »dass Danton ein mächtiger und einfallsreicher Mann ist.«

»Ja.«

»Und ein Verräter.«

»Warum fragen Sie mich das? Das Tribunal wird entscheiden, was er ist.«

»Aber schon der Prozess an sich ist eine gefährliche Angelegenheit.«

»Ja.«

»Weshalb Vorkehrungen getroffen werden müssen.«

»Ja.«

»Und jeglicher Aspekt, der den Verlauf des Prozesses negativ beeinflussen könnte, muss berücksichtigt werden.«

Vadier interpretierte sein Schweigen als Zustimmung. Die Finger des Inquisitors krümmten sich ganz langsam, wie primitive Lebewesen. Sie formten eine Faust. Die Faust hieb auf den Tisch. »Wie können Sie dann von uns erwarten, dass wir diesen aristokratischen Journalisten weiter frei herumlaufen lassen? Wenn Danton seit '89 einen verräterischen Kurs verfolgt, wie können Sie dann seinen engsten Gefährten entlasten? Vor der Revolution waren der Verräter Brissot und der Verräter d'Églantine seine Freunde. Nein, lassen Sie mich ausreden. Er ist nicht mit Mirabeau bekannt – und plötzlich zieht er bei ihm in Versailles ein. Monatelang – in genau den Monaten, in denen Mirabeau seinen Verrat plante – war er stets an seiner Seite. Er ist mittellos, unbekannt – und plötzlich diniert er Abend für Abend mit Orléans. Er war während Dantons Amtszeit als verräterisch gesinnter Justizminister dessen Staatssekretär. Er ist ein reicher Mann oder lebt zumindest wie einer – und sein Privatleben ist absolut indiskutabel.«

»Ja«, sagte Robespierre. »Und er hat am 12. Juli das Volk angeführt. Er hat das Fanal zum Aufstand gesetzt, und daraufhin ist die Bastille gefallen.«

»Wie können Sie diesen Mann entlasten?«, schrie Vadier ihn an. »Eine einzelne Person, zu der das irregeleitete Volk womöglich eine – eine emotionale Bindung hat?« Er schnaubte empört. »Und Sie meinen, er könnte auf freiem Fuß bleiben, während sein Freund Danton vor Gericht steht? Nur weil er sich vor fünf Jahren hat bestechen lassen, zu den Massen zu sprechen?«

»Nein, nicht deshalb«, sagte Saint-Just sanft. »Sondern weil er selbst eine emotionale Bindung zu ihm hat. Er stellt seine persönlichen Gefühle anscheinend über das Wohl der Republik.«

»Camille hält Sie schon viel zu lange zum Narren«, sagte Billaud.

Robespierre blickte auf: »Das ist Verleumdung, Saint-Just. Ich stelle nichts über das Wohl der Republik. Dazu wäre ich gar nicht imstande.«

»Lassen Sie mich eins sagen.« Vadiers gelbe Finger streckten sich wieder. »Niemand, nicht einmal der bewundernswerte, patriotische Robespierre, darf sich gegen den Willen des Volkes stellen. Wir sind alle gegen Sie. Sie sind allein. Sie müssen sich der Mehrheit beugen, sonst ist hier und jetzt, an Ort und Stelle, Ihre Karriere an ihrem Ende angelangt.«

»Bürger Vadier«, sagte Saint-Just, »unterzeichnen Sie den Haftbefehl und lassen Sie ihn herumgehen.«

Vadier griff nach einem Federhalter. Doch Billauds Hand schoss vor wie eine Schlange aus ihrem Loch, schnappte das Dokument und unterschrieb schwungvoll.

»Er wollte der Erste sein«, erklärte sein Freund Collot.

»War Danton so ein tyrannischer Dienstherr?«, fragte Robert Lindet.

Vadier zog das Blatt wieder zu sich, unterzeichnete und schob es über den Tisch. »Rühl?«

Rühl vom Polizeiausschuss schüttelte den Kopf.

»Er ist senil«, meinte Collot. »Er sollte aus der Regierung entlassen werden.«

»Vielleicht ist er bloß schwerhörig.« Billaud klopfte mit dem Zeigefinger auf das Blatt. »Unterschreiben Sie, alter Mann.«

»Nur weil ich alt bin, wie Sie sagen, lasse ich mich noch lange nicht von Ihnen einschüchtern, auch wenn Sie mir mit dem Ende meiner Karriere drohen. Ich halte Danton nicht für einen Verräter. Deshalb unterschreibe ich nicht.«

»Ihre Karriere ist vielleicht schneller zu Ende, als Sie denken.«

»Das ist mir einerlei«, sagte Rühl.

»Dann reichen Sie das Blatt weiter«, sagte Lebas grimmig. »Verschwenden Sie nicht die Zeit der Republik.«

Carnot nahm das Dokument entgegen. Er betrachtete es nachdenklich. »Ich unterzeichne um der Einigkeit der Ausschüsse willen. Einzig und allein aus diesem Grund.« Er tat wie angekündigt und schob das Blatt Lebas hin. »In ein paar Wochen, meine Herren, spätestens in drei Monaten, werden Sie sich wünschen, Danton könnte die Bevölkerung für Sie gewinnen. Indem Sie gegen ihn vorgehen, leiten Sie eine neue geschichtliche Phase ein, auf die Sie, glaube ich, schlecht vorbereitet sind. Ich sage Ihnen, meine Herren: Sie werden noch Nekromanten zu Rate ziehen.«

»Los«, sagte Collot. Er riss das Blatt einem Mitglied des Polizeiausschusses weg und kritzelte seinen Namen darauf. »Bitte schön, Saint-Just – los, los.«

Robert Lindet war an der Reihe. Ohne einen Blick auf den Haftbefehl zu werfen, reichte er ihn weiter. Saint-Justs Augen verengten sich zu Schlitzen. »Nein«, sagte Lindet knapp.

»Warum nicht?«

»Ich bin nicht verpflichtet, Ihnen meine Gründe darzulegen.«

»Was uns nötigt, das auf die schlimmstmögliche Weise zu deuten.«

»Tut mir leid, dass Sie sich zu irgendetwas genötigt fühlen. Sie haben mich mit der Organisation der Nahrungsversorgung betraut. Ich bin hier, um die Ernährung der Patrioten sicherzustellen. Nicht um sie zu ermorden.«

»Einstimmigkeit ist nicht vonnöten«, sagte Saint-Just. »Auch wenn sie wünschenswert gewesen wäre. Machen wir weiter. Ich glaube, von den verweigerten Unterschriften abgesehen, fehlen noch zwei. Bürger Lacoste, Sie sind der Nächste – wären Sie dann bitte so gut, das Dokument an Bürger Robespierre weiterzureichen und ihm die Tinte hinzustellen?«

Der Wohlfahrtsausschuss und der Sicherheitsausschuss verfügen hiermit, dass Danton, Lacroix (aus dem Département Eure-et-Loire), Camille Desmoulins und Philippeaux, allesamt Mitglieder des Nationalkonvents, festgenommen und ins Luxembourg verbracht werden mögen, wo sie in strenger Einzelhaft zu halten sind. Der Bürgermeister von Paris ist angewiesen, der vorliegenden Verfügung unmittelbar nach Erhalt Folge zu leisten.

COUR DU COMMERCE, neun Uhr morgens: »Augenblick«, sagte Danton. »Darf ich vorstellen –«

»Danton –«

»Darf ich vorstellen: Das, meine Liebe, ist Fabricius Pâris, ein alter Freund von mir und Urkundsbeamter des Tribunals.«

»Sehr erfreut«, sagte Pâris eilig. »Ich habe meinen Posten Ihrem Mann zu verdanken.«

»Deshalb bist du jetzt hier. Siehst du, Louise, man bringt mir Loyalität entgegen. Also?«

Pâris war erregt. »Du weißt, dass ich jeden Abend zum Ausschuss gehe. Ich hole die Ordern für den nächsten Tag ab.« Er wandte sich Louise zu. »Ordern für das Tribunal, ich bringe sie zu Fouquier.« Sie nickte. »Als ich kam, war die Tür verschlossen. Das hat es noch nie gegeben. Ich dachte mir, es könnte nützlich für einen Patrioten sein zu wissen, was da vor sich ging. Ich kenne das Gebäude gut. Also habe ich einen Nebengang genommen und – verzeih – ein Schlüsselloch gefunden –«

»Ich verzeihe dir«, sagte Danton. »Und dann hast du erst das Auge, dann das Ohr an dieses Schlüsselloch gelegt und hast gehört und gesehen, wie Saint-Just mich denunziert hat.«

»Woher weißt du das?«

»Es ist naheliegend.«

»Danton, die haben schweigend dagesessen und sich jedes Wort angehört, das er gesagt hat.«

»Was genau hat er vor? Weißt du das? Gibt es einen Haftbefehl?«

»Ich habe keinen gesehen. Er hat davon geredet, dich vor dem Konvent zu denunzieren, in deiner Gegenwart.«

»Könnte nicht besser sein«, sagte Danton. »Er will seine Redekunst an meiner messen? Seine Erfahrung? Sein Ansehen in der Revolution?« Er wandte sich seiner Frau zu. »Perfekt. Das ist genau das, was ich wollte. Dieser Schwachkopf meint, er könnte mich mit meinen eigenen Waffen schlagen. Es könnte nicht besser sein, Pâris.«

Pâris schaute ungläubig drein. »Du wolltest, dass es so weit kommt?«

»Ich werde diesen selbstgefälligen jungen Mistkerl in der Luft zerreißen. Eigenhändig und mit dem größten Vergnügen.«

»Dann wirst du heute Nacht wohl aufbleiben und deine Rede schreiben«, mutmaßte Louise.

Danton lachte. »Meine Frau kennt meine Arbeitsweise noch nicht. Du schon, Pâris, oder? Ich muss keine Rede schreiben, mein Schatz. Ich habe das alles im Kopf.«

»Dann setzt wenigstens den Bericht für die Presse vorher schon auf. Inklusive den Kommentaren, ›stürmischer Beifall‹ und das alles.«

»Du lernst dazu«, sagte Danton. »Pâris, hat Saint-Just Camille erwähnt?«

»Ich habe nicht bis zum Schluss abgewartet – sobald die grobe Richtung klar war, bin ich hierhergekommen. Ich nehme mal an, er ist nicht in Gefahr.«

»Ich war heute Nachmittag im Konvent. Bin allerdings nicht länger geblieben. Da waren er und Robespierre ins Gespräch vertieft.«

»Davon habe ich auch gehört. Offenbar sind sie sehr freundschaftlich miteinander umgegangen. Wäre es denkbar, dass …?« Er zögerte. Wie fragt man jemanden, ob sein bester Freund von ihm abgefallen ist?

»Morgen im Konvent werde ich ihn dazu bringen, Saint-Just entgegenzutreten. Mal es dir aus: Unser Mann das Bild steifer Rechtschaffenheit, mit einer Miene, als hätte er gerade ein Beefsteak verspeist, und ihm gegenüber Camille, der ein paar Witze auf seine Kosten machen und dann von ’89 sprechen wird. Ein billiger Trick, aber die Galerie wird jubeln. Daraufhin wird Saint-Just die Beherrschung verlieren –

nicht ganz einfach zu erreichen bei einem, der sich als griechische Statue geriert –, aber Camille kriegt das garantiert hin. Sobald der gute Mann anfängt zu toben, wird Camille in sich zusammensinken und hilflos dreinschauen. Dann wird Robespierre aufspringen, und es wird zu einer dieser ungeheuer emotionalen Szenen kommen. Und aus denen gehe ich immer als Sieger hervor. Ich gehe gleich bei Camille vorbei – oder nein, das besprechen wir besser morgen. Heute sollte ich Camille in Ruhe lassen. Er hat schlechte Nachrichten von zu Hause erhalten. Ein Tod in der Familie.«

»Doch nicht sein hochgeschätzter Vater?«

»Seine Mutter.«

»Das tut mir leid«, sagte Pâris. »Ein ungünstiger Zeitpunkt. Womöglich ist er zu solchen Spielchen im Moment nicht aufgelegt. Danton – du würdest wohl nicht eine etwas weniger riskante Vorgehensweise in Betracht ziehen?«

RUE MARAT, abends um halb zehn: »Ich hätte nach Hause fahren können«, sagte Camille. »Warum hat er mir nicht gesagt, dass sie krank ist? Er war hier, er hat in dem Sessel gesessen, in dem du jetzt sitzt. Warum hat er nichts gesagt?«

»Vielleicht wollte er deine Gefühle schonen. Oder vielleicht haben sie gedacht, sie würde sich wieder erholen.«

Am Jahresende hatte eines Tages ein Fremder vor der Tür gestanden, ein distinguierter Herr um die sechzig, mager, reserviert, mit einem imposanten eisengrauen Haarschopf. Sie hatte eine ganze Weile gebraucht, bis sie begriffen hatte, wer da vor ihr stand.

»Mein Vater hat noch nie meine Gefühle geschont«, sagte Camille. »Die Idee, man könne Gefühle schonen, ist ihm fremd. Ja, die Idee von Gefühlen schlechthin ist ihm fremd.«

Es war ein kurzer Besuch gewesen, ein, zwei Tage nur. Jean-Nicolas war gekommen, weil er den *Vieux Cordelier* in die Finger bekommen hatte. Er wollte seinem Sohn sagen, wie sehr er ihn dafür bewunderte, wie sehr er das Gefühl hatte, dass sein Sohn schließlich und endlich das Richtige tat, vielleicht auch, wie sehr er ihn vermisste und sich über einen gelegentlichen Besuch von ihm freuen würde.

Doch als er versuchte, das in Worte zu fassen, übermannte ihn eine furchtbare Verlegenheit, so lähmend wie das heftige Erröten eines dreizehnjährigen Mädchens in Gesellschaft. Er bekam plötzlich keinen Ton mehr heraus und stand sprachlos vor seinem Sohn, der es ohnehin vorzog, nicht zu sprechen.

Es war, dachte Lucile, eine der weniger erfreulichen halben Stunden in ihrem Leben gewesen. Fabre war auch dagewesen und hatte wie üblich sein Los beklagt; doch als er Desmoulins Senior in derartiger Not erlebte, waren ihm tatsächlich Tränen in die Augen gestiegen. Sie hatte gesehen, wie er sie wegtupfte; auch Camille hatte es gesehen. Eigentlich hätten *sie* weinen sollen, hatte Fabre hinterher gesagt – hatten sie nicht allen Grund dazu? Als Jean-Nicolas den Versuch, etwas zu sagen, schließlich aufgab, umarmten sich Vater und Sohn sehr zurückhaltend, fast frostig. Der Mann hat irgendeinen Defekt, sagte Fabre später; ich glaube, mit seinem Herzen stimmt etwas nicht.

Natürlich hatte der Besuch auch noch einen anderen Aspekt. Doch den benannte nicht einmal Fabre. Es war die Frage: *Wirst du überleben?* Auch heute Abend benannten sie ihn nicht. »Wenn ich da an Georges-Jacques und seine Mutter denke – es ist schon verrückt. Sie ist eine lästige alte Hexe, aber irgendwie kommen die beiden immer miteinander zurecht, sie sind immer in Verbindung. Oder auch du und deine Mutter.«

»Praktisch ein und dieselbe Person«, sagte Lucile bissig.

»Ja, und dann schau, wie es bei mir ist – kaum zu glauben, dass ich überhaupt mit meiner Mutter verwandt bin, vielleicht hat mich Jean-Nicolas ja unter irgendeinem Busch gefunden. Ich habe mein Leben lang versucht, es ihm recht zu machen, es ist mir nie gelungen, und trotzdem habe ich nie aufgegeben. Schau, Vater, ich bin zehn Jahre alt und kann Aristophanes lesen, wie meine Schwestern Kinderreime lesen. Ja, aber warum hat Gott uns ein Kind mit einem Sprachfehler geschenkt? Schau, Vater, ich habe jede Prüfung bestanden, die es auf dieser Welt gibt – freust du dich? Ja, aber wann verdienst du endlich Geld? Schau, Vater, die Revolution, von der du seit zwanzig Jahren redest – ich habe sie in Gang gesetzt. Ah ja, schön, aber ich hatte etwas anderes für dich im Sinn, und was werden die Nachbarn denken?« Camille schüttelte den Kopf. »Wenn ich überlege, wie viele Jahre meines Lebens ich, alles zusammengerechnet, damit verbracht habe, diesem Mann Briefe zu schreiben. In der Zeit hätte ich Aramäisch lernen können. Oder irgendetwas Nützliches tun. Ich hätte mit Marat zusammen sein Roulettesystem weiterentwickeln können.«

»Hatte er eins?«

»Das hat er jedenfalls gesagt. Bloß hat er immer so ein Bild des Jammers geboten, dass man ihn gar nicht in die Spielkasinos reingelassen hat.«

Sie saßen eine Weile schweigend da. Zu Camilles Mutter gab es nichts mehr zu sagen. Er hatte sie nicht gekannt, sie ihn nicht, und genau deshalb war die Kunde von ihrem Tod so bedrückend – da war dieses Gefühl, auf eine zweite Chance gesetzt zu haben, die nun ungenutzt verstrichen war. »Spieler«, sagte sie. »Ich muss immer wieder an Hérault denken. Er sitzt jetzt seit vierzehn Tagen im Gefängnis. Aber er wusste, dass man ihn verhaften würde. Warum ist er nicht geflohen?«

»Er ist zu stolz.«

»Und Fabre. Stimmt es, dass auch Lacroix verhaftet werden soll?«

»Angeblich. Und Philippeaux auch. Wer sich dem Ausschuss widersetzt, hat sein Leben verwirkt.«

»Aber du hast dich dem Ausschuss auch widersetzt, Camille. Seit fünf Monaten tust du nichts anderes, als den Ausschuss zu attackieren.«

»Ja, aber ich habe Max. An mich kommen sie nicht heran. Sie würden es gern, aber ohne ihn geht es nicht.«

Sie kniete sich vor den Kamin. Erschauerte. »Morgen muss ich neues Holz besorgen lassen.«

COUR DU COMMERCE: »Der Abgeordnete Panis ist hier.« Louise hatte sofort die Angst gespürt, die von dem Mann an der Tür ausging. Es war Viertel vor eins, der frühe Morgen des 12. Germinal. Danton war im Morgenmantel. »Entschuldigen Sie, Bürger. Die Dienstboten sind schon zu Bett gegangen, und wir wollten auch gerade schlafen gehen. Kommen Sie ans Feuer, es ist kalt draußen.«

Er kniete sich vor die Glut. »Lassen Sie das«, sagte Panis. »Man wird Sie gleich festnehmen.«

»Was?« Er drehte sich um. »Da sind Sie falsch informiert. Fabricius Pâris war vor Ihnen hier.«

»Ich weiß nicht, was er Ihnen erzählt hat, aber er hat nicht an der Sitzung der beiden Ausschüsse teilgenommen. Lindet dagegen schon. Er hat mich geschickt. Es liegt ein Haftbefehl gegen Sie vor. Man will Ihnen eine Anhörung vor dem Konvent verweigern. Sie sollen nie wieder dort erscheinen. Sie sollen direkt ins Gefängnis und dann vors Tribunal.«

Danton verschlug es die Sprache; seine Miene war durch den Schock wie leergewischt. »Aber Pâris hat Saint-Just sagen hören, er wolle die Sache vor dem Konvent mit mir ausfechten.«

»Das hat er auch gesagt. Und? Die anderen haben es ihm ausgeredet. Sie wussten um das Risiko und waren nicht bereit, es einzugehen. Das sind keine Anfänger – die wissen ganz genau, dass Sie das Publikum aufstacheln können. Er hat gekocht vor Wut, hat Lindet erzählt. Er ist rausgestürmt, und dann –« Panis schaute weg.

»Was dann?«

Panis hielt sich die Hand vor den Mund. »Dann hat er seinen Hut ins Feuer geschmissen.«

»Was?« Dantons und Panis' Blicke trafen sich. Sie begannen zu lachen, von einer unziemlichen, halb unterdrückten Heiterkeit erfasst.

»Seinen Hut. Er ist richtig schön aufgelodert, hat Lindet erzählt. Seine Unterlagen wären fast nachgefolgt, doch irgendein umnachteter Pseudopatriot hat sie ihm aus der Hand gerissen, als er sie dem Hut hinterherwerfen wollte. Das hat ihm überhaupt nicht gefallen, dass man ihm diesen glorreichen Moment verwehrt, das kann ich Ihnen sagen. Kein bisschen.«

»Seinen Hut! Ach, hätte Camille das doch miterleben können!«

»Ja«, pflichtete ihm der Abgeordnete bei. »Camille hätte das besonders zu würdigen gewusst.«

Dann fiel Danton seine eigene Lage wieder ein. Kein Witz, dachte er, ganz und gar nicht. »Sie haben gesagt, es lag ein Haftbefehl vor? Hat Robespierre ihn auch unterschrieben?«

»Ja. Lindet meint, Sie sollten die Chance nutzen – Ihre letzte Chance. Verlassen Sie wenigstens die Wohnung, denn die werden jeden Augenblick hier sein. Und ich muss jetzt auch gehen – ich muss rasch nach nebenan und Camille Bescheid sagen.«

Danton schüttelte den Kopf. »Besser nicht. Lassen Sie sie schlafen, es reicht, wenn sie es morgen früh erfahren. Das wird hart für Camille werden. Er wird Robespierre gegenübertreten müssen und nicht wissen, was er sagen soll.«

Panis starrte ihn an. »Mein Gott, Sie haben es wohl immer noch nicht begriffen? Er wird gar nichts zu Robespierre sagen. Er wird mit Ihnen zusammen eingesperrt.«

Louise sah, wie er in sich zusammenfiel. Er sank in einen Sessel und saß reglos da, die Hand über den Augen.

ZWEI UHR: »Ich bin in der Hoffnung gekommen«, sagte Lindet, »Sie nicht mehr hier anzutreffen. Herrje, Danton, was soll das? *Wollen* Sie, dass man Ihnen den Garaus macht?«

»Ich kann es einfach nicht glauben«, sagte Danton. Er starrte in das verglimmende Feuer. »Dass er Camille verhaften lässt. Heute Nachmittag habe ich die beiden noch zusammen gesehen, sie waren ins Gespräch vertieft, und er war ganz freundlich, hat gelächelt – was für ein unglaublicher Heuchler!«

Louise hatte sich in aller Eile angekleidet. Sie saß etwas abseits, verbarg ihr Gesicht in den Händen. Sie hatte seine Miene gesehen, hatte gesehen, wie sein Wille, seine Kraft ihn verließen. Tränen rannen zwischen ihren Fingern hindurch. Doch zugleich erklang in ihrem Innern in beharrlichem Rhythmus ein kleiner Satz: Bald bist du frei, bald bist du frei.

»Ich dachte, sie würden mich vor dem Konvent sprechen lassen. Lindet – hat denn keiner den Ausschuss darauf hingewiesen, dass der Konvent unserer Verhaftung zustimmen muss? Dass unsere Immunität aufgehoben werden muss?«

»Doch, natürlich: Robespierre. Billaud hat ihm geantwortet, sie würden die Zustimmung einholen, sobald Sie alle sicher in Verwahrung seien. Diese Männer hatten Angst, Danton. Sie haben die Türen verriegelt und sich trotzdem aufgeführt, als rechneten sie jeden Augenblick damit, dass Sie hereingestürmt kommen.«

»Aber was hat er gesagt, Lindet? Über Camille, meine ich?«

»Er hat mir leid getan«, sagte Lindet schroff. »Die anderen haben ihm das Messer auf die Brust gesetzt. Und dieser arme Teufel meint, er müsse für die Revolution am Leben bleiben. Ein schönes Leben wird das sein, nach dieser Entscheidung.«

»Marat wurde vor dem Tribunal angeklagt«, sagte Danton. »Die Girondisten haben ihn festgenommen und vor Gericht gestellt, und die Aktion ist nach hinten losgegangen. Das Tribunal hat ihn freigesprochen. Das Volk hat ihn im Triumph durch die Straßen getragen. Er war stärker als je zuvor.«

»Ja«, sagte Lindet. Aber damals, dachte er, hat das Tribunal noch auf seine Unabhängigkeit gepocht. Marat hatte eine Gerichtsverhandlung, glaubst du wirklich, dir wird man eine Gerichtsverhandlung zugestehen?

Doch er sagte nichts. Er sah, wie Danton sich sammelte, wie er Mut fasste. »Die können mir ja wohl kaum den Mund verbieten, oder?«, sagte er. »Sie können mich festnehmen, aber sie müssen mich sprechen lassen. Also – die sollen mir erst mal kommen.« Lindet erhob sich. Danton klopfte ihm auf die Schulter. »Wollen wir doch mal sehen, wie die Mistkerle aus der Wäsche gucken, wenn ich mit ihnen fertig bin.«

RUE MARAT, drei Uhr morgens: Camille hatte angefangen zu reden, kaum mehr als ein Wispern, aber flüssig, ohne jedes Stocken, als wäre ein Zwang von ihm genommen. Lucile hatte aufgehört zu weinen, sie saß jetzt in jenem benommenen, hypnotischen Zustand da, der auf extreme Gefühlswallungen folgt, und betrachtete ihn. Nebenan schlief das Kind. Draußen auf der Straße war es still, und auch im Zimmer war es still bis auf sein Flüstern, und dunkel bis auf das Licht einer einzigen Kerze. Wir könnten vom Universum abgeschnitten sein, dachte sie.

»Weißt du, 1789 habe ich gedacht, irgendein Adliger wird mich durchbohren, ich werde ein Märtyrer für die Freiheit sein, wunderbar, es wird in allen Zeitungen stehen. '92 habe ich dann gedacht, die Österreicher kommen und erschießen mich, na gut, das geht schnell vorbei, und danach bin ich ein Nationalheld.« Er fasste sich an den Hals. »Danton sagt, ihm ist es egal, was die Nachwelt von ihm denkt. Ich möchte gern, dass man einmal eine gute Meinung von mir hat. Aber es sieht nicht danach aus, oder?«

»Ich weiß es nicht«, sagte Lindet.

»Aber nach alldem auf der falschen Seite der Revolution zu sterben – der Konterrevolution angeklagt zu sein –, das ertrage ich nicht. Robert, werden Sie mir helfen zu fliehen?«

Lindet zögerte. »Dazu ist es zu spät.«

»Ich weiß, dass es zu spät ist, aber trotzdem, werden Sie mir helfen?«

»Nein, ich glaube nicht«, sagte Lindet sanft. »Wir würden beide geopfert werden. Es tut mir sehr leid, Camille.«

An der Tür legte Lindet ihr den Arm um die Schultern. »Gehen Sie zu Ihren Eltern. Ab morgen ist das hier nicht mehr der rechte Ort für Sie.« Plötzlich wandte er sich um. »Haben Sie das ernst gemeint, Camille? Sind Sie wirklich bereit zu flüchten? Nicht zusammenzubrechen, sondern meinen Rat zu befolgen?«

Camille blickte zu ihm auf. »O nein«, sagte er. »Nein, das will ich nicht. Ich habe Sie nur auf die Probe gestellt.«

»Wozu?«

»Egal«, sagte Camille. »Sie haben bestanden.« Er ließ den Kopf wieder sinken.

Robert Lindet war fünfzig. Das Alter war seinem trockenen Administratorengesicht anzusehen. Sie fragte sich, wie man alt genug werden konnte, um so ein Gesicht zu bekommen.

»Es wird bald dämmern«, sagte Lucile. »Und sie sind immer noch nicht gekommen.«

Sie beginnt zu hoffen – die Hoffnung packt einen bei der Kehle wie ein Würger, und das Herz bleibt einem fast stehen – wäre es denkbar, dass Robespierre die Entscheidung irgendwie rückgängig gemacht hat, dass er seinen Mut zusammengenommen und es ihnen ausgeredet hat?

»Ich habe Karnickel geschrieben«, sagte sie. »Das habe ich dir gar nicht erzählt. Ich habe ihn gebeten, zurückzukommen und uns zu unterstützen.«

»Er hat nicht geantwortet.«

»Nein.«

»Er denkt, wenn ich tot bin, kann er dich heiraten.«

»Das hat Louise auch gesagt.«

»Was weiß Louise denn davon?«

»Nichts. Camille, warum hast du ihn eigentlich immer Karnickel genannt?«

»Beschäftigt das die Leute immer noch?«

»Ja.«

»Einfach nur so.«

Sie hörte Stiefel draußen auf dem Pflaster, hörte, wie die Patrouille stehen blieb. Vielleicht, dachte sie, ist das die ganz normale Patrouille, es wäre die übliche Zeit. Wie das Herz einen belügen kann.

»Da sind sie.« Camille stand auf. »Ich bin froh, dass Jeannette heute Nacht nicht da ist. Da, das war die Haustür.«

Sie stellte sich mitten ins Zimmer. War sich der marionettenhaften Steifheit ihrer Gliedmaßen bewusst. Sie brachte kein Wort über die Lippen.

»Suchen Sie mich?«, fragte Camille. Sie beobachtete ihn. Sie erinnerte sich an den 10. August, nach Suleaus Tod: Wie er sich gesäubert hatte und wieder in das Chaos auf der Straße hinausgegangen war. »Sie müssen mich fragen, wer ich bin«, sagte er zu dem Polizeibeamten. »Sind Sie Camille Desmoulins, müssen Sie fragen, Journalist und Abgeordneter des Nationalkonvents – so als gäbe es mich noch ein zweites Mal in ähnlicher Form.«

»Hören Sie zu, es ist sehr früh am Morgen«, sagte der Mann. »Ich weiß ganz genau, wer Sie sind und dass es Sie nur einmal gibt. Hier ist der Haftbefehl, falls er Sie interessiert.«

»Darf ich mich noch von meinem kleinen Sohn verabschieden?«

»Nur in unserer Begleitung.«

»Ich möchte ihn nicht wecken. Kann ich nicht einen Augenblick für mich haben?«

Die Männer verteilten sich im Raum, nahmen vor Türen und Fenstern Aufstellung. »Letzte Woche«, sagte der Polizeibeamte, »wollte ein Mann seiner Tochter noch einen Abschiedskuss geben, und dann hat er sich eine Kugel durch den Kopf gejagt. Und auf der anderen Seite des Flusses ist ein Mann aus dem Fenster gesprungen, aus dem vierten Stock, und hat sich das Genick gebrochen.«

»Man fragt sich wirklich, wieso er sich die Mühe gemacht hat«, sagte Camille. »Wo der Staat das doch für ihn erledigt hätte.«

»Machen Sie uns keinen Ärger«, sagte der Mann.

»Nein, versprochen.«

»Steck ein paar Bücher ein.« Die demonstrative Tapferkeit in ihrer Stimme erschreckte Lucile. »Sonst wirst du dich langweilen.«

»Ja, das mache ich.«

»Also, beeilen Sie sich.« Der Polizeibeamte legte Camille die Hand auf den Arm.

»Nein.« Sie warf sich an Camilles Brust, schlang die Arme um ihn. Sie küssten sich. »Los jetzt«, sagte der Polizeibeamte. »Lassen Sie ihn gehen, Bürgerin.« Aber sie klammerte sich nur noch fester an ihn, versuchte die Hand auf ihrem Arm abzuschütteln. Im nächsten Moment zog der Beamte sie weg. Sie verpasste ihm einen Kinnhaken und spürte, wie der Stoß ihren eigenen Körper erschütterte, doch als ihr Kopf dann auf dem Boden aufschlug, fühlte sie nichts. Als wäre ich eine Fliege, dachte sie, oder ein Vögelchen: Ich werde einfach weggewischt, zerdrückt.

Sie war allein. Man hatte ihn hinausbugsiert, aus dem Zimmer, die Treppe hinunter, aus dem Haus. Sie richtete sich auf. Sie war unversehrt. Sie nahm ein Kissen vom Sofa, presste es an sich, wiegte sich mit leerem Blick vor und zurück: Der Schrei, den sie hatte ausstoßen, die Liebesworte, die sie hatte sagen wollen, steckten in ihrer Kehle, wie festgeschmiedet. Sie wiegte sich vor und zurück. Was nun? Sie musste sich anziehen. Sie musste Briefe schreiben und sie überbringen. Sie musste mit jedem Abgeordneten, mit jedem Ausschussmitglied sprechen. Sie weiß, dass sie alle Hebel in Bewegung setzen muss. Sie muss handeln. Sie wiegt sich vor und zurück. Es gibt die Welt, und es gibt die Schattenspielwelt; es gibt die Welt der Freiheit und der Illusion, und dann gibt es die reale Welt, in der wir Jahr für Jahr zusehen können, wie die Menschen, die wir lieben, auf ihren Ketten herumhämmern. Sie erhebt sich vom Boden und spürt, wie die Fußfesseln ihr ins Fleisch schneiden. Ich bin an dich gebunden, denkt sie. *Gebunden.*

Nebenan in der Cour du Commerce drehte Danton den Haftbefehl um und las ihn mit einem gewissen Interesse. Doch er hatte es eilig. Er fragte nicht, ob er sich von seinen Kindern verabschieden dürfe, und küsste seine Frau eher beiläufig auf den Scheitel. »Je eher ich gehe, desto eher bin ich wieder da«, sagte er. »Wir sehen uns in ein oder zwei Tagen.« Unter Bewachung trat er forsch auf die Straße hinaus.

ACHT UHR MORGENS in den Tuilerien: »Sie wollten uns sprechen«, sagte Fouquier-Tinville.

»Ah ja.« Saint-Just blickte auf und lächelte.

»Wir hatten eigentlich mit Robespierre gerechnet«, sagte Hermann.

»Nein, Bürger Präsident: ich. Irgendwelche Einwände?« Er bot ihnen keinen Platz an. »Heute Morgen in aller Frühe haben wir vier Personen verhaftet: Danton, Desmoulins, Lacroix und Philippeaux. Ich habe einen Bericht über den Fall aufgesetzt, den ich später dem Konvent vorlegen werde. Sie für Ihr Teil werden mit den Vorbreitungen für den Prozess beginnen – lassen Sie alles andere liegen, diese Sache hat Vorrang.«

»Augenblick mal«, sagte Hermann. »Was ist denn das für eine Vorgehensweise? Der Konvent hat den Verhaftungen noch gar nicht zugestimmt.«

»Betrachten wir das als reine Formsache.« Saint-Just hob die Augenbrauen. »Sie werden sich mir ja wohl nicht in den Weg stellen, Hermann?«

»In den Weg stellen? Vielleicht darf ich Sie daran erinnern, was der Stand der Dinge ist? Jeder weiß, ohne dass es allerdings irgendwer beweisen könnte, dass Danton Bestechungsgelder angenommen hat. Und ebenso weiß jeder – und die Beweise dafür liegen ja nun auf der Hand –, dass Danton Capet gestürzt, die Republik errichtet und uns vor einer Invasion bewahrt hat. Was wollen Sie ihm anlasten? Mangelnden Einsatz?«

»Wenn Sie bezweifeln, dass Gewichtiges gegen Danton vorliegt, können Sie gern diese Papiere durchsehen.« Er schob sie über den Schreibtisch. »Sie werden sehen, dass einige Abschnitte in Robespierres Handschrift abgefasst sind und andere in meiner. Die Passagen von Bürger Robespierre, die sich auf Camille Desmoulins beziehen, können Sie getrost ignorieren. Das sind nur Entschuldigungen. Wenn Sie fertiggelesen haben, werde ich sie streichen.«

»Das ist doch ein einziges Lügengespinst«, sagte Hermann, während er las. »Das ist frei erfunden, reiner Unsinn.«

»Nun ja«, sagte Fouquier, »es ist das Übliche. Konspiration mit Mirabeau, Orléans, Capet und Brissot. Damit hatten wir schon mal zu tun – und es war Camille, der uns gezeigt hat, wie damit umzugehen ist. Wenn es rasch zu einem Urteil kommt, können wir nächste Woche hinzufügen: ›Konspiration mit Danton‹. Sobald ein Mann tot ist, wird es zum Kapitalverbrechen, ihn gekannt zu haben.«

»Was sollen wir tun«, fragte Hermann, »wenn Danton anfängt, für die Galerie zu spielen?«

»Wenn Sie ihm das Maul stopfen müssen, werden wir Ihnen die nötigen Mittel an die Hand geben.«

»Wie dramatisch!«, sagte Fouquier. »Die vier Angeklagten sind alle Anwälte, wenn ich es recht sehe?«

»Kommen Sie, Bürger, fassen Sie Mut«, sagte Saint-Just. »Sie haben sich bisher durchweg als kompetent erwiesen. Ich meine, Sie haben dem Ausschuss immer treue Dienste geleistet.«

»Ja. Sie sind die Regierung«, sagte Fouquier.

»Camille Desmoulins ist mit Ihnen verwandt, nicht wahr?«

»Ja. Ich dachte, mit Ihnen auch?«

Saint-Just runzelte die Stirn. »Nein, ich glaube nicht. Es ist ein beunruhigender Gedanke, dass Sie das beeinflussen könnte.«

»Hören Sie: Ich tue meine Arbeit«, sagte Fouquier.

»Dann ist es ja gut.«

»Ja«, sagte Fouquier. »Und ich wäre Ihnen dankbar, wenn Sie nicht weiter darauf herumreiten würden.«

»Mögen Sie Camille?«, fragte Saint-Just.

»Wieso? Ich dachte, wir wären uns einig, dass das vollkommen irrelevant ist.«

»Ja, es war nur so eine Überlegung. Sie müssen nicht antworten. Also – Sie erinnern sich, dass ich gesagt habe, es handele sich um eine äußerst dringliche Angelegenheit?«

»O ja«, sagte Hermann. »Der Ausschuss wird nicht ruhen, bis diese Köpfe abgeschnitten sind.«

»Die Gerichtsverhandlung muss morgen oder spätestens übermorgen beginnen. Besser morgen.«

»Was?«, sagte Fouquier. »Sind Sie verrückt?«

»Es ist nicht angebracht, mir so eine Frage zu stellen«, sagte Saint-Just.

»Aber was ist mit den Beweisen, den Anklageschriften –«

Saint-Just klopfte mit dem Finger auf den vor ihm liegenden Bericht.

»Den Zeugen«, sagte Hermann.

»Brauchen wir Zeugen?« Saint-Just seufzte. »Ja, ein paar werden wir wohl brauchen. Dann kümmern Sie sich darum.«

»Wie sollen wir Zeugen vorladen, wenn wir noch gar nicht wissen, wen Sie in den Zeugenstand rufen wollen?«

»Oh«, er wandte sich Hermann zu, »ich würden Ihnen raten, keine Zeugen für die Verteidigung zuzulassen.«

»Eine Frage«, erwiderte Hermann. »Warum schicken Sie nicht ein paar Mörder in ihre Zellen und lassen sie einfach umbringen? Ich bin weiß Gott kein Dantonist, aber das ist Mord.«

»Ach, kommen Sie«, sagte Saint-Just verärgert. »Erst beschweren Sie sich, weil die Zeit so knapp ist, und dann verplempern Sie Ihre Zeit mit solchen albernen Fragen. Ich bin nicht hier, um Belanglosigkeiten mit Ihnen auszutauschen. Sie wissen genau, wie wichtig es ist, diese Dinge im Licht der Öffentlichkeit abzuwickeln. Also, folgende Männer sollen zusammen mit den bereits genannten vor Gericht gestellt werden: Hérault, Fabre – in Ordnung?«

»Die Dokumente sind vorbereitet«, sagte Fouquier missmutig.

»Der Betrüger Chabot und seine Kumpane Basire und Delaunay, beide Abgeordnete –«

»Um sie zu diskreditieren«, sagte Hermann.

»Ja«, sagte Fouquier. »Wir werfen die Politiker mit Dieben und Schwindlern in einen Topf, dann werden die Leute denken, wenn einer wegen Betrugs angeklagt ist, gilt das für alle anderen auch.«

»Wenn ich fortfahren dürfte? Außerdem eine Handvoll Ausländer – die Gebrüder Frei, der spanische Bankier Guzman, der dänische Geschäftsmann Diedrichsen. Oh, und dieser Heereslieferant, der Abbé d'Espanac. Die Anklage lautet auf Konspiration, Betrug, Hamsterei, Währungsspekulation, Verkehr mit fremden Mächten – das überlasse ich Ihnen, Fouquier. Es herrscht kein Mangel an belastendem Material gegen sämtliche Angeklagten.«

»Außer gegen Danton.«

»Tja, das ist jetzt Ihr Problem. Übrigens, Bürger – wissen Sie, was das hier ist?«

Fouquier schaute nach unten. »Natürlich. Blanko-Haftbefehle, die vom Ausschuss unterzeichnet sind. Eine gefährliche Praxis, wenn ich das bemerken darf.«

»Ja, gefährlich, nicht wahr?« Saint-Just drehte die beiden Blätter wieder zu sich und trug jeweils einen Namen ein. Dann nahm er sie zwischen Daumen und Zeigefinger und wedelte sie durch die Luft, damit die Tinte trocknete. »Das hier ist Ihrer, Hermann – und dieser, Bürger Ankläger, ist Ihrer.« Er lächelte, faltete sie zusammen und steckte sie in die Innentasche seines Rockes. »Nur für den Fall, dass bei der Verhandlung etwas schiefläuft«, sagte er.

DER NATIONALKONVENT: Die Sitzung beginnt im Chaos. Als Erster springt Legendre auf. Er sieht abgespannt aus, vielleicht wurde er frühmorgens von Geräuschen auf der Straße geweckt?

»Gestern Nacht wurden mehrere Mitglieder dieser Versammlung verhaftet. Einer davon ist Danton, wer die anderen sind, weiß ich nicht.

Ich fordere, dass die festgenommenen Mitglieder des Konvents hier vor Gericht gestellt und von uns verurteilt oder freigesprochen werden. Ich bin davon überzeugt, dass Danton eine ebenso reine Weste hat wie ich –«

Ein Wispern geht durch die Reihen. Köpfe drehen sich. Präsident Tallien blickt auf, als die Mitglieder der Ausschüsse eintreten. Collots Gesicht sieht schlaff aus, unbenutzt: Er schlüpft immer erst in seine Rolle, wenn die Vorstellung beginnt. Saint-Just trägt einen blauen Rock mit goldenen Knöpfen und hat eine Menge Papiere dabei. Ein alarmiertes Raunen erhebt sich. Der Polizeiausschuss: Vadier mit seinem langen, fleckigen Gesicht und den eingesunkenen Augen, Lebas mit entschlossener Miene. Und dann, in dem kurzen Schweigen, das ihr Erscheinen zeitigt, gleich einem großen Tragöden, der seinen Auftritt verzögert: Bürger Robespierre – der Unbestechliche höchstpersönlich. Im Gang zwischen den Stuhlreihen zögert er kurz, und einer seiner Kollegen gibt ihm einen Stoß ins Kreuz.

Er bestieg die Rednertribüne, legte die gefalteten Hände auf seine Unterlagen, schwieg. Einige Sekunden verstrichen. Seine Augen wanderten durch den Raum, verweilten, so die Fama, für die Dauer zweier Herzschläge auf all jenen, denen er misstraute. Dann begann er zu sprechen, ruhig und gleichmäßig. Dantons Name fiel, als wäre irgendein Privileg damit verbunden. Aber von jetzt an werde es keine Privilegien mehr geben; verderbte Götzen würden gestürzt werden. Er hielt inne. Schob sich die Brille auf die Stirn. Seine Augen hefteten sich auf Legendre, fixierten ihn mit ihrem eiskalten, kurzsichtigen Blick. Legendre presste seine riesigen Schlachterhände aneinander, diese ochsentötenden, halsdurchtrennenden Pranken, bis die Knöchel ganz weiß waren. Und im nächsten Moment sprang er auf und stammelte: Sie haben mich missverstanden, Sie haben mich missverstanden. »Wer Angst zeigt, ist schuldig«, sagte Robespierre. Er stieg von der Rednertribüne, den dünnen, schmalen Mund zu einem fast höhnischen Lächeln verzogen.

In den folgenden zwei Stunden verlas Saint-Just seinen Bericht über die Machenschaften der Dantonisten. Er hatte ihn in der Annahme verfasst, er werde den Angeklagten beim Verlesen vor sich haben, und hatte keine Änderungen mehr vorgenommen. Hätte Danton tatsächlich vor ihm gestanden, wäre sein Vortrag immer wieder durch die lautstarken Proteste von dessen Anhängern auf der Galerie sowie dessen eigene lautstarke Rechtfertigungen unterbrochen worden, doch Saint-Just sprach ins Leere, und es herrschte eine tiefe Stille, die sich aus sich selbst speiste. Er las ohne Leidenschaft, mit monotoner Stimme, den Blick auf seine Unterlagen geheftet, die er in der Linken hielt. Gelegentlich hob er den rechten Arm und ließ ihn wieder fallen – es war seine einzige Geste, immergleich, mechanisch. Gegen Ende hob er ein einziges Mal das Gesicht zu seinem Publikum und sprach es direkt an: »Hiernach«, versprach er, »wird es nur noch Patrioten geben.«

RUE MARAT: »Na, mein Schätzchen«, sagte Lucile zu ihrem Kind, »begleitest du mich zu deinem Patenonkel? Nein, besser nicht. Bring ihn zu meiner Mutter«, bat sie Jeanette.

»Sie sollten sich das Gesicht waschen, bevor Sie gehen«, sagte Jeanette. »Es ist ganz verquollen.«

»Er kann sich doch denken, dass ich geweint habe. Das war zu erwarten. Aber er wird ohnehin nicht wahrnehmen, wie ich aussehe. Das tut er nie.«

»Hier sieht es ja noch schlimmer aus als bei uns«, sagte Louise Danton, »falls das überhaupt möglich ist.«

Sie standen in Luciles verwüstetem Salon. All ihre Bücher lagen mit gebrochenem Rücken auf dem Teppich, Schubladen und Schränke waren durchwühlt worden und standen offen. Selbst in der Asche im Kamin hatte man herumgestochert. Lucile rückte den schief hängenden Kupferstich von Maria Stuarts Ende wieder zurecht. »Sie haben all seine Papiere mitgenommen«, sagte sie. »Die Briefe. Alles. Sogar das Manuskript über die Kirchenväter.«

»Was sollen wir zu Robespierre sagen, wenn er uns vorlässt? Was sollen wir ihm bloß sagen?«

»Du musst gar nichts sagen. Das mache ich schon.«

»Wer hätte das für möglich gehalten, dass der Konvent sie einfach so ausliefert, völlig widerstandslos?«

»Ich. Gegen Robespierre kann sich keiner behaupten – außer deinem Mann. Ich habe hier Briefe«, sagte sie zu Jeannette, »an sämtliche Mitglieder des Wohlfahrtsausschusses. Bis auf Saint-Just, ihm zu schreiben wäre sinnlos. Das hier sind die Briefe an den Polizeiausschuss, dieser geht an Fouquier und diese hier an diverse Abgeordnete, die Adressen stehen darauf. Bring die Briefe sofort auf den Weg. Wenn keiner von ihnen antwortet und Max mich nicht vorlässt, muss ich mir eine neue Strategie überlegen.«

Im Luxembourg übernahm Hérault die Rolle des huldvollen Gastgebers. Schließlich befanden sie sich in einem ehemaligen Palast, der nicht als Gefängnis konzipiert war. »Sie werden feststellen, dass von strenger Einzelhaft keine Rede sein kann«, sagte Hérault. »Ab und zu schließt man uns tatsächlich ein, aber im Allgemeinen führen wir erfreulicherweise ein sehr geselliges Leben – etwas Vergleichbares habe ich seit Versailles nicht mehr erlebt. Die Gespräche sind geistreich, die Umgangsformen lassen nichts zu wünschen übrig – die Damen werden frisiert und kleiden sich dreimal am Tag um. Es gibt festliche Diners. Man kann sich kommen lassen, was immer man will – alles außer Schusswaffen. Nur muss man aufpassen, was man sagt, denn mindestens die Hälfte der Leute hier sind Spitzel.«

In dem von Hérault als »Salon« bezeichneten Raum begutachteten die Insassen die Neuankömmlinge. Ein *ci-devant* musterte den stämmigen Lacroix: »Der würde einen guten Kutscher abgeben«, bemerkte er.

Genral Dillon hatte getrunken. Er zeigte sich zerknirscht. »Wer sind Sie?«, fragte er Philippeaux. »Wir kennen uns nicht, oder? Was haben Sie getan?«

»Ich habe den Ausschuss kritisiert.«

»Aha.«

»Ach so«, Philippeaux ging ein Licht auf. »Sie sind Luciles – herrje, verzeihen Sie mir, General.«

»Schon gut. Es ist mir gleich, was Sie denken.« Er torkelte durch den Raum und legte den Arm um Camille. »Jetzt wo ihr alle hier seid, werde ich nüchtern bleiben, das schwöre ich. Ich habe dich ja gewarnt. Habe ich dich nicht gewarnt? Mein armer Camille.«

»Wissen Sie was?«, sagte Hérault. »Dieser diebische Kunstausschuss hat all meine Erstausgaben eingesackt.«

»Er behauptet«, sagte der General und deutete auf Hérault, »es sei unter seiner Würde, sich gegen die Beschuldigungen, die man gegen ihn vorbringen wird, zu verteidigen. Was ist denn das für eine Einstellung? Er hält sie für angemessen, weil er ein Aristokrat ist. Aber das bin ich auch. Und außerdem, mein Lieber, bin ich Soldat. Keine Sorge, keine Sorge«, sagte er zu Camille. »Wir kommen hier raus.«

RUE HONORÉ: »Es sind gerade zahlreiche Patrioten bei ihm«, sagte Babette, »Sie werden verstehen, dass er da nicht gestört werden darf.«

Lucile legte einen Brief auf den Tisch. »Im Sinne der Mitmenschlichkeit, Elisabeth«, sagte sie, »werden Sie bitte dafür sorgen, dass dieser Brief zu ihm gelangt.«

»Es wird nichts nützen.« Sie lächelte. »Sein Entschluss ist gefasst.«

Oben im Haus saß Robespierre allein und wartete darauf, dass die beiden Frauen gingen. Als sie auf die Straße traten, brach die Sonne durch die Wolken, und sie liefen durch die berauschend milde Frühlingsluft nach Hause.

Camille Desmoulins an Lucile Desmoulins, aus dem Gefängnis im Palais du Luxembourg:

Ich habe in der Wand meines Zimmers einen Riss entdeckt und das Ohr daran gelegt, und da hörte ich jemanden stöhnen. Ich habe ein paar Worte riskiert, worauf ich die Stimme eines schmerzgeplagten Kranken hörte. Er fragte nach meinem Namen. Als ich ihn nannte, rief er, »O Gott!« und sank wieder auf das Bett, von dem er sich hochgerafft hatte. Da erkannte ich Fabre d'Églantines Stimme. »Ja, ich bin Fabre«, sagte er. »Aber was machst du hier? Hat die Konterrevolution begonnen?«

Voruntersuchung im Luxembourg:

L. Camille Desmoulins, Anwalt, Journalist, Abgeordneter des Nationalkonvents, vierunddreißig Jahre alt, wohnhaft in der Rue Marat. Anwesend: F.-J. Denisot, zusätzlicher Richter des Revolutionstribunals; F. Girard, stellvertretender Urkundsbeamter des Revolutionstribunals; A. Fouquier-Tinville; und G. Liendon, stellvertretender öffentlicher Ankläger.

Vernehmungsprotokoll:

F: Ob er gegen die französische Nation konspiriert habe und durch die Zerstörung der nationalen Vertretung und republikanischen Regierung die Monarchie habe wiederherstellen wollen?

A: Nein.

F: Ob er einen Anwalt habe?

A: Nein.

Wir ernennen sonach Chauveau-Lagarde.

Lucile und Annette gehen in den Jardin du Luxembourg. Sie bleiben stehen, legen den Kopf in den Nacken, suchen ohne große Hoffnung die Fassade ab. Das Kind weint in den Armen seiner Mutter, es will nach Hause. An einem der Fenster steht Camille. Hinter ihm im schummrigen Zimmer steht der Tisch, an dem er den größten Teil des Tages gesessen und eine Verteidigungsrede aufgesetzt hat, ohne dass man ihm bisher mitgeteilt hätte, wie die Anklage lautet. Der raue Aprilwind reißt an Luciles Haar, es flattert, schlängelt sich von ihrem Kopf weg wie das Haar einer Ertrunkenen. Sie dreht den Kopf, sucht immer noch. Er kann sie sehen; sie sieht ihn nicht.

Camille Desmoulins an Lucile Desmoulins:

> *Gestern, als der Bürger, der dir meinen Brief gebracht hat, zurückkam, habe ich gefragt: »Und, haben Sie sie gesehen?«, so wie ich es auch den Abbé Laudréville immer gefragt habe, und ich ertappte mich dabei, wie ich ihn betrachtete, als haftete etwas von dir an seiner Person, seiner Kleidung …*

Die Zellentür fiel ins Schloss. »Er hat gesagt, er habe gewusst, dass ich kommen würde.« Robespierre lehnte sich gegen die Wand. Er schloss die Augen. Sein ungepudertes Haar schimmerte im Licht der Fackel rötlich. »Ich sollte nicht hier sein. Ich hätte nicht kommen sollen. Aber ich wollte … Ich konnte nicht anders.«

»Also kein Handel«, stellte Fouquier fest. Auf seinem Gesicht zeichnete sich Ungeduld ab, auch leichter Spott, wobei nicht erkennbar war, wem dieser galt.

»Kein Handel. Er hat gesagt, Danton gibt uns noch drei Monate.« Seine forschenden blaugrünen Augen suchten im Dämmerlicht Fouquiers Blick.

»Geschwätz.«

»Ich glaube, er hat einen Moment lang gedacht, ich sei gekommen, um ihm vor der Verhandlung noch eine Fluchtmöglichkeit anzubieten.«

»Tatsächlich?«, fragte Fouquier. »Das entspräche Ihnen doch überhaupt nicht. Das müsste er doch wissen.«

»Ja, eigentlich schon.« Er stieß sich von der Wand ab, dann streckte er noch einmal die Hand danach aus und strich über den Verputz.

»Lebwohl«, flüsterte er. Schweigend gingen sie los. Doch plötzlich blieb Robespierre wie angewurzelt stehen. »Hören Sie mal.« Hinter einer geschlossenen Tür erklang Gemurmel und dann ein ungezwungenes lautstarkes Lachen. »Danton«, flüsterte Robespierre mit ehrfürchtiger Miene.

»Kommen Sie«, sagte Fouquier, doch Robespierre blieb stehen und horchte.

»Wie kann er das tun? Wie kann er lachen?«

»Wollen Sie die ganze Nacht hier stehen bleiben?«, fragte Fouquier. Er war dem Unbestechlichen gegenüber immer sehr auf Korrektheit bedacht gewesen, aber wo war der Unbestechliche? Er schlich durchs Gefängnis, um Handel abzuschließen, Angebote und Versprechungen zu machen. Fouquier sah einen kleingewachsenen jungen Mann neben sich, bebend und ganz benommen vor Elend, die sandfarbenen Wimpern feucht. »Verlegen Sie Dantons Bande in die Conciergerie«, sagte Fouquier über die Schulter. Dann drehte er sich um: »Sie werden über ihn hinwegkommen, glauben Sie mir.«

Er fasste die Kerze von Arras am Arm und bugsierte sie in die Nacht hinaus.

JUSTIZPALAST, 13. Germinal, acht Uhr morgens: »Kommen wir gleich zur Sache, meine Herren«, sagte Fouquier zu den beiden stellvertretenden Anklägern. »Auf der Anklagebank sitzt heute eine bunt zusammengewürfelte Schar von Täuschern, Schwindlern und Betrügern sowie einem halben Dutzend bedeutender Politiker. Wenn Sie aus dem Fenster blicken, werden Sie die Schaulustigen sehen, das heißt, Sie müssen nicht einmal hinausblicken, man hört sie ja. Wenn wir mit diesen Leuten falsch umgehen, können sie die ganze Sache ins Wanken bringen und die Sicherheit der Hauptstadt gefährden.«

»Es ist ein Jammer, dass man ihnen den Zugang nicht verwehren kann«, sagte Bürger Fleuriot.

»In der Republik sind Gerichtsverhandlungen unter Ausschluss der

Öffentlichkeit nicht vorgesehen«, sagte Fouquier. »Sie wissen genau, wie wichtig es ist, die Öffentlichkeit teilhaben zu lassen. Aber es darf nichts in die Presse gelangen. Und was unsere Sache angeht: Sie existiert nicht. Der Bericht, den uns Saint-Just gegeben hat, ist – nun, ein politisches Dokument.«

»Sie meinen, ein Haufen Lügen«, bemerkte Liendon.

»Ja, im Prinzip schon. Ich persönlich habe keinen Zweifel, dass Danton sich genug hat zuschulden kommen lassen, um gleich mehrfach hingerichtet zu werden, aber das heißt nicht, dass er der Vergehen schuldig ist, die wir ihm anlasten werden. Wir hatten keine Zeit, eine stichhaltige Anklage gegen diese Männer vorzubereiten. Es gibt keine Zeugen, die wir vorladen könnten, ohne befürchten zu müssen, dass sie irgendwelche unbedachten Äußerungen tun, die dem Ausschuss sehr ungelegen kämen.«

»Ich finde Ihre Einstellung defätistisch«, bemerkte Fleuriot.

»Mein lieber Fleuriot, wir wissen alle, dass Sie hier sind, um für Bürger Robespierre zu spionieren. Aber unsere Aufgabe ist es, unschöne juristische Winkelzüge aufzubieten, nicht Sprüche oder Phrasen abzusondern. So, und nun wenden Sie Ihre Gedanken bitte unseren Gegnern zu.«

»Ich nehme an«, sagte Liendon, »dass Sie damit nicht jene Unglücklichen meinen, die zu Verteidigern bestimmt wurden?«

»Ich bezweifle, dass sie es wagen werden, mit ihren Klienten zu sprechen. Danton kennen die Leute natürlich, er ist der mächtigste Redner der Stadt und außerdem ein weit besserer Anwalt als Sie beide. Um Fabre müssen wir uns keine Gedanken machen. Über seinen Fall ist ausführlich berichtet worden, und zwar durchweg negativ, und da er sehr krank ist, wird er uns keinen Ärger machen. Hérault ist eine ganz andere Kategorie. Wenn er sich dazu herablässt zu argumentieren, könnte es gefährlich werden, denn gegen ihn liegt praktisch nichts vor.«

»Sie haben doch dieses Dokument bezüglich der Capets?«

»Ja, aber ich habe einige Änderungen daran vornehmen lassen, deshalb bin ich nicht sehr erpicht darauf, es einzusetzen. Wen wir auch nicht unterschätzen sollten, das ist der Abgeordnete Philippeaux. Er ist weniger bekannt als die anderen, aber ich fürchte, er ist absolut kompromisslos, und er scheint vor nichts, was wir ihm antun könnten, die geringste Angst zu haben. Der Abgeordnete Lacroix ist mit allen Wassern gewaschen, eine Spielernatur. Unser Informant berichtet, dass er das Ganze als Witz betrachtet.«

»Wer ist unser Informant?«

»Im Gefängnis? Ein gewisser Laflotte.«

»Angst habe ich vor Ihrem Vetter Camille«, sagte Fleuriot.

»Auch hier hat unser Informant einige nützliche Beobachtungen gemacht. Er beschreibt ihn als hysterisch und verstört. Offenbar behauptet Camille, Bürger Robespierre habe ihn heimlich im Luxembourg besucht und ihm angeboten, ihn zu verschonen, wenn er für die Anklage aussagt. Das ist natürlich absurd.«

»Er muss den Verstand verloren haben«, sagte Liendon.

»Vielleicht hat er das. Wir müssen in der Verhandlung von Anfang an darauf abzielen, ihn zu zermürben, einzuschüchtern und zu terrorisieren. Das wird nicht sonderlich schwierig sein, aber wir müssen um jeden Preis verhindern, dass er Gelegenheit zu einer Verteidigungsrede bekommt, denn die Leute, die sich an '89 erinnern, haben eine gewisse emotionale Bindung an ihn. Aber jetzt sagen Sie mal, Fleuriot – was ist Ihrer Ansicht nach unser Trumpf?«

»Die Zeit, Bürger.«

»Genau. Die Zeit arbeitet für uns. Seit dem Prozess gegen Brissot kann eine Gerichtsverhandlung, sofern die Geschworenen zufriedengestellt sind, nach drei Tagen beendet werden. Was schließen wir daraus, Liendon?«

»Dass wir die Geschworenen sorgfältig auswählen müssen.«

»Sie verstehen Ihr Handwerk mittlerweile beide gut, das muss ich sagen. Also, dann wollen wir mal sehen.« Fouquier zog eine Liste der verfügbaren Geschworenen für das Revolutionstribunal hervor. »Trinchard, der Tischler, Deboisseaux, der Schuster – zwei treue Vertreter des einfachen Volkes.«

»Zuverlässige Männer«, sagte Fleuriot.

»Und Maurice Duplay – auf den ist Verlass.«

»Nein. Bürger Robespierre hat sein Veto gegen Duplays Teilnahme an der Jury eingelegt.«

Fouquier biss sich auf die Lippe. »Ich werde diesen Mann nie verstehen. Na gut – Ganney, der Perückenmacher, der ist immer kooperativ. Und wahrscheinlich kann er Arbeit gebrauchen – nach Perücken dürfte derzeit keine große Nachfrage bestehen. Und Lumière.« Er hakte einen weiteren Namen ab. »Dem müssen wir vielleicht ein bisschen auf die Sprünge helfen. Aber daran soll es nicht scheitern.«

Liendon linste dem öffentlichen Ankläger über die Schulter.

»Was ist mit Zehnter-August-Leroy?«

»Ausgezeichnet«, sagte Fouquier. Er markierte den Namen des Mannes, der einmal Leroy de Montflobert, Marquis de France gewesen war. »Und jetzt?«

»Wir werden nicht an Souberbielle vorbeikommen.«

»Er ist sowohl mit Danton als auch mit Robespierre befreundet.«

»Aber ich glaube, er hat die richtigen Grundsätze«, sagte Fleuriot. »Oder wird sich zu ihnen verhelfen lassen.«

»Zum Ausgleich«, sagte Fouquier, »nehmen wir noch Renaudin, den Geigenbauer, mit dazu.«

Fleuriot lachte. »Sehr gut. Ich habe miterlebt, wie er Camille damals abends im Jakobinerclub niedergeschlagen hat. Was war eigentlich der Grund für diese Auseinandersetzung? Das habe ich nie herausgefunden.«

»Weiß der Himmel«, sagte Fouquier. »Renaudin ist ja nun nachweislich verrückt. Könnten Sie daran denken, meinen Vetter vor Gericht nicht beim Vornamen zu nennen?« Er blickte mit gerunzelter Stirn auf die Liste. »Ich weiß nicht, wer sonst noch absolut verlässlich ist.«

»Er?« Liendon deutete auf einen Namen.

»O nein. Nein. Der argumentiert gern, und das können wir nicht gebrauchen. Nein, ich fürchte, wir werden mit sieben Geschworenen arbeiten müssen. Na ja, sie werden ohnehin nicht in der Lage sein, groß zu diskutieren. Ich rede die ganze Zeit so, als stünde hier eine Art Wettkampf an, aber Verlieren ist in diesem Spiel für uns keine Option. Wir sehen uns um elf im Gericht.«

»Ich heiße Danton. Mein Name ist in der Revolution leidlich bekannt. Ich bin in Arcis im Département Aube geboren und von Beruf Anwalt. In ein paar Tagen wird meine Wohnung im Nichts sein und mein Name im Pantheon der Geschichte.«

Der erste Tag.

»Das klingt ja ausgesprochen pessimistisch«, sagt Lacroix zu Philippeaux.

»Wer sind all diese Leute?«

»Fabre kennen Sie natürlich; das ist Chabot – freut mich, Sie gesund und munter anzutreffen, Bürger – Diedrichsen, das ist Philippeaux – das sind Emmanuel Frei und Junius Frei – angeblich haben Sie mit ihnen konspiriert.«

»Freut mich, Sie kennenzulernen, Bürger Philippeaux«, sagt einer der Gebrüder Frei. »Was haben Sie denn getan?«

»Ich habe den Ausschuss kritisiert.«

»Aha.«

Philippeaux zählt die Anwesenden. »Wir sind vierzehn. Und die komplette Betrugsaffäre um die Ostindien-Kompanie wird verhandelt. Gäbe es so etwas wie Gerechtigkeit, dann würde das Gericht dafür drei Monate brauchen. Wir haben drei Tage.«

Camille Desmoulins ist aufgesprungen. »Ablehnung«, sagt er und deutet dabei auf die Geschworenen. Er fasst sich so kurz wie möglich, in der Hoffnung, nicht zu stottern.

»Nur über Ihren Anwalt«, sagt Hermann barsch.

»Ich verteidige mich selbst«, versetzt Desmoulins. »Ich erhebe Einspruch gegen Renaudin.«

»Mit welcher Begründung?«

»Er hat mein Leben bedroht. Ich könnte mehrere hundert Zeugen anführen.«

»Der Einwand ist ungerechtfertigt.«

Der Bericht des Polizeiausschusses zur Ostindien-Affäre wird verlesen. Zwei Stunden. Die Anklagen werden verlesen. Eine weitere Stunde. Hinter den hüfthohen Absperrungen am Ende des Gerichtssaals steht eine dicht gedrängte Zuschauermenge, die sich durch die Tür und bis weit auf die Straße hinaus erstreckt. »Angeblich stehen die Leute bis zur Münzanstalt«, flüstert Fabre.

Lacroix schaut zu den Fälschern hinüber. »Wie passend«, murmelt er.

Fabre fährt sich mit der Hand übers Gesicht. Er sitzt in sich zusammengesunken auf dem Lehnstuhl, der normalerweise dem Hauptangeklagten vorbehalten ist. Als die Gefangenen am Abend zuvor in die Conciergerie verlegt wurden, konnte er kaum laufen, und zwei der Wächter mussten ihn zu der geschlossenen Kutsche geleiten. Ab und zu übertönt einer seiner Hustenanfälle die Stimme von Fabricius Pâris, und der Gerichtsschreiber nutzt die Gelegenheit, um Atem zu schöpfen; sein Blick wandert immer wieder zu dem gleichgültigen Gesicht seines einstigen Förderers Danton. Fabre zieht ein Taschentuch hervor und hält es sich vor den Mund. Seine Haut sieht feucht aus, blutleer. Manchmal dreht sich Danton nach ihm um und blickt ihm ins Gesicht; ein paar Minuten später schaut er dann nach Camille. Unbarmherzige Sonnenstrahlen fallen oberhalb der Geschworenen in den Saal und brennen sich in den schwarz-weißen Marmorboden. Der Nachmittag schreitet voran, und über dem Kopf von Zehnter-August-Leroy erstrahlt ein unverdienter Heiligenschein. Im Palais-Royal blüht der Flieder.

Danton: »Das muss aufhören. Ich verlange, hier und jetzt angehört zu werden. Ich verlange, dem Konvent schreiben zu dürfen. Ich verlange die Bildung eines Ausschusses. Camille Desmoulins und ich möchten gegen die diktatorischen Praktiken des Wohlfahrtsausschusses –«

Der aufbrandende Beifall übertönt ihn. Die Leute rufen seinen Namen, klatschen, stampfen mit den Füßen, singen die Marseillaise. Der Tumult pflanzt sich auf die Straße fort und wird so laut, dass die Klingel des Präsidenten nicht mehr zu hören ist. In wilder Pantomime schwenkt er sie in Richtung der Angeklagten, und Lacroix wiederum schüttelt die Faust gegen den Präsidenten. Keine Panik, keine Panik, lässt sich von Fouquiers Lippen ablesen, und als Hermann sich endlich Gehör verschaffen kann, vertagt er die Verhandlung. Die Gefangenen werden in ihre Zellen hinuntergeführt. »Diese Dreckskerle«, sagt Danton deutlich vernehmbar. »Morgen mache ich sie zu Hackfleisch.«

»Verkauft? Ich soll mich verkauft haben? Ein Mann wie ich ist für Geld nicht zu haben.«

Der zweite Tag.

»O nein, nicht noch einer«, sagt Philippeaux. »Wer ist dieser Mann?«

Danton schaut über die Schulter. »Das ist Bürger Lhuillier. Er ist Generalstaatsanwalt – oder war es vielmehr. Was machen Sie denn hier, Bürger?«

Lhuillier nimmt seinen Platz bei den Angeklagten ein. Er sagt nichts, wirkt benommen.

»Fouquier, was werfen Sie diesem Mann vor?«

Fouquier hebt den Blick, starrt den Angeklagten böse an und wendet sich dann wieder der Liste zu, die er in der Hand hält. Er flüstert wütend mit seinen Vertretern. »Aber Sie haben doch gesagt –«, beharrt Fleuriot.

»Ich habe gesagt, Sie sollen ihn vorladen. Nicht verhaften. Muss man denn alles selbst machen, verdammt!«

»Er weiß nicht, was er getan hat«, sagt Philippeaux. »Er hat keine Ahnung. Aber ihm wird schnell etwas einfallen.«

»Camille«, sagt Hérault. »Ihr Vetter ist wirklich unfähig. Er ist eine Schande für die Kriminalgerichtsbarkeit.«

»Fouquier«, fragt dessen Vetter ihn, »wie bist du eigentlich an diesen Posten gekommen?«

Der öffentliche Ankläger wühlt in seinen Unterlagen. »Ach, was soll's«, brummelt er. Er begibt sich zum Richtertisch. »Eine Panne«, lässt er Hermann wissen. »Aber behalten Sie es für sich. Sonst machen uns diese Scheißkerle zum Gespött.«

Hermann seufzt. »Wir stehen alle unter enormem Druck. Trotzdem wünschte ich, Sie würden sich einer schicklicheren Sprache bedienen. Lassen Sie ihn hier, und ich werde am letzten Tag die Geschworenen anweisen, ihn aufgrund der schwachen Beweislage freizusprechen.«

Der Vizepräsident Dumas stinkt nach Schnaps. Die Menge hinten im Saal bewegt sich, ist unruhig, gefährlich, durch die Verzögerungen gelangweilt. Ein weiterer Gefangener wird hereingebracht. »Großer Gott«, sagt Lacroix. »Westermann.«

General Westermann, der Sieger der Vendée, baut sich vor den Angeklagten auf, massiv, streitlustig. »Wer zum Teufel sind all diese Leute?« Er deutet mit dem Daumen auf Chabot und seine Freunde.

»Verschiedene kriminelle Elemente«, sagt Hérault, »mit denen Sie konspiriert haben.«

»Ach ja?« Westermanns Stimme wird lauter. »Wofür halten Sie mich eigentlich, Fouquier? Für einen Idioten, irgendeinen dahergelaufenen Armeetrottel? Vor der Revolution war ich Rechtsanwalt in Straßburg. Ich weiß, wie ein Gerichtsverfahren auszusehen hat. Man hat mir keinen Anwalt zugeteilt. Es gab keine Voruntersuchung. Ich bin nicht angeklagt worden.«

Hermann blickt auf. »Das sind Formalitäten.«

»Wir alle«, sagt Danton trocken, »sind auf der Grundlage von Formalitäten hier.«

Die Angeklagten brechen in bitteres Gelächter aus. Dantons Bemerkung erreicht die Zuschauer. Sie applaudieren, und eine Reihe Sansculotten nehmen ihre roten Mützen ab, schwenken sie durch die Luft, singen *Ça ira* und brüllen (verwirrenderweise): »A la lanterne!«

»Ich rufe Sie zur Ordnung!«, schreit Hermann Danton an.

»Sie rufen mich zur Ordnung?« Danton springt auf wie von der Tarantel gestochen. »Mir scheint vielmehr, dass ich Ihnen Recht und Ordnung in Erinnerung rufen muss. Ich habe ein Recht zu sprechen. Wir alle haben das Recht, angehört zu werden. Verdammt noch mal – ich habe dieses Tribunal selbst ins Leben gerufen. Ich sollte nun wirklich am besten wissen, nach welchen Regeln es funktioniert!«

»Hören Sie nicht die Klingel?«

»Ein Mann, dem die Todesstrafe droht, interessiert sich nicht für Klingeln.«

Der Gesang der Zuschauer wird lauter. Fouquiers Lippen bewegen sich, doch man versteht ihn nicht. Hermann schließt die Augen, und hinter seinen Lidern tanzen die Unterschriften des Wohlfahrtsausschusses. Erst nach einer Viertelstunde ist die Ordnung wiederhergestellt.

Wieder die Affäre um die Ostindien-Kompanie. Die Ankläger wissen, dass sie hier etwas in der Hand haben, deshalb halten sie sich an diesen Fall. Fabre hebt das Kinn, das ihm auf die Brust gesunken war. Nach ein paar Minuten sackt es wieder herunter. »Er braucht einen Arzt«, flüstert Philippeaux.

»Sein Arzt ist gerade anderweitig beschäftigt. In der Jury.«

»Sie werden uns hier doch nicht wegsterben, Fabre?«

Fabre ringt sich ein elendes Lächeln ab. Danton spürt die Angst Camilles, der stocksteif zwischen ihm und Lacroix sitzt. Camille hat die ganze Nacht geschrieben, denn er ist davon überzeugt, dass man ihn letztlich wird sprechen lassen müssen. Bisher haben ihn die Richter jedes Mal wenn er den Mund aufgemacht hat brutal zum Schweigen gebracht.

Cambon, der Finanzexperte der Regierung, tritt in den Zeugenstand, um über Gewinne und Anteilscheine, Bankgeschäfte und Devisenbestimmungen zu referieren. Er wird der einzige Zeuge in diesem Prozess bleiben. Danton fällt ihm ins Wort:

»Hören Sie, Combon: Halten Sie mich für einen Royalisten?«

Cambon schaut zu ihm hinüber und lächelt.

»Sehen Sie, er lacht. Halten Sie das fest, Bürger Gerichtsschreiber: Er hat gelacht!«

HERMANN: Danton, der Konvent beschuldigt Sie der ungebührlichen Begünstigung Dumouriez', der Kaschierung seines wahren Wesens und seiner wahren Absichten sowie der Unterstützung und Beihilfe bei seinen Plänen, die Freiheit zunichte zu machen, wie etwa dem, mit einer bewaffneten Streitmacht auf Paris zu marschieren, die republikanische Regierung zu stürzen und die Monarchie wiederherzustellen.

DANTON: Darf ich gleich darauf antworten?

HERMANN: Nein. Bürger Pâris, lesen Sie jetzt den Bericht von Bürger Saint-Just vor – ich meine, den Bericht, den der Bürger im Konvent und im Jakobinerclub verlesen hat.

Zwei Stunden. Die Angeklagten haben sich in zwei Lager gespalten; die sechs Politiker und der General versuchen, einen gewissen Abstand zwischen sich und die Diebe zu legen, aber das ist nicht einfach. Philippeaux hört aufmerksam zu und macht sich Notizen. Hérault wirkt gedankenverloren, man fragt sich, ob er das Geschehen im Gerichtssaal überhaupt verfolgt. Der General schnaubt ab und zu ungeduldig und flüstert Lacroix eine Nachfrage ins Ohr, doch Lacroix kann ihm nur selten weiterhelfen.

Zunächst ist das Publikum während der Verlesung des Berichts unruhig. Doch als dessen implizite Weiterungen sich abzuzeichnen beginnen, breitet sich tiefes Schweigen im Gericht aus, stiehlt sich in den dunkler werdenden Saal wie ein wildes Tier in seinen Bau. Das Läuten der Glocken signalisiert, dass die erste Stunde des Berichts verstrichen ist, Hermann räuspert sich, und Fouquier streckt mit dem Rücken zu den Angeklagten hinter seinem Tisch die Beine aus. Desmoulins verliert plötzlich die Nerven. Er fasst sich ans Gesicht, wundert sich im nächsten Moment, was seine Hand da soll, streicht sich nervös das Haar zurück. Hastig blickt er in die Gesichter rechts und links von ihm. Er umschließt die eine, zur Faust geballte Hand mit der anderen, presst die Fingerknöchel an die Lippen; dann lässt er die Hände sinken und umklammert die Vorderkante der Bank, bis die Fingerknöchel weiß angelaufen sind. Bürger Robespierres in Straffällen sehr nützliche Maxime: Wer Angst zeigt, ist schuldig. Danton und Lacroix ergreifen seine Hände und halten sie unauffällig neben ihm fest.

Pâris ist fast fertig, mit brüchiger Stimme liest er die letzten Sätze. Er lässt die Blätter auf den Tisch fallen, und sie breiten sich fächerförmig aus. Er ist am Ende seiner Kräfte, hätte er noch länger fortfahren müssen, wäre er weinend zusammengebrochen.

»Danton«, sagte Hermann. »Sie haben das Wort.«

Während er sich erhebt, fragt er sich, was Philippeaux wohl alles notiert hat. Denn es gibt nicht eine Unterstellung, die er höhnisch zerpflücken könnte, nicht eine Beschuldigung, die er hochhalten könnte, um sie dann in den Schmutz zu treten und auf ihr herumzutrampeln. Gäbe es doch nur eine spezifische Anklage – am 10. August 1792 haben Sie, Georges-Jacques Danton, sich der Konspiration und des Landesverrats schuldig gemacht … Aber er muss eine ganze Laufbahn rechtfertigen, ein ganzes Leben, ein Leben in der Revolution, um diesem Gespinst aus Lügen und Andeutungen, dieser Schändung der Wahrheit etwas entgegenzusetzen. Saint-Just muss Camilles Schriften gegen Brissot gründlich studiert haben, denn in ihnen wurde diese Methode perfektioniert. Mit welcher Treffsicherheit und Bösartigkeit, schießt es ihm durch den Kopf, hätte Camille sich seiner Laufbahn angenommen!

Nach einer Viertelstunde stellen sich der Schwung und die Kraft ein, die er braucht, um die Macht seiner Stimme zu entfalten. Das lange Schweigen hat ein Ende. Die Menge beginnt wieder zu applaudieren. Manchmal muss er innehalten und sich dem Lärm überlassen; er schöpft Atem und spricht dann noch kraftvoller weiter. Fabre hat ihn unterwiesen, erfolgreich unterwiesen. Er stellt sich seine Stimme als Angriffswaffe vor, als eine kleine Streitkraft; Lava aus dem Krater eines unerschöpflichen Vulkans, in der die anderen verbrennen, verglühen, bei lebendigem Leibe begraben werden. *Bei lebendigem Leibe begraben.*

Einer der Geschworenen unterbricht ihn: »Können Sie uns darüber aufklären, warum unsere Truppen in Valmy die Preußen bei ihrem Rückzug nicht verfolgt haben?«

»Nein, das kann ich nicht, bedaure. Ich bin Anwalt. Militärische Dinge sind ein Buch mit sieben Siegeln für mich.«

Fabres Hände lösen sich von der Stuhllehne.

Manchmal versucht Hermann, ihn bei wichtigen Punkten zu unterbrechen. Danton schmettert ihn jedes Mal voller Verachtung ab. Bei jeder Abfuhr, die er dem Gericht erteilt, jubelt und pfeift das Publikum und spottet lautstark. Die Theater sind leer, dies ist die einzige Vorstellung, die sie besuchen können. Und genau das ist es: eine Vorstellung, das weiß er. Im Moment stehen sie alle hinter ihm, aber was, wenn Robespierre die Bühne beträte? Würden sie ihm nicht genauso zujubeln? Père Duchesne war ihr Held, doch als sein Schöpfer auf dem Schinderkarren um Gnade flehte, lachten und buhten sie ihn aus.

Nach einer Stunde hat seine Stimme nichts von ihrer Kraft verloren. Die körperliche Anstrengung bemerkt er gar nicht. Seine Lunge tut, wozu er sie trainiert hat, wie die eines Athleten. Doch diesmal geht es nicht darum, ein Argument zu untermauern, einen Streit für sich zu entscheiden, diesmal geht es um sein Leben. Es ist das, was er wollte, worauf er gewartet und gehofft hat, die allentscheidende Konfrontation, doch im Laufe des Tages merkt er, dass er eine Stimme in seinem Innern übertönt, die sagt: Sie lassen diese Konfrontation nur zu, weil die Sache längst entschieden ist – du bist ein toter Mann. Eine Frage von Fouquier versetzt ihn in rasende Wut: »Schafft meine Ankläger her«, ruft er. »Zeigt mir Beweise, einen einzigen, ja nur den winzigsten Hauch eines Beweises. Ich fordere meine Ankläger auf, sich zu zeigen, mir gegenüberzutreten. Holt diese Männer her, und ich werde sie in die Dunkelheit zurückstoßen, aus der sie nie hätten hervorkommen sollen. Zeigt euch, ihr hinterhältigen Schwindler, und ich werde euch die Masken vom Gesicht reißen und euch der Rache des Volkes ausliefern!«

Und noch eine Stunde. Er hätte gern ein Glas Wasser, traut sich aber nicht, darum zu bitten. Hermann sitzt mit leicht geöffnetem Mund über seine Gesetzestexte gebeugt und beobachtet ihn. Danton kommt es vor, als hätte sich der gesamte Staub seiner Heimat, jenes gelben Bodens jenseits von Arcis, in seiner Kehle gesammelt und ersticke ihn.

Hermann steckt Fouquier einen Zettel zu: In einer halben Stunde unterbreche ich Dantons Verteidigungsrede.

Er merkt schließlich, auch wenn er es so lange wie möglich ignoriert, dass seine Stimme ihre Kraft verliert. Und der morgige Kampf steht noch bevor, er kann es sich nicht leisten, heiser zu werden. Er zückt ein Taschentuch und wischt sich die Stirn ab. Hermann springt auf.

»Der Zeuge ist erschöpft. Wir vertagen uns auf morgen.«

Danton schluckt und erhebt in einer letzten Anstrengung noch einmal die Stimme. »Ich werde meine Verteidigungsrede morgen fortsetzen.«

Hermann nickt verständnisvoll.

»Und morgen werden unsere Zeugen aussagen.«

»Morgen.«

»Sie haben die Liste der Leute, die wir in den Zeugenstand berufen wollen.«

»Wir haben Ihre Listen.«

Das Publikum applaudiert geschlossen. Er dreht sich um. Dann sieht er, dass Fabres Lippen sich bewegen, und beugt sich zu ihm. »Sprich weiter, Georges. Wenn du jetzt aufhörst, werden sie dich nicht mehr sprechen lassen. Mach weiter – es ist unsere einzige Chance.«

»Ich kann nicht mehr. Meine Stimme muss sich erholen.« Er setzt sich, starrt geradeaus ins Leere. Dann reißt er sich das Tuch vom Hals. »Der Tag ist vorbei.«

14. GERMINAL, abends, in den Tuilerien. »Sie werden mir vermutlich zustimmen«, sagte Robespierre, »dass Sie nicht sehr weit gediehen sind.«

»Im Gericht herrscht ein unglaublicher Tumult.« Fouquier schritt im Zimmer auf und ab. »Wir haben Angst, dass uns die Leute die Gefangenen entreißen.«

»Ich glaube, da kann ich Sie beruhigen. Das ist noch nie passiert. Und das Volk ist Danton nicht sonderlich zugetan.«

»Bei allem Respekt, Bürger Robespierre –«

»Ich weiß das – das Volk ist niemandem mehr sonderlich zugetan. Ich habe Erfahrung, ich weiß diese Dinge einzuschätzen. Die Leute genießen das Spektakel, das ist alles.«

»Trotzdem kommen wir einfach nicht voran. Danton wendet sich in seiner Verteidigungsrede immer wieder an die Zuschauer.«

»Es war ein Fehler, sie zuzulassen. Ein Kreuzverhör wäre angebracht gewesen. Hermann hätte diese Rede nicht erlauben sollen.«

»Sorgen Sie dafür, dass er sie nicht fortsetzen kann«, sagte Collot.

Fouquier neigte den Kopf. Ein Halbsatz Dantons fiel ihm ein: *die drei oder vier Kriminellen, die Robespierre ruinieren.* »Ja, ja, selbstverständlich«, sagte er.

»Wenn es morgen nicht besser läuft«, sagte Robespierre, »lassen Sie mir eine Nachricht zukommen. Wir werden sehen, wie wir Abhilfe schaffen können.«

»Wie wollen Sie das machen?«

»Nach dem Prozess gegen Brissot haben wir die Drei-Tages-Regel eingeführt. Bloß kam das damals zu spät. Es gibt keinen Grund, warum Sie nicht neue Verfahrensregeln erhalten sollten, wenn Sie sie brauchen, Fouquier. Wir wollen nicht, dass sich das Ganze noch weiter in die Länge zieht.«

Ruiniert, korrumpiert, dachte Fouquier, ein ausgebluteter Heiland: Sie haben ihm das Herz gebrochen. »Ja, Bürger Robespierre«, sagte er. »Danke, Bürger Robespierre.«

»Diese Desmoulins macht uns gehörigen Ärger«, sagte Saint-Just plötzlich.

Fouquier blickte auf. »Wie könnte uns die kleine Lucile Ärger machen?«

»Sie hat Geld. Sie hat Beziehungen. Nach den Verhaftungen hat sie alle Hebel in Bewegung gesetzt. Sie scheint verzweifelt zu sein.«

»Fangen Sie morgen früh schon um acht an«, sagte Robespierre. »Vielleicht können Sie den Zuschauern ein Schnippchen schlagen.«

Camille Desmoulins an Lucile Desmoulins:

Ich bin fünf Jahre lang am Abgrund der Revolution entlanggegangen, ohne abzustürzen, und ich lebe immer noch. Ich habe von einer Republik geträumt, die auf der ganzen Welt Bewunderung weckt; ich hätte nie gedacht, dass Menschen so grausam und so ungerecht sein können.

»An einem Tag wie heute, vor etwa einem Jahr, habe ich das Revolutionstribunal gegründet. Ich bitte Gott und die Menschheit um Vergebung.«

Der dritte Tag.

»Wir werden nun«, sagt Fouquier, »zur Vernehmung von Emmanuel Frei schreiten.«

»Wo sind meine Zeugen?«

Fouquier gibt sich überrascht. »Über Zeugen entscheidet der Ausschuss, Danton.«

»Der Ausschuss? Was hat der Ausschuss damit zu tun? Ich habe ein Recht auf Zeugen. Wenn Sie meine Zeugen nicht vorgeladen haben, werde ich meine Verteidigungsrede fortsetzen.«

»Aber Ihre Mitangeklagten müssen gehört werden.«

»Ach ja?« Danton schaut zu ihnen hinüber. Fabre, denkt er, liegt im Sterben. Ob ihm die Guillotine den Hals durchtrennen wird, bevor in seiner Brust etwas zerreißt und er in seinem eigenen Blut ertrinkt, ist eine rein akademische Frage. Philippeaux hat in der vergangenen Nacht kein Auge zugetan. Er hat stundenlang über seinen dreijährigen Sohn geredet, der Gedanke an das Kind lähmt ihn. Héraults Miene drückt unmissverständlich aus, dass mit ihm nicht zu rechnen ist; mit diesem Gericht wird er sich nicht abgeben. Camille befindet sich in einem Zustand emotionaler Auflösung. Er beteuert immer wieder, Robespierre habe ihn in seiner Zelle aufgesucht und ihm einen Tausch angeboten: sein Leben dafür, dass er sich als Zeuge für die Anklage zur Verfügung stellt – sein Leben, seine Freiheit und seine politische Rehabilitation. Niemand sonst hat Robespierre gesehen, aber Danton kann sich durchaus vorstellen, dass es so war.

»Komm, Lacroix«, sagt er. »Leg los.«

Lacroix ist sofort auf den Beinen. Er strahlt die Anspannung und das Hochgefühl von jemandem aus, der einen gefährlichen Sport betreibt. »Vor drei Tagen habe ich eine Liste meiner Zeugen eingereicht. Nicht einer von ihnen ist in den Zeugenstand gerufen worden. Ich fordere den öffentlichen Ankläger auf, mir in Anwesenheit des Volkes, das hier miterlebt, wie ich versuche, meinen Namen reinzuwaschen, zu erklären, warum mir mein Recht verweigert wurde.«

Ganz ruhig und gelassen, ermahnt sich Fouquier. »Das hat nichts mit mir zu tun«, sagt er unschuldig. »Ich habe nichts dagegen, dass Ihre Zeugen aufgerufen werden.«

»Dann sorgen Sie dafür, dass es geschieht. Es reicht mir nicht, zu wissen, dass Sie nichts dagegen haben.«

Plötzlich liegt Gewalt in der Luft. Vetter Camille steht neben Lacroix, eine Hand auf dessen Schulter gestützt, als stemmte er sich einem starken Wind entgegen. »Ich habe Robespierre auf meine Liste von Zeugen gesetzt.« Seine Stimme bebt. »Werden Sie ihn aufrufen? Werden Sie ihn aufrufen, Fouquier?«

Ohne ein Wort zu sagen oder sich vom Fleck zu rühren, vermittelt Fouquier den Eindruck, er werde im nächsten Moment den Gerichtssaal durchqueren und seinen Vetter niederschlagen – was niemanden verwundern würde. Mit einem Keuchen lässt Camille sich wieder auf die Bank sinken. Doch Hermann gerät erneut in Panik. Hermann, denkt Fouquier, ist ein miserabler Anwalt. Wenn die Anwaltschaft von Artois mehr nicht zu bieten hat, dann hätte er, Fouquier, ganz nach oben gelangen können. Wo er allerdings, genau genommen, ist.

Mit einem ungeduldigen Schnalzer geht er zu den Richtern hinüber.

»Das Publikum ist noch ungebärdiger als gestern«, sagte Hermann. »Die Angeklagten sind ungebärdiger als gestern. So kommen wir nicht weiter.«

Fouquier wendet sich den Angeklagten zu. »Es ist an der Zeit, dass dieses Gezanke aufhört. Es ist ein einziges Ärgernis, für das Tribunal wie für das Publikum. Ich werde den Konvent um Anweisung bitten, wie dieses Verfahren fortzusetzen ist, und wir werden seiner Empfehlung aufs Wort folgen.«

Danton beugt sich zu Lacroix hinüber. »Das könnte jetzt der Wendepunkt sein. Wenn die Deputierten von dieser Farce hier erfahren, werden sie vielleicht wieder zur Besinnung kommen und uns zu einer Zeugenanhörung verhelfen. Ich habe Freunde im Konvent, viele Freunde.«

»Glaubst du?«, fragte Philippeaux. »Du meinst, es gibt dort eine Menge Leute, die dir etwas schuldig sind. Wenn das hier noch ein paar Stunden so weitergeht, wird sich dir niemand mehr erkenntlich erweisen müssen. Und woher sollen wir wissen, ob man den Abgeordneten die Wahrheit sagt? Oder was sich Saint-Just einfallen lässt, um sie einzuschüchtern?«

Antoine Fouquier-Tinville an den Nationalkonvent:

> *Die Sitzung ist von Anfang an sehr stürmisch verlaufen. Die Angeklagten fordern mit größtem Nachdruck, dass von ihnen benannte Zeugen angehört werden. Sie rufen das Publikum zum Zeugen dessen auf, was sie als Verweigerung ihrer legitimen Ansprüche bezeichnen. Zwar sind der Vorsitzende und das gesamte Tribunal unnachgiebig, doch halten diese wiederholt geäußerten Forderungen die Verhandlung auf. Zudem erklären die Angeklagten ganz offen, dass sie derlei Unterbrechungen so lange vornehmen werden, bis ihre Zeugen aufgerufen werden. Daher bitten wir Sie um eine autoritative Entscheidung darüber, wie wir auf die Forderung, Zeugen anzuhören, reagieren sollen, da uns das geltende Recht keine rechtmäßige Ablehnung dieses Ansinnens ermöglicht.*

IN DEN TUILERIEN: Robespierres nervöse Finger trommeln auf die Tischplatte. Die Lage gefällt ihm nicht. »Gehen Sie«, sagt er zu Laflotte, dem Informanten.

Sobald sich die Tür hinter ihm geschlossen hat, sagt Saint-Just: »Ich glaube, das wird funktionieren.« Robespierre starrt auf Fouquiers Brief hinunter, doch seine Augen erfassen ihn nicht. Dann spricht Saint-Just weiter, und als Robespierre den Eifer in seiner Stimme hört, blickt er alarmiert auf. »Ich werde zum Konvent gehen und berichten, dass eine gefährliche Verschwörung vereitelt worden ist.«

»Glaubst du das denn?«

»Was?«

»Dass es eine gefährliche Verschwörung gab. Also, ich verstehe diese Sache mit Lucile nicht. Wird im Gefängnis davon gesprochen? Stimmt es? Oder hat Laflotte es sich ausgedacht, während er hier hochgekommen ist? Oder … hast du ihm in den Mund gelegt, was du hören wolltest?«

»Informanten erzählen einem immer das, was man hören will«, sagt Saint-Just ungeduldig. »Hör zu, es wird funktionieren. Es ist genau das, was wir brauchen.«

»Aber stimmt es?« Robespierre lässt nicht locker.

»Das werden wir herausfinden, wenn wir sie vor Gericht stellen. Aber erst einmal zwingen uns die Umstände zu handeln. Für mich klingt das Ganze plausibel, das muss ich schon sagen. Seit dem Morgen der Verhaftungen ist sie in der Stadt unterwegs, als hätte sie etwas am Köcheln. Sie ist schließlich nicht dumm, oder? Außerdem ist Dillon ihr Geliebter.«

»Nein.«

»Nein?«

»Sie hat keine Geliebten.«

Saint-Just lacht. »Die Frau ist berüchtigt.«

»Das sind haltlose Gerüchte.«

»Aber alle reden davon.« Derselbe überschwängliche Ton. »Als sie an der Place des Piques wohnten, hat sie schamlos als Dantons Mätresse gelebt. Und sie hatte etwas mit Hérault, das wissen alle.«

»Das *meinen* alle zu wissen.«

»Ach, du siehst doch nur, was du sehen willst, Robespierre.«

»Sie hat keine Geliebten.«

»Und was ist dann mit Dillon?«

»Er ist ein enger Freund von Camille.«

»Also gut, dann ist Dillon sein Geliebter. Mir ist das alles egal.«

»Mein Gott«, sagt Robespierre. »Du gehst entschieden zu weit.«

»Es gilt der Republik zu dienen«, sagt Saint-Just voller Leidenschaft. »Diese schäbigen privaten Affären interessieren mich nicht. Ich möchte einfach dem Tribunal die nötigen Mittel an die Hand geben, um diese Männer zu erledigen.«

»Jetzt hör mir mal zu«, sagte Robespierre. »Da wir diesen Weg nun einmal eingeschlagen haben, müssen wir ihn bis zum Ende weitergehen, denn wenn wir zaudern, werden sie die Gelegenheit beim Schopf ergreifen und uns dahin befördern, wo sie jetzt sind. Um es in deiner eleganten Formulierung auszudrücken: Ja, wir müssen sie erledigen. Ich werde dir freie Hand lassen, aber ich muss dich dafür nicht lieben.« Er richtete seinen kalten Blick auf Saint-Just. »Also gut, geh zum Konvent. Sag ihnen, dass du über den Informanten Laflotte von einer Verschwörung im Gefängnis erfahren hast. Dass Lucile Desmoulins mit der finanziellen Unterstützung von … von feindlichen Mächten … mit General Dillon konspiriert hat, um die Gefangenen im Luxembourg zu befreien, einen bewaffneten Aufstand vor dem Konvent anzuzetteln und dem Ausschuss den Todesstoß zu versetzen. Dann fordere den Konvent auf, einen Erlass herauszugeben, mit dessen Hilfe die Angeklagten zum Schweigen gebracht werden können und das Verfahren entweder heute noch oder morgen früh beendet werden kann.«

»Ich habe hier einen Haftbefehl für Lucile Desmoulins. Die ganze Sache würde an Überzeugungskraft gewinnen, wenn du ihn unterschreiben würdest.«

Robespierre greift nach seinem Federhalter und setzt seine Unterschrift auf das Dokument, ohne hinzusehen. »Es spielt ja keine Rolle«, sagte er. »Sie wird eh nicht weiterleben wollen. Saint-Just?« Der junge Mann wendet sich ihm zu, sieht ihn hinter seinem Schreibtisch sitzen, bleich, gedrungen, beherrscht, die gefalteten Hände vor sich. »Wenn das alles vorbei und Camille tot ist, möchte ich nicht deinen Nekrolog auf ihn hören. Niemand darf je wieder von ihm sprechen, das verbiete ich. Wenn er tot ist, will ich allein an ihn denken, nur für mich.«

Die Aussage von Fabricius Pâris, Protokollführer des Revolutionstribunals, bei der Gerichtsverhandlung gegen Antoine Fouquier-Tinville, 1795:

Selbst Fouquier und sein werter Kollege Fleuriot, so grausam sie waren, schienen in Ehrfurcht erstarrt vor diesen Männern, und der Zeuge konnte sich nicht vorstellen, dass sie den Mut aufbringen würden, sie zu opfern. Er wusste nichts von den widerwärtigen Ränken, die zu diesem Zwecke geschmiedet wurden, und dass man eine Verschwörung im Luxembourg ersonnen hatte, was dazu führte … dass der Nationalkonvent seine Skrupel ablegte und den Erlass formulierte, der die Angeklagten außerhalb des Rechtes stellte. Dieser fatale Erlass wurde von Amar und Voulland [vom Polizeiausschuss] gebracht. Der Zeuge war anwesend, als sie eintrafen: Ihnen standen Angst und Schrecken ins Gesicht geschrieben, so sehr schienen sie zu befürchten, dass ihre Opfer dem Tode entrinnen könnten. Sie begrüßten den Zeugen. Vouland sagte: »Jetzt haben wir sie, diese Schufte, sie haben im Luxembourg konspiriert.« Sie schickten nach Fouquier, der im Gerichtssaal war. Er erschien sofort. Amar sagte zu ihm: »Hier ist etwas, was Ihnen das Leben erleichtern wird.« Fouquier antwortete lächelnd: »Er hat es ja so gewollt.« Mit triumphierender Miene ging er wieder in den Gerichtssal zurück.

»Die wollen meine Frau ermorden!«

Camilles Entsetzensschrei übertönt den Lärm im Gerichtssaal. Er will auf Fouquier losgehen, doch Danton und Lacroix halten ihn zurück. Er wehrt sich, ruft Hermann etwas zu und bricht dann schluchzend zusammen. Vadier und David vom Polizeiausschuss flüstern mit den Geschworenen. Von den Angeklagten abgewandt, beginnt Fouquier den Erlass des Nationalkonvents zu verlesen:

Der Vorsitzende möge jedwedes rechtmäßige Mittel einsetzen, um seiner Autorität sowie der Autorität des Tribunals Geltung zu verschaffen und jeglichen Versuch seitens der Angeklagten zu unterdrücken, die öffentliche Ordnung zu stören oder die Justiz zu behindern. Es wird hiermit verfügt, dass alle der Verschwörung angeklagten Personen, die die nationale Justiz behindern oder beleidigen, außerhalb des Rechts zu stellen und ohne Beachtung weiterer Formalitäten zu verurteilen sind.

»Großer Gott«, flüstert Fabre. »Was bedeutet das?«

»Es bedeutet«, sagt Lacroix sachlich, »dass sie den weiteren Verlauf der Verhandlung uneingeschränkt diktieren können. Wenn wir eine Zeugenanhörung fordern, ins Kreuzverhör genommen werden wollen oder auch nur das Wort verlangen, wird das Verfahren umgehend eingestellt. Um es etwas drastischer auszudrücken: Der Nationalkonvent hat uns ans Messer geliefert.«

Als er fertig gelesen hat, hebt der öffentliche Ankläger den Kopf und schaut vorsichtig zu Danton hinüber. Fabre ist auf seinem Stuhl vornübergesunken. Er atmet schwer, und frisches Blut breitet sich in Flecken auf dem Handtuch aus, das er sich vor den Mund hält. Hérault legt ihm von hinten die Hand auf die Schulter und zieht ihn in eine einigermaßen aufrechte Position. Die Miene des Adligen ist verächtlich, er hat sich seine Gefährten nicht ausgesucht, aber er gedenkt sie seinen Maßstäben anzupassen, soweit es irgend geht.

»Wir müssen dem Gefangenen wohl Hilfe leisten«, sagt Fouquier zu einem Gerichtsdiener. »Auch Desmoulins scheint kurz vor dem Zusammenbruch zu sein.«

»Die Sitzung wird vertagt«, sagt Hermann.

»Die Geschworenen«, sagt Lacroix. »Es gibt noch Hoffnung.«

»Nein«, sagt Danton. »Jetzt gibt es keine Hoffnung mehr.« Er steht auf. Zum letzten Mal an diesem Tag hallt seine Stimme durch den Saal, und selbst jetzt noch scheint es unmöglich, ihn umzubringen.

»Ich bin Danton und bleibe es bis zu meinem Tod. Morgen werde ich in den Armen des Ruhms entschlummern.«

RUE MARAT: Sie hatte noch einmal an Robespierre geschrieben. Als sie die Patrouille draußen hörte, riss sie den Brief in Fetzen. Sie trat ans Fenster. Ein stählernes Scheppern – sie stellten sich auf. Was soll das bloß, fragte sie sich: Meinen die, dass ich meine kleine Armee hier drinnen habe?

Als sie vor der Tür standen, hatte sie ihre gepackte Tasche mit den paar Habseligkeiten, die sie womöglich brauchen würde, bereits in der Hand. Die kleinen Tagebücher hatte sie vernichtet, die wahre Chronik ihres Lebens ausgelöscht. Die Katze strich um ihre Beine, und sie beugte sich hinunter und fuhr dem Tier mit dem Finger über den Rücken. »Ganz ruhig«, sagte sie. »Mach keinen Ärger.«

Jeannette schrie auf, als die Männer den Haftbefehl hochhielten. Lucile schaute zu ihr hinüber und schüttelte den Kopf. »Du wirst meinem Kleinen von mir Lebwohl sagen müssen, und meinen Eltern und Adèle. Richte Mme Danton herzliche Grüße aus und sag ihr, dass ich ihr mehr Glück wünsche, als ihr bisher zuteil wurde. Eine Hausdurchsuchung können Sie sich wirklich sparen«, sagte sie zu den Männern. »Sie haben bereits alles mitgenommen, was für den Ausschuss von irgendeinem Interesse sein könnte, und vieles andere außerdem. Gehen wir.«

»Madame, Madame.« Jeannette hängte sich an den Arm des Polizisten. »Lassen Sie mich ihr rasch noch eines erzählen, bevor Sie sie mitnehmen.«

»Aber schnell.«

»Eine junge Frau war hier. Aus Guise. Schauen Sie.« Sie lief zur Kommode. »Sie hat das hier dagelassen, da steht drauf, wo sie untergekommen ist. Sie wollte sich mit Ihnen treffen, aber jetzt ist es zu spät.«

Lucile nahm die Karte. »Bürgerin du Taillard«, stand in einer energischen, eckigen Schrift darauf. Und in Klammern hastig daruntergesetzt: »Rose-Fleur Godard«.

»Sie war in einem erbärmlichen Zustand, Madame. Der Vater ist krank, sie ist allein aus Guise hierhergereist. Sie hat gesagt, sie hätten gerade erst von den Verhaftungen erfahren.«

»Sie ist also gekommen«, sagte Lucile leise. »Rose-Fleur. Zu spät.«

Sie legte sich ihren Umhang über den Arm. Es war ein warmer Abend, und vor der Tür wartete eine geschlossene Kutsche, aber vielleicht würde es im Gefängnis kalt sein. Man sollte doch annehmen, dass es im Gefängnis kalt ist, oder? »Lebwohl, Jeannette«, sagte sie. »Pass auf dich auf. Vergiss uns.«

Ein Brief an Antoine Fouquier-Tinville:

Réunion-sur-Oise, ehemals Guise
15. Germinal, im Jahr II

Bürger und Landsmann,

Camille Desmoulins, mein Sohn, ist in seinem ganzen Wesen und seinen Grundsätzen Republikaner, gleichsam instinktiv. Er war schon vor dem 14. Juli 1789 in seinem ganzen Wesen und aus voller Überzeugung Republikaner und ist es seither im täglichen Leben in Wort und Tat …
Ich bitte nur um eines, Bürger: Stellen Sie Nachforschungen über das Verhalten meines Sohnes an und veranlassen Sie eine Untersuchungsjury, ebensolche Nachforschungen anzustellen.
Gesundheit und Brüderlichkeit von Ihrem Landsmann und Mitbürger, der die Ehre hat, Vater des ersten und standhaftesten Republikaners überhaupt zu sein –

Desmoulins

»He, Lacroix. Wenn ich Couthon meine Beine vermache und Robespierre meine Eier, dann kommt der Ausschuss noch mal richtig in Schwung.«

Der vierte Tag.

Die Vernehmung der Gebrüder Frei schreitet fort. Zehn Uhr, elf Uhr. Hermanns Hand liegt auf dem Erlass des Nationalkonvents. Er beobachtet die Gefangenen, die Gefangenen beobachten ihn. Ihre Gesichter sind von der vergangenen Nacht gezeichnet. Hermann hat einen ermutigenden Brief zu lesen bekommen, einen Brief vom Nationalkonvent an den Kommandeur der Nationalgarde:

»Verhaften Sie keinesfalls – wir wiederholen: keinesfalls – den öffentlichen Ankläger und den Präsidenten des Tribunals.«

Es geht auf Mittag zu, da spricht Fouquier Danton und Lacroix an: »Ich habe zahlreiche Zeugen an der Hand, die gegen Sie beide aussagen könnten. Doch ich werde sie nicht aufrufen. Das Urteil gegen Sie wird allein auf der Grundlage von urkundlichen Beweisen gefällt werden.«

»Was zum Teufel soll das heißen?«, will Lacroix wissen. »Was für urkundliche Beweise? Wo sind sie?«

Er bekommt keine Antwort. Danton steht auf.

»Seit gestern dürfen wir nicht mehr erwarten, dass die formalen Verfahrensregeln befolgt werden. Aber Sie haben mir versprochen, dass ich meine Verteidigungsrede fortsetzen darf. Das ist mein Recht.«

»Ihre Rechte, Danton, sind außer Kraft gesetzt.« Hermann wendet sich den Geschworenen zu. »Haben Sie genug gehört?«

»Ja, wir haben genug gehört.«

»Dann ist die Verhandlung hiermit geschlossen.«

»Geschlossen? Was soll das heißen, geschlossen? Sie haben unsere Aussagen nicht verlesen. Sie haben nicht einen einzigen der von uns benannten Zeugen aufgerufen. Die Verhandlung hat noch nicht einmal richtig begonnen.«

Neben ihm erhebt sich Camille. Hérault greift von hinten nach ihm, um ihn festzuhalten, doch er weicht zur Seite aus. Macht zwei Schritte auf die Richter zu. Er hält seine Unterlagen hoch. »Ich bestehe darauf, zu sprechen. Während dieses gesamten Verfahrens haben Sie mir das Recht verweigert, zu sprechen. Sie können nicht Menschen verurteilen, ohne sie zu ihrer Verteidigung sprechen zu lassen. Ich verlange, meine Aussage vorlesen zu dürfen.«

»Abgelehnt.«

Camille zerknüllt die Blätter mit beiden Händen und wirft sie mit erstaunlicher Treffsicherheit in Richtung von Hermanns Kopf. Schändlicherweise duckt sich der Vorsitzende weg. Fouquier ist aufgesprungen: »Die Gefangenen haben die nationale Justiz beleidigt. Gemäß dem Erlass des Konvents dürfen sie somit umgehend aus dem Gericht entfernt werden. Die Geschworenen werden sich zur Beratung zurückziehen.«

Die Zuschauermenge hinter der Absperrung zerstreut sich bereits, um entlang der Todesroute und vor dem Schafott Aufstellung zu nehmen. Gestern Abend hat Fouquier drei Schinderkarren bestellt: drei Schinderkarren am späteren Nachmittag.

Zwei Beamte eilen zu Fabre, um ihm zu helfen.

»Wir müssen Sie alle nach unten bringen, Bürger, solange die Geschworenen sich beraten.«

»Würden Sie bitte Ihre Hände wegnehmen«, sagt Hérault mit gefährlicher Höflichkeit. »Kommen Sie, Danton, es ist sinnlos, hier noch herumzustehen. Kommen Sie, Camille – ich hoffe, Sie machen kein Theater.«

Camille wird so viel Theater wie nur irgend möglich machen. Ein Gerichtsbeamter steht vor ihm. Der Mann weiß – es ist einer seiner Glaubensgrundsätze –, dass Verurteilte sich nicht zur Wehr setzen. »Bitte kommen Sie mit uns mit«, sagte er. »Und zwar ganz ruhig. Niemand möchte Ihnen wehtun, aber wenn Sie nicht ruhig mitkommen, müssen wir Ihnen wehtun.«

Danton und Lacroix beginnen auf Camille einzureden. Er klammert sich verzweifelt an der Bank fest. »Ich möchte Ihnen nicht wehtun«, sagt der Beamte hilflos. Eine Handvoll Zuschauer haben sich aus der Menge gelöst und kommen zurück. Camille grinst den Beamten höhnisch an. Der Mann versucht vergebens, ihn wegzuzerren. Verstärkung kommt. Fouquiers Augen ruhen blicklos auf seinem Vetter. »Herrgott noch mal, überwältigen Sie ihn, tragen Sie ihn raus!«, schreit Hermann. Er knallt verärgert ein Buch auf den Tisch. »Schaffen Sie sie alle raus!«

Einer der Beamten greift in Camilles langes Haar und reißt seinen Kopf nach hinten. Ein Knacksen ist zu hören und sein gequältes Ächzen. Im nächsten Moment haben sie ihn zu Boden geschlagen. Lacroix wendet angewidert das Gesicht ab. »Ich will, dass Robespierre das erfährt«, sagt Camille, als sie ihn vom Marmorboden hochzerren. »Ich will, dass er das in Erinnerung behält.«

»Nun«, sagte Hermann zu Fouquier, »der halbe Polizeiausschuss sitzt im Geschworenenzimmer, wir können uns also genauso gut dazugesellen. Wenn noch irgendwelche Zweifel bestehen, zeigen Sie ihnen die Dokumente des britischen Außenministeriums.«

Vor dem Gerichtssaal verlässt Fabre fast die Kraft. »Halt«, keucht er. Die beiden Beamten, die ihm helfen, fassen ihn unter die Ellbogen und lehnen ihn an die Wand. Er ringt nach Luft. Drei Männer zerren Camilles schlaffen Körper an ihm vorbei. Camilles Augen sind geschlossen, er blutet aus dem Mund. Fabre sieht ihn; sein Gesicht fällt in sich zusammen, und plötzlich beginnt er zu weinen. »Oh, ihr Mistkerle«, sagt er. »Ihr Mistkerle, Mistkerle, Mistkerle.«

Fouquier schaut von einem Geschworenen zum anderen. Souberbielle weicht seinem Blick aus. »Das wäre es dann wohl«, sagt er zu Hermann. Er nickt Vadier zu. »Zufrieden?«

»Zufrieden bin ich dann, wenn ihre Köpfe abgeschlagen sind.«

»Die Zuschauermenge ist angeblich groß, aber friedlich«, sagt Fouquier. »Es ist so, wie Bürger Robespierre es gesagt hat: Letzten Endes kennt die Masse keine Loyalität. Es ist vorbei.«

»Sollen wir sie wieder in den Gerichtssaal bringen lassen, noch mal die ganze Prozedur?«

»Nein, ich denke nicht«, sagt Fouquier. Er reicht einem der Gerichtsbeamten ein Blatt. »Bringen Sie sie in den Vorraum. Hier ist das Todesurteil. Lesen Sie es ihnen vor, während Sansons Männer ihnen die Haare abschneiden.« Er zieht seine Uhr aus der Tasche. »Es ist jetzt vier. Er wird so weit sein.«

»Ihr Urteil interessiert mich einen Scheißdreck. Ich will es nicht hören. Das Volk wird über Danton urteilen, nicht Sie.«

Danton redet weiter, übertönt die Stimme des Beamten, sodass die Männer neben ihm alle nicht hören, wie ihr Todesurteil verlesen wird. Draußen im Hof rufen und scherzen Sansons Männer.

Lacroix sitzt auf einem hölzernen Hocker. Der Henkersgehilfe reißt ihm den Hemdkragen auf und schneidet ihm zügig das Haar, damit der Nacken frei ist. »Ein Bewusstloser«, ruft ein Wärter. »Ein Bewusstloser.«

Hinter dem Holzgitter, das die Gefangenen vom Hof trennt, hebt der Scharfrichter die Hand, um zu signalisieren, dass er verstanden hat. Man breitet eine Decke über Chabot. Sein Gesicht ist blau angelaufen. Er sinkt ins Koma. Nur seine Lippen bewegen sich noch.

»Er hat sich Arsen kommen lassen«, sagt der Wärter. »Man kann nicht verhindern, dass die Gefangenen das, was sie sich bestellen, auch bekommen.«

»Ja«, sagt Hérault zu Danton. »Ich habe mir das auch überlegt. Aber ich bin zu dem Schluss gekommen, dass ein Selbstmord unter diesen Umständen einem Schuldbekenntnis gleichkommt. Außerdem lassen sie es sich ja nicht nehmen, dem Leichnam den Kopf abzuschneiden, und das ist von äußerst fragwürdigem Geschmack. Man sollte dem Pöbel ein Beispiel geben, finden Sie nicht? Wenn überhaupt, dann schneidet man sich besser die Pulsadern auf.« Ein Handgemenge auf der anderen Seite des Raumes lenkt ihn ab. »Mein lieber Camille – wozu das alles?«, fragt Hérault.

»Sie machen uns ganz schön viel Ärger«, sagt einer der Wärter. Es ist ihnen schließlich gelungen, Camille zu fesseln. Sie haben überlegt, ob sie ihn versehentlich bewusstlos schlagen sollen, aber dann würde Sanson sie wieder übellaunig als verdammte Amateure bezeichnen. Bei dem Versuch, Camille festzuhalten, um ihm das Haar abzuschneiden, ist sein Hemd am Rücken aufgerissen, und jetzt hängt es ihm in Fetzen von den Schultern. Danton kauert sich neben ihn.

»Wir müssen Ihnen die Hände binden, Bürger Danton.«

»Einen Augenblick noch.«

Danton nimmt Camille das Kettchen mit dem Medaillon vom Hals, in dem er eine Locke von Lucile aufbewahrt. Er legt es ihm in die gebundenen Hände und spürt, wie sich Camilles Finger darum schließen.

»So, jetzt.«

Lacroix gibt ihm einen Stoß in die Rippen. »Diese Belgierinnen – es war die Sache doch wert, oder?«

»Es war die Sache wert. Aber nicht wegen der Belgierinnen.«

Hérault steigt als Erster auf den Schinderkarren, etwas blass im Gesicht. Sonst sieht man ihm nichts an. »Ich bin froh, dass ich nicht mit den Dieben fahren muss.«

»Nur Revolutionäre erster Güte auf diesem Karren«, sagt Danton. »Wirst du es schaffen, Fabre, oder sollen wir dich unterwegs begraben?«

Fabre hebt mühsam den Kopf. »Danton. Die haben mir meine Papiere weggenommen.«

»Ja, das machen sie immer.«

»Ich hätte *Die Malteser Orange* so gern fertiggeschrieben. Es sind ein paar wirklich schöne Verse darin. Jetzt landet das Manuskript beim Ausschuss, und dann wird dieser Mistkerl Collot es als sein Werk ausgeben.« Danton legt den Kopf in den Nacken und lacht. »Die werden es im Théâtre des Italiens aufführen«, sagt Fabre, »unter dem Namen dieses verdammten Plagiators.«

Pont-Neuf, Quai de Louvre. Der Karren schwankt und holpert. Er stellt sich breitbeinig hin, um stabil zu stehen und Camilles schlaffen Körper stützen zu können. Camilles Tränen dringen durch sein Hemd. Nicht um sich weint er, sondern um Lucile: um ihre gemeinsame, verwobene Identität, ihren endlosen Briefwechsel, ihr gemeinsames Repertoire an Gesten, Marotten, Witzen – alles verloren, alles dahin – und um ihr Kind. »Du genügst Héraults Anforderungen nicht«, sagt Danton leise.

Er lässt den Blick über die Gesichter der Schaulustigen schweifen. Still, gleichgültig, behindern sie das Fortkommen der Karren. »Versuchen wir, in Würde zu sterben«, sagt Hérault.

Camille fährt aus seiner Betäubung hoch. »Herrgott noch mal«, sagte er zu Hérault. »Lassen Sie diese verdammte Aristokratennummer.«

Quai de l'École. Danton hebt den Blick zu den Hausfassaden. »Gabrielle«, murmelt er. Er schaut drein, als erwartete er, dort jemanden zu sehen: ein Gesicht, das sich hinter einen Vorhang zurückzieht, eine zum Abschied erhobene Hand.

Rue Honoré. Die Straße zieht sich ewig hin. An ihrem Ende passieren sie, laut fluchend und schimpfend, das Haus der Duplays, dessen Fensterläden alle geschlossen sind. Camille versucht unterdessen, zu den Schaulustigen zu sprechen. Henri Sanson schaut besorgt über die Schulter. Danton senkt den Kopf, flüstert Camille zu: »Komm, sei ruhig. Lass das miese Pack.«

Die Sonne geht unter. Bis wir alle tot sind, denkt Danton, wird es dunkel sein. Ganz hinten auf dem Karren spricht der Abbé Kéravenen lautlos die Sterbegebete. Als sie auf die Place de la Revolution einbiegen, hebt er die Hand zur bedingten Absolution.

Über einen bestimmten Punkt gelangen wir – bedingt durch die Konvention und die Grenzen der Vorstellungskraft – nicht hinaus; vielleicht ist es dieser Moment, als die Karren ihre Fracht vor dem Schafott abladen: eben noch lebende, atmende Kreaturen, bald nur noch tote Körper. Danton stellt sich vor, dass er als der Bedeutendste der Verurteilten als Letzter an die Reihe kommen und bis kurz vor Schluss Camille an seiner Seite haben wird. Er denkt weniger an die Ewigkeit als daran, wie er seinen Freund während der letzten Viertelstunde an Leib und Seele intakt halten kann, bis die Kurzmacherin sie voneinander trennt.

Aber natürlich ist es nicht so. Warum sollte etwas so sein, wie man es sich vorstellt? Als Ersten zerren sie Hérault fort, oder vielmehr berühren sie ihn am Ellbogen und geleiten ihn zu seinem Ende. »Leben Sie wohl, meine Freunde«, sagt Hérault, mehr nicht; und schon ergreifen sie Camille. Es leuchtet ein. Wer die Zuschauer in irgendeiner Weise aus der Fassung bringen könnte, muss so schnell wie möglich beseitigt werden.

Camille ist mit einem Mal ganz ruhig. Hérault kann nicht mehr sehen, was sein gutes Beispiel bewirkt hat, aber Camille nickt Henri Sanson jetzt zu. »Um es mit Robespierres Worten zu sagen: Man kann sich ein Lächeln nicht verkneifen. Der Vater dieses Mannes hat mich wegen Verleumdung verklagt. Aber mir scheint, jetzt bin ich es, der Grund zur Klage hat.«

Er lächelt tatsächlich. Danton dreht sich der Magen um: atmende Kreaturen, tote Körper. Er sieht, wie Camille mit Sanson spricht, sieht, wie der Mann das Medaillon aus seinen gebundenen Händen nimmt. Das Medaillon ist für Annette. Er wird nicht vergessen, es ihr auszuhändigen, die letzten Wünsche sind heilig, und er gehört einem ehrbaren Gewerbe an. Zehn Sekunden lang schaut Danton weg. Danach verfolgt er alles, jedes plötzliche Aufblühen von Lebensblut. Er beobachtet jeden einzelnen Tod, bis er schließlich zu seinem eigenen geleitet wird.

»He, Sanson?«

»Bürger Danton?«

»Zeigen Sie den Leuten meinen Kopf. Es ist die Mühe wert.«

RUE HONORÉ: Vor vielen Jahren saß seine Mutter einmal am Fenster und klöppelte Spitze. Das helle Morgenlicht fiel auf sie beide. Er begriff, dass das Entscheidende die Lücken waren, dass die Muster durch die Zwischenräume entstanden, nicht durch die Fäden an sich. »Zeig mir, wie das geht«, sagte er. »Ich will es lernen.«

»Das ist nichts für Jungen«, sagte sie. Ihr Gesicht war ruhig, ihre Hände arbeiteten weiter. Es schnürte ihm die Kehle zu, derart ausgeschlossen zu werden.

Wann immer er heute ein Stück Spitze betrachtet, meint er – trotz seiner schlechten Augen –, jeden einzelnen Faden zu erkennen. Wenn er im Ausschuss sitzt, steigt dieses Bild in ihm auf und zwingt ihn, weit in seine Kindheit zurückzublicken. Er sieht die junge Frau auf dem Fensterbrett, ihren gewölbten Bauch, todesschwanger; er sieht das Licht auf ihrem geneigten Kopf, unter ihren Fingern das luftige Muster, es fliegt davon, ins Nirgendwo.

The Times, 8. April 1794:

Als es vor kurzem zur Versöhnung zwischen Robespierre und Danton kam, merkten wir an, diese sei wohl eher auf die Angst zurückzuführen, welche diese beiden berühmten Revolutionäre voreinander hegten, als auf wechselseitige Zuneigung. Wir fügten hinzu, dass ihr Einvernehmen vermutlich nur so lange Bestand haben werde, bis der Geschicktere der beiden einen Weg gefunden haben würde, seinen Rivalen zu beseitigen. Dieser Moment ist nun – Danton zum Verhängnis – gekommen … Wir begreifen nicht, warum Camille Desmoulins, der von Robespierre so unverhohlen protegiert wurde, im Triumph dieses Diktators zermahlen wurde.

Anhang

Lucile Desmoulins und General Dillon wurden wegen Verrats vor Gericht gestellt und am 24. Germinal hingerichtet. Maximilien Robespierre wurde ohne Gerichtsverfahren am 10. Thermidor beziehungsweise 28. Juli hingerichtet. Das Gleiche galt für seinen Bruder Antoine, für Antoine Saint-Just und für Couthon. Philippe Lebas erschoss sich.

Louise Danton heiratete Claude Dupin und wurde im Empire zur Baronesse.

Anne Théroigne starb 1817 in der geschlossenen Nervenheilanstalt La Salpêtrière.

Charlotte Robespierre, die unverheiratet blieb, erhielt eine kleine Leibrente von Napoleon. Eléonore blieb die »Witwe Robespierre«. Maximiliens Vater war, wie sich herausstellte, bereits 1777 in München gestorben.

Legendre starb 1795. Robert Lindet überlebte und brachte es weit. Dantons Söhne kehrten in dessen Provinz zurück und bestellten ihr Land.

Stanislas Fréron wurde abtrünnig. Nach Robespierres Sturz zog er mit der Jeunesse Dorée, einer Art Schlägertrupp der Thermidorianer, durch die Straßen und verfolgte Jakobiner. Er starb 1802 auf Haiti.

Sowohl Jean-Nicolas Desmoulins als auch Claude Duplessis starben wenige Monate nach Robespierres Sturz. Camilles Sohn wurde von Annette und Adèle Duplessis großgezogen. Er besuchte das einstige Collège Louis-le-Grand und wurde in Paris als Anwalt zugelassen. Auch er starb auf Haiti, im gleichen Alter wie sein Vater. Adèle Duplessis starb 1854 in Vervins in der Picardie.

Inhalt

VIERTER TEIL

FÜNFTER TEIL